BASTEI
LÜBBE

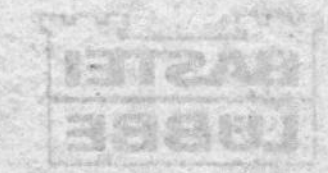

HERMAN WOUK

DIE CAINE WAR IHR SCHICKSAL

Aus dem Englischen von
Christoph Ecke

Seemännische Beratung:
Eugen von Beulwitz

BASTEI-LÜBBE-TASCHENBUCH
Band 12 689

Titel der amerikanischen Originalausgabe: The Caine Mutinity

Lizenzausgabe: Bastei Verlag Gustav H. Lübbe GmbH & Co.,
Bergisch Gladbach
Printed in Germany August 1997
Einbandgestaltung: Manfred Peters
Titelfoto: Interfoto, München
Satz: KCS GmbH, Buchholz/Hamburg
Druck und Bindung: Elsnerdruck, Berlin
ISBN 3-404-12689-0

Der Preis dieses Bandes versteht sich einschließlich
der gesetzlichen Mehrwertsteuer

Auszug aus den »Navy Regulations«

Artikel 184 – *Ungewöhnliche Umstände*

Es ist denkbar, daß ganz ungewöhnliche und außerordentliche Umstände eintreten können, unter denen die Enthebung eines Kommandanten durch einen Untergebenen notwendig wird, entweder indem er ihn festnimmt oder indem er ihn für krank erklärt. Diese Maßnahme darf aber nur mit ausdrücklicher Zustimmung der Marine-Leitung oder einer anderen sonst zuständigen höheren Befehlsstelle durchgeführt werden, ausgenommen, wenn die Befragung einer solchen vorgesetzten Dienststelle ohne Zweifel undurchführbar ist, sei es wegen der damit verbundenen Verzögerung, sei es aus anderen klar zutage liegenden Gründen. Die Befragung muß alle Tatbestände des Falles und alle Gründe für den Antrag enthalten, unter besonderer Berücksichtigung des Grades der geltend gemachten Dringlichkeit.

Artikel 185 – *Unerläßliche Bedingungen*

Ein untergebener Offizier kann nur dann das Recht in Anspruch nehmen, seinen Kommandanten vom Dienst zu entheben, wenn die Notwendigkeit zu einem solchen Vorgehen klar zutage liegt und wenn sich aus den Umständen die zwingende Schlußfolgerung ergibt, daß das weitere Verbleiben eines solchen Kommandanten in seinem Kommando das öffentliche Interesse in ernstester und nicht wiedergutzumachender Weise schädigen würde. Der untergebene Offizier, der sich zu einer solchen Handlungsweise entschließt, muß der nächste gesetzliche Stellvertreter des Kommandanten sein; muß aus einem der in Artikel 184 aufgeführten Gründe außerstande sein, den Fall einem Vorgesetzten zu unterbreiten; muß sichergestellt haben, daß die beanstandete Handlungsweise seines Kommandanten nicht etwa durch geheime Anweisungen verursacht ist, die sich seiner Kenntnis entziehen; muß den Fall so sorgfältig geprüft und alle Umstände so gründlich erwogen haben, wie dies irgend möglich ist, und muß daraus die Überzeugung gewonnen haben, daß der Entschluß, seinen Kommandanten vom Dienst zu entheben, eine notwendige Folgerung aus den festgestellten Tatsachen darstellt, die ein vernünftiger, klar denkender Offizier zu ziehen sich verpflichtet fühlen muß.

Artikel 186 – *Verantwortung*

Überlegtes, mutiges und selbständiges Handeln ist eine soldatische Eigenschaft von hervorragender Bedeutung. Es soll durch die vorstehenden Artikel keineswegs verhindert werden, daß sie in Fällen dieser Art zur Anwendung kommt. Da jedoch die Enthebung eines Vorgesetzten von seinem Kommando die ernstesten Möglichkeiten in sich schließt, darf der Entschluß, sie durchzuführen oder einem Dritten zu empfehlen, erst dann gefaßt werden, wenn die Gründe dazu unwiderleglich feststehen und wenn die dienstliche Stellungnahme aller derer eingeholt ist, die in der Lage sind, sich, besonders in formaler Hinsicht, ein maßgebendes Urteil zu bilden. Ein Offizier, der seinen Kommandanten vom Kommando enthebt oder dieses Dritten empfiehlt, muß zusammen mit allen denen, die ihm dazu raten, vor dem Gesetz die Verantwortung für seine Handlungsweise übernehmen und in der Lage sein, sich ihretwegen zu rechtfertigen.

Es handelt sich in diesem Falle nicht um eine Meuterei im althergebrachten Sinn mit funkelnden Säbeln, einem Kapitän in Ketten und verzweifelten Matrosen, die zu Verbrechern werden. Immerhin aber ist unsere Geschichte im Jahre 1944 in der Marine der Vereinigten Staaten passiert. Der Untersuchungsausschuß empfahl Anklage wegen Meuterei, und der Vorgang wurde unter dem Namen »Die Meuterei auf der ›Caine‹« in der gesamten Marine bekannt.
Unsere Geschichte beginnt mit Willie Keith, weil seine Person es war, die zum Angelpunkte der Ereignisse wurde, etwa so, wie die schwere Tür einer Stahlkammer sich in einem winzigen Edelsteinlager dreht.

I

WILLIE KEITH

Über die Schwelle

Er war mittelgroß und ein wenig rundlich, ein hübscher Junge mit seinem gelockten rotblonden Haar und seinem offenen fröhlichen Gesicht. Dieses Gesicht wirkte eher durch den übermütigen Zug um die Augen und den gut ausgeprägten Mund als etwa durch ein übertrieben willensstarkes Kinn oder eine besonders feingeschnittene Nase.

Mit ausgezeichneten Zensuren in allen Fächern außer Mathematik und Naturwissenschaften war er im Jahre 1941 von der vornehmen Princeton-Universität abgegangen. Sein Hauptfach war zwar die Literaturgeschichte gewesen, seine eigentlichen studentischen Erfolge jedoch hatte er mit seinem Klavierspiel und den witzigen kleinen Schlagern errungen, die er für Gesellschaften und Schulaufführungen zu komponieren pflegte.

Es war an einem sonnigen Wintermorgen im Dezember des Jahres 1942, als er seiner Mutter auf dem Trottoir an der Ecke des Broadway und der 116. Straße in New York den Abschiedskuß gab. Der Familien-Cadillac wartete neben ihnen am Straßenrand. Sein Motor lief, aber er befleißigte sich einer wohlerzogenen Zurückhaltung. Rings um sie herum ragten die Gebäude der Columbia-Universität in ihrem strengen Grau und Rot.

»Meinst du nicht«, sagte Mrs. Keith tapfer lächelnd, »wir sollten erst noch mal ins Café hier gehen und etwas essen?«

Sie hatte ihren Sohn trotz aller seiner Proteste persönlich im Wagen von ihrer Vorortwohnung in Manhasset zur Seekadettenschule gefahren. Willie hätte lieber den Zug genommen. Das hätte mehr nach In-den-Krieg-Ziehen ausgesehen. Er sah sich nicht gern unter der Bedeckung seiner Frau Mama bis an die Tore der Marine gebracht.

Aber auch hier hatte Mrs. Keith, wie gewöhnlich, ihren Willen durchgesetzt. Sie war eine stattliche, lebenskluge und resolute Dame, ebenso groß wie ihr Sohn, mit hoher Stirn und charaktervollen Gesichtszügen. An diesem Morgen trug sie nicht ihren Nerz, sondern einen braunen pelzbesetzten Stoffmantel, der dem Ernst des

Ereignisses besser Rechnung trug. Unter ihrem herrenmäßigen braunen Hut quoll das lebhafte Rot ihres Haares hervor, das ihr einziges Kind von ihr geerbt hatte. Sonst gab es wenig Ähnlichkeit zwischen Mutter und Sohn.

»Bei der Marine gibt es genug zu essen, Mutti. Hab nur keine Sorge.« Er gab ihr noch einen Kuß und sah sich dabei um, voller Besorgnis, eine Uniform möchte die reichlich zärtliche Szene beobachten.

Mrs. Keith umarmte ihn mit viel Liebe.

»Ich weiß bestimmt, du wirst deine Sache fabelhaft machen, Willie, genau wie immer.«

»Aye, aye, Mutter.« Dann schlenderte er den Ziegelweg am Institut für Zeitungswissenschaften entlang und die paar Stufen zum Portal des Furnald-Hauses hinunter, das bisher den Juristen als Studienhaus gedient hatte. Ein dicker ergrauter Oberbootsmaat mit vier roten Dienststreifen am blauen Überzieher stand am Eingang. Er hielt hektographierte Papiere in der Hand, die im Winde flatterten. Willie wußte nicht recht, ob er militärisch grüßen sollte, entschied aber schnell, diese Geste würde wohl nicht recht mit seinem braunen Raglan und seinem grünen Hut zusammenpassen. An seine Mutter dachte er schon gar nicht mehr.

»Sind Sie V7?« Die Stimme des Oberbootsmaats klang wie eine Schaufel Kieselsteine, die gegen Blech geschleudert werden.

»Aye, aye, Sir.« Willie grinste befangen. Der Maat grinste ebenfalls und musterte ihn kurz mit offensichtlich wohlwollendem Blick. Er gab ihm vier zusammengeheftete Formulare.

»Jetzt beginnt ein neues Leben für Sie. Viel Glück!«

»Danke herzlich, Sir.« Drei Wochen lang sollte Willie noch den Fehler begehen, Oberbootsmaate mit »Sir« anzureden.

Der Maat öffnete mit einladender Handbewegung die Tür. Willie Seward Keith trat aus dem Sonnenschein über die Schwelle – leicht und geräuschlos, wie Alice im Märchen durch den Zauberspiegel schreitet.

Und ganz wie das Mädchen glitt auch Willie Keith in eine neue, seltsam fremde Welt.

Im selben Augenblick, als das Gebäude Willie verschluckte, fiel Mrs. Keith ein, daß sie ja eine wichtige Angelegenheit vergessen hatte. Sie rannte zum Portal des Furnald-Hauses. Der Oberbootsmaat hielt sie an, als sie die Klinke ergriff.

»Entschuldigen Sie, gnädige Frau, Eintritt verboten!«

»Das war doch mein Sohn, der eben hier hineinging.«

»Trotzdem, gnädige Frau.«

»Ich möchte ihn nur einen Augenblick sprechen. Ich muß ihm etwas sagen. Er hat etwas vergessen!«

»Drinnen ist Untersuchung, gnädige Frau. Da laufen Männer herum, die nichts anhaben.«

Mrs. Keith war nicht gewohnt, daß man ihr widersprach. Ihr Ton wurde schärfer. »Seien Sie nicht komisch. Er steht doch gleich hinter der Tür. Ich brauche nur zu klopfen und ihn herauszurufen.«

Sie konnte ihren Sohn deutlich erkennen, wie er, den Rücken ihr zugekehrt, mit einigen anderen jungen Leuten bei einem Offizier stand, der ihnen etwas auseinandersetzte. Der Maat warf einen griesgrämigen Blick durch die Tür. »Ich glaube, er hat jetzt keine Zeit.«

Mrs. Keith warf ihm einen Blick zu, als wäre er nur ein frecher Portier. Sie klopfte mit ihrem Brillantring an die Scheibe der Außentür und rief: »Willie! Willie!« Doch ihr Sohn vernahm diesen Ruf aus der anderen Welt nicht.

»Gnädige Frau«, sagte der Maat, und ein freundlicher Ton klang in seiner rauhen Stimme mit, »er ist jetzt bei der Marine.«

Mrs. Keith wurde plötzlich rot. »Entschuldigen Sie bitte vielmals.«

»Aber gewiß doch. Sie werden ihn ja bald wiedersehen, vielleicht schon Sonnabend.«

Die Mutter öffnete ihr Portemonnaie und begann darin herumzusuchen. »Ich hab' ihm nämlich versprochen – er hat nämlich vergessen, sein Taschengeld mitzunehmen. Er hat nicht einen Cent bei sich. Wären Sie wohl so gut und gäben ihm dies?«

»Gnädige Frau, er braucht doch kein Geld.«

Der Maat, dem etwas unbehaglich wurde, tat so, als blättere er in seinen Papieren. »Er bekommt ja bald Löhnung gezahlt.«

»Aber bis dahin – wenn er nun etwas braucht? Ich hab's ihm doch versprochen. Bitte, nehmen Sie das Geld an sich – seien Sie nicht böse, aber ich würde auch Ihnen furchtbar gern etwas für Ihre Mühe geben.«

Der Maat zog die Augenbrauen hoch: »Das wird nicht nötig sein.« Er schüttelte heftig mit dem Kopf, wie ein Hund, der die Fliegen verjagt, dann nahm er ihr die Scheine ab. Wieder hoben sich die Augenbrauen: »Aber, gnädige Frau, das sind ja hundert Dollar!«

Er starrte ihr ins Gesicht. Mrs. Keith durchzuckte eine ihr sehr ungewohnte Empfindung: sie schämte sich auf einmal, daß es ihr besser ging als anderen Leuten. »Nun«, sagte sie, wie um sich zu rechtfertigen, »es passiert ja nicht alle Tage, daß er in den Krieg zieht.«

»Ich werde die Sache erledigen, gnädige Frau!«

»Vielen Dank«, sagte Mrs. Keith, »und entschuldigen Sie bitte noch vielmals«, setzte sie zögernd hinzu.

»Keine Ursache.«

Die Mutter lächelte ihm nochmals höflich zu, dann ging sie zu ihrem Cadillac zurück. Der Obermaat blickte ihr nach. Er betrachtete die beiden Fünfziger, die in seiner Hand flatterten. »Eines ist mal verdammt klar«, murmelte er, »unsere Marine erkennen wir bald nicht mehr wieder.« Die Scheine steckte er in die Tasche.

Inzwischen schickte sich Willie Keith, die neue Zierde dieser neuen Marine, an, in den Krieg zu ziehen. Für den Augenblick bestand das darin, daß er eine Batterie glitzernder Spritzen über sich ergehen lassen mußte. Willie hatte nichts gegen Hitler oder gar gegen die Japaner, obgleich er beide mißbilligte. Sein Feind in dieser Auseinandersetzung hier lag nicht vor, er lag hinter ihm. Das Furnald-Haus war die Zuflucht vor dem Landheer.

Er wurde rasch gegen mehrere Tropenkrankheiten geimpft. Die losgelassenen Mikroben tobten durch seine Blutbahn. Der Arm begann ihm zu schmerzen. Dann mußte er sich ausziehen, und seine Kleider wurden von einem stämmigen Matrosen in einem Bündel davongeschafft.

»Heda, Sie, wann kriege ich die wieder?«

»Keinen Schimmer, sieht aus wie 'n langer Krieg«, brummte der Matrose und klemmte sich den grünen Hut unter den Arm. Mit tiefer Sorge in den Augen verfolgte Willie den Abtransport seiner alten Existenz in die Mottenkiste.

Zusammen mit vierzig anderen rosaroten Zweifüßlern wurde er in einen großen Untersuchungsraum getrieben. Lunge, Leber, Herz,

Augen, Ohren, der ganze Apparat, den er von seiner Geburt an in Gebrauch hatte, wurde von grimmigen Sanitätsmaaten in näheren Augenschein genommen. Sie kniffen und klopften an ihm herum wie mißtrauische Hausfrauen, wenn sie auf dem Markt die Martinsgans einkaufen.

»Richten Sie sich mal gerade auf, junger Mann.« Der letzte von den Sanitätsmaaten in der Reihe trat mit kritischen Augen vor ihn hin. Willie erstarrte. Aus seinen Augenwinkeln konnte er sehen, wie der Sanitäter höchst unbefriedigt dreinschaute. Das machte ihn nervös.

»Vorbeugen, Zehen berühren!«

Willie versuchte es, aber jahrelanges Wohlleben verbarrikadierte den Weg. Seine Finger hingen zwanzig Zentimeter über den Zehen. Er versuchte es mit der guten alten Methode des Schummelns.

»Ohne die Knie zu beugen gefälligst!«

Willie richtete sich auf, holte tief Atem und machte einen gewaltsamen Versuch, sich zu halbieren. Irgend etwas in seiner Wirbelsäule gab einen häßlichen Knacks. Zehn Zentimeter fehlten.

»Bleiben Sie mal stehen.« Der Sanitätsmaat verschwand und kam mit einem Oberarzt wieder. Dieser hatte ein schwarzes Schnurrbärtchen, Basedowaugen und war mit einem Stethoskop bewaffnet. »Sehen Sie sich das doch mal an, Sir.«

Dieses »Das« war Willie, der sich so geradehielt, wie er nur konnte.

»Kommt er bis runter?«

»Nee, Sir. Kommt kaum über seine Knie.«

»Hat auch einen ganz schönen Spitzbauch.«

Willie zog den Magen ein, leider zu spät.

»Der Spitzbauch wäre mir egal«, sagte der Sanitätsmaat, »aber dieser Mann hat ein hohles Kreuz.«

Die nackten Kandidaten, die hinter Willie standen, wurden unruhig und fingen an zu flüstern.

»Das ist Lordose, kein Zweifel.«

»Sollen wir ihn ausmustern?«

»Ich glaube, so schlimm ist das nicht.«

»Also, ich für meine Person lasse ihn nicht durch. Wenn Sie's auf Ihre Kappe nehmen wollen, Sir?«

Der Doktor nahm Willies Papiere zur Hand.

»Was hat er für einen Puls?«

»Den habe ich gar nicht erst gezählt. Wozu, wenn das Lordose ist?«

Der Arzt nahm Willies Handgelenk. Vor Überraschung traten ihm die Kulleraugen aus den roten Rändern. »Mein Himmel! Hören Sie mal, Junge, sind Sie krank?«

Willie fühlte, wie sein Blut an den Fingern des Arztes vorbeigaloppierte. Alle Arten tropischer Bakterien, vor allem das Schreckgespenst des Landheeres, trieben ihm die Pulsziffer hoch.

»Nein, nur aufgeregt.«

»Kann ich mir vorstellen. Aber, wie in aller Welt, sind Sie an der Aufnahme vorbeigeschlüpft? Kannten Sie den Arzt?«

»Herr Doktor, ich bin vielleicht etwas fett, aber ich spiele sechs Stunden hintereinander Tennis. Ich bin auch Bergsteiger.«

»Auf See gibt's keine Berge«, bemerkte der Sanitätsmaat. »Sie sind das richtige Fressen für die Armee, mein Lieber.«

»Seien Sie ruhig, Warner«, sagte der Arzt. Er hatte nämlich aus den Papieren ersehen, daß Willie Akademiker war. »Lassen Sie Puls und Kreuz offen. Schicken Sie ihn zur Marinestation. Oberstabsarzt Grimm soll entscheiden.«

»Aye, aye, Sir.« Der Doktor ging. Verdrossen nahm der Sanitätsmaat einen Rotstift zur Hand, kritzelte auf einen Block die Worte »Lordose – Puls« und heftete das scharlachrote Vernichtungsurteil an Willies Papiere. »Schön, Mr. Keith, melden Sie sich gleich nach dem Antreten morgen früh im Büro des Ersten Offiziers. Viel Glück!«

»Ihnen auch«, sagte Willie. Sie wechselten einen Blick voll blanken Hasses, erstaunlich bei so kurzer Bekanntschaft, und Willie schob ab.

Darauf kleidete die Marine ihn ein: blaue Bluse, blaue Hose, schwarze Schuhe, schwarze Socken und eine schnittige Matrosenmütze, an der das blaue Band der Seekadetten flatterte. Dann füllten sie ihm die Arme mit Büchern jeglicher Form, Farbe und Größe und in allen Graden der Abnutzung. Schon als Willie die Bücherausgabe verließ, konnte er nur schwer über seinen Stapel Prosa hinwegschielen. Aber ein Matrose legte noch einen Packen hektographierter Blätter obenauf und erhöhte den Stoß bis an seine Augenbrauen. Willie verdrehte den Hals und krebste seitwärts zum »Aufzug« hin, wie ein nagelneues Schild über den Schaltknöpfen den Lift bezeichnete.

Als sie im obersten Stockwerk ankamen, waren nur noch Willie und ein magerer Matrose mit einem Pferdegesicht übrig. Willie ging den Korridor entlang und studierte die Namen an den Stubentüren. An einer von ihnen stand:

Stube 1013
Keefer . Keggs . Keith

Er trat ein und warf seine Bücher auf die nackten Sprungfedern einer Koje. Er hörte das gleiche Schwirren der Spiralen nochmals; unmittelbar hinter sich.

»Mein Name ist Keggs«, sagte das Pferdegesicht und stieß ihm einen Arm entgegen. Willie drückte die Hand, die die seine in ihrem gewaltigen, feuchten Griff vergrub.

»Ich heiße Keith.«

»Wir dürften wohl Stubenkameraden sein«, sagte Keggs wehleidig.

»Stimmt«, antwortete Willie.

»Hoffentlich«, meinte Keggs, »entpuppt sich dieser Keefer nicht als zu großer Quatschkopf.« Tiefen Ernstes blickte er Willie an. Dann manövrierte sich das Gesicht seiner ganzen Länge nach in ein trübes Lächeln. Vom Bücherstoß auf seinem Bett nahm er die Marine-Dienstvorschrift zur Hand. »Man kann nicht früh genug anfangen.« Er setzte sich auf den einzigen Stuhl im Raum, schwang seine Beine auf den einzigen Tisch und schlug das Buch mit einem unglücklichen Seufzer auf.

»Woher wissen Sie überhaupt, was Sie zuerst studieren sollen?« Willie staunte über diesen Arbeitseifer.

»Ist doch völlig Wurst, Mann. Das ganze Zeug wird sowieso zu hoch für mich sein. Also ist es egal, wo ich anfange.«

Ein Stoß Bücher auf zwei stämmigen Beinen stakte zur Türe herein. »Platz da, meine Herren, hier komme ich!« ließ sich eine halberstickte Stimme vernehmen. Die Bücher kippten über und hüpften auf der noch freien Bettstelle umher. Sie enthüllten einen dicken, großen Matrosen mit lustigem rosigem Gesicht, kleinen Zwinkeraugen und einem gewaltigen, schlaff herunterhängenden Kauwerkzeug.

»Na, Leute, uns steht ja allerhand Zinnober bevor, was?« sagte er im hellen, singenden Tonfall der Südstaatler. »Mein Name ist Keefer.«

»Mein Name ist Keith.«

»Keggs.«

Der dicke Südstaatler schubste ein paar Bücher von der Bettstelle auf die Erde und streckte seine Glieder auf den Sprungfedern aus.

»Gestern abend noch mal schwer Abschied gefeiert, zum allerletzten Male«, stöhnte er und kicherte selig dabei. »O ihr Männer, warum tun wir uns bloß das an? – 'schuldigung!« Und er rollte mit dem Gesicht zur Wand.

»Sie wollen doch wohl jetzt nicht schlafen!« rief Keggs. »Wenn Sie geschnappt werden!«

»Mensch«, sagte Keefer schläfrig, »ich bin ein alter Krieger. Vier Jahre Kadettenkorps. Nur keine Sorge um Klein Keefer! Gebt mir nur einen Rippenstoß, wenn ich schnarche.« Willie hätte den alten Krieger um sein Leben gern gefragt, ob sein Hohlkreuz seiner Karriere im Krieg gefährlich werden könnte. Aber während er noch nach ein paar unverfänglichen Worten suchte, um das heikle Thema einzuleiten, ging Keefers Atem bereits regelmäßig und schwer. Nach wenigen Sekunden schlief er fest wie ein Schwein in der Sonne.

»Der fliegt bestimmt raus«, jammerte Keggs und blätterte weiter in seiner Dienstvorschrift. »Ich sicher auch. Dieses Buch ist für mich komplettes Kauderwelsch. Was, in aller Welt, ist ein Herzrad? Was versteht man unter einer unterbrochenen Schraube?«

»Weiß ich doch nicht. Aber hören Sie mal, was meinen Sie mit rausfliegen?«

»Wissen Sie nicht, wie die das hier handhaben? Erst kriegen wir drei Wochen Probezeit als Kadettenanwärter, dann machen sie die oberen zwei Drittel der Klasse zu endgültigen Seekadetten, der Rest fliegt raus, gleich rein ins Landheer.«

Die beiden Drückeberger sahen sich verständnisinnig an. Willies Hand kroch an seinem Rücken hoch; er wollte feststellen, wie hohl sein Kreuz eigentlich wäre. Dann begann er wie ein Irrer Rumpfbeugen zu machen. Mit jedem Mal kam er seinen Zehen näher. Der Schweiß brach ihm aus. Einmal kam es ihm vor, als habe er mit den Fingerspitzen seine Schnürsenkel gestreift, und er gluckste triumphierend. Mit Hängen und Würgen brachte er seine Finger schließlich bis an die Zehen. Als er sich schwindlig und mit zuckendem Rückgrat aufrichtete, bemerkte er, wie ihn Keefer, der wieder ganz wach war und sich zur Stube gedreht hatte, entsetzt aus seinen kleinen Augen anstarrte. Keggs hatte sich in eine Zimmerecke verdrückt. Willie versuchte harmlos zu lachen. Aber im selben Augenblick versagten ihm die Knie, und er mußte sich am Tisch festhalten, um nicht hinzuschlagen. Es war aus mit seiner schönen Ungezwungenheit.

»Geht doch nichts über ein bißchen Morgengymnastik«, lallte er mit verkrampfter Nonchalance.

»Nee«, bemerkte Keefer, »vor allem nicht nachmittags um drei. Lasse ich mir auch nie entgehen.«

Drei zusammengerollte Matratzen kamen hintereinander zur Tür hereingeschossen. »Matratzen!« verhallte eine gellende Stimme im Gang. Dann flogen Decken, Kissen und Laken herein, begleitet von einer anderen unsichtbaren Stimme: »Decken, Kissen und Laken!«

»Ergebensten Dank für die freundliche Aufklärung!« brummte Keefer und strampelte sich von einem der Laken frei, das ihn umschlang. Im Handumdrehen hatte er sein Bett gebaut, glatt und sauber wie gewalzt. Willie kramte seine alte Pfadfinder-Weisheit hervor, und auch sein Bett sah bald ganz annehmbar aus. Nur Keggs kämpfte zehn Minuten lang mit seinen Bettüchern, während die anderen längst ihre Bücher und Kleidungsstücke verstauten. Dann fragte er Keefer in hoffnungsvoller Erwartung:

»Na, was meinen Sie dazu?«

»Mensch«, sagte Keefer kopfschüttelnd, »sind Sie vielleicht ein Unschuldslamm!« Er trat an die Koje und fuhr ein paarmal mit der Hand darüber. Sofort richtete sich das Bettzeug militärisch in Linie aus wie im Trickfilm.

»Sie sind ein Hexenmeister!« rief Keggs.

»Ich habe übrigens zugehört, was Sie da vorhin gesagt haben, von wegen rausfliegen«, meinte Keefer sanft. »Beruhigen Sie sich, mein

Lieber, ich bin bestimmt mit dabei, wenn der große Morgen anbricht!«

Der Rest des Tages verging mit Appellen, Antreten, Wegtreten, Wiederantreten, Ansprachen, Märschen, Instruktionsunterricht und Untersuchungen. Jedesmal, wenn die Befehlsstelle entdeckte, daß irgendeine Kleinigkeit auf den hektographierten Anweisungen vergessen worden war, schmetterte die Trompete, und 500 Kadetten kamen aus dem Furnald-Haus herausgeströmt. Ein schlanker blonder Fähnrich namens Acres mit einem Babygesicht brüllte dann die neue Instruktion von den Treppenstufen herunter. Dabei streckte er das Kinn vor und glotzte drohend im Kreise herum. Darauf entließ er alle, und das Gebäude sog sie wieder ein. Bei diesem Atemprozeß war es das Pech der Leute vom zehnten »Deck«, daß im Aufzug nicht für alle genug Platz war. Sie mußten sich die neun Treppen, »Niedergänge« genannt, hinunterquetschen und später lange und ermüdend herumstehen oder zu Fuß hinaufklettern. Willie fiel fast um vor Müdigkeit, als sie schließlich zum Speisesaal geführt wurden. Aber das Essen belebte ihn wieder.

Als sie auf ihre Stube zurückgekehrt waren und endlich Zeit zum Reden hatten, machten sich die drei näher miteinander bekannt. Der schwerblütige Edwin Keggs war Mathematiklehrer und aus Akron in Ohio; Roland Keefer war der Sohn eines Politikers aus West-Virginia. Dort arbeitete er in der Personalabteilung der Staatsregierung. Wie er lachend sagte, kannte er sich aber in dem ganzen Zinnober der Personalangelegenheiten noch nicht aus, und er war überhaupt erst dabei, ein wenig ins Parlamentsgetriebe hineinzuriechen, als der Krieg ausbrach. Willies Geständnis, er sei Barpianist, fand bei den beiden anderen eine ziemlich kühle Aufnahme, und die Unterhaltung kam ins Stocken. Als er noch dazu verriet, daß er an einer so exklusiven Universität wie Princeton studiert hatte, legte sich eisiges Schweigen über das Gemach.

Dann ertönte der Zapfenstreich, und Willie kletterte in seine Koje. Es kam ihm plötzlich zum Bewußtsein, daß er während des ganzen Tages ja nicht einen einzigen Gedanken für May Wynn oder seine Eltern übrig gehabt hatte. Wochen schienen vergangen, seit er seine Mutter am Morgen des gleichen Tages in der 116. Straße geküßt hatte. Geographisch war er von Manhasset gar nicht weit entfernt, nicht weiter als von seinen Broadway-Lokalen. Innerlich aber fühlte er sich auf dem Nordpol. Er blickte sich in der engen Stube um, sah die nackten, gelbgestrichenen Wände mit ihren schwarzen Holzleisten, die von unheilschwangeren Büchern schweren Regale, die beiden fremden Menschen, die in Unterhosen in ihre Kojen stiegen. Mit ihnen sollte er fortan in einer Intimität leben, die er nicht einmal innerhalb seiner engsten Familie gekannt hatte. Er empfand ein ganz eigenartiges Gefühl. Es war ein Gemisch aus abenteuerlicher Romantik, als nächtige er in einem Zelt im Urwald, und aus bitterem Jammer über den Verlust seiner Freiheit.

May Wynn

Während des ersten Kriegsjahres war Willie bei seiner hohen Stammrollennummer vom Militär ungeschoren geblieben, ohne zur Marine Zuflucht nehmen zu müssen.

Man hatte öfters davon gesprochen, ob er nicht an die Princeton-Universität zurückkehren und dort noch seinen Doktor in Literaturgeschichte machen sollte als ersten Schritt zu einer akademischen Karriere. Aber nach einem Sommer im Hause seiner Großeltern in Rhode Island mit Tennis und zahlreichen kleinen Liebschaften fand er im September eine Anstellung in der Bar eines bescheidenen New Yorker Hotels. Dort spielte er Klavier und trug seine selbstkomponierten kleinen Couplets vor. Der erste selbstverdiente Dollar hat bei der Berufswahl immer bedeutsames Gewicht. Willie entschied sich für die Kunst. Viel verdiente er nicht in der Bar. Sein Gehalt war das niedrigste, das der Musikverband gerade noch zuließ. Aber das machte ihm weiter nichts aus, solange seine Mutter mit ihren Fünfzigdollarscheinen zur Stelle war. Sein Arbeitgeber, ein dunkelhäutiger, runzeliger Grieche, tröstete Willie, indem er auf die Berufserfahrung hinwies, die er sich bei ihm aneigne.

Willies Schlager waren gefällig, wie man das nennt, aber viel Witz oder musikalische Schöpferkraft verrieten sie nicht. Seine Glanznummer, die er nur bei vollem Hause vortrug, begann mit den Worten:

»Weißt denn du, wie das Gnu
Und sein Weibchen, die Gnukuh ...«

Das Couplet stellte Vergleiche zwischen dem Liebesspiel der Tiere und dem der Menschen an. Sonst stützten sich seine Meisterwerke in der Hauptsache auf gewagte Reimtricks, bei denen er im Refrain, anstatt das hinzugehörende unpassende Wort auszusprechen, ins Publikum grinste und ein harmloses unterschob, das sich nicht reimte. Dies erweckte jedesmal wieherndes Gelächter bei der Sorte von Gästen, die sich in dieser Bar herumtrieb. Willies kurzer studentischer Haarschnitt, seine kostspieligen Anzüge und sein charmantes Jungengesicht taten noch das Ihre, um sein bescheidenes Talent schmackhaft zu servieren. Meistens erschien er in rehfarbener Flanellhose, einer grünbraunen schottischen Wolljacke, schweren englischen Cordlederschuhen, grünbraunen schottischen Socken und einem schneeweißen Hemd mit einer Krawatte, die immer nach dem neuesten Schick geknotet war. Rein vom Malerischen her gesehen, kam der Grieche bei Willie jedenfalls glänzend auf seine Kosten.

Nach ein paar Monaten hörte der Eigentümer eines schmierigen Nachtlokals in der zweiundfünfzigsten Straße, der Tahiti-Bar, sein Programm und spannte ihn dem Griechen mit Hilfe einer Zulage von zehn Dollar wöchentlich aus. Der neue Vertrag wurde eines Nachmittags in der Tahiti-Bar ausgehandelt: einem feuchtkalten Kellerloch mit unzähligen Papiermachépalmen, an denen verstaubte Kokosnüsse hingen. Die Stühle standen noch auf den Tischen. Das geschah am 7. Dezember 1941.

Mit Stolz und Triumph in der Brust stieg Willie von dieser Besprechung wieder ans Licht des Tages. Nun hatte er den untersten Gehaltstarif hinter sich gebracht. Er kam sich vor, als habe er George Gershwin überflügelt und sei gerade dabei, Maurice Chevalier zu erledigen. Die Straße mit ihren bunten verwitterten Barschildern, ihren überlebensgroßen Porträts unbedeutender Kabarettgrößen, wie er selbst eine war, erschien ihm auf einmal als ein Paradies.

Er blieb an einem Zeitungskiosk stehen. Ungewöhnlich große und auffallende Schlagzeilen hatten ihn angezogen: »Bombenangriff der Japaner auf Pearl Harbor«. Wo Pearl Harbor lag, wußte er nicht. Es kam ihm vor, als müsse es sich irgendwo westlich vom

Panama-Kanal befinden. Er war sich auch darüber klar, daß dies Ereignis den Krieg für die Vereinigten Staaten bedeutete. Aber das alles kam ihm gegenüber seinem neuen Engagement in der Tahiti-Bar unwichtig vor. Die hohe Stammrollennummer sorgte ja sowieso noch dafür, daß sich der junge Mann wegen des Krieges weiter keine grauen Haare wachsen zu lassen brauchte.

Diesen plötzlichen Aufstieg in der Welt der fröhlichen Kunst gab er seiner Familie noch am gleichen Abend bekannt. Für Mrs. Keiths unglücklichen Feldzug um Willies Rückkehr zur Literaturgeschichte bedeutete er die endgültige Niederlage. Natürlich sprach man auch davon, ob Willie nicht vielleicht einrücken sollte. Im Vorortzug nach Manhasset hatte ihn das Kriegsfieber der aufgeregten Fahrgäste auch etwas angesteckt. Sein träges Gewissen war erwacht und ließ ihm keine rechte Ruhe mehr. Willie fing daher nach dem Abendessen von dem Thema an. »Eigentlich sollte ich ja«, sagte er, während ihm Mrs. Keith zum zweitenmal einen Berg Pudding auf den Teller häufte, »beides an den Nagel hängen, sowohl die Klavierspielerei als auch die Literaturgeschichte, und mich bei der Marine melden. Ich weiß bestimmt, ich könnte dort Offizier werden.«

Mrs. Keith warf ihrem Mann einen flüchtigen Blick zu. Der sanfte kleine Doktor, dessen rundes Gesicht dem Willies sehr ähnlich sah, behielt seine Zigarre im Mund. Er wollte sich lieber nicht äußern.

»Rede keinen Unsinn, Willie!« Mit blitzschneller Taktik ließ Mrs. Keith ihren noblen Wunschtraum »Dr. phil. Willie Seward Keith« unter den Tisch fallen. »Was! Gerade jetzt, wo deine Karriere eben anfängt, zu ernsthaften Hoffnungen zu berechtigen? Offensichtlich habe ich mich doch in dir geirrt. Wenn du es schon nach so kurzer Zeit fertigbringst, einen so aufsehenerregenden Sprung nach vorwärts zu machen, dann mußt du wirklich etwas los haben. Ich möchte, daß du dein Talent zur vollen Entfaltung bringst. Ich glaube jetzt wirklich, aus dir wird mal ein zweiter Maurice Chevalier.«

»Das Vaterland braucht Soldaten, Mutti!«

»Versuche nur nicht weiser zu sein als die Armee, mein Junge. Wenn sie dich brauchen, werden sie dich schon holen.«

»Was meinst du dazu, Papa?« sagte Willie.

Der rundliche Doktor fuhr sich mit der Hand durch die spärlichen

Reste seines schwarzen Haares. Die Zigarre verschwand aus seinem Mund. »Ja, Willie«, sagte er mit seiner warmen, ruhigen Stimme, »ich glaube, deine Mutter würde dich nur mit schwerem Herzen ziehen lassen.«

So kam es, daß Willie Keith vom Dezember 1941 bis April 1942 für die Gäste der Tahiti-Bar sang und Klavier spielte. Währenddessen eroberte Japan die Philippinen, sanken die »Prince of Wales« und die »Repulse«, fiel Singapore. Und die Verbrennungsöfen der Nazis verzehrten am laufenden Band Männer, Frauen und Kinder, Tausende jeden Tag.

Im Frühling traten zwei große Ereignisse ein, die Willies Dasein völlig umgestalteten: er verliebte sich, und er bekam seinen Gestellungsbefehl.

Die üblichen Affären eines Studenten mit großem Monatswechsel hatte er längst hinter sich. Mit den Töchtern aus den eigenen Gesellschaftskreisen hatte er nur geflirtet, mit den Mädchen aus dem Volke war er schon mehr aufs Ganze gegangen. Drei- oder viermal hatte er sich sogar, wie er sich jedenfalls einbildete, im Rausch tiefer Leidenschaft verloren.

Aber die Erschütterung, die May Wynn in seinem Leben bewirkte, war ein völlig neuartiges Erlebnis für ihn.

An jenem matschigen und regnerischen Tag erschien er in seinem Lokal, um beim Abhören neuer Programme Klavier zu spielen. Die Tahiti-Bar war zu allen Tageszeiten und bei jedem Wetter eine öde Spelunke, besonders aber am Nachmittag. Dann sah man im grauen Licht der Straße verschlissene Stellen an den muffigen roten Samtvorhängen des Foyers, platt getretenen Kaugummi auf dem blauen Teppich und Blasen an den orangefarbenen Türen. Dann hatten die nackten Südseeschönheiten an der Wand plötzlich sonderbar marmorierte Gewänder an aus Schnapsspritzern, verräucherter Farbe und einer dicken Schicht von schierem Schmutz. Aber Willie war dieses Loch gerade so recht, wie es war. Die verkommene Einrichtung, der Gestank von kaltem Tabakrauch, Schnaps und billigem Parfüm schienen ihm die gegebene Bühne für die Betätigung seines Ehrgeizes und seiner Talente zu sein.

Zwei Mädchen saßen in der hinteren Ecke des frostigen Raumes am Podium. Der Eigentümer der Bar, ein dicker bleicher Mann mit grauen Stoppeln auf den Backen und tiefen Furchen im Gesicht, lehnte am Flügel und kaute an einer halbgerauchten Zigarre. Er blätterte in einem Notenheft.

»Aha, da kommt Princeton. Los, Kinder!«

Willie streifte seine triefenden Gummiüberschuhe ab und stellte sie unter den Flügel. Er zog die pelzgefütterten Handschuhe aus, dann setzte er sich ans Klavier. Er musterte die Mädchen mit den Pferdehändleraugen des Zweiundzwanzigjährigen.

Die Blonde erhob sich und reichte ihm ihre Noten. »Können Sie vom Blatt transponieren, mein Engel? Hier steht das in G-Dur, ich möchte es aber lieber in Es-Dur machen«, sagte sie. An ihrem näselnden Jargon erkannte Willie sofort, daß ihr hübsches Gesicht eine hohle Maske war. Sie gehörte zum Treibsand in den Seitenstraßen des Broadway.

»Es-Dur, bitte sehr.« Dann wanderte sein Blick zur anderen Sängerin. Sie war eine zierliche Person mit einem großen schwarzen Hut, unter dem ihr Haar verborgen war. Er wußte nicht recht, was er aus ihr machen sollte. – Nix heute, dachte er.

Die Blonde sagte: »Ich hoffe nur, meine Erkältung ruiniert nicht total meine Chancen. Vorspiel bitte!«

Mit mehr Verbissenheit als Temperament ackerte sie durch ihren Schlager. Mr. Dennis, der Eigentümer, dankte ihr und sagte, er werde sie anrufen. Dann nahm die Kleine ihren Hut ab und trat vor. Sie stellte ein ungewöhnlich dickes Notenheft vor Willie aufs Pult. »Vielleicht sehen Sie sich das Stück lieber erst mal an, allerhand Tricks drin.«

Dann wandte sie sich etwas lauter an den Wirt: »Was dagegen, wenn ich meinen Mantel anbehalte?«

»Wie Sie wollen, Kind. Lassen Sie mich nur mal einen kurzen Blick auf Ihre Figur werfen, ehe Sie gehn.«

»Warum nicht gleich?« Das Mädchen schlug seinen weiten braunen Regenmantel auf und drehte sich einmal um sich selber.

»In Ordnung«, sagte Mr. Dennis. »Können Sie außerdem auch singen?«

Willie sah gerade die Noten durch und verpaßte den Anblick, obgleich er sich sofort umdrehte. Das Mädchen sah ihn ein wenig boshaft an und lächelte. Sie behielt die Hände in den Taschen.

»Wird auf Ihre Meinung auch Wert gelegt, Mr. Keith?« Sie tat so, als ob sie ihren Mantel nochmals öffnen wollte.

Willie grinste. Er wies auf die Noten. »Etwas ungewöhnlich«, bemerkte er.

»Hat mich auch hundert Dollar gekostet«, antwortete das Mädchen. »Kann's losgehen?«

Die Noten enthielten nichts Geringeres als die Romanze des Cherubin aus »Figaros Hochzeit«, und zwar auf italienisch. Mittendrin kam eine Jazzparodie mit Text in fragwürdigem Englisch. Dann kehrten die Noten wieder zu Mozart und DaPonte zurück. »Haben Sie nichts anderes?« fragte Willie die Sängerin. Ihre erstaunlichen strahlendbraunen Augen und die schwere Fülle ihres hochgesteckten kastanienfarbenen Haares waren ihm nicht entgangen. Er wünschte sich nur, er könnte auch ihre Figur einmal sehen – ein ungewöhnliches Bedürfnis bei ihm, denn zierliche Mädchen waren sonst nicht sein Typ, und rotschimmerndes Haar mochte er schon gar nicht. An der Universität hatte er sich diese Geschmacksrichtung nach Freudscher Methode als Verdrängung aus einem Ödipus-Komplex heraus zurechtgelegt.

»Warum denn? Spielen Sie das ruhig mal.«

»Wird ihm wohl nicht sehr gefallen«, flüsterte Willie kollegial, »zu hohe Klasse.«

»Na, einmal können wir's doch versuchen, einmal zu Ehren der guten alten Princeton-Universität. Wollen wir?«

Willie begann zu spielen. Mozarts Musik gehörte für ihn zu den wenigen Höhepunkten dieser Welt. Er war ihr mit ganzer Seele verfallen. Die Romanze kannte er auswendig. Als er dem alten Klapperkasten mit seinen zerschlagenen gelben Tasten und den zahllosen Brandflecken darauf die ersten Takte abrang, lehnte sich das Mädchen an den Flügel. Sie stützte den Arm auf, ihre leicht gekrümmte Hand hing dicht vor seinem Gesicht. Diese Hand war klein, mit kurzen, sehnigen und kräftigen Fingern und für ein junges Mädchen vielleicht etwas derb. Die aufgesprungene Haut um die Knöchel erzählte von reichlichem Spülwasser.

Das Mädchen schien eher für einen Kreis von Freunden zu singen, als um ein dringend ersehntes Engagement zu erhalten. Willies durch jahrelangen Opernbesuch geschultes Ohr merkte sofort, dies war keine große oder gar durchgebildete Stimme; die Kleine sang nicht besser, als jedes gescheite Mädchen mit einer halbwegs hübschen Stimme und etwas Liebe zur Musik auch fertiggebracht hätte. Aber sie besaß jenen eigentümlichen Charme, der selbst den meisten Stars versagt ist – jubelnde Frische und echtes Musikantentum.

Mozarts Melodie füllte den düsteren Raum mit goldenem Glanz. Sogar die Blonde blieb am Ausgang stehen, drehte sich um und hörte andächtig zu. Willie sah, während er begleitete, zu der Sängerin auf, lächelte sie an und nickte ihr Beifall zu. Auch sie lächelte und deutete dabei mit kurzer zupfender Bewegung eine Gitarrenbegleitung an. Ihre Gesten hatten spielerische Lebendigkeit und Anmut. Die italienischen Worte sang sie mit richtigem Akzent, offenbar kannte sie genau ihre Bedeutung.

»Aufpassen, jetzt kommt die Einlage«, flüsterte sie ihm während einer Pause der Gesangstimme zu. Blitzschnell griff sie hinunter, blätterte um und wies auf die Stelle. Willies Finger glitten in den Jazzrhythmus hinüber. Jetzt trat die Kleine plötzlich vom Flügel zurück, spreizte die Hände wie eine Jazzsängerin und bemühte sich krampfhaft, zu steppen. Sie wiegte die Hüften, warf ihre Lippen auf und blähte die Nasenflügel, sie äffte den südlichen Akzent nach und lächelte breit von einem Ohr zum anderen. Bei jeder hohen Note warf sie den Kopf zurück und verdrehte die Handgelenke. Ihr ganzer Charme war hin.

Die Jazzeinlage ging zu Ende. Wie die Musik zu Mozart, so kehrte das Mädchen zu seiner natürlichen Ungezwungenheit zurück. – Nichts Süßeres gab es, dachte Willie, als die gelassene Art, wie sie da, an den Flügel gelehnt, die Hände tief in den Taschen ihres Mantels, den Schluß der Arie sang. Traurigkeit befiel ihn, als er die letzten Takte der Begleitung ausklingen ließ.

»Haben Sie nicht noch was Zünftiges bei sich?« fragte der Wirt. »Ich habe noch ›Süße Susi‹ und ›Stadtklatsch‹ bei mir – das ist alles im Augenblick. Aber ich kann noch mehr als das …« – »… Famos. Augenblickchen mal, ja? Willie, kommen Sie mal eben mit ins Büro.«

Das Chefbüro war eine grün angestrichene kleine Bude ganz hinten im Keller. An den Wänden klebten zahllose Fotografien von Schauspielern, Sängern und Sängerinnen. Als Beleuchtung diente eine nackte Birne, die von der Decke herunterbaumelte. Mr. Dennis warf für Dekorationen, die dem Publikum unsichtbar blieben, kein Geld zum Fenster hinaus. »Was denken Sie?« fragte er und zündete sich seinen Zigarrenstummel wieder an.

»Die Blonde ist jedenfalls kein Himmelsstürmer.«

»Glaub' ich auch nicht. Und die Rothaarige?«

»Wie war noch ihr Name?«

»May Wynn«, sagte der Wirt. Er blinzelte Willie an, vielleicht weil ihm das rauchende Zigarrenende so dicht unter der Nase steckte.

Manchmal erklingt ein Name und hallt uns laut in der Brust wider, als wäre er durch einen weiten, leeren Raum gerufen worden. Oft ist alles nur Trug. Willie jedoch war allein schon vom Klang der Worte *May Wynn* tief betroffen. Er schwieg.

»Warum? Hat sie Ihnen gefallen?«

»Was hat sie eigentlich für eine Figur?« lautete Willies Antwort.

Der Wirt hustete den Qualm seiner Zigarre in die Luft und drückte ihre kümmerlichen Reste in den Aschenbecher. »Was hat das mit den Kartoffelpreisen zu tun, ich will wissen, ob sie singen kann.«

»Hören Sie – ich für meine Person liebe Mozart«, antwortete Willie ausweichend, »aber ...«

»Sie ist billig«, sagte Mr. Dennis nachdenklich.

»Was billig?« Willie war beleidigt.

»Gage, Princeton, die Gage! Für weniger dürfte sie nicht singen, ohne uns die Streikposten auf den Hals zu zerren. Ich weiß nicht recht. Wäre ja möglich, daß die Mozartsache sich als prima Neuigkeit entpuppt – vornehm, Klasse, charmant. Kann auch sein, daß die Leute ausrücken, als wär 'ne Stinkbombe geplatzt. – Wollen mal hören, wie sie das andere Zeug singt.«

May Wynns »Süße Susi« war besser als ihre Jazzsingerei von vorhin, vielleicht weil das Stück diesmal nichts mit Mozart zu tun hatte: weniger Hände, weniger Zähne, weniger Hüften, und den südlichen Akzent hatte sie auch gemildert.

»Bei welchem Agenten sind Sie, Kleine, bei Bill Mansfield?« fragte Mr. Dennis.

»Marty Rubin«, antwortete May Wynn, noch etwas außer Atem.

»Können Sie Montag anfangen?«

»Und ob«, hauchte das Mädchen.

»In Ordnung. Zeigen Sie ihr das Lokal, Princeton«, sagte Mr. Dennis und verschwand in seinem Büro. Willie Keith und May Wynn standen allein unter den falschen Palmenzweigen und Kokosnüssen.

»Ich gratuliere!« sagte Willie und streckte ihr die Hand hin. Sie schüttelte sie kurz und herzlich.

»Schönen Dank! Mein Himmel, wie bin ich da nur drangekommen? Den Mozart habe ich doch arg mißhandelt!«

Willie bückte sich nach seinen Gummischuhen. »Wo möchten Sie gern essen?«

»Essen? Ich geh' nach Hause essen, danke schön. – Wollten Sie mir nicht noch das Lokal zeigen?«

»Was ist da viel zu zeigen? Ihre Garderobe ist die mit dem grünen Vorhang gegenüber der Damentoilette. Ein Loch, kein Fenster, kein Waschbecken. Wir arbeiten um zehn, zwölf und um zwei. Sie müssen um halb neun hiersein. Mehr ist nicht.« Er stand auf. »Essen Sie gerne Pizzas?«

»Warum wollen Sie mich unbedingt zum Essen einladen? Das ist doch nicht nötig.«

»Weil ich«, sagte Willie, »im Augenblick nichts Schöneres mit meinem Leben anzufangen wüßte.«

May Wynns Augen wurden groß. Verwunderung lag in ihnen und jenes scheue Mißtrauen der Tiere des Waldes. Willie faßte sie entschlossen unterm Arm.

»Kommen Sie, los!«

»Dann muß ich erst mal telefonieren«, sagte das Mädchen, aber es ließ sich dabei zum Ausgang schleppen.

Luigis Restaurant war ein freundliches kleines Lokal mit vielen Tischchen, jedes in einer Nische für sich. Wärme und ein appetitanregender Geruch empfingen die beiden nach dem feuchtkalten Halbdunkel der Straße.

May Wynn setzte sich in eine der Nischen neben der Küche, in der es brutzelte. Ihren nassen Mantel behielt sie an. Willie wandte kein Auge von ihr.

»Was ist denn los mit Ihnen? Ziehen Sie doch Ihren Mantel aus!«

»Ich denke nicht daran. Ich friere.«

»Lügen Sie nicht. Dieses ist das wärmste und miefigste Lokal von ganz New York.«

May Wynn erhob sich zögernd, als wollte man sie zwingen, sich nackt auszuziehen. »Sie kommen mir langsam komisch vor. – Was fällt Ihnen überhaupt ein«, setzte sie errötend hinzu, »mich so anzuglotzen!«

Willie stand da wie ein junger Brunfthirsch – aus recht begreiflichen Gründen: May Wynn hatte eine hinreißende Figur. Sie trug ein purpurrotes Seidenkleid und einen engen grauen Gürtel um die Taille. Sie setzte sich hin, noch ganz verlegen, und mußte sich alle Mühe geben, Willie nicht ins Gesicht zu platzen. »Sie haben vielleicht eine Figur!« sagte dieser, während er sich langsam hinsetzte. »Ich hatte schon Angst, Sie hätten womöglich Elefantenbeine oder eine flache Brust!«

»Bittere Erfahrungen!« erwiderte May Wynn. »Ich habe nicht gern Engagements oder Freunde nur auf meine Figur hin. Man erwartet dann etwas von mir, womit ich nicht aufwarten kann.«

»May – Wynn«, sagte Willie gedankenvoll. »Der Name gefällt mir.«

»Gott sei Dank. Ich habe auch lange gebraucht, bis er mir eingefallen ist.«

»Wieso? Ist denn das nicht Ihr richtiger Name?«

Das Mädchen zuckte die Schultern. »Natürlich nicht. Dafür ist er viel zu schön.«

»Wie heißen Sie denn?«

»Nehmen Sie mir's nicht übel, aber unsere Unterhaltung wird mir allmählich zu dumm. Was bilden Sie sich überhaupt ein, mich so zu verhören?«

»Nicht böse sein, bitte!«

»Schließlich kann ich's Ihnen ja ruhig sagen, obgleich ich sonst nicht davon spreche. Ich heiße Maria Minotti.«

»Oha!« Willies Blick fiel gerade auf einen Kellner, der ein Tablett mit Spaghetti vorbeitrug. »Dann dürften Sie ja hier zu Hause sein.«

»Das kann man wohl sagen.«

Auf diese unerwartete Eröffnung reagierte Willie mit vielfältigen Gefühlen, und er zog schwerwiegende Folgerungen aus ihr. Er empfand eine Mischung von Erleichterung, Vergnügen und Enttäuschung. Der Schleier des Geheimnisses um Mays Person wurde grausam heruntergerissen. Eine Barsängerin, die mit Verständnis Mozart-Arien sang, war ein unerklärbares Wunder. Denn nach Willies Begriffen war Vertrautheit mit der Oper gleichbedeutend mit hoher Kultur. Bei einer Italienerin war das etwas anderes; dann nämlich sank die Besonderheit zur rassebedingten Gewohnheit einer niederen Kaste herab und verlor damit ihr Gepräge. Eine Maria Minotti war jemand, mit dem man leicht fertig werden konnte. Als solche war sie eingestuft, und zwar als eine ganz gewöhnliche Barsängerin, wenn auch sicherlich als eine besonders hübsche. Die Angst, er könne hier in eine ernsthafte Verbindung hineinstolpern, beruhte dann auf falscher Voraussetzung. Es war für ihn von vornherein ausgeschlossen, eine Italienerin zu heiraten. Die Italiener waren arm, schlampig, vulgär und obendrein katholisch. Das alles bedeutete nun beileibe nicht, daß der Spaß damit zu Ende sei. Im Gegenteil, er durfte sich fortan um so sorgloser mit dem Mädchen amüsieren, als ja weiter nichts daraus entstehen konnte.

May Wynn beobachtete ihn aufmerksam. »Woran denken Sie jetzt?«

»Oh, an lauter nette Dinge, unter anderem an Sie!«

»Ihr Name, Willie Seward Keith, ist doch wohl echt?«

»Allerdings.«

»Und Sie gehören zu einer vornehmen alten Familie?«

»Ebenso alt wie vornehm. Meine Mutter ist eine geborene Seward, von den ›Mayflower‹-Sewards. Ihre Ehe mit meinem Vater war eine Art Mesalliance, die Familie Keith ist erst 1795 herübergekommen.«

»Mein Gott! Die ganze Revolution verpaßt.«

»Und ob, ganz ordinäre Einwanderer. Mein Großvater hat das ein wenig wiedergutgemacht, er war Chirurg am Chase-Krankenhaus und galt hier im Osten als die große Kanone in seinem Fach.«

»Nee, Princeton«, sagte das Mädchen und lachte lustig, »mit uns beiden wird das bestimmt nie klappen. Da wir gerade von Einwanderern sprechen, meine Familie ist 1920 herübergekommen. Mein Vater hat einen Obstladen in der Bronx. Meine Mutter kann kaum ein Wort Englisch.«

Die Pizzas wurden auf zwei großen runden Zinnplatten serviert. Es waren dampfendheiße Pfannkuchen mit Käse und Tomatensauce darüber. Willies Pizza war auf der einen Hälfte mit Anchovis belegt. May Wynn nahm ein dreieckiges Stück auf die Gabel, rollte es kunstgerecht mit einer schnellen Drehung ihrer Finger auf und biß hinein. »Meine Mutter macht bessere Pizzas als diese. Und ich selber, wenn Sie's wissen wollen, mache ungefähr die besten, die es überhaupt gibt.«

»Wollen Sie mich heiraten?«

»Nee, Ihrer Mutter würde das nicht passen.«

»Großartig«, sagte Willie, »dann verstehen wir uns. Gestatten Sie mir also, Ihnen mitzuteilen, daß ich dabei bin, mich in Sie zu verlieben.«

Eine düstere Wolke zog über des Mädchens Gesicht. »Wollen Sie bitte mit Ihren Schlägen über dem Gürtel bleiben, mein lieber Freund!«

»Ich habe mir nichts Schlimmes dabei gedacht!«

»Wie alt sind Sie eigentlich?« fragte May.

»Zweiundzwanzig. Warum?«

»Sie sehen viel jünger aus.«

»Mein Kindergesicht. Ich werde vermutlich erst wählen dürfen, wenn ich siebzig bin.«

»Nein, das ist – das ist Ihr ganzes Wesen. Ich glaube, es gefällt mir.«

»Und wie alt sind Sie?«

»Ich darf noch nicht wählen.«

»Sind Sie verlobt, May, oder haben Sie einen Freund oder so?«

»Ach du lieber Gott!« rief May. Sie mußte husten.

»Nun?«

»Sprechen wir lieber über Bücher. Sie haben doch in Princeton studiert.«

Dann sprachen sie wirklich über Bücher. Sie tranken Wein und aßen ihre Pizzas. Willie begann mit den laufenden Bestsellern. Über sie wußte May noch einigermaßen Bescheid. Dann gingen sie allmählich zu seinen Lieblingsschriftstellern aus dem achtzehnten und neunzehnten Jahrhundert über. Hier wurden die Antworten des Mädchens lahmer.

»Dieser Dickens!« rief Willie, der mit seinen literarhistorischen Kenntnissen plötzlich in Schwung geriet. »Wenn ich ein Kerl wäre, dann würde ich mein ganzes Leben weiter nichts tun, als Dickens-Forschung betreiben. Er und Shakespeare werden noch lebendig sein, wenn das Englische längst eine tote Sprache geworden ist wie das Latein. Kennen Sie seine Romane?«

»Alles, was ich von ihm gelesen habe, sind die ›Weihnachtsgeschichten‹.«

»Oh!«

»Hören Sie zu, mein Bester, ich bin nie über die Volksschule hinausgekommen. Es stand sehr böse um unseren Obstladen, als ich aus der Schule kam. Für solche Kleinigkeiten wie meine Schneiderin und meine Strümpfe mußte ich selber aufkommen, dazu auch gelegentlich noch für die ganze Familie Essen kaufen. Ich habe bei Woolworth und in Limonadebuden gearbeitet. Ein paarmal habe ich mich auch an Dickens herangewagt. Aber das hält schwer, wenn man den ganzen Tag auf den Beinen gestanden hat.«

»Sie werden an Dickens eines Tages doch noch Geschmack finden.«

»Das hoffe ich auch. Aber ich glaube, dazu gehören Zehntausend auf der Bank.«

»Ich habe keinen Cent auf der Bank.«

»Aber Ihre Frau Mama. Selbe Sache.«

Willie lehnte sich behaglich zurück und zündete sich eine Zigarette an. Jetzt war er ganz und gar Student. »Es ist natürlich richtig, daß die Liebe zu den schönen Künsten eine gewisse Muße zur Voraussetzung hat. Aber das berührt keineswegs ihren inneren Wert und ihre Bedeutung. Die alten Griechen ...«

»Wollen wir jetzt nicht lieber gehen? Ich möchte heute abend noch an meinem Programm arbeiten, da ich nun ein Engagement habe.«

Draußen regnete es in Strömen. Die leuchtenden Lichtreklamen in Blau, Grün und Rot ergossen in der dunklen Straße fluoreszierende Farbtöne auf den nassen Asphalt. »Auf Wiedersehn. Und vielen Dank für die Pizza.«

»Was heißt auf Wiedersehn? Ich bringe Sie doch mit dem Taxi nach Hause.«

»Lieber Junge, ein Taxi nach Bronx kostet fünf Dollar.«

»Ich habe fünf Dollar.«

»Nein, danke. Für meinesgleichen ist die U-Bahn da.«

»Also schön, dann nehmen wir ein Taxi zur U-Bahn-Station.«

»Taxis, Taxis! Wozu hat uns der liebe Gott die Füße wachsen lassen? Gehen Sie meinetwegen mit mir bis zur Fünfzigsten.«

Willie mußte an George Merediths Gedichte auf das Wandern im Regen denken. Er fiel mit der kleinen Sängerin in gleichen Schritt. Sie hakte sich bei ihm ein. Schweigend gingen sie nebeneinander her. Die Tropfen peitschten ihnen ins Gesicht und fegten ihre Mantelkragen hoch. Die Hand auf seinem Arm sandte einen warmen Strom durch seinen ganzen Körper.

»Es ist doch etwas Köstliches um das Wandern im Regen!« bemerkte er.

May sah ihn von der Seite an. »Sie würden ganz anders darüber denken, Mister Princeton, wenn Sie es unfreiwillig tun müßten.«

»Nun hören Sie endlich mal auf, fortwährend mit dem armen kleinen Hausiermädchen zu kokettieren«, sagte Willie. »Ist das hier Ihr erstes Engagement?«

»In New York ja. Ich singe erst seit vier Monaten. Bisher habe ich in einem Haufen von Kneipen in New Jersey gearbeitet.«

»Wie zieht denn Mozart in so einer Jerseykneipe?«

May schüttelte sich. »Nie ausprobiert. Für diese Leute ist ›Sternschnuppen‹ hochklassische Musik wie für uns eine Motette von Bach.«

»Wer hat eigentlich den englischen Text in Ihrem Stück verfaßt? Sie selber?«

»Mein Agent, Marty Rubin.«

»Fürchterlich!«

»Schreiben Sie mir doch einen besseren!«

»Das walte Gott!« brüllte Willie. Sie überquerten gerade durch einen Knäuel hupender Taxis und Autobusse hindurch den Broadway. »Heute abend noch!«

»War doch nur Spaß. Ich könnte Ihnen das gar nicht bezahlen!«

»Ist bereits geschehen. Ich habe Mozart noch nie so genossen wie heute nachmittag.«

May löste sich von seinem Arm. »Sie brauchen mir so was gar

nicht zu erzählen. Ich mache mir wirklich nichts aus Süßholzgeraspel, man hat mir das Zeug schon meterlang vorgesetzt.«

»Mitunter – sagen wir: einmal in der Woche – bin ich aufrichtig«, antwortete Willie.

May sah ihn an. »Ich hab's nicht bös gemeint.«

Am Kiosk blieben sie stehen. Der schäbige alte Zeitungsverkäufer brüllte mit heiserer Stimme seine sogenannten Siege in die Luft und verbarg die Schlagzeilen unterm Wachstuch. Die Menge drückte sich an ihnen vorbei. »Besten Dank für das schöne Abendessen«, sagte May Wynn. »Also bis Montag.«

»Warum nicht früher? Kann doch sein, daß ich Sie brauche. Wie lautet Ihre Telefonnummer?«

»Ich habe kein Telefon.« Willie fuhr zusammen. Diese May Wynn mußte wirklich aus ganz kümmerlichen Verhältnissen kommen. »Im Nachbarhaus bei uns ist aber ein Bonbonladen«, fuhr sie fort, »wo ich im Notfall zu erreichen bin. Andere Möglichkeiten gibt's nicht.«

»Wenn nun solch ein Fall eintritt? Geben Sie mir bitte die Nummer von dem Laden.«

»Das nächste Mal!« Sie lächelte. Ihre Zurückhaltung verwandelte sich für einen Augenblick in Koketterie. »Vor Montag habe ich sowieso keine Zeit. Muß meine neuen Stücke üben. Wiedersehen!«

»Ich fürchte, ich hab' Sie mit all meinem Büchergequatsche gelangweilt«, sagte Willie. Er versuchte, die verglimmende Unterhaltung wieder anzufachen.

»Aber nicht doch. Ich hab' mich prima amüsiert.« Sie hielt inne und streckte ihm die Hand hin. »Es war ein lehrreicher Nachmittag für mich.«

Das Mädchen war schon im Gedränge untergetaucht, ehe sie am Fuß der Treppe ankam, Willie verließ langsam den Eingang der U-Bahn. Er hatte das absonderliche Gefühl, als sei er neu geboren. Das Roxy-Theater, die schwarzen Gebäudeschäfte der Radio-City, von gelben Lichtern übersät, die bunten Restaurantschilder, die knatternd dahinsausenden Taxis – alles verschwamm ineinander zu einer Märchenwelt. New York war plötzlich eine sehr schöne und geheimnisvolle Stadt geworden wie Bagdad.

Um drei Uhr am nächsten Morgen öffnete Willies Mutter in ihrem dunklen Schlafzimmer die Augen. Sie fuhr aus einem eigenartig lebendigen Traum empor: sie befand sich in der Oper. Einen Augenblick lauschte sie auf das Echo der Musik, das ihr noch in den Ohren klang, dann setzte sie sich im Bett auf. Plötzlich wurde ihr klar: das war ja leibhaftige Musik, die sie da vernahm – das war Cherubins Romanze, die von Willies Zimmer her durch die Halle flutete. Sie stand auf und zog ihren blauseidenen Kimono an. »Aber lieber, guter Willie! – Platten zu dieser nachtschlafenden Zeit?«

Er saß in Hemdsärmeln an seinem Koffergrammophon, Notenblock und Bleistift in der Hand. Schuldbewußt sah er auf und stellte den Apparat ab. »Entschuldige, Mutter. Ich wußte nicht, daß das so weit trägt.«

»Was machst du da überhaupt?«

»Ich stehle eine Seite aus Mozart für eine neue Nummer – leider.«

»Pfui, du schlechter Mensch!« Sie sah ihren Sohn lange an. Es gab keinen Zweifel mehr: dieser merkwürdig exaltierte Blick, das war die schöpferische Raserei. »Sonst fällst du doch immer gleich ins Bett, wenn du nach Hause kommst.«

Willie stand auf, legte den Block umgekehrt auf seinen Stuhl und gähnte. »Kam mir nur gerade so in den Sinn. Aber ich bin doch zu müde. Ich warte lieber bis morgen früh.«

»Möchtest du gern ein Glas Milch? Martina hat eine gute Schokoladentorte gebacken.«

»Ich habe in der Küche schon ein Stück gegessen. Tut mir leid, Mutter, daß ich dich geweckt habe. Nacht!«

»Ein zauberhafteres Stück kann man allerdings auch kaum stehlen«, sagte sie und hielt ihm zum Kuß die Wange hin.

»Nee, was Zauberhafteres gibt's nicht«, erwiderte Willie und schloß die Tür hinter ihr.

May Wynns Engagement in der Tahiti-Bar dauerte drei Wochen. Ihre Mozart-Novität fand eine gute Aufnahme. Mit jedem Abend vertiefte sich ihr Vortrag. Er wurde schlichter und klarer, auch ihre Bewegungen gewannen an natürlicher Grazie. Ihr Agent und Betreuer, Marty Rubin, kam jede Woche mehrere Male, um sie anzuhören. Nach der Vorstellung blieb er dann gewöhnlich noch eine Stunde an ihrem Tisch oder in ihrer Garderobe sitzen und unterhielt sich mit ihr. Er war ein dicker kleiner Mann mit einem Mondgesicht, etwa fünfunddreißig Jahre alt. Er hatte flachsblondes Haar und trug eine scharfe Brille ohne Ränder. Die ausgestopften Schultern und die weiten Hosen seiner Anzüge waren unverkennbarer Broadway-Stil, aber er bevorzugte ruhige Farben, wie Braun oder Grau. Gelegentlich unterhielt sich Willie mit ihm. Er wußte, Rubin war Jude, dachte deshalb aber nicht weniger nett über ihn. Willie mochte die Juden im allgemeinen gern. Er schätzte ihre menschliche Art, ihre gute Laune und ihre Fixigkeit. Darin war er aufrichtig, obwohl sein Elternhaus in einer Villenkolonie stand, in der sich Juden nicht ankaufen durften.

Von diesen Besprechungen mit Rubin abgesehen, war es Willie, der Mays gesamte Zeit für sich mit Beschlag belegte. Meistens saßen sie in der Garderobe des Mädchens, rauchten oder schwatzten – Willie, die akademisch gebildete Autorität, May – teils ehrfurchtsvoll, teils auch ein wenig spöttisch – die kleine Ignorantin. Nach einigen Abenden gelang es Willie endlich, sie zu überreden, auch am Tage einmal mit ihm auszugehen. Er nahm sie mit ins Museum für Moderne Kunst. Das ging allerdings schief. Mit Entsetzen starrte sie auf die Meisterwerke der Dali, Chagall und Picasso, dann brüllte sie vor Lachen. Im Metropolitan-Museum ging es schon besser. Renoir und Greco wirkten auf sie und machten ihr Freude. Willie mußte sie gleich noch ein zweites Mal mit hinnehmen. Er war ein guter Führer. »Himmel«, entfuhr es ihr einmal, als er ihr von Whistlers Leben erzählte, »lernt man all das Zeug tatsächlich in den vier Jahren an der Uni?«

»Doch nicht ganz. Aber meine Mutter hat mich seit meinem sechsten Lebensjahr mit in die Museen geschleift. Sie sitzt hier im Vorstand.«

»Ach so.« Das Mädchen war ein wenig enttäuscht.

Bald hatte Willie die Telefonnummer des Bonbonladens in der Bronx von ihr ergattert, und sie trafen sich auch dann weiter, als Mays Engagement in der Tahiti-Bar sein Ende gefunden hatte. Es war April geworden. Ihre Unternehmungen dehnten sich jetzt auf lange Spaziergänge im Central-Park aus, der in jungem Grün stand, auf Mahlzeiten in teuren Restaurants, auf Küsse in Taxis und auf gefühlvolle Geschenke, wie Kätzchen aus Elfenbein, zottige Teddybären und Haufen von Blumen. Ohne einige Gedichte ging es bei Willie natürlich auch nicht ab. Sie taugten zwar nicht viel, aber May nahm sie natürlich mit nach Hause und las sie immer und immer wieder durch. Dabei weinte sie heiße Tränen. Noch nie hatte jemand sie angedichtet. Ende April erhielt Willie die Karte mit dem Gestellungsbefehl. Das war die Sturmglocke, die ihm den Krieg wieder zum Bewußtsein brachte Er ging sofort zur Personalabteilung der Marinestation. Dort nahm man ihn für den Dezembertermin bei der Seekadettenschule an. Das rettete ihn zunächst einmal aus den Klauen der Landarmee und stellte ihn außerdem noch für eine geraume Zeit vom Dienstantritt zurück.

Für Mrs. Keith aber war seine Einberufung eine Tragödie. Sie tobte über diese Stümper in Washington, die dafür verantwortlich waren, daß der Krieg so lange dauerte. Zwar glaubte sie noch immer fest, er würde zu Ende gehen, ehe ihr Willie die Uniform anziehen müßte. Manchmal aber lief es ihr eiskalt über den Rücken, wenn sie daran dachte, man könnte ihr ihren Jungen schließlich doch noch fortholen. Ganz vorsichtig streckte sie daher bei einflußreichen Freunden ihre Fühler aus, ob sie Willie nicht zu einem Druckposten innerhalb der Staaten verhelfen könnten. Doch allenthalben stieß sie dabei auf steinerne Mienen.

So beschloß sie denn, wenigstens diese letzten Monate noch möglichst freudenreich für ihren Sohn zu gestalten. Auch May Wynn widmete sich dieser Aufgabe mit gutem Gelingen, aber natürlich wußte Mrs. Keith davon nichts; hatte sie doch gar keine Ahnung von der Existenz dieses Mädchens. Sie brachte Willie dazu, sein Engagement aufzugeben, und verfrachtete ihn mitsamt dem folgenden Doktor auf einen Dampfer nach Mexiko. Willie, den Sombreros, strahlendes Sonnenlicht und geflügelte Schlangen an zerfallenen Pyramiden bodenlos langweilten, gab all sein Geld für unzählige Ferngespräche mit dem Bonbonladen aus. May machte ihm stets heftige Vorwürfe wegen dieser Verschwendungssucht; aber der strahlende Klang ihrer Stimme verriet ihm, wie glücklich sie im Grunde war, und mehr brauchte er nicht. Im Juli kamen sie zurück. Mit unbeirrbarer Tyrannei entführte ihn Mrs. Keith gleich wieder weiter, diesmal zu »einem letzten wundervollen Sommer« nach

Rhode Island. Unter den fadenscheinigsten Ausflüchten gelang es ihm ein halbes dutzendmal, nach New York zu entwischen. Diese Fahrten bedeuteten ihm das Leben. Zum Herbst war May Wynn von Marty Rubin für eine Tournee durch mehrere Nachtlokale in Chicago und in St. Louis verpflichtet worden. Im November kam sie zurück, gerade noch rechtzeitig für drei glückliche Wochen mit Willie. Um seiner Mutter die Abwesenheit vom Haus plausibel zu machen, vollbrachte er Wunder an kühnster Flunkerei; sie hätten einen dicken Band mit Kurzgeschichten füllen können.

Weder er noch May hatten übers Heiraten gesprochen. Oft fragte er sich, warum May dieses Thema wohl immer vermied. Andererseits war er froh, daß sie sich damit zufriedengab, ihre gemeinsamen Beziehungen innerhalb der Sphäre wilder Küsse zu belassen. Er rechnete damit, dieser Zustand werde sich lange genug frisch erhalten, um ihm auch noch die vier Monate Seekadettenschule zu versüßen. Danach würde er auf See gehen, und ein erwünschter und schmerzloser Abschluß käme damit von selbst. Er war sehr darüber erbaut, wie er es so schön fertiggebracht hatte, aus dieser Affäre bei einem Minimum an Verpflichtungen ein Maximum an Vergnügen zu ziehen. Er bewies sich damit, welch ein reifer Lebenskünstler er war. So tat er sich auch viel darauf zugute, nie den Versuch gemacht zu haben, mit May ins Bett zu gehen. Die richtige Politik, so hatte er es sich zurechtgelegt, bestand darin, die sprühenden und zündenden Wirkungen, die von dem Mädchen ausgingen, in vollen Zügen zu genießen, ohne sich dadurch in die Patsche bringen zu lassen. Und das war gewiß eine weise Politik. Nur daß seine Person viel weniger Verdienst daran hatte, als er sich zubilligte. Denn sie beruht nur auf Willies kühler Einsicht tief in seinem Unterbewußtsein, daß er kaum etwas erreicht haben würde, hätte er es versucht.

Seekadett Keith

Willie Keiths zweiter Tag in der Marine wäre beinahe sein letzter geworden, vielleicht sein letzter Tag auf dieser Erde. Als er an diesem Morgen in seinem blauen Uniformmantel mit der U-Bahn zur Marinestation nach Brooklyn fuhr, fühlte er sich durch und durch als

Soldat. In seinem stolzen Behagen über die vielen schmachtenden Blicke der Tippmädchen und höheren Töchter ließ er sich nicht dadurch stören, daß er noch eine Nachuntersuchung wegen seiner Pulsziffer und seines Hohlkreuzes überstehen mußte. Willie strich die Huldigungen ein, die seine Kameraden vor den Salomon-Inseln für ihn verdienten. Früher hätte er nie daran gedacht, die Matrosen um ihre Uniform zu beneiden. Heute kamen ihm seine Glockenhosen genauso schneidig und korrekt vor wie seinerzeit die Kneipjacken in Princeton.

Vor dem Tor der Marinestation blieb er stehen, streifte sich den Ärmel hoch, hielt das Handgelenk in den schneidenden Wind und zählte seinen Puls. Dieser trieb sich um die sechsundachtzig herum. Ihn empörte der Gedanke, er könnte seiner neuen militärischen Würde wieder entkleidet werden, nur weil sein Körper nicht richtig zu zählen verstand. Er wartete ein paar Minuten und versuchte erst einmal ruhig zu werden. Dann zählte er nochmals. Vierundneunzig. Der Marineposten glotzte schon zu ihm hin. Willie spähte die Straße nach beiden Richtungen hinab und lenkte die Schritte zu einer kleinen Drogerie an der nächsten Ecke. Er sagte sich: An der Universität bin ich doch mehrere Male untersucht worden, einmal außerdem noch vor ein paar Monaten bei der Musterung. Mein Puls war immer zweiundsiebzig. Jetzt bin ich also nur aufgeregt. Verdammt noch mal, wie schnell wird wohl der Puls eines Admirals schlagen, wenn er die feindliche Flotte vor sich sieht? Zweiundsiebzig? Ich muß halt irgend etwas einnehmen, was meine Aufregung dämpft und mich in einen normalen Zustand zurückversetzt.

Zusammen mit dieser Betrachtung nahm er eine doppelte Dosis Bromid in sich auf, die erstere galt seinem Gewissen, die letztere seinem Puls. Beide Beruhigungsmittel halfen. Als er vor Oberstabsarzt Grimms Büro haltmachte, um noch eine letzte Probe zu veranstalten, puffte sein Blut ganz gemächlich mit fünfundsiebzig Schlägen an seinen Fingern vorüber. Er strahlte zufrieden. Dann ging er hinein.

Das erste, was seinen Blick auf sich zog, war ein blauer Ärmel mit vier goldenen Streifen. Der Ärmel fuchtelte vor dem Gesicht einer dicken Marineschwester herum, die an einem Schreibtisch saß. Oberstabsarzt Grimm, ergraut und wohl stark überarbeitet, schwenkte einen Packen Papiere hin und her und schimpfte mörderisch über die nachlässige Morphiumkontrolle. Dann wandte er sich Willie zu: »Was ist los, Junge?«

Willie übergab ihm den Briefumschlag. Oberstabsarzt Grimm warf einen Blick auf die Papiere. »Um Gottes willen, Miß Norris, wann muß ich denn im Operationssaal sein?«

»In zwanzig Minuten, Sir.«

»Schön. Keith, gehen Sie schon dort in den Ankleideraum. Ich komme in zwei Minuten nach.«

»Aye, aye, Sir.« Willie ging durch die weißgestrichene Tür und schloß sie hinter sich. In dem kleinen Raum war es sehr heiß, aber er wagte nicht, sich ans Fenster heranzumachen. Er ging im Zimmer umher, las die Schilder an den Flaschen, guckte zum Fenster hinaus auf den öden grauen Wirrwarr der Brooklyner Docks und gähnte. Er wartete zwei Minuten, fünf Minuten, zehn Minuten. Das Bromid und die Wärme begannen zu wirken. Er legte sich auf den Untersuchungstisch und redete sich ein, etwas Ruhe wäre wohl gerade das richtige für ihn.

Als er aufwachte, war es auf seiner Uhr halb sechs. Acht Stunden hatte er geschlafen, die Marine hatte ihn vergessen. Er wusch sich das Gesicht in einem der Waschbecken, strich sich sein Haar zurecht und verließ den Ankleideraum mit dem Ausdruck eines Märtyrers. Die dicke Schwester sperrte den Mund auf, als sie ihn sah.

»Heiliger Bimbam, sind Sie noch immer hier?«

»Niemand hat mich gerufen.«

»Aber mein Gott!« Sie sprang von ihrem Drehstuhl auf. »Sie sind hier seit … Warum haben Sie sich denn nicht gemeldet? Warten Sie mal.« Sie ging ins Nebenzimmer und holte den Oberstabsarzt. Dieser sagte: »Donnerwetter ja, tut mir aber leid. Ich hatte so viele Operationen und Sitzungen – kommen Sie gleich mal mit in mein Zimmer.«

Hier standen die Wände voller Bücher. Der Arzt befahl Willie, sich bis zur Hüfte frei zu machen, und untersuchte seinen Rücken.

»Berühren Sie mal Ihre Zehen.«

Willie brachte es fertig, wenn auch unter lautem Ächzen. Der Arzt lächelte ungewiß und fühlte seinen Puls. Willie merkte, wie es wieder hämmerte. »Herr Oberstabsarzt«, sagte er, »ich bin völlig gesund.«

»Wir haben unsere festen Richtlinien«, antwortete der Arzt. Er nahm den Federhalter zur Hand und hielt ihn unentschlossen über Willies Papiere. »Die Verluste bei der Marine in diesem Krieg«, setzte er hinzu, »sind nämlich schwerer als bei der Armee – bis jetzt wenigstens.«

»Ich will aber bei der Marine bleiben«, sagte Willie.

Erst als ihm diese Worte entfahren waren, machte er sich klar, wie sehr er damit die Wahrheit gesprochen hatte.

Der Arzt sah ihn an. Wohlwollen leuchtete in seinen Augen auf. Er schrieb mit kräftigen und entschlossenen Zügen in den Untersuchungsbericht: »Leichte Lordose, gut kompensiert. Puls normal. J. Grimm, Chefarzt Marinestation Brooklyn.« Den rotbeschriebenen Zettel knüllte er zusammen und warf ihn in den Papierkorb. Die anderen Blätter gab er Willie zurück. »Hören Sie, mein Junge, halten Sie nicht hinterm Berg, wenn Ihnen etwas fehlt, verstanden? Sollten Sie einmal ungewohnte Beschwerden haben, melden Sie sich.«

»Aye, aye, Sir.«

Der Oberstabsarzt wandte sich einem Stoß Akten auf seinem Schreibtisch zu, und Willie ging hinaus. – Seine Marinelaufbahn, dachte er plötzlich, war wahrscheinlich nur gerettet worden, weil ein Arzt sich genierte, daß er einen Patienten acht Stunden lang hatte warten lassen. Gleichwohl jubilierte er über das Ergebnis, einerlei, wie es zustande gekommen ist. Im Furnald-Haus angekommen, ging er sofort in die Apotheke und gab seine Untersuchungspapiere bei dem Sanitätsmaat mit dem Rotstift ab. Warner setzte schnell eine Schüssel mit roter Desinfizierflüssigkeit beiseite und machte sich über sie her. Sein Gesicht zog sich in die Länge. Immerhin zwang er sich ein galliges Lächeln ab. »Na«, sagte er, »haben Sie es also doch noch geschafft! Meinetwegen!«

»Auf Wiedersehn in Tokio, Herr Doktor«, antwortete Willie.

Auf der Stube traf er Keggs und Keefer über ihren Gewehren. Auf Willies Koje lag eine alte Knarre mit einer Kontrollkarte dabei. »Was? Gewehre bei der Marine?« fragte er schüchtern.

»Doch klar«, antwortete Keefer. Die einzelnen Teile seines

Schlosses lagen vor ihm auf dem Tisch. Keggs hantierte mit seinem Schlagbolzen. Er war verzweifelt.

»Wir sollen lernen, dieses Schloß in zwei Minuten auseinanderzunehmen und wieder zusammenzusetzen«, stöhnte er, »bis morgen früh. Ich fliege bestimmt raus.«

»Mach dir nicht gleich in die Hosen«, sagte Keefer. »Laß mich dies Miststück hier nur mal eben erst zusammenkriegen, dann zeig' ich dir's. – So eine verfluchte Feder!«

Geduldig führte der Südstaatler seine beiden Stubengenossen dann in die Geheimnisse des Springfield-Gewehres ein. Keggs kam schnell dahinter. Seine knochigen Finger hatten den entscheidenden Trick, mit dem man die starke Schlagfeder wieder hinter den Schlagbolzen brachte, bald heraus. Strahlend blickte er auf seine Waffe, dann exerzierte er das Verfahren noch mehrere Male durch. Willie dagegen mühte sich lange vergebens ab. »Hätten sie mich doch gleich wegen des Hohlkreuzes rausgeworfen«, keuchte er, »es wäre würdiger gewesen. Morgen fliege ich ja sowieso an die Luft – rin mit dir, du verdammtes Biest!« Noch nie hatte er ein Gewehr in der Hand gehabt. Dessen Mordqualitäten waren ihm überhaupt nicht wichtig. Für ihn bedeutete es nur eine lästige Aufgabe wie eine gepfefferte Beethovensonate oder ein überfälliges Referat im Seminar.

»Du mußt den Bolzen einfach gegen den Magen stemmen, verstehst du?« sagte Keefer. »Dann drückst du die Feder mit beiden Händen runter.«

Willie tat das. Die Schlagfeder gab langsam nach. Das eine Ende schnappte endlich ins Lager. »Hurra, es geht, tausend Dank, Rollo.« In diesem Augenblick sprang die noch ungesicherte Feder unter seinen Händen weg vom Schlagbolzen ab. Sie flitzte durch die Stube. Zweckmäßigerweise war das Fenster gerade offen. Die Feder segelte hinaus in die Nacht. Seine Stubengenossen starrten ihn mit Entsetzen an. »O weh, das ist bös!« quäkte Willie.

»Wenn dem Gewehr das Geringste passiert, Mann, dann ist es aus«, sagte der Südstaatler und ging ans Fenster.

»Ich lauf' runter!« rief Willie.

»Was? Während Dienst? Zwölf Strafpunkte!« schrie Keggs.

»Komm mal her, du Sack.« Keefer zeigte aus dem Fenster. Da lag die Schlagfeder in der Dachrinne am Rand eines steil abfallenden, kupfergedeckten Dachvorsprunges. Das zehnte Stockwerk wich vom übrigen Gebäude etwas zurück.

»Da komm' ich nicht ran«, sagte Willie.

»Wär' aber besser für dich, mein Lieber!«

Keggs guckte hinaus. »Schaffst du niemals, du knallst runter.«

»Ganz meine Meinung«, sagte Willie. Er war kein Waghals. Seine Bergklettereien hatten sich immer in zahlreicher und sicherer Begleitung abgespielt und auch dann noch unter tausend Ängsten. Er haßte schwindlige Höhen und unsicheren Boden unter den Füßen.

»Hör zu, Mensch. Willst du bei der Marine bleiben oder nicht? Dann klettere gefälligst raus. Oder soll ich das für dich tun?«

Willie kletterte hinaus. Er hielt sich am Fensterkreuz fest. Der Wind heulte durch das Dunkel. Ganz weit unten flimmerte der Broadway. Der Dachsims schien unter seinen zitternden Füßen zu wanken. Vergebens streckte er die Hand nach der Schlagfeder aus. Er japste: »Ein halber Meter fehlt mir noch.«

»Hätten wir nur ein Seil«, knurrte Keefer. »Jetzt paß auf, Mann. Einer von uns beiden kommt mit dir raus – ja? – und hält sich am Fenster fest. Du hängst dich an ihn. Damit kriegen wir sie.«

»Gleich los damit!« rief Keggs aufgeregt. »Wenn er da draußen geschnappt wird, fliegen wir alle drei raus.« Er sprang auf den Sims und stand neben Willie. Dann packte er seine Hand. »Jetzt versuch's noch mal.« Willie ließ das Fensterkreuz los und kroch Zentimeter um Zentimeter abwärts, von Keggs' kräftigem Griff gehalten. Er schaukelte am Dachrand, der Wind zerrte an seinen Kleidern. Jetzt war die Feder leicht zu greifen. Er packte sie und stopfte sie in die Tasche.

Fähnrich Acres hätte sich für seine Kontrollrunde im zehnten Stock wirklich einen weniger peinlichen Augenblick aussuchen dürfen, doch er wählte gerade diesen. Er ging an der Stube vorbei, warf einen Blick hinein, blieb wie angewurzelt stehen und tobte los: »Achtung! – Verflucht noch mal, was geht denn hier vor sich?«

Keggs, von jähem Entsetzen gepackt, heulte auf und ließ Willies Hand fahren. Dieser packte blitzschnell zu und bekam Keggs' Knie zu fassen. Die beiden Kadetten schwangen am Dachsims hin und her, es war lebensgefährlich. Aber Keggs' Selbsterhaltungstrieb war doch stärker als seine Angst vor Fähnrichen. Er schwang sich rückwärts ins Zimmer und knallte mit dem Hinterkopf auf den Fußboden. Willie in hohem Bogen hinter ihm her und auf ihn drauf. Willie stand auf, holte die Feder aus der Tasche und stammelte: »Ich – dies Ding hier war aufs Dach gefallen.«

»Was hat das verfluchte Ding da draußen zu suchen?« brüllte Acres.

»Es ist einfach rausgeflogen«, antwortete Willie.

Acres wurde puterrot im Gesicht, als hätte ihm jemand eine Beleidigung an den Kopf geworfen.

»Einfach rausgeflogen? Hören Sie mal, Sie ...«

»Während ich das Gewehr zusammensetzte. Sie flog einfach weg«, fiel ihm Willie kläglich ins Wort.

Acres sah die drei Stubengenossen der Reihe nach an. Der angstschlotternde Keggs, der schreckensbleiche Willie, der zur Bildsäule erstarrte Keefer – das war bestimmt kein Theater. Vor zwei Monaten war er selber noch Kadett gewesen. »Von Rechts wegen hätte jeder von Ihnen fünfzehn Strafpunkte verdient«, brummte er, ruhiger geworden. »Ich werde Sie im Auge behalten. Weitermachen.« Dann stakte er hinaus.

»Glaubt mir«, brach Willie das tiefe Schweigen, »irgendeine dunkle Macht will mich nicht in der Marine haben. Ich glaube, ich bin das schwarze Schaf auf der Stube.«

»Mach dir nichts draus, Kleiner, wir kommen auch noch dran«, tröstete ihn Keefer.

Sie setzten sich mit grimmiger Verbissenheit auf die Hosen. Der Tag des großen Gerichts kam immer näher. Die Fähigkeiten waren auf Stube 1013 gut verteilt. Keggs leistete am meisten bei schriftlichen Arbeiten, in Navigation und Maschinenwesen. Seine Karten und seine Zeichnungen von Dampfkesseln waren Kunstwerke. Er stellte den beiden anderen sein Talent bereitwillig zur Verfügung. Langsamer war er dagegen im Begreifen von Tatbeständen und Theorien. Er stand deshalb morgens zwei Stunden früher auf und arbeitete vor. Sein Gesicht wurde von Tag zu Tag länger, seine melancholischen Augen glommen nur noch dunkel in ihren tiefen Höhlen. Aber auf diese Weise blieb er keine Antworten schuldig.

Keefer dafür um so öfter. Er hatte sich seine Chancen aber haargenau auskalkuliert und schaffte es, in allen Fächern gerade über dem Mindestdurchschnitt zu bleiben. Seine Stärke war sein militärischer Instinkt. Willie konnte nie ausmachen, ob er eine Naturgabe bei ihm war oder erworben. Aber Keefer, dieser faule Kopf, dieser liederliche Geselle, war der gewiegteste Kadett der ganzen Schule. Er hielt Anzug, Koje und Bücher mit der Sauberkeit einer Katze in Schuß. Bei Besichtigungen erregten seine untadelige Uniform, seine blitzenden Schuhe und seine stramme Haltung bald die Aufmerksamkeit des Ersten Offiziers. Er wurde Flügelmann.

Willie Keith wurde für den zehnten Flur zum Orakel auf dem Gebiet der Dienstvorschriften. Eigentlich war er hier nicht viel mehr als ein begriffsstutziger Ignorant. In Kriegszeiten kommen Ruf und Ansehen aber bekanntlich auf die eigentümlichste Weise und urplötzlich zustande. In der ersten Woche war eine scharfe Prüfung in Dienstkenntnis angesetzt worden. Sie hatte, wie bekanntgegeben wurde, den Zweck, die Schwächlinge auszusieben. Alle bereiteten sich natürlich fieberhaft darauf vor. Willie war nicht weniger fleißig als die anderen; eine bestimmte Seite im Buch, die im allerschlimmsten Marinejargon abgefaßt war, blieb ihm aber unverständlich. Es war die Beschreibung eines Gegenstandes, der »das reibungslose Lager« hieß. Keefer und Keggs hatten schon aufgegeben. Willie las die Seite siebzehnmal hintereinander durch, außerdem wiederholte er sie noch zweimal laut. Er war gerade im Begriff, ebenfalls die Flinte ins Korn zu werfen, als er feststellte, daß sich ihm eine Reihe von Sätzen wörtlich ins Gedächtnis eingeprägt hatte. Jetzt gab er noch eine halbe Stunde zu und lernte auch den Rest der Seite Wort für Wort auswendig. Das schriftliche Hauptthema bei der Prüfung lautete, wie das Glück es wollte, »Erklärung des reibungslosen Lagers«. Munter schrieb Willie den auswendig gelernten Text, der ihm nicht verständlicher war als ein Hindugesang, einfach wortgetreu aufs Papier. Als später die Resultate bekanntgegeben wurden, war er von allen der Beste. Beim Mittagsappell brüllte Fähnrich Acres, in die Sonne blinzelnd: »Kadettenanwärter Keith wird für seine hervorragende Arbeit in Dienstkenntnis lobend erwähnt. Er ist der einzige der ganzen Schule, der das reibungslose Lager begriffen hat und richtig erklären konnte.«

Da er nun einen Ruf zu verlieren hatte und da jede weitere Studienperiode Dutzende neuer Prüfungsfragen mit sich brachte, machte Willie sich daran, alle nur denkbaren Einzelheiten des Marinereglements stur auswendig zu lernen.

Dieses Verständnis für die Methoden der Marinepädagogik machte sich für Willie kurz vor der endgültigen Aufnahmeprüfung noch einmal in eindrucksvoller Weise bezahlt. Eines Abends stieß er auf folgende Feststellung in seinem verschlissenen grünen Handbuch »U-Boot-Lehre 1935«: »U-Boote sind in Anbetracht ihres kleinen Aktionsradius in erster Linie für die Küstenverteidigung bestimmt.« Damals torpedierten die Deutschen aber gerade Woche für Woche amerikanische Schiffe auf der Höhe von Kap Hatteras, also viertausend Meilen von ihrer eigenen Basis entfernt. Feixend zeigte Willie die Stelle seinen Stubenkameraden. Der Untergang von einigen Dutzend amerikanischer Schiffe schien ihm unwichtig gegenüber dem Vergnügen, die Marine auf einer Absurdität zu ertappen. Während der Taktikstunde am nächsten Tag rief der Instruktor, ein Fähnrich namens Brain, Willie auf.

»Keith.«

»Aye, aye, Sir.«

»Wozu ist das U-Boot hauptsächlich bestimmt und warum?«

Der Instruktor hielt ein Exemplar der »U-Boot-Lehre 1935« aufgeschlagen in der Hand. Fähnrich Brain war ein vorzeitig verwelkter und vorzeitig zum Leuteschinder gewordener kahlköpfiger Kommißkopf von fünfundzwanzig Jahren. Er leitete den Exerzierdienst. Vom Gegenstand des Unterrichts verstand er nichts, nur hatte er früher einmal lesen gelernt.

Willie zögerte.

»Nun, Keith?«

»Meinen Sie per heute, Sir, oder per 1935?«

»Ich habe Sie heute gefragt, nicht im Jahre 1935.«

»Die Deutschen versenken aber dauernd Schiffe vor Hatteras«, versuchte es Willie weiter.

»Dessen bin ich mir bewußt. Wir befassen uns in dieser Klasse aber nicht mit Tagesereignissen, sondern mit Taktik. Haben Sie sich auf den Unterricht vorbereitet?«

»Jawohl, Sir.«

»Dann beantworten Sie meine Frage.«

Willie erfaßte die Situation sofort. Hier bot sich noch einmal Gelegenheit, sein Gedächtnis vor der Auswahlprüfung an den Mann zu bringen, diesmal in Taktik. »U-Boote«, antwortete er, »sind in Anbetracht ihres kleinen Aktionsradius hauptsächlich für die Küstenverteidigung bestimmt.«

»Richtig«, sagte Fähnrich Brain und schrieb ein »Sehr gut« in sein Buch. »Warum nicht gleich?«

So überantwortete sich Willie fortan der Hörigkeit sturer Gedächtnismechanik. Das Jüngste Gericht kam heran, aber keiner von den dreien auf Stube 1013 fiel durch. Kalten von Stube 1012 und Koster von Stube 1014 wurden ihren Bezirkskommandos in den Rachen geworfen. Kalten, der Sohn eines einflußreichen Rechtsanwalts in Washington, hatte sich weder um die Regeln gekümmert noch gearbeitet. Eher bedauerte Willie schon Koster, einen gutmütigen, schwächlichen Jungen, ein Erziehungsprodukt alter Tanten. Als Willie abends auf die Stube kam und die verwaiste Koje sah, erschütterte ihn das tief. Jahre später erfuhr er, daß Koster in der ersten Angriffswelle bei Salerno gefallen sei.

Von nun an waren sie Seekadetten und fest in der Marine verankert. Sie bekamen eine blaue Ausgehuniform, eine weiße Offiziersmütze und, was das Allerwichtigste war, jeden Sonnabend von zwölf bis Mitternacht Urlaub. Heute war Freitag. Drei Wochen lang waren sie eingesperrt gewesen und hatten niemanden sehen dürfen. Überglücklich rief Willie May Wynn an und bestellte sie auf den nächsten Mittag um eine Minute nach zwölf vor den Eingang der Kadettenanstalt. Sie saß in einem Taxi. Als sie verlangend die Arme nach ihm ausstreckte, sah sie so entzückend aus, daß sich Willie, während er sie küßte, sogar eine Hochzeit mit allen Konsequenzen vorstellen konnte. Sie lag noch in seinen Armen, als er diesen Gedanken aber aus den bekannten Gründen schon wieder traurig verwarf.

Sie fuhren zu Luigi. Dort wurde Willie von der Schönheit seines Mädchens und dem ersten Schluck Wein nach drei Wochen dazu animiert, gleich zwei Pizzas hintereinander zu vertilgen. Die letzten Bissen brachte er nur noch schnaufend und mit langen Pausen dazwischen herunter. Dann sah er nach der Uhr.

»May«, sagte er zögernd, »ich muß dich jetzt leider verlassen.«

»Oh! – Hast du nicht Urlaub bis Mitternacht?«

»Ich muß ja schließlich auch mal nach der Familie sehn.«

»Klar«, sagte May. Aber der fröhliche Glanz ihrer Augen war verschwunden.

»Nur ganz kurz, eine halbe Stunde oder vielleicht eine Stunde. Du gehst derweil ins Kino. Ich treffe dich dann wieder um …« – er sah nochmals auf die Uhr – »sagen wir um halb sechs.«

May nickte.

»Hersehn!« rief er dann. Er zog Geld aus der Tasche und fuchtelte damit herum. »Einhundertzwanzig Dollar. Wir werden die ganze Stadt unsicher machen.«

»Löhnung?«

»Zwanzig davon ja.«

»Wo hast du die hundert her?«

Willie druckste ein wenig, aber dann brachte er doch das Wort heraus. »Mutter.«

»Ich bezweifle, daß es ihr recht ist, wenn du das Geld für mich ausgibst.« May sah ihn scharf an. »Willie, weiß sie überhaupt, daß ich existiere?«

Willie schüttelte den Kopf.

»Sehr klug von dir. Hinter diesem unschuldigen Kindergesicht steckt doch ein ganz ausgekochter Junge.« Sie langte über den Tisch und gab ihm einen liebevollen Klaps auf die Backe.

»Also, wo wollen wir uns treffen?« fragte Willie. Als er aufstand, drückte ihn eine schwere Last von Teig, Käse, Tomaten und Wein.

»Wo du willst.«

»Storch-Club?« schlug er vor. May lächelte ihn gedankenvoll an. Sie trennten sich vor der Tür des Restaurants. Im Vorortzug nach Manhasset schlief Willie ein und schnarchte. Aus alter Gewohnheit erwachte er kurz vor seiner Station.

Seekadett Keith in Nöten

Die Keithsche Villa in Manhasset hatte zwölf Zimmer. Sie war im alten holländischen Kolonialstil gebaut, mit weißem Säulenportal, hochgeschwungenem schwarzem Holzdach und vielen großen Fenstern. Auf einem kleinen Hügel gelegen, war sie von weiten Rasenflächen umgeben, auf denen rauschende alte Buchen, Ahornbäume und Eichen standen. Die Rasenflächen waren von Blumenbeeten und einer dichten, hohen Hecke umsäumt. Mrs. Keiths Familie hatte ihr das Haus geschenkt. Ihr persönliches Einkommen aus ihren Rhode-Island-Bankaktien reichte vorläufig noch aus, um das Anwesen zu halten. Für Willie war diese fürstliche Umgebung eine Selbstverständlichkeit.

Er ging die Ahornallee zum Portal entlang und betrat das Haus. Eine große Gesellschaft erwartete ihn bereits in festlicher Stimmung. Die Verwandten und Nachbarn begrüßten ihren Kriegshelden und schwangen die Cocktailgläser. Seine Mutter umarmte ihn immer wieder.

Der Eßtisch war mit dem besten Porzellan und dem schönsten Silber gedeckt. Im marmornen Kamin flackerten dicke Klötze und sandten breite gelbe Lichtkegel durch den Raum. »Martina«, rief Mrs. Keith, »du kannst die Steaks bringen! – Wir haben etwas Besonderes für dich, Willie. Alle deine Lieblingsgerichte: Austern, Zwiebelsuppe, Steak, ein doppeltes Entrecôte für dich, mein Junge, mit Soufflékartoffeln und Cremepudding. Du bist doch sicher halb verhungert, wie?«

»Ich könnte einen ganzen Ochsen vertilgen, Mutti«, sagte Willie. Auch in kleinen Dingen gibt es Heroismus: Willie setzte sich an den Tisch und aß.

»Ich dachte aber, du hättest mehr Hunger mitgebracht«, sagte die Mutter, als sie sah, wie er ohne Enthusiasmus an dem Steak herumsäbelte.

»Es schmeckt mir zu gut, als daß ich es so runterschlingen könnte«, antwortete Willie. Schließlich wurde er mit dem Steak fertig. Als aber der Pudding vor ihn hingesetzt wurde, mächtig, braun und wackelnd, wandte er sich ab und zündete sich schnell eine Zigarette an. »Mutti, ich kann einfach nicht mehr.«

»Komm, du brauchst dich nicht zu genieren, Kind. Wir alle wissen, wie die Seeleute essen können. Iß das also mal schön auf.«

Willies Vater hatte ihm in aller Stille zugesehen. »Du hast wohl eine Kleinigkeit vorweg genascht, mein Sohn, ehe du nach Hause gekommen bist?«

»Nur ein paar Bissen, Papa, damit ich nicht umfiel.«

Mrs. Keith erlaubte ihm aufzustehen, und er wankte ins Wohnzimmer hinüber, wo auch ein Feuer prasselte. Dort hielt der schweratmende Seekadett Cour ab. Er enthüllte die Geheimnisse des Marinelebens und analysierte die Strategie der verschiedenen Kriegsschauplätze. Nachdem er drei Wochen lang keine Zeitung gelesen hatte, war das gar nicht so leicht. Aber er improvisierte vortrefflich, und die ganze Gesellschaft lauschte voller Spannung seinen Worten.

Erst als man ins Wohnzimmer ging, merkte Willie, daß sein Vater am Stock humpelte. Nach einer Weile unterbrach Dr. Keith das Verhör. »Jetzt erst mal Schluß«, sagte er, »damit ein Vater auch einmal ein paar Worte unter vier Augen mit seinem Kadettensohn reden kann.« Er nahm Willie am Arm und entführte ihn in die Bibliothek. In dem mahagonigetäfelten Raum standen die Werke der Klassiker, fein in Leder gebunden; außerdem gab es alle Bestseller der letzten zwanzig Jahre. Die Fenster gingen nach hinten zum Garten hinaus. Auf den kahlen braunen Blumenbeeten lag stellenweise noch alter Schnee. »Wie ist es denn nun wirklich, Willie – bei der Marine?« fragte Dr. Keith. Er schloß die Tür und lehnte sich auf seinen Stock.

»Famos, Papa. Es geht mir prima. Was ist denn mit deinem Bein los?«

»Nichts weiter. Eine Entzündung am Zeh.«

»Das tut mir aber leid. Arge Schmerzen?«

»Ziemlich.«

Willie sah seinen Vater mit Bestürzung an. Das war das erste Mal, daß er ihn über ein Gebrechen klagen hörte. »Ja, was soll man einem Arzt schon für Ratschläge geben? Du hast das natürlich mal nachsehen lassen?«

»Selbstverständlich. Nichts daran zu machen, es braucht eben seine Zeit.« Einen Augenblick sahen sich Vater und Sohn in die Augen. »Eigentlich sollte ich dich den anderen nicht so entführen«, sagte der Doktor dann und humpelte zum Fenster. »Aber wir beide haben doch eigentlich nie recht zusammen gesprochen. Ich habe deine Erziehung leider ganz nur Mutter überlassen. Und jetzt gehst du nun weg, in den Krieg.«

Willie wußte nicht, was er antworten sollte. Es schien, als hätte sein Vater etwas auf dem Herzen, wofür er keine rechten Worte fand.

»Ich war selber nie drüben, Willie, ich meine im ersten Krieg. Vielleicht hast auch du Glück.«

»Ich nehm's, wie's kommt«, sagte Willie. »Die Marine wendet eine Menge Zeit und Geld an mich. Schließlich gehöre ich doch an die Front, wenn ich tauglich bin.«

Dr. Keith strich seinen kleinen schwarzen Schnurrbart; seine Augen ruhten forschend auf Willies Gesicht. »Irgendwie hast du dich verändert, Willie. Woher kommt das? Von der Marine?«

»Ach, ich bin leider noch immer dasselbe arme Stück Elend.«

»Kommst du gelegentlich einmal ans Klavier?«

»Ich habe völlig vergessen, wie so ein Ding aussieht.«

»Willie«, fragte der Vater plötzlich, »hast du ein Mädchen?«

Willie war zu überrascht, um zu lügen. »Ja, Vater.«

»Ist sie anständig?«

»In ihrer Weise ist sie wundervoll.«

»Willst du sie heiraten?«

»Nein.«

»Warum nicht?«

»Na – so eine Sache ist das nicht.«

»Sag das nicht so schnell. Bring sie uns lieber mal her.« Plötzlich sah Willie den dunklen Obstladen in der Bronx vor sich, den Mays Eltern betrieben und wo er einmal gewesen war: die fette Mutter in dem formlosen, verschlissenen schwarzen Kleid und mit all den Haaren im Gesicht – und den Vater, diesen verschrumpften alten Mann mit seiner dreckigen Schürze und den Lücken zwischen den braunen Zähnen. Sie waren ihm ja beide warmherzig und gutmütig vorgekommen mit den paar gebrochenen Worten, die sie zu ihm gesprochen hatten. Aber dann sah er plötzlich ein noch viel groteskeres Bild: Frau Minotti und seine Mutter, wie sie sich die Hand gaben. Sie schüttelte den Kopf.

»Ja, da war mal eine Krankenschwester – ich habe sie nicht geheiratet«, sagte sein Vater tief in Gedanken. »Aber ich bedaure nichts.

Deine Mutter und ich haben ein schönes Leben hinter uns – sie werden sich drinnen wundern, wo wir nur bleiben.« Er machte jedoch keine Anstalten zu gehen.

»Papa, gibt's etwas, worüber du mit mir sprechen wolltest?«

Sein Vater zögerte. »Nichts, was nicht Zeit hätte.«

»Komm mich doch mal in der Schule besuchen. Es ist ganz interessant dort.«

»Ich habe nicht viel Zeit.«

»Ja, ich weiß.«

»Vielleicht komm' ich aber doch mal hin.« Dr. Keith legte seinem Sohn die Hand auf die Schulter. »Ist vielleicht nicht unbedingt das Schlechteste für dich, Willie, ich meine die Marine.«

»Wenn ich mit heilen Knochen zurückkomme, nicht. Sie tut mir vielleicht ganz gut.«

»Kann sein – also dann, gehen wir zurück.«

Als sie wieder hinübergingen, sah Willie auf die Uhr. Es war fünf Minuten vor fünf. Er entschuldigte sich hastig bei den Gästen; auf die lauten Proteste seiner Mutter achtete er nicht. Sie begleitete ihn zur Tür. »Wann seh' ich dich denn wieder, mein Junge?« fragte sie ihn, als er sich den Gürtel um den blauen Regenmantel schnallte.

»Nächsten Sonnabend, Mutti, wenn mir inzwischen nichts zustößt.«

»O nein! Ich komme vorher schon mal und besuche dich.«

Es war bereits zwanzig Minuten nach sechs, als Willie eilends den Storch-Club betrat. Während er in der Garderobe schnell seinen Mantel auszog, sah er May schon drinnen sitzen. Die Entschuldigungsphrasen vergingen ihm, denn neben ihr saß Marty Rubin, ihr Agent.

Nun sag mir bloß einer, was hat der Jude ausgerechnet jetzt hier zu suchen? fuhr es ihm durch den Sinn. Er begrüßte die beiden äußerst kühl.

»Herzlichen Glückwunsch zum Seekadetten. May hat mir alles erzählt«, sagte der Agent. »Ich beneide Sie um Ihre Uniform.«

Willies Blick wanderte von seiner eigenen blauen messingbeknopften Uniform zu Rubins grauem einreihigem Anzug, der für den Geschmack von Manhasset oder Princeton viel zu üppig zugeschnitten war. Der fette Agent mit seiner Glatze und seinen Glotzaugen kam ihm vor wie die lebendige Karikatur des Zivilisten. »Ich beneide Sie um Ihren schönen Anzug«, sagte er mit gelassener Ironie. Dann nahm er sich einen Stuhl May gegenüber, so daß Rubin zwischen ihm und dem Mädchen zu sitzen kam. »Was darf ich Ihnen zu trinken anbieten?«

Rubin rief den Kellner. »Scotch«, sagte er. »Und was wollen Sie haben?«

»Einen doppelten Scotch«, antwortete Willie.

»Mein Himmel!« sagte May. Sie sah Willie mit Spannung, aber nicht gerade sehr freundlich an.

»Wieso denn! So ein Seeoffizier kann schon was vertragen«, bemerkte Rubin. Er hob sein halbausgetrunkenes Glas. »So, ich trinke jetzt aus und haue ab. May und ich haben gerade noch ein bißchen über Geschäfte gequasselt bis zu Ihrem Eintreffen.«

»Laufen Sie doch nicht gleich weg«, sagte Willie. »Essen Sie doch mit uns. Tut mir leid, May, daß ich so spät komme.«

»Marty ist ein guter Gesellschafter. Mit hat's nichts ausgemacht«, antwortete das Mädchen.

»Danke«, sagte der Agent. »Aber ich weiß trotzdem, wann es für einen Statisten Zeit ist, von der Bühne abzutreten.« Er leerte sein Glas und stand auf. »Amüsiert euch recht schön, Kinder. Übrigens, Ihr Essen ist bezahlt.«

»Seien Sie nicht absurd«, sagte Willie.

»Nein, das darf ich erledigen. Ich habe mit Frank schon gesprochen«, sagte er und zeigte auf den Oberkellner. »Laß deinen Seemann nichts bezahlen, May. Die hauen ihn doch nur übers Ohr. Wiedersehen!«

Willie fühlte sich verpflichtet, aufzustehen und Rubin die Hand zu geben. »Das war wirklich nicht nötig.«

»Mein Beitrag zu den Kriegskosten«, sagte Rubin. Dann schritt er mit seinem schwerfälligen, watschelnden Gang davon.

»Das war reizend von Marty«, sagte May. »Ich wußte gar nicht, daß er das gemacht hatte.«

»Sehr reizend! Und nicht übermäßig geschmackvoll«, versetzte Willie. Er nahm wieder Platz und trank einen gierigen Schluck aus seinem Glas. »Ich habe nicht gerne, wenn man mir Wohltaten aufdrängt.«

»Red keinen Unsinn«, sagte May. »Marty Rubin ist der beste Freund, den ich auf der ganzen Welt habe, und da bist du mit eingeschlossen.«

»Das habe ich bereits begriffen. Ihr seid ja unzertrennlich.«

»Ich bin gerne mit ihm zusammen. Bei ihm sehe ich, daß es auch noch anständige Männer auf der Welt gibt, die nicht jedes Mädchen nur als Beute betrachten, über die man sich hermacht und an der man herumfingert.«

»Tut mir leid, daß ich so ein Biest bin, das an dir Gefallen findet. Vielleicht zieht dein Freund aber größere Mädchen vor?«

May war sich ihrer Zierlichkeit bewußt und trug daher gern sehr hohe Absätze. Dieser Hieb saß. Er benahm ihr für ein paar Augenblicke den Atem. Aber sie fing sich wieder. »Was fiel dir eigentlich ein, ihn so zu behandeln?«

»Wieso? Ich war doch sehr liebenswürdig. Ich hab' ihn sogar zum Essen eingeladen.«

»Jawohl! Wie man einen Hund einlädt, sich neben dem Stuhl hinzukuschen.«

»Ich wollte doch nur gern mit dir allein sein, weil ich dich liebe und dich drei Wochen nicht gesehen habe.«

»Drei Wochen und einen ganzen Nachmittag.«

»Meinetwegen.«

»Und noch eine Extrastunde dazu.«

»Ich habe dich wegen meiner Verspätung um Entschuldigung gebeten.«

»Es wäre mir natürlich zugekommen, die Stunde allein hier herumzusitzen, als ob ich darauf wartete, von irgend jemand aufgelesen zu werden.«

»May, ich bin froh, daß er bei dir war. Es tut mir leid, daß ich dich allein lassen mußte. Aber jetzt sind wir wieder zusammen. Fangen wir von hier wieder an!«

Er nahm ihre Hand, doch sie entzog sie ihm.

»Vielleicht magst du keine Juden. Und Italiener vielleicht auch nicht. Sie haben viel gemeinsam.«

»Willst du dich etwa mit mir zanken?«

»Jawohl!«

»Worüber? Doch nicht über Marty Rubin?«

»Nein. Über uns beide.« Das Mädchen legte beide Fäuste geballt vor sich auf den Tisch.

Willie tat das Herz weh. Sie war ja so schön in ihrem grauen Kleid und mit ihrem dunkelroten Haar, das ihr auf die Schultern fiel. »Möchtest du nicht lieber vorher etwas essen?«

»Ich will nichts essen.«

»Gott sei Dank. Ich könnte auch nicht eine Olive runterkriegen. Komm, wir gehen in die Tahiti-Bar. Da trinken wir einen Schnaps, und dann können wir uns feste zanken.«

»Warum gerade dahin? Wenn du etwa denkst, ich hinge besonders an diesem Lokal, dann bist du schwer im Irrtum.«

»Quatsch! Ich habe mich nur mit meinen Stubenkameraden dort verabredet.«

»Also meinetwegen. Mir soll's egal sein.«

Als die beiden in der Tahiti-Bar ankamen, eilten gleich alle herbei, das Garderobenfräulein, Mr. Dennis und die Musiker. Man drängte sich um sie, bestaunte Willies Uniform und machte kleine Witze über seine Freundschaft mit May. So vergaßen die beiden eine Zeitlang ihre Auseinandersetzung. Sie hatten den Faden verloren. Trübsinnig saßen sie da und tranken, während sich das Lokal immer mehr mit einem Haufen grölender Gäste füllte, die meisten davon Armee- und Marineoffiziere mit ihren Mädchen. Kurz vor der Zehnuhrvorstellung kam Roland Keefer durch den Tabakrauch und das Getöse angerollt; sein Haar war wirr durcheinander, sein Kragen zerquetscht, seine Augen waren blutrot unterlaufen. Er zog eine fette blonde Person von etwa fünfunddreißig Jahren in einem rosaroten Seidenkleid hinter sich her. Sie hatte so stark aufgelegt, daß man ihre Gesichtszüge nicht erkennen konnte.

»He, Willie! Geht's denn, alter Knabe? Was macht denn die olle Schlagbolzenfeder heut abend?«

Er kicherte vergnügt. Dann nahm er May in näheren Augenschein. Willie sprang auf und stellte ihn vor. Keefer grüßte May mit respektvoller, plötzlich nüchtern gewordener Höflichkeit. »He, was sagst du zu Keggs, dem alten Pferdegesicht?« Er wurde wieder lustig. »Is' in ein Konzert, wahrhaftigen Gott wahr. In der Messe haben sie ihm ein Freibillett angehängt. Ich sollte auch mitkommen, hab' aber gesagt: is' ja alles Zinnober.« Er kniff die Blonde in den Arm. »Wir machen unser Konzert alleine, was, Süße?«

»Werde nur nicht keß«, sagte die Blonde. »Warum stellst du mich deinen Freunden nicht vor?«

»Leute, das hier ist Tutsi Wever. Tutsi, dieser Bursche hier kommt von Princeton.«

»Guten Abend, wie geht es Ihnen?« tönte Tutsi gebildet.

»Wiedersehn, Leute, wir müssen uns dranhalten!« rief Keefer und schleppte Tutsi mit sich fort. Sie hatte sich gerade häuslich niederlassen wollen.

»Vergiß nicht«, rief Willie ihm nach, »fünf Strafpunkte für jede Minute nach Mitternacht!«

»Knabe, hier steht eine Normaluhr in Menschengestalt vor dir!« brüllte Keefer. »Seid mir gegrüßt!«

»Sonderbaren Geschmack hat mein Freund Keefer«, sagte Willie, als er sich wieder hinsetzte.

»Vielleicht denkt er genau dasselbe von dir«, antwortete May. »Bestell mir doch was zu trinken.«

Das Kabarett fing an. Das übliche Programm mit dem albernen Conférencier, der Coupletsängerin und dem Prügelakt in komischen Kostümen. »Alles herhören, meine Herrschaften!« brüllte der Conférencier nach der letzten Nummer.

»Unter uns weilen heute abend zwei große Künstler, die im vorigen März hier in der ›Tahiti‹ das Auditorium viele Wochen mit ihren Darbietungen erfreut haben. – May Wynn – die entzückende Sängerin, die soeben in der Krypton-Bar ein triumphales Engagement beendet hat, und Willie Keith – der jetzt im Dienste des Vaterlandes steht.« Er zeigte zu den beiden hin und klatschte in die Hände. Der Scheinwerfer richtete sich auf sie. Mit vielem Widerstreben standen sie auf, und die Gäste applaudierten. Als die Soldaten May erblickten, schwoll das Händeklatschen zu einem Orkan. »Vielleicht können wir das charmante Paar dazu bewegen, uns mit einem kleinen Vortrag zu erfreuen. – Sehen sie nicht reizend zusammen aus, meine Herrschaften?«

»Kommt nicht in Frage!« rief Willie, und auch May schüttelte den Kopf. Aber der Applaus wurde nur um so stärker.

»Mozart!« schrie plötzlich das Garderobenfräulein. Kein Mensch hatte eine Ahnung, was der Ruf bedeuten sollte, sie grölten ihn einfach nach. »Mozart! Mozart!« Es gab kein Entrinnen mehr, sie mußten an den Flügel.

May sang entzückend, mit einer süßen Wehmut in der Stimme. In ihrem Vortrag lag ein Zauber, der alle Gäste in seinen Bann schlug: etwas von Abschied und tiefer Traurigkeit über vergangene Liebe. Ihr Gesang drang durch die Schwaden von Tabakrauch und Alkokoldunst und rührte die vielen jungen Leute, die ihre Heimat bald verlassen sollten, um in den Kampf zu ziehen. Auch die im Lande bleiben durften, fühlten sich betroffen und empfanden eine unbestimmte, stechende Scham. In einem entfernten Winkel der Bar saß Tutsi Wever und hielt sich schluchzend ihr duftendes Taschentuch vors Gesicht.

Durch die letzten Takte des Liedes quälte sich May nur noch mit Mühe. Als sie zu Ende waren, brach donnerndes Händeklatschen los. Ohne sich zu verbeugen, stürzte May an ihren Tisch zurück. Die kleine Kapelle setzte mit der Tanzmusik wieder ein, und die Paare drängten sich auf den Flur.

»Erste Mal, daß mich das so umgeschmissen hat«, sagte sie leise zu Willie.

»May, das war herrlich!«

»So, jetzt kann's losgehn«, gab das Mädchen zur Antwort. Sie trank ihr abgestandenes Glas aus. »Ich will dich nie mehr wiedersehn.«

»Das glaub' ich dir nicht.«

»Und du brauchst mich auch nicht mehr anzurufen in dem Geschäft. Ich komme doch nicht ans Telefon.«

»Warum denn? Was ist denn los?«

»Ich will mich mal anders ausdrücken: Bist du bereit, mich zu heiraten?«

Willie preßte die Lippen zusammen und stierte auf das Glas in seiner Hand. Der Trompeter blies zum Ohrenbetäuben ins Mikrophon, die Tanzpaare stießen an ihren Tisch. May fuhr fort: »Versteh mich nicht falsch, ich verlange es nicht etwa von dir. Alles ist meine Schuld. Du warst offen und anständig mit mir, als du mich damals bei den Pizzas gleich über deine Familie aufgeklärt hast. Bis vor kurzen fand ich's herrlich und machte mir weiter keine Gedanken dabei.

Aber ich habe bei der ganzen Geschichte einen fürchterlichen Fehler gemacht. Ich habe vergessen, daß ich nichts weiter für dich war als eine Tutsi Wever.«

»Nun hör aber mal, May …«

»Ach ja, natürlich, nicht so fett und jünger und etwas repräsentabler vielleicht – aber würdest du zum Beispiel sie oder mich mit zu dir nach Hause nehmen und uns deiner Mutter vorstellen?«

»May, wir sind doch beide noch Kinder. In drei Monaten bin ich auf See …«

»Aha, ich verstehe schon, du bist ja niedlich, Willie. Ich hoffe, du wirst eines Tages mal ein passendes Mädchen finden. Ich für meine Person habe nur keine Lust, noch drei Monate lang deine Tutsi Wever zu spielen. Keinen einzigen Abend will ich das mehr, keine einzige Minute, damit du im Bilde bist.« Ihre Augen füllten sich mit Tränen, und sie stand auf. »Außerdem soll es niemals heißen, ich hätte dir Strafpunkte eingebracht. Komm, wir wollen gehen.«

Sie gingen hinaus und stiegen in ein Taxi. Dort verfielen sie in die wildeste Küsserei, die sie jemals miteinander erlebt hatten. Das war keine Lust mehr, es war nur noch eine Folter, eine Folter, der sie beide nicht mehr Herr werden konnten. Der Wagen hielt schließlich unter der Lampe vor dem Eingang des Furnald-Hauses. Auf Willies Armbanduhr war es fünf Minuten vor halb zwölf. »Fahren Sie weiter!« rief Willie halb erstickt zum Chauffeur.

»Wohin, der Herr?«

»Egal, Riverside Drive auf und ab. Machen Sie nur, daß wir um zwölf wieder hier sind.«

»Is' gut, der Herr.«

Der Chauffeur trat den Motor wieder an und schob die Scheibe zwischen sich und seinen beiden Fahrgästen zu. Das Taxi rollte zum Fluß hinunter. Mehr Küsse, mehr gebrochene, unzusammenhängende, sinnlose Worte. May hielt Willies Kopf warm gegen ihre Brust gepreßt und strich ihm über das Haar. »Manchmal glaube ich, du hast mich lieb«, sagte sie.

»Ich weiß nicht, warum der liebe Gott solche widerlichen Quallen geschaffen hat wie Willie Keith.«

»Weißt du, was Marty Rubin sagt?«

»Laß mich mit Marty Rubin in Ruh.«

»Willie, du weißt es nur nicht, aber er ist dein Freund.«

Willie richtete sich auf. »Die ganze Schweinerei hat mit ihm angefangen.«

»Ich habe ihn gefragt, was ich nun eigentlich machen soll.«

»Und er hat dir natürlich gesagt, du sollst mich schießen lassen.«

»Nein, er hat gesagt, er glaubt, du liebst mich ehrlich.«

»Es lebe Marty Rubin!«

»Er meinte, vielleicht würde ich für deine Mutter eher in Frage kommen, wenn ich noch zur Uni ginge.«

Willie horchte auf. Unter Seufzen seine ewige Liebe beteuern war eine Sache für sich. Aber jetzt fing es an, Ernst zu werden.

»Ich könnte das machen«, fuhr May eifrig fort. »Ich könnte mich jetzt noch zum Februartermin am Hunter College immatrikulieren lassen. Ich hatte gute Zensuren auf der Schule, obgleich du mich ja für unbegabt hältst. Mir steht vielleicht sogar noch ein Stipendium zu, wenn das noch gültig ist. Marty sagt, er kann mir genug Engagements in New York oder hier in der Nähe verschaffen, um mich über Wasser zu halten. Ich singe ja sowieso nur abends.«

Willie wollte Zeit gewinnen. Das süße Kleinod kam wieder in erreichbare Nähe, wenn auch unter sehr ernüchternden Bedingungen. May sah ihn an. Ihre Augen glänzten voller Hoffnung. All ihre Härte und all ihre Wachsamkeit waren verflogen.

»Könntest du das denn durchhalten, so ein Studium noch dazu?«

»Ich kann allerhand aushalten«, erwiderte sie.

Willie wußte, das war jetzt bitterster Ernst. Es war nicht mehr die Gefährtin süßer Stunden, die hier sprach. Hier sprach ein Mädchen, das seine Mutter in die Schranken forderte, ihr ihren Sohn streitig zu machen. In diesen wenigen Minuten war alles anders geworden. Ihm wurde schwindlig. »Ich will dir die lauterste Wahrheit sagen, May. Ich glaube nicht, daß das für meine Mutter eine Spur Unterschied machen würde.«

»Würde es für dich einen Unterschied machen?«

Willie sah ihr in die Augen. Er konnte ihrem Blick nicht standhalten. Er sah fort.

»Gib dir weiter keine Mühe, Liebling.« Ihre Stimme hatte allen Klang verloren. »Ich hab' Marty diese Antwort ja vorausgesagt. Ich hab' ihm gesagt, ich machte dir keine Vorwürfe. Ich mache dir auch keine. Sag dem kleinen Mann da vorn, er soll dich zur Marine zurückfahren. Es ist spät.«

Aber als das Taxi wieder vor dem Furnald-Haus hielt und Willie nun aussteigen sollte und May für immer verlieren, da brachte er es nicht über sich. Es war drei Minuten vor zwölf. Mit verzweifeltem Wortschwall versuchte er das verlorene Terrain zurückzugewinnen. Draußen auf dem Trottoir rannten, gingen und schwankten derweil die Kadetten dem Eingang zu. In den Mauerecken standen sie und küßten ihre Mädchen. Willie hielt eine lange Rede. Er und May sollten doch der Stunde leben, die Rosen pflücken, solange sie konnten, und ihre Süße auskosten, denn einmal verwelkt, würden sie nie wieder blühen, und einmal ginge die Jugend doch vorbei und was sonst noch alles. Er brauchte die ganzen drei Minuten auf, um seine eindringliche Litanei herunterzubeten. Die Pärchen draußen rissen sich voneinander los, der Strom der Kadetten versiegte. Aber Willie wollte höflich sein und Mays Antwort abwarten, mochten die Strafpunkte sich häufen. Er hoffte nur, die Antwort würde günstig ausfallen und kurz.

»Hör zu, Willie, Liebling«, sagte May, »zum letztenmal jetzt, denn wir sind fertig miteinander. Ich bin ein armes Mädchen aus der Bronx und habe schon genug Sorgen. Ich will nicht noch eine hoffnungslose Liebe dazu. Ich habe eine Mutter und einen Vater mit einem Obstladen, der nichts abwirft. Ich habe zwei Brüder, einer ist Soldat, der andere ist ein verkommener Taugenichts, den wir nie zu sehen kriegen, außer wenn er mal Geld braucht, weil er wieder was ausgefressen hat. Ich habe jetzt nur noch den einen Wunsch, ich will ein paar Dollars verdienen und meine Ruhe haben. Ich war blöde, mich in dich zu verlieben, ich weiß noch nicht mal, warum eigentlich, denn du bist noch viel blöder als ich. Du schwärmst wie ein Fünfzehnjähriger, und wenn sich dein Haar nach hinten sträubt, dann siehst du aus wie ein Kaninchen, und das ist oft der Fall. Es scheint, ich bin auf deine Literaturwissenschaft reingefallen. Von heute an gehe ich jedenfalls bestimmt jedem Mann mit mehr als Volksschulbildung aus dem Wege, und ... mein Gott noch mal«, unterbrach sie sich gereizt, »warum glotzt du denn dauernd auf die Uhr?«

»Kind, ich kriege einen Strafpunkt nach dem anderen«, sagte Willie.

»Dann scher dich raus. Scher dich überhaupt raus aus meinem Leben. Ich kann dich nicht mehr sehn!« tobte das Mädchen. »Gott straft mich mit dir, weil ich nicht zur heiligen Messe geh'. Raus!«

»May, ich liebe dich«, sagte Willie und öffnete die Tür.

»Scher dich zur Hölle!« schrie das Mädchen. Sie stieß ihn aus dem Wagen und schlug die Tür hinter ihm zu.

Willie raste ins Haus. Die große Glocke über dem Eingang wartete auf ihn und grinste ihm vier Minuten nach zwölf entgegen. Unter der Uhr aber, furchtbar in seiner hämischen Schadenfreude, stand mit grinsendem Gesicht der Fähnrich Brain.

»Sieh mal an, Seekadett Keith, wenn ich mich nicht irre?«

»Jawohl, Sir«, keuchte Willie, stramm und schlotternd.

»Aus der Liste ersah ich schon, daß Sie nicht rechtzeitig zurück waren, Seekadett Keith –. Sie sind der einzige im ganzen Furnald-Haus. Ich hoffte natürlich noch immer, es läge vielleicht ein Irrtum vor.« Seinem grimmigen Lächeln nach hatte er wohl viel eher gehofft, daß keiner vorlag. Alle Falten seines Gesichts zogen sich beglückt nach oben.

»Ich bitte um Entschuldigung, Sir. Besondere Umstände ...«

»Umstände, Seekadett Keith? Umstände? Der einzige interessante Umstand, den ich ausmachen kann, Seekadett Keith, ist der, daß Sie jetzt zwanzig Strafpunkte bekommen, Seekadett Keith, die höchste Zahl im ganzen Furnald-Haus. Was sagen Sie zu diesem Umstand, Seekadett Keith?«

»Ich bedaure ihn, Sir.«

»Sie bedauern ihn? Was Sie nicht sagen! Ich danke Ihnen für die Information, Seekadett Keith, daß Sie ihn bedauern. Ich war so töricht, anzunehmen, Sie freuten sich darüber, Seekadett Keith. Aber wahrscheinlich sind Sie ja an solche Torheit bei Ihren Vorgesetzten gewöhnt. Wahrscheinlich denken Sie, wir sind alle Toren. Wahrscheinlich denken Sie, alle Vorschriften in dieser Schule sind töricht. Entweder Sie denken das, oder aber Sie halten sich zu gut dafür, diesen Vorschriften, die ja nur für das dumme Herdenvieh gemacht sind, Folge zu leisten. Welche von den beiden Annahmen ist die richtige, Seekadett Keith?«

Wie um Willie bei der Entscheidung in dieser Idealkonkurrenz behilflich zu sein, rückte er ihm mit seinem runzeligen Gesicht auf zwei Zentimeter unter die Nase. Der Kadett vom Dienst, der auf dem »Achterdeck« seine Wache ging, beobachtete den Vorgang von der Seite und war gespannt, wie Willie sich aus der Klemme ziehen würde.

Willie starrte auf den dünnen Haarschopf über Fähnrich Brains Glatze. Er hatte wenigstens Verstand genug, den Mund zu halten.

»Fünfzig Strafpunkte bedeuten die Entlassung, Seekadett Keith«, sagte hämisch der Exerziermeister.

»Das ist mir bekannt, Sir.«

»Sie sind bereits weit gediehen auf diesem Weg.«

»Es werden keine weiteren mehr hinzukommen, Sir.«

Fähnrich Brain zog sein Gesicht wieder auf normale Entfernung zurück. »Kriege werden nach der Uhr geführt, Seekadett Keith. Angriffe werden gemacht, wenn befohlen, nicht vier Minuten später. Vier Minuten Verspätung können Zehntausenden das Leben kosten. Eine ganze Flotte kann in vier Minuten versenkt werden, Seekadett Keith.« Fähnrich Brain folgte der beliebten Methode, sein Katz-und-Maus-Spiel mit moralischen Tiraden zu verbrämen. Und diese Moral war ja schlechterdings nicht zu widerlegen. »Sie können jetzt gehen, Seekadett Keith.«

»Ich danke sehr, Sir.«

Willie grüßte. Verzweifelt kletterte er die neun Treppen empor. Der Aufzug war um Mitternacht abgestellt worden.

Befehle für Seekadett Keith

Der nächste Tag, ein Sonntag, war sonnig und klar. Die Kadetten waren dankbar dafür. Es war nämlich Parade angesetzt. Der Kommandant des dritten Marinebezirks wollte die Kadetten aller Formationen, die in der Columbia-Universität untergebracht waren, besichtigen. Die anderen Sektionen der Anstalt, die im Johnston-Haus und im John-Jay-Haus lagen, sollten sich mit der Belegschaft des Furnald-Hauses zu einem Aufgebot von zweitausendfünfhundert Seeoffiziersanwärtern vereinigen. Nach dem Morgenkaffee warfen sich die Kadetten in ihre blauen Extrauniformen und traten mit Gewehr, Gamaschen und Patronengürtel vor dem Gebäude an.

Der Reihe nach wurden sie bis ins kleinste inspiziert, als ob jeder einzelne mit dem Admiral zu Mittag essen sollte, anstatt an ihm vorbeizumarschieren. Die Strafpunkte rasselten nur so. Ein winziger Fleck auf dem Kragen, Schuhe, in denen sich das Gesicht des Inspizierenden nicht widerspiegelte, oder ein Millimeter zu langes Haar genügten. Ein Klaps von Fähnrich Brains Hand auf den Nacken eines Kadetten bedeutete fünf Strafpunkte. Sie wurden diensteifrig vom Schreibstubenhengst aufgeschrieben, der hinter ihm herging. Willie bekam seinen Klaps. Mit einem Vorsprung von fünfundzwanzig Strafpunkten segelte er jetzt wie eine einsame Wolke am Himmel. Der nächste Konkurrent hatte sieben.

Eine sechzig Mann starke Kapelle aus lauter Kadetten schmetterte mit mehr Lungenkraft als Harmoniegefühl Märsche aus ihren Blechinstrumenten. An den Masten flatterten die Fahnen. Die aufgepflanzten Bajonette blitzten in der Morgensonne, als sich die Reihen zum Paradefeld in Bewegung setzten. Hinter dem Drahtzaun um den Platz herum standen Hunderte von Zuschauern: Eltern, Bräute, Passanten, Studenten und freche Straßenbengels. Die Kapelle hatte ihr Programm erschöpft und fing mit »Lichtet die Anker!« wieder von vorne an. Die zu einer Formation vereinten Kadetten der drei Häuser bezogen die ihnen zugewiesenen Plätze. Ein begeisternder Anblick, diese mächtigen Reihen goldbetreßter Mützen, starrender Bajonette, breiter blauer Schultern und harter, junger Gesichter. Als einzelne waren sie verängstigte Jungen, darauf bedacht, nur nicht aufzufallen. Als geschlossene Einheit verkündeten sie die geheimnisvolle Verheißung drohender Kraft. Ein schmetterndes Signal zerriß die Luft. »Stillgestanden!« grölte der Lautsprecher. Fünftausend Hacken knallten zusammen. Der Admiral schlenderte über den Platz. Er rauchte. Ein Schweif von Offizieren folgte ihm. Sie spazierten mit jener Ungezwungenheit daher, die das Privileg ihres hohen Ranges symbolisierte. Aber sie hielten solchen Abstand vom Admiral, wie ihnen die Anzahl ihrer Ärmelstreifen gebot. Fähnrich Brain bildete den Schluß. Auch er rauchte. Er warf die Zigarette im gleichen Augenblick fort wie der Admiral.

Der Admiral war ein kleiner, untersetzter Mann mit grauem Haar. Er hielt eine kurze, verbindliche Ansprache an die Truppe. Dann begann der Vorbeimarsch. In stolzer Haltung, voller Zuversicht nach einer Woche härtesten Drills, defilierten die Bataillone zur Musik an ihm vorüber. Sie warfen die Beine, sie schwenkten und marschierten zurück. Die Zuschauer klatschten und brüllten Beifall. Hinter dem Zaun marschierten die johlenden Straßenjungen in ihren Lumpen mit zur Musik. Voller Spannung schaute der Kommandant zu. Sein Lächeln steckte selbst die grimmigen Gesichter des Lehrkörpers an. Die Kameras der Wochenschauen, die an der Seite des Feldes auf Lastwagen montiert waren, hielten das Ereignis für die Nachwelt fest.

Willie absolvierte seine Marschbewegungen in einem Nebel wirrer Gedanken an May und seine Strafpunkte. Der Admiral kümmerte ihn wenig, er hatte nur einen einzigen Wunsch: keine weiteren Fehler mehr! Kein Rückgrat wurde strammer durchgedrückt, keine Gewehrhaltung in der ganzen Parade war korrekter als bei Willie Keith. Das kriegerische Geschmetter der Märsche und das majestätische Gewoge der Reihen rissen ihn mit, er war stolz, in diesem machtvollen Schauspiel eine Rolle spielen zu dürfen. Er schwor sich, noch der korrekteste, der militärischste aller Kadetten zu werden, die Zierde des Furnald-Hauses.

Die Musik setzte aus. Zum dumpfen Klang der Trommeln, die das Ende der großen Parade ankündigten, marschierten sie weiter. Dann setzte die Kapelle wieder schmetternd mit »Lichtet die Anker!« ein. Willies Abteilung rückte dem Zaun entgegen und schickte sich an, im Flankenmarsch vom Feld abzutreten. Willie nahm den Drehpunkt genau, den Blick auf die Linie gerichtet. Makellos blieb er in Reih und Glied. Als er die Augen wieder geradeaus richtete, erblickte er May Wynn plötzlich unmittelbar vor sich. Da stand sie hinter dem Zaun in ihrem schwarzen pelzbesetzten Mantel, keine fünf Meter von ihm entfernt. Sie winkte und lachte.

»Ich nehme alles zurück! Du hast gewonnen!« schrie sie ihm zu.

»In Reihen gesetzt – links – um!« brüllte Roland Keefer.

Im selben Augenblick kam eine Abteilung vom Johnston-Haus an ihnen vorbei. Ihr Flügelmann kommandierte: »In Reihen gesetzt – rechts – um!«

Willie, die Augen auf May gerichtet, sein Gehirn ausgeschaltet, gehorchte dem verkehrten Befehl. Mit einer zackigen Rechtswendung marschierte er seinem Bataillon davon. Im nächsten Augenblick war er durch eine entgegenkommende Kompanie Johnston-Haus-Kadetten von seiner Formation abgeschnitten. Er stolperte über ein freies Rasenstück, dann machte er Halt. Jetzt dämmerte ihm, daß er auf weiter Flur allein war. Eine Reihe von Filmkameras ganz in seiner Nähe fotografierte jede seiner Bewegungen, als ob sie nur auf ihn gerichtet wären.

Wild blickte er sich um. Als das letzte Glied des Johnston-Hauses an ihm vorüberkam, sah er sein Bataillon weit in der Ferne jenseits eines breiten zertretenen Grasstreifens abmarschieren. Mit jedem Trompetenstoß, mit jedem Trommelschlag wuchs die Einsamkeit um ihn her. Der Versuch, zu seiner Abteilung zurückzugelangen, hätte für ihn einen Solohundertmeterspurt unmittelbar unter den Augen des Admirals bedeutet. Auch nur noch eine Sekunde länger allein stehenzubleiben, war unmöglich. Die Zuschauer begannen schon spöttisch zu johlen. Verzweifelt tauchte Willie in einer Gruppe Kadetten vom John-Jay-Haus unter, die dem Ausgang in entgegengesetzter Richtung vom Furnald-Haus zumarschierte.

»Was willst du hier, verflucht noch mal? Scher dich raus!« zischte der Hintermann. Unglücklicherweise war Willie gerade bei den allerlängsten der John-Jay-Kadetten gelandet, das gab eine höchst unmilitärische Lücke in der Linie ihrer Köpfe. Jetzt half nur noch Beten. Er marschierte weiter.

»Raus hier, du dämlicher Affe, ich tret' dir die Knochen kaputt!«

Am Ausgang staute sich die Gruppe und löste sich auf. Willie drehte sich um und keuchte zu dem langen Kadetten, der ihn anglotzte: »Ich bin wahnsinnig in Druck. Ich bin von meinem Bataillon abgekommen. Willst du, daß ich rausfliege?«

Der Kadett sagte kein Wort mehr. Sie schlängelten sich ins John-Jay-Haus hinein.

Wieder im Gebäude, schlenderten die Kadetten lachend und grölend den Treppen zu. Willie blieb in der Halle stehen. Mit tiefem Unbehagen betrachtete er die verblichenen Sporttrophäen der Columbia-Universität in den Vitrinen. Fünfzehn Minuten ließ er verstreichen. Er ging auf und ab und hielt sich, so gut er konnte, außer Sicht der Offiziere und Kadetten, die auf dem »Achterdeck« Wache gingen. Die Erregung der Parade flaute ab, in der Halle wurde es still. Da nahm er all seinen Mut zusammen und ging mit forschem Schritt auf den einzigen, bewachten Ausgang zu. Alle anderen Türen waren verschlossen und verriegelt.

»Halt, wer sind Sie?«

Auf diesen Anruf des Wachhabenden, eines kräftigen Kadetten mit einer gelben Armbinde, blieb Willie stehen. Ein paar Schritte weiter weg saß ein Fähnrich an einem Tisch und korrigierte schriftliche Arbeiten.

»Seekadett Willie Seward Keith, Furnald, in dienstlichem Auftrag.«

»Melden Sie den Auftrag.«

»Suche nach einer verlorengegangenen Gewehr-Kontrollkarte.«

Der Wachhabende griff nach einem Briefklemmer mit einem hektographierten Formular darauf.

»Eintritt hier nicht vermerkt, Keith.«

»Ich kam rein während des Durcheinanders nach der Parade. Entschuldigen Sie.«

»Ausweis bitte!«

Damit schnappte die Falle zu. Willie verfluchte die Gewissenhaftigkeit der Marine. Er zog seine Brieftasche und zeigte dem Kadetten ein Bild von May Wynn, die lachend und gestikulierend auf einem Karussellpferd saß. »Begreifst du jetzt, Mensch? Laß mich laufen, oder ich fliege raus«, flüsterte er.

Der Wachhabende machte große Augen. Dann warf er einen Seitenblick auf den Fähnrich, nahm Haltung an und grüßte. »In Ordnung, Keith.«

»Aye, aye, Sir.« Willie grüßte zurück und entwich hinaus in das Licht der Sonne. Er war durch die einzige Hintertür gekrochen, die keine Generalstabsweisheit jemals dicht genug verschließen wird – die Kameradschaft der Erniedrigten und Bedrückten.

Drei Wege gab es zurück zum Furnald-Haus: quer über den Platz – aber der war zu exponiert; hintenherum durch die Straßen – aber die durften sie nicht betreten; endlich der Kiesweg am Rande des Platzes entlang der Bibliothek. Willie nahm den Kiesweg. Alsbald stieß er auf ein Arbeitskommando von Furnald-Kadetten. Sie räumten die gelben Stühle für den Admiral und seinen Stab auf der Freitreppe wieder fort. Er überlegte kurz, ob er sich nicht einfach unter sie mischen sollte. Aber sie trugen Khaki. Außerdem sahen sie ihn zu verängstigt an. Er eilte vorbei. Der Pfad führte gradewegs auf das Furnald-Portal zu.

»Seekadett Keith, wenn ich mich nicht irre?«

Willie fuhr herum. Unvorstellbarer Schrecken durchfuhr ihn beim Klang dieser Stimme. Fähnrich Brain saß hinter einer der Granitsäulen des Bibliotheksportals verborgen auf einem gelben Stuhl und rauchte. Er warf die Zigarette fort, trat sie sorgfältig mit der Schuhspitze aus und erhob sich. »Haben Sie eine Erklärung, Seekadett Keith, warum Sie sich nicht auf Ihrer Stube befinden, sondern in unvorschriftsmäßigem Anzug und während der Arbeitsstunde im Freien herumlaufen?«

Willies schöne Entschlossenheit und alle seine vortrefflichen Vorsätze brachen zusammen. »Nein, Sir.«

»Nein, Sir. Ausgezeichnete Antwort, Seekadett Keith. Sie ersetzt durch Klarheit, was sie an dienstlicher Annehmbarkeit vermissen läßt.« Fähnrich Brain grinste gierig wie ein Verhungernder angesichts einer Hühnerkeule. »Kadett Auerbach, übernehmen Sie das Arbeitskommando.«

»Aye, aye, Sir.«

»Seekadett Keith, kommen Sie mit.«

»Aye, aye, Sir.«

Unter der Eskorte von Fähnrich Brain kam Willie ohne Schwierigkeiten ins Furnald-Haus. Er wurde an den Tisch des Offiziers vom Dienst geführt, Fähnrich Acres. Die herumstehenden Kadetten betrachteten ihn mit bleichem Entsetzen. Die gewaltige Masse seiner Strafpunkte hatte sich in der Schule herumgesprochen. Diese neue Katastrophe erfüllte die Kameraden mit Schaudern. Ihre schlimmsten Angstträume standen in der Gestalt Willie Keiths leibhaftig vor ihnen.

»Heiliges Kanonenrohr«, rief Acres und sprang auf, »doch nicht etwa wieder Keith?«

»Eben derselbe«, sagte Fähnrich Brain, »das Muster militärischer Tugenden, Seekadett Keith. Unvorschriftsmäßiger Anzug. Abwesenheit ohne Urlaub, Nichteinhaltung der Arbeitsstunde. Keine Begründung.«

»Das bricht ihm das Genick«, sagte Acres.

»Zweifellos. Ich bedaure das natürlich, aber selbstredend mußte ich ihn anhalten.«

»Klar.« Acres sah Willie merkwürdig und nicht ohne Mitleid an. »Haben Sie was gegen die Marine, Keith?«

»Durchaus nicht, Sir. Anhaltende Pechsträhne, Sir.«

Acres lüftete seine Mütze und kratzte sich nachdenklich am Kopf. Er sah Brain fragend an. »Ob wir ihn nicht einfach mit einem Tritt in den Hintern die neun Treppen hochbefördern?«

»Sie sind natürlich der wachhabende Offizier«, sagte Brain tugendsam. »Ein paar Dutzend Kadetten wissen hiervon schon. Soviel ich sehen konnte, hat auch der Eins O die ganze Geschichte vom Fenster aus beobachtet.«

Acres nickte und setzte die Mütze wieder auf. Brain ging hinaus. »Leider nichts zu machen, Keith. Kommen Sie mit.«

Vor der Tür des Ersten Offiziers blieben sie einen Augenblick stehen. Acres flüsterte: »Unter uns, Keith, was war um Gottes willen denn nur los?«

Der Rangunterschied zwischen den beiden jungen Leuten schien für einen Augenblick zu verblassen vor dem freundlichen Ton, den Acres anschlug. Willie hatte plötzlich die unklare Empfindung, alles sei nur ein böser Alptraum, die Sonne scheine noch, er könne sich noch seiner Jugend freuen, und draußen, ein paar Schritte weiter auf dem Broadway, wirkten seine Sorgen doch nur wie ein schlechter Scherz. Das Dumme war nur, er war ja nicht draußen, er war drinnen, im Furnald-Haus. Eingefangen in dieser Operettenwelt wie in einem Netz, hatte er ein paar ihrer Gesetze übertreten wie zum Scherz, und wie zum Scherz ging er auch einem Operettenschicksal entgegen. Aber der Irrlichtertanz in seinem Gehirn brach sich brutal an der kalten Realität dieser Welt. Das hatte zu bedeuten, sein lebendiger Leib werde zu gegebener Zeit, statt in blauer Uniform über den Pazifischen, in brauner über den Atlantischen Ozean befördert werden. Diese Erkenntnis bereitete ihm stechendes Unbehagen.

»Ach«, sagte er, »das ist ja jetzt nicht mehr wichtig. Es war mir jedenfalls ein Vergnügen, Sie kennenzulernen, Acres.«

Fähnrich Acres überging diese plumpe Vertraulichkeit, er verstand sie. »Merton hat ein Herz. Sagen Sie ihm die Wahrheit. Sie sind noch immer nicht ganz verloren«, erwiderte er.

Dann klopfte er an.

Commander Merton war ein kleiner Herr mit kugelrundem Kopf, struppigem braunem Haar und roter Hautfarbe. Er saß, das Gesicht zur Tür, halb hinter einer brodelnden Kaffeemaschine versteckt, an seinem Schreibtisch.

»Ja, Acres?«

»Seekadett Keith mal wieder, Sir.«

Commander Merton sah streng um die Kaffeemaschine herum auf Willie.

»Großer Gott, was denn schon wieder?«

Acres meldete den Vorfall. Merton nickte und ließ ihn wegtreten. Dann schloß er die Tür ab und rief in den Lautsprecher des Bürotelefons: »Ich wünsche bis auf weiteres keine Anrufe oder Störungen.«

»Aye, aye, Sir«, ratterte es im Lautsprecher.

Der Commander füllte seine Tasse.

»Kaffee, Keith?«

»Nein, danke, Sir.« Willies Knie schwankten.

»Ich glaube, Sie trinken lieber doch eine Tasse. Milch? Zucker?«

»Keines von beiden, Sir.«

»Setzen Sie sich.«

»Danke, Sir.« Diese Höflichkeit ängstigte ihn mehr als ein Wutanfall: Die Tasse Kaffee hatte etwas von einer Henkersmahlzeit.

Qualvolle Minuten schlürfte Commander Merton schweigend an seiner Tasse. Er war Reserveoffizier. Im Zivilberuf war er Direktor einer Versicherungsgesellschaft gewesen und hatte immer eine Vorliebe für Segeln und Reserveübungen gehabt. Seine Frau hatte sich oft über die viele Zeit beklagt, die er auf die Marine verschwende. Der Krieg hatte ihm dann aber recht gegeben. Er ließ sich gleich aktivieren, und jetzt war die Familie auf seine drei Streifen stolz.

»Keith«, sagte er endlich, »Sie versetzen mich in eine eigentümliche Lage. Am liebsten würde ich Sie für die Strenge bei der Marine um Entschuldigung bitten. Die Summe der Strafpunkte für Ihre drei neuen Vergehen zusammen mit den fünfundzwanzig, die Sie bereits haben, bedeutet für Sie die Entlassung aus der Schule.«

»Ich weiß, Sir.«

»Diese Strafpunkte haben ihren guten Sinn. Ihr Wert wurde sorgsam bemessen. Jeder, der sich nicht innerhalb der Grenzen ihrer Höchstzahl halten kann, gehört nicht in die Marine.«

»Ich weiß, Sir.«

»Es seien denn ...«, fuhr der Commander fort und schlürfte wieder eine Zeitlang an seinem Kaffee, »es seien denn ganz außergewöhnliche Umstände gegeben, wie sie vielleicht in einer Million Fällen einmal vorkommen. Keith, was ist denn passiert?«

Willie hatte nichts zu verlieren. Er sprudelte alles heraus. All seine Schwierigkeiten mit May Wynn samt ihrem plötzlichen Auftauchen am Zaun.

Der Eins O hörte aufmerksam zu, aber er lächelte nicht dabei. Als Willies Erzählung zu Ende war, legte er die Fingerspitzen aneinander und grübelte.

»Sie plädieren also auf zeitweilige Geistesstörung, hervorgerufen durch ein Mädchen.«

»Jawohl, Sir. Aber es war meine Schuld, nicht ihre.«

»Sind Sie nicht der Mann, der die brillante Arbeit über das reibungslose Lager geschrieben hat?«

»Ja – jawohl, Sir.«

»Das war ein brutales Thema für eine schriftliche Arbeit. Es war darauf abgestellt, alle umzulegen bis auf die Besten. Die Marine kann es sich nicht leisten, Keith, einen Kopf wie Sie zu verlieren. Sie haben uns, weiß Gott, einen schlechten Gefallen getan.«

Willies Hoffnung war ein klein wenig aufgelebt, jetzt stürzte sie wieder zusammen.

»Wie wäre es«, sagte Commander Merton, »wenn wir Ihnen eine Gesamtsumme von achtundvierzig Strafpunkten gäben und Ihnen bis zum Examen jeden Urlaub entzögen? Könnten Sie das durchhalten?«

»Ich möchte es jedenfalls versuchen, Sir.«

»Die geringste Übertretung würde Ihr Ende bedeuten – schlechter Schuhputz, ungenügender Haarschnitt, unordentliche Koje. Sie würden mit dem Kopf auf dem Richtblock liegen. Auch die kleinste Spur Pech wäre Ihr Untergang – selbst noch am Tage vor dem Examen. Ich habe Leute entlassen, die schon die Fähnrichsuniform trugen. Sie würden mit diesem Mädchen, May Wynn, nicht einen einzigen Abend zusammen sein können, ganze drei Monate lang. Sind Sie entschlossen, eine so harte Probe auf sich zu nehmen?«

»Jawohl, Sir.«

»Warum?«

Willie überlegte. Ja, warum eigentlich? Selbst die Versetzung zur Armee schien ein leichtes Los im Vergleich hierzu. »Mir ist noch nie etwas mißlungen, was ich ernsthaft versucht habe«, antwortete er. »Allerdings habe ich auch noch nicht viel versucht in meinem Leben. Wenn ich nichts tauge, dann kann ich das ebensogut gleich jetzt feststellen.«

»Gut. Stehen Sie auf.«

Willie sprang hoch und nahm stramme Haltung an. Diese Bewegung brachte ihn in die Marine zurück.

»Dreiundzwanzig Strafpunkte und Urlaubsentziehung bis zum Examen«, schnarrte Commander Merton trocken und scharf.

»Danke, Sir.«

»Treten Sie ab.«

Willie verließ das Büro als ein bitter entschlossener Mann. Er fühlte sich Commander Merton gegenüber persönlich verpflichtet. Die Stubenkameraden respektierten sein Schweigen, als er auf den zehnten Flur zurückkehrte. Mit grimmiger Arbeitswut warf er sich über seine Bücher.

Abends schrieb er einen langen Brief an May. Er versprach ihr, sie nach Beendigung seiner Gefangenschaft als erste aufzusuchen, falls sie ihn dann noch sehen wolle. Vom Heiraten schrieb er nichts. Am nächsten Morgen stand er mit Keggs zwei Stunden vor dem Wecken auf und büffelte fanatisch Dienstkenntnis, Taktik, Geschützwesen, Navigation und Meldewesen.

Jeden Tag von fünf bis halb sechs durften die Kadetten ihre Eltern oder Bräute zu kurzem Besuch empfangen. Dann konnten sie sich in der Halle oder auf dem Platz vor dem Furnald-Haus mit ihnen unterhalten. Willie hatte die Absicht, auch diese halbe Stunde für das Studium auszunutzen, und ging nur hinunter, um am Automaten ein Päckchen Zigaretten zu ziehen. Zu seiner Überraschung sah er seinen Vater in einer Ecke des Ledersofas sitzen. Er hatte seinen Stock über die Knie gelegt, den Kopf müde auf einen Arm gestützt und die Augen geschlossen.

»Tag, Papa!«

Dr. Keith blickte auf und begrüßte Willie fröhlich. Jeder Eindruck von Abspannung war verflogen.

»Wo ist Mutti?«

»Vorstandssitzung im Museum. Einige Patienten sind sehr böse auf mich, weil ich die Sprechstunde abgesagt habe, Willie, aber jedenfalls – hier bin ich.«

»Danke, daß du gekommen bist, Papa. Was macht dein Zeh?«

»Unverändert – so, und das hier ist also das stolze Schiff ›Furnald‹.«

»Wollen wir nicht etwas umhergehen? Dann zeige ich dir mal den Laden.«

»Nein, lieber sitzen und ein bißchen reden. Nun erzähle mal.«

Willie erklärte den Gebrauch der Signalflaggen, die von der Decke herabhingen. Er schnurrte seine ganzen nautischen Fachausdrücke herunter, um seinem Vater das Ankergeschirr zu beschreiben, das in einer Ecke ausgebreitet lag. Dann erklärte er ihm die Handhabung des Fünfzehnzentimetergeschützes in der Mitte der Halle.

Dr. Keith lächelte und nickte. »Du hast das aber sehr schnell gelernt.«

»Alles nur Theorie, Papa, wirklich! Auf einem richtigen Schiff wäre ich verraten und verkauft.«

»Halb so schlimm, wie du denkst. Wie geht es sonst?«

Willie zögerte. Er war froh über diese Gelegenheit, seine schlimme Neuigkeit erst einmal seinem Vater beibringen zu können, anstatt gleich seiner Mutter. Er konnte sich nicht ausdenken, wie diese den schweren Schlag aufnehmen würde. Einem Manne eröffnete er seine Schwierigkeiten viel lieber. Er stellte die Sachlage kurz dar. Mays Rolle dabei erwähnte er kaum. Dr. Keith zündete sich eine Zigarre an. Er beobachtete Willie genau, als könnte ihm sein Gesicht mehr erzählen als seine Worte.

»Unangenehme Geschichte!«

»Ganz übel sogar.«

»Glaubst du, daß du's schaffst?«

»Wenn ich ein Kerl bin, ja. Ich habe mir immer eingebildet, ich sei ziemlich hart. Jetzt bin ich mir dessen nicht mehr so sicher. Ich weiß nicht, was an mir dran ist. Eigentlich bin ich mehr neugierig als besorgt.«

»Liegt dir wirklich etwas daran, Seeoffizier zu werden?«

»O ja! Natürlich werde ich's kaum zum Seehelden bringen. Aber es würde mir doch wenig passen, mich auf eine so dämliche Art unterkriegen zu lassen.«

»Hat Mutter dir schon von Onkel Lloyd erzählt?«

»Was ist mit ihm?«

»Sein Teilhaber ist als Oberst in die Armee gegangen. Propagandaoffizier. Lloyd glaubt sicher, er kann dich aus der Marine herausholen und dir eine Offiziersstelle bei der Armee verschaffen. Mutter hat sich schon nach Möglichkeiten umgesehen, dich von der Marine wegversetzen zu lassen.«

»Das erste, was ich höre.«

»Die Sache ist auch erst während des letzten Wochenendes zur Sprache gekommen. Du weißt ja, wie Mutter ist. Wahrscheinlich will sie erst alles unter Dach und Fach bringen, um dich dann vor die vollendete Tatsache zu stellen.«

Willie sah aus dem Fenster ins Freie. Vor dem Gebäude lagen die Kameraden in der Sonne herum. »Könnte ich auch noch Armeeoffizier werden, wenn ich hier rausfliege?«

»Wie ich höre, würde das nicht viel ausmachen. Es wäre vielleicht sogar günstig.«

»Vater, willst du mir einen Gefallen tun?«

»Selbstverständlich.«

»Sag Mutter so schonend wie möglich, sie möchte Onkel Lloyd zurückpfeifen.«

»Sei mal nicht so hastig.«

»Doch, gerade, Papa!«

»Wir könnten uns das doch noch immer in Reserve halten.«

»Nein, danke schön.«

»Ich glaube kaum, daß du überhaupt nach drüben brauchtest in dem Fall.«

»Verdammt noch mal, Vater, ich wollte, ich hätte davon eher gewußt.«

»Und wenn du nun nächste Woche doch herausfliegst? Ein Stäubchen am Kragen genügt, Willie.«

»Wenn ich rausfliege«, erwiderte Willie, »dann melde ich mich als Matrose.« Dieser Entschluß bestand bei ihm gar nicht, die Worte kamen ihm nur so über die Lippen.

Da ertönte der Gong. Dr. Keith sah, daß die anderen Besucher schon dem Ausgang zupilgerten. Er stand auf, mühsam auf seinen Stock gestützt. Willie versetzte es einen tiefen Stich. Er bekam Angst.

»Dir geht's ziemlich miserabel, wie?«

»Wird schon gehn«, sagte der Doktor lachend. Er nahm Willies Arm, aber er stützte sich nicht darauf. Er hielt ihn nur ganz lose, während sie zum Portal gingen. »Also, Willie, ein herzliches Lebewohl an den Gefangenen von Furnald! Ich werde Mutter alles so sanft wie möglich beibringen.«

»Sie kann mich ja trotzdem noch immer hier besuchen. Ich hoffe, du kommst auch noch mal.«

»Ich muß sagen«, bemerkte Dr. Keith an der Tür, »deine Begeisterung für die Marine überrascht mich.«

»Ist gar keine Begeisterung, Vater. Wenn du's wissen willst, was ich da studiere, kommt mir vor wie ganz großer Unsinn. Die Bestimmungen, den Jargon, alles finde ich komisch. Der Gedanke, daß es Leute gibt, die in diesem Affentheater freiwillig ihr ganzes Leben zubringen, macht mich schwach. Bisher habe ich immer geglaubt, die Marine sei wenigstens noch besser als die Armee. Jetzt weiß ich, beide sind genau derselbe Irrsinn. Ist mir auch egal. Ich bin nun mal drin in der Marine, also werde ich diesen albernen Krieg auch in der Marine durchstehen.«

»Brauchst du Geld?«

Willie lächelte trübe. »Zigaretten sind billig hier, Vater, keine Steuern.«

Der Doktor streckte die Hand aus. »Mach's gut, Willie.« Er dehnte den Händedruck mit seinem Sohn einen Augenblick länger aus als sonst. »Vieles von dem, was du über die Marine gesagt hast, Willie, stimmt vermutlich. Trotzdem wünschte ich, ich dürfte einer deiner Stubengenossen sein.«

Der Sohn war überrascht. Er grinste.

»Wäre schön, wenn du dabei wärst. Aber in Manhasset leistest du doch mehr für den Krieg.«

»Leider muß ich versuchen, mich mit diesem Gedanken abzufinden.«

Willie schaute der davonhumpelnden Gestalt nach. Langsam dämmerte ihm auf: Hätte er vor dem Kriege nur öfter mit seinem Vater gesprochen.

In den Wochen, die nun folgten, kam May oft und besuchte ihn. Sie war dann etwas kleinlaut, sonst aber vergnügt. Mit instinktivem Takt fand sie stets heraus, wann seine Mutter kommen mußte. An solchen Tagen blieb sie fort. Zweimal beobachtete Willie, wie sie sich dem Eingang näherte. Als sie sah, daß er mit seiner Mutter sprach, zog sie mit einem verstohlenen Gruß wieder ab. Im Februar kam sie seltener.

Sie hatte sich am Hunter College immatrikulieren lassen und mehrere Abendvorlesungen belegt. Manchmal aber schwänzte sie und kam doch. Willie war es bei ihrem Studium etwas unbehaglich zumute. Sie aber lachte ihn aus.

»Keine Sorge, Liebling, das Thema ist erledigt. Ich mache das nicht für dich, sondern für mich selber. Ich habe beschlossen, doch lieber nicht mein ganzes Leben als dumme Pute herumzulaufen.«

Willie verwirklichte seinen Entschluß, die unsichere Lage, in die er sich gebracht hatte, durch gute Zensuren zu festigen. Bald gehörte er zu den besten Schülern der Anstalt. Im Schwung seiner ersten feurigen Vorsätze hatte er sich zum Ziel gesetzt, Primus zu werden. Aber er sah bald, daß ihm dies wohl versagt bleiben würde. Ein mandarinenhafter Seekadett namens Tobit, mit einer Stirn wie ein Dom, einer gemessenen Ausdrucksweise und einem Saugschwamm unter der Schädeldecke, war dem ganzen Feld um Pferdelängen voraus. Nach ihm kam eine Gruppe von drei weiteren Gehirnathleten. Mit ihrem ans Unheimliche grenzenden Fassungsvermögen, ihrer Fähigkeit, ganze Druckseiten fotografisch in ihrem Kopf zu registrieren, konnte es selbst Willie nicht aufnehmen. Er sah das bald ein und hörte auf, über seine Zensuren, weil sie nicht die allerersten waren, in Verzweiflung zu geraten. Er arbeitete, so fleißig er konnte, und gab sich mit dem Platz zufrieden, der ihm beschieden war. Dieser schwankte zwischen dem achtzehnten und dreiundzwanzigsten unter den Furnald-Kadetten hin und her.

Seine gefährdete Stellung war inzwischen allgemeines Gesprächsthema geworden. Die Kadetten, selbst die jungen Fähnriche, erzählten ihren Mädchen mit Behagen von dem armen Teufel mit seinen achtundvierzig Strafpunkten. Diese Berühmtheit wurde Willie aber nützlich. Keiner der Fähnriche, selbst nicht der kleinliche Brain, wollte den Henkersknecht bei ihm abgeben. Einmal kam Acres während der Arbeitsstunde auf die Stube und erwischte Willie in tiefem Schlaf; vor Erschöpfung war er über seinen Büchern eingenickt. Das war eine klare Sache von acht Strafpunkten. Willie schlotterte den ganzen Tag vor Angst, aber das Vergehen war nicht gemeldet worden. – Mrs. Keith war empört über Willies Schicksal und verteidigte ihn mit Ungestüm. Mehrmals setzte sie ihm während der Besuchsstunden eindringlich zu, Onkel Lloyds Angebot der Offiziersstelle bei der Armee doch anzunehmen. Schließlich gab sie es aber auf, als sie sah, daß Willie aus diesem Kampf offensichtlich als Sieger hervorging und tiefe Befriedigung darüber empfand.

Während der letzten Wochen ließ Willie nach. Teils lag dies an einer unvermeidlichen Abspannung, teils wirkte auch das unbewußte Empfinden bei ihm mit, die schlimmste Gefahr sei nun vorüber. Als der letzte Status vier Tage vor dem Examen bekanntgegeben wurde, war Willie auf den einunddreißigsten Platz zurückgefallen.

Am gleichen Tage erschien ein Anschlag am Schwarzen Brett und versetzte die Kadetten in große Aufregung. Er enthielt eine Liste der verschiedenen Kommandos, die den Kadetten des Furnald-Hauses offenstanden. Als sie nach dem Frühunterricht auf ihre Stuben zurückkamen, fanden sie hektographierte Formulare auf ihren Kojen. Jeder Kadett wurde aufgefordert, drei Kommandos anzugeben, zu denen er sich am meisten hingezogen fühle. Außerdem sollte er die Wahl des ersten begründen.

Niemand konnte ausfindig machen, welche Rolle diese Formulare bei der Verteilung der Kommandos spielen würden. Es hieß, jeder Kadett werde das Kommando zugewiesen erhalten, das er bevorzuge, sofern er nur seine Gründe dafür überzeugend genug darlegen könne. Andere sagten, die Formulare seien nur ein bedeutungsloser Wisch mehr im großen Papierkrieg der Marine. Endlich behauptete eine dritte Lesart – ihres Pessimismus wegen die am meisten verbreitete –, der Zweck sei nur, diejenigen zu fassen, die sich gerne von den gefährlicheren Kommandos drücken wollten. Diese sollten ihnen dann nur desto sicherer zugeteilt werden. Die einen empfahlen, möglichst riskante Posten zu erbitten; andere waren dafür, man solle seinem Herzenswunsch ruhig freien Lauf lassen. Leute wie Willie, die für ihre gute Formulierungsgabe bekannt waren, wurden von allen Seiten bestürmt und mußten am laufenden Band schöne, überzeugende Begründungen verfassen. Ein findiger Ex-Journalist namens McCutcheon vom achten Flur nahm die Gelegenheit wahr: Er forderte fünf Dollar für jede Begründung und wurde ein reicher Mann.

Keefer erbat ohne viel Besinnen einen Ordonnanzoffiziersposten im Pazifik. Er sagte: »Genau, was ich brauche. In Hawaii auf der faulen Haut liegen, mit all den Schwestern dort, vielleicht von Zeit zu Zeit mal dem Admiral eine Meldung überbringen – so kann der Krieg für mich noch lange dauern.« Er war so frech, die beiden anderen Wünsche im Formular erst gar nicht auszufüllen.

Keggs brütete zunächst eine Stunde voller Qualen über dem Blatt. Dann füllte er es langsam und mit zitternder Hand aus. Seine erste Wahl war Ausbildung im Minenlegedienst. Dieses Kommando war das Schreckgespenst, das niemand in der Schule sonst hinzuschreiben wagte. Als zweite Wahl führte er U-Boot-Kommando im Pazifik auf und erst an dritter Stelle, in ganz kleiner Schrift, seinen eigentlichen Wunsch, nämlich Küstenverteidigung im Atlantik.

Willie kannte nur ein einziges Ziel bei der Geschichte: er wollte in der Nähe von May Wynn bleiben. Als erstes schrieb er Stabsdienst Atlantik hin, mit dem Hintergedanken, dies müsse ihn irgendwie an die Ostküste, womöglich nach New York selber, bringen. In zweiter Linie bat er um Verwendung auf einem Großkampfschiff im Atlantik. – Großkampfschiffe verbrachten bekanntlich viel Zeit im Hafen. Endlich nannte er U-Boot-Dienst im Pazifik, um damit kundzutun, was für ein Teufelskerl er im Grunde doch sei. Diese letztere Idee wurde auf dem zehnten Flur als besonders pfiffig bewundert und viel nachgeahmt. Willie aber bildete sich ein, seine Liste verrate tiefes Verständnis für die Mentalität der Marine. Eine Zeitlang hatte er die Versuchung gespürt, um Versetzung zur Nachrichtenschule zu bitten. Das bedeutete einen Fünfmonatskursus in Annapolis. Keefer hatte einen Bruder namens Tom, der diese Schule gerade absolvierte und dabei mit den Mädchen in Baltimore wüsten Betrieb machte. Dann aber fürchtete Willie wieder, wenn er noch ein halbes Jahr Landdienst erbäte, würde er damit sofort seine Gründe aufdecken. Tom Keefer war nämlich nach Annapolis gesandt worden, nachdem er vorher um Verwendung auf einem Flugzeugträger gebeten hatte. Als Willie das hörte, entschied er sich gegen die Benennung der Schule.

Es war am Tage vor der Entlassung. Die Kadetten des zehnten Flures lümmelten sich während der Arbeitsstunden faul über ihre Bücher. Sie wahrten den Schein bis zum letzten Augenblick, obgleich alle Ergebnisse schon feststanden und nichts mehr zählte. Plötzlich lief es wie ein Lauffeuer über den Flur: »Die Kommandierungen sind raus.«

Die Kadetten drängten sich an die Türen. Der Oberbootsmann vom Dienst kam den Gang entlang, ein Bündel von Umschlägen in der Hand. In 1013 händigte er Keefer zwei davon aus.

»Viel Glück, Kameraden!«

»Heda«, sagte Keefer, »hier liegen doch drei Mann auf der Stube.«

Der Maat ließ seinen Finger durch das Bündel gleiten. »Tut mir leid. Keiths Kommandierung kommt wohl noch nach. Es folgt gleich noch ein Packen.«

Keefer riß seinen Umschlag auf, brach in ein Freudengeheul aus und tanzte wie wild in der Stube herum. »Ha! Geschafft! Geschafft! Stab, Pazifik, bei Gott!« Willie klopfte ihm auf die Schulter und gratulierte. Plötzlich wurde Keefer ernst und entzog sich Willies Glückwünschen. »He, Eddy, du Miststück – was ist in dich gefahren?«

Das Pferdegesicht lehnte an der Wand und zitterte wie in einer wackeligen Straßenbahn. Sein Umschlag lag auf dem Tisch.

»Was hast du gezogen, Eddy?« fragte Willie unruhig.

»Weiß nicht. Ich ... ich bring' das Ding nicht auf, Leute.« Er starrte auf den Umschlag wie auf eine scharfe Mine.

»Soll ich?« rief Keefer.

»Bitte!«

Der Südstaatler schlitzte den Umschlag auf und las den Befehl. »Heiliger Gottseibeiuns!« murmelte er. Keggs warf sich auf seine Koje, das Gesicht zur Wand.

»Um Himmels willen«, sagte Willie. »Was ist denn?«

»Meldung in San Franzisco zum Transport zu MSZ21 – USS *›Moulton‹*.«

Keggs setzte sich auf. »Ein Schiff? Ein Schiff? Kein Minenleger – ein Schiff?«

»Ja, ein Schiff«, sagte Keefer. »Aber was ist das überhaupt, ein MSZ?«

»Spielt doch keine Rolle. Ein Schiff!«

Keggs fiel auf die Koje zurück. Er strampelte mit Beinen und Armen in der Luft umher, wieherte, heulte und lachte zu gleicher Zeit.

Keefer holte ein illustriertes Flottenhandbuch aus dem Regal. »Die Schiffe der Marine, 1942. MSZ – MSZ – ich schwöre beim Allmächtigen, so ein Schiff gibt's überhaupt nicht – nee, wartet mal. Hier ist es ja – MSZ – Seite 63.«

Die beiden anderen sahen ihm über die Schulter. Er ließ die steifen Seiten durch die Finger gleiten bis zu einer Abbildung, die ein ulkiges kleines Schiff mit drei Schornsteinen darstellte. Er las laut: »MSZ – Minensuch-Zerstörer. Zerstörer von Weltkrieg I für Hochsee-Minensuchdienst umgebaut.«

»Du lieber Gott!« keuchte Keggs. »Minen, Minen.« Er fiel auf einen Stuhl und krümmte sich.

»Was denn, Dummkopf, das ist doch verdammt besser als Minenleger. Minensucher ist doch gar keine Angelegenheit!«

Willie konnte diese erkünstelte Fröhlichkeit nicht mitmachen. Die drei hatten oft über Minensuchen gesprochen und waren sich einig gewesen, das sei der schlimmste Schrecken, den die Marine auf hoher See anzubieten habe. Keggs tat ihm leid. Die meisten Kadetten hatten ihren ersten Wunsch erfüllt bekommen. Die, die aufrichtig gewesen waren, jubelten, die anderen waren verdrießlich oder zitterten. Willie ärgerte sich, als er hörte, alle, die um die Nachrichtenschule gebeten hatten, selbst als dritte Wahl, würden hinkommen. Er hatte sich also seine Chance selber verdorben. Aber Stab Atlantik würde auch noch ganz ordentlich sein.

Der Obermaat erschien in der Tür. »Hier, Keith, ist Ihr Befehl. Eben raufgekommen.«

Willie öffnete den Umschlag mit dem Finger und riß das Papier heraus. Sein Auge flog zum dritten Absatz. Die Worte, die da standen, gellten ihm in die Ohren wie ein Trompetenstoß:

Meldung bei Sammelstelle San Franzisco zum Transport, Ziel: MSZ22 – USS *»Caine«*.

2

DIE »CAINE«

Dr. Keiths Brief

Fähnrich z.S. Keith ließ sich im Mark-Hopkins-Hotel in San Franzisko vom Pagen auf sein Zimmer bringen.

Der erste Anblick dieser herrlichen Stadt, die im Licht der untergehenden Sonne zu seinen Füßen lag, überwältigte ihn. Die Hügel flimmerten unter dem schwer mit Wolken behangenen Himmel, rosa im Westen, nach Osten hin langsam dunkler werdend bis zum satten Rotviolett. Der Abendstern, noch tief unten über der Golden-Gate-Brücke, leuchtete bereits in mattem Glanz. Im Osten brannten die Lampen an den Bögen der Oakland-Brücke wie eine Kette Bernsteintropfen. Der Page machte Licht und öffnete die Schränke. Dann überließ er Willie dem Sonnenuntergang und seinem Gepäck. Der frischgebackene Fähnrich stand am Fenster und streichelte den goldenen Streifen an seinem Ärmel. Er staunte über diesen Reichtum an Schönheit und Pracht, so fern von New York.

»Packen wir erst einmal aus«, sagte er zum Abendstern und öffnete den schweinsledernen Handkoffer. Der Hauptteil seiner Habseligkeiten befand sich noch in einem großen Reisekorb im Gepäckraum des Hotels. Aufs Zimmer hatte er nur wenige Kleidungsstücke zum Wechseln mitgenommen. Oben, auf einer Schicht weißer Hemden, lagen zwei Andenken an die letzten Stunden in New York: eine Schallplatte und ein Brief.

Willie drehte die Platte zwischen den Fingern. Er bedauerte, sein Koffergrammophon nicht mitgenommen zu haben. Dieser Abend hätte den richtigen Hintergrund für Mays süße Stimme in der Arie von Mozart abgegeben. Sie hatte sie aufnehmen lassen, als sie eines Tages in champagnerseliger Laune den Broadway entlangbummelten. Willie lächelte in der Erinnerung an die köstlichen Aprilabende mit May während seines zehntägigen Urlaubs. Er griff nach dem Telefon, aber er zog seine Hand wieder zurück. Er dachte daran, daß es in der Bronx ja bereits Mitternacht war, der Bonbonladen geschlossen und dunkel. Auch wollte er May ja doch aufgeben. Heiraten konnte er sie nicht, sie aber länger in ungewisser Schwebe zu halten, dafür war sie zu gut. Willie hatte sich vorgenommen, nach diesem herrlichen Abschied mit seinen vielen Höhepunkten nicht mehr zu schreiben und auf ihre Briefe nicht mehr zu antworten. Er wollte diese Freundschaft, indem er ihr neuen Nährstoff vorenthielt, sanft und friedlich verklingen lassen. May hatte er nicht darauf vorbereitet. Den ersten Teil seines Vorsatzes hatte er erfüllt. Nun durfte er auch den zweiten Teil nicht vergessen.

Er legte die Schallplatte fort und nahm den geheimnisvollen Brief seines Vaters zur Hand. Zwecklos, ihn gegen das Licht zu halten. Er steckte in einem dicken Umschlag, und man konnte nichts durchschimmern sehen. Dann schüttelte er ihn hin und her, schnupperte an ihm herum und fragte sich zum hundertsten Male, was er wohl enthalten könnte.

»Wann, glaubst du, daß du auf der ›Caine‹ eintreffen wirst?« hatte ihn der Vater am letzten Nachmittag gefragt.

»Weiß nicht, Papa – in drei oder vier Wochen.«

»So bald schon?«

»Vielleicht sechs Wochen, aber höchstens. Das geht ziemlich schnell mit uns, wie ich höre.«

Darauf war der Vater an seinen Schreibtisch gehumpelt und hatte den versiegelten Umschlag aus der ledernen Schreibmappe genommen. »Wenn du dich an Bord der ›Caine‹ meldest – am Tag, da du dort ankommst, nicht früher und nicht später –, mach dies auf und lies es.«

»Was steht denn da drin?«

»Hör mal, wenn du das heute schon erfahren solltest, hätte ich wohl nicht alles mühsam hingeschrieben und mir einen Schreibkrampf dabei geholt, nicht wahr?«

»Es ist doch nicht etwa Geld drin? Ich brauche kein Geld.«

»Nein, kein Geld.«

»Versiegelte Order, wie?«

»So etwas Ähnliches. Wirst du tun, wie ich dir gesagt habe?«

»Selbstverständlich, Papa.«

»Steck ihn weg und denke nicht mehr daran. Mutter brauchst du davon nichts zu sagen.«

Hier aber, dreitausend Meilen vom Vater und vom Schauplatz seines Versprechens entfernt, fühlte Willie doch die Versuchung, an dem Inhalt des Umschlages herumzuschnüffeln. Nur mal eben kurz auf die erste Seite schielen, mehr nicht. Er fingerte an der Klappe herum. Sie war trocken und sprang von selber auf, er brauchte gar nicht daran zu zerren. Offen lag der Brief zur Einsicht für ihn da.

Aber die dünne Faser von Ehrgefühl hielt stand, über den ganzen Kontinent hinweg. Willie leckte an dem krümeligen Klebstoff der offenen Klappe, schloß den Umschlag wieder und legte ihn auf den Boden seines Handkoffers außer Sicht. Er kannte seinen Charakter genau und hielt es für angebracht, ihn lieber keiner zu großen Belastung auszusetzen.

Ach was, dachte er dann, er wollte May doch lieber einen Brief schreiben – nur einen. Sie mußte doch so darauf warten. War er erst auf See, würde sie sein Schweigen verstehen. Bis dahin war es nur unnötige Grausamkeit. – Er setzte sich also an den Schreibtisch und verfaßte einen langen, glühenden Brief. May hätte schon die Gabe des Zweiten Gesichts besitzen müssen, um etwa eine Verabschiedung aus ihm herauszulesen. Er schrieb gerade am zärtlichen Schluß, als das Telefon läutete.

»Willie? Der Teufel soll dich holen, du alter Halunke, wie geht's dir denn?« Es war Keefer. »Ich hab' dein Telegramm bekommen. Ich telefoniere schon den ganzen Tag nach dir, Kerl. Wo hast du denn so lange gesteckt?«

»Mit dem Flugzeug in Chicago festgesessen, Rollo.«

»Schön. Jetzt komm aber sofort hierher, Mensch, allerhöchste Zeit. Hier geht gerade eine große Fete los.«

»Wo seid ihr denn – Fairmont-Hotel?«

»Leutnantsklub – Powell Street, mach schnell! Hier läuft eine Blonde rum, Mensch, die ist ein Festessen!«

»Wo ist denn Keggs?«

»Schon weg, Willie, schon auf See. Für alle drei Wochen Frisco, nur nicht für den alten Pferdekopf.«

»Wie kommt das?«

»Mensch, das arme Schwein war gerade bei der Sammelstelle, eben aus dem Zug gestiegen, um sich zu melden. Was denkst du, Telefon klingelt, Kapitän von irgendeinem alten Kahn, der nach Pearl fährt, hat noch Platz für drei Offiziere. Keggs wird gleich hingeschickt. Konnte nicht mal mehr ein Paar frische Strümpfe anziehn hier in Frisco. Dienstag ist er weg. Alles verpaßt. Hier ist was gefällig, Willie. Schnaps, Weiber, bis du nicht mehr hinten hochkannst. Jetzt setz dich aufs Rad.«

»Fahre sofort los, Rollo.«

Nun kam er sich auf einmal wie ein richtiger Heuchler vor, als er den Brief an May zu Ende schrieb. Aber er tröstete sich schnell wieder. War er nicht schließlich zu den wenigen frohen Stunden durchaus berechtigt, die er noch ergattern konnte, ehe er auf See ging? Willie fand seine Tüchtigkeit überhaupt schlecht belohnt. Er litt noch immer schwer unter der Kränkung, die man ihm mit dem Kommando auf die »Caine« angetan hatte. Nach seinem Triumph über das Handikap der achtundvierzig Strafpunkte, nachdem er sich durch seine Leistungen außerdem zu den ersten fünf Prozent auf der Schule emporgearbeitet hatte, sollte er jetzt auf einen veralteten Kasten aus dem Ersten Weltkrieg und Minen suchen! Das war eine Demütigung – eine doppelte Demütigung, wo doch Keggs ein gleiches Kommando erhalten hatte, Keggs, der ihm zwar im Alphabet am nächsten kam, aber auf der Zensurenliste mindestens zweihundert Plätze nach ihm gestanden hatte. Offensichtlich wollte die Marine sie beide nur loswerden. Man machte sich nicht die geringsten Gedanken darüber, was ihnen gerechtermaßen zustand. Man hatte sie, einen wie den anderen, wie Lämmer zur Schlachtbank getrieben. Das jedenfalls war Willies Ansicht.

Er wurde in eine Strähne von Trinkereien und Gesellschaften hineingezogen, die drei Wochen andauerte. Zusammen mit Keefer zog er von den Klubs in die Bars und von den Bars in die Behausungen ihrer Freundinnen. Seine musikalischen Talente machten ihn bald beliebt. Offiziere und Mädchen waren gleichermaßen verrückt auf sein berühmtes Couplet: »Weißt denn du, wie das Gnu ...?« Abend für Abend mußte er es ihnen immer wieder vorsingen. Er holte noch einen anderen alten Trick aus seiner Kiste hervor, den er sich an der Universität ausgedacht hatte. Er erfand, während er sang, aus dem Stegreif Reime auf die Namen der verschiedenen Gäste.

»Hirohito zittert, wenn er hört von Roland Keefer,
um sich zu beruhigen, guckt er in das Glas noch tiefer.«

Willie konnte diese Reime gewandt und pausenlos für die Namen aller Anwesenden improvisieren, er flocht sie in alle seine Jazzrefrains ein. Die Zuhörer staunten, besonders die Mädchen. Für sie grenzte seine Schlagfertigkeit an Hexerei. Er mietete sich mit Keefer einen alten Ford, und sie rasten die steilen Hügel der Stadt auf und ab; sie schlemmten auf das fürstlichste in chinesischen und italienischen Restaurants und in Hummerlokalen. Schlaf kam überhaupt nicht in Frage. Sie wurden in die vornehmsten Häuser und in die exklusivsten Klubs eingeladen – für die beiden war der Krieg eine große Sache.

Keefer freundete sich mit einem Offizier bei der Transportabteilung an. Mit seiner Hilfe wurden die beiden Stubengenossen für ihre Reise nach dem Westen einem Lazarettschiff zugeteilt. »Schwestern und frische Erdbeeren – unsere Speisekarte – Willie, alter Knabe!« rief Keefer, als er ihm die Neuigkeit stolz berichtete. Nach einer wüsten Abschiedsfeier schwankten sie in der Morgendämmerung an Bord der »Mercy«, um ihr Vergnügungstempo während der ganzen Fahrt nach Hawaii auf ihr fortzusetzen. Willie wurde jeden Abend am Flügel in der Halle von einem Haufen Schwestern umlagert. Für das Nebeneinander der Geschlechter gab es an Bord scharfe Richtlinien nach Ort und Zeit. Aber bald kannte Keefer alle Schlichen und sorgte dafür, daß der Tempel der Freude seine Pforten vierundzwanzig Stunden des Tages offenhielt. Vom Pazifischen Ozean sahen sie nicht viel.

In Honolulu angekommen, gingen sie mit zwei freidenkerisch eingestellten Schwestern namens Jones und Carter Arm in Arm an Land. Unter der großen elektrischen Ananas-Reklame wechselten sie ein paar flüchtige Küsse und verabredeten sich zum Abendessen. Die beiden Fähnriche luden ihr Gepäck zu einem stupsnasigen, grinsenden Eingeborenen in regenbogenfarbenem Hemd in das Taxi.

»Marinestation Pearl.«

»Jawohl, Gentlemen.«

Keefer fuhr zum Quartier für Unverheiratete, einer primitiven Holzbaracke. Willie meldete sich in einem Betongebäude am Hafen bei der Personalabteilung der Marinestation. Dort erfuhr er, die »Caine« läge zur Reparatur in der Marinewerft, Becken C 4. Er warf seine Siebensachen schnell in ein anderes Taxi und raste zur Werft.

Becken C 4 war nur ein leerer Tümpel voll dreckigen Wassers. Er lief in der ganzen Werft umher, im ohrenbetäubenden Lärm der Niethämmer und Schweißgebläse. Er fragte herum bei Arbeitern, Matrosen, Offizieren, aber kein Mensch hatte das Schiff gesehen. Überall lagen die grauen Ungeheuer der Schlachtschiffe, Flugzeugträger, Kreuzer und Zerstörer zu Dutzenden inner- wie außerhalb der Trockendocks, sie wimmelten von Werftarbeitern und Matrosen. Eine »Caine« war nirgends zu entdecken. Also fuhr Willie wieder zum Personalbüro zurück.

»Sagen Sie mir nur nicht«, rief der dicke Leutnant, »die Liste der Liegeplätze sei mal wieder fehlerhaft!« Er suchte auf seinem Schreibtisch zwischen einem Haufen Meldungen in einem Kasten herum. »Oh, Verzeihung, doch, sie ist tatsächlich weg. Heute früh abgehauen.«

»Wohin?«

»Tut mir leid, geheim.«

»Schön. Und was fange ich jetzt an?«

»Kann ich nicht sagen. Sie hätten rechtzeitig hiersein sollen.«

»Mein Schiff hat gerade vor einer Stunde festgemacht.«

»Dafür kann ich doch nichts.«

»Hören Sie«, sagte Willie, »ich will ja nichts weiter wissen, als wie ich von hier fortkomme, um die ›Caine‹ noch zu erreichen.«

»Ach so, Sie suchen Transport. Wir sind hier Personal. Da müssen Sie sich an die Transportabteilung wenden.« Der Leutnant stand auf, warf eine Münze in einen Coca-Cola-Automaten, zog eine eisgekühlte Flasche und trank sie mit hörbarem Behagen aus. Willie wartete, bis er sich wieder hingesetzt hatte. »Wer und wo ist denn die Transportabteilung?«

»Himmelherrgott, weiß ich doch nicht.«

Willie verließ das Büro. Als er in die strahlende Sonne blinzelte, gewahrte er an der nächsten Tür ein Schild »Transportabteilung«. »Allzu genau weiß der Gute auch nicht Bescheid«, brummte er und ging hinein. Eine vertrocknete Jungfer von etwa siebenunddreißig Jahren saß am Schreibtisch.

»Tut mir leid«, sagte sie, als Willie eintrat, »keine Boote mehr.«

»Ich möchte nur Transport zur USS ›Caine‹«, sagte Willie.

»›Caine‹? Wo liegt denn die?«

»Das weiß ich nicht.«

»Wie, in aller Welt, wollen Sie denn dann hinkommen?« Sie nahm eine Coca-Cola-Flasche aus einer Schublade, zog die Kapsel an der Schreibtischkante ab und trank.

»Niemand will mir sagen, wohin das Schiff in See gegangen ist. Es ist heute früh ausgelaufen.«

»Oh, also nicht mehr in der Werft?«

»Nein doch. In See.«

»Na ja, wie gedenken Sie dann mit einem Boot hinzukommen?«

»Ich will ja gar kein Boot«, erwiderte Willie. »Hab' ich Sie jemals um ein Boot ersucht?«

»Sie sind doch reingekommen, nicht wahr?« antwortete die Frau patzig. »Hier ist die Bootsvermittlung.«

»Draußen dran steht aber Transportabteilung.«

»Ist ein Boot etwa kein Transportmittel?«

»Ja doch, ja!« rief Willie. »Hören Sie, ich bin hier fremd und außerdem sehr unbegabt. Bitte, sagen Sie mir, wie ich zu meinem Schiff komme.«

Die Frau dachte nach. Dabei klapperte sie fortwährend mit der Flasche gegen ihre Zähne. »Ich glaube, Sie müssen zur Flottentransportstelle gehen. Dies ist die Werfttransportstelle.«

»Danke schön. Und wo ist die Flottentransportstelle?«

»Herrje, was soll ich das alles wissen! Fragen Sie mal nebenan in der Personalabteilung.«

Für diesen Tag gab Willie es auf. Wenn die Marine so wenig Eile hatte, ihn hinter der »Caine« herzuschicken, dann hatte auch er keine Eile, hinzukommen. Er fuhr zurück zum Offiziershaus. Ihm war jede Lust vergangen, einen schweren Koffer und zwei dicke Handtaschen dauernd zwischen Taxis und Haustüren hin und her zu schleppen.

»Gerade zur rechten Zeit, mein Alter!« begrüßte ihn Keefer, munter und luftig in frischgebügelter Khakiuniform. Willie hatte noch immer sein warmes, schweres blaues Zeug am Leib. »Allerlei gefällig hier. Der Admiral schmeißt heute abend eine Fete für die Schwestern. Jones und Carter sollen uns mitbringen.«

»Was für ein Admiral?«

»Nicht festzustellen. Die wimmeln hier herum wie die Flöhe auf einem Hund. Schiff gefunden?«

»Heute früh abgehauen. Keiner will mir verraten, wohin.«

»Ist ja großartig! Prima Wartezeit vermutlich. Dusch dich erst mal.«

Die Gesellschaft des Admirals fand in seiner hübschen Villa statt, die innerhalb der Marinestation lag. Sie fing als harmlose, ruhige Affäre an. Die meisten Gäste erlebten zum erstenmal einen Admiral aus greifbarer Nähe und benahmen sich dementsprechend. Dieser, ein langer, kahlköpfiger Herr mit auffallend dunklen Ringen unter den Augen, empfing seine Gäste in seinem strohmattenbelegten, blumengefüllten Wohnraum mit leutseliger Majestät. Nachdem der Alkohol eine Zeitlang geflossen war, wurde die Atmosphäre lockerer. Willie setzte sich auf Keefers Drängen widerstrebend ans Klavier und spielte. Bei den ersten Noten schon hellte sich das Gesicht des Admirals auf, und er rückte mit seinem Stuhl näher zum Flügel hin. Er schwang sein Glas im Takt. »Der Junge hat Talent«, sagte er zu einem Kapitän neben ihm. »Bei Gott, diese Reservisten bringen wirklich Leben in die Bude.«

»Tatsächlich, Sir.«

Keefer hörte das. »Willie, sing uns das Gnu!«

Willie schüttelte mit dem Kopf, aber der Admiral fragte: »Was? Was ist das? Los damit, was es auch sei!«

Das Couplet machte Sensation. Der Admiral setzte sein Glas hin und applaudierte. Alle taten ihm nach. Er war in strahlender Laune. »Wie heißen Sie denn, Fähnrich? Bei Gott, Sie sind ja überhaupt eine Entdeckung!«

»Keith, Sir.«

»Keith. Guter Name. Doch nicht etwa ein Keith aus Indiana?«

»Nein, Sir. Long Island.«

»Trotzdem guter Name. Schön. Jetzt wollen wir aber mehr Musik haben. Warten Sie mal. Kennen Sie ›Wer schlug Anni in die Pfanni mit der Flunder‹?«

»Nein, Sir.«

»Verdammt, ich dachte, das kenne jeder.«

»Wenn Sie's nur mal vorsingen wollen, Sir«, rief Keefer eifrig, »Willie hat das im Handumdrehen weg!«

»Bei Gott, das mach' ich«, sagte der Admiral. Dann sah er den Kapitän neben sich und fügte hinzu: »Vorausgesetzt, daß Matson hier mitsingt.«

»Aber gerne, Herr Admiral.«

Willie hatte den Refrain von »Wer schlug Anni in die Pfanni mit der Flunder« schnell im Ohr, und das Haus dröhnte vom Gesang der ganzen Gesellschaft, Männlein wie Weiblein. Die Schwestern kicherten, girrten und zwitscherten. »Verdammt noch mal, dies ist die zünftigste Fete, die wir je gehabt haben!« schrie der Admiral.

»Geb mir mal einer 'ne Zigarette. Wo sind Sie stationiert, Kleiner? Ich möchte, daß Sie wiederkommen, oft.«

»Ich bin bemüht, USS ›Caine‹ zu erreichen, Sir.«

»›Caine‹, ›Caine‹? Herrgott, ist die noch immer im Dienst?«

Kapitän Matson beugte sich vor und sagte: »Umgebaut zum Minensucher, Sir.«

»Oh, einer von denen. Wo steckt sie jetzt?«

»Heute gerade ausgelaufen, Sir.« Leise fügte er hinzu: »Dreckiger alter Kahn.«

»Hm.« Der Admiral sah Willie scharf an. »Matson, können Sie für diesen Knaben etwas tun?«

»Ich glaube ja, Herr Admiral.«

»Los, Keith, mehr Musik.«

Als die Gesellschaft um Mitternacht aufbrach, gab der Kapitän Willie seine Karte. »Melden Sie sich morgen um neun bei mir im Büro, Keith.«

»Aye, aye, Sir.«

Am nächsten Morgen fand Willie sich im Admiralitätsgebäude im Dienstzimmer des Kapitäns ein. Dieser stand auf und schüttelte ihm freundlich die Hand.

»Wir haben Ihre Musik wirklich genossen, Keith. Ich habe auch den Admiral noch nie so lustig gesehen. Bei Gott, er braucht das auch – tut ihm gut.«

»Danke vielmals, Sir.«

»Nun«, sagte der Kapitän, »wenn Sie unbedingt wollen, kann ich Sie natürlich in ein Flugzeug nach Australien setzen. Vielleicht kriegen Sie die ›Caine‹ da unten zu fassen, vielleicht auch nicht. Macht Geleitdienst. Diese Geleitschiffe werden von jedem Hafenkapitän hin und her geschubst, so wie er sie gerade gebrauchen kann.«

»Wie Sie befehlen, Sir.«

»Oder aber«, fuhr der Kapitän fort, »wir stecken Sie hier vorübergehend in die Offizierssammelstelle, bis die ›Caine‹ nach Pearl zurückkommt. Kann ein paar Wochen, kann aber auch Monate dauern. Es kommt darauf an, ob es Sie zur Front drängt oder ... Die brauchen Sie da draußen natürlich auch, keine Frage. Der Admiral würde Ihnen niemals im Wege sein, wenn Sie an die Front wollen.« Bei diesen Worten grinste der Kapitän.

Willies Blick wanderte durchs Fenster. In seinem weiten Rahmen boten die blassen Hügel und das azurfarbene Meer seinen Augen ein einzigartiges Bild. Fern am Gebirge stieg ein Regenbogen hernieder und überflutete die palmenbedeckten Hänge mit seinen stillen Farben. Vorn auf dem grünen Rasen wiegten sich riesige scharlachrote Hibiskusblüten in der warmen Brise, und die glitzernden Tropfenspiralen der Wasserzerstäuber sprühten Diamanten über das gepflegte Gras.

»Offizierssammelstelle klingt sehr verlockend, Sir.«

»Ausgezeichnet. Der Admiral wird sich freuen. Bringen Sie heute irgendwann Ihre Papiere zu mir ins Büro.«

Willie wurde offiziell zur Offizierssammelstelle überschrieben und bezog bei Keefer im Offiziershaus Quartier. Der Südstaatler war inzwischen dem Meldestab der Dritten Flotte zugeteilt worden. Er jubelte laut, als Willie seinen Koffer auspackte.

»Endlich wird ein Soldat aus dir, mein Alter.«

»Ich weiß nicht recht, vielleicht brauchen sie mich sehr nötig auf der ›Caine‹.«

»Ist ja Quatsch! Du bekommst noch mehr Krieg zu schmecken, als dir lieb sein wird. Erst mach mal Klein Keefer und den Admiral für 'ne Weile glücklich, hörst du?« Er stand auf und knotete sich schnell seinen schwarzen Schlips. »Ich muß zum Dienst. Bis heute abend.«

Beim Auspacken stieß Willie auf den Brief seines Vaters. Er nahm ihn in die Hand und wurde nachdenklich. Jetzt konnte es ja noch Monate dauern, bis er sein Schiff erreichte. Die Anweisung des

Doktors hatte gelautet: zu öffnen am Tage der Meldung zum Dienst. Jetzt war er im Dienst. Sein Dienst war zwar nur vorübergehend, aber es konnte lange Zeit darüber hingehen. Er steckte sich eine Zigarette an, dann setzte er sich hin und fing an zu lesen. Bei den ersten Worten schon zuckte er zusammen. Auf die Stuhlkante gekauert, las er weiter. Die Blätter zitterten in seiner Hand. Die Zigarette schwelte ihm zwischen den Fingern weg, die Asche fiel unbemerkt zu Boden.

Lieber Willie!
Im Augenblick, da Du diesen Brief liest, werde ich nicht mehr unter den Lebenden weilen, wie ich annehmen möchte. Es tut mir leid, Dich so erschrecken zu müssen. Aber es gibt nun einmal keinen erfreulichen Weg, solch eine Nachricht zu vermitteln. Die Beschwerden an meiner Zehe gehen auf eine sehr schlimme Störung zurück, die man »bösartiges Melanom« nennt. Die Prognose ist hundertprozentig ungünstig. Ich weiß über meinen Zustand seit langem Bescheid. Ich hatte mir ausgerechnet, es werde vielleicht erst diesen Sommer mit mir zu Ende gehen. Aber die Zehe begann schon etwas früher abzusterben. Eigentlich gehöre ich in diesem Augenblick ins Krankenhaus – zwei Tage, ehe Du uns verläßt –, aber ich möchte auf Deine Abreise keinen Schatten werfen. Nachdem ohnehin keine Hoffnung mehr besteht, habe ich das aufgeschoben. Ich werde es hinzuziehen versuchen, bis ich bestimmt weiß, Du hast San Franzisko verlassen. Deine Mutter ahnt noch nichts. Ich nehme nicht an, daß ich noch länger als drei oder vier Wochen zu leben habe.

Ich bin noch etwas zu jung zum Sterben, den Versicherungstabellen nach. Und ich darf sagen, ich fühle mich auch noch nicht reif dazu. Ich muß aber wohl hinzufügen, was der Grund ist: Ich habe so wenig zustande gebracht. Wenn ich meinen Blick rückwärts auf mein Leben werfe, Willie, dann ist da nicht viel zu finden. Deine Mutter war mir eine gute Frau, und ich empfinde keine Bitternis nach dieser Richtung. Es scheint nur, ich habe ein so durch und durch zweitrangiges Leben geführt – nicht nur im Vergleich zu meinem Vater, sondern auch an meinen eigenen Gaben gemessen. Ich habe mich immer zur wissenschaftlichen Arbeit hingezogen gefühlt. Als ich Deine Mutter fand, bildete ich mir ein, ich müßte mich, um sie heiraten zu können, als praktizierender Arzt niederlassen, und zwar in einer wohlhabenden Nachbarschaft. Ich hatte die Absicht, in zehn oder fünfzehn Jahren auf die Art eine gewisse Summe zurückzulegen und damit meine Forschungsarbeit wiederaufzunehmen. Ich glaube wirklich, ich hätte auf dem Gebiet der Krebsforschung etwas geleistet. Ich hatte eine Theorie, oder sagen wir lieber, mir schwebte eine vor. Jedenfalls aber noch nichts, was fürs Papier reif gewesen wäre. Dazu hätte ich erst noch drei Jahre systematisch Material sammeln müssen. Niemand sonst ist bisher auf meine Idee gekommen, ich habe die Fachliteratur genau verfolgt. Mein Name hätte ebensoviel Klang haben können wie der meines Vaters. Aber jetzt ist keine Zeit mehr da, auch nur die Grundlinien meines Gedankenganges zu fixieren. Das schlimmste dabei ist, heute bin ich überzeugt, Deine Mutter hätte mitgemacht. Sie hätte ein einfaches Leben mit mir geführt, würde ich es ernstlich von ihr verlangt haben. Aber mein Leben war trotzdem schön. Das darf ich ehrlich sagen. Ich habe gerne gelesen und gerne Golf gespielt, und beides habe ich nach Herzenslust tun können. Meine Tage sind allzuschnell verflogen.

Ich wollte, ich hätte dieses Mädchen einmal kennengelernt, von dem Du sprachst. Ich habe den Eindruck, sie oder die Marine oder beide haben einen recht guten Einfluß auf Dich ausgeübt. Und glaube mir, Willie, das ist bei weitem das zuversichtlichste Vermächtnis, das ich mit mir ins Krankenhaus nehme. Ich habe mir meinen Einfluß auf Dich entgleiten lassen, wie so vieles andere, aus reiner Bequemlichkeit. Besonders da Deine Mutter so großen Wert darauf zu legen schien, Dich selber unter ihre Fittiche zu nehmen. Es ist ein ewiger Jammer, daß wir nicht mehr Kinder hatten. Einfach Pech. Deine Mutter hat drei Fehlgeburten durchgemacht, was Du wohl nicht weißt.

Ich will Dir etwas Merkwürdiges mitteilen. Ich glaube, ich habe eine höhere Meinung von Dir als Mutter. Sie hält Dich für einen hoffnungslosen Kindskopf und glaubt, daß man Dich Dein ganzes Leben lang wird päppeln müssen. Ich aber komme langsam zu der Überzeugung, Du bist – magst Du auch auf den ersten Blick arg verwöhnt scheinen und nicht sehr widerstandsfähig – in Deinem innersten Kern ein sehr zäher Bursche. Schließlich habe ich ja erlebt, wie Du Deine Mutter eigentlich immer recht hübsch zu behandeln wußtest, ohne ihr dabei doch die Einbildung zu nehmen, sie habe Dich fest in der Hand. Das war sicherlich nicht Berechnung bei Dir, aber immerhin, Du hast es fertiggebracht.

Du hast nie den Ernst des Lebens zu spüren bekommen bis jetzt, bis zu diesem Erlebnis bei der Marine. Ich habe Dich bei dieser Geschichte mit den achtundvierzig Strafpunkten sehr genau beobachtet. Sie mag ihre komische Seite gehabt haben, im Grunde war sie eine ernste Probe. Du hast diese Probe in einer ermutigenden Weise bestanden.

Vielleicht weil ich weiß, daß ich Dich nie wiedersehen darf, Willie, werde ich hier jetzt ein wenig sentimental in meinen Gedanken an Dich. Du scheinst mir mit unserem Land viele Züge gemeinsam zu haben – Du bist jung, naiv, verwöhnt und verweichlicht durch Überfluß und reichlich viel Glück. Und doch besitzest du eine Härte, die das Erbteil Deiner Väter ist. Schließlich besteht unser Volk ja aus Pionieren. Diese Polen und Italiener und Juden jetzt, aber auch unser älterer Bestand, das alles sind Menschen, die den Schneid besessen haben, sich loszulösen, aufzubrechen und sich in einer neuen Welt ein besseres Dasein zu erkämpfen. Du wirst bei der Marine einen Haufen sonderbarer Jünglinge vorfinden, die meisten von ihnen zweifellos recht primitiv, an Dir selber gemessen. Aber ich weiß bestimmt – obgleich ich es ja nicht mehr erleben darf –, sie werden die größte Marine auf die Beine stellen, die die Welt je gesehen hat. Und ich denke, Du wirst nach einer gewissen Zeit einen guten Seeoffizier abgeben. Erst nach langer Zeit vielleicht. Das soll keine Kritik an Dir sein, Willie, Gott ist mein Zeuge: ich bin selber weich genug. Vielleicht habe ich auch unrecht. Vielleicht gibst Du überhaupt niemals einen Seeoffizier ab. Vielleicht werden wir den Krieg auch verlieren. Ich kann es mir allerdings nicht vorstellen. Ich glaube, wir werden ihn gewinnen. Und ich glaube, Du wirst zurückkommen – mit mehr Ehren überhäuft, als Du heute für möglich hältst.

Ich weiß, wie enttäuscht Du darüber bist, daß man Dich auf ein Schiff wie die »Caine« geschickt hat. Jetzt, wo Du sie gesehen hast, fühlst Du Dich vermutlich sogar angeekelt. Aber denke an das eine: Du hast zu lange immer nur Deinen Willen gehabt. Dein ganzer Mangel an Reife ist darauf zurückzuführen. Was Du brauchst, sind einige harte Wände, gegen die Du mal mit Deinem Kopf anrennst. Ich habe den argen Verdacht, dort auf der »Caine« wirst Du eine ganze Menge solcher Wände vorfinden. Ich beneide Dich nicht um diese Erfahrung selber. Aber ich beneide Dich sehr um die innere Kraft, die Du aus ihr gewinnen wirst. Wäre mir in meinen jüngeren Jahren ein derartiges Erlebnis beschieden gewesen, dann würde ich jetzt vermutlich nicht als Niete ins Grab wandern. Dies sind harte Worte. Aber ich werde sie nicht wieder ausstreichen, allzu wehe werden sie Dir ja wohl nicht tun. Überdies wäre meine Hand auch gar nicht berechtigt, sie auszustreichen. Ich bin jetzt am Ende. Aber das letzte Wort, das über mein Leben gesprochen werden wird, liegt bei Dir, Willie: Wenn aus Dir etwas Ordentliches wird, dann darf ich noch immer eine gewisse Art von Leistung für mich geltend machen in der jenseitigen Welt, wenn es eine solche gibt.

Was Dein Problem Musik versus Literaturgeschichte betrifft, so magst Du diese Dinge mit anderen Augen ansehen, wenn der Krieg vorüber ist. Verschwende nicht allzuviel Denkkraft an eine ferne Zukunft. Konzentriere Dich lieber darauf, jetzt Deinen Mann zu stehen. An welche Aufgabe man Dich auf der »Caine« auch stellen mag – vergiß nicht, sie verdient Deine beste Kraft, es ist Dein Anteil an diesem Krieg.

Es überrascht mich, wie wenig es ist, was ich Dir mit meinen letzten Worten eigentlich noch zu sagen habe. Ich sollte noch ein paar Dutzend Bogen mehr füllen. Und doch habe ich das Gefühl, Du verstehst recht gut, Deinen Willen durchzusetzen. Und was all die anderen Fragen betrifft, über die ich doch noch schreiben könnte, so haben meine Worte wenig Sinn für Dich, solange Du nicht auf Grund eigener Erfahrungen in der Lage bist, ihnen selber Inhalt zu geben. Merke Dir das eine, wenn Du kannst – es gibt nichts, nichts Kostbareres als die Zeit. Wahrscheinlich denkst Du, Du hättest einen unerschöpflichen Vorrat davon für Dich zur Verfügung. Das hast Du nicht. Achtlos vergeudete Stunden ruinieren Dein Leben am Anfang mit genau der gleichen tödlichen Sicherheit wie am Ende – am Ende wird das nur deutlicher sichtbar. Nutze Deine Zeit, solange sie noch vor Dir liegt, Willie, indem Du aus Dir selber etwas machst.

Nun zur Religion. Leider haben wir Dir nicht viel davon mitgegeben, wir hatten selber nicht viel. Aber ich glaube jetzt, ich werde Dir schließlich doch noch eine Bibel schicken, ehe ich ins Krankenhaus gehe. In der Bibel steht ein Haufen trockenes Zeug über die Kriege der Juden und über ihre Riten, das Dich langweilen wird. Begehe aber deshalb nicht den Irrtum und schiebe das Alte Testament achtlos beiseite. Es ist der Kern aller Religion, glaube ich, und es enthält eine Menge Lebensweisheit. Du mußt nur selber fähig sein, sie herauszulesen. Und das kommt erst mit der Zeit. Inzwischen mache Dich ruhig erst einmal mit den Worten vertraut. Wie zu allem in meinem Leben, kam ich zur Bibel zu spät.

Und dann das Geld. Ich hinterlasse alles, was ich habe, Deiner Mutter. Onkel Lloyd ist Testamentsvollstrecker. Eine Lebensversicherung ist da über zehntausend Dollar. Der Begünstigte bist Du. Wenn Du heiraten willst oder weiterstudieren, dann sollte das zunächst einmal genügen, um Deine Pläne zu verwirklichen. Geld ist eine sehr angenehme Sache, Willie. Ich glaube, man kann mit etwas Talent so ungefähr alles dafür kaufen, was man will. Nur eines nicht: eine befriedigende Lebensaufgabe. Wenn Du Deine Zeit für ein bequemes Leben drangibst und Deine Gaben verkommen läßt, dann, glaube ich, hast Du den kürzeren gezogen. Ein inneres Unbehagen bleibt zurück und verdirbt Dir alle Freude am Dasein.

Willie, es ist jetzt drei Uhr nachts auf meiner alten lederbezogenen Schreibtischuhr. Der untergehende Mond scheint zum Bibliotheksfenster herein. Meine Hand ist steif vom vielen Schreiben. Auch die Zehe setzt mir verteufelt zu. Ein Schlafmittel jetzt, und dann ins Bett. Wie danke ich Gott, daß er die Barbiturate geschaffen hat!

Sorge für Deine Mutter dereinst in ihrem hohen Alter. Sei gut gegen sie auch dann, wenn Du aus diesem Krieg zurückkommst und stark genug geworden bist, Dich von ihr loszumachen. Sie hat manche Fehler, aber sie ist gut. Und sie hat für Dich wie auch für mich immer nur treue Liebe gekannt.

Willie fing an zu weinen. Die letzten Absätze las er durch einen Schleier von Tränen.

Denke immer an mich, Willie, wenn Du vor einem Scheidewege stehst, und an das, was aus mir hätte werden können. Im Gedanken an mich, Deinen Vater, der stets den falschen Weg einschlug, schlage Du den richtigen ein. Laß meinen Segen und den Gedanken an meine Rechtfertigung Dich begleiten!

Hier ist meine Hand. Viele, viele Jahre ist es her, daß wir uns den letzten Kuß gegeben haben. Ich habe Dich so gerne geküßt, als Du ganz klein warst. Du warst ein süßes und gutherziges Kind mit wunderschönen großen Augen. Gott, wie lange ist das her!

Adieu, mein Sohn! Sei ein Mann! Papa

Der Fähnrich stand auf und wischte sich die Augen. Er eilte zum Telefon hinunter und warf ein Geldstück in den Schlitz.

»Ich möchte ein Gespräch nach den Staaten.«

»Bedaure, Privatgespräche nur im Hauptgebäude und mit Genehmigung des Zensors. Eine Woche Wartezeit«, sagte das Mädchen mit dem Akzent der Eingeborenen.

Willie rannte hinaus zur Marinestation. Dort lief er von einem Gebäude zum anderen, bis er das Telegrafenbüro gefunden hatte. »Wie geht es Papa«, kabelte er dringend. Als Adresse gab er das Telegrafenbüro an. Als das Büro am nächsten Morgen um acht Uhr öffnete, wartete er schon draußen. Er setzte sich auf die Stufen und rauchte, bis ihm um halb elf die Antwort gebracht wurde. »Papa vor drei Tagen gestorben – seine letzten Worte galten Dir – bitte schreib – Mutter.«

Willie ging unverzüglich zu Kapitän Matsons Büro. Dieser begrüßte ihn herzlich.

»Nun, hat man Sie schon an die Arbeit gesetzt, Keith?«

»Sir, ich habe es mir noch einmal überlegt. Ich möchte doch lieber losfliegen und die ›Caine‹ suchen, wenn ich darf.«

Des Kapitäns Gesicht zog sich in die Länge. »So? Was ist denn passiert? Hat man Sie mit ungemütlicher Chiffrierarbeit gepeinigt?«

»Das ist es nicht, Sir.«

»Ich habe dem Admiral bereits gemeldet, daß wir Sie hier eingestellt haben. Das hat ihn außerordentlich gefreut.«

»Sir, wenn ich mir die Bemerkung erlauben darf, ich stelle mir die Erfüllung meiner Pflichten in diesem Kriege doch anders vor, als indem ich für den Herrn Admiral Klavier spiele.«

Ein harter Zug der Befremdung kam über das Gesicht des Kapitäns. »Es gibt genug Arbeit bei dieser Dienststelle. Sie werden entdecken, daß Dienst an Land nicht weniger ehrenvoll ist als jeder andere.«

»Ich bezweifle das nicht, Sir.«

»Die Versetzung zur Sammelstelle geschah auf Ihren eigenen Wunsch.«

»Jawohl, Sir, ich weiß. Aber …«

»Ihre neue Bestallung ist bereits an das Personalbüro durchgegeben worden. Ich sehe keinen Anlaß, sie zu widerrufen. Ihr Antrag wird abgelehnt.« Der Kapitän nahm ein Schriftstück zur Hand und setzte seine Brille auf.

»Danke vielmals«, sagte Willie und ging.

Und so blieb Willie in Pearl Harbor. Er entschlüsselte Nachrichten, die von schweren Kämpfen in der Umgebung von Rendova und Munda berichteten, von der siegreichen nächtlichen Schlacht bei Vella Lavella und von gewaltigen Vorbereitungen auf zukünftige Invasionen. Oft stieß er auf den Namen »Caine«. Die Meldungen erzählten davon, wie sie mitten in den schwersten Kampfhandlungen lag. Auf der anderen Hälfte des Erdballs brachen die Alliierten in Sizilien und Italien ein, und Mussolini wurde gestürzt. Willie aber spielte Klavier für den Admiral.

Die »Caine«

Jedoch der Gram über den Tod seines Vaters legte sich mit der Zeit, und Willie fing an, Pearl Harbor zu genießen. Sein Chiffrierdienst bedeutete täglich acht Stunden Plackerei in einem Zementunterstand. Diese Mühsal beschwichtigte sein Gewissen. Ein paar Wochen lang mied er die Mädchen und den Schnaps. Dann aber gab der Admiral wieder ein Fest. Dort betrank Willie sich, und alsbald fand er sich wieder im alten Dreh. Honolulu bot reichliche Gelegenheit zu sorglosen Vergnügungen. Das Klima war mild, die Sonne schien prächtig, der Mond glänzte märchenhaft, die Luft war vom Duft ewig blühender Blumen erfüllt. Abgesehen von der Polizeistunde, von der Verdunkelung und von ein wenig Stacheldraht am Strande, war vom Krieg nicht viel zu spüren. Willie machte zahlreiche Ausflüge mit den Schwestern. Er bekam rosigbraune Backen und setzte Fett an.

An May schrieb er weiter seine fürchterlich liebesglühenden Briefe. Keine Spur mehr von dem alten Plan, sie fallenzulassen. Willie war zu der Überzeugung gelangt, May sei noch jung genug, um sich ruhig ein oder zwei vergeudete Jahre leisten zu können. Vielleicht würde er sie dann heiraten, vielleicht aber auch nicht. Auf jeden Fall war ihm diese Beziehung als Erlebnis viel zu wertvoll, als daß er sie brutal abbrechen durfte. Mays Briefe ließen auch nichts zu wünschen übrig, sie waren lang, voller Liebe, vergnügt, und außerdem enthielten sie meistens gute Nachrichten. Sie ging gern zur Universität, wenn sie sich auch unter den Füchsen – so schrieb sie – wie eine Großmutter vorkam. Ihre Zeugnisse waren gut, und auch ihr Briefstil wurde von Monat zu Monat besser.

An einem schwülen Nachmittag im Juli lagen die beiden Stubengenossen auf ihren Kojen und lasen die eben eingetroffene Post. Die Fliegen summten gegen die Drahtschirme der Fenster, obgleich ihrer im Zimmer weiter nichts harrte als der Geruch heißen, ausgetrockneten Holzes. Keefer lag auf der Seite, nackt bis auf eine kurze Unterhose. Sein behaarter Bauch quoll aus dem Bund. »Hör mal«, rief er plötzlich und stützte sich auf den Ellbogen, »wie heißt dein Schiff doch noch, ›Caine‹, wie?«

»Jawohl«, antwortete Willie, in einen Brief von May vertieft.

»Hör mal zu, Teurer, ich glaube, mein Bruder Tom ist auf dem Schiff.«

Jetzt blickte Willie überrascht auf.

»Ich möchte wenigstens annehmen, es soll ›Caine‹ bedeuten«, fuhr Keefer fort, »ich kann die verdammte Schrift unseres alten Herrn nie lesen. Sieh mal hier, wie heißt das?«

Willie sah auf das Blatt neben Keefers Daumen. »Heißt ›Caine‹!«

»Siehste! Sie haben ihn von der Nachrichtenschule da hingeschickt, Mensch, was sagst du dazu?«

»Prima. Glücklich für mich. Wird, wie wenn ich einen Verwandten auf dem Schiff hätte. Mag er das Schiff?«

»Nee, im Gegenteil. Er hat Papa geschrieben, das sei der dreckigste Kahn in der ganzen Marine – aber das will nichts besagen«, setzte er schnell hinzu, als er Willie zusammenzucken sah. »Quatsch!

Was Tom sagt, darf man nie zu ernst nehmen. Tom ist eine ganz verrückte Nudel. Die ›Caine‹ ist wahrscheinlich ein tadelloses Schiff, wenn er sie auch zehnmal nicht mag.«

»Was für ein Kerl ist er sonst, Rollo?«

»Na, stell dir das ganze Gegenteil von mir vor, dann hast du Tom. Du mußt wissen, er ist nämlich überhaupt nur mein Halbbruder. Ich kenne ihn kaum. Seine Mutter war die erste Frau meines Vaters – katholisch. Sie ließen sich evangelisch trauen, und dann hat's nicht lange gedauert, da ist sie schon abgehauen, nach Boston, wo sie herkam. Tom nahm sie mit.«

Keefer legte den Brief beiseite, steckte sich eine Zigarette an und fläzte sich zurück, Arme unterm Kopf.

»Tom ist so ein Intellektueller, ein ganz fürchterlicher sogar. Er schreibt Kurzgeschichten und Dramen – hat auch schon mal was in einem Magazin veröffentlicht, kriegt richtig dafür bezahlt. Ich hab' ihn kurz im College erlebt. Er war schon älteres Semester, als ich frisch hinkam. Er hing aber dauernd bei seiner literarischen Clique herum, weißt du, Gedichte bei Kerzenschein, mit ein paar Mädchen dabei, falls die Kerzen ausgehen – diese Art Zinnober. Ich glaube, er hält mich für einen Kretin, er hat sich jedenfalls nie die Bohne um mich gekümmert. Sonst kein übler Kerl. Sehr witzig und alles das, ihr beiden werdet euch vermutlich glänzend vertragen, weil du dauernd Dickens liest und all das Zeug.«

Es war am ersten September, als Willie und Keefer morgens um vier Uhr in ihr Quartier schwankten. Sie waren bis obenhin voll Schweinebraten und Whisky. Auf einer ausgelassenen Luau, einer von den Schwestern veranstalteten Fete, hatten sie das zu sich genommen. Noch immer kichernd, fielen sie auf ihre Betten und grölten unzüchtige Parodien auf hawaiische Volkslieder. Bald schliefen sie tief und selig.

Das erste, was Willie zu Bewußtsein kam, war eine Gestalt, die ihn heftig schüttelte. Dann zischte eine fremde Stimme: »Keith, heda, Keith, sind Sie Keith?«

Er öffnete die Augen. Der Tag dämmerte gerade. Im Zwielicht gewahrte er einen kleinen dunklen Fähnrich in vertragener und zerschlissener Khakiuniform über seinem Bett.

»Ja, ich heiße Keith.«

»Kommen Sie schleunigst mit. Mein Name ist Paynter, von der ›Caine‹.«

»Von der ›Caine‹?« Willie setzte sich hoch. »Ist die hier?«

»Jawoll. Wir gehen um acht Uhr in See, Scheibenschleppen. Packen Sie rasch Ihre Sachen zusammen.«

Noch halb im Schlaf griff Willie nach seiner Hose. »Hören Sie, ich will mich gerne an Bord melden, Paynter, aber ich bin noch der Offizierssammelstelle hier zugeteilt.«

»Stimmt nicht. Alles schon geregelt. Wir haben einen Winkspruch bekommen, Sie sind abgelöst. Wir warten schon sehnlichst auf Sie, Keith.«

Dies sagte er in freundlichem Ton, aber Willie fühlte trotzdem das Bedürfnis, sich zu entschuldigen. »Ich habe getan, was ich konnte. Ich hab' Sie damals im Mai um ein paar Stunden verpaßt, als Sie ausliefen. Darauf hat man mich in die Offizierssammelstelle gesteckt.«

»Himmel, von mir aus brauchten Sie überhaupt nicht zu erscheinen«, antwortete Paynter. »Ich mache mir gar nichts daraus, Ihnen das hier anzutun. Kann ich Ihnen bei Ihrem Gepäck behilflich sein?«

Sie sprachen sehr leise. Keefer schnarchte laut und vernehmlich. Während Willie die Schubladen der Kommode in seinen hölzernen Offizierskoffer entleerte, fragte er: »Haben Sie einen Offizier namens Keefer an Bord? Tom Keefer?«

»Mein Ressortchef«, antwortete Paynter.

»Der da ist sein Bruder.« Willie wies auf den Schläfer. Paynters trübe Augen richteten sich auf Roland. Willie, inzwischen ganz wach geworden, bemerkte, daß sich der »Caine«-Offizier vor Müdigkeit kaum aufrecht halten konnte.

»Ist der auch so verdreht?« fragte Paynter.

»Wieso? Ist Ihr Ressortchef verdreht?«

»Hab' ich nicht behauptet. Eilen Sie sich lieber, Keith. Das Boot wartet auf uns.«

»Verlassen wir Pearl für ganz?«

»Warum?«

»Wenn, dann will ich Roland nämlich aufwecken und mich verabschieden.«

»Nein, nicht für ganz. Wenigstens nicht unseren Befehlen nach.«

»Schön.« Willie packte schweigend fertig und zog sich an. Dann nahm er den Koffer auf die Schulter und schwankte zur Tür hinaus. Paynter folgte mit seinen zwei Handkoffern nach. Er sagte: »Wundern Sie sich aber nicht, wenn wir plötzlich doch nach Westen in See gehen und die Zivilisation ein ganzes Jahr nicht mehr wiedersehen. Alles schon mal dagewesen.«

Draußen vor dem Offiziersquartier stand ein kleiner grauer Marine-LKW im kühlen Morgennebel. »Nicht sehr vornehm«, meinte Paynter, »was Besseres konnte ich um fünf Uhr morgens aber nicht auftreiben. Klettern Sie rein.«

Sie klapperten die Straße entlang zur Flottenlandungsbrücke. Willies Gepäck hüpfte und stieß hinten im Wagen herum, als wolle es sich dünnemachen. »Wo liegt das Schiff?« fragte Willie. Fähnrich Paynters hartnäckige Schweigsamkeit wurde ihm ungemütlich.

»Im Strom an einer Boje.«

»Sind Sie aktiv?«

»Nein.«

»Haben Sie Aktive an Bord?«

»Drei.«

»Sie auch Kadettenschule?«

»Ja.«

»Sind Sie an Deck?«

»Nein, Maschine.«

»Was machen Sie an Bord?«

»Nachrichten.«

Willie wunderte sich. »Ist das nicht eine merkwürdige Tätigkeit für einen Ingenieur?«

»Nicht auf der ›Caine‹.«

»Ich nehme an, es gefällt Ihnen nicht besonders auf der ›Caine‹.«

»Hab' ich nicht behauptet.«

»Wie ist das Schiff so?«

»Werden Sie schon selber sehen.«

»Viel mitgemacht?«

»Ja und nein.«

»Schon lange an Bord?«

»Kommt darauf an.«

»Worauf?«

»Was Sie lange nennen.«

»Ein Jahr nenne ich lange.«

»Ich nenne oft eine Woche lange.«

Der LKW fuhr an der Treppe zur Landungsstelle vor. Paynter hupte. Drei Matrosen, die in einem halbgedeckten schmierigen Boot längsseits der Brücke lagen, standen schwerfällig auf und kamen die Treppe hoch. Ihre blauen Arbeitsanzüge waren zerrissen, die Hemden hingen ihnen aus den Hosen heraus. Sie luden Willies Gepäck in das Boot. Inzwischen brachte Paynter den LKW ein paar Meter weiter die Straße hinunter zur Fahrbereitschaft zurück. Dann stiegen auch die beiden Offiziere in das Boot und setzten sich auf die gesprungenen schwarzen Lederbänke unter dem Verdeck.

»Los, Fleischkloß, hau ab!« rief Paynter dem Bootssteuerer zu, einem fetten Matrosen in erstaunlich dreckigen Lumpen. Er trug eine schneeweiße neue Mütze, unmittelbar auf die Nase gedrückt.

Eine Glocke tönte in Willies Ohr und ließ ihn aufspringen. Sein Kopf war drei Zentimeter von ihr entfernt. Er rutschte in eine andere Ecke der Bank. Der Maschinist startete endlich den Motor. Ein paarmal war ihm das mißglückt, worüber er sich mit monotoner Stimme in unflätigen Vokabeln erging. Er war vielleicht neunzehn, klein und hager. Sein Gesicht war schwarz von Bartstoppeln und Schmiere und mit Pickeln besät. Langes, strähniges Haar hing ihm über die winzigen blinzelnden Augen. Er hatte keine Mütze auf. Die anderen Matrosen redeten ihn mit »Schrecklich« an. Sobald das Boot von der Landungsbrücke klargekommen war, zog er sich sein Hemd aus. Jetzt gewahrte man einen dicken, affenartigen Haarwuchs auf seiner Brust.

Willie sah sich auf dem Boot um. Der graue Anstrich sprang vom Holz ab, rauhe Flecken zeigten, wo frische Farbe, ohne vorheriges Schrappen, über die alte gepinselt worden war. Zwei von den drei Bullaugen unter Deck waren mit Pappe statt mit Glas verkleidet.

»Mr. Paynter«, schrie der Maschinist durch das Knattern des Motors, »können wir nicht irgendwo halten und mal in ein Kino gehn?«

»Nein.«

»Herrgott, wir haben ewig keinen Film mehr gesehen«, jammerte Schrecklich.

»Kommt nicht in Frage.«

Worauf Schrecklich mehrere Minuten lang blasphemische Flüche von sich gab. Willie war entsetzt über diese Freiheit der Sprache in Gegenwart eines Offiziers. Er wartete darauf, daß Paynter ihn anschnauzen würde. Aber der dicke Strom dieser Gossenausdrücke schien Paynter weniger zu rühren als das Plätschern des Wassers. Unbeweglich saß er da, mit im Schoß gefalteten Händen und geschlossenen Augen. Er kaute an einem Gummiband, das ihm aus dem Munde hing.

»Hören Sie mal, Paynter«, schrie Willie, »was für Dienst kriege ich wohl an Bord?«

Paynter öffnete die Augen. »Meinen!« rief er mit kurzem, glücklichem Lächeln. Dann machte er die Augen wieder zu.

Die Gig umfuhr eine Spitze der Ford-Insel und lief dann in den Westkanal ein. »He, Mr. Paynter!« rief Fleischkloß, der auf der Heckbank auf den Zehen stand und sich an die Ruderpinne lehnte. »Das Schiff ist weg.«

»Du bist verrückt, Fleischkloß«, erwiderte Paynter. »Guck noch mal genau. Sie liegt an R 6 vor der ›Belleau Wood‹.«

»Und ich sage Ihnen, Sir, die Bojen sind leer. Himmelherrgott, sehen Sie doch mal selbst.«

Er zog an der Strippe und klingelte. Das Boot ging auf halbe Fahrt und schlingerte auf den Wellen. Paynter kletterte an Deck. »Ich werd' verrückt. Sie ist tatsächlich weg. Was nun? Schweinerei!«

»Vielleicht abgesoffen«, sagte ein Matrose, der vorn am Bug kauerte. Es war ein ganz junger Kerl mit einem Babygesicht und einer höchst obszönen Tätowierung auf der Brust.

»Schön wär's ja«, warf Fleischkloß ein.

»Warum nicht?« meinte Schrecklich. »Obermaschinist Budge ließ neulich im zweiten Maschinenraum Rost klopfen, da hab' ich zu ihm gesagt, der Rost ist das einzige, was das Wasser noch abhält.«

»Was machen wir jetzt, Mr. Paynter?« fragte Fleischkloß.

»Augenblick mal. Ohne die Gig sind sie bestimmt nicht in See gegangen«, sagte Paynter bedächtig. »Wahrscheinlich haben sie nur verholt, seht euch mal um.«

Schrecklich stellte den Motor ab. Das Boot trieb langsam an einer schaukelnden Kanalboje vorbei. Aus dem Wasser stieg der Gestank von Öl und faulem Gemüse herauf. »Da ist sie ja«, sagte Fleischkloß und läutete.

»Wo?« fragte Paynter.

»Reparaturbassin. Dort drüben, steuerbord von der ›St. Louis‹.« Der Steuermann warf das Ruder herum. Das Boot drehte.

»Na also!« Paynter nickte. »Glaube fast, wir kriegen unsere Liegezeit doch noch.« Er verschwand wieder unter Deck.

Willie stierte in die von Fleischkloß angedeutete Richtung, konnte aber nichts finden, was der »Caine« ähnlich sah. Das Reparaturbassin war gedrängt voll von Schiffen jeder Größe und Gestalt, nur eine Silhouette von der Art der »Caine« konnte er nicht entdecken. Willie hatte sie von der Abbildung her genau im Gedächtnis behalten.

»Entschuldigen Sie«, rief er Fleischkloß zu, »können Sie mir das Schiff mal genau zeigen?«

»'türlich. Dort!« Der Steuermann deutete die Richtung unbestimmt mit dem Kopfe an.

»Können Sie sie sehen?« fragte Willie Schrecklich.

»Klar. Sie liegt zwischen den anderen Eimern in C 4.«

Willie kam es vor, als sei er blind geworden.

Paynter rief: »Von hier aus ist nur die Topplaterne zu sehn. Sie kriegen sie noch früh genug spitz.«

Es demütigte Willie, daß er nicht imstande war, sein Schiff an seiner Topplaterne zu erkennen. Er strafte sich dafür, indem er aufstand und sich während des Restes der Fahrt die Spritzer ins Gesicht klatschen ließ.

Die Gig machte an einem alten Seefallreep fest, das von einem Zerstörer herabhing. Dieser war das äußere Schiff von den vieren in der Reparaturwerft. »Los!« sagte Paynter. »Die ›Caine‹ liegt dahinter. Ihre Sachen bringen die Leute mit.«

Willie kletterte die klappernde Jakobsleiter hoch, grüßte den schneidigen Wachhabenden des neuen Zerstörers und überquerte das Deck. Eine geteerte Laufplanke führte über vier Fuß offenes Wasser hinweg zu der »Caine« hinüber. Auf den ersten Blick gewann Willie keinen deutlichen Eindruck von dem Schiff. Im Augenblick kümmerte ihn nur die Planke. Er blieb zurück. Paynter betrat das Brett und sagte: »Hier rüber!« Als er hinüberging, rollte die

»Caine«, und die Planke schwankte bedenklich. Paynter sprang auf das Deck der »Caine«.

Willie kam der Gedanke, daß Paynter, wäre er von der Planke gestürzt, zwischen den beiden Schiffen hätte zerdrückt werden müssen. Mit dieser Vorstellung vor Augen betrat er das Brett und balancierte hinüber wie ein Zirkusakrobat. Auf halbem Weg, mitten über dem offenen Wasser, fühlte er, wie die Planke hochwippte. Er machte einen Satz um sein Leben und landete auf der »Caine« in den Armen des Wachhabenden. Er riß ihn beinahe um.

»Hoppla, nur nicht so eifrig«, meinte dieser. »Sie wissen gar nicht, wo Sie hier hineinspringen.«

»Rabbitt, dies ist unser schmerzlich vermißter Fähnrich Keith«, sagte Paynter.

»Das habe ich mir bereits gedacht.« Leutnant Rabbitt schüttelte Willie die Hand. Er war mittelgroß und hatte ein schmales, stillvergnügtes Gesicht.

»Willkommen an Bord, Keith. Hör mal, Paynter, dieser Fähnrich Harding ist vor einer halben Stunde auch eingetrudelt.«

»Allerhand frisches Blut«, erwiderte Paynter.

Jetzt erst weitete sich für Willie das Blickfeld über die Planke hinaus und erstreckte sich auf das ganze Achterdeck. Zunächst bemerkte er nichts als Radau, Schmutz, Gestank und seeräuberhafte Gestalten. Ein halbes Dutzend Matrosen schabte mit Spachteln am rostigen Deck herum und machte fürchterlichen Lärm dabei. Andere gingen vorüber und fluchten unter großen Körben mit Gemüse, die sie auf ihren Rücken schleppten. Ein Mann mit einer Schutzbrille vor den Augen schweißte mit einer knisternden, sauer riechenden blauen Flamme in einem Schott herum. Überall sah Willie Flecken von frischer grauer Farbe, Flecken von alter grauer Farbe, Flecken von grüner Grundierung und Flecken von altem Rost. Ein Gewirr verschlängelter Schläuche in Rot, Schwarz, Grün, Gelb und Braun lag über das ganze Deck umher. Es war mit Apfelsinenschalen, Fetzen von illustrierten Zeitungen und alten Lumpen übersät. Die Matrosen waren fast alle halb nackt. Sie hatten phantastische Bärte, ihre langen, ungeschnittenen Haare hingen ihnen wild um die Köpfe. Flüche, Lästerungen und ein gewisses obszönes Wort, das ewig wiederholt wurde, verpesteten die Luft.

»Der Himmel soll wissen, wo Sie unterkommen«, sagte Rabbitt. »Im Messedeck ist keine Koje mehr frei.«

»Der Eins O wird sich schon was ausdenken«, meinte Paynter.

»So, Keith, ins Logbuch wäre Ihre Ankunft eingetragen, Paynt, willst du ihn jetzt zum Eins O runterbringen?«

»Klar, kommen Sie mit, Keith.«

Paynter führte Willie einen der Niedergänge hinab durch einen dunklen, stickigen Gang. »Dies ist das Wohndeck.« Er öffnete eine Tür. »Und dies ist die Messe.«

Sie durchquerten einen unordentlichen rechteckigen Raum von der Breite des ganzen Schiffes. Darin stand ein langer Tisch mit einem schmutzigen Tischtuch, Bestecken und angebrochenen Konserven- und Milchbüchsen darauf. Auf den Liegestühlen und der Ledercouch lagen Zeitschriften und Bücher verstreut. Willie bemerkte mit erschrecktem Staunen mehrere Geheime Dienstsachen zwischen den Bilderbögen, Aktmagazinen und zerrissenen Esquireheften. In der Mitte der Wand, nach vorn hin, führte eine Tür auf einen Gang mit Einzelkammern. Paynter betrat die erste Kammer zur Rechten. »Hier bringe ich Keith, Sir«, sagte er und zog den Vorhang an der Tür beiseite. »Keith, dies ist der Erste Offizier, Leutnant Gorton.«

Ein abnorm fetter und breiter junger Mann setzte sich, nackt bis auf eine winzige Unterhose, in seiner Koje hoch, kratzte sich am Bauch und gähnte. An den grünen Wänden seiner Kammer steckten bunte Magazinbilder mit Mädchen in durchsichtiger Unterwäsche.

»Seien Sie gegrüßt, Keith. Wo haben Sie denn so lange gesteckt, Sie Himmelhund?« rief Leutnant Gorton mit einer hohen Fistelstimme und schwang seine Mammutschenkel über den Bettrand. Er schüttelte Willie die Hand.

Paynter fragte: »Wo bringen wir ihn unter?«

»Keine Ahnung. Ich hab' Hunger. Haben die Leute frische Eier von Land mitgebracht? Diese Eier aus Neuseeland zersetzen einem langsam die Eingeweide.«

»Oh, da kommt ja der Kommandant. Vielleicht hat der eine gute Idee«, sagte Paynter und sah auf den Gang hinaus.

»Sir, Fähnrich Keith hat sich an Bord gemeldet.«

»Haben Sie ihn endlich verhaftet, wie? Alle Achtung!« hörte man eine Stimme voller Ironie und Autorität. Der Kommandant der »Caine« trat in die Tür. Er war splitternackt. In der einen Hand hielt er ein Stück Lifeboy-Seife, in der anderen brannte eine Zigarette. Er hatte ein faltiges Gesicht, das weder alt noch jung war, blondes Haar und einen schlaffen, kreidefarbenen Körper. »Willkommen an Bord, Keith!«

»Danke vielmals, Sir.« Willie fühlte sich gedrungen, zu grüßen oder wenigstens sich zu verbeugen, jedenfalls auf irgendeine Weise seine Reverenz vor der höchsten Autorität kundzutun. Er erinnerte sich jedoch einer Bestimmung, die es verbot, einen Vorgesetzten zu grüßen, wenn dieser unbedeckt war. Und einen unbedeckteren Vorgesetzten als seinen Kommandanten hatte er nie gesehen.

Commander de Vriess grinste über Willies Verlegenheit und kratzte sich mit der Seife am Hintern. »Hoffentlich verstehen Sie was von Nachrichten, Keith.«

»Jawohl, Sir. Das habe ich beim Oberkommando Pazifik gemacht – während ich auf das Schiff wartete, Sir.«

»Gut. Paynter, Sie sind also wieder Ingenieur-Assistent, und zwar ab sofort.«

»Danke gehorsamst, Sir.« Über Paynters düsteres Gesicht ging ein kurzes, freudiges Leuchten. Er seufzte erleichtert wie ein Pferd, dem der Sattel abgenommen wird. »Haben Sie einen Vorschlag, Sir, wo wir den neuen Nachrichtenoffizier unterbringen könnten?«

»Hat Maryk nicht eine Koje ins Deckshäuschen eingebaut?«

»Jawohl, Sir. Darein haben wir den anderen Neuen gelegt, Harding.«

»Dann sagen Sie Maryk, er soll noch eine Koje dazuhängen.«

»Man verdammt eng da drin, schon für einen, Sir«, warf der Eins O ein.

»Krieg ist Krieg, mein Lieber. So, jetzt muß ich aber unter die Brause, sonst werde ich noch zu Gelee.« Commander de Vriess zog noch einmal an seiner Zigarette, drückte sie im Kartuschboden auf Gortons Schreibtisch aus und ging. Der fette Leutnant zuckte die Schultern und fuhr in eine Hose vom Umfang eines Zeltes.

»Das wäre das«, sagte er, »bringen Sie ihn zum Deckshäuschen, Paynt.«

»Sir«, sagte Willie, »ich kann jederzeit mit dem Dienst anfangen.«

Gorton gähnte und sah amüsiert auf Willie. »Nur keine übertriebene Hast, mein Lieber. Lümmeln Sie sich erst mal ein paar Tage auf dem Schiff herum und leben Sie sich ein. Es wird für lange, lange Zeit Ihre Heimat werden.«

»Mir sehr recht, Sir«, antwortete Willie. »Ich bin sowieso fällig für etwas Dienst auf See.« Er hatte sich mit sechs bis zwölf Monaten abgefunden. Es sollte für ihn das Jahr in der Wildnis werden, die harte Prüfung, von der ihm sein Vater geschrieben hatte. Er stand jetzt zur Verfügung – er war bereit.

»Wie schön, daß Sie so denken«, sagte der Eins O. »Wer weiß, vielleicht schlagen Sie noch mal meinen Rekord. Ich habe schon siebenundsechzig Monate auf diesem Eimer hinter mir.«

Willie dividierte die Zahl schnell durch zwölf, und das Herz stand ihm still. Leutnant Gorton war schon volle fünf Jahre auf der »Caine«.

»Mit diesen Minensuchern stimmt was nicht«, fuhr Gorton vergnügt fort. »Das Personalbüro hat eine entschiedene Abneigung dagegen gefaßt, die Offiziere auf ihnen zu wechseln. Vielleicht ist denen drüben in Washington unser Aktenstück abhanden gekommen. Jedenfalls haben wir zwei Ingenieure mit mehr als hundert Monaten jeder an Bord. Commander de Vriess hat einundsiebzig. Also keine Sorge, Sie kriegen Ihren Seedienst – so –, ich freue mich, Sie an Bord zu haben. Machen Sie sich's bequem!«

Willie stolperte hinter Paynter her zum Deckshäuschen. Dieses war ein kleiner Blechkasten auf dem Oberdeck, etwa zweieinhalb Meter hoch, zwei Meter lang und einen Meter breit. Seine einzige Öffnung war die Tür. Auf der einen Seite, etwa in Bauchhöhe, war ein Fach mit leeren Gurten und Patronenkisten angebracht. Fähnrich Harding schlief in seiner Koje. Sie hing unmittelbar über dem Deck und war erst vor kurzem in die Wand eingelassen worden. Die Schweißstelle war noch frisch und blank. Von Hardings Gesicht troff der Schweiß. Sein Hemd hatte lauter feuchte dunkle Streifen. Die Temperatur in der Bude betrug ungefähr vierzig Grad.

»Home, sweet home«, sagte Willie.

»Diesem Harding rollt ›Caineblut‹ in den Adern«, meinte Paynter. »Er fängt gleich richtig an – übrigens sind dieser Tage ein paar Versetzungen fällig. Ihr Brüder werdet bald im Wohndeck einziehen können.« Er wollte gehen.

»Wo kann ich wohl Mr. Keefer finden?« fragte Willie.

»Der pennt.«

»Ich meine, später am Tag.«

»Ich auch!« sagte Paynter und ging.

Ein paar Stunden wanderte Willie auf der »Caine« umher. Er steckte seine Nase überallhin, kroch durch alle Niedergänge und Türen. Die Matrosen nahmen von ihm überhaupt keine Notiz, als wäre er unsichtbar. Nur wenn er einem von ihnen im Gang begegnete, drückte sich der automatisch gegen die Wand, als wollte er ein großes Stück Vieh vorbeilassen. Willies Besichtigungstour festigte seinen ersten Eindruck: Die »Caine« war ein Haufen Schrott und befand sich im letzten Stadium der Auflösung. Ihre Mannschaft war eine Horde Knoten.

Er bummelte hinunter in die Messe. Über ihm machten die Rosthämmerer fürchterlichen Lärm. Auf dem langen Tisch lag jetzt ein grünes Tuch, die Bücher und Magazine hatte jemand in die Regale geräumt. Der Raum war leer bis auf einen langen, knochigen Neger in Hose und verschwitztem Unterhemd, der gleichgültig mit einem Mop auf dem Deck herumfuhr. »Ich bin der neue Fähnrich Keith«, sagte Willie zu ihm, »kann ich wohl eine Tasse Kaffee halen?«

»Yassuh.« Der Steward stellte den Mop an die Wand und begab sich gemächlich zu einer Kaffeemaschine, die auf einem Metallgestell in der Ecke stand.

»Wie heißen Sie?« fragte Willie.

»Whittaker, Suh, Zweiter Meßsteward. Milch und Zucker, Suh?«

»Ja, bitte.« Willie sah sich um. Ein ungeputztes Messingschild an der Wand informierte ihn, das Schiff sei auf den Namen eines gewissen Arthur Wingate Caine, Kommandant eines Zerstörers im Ersten Weltkrieg, getauft. Dieser war seinen Wunden erlegen, die er im Kampf mit einem deutschen U-Boot empfangen hatte. Oberhalb der Plakette befand sich ein Fach. In ihm lag, zwischen einem Haufen von Marinebüchern, eine ledergebundene Sammelmappe mit losen

Blättern: »Schiff-Statistik, USS ›Caine‹, MSZ 22.« Willie nahm sie zur Hand. Der Steward stellte den Kaffee vor ihn hin.

»Wie lange sind Sie schon auf der ›Caine‹, Whittaker?«

»Vie' Monat, Suh.«

»Wie gefällt's Ihnen hier?«

Der Neger zuckte zurück. Seine Augen traten aus ihren Höhlen, als hätte Willie mit einem Messer nach ihm gestochen. »Bes' Schiff in ganze Marine, Suh.« Er nahm seinen Mop und rannte zur Tür hinaus.

Der Kaffee war trübe und lauwarm. Willie trank ihn trotzdem, er brauchte dringend eine Aufpulverung. Die eine Stunde Schlaf hatte ihm nicht viel genutzt nach dieser Fete bei den Schwestern. Seine Augen schwammen, als er in der »Caine«-Statistik las. Sie war 1918 auf Rhode Island gebaut. »Also noch vor meiner Geburt«, murmelte er vor sich hin. Sie war hundertundsechs Meter lang und zehn Meter breit. Ihre Höchstgeschwindigkeit betrug dreißig Meilen die Stunde. Beim Umbau für den Minensuchdienst waren einer ihrer vier Schornsteine und ein Kessel ausgebaut worden, um für weitere Treibstofftanks Raum zu schaffen. Dadurch wurde der Aktionsradius des Schiffes erweitert.

Oben wurde die Hämmerei immer lauter. Noch ein zweites Arbeitskommando fing an zu klopfen. Mit steigender Sonne wurde die Luft in der Messe heißer und stickiger. »Die Aufgabe des schnellen Minensuchers«, so las Willie, »ist in erster Linie, in feindlichen Gewässern vor Landungs- oder Artilleriestreitkräften her die Minen fortzuräumen.« Er warf die Mappe auf den Tisch, legte den Kopf darauf und stöhnte.

»Hallo!« rief eine Stimme. »Welcher sind Sie jetzt, Keith oder Harding?«

Der Besitzer dieser Stimme latschte schlaftrunken an ihm vorbei zur Kaffeemaschine. Er hatte nichts am Leib als ein Sportsuspensorium. – Na, dachte Willie, die Schicklichkeitsbegriffe an Bord der »Caine« sind, scheint's, noch primitiver als bei den Indianern.

»Keith«, antwortete er.

»Famos. Sie arbeiten bei mir.«

»Sind Sie Mr. Keefer?«

»Ja.«

Der Nachrichtenoffizier lehnte sich gegen ein Schreibpult und schlürfte seinen Kaffee. Sein langes, mageres Gesicht hatte wenig Ähnlichkeit mit dem seines Bruders. Tom Keefer war über einen Meter achtzig groß, feinknochig und sehnig. Zwei blaue Augen lagen tief in ihren Höhlen. Das Weiße in ihnen trat stark hervor und verlieh ihnen einen stechenden, flackernden Ausdruck. Wie Roland hatte auch er einen breiten Mund. Aber seine Lippen waren nicht fleischig, sondern im Gegenteil dünn und bleich.

Willie begann: »Sir, ich kenne Ihren Bruder Roland. Wir waren Stubengenossen auf der Seekadettenschule. Er ist augenblicklich hier in Pearl und wohnt im Offiziershaus.«

»Wahrhaftig? Dann können wir ihn ja mal einladen.« Keefer setzte, ohne viel Erschütterung zu zeigen, die Kaffeetasse nieder. »Kommen Sie mit in meine Kammer, und erzählen Sie mir von sich.«

Keefer hauste in einem kleinen eisernen Viereck am Ende des Wohndecks. Es war über und über von Röhren durchzogen. Auf dem Tisch lagen Berge von Büchern und Broschüren. Drahtkörbe voller Papiere und Geheimbefehle standen in wirrem Durcheinander daneben. Alles krönte ein Stapel frischgebügelter Khakihemden, Socken und Unterwäsche. In der oberen Koje lag eine nackte Gestalt ausgestreckt.

Der Nachrichtenoffizier rasierte sich und zog sich an. Willie erzählte ihm derweil von seiner gemeinsamen Zeit mit Roland im Furnald-Haus. Dabei ließ er seine Augen in dem dumpfen Raum umherwandern. In den Regalen über dem Tisch und an Keefers Koje entlang drängte sich Buch an Buch, Lyrik, Romane und Philosophie. Die Zusammenstellung hatte Format. Sie glich einer »Liste der hundert besten Bücher«, wie man sie an den Hochschulen herausgab, nur vielleicht mit etwas viel Schwergewicht nach der Moderne hin. Da standen Werke von Joyce, T. S. Eliot, Proust, Kafka und Dos Passos. Auch Sigmund Freud war mit verschiedenen Büchern über Psychoanalyse vertreten. Endlich noch einige Bände aus einem katholischen Verlag. »Alles da, kann man nur sagen«, bemerkte Willie.

»Dieses Leben hier wäre Selbstmord in Permanenz, wenn man nichts zu lesen hätte.«

»Roland sagte mir, Sie seien Schriftsteller.«

»Ich war bemüht, einer zu werden, vor dem Krieg«, sagte Keefer und wischte sich mit einem feuchten Frottierhandtuch den Schaum aus dem Gesicht.

»Kommen Sie hier auch zum Schreiben?«

»Gelegentlich mal – aber jetzt zu Ihrem Dienst. Sie verwalten die Geheimsachen, und natürlich müssen Sie auch dechiffrieren.«

Whittaker, der Meßsteward, steckte sein Gesicht durch den verstaubten grünen Vorhang. »Frassuh«, sagte er und verschwand wieder. Dieses mysteriöse Wort rief die Gestalt in der oberen Koje wieder zum Leben zurück. Sie fuhr hoch, reckte sich lahm, sprang aufs Deck und begann sich anzuziehen.

»Frassuh?« wiederholte Willie fragend.

»Fraß, Sir, auf Negerjargon – Lunch«, sagte Keefer. »Und der Name dieses Salatkopfes hier ist Carmody. Carmody, das hier ist unser verlorener Sohn, der Mr. Keith.«

»Hallo«, sagte Willie.

»'lo«, brummte die Gestalt und tastete im Hintergrund eines schwarzen Schrankes nach ihren Schuhen.

»Jetzt kommen Sie mit, und brechen Sie erst mal das Brot mit den Offizieren der ›Caine‹. Sie kommen nicht drum rum, Keith. Und außerdem ist das Brot gar nicht so schlecht.«

Commander de Vriess

Willie hätte gern einen Mittagsschlaf gehalten. Nach Schlaf gierte er mit jeder Faser seines Leibes. Doch es sollte nicht sein. Kaum hatte er seinen Kaffee ausgetrunken, da wurde er mit Harding von dem »Salatkopf«, Fähnrich Carmody, am Kragen genommen.

»Der Kommandant hat befohlen, ich soll Ihnen beiden das Schiff zeigen. Kommen Sie mit.«

Drei Stunden lang schleppte er sie sämtliche Niedergänge rauf und runter, über wippende Planken und durch enge Luken. Sie wanderten durch glühendheiße Maschinenräume und krochen in eiskalte, klamme Bilgen. Sie patschten durch Wasser und glitten auf öligen Flurplatten aus. Sie stießen sich an vorstehenden Eisenteilen die Köpfe blutig. Willie erlebte alles nur im dumpfen Nebel völliger Apathie. Was ihm blieb, war die unklare Erinnerung an unzählige dunkle Löcher mit einem Wirrwarr von altem Gerümpel, Maschinen oder Kojen darin. Jedes Loch hatte seinen eigenen Gestank noch neben den Gerüchen von Moder, Öl, Farbe oder erhitztem Metall, die die Luft sowieso durchzogen. Carmodys Gründlichkeit wurde begreiflich, als er erwähnte, er sei Annapolis-Jahrgang 1943. Er war also der einzige aktive Offizier an Bord außer dem Kommandanten und dem Ersten Offizier. Er war ein schmalschultriger Bursche mit eingefallenen Backen, kleinen, verschlagenen Augen und einem winzigen Schnurrbärtchen. Seine Erläuterungen hielten sich in bemerkenswert dürftigen Grenzen. »Dies ist Heizraum I«, ließ er sich zum Beispiel vernehmen, »haben Sie irgendwelche Fragen?« Harding schien ebenso müde wie Willie. Keiner von beiden zeigte Interesse, die Tour mit einer einzigen Frage in die Länge zu ziehen. Sie stolperten hinter Carmody her und wechselten wehleidige Blicke miteinander.

Endlich, als Willie schon ehrlich vermeinte, in Ohnmacht fallen zu müssen, sich eigentlich sogar darauf freute, sagte Carmody: »Na, ich glaube, das sollte genügen.« Und damit führte er sie nach vorn auf das Oberdeck. »Jetzt nur noch eins: Entern Sie auf den Mast.«

Der Mast war aus Holz und hatte oben eine Radarantenne. Von unten schien er mindestens hundertfünfzig Meter hoch. »Wozu denn nun das noch?« wimmerte Willie. »Ein Mast ist ein Mast. Ich kann ihn sehn, und das genügt doch.«

»Der Befehl lautet, Sie sollen das Schiff vom Kiel bis zum Krähennest erkunden. Das Krähennest ist da oben.« Er zeigte auf eine winzige viereckige Eisengräting ganz oben am Topp des Mastes.

»Können wir das nicht morgen abmachen? Ich bin heute nur ein müder Greis«, sagte Harding und lächelte flehentlich. Harding hatte ein frisches und freundliches Gesicht. Sein Haar lichtete sich am Wirbel beträchtlich, und nur in der Mitte war noch ein kleiner blonder Schopf übrig. Er war ein schmächtiger Junge mit wasserblauen Augen.

Carmody antwortete: »Ich muß noch vor dem Abendessen die Ausführung des Befehls melden. Wenn Sie nicht entern wollen, werde ich zu dieser Meldung nicht in der Lage sein.«

»Ich habe drei kleine Kinder«, beteuerte Harding schulterzuckend und setzte seinen Fuß auf das unterste der Steigeisen, die zum Topp führten, »hoffentlich sehe ich sie in diesem Leben noch mal wieder!«

Langsam und mühevoll begann er den Aufstieg. Willie folgte. An jedem einzelnen Eisen klammerte er sich krampfhaft fest. Seine Augen hielt er starr auf Hardings Hosenboden gerichtet und mied den schwindelerregenden Ausblick rundherum. Der Wind fing sich in seinem schweißgetränkten Hemd. Nach ein paar Minuten erreichten die beiden endlich das Krähennest. Als Harding sich auf die Plattform hinaufschwang, hörte Willie den garstigen Puff eines Schädels, der gegen Metall stößt.

»Autsch! Verdammt noch mal, Keith, Vorsicht vor diesem Radardings!« stöhnte Harding. Das gebrechliche Gitter bot kaum Platz für zwei Menschen zu gleicher Zeit. Da saßen die beiden Seite an Seite und ließen ihre Beine in den blauen Weltenraum baumeln.

»Gut gemacht!« kam Carmodys Stimme dünn von unten herauf. »Auf Wiedersehn. Ich gehe jetzt und melde Ausführung.« Damit verschwand er im Niedergang.

Willie starrte auf das ferne Deck hinunter, nahm seine Augen aber schleunigst wieder zurück und sah sich lieber die seitliche Umgebung an. Unter ihnen glitzerte der Hafen mit allen seinen Konturen so scharf umrissen wie auf einer Landkarte. Nur hatte Willie keine große Freude daran, die Höhe wurde ihm unheimlich. – Hier komme ich nie wieder runter, sagte er sich.

»Ich bedaure, Ihnen eine Eröffnung machen zu müssen«, sagte Harding leise, die Hand an der Stirn, »ich werde mich nämlich übergeben müssen.«

»Um Gottes willen«, rief Willie, »nur das jetzt nicht!«

»Leider doch. Kann die Höhe nicht vertragen. Ich werde mir aber Mühe geben, Sie nicht vollzumachen. Herrgott, aber all die Kerls da unten. Ekelhaft!«

»Können Sie's denn gar nicht zurückhalten?«

»Ausgeschlossen«, stöhnte Harding. Sein Gesicht war bereits giftgrün geworden. »Sag Ihnen aber was. Ich kann in meine Mütze kotzen.« Er zog seine Offiziersmütze und setzte hinzu: »Obgleich ich das sehr ungern tue, denn es ist die einzige Mütze, die ich besitze.«

»Hier«, sagte Willie rasch, »ich habe unten noch zwei.« Er hielt Harding seine neue Offiziersmütze hin, Öffnung nach oben.

»Verdammt menschenfreundlich von Ihnen«, hauchte Harding.

»O bitte, gar keine Ursache!« erwiderte Willie. »Bedienen Sie sich nur.«

Harding übergab sich fein säuberlich in die ihm dargebotene Mütze. Willie fühlte einen bedenklichen Drang, es ihm nachzutun, aber er kämpfte ihn nieder. Hardings Gesichtsfarbe wurde wieder normal.

»Gott, besten Dank, Keith. Jetzt aber, was machen wir damit?«

»Diese Frage dürfte durchaus am Platze sein«, antwortete Willie und betrachtete das traurige Produkt, das Harding in seiner Hand hielt. »So eine Mütze voll … dürfte ziemlich schwer unterzubringen sein.«

»Über die Seite flitzen lassen.«

Willie schüttelte den Kopf. »Nee, dreht sich vielleicht um. Der Wind könnte die Mütze fassen.«

»Eins ist jedenfalls mal sicher, aufsetzen können Sie sie nicht wieder.«

Plötzlich machte Willie den Sturmriemen los und hängte die Mütze vorsichtig wie einen Eimer an eine Ecke des Krähennestes. »Da möge sie nun bis in alle Ewigkeit bleiben«, sagte er, »als Ihre Ehrenbezeigung an die ›Caine‹.«

»Hier komme ich nie im Leben wieder runter«, meinte Harding jetzt mickrig. »Gehn Sie nur los, ich sterbe eben hier und verrotte. Außer meiner Familie vermißt mich sowieso niemand.«

»Reden Sie keinen Unsinn! Haben Sie tatsächlich drei Kinder?«

»Bestimmt! Ein viertes ist unterwegs.«

»Mensch, was haben Sie denn da bei der Marine verloren?«

»Ich bin einer von den komischen Leuten, die glauben, ohne sie geht's nicht.«

»Fühlen Sie sich denn jetzt besser?«

»Etwas, danke.«

»Los dann«, sagte Willie. »Ich klettere voran, Sie werden schon nicht stürzen. Wenn wir noch lange hier oben bleiben, werden wir so seekrank, daß wir beide runterknallen.«

Der Abstieg wurde eine einzige glitschige Schreckensfahrt. Willies verschwitzte Hände glitten von den dünnen Steigeisen ab. Einmal hätte er um ein Haar einen verhängnisvollen Fehltritt getan. Schließlich kamen sie aber doch beide unten an. Harding schwankte bedenklich, der Schweiß rann ihm nur so vom Gesicht. »Ich schmeiße mich auf dem Fleck hin und verende«, murmelte er.

»Die Matrosen laufen doch hier rum«, flüsterte Willie ihm zu. »Das bißchen schaffen Sie jetzt auch noch. Kommen Sie, wir verschwinden im Deckshäuschen und hauen uns hin.«

In dem kleinen Mausoleum befanden sich inzwischen zwei Kojen. Harding verschwand in der unteren, Willie warf sich auf die obere. Eine Zeitlang lagen sie wortlos da und keuchten.

»Na«, ließ Harding sich schließlich vernehmen, »ich hab' ja schon einmal gehört, daß Freundschaften mit Blut besiegelt werden, aber mit Kotze, das ist mir neu. Wie es auch sein mag, Keith, auf jeden Fall bin ich Ihnen zu großem Dank verpflichtet. Mit Ihrer Mütze haben Sie eine noble Tat vollbracht.«

»Ich hatte nur unverdientes Schwein«, antwortete Willie, »daß Sie nicht genau dasselbe für mich tun mußten. Sie werden schon noch Gelegenheit dazu finden auf diesem Vergnügungsdampfer.«

»Jederzeit zur Verfügung«, sagte Harding schläfrig, »jederzeit, Keith. Nochmals Dank.« Dann wälzte er sich auf die Seite und schlief ein.

Willie mußte seinem Empfinden nach gerade eingeduselt sein, als eine Hand nach ihm griff und ihn heftig schüttelte. »Frassuh«, ertönte Whittakers Stimme. Dann verklangen die Schritte draußen auf dem Deck.

»Harding«, stöhnte Willie, »wollen Sie etwa Abendbrot essen?«

»Was, schon essen? Nee. Nur schlafen, weiter nichts.«

»Gehn wir schon lieber. Sieht schlecht aus, wenn wir nicht erscheinen.«

Den Kommandanten eingerechnet, saßen drei Offiziere am Messetisch. Die anderen hatten Landurlaub. Willie und Harding setzten sich ans untere Ende des langen weißgedeckten Tisches und fingen schweigend an zu essen. Die anderen kümmerten sich nicht um sie. Sie erzählten sich unverständliche Witze über Vorgänge in Guadalcanar, Neuseeland und Australien. Leutnant Maryk war der erste, der von ihnen Notiz nahm. Maryk war ein stämmiger Bursche mit einem runden Gesicht und zwei kampflustigen Augen. Sein Haar trug er wie ein Sträfling kurz geschnitten. Er mochte fünfundzwanzig Jahre alt sein. »Ihr Brüder seht ziemlich übernächtigt aus«, sagte er.

»Wir waren gerade dabei, uns ein paar Minuten zu überholen in unserer Bude«, sagte Willie.

»Beste, was man machen kann, sich überholen, wenn man eine Karriere richtig starten will«, redete der Kommandant sein Schweinskotelett an und biß kräftig hinein.

»Allerhand heiß da drin, wie?« meinte Adams, der Artillerieoffizier. Leutnant Adams trug eine frischgebügelte, schnittige Khakiuniform. Er hatte jenes ovale Gesicht mit den aristokratischen Zügen und dem hochmütig überlegenen Ausdruck, das Willie so gut von Princeton her kannte. Es bedeutete gute Familie und Geld.

»Allerhand, kann man wohl sagen«, erwiderte Harding kleinlaut.

Maryk wandte sich zum Kommandanten. »Sir, dieses verdammte Deckshäuschen liegt gerade über dem Maschinenraum. Die beiden müssen ja braten da drin.«

»Fähnriche gewöhnen sich an alles«, antwortete der Kommandant.

»Ich wollte nur sagen, Sir, ich glaube, ich könnte ebensogut noch zwei Kojen in Adams' und Gortons Kammern anbringen, oder sogar hier über der Couch.«

»Das werden Sie verdammt bleiben lassen«, meldete sich Adams.

»Fällt das nicht unter Umbau am Schiffskörper, Steve?« meinte der Kommandant, den Mund voll Schweinskotelett. »Dafür brauchen Sie die Genehmigung vom Schiffsbauamt.«

»Kann mal nachsehn, Sir, ich glaube aber nicht.«

»Schön. Aber erst, wenn Sie Zeit dazu haben. Die Reparaturleute sind sowieso schon weit genug im Rückstand.«

Dann wandte sich Commander de Vriess an die beiden Fähnriche: »Glauben Sie, ein oder zwei Wochen im Deckshaus überleben zu können, meine Herren?«

Willie war müde, der Sarkasmus irritierte ihn. »Es beklagt sich ja kein Mensch«, sagte er.

De Vriess hob die Augenbrauen, dann grinste er. »Das ist der richtige Geist, Mr. Keith.« Er wandte sich an Adams.

»Haben die beiden Herren schon mit ihrem Offiziersunterricht angefangen?«

»Nein, Sir – Carmody hatte sie den ganzen Nachmittag mit Beschlag belegt, Sir.«

»Halten Sie sich dran, Herr Ältester Wachoffizier! Es geht mir zuviel Zeit verloren. Fangen Sie gleich nach dem Essen damit an.«

»Aye, aye, Sir.«

Diese Unterrichtskurse bestanden aus dicken Packen grober hektographierter Papiere, die an den Rändern schon vergilbt waren. Sie stammten, wie ihr Datum besagte, aus dem Jahr 1935. Adams brachte sie aus seiner Kammer an, als die beiden noch ihren Kaffee tranken. Jeder bekam solch einen Kursus. »Das sind zwölf Aufgaben«, erklärte er. »Die erste lösen Sie bis morgen früh neun Uhr und legen Sie mir auf den Schreibtisch. Danach dann jeden Tag eine, solange wir im Hafen liegen, und alle drei Tage eine in See.«

Willie sah sich die erste Aufgabe an. Da stand: Verfertigen Sie zwei Zeichnungen von der »Caine«, je von Backbord und Steuerbord gesehen; zeichnen Sie jeden Raum ein und geben Sie seine Zweckbestimmung an.

»Woher bekommen wir die nötige Information, Sir?«

»Hat Carmody Sie denn nicht herumgeführt?«

»Doch, Sir.«

»Na also, zeichnen Sie einfach hin, was er Ihnen erklärt hat, und zwar in Form eines Grundrisses.«

»Jawohl, danke, Sir.«

Damit überließ Adams die beiden Fähnriche ihrem Schicksal.

»Wie ist das mit Ihnen, wollen Sie schon gleich damit anfangen?« brummte Harding unlustig.

»Erinnern Sie sich noch an irgend etwas von dem, was dieser Carmody uns erzählt hat?«

»Nur an eins: Entern Sie auf den Mast!«

»Wir müssen aber morgen früh schon abliefern«, sagte Willie.

»Wir können's ja wenigstens mal versuchen.«

Blinzelnd und gähnend machten sich die beiden an die Zeichnung. Über Einzelheiten waren sie oft verschiedener Meinung. Nach einer Stunde sah das Produkt ihrer Bemühungen folgendermaßen aus:

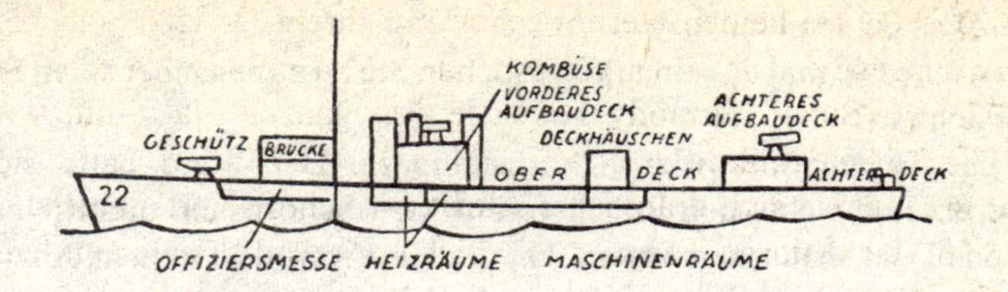

Willie lehnte sich zurück und begutachtete die Zeichnung. »Das sollte eigentlich hinkommen.«

»Sind Sie verrückt, Keith? Da gibt's doch noch mindestens vierzig Räume, die wir bezeichnen müssen.«

»Ich erinnere mich an keinen einzigen von diesen dämlichen Räumen.«

»Ich ebensowenig. Ich fürchte, wir müssen einfach noch mal das ganze Schiff abklappern.«

»Was! Noch mal drei Stunden? Mann, ich krieg' 'nen Herzschlag. Ich baue sowieso bald ab. Sehen Sie mal, wie mir die Hände zittern.«

»Hilft nichts, Keith. Das ganze Ding stimmt sowieso nicht in den Proportionen. Sieht aus wie 'ne Mißgeburt eines Schleppdampfers.«

»Ist ja auch nichts anderes.«

»Halt, ich hab' 'ne Idee. Irgendwo hier auf dem Schiff muß es doch Blaupausen geben. Die müssen wir uns irgendwie verpassen und – vielleicht nicht ganz fair, aber ...«

»Kein weiteres Wort! Sie sind ein Genie, Harding. Das machen wir, genau das. Als erstes morgen früh. Und jetzt nix wie zurück in unsere Mistkuhle.«

»Ich bin dabei.«

Vor dem Deckshäuschen waren ein paar zivile Werftarbeiter damit beschäftigt, im gelben Licht greller Scheinwerfer mit Schweißlampen am Deck herumzuarbeiten. Sie sägten und hämmerten und montierten ein neues Gerüst für Rettungsflöße auf. »Verflucht noch mal, wie sollen wir schlafen bei dem Krawall?« schimpfte Harding.

»Macht mir nichts aus«, sagte Willie. »Von mir aus können sie an mir selber rumhämmern statt am Deck. Nichts wie rin!«

Er betrat die Bude, prallte aber sofort wieder zurück und bekam einen Hustenanfall wie ein Schwindsüchtiger. »Um Gottes willen!«

»Was ist denn los?«

»Gehn Sie mal da rein und versuchen Sie zu atmen, aber seien Sie vorsichtig!«

Die Bude war voller Schornsteingase. Der Wind hatte sich gedreht und wehte den Rauch vom dritten Schornstein unmittelbar in das Deckshäuschen hinein. Da die Gase von dort keinen Abzug hatten, blieben sie darin und dickten sich ein. Harding schnupperte kurz an der Tür, dann sagte er:

»Keith, darin schlafen zu wollen, ist glatter Selbstmord.«

»Mir egal«, sagte Willie verzweifelt und zog sich das Hemd aus. »Alles zusammengenommen, verrecke ich genausogern.«

Er hielt die Nase zu und kroch in seine Koje. Harding folgte. Ein paar Stunden lang wälzte sich Willie in einem martervollen Halbschlaf. Von schweren Angstträumen geplagt, zuckte und strampelte er in seiner Koje herum. Alle Augenblicke jagte ihn das jäh anschwellende Getöse und Geklirr an Deck wieder hoch. Harding verfiel in eine Art von Totenstarre. Um Mitternacht hörten die Arbeiter auf, aber die dumpfe Ruhe, die jetzt eintrat, bedeutete keine Erleichterung. Sie brachte Willie im Gegenteil nur die Hitze, das Gift und den Gestank der Gase um so zermürbender zum Bewußtsein. Er taumelte in Unterhosen an Deck und stolperte in die Messe hinunter. Dort legte er sich, über und über mit Ruß bedeckt, auf die Couch und verfiel in tiefen Schlaf.

Und wieder wurde er unsanft wachgerüttelt. Dieses Wachrütteln sollte für ihn zu einem der bezeichnendsten Erlebnisse während seines Daseins an Bord der »Caine« werden, nie sollte diese Erinnerung in ihm verblassen. Leutnant Adams stand vor ihm. Er hatte umgeschnallt mit Patronengurt und Pistole und schlürfte an einer Tasse Kaffee. Willie fuhr hoch. Durch das Bullauge sah er nur schwarze Nacht.

»Kommen Sie mit, Keith. Wir haben Morgenwache.«

Willie ging zum Deckshäuschen hinauf, zog sich an und schleppte sich aufs Achterdeck. Adams gab ihm einen Patronengurt. Dann zeigte er ihm das ledergebundene Logbuch und ein abgegriffenes »Handbuch für den Wachoffizier«. Beide wurden in einem wackeligen Pult aus Blech aufbewahrt, das neben der Gangplanke an der Reling stand. Endlich machte er ihn mit dem Bootsmannsmaat vom

Wachdienst und mit dem Läufer bekannt, zwei verschlafenen Gestalten in Arbeitsanzügen. Auf der Uhr, die unter einer abgeschirmten gelben Birne auf dem Pult stand, war es fünf Minuten nach vier. Alle Schiffe im Bassin waren dunkel und still. »Auf der Morgenwache ist meistens nicht viel los«, sagte Adams.

»Wie schön«, gähnte Willie.

»Ich glaube«, fuhr der Artillerieoffizier fort, »ich lege mich unten ein bißchen hin bis zum Wecken. Was meinen Sie, schaffen Sie's allein?«

»Klar.«

»Famos. Auch nichts weiter dabei, wirklich. Sie müssen nur verdammt aufpassen, daß sich keiner von Ihren Leuten hinsetzt oder womöglich im Stehen einschläft. Posten stehen auf der Back und achtern. Alles klar?«

»Hab' alles verstanden«, antwortete Willie und grüßte. Adams grüßte zurück und ging.

Der Läufer, ein kleiner Obermatrose namens Mackenzie, setzte sich prompt auf einen Gemüsekorb und seufzte erleichtert. Diese Frechheit verblüffte Willie dermaßen, daß er nur unsicher herausbrachte: »Auf, Mackenzie!«

»Wozu denn? Ich bin ja da, wenn Sie einen Läufer brauchen, Sir«, sagte Mackenzie und lächelte schmuserisch. Dabei lehnte er sich bequem zurück. »Auf Leutnant Adams brauchen Sie nicht zu hören. Er ist der einzige Offizier, der uns stehen läßt. Commander de Vriess ist das ganz egal.«

Willie hatte den Verdacht, das sei glatt gelogen. Er sah Engstrand an, den Bootsmannsmaat der Wache, einen breitschultrigen Signalmaat, der am Pult lehnte und das Geplänkel feixend genoß.

»Wenn Sie nicht in zwei Minuten hoch sind«, sagte Willie, »melde ich Sie.«

Darauf erhob sich Mackenzie und brummte: »Mein Gott, schon wieder so ein lausiger Eisenfresser.«

Willie war viel zu betroffen, um noch weiter aufzumucken.

»Ich gehe jetzt die Posten inspizieren«, sagte er.

»Aye, aye, Sir«, antwortete Engstrand.

Auf der Back wehte eine angenehme Brise. Am nächtlichen Himmel flammten die Sterne. Willie fand den Posten im tiefsten Schlaf gegen das Ankerspill gekauert, Gewehr über den Knien. Jetzt wurde er fuchsteufelswild. Hatte er nicht im Furnald-Haus gelernt, Schlafen auf Posten vor dem Feind werde mit Erschießen bestraft?

»Heda, Sie«, brüllte er, »hoch mit Ihnen!« Der Posten hörte nicht. Willie versetzte ihm einen Tritt, dann rüttelte er ihn wütend. Endlich gähnte der Mann, zappelte sich hoch und nahm das Gewehr über. »Wissen Sie nicht«, schrie Willie ihn an, »was für Strafe darauf steht, wenn Sie auf Posten schlafen?«

»Wer hat hier geschlafen?« fragte der Mann. Er war aufrichtig empört. »Ich habe lediglich in Gedanken das Morsealphabet geübt.«

Willie hätte den Missetäter am liebsten gemeldet. Aber er scheute sich, ihn vor ein Kriegsgericht zu bringen. »Egal, was Sie gemacht haben, bleiben Sie gefälligst auf den Beinen und tun Sie das nicht noch einmal.«

»Ich war ja auf den Beinen«, sagte der Posten hartnäckig. »Ich habe mich nur etwas zusammengekauert, um warm zu bleiben.«

Ärgerlich ging Willie weiter, um den Posten am Heck zu kontrollieren. Als er über das Achterdeck kam, fand er Mackenzie auf einem Haufen Rettungswesten hingestreckt. »Himmeldonnerwetter«, schrie er, »auf, Mackenzie! Engstrand, können Sie nicht aufpassen, daß der Mann stehen bleibt?«

»Sir, ich bin krank«, stöhnte Mackenzie, »ich war gestern schwer an Land.«

»Es geht ihm wirklich nicht gut, Sir«, sagte Engstrand mit verstecktem Lächeln.

»Meinetwegen, dann bestimmen Sie aber gefälligst einen anderen Mann für die Wache.«

»Die ganze verdammte Besatzung ist in fürchterlicher Verfassung«, entgegnete Engstrand.

»Jetzt stehen Sie endlich auf, Mackenzie!« explodierte Willie.

Ächzend und stöhnend raffte sich Mackenzie auf.

»Daß mir das jetzt so bleibt!« Willie schlenderte zum Heck. Dort lag der Posten, wie ein Hund zu einem Klumpen zusammengerollt, an Deck und schlief. »Mein Himmel, was ist das bloß für ein Schiff!« murmelte Willie. Dem Posten versetzte er einen gewaltigen Tritt in die Rippen. Der Mann flitzte hoch, ergriff sein Gewehr und stand stramm. Dann sah er Willie überrascht an.

»Herrje«, stotterte er, »ich dachte schon, Sie wären Mr. Maryk.«
»Ich bin Mr. Keith«, sagte Willie, »und wie heißen Sie?«
»Fuller.«
»Schön, Fuller, wenn ich Sie noch mal ertappe, daß Sie auf Posten nicht auf Ihren Beinen stehen, kommen Sie vors Kriegsgericht, haben Sie mich verstanden?«
»Klar doch«, sagte Fuller vertraulich. »Hören Sie mal, kommen Sie auch von Annapolis wie Mr. Carmody?«
»Nein.« Willie ging zum Achterdeck zurück. Mackenzie schlief schon wieder auf seinen Rettungswesten. Engstrand saß auf einem Luk und rauchte. Als er Willie kommen sah, sprang er auf.
»Entschuldigen Sie, Sir, nur ein paar Züge.«
»Gottogott!« stöhnte Willie. Er hatte genug. Er war tief erschüttert. Ihm war einfach übel. »Auch Sie? Und Sie wollen ein Unteroffizier sein?! Ein Hurra für das stolze Schiff ›Caine‹! Jetzt hören Sie mal zu, Engstrand. Ob Sie liegen oder ob Sie tot umfallen, soll mir stinkegal sein. Aber sorgen Sie dafür, daß dieses Arschloch hier den Rest der Wache auf den Beinen bleibt, sonst schwöre ich Ihnen, ich bringe Sie zur Meldung.«
»Auf, Mackenzie!« rief Engstrand im Kommandoton. Der Matrose sprang von den Rettungswesten herunter, ging zur Reling und lehnte sich dagegen. Er machte ein höchst verdrossenes Gesicht. Willie ging zum Pult und schlug mit zitternden Händen das »Handbuch für Wachoffiziere« auf. Er wartete darauf, was Mackenzie nun wieder ausfressen würde. Aber der Matrose rührte sich zehn Minuten nicht vom Fleck. Das Stehen schien ihm auf einmal durchaus nicht schwerzufallen. Schließlich sagte er, als ob nichts gewesen wäre: »Haben Sie was dagegen, Mr. Keith, wenn ich rauche?« Willie nickte. Darauf hielt ihm der Matrose ein Päckchen Luckies hin.
»Auch eine?« – »Danke.«
Mackenzie gab Willie Feuer. Dann begann er, wie um das soeben herbeigeführte Einverständnis zu untermauern, dem neuen Fähnrich von seinem Geschlechtsleben auf Neuseeland zu erzählen. Willie war von späten Nachtgesprächen in Universitätsschlafsälen her allerlei Offenherzigkeit gewohnt. Aber Mackenzies minuziöse Kleinmalerei stellte alles Bisherige in den Schatten. Anfangs fühlte sich Willie amüsiert, dann angeekelt, zum Schluß bodenlos gelang-

weilt. Es schien jedoch kein Mittel zu geben, den obszönen Redestrom des Matrosen einzudämmen. Endlich fingen die Sterne an zu verblassen, am Horizont erschien ein zarter roter Streifen. Willie war aus tiefstem Herzen dankbar, als Leutnant Adams endlich wieder aus dem Messeluk hervorkam. Dieser rieb sich die Augen und fragte: »Na, wie geht's denn, Keith? Irgendwas Besonderes?«

»Nein, Sir.«

»Wollen mal kontrollieren.« Er ging mit Willie das Schiff ab und trat dabei gegen die Leinen, die die »Caine« mit dem Nachbarzerstörer verbanden. »Leine 2 muß neu bekleidet werden, sie scheuert in der Klüse. Sagen Sie Engstrand Bescheid.«

»Jawohl, Sir. Um die Wahrheit zu sagen, Mr. Adams, ich hatte alle Hände voll zu tun, die Wachen und den Läufer in Schuß zu halten.«

Adams schnitt eine Grimasse und grinste. Dann wurde sein Ausdruck plötzlich streng und hart, und er sagte: »Das ist eine verdammt ernste Sache.«

»Die Leute schienen anderer Ansicht zu sein.«

Adams spitzte den Mund, hielt im Anzünden seiner Zigarette inne und lehnte sich gegen die Relingskette. »Ich will Ihnen mal was sagen, Keith. Sie müssen da mit gewissen Schwierigkeiten rechnen. Unser Schiff hat seit März 1942 ohne Unterbrechung im Kampfgebiet gesteckt. Es hat viel mitgemacht. Die Kerls halten einen Posten auf der Back hier in Pearl Harbor für hellen Blödsinn. Das schlimmste ist dabei, daß der Kommandant genauso denkt. Aber der Hafenkommandant hat's nun mal befohlen, also stellen wir die Posten aus. Sie müssen eben ab und zu ein bißchen tun.«

»Welche Kämpfe haben Sie mitgemacht, Sir?«

»Ach, so ziemlich alles. Überfall auf die Marshallinseln, Korallenmeer, erstes und zweites Savounternehmen, Rendowa, Munda ...«

»Was haben Sie dabei gemacht, Minensuchen?«

»Haben Sie schon mal gehört, daß ein Minensucher Minen sucht? Meistens haben wir Sprit für die Marineflieger auf dem Henderson-Field transportiert. Dann Torpedos von Neuseeland. Das war eine süße Sache, das ganze Deck voll scharfer Torpedos und dazu dauernd mit Bomben beworfen werden. Dann fuhren wir Filipinos, die die Marine-Infanterie auf Guadal ablösen sollten. Dann Geleitzüge über den ganzen Ozean, Nachschub, weitere Truppentransporte,

Nebelvorhänge, Postdienst und was es sonst alles an dreckigen Aufgaben gibt. Das ist die ›Caine‹. Also, wenn sie jetzt ein bißchen verkommen ist, dann wissen Sie wenigstens warum.«

»›Ein bißchen verkommen‹ ist noch gelinde ausgedrückt«, sagte Willie.

Adams richtete sich auf, glotzte ihn an, warf seine Zigarette über Bord und ging nach achtern. Im selben Augenblick ertönte aus dem Lautsprecher das Schrillen der Bootsmannspfeife, anschließend die Worte: »Reise, Reise! Überall zurrt Hängematten!« Über seine Schulter zischte Adams: »Kontrollieren Sie den hinteren Mannschaftsraum, Keith. Sorgen Sie dafür, daß keiner in der Hängematte liegenbleibt.«

»Aye, aye, Sir.«

Willie wurde sich darüber klar, daß er von jetzt an mit seinen Reden vorsichtiger sein müsse. Adams und die anderen Offiziere waren schon zu lange an Bord der »Caine«. Sie konnten ja gar nicht anders als blind werden gegenüber der Tatsache, daß ihr Schiff nichts weiter war als ein dreckiges Wrack. Wahrscheinlich waren sie obendrein noch stolz darauf. Er machte das aber auf keinen Fall mit, das schwor er sich. Er wollte Umschau halten und nicht eher ruhen, als bis er sich, einerlei auf welche Art, von der »Caine« verholen konnte. Als äußerste Grenze setzte er sich ein halbes Jahr. Wozu gab es denn einen Admiral, bei dem er eine so gute Nummer fuhr?

Ein enges, rundes Luk mit steilem Niedergang führte zu den hinteren Mannschaftsräumen. Willie steckte seine Nase in die Öffnung und spähte hinunter. Unten war es wie in einer Höhle, es stank wie in einer sehr heißen, schmutzigen Turnhalle.

Er stieg hinunter und brüllte mit möglichst furchterregender Stimme: »Los, da unten, Donnerwetter noch mal, wollt ihr nicht gefälligst aufstehn!«

In der hintersten Ecke wurde Licht gemacht. Davor sah man wie Schatten die Reihen der Hängematten, in denen noch alles schlief. »Aye, aye, Sir«, ertönte eine vereinzelte Stimme. »Ich bin der Wachtmeistersmaat. Ich werde sie rausschmeißen. Wir haben das Signal nicht gehört. Los, Kerls, aufstehn! Offizier ist da.«

Einige nackte Matrosen rollten aus ihren Hängematten, die Leute kamen dem Befehl nur langsam und widerwillig nach. Dann drehte der Wachtmeistersmaat die helle Mittellampe an. Er ging von einer Hängematte zur anderen, schüttelte, stieß und bettelte. Die Matrosen waren aufgestapelt wie die Mumien in einem Mausoleum.

Willie schämte sich, in dieses Elend einbrechen zu müssen. Der Fußboden war schmutzig wie ein Hühnerhof. Zigarettenstummel, Papier, Lumpen und verfaulte Speisereste lagen umher. Von der verpesteten Luft wurde ihm übel.

»Macht jetzt schnell!« rief er und floh den Niedergang hoch ins Freie.

»Wie sieht's da unten aus?« fragte Adams, als er zum Achterdeck zurückkam. Die Sonne schien jetzt hell, Bootsmannspfeifen und Lautsprecherbefehle erfüllten das Werftbassin. Überall spülten barfüßige Matrosen ihre Decks sauber.

»Sie stehen schon auf«, antwortete Willie.

Adams schnitt eine Faunsgrimasse und nickte. »Ist ja toll! Sie können sich's jetzt bequem machen, Keith. Gehen Sie runter und verpassen Sie sich ein paar Eier und Kaffee.«

»Aye, aye, Sir.« Willie nahm das Koppel ab. Seine Hüften fühlten sich angenehm erleichtert.

In der Messe saßen die Offiziere schon beim Frühstück. Willie fiel auf einen Stuhl und vertilgte, was man vor ihn hinstellte. Was es war, merkte er nicht, es war ihm auch gleichgültig. Er hatte weiter kein Bedürfnis, als seinen knurrenden Magen zu füllen und sich in sein Hock zu verziehen. Dort wollte er sich den ganzen Tag hinhauen, die Schornsteingase waren ihm einerlei.

»Hören Sie mal, Keith«, sagte der Nachrichtenoffizier und strich sich dabei eine Buttersemmel, »ich habe Roland gestern getroffen. Er sagt, er kommt uns heute nachmittag besuchen.«

»Oh, wie schön«, sagte Willie.

»Übrigens«, fuhr Keefer fort, »wir sind ein bißchen mit unseren Funksprüchen im Rückstand. Am besten setzen Sie sich nach dem Frühstück gleich mal ein paar Stunden ans Entschlüsseln.«

»Mit dem größten Vergnügen«, sagte Willie, ohne seine Verzweiflung ganz verbergen zu können.

Commander de Vriess warf ihm unter seinen dicken gelben Augenbrauen einen überraschten Blick zu. »Was haben Sie, Keith, drückt Sie irgendwo der Schuh?«

»Nein, Sir!« versicherte Willie. »Ich bin glücklich, etwas zu tun zu bekommen.«

»Famos. Ehrgeiz ziert den Fähnrich.«

Nach einer Stunde saß Willie schwitzend an der Dechiffriermaschine, die vor ihm auf dem Messetisch stand. Plötzlich schwammen die Funksprüche vor seinen Augen. Die ganze Messe schwankte und drehte sich um ihn. Der Kopf fiel ihm auf die Hände. Daß Leutnant Maryk am Tisch neben ihm saß und die Dienstpost las, spielte für ihn keine Rolle. Er war vollkommen fertig.

Er hörte eine Tür gehen und dann die Stimme des Kommandanten. »Nein, sieh mal einer an! Fähnrich Keith hält Siesta!«

Willie wagte nicht, den Kopf zu heben.

»Sir«, hörte er Maryk sagen, »das Deckshaus ist kein Aufenthalt zum Schlafen. Der Junge ist ja völlig erledigt.«

»Im Hafen wird man vielleicht ein bißchen gebraten, aber auf See ist das halb so schlimm. Verdammt noch mal, Maryk, dieser Knabe hat vier Monate lang in Pearl herumgefaulenzt. Möchte sowieso gerne mal wissen, wie er das überhaupt gedeichselt hat. Er muß für einen Monat auf Vorrat geschlafen haben.«

Die Worte des Kommandanten klangen höhnisch und grausam. Sie versetzten Willie in helle Wut. Welches Recht hatte dieser de Vriess, so scharf gegen ihn zu sein? Er war es doch, der all die Unordnung und all den Dreck auf der »Caine« zuließ. Von Rechts wegen gehörte er dafür vor ein Kriegsgericht. Er sparte wohl alle seine Energie auf, um seine Fähnriche zu zwiebeln. Willies ganzer Unmut, Überdruß und Ekel hatten sich zusammengeballt und entluden sich in einer Explosion wilden Hasses auf Commander de Vriess. Wie das Schiff, so der Kommandant. Er war einem sturen und brutalen Schweinehund in die Hände gefallen. Zähneknirschend saß er da. Sobald aber de Vriess verschwunden war, riß er sich hoch und nahm seine Arbeit wieder auf. Der Haß verlieh ihm neue Kraft.

Vor ihm lag ein Riesenstoß von Funksprüchen, die noch dechiffriert werden mußten. Es dauerte bis zum Mittagessen und danach noch eine weitere Stunde. Endlich hatte er es geschafft. Er warf die Klarschriften auf Keefers unordentlichen Schreibtisch, ging achtern in seine Bude und schlief unverzüglich ein.

Wieder war es Adams, der ihn wachrüttelte: »Keith, Besuch für Sie in der Messe.«

»Wa – was, Besuch?«

»Keefers Bruder und zwei der hübschesten Schwestern, die mir je vor Augen gekommen sind, Sie Glückspilz!«

Willie setzte sich hoch. Mit einem Male war er wieder frisch. »Danke vielmals, Sir. Sir, wie stellt man das an, um an Land zu kommen?«

»Sie müssen sich beim Ersten Wachoffizier abmelden – bei mir.«

»Danke, Sir. Ich möchte mich hiermit abmelden.« Willie griff nach seinen Kleidern.

»In Ordnung. Geben Sie mir nur vorher Ihre Schulaufgabe ab.«

Willie mußte erst in seinem Gedächtnis nachkramen. Endlich tauchte aus dem Nebel der letzten Ereignisse die dunkle Erinnerung an den Offizierskursus auf. »Ich hatte noch keine Zeit, mich damit zu befassen.«

»Tut mir leid, Keith. Dann müssen Sie schon mit dem Alten selber sprechen. Nach seinem Befehl sollen die Aufgaben immer vor Antritt des Landurlaubs abgeliefert werden.«

Willie zog sich an und ging zur Messe hinunter. Dort traf er den Kommandanten in munterem Gespräch mit den Schwestern und den beiden Brüdern Keefer an. Er trug eine schnittige Tropenuniform und alle seine Ordensbänder auf der Brust. Es war Willie nicht gerade angenehm, wie ein Schuljunge um Ausgeherlaubnis betteln zu müssen, noch dazu vor den Schwestern. Aber jetzt half da ja alles nichts.

»Entschuldigen Sie bitte, Sir.«

»Ja, Keith?«

»Ich bitte um Erlaubnis, an Land gehen zu dürfen.«

»Aber natürlich. Ich würde nicht daran denken, Sie solch charmanter Gesellschaft berauben zu wollen«, antwortete der Kommandant mit plumper Galanterie. Die Schwestern kicherten. Miß Jones rief: »Hallo, Keithi!«

»Danke vielmals, Sir.«

»Ich nehme natürlich an, Sie haben sich bei Adams abgemeldet.«

»Darum handelt sich's gerade, Sir. Deswegen bitte ich Sie.« Der Kommandant sah ihn fragend an. »Ich muß noch eine Aufgabe für den Offizierskursus fertigmachen. Ich habe sie gestern erst erhalten und war seitdem tatsächlich jede Sekunde auf den Beinen und …«

»Jede Sekunde? Mir scheint, ich habe Sie ein paarmal schlafen sehen. Was haben Sie zum Beispiel jetzt eben gemacht?«

»Ich – ich bekenne mich schuldig, Sir, drei Stunden in den letzten vierundzwanzig Stunden geschlafen zu haben.«

»Na schön, setzen Sie sich doch einfach hin und hauen Sie die Aufgabe jetzt noch schnell herunter. Das dauert doch gar nicht lange. Die Mädels warten gern. Ich werde mir große Mühe geben, ihnen die Zeit zu vertreiben, bis Sie fertig sind.«

So ein Sadist, dachte Willie. Laut sagte er: »Danke vielmals, Sir, nur …«

»Ich will Ihnen einen Tip geben«, trällerte de Vriess neckisch, »Ihre Zeichnungen finden Sie gleich hier oben in der Schiffsbeschreibung. Sie brauchen die Dinger nur durchzupausen. Ich hab' das früher auch nicht anders gemacht.«

Dann fing er wieder an, mit den Schwestern zu schäkern, die ihn offenbar ganz reizend fanden.

Willie nahm das Buch aus dem Fach und schlug die Zeichnungen auf. Er rechnete sich aus, daß es drei Viertelstunden dauern würde, diese Grundrisse durchzupausen und die Bezeichnungen der Räume zu übertragen.

»Verzeihung, Sir …«

»Na und?« fragte de Vriess wohlwollend.

»Wie Sie selber sagen, handelt es sich um eine rein mechanische Arbeit. Wären Sie wohl einverstanden, wenn ich Ihnen verspräche, sie morgen früh vor acht Uhr abzuliefern? Ich kann sie heute abend noch fertigmachen.«

»Wer weiß, in welchem Zustand Sie heute abend zurückkommen, Keith, machen Sie's lieber gleich.«

Die Schwestern mußten lachen. Miß Jones rief: »Armer Keithi!«

»Sie können dazu in meine Kammer gehen, Keith«, sagte der Nachrichtenoffizier. »In meiner rechten oberen Schublade finden Sie Lineal und Pauspapier.«

Rot vor Wut und Scham schoß Willie aus der Messe. Er hörte den Kommandanten gerade noch sagen: »Krieg ist die Hölle auf Erden«, worauf die Mädchen wieder losprusteten. In zwanzig Minuten machte Willie die Zeichnungen fertig. Jedesmal, wenn er die Mädchen in der Messe kichern hörte, knirschte er mit den Zähnen. Die Papiere in der Hand, kletterte er durch ein Skylight an Deck, um dem Kommandanten und den Mädchen auszuweichen. Er suchte Adams, aber der Erste Wachoffizier war nicht mehr an Bord.

Es gab keinen Ausweg. Willie mußte hinuntergehen und dem Kommandanten mit brennenden Wangen die Zeichnungen vorlegen. De Vriess sah sie sich genau an, während die Mädchen dauernd glucksten und tuschelten. »Sehr ordentlich«, sagte er nach einer langen, demütigenden Pause. »Ein bißchen flüchtig, aber unter den obwaltenden Umständen doch recht ordentlich.«

Man hörte Schwester Carter kurz aufkichern.

»Kann ich jetzt gehen, Sir?«

»Warum nicht?« sagte der Kommandant großherzig. Er stand auf. »Kann ich euch irgendwo hinfahren? Ich habe einen Dienstwagen.«

»Nein, danke, Sir«, knurrte Willie.

Der Kommandant hob die Augenbrauen. »Nein? Schade! Auf Wiedersehn dann, Miß Carter und Miß Jones. Es war mir eine Freude, Sie bei mir an Bord gehabt zu haben.« Er setzte sich die Mütze selbstbewußt aufs Ohr und ging hinaus.

Der Abend verlief nicht ganz ungetrübt. Willie verschanzte sich in seiner Empörung hinter düsterem Schweigen, und die Mädchen wußten auch nicht viel zu erzählen. In Honolulu trafen sie noch eine dritte Schwester, die sie für Tom Keefer vorgesehen hatten. Diese, eine ebenso haarsträubend dumme wie hübsche Blondine, flog vom ersten Augenblick an auf Roland. Tom deklamierte nur noch lallend aus dem »Verlorenen Paradies« oder Gedichte von T. S. Eliot und Gerard Manley Hopkins, während Roland und die Blondine voll Hingabe miteinander flirteten. So verging das Abendessen in einem chinesischen Restaurant. Willie trank mehr als je zuvor. Danach gingen sie irgendwo am Hafen in einen Film von Danny Kaye. Willie sah ihn nur noch ganz verschwommen wie durch ein verregnetes Fenster. Nach der ersten Hälfte schlief er ganz ein und wachte von da an überhaupt nicht mehr richtig auf. Er ging folgsam mit, wohin man ihn führte, bis er sich schließlich mit Tom Keefer in einem Taxi wiederfand.

»Wo sind wir hier? Wieviel Uhr ist es? Wo sind die anderen?«

murmelte er. Er hatte einen schalen, Übelkeit erregenden Geschmack von Rum und chinesischem Essen auf der Zunge.

»Wir fahren nach Hause, Willie. Nach Hause auf die ›Caine‹. Das Fest ist aus.«

»Die ›Caine‹. Die ›Caine‹ und de Vriess.«

»Leider.«

»Mr. Keefer, irre ich mich, oder ist dieser de Vriess wirklich so ein großer Flegel und Kretin?«

»Ein bißchen weitherzig ausgedrückt, im übrigen aber richtig.«

»Wie kommt so ein Mann dazu, ein Schiff zu führen?«

»Er führt kein Schiff, sondern die ›Caine‹.«

»Er hat doch die ›Caine‹ so auf den Hund gebracht.«

»Vermutlich.«

»He, wo ist Roland?«

»Weg, läßt sich mit der Blonden trauen. Hoff' ich jedenfalls. Nach dem, was die beiden im Kino zusammen getrieben haben, sollte er sie als anständiger Mensch heiraten.«

»Ausgespannt hat er sie Ihnen, das ist mal klar.«

»Roland ist nicht zurechnungsfähig«, sagte Keefer, »wenn seine Schilddrüse ihm Vorschriften macht. Ein klassisches Beispiel für Kants Begriff des arbitrium brutum. Vermutlich kennen Sie die Stelle.«

»Natürlich«, sagte Willie und schlief wieder ein.

Keefer schleifte ihn an Bord der »Caine« und lieferte ihn im Deckshaus ab. Willie merkte kaum, was mit ihm geschah. Nach einer Stunde wurde er wieder aus dem Schlaf gerüttelt.

»Wanuwiederlos?« murmelte er.

»Funkspruch, Keith! Muß sofort vorgelegt werden!«

»Wivilurises?«

»Viertel nach drei.«

»Herrje, hat das denn nicht Zeit bis morgen früh?«

»Nein. Die ›Caine‹ ist Adressat. Alle direkt an uns gerichteten Funksprüche sind unverzüglich vorzulegen. Befehl vom Kommandanten.«

»Immer dieser de Vriess«, knurrte Willie. »Die Marine sollte ihn noch mal in die Mittelschule schicken, damit er zu Verstand kommt.«

»Los, Keith, kommen Sie.«

»Kann nicht ein anderer den Funkspruch machen? Ich kann vor Müdigkeit nicht aus den Augen sehn.«

»Für die Nachtfunksprüche ist der Zweite Nachrichtenoffizier zuständig«, sagte Paynter, »das weiß ich leider nur zu genau. Raus jetzt, Keith, ich muß wieder zurück.«

Willie glitt aus der Koje und wankte in die Messe hinunter. Er taumelte schlaftrunken gegen die Schottenwände und Geländer. Den bleiernen Kopf auf die Hand gestützt, ging er ans Werk. Der Funkspruch war zur Veranlassung an den Flugzeugträger »Brandywyne Creek« adressiert.

Als er die Hälfte entziffert hatte, sprang er plötzlich auf und stieß einen Freudenschrei aus. Er goß sich eine Tasse von dem labbrigen Kaffee ein, trank sie hastig aus und dechiffrierte in größter Eile zu Ende. Den mit Bleistift hingeschriebenen Text in der Hand, stürmte er aufs Achterdeck, fiel Paynter um den Hals und gab ihm einen Kuß.

Der Ingenieur stieß ihn düster und ärgerlich zurück. »Verrückt geworden?«

»Hier, Mensch, lesen Sie die Freudenbotschaft!«

Paynter trat mit dem Papier unter die Lampe am Pult. Er hielt das Blatt so, daß die neugierige Fallreepwache nicht mitlesen konnte. »Kapitänleutnant Philipp F. Queeg USN abgelöst. Hat sich zum U-Boot-Abwehrkursus San Franzisko zu melden. Nach Abschluß weiter zur Ablösung Kommandant ›Caine‹ MSZ 22.«

Jetzt schien auch Paynter ganz angenehm berührt.

Willie trat neben ihn. »Na«, sagte er leise, »wollen Sie mir jetzt nicht auch einen Kuß geben?«

»Ich warte erst mal ab«, antwortete Paynter, »bis ich mir diesen Queeg näher angesehen habe.«

»Wenn man ganz am Boden liegt, kann's nur aufwärts gehn«, sagte Willie. »Können Sie sich etwas Übleres vorstellen als diesen de Vriess?«

»Warum nicht? Müssen erst mal sehen. Ich bringe das Ding gleich zum Alten rein.«

»Nee, mein Lieber, dieses Festessen müssen Sie mir schon lassen.«

Willie rannte zur Messe hinunter und klopfte beim Kommandanten an die Tür.

»Herein!«

»Gute Nachricht, Sir!« rief Willie noch in der Tür. Der Kommandant knipste seine Nachttischlampe an und schielte auf den Funkspruch. Er hatte den Ellbogen aufgestützt. Seine Wange trug noch die Spuren des Kopfkissens.

»So, so«, sagte er und ein Anflug von Ironie huschte über sein Gesicht, »für Sie ist das also eine gute Nachricht, wie?«

»Für Sie, sollte ich meinen, Sir, nach sechs Jahren. Vermutlich kriegen Sie jetzt einen neuen Zerstörer, vielleicht sogar ein Landkommando.«

»Sie sind wohl sehr für Landkommandos, wie, Keith? Eine sehr befahrene Betrachtungsweise. Ich muß sagen, Sie haben sie sich rasch zu eigen gemacht.«

»Nein, Sir, ich könnte mir nur vorstellen, daß Ihnen so etwas zustünde, weiter nichts.«

»Wir wollen hoffen, daß das Büro ebenso denkt wie Sie. Schönen Dank, Keith. Gute Nacht jetzt.«

Beim Hinausgehen hatte Willie das Gefühl, als ob sein Sarkasmus irgendwie vom Kommandanten abgeprallt sei. Das war ihm aber gleichgültig. Die noch verbleibenden Wochen auf der »Caine« taten ihm nicht mehr weh. Die Erlösung war ja schon im Anmarsch. Sie hieß Commander Leutnant Philipp F. Queeg.

Der erste Tag auf See

Nach viertägiger Überholung erhielt die »Caine« Befehl, in See zu gehen und in den Gewässern bei Oahu Minensuchübungen abzuhalten.

»Sieh mal an«, sagte Commander de Vriess, als Willie ihm den Funkspruch brachte, »Minensuchen, was? Scheint so, als ob Freund Queeg mich gerade zur rechten Zeit ablösen würde.«

»Heißt das, wir werden in der nächsten Zeit ernsthaft zum Minensuchen eingesetzt werden, Sir?«

»Möglich.«

»Hat die ›Caine‹ das schon mal gemacht, Sir?«

»Natürlich, Übungsminen zu Hunderten. Gott sei Dank niemals im Ernstfall.«

De Vriess kletterte aus der Koje und griff nach seiner Hose. »Minensuchen soll mir ein Vergnügen sein, Keith, sobald Sie nur ein einziges Problem gelöst haben.«

»Nämlich, Sir?«

»Einen zu finden, der vor den Minensuchern hersucht … Ach, sagen Sie doch Steve Maryk, er möchte mal reinkommen, ja? Und Whittaker möchte mir etwas Kaffee bringen.«

»Jawohl, Sir.«

»Aber nicht den schwarzen Teer, der seit heute morgen am Kochen ist. Frischen!«

»Jawohl, Sir.«

Abends kam Roland Keefer zum Essen. Er brachte Willie von der Offizierssammelstelle noch einen Haufen Post mit. Wie immer machte er Mays Brief als ersten auf. Sie war für das Wintersemester wieder am Hunter College. Das war ein Opfer für sie. Während des Sommers hatte Marty Rubin ihr nämlich ein Radioengagement über die Mittagszeit verschafft, das sie gut hätte erneuern können. Das Honorar betrug hundert Dollar die Woche.

Es macht mir aber nichts, Liebling. Je mehr ich lese und studiere, desto mehr läßt jeder Ehrgeiz bei mir nach. Voriges Jahr noch hatte ich überhaupt nur ein einziges Ziel: ein erstklassiges Honorar als erstklassige Sängerin. Damals verachtete ich meine Kommilitoninnen auf dem Hunter College noch, weil sie es nicht fertigbrachten, Geld zu verdienen. Jetzt fange ich an zu zweifeln, ob es wirklich Sinn hat, Tag und Nacht die schöne Zeit zu opfern, nur um Geld zu scheffeln. Ich singe gern, ich werde immer gern singen. Und solange ich überhaupt verdienen muß, bin ich froh, wenn ich das unter anständigen Bedingungen und mit einer Tätigkeit tun kann, die mir Freude macht, anstatt mit der Schreibmaschine in irgendeinem dumpfen Büro. Ich weiß aber, ich werde nie so eine erstklassige Sängerin werden – nicht die Stimme dazu, nicht die Persönlichkeit dazu, nicht hübsch genug (nein, bin ich nicht, Liebling). Mir liegt jetzt, glaub' ich, viel mehr daran, irgendeinen gutherzigen Geldonkel zu angeln, der mir ein paar Kinder besorgt und mich im übrigen in Frieden lesen läßt.

Erste Runde für Dich, mein Geliebter. Dickens ist enorm. Ganze Nacht aufgesessen und »Dombey und Sohn« gelesen – für ein Referat wohlgemerkt, das erst nächste Woche fällig ist –, und jetzt habe ich tiefe Ringe unter den Augen. Froh, daß Du mich nicht sehen kannst.

Wie dieser letzte Satz gelogen ist! Kommst Du jemals wieder nach Hause? Wann geht dieser Krieg mal zu Ende? Als Italien kapitulierte, dachte ich täglich, Du würdest erscheinen. Sieht aber so aus, als ob der Rummel noch eine ganze Weile weitergeht. Die Berichte aus Europa sind meist gut, aber dummerweise interessiere ich mich nun mal viel mehr für den Pazifik. Und es mag nicht sehr patriotisch von mir sein, aber ich bin heilfroh, daß Du die »Caine« noch nicht erreicht hast. Ich liebe Dich!

May

»Meine Herren«, sagte Roland, als sie sich zu Tisch setzten, »heute muß ich mich, glaub' ich, für längere Zeit von Ihnen allen verabschieden. Mein Stab siedelt morgen an Bord der ›Yorktown‹ über. Der Admiral ist wahrscheinlich auf die Seezulage scharf.«

Tom Keefers Gesicht verdüsterte sich. Er warf Messer und Gabel hin. »Das ist ja allerhand. Ein ganz neuer Flugzeugträger.«

»Das tut weh, was, Tom?« meinte de Vriess und grinste.

»Was ist los, Tom?« fragte Maryk. »Suchst du etwa nicht gerne Minen?« Alle Offiziere lachten über diesen alten Witz, mit dem sie den Nachrichtenoffizier immer wieder aufzogen.

»Quatsch! Ich möchte nur wenigstens einmal richtigen Krieg erleben, ehe meine Sanduhr ganz abgelaufen ist.«

»Du bist halt zu spät an Bord gekommen«, meinte Adams. »Wir hier haben genug richtigen Krieg erlebt, ehe ...«

»Droschkenfahrten habt ihr gemacht«, sagte Keefer. »Mich interessiert das Wesen der Dinge, nicht ihr Beiwerk. Der Kern dieses pazifischen Krieges ist das große Duell zwischen den Flugzeuggeschwadern. Alles andere ist Routinekram wie beim Milchmann oder beim Registraturbeamten. Das Abenteuer und die großen Entscheidungen liegen bei den Flugzeugträgern.«

»Ich habe Freunde auf der ›Saratoga‹«, sagte der Kommandant.

»Dort ist der Dienst in der Hauptsache auch nur ein Haufen Routine, Tom.«

»Der Krieg ist überhaupt zu neunundneunzig Prozent nur Routine, die jeder dressierte Affe ebensogut verrichten könnte«, antwortete Keefer. »Aber dieses eine Prozent schicksalhaften Geschehens und schöpferischer Tat, von dem das Weltgeschehen gerade in diesem Moment abhängt, ist nur auf den Trägern zu finden. Und daran möchte ich teilhaben. Mein edler Bruder aber, der nichts lieber täte, als seinen faulen Wanst in Hawaii zu pflegen für den Rest des Krieges ...«

»Du hast den Nagel auf den Kopf getroffen, Tom«, warf Roland fröhlich ein.

»... der wird mit Pauken und Trompeten an Bord eines Flugzeugträgers eingeholt, derweil ich auf der ›Caine‹ fahren darf.«

»Möchtest du gern noch etwas Leber, Tom?« fragte Maryk. Der Oberleutnant, der mit seinem Quadratschädel, seiner kurzen breiten Nase und seinem kurzgeschnittenen Haar aussah wie ein Boxer oder Rekrutenunteroffizier, hatte diesmal ein überraschend unschuldiges und liebenswürdiges Lächeln aufgesetzt, das ihn völlig verwandelte.

»Reichen Sie doch mal Versetzung ein, Tom«, sagte der Kommandant. »Ich befürworte den Antrag wieder.«

»Ich hab's aufgegeben. Dieses Schiff ist verflucht, seine Besatzung ist verflucht, sein Name ist der des großen Verfluchten der Menschheit. Die ›Caine‹ ist mein Schicksal. Sie ist das Fegefeuer für meine Sünden.«

»Interessante Sünden dabei, Tom? Erzähl mal!« sagte Gorton und schielte ihn über eine schwere Gabel voll Leber an.

»Sünden, vor denen selbst die nackten Huren in deiner Bildergalerie erröten würden, lieber Burt«, antwortete Keefer und erregte mit dieser Bemerkung grölendes Gelächter über den Eins O.

Der Kommandant betrachtete Keefer voller Bewunderung. »Da haben Sie mal wieder den literarischen Kopf, meine Herren; mir ist noch nie eingefallen, daß ›Caine‹ ein symbolischer Name sein könnte.«

»Das ›e‹ am Ende ist schuld daran, daß Sie noch nicht dahintergekommen sind. Gott liebt es, seine Symbole immer ein wenig zu verschleiern. Das macht ihn, neben all seinen anderen Qualitäten, zum vollendeten Wortkünstler.«

»Ich bin doch froh, daß ich zum Essen an Bord geblieben bin«, sagte Maryk. »Du hast lange nicht mehr so aufgedreht, Tom. Du warst wohl nicht recht in Form?«

»I wo, er hatte es nur satt, seine Perlen immer wieder vor die Säue zu werfen«, sagte der Kommandant. »Das Eis, Whittaker.«

Die eigentümliche Mischung von Hochachtung und Spott, die der Kommandant Tom Keefer gegenüber stets an den Tag legte, war Willie nicht entgangen. Die Messe stellte, wie er langsam erkannte, für die Offiziere einen Austauschplatz ebenso scharfsinniger wie umfassender Werturteile übereinander dar, mit der Persönlichkeit des Kommandanten und seiner Reaktion auf jeden einzelnen als Brennpunkt des Ganzen. Er empfand, wie fast unlösbar schwierig es für de Vriess sein mußte, einem Untergebenen zu begegnen, der so unendlich viel kultivierter und begabter war als er selber. Und doch verstand de Vriess bei seinem Umgang mit Keefer immer einen Ton anzuschlagen, der eine Art liebenswürdiger Herablassung wahrte, während zu einer solchen Herablassung im Grunde gar kein Anlaß vorhanden war.

Harding durchbrach sein sonstiges Schweigen plötzlich und bemerkte: »Ein Freund von mir war mal auf einem Zerstörer mit Namen ›Abel‹. Ich wüßte gerne, was Sie wohl sagen würden, wenn Sie an Bord dieses Schiffes wären, Mr. Keefer?«

»Vermutlich würde ich sagen, ich opferte auf ihm die Erstlinge meiner Herde, wie ich das bei Gott auch hier tue. Und dann vielleicht noch, daß ich dort wenigstens eine winzige Hoffnung hätte, sie möchten auch wohlgefällig angenommen werden«, erwiderte Keefer.

»Was für Erstlinge, Tom?« fragte Gorton.

»Meine jungen Jahre, meine junge Lebenskraft, das Lebensalter, in dem Sheridan seine ›Rivalen‹, Dickens seine ›Pickwickier‹, Meredith seinen ›Richard Feverel‹ geschrieben haben. Was aber schaffe ich? Einen Haufen entschlüsselter Funksprüche und Wirtshausbestandsaufnahmen. Meine Jugend schüttet ihren unerschlossenen Segen in den Staub. Wäre ich wenigstens auf einem Flugzeugträger ...«

»Diesen letzten Satz haben Sie gestohlen«, rief Willie voller Stolz, »und zwar aus Francis Thompson.«

»Donnerwetter ja«, explodierte der Kommandant, »unser Schiff entwickelt sich langsam zu einer literarischen Gesellschaft. Ich bin froh, ich verschwinde hier.«

»Ich glaube im übrigen, Mr. Keefer«, sagte Harding wieder, »mit Gewalt kann man schließlich jedem Schiffsnamen symbolische Bedeutung abquälen. ›Caine‹, ›Abel‹...«

»Die Welt ist eine unerschöpfliche Schatzkammer von Symbolen«, antwortete Keefer. »Das lehren schon die Anfangsgründe der Theologie.«

»Ich glaube, Harding will sagen, Sie selber sind eine unerschöpfliche Schatzkammer an Wortspielen«, warf Willie ein.

»Bravo für unseren jüngsten Fähnrich«, schrie Gorton und signalisierte mit seinem fetten Zeigefinger eine dritte Portion Eis heran.

»Alle intelligente Unterhaltung ist ein Spiel mit Worten«, antwortete Keefer, »der Rest ist Begriffsbestimmung oder Belehrung.«

»Worauf ich hinauswill«, fuhr Harding hartnäckig fort, »ist: Man kann solche Symbole beliebig weiterspinnen, und eines ist so viel oder so wenig wert wie das andere.«

»Doch nicht ganz«, erwiderte Keefer, mit anerkennendem Kopfnicken zum Vorredner hin, »es gibt nämlich einen Prüfstein für jedes Symbol: die Tiefe, bis zu der es im Realen verwurzelt ist. Was ich über die ›Abel‹ sagte, war bewußte Wortemacherei, bloß um Ihnen zu antworten. Aber ich bin ja an Bord der ›Caine‹.«

»Damit sind wir also alle verflucht wegen unserer Sünden?« fragte Willie.

»Was denn für Sünden, verdammt noch mal? Keith sieht aus, als ob er kein Wässerchen trüben könnte!« rief Maryk. »Guckt euch doch das süße Milchgesichtchen einmal an.«

»Wer weiß? Vielleicht ist er seiner Mutter früher mal ans Portemonnaie gegangen«, sagte Keefer. »Was Sünde ist, hängt vom Wesen des Menschen ab.«

»Ich möchte wissen, was ich wohl verbrochen habe«, sagte Gorton.

»Bei einem so degenerierten Schwachkopf wie dir ist schwer festzustellen, wo die Sünde anfängt«, antwortete Keefer. »Wer weiß, ob du nicht schwarze Messen zelebrierst in deiner Luxuskabine da hinten.«

»Was meine Person betrifft«, sage der Kommandant und erhob sich, »so geh' ich jetzt und seh' mir den Hopalong-Cassidy-Film auf der ›Johnson‹ an. Wenn ich Tom zuhöre, kriege ich immer geistige Magenbeschwerden.«

Beim Morgengrauen des nächsten Tages verließ die »Caine« Pearl Harbor in einer schweren Regenbö.

Auf der Brücke war es noch nicht hell, als Maryk in das von Grünspan überzogene Messingsprachrohr hineinrief: »Schiff ist seeklar, Sir!« Willie befand sich als Zweiter Wachhabender mit auf der Brücke. Einander überstürzende Befehle, die dieser Meldung vorausgegangen waren, hatten ihn in Verwirrung gebracht. In seinen Khakis stand er draußen im warmen Regen und hielt sein Glas schützend unter den Arm geklemmt. Er verweigerte sich den Schutz des Kartenhauses in der unbewußten Absicht, seine Seemannsqualitäten damit zu beweisen.

Commander de Vriess kam den Niedergang herauf. Er ging langsam auf der Brücke auf und ab. Er beugte sich über die Reling, um nach den Festmachern zu sehen, er prüfte die Windrichtung, schaute achteraus auf den Kanal und gab in nüchterner, angenehmer Weise kurze Befehle. Willie mußte sich eingestehen, seine Art, sich zu geben, war eindrucksvoll, denn sie war ungekünstelt, dem Manne selber wahrscheinlich ganz unbewußt. Er machte es nicht mit durchgedrücktem Kreuz, vorgeschobenen Schultern oder Brust raus und Bauch rein. Können stand ihm in den Augen geschrieben, Gewicht und Ansehen sprachen aus seinem Gehabe. Entschlossenheit zeichnete sich in den scharfen Linien seines Mundes ab.

Na wenn schon! dachte Willie dann aber. Wozu wäre der Kommandant eines Zerstörers schließlich auch nütze, wenn er nicht mal mit seinem Schiff richtig ablegen könnte. – Er hatte sich inzwischen die alte »Caine«-Gepflogenheit angeeignet, aus der Not eine Tugend zu machen und das Schiff als einen richtigen Zerstörer zu betrachten.

Seine Grübeleien wurden jäh von einem durchdringenden Aufheulen der Sirenen unterbrochen. Das Heck des Zerstörers neben der »Caine« schwang langsam unter dem Zug eines kleinen Schleppers zur Seite und hinterließ ein enges Dreieck offenen Wassers, auf dem der Regen Blasen zog.

»Backbordleinen los!« befahl der Kommandant.

Ein ziegenbärtiger Matrose namens Grubenecker, der einen Kopfhörer trug, meldete unverzüglich: »Leinen sind los, Sir.«

»Backbord langsame Fahrt zurück!« befahl der Kommandant.

Wackelbauch, der fette Schreibersmaat, stand am Maschinentelegraf. Er wiederholte den Befehl und klingelte mit dem Hebel. Der Zeiger vom Maschinenraum quittierte. Das Schiff fing an zu vibrieren und langsam Fahrt achteraus aufzunehmen. Intuitiv blitzte es Willie durch den Kopf: dies war jetzt ein historischer Augenblick für ihn, nämlich der Antritt seiner ersten Reise auf der »Caine«. Aber er verwarf den Gedanken schnell. Dieses Schiff würde in seinem Leben keine wesentliche Rolle zu spielen haben – dafür, das hatte er sich in den Kopf gesetzt, würde er schon sorgen.

»Aus Sicht, Mr. Keith!« rief de Vriess scharf und lehnte sich über die Seite.

»Bitte um Entschuldigung, Sir«, antwortete Keith und sprang zurück. Er wischte sich den strömenden Regen aus dem Gesicht.

»Beide Maschinen stop!« befahl de Vriess. Er ging an Willie vorbei und sagte: »Warum stellen Sie sich gerade mitten in den Regen? Gehen Sie doch ins Ruderhaus.«

»Danke, Sir.« Er trat nur zu gerne unter Dach. Eine steife Brise fegte den Regen über das Fahrwasser. Die Tropfen trommelten gegen die Scheiben des Kartenhauses.

»Heck meldet Fahrwasserboje hundert Meter rechts achteraus, Sir!« rief Grubenecker.

»Ich sehe sie schon«, sagte der Kommandant.

Maryk, im triefenden Ölzeug, spähte durch das Glas das Fahrwasser entlang. »U-Boot läuft aus, Sir, zehn Meilen, Entfernung tausend Meter.«

»Danke.«

»Heck meldet: Schlachtschiff und zwei Zerstörer laufen durch die Einfahrt ein!« rief der Melder.

»Ecke zweiundvierzigste Straße und Broadway heute hier draußen«, brummte de Vriess.

Willie sah auf die bewegte Fahrrinne hinaus und dachte, die

»Caine« sei bereits in Schwierigkeiten. Der Wind trieb sie schnell in Richtung der Boje. Es war nur wenig Raum vorhanden, um zwischen der Boje und den Schiffen an den Liegeplätzen zu manövrieren. Das Schlachtschiff und das U-Boot kamen, jedes von seiner Seite, rasch näher.

Aber de Vriess verlor die Ruhe nicht. Er gab kurz hintereinander eine Reihe von Maschinen- und Ruderkommandos, deren Zweck Willie im einzelnen entging. Als Ergebnis schwang der Minensucher rückwärts im großen Bogen herum, kam gut frei von der Boje, nahm kanalabwärts Fahrt auf und legte sich hinter das ausfahrende U-Boot. Inzwischen konnten das Schlachtschiff und seine beiden Begleiter bequem an der Backbordseite vorbei. Willie beobachtete, daß keiner von den Matrosen irgendwelche Bemerkungen machte oder überhaupt besonders beeindruckt zu sein schien. Er schloß daraus, was ihm als ein schwieriges Problem vorgekommen war, mußte für einen befahrenen Seemann doch wohl nur eine Selbstverständlichkeit sein.

Maryk trat ins Ruderhaus und trocknete sich das Gesicht mit einem Handtuch ab, das über dem Stuhl des Kommandanten hing. »Der Teufel soll dieses Sauwetter holen!« Dann sah er Willie herumstehen und einen höchst überflüssigen Eindruck machen. »Was halten Sie hier Maulaffen feil? Sie sind doch Steuerbord-Ausguck.«

»Der Kommandant hat mir befohlen, aus dem Regen zu treten.«

»Quatsch! Wahrscheinlich sind Sie ihm zwischen die Beine gekommen. Raus mit Ihnen! Sie werden sich schon nicht auflösen.«

»Nur zu gerne, Sir.« Willie ging mit ihm in den Regen hinaus. Er war böse. Wie er's auch machte, er machte es falsch.

»Haben Sie wenigstens was gelernt bei dem Rückwärtsmanöver?« fragte Maryk, ohne das Glas von den Augen zu nehmen.

»Schien mir keine große Sache zu sein«, meinte Willie.

Jetzt setzte Maryk das Glas ab und staunte Willie an. Er setzte ein verdutztes Grinsen auf, daß man alle seine Zähne sah.

»Waren Sie schon mal auf einer Brücke, Keith?«

»Nein, Sir.«

Maryk nickte und nahm die Beobachtung des Fahrwassers durch das Glas wieder auf.

»Warum?« fragte Willie und wischte sich den Regen aus den Augen. »War denn was Besonderes dabei?«

»Ach wo«, sagte Maryk, »jeder x-beliebige Fähnrich hätte genausogut ablegen können wie der Alte. Ich hatte nur den Verdacht, es hätte Ihnen vielleicht unvernünftigerweise irgendwie imponiert.« Wieder grinste er und ging auf die andere Seite der Brücke hinüber.

Die Bö zog vorüber, und die Sonnenstrahlen brachen durch die Wolkendecke. Die »Caine« passierte die Einfahrt. Als Willie von Wache kam, ging er auf die Back, um den herrlichen Blick auf Diamond Head und die grünen Hügel der Insel Oahu zu genießen. Mit zwanzig Meilen schnitt das Schiff durch die ruhige blaue See. Es überraschte ihn angenehm, daß der alte Minensucher noch so nette Fahrt laufen konnte. Ein Rest ehemaliger Zerstörerherrlichkeit lebte noch immer in dem rostigen alten Wrack. Das Deck rollte beträchtlich hin und her, und glitzernde Spritzer stoben von der Bugwelle herauf. Willie war stolz darauf, nicht die geringste Seekrankheit zu spüren. Zum allerersten Male seit seiner Ankunft auf der »Caine« fühlte er sich einigermaßen glücklich.

Aber dann machte er einen Fehler, er ging unter Deck, um eine Tasse Kaffee zu trinken. Keefer schnappte sich ihn und setzte ihn an die Berichtigung der Geheimsachen. Das war von allen Aufgaben des Nachrichtenoffiziers die langweiligste. Die rote Tinte, die Schere, der stinkende Kleister, alles war Willie verhaßt, ebenso wie die endlosen minuziösen Ergänzungen: Seite 9 Absatz 862 Zeile 5 streiche: »Alle vorgeschriebenen Geschützübungen«, muß heißen: »Alle in USNF 7 A vorgeschriebenen Geschützübungen.« Im Geiste sah er Tausende von Fähnrichen in allen Teilen der Welt, wie sie sich über diesen widersinnigen Lapalien die Augen verdarben und Rückgratverkrümmung holten.

Die Bewegung des Schiffes, die den grünen Tisch, an dem er saß, auf und ab schwanken ließ, fing an, ihn zu stören. Voller Ärger stellte er außerdem fest, daß einige von den Deckblättern, die Keefer vor ihn hingeworfen hatte, schon sehr alt waren. Viele davon hatte er selber schon vor Monaten beim Oberkommando Pazifik in die dortigen Exemplare übertragen. Einmal warf er den Federhalter laut schimpfend auf den Tisch. Eine ganze Stunde lang hatte er mit größter Mühe eine Anzahl Verbesserungen mit Tinte eingetragen, als sich plötzlich herausstellte, daß sie bereits gar keine Geltung mehr hatten. Denn weiter unten in dem Stoß fand er neuere Druckstreifen, die nun wiederum an ihre Stelle geklebt werden mußten. »Himmelherrgott!« sagte er zu Carmody, der neben ihm saß und Nachrichten entschlüsselte. »Trägt Keefer denn überhaupt niemals Berichtigungen ein? Diese Streifen hier stammen noch aus dem vorigen Krieg.«

»Dazu hat Leutnant Keefer keine Zeit, der muß an seinem Roman arbeiten«, platzte Carmody voll Bitterkeit heraus und strich seinen dünnen Schnurrbart.

»Was für ein Roman?«

»Er schreibt an irgendeinem Roman. Die halbe Nacht, wenn ich gerne schlafen möchte, läuft er hin und her und hält Selbstgespräche. Am Tage baut er dann natürlich ab. Der Halunke entschlüsselt doch zehnmal schneller als unsereiner. Er hat ja auch sechs Monate an Land nichts weiter getan, als diese Kunst zu lernen. Er könnte den ganzen Funkverkehr in ein paar Stunden bewältigen. Aber nein, immer müssen wir im Rückstand sein, und Sie, Rabbitt und ich dürfen neunzig Prozent davon dann auf unsere Kappe nehmen. In meinen Augen ist Keefer ein ganz fauler Kopf.«

»Haben Sie schon mal was gelesen von dem Roman?«

»Herrje, ich habe nicht mal Zeit, Romane von guten Autoren zu lesen. Wie komm' ich dazu, mich mit seinem Mist abzugeben?« Carmody drehte seinen blau und goldenen Annapolisring nervös am Finger herum. Er stand auf und holte sich eine Tasse Kaffee. »Auch welchen, Sir?«

»Gerne, danke. – Hören Sie mal«, sagte Willie und nahm ihm die Tasse aus der Hand, »dieser Kram hier muß ja auch grausam geisttötend sein für einen so hochbegabten Menschen.«

»Was heißt hochbegabt?« Carmody setzte sich wieder hin.

»Er ist doch von Beruf Schriftsteller, Carmody, wissen Sie das nicht? Er hat seine Geschichten schon in Magazinen gehabt; die Theater-Gilde hat die Option auf eines seiner Stücke erworben ...«

»Na und!? Ist er jetzt nicht etwa auf der ›Caine‹, genau wie Sie und ich?«

»Wenn er einen großen Roman von der ›Caine‹ mitbringt«, sagte Willie, »dann ist das eine weitaus größere Leistung für Amerika als ein Haufen entschlüsselter Funksprüche.«

»Was!? Er hat sich um den Nachrichtendienst zu kümmern, nicht Leistungen für Amerika ...«

Da kam Keefer in der Unterhose zur Messe herein und ging in die Kaffee-Ecke. »Na, wie kommt ihr hin, Jungens?«

»Tadellos, Sir«, sagte Carmody, mit einem Schlag wieder der Unterwürfige geworden. Er schob die Kaffeetasse beiseite und nahm einen neuen Funkspruch vor.

Willie meinte: »Höchstens, daß wir der Ansicht sind, Sie könnten zur Abwechslung auch mal ein bißchen dechiffrieren.« Keefers höherer Dienstgrad hinderte ihn weiter nicht. Er wußte zu genau, daß der Nachrichtenoffizier über solche Lappalien lachte. Willies echter Respekt vor Keefer, der an sich schon nichts zu wünschen übrigließ, war noch gewaltig gestiegen, als er hörte, daß dieser an einem Roman arbeitete.

Keefer lächelte und trat an den Tisch. »Was ist denn los mit euch, Crew 43?« fragte er und sank in einen Stuhl. »Deswegen braucht ihr doch nicht gleich zu heulen.«

Carmody hielt die Augen niedergeschlagen. »Auf kleinen Schiffen gehört Dechiffrierdienst mit zu den Pflichten des Fähnrichs«, sagte er. »Es macht mir absolut nichts aus. Jeder aktive Offizier sollte den Nachrichtendienst von Grund aus beherrschen und …«

»Her damit«, sagte Keefer und trank seinen Kaffee aus, »geben Sie das Ding mal her. Ich war nur eingedämmert. Gehn Sie los und studieren Sie Ihren ›Dienst an Bord‹.« Er wand Carmody den Apparat aus der Hand.

»Nein, wirklich, ich kann's doch machen. Das ist mir ein Ver…«

»Hauen Sie ab!«

»Dann also verbindlichsten Dank, Sir.« Carmody stand auf, warf Willie einen leeren Blick zu und ging hinaus.

»Ist der aber selig«, sagte Keefer. Dann fing er an, die Maschine in allen Gangarten zu reiten. Carmody hatte recht gehabt, er war unglaublich schnell damit.

»Er erzählte mir, Sie schrieben an einem Roman.«

Keefer nickte.

»Schon ziemlich weit damit?«

»Ungefähr vierzigtausend Worte von vierhunderttausend.«

»Himmel! Lang!«

»Länger als die Odyssee, nicht so lang wie ›Krieg und Frieden‹.«

»Was ist es, ein Kriegsroman?«

Keefer lächelte ironisch. »Spielt auf einem Flugzeugträger.«

»Haben Sie schon einen Titel?«

»Sagen wir mal Arbeitstitel.«

»Wie heißt er?« fragte Willie neugierig.

»Wird Ihnen nicht viel sagen, so für sich allein.«

»Ich möchte ihn trotzdem gerne hören.«

Keefer zögerte. Dann sprach er die Worte langsam. »Haufen Volks, Haufen Volks.«

»Gefällt mir gut.«

»Wissen Sie, wo das her ist?«

»Aus der Bibel, nehme ich an.«

»Buch Joel. Es werden Haufen über Haufen Volks sein im Tal des Urteils.«

»Nehmen Sie bitte zur Kenntnis: Ich lege jetzt schon auf das millionste Exemplar Beschlag, mit persönlicher Widmung.«

Keefer sah ihn mit dem inbrünstigen Lächeln des geschmeichelten Autors an. »Davon bin ich wohl noch eine kleine Strecke Weges entfernt.«

»Sie werden's schon schaffen. Darf ich was davon lesen?«

»Mal sehn. Wenn's etwas mehr durchgearbeitet ist.« Keefer hatte während des ganzen Gesprächs überhaupt nicht aufgehört zu entschlüsseln. Drei Funksprüche hatte er inzwischen fertig. Mit dem vierten fing er an.

»Bei Ihnen geht das wirklich wie der Deubel«, staunte Willie.

»Das ist vielleicht der Grund, weshalb ich die Dinger sich immer ansammeln lasse. Für mich ist das, wie wenn ich einem Kind zum tausendsten Male immer dasselbe Märchen erzählen muß. Diese Arbeit ist an sich schon entsetzlich öde und infantil. Wenn man sie immer wieder machen muß, wird man verrückt.«

»Fast alles in der Marine muß man immer wieder machen.«

»Ich hab' nichts dagegen, wenn der Leerlauf fünfzig Prozent nicht überschreitet. Nachrichtendienst ist aber zu 98 Prozent Leerlauf. Wir führen hundertundzwölf eingetragene Dienstvorschriften. Gebrauchen tun wir davon höchstens sechs. Trotzdem müssen auch die anderen fortwährend ergänzt werden. Jeden Monat wirft ein Satz Deckblätter den anderen um. Oder nehmen Sie das Entschlüsseln. Nur vier Funksprüche im Monat betreffen tatsächlich unser Schiff, sagen wir etwa Commander Queegs Marschbefehl, um ein Beispiel zu nennen, oder der Funkspruch wegen der Minensuchübungen. Die übrigen sind nichts als Müll, in dem wir herumstochern müssen, weil der Kommandant – seinen Wissensdurst in Ehren – unbedingt erfahren muß, was sonst in der Flotte alles los ist. Nur aus einem einzigen Grund: damit er nämlich seinen Crewkameraden im Offiziersklub sagen kann – so ganz nebenher, wissen Sie, na, viel Vergnügen beim nächsten Angriff, wenn du die südliche Angriffsgruppe abschirmen darfst. – Klingt dann so, als wäre er besonders dicke mit dem Admiral. Hab' ich schon dutzendmal bei ihm erlebt.«

Bei all seinem Gerede verlangsamte er auch nicht für einen Augenblick das rasende Tempo, in dem er entschlüsselte. Willie war fasziniert von dieser geradezu spielerischen Geschicklichkeit. In der kurzen Zeit hatte er schon mehr geschafft, als Willie in einer Stunde hätte fertigbringen können. Und dabei war Willie von allen Fähnrichen noch der schnellste. »Ich komme nicht darüber weg, wie Sie die Dinger da wegputzen.«

»Willie! Sind Sie noch nicht dahintergekommen, wie das bei der Marine geht? Ein paar hervorragende Köpfe an der Spitze haben das gesamte Arbeitsgebiet aufgeteilt. Dabei sind sie davon ausgegangen, daß man bei der Ausführung dieser Teilchen mit halben Kretins zu rechnen haben würde. Diese Annahme mag gesund sein in Friedenszeiten. Eine Handvoll glänzend begabter junger Leute tritt mit der lange vorausgefaßten Absicht ein, später mal die Admirale für die Nation abzugeben. Ohne Unterschied gelingt ihnen das auch, einfach deshalb, weil sie keine Konkurrenz haben. Darüber hinaus aber ist die Marine eine drittklassige Laufbahn für eine dritte Garnitur Männer. Sie bietet eine höchst kümmerliche Versorgung als Gegenleistung für zwanzig oder dreißig Jahre eines liebenswürdigen Sträflingsdaseins. Welcher Amerikaner, der etwas auf sich hält, sei er auch nur mittelbegabt, um mal von der Intelligenz gar nicht zu reden, gibt sich denn für so etwas her? Schön. Jetzt bricht ein Krieg aus, und die höherbegabten Bürgersöhne strömen in die Marine. Ist es da ein Wunder, wenn die in einigen wenigen Wochen lernen, was die Halbidioten erst in vielen Jahren schaffen, und auch dann nur mit Mühe und Not? Nehmen Sie als Beispiel mal die Entschlüsselungsmaschine. Diese sturen Steißbüffler in der Marine quälen sich in der

Stunde, wenn es hochkommt, fünf oder sechs Depeschen mit ihr ab. Jeder halbwegs normale Nachrichtenoffizier der Reserve bringt es glatt fertig, zwanzig in der Stunde rauszuwichsen. Kein Wunder, diese kümmerlichen Sklavenseelen lieben uns nicht besonders.«

»Das ist allerschlimmste Ketzerei!« protestierte Willie. Er war bis zu tiefster Verlegenheit verblüfft.

»Durchaus nicht. Nur nackte Tatsachen. Ob es sich um den Nachrichtensektor, den Maschinensektor, den Artilleriesektor handelt, überall werden Sie die Arbeit bis zu einem solchen Ausmaß vorgekaut und in feste Geleise gefügt vorfinden, daß man schon die Irrenhäuser durchkämmen müßte, um ein paar Leute aufzutreiben, die es fertigbrächten, trotzdem noch etwas zu versauen. Achten Sie mal auf diesen einen Punkt besonders! Er erklärt Ihnen alles und versöhnt Sie mit allem: den vielen Dienstvorschriften, den ewigen Meldungen, dem übertriebenen Wert, der auf Ihre peinlichste Aufmerksamkeit und auf Ihren Kadavergehorsam gelegt wird, und mit den schablonenhaften Methoden, nach denen hier alles vor sich geht. Die Marine ist ein grandioses System, das Genies zur Handhabung durch Schwachköpfe erdacht haben. Sind Sie selber kein Idiot, aber irgendwie in die Marine hineingeraten, dann können Sie nur dadurch richtig funktionieren, daß Sie sich wenigstens wie ein Idiot anstellen. Alle Vereinfachungen oder Einsparungen oder gesunden Änderungen, die Ihre angeborene Intelligenz Ihnen nahelegt, sind Fehler. Lernen Sie, diese Ideen zu unterdrücken. Fragen Sie sich immer: Wie würde ich das und das jetzt machen, wenn ich ein Idiot wäre? Drosseln Sie Ihren Verstand bis zum völligen Erliegen ab, dann werden Sie nie einen Fehler machen – so, damit wäre Freund Carmodys Pensum erledigt«, setzte er hinzu und schob den Stoß Funksprüche auf die Seite. »Soll ich Ihre auch noch schnell machen?«

»Nein, danke, Sir. – Sie haben aber eine sehr bittere Meinung über die Marine.«

»Nein doch, Willie«, antwortete Keefer ernst. »Ich billige das ganze System. Wir müssen nun mal eine Marine haben, und eine andere Methode, sie in Gang zu halten, gibt es nicht in einer Gesellschaft von freien Menschen. Man braucht nur ein wenig Zeit, das alles klar zu durchschauen. Zu diesem Zweck stelle ich Ihnen die Ergebnisse meiner Analyse zur Verfügung. Sie haben einen guten

Kopf und Sie haben eine gute Schulbildung. In ein paar Monaten würden Sie zu genau den gleichen Erkenntnissen gelangen wie ich. Erinnern Sie sich an Sokrates' Sklaven, der sich seinen pons asinorum, seine Eselsbrücke, mit dem Stock in der Hand zeichnete? Jede Naturwahrheit setzt sich auf die Dauer von selber durch. Bei Ihnen würde das gar nicht lange gedauert haben.«

»Ihre Eselsbrücke für das Leben auf Schiffen lautet also: Die Marine ist ein grandioses System, das von Genies zur Handhabung durch Schwachköpfe erdacht worden ist.«

»Ausgezeichnet! Da demonstrieren Sie bereits das gehorsame Gedächtnis, Willie.« Keefer lächelte und nickte. »Aus Ihnen wird doch noch mal ein Seeoffizier.«

Ein paar Stunden später stand Willie wieder mit Maryk auf der Brücke. Sie hatten die Wache von zwölf bis vier. De Vriess schlummerte in seinem schmalen Liegestuhl an der Steuerbordseite des Ruderhauses. Die Reste seines Mittagessens standen auf einem Zinntablett an Deck unter seinem Stuhl: ein angebrochenes Maisbrötchen, die Überbleibsel eines Schweizer Steaks und eine leere Kaffeekanne. Das Wetter war klar und heiß, die See bewegt mit lauter Schaumköpfen. Die »Caine« rollte und knackte in ihren Verbänden. Sie schnitt mit fünfzehn Meilen durch die Wellen. Das Telefon summte. Willie ging an den Apparat.

»Der vordere Heizraum bittet um Erlaubnis, die Kesselrohre durchblasen zu dürfen«, krächzte der Hörer. Willie wiederholte die Frage zu Maryk.

»Genehmigt«, sagte der Wachoffizier nach einem Blick auf die knatternde Flagge am Mast. Von den Schornsteinen ertönte ein Dröhnen, rabenschwarze Rauchschwaden wälzten sich heraus und trieben querab nach Lee. »Der richtige Augenblick zum Durchblasen«, bemerkte Maryk. »Wind querein weht den Ruß frei vom Schiff. Manchmal muß man Kurs ändern, um den Wind richtig zu kriegen. Dann muß man aber erst den Kommandanten fragen.«

Das Schiff holte lang und heftig über. Die Gummimatten an Deck des Ruderhauses rutschten alle übereinander auf eine Seite, Willie hing an einem der Fenstergriffe, als der Bootsmaat der Wache die Matten wieder zurechtlegte. »Rollt ganz schön bei Wind querein«, bemerkte er.

»Diese Eimer rollen noch im Trockendock«, sagte Maryk. »Vorn zu hoch raus und achtern zu schwer. Das ganze Minensuchgerät. Unsere Stabilität ist recht kümmerlich. Wind von der Seite legt uns einfach um.« Er trat auf die Steuerbordnock. Willie folgte ihm, froh über die Gelegenheit, sich etwas frischen Wind um die Nase wehen zu lassen.

In dem engen, stickigen Ruderhaus machte ihm das Rollen doch zu schaffen. Er beschloß, seine Wachen möglichst immer auf den offenen Brückennocks abzumachen. Dort konnte er sich auch schön braun brennen lassen.

Der Oberleutnant hatte die Augen fortgesetzt auf das Wasser gerichtet. Von Zeit zu Zeit suchte er mit seinem Glas langsam den Horizont ab. Willie ahmte ihn nach, aber die See war leer, und bald fing die Sache an, ihn zu langweilen.

»Mr. Maryk«, fragte er, »was halten Sie eigentlich von Mr. Keefer?«

Überrascht warf ihm der Wachhabende einen kurzen Seitenblick zu. »Verdammt guter Kopf«, sagte er.

»Glauben Sie, er ist ein guter Offizier?« Willie wußte, jetzt verletzte er die Etikette, aber seine Neugier war zu groß. Der Oberleutnant setzte sein Glas wieder an die Augen.

»Kommt so hin, wie wir alle«, antwortete er.

»Von der Marine hält er, scheint's, nicht viel.«

Maryk grunzte. »Masse Sachen, wovon er nicht viel hält. Fangen Sie gelegentlich mal von der Westküste mit ihm an.«

»Sind Sie von der Westküste?«

Maryk nickte. »Tom sagt, sie ist der letzte Fleck, wo die Anthropologen den primitiven Menschen noch studieren können. Er sagt, wir sind ein Haufen weißer tennisspielender Buschmänner.«

»Was haben Sie vor dem Krieg gemacht, Sir?« Maryk blickte unruhig auf den schlummernden Kommandanten.

»Fischerei.«

»Als Beruf?«

»Hören Sie, Keith, auf Wache sollen wir nicht quasseln. Wenn Sie etwas über das Schiff oder den Wachdienst auf dem Herzen haben, ist das natürlich etwas anderes.«

»Entschuldigen Sie.«

»Der Alte sagt nichts. Aber es würde nichts schaden, wenn Sie Ihre Aufmerksamkeit auf die Wache richten würden.«

»Selbstverständlich, Sir. Es war nur gerade nicht viel los, deshalb …«

»Wenn was los ist, dann geht das meist sehr schnell.«

»Aye, aye, Sir.«

Nach einer Weile sagte Maryk: »Da sind sie.«

»Wo, Sir?«

»Ein Strich an Steuerbord.« Willie richtete sein Glas dorthin. Hinter den schillernden Kämmen der leeren Wellenberge sah er nichts als vielleicht zwei – nein, drei mochten es sein – winzige schwarze Punkte, wie Stoppeln auf einem unrasierten Kinn. Maryk weckte den Kommandanten. »Drei Eimer, Rumpf unter der Kimm, etwa drei Meilen westlich vom Treffpunkt.«

Der Kommandant brummte: »Gut. Gehen Sie wieder auf zwanzig Meilen und schließen Sie heran.«

Aus den drei Härchen wurden Masten, dann erschienen auch die Rümpfe, schließlich konnte man die Schiffe klar erkennen. Die Silhouetten waren Willie vertraut: drei Schornsteine mit einem größeren Zwischenraum zwischen dem zweiten und dritten; schwache kleine 8,8-cm-Flaks, glattes Deck; zwei Kräne merkwürdig kreuz und quer über dem Heck. Es waren die gleichen Mißgeburten wie die »Caine«, Minensuchzerstörer. Der Kommandant reckte sich verschlafen und trat auf die Nock. »Na, welche sind's?«

Signalmaat Engstrand ergriff einen langen Kieker und versuchte Bugnummern zu entziffern. »Frobisher«, sagte er, »Jones« – »Moulton«.

»Moulton!« rief der Kommandant. »Gucken Sie noch mal genau. Die ist im Südpazifik.«

»MSZ 21, Sir«, sagte Engstrand.

»Wahrhaftig! Duke Sammis wieder hier, was? Signalisieren Sie: Grüße an den Iron Duke von de Vriess.«

Der Signalmaat begann mit der Blende eines großen Scheinwerfers über den Flaggentaschen zu klappern.

Willie nahm den Kieker und richtete ihn auf die »Moulton«. Die drei Minensucher kamen immer näher. Es war Willie, als sähe er das lange traurige Gesicht von Keggs auf der Brücke über die

Reling hängen. »Ich habe einen Bekannten auf der ›Moulton‹!« rief er.

»Herrlich«, sagte de Vriess. »Macht die Übung um so gemütlicher. – Behalten Sie das Kommando, Steve, schwenken Sie tausend Meter hinter der ›Moulton‹ ein, geöffnet in Kiellinie.«

»Aye, aye, Sir.«

Im Furnald-Haus war Willie einer der besten Morser gewesen. Er war stolz darauf, daß er acht Worte in der Minute morsen konnte. Nichts war natürlicher für ihn, als, nachdem Engstrand ihn losgelassen hatte, den Griff der Blende zu packen und die »Moulton« anzurufen. Er wollte Keggs einen Gruß senden. Außerdem hoffte er, sein gutes Morsen werde vielleicht auf den Kommandanten Eindruck machen.

Das Signalpersonal, Engstrand und seine zwei Gasten, starrten ihn sprachlos an. »Keine Sorge, Jungens«, sagte er, »ich kann schon morsen.« – Typische Matrosen, dachte er. Sie wachen eifersüchtig über ihren kleinen Künsten und nehmen es bitter übel, wenn ein Offizier es genausogut kann wie sie. Die »Moulton« zeigte »Verstanden«. Also fing er an zu buchstabierten: »H-E-L-L-O-K-E-G-G-S W-H-A-T-A …«

»Mr. Keith«, ertönte plötzlich die Stimme des Kommandanten an sein Ohr, »was machen Sie da?«

Willie hörte auf, seine Zeichen zu klappern, ließ aber den Griff noch nicht los. »Ich sage nur meinem Freund guten Tag, Sir«, antwortete er harmlos.

»Aha. Nehmen Sie bitte Ihre Hand von dem Scheinwerfer.«

»Jawohl, Sir.« Er gehorchte mit einem Ruck.

Der Kommandant holte tief Luft und atmete sie langsam wieder aus. Dann sagte er geduldig: »Ich muß Ihnen etwas klarmachen, Mister Keith. Die Nachrichteneinrichtungen eines Schiffes haben mit einem öffentlichen Fernsprecher nichts zu tun. Nur eine einzige Person an Bord dieses Schiffes hat die Berechtigung, Nachrichten zu veranlassen, und diese Person bin ich. Künftig also …«

»Dies war in keiner Hinsicht ein dienstlicher Morsespruch, Sir. Nur ein Gruß …«

»Zum Kuckuck, Keith, warten Sie gefälligst, bis ich ausgesprochen habe! Jedesmal, wenn dieses Schiff, einerlei ob per Funk oder per Sichtzeichen, einerlei aus welchem Anlaß, einerlei auf welche Art und Weise, sein Schweigen bricht, dann ist das eine dienstliche Mitteilung, für die ich und nur ich allein verantwortlich bin! Ist das jetzt klar?«

»Ich bitte um Entschuldigung, Sir. Ich wußte das nicht, aber …«

De Vriess drehte sich um und schnauzte den Signalmaat an. »Der Teufel soll Sie holen, Engstrand! Schlafen Sie auf Wache? Für diesen Scheinwerfer haben Sie die Verantwortung.«

»Ich weiß, Sir.« Engstrand ließ den Kopf hängen.

»Die Tatsache, daß ein Offizier über die Nachrichtenbestimmungen nicht unterrichtet ist, ist keine Entschuldigung für Sie. Selbst wenn der Eins O die Klappe anfaßt, haben Sie ihn mit einem Tritt über die Brücke zu befördern, weg von dem Ding. Passiert mir das noch einmal, dann haben Sie zehn Tage Urlaubssperre am Hals. Weitermachen!«

Er schritt davon ins Ruderhaus. Engstrand sah Willie vorwurfsvoll an und verzog sich auf die andere Seite der Brücke. Willie glotzte aufs Wasser. Sein Gesicht brannte. – So ein Prolet, so ein dämlicher, eingebildeter Mistprolet, dachte er. Will sich um jeden Preis nur dicketun. Brüllt den Signalmaat an, nur um mich noch mehr zu demütigen. So ein Sadist, so ein Preußenhund, so ein Kretin!

Der verlorene Funkspruch

Um vier Uhr gingen die Minensucher mit tausend Meter Abstand in Staffelformation und fingen an, ihr Suchgerät auszubringen. Willie ging zum Heck, um zuzusehen.

Er konnte sich aus den Geschehnissen keinen Vers machen. Das Gerät war eine Wuling von öligen Kabeln, Schäkeln, Schwimmern, Leinen und Ketten. Ein halbes Dutzend fast nackter Matrosen wimmelte unter den Augen von Maryk umher und schlug sich auf dem schwankenden Achterdeck mit dem Kram herum. Dabei schrien sie sich mit heiseren Stimmen an und riefen einander mit grauenhaften Obszönitäten gespickte Warnrufe zu. Wenn das Schiff rollte, kamen achtern die Seen und spülten um das Gerät, so daß sie bis zu den Knöcheln im Wasser standen. Auf Willie machte das Ganze den Eindruck hoffnungsloser Panik und Verwirrung. Die Mannschaft der »Caine« erschien ihm für ihre Aufgabe ganz und gar ungeeignet. Sie handelte nur nach dem alten Sprichwort:

Bist du in Gefahr und Zweifel,
renn im Kreis, schrei wie der Teufel.

Dieses Lärmen und Toben dauerte etwa zwanzig Minuten, dann brüllte der Bootsmann, der den Kriegstanz beaufsichtigte: »An Steuerbord klar zum Aussetzen, Mr. Maryk.« Er war ein stämmiger, aufgeregter Deckoffizier namens Bellison.

Willie hockte sicher vor dem Wasser auf einer riesigen Dampfwinsch. Es kam ihm äußerst zweifelhaft vor, ob auch wirklich alles so »klar« sei in diesem Haufen Schrott.

»Keith«, rief Maryk gellend, »runter von der Winsch!«

Willie sprang in eine gerade an Deck flutende See und durchnäßte sich seine Hosen bis halbwegs zu den Knien. Er watete an die Leiter zum achteren Aufbau und stieg hinauf, um zu sehen, was sich nun wohl ereignen würde. Die Matrosen heißten mit der Winsch einen eiförmigen Scherkörper hoch. Auf einen Befehl von Maryk warfen sie das gesamte Gerät über Bord. Gerassel, Gepolter, Spritzer, Dampfgezische und das Geknarre der Winsch folgten. Die Matrosen liefen wirr umher und ließen ganze Tiraden obszöner Flüche los. Plötzlich wurde alles still. Der Scherkörper wanderte wie ein sich öffnender Fächer sauber nach Steuerbord aus und sank dabei langsam unter die Oberfläche. Eine rote Boje schwamm obenauf und gab seine Lage an. Das dicke gezackte Schneidekabel lief gleichmäßig von seiner Winschtrommel ab. Alles sah jetzt so ordentlich und richtig aus wie auf der Zeichnung im »Handbuch für Minensucher«.

Das wilde Durcheinander ging von neuem los, als der Backbordscherkörper ausgeworfen wurde. Willie wußte nicht mehr zu sagen, ob das reibungslose Klappen des ersten Manövers auf Glück beruht hatte oder auf Können. Als das Fluchen und Toben wieder seinen Höhepunkt erreichte, war er geneigt, an Glück zu glauben. Aber wieder ertönte Aufschlagen aufs Wasser, Johlen, Knarren und Fluchen. Wieder trat Ruhe ein, und der zweite Scherkörper wanderte genauso sauber aus wie der erste. »Ich werde verrückt«, entfuhr es ihm laut.

»Warum?«

Beim Klang dieser Stimme fuhr Willie leicht zusammen. Commander de Vriess lehnte neben ihm an der Reling und beobachtete das Manöver.

»Nur weil mir alles so unerhört zackig vorkam.«

»Das war so lausig, wie ich's noch nie gesehen habe«, antwortete de Vriess. »Heda, Steve, zum Teufel, wozu haben Sie denn fünfundvierzig Minuten gebraucht?«

Maryk sah lächelnd zu ihm auf. »Tag, Sir, nee, ich meine, das war gar keine so schlechte Leistung dafür, daß die Jungens das über vier Monate nicht mehr gemacht haben. Schauen Sie mal hin, Sir, kein einziges von den anderen Schiffen macht vorläufig noch Miene, auszusetzen.«

»Wen interessieren diese dämlichen Eimer? Bei Noumea haben wir in achtunddreißig Minuten ausgebracht.«

»Sir, das war nach vier Tagen Übung ...«

»Einerlei. Morgen wünsch' ich das in dreißig zu sehen.«

»Jawohl, Sir.«

Schmutzig, schwitzend und zerlumpt standen die Matrosen herum. Sie hatten die Hände gleichgültig in die Hüften gestützt und machten trotz der Beanstandung des Kommandanten sehr selbstzufriedene Gesichter.

»Meine Schuld, Sir«, sagte der Bootsmann und begann mit einer Erklärung, die in Willies Ohren ungefähr folgendermaßen klang: »Die Backbord-Beiholerleine kam in den Steuerbord-Leitblock, als wir versuchten, das Schneidekabel so auszuholen, daß uns nicht wieder Kinken in die Klüse kamen. Ich mußte den Doppelständer ausschäkeln und rasch einen Snatchblock zu Hilfe nehmen, daß das Gerät schnell genug klarkam.«

»War das nötig?« fragte de Vriess. »Hättet ihr nicht einfach Spaken zwischen die Parten stecken oder einen Törn um einen Poller nehmen können? Auf diese Weise wäre immer eine Part klar von der anderen gewesen, und ihr hättet euch nicht um Kinken und dergleichen zu kümmern brauchen. Ich hätt' es jedenfalls so gemacht.«

»Jawohl, Sir«, sagte Bellison, »das wird gehen. Ich will es gleich morgen versuchen.«

Willie war ganz mutlos. Auch wenn er noch hundert Jahre auf der »Caine« zur See fuhr, nie würde ihm dieser Jargon besser eingehen als heute. »Sir«, fragte er den Kommandanten, »ist eine bestimmte Normalzeit für das Ausbringen des Suchgeräts angegeben?«

»Im Buch heißt es, eine Stunde«, antwortete de Vriess. »Unsere Normalzeit beträgt dreißig Minuten. Es ist mir aber nie gelungen, diese Tolpatsche so weit zu kriegen. Ihr Freund Queeg hat vielleicht mehr Glück.«

»Ist das nicht eine sonderbare Art, mit dem Wort Normaldauer umzugehen, Sir?« getraute sich Willie zu bemerken.

De Vriess sah ihn spöttisch an. »Nun, bei der Marine sagen wir nun mal so. Gut, ihr Minensuchleute!« rief er hinunter. »Alles in Betracht gezogen, war's gar nicht so furchtbar schlecht.«

»Danke, Sir«, antworteten die Matrosen und grinsten sich an.

Die anderen Minensucher legten ihr Gerät inzwischen ebenfalls aus, und den ganzen Nachmittag über wurden Übungen veranstaltet. Willie wurde schwindlig bei all den Wendungen, Schwenkungen und Änderungen der Formation. Er gab sich große Mühe, den einzelnen Vorgängen zu folgen. Einmal ging er auf die Brücke und bat Carmody, den Zweiten Wachoffizier, ihm die verschiedenen Manöver zu erklären. Carmody antwortete mit weitläufigen fachmännischen Erläuterungen über Baker-Bewegungen, George-Bewegungen und Zebra-Bewegungen. Nach langem Zuschauen begriff Willie immerhin, daß die Schiffe in einem angenommenen Minenfeld operierten, wobei sie auf fingierte Überraschungen und Unfälle zu reagieren hatten. – Welch kummervolles Geschäft! dachte er. Die Sonne stand schon tief, und auf den Wolken leuchtete das Abendrot. Da kam endlich der Funkspruch: »Übung beendet, Suchgerät einholen.« Willie ging sofort wieder zum achteren Aufbau, einmal, um auch über das Einholen der Scherkörper soviel wie möglich zu lernen, vor allem aber, um die herrliche Flucherei der Matrosen nicht zu versäumen. Sie übertraf alles, was er bisher gehört hatte. In hitzigen Augenblicken hatte die Obszönität auf der »Caine« den Schwung feinsinniger Dithyramben.

Er wurde nicht enttäuscht. Das Minensuchkommando arbeitete

fieberhaft, es wollte die Scherkörper in Rekordzeit wieder einholen. Die Leute ließen kein Auge von den schwarzen Signalbällen, die an den Rahnocken der anderen Schiffe hochgeheißt waren. Das Niederholen eines Balles bedeutete, daß ein Scherkörper eingeholt worden war. Nach fünfzehn Minuten fiel auf der »Caine« der Ball an der Backbordnock. Auch den Steuerbordkörper hatten sie bereits in Sicht, ehe die »Moulton« ihren ersten Ball niederholte. Nackt bis auf die Hüften, legte Leutnant Maryk selbst mit Hand an. Er triefte von Schweiß. »Macht zu, Jungens«, schrie er, »achtundzwanzig Minuten bis jetzt! Beste Zeit bisher. Hoch mit diesem verdammten Ding!« Aber im letzten Augenblick hatten sie noch Pech. Matrose Fuller, der die kleine rote Boje aus dem Wasser zu ziehen hatte, verhedderte sich und ließ sie fallen. Die Boje tanzte frei im Kielwasser des Schiffes davon.

Die anderen Matrosen gingen auf Fuller los und überschütteten ihn mit einer solchen Flut schöpferischer Beschimpfungen, daß Willie große Lust bekam, Beifall zu klatschen. Maryk benachrichtigte die Brücke. Die »Caine« stoppte und fuhr langsam über den Achtersteven.

Maryk riß sich die restlichen Kleider vom Leib und band sich eine Leine um. »Hat keinen Zweck, lange mit der Gig rumzufummeln. Ich schwimme hin zu dem verfluchten Ding. Sagt dem Kommandanten, er möchte die Schrauben stoppen!« rief er dem Bootsmann zu und machte einen Kopfsprung über Bord.

Inzwischen war die Sonne untergegangen. Die Boje war nur noch ein kleiner roter Punkt auf den purpurnen Wellen, etwa zweihundert Meter backbord achteraus. Die Matrosen standen an der Reling und sahen gespannt zu, wie sich der Kopf ihres Leutnants langsam der Boje näherte. Willie hörte etwas von Haien murmeln. »Vor fünf Minuten habe ich noch so einen verdammten Hammerhai gesehen«, sagte Bellison. »Hätte mich keiner zu gekriegt, dem Ding nachzuschwimmen. Fünf Minuten für den Alten rausholen und dafür den Hintern weggerissen kriegen ...«

Jemand klopfte Willie auf die Schulter. Unwirsch drehte er sich um. »Ja doch, was ist denn los?« Ein Funker stand hinter ihm. In seiner Hand flatterte ein Funkspruch. »Dies ist eben über die Foxwelle gekommen, Sir. Betrifft uns. Mr. Keefer sagt, Sie hätten Chiffrierdienst.«

Willie nahm den Funkspruch und warf einen flüchtigen Blick darauf. »Schon gut, ich erledige das gleich.« Er steckte das Blatt in die Tasche und sah wieder auf die See hinaus. Maryks Kopf war auf der dunklen Oberfläche kaum noch zu erkennen. Er hatte die Boje erreicht. Etwa eine Minute strampelte er im Wasser herum und spritzte weißen Schaum in die Höhe, dann machte er einen hohen Sprung in die Luft und schwenkte die Arme. Ganz leise brachte der Wind seinen Ruf heran: »Klar! Hol ein!« Die Matrosen fingen an, wie rasend die Leine einzuholen. Die Boje schnitt durch die Wellen und kam immer näher, an ihr festgeklammert hing Maryk.

Bebend vor Aufregung, kletterte Willie die Leiter zum Heck herab. Er stolperte auf den schlüpfrigen Platten und fiel hin. Eine Welle warmen Salzwassers flutete über ihn weg, jetzt war er völlig durchnäßt. Er arbeitete sich hoch, spuckte Wasser und ergriff ein Strecktau. In diesem Augenblick schlug die triefende Boje auf das Deck.

»Ball an Steuerbord einholen!« brüllte Bellison. Ein Dutzend Arme griff nach Maryk, als sein Kopf dicht beim Schraubenschutz auftauchte. Er kletterte an Bord.

»Verdammt, Sir, das wäre nicht nötig gewesen«, sagte Bellison.

Maryk schnappte nach Luft. »Welche Zeit haben wir gemacht beim Einholen?« Der Mann am Telefon sagte: »Einundvierzig, Sir, im Augenblick, als die Boje an Bord kam.«

»Wir haben sie noch immer alle geschlagen, Sir«, sagte einer der Matrosen und deutete seewärts. Auf den anderen Schiffen hingen die schwarzen Bälle noch an den Rahnocken.

»Blendend«, sagte Maryk und grinste. »Das hätte ich ja immer wieder zu hören gekriegt, wenn einer von diesen Eimern uns zuvorgekommen wäre.« Dann fiel sein Blick auf den jämmerlich zitternden, durchnäßten Willie.

»Was ist Ihnen denn passiert, Keith? Sind Sie auch über Bord gesprungen?« Jetzt erst gewahrten die Matrosen den Fähnrich und kicherten.

»Ich war so aufgeregt Ihretwegen, daß ich nicht aufgepaßt habe«, erwiderte Willie. »Das haben Sie ja großartig gemacht.«

Maryk strich sich mit den Handflächen das Wasser von der breiten braunen Brust und von den Schultern. »Ach was, das kam mir gerade recht, um mal fix ein Bad nehmen zu können.«

»Hatten Sie denn gar keine Angst vor Haien?«

»Die Haie tun einem nichts, solange man nur in Bewegung bleibt«, sagte der Leutnant. »Ich möchte verdammt lieber mit einem Hai anbinden als mit dem Alten, wenn Iron Duke Sammis ihn beim Einholen des Suchgeräts geschlagen hätte. – Los, Keith, wir beide müssen uns umziehen.«

Im Deckshäuschen knüllte Willie seine patschnasse Khakiuniform zusammen und warf sie in die Ecke. Den Funkspruch in der Tasche hatte er vergessen. Zwei Tage lag er da und löste sich in dem Khakiklumpen in Brei auf, während das Schiff weiter an den Übungen teilnahm.

Das Wetter war schön. Mit all dem Neuen, das es zu sehen gab, den verschiedenartigsten elektrischen, akustischen und seemännischen Einrichtungen, machte Willie die Übung ungeheuren Spaß, beinahe als wäre es eine Vergnügungsfahrt. Auf seiner Brückenwache kam er jetzt schon etwas besser mit Commander de Vriess zurecht, für den er sich ganz besonders anstrengte. Er hatte sich Tom Keefers Regel zu Herzen genommen: Wie würde ich dies jetzt machen, wenn ich ein Schwachkopf wäre? – Er spielte den eifrigen, übergewissenhaften Fähnrich. Die ganzen vier Stunden spähte er in kerzengerader Haltung auf die See hinaus. Keinen Mucks gab er von sich, er wäre denn angesprochen worden oder er hätte einen Gegenstand zu melden gehabt, den er durch sein Glas gesichtet hatte. Hierin ging er bis an die Grenzen des Absurden. Konservenbüchsen, treibende Holzstücke, Abfall, den andere Schiffe über Bord geworfen hatten, alles meldete er mit feierlichem Ernst. Der Kommandant dankte ihm jedes einzelne Mal liebenswürdig und anerkennend. Je eifriger und einfältiger er dabei verfuhr, desto besser schien er de Vriess zu gefallen.

Am dritten Tage dampfte der Verband auf flaches Wasser nahe der Küste und suchte Übungsminen. Erst als Willie diese gelbgestrichenen eisernen Bälle mit ihren kleinen Hörnern in leibhaftiger Gestalt auf den schaumigen blauen Wellen tanzen sah, begriff er, daß das unübersehbare Gewirr von Kabeln und Scherkörpern auch noch für andere Zwecke zu gebrauchen war als für die ehrgeizigen

Rekordgelüste der Minensucherkommandanten. Die militärische Seite der Vorgänge kümmerte ihn fortab besonders. Einmal hätte die »Caine« um ein Haar eine Mine überrannt, die die »Moulton« abgeschnitten hatte. Willie malte sich aus, was wohl hätte passieren können, wäre es eine scharfe Mine gewesen. Und er konnte sich des Gedankens nicht ganz erwehren, ob er wirklich volle sechs Monate damit warten sollte, den Admiral um Erlösung von diesem Kommando zu bitten.

Die letzte Übung war zwei Stunden vor Sonnenuntergang beendet. Die Schiffe hatten immer noch die Möglichkeit, nach Pearl Harbor zurückzugelangen, ehe die U-Boot-Sperre für die Nacht geschlossen wurde, wenn sie mit zwanzig Meilen Geschwindigkeit nach Hause dampften. Unglücklicherweise verlor aber die »Moulton«, die den Verbandschef an Bord hatte, im letzten Augenblick noch einen ihrer Scherkörper und mußte eine ganze Stunde danach fischen. Den anderen Schiffen blieb nichts weiter übrig, als zu warten; ihre Besatzungen schimpften. Als die »Moulton« ihren Scherkörper endlich gefaßt hatte, war die Sonne untergegangen. Die vier alten Minensucher mußten die ganze Nacht außerhalb des Kanaleingangs sinnlos im Kreise herumdampfen.

Als sie am nächsten Morgen einlaufen konnten, machten die »Caine« und die »Moulton« an der gleichen Boje fest. Kaum war die Gangplanke zwischen den beiden Schiffen ausgebracht, als Willie mit Gortons Erlaubnis zur »Moulton« hinüberging, um Keggs zu besuchen.

Schon beim Betreten des benachbarten Achterdecks stellte er einen überraschenden Unterschied zwischen den beiden Schiffen fest. Im Bau glichen sie sich, aber es war kaum glaublich, wie verschieden sie im übrigen aussahen. Auf der »Moulton« gab es keinen Rost und keine Flecken von grüner Grundfarbe. Die Relings und die Decks waren sauber und einheitlich grau gestrichen. Die Geländer an den Niedergängen waren neu und blendend weiß benäht. Die Lederbekleidung der Strecktaue war sauberste Arbeit und glänzte in natürlichem tiefem Braun, während die der »Caine« in Fetzen herunterhing und mit rissiger grauer Farbe bedeckt war. Das Arbeitszeug der Matrosen war von peinlicher Sauberkeit, und ihre Hemden steckten vorschriftsmäßig in den Hosen. Auf der »Caine« dagegen hätte man den flatternden Hemdzipfel getrost zum Wappenschild erheben können. Willie sah, daß ein Minensuchzerstörer durchaus nicht so schlampig auszusehen brauchte, wie es bei seinem Schiff der Fall war. Nur die »Caine«, dieses verfluchte unter den Schiffen, war dazu verurteilt, ihr Schicksal auch äußerlich zur Schau zu tragen.

»Keggs? Jawohl, der ist in der Messe«, sagte der Wachhabende Offizier, der in seiner sauberen Uniform einem Flaggleutnant glich.

Als Willie eintrat, saß Keggs am grüngedeckten Tisch. In der einen Hand hielt er die Kaffeetasse, mit der anderen bearbeitete er die Dechiffriermaschine. »Hallo, Keggsy, alter Knabe! Jetzt mach mal Schluß für 'ne Weile, du dummes Stück!«

»Willie!« Die Tasse knallte auf ihre Untertasse. Keggs sprang auf und riß Willies Hand mit beiden Fäusten an sich. Willie schien es, als zitterten sie. Der Anblick des Freundes erschütterte ihn. So dünn er schon gewesen war, er hatte noch mehr abgenommen. Die Backenknochen standen ihm aus dem Gesicht, und die fahle Haut schien für die Entfernung zum Kinn kaum auszureichen. Auch die grauen Haarsträhnen hatte Willie früher nie bemerkt. Er hatte tiefe Ringe unter den Augen.

»Na, Eddy, haben sie dich auch in den Nachrichtendienst gesteckt?«

»Ich habe den Nachrichtenoffizier vorige Woche abgelöst, Willie. Ich war fünf Monate sein Assistent.«

»Schon Ressortchef, was? Das ging aber schnell.«

»Mach keine dummen Witze«, sagte Keggs gequält. Willie nahm eine Tasse Kaffee an und setzte sich. Sie schwatzten eine Weile, dann fragte er: »Hast du heute abend Dienst?«

Keggs druckste erst mit der Antwort herum, dann sagte er wie in Gedanken verloren: »Nein – heute abend nicht.«

»Ausgezeichnet. Vielleicht ist Roland auch noch da. Wir gehen an Land und stöbern ihn auf.«

»Sei nicht böse, Willie. Ich käme nur zu gern mit, ich kann aber nicht.«

»Warum nicht?«

Keggs sah sich um. Sie waren allein in der blitzsauberen Messe. Er flüsterte: »Der Scherkörper.«

»Den ihr verloren habt? Wieso? Ihr habt ihn doch wieder.«

»Eine Woche Urlaubsverbot für das ganze Schiff.«

»Was sagst du, das ganze Schiff? Offiziere auch?«

Keggs nickte: »Alle.«

»Warum denn, um Gottes willen? Wer war denn schuld an der Geschichte?«

»Auf unserem Schiff hier ist jeder für alles verantwortlich, Willie – auf diese Weise ...« Plötzlich fuhr Keggs zusammen. Er sprang auf und fegte die Dechiffriermaschine vom Tisch. »O Gott!« rief er. Willie sah und hörte nichts Besonderes außer dem gedämpften Schlagen einer Tür über ihnen. »Du mußt mich jetzt entschuldigen, Willie ...« Keggs verstaute in wahnsinniger Eile die Dechiffriermaschine im Panzerschrank und schloß sie ein. Dann nahm er einen Briefklemmer mit entschlüsselten Funksprüchen von einem Haken an der Wand. Er starrte auf die Tür und schluckte. Auch Willie stand jetzt auf und glotzte vor sich hin. Gegen seinen Willen packte ihn eine unbehagliche Angst.

Die Tür öffnete sich, und ein großer, schlanker Herr mit dünnem blondem Haar, zusammengewachsenen Augenbrauen und einer verwachsenen Narbe als Mund trat ein.

»Sir, dies – dies – ist ein Kamerad von mir – von der ›Caine‹, Sir, Fähnrich Keith.«

»Keith«, sagte Sammis kaum hörbar und streckte die Hand aus. »Mein Name ist Sammis.« Willie berührte die kalte Hand, die sich sofort zurückzog. Commander Sammis setzte sich auf Keggs Stuhl.

»Kaffee, Sir?« quäkte Keggs.

»Danke, Keggs.«

»Die Eingänge von heute vormittag sind fertig, Sir, wenn Sie sie sehen wollen.« Der Kommandant nickte. Keggs schenkte diensteifrig Kaffee ein. Dann nahm er die Funksprüche aus dem Briefklemmer und legte sie dem Iron Duke hintereinander vor. Bei jedem Blatt beugte er sich hinunter und murmelte eine Erläuterung.

Sammis las die Funksprüche durch und gab sie Keggs schweigend zurück. Es war das alte Bild von Herr und Diener, wie Willie es bisher nur im Theater erlebt hatte. »Da fehlt Nummer 367«, bemerkte Sammis.

»Ich war gerade dabei, Sir, auch ihn zu entschlüsseln, als mein

Freund hereinkam. Der Funkspruch ist dreiviertel fertig. In zwei Minuten habe ich ihn soweit, Sir – sofort, wenn Sie wünschen…«

»Ist er dringlich?«

»Nein, Sir.«

Sammis warf Willie einen eiskalten Blick zu. Es war seit der Begrüßung das erste und das letzte Mal, daß er von Willie Notiz nahm. »Sie können damit warten«, sagte er, »bis Ihr Besuch wieder gegangen ist.«

»Besten Dank, Sir.« Iron Duke Sammis trank in Ruhe seinen Kaffee, ohne nach rechts oder links zu blicken. Keggs blieb in respektvollem Schweigen neben ihm stehen, den Briefklemmer an seine Brust gedrückt. Willie lehnte an der Wand und staunte. Dann betupfte sich der Kommandant den Mund mit dem Taschentuch, zündete sich mit einem vergoldeten Feuerzeug eine Zigarette an, stand auf und ging hinaus.

»Banzai!« flüsterte Willie, als sich die Tür schloß.

»Pst!« Keggs sah ihn flehentlich an und sank auf einen Stuhl. »Der hört durch alle Schotten«, sagte er mit hohler Stimme.

Willie legte seinen Arm voller Mitgefühl um Keggs' gebeugte Schulter. »Mein Gott, Mann, wie konntest du es jemals dahin kommen lassen, daß er dich derart kujoniert?«

Überrascht und voll Kummer sah Keggs ihn an. »Ist eurer denn nicht genauso?«

»Kommt gar nicht in Frage, ich meine, auf seine Weise ist unserer ein ziemlicher Prolet, aber – großer Gott – dieser Bursche ist ja schon beinahe komisch.«

»Sei doch nur vorsichtig, Willie«, bat Keggs inständig und sah sich noch einmal um: »Ich dachte immer, alle Kommandanten seien sich ziemlich gleich.«

»Du bist ja verrückt, Mensch. Warst du denn noch nie auf einem anderen Schiff?«

Keggs schüttelte den Kopf. »Ich habe die ›Moulton‹ damals bei Guadalcanar geschnappt, und seitdem waren wir dauernd unterwegs. Ich war noch nicht einmal in Pearl Harbor an Land.«

»Der Kommandant muß erst geboren werden«, sagte Willie überheblich, »der so mit mir umspringen kann.«

»Als Kommandant ist er ganz ordentlich, Willie. Man muß ihn nur richtig verstehen.«

»Auch Hitler muß man nur richtig verstehen, wenn du so willst«, erwiderte Willie.

»Ich komme dich mal später auf deinem Schiff besuchen, Willie, sobald ich kann. Vielleicht später im Lauf des Tages.« Keggs nahm die Dechiffriermaschine wieder aus dem Safe und machte sich mit unverhohlenem Eifer an die Arbeit. Willie ließ ihn allein.

Auf dem rostigen, schmutzigen Achterdeck der »Caine«, beim Pult des Wachhabenden stand kerzengerade wie ein Zinnsoldat eine merkwürdige Figur: ein Unteroffizier von der Marineinfanterie in untadeliger Ausgehuniform. Seine Knöpfe glänzten in der Sonne. »Da kommt Fähnrich Keith«, sagte Carmody, der Wachhabende Offizier, zu ihm. Die stramme Figur schritt auf Willie zu und grüßte. »Mit einer freundlichen Empfehlung von Konteradmiral Reynolds, Sir«, meldete er und übergab Willie einen versiegelten Briefumschlag. Willie öffnete ihn, er enthielt ein mit Maschine geschriebenes Briefchen:

Fähnrich Willie Keith wird hierdurch herzlich eingeladen, heute abend um 20 Uhr an einer kleinen Begrüßungsfeier für Konteradmiral Clough in der Wohnung von Konteradmiral Reynolds teilzunehmen. Transport übernimmt der Stab des Kommandeurs. Die Admiralsbarkasse wird um 19 Uhr 15 längsseits der »Caine« anlegen.

A. B. Matson, Korvettenkapitän

»Besten Dank«, sagte Willie. Der Marinesoldat grüßte nochmals stramm wie eine Marionette und erfüllte alle Formen, die beim Verlassen des Achterdecks vorgeschrieben sind. Dann stieg er die Jakobsleiter hinunter in die schlanke Admiralsbarkasse mit ihrem weißbefransten Sonnensegel. Carmody entließ den Bootssteuerer, und die Barkasse puffte von dannen.

»Donnerwetter noch mal«, sagte der kleine Annapolismann. Er zupfte an seinem Schnurrbart und sah Willie ehrfürchtig an: »Was haben Sie denn für kolossale Beziehungen?«

»Nicht weitersagen«, antwortete Willie geheimnisvoll, »aber ich bin Franklin D. Roosevelt jr. inkognito.«

Er schlenderte zur Back. Carmodys entgeisterter Blick prickelte ihn wie Sekt.

Willie ging zum Vorsteven. Die blaue sternenbesäte Gösch flatterte in der kühlen Brise. Er setzte sich auf Deck und lehnte sich gegen den Göschstock. Dann überließ er sich quälerischen Gedanken über die letzten Vorgänge. Was er an Bord der »Moulton« beobachtet hatte, brachte alle seine Ansichten über das eigene Schiff durcheinander. Erstens hatte er de Vriess immer für einen Tyrannen gehalten. Aber mit Iron Duke Sammis verglichen, war sein Kommandant ein großzügiger und wohlwollender Mann. Zweitens, die »Moulton« war ein Muster seemännischer Ordnung und Leistungsfähigkeit, die »Caine« im Vergleich zu ihr eine verkommene chinesische Dschunke. Und doch hatte das soviel sauberere Schiff einen Scherkörper verloren. Sein rostiger Eimer hingegen war allen Schiffen mit seiner Leistung beim Minensuchen voraus gewesen. Wie paßten diese einander widersprechenden Tatsachen zusammen? War der Verlust des Scherkörpers nur ein bedeutungsloser Zufall gewesen? War die seemännische Tüchtigkeit der »Caine« ihrerseits auch nur ein Zufall und nur der Gegenwart des geübten Hochseefischers Maryk zu verdanken gewesen? Auf diesen Mißgeburten von Minensuchzerstörern schienen alle Gesetze auf den Kopf gestellt.

Tom Keefers Worte fielen ihm wieder ein. »Die Marine ist ein grandioses System, das Genies zur Handhabung durch Schwachköpfe erdacht haben«, und auch eine andere Bemerkung: »Fragen Sie sich immer wieder: Wie würde ich das und das jetzt machen, wenn ich ein Schwachkopf wäre?« Er bewunderte die Klugheit des Nachrichtenoffiziers. Er hatte auch von Maryk anerkennende Äußerungen über dessen scharfen Verstand gehört. So beschloß er also, sich künftig von diesen Maximen leiten zu lassen, wenigstens so lange, bis er sich seine eigenen Ansichten endgültig zurechtgelegt haben würde und sich …

Ratternd ertönte der Lautsprecher: »Fähnrich Keith sofort zum Kommandanten!« Das jagte ihn hoch. Auf dem Wege zur Messe ließ er sich blitzschnell alle Möglichkeiten durch den Kopf gehen, die hinter diesem Befehl stecken konnten. Er vermutete, Carmody könnte dem Kommandanten vielleicht von der Admiralsbarkasse erzählt haben. Mit den freudigsten Erwartungen klopfte er an die Tür des Kommandanten.

»Kommen Sie rein, Keith.«

De Vriess saß in Hose und Unterhemd an seinem Schreibtisch. Er brütete über einer langen Liste von Funksprüchen, auf der einer mit einem dicken roten Stift umrandet war. Neben ihm standen Tom Keefer und der Funker, der Willie vor drei Tagen den vergessenen Funkspruch ausgehändigt hatte. Er drehte verlegen seine weiße Mütze in den Händen und warf dem Fähnrich einen ängstlichen Blick zu. Keefer sah Willie an und schüttelte den Kopf. Dieser Anblick sagte Willie alles. Wenn er doch nur in die Erde versinken oder tot umfallen könnte!

»Willie«, begann der Kommandant ruhig und durchaus nicht unfreundlich, »vor drei Tagen ist ein Funkspruch gekommen, der uns betraf. Von dieser interessanten Tatsache hörte ich heute zum erstenmal vor fünf Minuten, während ich die Funksprüche der letzten Seetage abhake. Ich halte das immer so, wenn wir in den Hafen kommen. Manchmal macht sich diese langweilige Gewohnheit nämlich bezahlt. Die Funkbude hat Befehl, alle Funksprüche, sobald sie eintreffen, dem Offizier vom Dechiffrierdienst zu übergeben. Snuffy Smith hier behauptet, er habe Ihnen den Funkspruch vor drei Tagen ausgehändigt. Lügt er?«

»Ich hab' Ihnen das Blatt auf dem achteren Aufbau gegeben, als die Geräte eingeholt wurden«, platzte der Funker heraus. »Sie erinnern sich sicher daran.«

»Jawohl, Smith, das stimmt«, erwiderte Willie. »Ich bitte um Entschuldigung, Sir, der Fehler liegt bei mir.«

»Aha. Haben Sie den Funkspruch wenigstens entschlüsselt?«

»Nein, Sir. Ich bedaure sehr, aber er ...«

»Gut. Smith, gehen Sie hinauf zur Funkbude und holen Sie für Leutnant Keefer die Aufnahmekladde. Beeilen Sie sich!«

»Aye, aye, Sir.« Der Funker schoß aus der Kajüte.

Die Aufnahmekladde war ein Buch mit losen Blättern, in dem alle Funksprüche, die an Schiffe auf See gesendet wurden, von den Funkern durchgeschrieben wurden. Man hob sie ein paar Monate auf und vernichtete sie dann. Funksprüche, die das Schiff angingen, wurden dagegen auf besonderen Formularen nochmals abgeschrieben. Solch eine Abschrift war es, die im Deckshäuschen in Willies Khakiuniform moderte.

»Zunächst«, fuhr der Kommandant ruhig fort, »müssen Sie diesen Funkspruch entschlüsseln, Tom, schneller, als Sie je in Ihrem Leben etwas getan haben.«

»Jawohl, Sir. Ich glaube aber, zu besonderer Beunruhigung liegt wirklich kein Grund vor. Es handelt sich vermutlich um irgendeine Routinesache, eine Anweisung von der Konstruktionsabteilung oder etwas Ähnliches.«

»Das werden wir dann ja sehen, nicht wahr?«

»Jawohl, Sir.« Im Hinausgehen sagte der Nachrichtenoffizier leise und vorwurfsvoll zum Fähnrich: »Großer Gott, Willie!« Commander de Vriess ging in seiner engen Kajüte auf und ab, ohne Willie Beachtung zu schenken. Außer den schnelleren Zügen an seiner Zigarette zeigte er keine Unruhe. Im nächsten Augenblick hörte man in der Messe die Dechiffriermaschine klappern. Der Kommandant ging hinaus und ließ die Tür offen. Er blickte Keefer über die Schulter, während dieser den Funkspruch von dem langen weißen Blatt entschlüsselte; de Vriess nahm ihm den fertigen Funkspruch aus der Hand und las ihn aufmerksam.

»Danke, Tom.« Er kam wieder zur Kajüte herein und schloß die Tür hinter sich. »Zu schade, daß Sie ihn nicht sofort entschlüsselt haben, Mr. Keith. Dieser Funkspruch hätte Sie vielleicht interessiert. Lesen Sie mal.« Er gab Willie das Blatt.

Leutnant Commander William H. de Vriess US-Marine soll sich nach Ablösung in Marsch setzen. Meldung auf dem Luftwege beim Personalbüro zwecks weiterer Verwendung. Zweite Dringlichkeitsstufe. Schulungskursus Commander Philipp F. Queeg aufgehoben. Er ist zu sofortiger Ablösung in Marsch gesetzt.

Willie gab dem Kommandanten den Funkspruch zurück. »Ich bitte um Entschuldigung, Sir. Dies ist eine unglaubliche Dummheit und Pflichtvergessenheit von mir«, brachte er mit Mühe hervor. »Ich weiß nicht, was ich sonst noch sagen könnte, höchstens …«

»Wo ist das Blatt, das Smith Ihnen gegeben hat?«

»Noch immer in einer der Taschen meiner schmutzigen Khakihose. Smith gab es mir, als Mr. Maryk nach der Boje schwamm. Ich habe es eingesteckt – ich glaube, das Einholen der Boje nahm mein Interesse derart gefangen, daß ich den Funkspruch vollkommen vergessen habe.«

Diese Worte klangen ihm selber so lahm, daß er rot wurde.

De Vriess stützte den Kopf auf. »Machen Sie sich überhaupt klar, Keith, was solch eine Vergeßlichkeit mit einem Befehl für Folgen haben kann?«

»Jawohl, Sir.«

»Ich bin dessen gar nicht so sicher.« Der Kommandant fuhr sich mit der Hand durch das lange blonde Haar. »Es hätte gut passieren können, daß unser Schiff auf die Weise einen Einsatz versäumte – mit allem, was so etwas nach sich zieht. Sie wissen hoffentlich, daß die ganze Verantwortung vor dem Kriegsgericht dann mich betroffen hätte.«

»Das weiß ich, Sir.«

»So. Und wie wirkt diese Erkenntnis auf Sie?«

»Ich bin fest entschlossen, so etwas nie wieder vorkommen zu lassen.«

»Na, da bin ich aber mal neugierig.« Der Kommandant nahm einen Stoß länglicher gelber Formulare vom Schreibtisch. »Wie es sich gerade trifft, vielleicht unglücklich trifft, habe ich heute morgen Ihre Konduite fertiggemacht, zusammen mit der der anderen Offiziere. Wenn ich abgelöst werde, muß ich sie dem Personalbüro vorlegen.« Ein Zittern plötzlicher Angst durchlief den Fähnrich. »Und wie, meinen Sie, sollte dieser Vorfall wohl Ihre Konduite beeinflussen?«

»Es steht mir nicht zu, mich dazu zu äußern, Sir. Aber schließlich kann ja doch jeder einmal einen Fehler machen …«

»Es gibt Fehler und Fehler. In der Marine sind hier die Grenzen sehr eng gesteckt, Willie. Dazu stehen zuviel Material und zu viele Menschenleben auf dem Spiel; aus solchen Fehlern können die größten Katastrophen entstehen. Denken Sie daran, daß Sie jetzt bei der Marine sind.«

»Ich bin mir darüber klar, Sir.«

»Offen gestanden, glaube ich Ihnen das nicht so recht. Was

soeben geschehen ist, macht mir zur Pflicht, Ihnen eine schlechte Beurteilung zu geben. Das ist eine unangenehme und häßliche Sache. Diese Papiere werden beim Personalbüro für immer aufbewahrt. Alles, was darin steht, wird Bestandteil Ihres Namens. Ich zerstöre nicht gern die Marinelaufbahn eines Mannes, mag er das selber noch so leichtnehmen.«

»Ich nehme das nicht leicht, Sir. Ich habe einen schlimmen Fehler gemacht und bin darüber verzweifelt. Ich habe das so klar zum Ausdruck gebracht, wie man das mit Worten kann.«

»Vielleicht können wir Ihre Konduite mal gleich berichtigen«, sagte der Kommandant. Er zog eines der Formulare aus dem Packen, nahm einen Bleistift und begann zu schreiben.

»Darf ich noch etwas sagen, Sir?« warf Willie schnell ein.

»Natürlich!« Der Kommandant blickte vom Schreiben auf.

»Sie schreiben diese Konduite jetzt, wo Sie den Vorfall noch frisch im Gedächtnis haben. Ich weiß genau, was ich begangen habe, ist schlimm. Ich frage mich nur, ob Sie Ihren Bericht nach vierundzwanzig Stunden doch etwas milder abfassen würden.«

De Vriess lächelte in seiner sarkastischen Art. »Gar nicht so dumm. Ich gehe den Bericht morgen sowieso noch einmal durch, ehe ich ihn schreiben lasse. Vielleicht beurteile ich die Sache dann wirklich etwas nachsichtiger. In dem Fall werde ich das dann noch abändern.«

»Ich möchte aber nicht um Gnade bitten, Sir.«

»Na schön.« De Vriess schrieb ein paar Worte nieder. Er hatte eine überraschend saubere und zierliche Schrift. Dann hielt er Willie das Blatt hin. Unter »Allgemeine Bemerkungen« hatte er gesetzt: »Fähnrich Keith scheint ein kluger und fähiger junger Mann. Er ist noch keine zwei Wochen an Bord. Er verspricht ein tüchtiger Offizier zu werden, sobald er eine etwas leichtsinnige und laxe Dienstauffassung überwunden haben wird.« Darüber befand sich ein Raum, in dem die Worte vorgedruckt standen: »Ich halte diesen Offizier für: außergewöhnlich – ausgezeichnet – über dem Durchschnitt – Durchschnitt – nicht befriedigend.« De Vriess hatte den Haken neben dem Wort »ausgezeichnet« ausgestrichen und dafür die Worte »über dem Durchschnitt« angehakt.

Nach den Gebräuchen in der Marine bedeutete dies einen Flecken in den Papieren. Die Konduiten waren eine so furchtbare Einrichtung, daß es kaum einen Kommandanten gab, der es gewagt hätte, ihnen die nackte Wahrheit anzuvertrauen. Dementsprechend wurde ein durchschnittlicher Offizier in diesen Formularen immer mit »ausgezeichnet« beurteilt. Einen Mann als »über dem Durchschnitt« zu bezeichnen, machte dem Personalbüro klar, mit ihm sei nicht viel los. Alles das wußte Willie genau. Beim Oberkommando Pazifik hatte er Dutzende solcher Berichte getippt. Er sah die Konduite mit wachsendem Ärger und zunehmender Beunruhigung an. Sie bedeutete seine Vernichtung durch laue Lobsprüche. Das war gerissen, das war boshaft. Die Hoffnung, solch ein Urteil wiedergutzumachen, gab es nicht. Er reichte dem Kommandanten das Blatt zurück und versuchte, sich seine innere Erregung dabei nicht anmerken zu lassen.

»Ist das alles, Sir?«

»Halten Sie dieses Gesamturteil für ungerecht?«

»Ich möchte lieber nichts dazu sagen, Sir. Konduiten sind Ihre Angelegenheit.«

»Meine Pflicht dem Personalbüro gegenüber verlangt von mir, daß ich meine Meinung möglichst ehrlich äußere. Diese Konduite ist aber gar nicht so unbefriedigend. Durch eine einzige gute können Sie den Schaden wieder beheben.«

»Ich danke Ihnen vielmals, Sir.« Willie zitterte vor unterdrückter Erregung. Wenn er die Kajüte nur endlich wieder verlassen könnte! Er hatte den Eindruck, de Vriess behielt ihn nur noch da, um sich an seinem Zustand zu weiden. »Darf ich jetzt gehen, Sir?«

De Vriess sah ihn an. In seinem Ausdruck mischte sich ehrliche Trauer mit der an ihm gewohnten Ironie. »Ich möchte Sie pflichtgemäß davon unterrichten, daß es Ihnen zusteht, einen Beschwerdebrief anzuklammern, sollten Sie das Gefühl haben, das Urteil sei ungerecht.«

»Ich habe nichts hinzuzufügen, Sir.«

»Gut, Willie. Verschlampen Sie künftig keine Funksprüche mehr.«

»Aye, aye, Sir.« Willie machte kehrt und ergriff die Türklinke.

»Ach, noch einen Augenblick, bitte.«

»Jawohl, Sir.« Der Kommandant warf die Konduite auf den Tisch und schaukelte langsam auf seinem Stuhl hin und her. »Ich habe ja ganz übersehen, die Sache hat auch noch ihre disziplinarische Seite.« Willies finsterer Blick wanderte vom Kommandanten auf das gelbe Formular. »Die Konduite hat – für meinen beschränkten Verstand wenigstens – mit der Ahndung eines Vergehens nichts zu tun«, bemerkte de Vriess. »Ein Mißbrauch der Beurteilungen als Strafmittel würde sie entwerten und ist laut Verfügung des Staatssekretärs sogar streng verboten.«

»Das ist ja sehr interessant, Sir.« Willie bildete sich ein, mit dieser Bemerkung einer kühnen Ironie Ausdruck gegeben zu haben, aber auf de Vriess machte sie nicht den geringsten Eindruck.

»Ich gebe Ihnen drei Tage Kammerarrest, Willie – das ist genauso lange, wie Sie den Funkspruch verbummelt haben. Vielleicht treibt Ihnen das die Flausen aus dem Kopf.«

»Ich bitte um Entschuldigung, Sir, wenn ich nicht im Bilde bin. Worin besteht diese Strafe?«

»Aufenthalt in Ihrer Kammer, außer zu den Mahlzeiten und zum Austreten – ach, da fällt mir ein«, setzte der Kommandant hinzu, »Aufenthalt im Deckshäuschen wäre ohne Zweifel eine zu grausame und ungewöhnliche Strafe. Sagen wir deshalb lieber drei Tage Bordarrest.«

»Aye, aye, Sir.«

»So, das ist wohl alles.«

Willie drehte sich um und wollte gehen. Da schoß ihm ein Gedanke durch den von Ärger verwirrten Kopf. Er zog die Einladung des Admirals aus der Tasche und überreichte sie wortlos dem Kommandanten. Dieser verzog die Lippen. Dann sagte er: »So, so, Admiral Reynolds? Sehr vornehme Bekanntschaft. Woher kennen Sie den Admiral?«

»Ich habe ihn in der Gesellschaft getroffen, Sir.«

»Warum will er gerade Sie bei dieser Fete?«

»Das kann ich Ihnen leider nicht sagen, Sir.« Es klang ihm aber zu unehrlich, deshalb fügte er hinzu: »Ich spiele ein bißchen Klavier. Dem Admiral gefällt das wohl.«

»Wahrhaftig? Das hab' ich ja gar nicht gewußt. Ich spiele selber ein wenig Saxophon, wenn ich zu Hause bin. Sie müssen aber eine ganze Menge können, wenn der Admiral Sie anfordert. Gelegentlich möchte ich Sie doch auch gerne mal spielen hören.«

»Mit dem größten Vergnügen, Sir, jederzeit, wenn es Ihnen beliebt.«

De Vriess sah auf die Einladung und lächelte: »Heute abend, wie? Nun, ferne sei es von mir, dem Admiral seine Gesellschaft zu verderben. Sagen wir, Ihr Arrest fängt morgen früh um acht Uhr an. Einverstanden?«

»Wie Sie meinen, Sir, ich möchte aber keine Sonderbehandlung.«

»Lassen wir's dabei. Amüsieren Sie sich gut heute abend. Begießen Sie Ihren Kummer nicht zu ausgiebig.«

»Danke sehr, Sir. Haben Sie sonst noch Befehle?«

»Nein, Willie.« Er gab dem Fähnrich die Einladung zurück. Willie wandte sich um und ging hinaus. Die Tür schloß er eine Spur zu laut. Willie raste den Niedergang hoch und lief zum Deckshäuschen. Jetzt wußte er, was er zu tun hatte. Seine Lage auf der »Caine« war hoffnungslos geworden. Der neue Kommandant würde seine Konduite lesen und von vornherein nichts als einen unzuverlässigen Schwachkopf in ihm sehen – einen Schwachkopf nicht im Sinne von Keefer, sondern im Sinne der Marine überhaupt. Hier gab es nur eins: runter von diesem verfluchten Schiff und wieder von vorne anfangen. Für seine Sünde büßte er durch die abfällige Konduite. – Ich kann und ich werde diese Beurteilung darin tilgen, so wahr mir Gott helfe, schwor er sich, aber bestimmt nicht auf der »Caine«! – Er war gewiß, daß ihm der Admiral zu einer Versetzung verhelfen würde. Mehr als einmal hatte der hohe Herr ihn nach dem Refrain von »Wer schlug Anni in die Pfanni mit der Flunder« begeistert umarmt und erklärt, er würde alles tun, Willie für immer in seinen Stab zu bekommen. »Sie brauchen nur auf den Knopf zu drücken, Willie!« Das war allerdings im Spaß gewesen; aber in diesem Spaß lag ein Körnchen Ernst. Willie war dessen gewiß.

Er zerrte den Offizierskurs aus der schmutzigen Schublade und rechnete sich aus, wieviel Aufgaben bis zum heutigen Tag fällig waren. Diese erledigte er mit verbissenem Eifer. Der Rest des Vormittags und der ganze Nachmittag gingen darüber hin. Nach dem Abendessen rasierte er sich, zog die kostbare letzte Khakiuniform an, die noch an Land gewaschen worden war, und meldete sich geschniegelt und gebügelt bei Leutnant Adams. »Bitte an Land gehen zu dürfen, Sir.«

Adams warf ihm einen freundlichen Blick zu, sah die vier Aufgaben, die Willie in der Hand hielt, und mußte lächeln. »In Ordnung. Meine gehorsamsten Grüße an den Admiral.« Er nahm die Aufgaben und legte sie in seinen Eingangskasten.

Im Niedergang stieß Willie auf Paynter, der in beiden Händen zerknitterte und aufgeweichte Briefe hielt. Er fragte ihn: »Für mich was dabei?«

»Ich habe Ihre Post schon ins Deckshäuschen gebracht. Das Zeug ist uns vier Monate lang durch den Südpazifik nachgereist, bis es uns endlich erreicht hat.« Willie ging nach achtern. Die Matrosen drängten sich um die Postordonnanz, die in der Dämmerung auf dem Achterdeck Namen ausrief und Briefe und Päckchen verteilte. Vor seinen Füßen lagen vier schmutzige, bespritzte Postsäcke übereinander.

Als Willie ins düstere Deckshäuschen kam, lag Harding auf seiner Koje. »Für mich ist nichts dabei«, sagte er verschlafen. »Ich war damals noch nicht auf der ›Caine‹-Liste. Aber du vermutlich.«

»Stimmt. Meine Angehörigen nahmen ja an, ich sei geradewegs auf die ›Caine‹ ...«. Willie knipste die schwache Birne an. Ein paar alte verknitterte Briefe von May, von seiner Mutter und anderen Absendern lagen da, außerdem ein zerstoßenes längliches Päckchen, das aussah, als wäre ein Buch darin. Als er die Handschrift seines Vaters erkannte, fühlte er einen Schlag. Er riß das Päckchen auf und nahm eine schwarzgebundene Bibel heraus. In ihr lag ein verdrückter Zettel.

Hier ist die Bibel, die ich Dir versprochen habe, Willie. Zum Glück habe ich gleich hier im Krankenhaus eine kaufen können, sonst hätte ich noch danach schicken müssen. In Krankenhäusern verkaufen sich die Bibeln anscheinend gut. Wenn meine Handschrift etwas verkrampft aussieht, dann deshalb, weil ich im Bett schreibe. Alles läuft programmgemäß ab, leider. Morgen werde ich operiert. Operateur ist der gute alte Doktor Nostrand. Er sollte eigentlich zu klug sein, mich noch täuschen zu wollen. Immerhin – ich danke ihm für seinen Optimismus.

Schlage jetzt mal Prediger Salomonis 9 Vers 10 auf, mein Sohn.

Laß dies mein letztes Wort an Dich sein. Und jetzt nur noch adieu und Gott segne Dich!
Papa

Mit zitternden Händen schlug Willie den Bibelspruch auf: »Alles, was dir vor Handen kommt zu tun, das tue frisch; denn in dem Grab, da du hinfahrest, ist weder Werk, Kunst, Vernunft noch Weisheit.«

Diese Worte waren von seiner zittrigen Hand unterstrichen. An den Rand hatte Dr. Keith geschrieben:

»Er redet von Deiner Aufgabe auf der ›Caine‹, Willie. Glück auf!«

Willie machte das Licht aus. Er warf sich auf seine Koje und verbarg das Gesicht im verrußten Kissen. So lag er lange bewegungslos da. Die Bügelfalten seiner letzten Khakiuniform aus der Landwäscherei kümmerten ihn nicht mehr.

Jemand streckte den Arm zur Tür herein und faßte an seine Schulter. »Fähnrich Keith?« Er blickte auf. Da stand die Ordonnanz des Admirals am Eingang. »Entschuldigen Sie bitte, Sir. Die Barkasse liegt für Sie am Fallreep.«

»Danke«, sagte Willie. Er stützte sich auf den Ellbogen und hielt sich die Hand vor die Augen. »Ach, sagen Sie doch bitte dem Herrn Admiral, es täte mir fürchterlich leid, aber ich könnte heute abend nicht kommen. Sagen Sie, ich hätte Dienst!«

»Jawohl – Sir«, erwiderte der Marinesoldat verwundert. Dann ging er. Willie verbarg sein Gesicht wieder in den Kissen.

Am nächsten Morgen meldete sich Leutnant Commander Philipp Francis Queeg an Bord der »Caine«.

3

Commander Queeg

[illegible] Arrest verwandelt [illegible] den [illegible]
[illegible] der [illegible]

[illegible]

[illegible] der Erfolg [illegible] machte [illegible]
[illegible] Kapitänen [illegible] Vortag [illegible]
[illegible] gen, [illegible] Wille [illegible]
[illegible] lassen. [illegible] dem [illegible]
[illegible], lag er [illegible] seiner [illegible]
[illegible] Schmudde [illegible] Frühstück [illegible]
[illegible] lege [illegible]
[illegible] ihn [illegible]
[illegible] Gange [illegible] Nachdem [illegible]
[illegible] gebracht [illegible] und bis [illegible]
[illegible] ungen kalt [illegible]
[illegible] tätige Schmidt [illegible] Kuli [illegible]
[illegible] jüngeres Schiff [illegible]
[illegible] das Gefühl [illegible]
[illegible] schwe [illegible]
[illegible] de [illegible]
[illegible] Schläge. Willi [illegible]
empfänglich [illegible] Oberdeck [illegible]
[illegible] für den [illegible] doch [illegible]
weil sie näher [illegible] Kom [illegible]
hieß. Und so hielt Willi [illegible]
stündlicherweise für [illegible] er sein [illegible]
Wachstumsprozeß zutiefst [illegible]

[illegible] Kein Mensch hatte [illegible]
erwartet. Die [illegible] machte [illegible]
der Flotte, um die Post [illegible]
Bootssteuerer [illegible]
daher jäh, als [illegible]
sein Gepäck in [illegible]
gab, den Wachhabenden [illegible]

KOMMANDANTENWECHSEL

Im Arrest schmachtend, versäumte Willie den wichtigen Augenblick, da Commander Queeg zum erstenmal das Deck der »Caine« betrat.

Der Fähnrich nahm seine Strafe in großartiger Haltung auf sich. Commander de Vriess hatte ihm erlaubt, sich frei auf dem Schiff zu bewegen, aber Willie war entschlossen, das Deckshäuschen nicht zu verlassen, es sei denn für die Bedürfnisse seines Leibes. Als Queeg ankam, lag er in seiner Koje und kaute an den Resten eines kalten, schmuddeligen Frühstücks. Er wischte die letzten gelben Reste seiner Spiegeleier mit einem Stückchen Brot vom Teller ab. Seine Buße erfüllte ihn mit Stolz. Whittaker nahm sich Zeit, wenn er ihm durch die Gänge, die Niedergänge hinauf und über das Oberdeck sein Essen brachte, und bis er mit den Speisen bei ihm ankam, waren sie längst kalt geworden. Dafür hatten sie dann aber unterwegs eine kräftige Schicht Ruß abbekommen. Willie schien es, als habe sein trauriges Schicksal bereits jetzt eine stählende Wirkung auf ihn. Er hatte das Gefühl, männlicher und reifer zu werden. Dafür, daß dieser Aufschwung aus ein paar kalten und rußigen Spiegeleiern gesogen wurde, war er gewaltig. Aber es gab auch genügend Rückschläge. Willies jugendlicher Geist war weich und für Eindrücke empfänglich wie neuer Gummi. Überdies holte Whittaker den Kaffee für den Arrestanten auch noch aus der Mannschaftskombüse, weil sie näher am Deckshäuschen lag. Dieser Kaffee war stark und heiß. Und so hielt Willie die Wirkung des heißen Morgenkaffees verständlicherweise für einen Auftrieb, den er seinem menschlichen Wachstumsprozeß zuschreiben wollte.

Kein Mensch hatte den neuen Kommandanten schon so bald erwartet. Die Gig machte ihre alltägliche Fahrt zur Landungsstelle der Flotte, um die Post und den neuen Film zu holen. Der zerlumpte Bootssteuerer und seine beiden schmierigen Bootsgäste erbleichten daher jäh, als Queeg sie plötzlich anredete und höflich aufforderte, sein Gepäck in ihr Boot zu laden. Da es keine Möglichkeit für sie gab, den Wachhabenden Offizier noch von ihrem Passagier zu benachrichtigen, bekam der neue Kommandant seinen ersten Eindruck von dem Schiff in dem ungeschminkten Zustand der Verwahrlosung, die diesem zur zweiten Natur geworden war.

Offizier vom Dienst war Fähnrich Harding. Ihm hatte Leutnant Adams die Morgenwache am Fallreep nur deshalb anvertraut, weil nach Menschenermessen in dieser frühen Morgenstunde nichts Außergewöhnliches passieren konnte. Harding hatte eine verknitterte, verschwitzte Khakiuniform an. Da er unglückseligerweise nur sehr schmale Hüften besaß, hing ihm das verschlissene Koppel tief am Leib herunter. Seine Mütze hatte er im Nacken sitzen, damit die Brise seine fahle, kahle Stirn besser umfächeln konnte. Er lehnte am Pult und verzehrte vergnügt einen Apfel, als sich plötzlich zwei blaue Ärmel mit zweieinhalb goldenen Streifen daran die Jakobsleiter heraufttasteten, gefolgt von Gesicht und Rumpf des Kapitänleutnants Queeg. Harding regte sich deshalb aber nicht weiter auf. Offiziere dieses Dienstgrades kamen alle Augenblicke an Bord. Meistens waren es Spezialingenieure, die der mehr und mehr in Verfall geratenden »Caine« bei irgendeiner wichtigen Maschinenreparatur zu Hilfe kamen. Er legte den Apfel hin, spuckte einen Kern in die Gegend und ging zum Fallreep. Commander Queeg grüßte die Flagge, dann grüßte er Harding. »Ich bitte um Erlaubnis, an Bord kommen zu dürfen, Sir«, sagte er höflich.

»Bitte sehr.« Harding grüßte im echten Stil der »Caine« mit einer lässigen Bewegung der Hand.

Der neue Kommandant lächelte kaum merklich und sagte: »Mein Name ist Queeg.« Er streckte seine Hand aus.

Harding fuhr zusammen, schluckte, zog sein Koppel hoch und grüßte nochmals. Dann versuchte er die ausgestreckte Hand zu ergreifen. Aber Queeg hatte sie inzwischen an die Mütze gelegt, um den Gruß zu erwidern, und so griff Harding in die leere Luft. Dann kam der Handschlag schließlich doch noch zustande, und Harding stotterte: »Ich bitte um Entschuldigung, Sir, ich habe Sie nicht erkannt.«

»Warum sollten Sie auch, Sie haben mich ja noch nie gesehen.«

»Natürlich nicht, Sir. – Commander de Vriess hat Sie noch nicht erwartet, Sir. – Darf ich Sie zur Kommandantenkajüte bringen? Ich bin nicht sicher, ob der Kommandant schon aufgestanden ist.« Harding wandte sich zum Bootsmaat der Wache, der Queeg anstarrte, als wolle er ihm ins Innerste seiner Seele schauen. »Gehen Sie hin und melden Sie Commander de Vriess, der neue Kommandant sei eingetroffen.«

»Jawohl, Sir.« Winston, der Bootsmaat der Wache, war ein untersetzter, ehrgeiziger junger Obermatrose. Erst grüßte er Harding, dann wandte er sich mit einer zackigen Grußbewegung, wie er sie auf dem Exerzierplatz gelernt hatte, zum neuen Kommandanten. »Willkommen an Bord, Sir.« Danach raste er über das Steuerbordseitendeck nach vorn.

Harding sah sich verzweifelt auf dem Achterdeck um. Er hielt den Versuch, an dem ersten Eindruck, den der neue Kommandant von der »Caine« empfangen hatte, das Geringste zu ändern, für hoffnungslos. Sollte er, so dachte der Wachhabende Offizier, die beiden halbnackten Matrosen wegjagen, die vor einer Zinkwanne saßen und Kartoffeln schälten; sollte er dem Lärm der Farbekratzer Einhalt gebieten; sollte er den Läufer am Fallreep losschicken, um die Zeitungen und Magazine aufzulesen, die über das Deck flatterten; sollte er die beiden Matrosen in ihrem Tun unterbrechen, die ein Rettungsfloß reparieren sollten, sich statt dessen aber wegen eines Stückes weicher Schokolade prügelten, das sie in dem Floß gefunden hatten? Und wenn, was dann weiter? Es blieben doch immer noch die stinkenden Körbe mit verfaultem Kohl, der schmutzige Haufen von Offizierswäsche, die Helme mit den frischgemalten roten Namen, die in der Sonne zum Trocknen lagen; es blieben die dreckigen Rettungswesten, die den Matrosen als Matratzen dienten, und endlich die breite Ölpfütze, die der Koch auf das Deck verschüttet hatte. Nein, die »Caine« war nun mal in ihrer schmutzigen Unterwäsche überrascht worden, und daran war nichts mehr zu ändern. Irgendwie würde sich die Erde ja schon weiterdrehen.

»Hatten Sie eine angenehme Reise, Sir?«

»Ging so, danke schön. Bin von San Franzisko hergeflogen. War leider ein bißchen arg böig.«

Queegs Stimme und Gehabe machten einen angenehmen Eindruck. Er ließ nicht erkennen, daß er an dem lottrigen Zustand der »Caine« Anstoß genommen hatte. Es schien, als ob er ihn gar nicht bemerkte.

»Mein Name ist Harding, Sir«, sagte der Wachhabende Offizier, »eingeteilt als Leutnant der Wache.«

»Sind Sie schon länger an Bord, Harding?«

»Etwa drei Wochen, Sir.«

»Aha.« Der neue Kommandant wandte sich um und sah der Bootsbesatzung zu, die mit seinem Gepäck das Fallreep hochkam. »Wie heißt dieser Bootssteuerer?«

Harding kannte ihn nur unter dem Namen »Fleischkloß«.

»Einen Augenblick, Sir.«

Er flog zum Pult, warf einen Blick auf die Wachliste und kehrte zurück. Er kam sich sehr dämlich vor. »Sein Name ist Dlugatch, Sir.«

»Neuer Mann?«

»Nein, Sir. Ich – das heißt, wir nennen ihn immer ›Fleischkloß‹.«

»Aha.«

Queeg lehnte sich über die Reling. »Dlugatch, Vorsicht mit dem Schweinslederkoffer!«

»Aye, aye, Sir«, ertönte das Grunzen des Bootssteuerers.

»Vielleicht«, sagte der neue Kommandant zu Harding, »stellen Sie mein Gepäck so lange hier ab, bis ich mit Commander de Vriess gesprochen habe.«

»Aye, aye, Sir.«

»Sehen Sie nur zu, daß Sie es von dem öligen Matsch da klarhalten«, setzte Queeg hinzu und lächelte dabei.

»Jawohl, Sir.« Harding war etwas kleinlaut geworden.

Winston erschien wieder. Während seines Ganges hatte er sich schnell die Schuhe geputzt und von irgend jemandem eine saubere weiße Mütze geborgt. Die Mütze saß gerade auf seinem Kopf mit dem vorgeschriebenen kleinen Winkel nach vorn. Er grüßte den Wachhabenden stramm.

»Commander de Vriess kommt sofort, Sir.«

»Schön.« Harding erwiderte die ungewöhnliche Ehrenbezeigung und kam sich dabei vor wie ein Heuchler.

De Vriess trat aus dem Gang, grüßte den neuen Kommandanten und schüttelte ihm kameradschaftlich die Hand. Herrlich zu sehen, wie sie in ihrer Erscheinung den alten und den neuen Stil verkörperten: de Vriess ohne Schlips und salopp in seiner verblichenen Khakiuniform, Queeg korrekt mit steifem weißem Kragen und funkelnagelneuen Ordensbändern. »Haben Sie schon gefrühstückt?« fragte de Vriess.

»Jawohl, danke schön.«

»Wollen Sie vielleicht mit zu mir in die Kajüte kommen?«

»Famos.«

»Darf ich mal vorgehen – oder kennen Sie diese 1200-Tonner schon?«

»Gehen Sie lieber vor. Ich kenne mich besser auf der Bristol-Klasse aus.«

Sie lächelten sich höflich an, und de Vriess ging seinem Nachfolger voraus. Als sie außer Hörweite waren, sagte Winston zum Wachhabenden: »Macht einen ganz anständigen Eindruck.«

»Mein Gott noch mal«, sagte Harding, indem er sich sein Koppel zwei Löcher enger schnallte, »wir wollen uns lieber mal ein bißchen um das Achterdeck kümmern.«

Die beiden Kommandanten saßen in de Vriess' Kajüte und tranken Kaffee. Queeg lehnte bequem in dem niedrigen schwarzen Ledersessel, de Vriess saß auf dem Drehstuhl vor seinem Schreibtisch.

»Kamen ziemlich plötzlich, diese ganzen Versetzungen«, meinte de Vriess.

»Ja, das paßte mir auch gar nicht, so aus der U-Boot-Abwehr-Schule herausgerissen zu werden«, antwortete Queeg. »Ich hatte meine Frau und meine Familie schon nach San Diego kommen lassen, und wir hatten uns ganz auf sechs schöne Wochen miteinander eingerichtet. Es war für mich das erste Landkommando seit vier Jahren.«

»Ihre Frau tut mir leid.«

»Da haben Sie recht, aber sie ist sehr vernünftig.«

»Das müssen unsere Frauen heute auch sein.« Sie tranken schweigend ihren Kaffee. Dann fragte de Vriess: »Sie sind vermutlich Crew 34?«

»Sechsunddreißig«, antwortete Queeg.

De Vriess wußte das ganz genau. Er kannte auch Queegs Nummer in der Rangliste, seine Qualifikation und noch verschiedene andere Tatsachen über ihn. Aber es war ein angenehmer Brauch, so zu tun, als wüßte man nichts Näheres. Ebenso war es nur ein Akt der Höflichkeit gewesen, Queeg absichtlich in eine ältere Crew zu versetzen. Damit deutete de Vriess an, Queeg erhalte jetzt ein Kommando, für das er eigentlich viel zu jung war. »Man wird ja heute ziemlich schnell befördert.«

»Sie wird man jetzt auch sehr eilig irgendwo anders nötig haben. Ein neues Schiff vermutlich?«

»Keine Ahnung. Hoffentlich geben sie mir ein Verpflegungsdepot mitten in Utah. Irgendwo, wo es kein Wasser gibt.«

»Da werden Sie kaum Glück haben.«

»Glaube ich auch nicht.« De Vriess seufzte mit gespielter Verzweiflung. Beide Männer gingen wie die Katze um den heißen Brei und vermieden behutsam das Thema, das im Vordergrund ihrer Gedanken stand: De Vriess durfte einem veralteten Schiff den Rücken kehren, Queeg hatte die Bescherung vor sich.

»Haben Sie schon viel mit Minensuchern zu tun gehabt?« fragte de Vriess.

»Nicht so fürchterlich viel. Ich glaube, sie hätten mich lieber zu einer Minenschule schicken sollen. Im Personalbüro brennt's wohl wieder mal bei irgendwem.«

»Na, wenn schon, ich verstand auch nicht viel mehr als Sie von der Sache, als ich an Bord kam. Übrigens ist weiter nicht viel dabei.– Noch etwas Kaffee?«

»Nein, danke.«

De Vriess nahm Queeg seine Kaffeetasse aus der Hand und setzte sie auf den Schreibtisch. Queeg griff in seine Tasche. In der Erwartung, er würde Zigaretten herausholen, nahm de Vriess eine Schachtel Streichhölzer in die Hand. Aber Queeg zog ein paar glänzende Stahlkugeln in der Größe von Murmeln hervor und fing an, sie wie geistesabwesend zwischen Daumen und Fingern der linken Hand hin und her zu rollen.

»Ich stelle mir vor«, sagte er wie nebenbei, »in der Hauptsache besteht die Geschichte wohl im Schleppen von irgendwelchen Geräten.«

»Mehr ist kaum dabei«, sagte de Vriess noch gleichgültiger. Seine Frage an Queeg wegen der Minensucherfahrung war nicht so ganz unbeabsichtigt gewesen. Im stillen hatte er vermutet, Queeg sei vielleicht dazu ausersehen, eines Tages den ganzen Verband zu führen. Diese Möglichkeit war aber jetzt ausgeschlossen; de Vriess wies auf ein großes, verschlissenes, blau eingebundenes Buch, das im Regal über seinem Schreibtisch stand. »Der ganze Zauber steht im ›Schiffshandbuch 270‹, dem Handbuch für den Minensuchdienst. Sie können sich ja in den nächsten Tagen mal ein wenig damit amüsieren.«

»Ich habe bereits darin gelesen. Scheint ziemlich einfach.«

»Ist es auch. Nichts weiter als Routine. Die Bedienungsmannschaften wissen ganz gut Bescheid. Und ihr Leutnant Maryk ist eine Kanone auf dem Gebiet. Sie werden keine Schwierigkeiten haben. Wir haben letzte Woche gerade eine ausgezeichnet gelungene Übung hinter uns gebracht. Schade, daß Sie nicht mit dabei waren.«

»Ist Maryk aktiv?« fragte Queeg.

»Nein. Außer Ihnen selber sind nur zwei aktive Offiziere an Bord. Nach der Art, wie man diese Jungens jetzt zur Funkerschule oder sonstwohin holt, werden Sie im Januar vermutlich nur noch Reserveoffiziere in Ihrer Messe haben.«

»Dann bin ich einer gegen wie viele – zwölf?«

»Zehn – theoretisch. Der Etat ist elf. Wir waren schon mal runter auf sieben und haben dann wieder aufgeholt. Sie eingeschlossen, werden es jetzt elf sein.«

Queeg hörte auf, mit seinen Kugeln zu rollen, und fing an, langsam mit ihnen in seiner Faust herumzuklimpern. »Tüchtiger Verein?«

»Im ganzen nicht übel. Einige sind gut, andere gehen gerade so.«

»Haben Sie ihre Beurteilungen ausgeschrieben?«

»Ja.«

»Darf man mal reinschauen?«

De Vriess zögerte. Lieber hätte er über die Offiziere mündlich berichtet, ihre Mängel kurz erwähnt und ihre guten Qualitäten dafür um so ausführlicher hervorgehoben. Er suchte nach einer diplomatischen Ausrede, Queegs Wunsch abzuschlagen, es kam ihm aber keine. Also zog er die Schreibtischschublade auf. »Wenn Sie gerne wollen«, sagte er, und dann gab er seinem Nachfolger einen Packen länglicher gelber Bogen in die Hand.

Queeg las die ersten drei schweigend. Dabei rollte er unablässig seine Kugeln zwischen den Fingern. »Sehr nett, besonders die über Maryk. Allerhand für einen Reserveoffizier.«

»So finden Sie unter Hunderten nur einen. Er war mal Hochseefischer. Er versteht mehr von Seemannschaft als mancher Oberbootsmann.«

»Famos.« Queeg las weiter. Er blätterte die Formulare flüchtig durch, überging dabei die für jeden Offizier genau ausgearbeiteten Beurteilungsziffern und las stets nur die summarische Charakterbeurteilung. De Vriess bekam immer stärker das Gefühl, als unterstütze er hier eine nicht ganz faire Art der Erkundung. Er atmete auf, als Queeg ihm die Beurteilungen zurückgab und dazu sagte: »Alles in allem scheint's ein ausgezeichnetes Offizierskorps.«

»Besser werden Sie's nicht so leicht finden, glaube ich.«

»Was ist mit diesem Keith los?«

»Weiter gar nichts Besonderes. Er wird mal ein guter Offizier werden. Er brauchte nur mal den Tritt in den Hintern, und den hat er von mir bezogen. Ich habe mir schon überlegt, ich schreibe seine Konduite noch einmal neu, ehe ich sie einreiche. Er ist sehr willig und hat einen klugen Kopf.«

»Weshalb brauchte er diesen Tritt in den Hintern?«

»Er hat einen Funkspruch verschlampt. Keinen sehr wichtigen, aber da er gerade erst anfängt, verstehen Sie, dachte ich, aus grundsätzlichen Erwägungen würde man ihn am besten gleich erst mal kräftig mit der Nase draufstoßen.«

Queeg verzog seinen Mund. Dann lächelte er höflich. »Es dürfte wohl überhaupt keinen Funkspruch geben, der nicht wichtig ist.«

»Aber natürlich! Damit haben Sie völlig recht.«

»Hat Ihr Nachrichtenoffizier den Fehler entdeckt, dieser Keefer?«

»Keefer macht sich ausgezeichnet. Aber natürlich gibt es kein System, das ganz narrensicher wäre. Keefer ist übrigens ein sonderbarer Kauz. Brillanter Kopf. Schriftsteller. Hat ungefähr alles gelesen, was es gibt. Der Bursche arbeitet in seiner Freizeit an einem Roman.«

»Haben Sie Keith bestraft?«

»Ich habe ihn drei Tage eingesperrt.«

»Und Keefer?«

»Eins möchte ich hier so eindeutig klarstellen wie möglich«, sagte de Vriess liebenswürdig, aber fest, »ich halte beide für ausgezeichnetes Offiziersmaterial. Wenn Keith erst mal mehr mitgemacht hat, wird vermutlich ein hervorragender Offizier aus ihm werden. Was Keefer betrifft, so hat er an sich genug Verstand, um alle seine Aufgaben in außergewöhnlicher Weise zu erfüllen. Aber er ist schon älter und seine Interessen sind daher etwas zersplittert. Packen Sie ihn bei seiner Ehre, und er wird Sie nicht enttäuschen. Auf See geht er eine gute Brückenwache.«

»Angenehm zu hören. Wie steht's sonst mit den Wachgängern?«

Dem fernen Gehämmere der Rostklopfer gesellte sich jetzt unmittelbar über ihnen ein neuer Lärm hinzu, das kreischende Gekratze einer anderen Arbeitsgruppe, die sich über die Farbe hermachte. Queeg zuckte zusammen.

De Vriess sprang auf, drückte den Summerknopf und brüllte in ein messingnes Sprachrohr am Kopfende seines Bettes: »Engstrand! Sagen Sie der verfluchten Bande da oben, sie soll aufhören, mir den Schädel zu spalten!« Ein paar betäubende Sekunden sahen sich die beiden Männer noch halb amüsiert, halb entsetzt an, dann hörte der Lärm plötzlich auf.

»Gibt's hier viel solchen Lärm?« fragte Queeg.

»Immer, wenn wir im Hafen liegen, machen sich die Jungens dahinter. Einzige Möglichkeit, mit dem Rost fertig zu werden.«

»Ich sehe nicht ein, warum. Kratzen Sie sie einmal richtig bis auf das blanke Metall und geben Sie dem Deck einen anständigen doppelten Anstrich. Dann haben Sie für lange Zeit Ruhe.«

»Sie werden hier nicht viel blankes Metall finden«, meinte de Vriess. »Diese Decks haben schon zuviel Salzwasser abbekommen. Sie haben zuviel Löcher. Der Rost fängt in irgendeinem Loch an und breitet sich unter der neuen Farbe aus wie eine Hautkrankheit. Im übrigen ist das ja gar nicht so schlimm. Im Gegenteil, Farbekratzen ist eine recht gute Übung. Wir haben immer eine ganze Menge ungenutzter Zeit damit ausgefüllt.«

»Wie manövriert das Schiff?«

»Wie jeder Zerstörer. Die Maschinen sind stark genug. Natürlich drehen diese Eimer nicht auf dem Teller wie die neuen Geleitzerstörer. Aber man kann gut damit fertig werden.«

»Muß man beim Längsseitsgehen mit starker Abdrift rechnen?«

»Nun, auf den Wind müssen Sie schon aufpassen.«

»Sind die Leute an den Leinen in Ordnung?«

»Keine Klagen, Maryk hat sie ordentlich in Schwung.«

»Ich habe gern, wenn die Leinen schnell bedient werden.«

»Ich auch. Haben Sie schon Zerstörer gefahren?«

»Na«, antwortete Queeg, »ich glaube, ich habe schon ein paar Millionen Seestunden als Wachhabender hinter mir.«

»Haben Sie auch angelegt und so weiter?«

»Zugesehen habe ich oft genug, auch die Befehle gegeben und alles das.«

De Vriess sah seinen Nachfolger mit zusammengekniffenen Augen an. »Waren Sie eigentlich Eins O auf diesem Zerstörer der Bristol-Klasse?«

»Ungefähr einen Monat. Ich hatte fast jedes andere Ressort unter mir – es war auf der ›Falk‹ – Artillerie, Schiffskörper, Maschine, Nachrichten –, ich fing gerade an, mich als Eins O einzuarbeiten, da holten sie mich auf einen Flugzeugträger.«

»Hat Ihnen der Alte oft die Schiffsführung überlassen?«

»Dazu war nicht viel Gelegenheit. Ein paarmal.«

De Vriess bot Queeg eine Zigarette an und steckte sich selber eine in den Mund. »Wenn Sie gerne wollen«, sagte er gleichgültig, indem er sein Streichholz ausfuchtelte, »können wir ein paarmal zusammen fahren, ehe Sie das Schiff übernehmen. Ich kann ja danebenstehen, wenn Sie an- und ablegen, vielleicht ein paarmal mit den Schrauben drehen und so weiter.«

»Danke, das wird nicht nötig sein.«

De Vriess schwieg und zog zweimal an seiner Zigarette.

»Auf jeden Fall«, sagte er, »stehe ich Ihnen zur Verfügung. Wie denken Sie darüber?«

»Ich muß zunächst einmal die Geheimsachen prüfen und die Übergabeverhandlungen unterschreiben«, sagte Queeg. »Vielleicht können wir das bald abmachen. Möglichst sogar noch heute. Und dann würde ich Ihnen dankbar sein, wenn ich mich mal umsehen ...«

»Am besten gleich jetzt.«

»Ich darf wohl annehmen, daß alle Unterlagen auf dem laufenden sind? Ich meine – die Logbücher, das Kriegstagebuch, die Schiffskörperbefunde, die Vernichtungsverhandlungen, das Rollenbuch und das alles?«

»Wenn sie das noch nicht sind, wird es der Fall sein, wenn Sie so weit sind, daß Sie mich abzulösen gedenken.«

»Wie ist es mit der Inventarliste Titel B?«

De Vriess preßte die Lippen zusammen. »Ich muß leider sagen, die ist ziemlich in Unordnung. Ich würde Ihnen etwas vormachen, wenn ich hier das Gegenteil behaupten wollte.«

»Was ist denn damit los?«

»Los ist ganz einfach, daß dieses Schiff seit Beginn des Krieges ungefähr hunderttausend Meilen hin und her gedampft ist«, sagte de Vriess. »Wir haben bei nächtlichen Unternehmungen, Stürmen und so weiter so viel Krampf erlebt, daß die Hälfte unseres B-Geschirres verlorengegangen ist. Wir wissen nicht mal, wo es geblieben ist. Wenn Sie gerade dabei sind, irgendeinen blöden Kasten während eines Luftangriffes von einem Riff herunterzuschleppen, und es fällt Ihnen dabei ein Snatchblock über Bord, dann denken Sie nicht daran, in die Karteikarte des Titel B eine Eintragung zu machen. Sie sollten natürlich, aber Sie tun es nicht.«

»Das ist einfach. Eine neue Inventarliste und eine Verlustverhandlung über das verlorengegangene Geschirr würde diese Angelegenheit in Ordnung bringen.«

»Natürlich. Aber die Aufnahme des Titel-B-Inventars dauert zwei Wochen. Wenn Sie so lange warten wollen, bis wir damit fertig sind, bin ich gern bereit, die Sache gleich in Gang zu bringen.«

»Kommt gar nicht in Frage. Ich kann mich genausogut darum kümmern wie Sie«, antwortete Queeg. »Ich dachte, vielleicht löse ich Sie morgen schon ab – wenn ich heute nur einen Blick in die Geheimsachen und in die Unterlagen werfen darf.«

De Vriess war in gleicher Weise angenehm berührt wie erstaunt. Auch er hatte zwar seinen Kommandanten auf der »Caine« innerhalb achtundvierzig Stunden abgelöst; damals war er aber als Erster Offizier mit dem gesamten Schiff genauso vertraut gewesen wie der Kommandant. Queeg kam zum erstenmal auf ein Schiff, dessen Typ vollkommen neu für ihn war, von dem er fast überhaupt nichts wußte. Er hätte das Recht gehabt, erst einmal ein paar Seetage zu verlangen, um alle Schiffseinrichtungen in Tätigkeit zu sehen. De

Vriess hatte erwartet, die Kommandoübergabe würde mindestens eine Woche beanspruchen. Es wäre aber ganz und gar gegen den guten Ton in der Marine gewesen, hätte er eine Bemerkung gemacht. Er stand auf.

»Ausgezeichnet«, sagte er. »Schöner Gedanke, in drei Tagen schon meine Frau wiedersehen zu dürfen. Wie wär's mit einer schnellen Rundreise durch das Schiff?«

»Schön.« Queeg ließ die Stahlkugeln in seine Tasche gleiten.

»Hätte ich gewußt, daß Sie kommen«, meinte de Vriess, »dann hätte ich erst noch mal selber eine Inspektion abgehalten und das Schiff für Sie ein bißchen hergerichtet. Die Jungens können ausgezeichnete Arbeit leisten, obgleich Sie mir das nicht glauben werden, wenn Sie das Schiff jetzt sehen.«

»Ziemlich kühl für Hawaii zu dieser Jahreszeit«, antwortete Queeg.

An diesem Nachmittag lag Willie Keith im Deckshäuschen auf seiner Koje und versuchte vergeblich, in Kants »Kritik der reinen Vernunft« zu lesen, die er sich von Keefer geborgt hatte. Die Neugierde nagte an ihm. Er konnte sich kaum verkneifen, sein freiwilliges Gefängnis kurz zu verlassen und sich den Mann anzusehen, der gekommen war, ihn von de Vriess' Tyrannei zu erlösen. Viermal hintereinander mußte er dieselbe Seite durchlesen, da seine Gedanken fortwährend abschweiften. Er versuchte sich aus Hardings Schilderungen von Queeg ein Bild zu machen, wie die Archäologen aus einem Stück Kieferknochen den Höhlenmenschen rekonstruieren.

»Mistuh Keith, Suh?«

Willie blickte in das trübselige Gesicht Whittakers, das mit seinen Hängelippen ein paar Zentimeter über dem seinigen erschien. »Was gibt's, Whittaker?«

»Suh, Mist' Keith soll zum Kommandant in die Messe kommen, Suh.«

Willie sprang aus der Koje. Er zog seine sauberste Khakiuniform an. Als er in der Eile seine Abzeichen ansteckte, stach er sich dabei. Beim Eintritt in die Messe lutschte er deshalb an seinem Daumen, was leider etwas unreif wirkte. Die beiden Kommandanten saßen am grüngedeckten Tisch und tranken Kaffee.

»Fähnrich Keith«, stellte de Vriess mit betonter Förmlichkeit vor, »Commander Queeg.«

Der neue Kommandant stand auf und gab dem Fähnrich freundlich lächelnd die Hand. Mit einem ängstlichen Blick versuchte Willie sein Gegenüber abzuschätzen. Vor ihm stand ein kleiner Mann, kleiner als er selbst, in sauberer blauer Uniform mit zwei Ordensbändern und einem Gefechtsstern auf der Brust. Er hatte ein ovales, etwas plumpes blasses Gesicht und kleine enggestellte Augen. Über seinem fast kahlen Kopf lagen ein paar blonde Haarsträhnen, und an den Schläfen war sein Haarwuchs etwas üppiger. »Hallo, Mr. Keith«, sagte Queeg leutselig und in guter Laune. Seine Stimme klang hell und fröhlich.

Willie mochte ihn sofort leiden. »Guten Tag, Sir.«

»Willie«, sagte de Vriess, »sind Sie in der Lage, sofort das Geheimsachenverzeichnis und eine Übergabeverhandlung vorzulegen? Commander Queeg möchte sie heute nachmittag haben.«

»Selbstverständlich, Sir.«

»Ist alles vollzählig vorhanden?«

»Selbstverständlich, Sir.« Willie erlaubte sich diesen leicht entrüsteten Ton in seiner Antwort, da der neue Kommandant schon zur Stelle war und de Vriess doch bald nichts mehr zu sagen haben würde.

»Gut.« Der Kommandant wandte sich an seinen Nachfolger. »Er steht Ihnen zur Verfügung. Wenn ich sonst noch etwas für Sie tun kann, lassen Sie mich's bitte wissen.«

De Vriess ging in seine Kajüte und schloß die Tür hinter sich. Willie wandte sich an seinen neuen Kommandanten.

Er konnte ein spitzbübisches Grinsen nicht ganz unterdrücken. »Freue mich, daß Sie an Bord sind, Sir.«

»Wie nett, ich danke Ihnen, Willie«, sagte Queeg. Er hob die Augenbrauen und lächelte freundlich. »Wollen mal gleich anfangen, nicht wahr?«

Am nächsten Vormittag um elf Uhr trat die Besatzung auf der Back zur Musterung an, und in einer etwas oberflächlichen Weise wurde die feierliche Kommandoübergabe vollzogen. Die Offiziere hatten sich große Mühe gegeben, die Mannschaften für diese Gelegenheit etwas herauszuputzen. Trotz der blanken Schuhe, des frischen Arbeitszeuges und der glattrasierten Gesichter sahen sie aber doch aus wie ein Haufen Landstreicher, die eben von der Heilsarmee entlaust worden waren.

Nach der Feier gingen die beiden Kommandanten zusammen unter Deck. Die Kapitänskajüte stand voll von dem Gepäck der beiden Offiziere. De Vriess schlängelte sich zu seinem Schreibtisch durch. Er öffnete den kleinen Safe und nahm einige Schlüssel mit Schildern daran heraus, dazu ein paar versiegelte Umschläge. Er händigte alles Queeg aus. »In den Umschlägen befinden sich die verschiedenen Safekombinationen, die Sie brauchen werden – ich glaube, das wär's wohl.« Dann sah er sich im Raume um. »Ich überlasse Ihnen hier einen Haufen Schauerromane. Ich weiß nicht, ob Sie sie mögen, aber ich kann nichts anderes lesen. Sie zerstreuen mich in allen Lebenslagen. Ich weiß sowieso nie von einer Seite zur anderen, was ich gelesen habe.«

»Danke vielmals. Ich glaube, ich werde für's erste genug damit zu tun haben, in den Dienstbüchern zu lesen.«

»Aber gewiß doch. Also dann – ich haue ab.« De Vriess hob den Kopf und blickte seinem Nachfolger ins Auge. Queeg hielt seinem Blick einen Moment stand und bot ihm dann die Hand.

»Viel Glück auf Ihrem Neubau!«

»Wenn ich ihn bekomme. Sie haben jetzt ein gutes Schiff in Händen, Queeg, und eine gute Besatzung dazu.«

»Ich hoffe, ihnen ein guter Führer zu sein.«

De Vriess grinste. Dann sagte er langsam: »Ich frage mich, ob Sie nicht im stillen denken, daß es ein reichlich verlauster Kahn ist.«

»Oh, ich habe volles Verständnis«, antwortete Queeg. »Sie waren eben eine verdammt lange Zeit im vordersten Frontgebiet.«

»Das meine ich nicht. Mit manchen Schiffen können Sie Dinge vollbringen, die Sie mit anderen nicht fertigkriegen«, erwiderte de Vriess. »Ganz unter uns, diese verdammten Eimer sollte man einschmelzen und Rasierklingen daraus machen. Sie rollen und stampfen ganz fürchterlich, die Kraftanlage ist zum Teufel, die Maschinen sind veraltet, die Leute sind in ihren Unterkünften zusammengepfercht wie die Heringe. Wir haben hier die einzigen Kesselräume in der ganzen Marine, in denen die Heizer noch unter Überdruck arbeiten müssen. Wenn irgend etwas schiefgeht, kann die Feuerung zurückschlagen und alle umbringen. Die Leute wissen genau, was man ihnen da zumutet. Das Komische ist nur, den verrückten Halunken gefällt das sogar. Nur ganz wenige sind um Versetzung eingekommen. Aber, man muß sie in Ruhe lassen. Wenn man sie so sieht, hält man sie für eine Herde fauler Landstreicher. Aber verlangen Sie mal etwas Besonderes von ihnen, und Sie werden sehen, sie sind da. Aus mancher üblen Situation haben sie mich rausgerissen.«

»Schön. Besten Dank für die Aufklärung«, unterbrach ihn Queeg. »Liegt die Gig für Sie klar?«

»Ich glaube, ja.« De Vriess drückte seine Zigarre aus und öffnete die Tür. »Whittaker, wollen Sie mir mal bei meinem Gepäck behilflich sein?«

Willie stand am Fallreep und schnallte sich gerade sein Koppel um, als die beiden Messestewards mit dem Gepäck ankamen. Ihnen folgte de Vriess. »Wo ist die Gig, Willie?«

»Ach, ich dachte, Sie würden uns nicht vor vier Uhr verlassen, Sir. Ich habe die Gig gerade zur ›Frobisher‹ hinübergeschickt, um die Filmrollen auszutauschen. In zehn Minuten ist sie aber wieder da. Ich bitte um Entschuldigung, Sir.«

»Weiter nicht schlimm. Stellt das Gepäck solange hierher, Leute.«

»Jassuh«, sagten die beiden Messestewards. »Adieu, Captain, Suh.«

»Daß ihr mir eurem neuen Kommandanten nur keinen von dem kalten Kaffee auf die Brücke bringt!«

»No, Suh.« Die beiden Farbigen grienten.

De Vriess setzte den Fuß auf die Relingkette und blickte über den Hafen. In seiner blauen Uniform sah er überraschend eindrucksvoll aus. Die Matrosen, die auf dem Achterdeck Farbe klopften, warfen ihm neugierige Blicke zu und tuschelten leise miteinander. Willie ärgerte sich über seine eigene Verlegenheit und fühlte sich verpflichtet, mit seinem früheren Kommandanten Konversation zu machen. »Wie ist Ihnen so zumute, Sir?«

»Wie ist mir wie zumute?« antwortete de Vriess, ohne ihn anzusehen.

»Ich meine, daß Sie das Schiff jetzt auf einmal verlassen nach – wie lange? – nach mehr als fünf Jahren, nicht wahr?«

De Vriess drehte seinen Kopf zur Seite und musterte Willie mit einem kalten Blick.

»Pah, glücklichster Augenblick meines Lebens«, brummte er.

»Hoffentlich bekommen Sie ein gutes Schiff, Sir.«

»Wär' endlich mal Zeit.«

De Vriess ließ ihn stehen und schlenderte nach achtern zum Heck. Beim Gehen sah er auf seine Fußspitzen hinab. Eine kleine Gruppe von Deckoffizieren und Maaten erschien auf dem Seitendeck bei der Kombüse. Sie paßten den Exkommandanten ab, als er wieder nach vorn kam. Der älteste Deckoffizier unter ihnen, ein fetter Pumpenmeister mit einem Bulldoggengesicht namens Budge, dem der Bauch über sein Koppel quoll, trat an ihn heran. »Entschuldigen Sie bitte, Sir.«

»Ja, was wollen Sie?«

Budge nahm seine ölige Khakimütze ab, unter der eine Riesenglatze zum Vorschein kam. Er drehte die Mütze in den Händen herum und setzte sie wieder auf. »Nichts Besonderes, Sir. Ein paar von uns haben nur zusammengelegt und diese Kleinigkeit für Sie besorgt.« Damit holte er eine lange flache Schachtel aus der Tasche und öffnete sie. Es war eine silberne Armbanduhr. De Vriess starrte auf die Uhr, dann blickte er im Kreise der verlegenen Männer umher.

»Wer ist denn auf diesen Gedanken gekommen?«

»Wir alle, Sir.«

»Nun, ihr seid alle total verrückt. Ich darf das nicht annehmen. Gegen alle Marinevorschriften.«

Budge sah die anderen hilflos an. »Ich habe ihnen das gleich gesagt, Sir. Wir dachten nur ...«

Dann ergriff ein langer krausköpfiger Zimmermannsmaat namens de Lauche das Wort. »Man darf es mit den Vorschriften nicht immer so genau nehmen, Sir.«

»Das ist ja das Leiden bei mir«, erwiderte de Vriess. »Ich bin viel zu lange in dieser Räubermarine.«

Budge sah forschend in das abweisende Gesicht des Kommandanten. Er drehte die offene Schachtel verlegen in den Händen herum, dann setzte er sie auf das schmutzige Drahtnetz eines Ventilators. »Wir haben es ja nur gut gemeint, Sir.«

Telegrafengeklingel und das asthmatische Gehuste eines Motors verkündeten das Eintreffen der Gig. »Nun nehmt euch mal zusammen bei dem neuen Kommandanten, Kerls!« sagte de Vriess. »Ihr Deckoffiziere und Obermaaten tragt die Verantwortung für das Schiff, wie ihr ganz genau wißt. Haltet die Leute in Zucht und seid geduldig, bis alles sich eingelebt hat.« Dann wandte er sich an Willie. »Ich geh' jetzt von Bord, Sir.«

»Aye, aye, Sir.« Sie grüßten beide.

De Vriess hatte die Hand schon an der Jakobsleiter, da fiel sein Auge auf die Uhr, die in der Sonne glitzerte. »Da hört doch alles auf«, rief er, »was für ein blöder Hund läßt denn eine Uhr hier rumliegen?« Er nahm sie aus der Schachtel und band sie sich um. »Warum soll ich mir nicht ein Andenken an den alten Eimer klauen? Gar keine so schlechte Uhr übrigens«, sagte er und sah sie kritisch an. »Bitte die Uhrzeit, Mr. Keith.«

»Vier Uhr, Sir«, antwortete Willie.

»Drei Uhr dreißig«, brummte de Vriess und stellte die Zeiger. »Ich werde die Uhr immer eine halbe Stunde nachgehen lassen«, sagte er zu den Leuten, »damit ich die verkommene Mannschaft der ›Caine‹ nicht vergesse. Will jemand bitte mein Gepäck runterwerfen?«

Dann stieg er das Fallreep hinunter und verschwand. Nach ein paar Augenblicken tauchten Kopf und Arme wieder auf. Er sah zu den Männern hinüber und warf ihnen einen Gruß zu. »Ich danke euch nochmals«, sagte er und stieg in die Gig. Das Gepäck wurde hinuntergebracht, dann setzte das Boot ab. Willie sah ihm nach. Er erwartete, de Vriess würde seinem alten Schiff noch einen langen Abschiedsblick zuwerfen. Der dachte aber gar nicht daran. Das letzte, was Willie von seinem Exkommandanten sah, war, wie er sich auf die Kissen unter dem Sonnensegel warf und sich in einen Kriminalschmöker vertiefte.

»Oberdeck Ordnung!« rief der Bootsmaat der Wache.

Willie drehte sich um und nahm Haltung an. Commander Queeg, in Khakihemd und Khakihose, kam das Steuerbordseitendeck entlang. Ohne sein doppelreihiges blaues Uniformjackett sah er ganz verändert aus. Er hatte überraschend schmale, herabhängende Schultern, eine eingefallene Brust und einen Spitzbauch. Seine Stirn war stark gerunzelt, über der Nase standen drei scharfe senkrechte

Falten. Seine Augen blinzelten, als versuche er, weit in die Ferne zu sehen. Willie grüßte. Queeg ignorierte den Gruß und schaute sich auf dem Achterdeck um. »Hat die Gig abgelegt?«

»Jawohl, Sir.«

»Willie, Ihre Strafe ist ab sofort aufgehoben. Nennen Sie es meinetwegen Amnestie.«

»Besten Dank, Sir«, antwortete Willie mit Wärme. Queeg blieb am Fallreepspult stehen. Er blickte nach rechts und links und rollte geistesabwesend mit den Stahlkugeln in seiner linken Hand. Die Matrosen arbeiteten emsig, sie redeten nicht und hielten die Köpfe gesenkt. Queeg sah sich die Wachkladde an. »Commander de Vriess ist noch nicht ausgetragen.«

»Ich wollte das gerade tun«, meldete sich Engstrand, der Fallreepsunteroffizier.

»Schön. Vermerken Sie die genaue Zeit des Vonbordgehens.«

»Aye, aye, Sir.«

Queeg sah zu, wie Engstrand die Eintragung machte. Auf dem blauen Arbeitshemd des Signalmaaten waren hinten in roten Buchstaben die Worte: »Schläger Engstrand Hände weg« eingestickt. Der Kommandant sagte: »Mr. Keith.«

»Jawohl, Sir.«

»Geben Sie Ihrer Ablösung bekannt: Wachanzug weißes Hemd, solange wir in Pearl liegen.«

Das war der gleiche Anzug, den die Wache auf der »Moulton« und den meisten anderen Zerstörern trug, die Willie bisher zu sehen Gelegenheit gehabt hatte. Er war mit diesem Befehl sehr einverstanden. Die »Caine« wurde der Marine wieder einverleibt, und zwar ohne viel Federlesens. »Aye, aye, Sir«, antwortete er prompt.

Queeg nahm die Besichtigung des Schiffes wieder auf. Unablässig rollte er mit seinen Kugeln, seine Schultern ließ er hängen, sein Kopf bewegte sich hin und her.

»Schön«, sagte er, »geben Sie bekannt: Offiziersbesprechung um 16 Uhr 30 in der Messe.«

»Aye, aye, Sir. Soll ich mich solange durch einen Deckoffizier verfangen lassen? Ich habe nämlich um diese Zeit noch Wache.«

»Sind die Deckoffiziere im Hafen Offizierswache gegangen?«

»Eigentlich – jawohl, Sir.«

»Schon gut, wir brauchen keinen Deckoffizier. Sie sind von der Besprechung befreit.« Der neue Kommandant der »Caine« verschwand nach dem Backbordseitendeck. »Nehmen Sie ein paar von Ihren Strafarbeitern mit etwas Terpentin«, sagte er über seine Schulter zu Willie, »und lassen Sie diese Schweinerei hier saubermachen.« Er deutete auf die Reste der Ölpfütze vom Tag vorher.

»Wir haben keine Strafarbeiter an Bord, Sir.«

»So? – Na, dann die Außenbordreiniger. Jedenfalls will ich das hier sauber haben.« Commander Queeg ging weiter nach vorn.

Der neue Geist

Um vier Uhr dreißig saßen alle Offiziere der »Caine«, außer Keith, Gorton und dem Kommandanten, um den Messetisch. Keefer und Maryk tranken Kaffee. Die anderen rauchten oder trommelten mit den Fingern auf dem grünen Tischtuch. Niemand sprach ein Wort. Für diese Tageszeit war der Raum unnatürlich gut aufgeräumt. Die Magazine und die Romanhefte standen im Regal, die Dechiffriermaschine, die sonst immer auf dem Tisch herumstand, war verschwunden.

»In der Literatur nennt man so etwas schöpferische Pause«, bemerkte Keefer leise und rührte in seinem Kaffee.

»Kannst du nicht mal für ein paar Minuten deine lose Schnauze halten, Tom!« murmelte Adams.

»Ich stelle lediglich fest«, sagte Keefer, »daß unser neuer Kommandant viel Sinn für dramatische Effekte hat. Ich bin durchaus damit einverstanden.«

»Jetzt halt den Mund«, flüsterte Maryk, als sich der Türknopf der Kommandantenkajüte drehte. Gorton kam heraus und warf einen Blick über den Tisch.

»Alles zur Stelle, Sir«, meldete er durch die offene Tür.

Queeg betrat die Messe. Die Stühle wurden zurückgeschoben, die Offiziere standen auf. Diese Höflichkeit hatten die Offiziere der »Caine« schon seit Jahr und Tag nicht mehr beachtet. Einige von ihnen hatten das überhaupt noch nie mitgemacht. Heute aber sprangen sie instinktiv alle auf.

»Behalten Sie Platz, meine Herren, behalten Sie doch bitte Platz«, sagte Queeg leicht, wie im Scherz. Dann setzte er sich auf seinen Stuhl, legte ein neues Päckchen Zigaretten und eine Schachtel Streichhölzer vor sich hin und sah sich lächelnd um, während die Offiziere ihre Plätze wieder einnahmen. Bedächtig riß er das Päckchen auf, zündete sich eine Zigarette an und nahm die beiden Stahlkugeln aus der Tasche. Er rieb sie sanft zwischen seinen Fingern hin und her und begann zu sprechen. Gelegentlich sah er auf und blickte sie an, meistens aber hielt er die Augen auf seine Zigarette oder die Stahlkugeln gerichtet.

»Nun, meine Herren, ich dachte, wir sollten uns zunächst einmal miteinander bekannt machen. Wir werden nun für lange Zeit Schiffskameraden sein. Sie sind wahrscheinlich neugierig auf mich, und ich gebe offen zu, ich bin ein wenig neugierig auf Sie, obgleich ich mir schon einen ganz guten Eindruck von Ihnen verschafft habe. Ich glaube, dies ist ein feines Schiff mit einem ausgezeichneten Offizierskorps. Ich hoffe, wir werden gut zusammen fahren, und ich hoffe, wie Commander de Vriess sich ausdrückte, wir werden ein fröhliches Weidwerk zusammen erleben. Ich bin in jeder Hinsicht für Sie da, und ich erwarte das gleiche von Ihnen. Es gibt so etwas wie Loyalität nach oben, es gibt aber auch eine Loyalität nach unten. Ich wünsche und ich erwarte restlose Loyalität nach oben. Wenn ich sie von Ihnen erhalte, seien Sie auch meiner Loyalität nach unten gewiß. Wenn nicht – na, dann werde ich feststellen, warum das so ist, und dafür sorgen, daß ich sie mir verschaffe.«

Er lachte, um damit anzudeuten, daß er nur einen Scherz mache. Die Offiziere unmittelbar neben ihm lächelten mit.

»Nun gibt es an Bord eines Schiffes vier Methoden, eine Sache zu tun – die richtige Methode, die falsche Methode, die Marinemethode und meine Methode. Ich wünsche alles auf diesem Schiff nach meiner Methode getan zu haben. Kümmern Sie sich nicht um die anderen Methoden. Tun Sie alles nach meiner Methode, und wir werden uns gut vertragen – schön. Und hat jetzt irgend jemand eine Frage?«

Er sah sich im Kreise um. Es wurden keine Fragen laut. Er nickte und lächelte zufrieden.

»Weiter, meine Herren. Ich bin ein Mann der Vorschriften, wie

Ihnen jeder sagen wird, der mich kennt. Nach meiner Überzeugung hat die Dienstvorschrift ihren guten Zweck, und weiterhin, alles, was darin steht, hat seinen guten Grund. Wenn Zweifel bestehen, denken Sie immer daran, daß wir uns auf diesem Schiff im Zweifelsfall an die Vorschrift halten. Halten Sie sich ruhig an die Vorschrift, und Sie werden niemals Vorwürfe von mir hören. Wenn Sie von der Dienstvorschrift abweichen wollen, dann sehen Sie zu, daß Sie mindestens ein halbes Dutzend stichhaltige Gründe dafür haben – und auch dann werde ich noch immer scharfe Rechenschaft von Ihnen fordern. Und, verlassen Sie sich darauf, bei Meinungsverschiedenheiten bin ich hier an Bord der Stärkere. Das ist eine der angenehmen Seiten der Stellung eines Kommandanten.« Wieder lachte er, und wieder empfing er das gleiche Lächeln. Keefer zerrieb inzwischen langsam seine Zigarette zu Krümeln.

»Ich bitte Sie, eins im Auge zu behalten«, fuhr Queeg fort. »An Bord meines Schiffes sind hervorragende Leistungen das Normale, normale Leistungen sind für mich unternormal. Unternormale Leistungen kenne ich nicht. Aber Rom wurde nicht an einem Tage erbaut. Dieses Schiff ist eine verdammt lange Zeit ohne mich gefahren. Und ich habe Ihnen ja schon gesagt, Sie sind in meinen Augen ein ausgezeichnetes Offizierskorps. Wenn ich bei den verschiedenen Ressorts irgend etwas anders haben möchte, dann werden Sie das schnell genug erfahren. Bis dahin werden Sie Ihren Dienst weiter versehen wie bisher. Sie werden aber, wie gesagt, stets daran denken, daß hervorragende Leistungen auf meinem Schiff für mich das Normale sind.«

Keefer ließ die Krümel der Zigarette langsam in seine Kaffeetasse fallen.

»So. Nachdem ich Ihnen jetzt mit meinen Ansichten ins Gesicht gesprungen bin«, sagte Queeg weiter, »gebe ich gerne einem jeden von Ihnen, der Lust dazu verspürt, Gelegenheit, mit mir dasselbe zu tun. Niemand: Schön. Dann wollen wir ab sofort einen tadellosen Dienst einführen, für den Fall, daß Sie das Gefühl haben sollten, Sie hätten in irgendeiner Weise Ihre Wachen bisher nicht tadellos gegangen, und wir wollen ein tadelloses Schiff haben. Und, wie ich schon sagte, denken Sie an die Loyalität nach oben und an die Loyalität nach unten und daran, daß hervorragende Leistungen die normalen

Leistungen sind. Und, wie ich schon sagte, ich halte Sie für ein ausgezeichnetes Offizierskorps, und ich betrachte es als einen Vorzug, mit Ihnen zusammen Dienst zu tun, und dabei wollen wir bleiben. Und das ist alles, was ich Ihnen zu sagen habe. Und ich danke Ihnen, und ...«, er lachte noch einmal in zwangloser Weise, die jede Spur von der martialischen Strenge fortwischen sollte, die in dem lag, was er gesagt hatte, »... und jetzt kann an Land gehen, wer keinen Dienst hat.«

Er stand auf und steckte seine Zigaretten ein. Auch die Offiziere standen auf.

»Behalten Sie doch bitte Platz, behalten Sie doch Platz«, sagte er. »Ich danke Ihnen, meine Herren.«

Damit ging er in seine Kajüte.

Die Offiziere glotzten sich gegenseitig an. Nach einer kurzen Pause stellte Gorton die Frage: »Hat noch jemand etwas auf dem Herzen?«

»Wann fährt die Gig an Land?« fragte Keefer.

»Um achtzehn Uhr«, antwortete Gorton. »Gut, daß du danach fragst, du hast dann nämlich die Wache.«

»So siehst du aus!« antwortete Keefer heiter. »Ich bin bestimmt in der Gig. Ich habe mich mit einem Fräulein Doktor verabredet. Sie kennt eine Menge zweisilbiger Wörter. Es verspricht ein hochgeistiger Abend zu werden, nach diesem Leben auf der ›Caine‹.«

»In vier Worten von je einer Silbe ausgedrückt: Da hast du Pech!« antwortete Gorton. »Neue Wacheinteilung: Während der ganzen Zeit im Hafen bleiben vier Offiziere an Bord. Ich oder der Kommandant und alle drei – ich wiederhole: alle drei Offiziere der betreffenden Wachhälfte. Ich nehme an, deine Hälfte hat heute Dienst.«

Keefer sah sich im Kreise um und sagte: »Geht in Ordnung. Wer tauscht mal mit dem lieben Tommy?«

»Ich, Tom«, sagte Maryk.

»Tausend Dank, Steve. Ich bin bereit, dasselbe ...«

»Tut mir leid, ihr Brüder«, warf Gorton dazwischen. »Tauschen verboten.«

Keefer biß sich auf die Lippen und runzelte die Stirn. Adams stand auf und polierte sich die Fingernägel an seinem Uniformaufschlag.

»Ich nehme ein Lexikon mit in die Barkasse, Tommy«, sagte er geziert, »und suche mir eine Anzahl zweisilbiger Wörter heraus. Weiß sie, wie man ›aber gerne‹ sagt?«

Worauf sich unter den Offizieren ein wieherndes Gelächter erhob.

»Hör mal zu, Burt«, wandte Keefer ein, »das ist ja nun völlig witzlos. Diese Wache ist ein ganz großer Blödsinn. Nichts weiter, als Gemüsekörbe abzuhaken. Verdammt noch mal, bei Tulagi mußten auch keine vier an Bord bleiben, dabei kamen die Tokioflieger jede Nacht.«

»Tom, niemals habe ich überzeugendere Gesichtspunkte zu hören bekommen«, sagte Gorton. »Deine Argumente rühren mich zu Tränen. Geh doch hinein und setze dem Alten gleich mal den Kopf zurecht.«

Carmody gähnte und legte seinen Kopf auf den Tisch. Schläfrig sagte er: »Ich sehe schon, wie der große amerikanische Roman heute nacht um ein weiteres Kapitel bereichert wird.«

Keefer stand auf, äußerte ein kurzes, fürchterlich obszönes Wort und ging in seine Kammer. Er nahm einen Band Mark Aurel von seinem unordentlichen Schreibtisch und schmiß sich auf die Koje. Zehn Minuten las er die besänftigenden Stoizismen des römischen Kaisers. Dann steckte Gorton die Nase zur Kammer herein.

»Du sollst zum Alten kommen. Sattle dein Roß zum Antreten in der Arena.«

»Ich wüßte nicht, was ich lieber täte«, brummte Keefer und sprang aus dem Bett.

Commander Queeg stand vor seinem Waschtisch und rasierte sich. »Ach, guten Tag, Tom«, sagte er. »Ich bin gleich soweit.« Er bot Keefer keinen Stuhl an. De Vriess hatte sich bei seinen Ressortchefs auch über diese Formalitäten hinweggesetzt. Sie waren gewohnt, sich einfach in den Sessel zu werfen, ohne erst dazu aufgefordert zu werden. Keefer wußte nicht recht, wie er mit Queeg dran war. Er lehnte sich daher lieber an die Koje des Kommandanten, zündete sich aber eine Zigarette an, um damit kundzutun, daß er nicht weiter vor Ehrfurcht erstarb. Queeg kratzte sein eingeseiftes Gesicht und summte. Er hatte nur eine kurze Unterhose an, und Keefer betrachtete im stillen amüsiert die nicht gerade sehr einnehmende Figur seines Kommandanten: die hohle unbehaarte weiße Brust, den kleinen hervorstehenden runden Bauch und seine fahlen dürren Beine.

»Lausige Beleuchtung«, bemerkte Queeg und blinzelte auf sein Spiegelbild. »Möchte wissen, wie de Vriess vermeiden konnte, sich die Kehle durchzuschneiden.«

»Wir können Ihnen eine hellere Birne besorgen. Sir.«

»Nee, ich glaube, das ist nicht nötig. – Sagen Sie mal, Tom, was halten Sie von Ihrem jungen Mann, diesem Keith?«

»Willie? Ein guter Junge.«

»Ich meine als Offizier?«

»Nun, er muß noch eine Menge lernen, wie jeder Fähnrich. Er wird aber mal gut.«

»Es interessiert mich nicht, wie er mal werden wird. So weit bin ich Ihrer Ansicht, daß er ein netter Junge ist – aber auch außerordentlich unreif. Vor allem für die Verwaltung der Geheimsachen.«

»Sir, ich bin überzeugt, Keith ist dieser Aufgabe durchaus gewachsen«, platzte Keefer heraus.

»Welche Schulung hat er dafür gehabt?«

»Schulung?«

»Wie ich höre, waren Sie fünf Monate auf der Nachrichtenschule.«

»Jawohl, Sir. Aber das braucht man nicht, um ...«

»Hat er die Verwaltungsvorschrift für Geheimsachen durchgearbeitet?«

»Ich möchte annehmen, auf der Kadettenschule hat man ihm die Grundlagen ...«

»Annehmen können Sie in der Marine nicht das allergeringste, Tom«, sagte Queeg scharf. Dabei sah er Keefer einen Augenblick an, schaute aber bald wieder fort. »Wäre er imstande, heute nachmittag über diese Vorschrift ein Examen zu bestehen?«

»Na, so aus dem Handgelenk ...«

»Könnten Sie das?«

»Selbstverständlich«, gab Keefer in beleidigtem Ton zurück.

Queeg spülte seinen Rasierapparat ab und sagte liebenswürdig: »Davon bin ich überzeugt. Deshalb glaube ich, Sie sollten die Verwaltung selber wieder übernehmen.«

»Aber, Sir ...«

»Der Junge hat offensichtlich nicht die geringste Ahnung, wie man Geheimsachen aufbewahrt, Tom. Verflucht noch mal, er stopft Geheimbücher in den Panzerschrank wie Abfall in die Tonne. Er läßt sie in der Funkbude und auf der Brücke herumfahren – und Empfangsbescheinigungen kann er auch nicht eine einzige vorweisen. Verstehen Sie das unter Geheimsachenverwaltung, Herr, wie?«

Tatsächlich verstand Keefer genau das darunter. Willie war bei der Übernahme wegen der maßlosen Unordnung erschrocken, aber der Schriftsteller hatte lachend gesagt: »Wir sind hier nicht auf einem Schlachtschiff, Willie. Kümmern Sie sich nicht um diesen Schwindel mit den Empfangsbescheinigungen. Wir sind hier alle gute Kameraden auf der ›Caine‹.« Unschuldig, wie er war, hatte Willie sich danach gerichtet.

Keefer antwortete: »Selbstverständlich, Sir, könnte das alles ein bißchen ordentlicher gemacht werden – ich werde ihm mal richtig auf den Schwanz treten.«

»Nichts zu machen. Ablösen werden Sie ihn.«

»Ich bitte um Entschuldigung, Sir, in der ganzen Flottille gibt es nicht ein einziges Schiff, auf dem ein Leutnant die Verwaltung hat – Das ist überall nebendienstliche Aufgabe eines Fähnrichs – immer so gewesen.«

»Na schön. Ich will nichts Unvernünftiges verlangen«, sagte Queeg. »Was glauben Sie, wie lange Sie brauchen werden, um Keith als Verwalter anzulernen?«

»Ein paar Tage, höchstens eine Woche, dann kennt Willie das Handbuch auswendig.«

»Schön. Lassen wir's dabei.«

»Aye, aye, Sir. Danke gehorsamst.«

»Verstehen Sie mich nicht falsch!« sagte Queeg. »Bis dahin wünsche ich, daß Sie ihn ablösen. Heute abend noch.«

»Was? Ich soll mir alles übergeben lassen und eine Übergabeverhandlung unterschreiben und dann in drei Tagen noch mal umgekehrt dasselbe machen?«

»Wir haben einen Haufen Zeit und Übergabeformulare in Mengen.«

»Sir, ein Ressortchef, der außerdem dauernd Wache gehen muß, hat nicht beliebig viel Zeit zur Verfügung. Wenn Sie von mir verlangen, daß ich meine Hauptaufgaben hervorragend erfülle, dann ...«

»Ich erwarte hervorragende Erfüllung aller Ihrer Aufgaben, wie sie da sind. Diese Geschichte beschränkt Sie vielleicht ein wenig in Ihrer Romanschreiberei. Aber natürlich ist ja auch niemand von uns hier an Bord, um Romane zu schreiben.«

Während des gespannten Schweigens, das folgte, zog Queeg seine Schubladen heraus. Sie glitten aufs Deck, und er beförderte sie mit einem Tritt in die Ecke. »Na«, sagte er vergnügt und holte sich ein Handtuch, »jetzt hoffe ich nur, es gibt heißes Wasser in der Brause.«

Keefer sagte langsam und gezwungen: »Haben Sie etwas dagegen einzuwenden, Sir, daß ich an einem Roman arbeite?«

»Ganz und gar nicht, Tom«, antwortete Queeg. Er nahm einen verblichenen blauen Bademantel aus seinem engen Schrank. »Ein Nebeninteresse intellektueller Natur wird allen Offizieren empfohlen. Es dient als Anregung für klares Denken und zur Schärfung der Wachsamkeit.«

»Ausgezeichnet gesagt, Sir«, antwortete Keefer.

»Das gilt selbstverständlich nur, solange Ihr Ressort nach jeder Richtung hin auf der Höhe ist«, sagte Queeg. »Damit meine ich alle Unterlagen, alle Korrespondenz auf dem laufenden, alle Veränderungen eingetragen, erledigt, alle Leute in Schuß bis zum letzten, Ihr eigenes Können auf der Höhe, und, ganz allgemein gesprochen, Sie müssen alles so fest in der Hand haben, daß Sie während Ihrer freien Zeit wirklich keine Dienstobliegenheiten mehr zu erfüllen brauchen. Bis dahin, glaube ich, hat die Marine den ersten Anspruch auf Sie.«

»Ich sollte meinen, es gibt nicht viel Offiziere in der Marine, die behaupten könnten, ihre Ressorts seien in einem so ordentlichen Zustand.«

»Kaum einer unter hundert, vielleicht. Der Durchschnittsoffizier von heute kann von Glück sagen, wenn er mit seiner Arbeit auf dem laufenden bleibt und dann noch sechs Nachtstunden zum Schlafen hat. Ich glaube, deshalb haben wir auch nicht viel Romanschriftsteller in der Marine«, sagte Queeg kichernd. »Aber Commander de Vriess hat Sie mir als einen Mann von außerordentlicher Begabung geschildert, und ich möchte hoffen, daß er mit seinem Urteil recht gehabt hat.«

Keefer legte seine Hand auf den Türknopf. »Laufen Sie nicht weg«, sagte der Kommandant. Er wickelte ein Stück Seife aus. »Ich möchte mich noch ein bißchen weiter mit Ihnen unterhalten.«

»Ich dachte nur, Sir, Sie wollten sich gerade duschen.«

»Deshalb können wir doch sprechen. Kommen Sie mit! – Sagen Sie mal, Tom, was haben wir im Augenblick für ein Wellenprogramm?« schrie er durch das Prasseln des Wassers auf das Metalldeck im Baderaum.

Eine Konferenz während einer Dusche war etwas Neues für Keefer. Er tat so, als höre er Queeg nicht. Kurz darauf drehte sich der Kommandant herum und blinzelte unter seinen Augenbrauen hervor, während er sich den Unterleib einseifte.

»Na?«

»Ich kann Sie nicht gut verstehen durch das Wasser, Sir.«

»Was für ein Wellen-Programm haben wir zur Zeit?«

Vor zwei Stunden hatte Keefers Funkmaat dem Nachrichtenoffizier gemeldet, Queeg sei in der Funkbude gewesen und habe ihn ganz eingehend über das Wellenprogramm ausgeforscht. Der neue Kommandant sei sehr heftig geworden, als er hörte, sie nähmen nur die jeweiligen Hafensendungen auf. Deshalb formulierte Keefer seine Antwort sehr vorsichtig.

»Wir richten uns nach dem Pearl-Harbor-Programm, Sir, und nehmen die örtlichen Hafensendungen auf.«

»Was sagen Sie da?« Commander Queeg zeigte Erstaunen.

»Wie ist das mit der Foxwelle? Haben wir die nicht besetzt?« Er hob das Bein und seifte sich darunter ein.

»Wir bekommen diese Funksprüche von der ›Beteigeuze‹. Die halten diese Welle für alle Zerstörer im Hafen besetzt. Das ist immer so gewesen!« brüllte Keefer.

»Sie brauchen nicht zu schreien. Ich höre Sie auch so. Immer so gewesen – für wen? Für die Zerstörer im selben Bassin wie die ›Beteigeuze‹! Wir liegen eine Bootsstunde von ihr weg. Was passiert, wenn ein dringender Funkspruch für uns durchkommt?«

»Sie sollen uns den sofort über die Hafenwelle durchgeben.«

»Sollen! Und sollten sie es mal nicht tun?«

»Hören Sie, Sir. Die ›Beteigeuze‹ kann mal plötzlich in die Luft fliegen. Auch wir können mal in die Luft fliegen. Bis zu einem gewissen Grad muß man schon normale Verhältnisse voraussetzen dürfen.«

»In unserer Marine dürfen Sie überhaupt nichts voraussetzen«, antwortete Queeg. »Schlagen Sie sich das ruhig aus dem Kopf. Nichts wird von jetzt an vorausgesetzt auf diesem Schiff, nicht die geringste Kleinigkeit, das kann ich Ihnen flüstern.« Er spülte sich die Seife vom Körper und drehte das Wasser ab.

»Geben Sie mir bitte mal das Handtuch.« Keefer gab es ihm.

»Jetzt hören Sie mal zu, Tom«, sagte der Kommandant etwas freundlicher und frottierte sich dabei mit dem Handtuch. »In der Marine darf ein Kommandant nur einmal einen Fehler machen – nur ein einziges Mal, und dann ist Schluß. Die da oben warten ja nur darauf, daß ich einen Fehler mache. Ich werde diesen Fehler aber nicht machen, und niemand auf diesem Schiff wird ihn für mich machen. Meinen Funkern werde ich schon abgewöhnen, herumzudösen, und wenn ich jedem einzelnen sechs Monate Urlaubssperre aufbrummen muß; und wenn ich sie alle degradieren muß, damit sie zu sich kommen. Nicht aber kann ich das geringste mit dem blöden Affen auf der ›Beteigeuze‹ anstellen, der dort döst. Deshalb werde ich die ›Beteigeuze‹ auch nicht für mich Wache schieben lassen. Wir schieben unsere Wache selber, und zwar die ganzen 24 Stunden, und wir schieben diese Wache ab sofort. Ist das klar?«

»Ist klar, Sir.«

Queeg sah ihn freundlich an. »Und jetzt – haben Sie Lust, mit mir in den Klub zu gehen und ein paar zu genehmigen?«

»Tut mir leid, Sir. Nach der neuen Wachordnung muß ich an Bord bleiben.«

»Ach, wie blöde«, sagte der Kommandant bedauernd, als ob er und Keefer beide die gleichen Opfer einer albernen Bestimmung wären. »Na, dann ein andermal. Sagen Sie mal, ich würde gern Ihren Roman lesen in den nächsten Tagen. Ist auch genug Erotik drin?« Er kicherte erwartungsvoll.

»Haben Sie noch Befehle, Sir?« antwortete Keefer.

»Nicht daß ich wüßte, Tom«, sagte Queeg und schlurfte den Gang hinunter. Der Nachrichtenoffizier ging in seine Kammer, nahm den

Mark Aurel und legte sich mit ihm in die Koje. Dann zündete er sich eine Zigarette an und tat erst mal schnell hintereinander ein paar tiefe Züge. Bald lag er in einer Wolke grauer Rauchringe und las.

Abends um elf kam Willie Keith aufs Achterdeck und suchte Keefer. Der Bootsmaat der Wache, ebenso geleckt wie griesgrämig in seiner weißen Uniform, sagte ihm, der Wachhabende Offizier sei nach vorn gegangen, um die Leinen nachzusehen. Willie ging auf die luftige Back. Dort saß Keefer an den Anker gelehnt auf einer zusammengelegten Decke und ließ die Beine über Bord baumeln. Sein Wachkoppel lag neben ihm an Deck. Er rauchte und starrte in die schwarze Sternennacht. »'n Abend«, sagte Willie.

»'n Abend.«

»Stör' ich?«

»Kaum. Mache gerade ein Sonett.«

»Also störe ich doch! Entschuldigen Sie bitte!«

»Macht fast gar nichts. Das Sonett stinkt sowieso. Was kann ich für Sie tun?«

»Ich habe drei Stunden über der Geheimsachenvorschrift gesessen. Den ersten Teil kann ich, glaub' ich, auswendig.«

»Alle Achtung!«

»Haben Sie was dagegen, wenn ich jetzt mal auf die ›Moulton‹ gehe und meinen Freund besuche?«

»Nichts wie los!«

»Ich habe bei Mr. Gorton reingeschaut, um ihn zu fragen. Er schlief aber.«

»Quatsch. Sie brauchen keine Erlaubnis vom Eins O, um von Schiff zu Schiff einen Besuch zu machen. Hauen Sie ab.«

»Danke, und viel Glück mit dem Sonett.«

In der peinlich sauberen Messe auf der »Moulton« saßen die Offiziere trübselig herum, lasen in Zeitschriften oder tranken Kaffee. Keggs war nicht dabei. Willie ging den Gang entlang zu Keggs' Kammer und zog den grünen Vorhang zur Seite. Sein Freund lag über dem Schreibtisch und schnarchte. Das lange Gesicht ruhte auf einem Stoß ausgebreiteter Blaupausen. Die Tischlampe schien ihm unmittelbar auf die Augenlider. Die Hände hingen ihm linkisch zur Seite herunter, seine Knöchel berührten das Deck. Willie wartete eine Weile, dann tupfte er Keggs auf die Schulter. Der Fähnrich fuhr wild empor und japste. Erst glotzte er Willie voller Schrecken an, aber dann erkannte er seinen Freund allmählich und begrüßte ihn mit einem herzlichen und traurigen Lächeln. »Guten Abend, Willie.«

»Mensch, wozu studierst du denn diese Blaupausen?« fragte Willie ihn.

»Ich mache einen Maschinenkursus durch.«

»Maschinenkursus? Du gehörst doch zum Deck.«

»Der Alte läßt alle Maschinenleute den Deckdienst und alle Decksleute den Maschinendienst studieren. Dann sind wir in allen Sätteln gerecht, sagt er.«

»Großartiger Gedanke«, erwiderte Willie, »vorausgesetzt, du brauchst kein Ressort zu leiten, keine Wache zu schieben und keinen Krieg zu führen. – Ich dachte, wir könnten vielleicht eine Partie Schach spielen.«

»Aber klar – furchtbar gerne, Willie«, erwiderte Keggs zaghaft. Er warf einen vorsichtigen Blick in den Gang. »Die Luft scheint rein zu sein. Ich mache mit, los!« Sie gingen in die Messe. Keggs nahm ein Schachbrett und eine Schachtel mit Schachfiguren vom Regal und fragte einen feisten Leutnant: »Wann kommt er zurück?«

»Ich glaube, nicht vor Mitternacht«, brummte dieser.

Er lag fast horizontal in einem Sessel und stierte blöde in eine zerrissene Nummer von »Life«.

»Das ist großartig, Willie. Froh, daß du gekommen bist. Was kann das schlechte Leben nützen, komm, wir trinken ein paar Coca-Colas.«

»Gerne.« Keggs verschwand in der Pantry und kam alsbald mit ein paar eisgekühlten Flaschen zurück. »Sonst noch jemand?« fragte er und blickte sich um. Die meisten Offiziere hörten gar nicht auf ihn. Zwei sahen ihn mit glanzlosen Augen an. »Wenn ich noch eine Coke trinke«, sagte der Faulpelz in dem Sessel, »bekomme ich Krämpfe.«

»Habt ihr noch immer Urlaubssperre?« fragte Willie.

»Bis Sonntag«, sagte Keggs.

»Und dann kriegen wir vermutlich Befehl«, sagte der Faule, »nach Truk zu fahren und Minen zu suchen.«

Während Willie die Schachfiguren aufstellte, trank Keggs einen tiefen Zug aus der Coca-Cola-Flasche. »Großartig, diese Coke. Ich fühle mich sauwohl. Habt ihr Brüder was dagegen, wenn ich das Radio anstelle?« Niemand antwortete. Er stellte eine lärmende Jazzmusik ein. »Oh, Donnerwetter, zur Abwechslung mal keine Hawaiimusik. Bist du bald mit den Figuren fertig, Willie? Paß auf, wie ich dich reinlegen werde. Tschängderäng, tschängderäng ...«

Er fing an zu singen und tanzte dazu tolpatschig in der Messe herum. Seine langen Arme schlenkerten hin und her. Der Leutnant im Sessel sah ihn mit einer Mischung von Ekel und Mitleid an. »Ist ja toll«, sagte er, »was ein Mittagsschlaf bei diesem armen geschundenen Schwein alles fertigbringt.«

Keggs setzte sich Willie gegenüber an den Tisch und machte einen Zug mit seinem weißen Königsbauern. »Paß auf, Willie, vergiß nicht, wenn der Summer zweimal geht, ist es soweit. Partie ist vorbei. Das ist das Signal vom Fallreep, daß er an Bord zurückkommt. Dann verduftest du wie wir alle. Geh über das Steuerbordseitendeck, dann läufst du ihm wahrscheinlich nicht in die Arme.«

»Und wenn ich ihm nun doch in die Arme laufe?«

»Dann tun Sie, als ob nichts wäre«, sagte der Leutnant im Sessel, »lecken ihn am Arsch, gehen vergnügt weiter und pfeifen ›Lichtet die Anker‹.«

»Wie ist euer Neuer drüben?« fragte Keggs.

»Ein Mensch zur Abwechslung mal.«

Einige Offiziere gähnten, reckten sich und gingen in ihre Kammern.

»Ach, wie herrlich ist das alles«, sagte Keggs und trank sein Coca-Cola aus, »wir sollten das öfter machen, Willie.«

Die Messetür öffnete sich, und Iron Duke Sammis trat ein, gefolgt von Queeg. Keggs merkte es nicht. Er machte einen Zug mit einem Läufer, sah auf und grinste siegesbewußt. Plötzlich gewahrte er, wie die zurückgebliebenen Offiziere mit versteinerten Gesichtern aufstanden. Ein gequälter Schrei quetschte sich aus seiner Kehle, er sprang auf und warf das Schachbrett dabei um. Die Schachfiguren rollten und hüpften über das Deck.

»Meine Herren«, sagte Iron Duke Sammis, »dies ist Commander Queeg, der neue Kommandant der ›Caine‹. Guten Abend, Mr. Keith.«

»Guten Abend, Sir, guten Abend, Commander Queeg«, sagte Willie.

»Ich stelle mit Freuden fest«, sagte Queeg, »daß ich einen Schachspieler unter meinen Offizieren habe. Ich wollte immer gerne Schachspielen lernen.«

»Eine wundervolle Erholung«, sagte der Iron Duke. »Schade nur, daß soviel Zeit dazu gehört, ich habe seit dem Krieg keine einzige Partie mehr gespielt. Aber da mein Nachrichtenoffizier die Muße dazu zu haben scheint, kann ich ja wieder mal damit anfangen.«

»Sir, alle Funksprüche, die heute abend gekommen sind, liegen auf Ihrem Schreibtisch«, sagte Keggs mit zitternder Stimme, »außerdem habe ich heute abend zweiundeinhalb Aufgaben für den Maschinenkursus ausgearbeitet.«

»Könnten Sie Ihre Partie mal einen Augenblick unterbrechen und Commander Queeg und mir etwas frischen Kaffee besorgen?«

»Jawohl, Sir. Gewiß, Sir.«

Die beiden Kommandanten gingen in Sammis' Kajüte. Keggs rannte in die Pantry und kam mit zwei gefüllten Kaffeefiltern zurück.

»Was ist denn das schon wieder, bist du hier auch Steward?« fragte Willie. »Warum schmierst du dir nicht gleich ein Negergesicht an?«

»Beruhige dich, Willie. Ich bin Messeoffizier. Es geht ja viel schneller, wenn ich selber eben den Kaffee mache, als wenn ich erst losgehe und einen Messesteward aufjage. Das ist das ganze Geheimnis.« Dann ging er daran, die Schachfiguren aufzusammeln.

»Die Partie ist wohl vorbei, nehme ich an.«

»O ja, klar.«

»Kann ich wenigstens eben noch eine Tasse von dem Kaffee kriegen – falls es mir gestattet sein sollte, mit den Göttern aus derselben Schale zu trinken?«

Keggs blickte sich nach der Kajütentür um. »Natürlich, bleib hier. Aber ich flehe dich an, Willie, sage nicht solche Sachen, er hört alles.«

Nachdem Willie Leutnant Keefer auf der Back verlassen hatte, um zu der »Moulton« hinüberzugehen, starrte der Nachrichtenoffizier eine Weile gegen den Himmel, dann nahm er Block, Bleistift und eine kleine Lampe aus der Tasche und fing an, Verse hinzukritzeln. Nach einigen Minuten erschien die dunkle Gestalt Maryks auf der Back. Der Erste Wachoffizier grüßte Keefer verdrießlich. Er öffnete ein kleines Luk vor der Ankerwinsch, griff hinein und drehte an einem Schalter. Ein gelber Lichtstrahl kam aus dem Luk hervor. Keefer fragte: »Was machst du denn im Farbenspind bei nachtschlafender Zeit, Steve?«

»Titel B!«

»Bist du noch immer nicht fertig? Setz dich doch mal für eine Sekunde her, du armer Lastesel.« Maryk kratzte sich am runden, kurzgeschorenen Kopf, gähnte und nahm eine Zigarette an. Das Licht aus dem Farbenspind ließ die Konturen seines müden Gesichtes und die tiefen Ringe unter seinen Augen scharf hervortreten.

»Das ist eine verdammte Schlaucherei«, sagte er, »aber ich glaube, ich schaffe es bis Freitag früh um neun. Was machst du denn da – arbeitest du an deinem Roman?«

»Jedenfalls schreibe ich so ein bißchen.«

»Vielleicht läßt du das Zeug lieber mal eine Zeitlang liegen, Tom – wenigstens so lange, wie du Wache hast – jedenfalls bis unser Neuer sich die Hörner abgelaufen hat.«

»Herrgott noch mal, was hat das schon mit der Abendwache auf sich, hier in Pearl, Steve? Wir brauchten überhaupt nur einen Maat und einen Läufer, das wäre völlig genug.«

»Weiß ich. Aber dieser Knabe kommt frisch von einem Flugzeugträger.«

»Was hältst du sonst von ihm?«

Maryk zog an seiner Zigarette, und ein bekümmerter, nachdenklicher Ausdruck trat auf sein Gesicht. Er hatte häßliche, aber durchaus nicht unangenehme Gesichtszüge: einen breiten Mund, eine kleine Nase, hervorquellende braune Augen und eine runde, schwere Kinnlade. Sein ungeschlachter Körper erweckte den Eindruck von Kraft und Entschlossenheit, geschmälert nur durch den freundlichen, gutmütigen, fragenden Ausdruck, den er jetzt annahm.

»Das weiß ich nicht.«

»Ist er besser oder schlimmer als de Vriess?«

Maryk schwieg. Schließlich sagte er: »Commander de Vriess war kein übler Offizier.«

»Red keinen Blödsinn, Steve. Er hat sein Schiff in einen Mülleimer verwandelt. Vergleiche die ›Caine‹ mal mit der ›Moulton‹.

»Er war aber ein ausgezeichneter Seemann.«

»Das gebe ich zu. Ist das aber alles, was einen Kommandanten ausmacht? Ich glaube, Queeg ist jetzt die richtige Medizin für die ›Caine‹. Ich würde mich nicht wundern, wenn irgend jemand beim Oberkommando Pazifik dem Personalbüro einen Wink gegeben hätte, uns mal einen Buchstabenfuchser herzuschicken, um diesen Saustall in Ordnung zu bringen.«

»Ich bin mir aber gar nicht so sicher, ob man die Natur eines Schiffes so von heute auf morgen ändern kann. Ich bin länger an Bord als du, Tom. Alles Nötige wird gemacht und muß gemacht werden – nicht vielleicht so, wie in der Marine vorgeschrieben, aber jedenfalls, es wird gemacht. Man geht in See, man fährt, wohin man soll, die Artilleristen schießen ganz ordentlich, die Maschine hält noch immer zusammen – der Himmel weiß wie, meistens mit Draht und Kaugummi –, aber die ›Caine‹ hat seit Kriegsbeginn auch weniger Zeit in Reparatur zugebracht als irgendein anderer Vierschornsteiner, den ich kenne. Was kann Queeg überhaupt tun, als höchstens versuchen, die Dinge nach der Vorschrift hinzukriegen, anstatt auf die alte ›Caine‹-Weise? Hältst du das für soviel besser? De Vriess wollte eigentlich weiter nichts, als daß es klappte.«

»Sich an die Vorschriften zu halten, ist schon richtig, Steve. Da kommen wir doch nicht drum herum. Mir gefällt das durchaus nicht irgendwie besser als dir, aber es ist trotzdem die Wahrheit. Die Kraftverschwendung, der Leerlauf oder der glatte, plumpe Dusel, mit dem hier auf der ›Caine‹ alles gemacht wird, das ist manchmal zum Schwindeligwerden.«

»Weiß ich doch.« Maryks Gesicht wurde noch besorgter. Eine Zeitlang rauchten sie schweigend. »Natürlich, die Vorschriften sind der einzig richtige Weg«, fing Maryk jetzt wieder an, »wenn das Schiff danach ist. Wenn man genau nach den Vorschriften ginge, gehörte die ›Caine‹ aber längst abgewrackt. Dieses Schiff muß vielleicht auf eine ganz verdrehte Art geführt werden, weil es so verdreht ist, daß es überhaupt noch schwimmt.«

»Hör mal zu, Steve. Deine Sorgen sind genau die gleichen wie meine, nur vielleicht, daß ich die Geschichte besser überschaue. Wir sind Zivilisten, freie Bürger, und es wurmt uns, wenn wir von diesen Queegs wie dumme Sklaven behandelt werden. Hätten diese Leute nicht ihre Vorschriften, an die sie sich hatten können, dann wären sie nämlich nichts weiter als die kolossalsten Rindviecher, die du dir denken kannst. Vergiß eins nicht, jetzt haben die Dienstvorschriften das Wort, weil wir nämlich Krieg haben. Paß mal auf. Nehmen wir mal an, die Existenz Amerikas hinge plötzlich vom Schuhputzen ab. Einerlei warum, nimm nur mal an, es wäre so. Was würde dann passieren? Wir alle müßten Schuhputzer werden, die berufsmäßigen Schuhputzer aber würden das Land regieren. Was glaubst du wohl, was diese Schuhputzer uns gegenüber dann empfinden würden? Demut? Nee, mein Lieber. Sie würden sich sagen, endlich seien sie mal an die Reihe gekommen – zum erstenmal in ihrem Leben habe die Welt mal den nötigen Respekt für die Schuhputzerei beigebracht bekommen. Und, bei Gott, sie würden uns das fühlen lassen. Sie würden kritisieren, meckern, nörgeln und würden uns in den Hintern treten, bis wir die Schuhe so putzen, wie sie das wollen. Und sie wären sogar im Recht dabei. So sieht die Geschichte aus, Steve. Wir sind einer Bande von Schuhputzern ausgeliefert. Es reizt uns, wenn sie sich benehmen, als wären wir die Idioten und sie allein hätten die Weisheit mit Löffeln gefressen – es tut uns weh, wenn wir uns von ihnen Vorschriften machen und anranzen lassen müssen –, aber jetzt sind sie nun mal dran. Dann aber ist es eines Tages vorbei mit der Schuhputzerei, eines Tages ist der Krieg aus, und dann sind sie wieder die alten Groschenschuhputzer, und wir lachen in der Erinnerung über das ganze verrückte Zwischenspiel. Es kommt nur darauf an, daß du dir das richtig klarmachst, dann kannst du nämlich alles ertragen, wie ein Philosoph, einerlei, was dir jetzt im einzelnen alles passiert.«

Der Bootsmaat der Wache kam zur Back heraufgetrampelt. »Mr. Keefer, der Kommandant ist wieder an Bord, und Mr. Gorton wünscht, daß Sie sofort zu ihm in seine Kammer kommen.«

»Gorton? Ich denke, der schläft?«

»Er hat eben aus der Messe angerufen, Sir.«

Keefer stand auf, schnallte sich das Wachkoppel um und gähnte. »Vermutlich mal wieder dicke Luft.«

»Der Alte wird dich am Fallreep vermißt haben«, sagte Maryk.

»Wünsche viel Vergnügen, Tom. Und vergiß nicht: Du bist ein Philosoph!«

»Mensch, wie mich das alles anekelt«, sagte Keefer. Maryk sprang ins Farbenspind hinunter. Als Keefer in die Messe kam, saß der Erste Offizier in der Unterhose in einem Sessel und trank Kaffee. Er sah verschlafen, verschwiemelt und verdrießlich aus.

»Herrgott, Tom«, sagte Gorton, »was für Knies einem so ein Kerl wie du im Laufe eines Tages verursachen kann! Nun sag mir bloß, warum warst du nicht am Fallreep, als der Alte an Bord kam?«

»Was fällt dir ein, du fettes Stück«, erwiderte Keefer. »Du bist grade der Richtige. Von dir hab' ich das ja überhaupt erst gelernt! Anstatt mir den Wachdienst beizubringen, hast du selber jede Wache im Hafen verschlafen, ehe du Eins O geworden bist.«

Gorton knallte Tasse und Untertasse auf die Stuhllehne. Der Kaffee spritzte auf das Deck. »Mr. Keefer«, fuhr er los, »wir reden einzig und allein nur über die heutige Abendwache, und nehmen Sie sich gefälligst in acht, in welchem Ton Sie da mit mir sprechen!«

»Halt den Schnabel, Burt, und reg dich nicht auf. Ich hab's nicht bös gemeint. Hat der Alte dich angeschissen?«

»Darauf kannst du dich verlassen. Setzt dein Gehirn aus, wenn du nicht gerade an deinem verdammten Roman schreibst? Kannst du nicht am ersten Abend, wo ein Neuer an Bord ist, mal ein bißchen vorsichtig sein?«

»Entschuldige. Ich hatte dran gedacht, aber ich kam mit Steve ins Quasseln und hab' vergessen, auf die Uhr zu sehen.«

»Und das ist erst die eine Hälfte. Was hat der verdammte Keith drüben auf der ›Moulton‹ zu suchen?«

Keefer schnitt eine angeekelte Grimasse. »Hör mal, Burt, jetzt langt's mir aber. Seit wann darf die Wache nicht mal über die Gangplanke zum Nachbarschiff gehen?«

»Von jeher. Lies die Vorschriften doch mal durch. Warum hat er sich nicht wenigstens bei mir abgemeldet?«

»Er hat bei dir reingeguckt, du schliefst.«

»Dann hätte er mich gefälligst wecken sollen.«

»Burt, bis heute abend hat noch jeder, der dich wegen so einer Lappalie geweckt hat, ein Buch in die Fresse gekriegt.«

»Nun, ab heute abend herrschen andere Verhältnisse. Wir haben wieder richtige Wachen eingerichtet, und da gibt's keinen Spaß …«

»Geschenkt, geschenkt, ich hab' dich schon begriffen. Gut, daß wir das jetzt wissen.«

»Inzwischen«, sagte Gorton und sah auf seine leere Kaffeetasse, »hast du für vierundzwanzig Stunden Urlaubssperre.«

»Was?« fuhr Keefer auf. »Wer sagt das?«

»Das sage ich, verflucht noch mal!« brüllte der Erste Offizier. »Genügt dir das vielleicht?«

»Nicht im geringsten. Wenn du dir etwa einbildest, du könntest mich jetzt plötzlich mit Bestimmungen schikanieren, nach denen zwei Jahre lang kein Hahn gekräht hat, und mir dann obendrein noch eine Strafe aufknallen …«

»Halt die Schnauze«, sagte Gorton.

»Ich hab' morgen abend eine Verabredung. Die, die ich heute abend sausen lassen muß, und ich lasse sie nicht noch einmal sausen. Wenn dir's nicht paßt, dann gehe hin und petze dem Alten, ich hätte dir den Gehorsam verweigert, und schlag ihm meinetwegen vor, er soll mich vor ein Kriegsgericht …«

»Du dämlicher Hund, glaubst du vielleicht, ich hätte dir das Urlaubsverbot aufgehängt? Hämmer dir das gefälligst in deinen dämlichen Reservistenschädel ein: Hier herrscht jetzt dicke Luft! Mich werdet ihr alle hassen von jetzt an. Soll mir völlig egal sein. Ich bin der Eins O auf diesem Schiff, und ich tu', was mir befohlen wird. Hast du mich verstanden?«

Ein Signalgast steckte sein bleiches Gesicht zur Messetür herein. »Entschuldigen Sie, Mr. Keefer, wissen Sie vielleicht, wo ich Mr. Keith finden kann? Er ist nirgends aufzutreiben.«

»Was ist denn los?«

»Dringender Funkspruch, betrifft die ›Caine‹.«

Keefer nahm das Blatt mit dem Funkspruch. »Gut, Snuffy.« Der Signalgast zog sich zurück. Gorton fragte: »Wo kommt der her?«

»Oberkommando Pazifik.«

Das wütende Gesicht des Eins O hellte sich auf. »Oberkommando Pazifik? Dringend? Könnte Geleitzug nach den USA sein. Entschlüssel mal fix, verdammt noch mal.« Keefer fing an zu dechiffrieren. Nach etwa fünfzehn Worten hielt er an, fluchte leise und nahm die Arbeit wieder auf. Aller Eifer war verflogen.

»Na, worum handelt sich's?« fragte der Eins O.

»Geleitdienst, wie du richtig sagtest«, antwortete Keefer apathisch. »Aber du hast dich um eine Kleinigkeit von hundertachtzig Grad in der Richtung vertan.«

»O Gott, nein«, stöhnte Gorton, »nein!«

»O Gott, ja!« sagte Keefer. »Die ›Caine‹ geht nach Pago Pago.«

Das Muster eines Scheibenschleppers

Kurz nach Sonnenaufgang am nächsten Tag trat Willie als Zweiter Wachoffizier auf der Brücke seinen Posten an. Es war ein herrlicher Morgen, hell und duftig. Über das tiefblaue Wasser des Hafens und das sanfte Gelbgrün der Hügel von Oahu ringsumher zogen die Schatten dicker weißer Wolkenballen, die sich auf der Schönwetterseite der Insel in nichts auflösten, ohne daß ein Tropfen Regen fiel. Willie hatte sich an frischen Eiern satt gegessen und Kaffee getrunken. Das belebende, pikante Gefühl, das die Besatzung eines Schiffes überkommt, wenn es in See geht – einerlei wohin –, hatte ihn angesteckt. Pago Pago lag weit hinter der Kampfzone, es war dort fast ebenso sicher wie in Hawaii. Wenigstens aber lag es in der Südsee, es war das Reich Somerset Maughams. Endlich schien sich ein Leben voller Abenteuer vor ihm aufzutun. – Vielleicht traf man sogar auf U-Boote, dachte er, und dann konnte er den Leuten zeigen, daß er auch noch zu etwas anderem taugte, als nur in Pearl Harbor Klavier zu spielen.

Commander Queeg kam auf die Brücke, frisch, munter und lächelnd. Er hatte für alle Matrosen und Offiziere einen freundlichen Gruß. Willie erkannte das dünne blaue Buch, das er unter den Arm geklemmt hielt. Es hieß: »Auf der Brücke eines Zerstörers, ein Leitfaden der Seemannschaft«.

»Guten Morgen, Sir. Alle Leinen sind klar zum Loswerfen, Sir«, meldete Willie mit einem schneidigen Gruß.

»Schönen guten Morgen, danke, danke, Willie.« Queeg lehnte sich über die Reling und warf einen kurzen Blick auf die Festmacher.

Die »Caine« lag längsseits der »Moulton«, die ihrerseits vorn und achtern an Bojen festgemacht war. Die beiden Schiffe lagen in der äußersten Ecke des West Loch, einer kleinen Hafenbucht. Vorn, achtern und an Steuerbord lagen moorige Schlickbänke. Die »Caine« hatte also nur ein paar hundert Meter ausgebaggerten Fahrwassers zur Verfügung, um aus ihrer Ecke herauszukommen. »Ziemlich eng hier, was?« sagte Queeg jovial zu Maryk und Gorton, die beide zusammen auf der Backbordnock standen und gespannt auf die ersten seemännischen Künste ihres neuen Kommandanten warteten.

Queeg rief: »Alle Leinen los!«

Die Manilaleinen krochen durch die Klüsen der »Caine« binnenbords. »Leinen sind eingeholt, Sir!« rief der Mann am Telefon.

»Schön.« Queeg sah sich im Ruderhaus um, leckte sich seine Lippen, warf das Buch auf einen Stuhl und rief: »Also los! Beide Maschinen langsame Fahrt zurück!«

Das Schiff fing an zu vibrieren, und alles, was jetzt kam, geschah so schnell, daß Willie hinterher kaum sagen konnte, was eigentlich verkehrt war und warum.

Als die »Caine« Fahrt über den Achtersteven aufnahm, fegte die scharfe Pfluge des aufgesetzten Ankers die Back des Nachbarschiffes entlang, verbog eine Anzahl Relingstützen und zerrte zwei von ihnen vollständig mit. Dann riß sie mit scheußlichem metallischem Kreischen ein zackiges Loch in den Brückenaufbau der »Moulton«. Zur gleichen Zeit rumpelte ein überstehendes Geschützrohr auf dem Kombüsendeck an der Seite der »Moulton« entlang und nahm dabei zwei Munitionsbehälter und eine Antenne mit, die sich singend zum Brechen spannte und endlich ins Wasser fiel.

Commander Queeg brüllte ein Durcheinander von Ruder- und Maschinebefehlen. Die Schornsteine spien dicke schwarze Rauchwolken aus, die sich auf die Brücke senkten. Jedermann rannte und schrie im rauchigen Dunst durcheinander. Dann war alles vorbei. Die »Caine« stak mit ihrem Heck tief im Schlick auf der anderen Seite der kleinen Bucht und lag ungefähr 10 Grad über.

In der Stille des Entsetzens, die nun folgte, schien Commander Queeg von allen auf der Brücke am wenigsten beeindruckt. »Sieh mal an, Anfängerpech, wie?« sagte er lächelnd und linste nach achtern. »Mr. Gorton, gehen Sie nach achtern, und stellen Sie fest, ob dort irgendein Schaden entstanden ist.« Er sandte einen Morsespruch an Commander Sammis und entschuldigte sich für das Mißgeschick.

Nach ein paar Minuten kam der Erste Offizier wieder über das geneigte Deck angestolpert und meldete, der Rumpf habe keinen sichtbaren Schaden abbekommen, die Schrauben steckten jedoch bis zur Nabe im Schlamm.

»Schön. Ein kleines Schlammbad kann den Schrauben niemals schaden«, sagte Queeg. »Der Dreck poliert sie vielleicht ein bißchen auf.« Er blickte zum Hafen hin.

»Ich glaube, wir müssen die Grundberührung an das Kommando der Hilfsdienste im Pazifik melden, Sir«, sagte Gorton. »Soll ich …«

»Vielleicht, vielleicht auch nicht«, antwortete Queeg. »Sehen Sie den Schlepper dort drüben an der Huk? Morsen Sie ihn mal an.«

Bereitwillig verließ der Schlepper das Fahrwasser und kam puffernd in den West Loch gedampft. Eine Schlepptrosse war bald ausgebracht, und die »Caine« kam ohne Schwierigkeiten von dem Schlick wieder frei. Queeg bedankte sich durch das Megaphon bei dem Schlepperkapitän, einem grauhaarigen Oberbootsmann, der herzlich zurückwinkte und davondampfte.

»Das wäre das«, sagte Queeg leutselig zu Gorton. »Und damit erledigt sich auch Ihre Meldung, Burt. Es wäre sinnlos, die guten Leute vom Kommando wegen nichts und wieder nichts aufzuregen, nicht wahr? Beide Maschinen langsame Fahrt voraus!«

Mit Selbstvertrauen führte er das Schiff durch den Hafen an den Brennstoffkai, wo sie den Tag verbringen sollten, um Öl, Proviant und Munition überzunehmen. Er stand auf der Steuerbordnock und rollte beständig die beiden Stahlkugeln in den Fingern der rechten Hand, seine Ellbogen lagen auf der Reling. Als er längsseits des Brennstoffkais kam, jagte er allen auf der Brücke wieder einen bösen Schrecken ein. Er raste in einem spitzen Winkel mit fünfzehn Meilen auf die Kaimauer los. Auf der Nock drängten sich Gorton, Maryk und Willie hinter ihm zusammen und tauschten entsetzte Blicke aus. Ein Zusammenstoß mit dem Heck eines vor ihnen längsseits liegenden Tankers schien unvermeidlich. Doch im allerletzten Augenblick ging Queeg auf äußerste Kraft zurück, die »Caine« zitterte in allen

Nähten, verlor ihre Fahrt und landete so sauber an ihrem freien Liegeplatz wie ein New Yorker Taxi am Rinnstein.

»Schön«, sagte Queeg, als die Leinen auf den Kai hinüberflogen. »Schiff festmachen. Pfeifen und Lunten aus, klarmachen zur Brennstoffübernahme!« Er ließ seine Kugeln in die Tasche fallen und schlenderte von der Brücke.

»Junge, Junge«, hörte Willie Maryk zum Ersten Offizier äußern, »ein wilder Mann aus dem Urwald.«

»Trotzdem verdammt raffiniert«, brummte Gorton. »Was sagst du zu der Art und Weise, wie er sich um die Havariemeldung gedrückt hat? De Vriess hätte das niemals gewagt.«

»Ich verstehe nicht, warum er nicht in seine Spring eingedampft ist, um das Heck freizubekommen, ehe wir von der ›Moulton‹ loswarfen. Der Wind drückte uns doch drauf.«

»Gott, Steve, sein erstes Manöver – laß ihn doch erst mal warm werden.«

Am Nachmittag unterbrach Willie seine Entschlüsselungsarbeit, um schnell noch einen Brief an May zu schreiben, den letzten, ehe sie endgültig in See gingen. Er versicherte ihr in leidenschaftlichen Beteuerungen, wie sehr er sie vermisse, und er pries ihre verbissene Beharrlichkeit, mit der sie das Hunter-College besuchte. Dabei kam ihm das Bedürfnis, auch über Queeg etwas zu erzählen, während er bisher über das Leben auf der »Caine« absichtlich sehr zurückhaltend gewesen war.

Unser neuer Kommandant ist ein sonderbarer Kerl, wie fast alle diese Aktiven, aber ich glaube, er ist genau das, was das Schiff braucht. Nichts ist ihm gut genug, er ist schrecklich hinter allem her, ein Marinemann, wie er im Buche steht. Zu gleicher Zeit hat er aber trotzdem ein bemerkenswert angenehmes Wesen. Seemännisch ist er ein richtiger Draufgänger, vielleicht fehlt es ihm noch etwas an Erfahrung, aber dafür hat er um so mehr Schneid. Alles in allem glaube ich, das Schicksal der »Caine« hat sich in wundervoller Weise gewendet. Entsprechend wird sich vermutlich auch meine Laune heben. Bisher war ich ziemlich deprimiert …

Ein Signalgast klopfte an seine offene Tür. »Entschuldigen Sie bitte, Mr. Keith. Funkspruch vom Kommando der Hilfsdienste im Pazifik. Eben über Hafenwelle eingegangen.«

»Gut, geben Sie her.« Willie setzte sich an die Dechiffriermaschine und entschlüsselte: »Über die heutige Grundberührung der ›Caine‹ im West Loch ist schriftlicher Bericht vorzulegen. Hierbei ist zu begründen, warum keine Meldung durch Funkspruch an unterzeichnete Dienststelle erfolgt ist.«

Willie verspürte wenig Lust, Commander Queeg mit diesem peinlichen Funkspruch unter die Augen zu treten, aber leider war nichts daran zu ändern. Er brachte das Blatt zum Kommandanten in die Kajüte. Queeg saß im Unterzeug an seinem Schreibtisch und arbeitete an einem Stoß Dienstpost. Als er den Funkspruch las, fuhr er hoch, daß sein Drehstuhl laut quietschte. Er starrte lange auf das Blatt, indessen Willie nach einem Grund suchte, um sich aus dem Staube zu machen.

»In diesem Verein sitzen offenbar lauter Korinthenkacker, was, Willie?« Queeg sah ihn von der Seite an.

»Ich möchte wissen, Sir, wie sie von der Sache Wind bekommen haben.«

»Mein Gott, das ist nicht schwer zu erraten. Dieser alte Esel auf dem Schlepper ist nach Hause gefahren und hat die ganze Geschichte gemeldet, weil es wahrscheinlich die erste nützliche Arbeit war, die er seit einem Monat geleistet hat. Daran hätte ich auch denken können.« Queeg nahm seine Kugeln vom Schreibtisch und rollte aufgeregt damit, seine Augen wichen nicht von dem Funkspruch. »Na schön, wollen einen Havariebericht. Sie sollen ihn haben. Werfen Sie sich in Schale, Willie, und halten Sie sich klar, den Bericht persönlich abzugeben. Bei denen macht offenbar jemand ein unangenehmes Geräusch.«

»Aye, aye, Sir.«

Eine Stunde später saß Willie im Werftomnibus auf dem Wege zum Kommando der Hilfsdienste. Seine Neugier, wie der Bericht wohl lautete, wurde immer lebhafter. Der starke Umschlag war nur mit einer Messingklammer verschlossen. Unwillkürlich sah er sich schuldbewußt nach allen Seiten um. Keiner der Mitfahrenden achtete auf ihn. Auf seinem Schoß ließ er den Bericht herausgleiten und las:

Grundberührung USS »Caine« (MSZ 22) im West Loch am 25. September 1943, Bericht:

1. O. a. Schiff hatte leichte Grundberührung auf einer Schlickbank in o. a. Gebiet um 9.32 Uhr am o. a. Datum. Es wurde um 10.05 Uhr von YT 137 abgeschleppt. Kein Sach- oder Personenschaden.
2. Ursache der Grundberührung war die nicht rechtzeitige Ausführung der von der Brücke gegebenen Kommandos.
3. O. a. Schiff hatte erst vor kurzem einen Wechsel im Kommando. Der schlechte Ausbildungsstand der Besatzung macht nach diesseitigem Erachten durchgreifende Maßnahmen erforderlich, um die Leistungen der Mannschaft auf die unbedingt zu verlangende Höhe zu bringen. Diese Maßnahmen sind bereits in die Wege geleitet.
4. Es war beabsichtigt, einen ausführlichen Havariebericht morgen früh durch Ordonnanz vorzulegen. Funkspruchmeldung zur Zeit der Havarie wurde unterlassen, weil Hilfe zur Stelle war, kein Schaden vorlag und die Angelegenheit kurzfristig erledigt werden konnte, ohne höhere Dienststellen unnötig in Anspruch zu nehmen. Wenn diese Auffassung irrig gewesen sein sollte, wird gebeten, den Fehler zu entschuldigen.
5. Es wird angenommen, daß die bereits eingeleiteten scharfen Ausbildungsmaßnahmen die Leistungen alsbald so wesentlich verbessern werden, daß sich derartige Vorfälle nicht wiederholen.

Philipp Francis Queeg

Am selben Abend kamen die Offiziere der »Caine« im Offiziersklub der Werft zusammen, um ihren Abschied von Pearl Harbor feuchtfröhlich zu begehen. Commander Queeg setzte sich für eine Stunde zu seinen Offizieren und begab sich dann zu einer Gesellschaft von Kapitänleutnants im Patio des Klubs. Er war voller leutseligen Humors, trank mehr als alle anderen, ohne laut oder unangenehm zu werden, und unterhielt seine Offiziere mit langen Anekdoten über die Landung in Nordafrika. Die Stimmung war denkbar gehoben und kameradschaftlich. Willie war mehr als je davon überzeugt, das Personalbüro habe der »Caine« ein Prachtstück von einem Kommandanten geschickt, um diesen schlampigen Sauertopf de Vriess zu ersetzen. Um drei Uhr morgens kroch er im Deckshäuschen in seine Koje. Er hatte das Gefühl, seine Dienstzeit an Bord des Minensuchers werde schließlich doch noch sehr annehmbar werden, solange die Geschichte dauerte.

Als der Tag eben zu dämmern anfing, wurde er wieder mal aus dem Schlaf geschüttelt, diesmal durch Rabbitt. »Ist mir peinlich, einen Kerl mit einem Kater aufzuwecken, Keith«, sagte der Wachhabende, »aber eben ist ein Funkspruch vom Kommando der Hilfsdienste eingegangen.«

»Ist gut, Rab.« Willie kroch müde an Deck und ging in die Messe. Während er an der Dechiffriermaschine klapperte, kam Gorton splitternackt aus seiner Kammer und blickte ihm gähnend über die Schulter. Nacheinander kamen die Worte heraus: »Auslaufen ›Caine‹ Pago Pago widerrufen. ›Moulton‹ übernimmt an Stelle ›Caine‹ Geleitdienst. ›Caine‹ bleibt Pearl für Scheibendienst. Übernahme Schlepptrosse im Scheibenhof.«

»Was ist das nun schon wieder?« fragte Gorton. »Was soll dieses plötzliche Umschalten?«

»Es steht uns nicht zu, nach Gründen zu fragen, Sir.«

»Hoffentlich hat die verdammte Grundberührung nicht die Schuld – mir soll's recht sein.« Gorton kratzte sich an seinem dicken Bauch. »Gut, kleiden Sie sich in Asbest und bringen Sie's zum Alten rein.«

»Meinen Sie, ich soll ihn stören, Sir? Bis zum Wecken ist nur noch …«

»Was fällt Ihnen ein! Selbstverständlich, auf der Stelle.«

Willie verschwand in der Kajüte, während der Erste Offizier in der Messe auf und ab ging und auf seinen Lippen kaute. Nach ein paar Minuten kam der Fähnrich wieder heraus, grinsend. »Schien dem Alten nichts auszumachen.«

»Nein, was hat er denn gesagt?«

»Nichts weiter als: ›Das ist ja großartig, großartig. Mich kann keiner ärgern, indem er mir Pearl-Harbor-Dienst zuschiebt. Je mehr, desto lustiger.‹«

Gorton zuckte die Schultern. »Ich glaube, ich hab' sie nicht mehr alle beisammen. Na, wenn er sich nicht aufregt, habe ich auch keinen Grund dazu.«

Durch den Lautsprecher kam der schrille Weckpfiff des Bootsmaaten der Wache. Gorton sagte: »Höchste Zeit für mich, zu verschwinden. Rufen Sie mich, wenn sonst noch irgendwas ist.«

»Aye, aye, Sir.« Willie verließ die Messe.

Der Eins O ging in seine Kammer, rollte in seine Koje wie ein fettes Schwein und döste ein. Eine Stunde später weckte ihn der scharfe Summer des Kommandanten. Er zog sich seinen Bademantel an und ging zu Queeg in die Kajüte. Der Kommandant saß in der Unterhose mit übergeschlagenen Beinen auf dem Kojenrand. Er war unrasiert und hatte die Stirn gerunzelt. »Burt, lesen Sie mal eben den Funkspruch da auf meinem Schreibtisch.«

»Ich habe ihn schon gesehen, Sir, während Keith entschlüsselte.«

»Ach, Sie haben ihn schon gesehen! Also das hört mir mal von vornherein auf. Niemand, ich wiederhole, niemand nimmt künftig Einsicht in Funksprüche, die uns angehen, mit Ausnahme des entschlüsselnden Offiziers und meiner Person, bis zu dem Augenblick, wo ich sie freigebe. Ist das verstanden?«

»Jawohl, Sir. Es tut mir leid ...«

»Schön, schön, nur damit Sie's wissen«, brummte Queeg. »Also, nachdem Sie ihn schon mal gesehen haben, was halten Sie davon?«

»Allem Anschein nach werden wir Scheiben schleppen, statt nach Pago Pago zu gehen, Sir.«

»Halten Sie mich für einen Idioten? Ich verstehe auch Englisch. Was ich wissen will, ist, was hat das zu bedeuten? Warum hat man unseren Befehl umgestoßen?«

Gorton antwortete: »Sir, das hat mir auch Kopfschmerzen gemacht. Aber wie Keith mir sagte, haben Sie sich nichts dabei gedacht.«

»Verdammt, ich bleibe doch jederzeit lieber in Pearl, als daß ich mich draußen im Westen rumtreibe, wenn nicht doch mehr dahintersteckt, als das so auf den ersten Blick scheint. Das frage ich mich nämlich. Ziehen Sie sich bitte an und verfügen Sie sich mal zum Kommando hinüber. Stellen Sie fest, was das alles soll.«

»Bei wem, Sir – beim Leiter der Operationsabteilung?«

»Soll mir egal sein, bei wem. Meinetwegen können Sie zum Admiral persönlich gehen. Aber treten Sie mir nicht wieder unter die Augen, ohne genaueste Informationen mitzubringen, haben Sie mich verstanden?«

»Aye, aye, Sir.«

Die Dienststelle des Kommandos der Hilfsdienste Pazifik befand sich in einem U-förmigen weißen Holzgebäude auf einem Hügel hinter einigen großen Lagerschuppen der Marinewerft. Leutnant Gorton erschien dort um 8 Uhr 30, und zwar in seiner saubersten und neuesten Khakiuniform mit glitzernden neuen Rangabzeichen. Er begab sich in die Operationsabteilung und meldete sich, nicht ganz ohne böse Ahnungen, bei Captain Grace, einem grimmig dreinblickenden alten Offizier mit rotem kantigem Gesicht und buschigen weißen Augenbrauen.

»Was kann ich für Sie tun, Herr Leutnant?« brummte Grace. Er schlürfte Kaffee aus einem Papierbecher und sah aus, als säße er schon seit Morgengrauen an seinem Schreibtisch.

»Sir, ich komme wegen Ihres Funkspruchs 260040 an die ›Caine‹.« Der Admiralstabsoffizier nahm einen Schnellhefter mit Funksprüchen auf grünem Durchschlagpapier zur Hand und blätterte darin.

»Und was ist damit?«

»Hm, Sir – ich – ich möchte mir die Frage gestatten, ob Sie mir sagen können, warum unser Marschbefehl abgeändert worden ist.«

Captain Grace rümpfte die Nase und sah Gorton an. »Sind Sie der Kommandant dieses Schiffes?«

»Nein, Sir. Der Erste Offizier.«

»Was!« Der Admiralstabsoffizier knallte den Ordner mit den Funksprüchen auf seinen Schreibtisch. »Was fällt Ihrem Kommandanten eigentlich ein, Donnerwetter noch mal, Sie hierherzuschicken, um mich wegen meiner Befehle auszuholen! Machen Sie, daß Sie an Bord kommen, und sagen Sie Ihrem Kommandanten – wie heißt er?«

»Queeg, Sir – Leutnant Commander Queeg.«

»Sagen Sie Queeg einen schönen Gruß, und er soll gefälligst selbst hier erscheinen, wenn er sich wegen seines Einsatzes erkundigen will – und daß er keine Untergebenen zu schicken hat. Ist das klar?«

»Jawohl, Sir.«

»Danke!« Captain Grace nahm einen Brief zur Hand und zog ostentativ seine weißen Augenbrauen zusammen. Gorton, der an

Queegs ausdrücklichen Befehl dachte, ja nicht zurückzukommen, ohne die genauesten Informationen mitzubringen, riskierte einen zweiten Anlauf.

»Sir, ich bitte gehorsamst um Entschuldigung – hat der Tausch wohl irgend etwas mit unserer gestrigen Grundberührung im West Loch zu tun?« Als Captain Grace Gortons Stimme nochmals hörte, obwohl er ihn bereits entlassen hatte, sah er so überrascht auf, als hätte in seinem Büro plötzlich ein Esel geschrien. Er drehte sich um und starrte Gorton eine endlose halbe Minute an. Sein Auge fiel auf Gortons Annapolisring und blieb auch hieran nochmals eine geraume Zeit hängen. Dann sah er Gorton wieder scharf ins Gesicht, schüttelte verständnislos den Kopf und wandte sich wieder seinem Brief zu.

Gorton schlich hinaus.

An der Gangplanke der »Caine« grüßte Carmody, der Wachoffizier, den Eins O und sagte: »Der Kommandant wünscht Sie sofort nach Ihrer Rückkehr in seiner Kajüte zu sprechen, Sir.«

Gorton ging unter Deck und klopfte an die Tür des Kommandanten. Keine Antwort. Er klopfte noch einmal lauter. Dann drehte er vorsichtig den Kopf und blickte in den dunklen Raum.

»Sir – Sir?«

»Oh. Kommen Sie rein, Burt.« Queeg drehte die Nachttischlampe an, setzte sich auf und kratzte sein stoppeliges Gesicht. Er griff in das Regal über seiner Koje und nahm die beiden Stahlkugeln zur Hand. »Nun, was war los?«

»Ich weiß es nicht, Sir. Der Operationsoffizier wollte mir nichts verraten.«

»Was sagen Sie da!«

Gorton brach der Schweiß aus. Er schilderte seine Unterredung mit Captain Grace. Queeg glotzte mit brennenden Augen auf seine Kugeln.

»Und damit haben Sie sich zufriedengegeben?«

»Ich sah keine Möglichkeit, noch etwas zu unternehmen, Sir. Ich wurde regelrecht rausgeworfen.«

»Haben Sie denn nicht wenigstens hintenherum versucht, bei einigen der Fähnriche vom Stab etwas zu erfahren?«

»Nein, Sir.«

Queeg drehte sich mit einem kurzen Blick zu ihm hin, dann schaute er wieder auf seine Kugeln.

»Und warum nicht?«

»Ich ...« Gorton war sprachlos über diese Frage. »Nun – ich ...«

»Sehr bedauerlich!« sagte der Kommandant nach kurzem Schweigen. »Wenn ich einen Offizier schicke, um genaueste Informationen einzuholen, dann erwarte ich, daß er mit den genauesten Informationen zurückkommt und daß er jede nur denkbare Findigkeit angewandt hat, die geeignet war, die Information zu beschaffen. – Danke.«

Er legte sich wieder auf sein Kissen zurück. Gorton sagte schüchtern: »Werden Sie hinfahren, Sir? Dann sorge ich für ein Fahrzeug.«

»Vielleicht – vielleicht auch nicht«, antwortete Queeg. »Ich setze mich nicht gern der Gefahr aus, mir wegen der Dämlichkeit des Maschinenpersonals der ›Caine‹ die Leviten lesen zu lassen wie ein Seekadett.« Jemand klopfte an die Tür. »Herein!«

Signalgast Urban trat ein, in der einen Hand eine Schiefertafel, in der anderen seine verschossene Mütze. Sein Arbeitsanzug war verblichen und fleckig, sein Hemd hing ihm aus der Hose heraus. Er war unter Mittelgröße und von rundlicher Gestalt. Sein pausbäckiges Gesicht zeigte ständig einen fassungslosen Ausdruck.

»Winkspruch vom Kommando der Hilfsdienste, Sir.«

Commander Queeg nahm die Schiefertafel und las: »›Caine‹ ausläuft 29. September 6.00 Uhr. Scheibe und Einsatzbefehl im Scheibenhof empfangen.«

»Schön«, sagte der Kommandant. Er zeichnete den Winkspruch ab und gab dem Signalgast die Tafel zurück.

»Danke sehr, Sir.« Urban verließ den Raum.

»Hier haben wir gleich noch eine Unart«, sagte Queeg und rollte mit den Kugeln in seiner Faust, »die ich sofort abgestellt haben will, Mr. Gorton.«

»Worum handelt es sich, Sir?«

»Sie wissen selber ganz genau, was ich meine. Seit wann erlaubt die Bekleidungsordnung der Mannschaft, ihr Hemd außerhalb der Hose zu tragen? Sie sind Soldaten, keine Filipinos.«

»Aye, aye, Sir«, sagte Gorton resigniert.

»Mit ›aye, aye, Sir‹ ist mir nicht gedient«, schnauzte Queeg. »Es ist mir heiliger Ernst damit, Burt. Sie werden im morgigen Tagesbefehl folgende Bekanntmachung bringen: ›Ab sofort sind die Hemden in der Hose zu tragen. Zuwiderhandlungen ziehen scharfe Disziplinarstrafen nach sich.‹«

»Jawohl, Sir«, sagte Gorton. »Sie sind das auf unserem Schiff seit Jahren so gewohnt. Ich weiß nicht, ob wir sie von heute auf morgen ummodeln können.«

»Hier handelt es sich um einen Befehl«, erwiderte Queeg, »und Soldaten brauchen nicht erst umgemodelt zu werden, um Befehlen zu gehorchen. Wenn Schwierigkeiten auftreten sollten, werden wir ein paar Leute zum Kommandantenrapport stellen; wenn das noch nicht hilft, stellen wir sie einfach wegen vorsätzlichen Ungehorsams vor ein Kriegsgericht – aber auf meinem Schiff gibt's von nun an keine flatternden Hemdenzipfel mehr. Ist das klar?«

»Jawohl, Sir.«

»Ich wünsche alle Offiziere um 13 Uhr in der Messe zu sprechen.«

»Aye, aye, Sir.« Der Eins O ging hinaus und machte die Tür leise zu. Commander Queeg legte sich wieder ins Bett zurück und starrte auf die grüne Kajütendecke. Klick, klick, klick, klick, machten die kleinen Stahlkugeln.

Die Offiziere der »Caine« saßen um den grünen Tisch und schwatzten leise miteinander. Sie machten betroffene und düstere Gesichter. »Zwei Offiziersbesprechungen in einer Woche«, sagte Keefer leise zu Maryk. »De Vriess hat während seiner ganzen Kommandantenzeit keine zwei abgehalten.«

»Reg dich nicht auf, Tom«, murmelte Maryk.

»Mir kommt die ganze Sache nur langsam komisch vor«, sagte Keefer sehr leise.

Gorton kam aus Queegs Kajüte. »Meine Herren, der Kommandant.« Alle Offiziere erhoben sich. Keefer nahm sich Zeit, er behielt die Hände in den Hosentaschen. Commander Queeg trat mit geschäftigem Schritt ein.

Er hatte den Kopf gesenkt und rollte wie gewöhnlich seine Kugeln. »Schön«, sagte er. »Schön, meine Herren.« Er setzte sich, und die Offiziere folgten seinem Beispiel. Er zog ein neues Päckchen Zigaretten aus der Tasche, öffnete es, nahm eine Zigarette heraus, zündete sie sich an, dann legte er das Päckchen und die Streichhölzer ausgerichtet vor sich auf den Tisch.

»Meine Herren«, fing er endlich an, wobei er unter seinen Augenbrauen hervor in den leeren Raum über dem Tisch stierte, »ich bedaure, Ihnen sagen zu müssen, daß ich unzufrieden bin.«

Seine Augen gingen kurze Zeit hin und her und sahen sich im Kreis der Offiziere um. Dann stierte er wieder in die Luft. »Ich bin unzufrieden, meine Herren. Ich habe Ihnen doch gesagt, daß auf meinem Schiff hervorragende Leistungen die normalen Leistungen sind – und – jawohl, die Leistungen sind nicht mal normal. Das kann man beim besten Willen nicht behaupten. Sie wissen alle genau, was ich dabei im Auge habe, ich brauche daher die Ressortchefs nicht zu demütigen, indem ich hier die Einzelheiten aufzähle. Einige von Ihnen haben vielleicht das Gefühl, daß in ihren Ressorts hervorragende Leistungen schon jetzt die Norm sind. Schön, wo das der Fall ist, meine ich die Betreffenden nicht. Diejenigen aber, die sich getroffen fühlen – diese Herren täten besser daran, sich in acht zu nehmen. Mehr habe ich nicht zu sagen.

Wie Sie nun alle wissen, sollte unser Schiff nach Pago Pago in See gehen. Das Schiff geht aber nicht nach Pago Pago in See. Das Schiff bleibt in Pearl Harbor und macht Scheibendienst. Ein schöner, leichter, angenehmer Dienst. Die Frage ist nur, warum uns das Kommando der Hilfsdienste so großzügig bevorzugt.

Nun, Sie können sich genausogut denken, was los ist, wie ich. Im übrigen ist es nicht Sache des Seeoffiziers, sich über einen Befehl den Kopf zu zerbrechen. Er hat ihn auszuführen. Das ist genau das, was ich vorhabe, und machen Sie sich darüber nichts vor!« Er sah in lauter ausdruckslose Gesichter. »Schön. Irgendwelche Fragen? Nein? Dann nehme ich also an, Sie alle wissen, worauf ich hinauswill, stimmt das? Schön. Jetzt möchte ich darauf hinweisen, daß nur zwei Gründe denkbar sind, warum unser Befehl abgeändert wurde. Entweder das Kommando hat eingesehen, daß unser Schiff so ausgezeichnet in Ordnung ist, daß es mal einen besonders angenehmen Dienst verdient hat – oder aber das Kommando ist der Ansicht, unser Schiff ist so minderwertig, daß es unter Umständen nicht in der Lage sein könnte, eine Aufgabe im

Kampfgebiet zu lösen. Kann sich jemand von Ihnen eine dritte Möglichkeit denken?

Schön. Ich sage Ihnen nicht, was ich darüber denke. Sollte unser Schiff aber jetzt noch nicht so auf der Höhe sein, dann rate ich Ihnen dringend, Dampf dahinter zu machen – und zwar etwas plötzlich. Und wenn ich sage plötzlich, dann meine ich plötzlich. Weiter: Ich habe dieser Tage Gelegenheit genommen, dem Kommando zu melden, daß die Leistungen des Maschinenpersonals unseres Schiffes unter dem Durchschnitt sind, und es ist durchaus möglich, daß unser Einsatz deshalb abgeändert wurde. Wie ich Ihnen aber schon gesagt habe, hat ein Seeoffizier seine Befehle auszuführen, nicht aber sich darüber den Kopf zu zerbrechen, und so möchte ich es auf diesem Schiff künftig gehandhabt wissen.«

Keefer bekam einen Hustenanfall. Er beugte sich tief über den Tisch, seine Schultern schüttelten sich. Ärgerlich blickte der Kommandant zu ihm hin.

»Ich bitte um Entschuldigung, Sir«, japste Keefer. »Ich habe Rauch in die falsche Kehle gekriegt.«

»Schön«, sagte Queeg. »Jetzt möchte ich, meine Herren, daran erinnern, alles, was überhaupt wert ist, getan zu werden, ist wert, gut getan zu werden. – Ferner, die schwierigen Dinge erledigen wir auf unserem Schiff auf der Stelle, was unmöglich ist, braucht etwas länger, und … Also unsere Aufgabe für die nächsten paar Wochen besteht vermutlich aus Scheibendienst. Also werden wir eben ein Muster von einem Scheibenschlepper sein, daß sich die ganze Marine ein Beispiel daran nehmen kann, und … Wie ich schon sagte, wir haben unsere Befehle auszuführen, nicht uns über sie den Kopf zu zerbrechen. Darum wollen wir uns weiter nicht aufregen über irgend etwas, was geschehen ist. Was die Grundberührung anlangt, so fühle ich mich nicht für den Ausbildungsstand verantwortlich, in dem ich das Schiff vorgefunden habe, und ich bin überzeugt, das Kommando denkt darüber genauso wie ich, und deshalb … Das wäre das. Wohl aber trage ich von jetzt an die Verantwortung für alles, was auf unserem Schiff geschieht. Ich habe nicht die Absicht, den geringsten Fehler zu machen, und – was Sie sich besonders merken wollen – ich werde nicht dulden, daß jemand anders für mich Fehler macht, und ich sage Ihnen das nicht zum Spaß. Und na, ich denke, Sie verstehen mich auch, ohne daß ich deutlicher werde, und … Ach ja, natürlich, ich wußte ja, da war noch etwas.« Er sah sich im Kreise um und fragte: »Wer ist eigentlich der Fürsorgeoffizier?«

Verdutzte Blicke wanderten um den Tisch. Dann räusperte sich Gorton und sagte: »Hm – hm, Sir, soweit ich mich erinnere, hatte ein Fähnrich namens Ferguson diese zusätzliche Aufgabe als letzter. Ich glaube, sie wurde niemandem mehr übertragen, als er versetzt wurde.«

Queeg wiegte den Kopf hin und her und rollte schweigend mit seinen Kugeln. »Schön«, sagte er schließlich. »Mr. Keith, ab sofort: Sie sind der Fürsorgeoffizier, zusätzlich zu Ihren anderen Dienstobliegenheiten.«

»Aye, aye, Sir.«

»Ihre erste Aufgabe ist, dafür zu sorgen, daß sich jeder Mann auf unserem Schiff das Hemd in die Hose steckt.«

Willie erschrak.

»Solange ich Kommandant dieses Schiffes bin, wünsche ich keine fliegenden Hemdzipfel mehr. Wie Sie das erreichen, ist mir egal. Sie können so scharf vorgehen, wie Sie wollen. Ich werde Sie decken bis zum äußersten. Wenn wir wollen, daß sich unsere Leute künftig benehmen wie Soldaten, dann haben wir zunächst dafür zu sorgen, daß sie auch aussehen wie Soldaten. Wehe dem Offizier, auf dessen Wache ich auch nur einen Mann mit flatterndem Hemd entdecke! Wehe dem Ressortchef dieses Mannes – und wehe dem Fürsorgeoffizier! Es ist mein heiliger Ernst. – Nun, meine Herren, damit bin ich am Schluß. Und wie ich schon sagte, wir wollen hervorragende Leistungen bei uns als normale Leistungen betrachten und … und hat irgend jemand etwas dazu zu bemerken? Nein? Sie, Gorton? Sie, Maryk? Sie, Adams?« In der Art wandte er sich an jeden einzelnen Offizier am Tisch, indem er mit dem Zeigefinger auf ihn wies. Sie schüttelten einer nach dem anderen den Kopf. »Famos. Dann darf ich also annehmen, Sie alle verstehen restlos, was ich gesagt habe, und werden mich aus vollem Herzen dabei unterstützen. Stimmt das? Und – nun, das ist alles, was ich Ihnen zu sagen habe, und – denken Sie daran, daß wir von jetzt an das Muster eines Scheibenschleppers darstellen werden, daß sich die ganze Marine ein Beispiel an uns nehmen kann und – jetzt, wollen wir wieder an unseren Dienst gehen.«

Alle Offiziere erhoben sich feierlich beim Abgang ihres Kommandanten. »Schön, schön, ich danke Ihnen«, sagte er. Dann eilte er in seine Kajüte.

Während der nächsten zwei Wochen führte das »Muster eines Scheibenschleppers« verschiedene Schleppaufgaben ohne Mißgeschick durch.

Nach dem Verdruß mit dem Kommando der Hilfsdienste erfuhr Queegs Methode in der Führung seines Schiffes eine auffallende Veränderung. Mit seiner bisherigen verwegenen Fahrweise war es plötzlich vorbei. Statt dessen bewegte er sich mit peinlicher Vorsicht Zentimeter für Zentimeter an den Kai oder von ihm weg. Diese übertriebene Behutsamkeit ging der Besatzung auf die Nerven, die an de Vriess' lebendige Gelassenheit und Genauigkeit gewöhnt war. Aber es gab wenigstens keine Rammings und keine Grundberührungen mehr.

Willie Keith heftete eine ausführliche Bekanntmachung in den Unterkünften der Mannschaft an mit der Überschrift: »Führung. Schneidiger seemännischer Anzug zwecks Verbesserung der ...« In fünf Paragraphen beredter Prosa forderte er die Mannschaft auf, ihre Hemden in die Hosen zu stecken. Sehr zu seinem Erstaunen gehorchte man ihm. Die flatternden Hemdzipfel verschwanden. Immer wieder las er seine Bekanntmachung durch, vor Stolz auf sein Schriftstellertum ganz benommen. Er kam zu der Überzeugung, daß er eine Kraft des Wortes besaß, mit der er an die Seelen der Menschen rühren konnte. Aber das war reiner Optimismus. Die Leute, weise wie die Wölfe im Urwald, wußten ganz genau, woher dieser Befehl kam. Sie traten leise mit ihrem neuen Kommandanten. Denn über die »Caine« waren fette Tage hereingebrochen.

Eine Zeitlang Dienst in Pearl Harbor war der Traum aller Zerstörerbesatzungen im Pazifischen Ozean. Er bedeutete nämlich frisches Obst in der Pantry, frische Milch, frische Sahne, Steaks und während der Nächte wüste Orgien in den Bars und verschwiegenen Gäßchen von Honolulu. Niemand hatte Lust, wegen der kleinen Annehmlichkeit des fliegenden Hemdzipfels eine Urlaubssperre zu riskieren.

Das Unheil begann an einem nebeligen Morgen. Commander

Queeg kam in der Dämmerung auf die Brücke und sah nichts vor sich als einen blauen Dunst, durch den hier und dort die Lampen auf dem Kai wie gelbe Monde schimmerten. Die Luft war stickig und stank nach Moder. »Verdammte Sauerei!« schimpfte der Kommandant. »Seeposten aufziehen! Wir legen ab, sobald es aufklart. Die Sonne frißt den Nebel bald auf.« Aber der blaue Nebel verwandelte sich in helles Grau, dann in feines Rieseln. Vom Fahrwasser her ertönte das klagende, nervöse Tuten der Nebelhörner. Die Uhr zeigte 8.15. Von der Brücke her konnte man kaum die Kräne auf dem Heck unterscheiden, hinter ihnen war alles weiß. Eine ganze Stunde war Commander Queeg unter leisen Selbstgesprächen auf der Brücke auf und ab gewandert. »Klar zum Loswerfen!« stieß er endlich hervor.

Unter dem Getute ihres Nebelhorns kroch die »Caine« in langsamster Fahrt rückwärts in die Fahrrinne hinaus. Der Kai verschwand alsbald in den Nebelschwaden. Blind schlingerte das Schiff in einer dampfenden Waschküche dahin. Die Nebelhörner ringsum schienen plötzlich lauter zu werden. Sie brüllten und kreischten aus allen Richtungen. Woher die Töne kamen, war schwerer festzustellen als bei Grillen in einem dunklen Keller. Queeg raste von Nock zu Nock. Vergeblich glotzte er sich an den triefenden, trüben Fenstern und den wogenden Nebelschwaden achtern die Augen aus dem Kopf. Der Unterkiefer fiel ihm herab, seine Lippen zitterten. »Scheren Sie sich aus dem Weg, verflucht noch mal!« brüllte er Willie auf der Backbordnock an. Der Fähnrich machte einen Satz nach hinten.

Plötzlich zerriß ein fürchterliches Getute die Luft. Es kam von einem gewaltigen Nebelhorn, offensichtlich unmittelbar über der »Caine«. Willie biß sich vor Schreck in die Lippen. Queeg raste an ihm vorbei und brüllte: »Beide Maschinen stop! Wer kann es sehen? Wo ist es? Hat denn niemand Augen im Kopf?« Wieder und wieder raste er an Willie vorbei und rannte viermal wie wahnsinnig um die Brücke. Dabei hielt er jedesmal für Sekunden im Ruderhaus an und riß am Nebelhorn. Nochmals brüllte das gewaltige Horn, dann glitt ein riesiges, schattenhaftes Ungetüm, ein Tankschiff, hart am Heck der »Caine« vorbei durch den Nebel und verschwand.

»Puh!« rief Queeg und unterbrach seinen Rundlauf neben Willie.

Dann ging er zur Tür des Kartenhauses. »Navigationsoffizier, wie wäre es, wenn ich endlich einen Kurs bekäme! – Zum Donnerwetter, warum dauert das so lange?«

Gorton sah überrascht von der Karte auf. Der Kurs von dort, wo sie waren, bis zum Scheibenhof war 220 Grad. Das wußte Commander Queeg genausogut wie er selbst.

»Aye, aye, Sir, ich ...«

»Was heißt das, ›aye, aye, Sir‹? Was – ist – der – Kurs, hab' ich gefragt!« kreischte der Kommandant und trommelte mit der Faust gegen das eiserne Schott.

Gorton starrte ihn an. »Sir, ich habe nicht angenommen, Sie wollten den Kurs, ehe wir gedreht haben ...«

»Gedreht haben?« rief Queeg. Einen Augenblick glotzte er Gorton an, dann eilte er zum Ruderhaus und gab Maschinen- und Ruderbefehle, um das Schiff zu drehen. Im selben Augenblick begann der Minensucher zu erzittern, als die beiden Schrauben sich in entgegengesetzter Richtung drehten. Die grünschimmernden Ziffern auf der Rose des Peilkompasses wanderten gleichmäßig tickend gegen den Uhrzeiger aus und zeigten wachsende Größen: 95 Grad, 100, 105, 120, 150. Queeg stierte ein paar Sekunden wie gebannt auf den Kompaß. Dann sagte er zum Rudergänger: »Melden Sie alle 20 Grad!« und rannte auf die Nock. Maryk, beide Hände an der Reling, blinzelte in den Nebel hinaus. Inzwischen konnte man schon ringsum mehrere hundert Meter Wasser sehen. Das gleißende Weiß oben begann zu blenden.

»Ich glaube, es klart auf, Sir«, sagte Maryk.

»Ist auch Zeit«, brummte Queeg etwas kurzatmig.

»180 geht durch!« rief der Rudergänger, ein Geschützführer namens Stilwell. Er war ein langer Kerl mit dickem, glatt zurückgekämmtem schwarzem Haar und weichen, jungenhaften Gesichtszügen. Er hatte seine Hände fest am Steuerrad, die Beine gespreizt, die Augen starr auf den Kreiselkompaß gerichtet.

»Vielleicht kommen wir heute doch noch aus dieser Suppe heraus«, sagte Queeg. Er rief ins Kartenhaus: »Was ist der Kurs zur Einfahrt, Tom, 220?« – »Jawohl, Sir.«

»200 geht durch!« rief der Rudergänger.

Das Nebelhorngetute wurde weniger, streckenweise war das

schwarze Wasser um das Schiff herum sichtbar. »Ich wette, an der Mündung des Fahrwassers ist es schon klar«, sagte Maryk.

Der Rudergänger rief: »Ich stütze auf 220, Sir.«

»Was?« brüllte Queeg und schoß ins Ruderhaus. »Wer hat Ihnen befohlen zu stützen?«

»Sir, ich dachte ...«

»Sie dachten, Sie dachten, sagen Sie! Sie werden nicht dafür bezahlt, zu denken!« kreischte der Kommandant. »Tun Sie gefälligst, was Ihnen gesagt wird, verflucht noch mal, und fangen Sie hier nicht an zu denken. – Haben Sie mich verstanden?«

Dem Rudergänger schlotterten die Knie. Er war kreidebleich geworden, und die Augen schienen ihm aus dem Kopf zu treten. »Aye, aye, Sir«, japste er, »soll ich weiter nach Backbord drehen?«

»Gar nichts sollen Sie tun!« brüllte Queeg. »Was liegt an?«

»Zwei – zwei – zweihundertfünfundzwanzig, Sir. Schiff dreht nach Steuerbord.«

»Ich dachte, Sie hätten auf 220 gestützt.«

»Ich habe mit Stützen aufgehört, Sir, als Sie sagten ...«

»Zum Donnerwetter, hören Sie auf, mir zu erzählen, was ich sagte. Jetzt kommen Sie gefälligst nach Backbord und stützen auf 220! Haben Sie begriffen?«

»Aye, aye, Sir, Ba... Backbord, stützen auf 220.«

»Mr. Maryk!« schrie der Kommandant. Der Erste Wachoffizier kam ins Ruderhaus gerannt. »Wie heißt der Mann und was ist er?«

»Stilwell, Sir. Geschützführer.«

»Wenn er sich nicht zusammennimmt, ist er bald wieder Matrose. Ich wünsche, daß er abgelöst wird. Wenn wir im Fahrwasser sind, möchte ich einen richtigen Rudergänger auf der Brücke haben, keinen so dämlichen Anfänger.«

»Er ist unser bester Rudergänger, Sir.«

»Ich – wünsche –, daß – er – abgelöst – wird, haben Sie mich verstanden?«

Willie Keith steckte den Kopf herein. »Schiff rechts voraus, Sir, sieht aus wie ein Schlachtschiff, Entfernung dreihundert Meter!«

Queeg sah auf, blanker Schrecken stand ihm im Gesicht. Ein riesenhafter dunkler Schiffskörper hielt drohend auf die »Caine« zu. Queeg, klappte den Mund dreimal auf und zu, ohne einen Laut von sich zu geben, dann keuchte er: »Beide Maschinen äußerste Kraft zurück. – Ko – Ko – Kommando zurück – beide Maschinen stop!«

Der Befehl war kaum widerrufen, als das Schlachtschiff die Steuerbordseite der »Caine« entlangglitt. Es tutete ärgerlich. Zwischen den beiden Rümpfen lag höchstens drei Meter Zwischenraum. Es war, als ob ein stählerner Felsen vorbeirauschte.

»Rote Fahrwasserboje, ein Strich Backbord!« rief der Ausguck vom Peildeck.

»Kein Wunder«, sagte Maryk zum Kommandanten. »Wir befinden uns auf der falschen Seite des Fahrwassers, Sir.«

»Wir sind nicht auf der falschen Seite von irgend etwas«, pfiff der Kommandant ihn an. »Wenn Sie sich vielleicht um Ihre Aufgaben kümmern wollten und einen anderen Rudergänger besorgen, dann kümmere ich mich um meine Aufgabe und führe mein Schiff, Mr. Maryk!«

In diesem Augenblick trieb die »Caine« durch einen grauen Vorhang in strahlenden Sonnenschein und grünes Wasser hinaus. Jetzt lag der Weg offen, der Scheibenhof war in einer halben Meile Entfernung klar zu erkennen. Der Nebel lag achtern über dem Fahrwasser wie ein riesiger Ballen Baumwolle.

»Schön«, sagte Queeg. »Beide Maschinen langsame Fahrt voraus!« Mit zitternder Hand griff er in die Tasche und holte die beiden Stahlkugeln heraus. Noch lange, nachdem die Küste außer Sicht gekommen war und die »Caine« friedlich über das ruhige blaue Wasser dampfte, blieb die Atmosphäre auf der Brücke peinlich gespannt. Dies war das erste Mal, daß der neue Kommandant einen Mann angebrüllt hatte. Und es war auch, soweit man sich erinnern konnte, der erste Fall gewesen, daß ein Rudergänger an Bord der »Caine« kurzerhand abgelöst worden war. Die Besatzung wußte nicht einmal, was Stilwell eigentlich verbrochen hatte.

Willie, der von Wache kam, als das Schiff das Fahrwasser verließ, ging ins Deckshäuschen und erzählte Harding, was vorgefallen war. »Vielleicht bin ich nicht richtig hier oben, und ich wollte fast, es wäre so«, sagte er, »aber mir scheint, der Alte hat im Nebel den Kopf verloren, Angst gekriegt und seine Angst einfach am ersten besten ausgelassen, der ihm im Wege stand.«

»Weiß ich gar nicht«, sagte Harding, der unter ihm in der Koje lag und rauchte. »Ein Rudergänger hat nicht ohne Befehl zu stützen.«

»Aber er wußte doch, der Alte wollte Kurs 220. Er hat gehört, wie er das zum Navigationsoffizier gesagt hat. Darf ein Rudergänger denn seinen Verstand nicht gebrauchen?«

»Willie, es dauert halt einige Zeit, bis man sich an einen neuen Kommandanten gewöhnt hat, das ist alles.«

Schwierig wurde die Sache, als Stilwell am Nachmittag wieder als Rudergänger aufziehen sollte. War er für immer von der Brücke verbannt oder nur für dieses eine Mal abgelöst worden? Das war eine knifflige Frage. Er erkundigte sich bei seinem Obermaat, dieser fragte Leutnant Adams, Adams ging zu Gorton, Gorton aber entschied, sehr gegen seinen Geschmack, er werde Queeg zu fragen haben.

Währenddessen dampfte die »Caine« gemächlich einen graden Kurs und schleppte die Scheibe etwa eine Meile im Kielwasser hinter sich her. An der Kimm an Steuerbord ging eine Zerstörerhalbflottille in Ausgangsstellung für den letzten Anlauf des heutigen Schießens. Gorton trat an den Kommandanten heran und fragte ihn wegen Stilwell. Queeg lachte gemütlich und sagte: »Quatsch, natürlich lassen Sie ihn seine Wache gehen. Ich habe nichts gegen den Jungen, er scheint ein anständiger, sauberer Mann zu sein. Einen Fehler kann jeder mal machen. Sagen Sie ihm nur, er soll sich abgewöhnen, ohne Befehl mit dem Ruder herumzufummeln.«

Um ein Viertel vor vier kam Stilwell auf die Brücke. Er hatte funkelnagelneues Arbeitszeug an und eine frischgebleichte weiße Mütze auf, er war sauber rasiert, und seine Schuhe blitzten nur so. Den Kommandanten grüßte er schneidig. »Aha, guten Tag, guten Tag, Stilwell«, sagte Queeg lächelnd. Der Geschützführer nahm das Ruder und beobachtete den Kompaß mit peinlichster Aufmerksamkeit, um zu vermeiden, daß das Schiff auch nur einen halben Grad vom Kurs kam.

Über den Kurzwellenlautsprecher im Ruderhaus meldete sich der Halbflottillenchef der Zerstörer: »Gwendolyn, Gwendolyn, hier Tarzan. Klar zum letzten Anlauf. Aus.«

»Stander Zet vor!« rief der Kommandant. Der Signalgast hißte die rote Flagge an der Rah. Längs der Breitseite des Zerstörers an der Spitze zuckten gelbe Flammen. Rings um die Scheibe stiegen die Fontänen der Einschläge in die Höhe, während der Donner der 15-cm-Salven über vier Meilen Wasser heranrollte. Immer wieder donnerten die Salven, dann begann das zweite Schiff der Linie zu feuern.

Willie Keith lümmelte sich ohne Hemd am Heck herum. Er genoß das Schauspiel und ließ sich braunbrennen. – Träge wanderten seine Gedanken zu May Wynn, zu ihren Spaziergängen in Schnee und Regen auf dem Broadway, zu langen und leidenschaftlichen Küssen in Taxis.

»Fähnrich Keith sofort zum Kommandanten auf die Brücke!«

Sobald die Stimme im Lautsprecher aufgeregt klang, wie das bei diesem scharfen Befehl der Fall war, dann konnte man darüber wohl den Kopf verlieren.

Willie sprang hoch, fuhr in sein Hemd und trabte über das Oberdeck nach vorn. Auf der Brücke bot sich ihm ein grauenerregender Anblick. Urban, der kleine Signalgast mit dem Mondgesicht, stand stramm wie von der Genickstarre befallen, seine Gesichtszüge waren zu tödlicher Angst versteinert. Das Hemd hing ihm aus der Hose. Auf der einen Seite vor ihm stand Queeg. Er blickte düster auf die See hinaus und rollte seine Kugeln. Auf der anderen stand Keefer und drehte nervös sein Dienstglas in den Händen herum.

»Ah, der Herr Fürsorgeoffizier!« sagte Queeg mit einer scharfen Wendung, als Willie herzutrat. »Mr. Keith, können Sie mir eine Erklärung für den Anzug dieses Mannes geben?«

»Nein, Sir – ich – ich habe nicht gewußt …« Willie wandte sich an den Signalgast: »Haben Sie meine Bekanntmachung nicht gelesen?« fragte er mit aller Schärfe, die ihm zu Gebote stand.

»Ja – jawohl, Sir. Ich habe mich nur vergessen, Sir. Es tut mir leid, Sir …«

»Verflucht noch mal«, sagte Willie, »das mindeste, was Sie tun können, ist, daß Sie wenigstens jetzt Ihr Hemd hineinstecken!«

»Sir, der Kommandant läßt mich nicht«, blökte Urban.

Willie sah den Kommandanten an. »Selbstverständlich nicht«, sagte Queeg ärgerlich. »Ich will, daß Sie sich erst mal selber davon überzeugen, wie mangelhaft Sie Ihren Dienst versehen, Fähnrich Keith, und …«

»Gwendolyn, Gwendolyn, hier Tarzan«, ertönte es aus dem Ruderhaus. Queeg rannte hinein und ergriff den Hörer.

»Hier Gwendolyn, bitte kommen!«

»Gwendolyn, Übung beendet, einlaufen. Ausspreche Anerkennung. Aus.«

»Roger, besten Dank. Aus«, sagte Queeg. Er wandte sich zum Ruderhaus. »Ruder Steuerbord zwanzig.«

»Ruder Steuerbord zwanzig, Sir«, wiederholte Stilwell mit einem Seitenblick zum Kommandanten, daß man das Weiße in seinen Augen sah. Er drehte das Rad, so schnell er konnte.

Der Kommandant ging auf die Steuerbordnock hinaus. »Schön. Jetzt zuallererst mal, Keith, haben Sie eine Erklärung hierfür oder nicht?«

»Sir, ich war am Heck ...«

»Ich habe Sie nicht nach einem Alibi gefragt! Ich rede davon, daß Sie es unterlassen haben, meine Befehle auszuführen und der Mannschaft dieses Schiffes meine Wünsche hinsichtlich ihres Anzuges gebührend klarzumachen!« Die »Caine« gehorchte dem Ruder und zog einen weiten Bogen nach Steuerbord. Scheibe und Schwimmtrosse kamen in der Drehung lose und trieben an Steuerbord heran. »Schön«, sagte Queeg, »Sie werden eine schriftliche Meldung einreichen, Mr. Keith, und diese Unterlassung begründen.«

»Aye, aye, Sir.«

»Weiter, jetzt zu Ihnen, Mr. Keefer«, sagte der Kommandant und drehte sich zum Wachoffizier, der die Scheibe beobachtete. »Haben Sie eine Erklärung für die Tatsache, daß der erste Mann, der meinem Uniformbefehl zuwiderhandelt, zu Ihrem Ressort gehört?«

»Sir, einem Ressortchef, der zugleich Wache geht, sind gewisse Grenzen ...«

»Unsinn, für die Pflichten eines Wachoffiziers gibt es keine Grenzen!« kreischte Queeg. »Er ist mir für absolut jede Kleinigkeit verantwortlich, die während seiner Wache an Bord passiert, für jede Kleinigkeit, verflucht noch mal!«

Das Schiff folgte weiter seinem Kreisbogen.

Scheibe und Schwimmleine befanden sich noch ein gutes Stück vorlicher als querab. Der Rudergänger starrte mit offenem Mund auf die Scheibe. Der Drehkreis der »Caine« betrug 1000 Meter, die

Schwimmtrosse war doppelt so lang. Für Stilwell lag es daher auf der Hand, daß das Schiff, wenn es die Drehung beibehielt, seine eigene Schleppleine ein gutes Stück vor der Scheibe überfahren mußte. Unter gewöhnlichen Umständen hätte er den Kommandanten auf diese Gefahr aufmerksam gemacht, heute aber hätte er sich eher die Zunge abgebissen, als daß er ein einziges Wort von sich gegeben hätte. Er ließ das Ruder eisern Steuerbord 20 liegen.

»Schön, Mr. Keefer«, sagte Queeg weiter. »Sie werden eine schriftliche Meldung einreichen, a) warum dieser Mann sein Hemd heraushängen ließ, nachdem er zu ihrem Ressort gehört, und b) warum dieser Mann sein Hemd heraushängen ließ, als Sie die Wache hatten. Ist das verstanden?« Inzwischen wanderte die Scheibe langsam über den Bug nach Backbord aus.

»Aye, aye, Sir.«

Die beiden Deckoffiziere Budge und Bellison saßen auf der Back auf einem Ventilator und ließen sich in der salzigen Brise ihre Zigaretten schmecken. Plötzlich stieß Bellison seinen knochigen Ellbogen in die fetten Rippen des Pumpenmeisters. »Budge, sehe ich recht? Das sieht doch ganz so aus, als ob wir über unsere Schleppleine fahren würden.« Budge glotzte nach der Scheibe und warf dann einen wilden Blick nach der Brücke. Er schoß mit seinem schweren Körper an die Reling und beugte sich über Bord. »Weiß Gott! Was ist denn mit dem Alten los?«

»Soll ich rufen?« fragte Bellison.

»Zu spät. Wir können nicht mehr stoppen ...«

»Menschenskind, die Schrauben, Budge wenn wir jetzt die Trosse in die Schrauben kriegen ...«

Die beiden Deckoffiziere hingen mit angehaltenem Atem über der Reling und beobachteten voll Sorge die Scheibe, die jetzt weit an Backbord querab auf den Seen tanzte. Die »Caine« dampfte majestätisch über ihre eigene Schlepptrosse. Es gab ein leichtes, kratzendes Geräusch, mehr war nicht zu merken, und das alte Schiff setzte seine Fahrt unangefochten fort. Der Scheibe war anscheinend nichts zugestoßen.

Bellison und Budge sahen sich gegenseitig an. Bellison machte sich mit einer Flut entsetzlicher Flüche Luft, die, wenn man sie übersetzt hätte, ungefähr bedeuteten: Das ist ein höchst ungewöhnlicher

Fall. – Lange starrten sie wie betäubt auf die See und den Bogen des Kielwassers hinaus.

»Budge«, sagte Bellison schließlich leise und erschüttert, »jetzt werde ich aber wirklich verrückt. Unser Schiff hat einen vollen Kreis geschlagen und fängt damit wahrhaftig noch mal von vorne an.« Budge, dessen Bauch schwer auf der Reling lag, nickte sprachlos. Draußen auf See bildete das Kielwasser einen geschlossenen Kreis von glattem grünem Wasser mit weißen Schaumflecken darauf. Sein Durchmesser betrug etwa eine Meile. Die »Caine« dampfte auf ihrer eigenen Spur weiter. Ihr Überliegen verriet, daß noch immer Steuerbordruder lag. »Ich möchte jetzt verdammt wissen, warum wir dauernd im Kreise herumdampfen«, sagte Bellison.

»Vielleicht hat's beim Alten ausgehakt!«

»Vielleicht klemmt das Ruder. Vielleicht ist die Ruderleitung gebrochen. Wollen doch mal sehen, was da los ist.«

Sie rannten eilig achteraus.

Nach einem langen allgemeinen Palaver über das Hemdenthema kam Commander Queeg auf der Brücke allmählich zum Schluß. »Schön, Signalgast Urban, Sie können jetzt Ihren Anzug in Ordnung bringen.« Der kleine Signalgast stopfte in wahnsinniger Eile sein Hemd in die Hose und nahm sofort wieder eine starre, zitternde Haltung an. »Na«, sagte Queeg, »finden Sie nicht auch, daß Sie so besser aussehen? Mehr als ein Matrose der amerikanischen Marine?«

»Jawohl, Sir«, keuchte Urban.

Inzwischen hatte sich die »Caine« zum zweiten Male wieder fast ganz im Kreise herumgedreht, und wieder lag die Scheibe voraus. Mit einem kurzen »Abtreten!« wandte sich Queeg von dem verdatterten Signalgast ab.

Plötzlich sah er die Scheibe, fuhr überrascht zusammen und warf wütende Blicke auf Keefer und Keith. »Verflucht noch mal, was hat denn die Scheibe dort vorne zu suchen?« rief er. »Donnerwetter noch mal, wo sind wir eigentlich? Was geht hier vor?« Er sauste ins Ruderhaus und warf einen Blick auf die rasch umlaufende Kompaßrose. »Verflucht noch mal, was treiben Sie hier eigentlich, Sie Mensch Sie!« brüllte er Stilwell an.

»Sir, Sie haben Steuerbord 20 befohlen. Ruder liegt Steuerbord 20«, antwortete der Rudergänger verzweifelt.

»Schön, richtig. Ich habe Ihnen Steuerbord 20 befohlen«, sagte Queeg. Er drehte seinen Kopf von einer Seite auf die andere und blickte erst auf die Scheibe, dann auf die ablaufenden Zerstörer. »Himmelherrgott noch mal, warum kommt die Scheibe nicht hinter uns herum? Das möchte ich doch wissen. – Beide Maschinen stop! Recht so, wie's jetzt geht!«

Die »Caine« verlor schlingernd die Fahrt. Die Scheibe trieb an Backbord querab, etwa fünfhundert Meter entfernt. Der Telefonist steckte seinen Kopf zum Ruderhaus herein. »Entschuldigen Sie, Sir …«, sagte er, Angst in der Stimme. »Oberbootsmann Bellison meldet sich vom Heck. Er sagt, wir hätten die Scheibe nicht mehr im Schlepp. Die Schlepptrosse ist gebrochen.«

»Woher will der Kerl wissen, daß sie gebrochen ist?« schnauzte Queeg. »Sagen Sie ihm, er soll verdammt nichts behaupten, was er verdammt nur vermutet.«

Grubenecker bewegte die Lippen, als wolle er die Nachricht auswendig lernen, dann sprach er in den Fernsprecher, der ihm um den Hals geschnallt war: »Herr Oberbootsmann, der Kommandant sagt, Sie sollen verdammt nicht behaupten, was Sie verdammt nur vermuten.«

»Beide Maschinen große Fahrt voraus! Ruder mittschiffs! Wir werden gleich sehen, ob wir die Scheibe im Schlepp haben oder nicht.« Die »Caine« lief zwei Meilen ab. Die Scheibe wurde immer kleiner, bis sie nur noch ein tanzendes Pünktchen war. Sonst bewegte sie sich nicht die Spur. Im Ruderhaus herrschte betretenes Schweigen. »Schön«, sagte der Kommandant, »jetzt wissen wir, was wir wissen wollten. Die Scheibe hängt nicht mehr dran.« Er sah Keefer an und zuckte lustig mit den Schultern. »Na ja, Tom, wenn das Kommando der Hilfsdienste uns Schlepptrossen gibt, die gleich brechen, wenn wir mal ein paar Grad nach Steuerbord ausscheren, dann ist das seine Sache, wie … Willie, geben Sie mir ein Funkspruchformular.«

Er schrieb: »Schadhafte Schlepptrosse brach Südwestecke Schießgebiet Cäsar. Scheibe treibt. Gefahr für Schiffahrt. Laufe ein. Vorschlage, Schlepper einbringt oder zerstört Scheibe morgen bei Tagesanbruch.«

»Senden Sie das über die Hafenwelle«, sagte er. Willie nahm ihm den Funkspruch aus der Hand, da kam Maryk ins Ruderhaus gelaufen, sein Khakihemd war dunkel von Schweiß. »Sir, ich habe den Motorkutter ausgeschwungen, das Scheibenkommando hält sich klar. In einer Stunde haben wir sie geborgen. Wenn wir auf fünfzig Meter herangehen …«

»Was haben wir geborgen?«

»Die Scheibe, Sir.« Maryk schien über die Frage erstaunt.

»Zeigen Sie Mr. Maryk den Funkspruch, Willie«, sagte Queeg grinsend. Der Leutnant überflog das bekritzelte Blatt. Dann fuhr Queeg fort: »So wie ich die Sache beurteile, Mr. Maryk – allerdings sind Sie vielleicht klüger als ich –, erstreckt sich meine Verantwortung nicht auf Havarien, die durch schadhaftes Geschirr verursacht werden. Wenn mir meine vorgesetzte Dienststelle eine Scheibentrosse gibt, die bricht, dann habe ich lediglich die Pflicht, ihr das zu melden und dann nach Hause zu fahren und auf meinen nächsten Befehl zu warten, statt die kostbare Zeit der Marine hier draußen zwecklos zu vertun. – Mr. Keefer, bitte, erkundigen Sie sich beim Navigationsoffizier nach dem Kurs zurück nach Pearl.«

Maryk folgte Keefer auf die Backbordnock und zupfte ihn am Hemdsärmel. »Tom«, flüsterte er, »weiß der denn nicht, daß wir Kreise gesteuert und dabei die Scheibe abgerissen haben?«

»Steve«, murmelte der Nachrichtenoffizier und schüttelte den Kopf, »bitte, frag mich nicht, was in seinem Gehirn vor sich geht. Wir sind aufgeschmissen mit diesem Hanswurst, Steve, allen Ernstes!«

Die beiden Offiziere gingen ins Kartenhaus, wo Gorton eine Sonnenstandlinie ausrechnete. Keefer sagte: »Der Alte will den Kurs nach Pearl wissen, Burt.«

Gorton riß den Mund auf: »Was! Und die Scheibe?«

Maryk erzählte ihm Queegs Überlegungen in der Angelegenheit und setzte hinzu: »Burt, wenn du dem Mann Scherereien ersparen willst, dann überrede ihn, das Ding zu bergen.«

»Hör mal, Steve, ich werde den Alten zu überhaupt nichts überreden, er …«

Queegs finsteres Gesicht erschien in der Kartenhaustür. »Sieh mal an! Worum dreht sich's denn bei dieser Stabsbesprechung? Ich warte noch immer auf den Kurs nach Pearl …«

»Sir, ich bitte um Entschuldigung, wenn ich starrköpfig erscheine«, platzte Maryk heraus, »aber ich denke noch immer, wir sollten versuchen, die verdammte Scheibe zu bergen. Sie kostet mehrere tausend Dollar. Wir könnten das ohne weiteres tun, wenn wir ...«

»Woher wollen Sie das wissen, daß wir das können? Hat unser Schiff schon mal eine geborgen?«

»Nein, Sir, aber ...«

»Nun, ich habe keine so hohe Meinung von der Seemannschaft Marke ›Caine‹, als daß ich die Leute einer so kniffligen Aufgabe für gewachsen hielte. Wir fummeln nur den ganzen Nachmittag hier herum, womöglich ersaufen uns dabei noch ein paar Dummköpfe, und schließlich machen sie uns noch die Sperre vor der Nase zu. – Wie kann ich denn wissen, ob nicht der nächste Auslaufbefehl schon auf uns wartet. Wir sollen vor Sonnenuntergang zurück sein ...«

»Sir, ich kann sie in einer Stunde bergen.«

»Das sagen Sie! – Mr. Gorton, was ist Ihre Meinung?«

Der Eins O blickte ganz unglücklich von Maryk auf den Kommandanten. »Nun, Sir – auf Steve kann man sich, glaube ich, wohl verlassen – wenn er sagt ...«

»Quatsch«, sagte Queeg. »Bellison soll raufkommen.«

Nach ein paar Minuten erschien der Oberbootsmann gemächlichen Schrittes im Kartenhaus. »Zur Stelle, Sir«, krächzte er.

»Bellison, wenn Sie diese Scheibe bergen müßten, wie würden Sie das anfangen?« Bellison legte sein Gesicht in tausend Falten. Nach einer Pause schnarrte er ein verwirrendes Kauderwelsch herunter, in dem von Beiholerleinen, U-Bolzen, Wirbelschäkeln, Doppelhaken, Schlipphaken, laufenden Augen, Springleinen und Ketten die Rede war.

»Hm, hm«, sagte Queeg. »Und wie lange würden Sie dazu brauchen?«

»Kommt darauf an, Sir. See ist nicht grob – vielleicht vierzig Minuten, vielleicht eine Stunde.«

»Und niemand würde dabei draufgehen, was, Bellison?«

Bellison spähte nach dem Kommandanten wie ein argwöhnischer Affe. »Wieso soll hierbei jemand draufgehen, Sir?«

Queeg ging ein paar Minuten auf der Brücke auf und ab und brummte vor sich hin. Dann schickte er einen zweiten Funkspruch an das Kommando der Hilfsdienste: »Auf Wunsch kann ich versuchen, Scheibe zu bergen. Erbitte Anweisung.«

Eine Stunde lang dampfte der Minensucher langsam in einem weiten Kreis um die Scheibe. Dann kam die Antwort vom Kommando: »Handeln nach eigenem Ermessen.« Willie übergab dem Kommandanten den Funkspruch auf der Backbordnock, wo er mit Gorton und Maryk die Scheibe beobachtete.

»Die machen sich's vielleicht bequem, was?« sagte Queeg gereizt und gab dem Eins O den Funkspruch. Er sah nach der Sonne. Sie mußte in ungefähr anderthalb Stunden untergehen. »Das ist unsere Marine? Wasch mir den Pelz und mach mich nicht naß. Handeln nach Ermessen, wie? Nun, genau das werde ich tun, worauf sie sich verlassen können. Die haben sich geschnitten, wenn sie glauben, sie können mir die Verantwortung aufhängen, wenn ich morgen nicht für die Übungen zur Stelle bin und sich irgendein Dummkopf von Matrose womöglich noch den Hals bricht. Los, zurück in den Stall.«

Für den nächsten Tag war jedoch keine Übung angesetzt, die »Caine« lag längsseits des Kais und hatte nichts zu tun. Um elf Uhr vormittags saß Gorton am Tisch der Messe, arbeitete an einem Korb Dienstpost und trank Kaffee. Die Tür ging auf, ein schneidiger Matrose in Blau trat herein. Er riß eine schneeweiße Mütze vom Kopf und fragte den Eins O: »Entschuldigen Sie, Sir, wo ist die Kommandantenkajüte?«

»Ich bin der Erste Offizier. Warum handelt es sich?«

»Sir, ich habe dem Kommandanten persönlich ein Schreiben zu überreichen.«

»Schreiben, von wem?«

»Kommando der Hilfsdienste Pazifik, Sir.«

Gorton wies auf die Kajüte des Kommandanten. Der Matrose klopfte an. Während die Tür sich öffnete, erwischte Gorton einen Blick auf Queeg in Unterhose, er hatte sein Gesicht dick eingeseift. Der Matrose kam gleich wieder heraus, sagte zu Gorton: »Danke sehr, Sir« und ging hinaus. Seine Schritte verhallten auf dem Niedergang zum Oberdeck. Gorton blieb still sitzen und wartete. Er wartete etwa fünfundvierzig Sekunden, dann hörte er in seiner Kammer wie wahnsinnig den Summer gehen. Mit einem einzigen Schluck trank er seinen Kaffee aus, stand schwerfällig auf und watschelte in die Kommandantenkajüte.

Queeg saß am Schreibtisch, die Seife noch immer im Gesicht. Der aufgerissene Briefumschlag lag an Deck, in der Rechten hielt er ein Blatt Durchschlagpapier. Der Kopf war ihm zwischen die Schultern gesunken, seine linke Hand lag auf seinem Knie und zitterte. Er sah den Eins O von der Seite an und hielt ihm dann schweigend und mit abgewandtem Kopf das Schreiben hin.

Am 22. Oktober, 13 Uhr, hat Kommandant »Caine« persönlich, ich wiederhole persönlich, schriftliche Meldung über letztes Fiasko an Leiter der Operationsabteilung des Kommandos der Hilfsdienste Pazifik zu übergeben.

Der Kommandant stand auf und angelte die Stahlkugeln aus seiner Khakihose, die an einem Haken hing. »Wollen Sie mir sagen, Burt«, fragte er mit heiserer Stimme, »was Sie davon halten?« Gorton zuckte unglücklich die Schultern. »Fiasko! In einem offiziellen Dienstschreiben – ich möchte verdammt gerne wissen, warum er die Geschichte als Fiasko bezeichnet. Warum soll ausgerechnet ich einen schriftlichen Bericht zu überbringen haben? Hat man mir nicht gesagt, ich sollte nach Ermessen handeln? Sagen Sie mir offen, Burt, hätte ich etwas tun können, das ich nicht getan habe? Glauben Sie, daß ich irgendeinen Fehler gemacht habe?« Gorton schwieg beharrlich. »Ich wäre Ihnen sehr verbunden, wenn Sie mir sagen würden, ob ich irgendeinen Fehler gemacht habe. Ich betrachte Sie als Freund.«

»Ich weiß nicht, Sir …« Gorton zögerte. Er dachte daran, das Kommando könnte von der durchschnittenen Scheibentrosse bereits Wind bekommen haben. Derartige Dinge machten in der Marine schnell die Runde. Aber er hatte Angst, davon anzufangen, denn Queeg hatte doch nicht zugegeben, daß es tatsächlich geschehen war.

»Heraus mit der Sprache, Burt, Sie brauchen keine Angst zu haben, daß ich mich vielleicht gekränkt fühle.«

»Das einzige wäre, Sir«, sagte der Eins O, »Sie … ich könnte mir denken, Sie haben vielleicht die Schwierigkeit der Bergung überschätzt. Ich habe derartiges schon gesehen. Im Jahre 40 waren wir mal mit der ›Moulton‹ zu Schießübungen in See. Die Schlepptrosse brach. Der Schaden wurde in einer halben Stunde mühelos behoben.«

»Ich verstehe.« Queeg preßte die Lippen zusammen, starrte auf seine Kugeln und sagte eine Zeitlang nichts. »Mr. Gorton, wollen Sie mir bitte erklären, warum ich über diese wesentliche Erfahrung nicht im entscheidenden Augenblick unterrichtet worden bin. Damals hätte Ihre Kenntnis meine Entschlüsse als Kommandant maßgeblich beeinflußt.«

Gorton glotzte sprachlos auf den Kommandanten.

»Meinen Sie vielleicht, ich mache einen Witz, Mr. Gorton? Sie glauben womöglich, es wäre an mir gewesen, Ihre Gedanken zu lesen, wenn ich von Ihnen etwas Wichtiges erfahren wollte. Halten Sie es etwa nicht für die vornehmste Pflicht eines Stellvertretenden Kommandanten, seinem Vorgesetzten mit Erfahrung und Rat zur Seite zu stehen, wenn er gefragt wird?«

»Sir – Sir – wie Sie sich bitte erinnern wollen, empfahl ich Ihnen, Mr. Maryk die Bergung zu gestatten.«

»Haben Sie mir vielleicht ein Wort darüber gesagt, warum Sie mir das nahelegten, wie?«

»Nein, Sir.«

»Und warum nicht?«

»Sir, ich habe angenommen, daß, als Sie sagten ...«

»Sie haben angenommen. Sie haben angenommen! Burt, in der Marine kann man nichts annehmen, verdammt noch mal. Nicht die geringste verfluchte Kleinigkeit. Jetzt muß ich dem Kommando einen schriftlichen Bericht vorlegen, nur weil Sie etwas angenommen haben.« Queeg haute mit der Faust auf den Tisch, dann stierte er eine Minute lang finster an die Wand. »Ich will Ihnen gerne zugute halten«, sagte er, »daß Sie natürlich ein wenig Intelligenz benötigt hätten, um in dieser Angelegenheit Ihre Pflicht zu erkennen und mir alles zu sagen, was ich wissen mußte. Auf jeden Fall aber gehörte das zu Ihren Pflichten. Wenn Sie allerdings wollen, daß ich Sie von nun an so behandle, als besäßen Sie die berufliche Eignung nicht, die ich sonst an Ihnen schätze, dann bitte, das können Sie haben!«

Queeg saß lange schweigend da und nickte vor sich hin. Gorton war wie vom Donner gerührt. Sein Herz pochte.

»Schön«, sagte der Kommandant endlich. »Das ist vermutlich nicht der erste Bock, den Sie in Ihrem Leben geschossen haben, und vielleicht auch nicht der letzte. Ich hoffe nur zu Gott, es ist der letzte, den Sie in Ihrer Eigenschaft als mein Erster Offizier geschossen haben. Persönlich gefallen Sie mir, aber ich schreibe Konduiten nur auf der Grundlage Ihrer Leistungen als Offizier, Burt. Danke.«

Queeg vor dem Kadi

Kurze Zeit, nachdem Queeg aufgebrochen war, um sich beim Kommando der Hilfsdienste zu melden, kam Willie Keith in Keefers Kammer. Des Fähnrichs Haar war zerzaust, sein Jungengesicht zeigte die Spuren starker innerer Erregung. »Hör mal, Tom, entschuldige bitte mal«, sagte er, »was machen wir mit dem schriftlichen Bericht wegen Urbans Hemdzipfel? Was hast du vor, hinzuschreiben?«

Keefer lächelte gähnend. »Menschenskind, warum regst du dich auf? Schreib doch irgend etwas hin, spielt doch überhaupt keine Rolle. Wer liest das schon! Guck dir an, was ich geschrieben habe. Es liegt da drüben auf dem Schreibtisch unter meinen Schlappen.«

Willie zog den mit Maschine geschriebenen Bogen heraus und las:

Betr.: Urban, Signalgast, Verletzung der Bekleidungsbestimmung durch:

1. Am 21. Oktober 1943 war o. a. Mann unvorschriftsmäßig bekleidet, verschuldet durch ungenügende Überwachung.
2. Der Unterzeichnete war sowohl als Wachoffizier als auch als Ressortchef o. a. Mannes für dessen angemessene Überwachung verantwortlich. Infolge ungenügender Wahrnehmung der dienstlichen Obliegenheiten ist dies unterblieben.
3. Die Unterlassung der angemessenen Überwachung o. a. Mannes wird bedauert.
4. Es ist durch geeignete Maßnahmen dafür Sorge getragen worden, daß eine Wiederholung derartiger Vorfälle unterbleibt.

Thomas Keefer

Willie wiegte lebhaft in neidischer Bewunderung den Kopf. »Mensch, das ist hervorragend. Wie lange hast du dazu gebraucht? Ich schwitze über meiner Meldung seit dem Wecken.«

»Willst du mich verulken?« fragte der Nachrichtenoffizier. »Das war für mich nur Schreibarbeit. Höchstens anderthalb Minuten. Du mußt dir noch ein Ohr für den Amtsstil in der Marine zulegen, Willie. Beachte zum Beispiel das Verbal-Substantiv unter 3. Wenn ein Brief besonders dienstlich lauten soll, benutze Verbal-Substantive. Brauche so oft wie möglich Ausdrücke wie ›oben angeführt‹. Wiederhole einzelne Sätze so oft wie möglich. Sieh mal, wie herrlich oft ich den Ausdruck ›o. a. Mann‹ angewandt habe. Mensch, das wirkt hypnotisch wie der Orgelpunkt in einer Fuge von Bach.«

»Du, ich wollte, ich könnte deine Sache da wörtlich abschreiben. Aber ich glaube, dann würde er sofort merken ...«

»Na was denn, ich klopfe dir noch eine Meldung runter.«

»Wirklich?« Willie strahlte. »Ich weiß gar nicht, ich dachte, ich könnte ganz gut schreiben, aber eine dienstliche Meldung über Urbans Hemdzipfel zu verfassen, das übersteigt meine Fähigkeiten.«

»Und das ist genau, was er will«, sagte Keefer. »Indem er über eine alberne Geschichte einen schriftlichen Bericht von dir verlangt, bringt er dich in Schweiß – und darauf kommt es ihm ja nur an: schwitzen sollst du. Seiner Natur nach soll ein schriftlicher Bericht sich nur mit wichtigen Dingen befassen. Es ist eine grausame Anstrengung, ein Dienstschreiben über einen Hemdzipfel zu verfassen, ohne daß es sich unverschämt oder blöde ausnimmt.«

»Genau!« warf Willie lebhaft ein. »Alle meine Entwürfe klingen, als wollte ich den Alten verulken oder ihn beleidigen.«

»Bei mir ist unser kleiner im Kreise herumdampfender Freund allerdings an den Falschen geraten, weil ich nämlich ein begabter Schriftsteller bin. Mir macht dieser Marinepapierkrieg ausgesprochen Spaß. Das ist genau, wie wenn ein Konzertpianist über einen Schlager phantasiert. Laß dir dadurch nicht die Laune verderben, Willie. Queeg ist eine erfrischende Abwechslung gegenüber de Vriess. Wenn der einen fertigmachen wollte, dann benutzte er dazu seinen Sarkasmus. Diese Methode war ungefähr so feinsinnig, wie wenn einen ein Rhinozeros attackiert. Queeg hat nicht die starke Persönlichkeit, die de Vriess besaß. De Vriess konnte allen Leuten klar ins Auge sehen. Was tut Queeg? Er arbeitet nach Methode 4x. Die besteht darin, daß er sich hinter seine Uniform rettet, wie ein Medizinmann hinter sein Götzenbild. Wenn du mit ihm sprechen willst, schaust du dabei immer in die Schreckensfratze. Das ist die Marinemethode. Und das ist auch der Sinn aller dieser Meldungen. Gewöhne dich also beizeiten daran, denn du wirst noch eine Menge damit zu tun bekommen. Und ...«

»Entschuldige, daß ich dich unterbreche, wann willst du so gut sein und diese zweite Schlagerphantasie für mich verfassen? Der Alte wird bald wieder zurück sein.«

Keefer grinste. »Gleich jetzt. Bring mir mal Gortons Reiseschreibmaschine.«

Captain Grace kaute am Schaft einer riesigen schwarzen Pfeife, die dicke blaue Rauchwolken ausstieß und deren Kopf zuweilen Funken spie. Er nahm den Briefumschlag, den ihm der Kommandant der »Caine« überreichte, und deutete stumm auf einen gelben Holzstuhl neben seinem Schreibtisch. Queeg in seiner Khakiuniform aus Gabardinestoff, adrett, soweit sein Spitzbauch dies zuließ, setzte sich und hielt die Hände krampfhaft auf dem Schoß gefaltet.

Grace öffnete den Umschlag mit einem gefährlich aussehenden japanischen Brieföffner und breitete den Bericht auf dem Schreibtisch vor sich aus. Er setzte sich die schwere schwarzberandete Brille auf die Nase und las. Dann nahm er die Brille behutsam wieder ab und schob den Bericht mit seinem behaarten Handrücken auf die Seite. Er zog wieder an seiner Pfeife. Ihr zischender Kopf qualmte wie ein Vulkan. »Ungenügend«, sagte er und blickte Queeg scharf in die Augen.

Queegs Unterlippe zitterte. »Darf ich gehorsamst fragen, warum, Sir?«

»Weil nichts darin steht, was ich nicht schon wußte, weil nichts darin erklärt wird, was ich erklärt haben wollte.«

Queeg rollte unbewußt Phantomkugeln zwischen den Fingern seiner beiden Hände.

»Wie ich sehe«, fuhr Grace fort, »teilen Sie die Schuld auf zwischen Ihrem Ersten Offizier, Ihrem Wachoffizier, Ihrem Oberbootsmann und Ihrem Vorgänger, Commander de Vriess.«

»Sir, ich übernehme die volle Verantwortung für alles«, erwiderte Queeg hastig. »Ich bin mir völlig bewußt, daß die Fehler seiner Untergebenen für einen Offizier keine Entschuldigung bedeuten, sondern lediglich ein Licht auf seine eigenen Führerqualitäten werfen. Und was meinen Vorgänger betrifft, Sir, so ziehe ich sehr wohl in Betracht, daß das Schiff eine lange Zeit im Kampfgebiet zugebracht hat, und ich habe daher über das Schiff auch keine Klage zu führen. Aber Tatsachen bleiben Tatsachen, und mit dem Ausbildungsstand ist es entschieden nicht weit her. Ich habe jedoch Schritte eingeleitet, die die Situation schnellstens in Ordnung bringen werden. Deshalb ...«

»Warum haben Sie die Scheibe nicht geborgen, Commander?«

»Sir, wie ich in meinem Bericht darlege, schien sich der Oberbootsmann nicht im klaren zu sein, wie er das Manöver angehen sollte, und auch meine Offiziere hatten nur eine unklare Vorstellung davon. Sie konnten mir jedenfalls keine genauen Angaben darüber machen, und schließlich kann ein Kommandant ja nichts anderes tun, als sich bis zu einem gewissen Grade auf seine Untergebenen verlassen. Das geht nicht anders. Es schien mir deshalb wichtiger für die ›Caine‹, sich im Hafen zurückzumelden, um für weitere Dienstleistungen klarzuliegen, als Gott weiß wieviel kostbare Zeit auf ein vergebliches und kompliziertes Manöver zu verschwenden. Sollte diese Entscheidung irrig gewesen sein, so bedaure ich sie. Jedenfalls aber war dies die Entscheidung, die ich getroffen habe.«

»Mein Gott, Mann, es ist doch überhaupt nichts dabei, so eine Scheibe zu bergen«, sagte Grace ärgerlich. »Dazu braucht man eine halbe Stunde. Die Minensuchzerstörer hier draußen haben das schon Dutzende von Malen gemacht. Diese verdammten Dinger kosten Geld. Der Himmel weiß, wo die Scheibe sich jetzt herumtreibt. Der Schlepper, den wir hinausgeschickt haben, kann sie nicht finden.«

»Ich bin nicht der Kommandant dieses Schleppers, Sir«, sagte Queeg und blickte mit einem verschlagenen Lächeln auf seine Hände.

Grace sah Queeg an und kniff dabei die Augen zusammen, als könne er ihn nicht richtig erkennen. Er klopfte die Pfeife gegen seine schwielige Hand und leerte ihren Inhalt in einen schweren gläsernen Aschenbecher. »Hören Sie mal, Commander«, sagte er in einem freundlicheren Ton als bisher, »ich kann verstehen, wie Ihnen bei Ihrem ersten Kommando zumute ist. Sie sind ängstlich bestrebt, keine Fehler zu machen – das ist nur zu natürlich. Bei mir war das genauso. Aber ich habe doch meine Fehler gemacht, und ich habe für sie bezahlt. Langsam wurde aus mir dann ein Offizier, der seinen Kram einigermaßen verstand. Wir wollen offen miteinander reden, Commander Queeg, zum Besten Ihres Schiffes und, wenn ich mich so ausdrücken will, zum Besten Ihrer künftigen Laufbahn. Vergessen Sie, daß dies hier eine dienstliche Besprechung ist. Von jetzt an sprechen wir nur noch von Mann zu Mann.«

Queeg ließ den Kopf zwischen die Schultern sinken. Er betrachtete Grace unter seinen Augenbrauen hervor.

»Jetzt mal ganz unter uns«, sagte Grace. »Sie haben die Scheibe deswegen nicht geborgen, weil Sie einfach nicht gewußt haben, was Sie in Ihrer Lage tun sollen. Ist es nicht so?«

Queeg tat einen langen, gemächlichen Zug an seiner Zigarette.

»Wenn das der Fall ist, mein Lieber«, sagte Grace in väterlichem Ton, »um Gottes willen, dann geben Sie es doch zu, damit wir beiden den Vorfall ad acta legen können. Auf dieser Grundlage kann ich ihn verstehen und vergessen. Es war ein Fehler, ein Fehler, verschuldet durch Ängstlichkeit und Mangel an Erfahrung. Aber wer hätte denn in der Marine noch keinen Fehler gemacht?«

Queeg schüttelte entschieden den Kopf, beugte sich vor und drückte seine Zigarette aus. »Nein, Herr Kapitän, ich versichere Ihnen, ich weiß Ihre Worte zu schätzen, aber ich bin nicht so dumm, einen Vorgesetzten anzulügen. Ich versichere Ihnen, meine erste Darstellung des Falles ist richtig, und ich glaube nicht, daß ich, seit ich die ›Caine‹ führe, irgendeinen Fehler gemacht habe. Ich habe auch nicht die Absicht, und, wie ich Ihnen schon sagte, nachdem ich die Qualitäten meiner Offiziere und meiner Mannschaft nunmehr klar erkannt habe, werde ich nichts weiter tun, als von jetzt an siebenmal so scharf zu werden wie sonst und siebenmal so scharfe Saiten aufzuziehen, bis das Schiff auf Draht ist, und ich verspreche ihnen, daß das nicht lange dauern wird.«

»Na schön, Commander Queeg.« Grace stand auf. Als Queeg

auch aufstehen wollte, sagte er: »Behalten Sie Platz, behalten Sie Platz.« Er ging an einen Wandschrank, entnahm ihm eine runde Dose mit teurem englischem Tabak und stopfte seine Pfeife neu. Während er sie mit einem dicken Streichholz in Brand setzte, sah er den Kommandanten der »Caine« prüfend an. Dieser rollte mit seinen imaginären Kugeln.

»Commander Queeg«, sagte er plötzlich, »jetzt zu – paff, paff – der Schlepptrosse – paff, paff – die Ihnen gebrochen ist. Wie weit hatten Sie eigentlich gedreht?«

Queegs Kopf neigte sich zur Seite. Er schoß einen Blick voller Mißtrauen auf seinen Vorgesetzten. »Ich legte das Ruder selbstverständlich nur 20 Grad, Sir. Ich lege das Ruder nie härter als 20 Grad, wenn ich eine Scheibe im Schlepp habe. Meine Logbücher können ausweisen ...«

»Das meine ich nicht.« Grace nahm wieder Platz, lehnte sich vor und machte mit seiner Pfeife eine schwenkende Bewegung in Richtung auf Queeg. »Wie weit hat Ihr Schiff gedreht? 20 Grad? 60 Grad? Oder sind Sie gar auf Gegenkurs gegangen – oder was sonst?«

Der Kommandant der »Caine« faßte mit seinen dürren Händen nach den Armlehnen seines Stuhles und sagte: »Ich müßte das in meinen Logbüchern nachsehen, Sir, aber ich verstehe nicht, wieso es darauf ankommen soll, wie weit ich gedreht habe, solange wie ...«

»Haben Sie nicht einen Kreis beschrieben, Commander Queeg, und Ihre eigene Schlepptrosse durchgeschnitten?«

Queeg sackte der Unterkiefer ab. Er klappte den Mund ein paarmal auf und zu. Endlich sagte er in leisem, bösem Ton, wobei seine Stimme zitterte: »Captain Grace, bei aller Ehrerbietung, Sir, ich muß Ihnen sagen, ich nehme Anstoß an dieser Frage. Ich betrachte sie als eine persönliche Beleidigung.« Graces strenger Ausdruck wurde unsicher. Er nahm seine Augen von Queeg fort. »Ich habe nicht beabsichtigt, Sie zu beleidigen, Commander. Es gibt Fragen, die peinlicher sind für den, der sie stellt, als für den, der sie zu beantworten hat – ist es passiert oder ist es nicht passiert?«

»Wäre es passiert, Sir, so dürfte ich wohl gegen mich selber ein Kriegsgericht beantragt haben.«

Jetzt sah Grace Queeg scharf in die Augen. »Ich muß Ihnen leider mitteilen, Commander, daß Sie Stänker an Bord haben. Wir haben die Geschichte mit der Schlepptrosse heute morgen gerüchtweise gehört. Ich kümmere mich nur selten um solche Kombüsenbestecks. Leider hat es aber auch der Admiral gehört, und in Anbetracht verschiedener weiterer Dinge, die Sie getan haben und über die er sich ernsthaft beunruhigt hat, hat er mich, begreiflicherweise, beauftragt, diese Frage an Sie zu richten. Ich möchte jedoch annehmen, daß mir Ihr Wort als Seeoffizier genügen darf und daß wirklich nichts Derartiges geschehen ist.«

»Darf ich erfahren, Sir«, fragte Queeg stockend, »in welcher Hinsicht der Admiral etwas an mir auszusetzen hat?«

»Na, hören Sie mal, mein Bester, das erste Mal, wo Sie unterwegs sind, rennen Sie schon auf Grund – das kann natürlich jedem mal passieren –, aber dann versuchen Sie noch dazu, sich um die Meldung zu drücken, und wenn Sie diese dann schließlich auf besondere Aufforderung einreichen, dann kommt nichts heraus als Gewäsch. Und dann, bitte, was soll der Funkspruch, den Sie gestern geschickt haben? ›Um Gottes willen, ich hab' meine Scheibe verloren, bitte, liebes Kommando, was soll ich jetzt machen?‹ Der Admiral ist hochgegangen wie eine Landmine. Nicht deshalb, weil Sie Ihre Scheibe verloren haben – deshalb, weil Sie es nicht fertiggebracht haben, eine Entscheidung zu treffen, die für jeden Matrosen selbstverständlich gewesen wäre. Wenn die Aufgabe eines Kommandanten nicht darin besteht, Entscheidungen zu treffen und Verantwortung zu übernehmen, worin besteht sie dann?«

Queeg hob die Oberlippe und entblößte mit einem mechanischen Grinsen seine Zähne. »Mit Ihrer Erlaubnis, Sir, ich habe die Lage richtig abgeschätzt und meine Entscheidung getroffen. Dann habe ich mir aber überlegt, was so eine Scheibe für eine teure Angelegenheit ist, wie Sie selber eben erwähnten, und alles das, und dann habe ich jene andere Entscheidung getroffen, die darin bestand, die Angelegenheit müsse der höheren Befehlsstelle vorgetragen werden. Was die Havariemeldung betrifft, so habe ich nicht versucht, mich zu drücken, Sir, ich wollte nur meine Vorgesetzten nicht mit einem Funkspruch über eine so lächerliche Kleinigkeit belästigen. Wie mir scheint, erhalte ich hier in einem Fall einen Verweis dafür, daß ich die höhere Befehlsstelle belästigt habe, im anderen Falle dafür, daß ich die höhere Befehlsstelle nicht belästigt habe. Ich möchte gehorsamst beantragen, der Admiral möge sich entscheiden, welcher der beiden Methoden er den Vorzug zu geben gedenkt.« Ein leichter Triumph ging über sein niedergeschlagenes Gesicht.

Der Leiter der Operationsabteilung fuhr sich mit der Hand durch das graue Haar. »Commander«, fragte er nach einer lang ausgedehnten Pause, »sehen Sie wirklich nicht den Unterschied zwischen diesen beiden Fällen?«

»Ohne Frage bestand solch ein Unterschied. Im Prinzip aber waren sie sich beide gleich. Beide Male handelte es sich darum, ob die vorgesetzte Dienststelle heranzuziehen war. Aber, wie ich schon sagte, Sir, was auch immer geschehen ist, ich übernehme die volle Verantwortung dafür, selbst wenn es mich vor das Kriegsgericht bringen sollte ...«

»Niemand spricht von Kriegsgericht.« Grace schüttelte den Kopf, er war peinlich berührt und aufs äußerste gereizt. Er stand auf, wies Queeg jedoch an, sitzen zu bleiben. Dann ging er mehrere Male in dem kleinen Büroraum auf und ab und machte dabei Wirbel in dem dicken Hecht. Er ging wieder an seinen Schreibtisch und lehnte sich gegen eine Ecke. »Hören Sie mal zu, Commander Queeg, ich werde jetzt ein paar ganz persönliche Fragen an Sie richten. Ich verspreche Ihnen, was Sie antworten, wird über die vier Wände dieses Zimmers nicht hinausgehen, es sei denn, Sie hätten den gegenteiligen Wunsch. Als Gegenleistung würde ich ebenso klare und aufrichtige Antworten von ihrer Seite zu schätzen wissen.« Er sah Queeg freundlich und zugleich prüfend an.

Der Kommandant der »Caine« lächelte zwar, sein Gesicht aber blieb undurchsichtig und ausdruckslos. »Sir, ich habe mich bemüht, während dieser Unterredung so offen zu sein wie nur möglich. Sie können sicher sein, daß ich auch jetzt nicht anders sprechen werde.«

»Schön. Erstens: Glauben Sie, Ihr Schiff ist bei seinem gegenwärtigen Ausbildungsstand und bei der Qualität Ihrer Untergebenen imstande, Kampfaufträge auszuführen?«

»Nun, Sir, wenn ich mich auf ein definitives Ja oder Nein festlege, bezüglich dessen niemand in die Zukunft sehen kann, kann ich nur sagen, mit den beschränkten Mitteln, die mir zur Verfügung stehen, werde ich nach allerbesten Kräften danach streben, jeden

Befehl auszuführen, den ich erhalten mag, Kampfhandlungen oder was es auch sei, und, wie ich schon sagte ...«

»Sagen Sie mal, wären Sie nicht glücklicher, wenn Ihnen das Personalbüro ein anderes Kommando gegeben hätte?«

Queeg setzte ein schiefes Grinsen auf. »Sir, ich möchte mir gehorsamst die Bemerkung erlauben, daß dies eine Frage ist, die niemand gerne beantworten möchte, nicht einmal der Admiral.«

»Das stimmt wohl.« Eine lange Weile ging Grace schweigend auf und ab. Dann sagte er: »Commander Queeg, ich glaube, es wäre möglich, Ihnen ein Landkommando zu verschaffen – ohne daß darin irgendeine Beurteilung Ihrer Leistungen an Bord der ›Caine‹ zum Ausdruck kommen würde«, beeilte er sich hinzuzufügen. »Die Versetzung wäre weiter nichts als nur einfach die Korrektur einer ungerechten und irrtümlichen Bestallung. Unter anderem haben Sie, wie Sie selber wissen, für Ihre augenblickliche Verwendung ein verhältnismäßig hohes Dienstalter. Wie ich höre, erhält die Flottille jetzt eine ganze Menge Kommandanten, die Kapitänleutnants oder sogar nur Leutnants der Reserve sind.«

Queeg sah mit gerunzelter Stirn vor sich hin, er war bleich geworden. Mit Mühe brachte er heraus: »Das würde sich sicherlich nicht besonders gut in meinen Papieren ausnehmen, Sir – schon nach einem Monat von meinem ersten Kommando abgelöst zu werden.«

»Ich glaube, ich könnte Ihnen eine Konduite zusichern, die in dieser Hinsicht jeden möglichen Zweifel beseitigen würde.«

Queeg fuhr plötzlich mit seiner linken Hand in seine Tasche und holte seine Stahlkugeln heraus. »Verstehen Sie mich bitte nicht falsch, Sir. Ich will nicht gerade behaupten, das Kommando auf der ›Caine‹ sei das beste Kommando, das irgendein Offizier jemals zugeteilt erhalten hätte, nicht einmal, daß es eine Bestallung sei, wie ich sie verdient hätte. Aber ich habe diese Bestallung nun einmal bekommen. Ich behaupte nicht, ich sei der gescheiteste oder der gewandteste Offizier der Marine, Captain, bei weitem nicht – ich war durchaus nicht etwa der Erste in meinem Jahrgang, und ich habe auch nie besonders gute Nummern gehabt –, aber ich darf Ihnen dies eine sagen, Sir, es gibt keinen, der so hartnäckig ist wie ich. Ich habe mich durch bedeutend schwierigere Aufgaben hindurchgebissen als diese. Ich habe mich dabei nicht besonders lieb

Kind gemacht. Aber ich habe sie gezwiebelt, ich habe gestänkert, ich habe gebrüllt, und ich habe sie zusammengestaucht, bis ich die Dinge so gemacht bekam, wie ich sie haben wollte, und die einzige Art und Weise, wie ich die Dinge haben wollte, steht in der Dienstvorschrift. Ich bin ein Mann, der sich an die Dienstvorschrift hält. Die ›Caine‹ ist noch weit von dem entfernt, was ich haben will, aber das bedeutet nicht, daß ich aufgeben werde und mich zu irgendeinem Landkommando hin verdrücke. Nein, ich danke vielmals, Captain Grace.« Er sah den Leiter der Operationsabteilung einen Augenblick an, dann nahm er seine glühende Ansprache an ein unsichtbares Auditorium vor sich und in der Luft über sich wieder auf. »Ich bin Kommandant der ›Caine‹, und ich gedenke ihr Kommandant zu bleiben, und während ich Kommandant der ›Caine‹ bin, werde ich alle ihre Aufgaben erfüllen oder bei dem Versuch untergehen. Ich verspreche Ihnen eins, Sir, wenn Sturheit, Brutalität, unerbittliche Wachsamkeit und Führung durch den Kommandanten überhaupt irgendeinen Sinn haben, dann wird die ›Caine‹ jede ihr übertragene Kampfaufgabe erfüllen. Und ich werde mit der Konduite zufrieden sein, die man mir gibt, wenn mein Kommando um ist. Mehr habe ich nicht zu sagen.«

Grace lehnte sich zurück und hakte einen Arm rückwärts über die Stuhllehne. Er blickte Queeg mit einem verstohlenen Lächeln an und nickte mehrere Male langsam und bedächtig. »Berufsstolz und Pflichtgefühl, die Ihnen offensichtlich beide eigen sind, können einen Offizier in unserem Verein weit bringen.« Er stand auf und reichte Queeg die Hand. »Ich denke, wir haben beide unserem Herzen Luft gemacht. Ich werde Ihren Bericht akzeptieren. Was diese Ihre Schnitzer betrifft oder – sagen wir Pech, wie Sie sie lieber nennen wollen –, Sie wissen ja, Commander«, fuhr er fort und klopfte auf dem gläsernen Aschenbecher seinen Pfeifenkopf aus, »wir werden da auf der Marineakademie mit einem Haufen von Doktrinen vollgestopft über den Grad der Vollkommenheit, der von einem Marineoffizier verlangt wird, daß es für Fehler überhaupt keine Entschuldigung, gibt und so fort. Ich glaube, ich frage mich selber manchmal, ob das nicht alles ein bißchen zu dick aufgetragen ist.« Queeg sah den Operationsoffizier an, als ob er nicht recht gehört hätte, und dieser fing an zu lachen.

»Klingt wie Ketzerei, was? Ich kann Ihnen nur sagen, ich habe soviel sinnlosen Kraftaufwand, soviel unnötig verspritzte Tinte und soviel Windmacherei gesehen in dieser grauen Dampferkompanie, wenn die Leute immer wieder versuchten, einen harmlosen blöden Fehler so lange zu beschönigen, bis er in unsere Zwangsvorstellungen von Vollkommenheit hineinpaßte, wohlverstanden immer erst hinterher – reden wir nicht davon, vielleicht bin ich nur zu alt geworden, dieses Theaterspiel weiter mitzumachen, ich weiß nicht.« Er zuckte die Schultern. »Wenn ich an Ihrer Stelle wäre, Commander, würde ich etwas weniger Angst haben, mal einen Fehler zu machen, und dafür etwas mehr bestrebt sein, ganz einfach das zu tun, was Ihnen in der gegebenen Lage vernünftig und praktisch erscheint.«

»Ich danke gehorsamst, Sir«, sagte Queeg. »Ich habe mich immer bemüht, nur vernünftige und praktische Entscheidungen zu treffen. Im Hinblick auf Ihren freundlichen Rat werde ich von jetzt an meine Anstrengungen nach dieser Richtung verdoppeln.«

Der Kommandant der »Caine« kehrte mit dem Autobus zum Kai zurück, an dem sein Schiff längsseits lag. Er stieg inmitten einer Gruppe von Werftarbeitern aus. Auf die Art wurde er von der »Caine« her erst bemerkt, als er schon über die Gangplanke kam. Unglücklicherweise war der Bootsmaat der Wache, Stilwell, der am Pult des Wachoffiziers lehnte, gerade damit beschäftigt, ein Heft mit lustigen Bilderbogen durchzublättern, das er zufällig vom Deck aufgelesen hatte. Queeg sah das noch gerade, obgleich der Läufer: »Oberdeck Ordnung!« brüllte. Stilwell fuhr herum und wurde zur grüßenden Salzsäule.

Der Kommandant grüßte wieder, anscheinend völlig unbeirrt. »Wo ist der wachhabende Offizier?«

»Fähnrich Harding befindet sich auf der Back, Sir«, antwortete Stilwell mit heiserer Stimme, »er bringt eine neue Schamfielungsmatte an der Vorleine an, Sir.«

»Schön. Läufer, Fähnrich Harding soll zu mir nach achtern kommen.« Sie warteten schweigend. Der Geschützführer stand in militärischer Haltung und rührte sich nicht. Der Kommandant rauchte und blickte prüfend auf dem Deck herum. Die Matrosen, die pfeifend oder summend von den Seitendecks her kamen, verstummten, sie verdrückten sich oder beschleunigten ihre Schritte. Sie rückten ihre Mützen zurecht und sahen fort. Harding kam vom Steuerbordseitendeck und tauschte mit dem Kommandanten den Gruß aus.

»Mr. Harding«, begann Queeg, »sind Sie sich bewußt, daß Ihr Bootsmaat der Wache im Dienst gelesen hat?«

Der Fähnrich erschrak und wandte sich an den Geschützführer: »Stimmt das, Stilwell?«

»Selbstverständlich stimmt das!« schnauzte Queeg los. »Wollen Sie mich etwa zum Lügner stempeln, Herr!?«

Der Wachoffizier schüttelte ganz benommen mit dem Kopf. »Ich wollte damit nicht sagen ...«

»Mr. Harding, wußten Sie, daß er auf der Wache las?«

»Nein, Sir.«

»Und warum haben Sie das nicht gewußt?«

»Sir, die Vorleine begann zu scheuern, und ich war ...«

»Ich habe kein Alibi von Ihnen gewünscht, Mr. Harding. Für einen Wachoffizier gibt es kein Alibi. Er ist verantwortlich für jede verdammte Kleinigkeit, die während seiner Wache passiert, jede – verdammte – Kleinigkeit, haben Sie verstanden?« Queeg brüllte. Die Mannschaften, die auf dem Kombüsendeck und auf dem Achterdeck arbeiteten, wurden aufmerksam. »Rufen Sie Ihre Ablösung, Mr. Harding, und melden Sie dem Ersten Wachoffizier, daß ich Sie von der Liste der Wachoffiziere gestrichen habe, bis Sie so weit sind, daß Sie sich einen Begriff von den Pflichten und der Verantwortung des wachhabenden Offiziers zugelegt haben. Ist das klar?«

»Aye, aye, Sir«, antwortete Harding heiser.

»Was den Mann hier betrifft«, fuhr Queeg fort, indem er mit dem Daumen auf Stilwell zeigte, »so stellen Sie ihn zum Rapport. Wir werden sehen, ob sechs Monate Urlaubssperre ihn vielleicht lehren werden, auf Wache nicht zu lesen, ob diese Lektion für die übrige Mannschaft genügt oder ob noch einer diese Lehren nötig hat. Weitermachen!«

Queeg verließ das Achterdeck und ging in seine Kajüte. Auf seinem Schreibtisch lagen die beiden Meldungen über Urbans Hemdzipfel. Er warf seine Mütze auf die Koje, zog sein Jackett aus, band seinen Schlips los, fiel auf seinen Drehstuhl und überflog die beiden

Meldungen. Dabei kullerte er mit den Kugeln in seiner Faust. Dann drückte er auf den Summer und nahm den Telefonhörer vom Apparat neben seinem Tisch. »Sagen Sie dem Läufer, Leutnant Keefer soll sofort zu mir in die Kajüte kommen.« Nach ein paar Minuten klopfte es an der Tür. Queeg, der so lange mit aufgestütztem Kopf dagesessen hatte, nahm Keefers Meldung zur Hand, schlug die zweite Seite auf und rief über seine Schulter: »Herein!«

Der Nachrichtenoffizier trat ein und schloß die Tür hinter sich. Kurz darauf sagte er, an den Rücken des Kommandanten gewandt: »Sie haben mich rufen lassen, Sir?«

Queeg grunzte und raschelte mit den Papieren. Mit einem gönnerhaften Grinsen lehnte sich Keefer mit seiner langen, schmalen Figur gegen die Koje des Kommandanten, stützte die Ellbogen auf und wartete. Der Kommandant warf die Meldung auf den Schreibtisch und schob sie mit dem Rücken der Hand beiseite. »Ungenügend!«

»So?« sagte Keefer. »Darf ich fragen, warum?« Aber der Hauch vornehmer Belustigung, der sich in seinen Ton eingeschlichen hatte, war ein wenig zuviel.

Queeg warf ihm einen schnellen Blick zu. »Nehmen Sie Haltung an, Mr. Keefer, wenn Sie mit Ihrem Kommandanten reden!«

Keefer richtete sich lässig auf, eine aufreizende Spur von Grinsen blieb auf seinem Gesicht zurück. »Ich bitte gehorsamst um Entschuldigung, Sir.«

»Nehmen Sie das Ding wieder zurück«, sagte Queeg und wies mit dem Daumen verächtlich auf die Meldung.

»Schreiben Sie sie noch mal und reichen Sie sie mir vor 16 Uhr wieder ein.«

»Aye, aye, Sir. Darf ich aber gehorsamst fragen, in welcher Hinsicht sie nicht genügt?«

»Weil nichts darin steht, was ich nicht schon wußte, weil nichts darin erklärt wird, was ich erklärt haben wollte.«

»Es tut mir leid, Sir, ich verstehe Sie noch nicht.«

»So?« Queeg nahm die andere Meldung zur Hand, die Keefer für Willie heruntergetippt hatte, und schwenkte sie hin und her. »Dann empfehle ich Ihnen, Mr. Keefer, Ihren Zweiten Nachrichtenoffizier, Fähnrich Keith, zu Rate zu ziehen. Von ihm können Sie, so merkwürdig das klingen mag, eine Menge darüber lernen, wie man eine schriftliche Meldung aufsetzt. Was er mir da in derselben Sache vorgelegt hat, ist ganz hervorragend formuliert.«

»Danke gehorsamst, Sir«, antwortete Keefer. »Ich freue mich zu erfahren, daß ich in meinem Ressort ein solches Talent besitze.«

Queeg lächelte, offensichtlich glaubte er, Keefer tief in seiner Eitelkeit getroffen zu haben. Er nickte mehrere Male, dann sagte er: »Ja, wirklich, Tom, nehmen Sie diese Meldung von Keith mal und studieren Sie sie. Versuchen Sie sich klarzumachen, warum Willie eine ausgezeichnete Meldung verfassen konnte, während Ihre nichts weiter ist als ein besseres Gewäsch.«

In seiner Kammer angekommen, vollführte Keefer eine Reihe grotesker Bocksprünge und rieb sich dabei die beiden Meldungen mehrere Male ausdrucksvoll gegen den Hintern. Dann warf er sich auf seine Koje und lachte in seine Kissen hinein, daß er bebte.

Kapitän z. S. Grace stand im holzgetäfelten Raum mit dem grünen Teppich neben des Admirals schwerem Mahagonischreibtisch.

»Hätten Sie doch mich diese Meldung erst mal lesen lassen, ehe Sie sie annahmen«, brummte der Admiral. Er war ein magerer, frostiger kleiner Mann mit stechenden blauen Augen. »Schon gut. Was hatten Sie für einen Eindruck von diesem Queeg? Das ist mir viel wichtiger.«

Grace trommelte ein paarmal mit dem Finger auf den Schreibtisch. »Eine alte Tante, leider, Sir. Ich glaube, er nimmt seine Sache an sich ganz ernst, und er ist wohl auch ziemlich scharf, aber er gehört zu den Leuten, die nie ein Unrecht zugeben können, einerlei, wie sehr sie unrecht haben mögen. Er hat immer irgendein dämliches Gegenargument, und außerdem halte ich ihn für nicht besonders gescheit. Einer von den letzten in seinem Jahrgang, ich habe so ein bißchen nachgeforscht.«

»Was ist mit der Schlepptrosse? Was war da los? Hat er sie durchschnitten oder hat er sie nicht durchschnitten?«

Grace wiegte zweifelnd seinen Kopf. »Das ist so 'ne Sache. Er war fürchterlich beleidigt, als ich ihn danach fragte – klang mir beinahe ehrlich. Ich war mehr oder weniger darauf angewiesen, seinen Worten zu glauben, daß es nicht passiert ist. Um der Sache auf den

Grund zu kommen, Sir, müßte man eine Untersuchungskommission einsetzen, und ich weiß nicht ...«

»Nee, wir können nicht jedem Kombüsenbesteck mit einer Untersuchungskommission nachgehen. Aber mir gefällt die Nase von dem Kerl nicht. Zuviel fragwürdige Vorkommnisse zu schnell hintereinander. Meinen Sie, ich sollte dem Personalbüro empfehlen, ihn abzulösen?«

»Nein, Sir«, antwortete Grace prompt. »Wenn wir gerecht sein wollen, hat er eigentlich, soweit wir wissen, nichts verbrochen, was eine solche Maßnahme rechtfertigen würde. Etwas zuviel Aufregung bei seinem ersten Kommando könnte alles erklären, was bisher geschehen ist.«

»Also gut – hören Sie mal«, fuhr der Admiral fort, »Oberkommando Pazifik wünscht, ich soll zwei Minensuchzerstörer zum Überholen und zum Einbau einer neuen Radaranlage nach den Staaten schicken. Die sollen später an dem Unternehmen ›Muskete‹ teilnehmen. Warum wollen wir nicht die ›Caine‹ nehmen?«

»Gute Idee, Sir. Sie war zweiundzwanzig Monate im Kampfgebiet.«

»Schön. Lassen Sie den Funkspruch rausgehen und schlagen Sie die ›Caine‹ vor. Dieser Queeg soll seinen nächsten Schnitzer woanders machen.«

Eine Werftliegezeit in den Staaten war das kostbarste Geschenk im ganzen Krieg, um das alle beteten. Während eines ganzen Jahres pausenlosen Fronteinsatzes war es de Vriess nie gelungen, so etwas für die klapprige alte »Caine« zu erreichen. Queeg brauchte nur vier Wochen das »Muster eines Scheibenschleppers« zu führen, und schon hatte er es erreicht.

NACH HAUSE

Als der Befehl eintraf, veranstalteten sie auf der »Caine« eine Feier von solchem Ausmaß, als ob Silvester, Unabhängigkeitstag und jedermanns Geburts- und Hochzeitstag auf ein einziges Datum zusammengefallen wären. Selbst Willie Keith schlug das Herz höher, obgleich er bei seinen Kameraden noch immer als Nachzügler galt, der sich kaum erst den Lippenstift des letzten Landabschieds vom Mund gewischt hatte. Er benachrichtigte May und seine Mutter, May gab er deutlich zu verstehen, ihre Anwesenheit auf der Landungsbrücke bei der Ankunft der »Caine« in San Franzisko würde eine überwältigende Überraschung für ihn bedeuten. Seiner Mutter gegenüber machte er eine solche Andeutung nicht.

Den Brief an May schrieb er im Deckshäuschen, wo er sich wie ein Tier in seiner Höhle verkroch, um seine Vorfreude in verborgener Einsamkeit zu genießen. Zwischen den einzelnen Sätzen machte er so lange Pausen, daß die Tinte an seinem Federhalter eintrocknete. Er starrte sinnend auf das Briefpapier und galoppierte im Geist durch eine arabische Fantasia nach der anderen.

Da fiel ein Schatten auf das Blatt. Willie blickte auf und sah Stilwell im Türeingang stehen. Der Maat trug den peinlich sauberen Arbeitsanzug und die blitzblanken Schuhe, in denen er am Morgen kurz vor Eingang des Funkspruchs zum Kommandantenrapport erschienen war.

»Na, Stilwell?« fragte Willie voll Mitgefühl.

Als Wachhabender hatte Willie Stilwells Strafe, die aus sechs Monaten Urlaubssperre bestand, in das Logbuch eingetragen. Mit Befremden hatte er den feierlichen Rapport auf dem Achterdeck beobachtet. Die verängstigten Sünder standen mit ernsten Gesichtern in frischgebügelten Arbeitsuniformen in Reih und Glied. Ihnen gegenüber hatten sich die meldenden Offiziere in militärischer Haltung aufgestellt, während Queeg gemessen und mit freundlicher Maske nacheinander die roten Führungsbücher der Schuldigen von Wackelbauch in Empfang nahm. Es war eine sonderbare Art von Rechtspflege, die hier vor sich ging. Soweit Willie wußte, waren alle Schuldigen auf Befehl von Commander Queeg selbst zum Rapport gestellt worden. So hatte Fähnrich Harding den Geschützführer zwar nicht selber auf Wache lesen sehen, trotzdem aber war er es, der die Meldung hatte machen müssen. Queeg vermied, seine Leute jemals selber und unmittelbar zum Rapport zu stellen, sondern er drehte sich immer zum nächsten Offizier und sagte zu ihm: »Ich möchte, daß dieser Mann zum Rapport gestellt wird.«

Dadurch wurde das Dreieck: Meldender, Gemeldeter und Richter der Form nach gewahrt. Queeg hörte dann feierlich und mit überraschtem Gesicht an, was der Meldende vorzubringen hatte, dabei war er selber derjenige gewesen, der die dienstliche Meldung befohlen hatte. Willie hatte sich diese fragwürdige Methode eine Zeitlang mit angesehen und war dann empört zu dem Ergebnis gekommen, daß hier ein schamloses Vergehen gegen die Bürgerrechte vorlag. Die verfassungsmäßigen Ansprüche des einzelnen, die Habeaskorpusakte, das Eigentumsrecht, das Gesetz über die bürgerlichen Ehrenrechte, kurz, alle diese halb und halb in seinem Gedächtnis haftengebliebenen Institutionen, die dem Amerikaner eine faire Behandlung zugestehen, wurden hier mit Füßen getreten.

»Sir«, sagte Stilwell, »Sie sind doch der Fürsorgeoffizier, nicht wahr?«

»Stimmt«, antwortete Willie. Er schwang seine Füße zum Deck, legte seine Schreibmappe zur Seite, schraubte seinen Füllfederhalter zu und verwandelte sich damit vom liebeglühenden Jüngling zum pflichtbewußten Seeoffizier.

Willie mochte Stilwell gerne leiden. Es gibt gewisse schlanke, gutgewachsene junge Leute mit frischen Gesichtern, hellen Augen, dichtem Haar und einem offenen fröhlichen Blick, die schon durch ihre äußere Erscheinung Sympathie erwecken. Sie verbreiten eine ähnlich angenehme Atmosphäre um sich wie die hübschen Mädchen, wenn das reine Licht der Morgensonne auf sie fällt. Zu diesen bevorzugten Menschen gehörte auch der Geschützführer.

»Sir«, sagte Stilwell, »ich würde Sie gerne einmal sprechen.«

»Legen Sie los.«

Stilwell begann mit einer weitschweifigen Erzählung von seiner Frau und seinem Kind in Idaho. Der Kernpunkt war, er hatte Anlaß, die Treue seiner Frau anzuzweifeln. »Ich möchte nun gerne wissen, Sir, bedeutet diese Urlaubssperre, daß ich keinen Heimaturlaub bekommen kann? Ich war zwei Jahre nicht zu Hause, Sir.«

»Ich glaube nicht in diesem Fall, Stilwell, ich kann mir das jedenfalls nicht vorstellen. Jedem Mann, der so lange wie Sie in der vordersten Front gewesen ist, steht Heimaturlaub zu, wenn er nicht gerade einen Mord begangen hat oder dergleichen.«

»Ist das die Bestimmung oder nur ihre persönliche Ansicht?«

»Das ist meine Ansicht, Stilwell, rechnen Sie aber ruhig damit, wenn Sie nicht das Gegenteil von mir hören. Ich werde das sehr bald festgestellt haben.«

»Wie ist das, Sir, kann ich das schon nach Hause schreiben, daß ich komme, wie meine Kameraden auch?«

Willie wußte genau, hierauf gab es nur eine Antwort: Stilwell würde zu warten haben, bis man die Auffassung des Kommandanten erkundet hatte. Aber die hungrige Erwartung und der flehentliche Ausdruck auf dem Gesicht des Maats im Verein mit einem gewissen Schuldgefühl wegen dieser Lücke in seinen Kenntnissen verführten Willie zu der Äußerung. »Ich glaube, das können Sie ruhig, Stilwell.«

Der Geschützführer strahlte darauf so unendlich beglückt, daß Willie sich freute, diese zusagende Antwort gewagt zu haben: »Besten Dank, Mr. Keith, allerbesten Dank!« stammelte Stilwell mit zitterndem Mund und glänzenden Augen. »Sie wissen gar nicht, Sir, was das für mich bedeutet.« Er setzte die Mütze wieder auf, nahm Haltung an und grüßte, als wäre Willie ein Admiral. Der Fähnrich grüßte wieder und nickte dann freundlich.

»Geht in Ordnung, Stilwell«, sagte er. »Es soll mir jederzeit ein Vergnügen sein, Ihre Nöte anzuhören.« Darauf fuhr Willie mit seinem Brief an May fort. Über den lodernden Empfindungen und über den schimmernden Phantasiegebilden, die ihn erfüllten, vergaß er die Unterhaltung ganz.

Am nächsten Mittag war zum erstenmal seit dem Kommandantenwechsel die Unterhaltung in der Messe wieder angeregt und fröhlich. Alte Scherze über romantische Streiche in Australien und Neuseeland wurden aufgewärmt. Am schlimmsten wurde Maryk wegen seiner Affäre mit einer nicht mehr ganz jungen Kellnerin in einer Teestube in Auckland aufgezogen. Die Anzahl der Leberflecke auf dem Gesicht dieser Dame wurde eingehend diskutiert. Gorton veranschlagte sie auf sieben, Maryk auf zwei, während die anderen mit ihrer Meinung dazwischen lagen. »Hört mal«, rief Keefer, »ich glaube, Steve hat doch recht, ich glaube, es waren nur zwei Leberflecke, das andere waren Warzen!«

Whittaker, der Messesteward, der mit seinem ewig sorgenvollen Gesicht gerade eine Platte mit gebratenem Schinken herumreichte, brach darauf in brüllendes Gelächter aus und ließ die Platte fallen, wobei er um ein Haar den Kopf des Kommandanten getroffen hätte. Die fetten roten Fleischscheiben purzelten über das ganze Deck. In seiner Feiertagsstimmung sagte Commander Queeg: »Whittaker, wenn Sie schon mit Essen nach mir werfen wollen, dann nehmen Sie nicht gerade Fleisch, nehmen Sie Gemüse, das ist billiger.«

Nach alter Messetradition erregt jeder Witz, den ein Kommandant vom Stapel läßt, automatische Heiterkeit. Alle brüllten vor Lachen.

Maryk sagte zum fetten Eins O: »Na schön, soll sie wirklich sieben Leberflecke gehabt haben, wenigstens war sie aus Fleisch und Blut. Ich begnüge mich nicht, wie gewisse andere Knaben, mit einem Haufen Pariser Postkarten. »

»Steve, ich habe eine Frau, der ich treu sein muß«, erwiderte Gorton fröhlich. »Deswegen, weil ich Bilder angucke, kann sie sich nicht von mir scheiden lassen. Aber wenn ich frei herumkutschieren könnte wie du, würde ich mir was Besseres verpassen als dieses Neuseeländer Warzenschwein. Ich glaube, ich würde mich dann schon lieber mit Postkarten begnügen.«

»An mich ist mal eine ganz raffinierte Firma herangetreten«, sagte Queeg, der offensichtlich in ausnehmend guter Laune war, denn meistens beteiligte er sich nicht an der Messeunterhaltung. Sofort schwiegen die Offiziere und lauschten respektvoll, was der Kommandant zu sagen hatte. »Ich meine, da wir gerade von Postkarten reden. Ich weiß zwar nicht, wie ich damals auf die Adressenliste gekommen bin – jedenfalls, man brauchte weiter nichts zu tun, als der Firma jeden Monat einen Dollar zu schicken, ja, und dann sandte sie einem diese Bilder, richtige große Drucke auf Glanzpapier, ungefähr zehn mal zwanzig, soweit ich mich erinnere.« Dabei beschrieb er mit beiden Daumen und Zeigefingern ein Rechteck in der Luft. »Ich meine, was so gerissen dabei war – Sie wissen doch, man darf Bilder von nackten Damen nicht mit der Post verschicken, also – diese Mädels waren gar nicht nackt, nein, meine Herren, sie hatten die entzückendsten kleinen goldgestickten Schlüpfer an, die Sie jemals gesehen haben, alles war fein und gesetzlich in Ordnung. Das einzige war nur, die Höschen konnten gewaschen werden. Man brauchte weiter nichts zu tun, als mit einem feuchten Tuch über das Bild zu fahren und – jawohl, dann war alles bestens – verdammt gerissene Sache.« Er sah sich lustig kichernd im Kreise um. Den meisten Offizieren gelang es, ein Lächeln zu bewerkstelligen. Keefer zündete sich eine Zigarette an und verdeckte sein Gesicht mit den gekrümmten Handflächen. Willie stopfte sich eine ganze Scheibe Schinken in den Mund.

»Was ich übrigens noch sagen wollte«, fuhr der Kommandant fort, »keiner von den Herren hat doch im Klub seine Schnapszuteilung ausgenutzt, nicht wahr? Oder wenn einer das doch getan hat, sagen Sie's.« Niemand meldete sich. »Famos. Hat einer von Ihnen etwas dagegen, wenn ich seine Ration übernehme?«

Die Zuteilung betrug fünf Flaschen Schnaps im Monat. Sie konnte im Offizierskasino der Werft für einen Bruchteil des Preises in den Vereinigten Staaten entnommen werden. Die Offiziere wurden von Queeg einfach überrumpelt, sie hatten an die Schnapspreise zu Hause gar nicht gedacht. Mehr oder weniger verdrießlich stimmten sie mit der einzigen Ausnahme von Harding zu. »Sir«, jammerte er, »ich habe vor, in diesem Urlaub mit meiner Frau mein ganzes Jahresgehalt zu vertrinken, und jeder Cent, den ich dabei sparen kann, ist mir eine große Hilfe.«

Queeg lachte verständnisvoll und verzichtete bei ihm. Die übrigen Offiziere der »Caine« aber wurden am Abend noch vom Kommandanten in den Klub geführt. Sie stellten sich an und kauften zusammen ungefähr dreißig Flaschen Scotch und Kentucky-Whisky. Queeg brachte jeden einzelnen unter tiefen Dankbezeigungen mit seinem Arm voll Flaschen von der Theke zu einem Jeep, der draußen auf der dunklen Straße wartete. Als der Jeep voll war, fuhr der Kommandant los und ließ das Häuflein der »Caine«-Offiziere stehen. Verdutzt blickten sie sich gegenseitig an.

Am nächsten Morgen um 7 Uhr 30 wurde Zimmermannsmaat Langhorn in die Kajüte des Kommandanten befohlen. Er fand ihn in einem zerknitterten, fleckigen Overall über seine Koje gelehnt. An einem toten Zigarrenstummel kauend, zählte er gerade seine Flaschen, die über die Decke ausgebreitet lagen.

»Morgen, Langhorn. Was für eine Kiste können Sie mir für einunddreißig Flaschen anfertigen?« Der Zimmermannsmaat, ein karger Mann aus Missouri mit langem, knochigem Gesicht, vorstehendem Unterkiefer und dünnem schwarzem Haar, macht Stielaugen, als er der Schmuggelware ansichtig wurde. Queeg kicherte und zwinkerte mit den Augen. »Krankenschnaps, Langhorn, Krankenschnaps! Alles andere geht Sie nichts an, und wenn Sie einer fragt, dann haben Sie diese Flaschen überhaupt nicht gesehen und wissen von nichts.«

»Jawohl, Sir«, antwortete der Zimmermannsmaat. »Ich kann Ihnen eine Kiste machen etwa fünfzig mal dreißig oder so. – Innen tun wir Holzwolle rein.«

»Nur Holzwolle? Kommt gar nicht in Frage, dafür ist der Stoff viel zu kostbar. Ich möchte erst Fächer für die Flaschen haben, und dann Holzwolle in jedes Fach.«

»Sir, wir haben keine dünnen Bretter nicht, um die Fächer zu machen, weder Sperrholz noch sonst was Derartiges.«

»Mein Gott, dann nehmen Sie doch einfach Blech aus der Werkstatt.«

»Jawohl, Sir, ich mache Ihnen eine prima Kiste, Sir.«

Am späten Nachmittag kam Langhorn in die Messe gewankt. Der Schweiß troff ihm vom Gesicht. Auf seinem Rücken schleppte er eine Kiste aus frischgesägten sauberen Brettern. Er stolperte zu Queeg in die Kajüte und setzte die Kiste unter fürchterlichem Ächzen und Gesichterschneiden auf dem Deck ab, als wäre sie ein Klavier.

Dann wischte er sich das schweißtriefende Gesicht mit seinem roten Taschentuch ab und sagte: »Donnerwetter noch mal, Sir, diese Bleifächer haben's in sich!«

»Blei?«

»Die Schmiede hatten grade kein Blech mehr, Sir.«

»Aber um Himmels willen, Mensch, Blei! Ordentliche steife Pappe wäre doch genausogut gewesen.«

»Ich kann diese Bleiwände ja wieder rausreißen, Sir, und die Geschichte noch mal neu machen.«

»Nein, lassen Sie's jetzt dabei«, brummte Queeg. »Ein paar Matrosen müssen dann eben in den nächsten Tagen ein wenig ihre Muskeln in Bewegung setzen, das wird ihnen weiter nichts schaden – wahrscheinlich kann ich ein paar Bleiplatten zu Hause sogar ganz gut gebrauchen«, murmelte er vor sich hin.

»Wie bitte, Sir?«

»Nichts weiter. Holen Sie Holzwolle und packen Sie diese Flaschen ein.« Er wies auf seine Schätze, die jetzt unter seinem Waschbecken auf dem Deck standen.

»Aye, aye, Sir.«

»Achtung, Achtung! 14 Uhr Klarschiff zur Übung!«

Die »Caine« dampfte auf ihre Position am rechten Flügel eines halbkreisförmigen U-Boot-Schirmes, der eine Gruppe von vier Flottentankschiffen, zwei Truppentransportern und drei Frachtern zu schützen hatte. Sie waren weit außer Sicht von Land und schlingerten gemächlich über eine ruhige blaue See. Der Verband zeichnete ein hübsches Muster auf die sonnenglitzernde Fläche.

Fähnrich Keith, der Zweite Wachoffizier, genoß die Reise in vollen Zügen. Seit Jahresfrist waren östlich Hawaii keine U-Boote mehr gemeldet worden, und trotzdem, es gab keinen Zweifel, daß Willie Keith jetzt Zweiter Wachoffizier auf einem Schiff war, das auf japanische U-Boote aufzupassen hatte. Würde der Erste Wachoffizier tot umfallen oder über Bord gehen, so war es denkbar, daß er, Fähnrich Keith, die Führung zu übernehmen hatte, ein U-Boot versenken und sich mit großem Ruhm bedecken konnte. Wahrscheinlich war das zwar nicht – aber es war immerhin möglich, während es zum Beispiel nicht möglich war, daß seine Mutter so etwas tun könnte. Keefer, der Wachhabende, trug zu seiner gehobenen Stimmung noch bei, indem er ihm die Verantwortung für das Zickzackfahren übertrug und ihm sogar erlaubte, die Ruderkommandos zu geben. Willie versuchte, die Befehle im selben Augenblick auszustoßen, wie der Minutenzeiger der Brückenuhr auf die Zwölf rückte. Endlich hatte der Krieg für ihn seinen Anfang genommen.

Um zwei Minuten vor zwei kam Commander Queeg auf die Brücke. Er blinzelte gereizt in der Gegend herum. Hinter ihm kam Gorton, der aussah wie ein geprügelter Hund. Der Eins O hatte tatsächlich gerade eine Abreibung bezogen, weil er versäumt hatte, öfters Klarschiffübungen anzusetzen. In Gedanken verfaßte er die ersten Sätze einer schriftlichen Meldung, warum er sie nicht abgehalten hatte.

Queeg war am Morgen in der Post auf ein Schreiben des Oberkommandos Pazifik gestoßen, in dem von allen Schiffen schriftliche

Berichte über die Anzahl der monatlichen Klarschiffübungen eingefordert wurden. »Schön«, sagte der Kommandant zu Engstrand. »Heißen Sie: ›Ich halte Klarschiffübung ab!‹«

Der Signalgast heißte an der Rah ein Signal aus bunten Flaggen. Auf einen Wink des Kommandanten ging Willie zum rot angestrichenen Alarmhebel im Ruderhaus und warf ihn herum. Dann, während das Krrring-krrring-krrring die Luft erschütterte, besah er voll tiefster Befriedigung sein Spiegelbild in einer der Fensterscheiben auf der Brücke. Vor ihm stand die schattenhafte Gestalt eines modernen Seekriegers, vollständig gerüstet mit gewölbtem Helm, dicker Kapokweste mit Taschenlampe daran und grauer Tarnfarbe an Gesicht und Händen. Alle auf der Brücke waren ähnlich ausgestattet.

Auf dem übrigen Schiff war das aber anders. Nach einjährigem Klarschiff unter japanischen Luftangriffen, nach ein paar weiteren Monaten faulen Umherliegens in Pearl Harbor war die Besatzung der »Caine« durchaus nicht gesonnen, sich durch einen Übungsalarm in den friedlichen Gewässern zwischen Honolulu und San Franzisko in ihrer Ruhe stören zu lassen. Die Hälfte erschien auf ihren Gefechtsstationen ohne Helm oder Schwimmweste oder ohne beides. Queeg blickte nach rechts und links und runzelte fürchterlich die Stirn. »Mr. Keefer!«

»Jawohl, Sir.«

»Geben Sie das Folgende über die Lautsprecher bekannt: Jeder, der ohne Stahlhelm oder Schwimmweste angetroffen wird, bekommt einen Tag Urlaubssperre in den Staaten. Wo beides fehlt, erhält der Mann drei Tage Urlaubssperre. Die Namen der Betreffenden sind sofort telefonisch der Brücke zu melden!«

Keefer war wie versteinert. Er stammelte: »Sir, das ist aber hart.«

»Mr. Keefer«, rief der Kommandant, »ich habe Sie nicht nach Ihrer Meinung über die disziplinarischen Maßnahmen gefragt, die ich zur Belehrung im Interesse der Sicherheit meiner Besatzung für notwendig halte. Wenn diese Leute Selbstmord begehen, weil sie bei Klarschiff ungeschützt herumlaufen, dann soll niemand sagen dürfen, es wäre deswegen, weil ich ihnen die Bedeutung des Gefechtsanzuges nicht genügend zu Gemüte geführt hätte. Los, geben Sie jetzt endlich bekannt, was ich gesagt habe.«

Man konnte beobachten, wie sich die Geschützbedienungen auf ihren Gefechtsstationen, als sie die Worte aus den Lautsprechern vernahmen, zur Brücke drehten, Ungläubigkeit oder Wut auf ihren Gesichtern. Dann wurden sie plötzlich lebendig, und allgemeine Geschäftigkeit setzte ein. Wie durch einen Zauber erschienen Helme und Schwimmwesten, sie schossen auf wie die Pilze und gingen von Hand zu Hand.

»So. Das hört mir auf!« brüllte Queeg. »Ich will die Namen von den Leuten, und keiner zieht mehr eine Schwimmweste an oder setzt einen Helm auf, bis jeder einzelne Name auf der Brücke gemeldet worden ist! Mr. Keefer, geben Sie das bekannt!«

»Was soll ich denn nun bekanntgeben, Sir?«

»Stellen Sie sich gefälligst nicht so dämlich an, Herr! Kündigen Sie an, sie sollen aufhören, die Ausrüstung anzulegen, und die Namen auf die Brücke melden, verflucht noch mal!«

Keefers Ankündigung scholl plärrend über die Decks: »Jetzt aufhören mit Anlegen der Ausrüstung. Die Namen aller Leute ohne Gefechtsausrüstung auf die Brücke!«

Die Matrosen warfen Helme und Schwimmwesten aus unsichtbaren Verstecken auf die Aufbauten. Ein ganzer Regen von Ausrüstungsstücken flog durch die Luft. Queeg kreischte: »Schicken Sie mir den Wachtmeister! Alle Leute, die mit Helmen und Schwimmwesten geworfen haben, zum Rapport!«

»Oberbootsmann Bellison«, brüllte Keefer in das Mikrophon, »sofort auf die Brücke«

»Nicht auf die Brücke, Sie Esel«, schrie Queeg, »hinter den Kombüsenaufbau soll er und dort die Leute festnehmen!«

»Belege das Wort!« rief Keefer und drehte sein Gesicht vom Kommandanten weg, weil er sich das Lachen nicht verbeißen konnte. »Oberbootsmann Bellison, sofort hinter den Kombüsenaufbau und dort jeden festnehmen, der Helme oder Schwimmwesten wirft.«

Die Lautsprecher waren kaum wieder verstummt, als der Hagel der Ausrüstungsgegenstände abbrach. Aber er hatte seinen Zweck schon erfüllt. Es gab für alle Mann genug Helme und Schwimmwesten auf den Aufbauten, und es waren sogar noch welche übrig. In rasender Eile legten sie sie an. Queeg sauste wie ein Verrückter auf der Brücke hin und her. Er sah zu, wie die Leute in Scharen seine

Befehle mißachteten, und schrie: »Hören Sie auf damit, die Sachen anzulegen! Sie da unten – Mr. Gorton, kommen Sie mal her! Wie heißt der Kerl da unten am dritten Geschütz? Stellen Sie ihn zum Rapport!«

»Welchen denn, Sir?«

»Herrgott, den Rothaarigen dort. Er hat eben einen Helm aufgesetzt. Ich hab's selber gesehen!«

»Sir, wenn er einen Helm aufhat, kann ich sein Haar doch nicht sehen.«

»Himmel, Hund und Hölle! Wie viele rothaarige Leute gibt es denn an dem Geschütz?«

»Augenblick, Sir, ich glaube, da gibt's drei: Wingate, Parsons, Dulles – halt, nein, Dulles ist eher blond – ich glaube überhaupt, er ist jetzt am vierten Geschütz, seit ...«

»Herrgott noch mal, also lassen Sie's jetzt!« fauchte Queeg ihn an. »Von all den lausigen Fällen, wo meine Befehle nicht ausgeführt worden sind, Burt, ist dieser der schlimmste! Der schlimmste, sage ich ihnen!«

Inzwischen trug jetzt jeder einzelne Mann an Bord der »Caine« einen Helm und eine Schwimmweste. Mit wütenden und enttäuschten Blicken sah Queeg über das Schiff. »Schön«, rief er, »schön! Diese Brüder glauben anscheinend, sie hätten mich untergekriegt.«

Er stürmte ins Ruderhaus und nahm das Mikrophon zur Hand. »Hier der Kommandant!« brüllte er, und sein gereizter Ton klang durch alle Verzerrungen der Lautsprecher hindurch. »Herhören! Mit größtem Mißfallen habe ich bemerkt, daß einige mißleitete Elemente an Bord dieses Schiffes glauben, sie könnten ihren Kommandanten zum besten halten. Diese Leute haben sich sehr geirrt. Ich habe die Namen der Leute gewünscht, die ohne vorgeschriebenen Anzug auf Gefechtsstation gekommen sind. Es scheint nicht möglich zu sein, die Namen der Betreffenden festzustellen. Schön. Da ich keine andere Möglichkeit sehe, den feigen Haufen zu fassen, der meinem Befehl zuwiderhandelt, bestrafe ich hiermit die gesamte Mannschaft mit drei Tagen Urlaubssperre in den Staaten. Die Unschuldigen müssen mit den Schuldigen leiden. Sie mögen die Schuldigen dafür belangen, daß sie die Strafe auf die gesamte Mannschaft herabgeschworen haben – schön. Klarschiffübung fortsetzen.«

Auf halbem Wege nach San Franzisko kam der Geleitzug in stürmisches Wetter, und Willie Keith erhielt eine klare Vorstellung von den begrenzten Möglichkeiten eines Zerstörers, der noch aus dem Ersten Weltkrieg stammte. Während des Scheibendienstes in den freundlichen Gewässern um Hawaii hatte die »Caine« beträchtlich gerollt. Willie war auf seine Seebeine und die Festigkeit seines Magens stolz gewesen. Jetzt merkte er, daß er sich etwas zu voreilig beglückwünscht hatte.

Als man ihn eines Nachts für die Mittelwache weckte, nachdem er anderthalb Stunden auf dem Messesofa geduselt hatte, stellte er fest, daß er kaum auf den Beinen stehen konnte. Bei dem Versuch, sich eine Tasse Kaffee zu holen, fiel er hin. Er quälte sich in einen blauen Wollsweater, weil ihm die Luft aus dem Ventilatorschacht kalt und feucht erschien. Im Zickzackkurs taumelte er über das Deck, das schwankte wie der Fußboden in einem Geisterhaus auf dem Rummelplatz. Als er an Oberdeck kam und sich an die Stütze klammerte, die den Lukendeckel offenhielt, sah er an Backbord als erstes eine Wand grünschwarzen Wassers, die sich hoch über ihm auftürmte. Er wollte schreien, aber da war die Wand schon wieder verschwunden, an ihrer Stelle stand der Nachthimmel mit zerrissenen, mondbeschienenen Wolken, und eine ebenso grausige Wand erhob sich dafür auf der anderen Seite des Schiffes. Mühselig kletterte er die Brückentreppe hinauf und drückte sich in der Erwartung eines Windstoßes die Mütze fest auf den Kopf. Aber es war gar nicht viel Wind. Die Brückenwache im dunklen Ruderhaus klammerte sich irgendwo fest, mit jeder Rollbewegung schwangen ihre Körper hin und her. Selbst hier, hoch oben auf der Brücke, sah sich Willie bei jeder Rollbewegung wieder vor hohen Wasserbergen.

»Großer Gott«, sagte er zu Carmody, der einen Arm durch die Lehne des Kommandantenstuhles geschlungen hatte, »wie lange ist das schon im Gange?«

»Wie lange ist was schon im Gange?«

»Dieses Rollen.«

»Das ist doch kein Rollen!« Alle Gummimatten an Deck glitten derweil zur Seite und schoben sich zu seinen Füßen übereinander.

Willie löste Carmody ab. Im Laufe seiner Wache wurde er etwas zuversichtlicher. Anscheinend würde die »Caine« doch nicht kentern. Wohl aber schien es ihm durchaus im Bereich des Möglichen, daß sie auseinanderbrach. Sooft das Schiff beim Rollen in die Endlage kam, ächzte es von vorn bis hinten wie ein Kranker, und Willie malte sich aus, wie sich die Schotten bogen. Mit Macht wurde ihm plötzlich klar, daß jetzt nichts mehr zwischen ihm und den kalten Wassermassen stand als die Schätzung eines vielleicht längst verstorbenen Schiffbauers vor dreißig Jahren, mit welcher Beanspruchung man bei dem Schiff würde zu rechnen haben. Offensichtlich hatte er richtig geschätzt, denn die »Caine« setzte diesen Tanz noch bis weit in den nächsten Tag hinein fort, ohne auseinanderzubrechen.

Nach dem Mittagessen, bei dem es Schweinebraten gegeben hatte, ging Willie auf die Back. In ganz ungewohnter Weise kam ihm auf einmal zum Bewußtsein, daß er einen Magen besaß. Seekrank war er nicht, davon war er überzeugt. Aber er konnte deutlich fühlen, wie ihm der übervolle Magen am Zwerchfell hing und schwer mit der üblichen Verdauungsarbeit beschäftigt war. Dieser hellsichtige Einblick in sein Körperinneres erweckte in Willie das Bedürfnis, sich frischen Wind ins Gesicht wehen zu lassen. Als er die wasserdichte Tür zur Back aufzog, erblickte er Stilwell. Der Maat hockte im Peajackett mit einer wollenen Mütze auf dem Kopf neben dem ersten Geschütz und bemühte sich, die blaue Persenning festzuzurren, die sich losgemacht hatte und laut flappte.

»Guten Tag, Mr. Keith.«

»Tag, Stilwell.« Willie drückte die Tür dicht, lehnte sich gegen die Strecktaue und hielt sich an einer Stütze fest. Der Wind und die kalten Spritzer taten ihm wohl im Gesicht. Wenn das Schiff nach Backbord rollte, konnte er den Geleitzug sehen, der sich durch die graue Dünung arbeitete.

»Wie gefällt Ihnen das Rollen, Sir?« brüllte Stilwell über das Rauschen und Schäumen der Bugseen hinweg.

»Welches Rollen?« fragte Willie mit tapferem Grinsen.

Der Maat lachte. Er rutschte über das Deck zum Strecktau und hantelte sich vorsichtig bis zum Fähnrich hin. »Sir, haben Sie schon mit dem Kommandanten wegen – Sie wissen ja, wegen meines Urlaubs gesprochen?«

Willie schämte sich ein wenig. Er antwortete: »Hatte noch keine Gelegenheit dazu, Stilwell. Aber ich bin sicher, das geht schon in Ordnung.«

Das Gesicht des Maats verdüsterte sich. »Besten Dank, Sir!«

»Ich spreche noch heute nachmittag mit ihm. Kommen Sie um drei Uhr zu mir ins Deckshäuschen.«

»Tausend Dank, Mr, Keith.« Der Geschützführer lächelte, öffnete die Schottür und verschwand unter der Brücke. Willie atmete mehrere Male tief und sog den heilsamen Wind in seine Lungen ein. Dann ging er unter Deck zur Kommandantenkajüte.

Queeg lag im Unterzeug auf seiner Koje und beschäftigte sich mit einem chinesischen Trickspiel, das aus einem Würfel ineinandergesteckter Hölzer bestand. Er hatte es eines Tages konfisziert, als er seinen Kopf unversehens in die Radarbude steckte und den Wachgänger ertappte, wie er sich damit die Zeit vertrieb. Seitdem hatte er sich dauernd mit dem Ding abgegeben, und obgleich er Gorton erzählt hatte, er habe die Lösung gefunden, gab es doch niemanden, der die Stücke jemals getrennt gesehen hätte. »Ja, Willie, was kann ich für Sie tun?« fragte er und warf das Trickspiel unter seine Nachttischlampe.

Willie brachte sein Anliegen vor, indessen sich der Kommandant von neuem wieder an dem Geduldspiel versuchte. »Deshalb, Sir, dachte ich, es wäre doch wohl besser, mich erst bei Ihnen zu vergewissern. War es Ihre Absicht, Stilwell auch während der Werftliegezeit den Urlaub zu sperren?«

»Was dachten Sie denn?«

»Ich kann mir nicht denken, Sir ...«

»Warum nicht? Wenn man einen Mann ein Jahr lang ins Gefängnis sperrt, dann läßt man ihn auch nicht zum Weihnachtsfest zwei Wochen raus, nicht wahr? Urlaubssperre bleibt Urlaubssperre.«

Die muffige Luft in der Kajüte, das Schwanken des Decks, das Klappern des Trickspieles vor seinen Augen fingen an, Willie Brechreiz zu verursachen. »Aber – aber, Sir, besteht da nicht doch ein kleiner Unterschied? Stilwell ist ja schließlich kein Verbrecher – und er hat immerhin zwei Jahre lang in Übersee vor dem Feind gestanden.«

»Willie, wenn Sie erst anfangen, sentimental zu werden, wo es sich um die Schiffsdisziplin handelt, dann sind Sie verratzt. Jeder einzelne Mann, der im Frontgebiet im Kahn oder im Kittchen sitzt, hat auch vorm Feind gestanden. Im Gegenteil, im Kriege muß man mit den Leuten eher noch schärfer umspringen, aber nicht sanfter.« Das Spielzeug machte klipp klapp, klipp klapp, klipp klapp. »Die Leute werden scharf herangenommen, und es gibt eine Menge unangenehmen Dienst. Wenn man da die Zügel nachläßt, auch nur ein einziges Mal, dann fliegt einem womöglich der ganze Apparat ins Gesicht.« Klipp klapp, klipp klapp, klipp klapp. »Je klarer Sie diese grundlegende Tatsache in sich aufgenommen haben, desto besser erfüllen Sie Ihre Aufgabe als Vorgesetzter.«

Von neuem machte sich Willies Magen stoßend und drückend bemerkbar. Als Willie versuchte, seinen vom Trickspiel hypnotisierten Blick loszureißen, fiel sein Auge auf die Holzkiste unter dem Waschtisch des Kommandanten. »Sir«, sagte er, »es gibt Vergehen und Vergehen.« Seine Stimme wurde immer schwächer. »Stilwell ist ein guter Mann. Ehe Sie an Bord kamen, hat niemals jemand unsere Leute zur Rechenschaft gezogen, wenn sie auf Wache mal einen Blick in ein Magazin warfen. Gewiß, er durfte das nicht …«

»Um so mehr Grund, die Leute von jetzt an schärfer zur Rechenschaft zu ziehen, Willie. Nennen Sie mir eine bessere Methode, wie ich auf diesem Schiff für meine Befehle Gehorsam erreichen kann, und ich werde sie gern in Erwägung ziehen. Glauben Sie etwa, das Lesen auf Wache würde mit einem Schlag aufhören, wenn ich Stilwell dafür belobigen würde, wie?«

Willies Benommenheit hatte inzwischen über sein Taktgefühl die Oberhand gewonnen. Ohne Überlegung platzte er heraus: »Sir, ich weiß nicht, ob Lesen auf Wache ein schlimmeres Vergehen ist, als Whisky an Bord zu haben.«

Der Kommandant lachte leutselig. »Da haben Sie nicht ganz unrecht. Aber der höhere Dienstgrad hat auch seine Vorrechte, Willie. Ein Admiral darf sich erlauben, mit einer Sportmütze auf die Brücke zu kommen. Das bedeutet noch längst nicht, daß der Rudergänger das auch darf. Nein, Willie, wir haben unter allen Umständen dafür zu sorgen, daß die Leute ohne zu mucksen das machen, was wir ihnen sagen, nicht das, was wir ihnen vormachen.« Klipp klapp, klipp klapp, klipp klapp. »Und, wie ich schon sagte, der Weg, sie dazu zu zwingen, das zu machen, was wir ihnen sagen, ist, daß wir sie ganz verdammt scharf anpacken und dafür sorgen, daß es auch sitzt.«

Willie fühlte, wie ihm der Schweiß ausbrach.

Der Kommandant klapperte weiter. »Wenn Stilwell nun jetzt grade mal das Pech gehabt hat, als erster von mir geschnappt zu werden, so daß ich an seiner Person ein deutliches Exempel statuieren mußte, nun, wie ich schon sagte, Lesen auf Posten muß auf diesem Schiff ausgerottet werden, und ...« klipp klapp, klipp klapp, klipp klapp, »es tut mir furchtbar leid, daß er Sorgen hat wegen seiner Frau, aber dafür habe ich mich um die ganze ›Caine‹ zu sorgen, und ...« klipp klapp, klipp klapp, klipp klapp, »manchmal muß eben einer für alle dran glauben, und ...« Er hörte mitten im Satz auf, denn in diesem Augenblick gab Willie ein merkwürdiges, halbersticktes Geräusch von sich und übergab sich in hohem Bogen auf das Deck. Es gelang ihm kaum noch, sich wenigstens von Queeg abzuwenden. Entschuldigungen stammelnd, ergriff er ein Handtuch und fing an, die Lache damit aufzutupfen. Queeg nahm die Sache überraschend freundlich hin. »Macht nichts, Willie. Schicken Sie einen Steward herein, gehen Sie an Deck und schnappen Sie frische Luft. Verkneifen Sie sich den Schweinebraten lieber, bis Ihnen die Seebeine gewachsen sind.«

So endete Willies Plädoyer für Stilwell. Er wußte kaum, wie er dem Maat unter die Augen treten sollte, aber Stilwell nahm die Botschaft mit ausdrucksloser Miene hin. »Trotzdem besten Dank, Sir, daß Sie's versucht haben«, sagte er trocken.

Ein Tag nach dem anderen verging. Die See war rauh, der Himmel verbarg sich hinter tiefen Wolken. Das Schiff rollte und stampfte. Es wehten kalte Winde, und die feuchte Kälte fraß sich in das durch die tropische Wärme verwöhnte Gebein. Die Tretmühle der Wachen im naßkalten, düsteren Ruderhaus, das bei Nacht noch naßkalter und noch düsterer war, nahm kein Ende. Die Leute waren mürrisch und wortkarg, die Offiziere bleich und hundemüde. Während der Mahlzeiten in der Messe wurde kein Wort gesprochen. Der Kommandant am Kopf des Tisches rollte unausgesetzt mit seinen Stahlkugeln und redete nur, wenn er verdrießlich nach dem Stand der Arbeitsaufträge für die Werft fragte, und auch das kam selten vor.

Willie verlor jeden Begriff von Zeit. Er taumelte von der Brücke zum Entschlüsseln, vom Entschlüsseln zur Berichtigung der Geheimsachen und von der Berichtigung der Geheimsachen wieder zurück auf die Brücke. Von der Brücke wankte er in die Messe zu einer faden, hastig heruntergeschlungenen Mahlzeit, vom Eßtisch zum Deckshäuschen, wo sein Schlaf nie länger als ein paar Stunden ohne Unterbrechung dauerte. Die Welt schrumpfte zu einer schlingernden Nußschale aus Eisen auf einer grauen schäumenden Wasserwüste zusammen. Die Tätigkeit in dieser kleinen Welt bestand darin, in die wässerige Leere zu starren oder mit roter Tinte Verbesserungen in des Teufels höchsteigener Bibliothek einzubringen, die aus endlosen Reihen stockfleckiger und unverständlicher Schmöker bestand.

Eines schönen Morgens fuhr Willie in seiner Koje hoch, öffnete die Augen und hatte eine seltsame und köstliche Empfindung: Die Koje rollte nicht mehr, sie stampfte nicht mehr, sie blieb in ebener Lage.

Noch im Unterzeug sauste er aus dem Deckshäuschen. Das Schiff glitt zwischen den grünen Ufern eines Kanals von der Breite etwa einer Meile dahin. Der Himmel war blau, die Luft kühl und mild. Die »Caine« bewegte sich stetig wie eine Fähre. Willie beugte sich über die Reling und blickte nach vorn. Über die grüne Wölbung eines Hügels hinweg erkannte er weit im Lande die Pfeiler der Golden-Gate-Brücke im nebeligen Rot. Seine Augen füllten sich mit Tränen. Dann verschwand er wieder in seinem Deckshäuschen. Als die »Caine« unter der weiten scharlachroten Spannung der Brücke hindurchdampfte, stand er bereits wieder auf der Brücke. Aber die Harmonie seiner poetischen Empfindungen wurde durch einen Mißklang gestört, eine Unterhaltung zwischen dem Kommandanten und Gorton, die beide hinter ihm standen: »Schön, wenn wir Alcatraz passiert haben, halten wir auf Oakland zu. Bitte den Kurs, Burt.«

»Sir, Kai 91 liegt aber nicht in Oakland.«

»Weiß ich. Wir werden aber erst eine Zeitlang vor Oakland liegenblieben, ehe wir am Kai festmachen.«

»Aber, Sir …«

»Verdammt noch mal, widersprechen Sie nicht immer, Burt! Ich wünsche den Kurs nach Oakland.«

»Sir, ich wollte nur gehorsamst bemerken, daß am Kai 91 ein harter Gezeitenstrom setzt, fünf Meilen und mehr. Im Augenblick ist Stillwasser, da können wir leicht anlegen. Wenn wir uns auch nur eine Stunde damit verziehen, dann wird es verdammt schwierig, längsseits zu kommen.«

»Lassen Sie ruhig meine Sorge sein, wie ich das Schiff längsseits bringe. Geben Sie mir lieber den Kurs nach Oakland.«

»Aye, aye, Sir.«

»Mr. Keith, haben Sie hier etwas zu tun, oder sehen Sie sich nur die Gegend an?«

Willie fuhr von der Reling zurück und blickte zum Kommandanten hin. Queeg, seltsam geschniegelt in seinem blau-goldenen Mantel, der weißen Mütze und seinem weißseidenen Schal, suchte die Bucht, die sich jetzt vor ihnen auftat, mit dem Glase ab. »Nein, Sir.«

»Schön. Da ist noch diese Kiste in meiner Kajüte, nehmen Sie sich ein Arbeitskommando und schaffen Sie sie in die Gig. Sie führen mir nachher das Boot.«

Alsbald schleppte das Arbeitskommando die zentnerschwere Kiste aus der Kajüte des Kommandanten in das Boot. Die Leute stießen sich die Finger kaputt und rissen sich Splitter unter die Nägel, zerquetschten sich die Zehen und ergingen sich in einem Strom obszöner Flüche. Willie steuerte das Seinige dazu bei, indem er sich von der drohend über ihm schwebenden Kiste so gut wie möglich klarhielt und von Zeit zu Zeit schüchterne Anregungen gab, die kein Mensch beachtete.

Die »Caine« stoppte dicht bei Oakland, und die Gig puffte auf eine Betonlandungsbrücke am Fuße einer verlassenen Straße zu. Queeg saß im Cockpit, die Füße auf der Kiste, er rollte mit seinen Kugeln und ließ seine Augen über die Bucht wandern. Willie staunte über die Bootsbesatzung. Schrecklich, Fleischkloß und Mackenzie waren nicht wiederzuerkennen. Sauber gewaschen, gekämmt, rasiert, gepudert und in frischgestärktem Weiß schienen sie einer ganz anderen Menschenrasse anzugehören als jene verkommenen Wilden, die Willie damals zuerst auf die »Caine« gebracht hatten. Der Grund für diese märchenhafte Verwandlung war aber nicht schwer zu erraten: Die Leute wollten ihren Urlaub und fürchteten sich vor Queeg.

Einmal setzte der Motor aus. Nachdem die Matrosen ein paar Minuten vergeblich an ihm herumgefummelt hatten, schnauzte der Kommandant wütend: »Wenn die Gig nicht in dreißig Sekunden wieder Fahrt macht, wird das verschiedenen verdammt leid tun.« Darauf begann ein irrsinniges Herumfuchteln mit den Armen, Klopfen mit Engländern und schwefeliges Gefluche. Aber der Motor hatte ein Einsehen und ratterte nach achtundzwanzig Sekunden wieder los. Die Gig erreichte die Anlegestelle. »Schön«, sagte Queeg und sprang vom Schandeck auf die Landungsbrücke. »Jetzt alle Mann an die Kiste. Ich bin schon verflucht spät dran.«

Zwei Mann vom Arbeitskommando sprangen an Land, der dritte hob zusammen mit Schrecklich und Fleischkloß unter fürchterlichem Stöhnen und Grunzen das eine Ende der Kiste an und über das Schandeck hinaus. Die Leute auf der Landungsbrücke packten zu und versuchten sie zu sich herüberzuziehen, während die in der Gig von unten nachstemmten. Aber die Kiste rührte sich nicht vom Fleck.

»Los, los, was macht ihr so lange?«

»Sir, sie will nicht rutschen!« keuchte Schrecklich. Seine schwarzen Haare fielen ihm über die Augen. »Sie ist zu schwer.«

»Mein Gott, dann stellt euch doch auf das Schandeck und hebt sie hinüber. Habt ihr denn kein Hirn im Kopf?« Der Kommandant sah sich um. Sein Blick fiel auf Mackenzie, der mit der Vorleine in der Hand auf dem Kai stand und der Schufterei untätig zusah. »Und Sie, was stehen Sie da herum und halten Maulaffen feil? Fassen Sie gefälligst mit an!« Mackenzie warf die Leine hin und sprang herbei, um den Leuten auf dem Kai zu helfen. Das war ein Fehler, sowohl seitens des Kommandanteil als auch seitens des Matrosen. Mackenzie hatte die wichtige Aufgabe versehen, die Gig dicht am Kai zu halten. Kaum hatte er die Vorleine losgelassen, da trieb auch die Gig schon ab, zuerst kaum merklich, dann schneller. Der Spalt vom offenen Wasser unter der Kiste weitete sich. »Um Gottes willen«, japste Schrecklich, der sich, die Finger unter der Kistenkante, kaum noch auf dem Schandeck halten konnte, »die Vorleine! Schnapp doch einer mal die Vorleine!« Mackenzie ließ die Kiste los und raste zurück zur Leine. Die Leute auf dem Kai konnten sich nicht mehr halten. Alles schrie und fluchte wild durcheinander, die Kiste knirschte, über allem Lärm ertönte Queegs kreischender Diskant: »Aufpassen auf die verdammte Kiste!«

Mit einem mächtigen Klatsch plumpsten Schrecklich und die Kiste ins Wasser. Queeg wurde über und über naß. Schrecklich kam wieder hoch und trieb wie ein weißer Fleck in dem schlammigen Wasser. Die Kiste sank wie ein Stein, blubbernde Blasen kamen hoch. Einen Augenblick herrschte entsetztes Schweigen. Queeg beugte sich, am ganzen Leibe tropfend, über die Kante des Kais und stierte ins blaue Wasser hinunter. »Schön«, sagte er. »Nehmen Sie die Suchdraggen klar!«

Es folgte eine halbe Stunde eifriger Bemühungen, die Kiste herauszufischen. Queeg rauchte ein halbes Paket Zigaretten auf, an jeder Zigarette zog er ein paarmal, dann schleuderte er sie ins Wasser. Schrecklich krabbelte auf den Kai hinauf, seine Zähne klapperten laut und vernehmlich. »Sir«, sagte Fleischkloß schließlich schwach und leise.

»Was ist?«

»Sir, entschuldigen Sie bitte, aber ich glaube, die Kiste sitzt im Schlamm. Selbst wenn wir sie finden, glaube ich nicht, daß wir sie hochbringen. Die Leine hält das Gewicht nicht aus, und außerdem glaube ich, daß der Draggen einfach aus dem Holz brechen würde. Entschuldigen Sie, Sir, aber das ist meine Meinung.«

Queeg starrte ins Wasser, dorthin, wo die Kiste verschwunden war. »Schön, ich glaube, da haben Sie recht. Verdammte Schweinerei!«

Die Gig war schon auf halbem Wege zur »Caine« zurück, als er endlich die Sprache wiederfand: »Willie, wer hatte das Arbeitskommando unter sich?«

»Ich – ich glaube, ich, Sir.«

»Allerdings. Also bitte, äußern Sie sich zu dem Fiasko.«

»Entschuldigen Sie, Sir, aber Sie haben mir nicht befohlen, das Löschen zu beaufsichtigen.«

»Befehle ich Ihnen etwa, sich die Nase zu putzen, Mr. Keith, wenn das nötig ist? Es gibt Dinge, die man bei einem Offizier wohl voraussetzen darf.« Der Kommandant starrte unter seinen Augenbrauen hervor ins Weite. Nach ein paar Sekunden sagte er: »Ich habe kein Verständnis dafür, wenn bei einem Arbeitskommando, für das

Sie verantwortlich sind, solch eine Schweinerei passiert, am allerwenigsten, wenn mich diese Schweinerei außerdem noch gute hundertundzehn Dollar kostet.«

»Die Kiste liegt ja ganz nahe am Ufer, Sir. Ich bin überzeugt, die Hafenpolizei kann danach fischen und sie rausholen, wenn Sie …«

»Sind Sie ganz verrückt geworden?« antwortete der Kommandant. »Sie sollen mich wohl nach dem Inhalt fragen, wie? Herrgott noch mal, manchmal kommen Sie mir nicht sehr begabt vor, Willie – Ein Freund von mir in Oakland wollte die Kiste übernehmen und für mich nach Hause spedieren – na ja.« Nach einer Pause setzte er hinzu: »Nein, denken Sie lieber mal über die Geschichte nach, Willie, und machen Sie sich klar, was Sie da angerichtet haben. Überlegen Sie sich gefälligst, was Sie jetzt tun müssen, um die Sache wieder in Ordnung zu bringen.«

»Wünschen Sie, daß ich eine schriftliche Meldung einreiche, Sir?«

»Sie sollen sich das gefälligst selber überlegen«, sagte Queeg gereizt.

Als der alte Minensucher heranschor, drängten sich bereits siebzig bis achtzig Menschen, meistens Frauen, am Kai 91. Sie winkten mit ihren Taschentüchern, man konnte ihre freudigen Rufe hören. Die lange Reihe ihrer leuchtenden Mäntel wirkte, wie wenn man den Kai als Willkommensgruß mit bunten Flaggen geschmückt hätte.

»Schön«, sagte Commander Queeg. Er stand auf der Backbordnock und starrte unglücklich auf die Strömung, die am Kai entlangwirbelte. »Beide Maschinen langsame Fahrt voraus! Backbordseite klar bei Leinen.«

Willie entwich außer Sicht des Kommandanten auf die Steuerbordnock hinüber und versuchte mit einem Glas die Frauen auf dem Kai zu mustern. Überall auf dem Schiff drängten sich die Leute an die Reling und spähten nach bekannten Gesichtern. Alles schrie und winkte. Die »Caine«, die noch Umdrehungen für fünf Meilen machte, trieb ohnmächtig seitwärts ab. Sie kam gegen den Strom nicht näher an den Kai heran.

»Schön«, sagte der Kommandant und rollte mit seinen Kugeln. »Ich sehe schon jetzt, dieses Anlegen wird lustig. – Sagen Sie den

Leuten an den Wurfleinen, sie sollen ihre Leinengewehre klarmachen. Beide Maschinen Große Fahrt voraus, hart Backbord!«

Prompt nahm die »Caine« gegen die braune wirbelnde Strömung Fahrt auf und drehte auf den Kai zu. Graue Möwen segelten zwischen Schiff und Kai hindurch und stießen lustig krächzende Schreie aus. In wenigen Sekunden kam das Schiff parallel zum Kai, doch zwischen ihm und dem Land lagen noch viele Meter offenen Wassers. »Schön. Wir hieven sie heran. Beide Maschinen stop. Schießen Sie die Wurfleinen an Land!« Vorn und achtern krachten die Leinengewehre. Als die Leinen in zwei weißen Bogen über das Wasser gesegelt kamen, brüllte die Menge Beifall. Die vordere erreichte den Kai, die achtere klatschte ins Wasser. Die »Caine« schor wieder ab. »Herrgott, was ist mit der achteren Wurfleine los?« tobte Queeg. »Sagen Sie ihnen, sie sollen sofort noch eine Leine schießen.«

Gorton, der neben dem Kommandanten stand, sagte: »Sie reicht nicht, Sir, wir treiben zu schnell.«

»Warum treiben wir zu schnell? Nur weil diese verfluchten Leinenwerfer gottverdammte Idioten sind! Schön. Einholen die Leinen! Ich laufe noch einmal an.«

Die »Caine« fuhr über den Achtersteven in das Hauptfahrwasser hinaus. In diesem Augenblick machte Willie Keiths Herz einen mächtigen Sprung. Am entfernten Ende des Kais hatte er May Wynn entdeckt. Sie stand mit einem kecken grauen Hütchen auf dem Kopf hinter ein paar Frauen, von denen sie fast verdeckt wurde. Dann konnte er einen Schleier, ein graues Reisekostüm und eine weiße Pelzstola erkennen. Sie war schöner und begehrenswerter, als er sie sich je in seinen Wunschträumen vorgestellt hatte. Voller Spannung sah sie sich nach dem Schiff die Augen aus dem Kopf. In Willie zuckte die Versuchung, zu tanzen und zu brüllen, aber er nahm sich zusammen. Er riß sich nur die Mütze vom Kopf, die ihn bis dahin zum namenlosen Seeoffizier gemacht hatte. Bald trafen ihn Mays Augen, und er konnte sehen, wie ihr Gesicht vor Freude strahlte. Sie hob die weißbehandschuhte Hand und winkte. Mit männlicher gelassener Bewegung seines Glases erwiderte Willie den Gruß, aber zugleich wurde er weich in den Knien, und ein freudiges Prickeln überlief seinen Körper.

»Also los, versuchen wir's noch mal«, hörte er den Kommandanten rufen, »und wenn es wieder vorkommt, daß das Leinenkommando döst, dann wird das für eine ganze Menge sehr unangenehm werden!«

Queeg nahm den Kai mit fünfzehn Meilen Fahrt aufs Korn, drehte hart Steuerbord und ging dann mit den Maschinen Äußerste Kraft zurück. Anscheinend versuchte er, sein verwegenes Anlegemanöver vom Brennstoffkai in Hawaii noch einmal zu wiederholen. Diesmal aber ließen ihn das Glück und seine Fähigkeiten gründlich im Stich, der haarsträubende Erfolg von damals blieb ihm versagt. Er war zu spät zurückgegangen. Die »Caine« krachte, noch immer mit harter Fahrt, in einem Winkel von etwa zwanzig Grad in den Kai. Man hörte ein grauenhaftes Splittern, vermischt mit dem Angstkreischen der Damen, die auf die andere Seite des Kais zurückstoben. »Beide dreimal Äußerste Kraft zurück!« krähte der Kommandant. Der Zerstörer, den Bug tief in den Kai gebohrt, zitterte wie ein Pfeil im Baumstamm. Im nächsten Augenblick kam die »Caine« mit neuem Reißen und Poltern wieder frei. Sie hatte auf zwanzig Meter Länge eine gewaltige, metertiefe Scharte aus dem Kai herausrasiert. »Diese verfluchte Strömung, warum haben sie auch keinen Schlepper klarliegen, wenn ein Schiff hier längsseits gehen soll!«

Willie verdrückte sich aus der Nähe des Kommandanten und preßte sich flach gegen das Kartenhausschott, wie er das so oft bei den Signalgasten gesehen hatte. Wo sein Mädchen in so greifbarer Nähe war und ein wild gewordener Kommandant in der Gegend herumtobte, da war es schon besser, sich unsichtbar zu machen.

»Schön. Wir wollen's noch einmal versuchen«, verkündete Queeg, als das alte Schiff rückwärts ins freie Wasser kam, »und diesmal rate ich euch im Interesse der gesamten Mannschaft, daß es klappt. Mehr habe ich nicht zu sagen! – Beide Maschinen Große Fahrt voraus!«

Die »Caine« erbebte und nahm wieder Fahrt voraus auf. »Hart Steuerbord. Beide stop!«

Willie trat vorsichtig an die Reling und sah, daß die »Caine« jetzt ungefähr richtig längsseits schor, nur daß sie mit dem Bug näher am Kai war als mit dem Heck. »Schön. Jetzt mal ran mit dem Heck! Backbord Maschine Langsame Fahrt zurück!«

»Backbord, Sir?« rief Wackelbauch, der am Maschinentelegrafen stand, überrascht.

Queeg kreischte: »Jawohl, Backbord, und geben Sie das durch, verdammt noch mal! – Schön! Wurfleinen an Land!«

Fähnrich Keith gelang wieder ein Blick auf das Gesicht seines Mädchens. Ihm wurde schwindlig vor Verlangen und Liebe.

»Herrgott, was ist denn jetzt wieder mit den Leinenwerfern achtern los?« kreischte Queeg. Im selben Augenblick krachte das Wurfgewehr. Aber die Strömung und Queegs unseliger Fehler, mit der falschen Maschine rückwärts zu gehen, hatten das Heck wieder so weit abgetrieben, daß die Leine nochmals ins Wasser fiel. Inzwischen hatten die Leute auf der Back unter verzweifelten Anstrengungen eine Manilaleine zum Kai hinübergebracht, wo sie die Kaimannschaften um einen Poller legten. An dieser einen Verbindung hing jetzt die ganze »Caine« wie an einem Faden. Ihr Heck schwang ins Fahrwasser, bis sie senkrecht zum Kai lag.

Durch diese Drehung kam die Steuerbordbrücke wieder in Sicht des Kais, und plötzlich ertönte der Schrei einer sehr vertrauten Stimme an Willie Keiths Ohr: »Will – ie! Will – ie! Lieb – ling!« Seine Mutter stand ganz nahe an der Manilaleine und winkte mit ihrem Taschentuch.

Queeg kam durch das Ruderhaus gesaust und rannte Willie beinahe um, als dieser zur Reling eilte. »Mr. Keith, scheren Sie sich aus dem Weg! Signalgast, Signalgast, rufen Sie den Schlepper dort heran!«

Endlich wurde mit Hilfe des zufällig vorbeikommenden Schleppers auch das Heck des Schiffes gegen den Kai gedrückt. Unter den Damen ging ein spöttisches Gezeter los, vermischt mit Grölen, Pfeifen und lauten Rufen wie »Chinesische Marine«. Der Lärm beruhigte sich erst, als die »Caine« festgemacht war. Queeg kam ins Ruderhaus, weiß im Gesicht, die Stirne gerunzelt, die Augen ins Weite gerichtet.

»Wachhabender Offizier!«

Leutnant Maryk folgte ihm durch die Tür. »Wachhabender zur Stelle.«

»Schön«, sagte Queeg, mit dem Rücken zu Maryk. Er kullerte mit seinen Stahlkugeln in den Fingern, daß sie laut rasselten. »Geben Sie folgenden Befehl durch: In Anbetracht der erbärmlichen seemännischen Leistung des achteren Leinenkommandos erhält die gesamte Mannschaft zwei Tage Urlaubssperre.«

Matyk stierte auf den Kommandanten. Das konnte er einfach nicht glauben. Sein sonst so ausdrucksloses Gesicht verriet deutlich den Ekel, den er empfand. Er rührte sich nicht vom Fleck. Der Kommandant fuhr herum: »Na, worauf warten Sie noch, Mr. Maryk? Raus mit dem Befehl!«

»Entschuldigen Sie bitte, Sir, wenn ich vorlaut bin. Aber das ist zu scharf. Schließlich konnten die Leute doch wirklich nicht viel ...«

»Mr. Maryk, darf ich Sie daran erinnern, daß ich der Kommandant dieses Schiffes bin? Wenn ich noch ein Wort Widerspruch von Ihnen höre, werde ich die Strafe verdreifachen und alle Offiziere miteinschließen. jetzt gehen Sie los und geben Sie den Befehl bekannt.«

Maryk biß sich auf die Lippen. Er ging zum Sprachrohr, drückte auf den Hebel und rief: »Herhören! In Anbetracht der erbärmlichen seemännischen Leistung des achteren Leinenkommandos erhält die gesamte Mannschaft zwei Tage Urlaubssperre.«

Der Knall des Hebels, als er ihn losließ, schallte durchs Ruderhaus.

»Mr. Maryk, das genügt! Lassen Sie sich gesagt sein, dieses Theater, das Sie hier in einer Disziplinarsache und in Gegenwart der Brückenwache aufführen, paßt mir nicht und gehört sich nicht für einen Offizier. Es grenzt an Ungehorsam und wird sich in Ihrer Qualifikation auswirken.«

Mit gesenktem Kopf eilte der Kommandant aus dem Ruderhaus und trapste den Niedergang von der Brücke hinunter.

Auf dem Schiff wie auf dem Kai, wo man die Ankündigung deutlich hatte hören können, verzerrten sich die Gesichter. Die frischen Gesichter der jungen Matrosen, die müden Gesichter der alten Deckoffiziere, die hübschen Gesichter der jungen Mädchen, die würdigen Gesichter der Mütter, sie alle waren von einer gemeinsamen Empfindung des Schreckens und der Bestürzung gezeichnet. Mrs. Keith besaß die tröstliche Gewißheit noch nicht, daß Fähnrich Keith zu den Offizieren gehörte und deshalb von der Strafe nicht betroffen wurde.

Als die Gangplanke endlich an Land geschoben wurde, befand sich Willie unter den ersten, die hinuntereilten. Er sah keinen Ausweg aus der Lage, die seiner harrte, sie mußte einfach gemeistert werden. Mrs. Keith stand am Ende der Gangplanke. May, eine rührende Mischung von Verwirrung, Freude und Angst auf dem Gesicht, hatte sich unmittelbar neben seine Mutter gestellt. Mrs. Keith umarmte Willie stürmisch, als er seinen Fuß wieder auf den Heimatboden setzte – sofern man einen Kai als Boden bezeichnen darf.

»Mein Junge! Mein Junge! Mein Junge!« rief sie. »Oh, wie herrlich, dich wieder an mein Herz drücken zu dürfen!«

Willie machte sich sanft von ihr frei und lächelte zu May hinüber. »Mutter«, sagte er und nahm May bei der Hand, »darf ich dir vorstellen – 'eeh – Maria Minotti.«

4

LANDURLAUB

Landurlaub

Es war heller Mondschein. Willie und May saßen am Fuße einer hohen Tanne vor dem Ahwanee-Hotel tief unten im Tale des Yosemite-Nationalparkes. Sie hielten sich eng umschlungen, ihr Atem vermischte sich in der kalten Luft zu einer kleinen Wolke weißen Dampfes. »Laß den Feuerregen fallen!« rief in gedehnten Tönen eine tiefe Männerstimme. Ihr Echo hallte von den nackten Talwänden wider. Auf einmal sprühte eine Kaskade roter Funken durch die dunkle Nacht, ein wogender, glühender Feuerstrom von so hoch her, als käme er vom Himmel herunter. Irgendwo, im glimmernden Hintergrund verborgen, spielten Cowboys ein melancholisches Liebeslied. Willie und May sahen sich an und küßten sich.

Nach einer Weile standen sie auf und kehrten Arm in Arm ins Hotel zurück. Durch die erleuchtete Halle, die mit bunten indianischen Girlanden, mit Fellen und Geweihen geschmückt war, schlenderten sie zu dem Aufzug mit seinen rotlackierten Pfosten. Sie fuhren zum dritten Stockwerk hinauf und stiegen gemeinsam aus. Eine ganze lange Winternacht verging, ehe Willie in sein Zimmer zurückkehrte. Dort sank er im Überschwang betörenden Glückes in einen Sessel. Voller Seligkeit dachte er an das letzte Bild von May, das ihm immer wieder vor Augen trat. Entzückend in ihrem einfachen weißen Nachtgewand, das kastanienrote Haar über ihre nackten Schultern, hatte sie ihm noch einen lächelnden Blick zugeworfen, als er die Tür schloß. Diese Erinnerung verlieh seinem Erlebnis den Zauber letzter Vollendung. Allerdings konnte er nicht wissen, daß May indessen in ihrem Zimmer unter ihm, am ganzen Leibe zitternd, zusammengekauert in einem Sessel hockte und bitterlich schluchzte.

Es war immer wieder die alte Geschichte: Der junge Mann, der, für kurze Zeit dem Kriege entronnen, in seiner glühenden Liebe und Ungeduld die behutsamen Gesetze ruhigerer Zeiten geringachtete, und sein Mädchen, das nicht weniger liebeshungrig war als er und sich bereit fand, alles für ihn zu tun, um ihn nur glücklich zu machen. Und dann eben: Ade, ihr schönen Gesetze! Nie hatte Willie versucht,

May etwa zu zwingen, daß sie ihm nachgab. Seine Furcht vor Verwicklungen war viel heftiger gewesen als sein Begehren nach dem letzten innigen Zusammensein mit ihr. Auch so war ihre Freundschaft immer voller Süße gewesen. Noch viel weniger aber hatte er ihr in dieser Nacht Gewalt angetan. Es war einfach geschehen. Um so leichter, als sie beide Bücher auf Bücher verschlungen hatten, in denen das Sittengesetz als Vorurteil primitivster Art lächerlich gemacht wurde. Aus ihnen hatten sie gelernt, alle Moral hinge ja nur von Zeit und Umständen ab. Willie, in seinem unbewußten, nebelhaften Wohlbehagen, war von der Weisheit dieser Bücher im gegenwärtigen Augenblick fester überzeugt denn je. May war ihrer Sache aus ihr selber unbewußten Gründen nicht so sicher. Aber nichts ließ sich nunmehr ungeschehen machen.

Ein paar Stunden später telefonierten sie miteinander, und beide versicherten sich, daß sie wieder frisch und munter seien. Kurz darauf saßen sie an ihrem Tisch im Eßzimmer und frühstückten in einer Flut hellen Sonnenlichtes. Durch das hohe gotische Fenster sahen sie den gewaltigen Felsen mit seinen dunkelgrünen, von Schnee umrahmten Tannenwäldern ganz nahe vor sich. Weit in der Ferne leuchteten die ewig weißen Gipfel der Sierra. Welch herrlicher Kontrast zu ihrem Frühstückstisch mit dem feinen Leinentuch, den frischen Blumen darauf, dem duftenden Gericht von Schinken und Eiern und dem dampfenden Kaffee. Beide waren in fröhlicher Stimmung.

Willie lehnte sich zurück. Er stöhnte behaglich und sagte: »Es hat mich zwar hundertundzehn gute Dollar gekostet, aber das ist die Sache wert.«

»Was, hundertundzehn Dollar? Wofür denn? Nur für die beiden Tage hier im Hotel?«

»I wo, ich meinte das Lösegeld, um von der ›Caine‹ herunterzukommen.«

Und dann erzählte er May von der abgesoffenen Schnapskiste. Er schilderte, wie sich Commander Queeg, als er um seinen dreitägigen Urlaubsschein bat, erst räusperte und hin und her redete und schließlich damit herauskam: »Hören Sie mal, Willie, mir scheint, Sie haben noch immer das Fiasko mit der Kiste in Ordnung zu bringen.« Worauf der Fähnrich prompt antwortete: »Sir, ich übernehme die volle Verantwortung für meine Ungeschicklichkeit. Niemals werde ich wieder eine solch traurige Vorstellung geben. Das mindeste, was ich tun kann, Sir, ist, daß ich Sie für Ihren Verlust entschädige, denn ich allein habe ihn verschuldet. Ich hoffe, Sie werden mir das gestatten.« Und dann war Queeg wieder sehr liebenswürdig geworden, und plötzlich, nach ein paar charmanten Bemerkungen, ein Fähnrich sei kein Fähnrich, wenn er nicht auch einmal eine Dummheit mache, hatte er seine Einwilligung gegeben und Willie ziehenlassen. May war einfach sprachlos. Sie begann Willie über sein Leben auf der »Caine« auszufragen. Je mehr er erzählte, desto tiefer erschütterte sie sein Bericht. Am allermeisten aber empörte sie die Geschichte mit Stilwell. »Mein Gott, dieser Queeg ist ja ein Ungeheuer, der Mann ist wahnsinnig.«

»Kann man wohl sagen.«

»Ist die ganze Marine so?«

»O nein! Der Kommandant, den wir vor Queeg hatten, war ein großartiger Kerl, und vor allem, er konnte was.« Willie hatte diese Worte noch nicht heraus, da mußte er schon lächeln über seine neuerliche Sinnesänderung bei de Vriess.

»Kannst du denn da überhaupt nichts machen?«

»Was soll ich machen können, May?«

»Weiß ich ja nicht. Melde ihn dem Admiral. Schreibe einen Brief an die Zeitungen. Irgendwas!«

Willie grinste und streichelte ihre Hand. Eine Weile schwiegen sie. Dann wischte sich May ihren Mund mit der Serviette ab, öffnete ihre Handtasche und begann sich mit großer Kunst die Lippen anzumalen. Das tat sie äußerst geschickt mit einem winzigen Pinsel, den sie in ein schwarzes Töpfchen mit roter Farbe tauchte. Solche kosmetische Virtuosität hatte Willie noch nie erlebt. Er fand alles ein wenig zu betont, zu fachkundig, aber er vergaß den kleinen Schock bald wieder, denn er gab zu, einer Kabarettistin mußte es schließlich gestattet sein, ein paar Eigenheiten ihres Metiers an sich zu tragen. Er hatte nur die leise Hoffnung, May möchte diesen Pinsel niemals hervorziehen, sollte sie je erleben, von seiner Mutter zum Essen eingeladen zu werden. Liebende sollen für Gedankenübertragung besonders empfänglich sein. Das war vielleicht der Grund, weshalb May ihn plötzlich scharf ansah, als sie ihren Pinsel wegsteckte. »War eigentlich reizend von deiner Mutter, dich so weglaufen zu lassen.«

»Na hör mal, Kleine, ich tue überhaupt, was mir paßt.«

»Weiß ich ja, aber nachdem sie quer über den ganzen Kontinent gereist ist, um dich zu sehen, und so weiter – und nun läßt du sie einfach sitzen ...«

»Ich hab' sie ja nicht gebeten, herzukommen. Sie hat mich einfach überrascht. Und überhaupt, sie bleibt ja noch in der Gegend, während du wieder zurückfahren mußt. Da ist das doch nicht mehr als natürlich. Sie weiß, was los ist.«

»Wirklich?« fragte May und lächelte ungläubig. Willie drückte ihre Hand, beide wurden rot.

»Was denkt sie überhaupt von mir?« wollte May wissen, eine Frage, die wohl Milliarden armer kleiner Mädchen vor ihr gestellt haben mögen.

»Sie denkt, du bist ein großartiges Geschöpf.«

»Aber gewiß doch – jetzt mal im Ernst, was hat sie gesagt? Ich meine damals, als sie dich zuerst unter vier Augen sprechen konnte, damals, als ich euch auf der Landungsbrücke allein ließ und ins Hotel zurückging? Genau, was waren ihre Worte?«

Plötzlich kam Willie die peinliche Szene zu dreien am Kai ins Gedächtnis zurück, die verlegene Unterhaltung, das gezwungene Lächeln, Mays gewandtes Verschwinden gleich danach und dann die Bemerkung seiner Mutter: »Sieh mal an, mein Willie hat Geheimnisse vor seiner alten Mutter, wie? Sie ist aber wirklich außergewöhnlich hübsch. Modell oder Tänzerin?«

»Ihre genauen Worte«, sagte Willie, »soweit ich mich ihrer jetzt noch erinnere, waren: ›Ist die aber entzückend.‹«

May räusperte sich zartfühlend und meinte: »So weit ist es mit deinem Gedächtnis nicht her, du kannst ganz schön flunkern. Wahrscheinlich beides ein bißchen – ojemine!«

Ein schlanker, blonder junger Mann im Skianzug ging an ihrem Tisch vorüber. Er sprach verliebt mit einem Mädchen in leuchtendrotem Skidress.

Aus Versehen stieß er mit dem Arm an Mays Kopf. Er entschuldigte sich, dann ging das junge Paar mit verschlungenen Händen weiter. Sie schlenkerten mit den Armen und lachten sich gegenseitig an.

»Immer diese Hochzeitsreisenden!« murmelte May und rieb sich am Kopf.

»Was meinst du, hast du nicht auch mal Lust, ein bißchen Ski zu laufen?« fragte Willie.

»Nee, danke, mein Rückgrat ist mir zu schade«, antwortete sie, aber ihre Augen leuchteten auf.

»Na, hör mal, diese Abfahrten hier könnte selbst deine Großmama ...«

»Ich habe keine Skisachen mit und auch keine Skier – du übrigens auch nicht.«

»Was denn! Wir kaufen welche oder mieten sie uns. Komm, los!« Er sprang auf und zog sie mit sich fort.

»Also meinetwegen. Dann hab' ich wenigstens was zu erzählen, wenn man mich fragt, was ich im Yosemite-Tal getrieben habe. Ich erzähle, ich sei Ski gelaufen.« Sie stand auf.

Es trieben sich nur wenige Leute auf den Hängen herum. Meist hatten die beiden den Eindruck, als tummelten sie sich ganz allein in der weiten verschneiten Gebirgswelt herum. Willie wußte bald gar nicht mehr recht, ob die USS »Caine« überhaupt Wirklichkeit war, dieses enge kleine Ruderhaus, das Deckshäuschen, die trübselige graue Messe mit den unordentlich herumliegenden Zeitschriften, dem Geruch von abgestandenem Kaffee, mit ihren verrosteten Metallbeschlägen, den obszönen Redensarten und dem nörgelnden kleinen Mann mit seinen ewigen Stahlkugeln, der immer in die Luft stierte, wenn er etwas sagte. Es kam Willie vor, als sei er aus einem tiefen Fiebertraum erwacht und plötzlich gesund. Nur wußte er leider, das Wahngebilde lag in San Franzisko im Trockendock, greifbar und wirklich wie ein Stein. Und nur zwei Tage, dann mußte er die Augen wieder schließen, und der Fiebertraum würde ihn von neuem umfangen.

Sie kehrten in der Skihütte auf dem Badgerpaß ein. Dort wärmten sie sich an einem großen Holzfeuer und tranken heißen Grog. May nahm die Skimütze ab und ließ das Haar über ihre grüne Wolljacke fluten. Da gab es kein männliches Wesen im Raum, das sie nicht angestarrt hätte, und auch die Damen konnten nicht umhin, einen flüchtigen Blick voll neidischer Bewunderung auf sie zu werfen. Willie war von seiner Rolle außerordentlich angetan. »Was findest du eigentlich an mir, sag mal?« fragte er May beim zweiten Glas Grog. »So ein herrliches Mädchen wie du? Was ist eigentlich so Wertvolles an mir dran, daß man meinetwegen eine so weite Reise macht?«

»Beantworte du mir lieber erst mal eine Frage. Warum hast du mich deiner Mutter mit ›Maria Minotti‹ vorgestellt? Du hast den Namen seit dem ersten Tag unserer Bekanntschaft sonst nie mehr in den Mund genommen.«

Willie stierte in die roten rauchigen Flammen des Kamins. Er war auf der Suche nach einer passenden Antwort. Hatte er sich doch schon selber gefragt, aus welchem unbewußten Trieb heraus er damals wohl plötzlich Mays richtigen Namen genannt haben mochte. Die Erklärung, die er sich im geheimen eingestehen mußte, war nicht sehr rühmlich. Bei all seinem unbezähmbaren Verlangen nach May schämte er sich ihrer doch auch. In Gegenwart seiner Mutter war der Gedanke an ihre Herkunft, an den Obstladen in der Bronx, an ihre schmuddeligen, ungebildeten Eltern zuviel für ihn gewesen. So war May in diesem Augenblick für ihn »Maria Minotti« geworden. »Ich weiß nicht, warum«, log er. »Es schien mir nur eben das gegebene zu sein, Mutti lieber deinen richtigen Namen zu nennen und die ganze Geschichte in offener und ehrlicher Weise zu beginnen. Ich habe gar nicht weiter drüber nachgedacht.«

»Aha. Darf ich noch einen Grog haben? Den letzten, mir wird nämlich schon ein bißchen schwummerig. Vielleicht von all der vielen frischen Luft. –

Wenn du willst«, fuhr sie dann fort, als Willie wiederkam und das Glas vor sie hinstellte, »kann ich dir nunmehr eröffnen, was ein herrliches Mädchen wie ich an dir findet.«

»Famos. Also?« Willie kuschelte sich behaglich an sie.

»Nichts.«

»So?« Er steckte seine Nase tief in sein Glas.

»Mein Ernst! Ich bin in eine Falle gegangen. Am Anfang erschienst du mir so täppisch und harmlos, daß ich weiter keinen Grund sah, warum ich mich nicht mit dir amüsieren sollte. Ich dachte, es würde weiter nichts daraus werden. Dann zerrten sie dich weg ins Furnald-Haus. Und wie du später die fürchterlich vielen Strafpunkte bekamst, packte mich das Mitleid, und ich hielt es für meine patriotische Pflicht, dich aufzumuntern. Außerdem, könnte ich schwören, mußt du auch wohl den Mutterinstinkt in mir geweckt haben, obgleich ich nie glaubte, den gäb's bei mir überhaupt. Na, und dann zottelte die Geschichte eben immer so weiter, es wurde eine Gewohnheit draus, und jetzt sind wir glücklich soweit. Ich war völlig verrückt, zu dir herzureisen. Übermorgen fahre ich auf dem schnellsten Wege wieder nach Hause. Was sich da zugetragen hat, gefällt mir nicht. Ich habe ein Gefühl, als wäre ich ausgerutscht und hätte mir das Bein gebrochen.«

»Laß man. Es ist mein Geist, der dich fasziniert hat«, sagte Willie träge.

»Hör mal zu, mein Freund«, erwiderte May. »Ich habe jetzt ein Kolleg in Englisch belegt. Und ich habe eine verdammte Menge gelesen inzwischen. Ich kann über Dickens mit dir sprechen, soviel du willst, und ich bin dir wahrscheinlich sogar dabei noch überlegen. Los, äußere dich mal, was hältst du von ›Bleak House‹?«

»Nie gelesen, wirklich nicht«, sagte Willie und gähnte. Das ist ein Titel, den ich ausgelassen habe. Schön warm hier beim Feuer, findest du nicht auch?«

»Raus aus diesem Laden!« sagte May. Sie knallte ihr halbgeleertes Glas auf den Tisch.

»Gleich«, sagte Willie. »Weißt du, was ich glaube? Es handelt sich um nichts weiter als um einen chemischen Vorgang. Zwischen dir und mir besteht eine chemische Affinität so wie zwischen Soda und Chlor.«

»Ach Gott, diesen Salat hab' ich nun schon zum Speien über«, erwiderte May ungeduldig. »Wie willst du dann erklären, daß fast jeder Dummkopf in meinem Beruf bisher diese chemische Affinität für mich zu empfinden vermeint hat, während sie für mich alle nichts weiter sind als ein Haufen Schweine, einer wie der andere?«

Willie lächelte mit so männlich-sattem Hochmut, daß May aufsprang und sich nur mit Mühe bezwingen konnte, ihm nicht ihr Glas ins Gesicht zu schleudern. »Ich brate hier, ich will jetzt gehn.«

An diesem Abend war für sie der Feuerregen merkwürdigerweise durchaus nicht so reizvoll wie am Tage vorher, obgleich sich das Bild nicht verändert hatte und der Mond eher noch heller schien. Auch die unsichtbaren Musikanten spielten wieder ihre heimweherfüllten Klageweisen, und wieder bedeckte Willie May mit seinen Küssen. Nur geschah es diesmal mehr aus unbewußter Berechnung, wenn er sie küßte. Die echte Liebesglut vom Abend vorher blieb aus. May fühlte den Unterschied an der Unlust seiner Lippen. So blieben auch die ihren unbeteiligt kühl. Anstatt hinaufzugehen, tanzten sie. Schließlich aber gingen sie doch zu May aufs Zimmer, nur war für Willie alles wie verwandelt. May setzte sich in den Sessel, aber sie tat das in einer Haltung, die ihn nicht näher kommen ließ. Nüchtern und prosaisch plauderte sie vom Hunter College, von Marty Rubin und den verschiedenen Lokalen, in denen sie gesungen hatte. Schließlich hatte Willie genug davon, und er wurde böse. Seine Erregung wuchs, je aufreizender und schöner May ihm erschien. Er stand auf und trat zu ihr. Während sie nur immer weiterredete, versuchte er es mit einer liebevollen Geste. Aber May wich seiner Hand mit einer geschmeidigen Drehung ihrer Schulter aus.

»Was ist in dich gefahren, mein Freund?« fragte sie ihn.

Willie balzte einige zärtliche Worte.

»Nein, bitte versuche nicht, mir auf den Leib zu rücken, wenn mir nicht danach ist«, sagte das Mädchen. »Wenn ich jemandem ausweichen will, bin ich glatt wie ein Aal.«

»Entschuldige schon«, sagte er und schlenderte linkisch zu seinem Stuhl zurück.

Zwei Stunden verbrachten sie noch mit oberflächlichen Gesprächen. May erzählte von ihrer Familie, oder sie fragte ihn über das Leben auf der »Caine« aus, alles in einem unbeschwerten, gemütlichen Plauderton. Willie zog seine Jacke aus, band sich den Schlips ab und legte sich aufs Bett. Er rauchte ununterbrochen. Zwar trug er seinen Teil zur Unterhaltung bei, aber er wurde immer verdrießlicher. Schließlich fing er an zu gähnen. May gähnte darauf doppelt so kräftig und doppelt so lange.

»Gott, Willie, ich habe überhaupt nicht gemerkt, wie müde ich eigentlich bin. Ich gehe jetzt ins Bett.«

»Ausgezeichnet«, sagte Willie erleichtert. Aber er rührte sich nicht vom Bett. May warf ihm einen spöttischen Blick zu, dann ging sie ins Badezimmer. Nach ein paar Minuten erschien sie wieder. Sie band sich ihren wollenen blauen Bademantel zu, den sie über ihr Nachthemd angezogen hatte. »Bist du noch immer hier?«

Willie sprang hoch und schloß sie in die Arme. Sie küßte ihn leidenschaftlich, dann sagte sie: »Gute Nacht, Liebling.«

»Ich gehe noch nicht«, sagte Willie.

»O doch, du gehst!« Sie griff nach der Klinke und machte die Tür auf. Willie schob sie mit der flachen Hand wieder zu und preßte das Mädchen an sich. »May, mein Gott noch mal ...«

Sie entwand sich ihm und blickte ihn an. Sie war sehr ruhig. »Hör mal zu, Willie«, sagte sie, »du machst dir ganz falsche Vorstellungen. Ich habe meinen Teil dazu beigesteuert und vielleicht noch mehr als das, euch Jungens gebührend in der Heimat zu empfangen, mach dir keine Gedanken darüber, wie ich deswegen im Augenblick empfinde. Das bedeutet aber noch längst nicht, daß du dich hier bei mir häuslich niederlassen kannst. Ich hab' dich gern, Willie, ich glaube, ich habe es in dieser Beziehung an Klarheit nicht fehlen lassen. Deswegen habe ich aber noch längst keine neuen Gewohnheiten angenommen. Nein, Willie, laß das. Spar dir, den Starken und Männlichen zu spielen, du machst dich höchstens lächerlich. Außerdem werde ich mit dir noch immer fertig, das mache ich mit dem kleinen Finger.«

»Das glaube ich dir gern!« rief Willie wütend. »Man kann wohl sagen, du hast eine ganze Menge Praxis auf dem Gebiet. Gute Nacht!«

Willie warf die Tür so laut zu, daß er den ganzen Flur damit hätte aufwecken können. Tief verlegen schlich er lieber die rotbeleuchtete Hintertreppe hinauf, anstatt nach dem Aufzug zu klingeln.

Um acht Uhr läutete bei May das Telefon und weckte sie aus unruhigem Halbschlaf. Sie griff nach dem Hörer und sagte verschlafen: »Ja?«

»Ich bin's«, ließ sich Willies müde und bedrückte Stimme vernehmen. »Wie ist das mit dem Frühstück?«

»Schön. Bin in fünfzehn Minuten unten.« Als sie durch den breiten Balken Sonnenlicht schritt, der zur Tür hereinfiel, saß Willie schon am Tisch. May trug einen weißen Pullover und einen grauen Rock, eine kleine Kette von künstlichen Perlen hing um ihren Hals, das Haar fiel ihr in weichen Locken ins Gesicht. Sie sah entzückender aus denn je. Er stand auf und hielt ihr den Stuhl. Zwei Gedanken schossen ihm nacheinander durch den Kopf: Möchte ich wirklich mein ganzes Leben mit dieser Person zusammen leben? und: Könnte ich überhaupt mit irgendeiner anderen zusammen leben? Wo würde ich ihresgleichen je wiederfinden?

»Guten Morgen«, sagte er. »Hungrig?«

»Nicht besonders.«

Sie bestellten ihr Frühstück, aber sie rührten es kaum an. Sie unterhielten sich gleichgültig über die Landschaft. Sie rauchten nur und tranken ihren Kaffee. »Wozu hast du heute Lust?« fragte Willie.

»Ich bin mit allem einverstanden.«

»Wie hast du geschlafen?«

»Geht so.«

»Tut mir leid, das mit gestern abend«, sagte Willie plötzlich, obwohl er nicht die geringste Absicht gehabt hatte, etwa um Verzeihung zu bitten.

May lächelte gezwungen und antwortete: »Was soll dir schon leid tun, Willie?«

Willie packte plötzlich ein Gefühl von Schwindel, er war richtig benommen, als hinge er über der Reling und blicke in die aufgeregte See, als ob ihn dabei plötzlich der Drang befiele, über Bord zu springen. Sein Mund war wie ausgetrocknet, er schluckte krampfhaft und rückte unruhig auf seinem Stuhl hin und her. Endlich brachte er drucksend heraus: »Was meinst du, könntest du dir dein ferneres Leben an der Seite eines Ungeheuers, wie ich eins bin, vorstellen?«

May sah ihn belustigt an, dann wurde sie traurig. »Was soll das nun jetzt, mein Guter?«

»Ich weiß nicht, ich hab' nur das Gefühl, wir sollten vielleicht endlich mal darüber sprechen, ob wir uns nicht heiraten wollen«, antwortete Willie in einem Anfall von Entschlossenheit.

May legte ihre Hand auf die seine, lächelte ihn sanft an und sagte: »Willst du jetzt eine ehrenhafte Frau aus mir machen, Willie?«

»Ich weiß nicht, was wir sonst mit unserem Leben anfangen sollen«, meinte Willie. »Wenn ich dir aber zum Lachen vorkomme, dann sag's ruhig.«

»Durchaus nicht«, erwiderte May. »Ich wollte nur, du machtest nicht so ein Gesicht, als ob du dich überwinden müßtest, eine Dosis Lebertran runterzuschlucken.«

Da mußte Willie auch lachen. Dann wurde er wieder nachdenklich. »Also, was sagst du dazu?«

Mays Augen schweiften verloren im sonnendurchfluteten Speisesaal umher. Die Tische waren fast alle verlassen. Nur in einer Ecke in der Nähe des Fensters saß noch, aneinandergeschmiegt, das Hochzeitspärchen in seinen leuchtenden Skianzügen. Die junge Frau steckte ihrem Manne gerade ein Stück Kuchen in den Mund. »Was sage ich zu was, Willie?«

»Daß wir heiraten.«

»Ich kann mich nicht entsinnen, daß du mir einen Antrag gemacht hättest.«

»Ich bitte dich hiermit, meine Frau zu werden«, sagte Willie laut und deutlich.

»Ich werde mir den Fall überlegen«, antwortete das Mädchen. Sie nahm ihr Etui aus der Handtasche und sah ihn ernst an. Willie aber machte ein so schmerzhaft verdutztes Gesicht, daß sie laut lachen mußte. »Hör mal zu, mein Kleiner«, sagte sie dann, legte ihre Sachen hin und faßte ihn bei der Hand, »das ist wirklich überaus rührend von dir, und es hat dich sicher genug Überwindung gekostet. Aber heute früh geht uns nun mal alles quer. Ich kann nicht einfach auf deinen Vorschlag hüpfen und dich dann hinterher darauf festnageln, nur weil du dir im Augenblick gerade mal nicht zu helfen weißt oder auch wohl Mitleid mit mir hast. Ob wir heiraten wollen – ja, ich glaube fast, wir werden das eines Tages mal. Ich weiß nicht recht. Sprechen wir lieber von etwas anderem.«

Willie befand sich in einem Nebel von Verwirrung. Er sah zu, wie sich May mit viel Kunstfertigkeit die Lippen anmalte. Jedes einzelne Wort, das von ihnen beiden gesprochen worden war, hatte sich seinem Gedächtnis mit ehernen Lettern eingeprägt. Während er aber seine Worte hinstotterte, kam ihm alles mit einemmal völlig fremd und unwirklich vor. Er hatte sich oft genug vorgestellt, wie er May einen Antrag machen würde, nichts von dem, was er sich gedacht hatte, ähnelte aber im entferntesten der ungreifbaren, unwahrscheinlichen Wirklichkeit, die er hier erlebte. Nie wäre ihm der Gedanke gekommen, daß er wenige Minuten, nachdem seine schicksalsschweren Worte gefallen waren, im Grunde noch genauso frei sein sollte wie vorher.

May war bei all ihrer äußerlichen Ruhe, bei aller Sicherheit, mit der sie die scharlachroten Konturen ihrer Lippen nachzog, nicht weniger verwirrt und betäubt als er. Ihre ganze Art, zu reagieren, alle ihre Worte waren eigentlich ohne innere Beteiligung herausgekommen. Sie war auf Willies Antrag nicht gefaßt gewesen, und noch weniger hatte sie von sich erwartet, daß sie es fertigbringen würde, ihn nicht sofort anzunehmen. Jetzt aber war der entscheidende Vorgang vorüber, und nichts war geklärt worden.

»Ich glaube, ich würde ganz gerne ein bißchen reiten«, sagte sie, noch immer in ihren Spiegel vertieft. »Irgendein nettes, freundliches Pferd. Hättest du Lust?«

»Natürlich«, sagte Willie. »Mach mal zu mit deiner Pinselei.«

Sie ritten auf ein paar langweiligen alten Gäulen mit schweren Wildwestsätteln durch den Schnee. May klammerte sich am Sattelknopf fest und brüllte jedesmal vor Lachen, wenn ihr alter Klepper sich unter komischen Luftsprüngen in einen Zotteltrab setzte. Willie war ein ausgezeichneter Reiter, das Ereignis war für ihn nichts Besonderes. Aber er genoß die kristallklare Luft und die erhabene Landschaft.

Vor allem aber bezauberten ihn die Schönheit und die übermütige Laune seines Mädchens. Als die Mittagszeit herankam, hatten sie einen fürchterlichen Hunger und vertilgten riesenhafte Steaks. Am Nachmittag machten sie eine Schlittenfahrt. Eng aneinandergeschmiegt saßen sie unter den Decken, die nach Pferden rochen. Sie gönnten sich unschuldige Zärtlichkeiten, während der schwatzhafte alte Kutscher ihnen über die geologischen Merkwürdigkeiten des Tales Vorträge hielt. Wieder im Hotel, fingen sie schon lange vor Tisch an zu picheln. So schlängelten sie sich mit Tanzen und unter munteren Gesprächen in einer Wolke von Zuneigung und innerem Einverständnis durch den Abend. Als sie zu Bett gingen, verabschiedete Willie sich vor Mays Zimmertür. Er küßte sie nur einmal kurz und herzlich, dann ging er nach oben. Er glühte von stolzem Tugendbewußtsein und weinseligem Hochgefühl.

Am nächsten Tag fuhren sie im Autobus nach San Franzisko zurück. So schön auch der Blick auf die schneebedeckten, dichtbewaldeten Gipfel und Täler der Sierra war, die Fahrt wollte kein

Ende nehmen. Sie hielten sich bei der Hand und schwiegen. Als der Autobus dann in das Tal von San Joaquin einbog und geruhsam die große Autostraße mit den endlosen kahlen und winterlichen Pflaumenplantagen und Baumschulen entlangeilte, machte Willie sich langsam klar, daß die Zeit für ein ernsthaftes Gespräch jetzt gekommen sei. Nicht nur San Franzisko und die »Caine« lagen am Ende dieser langen, geraden Asphaltstraße. Seine Mutter war auch noch da.

»Liebling«, fing er an.

May wandte den Kopf und sah ihn liebevoll an.

»Hast du inzwischen mal über uns nachgedacht?«

»Klar, heftig.« May richtete sich auf und machte ihre Hand frei, um sich eine Zigarette anzuzünden.

»Na – und was sagst du jetzt?«

Während der wenigen Augenblicke zwischen dem Aufflammen des Zündholzes und seinem Verschwinden im Aschenbecher stürmten tausend Empfindungen durch des Mädchens Brust. Ihr Grundton war eine Mischung von Unsicherheit und Enttäuschung. Sie fühlte sich von ihm in die Enge getrieben. »Was möchtest du denn gern von mir hören, Willie?«

»Daß du mich heiraten willst.«

May zuckte die Schultern. Diese laue, fast geschäftsmäßige Art, mit der er um sie warb, hatte nichts mit dem Begriff von Liebe und Ehe zu tun, den sie immer dunkel im Herzen getragen hatte. Dann aber war gesunder Menschenverstand auch wieder ihre starke Seite, und sie überlegte, es sei schon besser, zu nehmen, was sich ihr jetzt bot. Schließlich wollte sie Willie ja. »Du kennst mich, Willie, ich bin eine harte Nuß«, antwortete sie. Dabei lächelte sie verschämt und verwirrt und wurde rot. »Wann? Wo? Wie denkst du dir die Sache überhaupt?«

Schwer seufzend ergriff Willie ihre Hand und sagte: »Über all das müssen wir jetzt mal nachdenken.«

May fuhr in ihrem Sitz hoch und sah ihn an. Aus ihrem Blick sprach plötzlich wieder das alte Mißtrauen. »Hör zu, Liebling, eines wollen wir gleich mal klarstellen. Wenn du vielleicht vorhast, ein Heim für gefallene Mädchen zu gründen, dann bitte ohne mich. Mich heiraten zu wollen, weil du Mitleid mit mir hast oder weil du eine Ehrenpflicht mir gegenüber fühlst oder so – das interessiert mich nicht.«

»Ich liebe dich, May.«

»Du solltest dir lieber alles noch mal reiflich überlegen.«

»Da ist nichts mehr zu überlegen«, antwortete Willie. Seine Stimme klang aber schon nicht mehr so überzeugt. Er war sich wirklich über seine Beweggründe nicht klar und hatte plötzlich selber den Verdacht, ob nicht doch vielleicht nur törichte Ritterlichkeit seinem Entschluß zugrunde lag. Willie Keith steckte tief in kleinbürgerlichen Moralbegriffen. Dazu war er noch unerfahren, vor allem aber, er war nicht gerade der allerhellste Jüngling auf diesem Planeten. In seiner Achtung hatte das Mädchen eigentlich verloren durch das Erlebnis jener Nacht, als Gegenstand seines Begehrens hatte sie nur noch gewonnen. So wußte er wirklich nicht recht, was er tun sollte. Noch nie war einem jungen Mann so jämmerlich zumute gewesen wie ihm, mit diesem schönen Mädchen an seiner Seite und so ganz im Bereich seiner Wünsche.

»Wirst du mit deiner Mutter darüber sprechen?«

»Ich glaube, es ist besser, sie erfährt alles. Je eher, desto besser.«

»Ich gäbe ja was drum, wenn ich bei dieser Unterhaltung dabeisein könnte.«

»Ich werde dir heute abend alles genau erzählen, wenn ich mit ihr gesprochen habe«, sagte Willie, »und zwar Wort für Wort.«

Nach langem Schweigen meinte er: »Da gibt's auch noch die Frage mit der Konfession. Wie stark hängst du an der – an der deinigen?« Diese Worte wurden ihm außerordentlich schwer. Er empfand tiefe Verlegenheit darüber, daß er mit dummer, heuchlerischer Feierlichkeit über eine Sache sprach, die für ihn völlig gegenstandslos war.

»Leider bin ich alles andere als eine gute Katholikin, Willie. Das ist also kein Problem.«

»Großartig.« Der Autobus hielt vor einem Rasthaus. Erleichtert sprang Willie auf: »Los, wir wollen eine Tasse Kaffee trinken, ich komme sonst um.«

Eine alte Dame auf einem der vorderen Sitze packte auf ihrem Schoß ein Reisekörbchen aus. Sie blickte tiefgerührt auf das schöne Mädchen in seinem Kamelhaarmantel und den frischen jungen

Fähnrich im langen, goldbeknöpften Mantel mit dem weißseidenen Schal und der weißen Offiziersmütze. »Sieh mal da«, sagte sie zu dem alten Herrn an ihrer Seite, dessen Augen unverwandt auf den Butterbroten ruhten, »ist das nicht wirklich ein entzückendes junges Paar?«

Zwei Flaschen Sekt

Das schrille metallene Geräusch eines Drillbohrers, das unmittelbar über Maryks Kopf ertönte, weckte ihn aus unruhigem Schlaf. Er warf die Decken zurück und sprang aus der Koje. Als seine nackten Füße das naßkalte Deck berührten, schauderte er zusammen. Beim Licht einer Taschenlampe zog er seine ölgetränkte Khakiuniform an.

Er hatte die fürchterlichste aller Wachen, die es in der Marine gibt: die vierundzwanzig Stunden als Offizier vom Dienst auf einem kalten Schiff im Trockendock. Die »Caine« war eine Leiche aus Eisen. Heizung, Licht oder Strom gab es nicht. Die Kessel waren entleert und die großen Maschinen auseinandergenommen. Der Treibstoff war ausgepumpt worden. Das Surren der Ventilatoren, dieses Atemgeräusch der Schiffe, schwieg. Dafür dröhnte die Luft von tausenderlei Gerassel, Klopfen, Pfeifen, Kratzen und Schleifen. Die Werftarbeiter vollzogen noch einmal eine Verjüngungsoperation an dem verschrammten alten Schiff. Die nebelige Luft San Franziskos zog träge durch die Gänge und mischte sich mit dem ranzigen Gestank verfaulter Lebensmittel; die Kammern und die Unterkünfte der Mannschaft waren ein Chaos von Büchern, Magazinen und schmutzigem Bettzeug.

Offiziere und Mannschaft waren in der Nähe in Kasernen untergebracht. Nur der Offizier vom Dienst und eine Deckswache waren zurückgeblieben und erinnerten noch an das frühere Leben des abgestorbenen Rumpfes. Commander Queeg war schon wenige Stunden, nachdem das Schiff ins Dock eingelaufen war, zu seiner Familie nach Arizona gefahren. Er hatte Gorton das Kommando übergeben. Adams, Carmody, Rabbitt und Paynter waren ebenfalls auf Urlaub. Die Leute schwitzten Blut in den Kasernen und warteten ungeduldig auf den fünften Tag an Land, wo ihr Urlaub beginnen sollte. Ihre Stimmung war auf einem derartigen Tiefpunkt, die Atmosphäre in den Kasernen dermaßen düster, daß es selbst Maryk, der sonst so gut mit seinen Leuten auskam, kaum über sich gewann, sich auch nur gelegentlich mal zu einer Musterung bei ihnen sehen zu lassen.

Er kletterte an Deck und stieg in den grauen wolkigen Morgen hinaus. Vorsichtig suchte er sich seinen Weg durch das Gewirr von Röhren, Schläuchen, Maschinenteilen, Balken, Persennings und Kisten. An der Gangplanke traf er auf Fleischkloß, den Bootsmann der Wache. Er lag in seinem schmutzigen zerknüllten Unterzeug auf einer Rolle Manilaleinen und schlief. Maryk weckte ihn ohne Vorwürfe und schickte den gähnenden Maat über die lange graue Gangplanke, die den Hohlraum des Trockendocks überspannte, um Kaffee und Brötchen zu holen.

Um acht Uhr kam Fähnrich Harding an Bord gewankt. Sein Gesicht war blaugrau angelaufen. Er löste den Offizier vom Dienst ab, wackelte zur Messe hinunter, legte sich auf die mit Messern und Gabeln übersäte Couch und schlief ein.

Maryk ging zur Offiziersbaracke und versuchte Keefer zu wecken. Der Romanschriftsteller stöhnte aber nur: »Wir treffen uns um eins im St. Francis zum Lunch«, dann verfiel er augenblicklich wieder in tiefen Schlaf. Der Oberleutnant zog sich seine blaue Uniform an, die von der chemischen Reinigung her noch nach Kampfer roch, und stieg in einen Autobus zur Stadt. In San Franzisko hatte er seine Kindheit verlebt. Vom Augenblick an, als die »Caine« unter der Golden-Gate-Brücke hindurchdampfte, hatte ihn das Heimweh gepackt. Als er sich dann aber auf einmal wieder in der Market Street fand, wußte er plötzlich nicht, was er mit sich anfangen sollte. Er wanderte sinn- und ziellos durch die Straßen und vertrieb sich so die Zeit, bis es ein Uhr geworden war.

Keefer wartete schon auf ihn in der Halle des St. Francis. Er lag in einen Sessel hingegossen und sah bleich und verwildert aus. Sie gingen in den luxuriösen Speisesaal und verzehrten ein ausgesuchtes Mittagsmahl. Der Schriftsteller bestand auf einer Flasche Sekt. Er wollte das Glück, Commander Queegs Fuchtel mal für ein paar Tage entronnen zu sein, gebührend feiern. Den größten Teil der Flasche trank er selbst. Maryk fand, der Sekt schmecke wie Ammenbier. »Was ist denn nur los mit dir, Steve?« fragte Keefer. »Du bist ja ein fürchterlicher Miesepeter heut.«

»Weiß ich.«

»Warum denn?«

»Mir selber nicht klar. Hast du nicht gelegentlich auch mal solche Tage, Tom, wo du irgendeine Schweinerei in der Luft spürst – als ob dir vor Abend noch was zustoßen müßte?«

»Natürlich! Ist das dein ganzer Kummer?«

»Muß wohl. Schon als ich aufstand heute früh, war alles so grau und mies.« Er sah umher. »Ich komme mir verdammt komisch vor in diesem Raum. Steve Maryk speist im St. Francis. Als kleiner Junge glaubte ich immer, hier äßen nur Millionäre.«

»Wie gefällt dir Frisko so – nach wieviel Jahren?«

»Zehn. Ich glaube, wir zogen 1933 nach Pedro. Ekelhaft! Ich hab' so ein dämliches Gefühl, als wär' ich ein Schatten.«

»Na also, da haben wir's ja. Du bist wieder mal am Ort deiner Kindheit, und das muß dich ja umwerfen – du merkst auf einmal, wie die Zeit rast. Steve, das ist der kalte Hauch des Todes, der dir im Nacken sitzt.«

Maryk schnitt eine Grimasse. »Der kalte Hauch des Todes. Stopf das in deinen Roman.«

Es fing an zu regnen, die Tropfen klatschten gegen das Fenster neben ihnen. Maryk sagte: »Da fällt unser schöner Bummel über die Golden-Gate-Brücke ins Wasser, falls du noch daran gedacht haben solltest.«

»Quatsch, das war so ein romantischer Spleen. Manchmal packt mich das so. Nee, wir fahren rüber nach Berkeley. Da wartet was viel Hübscheres auf uns.«

»Was denn?«

»Ich kenne da einen Professor für Englisch. Den hab' ich heute morgen angerufen. Er hat uns beide zu einem literarischen Tee eingeladen. Die Hauptsache ist, diese Literaturzirkel bestehen zu 90 Prozent aus Mädels.«

»Ich mache alles mit.«

»Du mußt allerdings einen Vortrag von mir über den ›Roman im Zweiten Weltkrieg‹ über dich ergehen lassen, du armes Schwein.«

»Das geht in Ordnung.« Maryk zündete sich eine Zigarre an.

Die beiden Offiziere genossen in vollen Zügen, einmal wieder in anständiger Uniform und fern vom Schiff in einem luxuriösen Hotel sitzen zu dürfen. Es kam ihnen so vor, als hätten sie sich eben erst kennengelernt. Wie zwei Fremde, die plötzlich zusammengebracht werden, fingen sie an, sich erst einmal vorzustellen. Sie erzählten sich gegenseitig viele persönliche Dinge. Nach einer halben Stunde wußte Maryk mehr über Keefers Familie und seine Liebesgeschichten, als er in dem ganzen gemeinsamen Jahr auf der »Caine« von ihm erfahren hatte.

Er selber erzählte dem Schriftsteller von seinem Fischerleben und fühlte sich durch Keefers lebhafte und eingehende Fragen geschmeichelt.

»Das muß ein herrliches Leben sein, Steve.«

»Nee, ganz im Gegenteil. Du mußt dich lediglich für jeden Dollar schlimmer abschinden als in jedem anderen Beruf. Du arbeitest dich tot, aber die Marktlage geht immer gegen dich. Hast du Seezungen gefangen, wollen sie Makrelen. Hast du Makrelen gefangen, dann gibt's davon so verdammt viele, daß du mal mehr als Dünger verkaufen kannst. – So geht das bei uns. Und die Jobber an Land pressen dir jeden Cent ab, den sie kriegen können. Grade der richtige Beruf für dämliche Ausländer wie mein Vater. Ich bin auch dämlich, aber ich bin wenigstens kein Ausländer. Ich habe vor, mir später was anderes zu suchen.«

»Etwa die Marine?«

»Warum nicht? Ich bin dumm genug, mir gefällt's in der Marine.«

»Ich verstehe dich nicht. Die Fischerei ist ein so ehrenwerter und nützlicher Beruf. Nicht eine Bewegung wird verschwendet, kein Tropfen Sprit verbrennt ohne Sinn. Du machst dich kaputt, na schön, aber wenn du nach Hause kommst, hast du doch deine Fische. Ausgerechnet du, du willst in die Marine! Lauter Bürokratismus, Steve – nichts als verlogene Katzbuckelei, Spiegelfechterei oder idiotischer Drill, alles ohne Sinn und Verstand – sinnlose Kraftvergeudung – Mensch, und dann erst in Friedenszeiten – ein großer Kindergarten für ausgewachsene Männer.«

»Bist du etwa der Ansicht, unser Land braucht keine Marine?«

»Klar braucht es eine.«

»Und wo sollen die Leute herkommen?«

»Queeg und Konsorten, Mensch. Aber doch keine brauchbaren Staatsbürger.«

»Fein. Überlasse alles den Queegs. Plötzlich kommt ein Krieg, und du hast einen Queeg zum Vorgesetzten. Dann aber meckerst du wie wild.«

»Meckern vertreibt einem wenigstens die Zeit.«

»Die Marine besteht nicht aus lauter Queegs, denk das nur nicht.«

»Natürlich nicht. Queeg ist ein Abfallprodukt des Systems. Er hat sich zu einem Monstrum heraufgestrebert, weil sein armseliger schwacher Charakter den Anforderungen der Marine und ihrem Druck nicht gewachsen ist. – Dies ist übrigens ausgezeichneter Sekt, ein Jammer, daß du nichts davon verstehst. – Nee, Steve, der Kern der Marine ist eine kleine enge Familie, die ist genauso exklusiv wie die herrschende Klasse in England. Da paßt du gar nicht rein. Du würdest es nie weiterbringen als zu einem der vielen Heloten, die nur ihre Zeit abdienen.«

»Du denkst, die Fischerei wäre nützlicher. Ich glaube, unsere Kriegsschiffe zu bemannen, ist nützlich. In diesem Augenblick kommen sie uns jedenfalls verdammt gelegen.«

»Du bist ein Patriot, Steve, das kann dir wenigstens keiner abstreiten.«

»Blödsinn! Ich bin nur ein guter Seemann und diene deshalb tausendmal lieber zwanzig Jahre in der Marine ab und kriege dann eine Pension, als daß ich mir Arthritis hole oder mir das Rückgrat verrenke, indem ich Fische aus dem Wasser ziehe. So lege ich mir das jedenfalls in meinem dicken Schädel zurecht.«

»Na, meinen Segen hast du, mein Alter. Trinken wir also auf Admiral Maryk, Chef des Pazifik-Geschwaders von 1973.« Er goß Maryks Glas voll Sekt und zwang ihn, auszutrinken. »Und was machen inzwischen deine düsteren Ahnungen, mein Junge?«

»Ach, wenn ich nicht daran denke, verschwinden sie!«

»Paß auf, die kleinen Mädchen in Berkeley bringen das alles eins, zwei, drei in Ordnung. Komm, wir wollen losschieben.«

Professor Curran war ein kleiner dicker Herr mit rotem Gesicht und einem kindlichen Mund. Er führte die beiden Offiziere in das Empfangszimmer. Die Studentinnen zitterten schon vor fieberhafter

Erwartung. Einige einfältige Jünglinge mit Pickeln im Gesicht saßen mit darunter. Der Besuch von zwei kampferprobten Kriegern in blauer goldbesetzter Uniform füllte die Atmosphäre mit elektrischer Spannung. Die Mädchen hatten alle Natürlichkeit verloren und befleißigten sich statt dessen gekünstelter Nonchalance. Puderdosen und Lippenstifte waren in heftiger Tätigkeit. Der Professor begrüßte Keefer mit einer langen, schwülstigen Ansprache. Er stellte ihn den strahlenden Mädchen als einen der aufgehenden Sterne am amerikanischen Literaturhimmel vor. Mehrere Kurzgeschichten und Gedichte von ihm seien bereits in »Yale Quarterly« und ähnlichen vornehmen Zeitschriften erschienen. Eingehender noch befaßte er sich mit Keefers Stück »Ewiges Unkraut«, auf das das Gildetheater bereits die Option erworben hatte. »Aber«, setzte er lächelnd hinzu, »kommen Sie deshalb nicht auf den Gedanken, Thomas Keefer sei einer der vielen Schriftsteller für die literarischen Snobs. Sie müssen nämlich wissen, er hat auch im ›Esquire‹ und im ›Ladies Home Journal‹ Geschichten veröffentlicht – und das sind ja wohl die allerbesten Zeitschriften derjenigen Kategorie, die man mit dem Wort ›mondän‹ bezeichnen darf.« Die Mädels kicherten und warfen sich vielsagende Blicke zu. Für Maryk war das eine neue Welt. Er saß ganz hinten, tief in die Ecke eines alten grünen Sofas gedrückt. Keefer hatte nie über seine Schriftstellerei mit ihm gesprochen. Es regte ihn auf, plötzlich zu entdecken, was für ein bedeutender junger Autor sein Bordkamerad war, und er schämte sich, in der Messe immer in die ungehobelten Witze über Keefers Roman mit eingestimmt zu haben.

»Und so haben wir jetzt die unerwartete Freude, einige Worte über das Thema ›Der Roman im Zweiten Weltkrieg‹ hören zu dürfen – nicht von mir, sondern von einem jungen Autor, von dem wir den Roman des Zweiten Weltkrieges erwarten dürfen: Leutnant z. S. Thomas Keefer von USS ›Caine‹.«

Keefer dankte mit charmantem Lächeln für den stürmischen Applaus und fing in leichtem und flüssigem Stil zu sprechen an. Die Mädchen schienen seine Worte zu verschlingen. Maryk aber konnte sich keinen Vers aus ihnen machen. Er gewann die Überzeugung, seine schlechten Zensuren in der englischen Sprache müßten wohlverdient gewesen sein. Aus dem Gewirr von Namen, die nun folgten – Kafka, Proust, Hemingway, Gertrude Stein,

Huxley, Crane, Zweig, Mann, Joyce, Wolfe –, war ihm nur ein einziger vertraut: Hemingway. Er erinnerte sich dunkel, einmal in der 25-ct-Ausgabe einen Hemingway-Roman gelesen zu haben. Damals hatte ihn das Bild auf dem Umschlag gelockt, ein Mädchen, das nackt auf einem Bett saß und sich mit einem Soldaten in Uniform unterhielt. Die Geschichte aber war zu gut geschrieben, um ihn nach der erotischen Richtung hin zu befriedigen, und so hatte er sie wieder weggelegt.

Keefer sprach eine halbe Stunde lang. Maryk war völlig verstört, er fühlte sich gedemütigt. Dann sprangen die Mädchen hoch und drängten sich aufgeregt um den Sprecher, den sie fast erdrückten. Maryk stand derweil an der Wand und führte eine trockene, einsilbige Unterhaltung mit einigen der weniger hübschen Studentinnen, deren Interesse sich außerdem nur darauf beschränkte, ihn nach Möglichkeit über Keefer auszuholen. Das war vermutlich die Erfüllung seiner bösen Ahnungen: ein ganzer Nachmittag, an dem er immer wieder mit der Nase auf seine Unwissenheit und seinen Bildungsmangel gestoßen wurde. Er zweifelte, ob er jemals wieder ohne Hemmungen mit Keefer würde sprechen können.

Zum Schluß angelte sich der Schriftsteller zwei der hübschesten Mädchen, und sie gingen in ein französisches Restaurant mit Kerzenlicht und Blick über die Bucht. Um acht rief Maryk wie üblich das Schiffsbüro an. Als er zum Tisch zurückkam, nagte er an seinen Lippen, seine Augen quollen aus ihren Höhlen. »Wir sollen an Bord zurückkommen, Tom.«

»Mach keinen Blödsinn! Wann?«

»Sofort ...« – »Was ist denn los?«

»Ich hab' mit Wackelbauch gesprochen. Er wollte nichts Näheres sagen. Gorton hat befohlen, wir sollen zurückkommen.«

Die Mädchen jammerten enttäuscht. Traurig fuhren sie in ihrem roten Buick davon. Die Offiziere riefen ein Taxi. Keefer fluchte über ihr Pech und erging sich in wilden Mutmaßungen über den Grund der Rückberufung. Der Erste Wachoffizier saß schweigend in seiner Wagenecke und rieb sich mit feuchten Handflächen über die Ärmel.

Im gelblichen Licht eines Scheinwerfers standen Gorton und Harding am Ende der Gangplanke. Neben ihnen arbeiteten Schweißer, in ihren Hauben über die blauen Flammen gebeugt, am Deck. »Was soll das alles?« rief Keefer, während er noch hinter Maryk die Gangplanke hinuntertrappelte.

»Etwas mehr Diensteifer könnte Ihnen nichts schaden, Mr. Maryk«, antwortete Gorton, ein listiges Grinsen auf dem Gesicht. »Der Eins O hat den Offizier vom Dienst über seinen Aufenthalt ständig unterrichtet zu halten. In jedem Hotel, in jeder Bar in der ganzen Stadt habe ich nach Ihnen gesucht.«

Die plumpen Züge des Ersten Wachoffiziers spannten sich: »Wovon redest du überhaupt?«

»Du hast mich ganz gut verstanden. Du hast's jetzt geschafft, Steve«, sagte Gorton. »Adams und ich haben heute nachmittag unsere Versetzungsbefehle erhalten. Du bist der neue Eins O der ›Caine‹.« Er ergriff die Hand des verdutzten Offiziers und schüttelte sie herzlich.

»Ich?« stammelte Maryk. »Ich?«

»Im ganzen Geschwader das gleiche, Steve. Drüben auf der ›Simon‹ haben sie einen Kerl zum Eins O gemacht, der erst im Oktober Leutnant geworden ist. Der neue Kommandant ist ein Leutnant der Reserve. Der ganze Laden geht hoch – wir werden heute schwer arbeiten müssen.«

»Und für mich kein Befehl?« fiel Keefer ihm begierig ins Wort.

»Nein, kommt ja für dich auch gar nicht in Frage, Tom. Das ist für diesmal alles. Carmody haben sie auch weggeholt. Du und Steve bleiben auf dem Schiff, bis es abgewrackt wird. In einem Jahr bist du Eins O.«

Keefer nahm seine weiße Mütze ab und schleuderte sie auf das Deck. Sie hüpfte ein paarmal, rollte zur Seite und verschwand. Gorton lehnte sich über die Strecktaue. »Haha«, rief er, »mitten in eine Pfütze hinein! Der neue Erste Wachoffizier wird sich eine neue Mütze kaufen.«

»Der Teufel soll die verdammte ›Caine‹ holen«, schrie Keefer, »mitsamt der ganzen Besatzung, und mich dazu!«

Maryk sah sich bedenklich auf dem alten Schiff um, als käme er zum erstenmal an Bord. – Da haben wir's, dachte er, aber er hätte nicht sagen können, was er mit »es« eigentlich meinte.

Mrs. Keith sah auf den ersten Blick, daß ihr Willie nicht mehr derselbe Junge war, der vor drei Tagen zum Yosemite-Park gefahren war. Sie aßen in ihrem Appartement im Mark-Hopkins-Hotel, von dem aus man die Bucht übersehen konnte. Die Aussicht war herrlich, das Essen ausgezeichnet, sie tranken Champagner eines besonderen Jahrgangs. Willie aber kümmerte sich nicht um die Aussicht. Er stocherte in seinem Essen herum, er ließ das Eis im Kühler schmelzen und den Sekt warm werden. Nur wenn seine Mutter ihn besonders dazu aufforderte, schenkte er ein. Mrs. Keith war sich bewußt, daß auch die »Caine« Willie schon verändert hatte. Er war im Gesicht schmaler geworden. Die weichen, rundlichen Linien, die sie als Wahrzeichen seines pausbäckigen Kindergesichts immer so geliebt hatte, waren verschwunden. Dafür bildeten sich langsam ihre eigenen hervorstehenden Backenknochen und ihr kräftiges Kinn in ihres Sohnes Zügen heraus. Aus seinen Augen und aus den Linien seines Mundes sprach nicht mehr die alte unbekümmerte Wesensart. Erschöpfung und eine gewisse eigensinnige Verbissenheit standen dafür in ihnen geschrieben. Auch sein Haar schien sich gelichtet zu haben. Alles dies hatte Mrs. Keith gleich im ersten Augenblick an der Landungsbrücke festgestellt. Heute aber ging die Veränderung noch viel tiefer. Eine unbehagliche und finstere Zerstreutheit hatte sich seiner bemächtigt. Seine Mutter aber konnte sich sehr wohl denken, was dahintersteckte. »Deine Freundin ist ein auffallend hübsches Mädchen«, sagte sie, das lange Schweigen unterbrechend. Dabei schenkte sie Willie Kaffee ein.

»Das ist sie wirklich.«

»Wie steht das zwischen euch beiden?«

»Ich denke, ich heirate sie vielleicht, Mutter.«

»So? Das kommt ziemlich plötzlich, meinst du nicht auch?«

»Nein, ich kenne sie schon sehr lange.«

»Wie lange?« Mrs. Keith lächelte. »Ich muß sagen, Willie, du warst bei allem reichlich geheimnisvoll mir gegenüber.«

Willie unterrichtete seine Mutter in großen Zügen über seine Beziehungen zu dem Mädchen und versuchte ihr klarzumachen, er habe nur deswegen nicht mit ihr darüber gesprochen, weil er die Geschichte bis vor kurzem selber nicht ernst genommen habe.

»Jetzt tust du das aber, wie?«

»Sieht so aus, Mutter.«

»Vermutlich hast du sie von vornherein unterschätzt, Willie. Sie ist außergewöhnlich anziehend. Woher kommt sie? Kennst du ihre Eltern?«

Willie hielt mit nichts zurück. Er flocht ein paar allgemeine Phrasen über die Gleichheit aller Amerikaner und die Pflicht, die Menschen eher nach ihrem Wert als nach ihrer Herkunft zu beurteilen, ein. Schließlich strich er auch May noch dadurch besonders heraus, daß er seiner Mutter erzählte, wie sie sich ihr Geld für das College selber verdiente, nur um seiner würdiger zu werden. Mrs. Keith nahm alle diese Eröffnungen in Ruhe auf, sie ließ Willie erst einmal alles abladen, was er auf dem Herzen hatte. Dann zündete sie sich eine Zigarette an, stand vom Tisch auf und ging ans Fenster. Sie warf einen Blick auf die Bucht hinaus. Willie hatte das merkwürdige Gefühl, als habe er diese Szene früher schon einmal erlebt. Dann erinnerte er sich, daß er als kleiner Junge immer dasselbe Gefühl gehabt hatte, wenn er seiner Mutter ein schlechtes Zeugnis beichten mußte.

»Hast du ihr einen Antrag gemacht?« – »Ja.«

»Draußen in Yosemite, nicht wahr? Ich hab' mir schon so was gedacht.«

»Sie hat den Antrag gar nicht mal richtig angenommen«, sagte Willie. Mit dieser Mitteilung wollte er Mays Persönlichkeit bei seiner Mutter in ein möglichst günstiges Licht rücken. »Sie meinte, ich sollte lieber noch ein bißchen darüber nachdenken und dir erst mal alles erzählen.«

Mrs. Keith warf ihrem Sohn über ihre Schulter einen mitleidigen Blick zu. Sie sagte: »Ich glaube, sie wird schon annehmen, Willie.«

»Das hoffe ich.«

»Willie – sag mir mal genau, welcher Art sind deine Beziehungen zu diesem Mädchen?«

»Das ist eine verdammte Frage, Mutter.«

»Damit hast du sie mir, glaube ich, schon beantwortet, Willie.«

»Komm nur nicht auf falsche Gedanken. Sie ist kein Flittchen, und ich habe nicht mit ihr zusammengelebt.«

»Davon bin ich überzeugt, sie ist sicher kein Flittchen.«

»Sie ist ein feines und anständiges Mädchen, und du mußt mir das einfach glauben, wenn ich es dir sage.«

»Willie, du bist ja fertig mit Essen, nicht wahr? Komm, setz dich mal zu mir aufs Sofa. Ich will dir eine Geschichte erzählen.«

Sie setzte sich neben ihn und nahm seine Hand in die ihre. Willie mochte das nicht, es war ihm zu vertraulich, zu mütterlich, als wäre er ein mißratenes Kind, das der Führung bedurfte. Andererseits hatte er aber auch nicht das Herz, seine Hand zurückzuziehen. »Ehe Vater mich heiratete« fing Mrs. Keith an, »während er noch studierte und sein Praktikantenjahr abmachte, hat er drei Jahre mit einer Krankenschwester zusammengelebt. Ich nehme nicht an, daß dir das bekannt ist.«

Willie erinnerte sich genau, wie sein Vater kurz auf diese Schwester angespielt hatte, als er mit ihm über May sprach. Er sagte aber nichts.

»Nun, ich habe sie persönlich niemals kennengelernt, aber ich habe ein Bild von ihr gesehen, und ich habe damals auch allerhand Erkundigungen über sie eingezogen. Sie hieß Katherine Quinlan. Sie war ein großes, hübsches Mädchen mit braunem Haar und sehr schönen Augen – ein klein bißchen Kuhaugen, wenn ich das so sagen darf, aber doch eben schön –, und sie hatte eine blendende Figur. Ich wußte über sie schon Bescheid, ehe wir heirateten. Papa hat mir damals die ganze Geschichte erzählt. Fast wäre unsere Verlobung darüber auseinandergegangen. Ich war wild eifersüchtig.« In der Erinnerung daran seufzte sie tief. »Schön. Er gab mir sein Wort, es sei alles vorbei, und ich glaubte ihm. Es war auch so. Aber auch für ihn, Willie, hatte es mal eine Zeit gegeben, da er dieses Mädchen heiraten wollte. Auch ganz natürlich. Sein Vater redete ihm das dann aber aus, einfach damit, daß er ihm erst mal über ihn selber richtig die Augen öffnete. Vater wollte nur in der besten Gesellschaft verkehren, er liebte ein bequemes und luxuriöses Leben. Zwar sprach er viel von einem spartanischen Forscherdasein, das er vorhatte, aber das war nichts weiter als ein Wunschtraum, mit dem er sich selber schmeichelte. Hätte dein Vater nun diese Krankenschwester tatsächlich geheiratet, darin hätte er sein spartanisches Leben allerdings gehabt, aber er hätte es ewig bedauert. Deshalb wartete er erst mal mit der Heirat, und dann lernte er mich kennen – gib mir mal bitte eine Zigarette. –

Jeder Mann«, fuhr sie fort, »fühlt eine gewisse Verpflichtung gegenüber einem anständigen Mädchen, mit dem er ein Verhältnis gehabt hat. Mehr noch, er gewöhnt sich an sie. Das kann gar nicht ausbleiben. Wichtig ist dabei nur, daß jedes Mädchen, das nicht völlig auf den Kopf gefallen ist, dies ganz genau weiß. Und wenn sie wirklich auf den Mann versessen ist und fühlt, sie hat Chancen bei ihm, dann riskiert sie's. Das ist die letzte Karte, die sie ausspielt.«

Willie wurde rot und wollte etwas sagen. Aber seine Mutter ließ ihn nicht zu Worte kommen. »Willie, mein Junge, alles das ist ein ganz natürlicher Vorgang, er kann gar nicht ausbleiben. Millionen Male hat sich das schon wiederholt. Und mancher ist drin hängengeblieben. Aber denke immer daran, eine Heirat darf nie auf einem Verpflichtungsgefühl aufgebaut werden oder auf dem Geschmack, den man an den äußeren Qualitäten eines Mädchens findet, oder auf ähnlichen Gesichtspunkten und Werten. Wenn du dich aus einem Gefühl der Verpflichtung heraus verheiratest, schön, dieses Gefühl geht vorüber – bis zu einem gewissen Grade wenigstens. Was bleibt dann aber noch übrig? Jetzt sage mir mal ganz offen und ehrlich – hast du wirklich das Gefühl, du liebst dieses Mädchen? Oder glaubst du nur, du hast eine Verpflichtung?«

»Beides.«

»Das heißt also, du fühlst dich ihr gegenüber verpflichtet. Du redest dir jetzt selbstverständlich ein, es wäre außerdem auch Liebe mit im Spiel. Du willst dir die Heirat damit wenigstens so schmackhaft machen wie möglich. Willie, möchtest du von dieser Coupletsängerin wirklich Kinder haben? Möchtest du diese italienischen Obsthausierer aus der Bronx – ich hege keinen Zweifel, daß sie anständige, gute Menschen sind –, aber möchtest du sie als Schwiegereltern haben, die dich in deiner Wohnung überfallen dürfen, sooft sie Lust dazu haben, da sie dann ja die Großeltern deiner Söhne und Töchter sind? Kannst du dir so etwas vorstellen?«

»Woher soll ich wissen, ob ich je etwas Besseres finde? Zum mindesten sehne ich mich nach dem Mädchen. Sie ist das einzige Mädchen, nach dem ich jemals Verlangen gespürt habe.«

»Willie, du bist erst dreiundzwanzig. Papa war dreißig, als er heiratete. In diesen sechs Jahren laufen dir noch Tausende anderer Mädels über den Weg.«

»Du reitest immer darauf herum, ich wollte sie nur heiraten, weil ich mich dazu verpflichtet fühlte. Wie darfst du dir über meine Gefühle überhaupt so ein Urteil erlauben? Ich liebe sie. Sie ist entzückend, sie hat einen anständigen Charakter, sie ist gar nicht dumm, und ich bin überzeugt, sie würde eine sehr gute Frau für mich abgeben. Und wenn sie aus primitiven Verhältnissen stammt, was will das schon besagen? Ich glaube, mein ganzes Leben würde ich nicht darüber hinwegkommen, wenn ich sie aus der Hand ließe.«

»Mein lieber Junge, ehe ich Vater heiratete, habe ich zwei Verlobungen aufgelöst. Jedesmal glaubte ich, die Welt stürze über mir zusammen.«

»Wozu brauche ich eine Frau aus guter Familie? Sollte ich jemals aus diesem vermaledeiten Krieg zurückkommen, was bin ich dann? Ein Klavierspieler!«

»Hier irrst du dich, und du weißt das selber ganz genau. Willie, du entwickelst dich mit Riesenschritten. Glaubst du wirklich, dieses Kabarettdasein würde dir dann noch immer gefallen? Hast du noch immer nicht gemerkt, daß mehr in dir steckt als das Talent, ein bißchen auf dem Klavier herumzuklimpern?«

Dieser Hieb saß. Während seiner langen Wachen auf der »Caine« war Willie tatsächlich zu der Überzeugung gekommen, daß er auf dem Klavier nicht viel mehr war als ein mittelmäßiger Dilettant. Wonach ihn verlangte, wenn der Krieg vorüber war, das war die akademische Laufbahn, und zwar an einer ruhigen und vornehmen Universität wie Princeton. Dort wollte er Literaturgeschichte lehren, vielleicht später auch wissenschaftliche Bücher schreiben, obgleich dies nur sein allergeheimster Traum war, den er sich kaum selber eingestand. Und warum nicht vielleicht sogar einen Roman oder zwei!

»Ich weiß noch nicht, was ich tun werde. Alles liegt noch so fern in der Zukunft.«

»Dafür weiß ich aber genau, was du tun wirst. Du wirst ein hervorragender Gelehrter werden. Wenn ich mal nicht mehr bin, wirst du reich sein und unabhängig. Dann wirst du mit Hochschullehrern und Philosophen verkehren – mit Conant und Hutchins. Solche Leute gehören zu dir. Und nun mal Hand aufs Herz, Willie, paßt May wirklich in diesen Rahmen? Könnte sie sich als Professorenfrau wohl fühlen? Kannst du sie dir vorstellen, wie sie Dekan Wicks den Tee einschenkt oder sich mit Dr. Conant unterhält?«

Er stand auf, ging an den Tisch und nahm die Flasche aus dem Kühler. Er war nur noch ein halbes Glas abgestandenen Champagners darin. Er schenkte es sich ein und trank.

»Willie, mein lieber Junge, ich sage dir ja nur das gleiche, was Papa dir gesagt hätte. Gott weiß, er wäre weniger grob und taktlos gewesen, aber, sei mir nicht böse, besser kann ich es nicht. Sollte ich unrecht haben mit meiner Meinung, dann höre einfach nicht auf mich.«

Mit diesen Worten stürzte sie an den Schreibtisch, holte ihr Taschentuch aus der Handtasche und wischte sich die Augen. Willie sprang auf und umarmte sie. »Mutter, ich bin dir ja nicht böse, ich weiß, du tust nur, was du für deine Pflicht hältst. Es ist nun mal eine fatale Geschichte. Irgend jemand muß eben Federn dabei lassen.«

»Solange du es nicht bist, Willie, kümmere ich mich nicht darum.«

Willie ließ sie wieder los und ging ins Schlafzimmer. Dort wanderte er zwischen dem Doppelbett und dem Frisiertisch auf und ab. Trotz seiner tiefen Gedanken entging ihm die peinliche Ordnung nicht, mit der seine Mutter ihre Pantoffeln hingestellt, ihr seidenes geblümtes Nachtgewand und die silberne Toilettengarnitur zurechtgelegt hatte, sein Geschenk zu ihrem fünfzigsten Geburtstag.

Sein Widerstand brach zusammen. Es stimmte ja, daß er May seinen Antrag aus einem Schuldgefühl heraus gemacht hatte. Es stimmte ja wirklich, daß er sie eigentlich im Verdacht hatte, sie habe sich ihm nur als letzten Trumpf im Spiel um seinen Besitz hingegeben; es stimmte ja wirklich, daß er sich ihrer Familie schämte; es stimmte ja wirklich, daß er sie sich nie und nimmer als Gefährtin für seine akademische Zukunft vorstellen konnte. Er wußte gar nicht mal so sicher, ob er sie überhaupt liebte. Jene Nacht im Tal von Yosemite hatte ihm die Klarheit seines Empfindens geraubt und hatte in seine innigen Gefühle für May den Stachel des Zweifels und des Mißtrauens gesenkt. Was war er eigentlich, ein überlisteter Tölpel oder ein leidenschaftlicher Liebhaber? Er kam immer weniger über das Gefühl hinweg, doch nur ein überlisteter Tölpel zu sein. Seine Selbstachtung fühlte sich verletzt, ihm wurde einfach übel. Er sah in den Spiegel und stellte fest, wie bleich und elend er aussah. »Du jammervoller Tropf!« sagte er leise zu seinem Spiegelbild. Dann ging er ins Wohnzimmer zurück. Seine Mutter stand noch genauso da, wie er sie verlassen hatte. »Bitte, Mutter, wir wollen nicht mehr darüber sprechen.« Er warf sich in den Sessel und hielt sich die Hand vor die Augen. »Morgen geschieht noch nichts. Bitte, laß mich erst mal eine Nacht darüber schlafen.«

»Hattest du denn nicht vorgehabt, dich in diesem Urlaub trauen zu lassen?«

»Ich weiß es nicht, Mutter, ich weiß es nicht! Feste Pläne hatten wir gar nicht. Ich sagte dir doch, sie hat meinen Antrag ja noch nicht einmal angenommen.«

»Sehr, sehr weise von ihr. O Willie, warte doch wenigstens, bis du wieder da bist! Es ist nicht fair, ein Mädchen zu binden, solange du noch wieder hinausmußt. Versprich mir, daß ihr dieses Mal noch nicht heiratet. Mehr will ich ja nicht, und glaube mir, ich bitte dich nur um deiner selbst willen.«

»Glaube ich dir, ich werde es auch wohl nicht tun. Nicht aber kann ich dir versprechen, sie ganz aufzugeben, denn das tue ich wahrscheinlich doch nicht.«

»Mehr will ich ja gar nicht, Liebling.« Sie klopfte ihm freundlich auf die Schulter, dann ging sie in ihr Schlafzimmer. Willie lag völlig erschöpft im Sessel. Auf einmal rief sie, während sie vor dem Frisiertisch saß und sich das Gesicht puderte: »Weißt du, worauf ich jetzt Lust hätte, mein Junge?«

»Na?«

»Auf einen anständigen Kognak oder zwei und dann auf einen möglichst lustigen und albernen Film. Weißt du zufällig, ob in der Stadt gerade einer läuft?«

»Tut mir leid, Mutter, aber ich bin gleich mit May verabredet.«

»Aber natürlich!« rief sie fröhlich. »Hast du denn wenigstens noch Zeit, vorher schnell einen Schnaps mit mir zu trinken?«

»Immer!«

»Wo ist May denn abgestiegen?«

»In einem kleinen Hotel ganz nahe beim St. Francis.«

»Aha. Na, vielleicht kannst du mich unterwegs vor irgendeinem Kino absetzen.«

»Aber natürlich, Mutter.«

Willie ging zum Fenster und preßte seine Stirn gegen die kühle

Scheibe. Die Aussicht bemerkte er nicht. Nie hatte er sich so leer und unbehaglich gefühlt. Sein Mund lag auf dem Fensterrahmen. Gedankenlos biß er zu und grub seine Zähne tief in das Holz. Er schmeckte den Lack und den Staub. Schließlich wischte er den Mund mit dem Taschentuch ab und starrte kläglich auf den Abdruck der Zähne im Holz.

Jaja, dachte er, andere dürfen Herzen in die Bäume schneiden. –

Am nächsten Tag brachte er May zum Flughafen. Es gab noch einen Abschiedskuß voller Leidenschaft, sonst blieb alles in der Schwebe. Über sein Gespräch mit der Mutter hatte er May etwas vorgelogen. Eigentlich waren sie jetzt halb und halb verlobt, aber von einem Ring war nicht die Rede. Alle Pläne sollten ruhen, bis der Krieg zu Ende war. May hatte sich anscheinend zufriedengegeben, zum mindesten machte sie ihm keine Vorwürfe mehr.

Stilwells Urlaub

»Alle Arbeiten an der ›Caine‹ abbrechen, die nicht zu dreißig oder mehr Prozent abgeschlossen sind. Überholungszeit auf drei Wochen verkürzt. ›Caine‹ geht nicht später als 29. Dezember nach Pearl in See.«

Willie brachte den Befehl zu Maryk in das behelfsmäßige Schiffsbüro, das in einem Schuppen in der Nähe des Trockendocks untergebracht war. Es bestand eigentlich nur aus einem Schreibtisch in der Ecke eines großen lebhaften Materialausgaberaumes. Dort verbrachten der frischgebackene Erste Offizier und Wackelbauch den größten Teil des Tages und erledigten auf einer klapperigen alten Schreibmaschine die Schiffskorrespondenz. Um sie herum stapelten sich schwankende Stöße von Meldungen, Formularen, Ordnern, Adreßbüchern und sonstigen Papieren in allen Größen und Farben.

»Das ist der Dolchstoß, so wahr mir Gott helfe«, sagte Maryk.

»Was steht denn drin?« fragte Willie. »Kein Urlaub für die zweite Gruppe?«

Wackelbauch hörte mit Tippen auf, und wenn er auch nicht aufsah, so bemerkte man doch, wie sein Gesicht beträchtlich länger wurde.

»Hoffentlich nicht! Wackelbauch, holen Sie mir mal den Kommandanten ans Telefon.«

Der Schreiber stellte die Verbindung nach Phoenix her, die Offiziere warteten nervös. »Sir«, sagte er zu Maryk und legte die Hand über die Muschel, »Mrs. Queeg ist am Apparat. Sie sagt, der Kommandant ist erst spät in der Nacht nach Hause gekommen und schläft noch. Sie fragt, ob es dringend ist.« Der Eins O sah auf die Wanduhr. Es war Viertel nach zwölf. »Sagen Sie ihr, es sei dringend.«

Der Schreiber gehorchte und gab Maryk schnell den Hörer in die Hand. Nach etwa zwei Minuten hörte Maryk Queegs heisere und ärgerliche Stimme: »Hallo? Was ist denn jetzt schon wieder los?«

Der Eins O las den Befehl langsam ins Telefon. Dann folgte eine Pause, während derer man den Kommandanten schwer atmen hören konnte. »Schön, Befehl ist Befehl. Handeln Sie entsprechend«, sagte Queeg, »benachrichtigen Sie den zuständigen Werftbeamten und so weiter. Sie wissen, was Sie zu tun haben – oder etwa nicht?«

»Jawohl, Sir.«

»Ich sehe keinen Anlaß, raufzukommen, sollten Sie aber meinen, Sie würden mit der Sache nicht fertig, dann komme ich.«

»Ich glaube schon, ich kann alles erledigen, Sir. Ich möchte Sie nur noch fragen wegen der Urlaubstage.«

»Hm. Ja, was denn nun? Ich kann Sie nicht entbehren, Steve. Tut mir leid, Sie haben eben Pech …«

»Sir, ich habe hauptsächlich an die Leute gedacht. Wie die Dinge jetzt liegen, bekommt die zweite Abteilung überhaupt keinen Urlaub.«

»Ist das etwa meine Schuld? Das ist nun mal nicht anders.«

»Ich dachte nur, Sir, wenn wir die erste Abteilung früher zurückrufen, könnten wir den anderen noch immer eine Woche geben – wenigstens den meisten von ihnen.«

»Mein Gott, wie wollen Sie das machen? Sie sind doch im ganzen Land verstreut.«

»Ich habe alle Nachsendeadressen hier. Ich werde ihnen telegrafieren.«

»Haha! Da kennen Sie unsere Seeleute schlecht. Die sagen einfach, sie hätten Ihr Telegramm nicht bekommen.«

»Sehr einfach, ich verlange telegrafische Bestätigung. Die, von denen keine Antwort kommt, rufe ich an. Wen ich telefonisch nicht erreichen kann, dem schicke ich einen eingeschriebenen Eilbrief.«

»Und wer bezahlt für all diese Telegramme, Telefong
und Eilbriefe?« fragte Queeg mürrisch. »Wir haben keinen
für ...«

»Wir haben einen Überschuß in der Unterstützungskasse, Sir.

Schweigen. Dann sagte der Kommandant: »Na schön, wenn S
sich alle die Mühe machen wollen, will ich nichts dagegen haben. Mir liegt genausoviel daran, daß die Leute ihren Urlaub kriegen, wie Ihnen. Wir dürfen aber nicht vergessen, daß es im Augenblick auch noch andere wichtige Dinge gibt, die erledigt werden müssen. Also lassen Sie meinetwegen Ihre Telegramme und Telefongespräche los. Für jeden, der zurückkommt, können Sie einen Mann auf Urlaub schicken.«

»Danke sehr, Sir. Und wie ist es mit den Offizieren?«

»Nein. Die Offiziere haben Pech. Wir werden verlängerten Urlaub für sie beantragen, wenn sie versetzt werden. Wie steht's mit den Arbeiten?«

»Was soll ich sagen, Sir, dieser Befehl bringt uns ziemlich in Druck. Wir müssen den Kahn eben so schnell wie möglich wieder zusammenschustern.«

»Haben sich die neuen Offiziere schon an Bord gemeldet?«

»Bisher zwei, Sir – Lorgensen und Ducely.«

»Aha. Setzen Sie sie sofort an die Offizierskurse. Sie sollen jeden Tag eine Aufgabe einreichen, oder sie dürfen nicht an Land gehen.«

»Aye, aye, Sir.«

»Also schön. Genieren Sie sich nicht, mich anzurufen, wenn Sie irgendwelche Zweifel haben. Kriegen wir die neuen Radargeräte noch eingebaut?«

»Jawohl, Sir. Diese Arbeit ist schon über die Hälfte fertig.«

»Sehr gut. Das war ja sowieso der Zweck der Übung. Schön. Auf Wiedersehen.«

»Auf Wiedersehen, Sir.«

Der Schreiber rannte schwerfällig raus, eine Liste des ersten Urlaubstörns und einen Bleistiftentwurf des Rückberufungstelegramms unterm Arm, den Maryk diktiert hatte. Dabei streifte er Stilwell, der, seine Mütze verlegen in den Händen drehend, an den Schreibtisch trat.

»Entschuldigen Sie, daß ich Sie störe, Mr. Maryk«, sagte der Maat mit zitternder Stimme. »Hallo, Mr. Keith.« Er zog ein zerknittertes Telegramm aus der Hosentasche und reichte es dem Eins O. Maryk runzelte die Stirn und zeigte es Willie. »Mutter schwer krank – Arzt meint lebensgefährlich – komme nach Hause. Paul.«

»Paul ist mein jüngerer Bruder«, sagte der Maat. »Glauben Sie, ich könnte Sonderurlaub bekommen, Mr. Maryk?«

»Ihr Fall ist nicht so ganz einfach, Stilwell. – Willie, wie macht man das mit Sonderurlaub?«

»Weiß ich nicht. Ist noch nicht vorgekommen, seit ich Fürsorgeoffizier bin.«

»Wackelbauch weiß das, Mr. Maryk«, warf Stilwell ein.

»De Lauche, der hat Sonderurlaub bekommen, als wir bei Guadal lagen. Sein Vater starb ...«

»Willie, ruf mal den Werftgeistlichen an. Frag ihn, wie man das macht.«

Der Pfarrer war nicht im Büro. Sein Schreiber sagte Willie aber, es sei üblich, sich von dem Heimatgeistlichen oder vom örtlichen Roten Kreuz eine Bestätigung geben zu lassen, daß es sich um eine ernsthafte Erkrankung handele.

»Wie können wir Ihren Pfarrer erreichen, Stilwell, wissen Sie seine Adresse?« fragte Maryk.

»Ich gehör' zu keiner Kirche nicht, Sir.«

»Also dann das Rote Kreuz. Willie, schick ein Telegramm.«

»Sir, ich lebe an einem ganz kleinen Ort«, unterbrach ihn der Maat. »Ich erinnere mich nicht, ein Büro vom Roten Kreuz ...«

Willie sah Stilwell scharf und prüfend an und meinte: »Das Rote Kreuz wird den Fall schon klären, Stilwell, machen Sie sich deshalb keine Sorge.«

»Bis dahin ist meine Mutter vielleicht schon tot. Sir, Sie haben doch das Telegramm meines Bruders. Was brauchen Sie noch mehr?«

Willie sagte: »Stilwell, gehen Sie mal einen Augenblick beiseite. Ich möchte mit dem Eins O alleine sprechen.«

»Jawohl, Sir.« Der Matrose zog sich auf die andere Seite des Raumes zurück und lehnte sich gegen die Wand, Daumen in den Hosentaschen, Mütze rückwärts auf dem Kopf. Sein Gesicht war düster und verzweifelt.

»Natürlich hat Stilwell sich das Telegramm bei seinem Bruder bestellt«, sagte Willie zum Eins O. »Seiner Mutter fehlt bestimmt nichts. Er ist aber unruhig wegen seiner Frau – sie ist anscheinend so eine, um die man sich beunruhigen kann. Ich bin sowieso überrascht, daß er nicht schon vor einer Woche auf und davon ist.«

Maryk rieb sich langsam mit der Hand am Kopf. »Ich weiß Bescheid mit Stilwells Frau. Was soll man da tun?«

»Lassen Sie ihn loslaufen, Sir. Er wohnt in Idaho. Mit dem Flugzeug ist er in ein paar Stunden zu Hause. Geben Sie ihm einen Urlaubsschein für zweiundsiebzig Stunden. Der Alte merkt das wahrscheinlich überhaupt nicht. Wenn doch, dann haben wir das Telegramm als Beleg.«

»Wenn der Alte das rauskriegt, nützt uns auch das Telegramm nicht viel, Willie.«

»Sir, Stilwell ist immerhin ein Mensch. Er hat nichts verbrochen, daß er verdiente, wie ein Stück Vieh an die Kette gelegt zu werden.«

»Ich habe die Pflicht, nach den Befehlen und Wünschen des Kommandanten zu handeln. Ich weiß sehr genau, was seine Wünsche in diesem Fall wären. Verdammt noch mal, selbst wenn seine Mutter wirklich im Sterben läge, würde Queeg ihn deshalb wahrscheinlich noch immer nicht fahren lassen.«

»Sie sind aber nicht Queeg, Sir.«

Maryk biß sich auf die Lippen. »So fängt's an, Willie. Stilwell fahren zu lassen, ist glatter Ungehorsam. Gorton hätte das nicht getan. Wenn ich verkehrt anfange, ende ich auch verkehrt.«

Willie zuckte die Schultern. »Ich bitte um Entschuldigung, Sir, daß ich Ihnen dauernd widerspreche.«

»Quatsch, das nehme ich Ihnen gar nicht übel. Ich würde das genauso machen, wenn irgendein anderer der Eins O wäre. Rufen Sie Stilwell zurück.«

Der Geschützführer reagierte auf Willies Wink, er kam gleichgültig zum Pult zurückgeschlendert. »Stilwell«, sagte der Eins O und nahm den Hörer in die Hand, »ich werde den Kommandanten in Ihrer Sache anrufen.«

»Sparen Sie sich die Mühe, Sir«, sagte Stilwell in einem Ton, aus dem der Haß klang.

»Soll ich vielleicht in dienstlichen Angelegenheiten gegen die ausdrücklichen Wünsche des Kommandanten handeln?« Der Maat antwortete nicht.

Maryk sah ihn lange mit gequälter Miene an. »Wie lange würden Sie brauchen, um von hier nach Hause zu kommen?«

Stilwell holte Luft und stammelte: »Fünf Stunden, Sir, allerhöchstens, mit dem Flugzeug und dem Autobus ...«

»Würde Ihnen mit drei Tagen geholfen sein?«

»Mein Gott, Sir, ich würde Ihnen die Füße küssen.«

»Lassen Sie den Quatsch. Wollen Sie mir Ihr Wort geben, daß Sie nach drei Tagen wieder zurück sind?«

»Ich schwöre es Ihnen, Sir, ich schwöre, daß ich ...«

Maryk wandte sich zum Fähnrich. »In dem gelben Aktendeckel da hinten auf dem Postbuch liegen Urlaubsscheine. Warten wir nicht erst auf Wackelbauch. Wie wär's, wenn Sie ihm eben selbst einen für drei Tage ausschrieben. Dann unterschreibe ich, und er kann abhauen. Je eher, desto besser.«

Willie begann fieberhaft zu klappern. In drei Minuten legte er Maryk die Papiere vor. Stilwell war völlig verdutzt. Der Eins O unterschrieb. »Machen Sie sich klar, Stilwell«, sagte er, »was für mich davon abhängt, daß Sie pünktlich zurückkommen?«

»Jawohl, Sir. Ich will tot umfallen, wenn ich nicht zurückkomme, Sir.«

»Los, raus!«

Die Offiziere guckten dem Maat nach, als er zur Tür hinaussauste. Maryk wiegte bedenklich den Kopf, dann nahm er das Arbeitsdiagramm zur Hand. Willie meinte: »So ein Eins O hat doch allerhand Macht, Gutes zu tun. Ich glaube, das ist das Beste an seiner Stellung.«

»Die Pflichten des Eins O bestehen darin«, sagte Maryk und zeichnete mit dem Rotstift eine Reihe Quadrate in den Plan ein, »daß er genauso handelt, wie es der Kommandant von ihm erwartet. Anders kann man ein Schiff nicht führen. Kommen Sie mir nicht mit noch mehr solchen Anträgen, Willie. Noch mal lasse ich mich nicht einseifen.«

Unglücklicherweise kam Stilwell nicht nach Ablauf der drei Tage auf die »Caine« zurück, wohl aber der Kommandant. Diese beiden unerfreulichen Tatsachen erfuhr Willie um 6 Uhr 30 morgens im Hotelappartement seiner Mutter, wo er die Nacht geschlafen hatte, durch das Telefon. Wackelbauch rief ihn an, er entschuldigte sich wegen der Störung. Der Kommandant sei aber zurückgekommen und habe für 8 Uhr eine Musterung befohlen.

»In Ordnung, ich bin da«, sagte Willie verschlafen. Dann setzte er hinzu: »Augenblick noch, ist Stilwell schon zurück?«

»Nein, Sir.«

»Gott im Himmel!«

Als er in der Werft ankam, war die zusammengeschrumpfte Mannschaft der »Caine« in ordentlicher Linie an der Kante des Trockendocks bereits angetreten. Er stellte sich zu den Offizieren, gähnte und wünschte nur, er hätte wenigstens noch Zeit zum Frühstücken gehabt. Vom dichtbewölkten grauen Himmel klatschten einzelne Tropfen hernieder. Maryk kam mit dem Kommandanten die Gangplanke herauf. Die Leute taten so, als ob sie Haltung annähmen. Queeg, frisch rasiert und mit einem neuen blauen Regenmantel bekleidet, sah aus wie geleckt, aber seine Augen waren blutunterlaufen, sein Gesicht war aufgedunsen und fahl.

»Ich werde euch nicht lange festhalten«, sagte er. Damit blickte er im Kreise der Mannschaften umher und versuchte das Getöse der Niethämmer und das Rasseln der Krane zu übertönen. »Unser schöner kalifornischer Sonnenschein ist heute morgen ein bißchen wässerig ausgefallen. Ihr sollt nur wissen, daß ich mir die größte Mühe gebe, damit jeder von euch trotz der verkürzten Überholungszeit wenigstens ein paar Tage Urlaub bekommt. Das ist eben mal wieder einer von den berühmten Fällen. Bekanntlich sind wir im Krieg und wir können nicht alles so haben, wie wir uns das wünschen. Ich möchte einen jeden von euch so scharf wie möglich verwarnen, etwa selbständig zu verschwinden. Vergeßt nicht, Urlaub ist kein Recht, sondern eine Vergünstigung, und wenn die Marine von euch verlangt, daß ihr von 365 Tagen im Jahr 365 Tage Dienst macht und im Schaltjahr noch einen Tag dazu, nun, dann könnt ihr eben nichts dagegen machen, und niemand ist euch Rechenschaft darüber schuldig. Wie ich schon sagte, ich sehe, was ich tun kann, aber daß sich mir keiner von euch hier französisch empfiehlt, verstanden? Die Marine findet euch, und wenn ihr euch in einem Bergwerksschacht versteckt, und man schickt euch auf die ›Caine‹ zurück, selbst wenn das Schiff im Indischen Ozean herumkreuzen sollte. Ich hoffe also, daß ihr euch alle in San Franzisko gut amüsiert und – gut, Mr. Maryk, wir wollen die Leute wegtreten lassen, ehe wir alle patschnaß werden.«

Willie beobachtete Queegs Gesicht, ob er irgendein Zeichen von Erstaunen oder Mißfallen über Stilwells Abwesenheit auf ihm entdecken könne. Aber der Kommandant behielt seinen gutgelaunten Ausdruck bei. Die Mannschaft trottete zu ihren Unterkünften zurück, die Offiziere folgten dem Kommandanten und dem Eins O zu einer Besprechung ins Offizierskasino. Auf einmal sah Willie Stilwell, noch außer Sicht des Kommandanten, aus einer Seitenstraße auftauchen. Er sprang in langen Sätzen die Gangplanke hinunter, um sich beim Wachoffizier zu melden. Der Fähnrich atmete erleichtert auf. Er wollte Maryk die gute Nachricht zuflüstern, aber der Eins O sprach gerade mit Queeg.

Die Offiziere standen in einer Ecke der Halle im Kasino um eine Couch herum und tranken Coca-Cola. Queeg verkündete die neue Ressorteinteilung. Keefer bekam die Artillerie, Willie wurde Nachrichtenoffizier.

Jetzt konnte Willie zum erstenmal den neuen Zuwachs zum Offizierskorps in Augenschein nehmen. Fähnrich Jorgensen war ein großer, schwerer Kerl mit blondgelocktem Haar und einer scharfen Brille vor den kurzsichtigen Augen. Er hatte ständig ein verlegenes Lächeln auf dem Gesicht, als ob er sich für etwas entschuldigen wollte. Sein Kreuz war auffällig durchgebogen, er hielt sich wie ein Fragezeichen. Fähnrich Ducely war schmächtig. Er hatte ein Milchgesicht, mädchenhafte Züge und lange schlanke Hände. Willie glaubte festzustellen, daß sich die physischen Anforderungen seit seinen Furnald-Tagen gemildert haben mußten. Fähnrich Jorgensens hohles Kreuz war eine Katastrophe im Vergleich zu dem seinigen. Trotzdem war er jetzt da mit seinen glänzenden Goldstreifen.

»Übrigens«, fragte Queeg den Ersten Offizier plötzlich, »habe ich eigentlich unseren Freund Stilwell beim Appell gesehen? Es kommt mir vor, als hätte ich ihn nicht gesehen.«

»Sir …«, fing Maryk an, aber Willie fiel ihm schnell ins Wort: »Stilwell ist da, Sir.«

»Sind Sie sicher?« fragte der Kommandant trocken. »Woher wollen Sie wissen, daß er nicht geflitzt ist?«

Mehr zu Maryk als zum Kommandanten gerichtet, antwortete Willie: »Natürlich ist er da, ich habe ihn ja nach dem Appell noch auf der Gangplanke gesehen.«

»Aha.« Der Kommandant schien überzeugt zu sein. Er stand von der Couch auf und brummte: »Immerhin hat er keinen Anlaß, zur Musterung zu spät zu kommen, wie, Mr. Maryk? Stellen Sie ihn zum Rapport!«

Willie glaubte, er habe die Situation gerettet. Er wurde leichenblaß, als Maryk plötzlich sagte: »Sir, ich habe Stilwell drei Tage Urlaub gegeben.«

Queeg sank vor Erstaunen auf die Couch zurück. »Was? Und warum, wenn ich bitten darf, Herr?«

»Er bekam ein Telegramm, seine Mutter liege im Sterben.«

»Haben Sie nicht daran gedacht, mich anzurufen und um Erlaubnis zu bitten?«

»Jawohl, Sir.«

»Nun, und warum haben Sie das nicht getan? Haben Sie sich das Telegramm vom Roten Kreuz bestätigen lassen?«

»Nein, Sir.«

»Und warum nicht?«

Fassungslos glotzte Maryk den Kommandanten an.

»So. Machen wir erst mal weiter mit den Schiffsangelegenheiten, Mr. Maryk. Wo ist das Arbeitsdiagramm?«

»In meiner Kammer, Sir.«

Willie zitterte für Maryk und sich selbst.

In der Kammer des Eins O brüllte Queeg los: »Verflucht noch mal, Steve, was ist das für ein dämlicher Schwindel mit Stilwell?«

»Ich dachte, Sir, in außergewöhnlichen …«

»Außergewöhnlich, Blödsinn! Schreiben Sie sofort ans Rote Kreuz und stellen Sie fest, ob seine Mutter gestorben ist oder ob sie überhaupt krank war oder was überhaupt der wahre Tatbestand ist. All die Schwierigkeiten mit dem Kommando der Hilfsdienste verdanke ich nur diesem Schleicher. Erinnern Sie sich noch, wie wir die Schlepptrosse durchgeschnitten haben? Damit hat's angefangen ...«

Maryk horchte auf. Zum ersten Male gab der Kommandant zu, daß die Schlepptrosse überhaupt durchschnitten worden war.

»... und Stilwell war daran schuld. Stellen Sie sich einen Rudergänger vor, der seinen Kommandanten nicht darauf aufmerksam macht, wenn so etwas droht! Ich weiß natürlich ganz genau, warum er den Mund nicht aufgemacht hat. Am Morgen hatte ich ihn angeschnauzt, weil er so unverschämt war, das Ruder so zu legen, wie es ihm paßte, und dann hat er es natürlich in ganz raffinierter Weise darauf angelegt, mich reinschlittern zu lassen. Schön. Ich kenne diese Sorte. Diese rachsüchtigen Stänker mit ihrem Groll sind für mich ein gefundenes Fressen. Ich habe mir diese Giftspritze sowieso schon längst aufs Korn genommen, den Kerl bringe ich zur Strecke, worauf Sie sich verlassen können. Sie schreiben mir noch heute morgen ans Rote Kreuz, haben Sie mich verstanden?«

»Aye, aye, Sir.«

»Jetzt lassen Sie mich Ihren Plan sehen.«

Eine Viertelstunde sprachen sie über den Stand der Reparaturarbeiten. Queeg war nicht sehr interessiert. Er hakte die einzelnen Punkte ab und stellte über jeden ein oder zwei unwichtige Fragen. Dann stand er auf und zog sich seinen Regenmantel an. »Steve, diese Geschichte wollen wir mal gleich klarstellen«, sagte er wie beiläufig, als er sich den Gürtel umschnallte. »Ich schätze Ihre Ausflüchte und die schlappe Art, wie Sie die Angelegenheit behandelt haben, nicht ein bißchen. Ich verlange von Ihnen eine klare Äußerung, ob Sie sich jetzt zusammenreißen und spuren wollen.« Er sah zur Seite. Das Gesicht des Eins O war jämmerlich verzerrt. »Es ist mir ganz klar, daß Sie für Stilwell Partei nehmen. Schön und gut. Aber ich mache Sie darauf aufmerksam, daß Sie mein Erster Offizier sind. Ich weiß verdammt genau, daß das ganze Schiff gegen mich ist. Damit werde ich fertig. Und wenn auch Sie gegen mich sind, verlassen Sie sich darauf, damit werde ich auch noch fertig. Die Konduiten werden ja bald fällig. Sie täten besser, sich genau zu überlegen, auf wessen Seite Sie stehen.«

»Sir, ich weiß, daß es unrecht von mir war, Sie wegen Stilwell nicht anzurufen«, sagte der Eins O langsam. Er rieb sich die feuchten Handflächen und schaute auf sie nieder. »Ich bin nicht gegen Sie, Sir. Ich habe einen schweren Fehler gemacht. In Zukunft wird mir das nicht noch einmal passieren!«

»Ist das ein Versprechen unter Ehrenmännern, Steve, oder wollen Sie mir nur Honig um den Mund schmieren?«

»Ich weiß gar nicht, wie man das macht, Sir. Was meine Konduite betrifft, so wären Sie berechtigt, mir wegen der Geschichte mit Stilwell ein ›Ungenügend‹ in Dienstauffassung zu geben. Aber dieses ist das erste und letzte Mal.«

Queeg streckte dem Eins O die Hand hin. Dieser sprang von seiner Koje auf und ergriff sie. »Ich nehme Ihre Erklärung an und bin bereit, den Vorfall zu vergessen«, sagte Queeg. »Ich halte Sie für einen ausgezeichneten Offizier, bei weitem für den besten vom ganzen Schiff, und ich schätze mich glücklich, Sie bei mir zu haben. Die anderen haben ganz guten Willen, sind auch durchaus nicht dumm, aber es ist nicht ein einziger Seemann unter ihnen, und die beiden Neuen sehen auch nicht grade aus wie Haupttreffer.«

»Ich glaube, Sir, wir haben aber recht gute Offiziere ...«

»Natürlich, das habe ich ja gesagt. Für einen Haufen Kriegsfreiwillige sind sie fein. Aber Sie und ich müssen das Schiff führen. Nun bin ich mir völlig klar darüber, daß mit mir nicht gerade sehr leicht umzugehen ist, auch ich bin nicht immer der Allergeschickteste. Vermutlich habe ich mir eine Menge Dinge geleistet, die Ihnen merkwürdig vorgekommen sind, und das wird wahrscheinlich lustig so weitergehen. Ich kenne nur eine einzige Methode, dieses Schiff zu führen, Steve, und wenn die Welt untergeht, so und nicht anders wird das Schiff geführt. Und Sie sind mein Eins O, und deshalb sitzen Sie zwischendrin. Ich kenne das ganz genau. Ich war drei Monate lang Eins O beim übelsten Schweinehund in der Marine, und während dieser Zeit habe ich meine Pflicht getan und war der zweitübelste Schweinehund. Das ist nun mal nicht anders.«

»Jawohl, Sir.«

Mit einem freundlichen Lächeln schloß Queeg: »So, ich gehe jetzt.«

»Ich begleite Sie nach unten, Sir!«

»Oh, danke schön, Steve, sehr nett von Ihnen.«

Während der Tage, die jetzt folgten, wurde die »Caine« in aller

Eile von den Werftarbeitern wieder zusammengebaut. Keiner ihrer Einzelteile war von dem Auseinandernehmen irgendwie besser geworden. Die allgemeine Hoffnung war – wie bei der Uhr, die das Kind auseinandergeschraubt hat – nicht so sehr, sie möchte jetzt bessergehen als bisher, sondern eher, sie möchte überhaupt wieder anfangen zu ticken wie vorher. Einige der schlimmsten Schäden im Maschinenraum waren ausgebessert worden, und das Schiff hatte außerdem eine neue Radaranlage bekommen. Hiervon abgesehen aber war es dieselbe alte verkommene »Caine«. Kein Mensch konnte sagen, warum die Werftliegezeit auf die Hälfte verkürzt worden war, nur Keefer hatte wie immer auch zu diesem Punkt seine Theorie bereit. »Irgend jemand hat sich dann ausgerechnet, daß der Eimer doch nicht länger mehr zusammenhält als für ein Landungsunternehmen, und deshalb haben sie ihn für diesen letzten Stoßseufzer gerade noch mal zusammengekleistert.«

Am 13. Dezember dampfte die »Caine« bei Sonnenuntergang durch das Golden Gate. Etwa vierundzwanzig Leute fehlten. Sie hatten ein Verfahren wegen Desertion der weiteren Fahrt unter Queeg vorgezogen. Willie Keith stand auf der Brücke. Als die letzten Hügel am Bug vorbeiglitten und das Schiff in die purpurne See hinausdampfte, war er sehr niedergeschlagen. Er wußte, es war eine lange, lange Trennung von May, die jetzt begann. Hunderttausende von Meilen, zahlreiche Schlachten würden sie hinter sich zu bringen haben, ehe das Schiff mit umgekehrtem Bug in diese Gewässer zurückkehren durfte. Die Sonne, die gerade vor ihnen stand, sank hinter schwere dunkle und zerrissene Wolkenbänke. Sie sandte gewaltige rote Lichtbalken im Kreise um sich her, die den westlichen Himmel wie mit einem Fächer überzogen. Die Ähnlichkeit des Bildes mit der Flagge Japans war höchst unbehaglich.

Aber in der Messe hatte Willie ein ausgezeichnetes Steakdinner, und in der Nacht war er wachfrei. Am meisten freute ihn aber, daß er fortab in einer Kammer schlafen durfte statt im Deckshäuschen. Er hatte Carmodys Koje geerbt, und Paynter war sein neuer Kammergenosse geworden. Mit feinstem Verständnis für Luxus und Wohlleben kletterte Willie in die obere Koje und kroch unter die frischen groben Marinelaken. Er lag nur wenige Zoll unter den Eisenplatten des Oberdecks und hatte nicht mehr Bewegungsfreiheit als unter einem Sargdeckel. Gegen seinen Magen ragte ein kantiges Wasserrohrventil. Die Kammer war nicht einmal so geräumig wie ein Wandschrank in seinem elterlichen Hause in Manhasset. Aber spielte das alles überhaupt eine Rolle? Der Weg vom Deckshäuschen bis zu dieser Koje war doch ein gewaltiger Sprung vorwärts in seiner Welt. Willie schloß die Augen und lauschte mit Lust dem Summen der Ventilatoren. In seinen Knochen spürte er das Vibrieren der Hauptmaschinen, das sich durch die Federn seiner Koje auf ihn übertrug. Das Schiff lebte doch wieder! Er fühlte sich warm, geborgen und zu Hause. Bald duselte er ein und verfiel in köstlichen Schlaf.

5

DIE MEUTEREI

Die Zone des Gehorsams

In den kriegsgeschichtlichen Darstellungen der jüngsten Zeit wird man vermutlich lesen, daß der Zweite Weltkrieg zu Beginn des Jahres 1944 bereits entschieden war. Und das ist richtig. Die großen Entscheidungen von Guadalcanar, El Alamein, Midway und Stalingrad gehörten zu diesem Zeitpunkt schon der Vergangenheit an. Italien hatte kapituliert; die gefährlichen Deutschen wichen endlich zurück; die allzudünn über ihr geschwollenes Reich verteilte kärgliche Macht der Japaner hatte Risse bekommen; das industrielle Potential der Alliierten war voll entwickelt, dasjenige ihrer Feinde nahm ab. Kurz: Das Gesamtbild war erfreulich.

Der Krieg aber, den Fähnrich Keith aus seiner Froschperspektive sah, unterschied sich damals wesentlich von den späteren Vorstellungen der Nachkriegshistoriker.

Als er am Silvesterabend um Mitternacht im dunklen, kalten Ruderhaus der »Caine« stand und das Schiff mit seiner bejahrten Schnauze durch die aufgeregte See gen Westen pflügte, beurteilte er die Weltlage äußerst düster.

Zunächst glaubte er zu erkennen, daß es sehr töricht von ihm gewesen war, anstatt zur Armee zur Marine zu gehen. In Europa war es Rußland, das den Alliierten die Dreckarbeit abgenommen hatte. Zum Unterschied vom letzten Krieg gehörte ein weiser Mann in die Infanterie, die untätig in England herumlungerte. Die Esel dagegen, die geglaubt hatten, sich in die Marine verdrücken zu müssen, wurden jetzt auf stürmischen Wellen herumgeworfen mit dem Ziel, das furchtbare Bollwerk der japanischen Inseln im mittleren Pazifik anzugreifen. Das Schicksal, das seiner harrte, bestand aus Koralleninseln mit zerfetzten Palmen, aus todspeienden Küstenbatterien, aus dröhnenden Schiffsgeschützen und – darüber gab er sich keinem Zweifel hin – aus Hunderten von Minen. Am Ende aber lauerte womöglich der Meeresboden. Seine Kameraden in der Armee dagegen durften inzwischen die Kathedrale von Canterbury oder Shakespeares Geburtshaus besichtigen, Arm in Arm mit hübschen kleinen Engländerinnen, deren Willfährigkeit den Amerikanern gegenüber sich in der ganzen Welt schon herumgesprochen hatte.

Willie war überzeugt, der Krieg gegen Japan drohe sich zum langwierigsten und vernichtendsten in der Geschichte des Menschengeschlechts auszuwachsen. Vor dem Jahre 1955 oder gar 1960 werde er kaum zu Ende gehen, und wenn, dann nur mit Hilfe von Rußland. Zehn Jahre würden bis dahin über dem Zusammenbruch Deutschlands vergangen sein. Wie konnte man überhaupt daran denken, die Japaner jemals von ihren berühmten »unversenkbaren Flugzeugträgern«, dieser mächtigen Inselkette, zu vertreiben, wimmelte sie doch nur so von Flugzeugen, mit denen der Feind jede beliebige Flotte bereits im Anmarsch vernichten konnte. Jedes Jahr mußte es solch eine verlustreiche Schlacht wie bei Tarawa geben. Er zweifelte nicht, daß er sich bereits zu der nächsten auf dem Wege befand. Auf diese Weise mochte sich der Krieg hinziehen, bis er ein glatzköpfiger Vierziger geworden war.

Die Siege bei Guadalcanar, Stalingrad oder Midway imponierten Willie nicht so wie den Historikern. Die Nachrichten, die in seinem Gehirn herumwirbelten, hinterließen bei ihm nur den unklaren Eindruck, daß seine Seite sich zwar ein wenig im Vorteil befand, hieraus aber nur langsam und quälend ihren Nutzen zog. Als Junge hatte er sich oft gefragt, wie es sich wohl in den aufregenden Tagen von Gettysburg und Waterloo gelebt haben mochte. Jetzt wußte er es. Daß er es wußte, wußte er aber nicht. Denn dieser Krieg beeindruckte ihn anders, als er sich die früheren vorgestellt hatte, er erschien ihm weitläufiger, zielloser, prosaischer.

Die Schlachten, die ihm bevorstanden, würden sicher nicht unbedeutender sein als die großen Schlachten der bisherigen Geschichte. Waren sie aber, aus der Nähe betrachtet, etwas anderes als grauenhafte Blutbäder voll verwickelter, zermürbender Betriebsamkeit? Erst in späteren Jahren, beim Studium der Bücher, in denen die Ereignisse geschildert wurden, deren Zeuge er war, würde er vielleicht einmal daran denken dürfen, diese Schlachterei als wirkliche »Schlachten« zu erkennen. Erst wenn das Feuer seiner Jugend verglüht war, würde er sich nachträglich an einer künstlich wieder angefachten Glut der Erinnerung wärmen und zu dem Bewußtsein kommen dürfen, daß auch er, Willie Keith, wie weiland Heinrich V. am St.-Crispins-Tag gefochten hatte.

Zwei Tage schaukelte die »Caine« durch nebliges, kaltes und regnerisches Wetter. Die Mahlzeiten bestanden aus den unvermeidlichen feuchten Butterbroten, die man an eine Deckstütze gelehnt verzehrte; im Rollen und Stampfen des Schiffes gab es nur unruhigen Schlaf. Nach den goldenen Tagen an Land kam dieses unvermittelte Elend Offizieren wie Mannschaften hoffnungsloser vor als alles, was sie bisher erlebt hatten, die ganze Besatzung fühlte sich für alle Ewigkeit in eine schwimmende nasse Hülle verdammt.

Am dritten Tag erreichten sie die sonnige blaue Südsee. Naßkalte Peajacketts, Sweater und Windjacken verschwanden. Die Offiziere in ihren zerknüllten Khakis und die Mannschaften in ihren Arbeitsanzügen kamen einander plötzlich wieder vertraut vor. Die Zurrings wurden abgenommen. Es gab wieder warmes Frühstück. Düsteres Schweigen wich fröhlichem Lachen und prahlerischen Erzählungen über Urlaubserlebnisse. In gewisser Weise unterstützte die Knappheit an Mannschaften den Prozeß der Wiedergenesung. Die Leute, die das Kriegsgericht weiteren Abenteuern unter Commander Queeg vorgezogen hatten, waren hauptsächlich die Verschlagenen, die Unzufriedenen oder die leicht Entmutigten unter der Mannschaft gewesen. Die anderen Matrosen dagegen, die zur »Caine« zurückgekehrt waren, hatten eine fröhliche Gemütsart. Diese Jungen waren bereit, gute Miene zum bösen Spiel zu machen, sie hatten das alte Schiff gerne, so herzhaft und grauenvoll sie es auch verfluchen mochten.

An diesem Tage machte Willie auf seiner Lebensbahn einen gewaltigen Satz vorwärts. Er hatte die Mittagswache. Keefer blieb bei ihm, um verhängnisvolle Fehler zu verhindern, und Commander Queeg selber lag die ganzen vier Stunden in seinem Stuhl hingegossen, schlief oder blinzelte behaglich in den Sonnenschein. Willie ging seine Wache fehlerlos. Es handelte sich nur um die einfache Aufgabe, in der U-Boot-Sicherung Position zu halten, während der Geleitzug seine Zickzackkurse fuhr. Wie verzagt ihm innerlich auch zumute sein mochte, nach außen hin trug er ein forsches Benehmen zur Schau und führte entschlossen seine Manöver aus. Als die Wache vorüber war, schrieb er mit seinem Bleistift in das Logbuch:

12–16 Kurs und Fahrt wie vor
Willie Seward Keith, Fähnrich USNR

Für manche Wache im Hafen hatte er das Logbuch schon unterschrieben, dies aber war eine andere Angelegenheit. Er setzte einen besonders eindrucksvollen Schnörkel unter seinen Namenszug, und es durchschauerte ihn dabei, als wäre es ein historisches Dokument, das er hier zeichnete.

Durchdrungen von einem Gefühl stiller Begeisterung, stieg er den Niedergang zur Messe hinab und machte sich fröhlich über einen Stoß unentschlüsselter Funksprüche. Er wich erst, als Rasselas, der neue Messesteward, ein dicklicher Negerjunge mit einem weichen Gesicht und riesigen braunen Augen, seinen Arm berührte und um Erlaubnis bat, den Tisch für das Abendessen decken zu dürfen. Willie packte seine Funksprüche fort, goß sich eine Tasse Kaffee ein, setzte sich bequem auf das Messesofa und schlürfte ihn. Aus dem Radioapparat kam ein Streichquartett von Haydn, die Funkbude hatte es noch nicht bemerkt und abgestellt. Rasselas legte ein frisches weißes Tischtuch auf und verteilte die silbernen Bestecke. Aus der Pantry, in der Whittaker jetzt in der neuen Uniform eines Oberstewards das Zepter schwang, kam der Duft von Roastbeef. Willie seufzte behaglich und drückte sich tiefer in die Ecke des sanft schaukelnden Sofas. Seine Augen wanderten durch den Messeraum, der in frischer hellgrüner Farbe prangte. Man hatte die braunen Lederbezüge erneuert, das Messing geputzt, die Stühle neu und glänzend aufpoliert. Schließlich, so versicherte er sich, gab es doch sehr viel weniger angenehme Orte auf dieser Welt als die Messe der »Caine«.

Langsam kamen die anderen Offiziere hereingeschlendert. Sie waren frisch rasiert, trugen saubere Uniformen, strahlten in bester Laune und hatten Hunger. Die ältesten Themen mußten wieder herhalten, Willie erschienen sie noch immer lustig und voller Witz. Hardings schöpferische Leistungen als Erzeuger, Keefers Romanschreiberei, »Paynters Gift«, wie man das faulige Trinkwasser der »Caine« nannte, Maryks Neuseeländer Warzenschwein, nichts blieb verschont. Die letzte und neueste Figur aber war Willie Keith in der Rolle des Don Juan. Während der Überholung hatten Offiziere und Mannschaften des Schiffes einen flüchtigen Blick auf May Wynn erhascht, und ihre betörende Schönheit war zur Legende geworden. Im Verein mit den hübschen Schwestern, die Willie in Pearl Harbor besucht hatten, verschaffte Mays strahlende Erscheinung dem Fähnrich das Ansehen eines geheimnisvollen Beherrschers der Frauen. Die Offiziere hatten ein herrliches neues Opfer für ihre Hänseleien gefunden, und wo das Liebesleben im Spiel war, konnte sich jeder als Komiker betätigen: Ein Grunzen im rechten Augenblick wurde zum sprühenden Witz. Willie für sein Teil amüsierte sich prächtig. Er protestierte, stritt alles ab, er spielte den Verständnislosen und hielt den Scherz damit lebendig, nachdem ihn die anderen schon längst hatten fallenlassen wollen. Als er sich zu Tisch setzte, war er in allerbester Stimmung. Mit den übrigen Offizieren fühlte er sich herzlich verbunden, um so mehr, als in Jorgensen und Ducely zwei schüchterne Neulinge hinzugekommen waren. Jetzt sah er ein, wie grün, wie vorlaut er vor fünf Monaten solchen Offizieren wie Gorton, Adams und Carmody, erschienen sein mußte. Als er gerade einen Löffel Erbsensuppe zum Mund führen wollte, glitt das Schiff über einen hohen Wellenberg und stampfte heftig. Er bemerkte die automatische, auf langer Praxis beruhende Gegenbewegung seines Armes, mit der er die Stampfbewegung abfing und verhinderte, daß auch nur ein einziger Tropfen danebenging. Er lachte leise und glücklich in sich hinein, dann schlürfte er den Löffel aus. Als Ducely, der schwächlich aussehende Fähnrich, die Messe gerade verlassen wollte, sagte er zu ihm: »Kommen Sie mit zu einem kleinen Spaziergang auf der Back, ja? Ich muß endlich mal anfangen, mit Ihnen über den Nachrichtendienst zu sprechen.«

»Jawohl, Sir«, antwortete seine neue Hilfskraft mickerig.

Sie traten durch die Tür zur Back in die kühle purpurne Dämmerung hinaus. Nur noch fern im Westen glänzte ein schmaler goldener Streifen auf und verblich. Willie stellte ein Bein auf die Steuerbordklüse und stützte sich mit beiden Händen auf die Reling. Der salzige Wind erfrischte ihn. »Nun, Ducely«, begann er, »haben Sie sich schon etwas auf der ›Caine‹ eingelebt?«

»Soweit das überhaupt jemals möglich sein wird. Ein fürchterliches Schicksal, meinen Sie nicht auch?«

Willie sah den Fähnrich an. »Mag wohl sein. Aber jedes Schiff hat seine guten und seine weniger guten Seiten.«

»Aber selbstverständlich. Viel Arbeit gibt's vermutlich nicht auf diesem alten Klapperkasten, und das ist schon mal etwas. Und dann möchte ich annehmen, wir treiben uns wohl die meiste Zeit in den Werften herum und werden zusammengeflickt, und auch das paßt mir gut. Wenn das Schiff nur nicht so eng und so schmutzig wäre. Dieser Messeraum ist ein schöner Schweinestall.«

»Nun ja, Sie werden sich schon daran gewöhnen, Ducely. Im Deckshäuschen gefällt's Ihnen wahrscheinlich auch nicht besonders, wie?«

»Ekelhaft. Die erste Nacht wäre ich beinahe verreckt da drin. Allein schon diese Schornsteingase!«

»Fürchterlich, nicht?« sagte Willie. Er freute sich diebisch.

»Grauenhaft!«

»Richtig. Aber nach ein paar Wochen machen Sie sich nicht mehr so viel draus.«

»Keine Sorge, ich schlafe ja gar nicht mehr da.«

Das Grinsen auf Willies Gesicht erstarb. »So? Wo schlafen Sie denn?«

»Im Schiffsbüro, im Mitteldeck. Nachts ist da niemand. Ich habe ein Feldbett. Großartig. Da drin ist es richtig luftig.«

Diese Mitteilung ärgerte Willie gewaltig. »Ich glaube nicht, daß der Kommandant damit einverstanden sein wird. Er ist sehr eigen mit ...«

»Ich habe ihn gefragt, Sir. Er sagte, ich könnte überall schlafen, wo ich zwei Meter freien Raum für mich fände.«

Willie schlug sich vor den Kopf. Er selber hatte fünf Monate durchgehalten, ohne auf diese einfache Lösung zu kommen. »Hm. Na, schön. Also jetzt zum Nachrichtendienst. Sie sollen mich dabei unterstützen und ...«

»Ich werde es gerne versuchen, Sir, aber von Nachrichten verstehe ich nicht die Bohne.«

»Wieviel verstehen Sie denn wirklich davon?«

»Eigentlich überhaupt nichts, Sir. Sehen Sie, mein – ich wollte sagen, ich bin direkt in die Marine versetzt worden. Meine Mutter besitzt die Aktienmehrheit einer Schiffswerft in Boston und so … Die ganze Sache war eine große Schweinerei. Ein einziger Buchstabe im Alphabet hat mich reingerissen – ein Buchstabe. Als man über mein Kommando entschied, hat man mich gefragt, ob ich ein S oder ein A sein wollte. Ich wußte nicht, was das hieß. Man sagte mir, S bedeute Spezialist und A bedeute allgemein. Dann habe ich gefragt, was denn besser wäre, und man hat mir geantwortet, A würde für sehr viel besser gehalten. Da habe ich natürlich um A gebeten, und das war mein Fehler. Erst war alles in Butter, ich sollte Propagandaoffizier werden. Wurde ich auch. Aber man schickte mich in ein ganz verlassenes Nest in Virginia. Eines Tages kam auf einmal der Befehl durch, alle Fähnriche mit der Bezeichnung A sollten ein Bordkommando bekommen. Das ging so schnell, meine Mutter konnte nichts mehr in der Sache tun. Und so bin ich jetzt hier.«

»Bitter.«

»Ach was, mir ist das egal! Ich glaube, Propaganda ist noch schlimmer als die ›Caine‹. All dieser Papierkram! Wenn ich für etwas bestimmt nicht zu gebrauchen bin, dann ist das Papierkram!«

»Welch ein Jammer! Der Nachrichtendienst besteht nur aus Papierkram, Ducely. Es bleibt Ihnen nichts anderes übrig, Sie müssen sich gut einarbeiten.«

»Meinetwegen, aber sagen Sie hinterher bitte nicht, ich hätte Sie nicht gewarnt, Sir«, antwortete Ducely mit einem resignierten Seufzer. »Natürlich gebe ich mir Mühe, ich werde nur keinen verdammten Deut für Sie wert sein.«

»Können Sie tippen?«

»Nein. Und, was noch viel schlimmer ist, ich habe meine Gedanken nie beisammen. Zwei Sekunden, nachdem ich ein Stück Papier weggelegt habe, weiß ich schon nicht mehr, wohin.«

»Ab morgen lassen Sie sich von Wackelbauch Unterricht geben und lernen maschineschreiben und wie man …«

»Ich versuche mein Bestes, aber ich glaube nicht, daß ich es jemals lernen werde. Ich habe an jeder Hand fünf Daumen.«

»Und ich glaube, Sie tun gut daran, auch sofort mit Dechiffrieren anzufangen. Haben Sie morgen früh Wache?«

»Nein, Sir.«

»Famos. Kommen Sie nach dem Frühstück zu mir in die Messe, dann zeige ich Ihnen die Schlüssel.«

»Damit müssen wir leider warten, Sir. Morgen früh muß ich erst für Mr. Keefer meine Offiziersaufgaben fertigmachen.«

Inzwischen war es dunkel geworden, der Himmel wimmelte von Sternen. Willie sah auf das undeutliche Gesicht seines Assistenten und dachte, ob er selber anderen wohl auch so dummdreist vorgekommen sein mochte.

»Macht nichts, dann bleiben Sie heute abend etwas länger auf und machen Ihre Aufgaben fertig.«

»Selbstverständlich, Mr. Keith, wenn Sie darauf bestehen. Aber ich bin tatsächlich total erschlagen.«

»Also schön. Schlafen Sie sich meinetwegen erst mal eine Nacht aus«, antwortete Willie. Er brach auf. »Wir fangen dann morgen nachmittag mit dem Entschlüsseln an. Aber natürlich nur, wenn Sie nichts Besseres zu tun haben.«

»Nein, Sir«, sagte Ducely arglos und ging hinter ihm her. »Ich glaube nicht, daß das der Fall sein wird.«

»Großartig«, sagte Willie. Heftig drehte er die Vorreiber an der Tür, ließ seinen Assistenten durchtreten und knallte sie zu, daß man es achtern in den Mannschaftsunterkünften hören konnte.

Die Einsatzgruppe wird das Kwajalein-Atoll und andere Ziele auf den Marshall-Inseln angreifen und besetzen. Zweck des Unternehmens ist die Errichtung von Stützpunkten für weitere Angriffe in westlicher Richtung.

Willie starrte auf die verlaufene hektographierte Schrift, stieß den dicken Operationsbefehl beiseite und nahm seinen Kriegsatlas aus dem Regal. Er schlug die Karte des mittleren Pazifik auf und stellte fest, daß Kwajalein die größte der Koralleninselgruppen im Zentrum der Marshall-Inseln war. Starke japanische Verteidigungsstellungen umgaben sie. Da pfiff er durch die Zähne.

Auf seiner Koje lag meterhoch die Dienstpost aufgestapelt. Die Umschläge mit dem roten Geheimsachenstempel hatte er aus drei grauen Postsäcken heraussortiert, die verkrumpelt an Deck lagen.

Einen ganzen Monat hatte sich das Zeug in Pearl Harbor angesammelt. Alles das sollte er jetzt eintragen, ablegen und außerdem verantwortlich dafür sein. Es war der erste Schub von geheimer Dienstpost, seit er Keefers Stellung übernommen hatte.

Willie warf eine Decke darüber und brachte den Operationsbefehl zum Kommandanten hinauf. Queeg befand sich in seiner neuen Kammer am Oberdeck, in der bis dahin zwei Offiziere gehaust hatten. In der Werft hatte man diesen Raum unter seiner sorgfältigen Anleitung umgebaut. Er enthielt jetzt nur noch ein Bett, einen großen Schreibtisch, einen Klubsessel, einen Liegestuhl, einen großen Panzerschrank sowie eine Anzahl von Sprachrohren und Telefonen. Der Kommandant hörte mit Rasieren auf und fuhr mit den Fingern durch die Papiere, auf die die Seife tropfte. »Kwajalein, wie?« fragte er beiläufig. »Schön. Lassen Sie das Zeug hier. Sie werden selbstverständlich mit niemandem darüber sprechen, selbst nicht mit Maryk.«

»Aye, aye, Sir.«

Während Willie die Postsachen eintrug und ablegte, machte er eine unliebsame Entdeckung. Keefer hatte ihm ein paar dicke Briefbücher mit Eselsohren übergeben und außerdem den Schlüssel zum Aktenschrank. So ganz nebenbei hatte er einen Packen geheimer Dienstpost mit dazugetan, der zwischen Schuhen und schmutziger Wäsche am Boden seines Schrankes gelegen hatte. Dabei versicherte er Willie, das Zeug sei nichts als wertlose Makulatur.

»Ich hatte vor, alles das zusammen mit dem nächsten Schwung zu registrieren. Jetzt können Sie das aber auch gleich noch mitmachen«, sagte er gähnend. Dann kletterte er in seine Koje zurück und vertiefte sich wieder in »Finnegan's Wake« von James Joyce.

Einzelne Briefe wären leichter zu finden gewesen, hätte man alles einfach in einen Sack gestopft. Das System bei der Eintragung der Eingangspost war dumm und kompliziert. Jeder Brief wurde viermal verbucht. Willie rechnete sich aus, daß es ihn mindestens vier oder fünf schwere Arbeitstage kosten würde, diese Rückstände wegzuarbeiten. Er ging ins Schiffsbüro und sah zu, wie Wackelbauch riesige Säcke offener Post eintrug. Der Schreiber tippte seine Eintragungen auf grüne Formulare und erledigte so in weniger als einer Stunde genauso viele Briefe, wie Willie in seiner Kammer liegen hatte. »Wo haben Sie Ihr System her?« fragte er den Maat.

Wackelbauch sah ihn stumpf und gelangweilt an und sagte: »Von nirgendwoher. Marine-System.«

»Wie ist das mit diesen hier?« Willie warf seine Briefbücher vor Wackelbauch auf den Tisch. »Haben Sie die schon mal gesehen?«

Der Schreiber fuhr von den Büchern zurück, als wären sie mit Aussatz behaftet. »Das ist Ihre Aufgabe, Sir, nicht meine.«

»Weiß ich ja, weiß ich ja.«

»Mr. Keefer, der hat ein halbes dutzendmal versucht, mich dazu zu kriegen, daß ich die geheime Post für ihn eintrug. Es ist aber doch strengstens verboten, daß ein Mannschaftsdienstgrad ...«

»Ich möchte nur wissen, sind diese Eingangsbücher vorschriftsmäßig, oder wie ist das?«

Der Maat rümpfte die Nase. »Vorschriftsmäßig? Um Gottes willen, bei so 'ner Umstandskrämerei würde jeder Schreibergast 'nen Schlaganfall kriegen. Mr. Funk, der hat das damals 1940 erfunden, der hat es Mr. Anderson vererbt, der hat es Mr. Ferguson vererbt, der hat es Mr. Keefer vererbt.«

»Warum haben die Herren denn nicht das Marine-System benutzt? Das scheint doch sehr viel einfacher.«

»Sir«, antwortete der Schreiber trocken, »fragen Sie mich nicht, warum Offiziere irgend etwas tun. Meine Antwort würde Ihnen wenig gefallen.«

Während der nächsten Wochen organisierte Willie sein gesamtes Ressort von Grund aus neu. Er richtete für das Eintragen und Ablegen das übliche Marine-System wieder ein. Einige sechzig überholte Geheimsachen verbrannte er, den Rest ordnete er so, daß man jeden beliebigen Vorgang ohne weiteres finden konnte. Während dieser Arbeit ertappte er sich öfters bei dem Gedanken, ein wie großes Rätsel Keefer ihm eigentlich doch war. Es lag für ihn klar zutage, daß der Schriftsteller in seinem Ressort eine fürchterliche Zeitverschwendung betrieben hatte. Willie erinnerte sich noch, wie sie manchmal ganze Nachmittage nach Briefen oder Geheimsachen gesucht hatten, wobei Keefer sich immer in einem Schnellfeuer ironischer Bemerkungen über »diesen ganzen Marineplunder« ergangen hatte. Er sah den Nachrichtenoffizier noch stundenlang unter fürchterlichem Gefluche über die Eingangsbücher gebeugt. Willie wußte, daß es dem Schriftsteller auf nichts so ankam wie auf freie

Zeit, um zu schreiben oder zu lesen. Er wußte auch, daß Keefer von allen auf der ganzen »Caine« den meisten Geist besaß. Wie war es dann aber möglich, daß dieser Mann nicht von vornherein gesehen hatte, wie er sich selber ins Unrecht setzte, wenn er die Marine für Fehler anklagte, die in Wirklichkeit seine eigenen waren? Von jetzt an sah Willie Keefer mit anderen Augen an. Die Weisheit dieses Mannes war für ihn etwas ranzig geworden.

Während der Zeit bis zum Beginn der Kwajalein-Unternehmung verfiel Queeg in einen Zustand grenzenloser Faulheit. Man konnte ihn fast zu jeder Tageszeit in seiner Koje finden, oder er saß im Unterzeug an seinem Schreibtisch und beschäftigte sich mit dem Vexierspiel. Nur während der Nacht, wenn sie im Hafen lagen, kam er aus der Kajüte, um sich auf der Back den Film anzusehen. Auf See, während der Probeübungen für das Unternehmen, sah man ihn ganze Tage überhaupt nicht auf der Brücke. Dem Wachhabenden erteilte er seine Befehle durch das Sprachrohr. Das Schnarren seines Summers wurde auf der Brücke zur gleichen ständigen Begleitmusik wie das Pingen des Schall-Suchgerätes. Zu den Mahlzeiten kam er auch nicht mehr in die Messe, er aß überhaupt weiter nichts als riesenhafte Portionen Eis mit Sirup, die ihm tablettweise in seine neue Kammer gebracht wurden.

Die anderen Offiziere dachten, der Kommandant sitze wahrscheinlich eifrig über dem Operationsplan, nur Willie wußte besser Bescheid. Wenn er ihm die entschlüsselten Funksprüche brachte, fand er Queeg niemals dabei, Schlachtpläne oder Taktikpläne zu studieren. Entweder er schlief oder er aß Eis oder er las ein Magazin oder er lag auch nur stumpfsinnig auf der Koje und stierte mit seinen Kugelaugen gegen die Decke. Es kam Willie vor, als versuche er einen schweren Kummer zu vergessen. Der Fähnrich vermutete, Queeg habe vielleicht während der Überholungszeit mit seiner Frau eine Auseinandersetzung gehabt oder irgendwelche schlechten Nachrichten in der großen Flut von Post vorgefunden. Nie wäre es dem Fähnrich in den Sinn gekommen, die schlechte Nachricht hätte vielleicht in dem Operationsbefehl selber bestehen können.

Willies eigene Haltung gegenüber der bevorstehenden Schlacht war eine Mischung aus Erregung, leichter Beklemmung und einem sehr lebhaft empfundenen Vergnügen darüber, daß er der Mitwisser des großen Geheimnisses war. Der starke äußere Umfang der Operationsorder hatte etwas Beruhigendes an sich, vor allem die lange Liste der an dem Unternehmen teilhabenden Schiffe. Selbst die überaus trockenen Einzelheiten, die es so erschwerten, sich durch die verwaschenen grauen Blätter hindurchzuackern, wirkten auf ihn wie Balsam. Tief im Hintergrund der Seele hatte er das Gefühl, in bester Hut zu sein, wenn er unter den Fittichen der Marine gegen die Japaner zum Kampf antrat.

Plötzlich, es war in einem sonnenhellen und warmen Tag im Januar, schwärmte aus den Häfen der Hawaii-Inseln eine Herde von Schiffen über den ganzen Horizont hinaus. Sie bildeten einen riesigen Halbkreis und nahmen Kurs auf Kwajalein.

Die Armada bewegte sich während ruhiger Tage und Nächte friedlich über die ungeheure Wasserwüste. Vom Feind gewahrte man nichts. Es gab nur rollende See, blau am Tage, schwarz bei Nacht, wolkenfreien Himmel und überall Kriegsschiffe, so weit das Auge sehen konnte. Sie dampften in einer riesenhaften geometrischen Figur voller Majestät unter Sonne und Sternen dahin. Das Radargerät, dieser Zauberstab, der den leeren Raum bis auf wenige Meter genau ausmaß, machte die Beibehaltung der Marschfigur zu einer leichten Aufgabe. Die riesige Formation, so streng in ihrer Genauigkeit und doch so schnell und beweglich, wenn es sich darum handelte, den Kurs zu ändern oder sich nur zu ordnen, war ein Wunder der Seefahrt, das selbst Nelsons kühne Phantasie niemals erträumt hätte. Hunderte von Wachoffizieren, von denen kaum der zehnte Teil Seeleute von Beruf waren, Studenten, Verlagsvertreter, Schullehrer, Rechtsanwälte, kaufmännische Angestellte, Schriftsteller, Drogisten, Ingenieure, Farmer, ja Klavierspieler hielten sie ohne Mühe aufrecht. So brachten diese jungen Leute eine erstaunlichere Leistung zustande, als die alten Seebären der Flotten Nelsons jemals fertiggebracht hätten.

Aus Willie war jetzt ein vollwertiger Wachoffizier geworden; die mechanischen Hilfsmittel, die ihm für seine Aufgabe zur Verfügung standen, waren für ihn eine Selbstverständlichkeit geworden. Dabei nahm er seine Aufgabe nicht leicht, nur wunderte er sich dauernd und lebhaft über seine so schnell gewonnene seemännische Sicherheit und sein militärisches Ansehen. Mit zusammengepreßten Lippen und erhobenem Kinn, das Gesicht spähend in Falten gezogen, die Schultern vorgebeugt, lief er im Ruderhaus hin und her. Er ließ sein Glas nicht aus den Händen und suchte damit alle Augenblicke den Horizont ab. Wenn auch etwas Schauspielerei bei diesem Gehabe mit im Spiel war, so ging er doch eine zuverlässige Wache. Sehr schnell entwickelte er jene unbestimmbaren, feinnervigen Fühler, die vom Bug bis zum Heck des Schiffes reichte und das wichtigste Rüstzeug für jeden Wachhabenden Offizier darstellen.

In fünf Monaten Brückendienst hatte er sich alle Geheimnisse des Positionhaltens, die Sprache für Befehle und Meldungen und die geheiligten Normen der Bordroutine angeeignet. Er wußte, wann er dem Bootsmaat der Wache befehlen mußte, zum Deckwaschen zu pfeifen, wann er das Schiff abblenden mußte, wann die Köche und Bäcker zu wecken waren, wann er den Kommandanten herausholen mußte und wann er ihn schlafen lassen durfte. Er verstand sich darauf, durch leichte Hilfen mit Maschinen und Ruder ein paar hundert Meter aufzuholen oder zurückzubleiben; er konnte in zehn Sekunden Kurs und Fahrt nach einem neuen Platz im U-Boot-Schirm errechnen, indem er eine einzige Bleistiftlinie in ein Manöverdiagramm eintrug. Die Schwärze einer mitternächtigen Regenbö konnte ihn nicht mehr erschrecken, solange ihm die Radarscheibe die ganze Einsatzflotte als sauberes Muster grüner Punkte darstellte.

Die »Caine« stand am rechten Flügel der Formation, und zwar im inneren U-Boot-Abwehrschirm. Zwei Gürtel von Zerstörern umgaben nämlich die Truppentransporter, die Flugzeugträger, Kreuzer, Schlachtschiffe und Landungsfahrzeuge. Jeder Zerstörer suchte in jedem Augenblick einen schmalen Abschnitt im Wasser auf Schallreflexe ab, und diese Abschnitte überlappten einander. Kein U-Boot hätte sich der Formation nähern können, ohne an Bord wenigstens eines Zerstörers ein verräterisches Pingen auszulösen. Eine einfache Sperre hätte auch schon genügt. Diese doppelte Sperre aber wir ein Beispiel für die amerikanische Art, in allen Dingen für ein Übermaß an Sicherheit zu sorgen. Die »Caine« stand achterlicher als querab vom Führerschiff, dort, wo ein U-Boot-Angriff fast ausgeschlossen war, weil der Gegner in dieser Stellung gezwungen gewesen wäre, seinen Unterwasserangriff von achtern her anzusetzen. Unser

Minensucher war also sozusagen ein doppelter Sicherheitsfaktor. Seine Kampfaufgabe als amerikanisches Kriegsschiff war natürlich nicht so draufgängerisch wie die der »Bonhomme Richard«, als sie die »Serapis« angriff, immerhin aber dampfte sie pingend in feindliche Gewässer hinein. Wäre John Paul Jones an Stelle von Willie Keith Wachhabender gewesen, er hätte auch nicht mehr zu tun gewußt.

Während die Angriffsflotte langsam durch die kreisenden Tage und Nächte dampfte, spielte sich auch das Leben an Bord des alten Minensuchers auf die Drehungen des Uhrzeigers ein. Es wurde immer deutlicher, daß sich auf der »Caine« neue Lebensgewohnheiten herausbildeten, nachdem sich die durch den Kommandowechsel bewirkte Unruhe gelegt hatte.

Eines Morgens, noch in Pearl Harbor und kurz vor dem Auslaufen, war Queeg an Deck auf ein paar zertretene Zigarettenstummel gestoßen. Zuerst hatte er den wachhabenden Offizier fertiggemacht, dann war er in die Schreibstube gegangen und hatte folgenden Befehl diktiert:

Dauernder Befehl des Kommandanten Nr. 6/44

1. Das Oberdeck des Schiffes hat zu jeder Zeit makellos sauber zu sein.
2. Nichtbefolgung dieses Befehls hat schwere Disziplinarstrafen für die gesamte Besatzung zur Folge. Queeg

Dieser Befehl war an sichtbarer Stelle angeschlagen worden.

Am nächsten Morgen fand er einen Zigarettenstummel in einem Speigatt auf der Back. Sofort verhängte er über die gesamte Mannschaft Urlaubssperre. Während der nächsten Tage bearbeitete das Deckkommando das Oberdeck unablässig mit dem Besen. Sobald die »Caine« nach Kwajalein in See ging, war der Befehl vergessen, und das Deck war außer bei Deckwaschen wieder genauso schmutzig wie zuvor. Aber ein Mann der Deckwache war ständig abgeteilt, den schmalen Streifen zwischen der Kammer des Kommandanten, den Brückentreppen und dem Niedergang zur Messe sauberzuhalten.

Dies war typisch für den neuen Geist. Die Mannschaft hatte in raffinierter Weise bereits die meisten Gewohnheiten und Wege des Kommandanten ausgekundschaftet. Er bewegte sich jetzt in einer merkwürdigen, engbegrenzten Zone des Gehorsams, sie folgte ihm wie der Strahl eines Scheinwerfers und erstreckte sich genau so weit, wie er sehen und hören konnte. Jenseits dieser Zone blieb das Schiff die alte »Caine«. Dann und wann machte der Kommandant einen unerwarteten Ausfall aus diesem Zauberkreis. Dann gab es mißtönenden Lärm, und Queegs Verdruß schlug sich an Ort und Stelle in einem neuen ständigen Befehl nieder. Dieses neue Edikt, worum es sich auch immer handeln mochte, wurde sorgfältig befolgt, aber nur innerhalb der Zone des Gehorsams. Auf dem übrigen Schiff kümmerte man sich nicht darum. Es handelte sich hier nicht um eine bewußte Verschwörung. Der einzelne Mann auf der »Caine« wäre sehr erstaunt gewesen, hätte man diese Gepflogenheiten an Bord seines Schiffes derartig bezeichnet, er würde die Berechtigung dieser Bezeichnung sicherlich abgestritten haben. Die Einstellung der Mannschaft gegenüber Queeg bewegte sich zwischen gewöhnlicher Unbeliebtheit, die die Regel war, und dem giftigen Haß einiger weniger Leute, die persönlich mit ihm zusammengeraten waren. Er hatte sogar seine Anhänger. Außerhalb der Gehorsamszone war das Leben bequemer, schmutziger und ungezügelter denn je. Man konnte sogar von Anarchie sprechen, die lediglich durch die gröbsten Gemeinschaftsregeln der Männer untereinander und eine gewisse Achtung vor zwei oder drei Offizieren, insbesondere vor Maryk, gemäßigt wurde. Es gab Leute, und zwar diejenigen, die sich im Schmutz wohl fühlten, die gerne spielten oder lange schliefen, die Queeg für den besten Kommandanten erklärten, der ihnen je vorgekommen sei, »wenn man ihm nur nicht unter die Augen kommt«.

Die Mannschaft wußte, daß Stilwell Queegs besondere Abneigung besaß. Der Geschützführer schwebte in einer ständigen, zermürbenden Unruhe, seit Maryk wegen der Krankheit seiner Mutter an das Rote Kreuz geschrieben hatte. Eine Antwort war noch nicht eingetroffen. Der Maat magerte sichtlich ab, er wartete Woche um Woche darauf, daß das Henkersbeil auf ihn niedersausen würde. Jede einzelne Ruderwache in Queegs Reichweite war für ihn eine Qual. Wer gegen Queeg war, tat ein übriges, freundlich mit ihm zu sein und ihn aufzumuntern. So kam es dahin, daß er zum Mittelpunkt der Opposition wurde. Die anderen Kameraden mieden Stilwell. Sie fürchteten, der Haß des Kommandanten könnte auch auf seine nächsten Freunde übergreifen.

In der Messe gab es drei deutlich unterschiedene Parteien. Die eine war Queeg selber, der täglich frostiger wurde und sich mehr und mehr abschloß. Die zweite bestand aus Maryk, der sich in dumpfes, unlustiges Schweigen hüllte und den letzten Rest von Kontakt zwischen Kommandanten und Schiff aufrechterhielt. Der Erste Offizier wußte genau, was mit der Besatzung los war. Er hatte erkannt, daß es zu seinen Aufgaben gehörte, dem Kommandanten Gehorsam zu verschaffen. Auf der anderen Seite war er sich aber auch bewußt, daß die meisten seiner Anordnungen bei den überbeanspruchten, rücksichtslos zusammengepferchten und obendrein primitiven Leuten gar nicht durchgesetzt werden konnten oder doch nur auf Kosten der ohnehin beschränkten Kriegstüchtigkeit des Schiffes. Das erschien ihm jedoch undenkbar. Daher sah er über die Einrichtung der Gehorsamszone hinweg und gab sich um so größere Mühe, das Schiff auch außerhalb dieser Zone angemessen in Funktion zu halten.

Die dritte Partei umfaßte sämtliche anderen Offiziere mit Keefer als ihrem Rädelsführer. In ihrer heftigen, unverblümten Ablehnung Queegs begannen sie sich eng aneinander anzuschließen. Sie verbrachten ganze Stunden damit, sich in sarkastischer Weise über ihn auszulassen. Die beiden Neuen, Jorgensen und Ducely, machten sich den herrschenden Geist schnell zu eigen. Auch sie zogen bald im Chor mit den anderen über ihren Kommandanten her. Willie Keith galt als Queegs Günstling und hatte deshalb manche Pflaume einzustecken. Tatsächlich war Queeg Willie gegenüber wärmer und liebenswürdiger als zu den anderen Herren. Aber auch Willie machte begeistert mit, wenn es galt, über den Kommandanten zu lästern. Maryk nahm als einziger an diesen Verunglimpfungen nicht teil. Entweder er schwieg überhaupt, oder er versuchte wenigstens, Queeg die Stange zu halten. Wenn der Spaß aber gar kein Ende nehmen wollte, verließ er auch wohl die Messe.

So lagen die Dinge auf USS »Caine«, als sie fünf Tage nach Pearl Harbor mitten im weiten Ozean die sagenhafte Grenzlinie überschritt und damit in japanische Gewässer eintrat.

Am Abend vor der planmäßigen Ankunft in Kwajalein hatte Willie die Abendwache. Er beobachtete eine immer stärker werdende Spannung beim Brückenpersonal. Ein unheimliches Schweigen herrschte im Ruderhaus auch dann, wenn der Kommandant nicht anwesend war. In der dunklen Funkbude nahmen die endlosen erotischen Gespräche zwischen den geisterhaften Gestalten im fahlen grünen Schein der Radarscheibe ihren Fortgang. Aber sie schleppten sich nur träge dahin und verweilten meist bei den Geschlechtskrankheiten. Die Signalgasten kauerten auf den Flaggentaschen und schlürften leise murmelnd an ihren Tassen mit dem muffigen Kaffee. Offiziell war die Ankunft in Kwajalein, die für den nächsten Morgen erwartet wurde, nicht bekanntgegeben worden. Aber die Besatzung hatte ihren Geheimagenten im Steuermannsmaat, der Nacht für Nacht mit Maryk das Besteck rechnete. Sie kannten daher den Schiffsort genausogut wie der Kommandant.

Willie teilte den allgemeinen Trübsinn nicht. Seine Stimmung war heiter, und er empfand einen grimmigen Humor. Keine zwölf Stunden mehr, und er würde seine erste Schlacht erleben. Keine vierundzwanzig Stunden mehr, und er würde ein Mann sein, der sein Leben fürs Vaterland gewagt hatte. Er fühlte sich kugelfest. Er wußte, daß er einer besonders kniffligen Gefahr entgegenschlingerte. Aber diese Gefahr erschien ihm eher als eine Art sportlichen Risikos, etwa wie wenn er mit dem Pferd eine hohe Hürde zu nehmen hätte. Er war stolz auf seinen Schneid, und diese Empfindung wirkte sich ihrerseits wieder ermunternd auf ihn aus. Außer dem Kommandanten wußte nur er allein, daß die »Caine« im Morgengrauen eine besonders gewagte Aufgabe zu erfüllen haben werde.

Eine der letzten geheimen Kommandosachen hatte neue Befehle gebracht. Der Minensucher erhielt den Auftrag, eine Welle von Landungsbooten von ihrem Mutterschiff zu einem bestimmten Abgangspunkt, nur wenige hundert Meter von der Küste entfernt, zu führen, mitten hinein in die Mündungen der Küstenbatterien. Der Gesichtspunkt war, eine genaue Navigation werde für die niedrigliegenden Boote selber zu schwierig sein. Willie tat sich etwas darauf zugute, daß seine Stimmung soviel besser war als die der

Leute, obwohl doch die Leute schlachtgewohnte Veteranen waren und er nicht, wenngleich er von der Gefahr wußte, die ihrer harrte, sie aber nicht.

Eigentlich beruhte sein Optimismus nur auf einer fein ausgetüftelten Kalkulation, mit der er seine Lage abschätzte. Dieses Vorgangs war er sich noch nicht einmal bewußt, seine Eingeweide und seine Nerven vollzogen ihn ohne sein Zutun. Er brauchte ja nicht zu landen, sagte er sich. Ein gefahrvoller Kampf von Mann zu Mann mit stämmigen kleinen gelben Männern, die Bajonette auf ihn zückten, kam für ihn nicht in Frage. Ihm stand vielmehr nur die allerdings gesteigerte Wahrscheinlichkeit gegenüber, irgendein Mißgeschick könne der »Caine« zustoßen, das ihr die Bewegungsfähigkeit raubte, in Gestalt etwa einer Granate, eines Torpedos oder einer Mine. Seine Chance, die nächsten vierundzwanzig Stunden zu überleben, war zwar von normalerweise etwa zehntausend zu eins auf ein ungünstigeres Verhältnis, etwa siebzig oder achtzig zu eins, gesunken. Aber auch das war noch eine ganz erträgliche Zahl. Dergestalt arbeitete Willies überreiztes Nervensystem, woraus es zu seinem Gehirn eine stimulierende Flüssigkeit absandte, die dann in dem Fähnrich seine glühenden Tapferkeitsgefühle erzeugte.

Die Nerven der Besatzung dagegen veranstalteten eine sehr viel weniger erfreuliche Kalkulation, und zwar aus einem einfachen Grunde. Die Leute hatten die Folgen bereits mit eigenen Augen gesehen, die ein solches Pech in der Schlacht nach sich ziehen kann: in roten und gelben Flammen lodernde Schiffe, Männer, die über triefende, abschüssige Schiffsrümpfe krochen, Männer, in Öl getränkt, Männer, zu blutigen Fetzen zerrissen, tote Männer, die im Wasser trieben. Die Leute waren daher weniger geneigt, über ihre arithmetischen Chancen zu grübeln, als sich diese unangenehmen Möglichkeiten selber plastisch zu vergegenwärtigen.

»Wachoffizier!«

Es war Queegs Stimme, die im Sprachrohr vom Kartenhaus her erscholl. Voll Überraschung blickte Willie aufs matte Leuchtblatt der Uhr. Zehn Uhr dreißig, um die Zeit sollte der Alte eigentlich in seiner Kajüte sein. Er neigte sich zum messingnen Sprechtrichter.

»Hier Keith.«

»Kommen Sie mal rein, Willie.«

Der Kommandant, vollständig angezogen, mit Schwimmweste um den Leib, war in die Gasrohrkoje gekrochen, die über dem Kartentisch hing. Dieses Bild hielten Willies Augen fest, als er die Tür des Kartenhauses schloß und den Raum dadurch automatisch mit einer roten abgeschirmten Birne beleuchtete. Abgestandener Zigarettenrauch erfüllte die Luft.

»Wie sieht's draußen aus, Willie?«

»Alles in bester Ordnung, Sir.«

Der Kommandant drehte sich auf die Seite und sah den Fähnrich an. Er sah mitgenommen und borstig aus im roten Licht. »Haben Sie meinen Nachtbefehl gelesen?«

»Jawohl, Sir.«

»Wecken Sie mich bei der geringsten Kleinigkeit, haben Sie mich verstanden? Zögern Sie nicht, meinen Schönheitsschlaf zu stören. Sie sollen mich auf jeden Fall wecken!«

»Aye, aye, Sir.«

Aber die Wache verlief ganz normal, mit dem üblichen Zickzackfahren und Positionhalten. Um Viertel vor zwölf kam Harding zu ihm auf die luftige dunkle Steuerbordnock heraufgestolpert. »Ablösung«, sagte er melancholisch. Ein leichter Kaffeegeruch kam aus seinem Mund.

»Noch vierzig Meilen, einstweilen nichts Besonderes.« Willie zögerte einen Augenblick, ehe er unter Deck ging. Er überlegte, ob er sich nicht lieber irgendwo an Oberdeck hinhauen sollte. Als er den Brückenniedergang hinunterstieg, sah er, daß die halbe Besatzung denselben Gedanken gehabt hatte. Keine Ecke an Deck war mehr frei, man konnte kaum einen Weg hindurch finden. Dieser Anblick erweckte in Willie Geringschätzung und machte ihn erst recht keck. Er ging doch unter Deck, zog sich aus und kroch zwischen seine Bettlaken. Trotz der nächtlichen Stunde war es ein komisches Gefühl, so in der Koje zu liegen, ein wenig, als sei er krank und müsse am Tage das Bett hüten. Er war noch damit beschäftigt, sich ob seiner Unerschrockenheit zu beweihräuchern, als er einschlief.

Krrring, kring, kring, kring, kring. Die Alarmglocke war noch nicht still, da kam er schon in der Unterhose an Deck gestürmt, Schuhe, Socken, Hemd und Hose unter den Arm geklemmt. Was sich ihm darbot, war eine ruhige See, ein schwarzer Himmel voller

Sterne und allenthalben zickzackende Schiffe in einer Formation, die sich langsam auflöste. Matrosen liefen dröhnend die Seitendecks entlang und die Niedergänge rauf und runter. Heute war es nicht nötig, Strafen zu erteilen, weil einer von ihnen ohne Helm oder ohne seine Schwimmweste war! Als Willie in seine Hose kletterte, knallte die Luke zur Messe hinter ihm zu und wurde von den Matrosen der vorderen Lecksicherungsgruppe fest angezogen. Der Fähnrich schlüpfte barfuß in seine Schuhe und kletterte auf die Brücke. Auf der Uhr im Ruderhaus war es drei Uhr dreißig. In dem engen Raum drückten sich schattenhafte Gestalten herum. Willie konnte das Klicken von Stahlkugeln hören, die sich aneinanderrieben. Er nahm Helm und Schwimmweste von einem Haken und ging auf Hardings gebeugte Gestalt zu. »Ablösung. Was gibt's?«

»Nichts. Wir sind da.« Harding zeigte nach Backbord voraus und gab Willie das Glas in die Hand. Am Horizont, auf der Trennlinie zwischen See und Himmel, gewahrte Willie einen dünnen, unregelmäßigen Schattenstreifen, etwa einen Fingernagel breit. –»Roi-Namur«, sagte Harding.

Winzige gelbe Flämmchen blitzten an diesem Schattenstreifen auf. Willie fragte: »Was ist das da?«

»Die dicken Schiffe sind vor ein paar Stunden abgehauen und vorausgelaufen. Ich glaube, das sind sie wohl. Vielleicht sind's auch Flugzeuge. Irgend jemand läßt die Hölle auf die Küste los.«

»Na, jetzt ist es soweit«, sagte Willie. Er ärgerte sich ein wenig, daß sein Herz schneller schlug. »Wenn nichts weiter vorliegt, löse ich dich ab.«

»Es liegt nichts vor.«

Harding schlurfte von der Brücke. Jetzt konnte Willie allmählich den Donner des Küstenbombardements von der See her rollen hören. Aus dieser weiten Ferne klang das aber nur wie ein unbedeutendes Puffen, wie wenn die Matrosen auf der Back ihre Matratzen ausklopften. Willie machte sich klar, diese unbestimmten Geräusche und bunten kleinen Blitze bedeuteten höllische Vernichtung, die auf die Japaner herniederging. Er versuchte sich für Augenblicke in einen dieser schlitzäugigen Soldaten hineinzuversetzen, wie er, am ganzen Leibe zitternd, im flammenden Dschungel herumkroch. Aber diese Vorstellung hatte auf ihn die unbefriedigende, verlogene

Wirkung einer Magazingeschichte über den Krieg. Die nackte Tatsache war, dieser erste flüchtige Blick auf eine Schlacht war für Willie eine glatte Enttäuschung. Das Ganze berührte ihn wie eine belanglose nächtliche Schießübung im kleinsten Rahmen.

Das Schwarz der Nacht ging in ein blasses Blaugrau über, die Sterne verblaßten. Der helle Tag lag strahlend über der See, als die Flotte drei Meilen vor der Küste stoppte. Landungsboote sanken von den Davits der Mutterschiffe ins Wasser. Sie schwärmten in Scharen umher wie dunkle Käfer.

Jetzt endlich sah Willie sich im wirklichen, echten und ehrlichen Gefecht. Einseitig allerdings nur, denn noch gab es kein Feuer von der Küste her. Aber es war trotz alledem das unverfälschte tödliche Geschäft des Krieges. Die grünen Inseln, von weißem Sand eingefaßt, flammten und rauchten bereits an vielen Stellen. Plumpe alte Schlachtschiffe, in Friedenszeiten die Zielscheibe für den Spott so manches Journalisten, rechtfertigten eifrig die dreißig Jahre ihrer kostspieligen Existenz. Sie sandten alle paar Sekunden Tonnen von Granaten in das tropische Gestrüpp hinein und erschütterten die Luft mit ihrem Donner. Neben ihnen dampften Kreuzer und Zerstörer und behämmerten das Atoll. Von Zeit zu Zeit schwieg das Feuer der Schiffe. Dann kamen Geschwader von Flugzeugen über sie hergeflogen. Eines nach dem anderen schossen sie im Sturzflug auf die Inseln hernieder und hinterließen Wolken weißen Rauchs oder kugelförmig aufflammende Explosionen, manchmal auch einen wolkenkratzerhohen schwarzen Rauchpilz, wenn ein Benzintank oder ein Munitionslager mit einem Donner in die Luft flog, der die Decks der »Caine« erzittern ließ. Derweilen spien die Mutterschiffe ohne Unterlaß Landungsboote aus. Fächerförmig auseinandergezogen schwärmten sie, sauber ausgerichtet, in dem kurzen grauen Seegang auseinander. Über allem erhob sich auf seinem dampfig weißlichen Hintergrund der Sonnenball.

Der Anblick, den das Atoll dem Auge bot, war noch nicht durch die Angriffshandlungen entstellt. Hier und dort zuckten Flämmchen auf und setzten dem lieblichen Grün der Inseln gelbrote glitzernde Lichter auf. Weiß und schwarz aufquellende Rauchwolken gesellten sich ihnen in lebhafter Abwechslung bei. Pulverdunst durchzog die Luft und vervollständigte in Willie den festlichen, lebenslustigen

Eindruck des Morgens. Warum, das hätte er niemals aussprechen können. In Wirklichkeit erinnerten ihn der Geruch und das unablässige Ballern an das Feuerwerk am Unabhängigkeitstag.

Keefer blieb ein paar Augenblicke in der Backbordnock neben ihm stehen. Strähnen seines schwarzen Haares hingen unter der grauen Wölbung des Stahlhelms hervor. Seine Augen glitzerten in ihren tiefen dunklen Höhlen mit ihrem hervorstechenden Weiß. »Gefällt dir das Theater, Willie? Scheint, als sei das alles allein für uns inszeniert.«

Willie ließ seinen Arm rund über die Schwärme von Booten schweifen, die im perlenden Glitzern der Sonnenstrahlen drohend auf die zerbrechlichen kleinen Inseln zustießen. »Haufen Volks, Haufen Volks. Was denkst du denn in diesem Augenblick von der Marine, Tom?«

Keefer grinste und verzog den Mund nach der Seite. »Ja, mein Gott«, antwortete er, »irgendwas müssen die armen Steuerzahler für ihre hundert Milliarden ja schließlich beanspruchen dürfen.« Damit flog er mit ein paar Sätzen die Treppe zum Peilkompaß hinan.

Queeg tauchte auf, zusammengeduckt, ein Haufen Unglück. Sein Kopf wackelte unablässig über dem dicken weiten Kragen seiner gelben Kapokweste hin und her. Seine Augen waren wie in einem irren Grinsen bis zur Unkenntlichkeit verkniffen. »Schön, Mr. Wachoffizier. Wo ist nun der Verein, den wir zur Küste bringen sollen?«

»Ich glaube, Sir, das sind unsere hier, die von APA 17.« Willie wies auf ein riesiges graues Mutterschiff, etwa viertausend Meter Backbord voraus.

»APA 17, wie? Sind Sie sicher, das ist das richtige Schiff, von dem sie kommen sollen?«

»So steht's jedenfalls im Befehl, Sir. Jacob Gruppe vier von APA 17.«

»Schön. Also hin zu APA 17. Beide Langsame Fahrt voraus! Sie behalten das Kommando.«

Der Kommandant verschwand hinter dem Brückenhaus. Geschwellt vom Bewußtsein seiner Wichtigkeit, stakte Willie ins Kartenhaus und begann Befehle zu erteilen.

Die »Caine« verließ den U-Boot-Schirm und hielt auf die Mutterschiffe zu. Das donnernde Gebrüll der Schlachtschiffsalven wurde mit jeden hundert Metern lauter, um die die »Caine« der Küste näher kam. Der Fähnrich fühlte sich leicht schwindlig und angeregt zugleich, als hätte er einen Whisky-Soda etwas zu hastig hinuntergeschüttet. Er eilte von Nock zu Nock, nahm Peilungen der APA, rief nach Radarabständen und brüllte, von Selbstvertrauen berauscht, seine Ruderkommandos.

Eine lange Kette von Landungsbooten löste sich aus dem Gewimmel um die APA und hielt auf den alten Minensucher zu. Willie suchte nach dem Kommandanten. Er fand ihn gegen eine Flaggentasche hockend außer Sichtweite der Mutterschiffe und der Küste. Er rauchte und unterhielt sich nichtssagend mit Engstrand.

»Sir, Jacob Gruppe vier scheint auf uns zuzuhalten.«

»Schön.« Queeg schielte unentschlossen über die See und sog an seiner Zigarette.

Willie fragte: »Was soll ich jetzt tun, Sir?«

»Was Sie für richtig halten«, antwortete der Kommandant und kicherte.

Der Fähnrich glotzte seinen Kommandanten an. Queeg fuhr in seiner Geschichte über das Landungsunternehmen auf Attu fort, die er dem Signalgast gerade erzählte. Engstrand verdrehte kurz die Augen zum wachhabenden Offizier hin und zuckte mit den Schultern.

Willie ging wieder ins Ruderhaus zurück. Eingehüllt in Gischt, stampften die Landungsboote auf die »Caine« zu. Durchs Glas erkannte Willie am Heck des Führerbootes einen Offizier mit einem langen grünen Megaphon unter dem Arm. Die Spritzer klatschten ihm über Rettungsweste und Khakiuniform und durchtränkten die Rücken der vor ihm hingekauerten Marinesoldaten. Das Glas umgab Boot und Insassen mit den verschwommenen Farben des Prismas. Willie konnte beobachten, wie die Leute sich gegenseitig etwas zuschrien, aber hören konnte er nichts, es war wie auf der Leinwand bei einem alten Stummfilm. Er wußte nicht, was jetzt zu tun war. Er hielt es für richtig, zu stoppen, aber er getraute sich nicht, den Befehl zu geben.

Da kam Maryk ins Kartenhaus. »Sagen Sie mal, wo steckt denn der Kommandant? Wir rennen die Brüder doch über den Haufen!«

Der Fähnrich deutete mit dem Daumen nach der Steuerbordtür. Maryk schritt hinüber und warf einen Blick auf die Flaggentasche. »Also dann«, sagte er kurz, »beide stoppen.« Er nahm ein abgegriffenes rotes Pappmegaphon von einer Klampe unter dem Backbordfenster und ging hinaus auf die Nock. Die »Caine« verlor die Fahrt und schlingerte. »Boot ahoi!« schrie Maryk.

Der Offizier im Landungsboot antwortete. Seine Stimme tönte schwach über das Wasser, jung, überschnappend und im unverkennbaren Dialekt der Südstaaten. »Jacob Gruppe vier klar zum Vorgehn an den Abgangspunkt.«

Jetzt steckte auch Queeg seine Nase zum Ruderhaus herein. Gereizt rief er: »Was geht hier vor? Wer hat was von Stoppen gesagt? Wer brüllt hier wem etwas zu?«

Von der Brückennock her rief der Erste Offizier dem Kommandanten zu: »Entschuldigen Sie, Sir, es sah so aus, als würden wir diese Jungens überrennen! Ich habe daher gestoppt. Das ist Jacob vier. Sie sind klar zum Vorgehen.«

»Schön«, rief der Kommandant, »los! Desto eher ist es vorbei. Bitte Kurs und Entfernung zum Ausgangspunkt!«

»175 Grad, viertausend Meter, Sir.«

»Schön, Steve. Sie übernehmen das Kommando und bringen uns hin.« Queeg verschwand wieder. Maryk wandte sich dem Landungsboot zu, der Bootsoffizier legte sein Megaphon ans Ohr, um besser hören zu können. »Wir – laufen – an!« brüllte der Eins O. »Folgen – Sie – Hals- – und – Beinbruch!«

Der Bootsoffizier winkte einmal mit dem Megaphon, dann kauerte er sich ins Boot, das wieder vorwärts zu stampfen begann. Sein kleines Fahrzeug war jetzt nur fünfzig Meter querab von der »Caine«. Es war eines der zahlreichen Amphibienuntiere, die dem Zweiten Weltkrieg ihre Entstehung verdankten, ein kleines Metallboot, mit grotesken Raupen ausgerüstet. Es konnte auf dem Lande watscheln und auch kurze Strecken durch das Wasser patschen. Und wenn es sich auch zu keiner der beiden Bewegungsarten richtig eignete, so existierte es doch, weil es überhaupt zu beiden zugleich imstande war. Willie hatte Mitleid mit den armen, völlig durchnäßten Kerlen in dem kleinen Fahrzeug, das auf der offenen See wie ein Spielball hin und her stampfte und rollte.

Maryk nahm Kurs auf die Inseln. Zwischen der »Caine« und der japanischen Insel Enneubing, die die Marine mit dem Spitznamen Jacob belegt hatte, lagen nur noch einige tausend Meter bewegter See mit kleinen Schaumköpfen darauf. Jetzt konnte Willie nähere Einzelheiten an der Küste erkennen: eine Hütte, ein verlassenes Ruderboot, Benzinkanister und zerfetzte Palmen. Er erinnerte sich nicht, jemals ein Grün gesehen zu haben, so tief und üppig wie das Grün auf der Jacobinsel, auch kein Weiß, das so weiß war wie ihr Sand. Über die Palmwipfel hinweg gewahrte man zwei grausig schöne orangene Feuerbrände, sonst aber kein Lebenszeichen. Als Willie sich nach der Kette der Landungsboote umsah, die hinter ihnen hertuckerten, wurde er auf einen Matrosen im Führerboot aufmerksam, der wie wahnsinnig anwinkte. Der Fähnrich zeigte mit den Armen »Verstanden«. Der drüben fing sofort an, rasch zu buchstabieren: »Herrgott, langsamer!« Dabei stürzte der Matrose mehrere Male von seinem Podest, wenn das Boot in die Brecher einsetzte. Wolken von Gischt hüllten die Boote alle paar Sekunden ein.

Queeg kam um das Deckshaus herum zu Willie heraufgeprescht. »He, he, was war das?« fragte er ungeduldig. »Was wollen die schon wieder?« Dann rief er: »Wird's bald? Können Sie's nun ablesen oder können Sie's nicht?«

»Wir sollen Fahrt vermindern, Sir.«

»Da wird nichts draus. Wir sollen um X Uhr am Abgangspunkt sein. Wenn sie nicht mitkommen, werfen wir einfach einen Farbbeutel, sobald wir die Stelle erreichen, und das muß ihnen genügen.« Queeg linste zu der Insel hinüber und rannte ins Ruderhaus. »Verdammt noch mal, Steve, wollen Sie das Schiff denn auf Strand setzen?«

»Nein, Sir. Wir sind noch fünfzehnhundert Meter vom Abgangspunkt entfernt.«

»Was? Fünfzehnhundert? Sie sind wohl wahnsinnig! Der Strand ist ja nicht mal fünfzehnhundert Meter entfernt!«

»Sir, die Peilung von Roi Island am Abgangspunkt ist 45 Grad. Jetzt peilt sie erst 65.«

Urban an der Backbordpeilscheibe sang aus: »Linke Kante Roi 64 Grad.«

Der Kommandant stürzte auf die Backbordnock und stieß den

kleinen Signalgast beiseite. »Sie sind wohl blind.« Er peilte selbst. »Hab' ich mir doch gedacht: vierundfünfzig, und wo bleiben Abdrift und Stromversetzung? Wir sind überhaupt schon weiter als am Abgangspunkt. Ruder hart Steuerbord! Ruder hart Steuerbord!« schrie er. »Beide Äußerste Kraft voraus! Farbbeutel über Bord!«

Die Schornsteine stießen dicke schwarze Rauchwolken aus. Die »Caine« krängte hart nach Backbord, beschrieb einen engen weißschaumigen Halbkreis auf der See, als sie auf Gegenkurs ging. Kaum eine Minute, und die Boote von Jacob Gruppe vier waren nur noch eine Linie winziger tanzender Punkte weit achteraus. In ihrer Nähe sah man einen grellen gelben Fleck sich ausbreiten.

Später am Tag dampfte die »Caine« zusammen mit Hunderten anderer Schiffe der Angriffsflotte tapfer durch den Kanal zwischen Jacob und Iwan hindurch. Auf beiden Inseln wehte die amerikanische Flagge. Die »Caine« ankerte in der Lagune. Queeg befahl, an beiden Seiten des Schiffes bewaffnete Posten aufzustellen, die den Befehl erhielten, auf jeden schwimmenden Japaner zu schießen. Dann ließ er die Besatzung von den Gefechtsstationen abtreten. Sonst konnte man weiter nichts tun. Denn von Mutterschiffen, Frachtern und Zerstörern eingeschlossen, konnte die »Caine« nicht auf die Küste feuern, hätte sie selbst den Befehl dazu erhalten. Die Matrosen traten nur zu gern von ihren Posten ab, auf denen sie sich nun seit vollen vierzehn Stunden herumgelümmelt hatten. Die meisten von ihnen gingen unter Deck, um zu schlafen. Wie Katzen mit einem unfehlbaren Instinkt für die mögliche Gefahr begabt, wußten sie genau, vor Kwajalein war keine mehr zu erwarten. Auch Willie empfand eine beinahe schmerzende Müdigkeit. Aber er ging auf das Peildeck, um sich das Schauspiel anzusehen.

Dafür, daß sie die Feuertaufe eines jungen Soldaten hatte sein sollen, war die Schlacht um Kwajalein eine sonderbare Art von Schlacht gewesen. Vielleicht war es überhaupt die sonderbarste, die je geschlagen worden ist. Gewonnen hatte man sie, aber Tausende von Kilometern weit weg und Monate vorher, ehe ein Schuß abgefeuert worden war. Die Annahme der Admirale war richtig gewesen: Den »unversenkbaren Flugzeugträgern« des Mikado fehlte vor allem das Wichtigste: Flugzeuge. Zu viele davon waren während der Kämpfe um die Salomonen aus der Luft geholt worden. Und was die

Kriegsschiffe betraf, so hatten die noch übriggebliebenen für das Reich der Sonne einen hohen Seltenheitswert angenommen. Eine Waffe aber, die sparsam gehütet werden mußte, war keine Waffe mehr. Mit dem bloßen Eintreffen der amerikanischen Schiffe und Mannschaften war die Schlacht theoretisch bereits entschieden. In Kwajalein war niemand mehr da, um die gewaltige Flotte, die aus dem Meere stieg, zu empfangen, als nur ein paar tausend japanische Soldaten. Und mit Lawinen von Bomben und Granaten waren auch diese während weniger Stunden in ein unvermögendes Nichts zusammenkartätscht worden. Aller Kriegslogik nach hätte schon beim Morgengrauen auf jeder Insel die weiße Flagge wehen müssen. Da die Japaner aber unlogisch waren und sich nicht ergeben wollten, schritt die Marineartillerie statt dessen mit perverser Laune und wüster Grausamkeit zu dem Geschäft ihrer Vernichtung.

Willie dachte nicht an das schicksalsschwere Verhängnis, das es in sich barg, als er dieses Schauspiel genoß und bewunderte. Vor den prunkenden, rosa und blau leuchtenden Kulissen der untergehenden Sonne nahm das Bombardement für ihn den Charakter einer lärmenden Fastnachtssitzung an. Die grünen Inseln loderten jetzt auf weiten Strecken in einem roten Flammenmeer. Die reizvollen scharlachroten Punktlinien der Spurgeschosse zogen Spitzengewebe über das purpurne Wasser. Die Feuerkugeln vor den Mündungen der großen Geschütze gewannen im Zwielicht an farbiger Leuchtkraft, der Rhythmus der atmosphärischen Erschütterungen an geordnetem Takt. Überall hing Pulvergeruch in der Luft und mischte sich im wechselnden Hauch der Brise mit den Schwaden der süßwürzigen Gerüche einer zermalmten und verglühenden tropischen Vegetation.

Willie lehnte am Geländer des Peildecks. Rettungsweste achtlos am Boden, Stahlhelm von der feuchten Stirn ins Genick geschoben, pfiff er rauchend Schlagermelodien vor sich hin. Gelegentlich gähnte er, ein ermüdeter, aber zu tiefster Befriedigung ergötzter Betrachter.

Diese Gefühlskälte, würdig eines Reitersoldaten Dschingis-Khans, war eine eigenartige Erscheinung bei einem so herzlichen kleinen Kerl wie Fähnrich Keith. Soldatisch gesehen, war sie natürlich ein Aktivum von unersetzlichem Wert. Wie die meisten dieser Henkersknechte in der Marine, sah wohl auch er im Feinde nichts weiter als eine Rattenplage. Die Japaner ihrerseits schienen – wenn man aus der stummen Verzweiflung schließen darf, mit der sie zu sterben bereit waren – in dem Glauben zu leben, sie hätten es mit einer Invasion riesiger bewaffneter Termiten zu tun. In dieser beiderseitigen Verkennung der menschlichen Werte des Gegners dürfen wir vielleicht den Schlüssel zu dem mannigfachen Gemetzel erblicken, das der Krieg im Pazifik mit sich gebracht hat. Die Invasion auf Kwajalein, das erste dieser Blutbäder, wurde zu einer der klassischen Großtaten des Krieges zur See, zu einem Wahrzeichen für Generationen. Nie hat es eine klüger konzipierte und mit größerer chirurgischer Präzision durchgeführte Operation gegeben als sie. Für das erste Kriegserlebnis eines jungen Mannes aber war sie zu großartig, zu bequem, zu phantastisch, zu vollkommen.

Whittaker streckte seinen Kopf über die oberste Treppenstufe zur Peilbrücke und rief: »Frassuh, Mistuh Keith!« Die ersten Sterne blinkten schon vom Himmel herab. Willie ging hinunter und machte sich mit den anderen Herren über ein ausgezeichnetes Steakdinner her. Als dann der Eßtisch abgeräumt worden war, blieben Willie, Keefer, Maryk und Harding um die grüne Decke sitzen und tranken ihren Kaffee.

»Na«, wandte sich Keefer an Maryk und zündete sich eine Zigarette an, »was sagst du zur heutigen Heldentat unseres lieben Old Yellowstain?«*

»Hör auf damit, Tom!«

»Das war vielleicht 'ne Sache, wie? Fersengeld zu geben, noch ehe wir überhaupt auf dem Abgangspunkt waren: diese armen Schweine in ihren Landungsbooten einfach selbst navigieren zu lassen.«

»Tom, du warst ja gar nicht auf der Brücke«, sagte der Eins O barsch. »Also kannst du nicht mitreden.«

»Ich war auf dem Peildeck, Steve, mein Alter, und habe alles gesehen und alles gehört.«

»Wir warfen einen Farbbeutel. Sie wußten also, wo sie waren.«

»Den haben wir geworfen, als noch ungefähr zwanzig Grad ...«

* Unübersetzbares Wortspiel: Yell = gelb, stain = Fleck. Yellow auch für »feige« gebraucht

»Zehn Grad. Der Kommandant hat vierundfünfzig, nicht vierundsechzig …«

»Ach was, das hast du geglaubt?«

»… und beim Abdrehen sind wir auch noch sechs- bis siebenhundert Meter weitergekommen. Der Farbfleck lag wahrscheinlich gerade richtig.«

Keefer wandte sich plötzlich an Willie. »Was meinst du dazu? Sind wir getürmt wie ein aufgeschreckter Hase oder nicht?«

Willie zögerte ein paar Sekunden. »Hör mal, ich habe nicht am Peilkompaß gestanden. Es ist immerhin möglich, daß Urban falsch abgelesen hat.«

»Willie, du hast den ganzen Tag Wache gehabt. Hast du den Alten ein einziges Mal an der Landseite der Brücke gesehen?«

Diese Frage brachte Willie den Tatbestand plötzlich zu Bewußtsein. Erschreckend blitzte es in ihm auf: nicht ein einziges Mal. Das Hin- und Herflitzen und das fortwährende Verschwinden des Kommandanten während des ganzen Tages waren ihm sowieso ein Rätsel gewesen, um so mehr, als Queeg bei früheren Manövern meist wie angewurzelt im Kartenhaus zu bleiben pflegte, wo er den Sprechfunk hören und den Rudergänger im Auge behalten konnte. Die Anspielung des Romanschriftstellers war ungeheuerlich. Willie starrte Keefer an und brachte kein Wort heraus.

»Na, was ist nun, Willie, hast du oder hast du nicht?«

Maryk sagte ärgerlich: »Tom, das ist bei Gott die tollste Anschuldigung, die ich je gehört habe.«

»Laß Willie antworten, Steve!«

»Tom – ich hatte genug zu tun, um mich selber steifzuhalten. Ich hab' mich um den Alten nicht gekümmert. Ich weiß nicht …«

»Doch! Du lügst! Du lügst, wie sich das für einen ehrenhaften kleinen Princetonmann gehört!« rief der Romanschriftsteller. »Na schön! Meine Hochachtung, daß du versuchst, die Ehre der ›Caine‹ und der Marine zu retten.« Er stand mit seiner Tasse auf und ging zur Kaffeemaschine. »Alles schön und gut. Aber wir sind für die Sicherheit unseres Schiffes verantwortlich, von unserer eigenen Haut gar nicht zu reden. Es wäre daher töricht, die Wirklichkeit nicht sehen zu wollen.« Er goß sich frischen hellbraunen und dampfenden Kaffee ein. »Hier hat sich ein neues Faktum enthüllt, mit dem wir künftig zu rechnen haben werden, und dem müssen wir ins Auge sehn, ihr Brüder: Queeg ist ein Feigling.«

Die Tür ging auf, und Queeg kam herein. Er war frisch rasiert, hatte noch den Helm auf und die Rettungsweste unterm Arm. »Mir auch eine Tasse, Tom, wenn Sie so gut sein wollen.«

»Gern, Sir.«

Queeg setzte sich auf den Stuhl am Kopf des Tisches, warf seine Rettungsweste an Deck und fing an, mit den Stahlkugeln in seiner Linken zu rollen. Er schlug die Beine übereinander und baumelte mit dem oberen, so daß sein ganzer zusammengekauerter Körper im gleichen Takt mitwippte. Übellaunig und gereizt sah er geradeaus. Große grüne Säcke hingen ihm unter den Augen, um seinen Mund zogen sich tiefe Falten. Keefer tat drei Löffel Zucker in eine Tasse mit Kaffee und stellte sie vor den Kommandanten hin.

»Danke. Hm. Frisch – mal zur Abwechslung.«

Für die nächsten zehn Minuten waren dies die letzten Worte, die in der Messe gesprochen wurden. Von Zeit zu Zeit warf Queeg den Offizieren einen flüchtigen Blick zu, dann sah er seine Kaffeetasse wieder an. Endlich, nach dem letzten Schluck, räusperte er sich und sagte: »Na, Willie, wo Sie, scheint's, doch nichts weiter zu tun haben, kann ich hier vielleicht mal ein paar Funksprüche zu sehen kriegen? Etwa siebenundzwanzig Buchnummern fehlen mir noch.«

»Ich setze mich gleich dran, Sir.« Der Fähnrich öffnete den Safe und nahm mit langsamen Bewegungen die Dechiffriermaschine heraus.

»Tom«, sagte der Kommandant und stierte auf seine leere Kaffeetasse, »nach meiner Liste ist Ducelys zwölfte Offiziersaufgabe heute fällig. Wo ist sie?«

»Sir, wir waren seit heute nacht um drei auf Gefechtsstationen.«

»Wir haben jetzt nicht Klarschiff, seit zwei Stunden schon nicht mehr.«

»Es steht Ducely zu, zu essen, sich zu waschen und auszuruhen, Sir!«

»Ruhe steht einem erst dann zu, wenn man seinen Dienst hinter sich hat. Ich wünsche die Aufgabe jedenfalls heute abend, ehe Ducely schlafen geht, bei mir auf dem Schreibtisch zu sehen. Sie legen sich gefälligst auch nicht in die Koje, bis Sie sie von ihm erhalten und korrigiert haben. Ist das klar?«

»Aye, aye, Sir.«

»Und nehmen Sie sich etwas in acht mit Ihrem naseweisen Ton, Mr. Keefer«, setzte der Kommandant hinzu. Dann stand er auf, die Augen zur Wand gerichtet. »Konduiten befassen sich auch mit solchen Dingen wie Diensteifer und Achtung vor dem Vorgesetzten.« Damit verließ er die Messe.

»Hat er was gehört?« flüsterte Willie.

»Ach was, keine Sorge!« sagte Keefer wie sonst. »Das war Sauerfratze Nummer zwei. Einfache Müdigkeit plus ein oder zwei Magengeschwüren vielleicht.«

»Halt lieber deine gottverdammte lose Schnauze!« rief Maryk.

Der Schriftsteller lachte. »Man kann nicht anders sagen, er ist schon auf Draht. Invasion oder nicht. Ducely macht seine Aufgabe. Noch nie hat man einen furchtloseren Listenschwinger gesehen als Old Yellowstain.«

Maryk stand auf und ging zur Tür. Er setzte seine verblichene Bordmütze auf. »Hören Sie zu, Mr. Keefer«, sagte er trocken, »der Name des Kommandanten auf diesem Schiff lautet Commander Queeg. Ich bin sein Erster Offizier. Ich wünsche keine derartige Verunglimpfung mehr in meiner Gegenwart. Haben Sie mich verstanden? Nichts mehr dergleichen wie Old … oder sonst was, sondern einfach Commander Queeg.«

»Melden Sie mich ruhig, Mr. Maryk«, sagte Keefer. Er öffnete die Augen so weit, daß das Weiße hervorschien. »Erzählen Sie Queeg, was ich von ihm halte. Meinetwegen soll er mich wegen Achtungsverletzung vors Kriegsgericht bringen.«

Maryk stieß ein kurzes obszönes Wort aus und ging hinaus.

»So, jetzt werde ich mal erst den armen Ducely aufstöbern«, sagte Keefer, »und ihm seine Schulaufgabe aus der Nase ziehen.«

Harding sagte: »Meine Kantinenabrechnung ist auch fällig.« Er warf sein Magazin hin und gähnte. »Ich glaube, ich mache das lieber, ehe ich in die Falle gehe. Vorigen Monat hat er mich um ein Uhr nachts aus der Koje holen lassen und sie verlangt.«

»Ein brillanter Verwaltungsfachmann, unser Alter«, sagte Keefer beim Hinausgehen.

Harding und Keith sahen sich gegenseitig an. Beide zeigten die gleiche Mischung von Besorgnis und Belustigung auf ihren Gesichtern. Harding kratzte sich am Kopf,

»Willie«, sagte er sanft, »ist das wahr, daß sich der Alte in Feuerlee herumgedrückt hat?« Der Ausdruck seiner Stimme appellierte an ihre Verbrüderung durch drei gemeinsame Monate im Deckshäuschen und an ihr erstes Erlebnis zusammen als grüne Fähnriche oben im Krähennest.

»Hardy, ich will's nicht beschwören«, antwortete Willie unwillkürlich gedämpft, »aber ich hatte den Eindruck, er war wesentlich weniger sichtbar als sonst. Aber – Herrgott, du weißt doch, was Keefer für einen Haß auf den Kommandanten hat.« Er widmete sich wieder der Dechiffriermaschine.

Harding stand auf. »Das is ja 'n Ding – toll!«

»Er mag sich auch gewaltig irren.«

»Und was passiert, wenn das Schiff mal in die Bredouille gerät?« Harding preßte die Lippen zusammen vor Zweifel und Angst. »Ein Kommandant ist dazu da, Willie, uns aus der Bredouille zu holen, nicht, auf den Fälligkeitsterminen für Berichte und Schulaufgaben rumzureiten. Ich kann dir sagen, Mensch, diese Kantinenrevision ist ein Treppenwitz. Ich habe die Handelshochschule absolviert. Ich habe Buchprüfungen für Onondaga Carbid durchgeführt. Was würde mein Chef bloß sagen, wenn er mich so in der Kantine sitzen und Marzipanstangen zählen sähe und Zahnpastatuben! – Na ja, alles das spielt weiter keine Rolle, verstehst du? Ich habe mich freiwillig zur Marine gemeldet, und jetzt bin ich auf der ›Caine‹, und wenn ich der ›Caine‹ einen Gefallen damit tue, daß ich als berufsmäßiger Bücherrevisor die Groschen- und Sechserumsätze ihrer Kantine überprüfe, na ja, dann mache ich das eben. Dafür aber schuldet mir die Marine wenigstens ein Schiff, das schwimmt, und einen Kommandanten, der kämpft – dafür ist doch der ganze Mistladen schließlich da, oder nicht?«

»Ach, weißt du, die Geschichte ist ja nun mal nicht anders! Wir haben eben eine Niete gezogen – Kriegspech. Ebensogut könnten wir beide bei den Japsen in Gefangenschaft sitzen. Wir müssen uns halt damit abfinden – weiter nichts.«

»Willie, du bist ein tadelloser Kerl«, sagte Harding und stand auf,

»aber du bist nicht verheiratet. Wir gehören nicht in denselben Stall. Wenn ich Angst habe, dann gleich für fünf Menschen, mich, meine Frau und drei Kleine. Einen besonders. Sechs Jahre alter Junge, der sehr süß lächelt. Ich muß dir gelegentlich mal ein Bild von ihm zeigen, erinnere mich daran.« Harding lief den Gang hinunter und verschwand hinter dem grünen Vorhang zu seiner Kammer.

Heldentod und Schokoladensauce

Im Morgengrauen des nächsten Tages ließ die nördliche Angriffsgruppe ein neues Schauspiel vor Fähnrich Keith über die Bühne gehen. Die heulenden Schläge der Alarmglocke jagten ihn halb angezogen auf die Brücke. Das dunstige bläuliche Zwielicht wurde von den roten und orangenen Zickzacklinien, Parabeln und Explosionen der Geschosse zerrissen. Der Donner der großen Geschütze dröhnte ihm ins Ohr. Rasch zerkaute er zwei Blätter Klosettpapier, die er zu diesem Zweck in der Tasche seiner Rettungsweste bei sich trug, und steckte sich die feuchten Bällchen ins Ohr. Sofort minderte sich der Krach der Detonationen zu erträglichen Geräuschen herab. Diesen Kniff hatte er sich selber ausgedacht, als ihnen früher einmal bei einer Geschützübung die Watte ausgegangen war. Die 7-cm-Geschütze der »Caine« hatten bei diesem Sperrfeuer weiter keine Rolle zu spielen. Queeg behielt die Mannschaft bis zum Sonnenaufgang auf Gefechtsstation, dann entließ er sie.

Willie blieb auf der Brücke, er wollte sich das lärmende und lodernde Schauspiel nicht entgehen lassen. Um halb neun schlängelte sich eine Abteilung von Landungsbooten in weitem Bogen über das ruhige Wasser in Richtung auf Roi-Namur, das wichtigste der nördlich gelegenen Bollwerke in der Korallengruppe. Auf den Inseln gab es kein Grün mehr, alles war ein einziges sandiges Grau, das nur hier und dort durch schwarze Flecken und flackernde, im hellen Sonnenlicht fahle kleine Feuersbrünste unterbrochen wurde. Alle Vegetation war verbrannt oder versengt, es gab nur noch ein Gewirr von zersplitterten Baumstümpfen, in dem man die Ruinen der niedrigen Hütten und einige kahle, zertrümmerte Mauern erkennen konnte. Willie beobachtete durch sein Glas die Ankunft der Landungsboote am

Strand, das Ausschwärmen der Tanks und der Seesoldaten. Dann sah er im Innern der verwüsteten Insel unerwartet kleine weiße und orangene Rauchwölkchen auftauchen. Er konnte einzelne Seesoldaten fallen sehen. Es war ein aufregendes und zugleich betrübliches Bild, wie wenn ein Boxer niedergeschlagen wird.

Er stellte den Kurzwellenempfänger JBD 640 an und lauschte gespannt auf die Gespräche der Leute in den kämpfenden Tanks am Strand. Es überraschte ihn, daß sie die üblichen Ausdrücke des Marinenachrichtendienstes anscheinend vergessen hatten. Untereinander und mit den Schiffen, die bemüht waren, sie mit ihrer Artillerie zu unterstützen, sprachen sie in stoßartigen, ärgerlichen, bösen Sätzen. Sie bedienten sich der dreckigsten Flüche. Zwischen dem nüchternen, beschwichtigenden Ton der Sprecher auf den Schiffen und der bitteren Erregung der Männer am Strand bestand ein beinahe tragikomisch anmutender Gegensatz. Für Willie war das alles so erschütternd und neu, daß er nahezu zwei Stunden wie gebannt zuhörte. Voller Aufregung erlebte er, wie einer der Männer mitten in einem Strom unglaublich schmutziger Ausdrücke wie abgehackt verstummte. Willie mußte annehmen, daß er gefallen war, denn der Mann hatte vom Schiff Artilleriefeuer auf ein Blockhaus verlangt, das ihn mit Maschinengewehrsalven eindeckte. Mit einer dumpfen Beschämung wurde es Willie bewußt, daß er hier, während seine Kameraden den Tod fanden, Erlebnisse aufstapelte, die er später in gemütlicher Gesellschaft zum besten geben würde. Offenbarte sich hierin nicht eine erschreckende Gefühlskälte? Aber er dachte nicht daran, das Gerät deshalb abzustellen.

Um so mehr bedrückte ihn ein anderes Erlebnis, das sich während des Mittagessens abspielte. Er goß sich gerade dicke Schokoladensauce über sein Eis, als eine krachende Detonation erfolgte, so heftig, wie er sie bisher noch nicht gehört hatte. Bestecke und Gläser klirrten. Er fühlte den Luftdruck wie eine Ohrfeige. Mit Keefer und Jorgensen sprang er auf und rannte an das Steuerbordbullauge. Jorgensen riß den blechernen Windfänger aus der Öffnung, und die Offiziere spähten hindurch.

Über Namur stieg eine gewaltige schwarze Wolke langsam gen Himmel. Lange häßliche, wurmartige Flammen züngelten aus dem brodelnden Explosionsherd hervor.

»Das muß das Hauptmunitionsdepot sein«, meinte Keefer.

»Hoffentlich sind ein paar tausend Japaner mit in die Ewigkeit geflogen«, bemerkte Fähnrich Jorgensen und rückte sich die Brille zurecht.

»Glaub' ich gar nicht mal.« Keefer setzte sich wieder an den Tisch. »Die stecken alle in schönen tiefen Löchern, soweit sie nicht überhaupt schon abgehauen sind. Aber von unseren eigenen Leuten dürften genug dabei draufgegangen sein, das ist mal klar.«

Willie starrte eine gute Minute lang auf die lodernde Zerstörung, eine warme, duftende Brise strich ihm über das Gesicht. Fähnrich Jorgensen atmete in seinen Nacken und kaute schmatzend sein Fleisch.

Dann setzte sich Willie wieder an seinen Platz und tauchte den Löffel in das dicke weiße geschmolzene Eis, das, mit dem Braun der Schokolade vermischt, einen leckeren Anblick bot. Es stieß ihm plötzlich auf, welch verwirrender Kontrast zwischen ihm selber, der sich hier sein Eis schmecken ließ, und den Seesoldaten auf Namur bestand, die eben wenige tausend Meter weiter in die Luft gesprengt worden waren. Auch dieser Gedanke, so tief es ihn erschüttern mochte, genügte nicht, ihm den Appetit an seinem Eis zu verderben, aber es tobte ihm im Kopf herum wie eine Schaufel Kieselsteine. Schließlich platzte er offen damit heraus.

Die anderen Offiziere warfen ihm verständnislose Blicke zu. Keiner ließ sich im Genuß seines Nachtisches stören. Nur Ducely, der die Gewohnheit hatte, seinen Teller mit derartigen Mengen von Schokoladensauce zu überschwemmen, daß den anderen übel wurde, bremste seine Bewegung nach dem Kännchen, goß sich dann nur eine ganz dünne braune Spirale auf sein Eis und setzte es verstohlen wieder hin.

Keefer schob seinen blankgegessenen Teller zurück und sagte: »Du spinnst ja, Willie. Der Krieg ist ein Geschäft, bei dem eine große Menge von Menschen zusieht, wie einige wenige Menschen totgeschossen werden. Und sie freuen sich wie die Schneekönige, daß sie es nicht selber erwischt hat.« Dann zündete er sich eine Zigarette an. »Schon morgen schicken sie uns vielleicht in die Lagune zum Minenräumen. Diese Inseln hier werden vermutlich besetzt werden. Dann sitzen die Seesoldaten haufenweise am

Strand auf ihren Decken, verzehren ihren Lunch und sehen ihrerseits zu, wie wir alle himmelhoch in die Luft gesprengt werden. Keiner von ihnen wird deshalb auch nur für eine Sekunde mit Kauen aufhören.«

»Zum mindesten werden sie höchstens ihre eisernen Rationen essen, aber kein Eis mit Schokoladensauce«, sagte Willie. »Mir kommt das so – so herausfordernd luxuriös vor, so ...«

»Hör mal zu, niemand schleift dich vors Kriegsgericht, wenn du dein Eis stehenläßt«, sagte Keefer.

»Bei Guadal haben wir mal eines Nachts so einen Verein von Seesoldaten die Küste entlangtransportiert«, sagte Maryk und löffelte dabei seinen Nachtisch aus. »Die Nacht war ganz ruhig, aber sie wurden trotzdem alle entsetzlich seekrank. Der Hauptmann der Kompanie lag drüben auf der Couch. Auf einmal sagte er: ›Ich mache mir bestimmt nichts aus Guadalcanar, aber ich möchte verdammt lieber dort ein Jahr als eine Woche auf diesem Eimer hier sitzen.‹ Er sagte, er würde glatt aussteigen, wenn er höre, wir würden Minen suchen. ›Von allen üblen Aufgaben dieses Krieges‹, sagte er, ›ist Minensuchen die übelste. Ich kann nicht verstehen, wie ihr Kerls nachts überhaupt schlafen könnt, allein schon bei dem Gedanken, daß ihr euch auf einem Minensucher befindet.‹«

»Kann dieses Schiff richtiggehend Minen suchen?« fragte Ducely. »Ich kann das tatsächlich kaum glauben.«

»Sie haben ja gerade eben erst eine Offiziersaufgabe eingereicht«, antwortete Keefer, »in der Sie sieben Seiten lang genau beschreiben, wie das gemacht wird.«

»Ach, das Ding da. Wissen Sie, ich hab' das einfach wörtlich aus dem Handbuch für Minensucher abgeschrieben. Ich weiß nicht einmal, was die einzelnen Ausdrücke bedeuten. Was ist das für ein Scherkörperdings, wovon da dauernd die Rede ist?«

»Mr. Keith«, sagte Maryk leise knurrend, »nehmen Sie gleich nach dem Essen Ihren jungen Mann an der Hand und zeigen Sie ihm mal so einen Scherkörper.«

»Aye, aye, Sir«, antwortete Willie und blinzelte über seine Zigarette wie ein alter Seebär.

Der Tisch wurde noch abgeräumt, da brachte ein Funker einen an das Schiff adressierten Funkspruch. Eilig entschlüsselte ihn Willie. Die »Caine« erhielt Befehl, am nächsten Tag eine Gruppe von Landungsfahrzeugen zum Funafuti-Atoll zu geleiten. Funafuti lag weit im Süden und ganz außerhalb der Kampfzone. Willie war traurig, daß sie die Angriffsgruppe verlassen sollten.

Er blieb an der Reling bei der Kommandantenkajüte stehen und sah sich um. Die Szene war ruhiger geworden. An manchen Stellen war die Artillerieunterstützung noch im Gange, in der Hauptsache war das Sperrfeuer aber vorbei. Die Flotte, die in der Lagune vor Anker lag, hatte ihr kriegerisches Gesicht verloren. Nackte Matrosen machten Kopfsprünge von ihren Schiffen und plätscherten lustig im Wasser herum, das seine blauen Farben verloren hatte und vor lauter Abfall gelbbraun geworden war. Auf manchen Schiffen hingen in unregelmäßigen Zwischenräumen weiße Laken über der Reling zum Trocknen aus.

»Funafuti, wie?« Der Kommandant saß an seinem Schreibtisch. Mit der einen Hand aß er Eis aus einem Suppenteller, mit der anderen versuchte er die einzelnen Teile eines Puzzlespiels zusammenzusetzen.

»Schön. Sagen Sie Mr. Maryk, er soll mal raufkommen, und sagen Sie Whittaker, er soll mir noch einen großen Teller Eis und etwas Kaffee raufbringen.«

Es klopfte schüchtern an die Tür. Funker Smith grinste in angstvoller Verlegenheit. »Bitte, entschuldigen Sie, Sir. Mir wurde gesagt, Mr. Keith sei hier – ein großer Tag, Mr. Keith, noch ein Funkspruch für uns.«

Queeg sagte: »Her mit dem Ding.« Der Funker legte den Befehl vor den Kommandanten auf den Schreibtisch und verzog sich schleunigst.

Queeg sah auf den Absender und wackelte auf seinem Stuhl. Er lehnte sich wieder zurück und sagte langsam: »Sieh mal an! Personalbüro. Sicher wird irgend jemand versetzt.«

Willie griff hastig nach dem Zettel. »Ich gehe sofort und entschlüssele, Sir.«

»Gut, Willie, machen Sie das. Vielleicht bin ich's sogar. Ich bin eigentlich schon ein bißchen zu dienstalt für unsere gute ›Caine‹.«

Der Kommandant reichte ihm das Blatt über die Schulter. Dann rief er ihm nach: »Und vergessen Sie ja nicht, Befehle sind geheime Kommandosache!«

»Aye, aye, Sir.«

Willie hatte in der Messe kaum die Dechiffriermaschine aufgestellt, als Queeg hereingeschlendert kam. Der Kommandant schenkte sich eine Tasse Kaffee ein. »Wie weit sind Sie, Willie?«

»Ich fange gerade an, Sir.«

Queeg stand hinter ihm, während er den Funkspruch hintippte. Es war ein Marschbefehl für Leutnant Rabbitt, der auf den Zerstörerminensucher »Oaks« versetzt wurde. Das Schiff war noch im Bau in San Franzisko.

»Rabbitt, wie? Neues Schiff, wie? Das ist ja hübsch! Ich nehme den Befehl mit, Willie.« Queeg reichte über Willies Schulter und zog die Entschlüsselung aus der Maschine. »Seien Sie sich über eins klar, Willie: Ich und nur ich allein entscheide, wann Mr. Rabbitt von diesem Marschbefehl Kenntnis erhält. Haben Sie mich verstanden?«

»Aber, Sir, der Befehl ist doch an ihn adressiert.«

»Verflucht noch mal, Willie, Sie entwickeln sich zum schlimmsten Marinekriegsgerichtsrat, der mir je begegnet ist. Zu Ihrer Information: Dieser Befehl ist an die ›Caine‹ adressiert, und deren Kommandant bin ich. Ich kann Mr. Rabbitt in Marsch setzen, wann es mir paßt, nachdem ich jetzt die Wünsche des Personalbüros kenne. Ich habe in Harding als Ersatz für Rabbitt nicht das geringste Vertrauen, noch nicht, und bis Harding so weit ist, daß er mir geeignet erscheint, kann Rabbitt selbstverständlich ohne weiteres noch auf der ›Caine‹ mitfahren, wie wir anderen auch. Ist das verstanden?«

Für Willie war es eine Folter, seine Kenntnis von Rabbitts Marschbefehl für sich behalten zu müssen. Bei Tisch saß er dem Leutnant gegenüber und mußte immer wieder auf sein bleiches, geduldiges, besorgtes Gesicht mit der ständig über das linke Ohr fallenden braunen Haarsträhne hinschielen. Er kam sich wie der Mitwisser eines Verbrechens vor.

Jetzt merkte der Fähnrich auf einmal, wie sympathisch Rabbitt ihm geworden war. In seine Arme war er damals gesprungen, als er zum erstenmal an Bord der »Caine« kam, und er erinnerte sich noch seiner bedächtigen Begrüßungsworte: »Hoppla, nicht so eifrig! Sie wissen gar nicht, wo Sie hier hineinspringen.« Erst hatte Willie ihn für einen langweiligen Klotz gehalten. Mit der Zeit waren aber andere Qualitäten bei Rabbitt in Erscheinung getreten: Er kam bei Wachablösung nie zu spät. Nie konnte er jemandem einen Gefallen abschlagen, und bei seinen Freundschaftsdiensten war er mit einem Eifer dabei, als handele es sich um Befehle des Kommandanten. Die Matrosen sausten, wenn er einen Befehl erteilte, obgleich er dabei stets einen fast scherzenden Ton an sich hatte. Seine Eintragungen in die Logbücher machte er pünktlich, und er hatte Willie mehr als einmal angeboten, ihm bei der Entschlüsselung zu helfen, wenn besonders viel vorlag. Kaum je hatte Willie aus seinem Mund ein abfälliges Wort über andere gehört, mit der einzigen Ausnahme, wenn man in der Messe gemeinsam über Queeg herzog.

Aber Willie fürchtete den Kommandanten viel zu sehr, als daß er sich getraut hätte, Rabbitt ein Sterbenswort über die große Neuigkeit zuzuflüstern. Der Leutnant hatte die Mittelwache gehabt und stolperte im nebligen Morgengrauen ohne eine Ahnung, daß die Erlösung aus all dem Elend bereits für ihn auf des Kommandanten Schreibtisch lag, in seine Koje. Alles das lastete so schwer auf dem Gewissen des Nachrichtenoffiziers, daß er keinen Schlaf finden konnte.

Nach dem Frühstück saß Willie unlustig beim Entschlüsseln der Tageseingänge, als Queeg hereinkam. Ein anderer Commander begleitete ihn, offensichtlich ein neu Beförderter, denn die Blätter an seinem Mützenschild glänzten noch in frischem Gold. Der Fähnrich sprang auf.

»Commander Frazer, dies ist mein Nachrichtenoffizier, Fähnrich Keith.«

Willie schüttelte einem schlanken, braungebrannten Offizier von etwa dreißig Jahren die Hand. Er hatte ein energisches Kinn, klare blaue Augen, kurzgeschnittenes blondes Haar und trug ein frischgebügeltes Khakihemd. Queeg sah in seiner durch die scharfe Wäsche auf der »Caine« verblichenen Khakiuniform neben ihm geradezu schäbig aus.

»Machen Sie nur weiter mit Ihrer Arbeit, Willie«, sagte der Kommandant.

»Aye, aye, Sir.« Der Fähnrich schob seinen Kram ans andere Ende des Tisches.

Whittaker kam mit einer dampfenden Kaffeekanne und schenkte Queeg und seinem Gast ein. Es stellte sich heraus, daß Frazer, Kommandant eines Zerstörers, gerade nach den Staaten zurückbeordert worden war, um das Kommando eines neuen Zerstörerminensuchers zu übernehmen, neu insofern, als hier ein moderner Zerstörer, nicht aber eine Reliquie aus dem Ersten Weltkrieg für Minensuchzwecke umgebaut wurde. Er sei an Bord gekommen, erzählte er, um sich ein wenig umzusehen, da er vom Minensuchen nicht viel verstünde.

»Man baut eine ganze Flottille davon um«, sagte Frazer. »Der Chef meiner Flottille, Kapitän Voor, glaubt, ich werde zurückgeschickt, um Halbflottillen- oder Flottillenchef zu werden. Ich weiß nicht, ob das stimmt. Jedenfalls aber ist es Zeit, daß ich meine Kenntnisse vom Minensuchen ein wenig auffrische.« Er setzte gemütlich seine geschwungene Pfeife in Brand.

»Es soll mir ein Vergnügen sein«, sagte Queeg, »Ihnen alles zu zeigen und Ihnen das wenige, was wir hier wissen, zu erzählen. Welches Schiff hat man Ihnen denn gegeben, Sir?«

»Die ›Oaks‹«, antwortete Frazer.

Willies Herz machte einen Satz. Er sah, wie Queeg zu ihm herüberblinzelte, und beugte sich tiefer über seine Arbeit, um seinem Blick auszuweichen. »Die ›Oaks‹, wie? Sechzehnhundert Tonnen. Ich war als junger Leutnant ein Jahr auf einem von diesen Zerstörern. Nette Schiffe.«

»Das Personalbüro war so freundlich, mir eine vorläufige Liste meines neuen Offizierskorps zuzusenden«, sagte Frazer. Er zog ein dünnes Blatt aus seiner Brusttasche. »Wie es scheint, entführe ich Ihnen auch einen Ihrer Herren. Wie heißt er noch? – O ja – hier, Rabbitt.«

Queeg trank einen Schluck Kaffee.

»Haben Sie seine Kommandierung noch nicht hier?« fragte Frazer.

Queeg trank noch einen Schluck Kaffee. Dann sagte er: »Doch, ja. Wir haben den Befehl bekommen.«

Frazer lächelte. »Na, das ist ja famos. Hab' ich mir auch gedacht.

Ich habe nämlich zufällig den Befehl vom Personalbüro auf der Foxwelle gesehen und ihn einen meiner Herren entschlüsseln lassen – fein. Er ist Ihr ältester Leutnant, nicht wahr? Ich möchte annehmen, er weiß ziemlich gut mit Minensuchen Bescheid!«

»Tüchtiger Offizier.«

»So, da habe ich also Glück. Ich kann einige vordringliche Flugscheine bekommen. Vielleicht kann Rabbitt mit mir zurückfliegen und mich unterwegs schon in alles einweihen.«

»Das ist alles schön und gut. Aber wir gehen heute nachmittag in See. Kurs Süd.«

»Macht weiter nichts. Schicken Sie ihn zu mir an Bord, ich kann ihn unterbringen. In ein paar Tagen kann ich wohl mit ihm abhauen. Meine Ablösung ist schon an Bord und bereit, zu übernehmen.«

»Augenblick mal. Die Frage des Ersatzes für Rabbitt ist noch gar nicht geklärt«, sagte Queeg kichernd. Diese Töne klangen in der Messe merkwürdig verloren.

»Wie meinen Sie das, Sir? Haben Sie denn für Rabbitt keinen geeigneten Mann an Bord?«

»Das hängt ganz davon ab, was Sie unter geeignet verstehen. – Noch etwas Kaffee, Commander?«

»Nein, besten Dank – sind Sie denn derartig knapp an Leuten, Commander Queeg? Wie lange ist Rabbitts junger Mann schon an Bord?«

»Harding? Ich glaube, fünf oder sechs Monate.«

»Taugt er nichts?«

»Na, das wäre etwas hart.«

»Aber hören Sie mal, Sir. Auf meinem Schiff gibt es mit Ausnahme des Eins O nicht einen einzigen Offizier, den ich nicht innerhalb vierundzwanzig Stunden losschicken könnte. Ich meine, das gehört schließlich mit dazu, daß man die allgemeine Ausbildung so auf der Höhe hält.«

»Das kommt ganz darauf an, was Sie verlangen, Sir«, erwiderte Queeg. »Ich bin überzeugt, auf vielen Schiffen würde Fähnrich Harding nach jeder Hinsicht zufriedenstellen. Es ist nur so – wie soll ich mich ausdrücken –, auf meinem Schiff ist außergewöhnliche Eignung das normale Niveau, und ich bin nicht ganz sicher, daß Harding diese Höhe bereits erreicht hat.«

»Ich glaube, ich nehme doch noch etwas Kaffee, wenn ich bitten darf«, sagte Frazer.

»Willie«, sagte Queeg, »wären Sie wohl so gut …«

Der Fähnrich sprang auf und schenkte den beiden Kommandanten Kaffee ein.

»Schön, Commander Queeg«, sagte Frazer, »ich verstehe Ihren Gesichtspunkt. Ich habe alle Achtung vor Ihren hohen Leistungsbegriffen. Auf der anderen Seite aber braucht die ›Oaks‹ unbedingt einen ältesten Wachoffizier, der sofort ihre Indienststellung vorbereitet, insbesondere brauche ich jemanden um mich herum, der etwas vom Minensuchen versteht. Schließlich haben wir ja Krieg. Die Leute müssen schnell lernen und sich große Mühe geben …«

»Weiß ich nicht«, sagte Queeg und lächelte verschmitzt. »Meiner Auffassung nach sollten die Anforderungen an die Ausbildung eines Offiziers im Krieg eher höher als niedriger bemessen werden. Schließlich stehen ja doch Menschenleben auf dem Spiel, nicht wahr?«

Frazer rührte sich langsam seine Büchsenmilch in den Kaffee und studierte Queegs Gesicht mit zusammengekniffenen Augen. Der Kommandant der »Caine« lümmelte sich auf seinem Stuhl zurück und starrte, noch immer lächelnd, gegen die Wand. Seine eine Hand hing über der Stuhllehne, die Stahlkugeln klirrten leise darin.

»Commander Queeg«, sagte der blonde Kommandant, »Sie haben sich Ihr Argument ganz schön zurechtgelegt. Es hätte nur wenig Sinn für mich, die Indienststellung der ›Oaks‹ so lange warten zu lassen, bis sich dieser Ersatzmann für Rabbitt dazu bequemt hat, Ihren hohen Ansprüchen nachzukommen. Stimmt's? Ich muß nach Washington und mich beim Personalbüro melden. Wie wär's, wenn ich denen dort ganz offen sage, daß Sie Schwierigkeiten haben, einen nach Ihren Begriffen geeigneten Ersatzmann für Rabbitt heranzubilden, und einfach um einen anderen Offizier bitte …«

»Ich habe nicht die geringsten Schwierigkeiten, Sir, und ich messe mich, was den Stand unserer Offiziersausbildung betrifft, mit jedem Schiff in der Flotte«, antwortete Queeg rasch. Es klirrte, als er seine Kaffeetasse hinsetzte. »Wie gesagt, nach jedem Maßstab, außer nach meinem eigenen, ist Harding durchaus qualifiziert, und nach meinem eigenen Maßstab ist sein Ausbildungsstand sogar verdammt gut, und, wie gesagt, wenn Rabbitt heute nachmittag wegmüßte, wäre die ›Caine‹ noch immer in der Lage, alle ihr übertragenen Aufgaben durchzuführen, aber, was ich nur sagen wollte …«

»Das höre ich gern, Sir, und ich bin überzeugt, es stimmt auch«, sagte Frazer grinsend. »Und nachdem das nun so ist – kann ich Rabbitt dann heute nachmittag haben?«

»Nun, Sir …«, Queeg wackelte ein paarmal mit dem Kopf und ließ ihn dann zwischen die Schultern sinken. Er schielte unter seinen Augenbrauen hervor. »Nun – wie gesagt – nachdem es anscheinend auf der ›Oaks‹ die größten Schwierigkeiten verursacht, wenn Rabbitt noch ein paar Tage hier an Bord bliebe – mehr wollte ich ja gar nicht, und er sollte Harding noch eine konzentrierte Einführung – natürlich bin ich vollkommen darüber im Bilde, daß die ›Caine‹ ein veraltetes Fahrzeug ist und daß die Kampfaufgaben der ›Oaks‹ sehr viel wichtiger sind, Sir, aber gerade aus diesem Grunde halte ich die Ausbildung für eine der vornehmsten Aufgaben auf meinem Schiff, und wenn ich übertriebene Anforderungen zu stellen scheine, na, dann sehe ich durchaus nicht ein, warum Sie mir daraus einen Vorwurf machen sollten, und das Personalbüro auch nicht.«

»Ganz im Gegenteil, Sir, Sie verdienen besondere Erwähnung wegen Ihres hohen Niveaus.« Frazer stand auf und nahm seine Mütze. »Ich darf wohl meine Gig für Rabbitt schicken, sagen wir um 16 Uhr, Sir. So sparen Sie sich eine Fahrt für eigenes Boot. Wäre Ihnen das so recht?«

»Das wäre ausgezeichnet. Sollten Sie im Personalbüro irgendwelche Freunde haben, so könnten Sie ihnen vielleicht sagen, Commander Queeg, Philipp, Crew 36, verdient eigentlich auch ein neues Kommando … Ich bringe Sie ans Fallreep, Sir«, sagte Queeg noch, als Frazer zur Tür ging.

»Danke vielmals. Ich habe mich gefreut, Sie kennenzulernen, Keith.«

»Es war mir eine Ehre und ein Vergnügen, Sir«, antwortete Willie. Es gelang ihm trotz aller Mühe nicht, den fröhlichen Ton in seiner Stimme zu unterdrücken. Queeg warf ihm beim Hinausgehen einen unheilvollen Blick zu.

Wenn ein Offizier versetzt wurde und die »Caine« verließ, nahm außer der Fallreepwache, die im Logbuch den genauen Zeitpunkt seines Abgangs einzutragen hatte, meistens kein Mensch davon Notiz. Als Willie aber an diesem Nachmittag die Wache hatte, beobachtete er gegen drei Uhr dreißig einen außergewöhnlichen Vorgang. Die Matrosen sammelten sich in der Nähe des Seefallreeps und flüsterten miteinander. Auch die Offiziere zogen sich einer nach dem anderen auf dem Achterdeck zusammen. Offiziere wie Mannschaften beobachteten die Bewegungen der Truppen und Fahrzeuge auf den schwer mitgenommenen Inseln, oder sie machten ihre Witze über die Gestalten der Schwimmer, die um einen in der Nähe vor Anker liegenden Zerstörer herumplätscherten. Sie ulkten die Leute an, die gerade den dritten Schornstein schieferblau anstrichen. In der warmen Luft verbreitete die Ölfarbe einen starken süßlichen Geruch.

»Da kommt sie«, sagte jemand. Eine schmucke Gig rauschte um den Bug eines Transportmutterschiffes und hielt durch das schmutzige Wasser auf die »Caine« zu. Ein Aufatmen ging durch die Zuschauer wie durch das Publikum nach einem dramatischen Höhepunkt im Theater.

Whittaker kam mit einem der Stewards durch das Steuerbord-Seitendeck. Sie trugen einen verwitterten hölzernen Offizierskoffer, auf dem zwei blaue Segeltuchtaschen lagen. Hinter ihnen ging Rabbitt. Überrascht sah er auf die Ansammlung. Die Offiziere schüttelten ihm nacheinander die Hand. Die Matrosen standen, Daumen in ihren Koppeln oder Hände in den Hosentaschen, dabei. Einige von ihnen riefen: »Auf Wiedersehen, Mr. Rabbitt!«

Klatschend legte die Gig neben dem Seefallreep an.

Rabbitt trat vor Willie und grüßte. Er preßte die Lippen hart zusammen, und seine Augen zuckten nervös. »Ich melde mich von Bord, Sir.«

»Danke«, sagte Willie. Impulsiv setzte er hinzu: »Sie wissen gar nicht, wo Sie hier herausspringen.«

Rabbitt grinste, drückte Willie die Hand und stieg das Fallreep hinunter. Die Gig setzte ab. Willie stand am Pult und blickte die lange Reihe der Rücken an der Reling entlang. Sie erinnerte ihn an die ungeladenen Zuschauer vor der Kirche, wenn andere Hochzeit machen. Dann ging er selber an die Reling und blickte Rabbitt nach. Die Gig verschwand hinter dem Transporter. Man sah nur noch, wie sich das schäumende Wogen des Kielwassers langsam verzog.

Es dauerte keine Stunde, da bekam Queeg seinen Koller.

Paynter brachte ihm einen Bericht über den Verbrauch an Treibstoff und Wasser. Der Wasserverbrauch der Mannschaft war während des Unternehmens Kwajalein um 10 Prozent gestiegen. »So, Sie wissen also nicht mehr, wie kostbar das Wasser ist, wie? Schön, Mr. Paynter«, kreischte der Kommandant, »für 48 Stunden verbiete ich den Offizieren und Mannschaften jeglichen Gebrauch von Wasser. Vielleicht wird ihnen das eine Lehre sein. Bei mir herrscht nämlich Ordnung.«

Eine halbe Stunde später ging die »Caine« Anker auf und verließ die Lagune von Kwajalein in der Richtung auf Funafuti.

Die Wassersperre

In den Tagen der Segelschiffe galt der Rückenwind als ein Segen des Himmels. Nicht so im Zeitalter der Dampfschiffe.

Die »Caine« schlich auf ihrem Wege nach Funafuti zweihundert Meilen von Kwajalein entfernt mit zehn Meilen Fahrt über das Meer. Dicke Wolken hingen wie gewaltige schmutzige Kissen am Himmel. Das Schiff war in seine eigenen Dünste eingehüllt und konnte ihnen nicht entrinnen. Denn die Brise stand gleichfalls mit zehn Meilen von achtern. Auf diese Weise war an Bord überhaupt keine Luftbewegung zu spüren. Der Minensucher schien in einer gespenstischen Flaute dahinzufahren. Die Schornsteingase wirbelten und rollten träge, ölig, fast sichtbar über das Deck. Sie stanken, bedeckten Zunge und Kehle mit einem kitzelnden, faulig schmeckenden Belag und stachen in die Augen. Dazu war die Luft heiß und feucht. Der Geruch der angefaulten Kohlköpfe in den Kisten auf dem hinteren Deckshaus verband sich mit dem Rauch der Schornsteine zu einem übelkeiterregenden Gemisch. Die Mannschaften und die Offiziere der »Caine« schwitzten in ihrem Schmutz, die Erfrischung einer Dusche war ihnen gewaltsam versagt. Mit heraushängender Zunge und stumpfen Augen sahen sie einander an. Ihre Finger arbeiteten in ihren ausgetrockneten Nasenlöchern herum.

Die »Caine« und ein Zerstörergeleit hatten sechs Landungsfahrzeuge zu sichern, dicke, schwerfällige, mehr als hundert Meter lange Kähne, die trotz ihres Aussehens wie dicke Holzschuhe sonderbar gebrechlich wirkten. Man hatte das Gefühl, ein entschlossener Angriff mit einem Büchsenöffner auf einen dieser bauchigen Schiffsrümpfe würde sofort das Kommando »Alle Mann aus dem Schiff!« herbeiführen. Die Landungsschiffe schlackerten mit acht Meilen über die See, die zickzackenden Geleitschiffe fuhren eine Kleinigkeit schneller.

Nachdem Queegs Wassersperre ungefähr vierundzwanzig Stunden gedauert hatte, fand Maryk sich plötzlich in der Kajüte ein. Der Kommandant der »Caine« lag nackt in seiner Koje auf dem Rücken. Zwei große Ventilatoren summten mit höchster Geschwindigkeit und sandten Ströme von Luft auf ihn hernieder. Trotzdem stand ihm der Schweiß in dicken Tropfen auf der käsigen Brust.

»Was ist los, Steve?« fragte er, ohne sich zu rühren.

»Sir, könnte man nicht den Wasserbefehl in Anbetracht der außergewöhnlichen Windverhältnisse statt nach zwei Tagen schon nach einem Tag aufheben? Paynter sagte mir, wir hätten mehr als genug Wasser, um bis Funafuti damit zu reichen.«

»Darauf kommt es überhaupt nicht an!« rief Queeg. »Ich möchte nur mal wissen, warum sich jedermann auf diesem verfluchten Schiff so dämlich anstellt. Glauben Sie etwa, ich wüßte nicht, wieviel Wasser wir haben? Der Witz ist, daß die Leute auf unserem Schiff mit dem Wasser geaast haben und daß man ihnen zu ihrem Besten eine Lektion erteilen muß. Darum handelt es sich.«

»Sir, sie haben ihre Lektion gelernt. Ein Tag unter diesen Bedingungen ist schlimmer als sonst eine ganze Woche.«

Der Kommandant warf die Lippen auf: »Nein, Steve, ich habe gesagt, achtundvierzig Stunden, also bleibt es bei achtundvierzig Stunden. Wenn unsere Leute erst mal auf die Idee kommen, ich wäre ein Quasselfritze und nähme meine eigenen Worte nicht ernst, dann gibt's überhaupt keine Möglichkeit mehr, sie in der Hand zu behalten. Herrgott noch mal, Steve, ich würde wahrhaftig selber auch gerne mal duschen. Ich weiß genau, wie das tut. Aber zum Besten der Leute selber müssen wir diese Unannehmlichkeit leider auf uns nehmen.«

»Ich frage nicht für mich selber, Sir, aber die Leute …«

»Jetzt kommen Sie mir nicht damit!« Queeg stützte sich auf einen Ellbogen und glotzte den Ersten Offizier an. »Mir liegt das Wohl der Leute genauso am Herzen wie Ihnen. Fangen Sie mir nur nicht damit an, sich hier als Volkstribun aufzuspielen. Haben die Leute Wasser verschwendet oder nicht? Wie? Natürlich haben sie. Also, was wollen Sie von mir – soll ich ihnen etwa noch eine besondere Belobigung ausstellen?«

»Sir, der Verbrauch war nur um ganze zehn Prozent hinaufgegangen, und das war noch dazu an einem Landungstag. Da kann man doch wirklich nicht von Verschwendung reden!«

»Genügt wir, genügt mir, Mr. Maryk.« Queeg legte sich aufs Bett zurück. »Ich sehe, Sie wollen nur mit mir rechten. Bedaure, ich kann Ihnen damit im Augenblick leider nicht dienen. Dafür ist es viel zu heiß und stickig. Danke!«

Maryks breite Brust hob sich, und er seufzte schwer. »Sir, wie wäre es wenigstens mit fünfzehn Minuten Duschen nach dem Deckwaschen?«

»Verflucht noch mal, nein! Sie kriegen genug Wasser in der Suppe und im Kaffee, um nicht auszudörren. Das ist die Hauptsache. Künftig werden sie daran denken, auf meinem Schiff kein Wasser zu verschwenden! Sie können jetzt gehen, Steve.«

Der Rückenwind hatte weder in der Nacht noch am nächsten Tag Erbarmen mit der »Caine«. Die Luft, die unter Deck aus den Ventilatoren kam, war unerträglich. Meist bestand sie überhaupt nur aus Schornsteingasen. Die Matrosen verließen in Scharen ihre Unterkünfte und schliefen zu Klumpen geballt auf dem achteren Deckshaus oder auf dem Mitteldeck, so weit wie nur möglich von den Schornsteinen entfernt. Einige brachten ihre Matratzen heraus, die meisten aber rollten sich auf den rostigen Deckslatten zusammen und benutzten Rettungswesten als Kopfkissen. Auf der Brücke konnte man während der Nacht nur noch keuchend Atem holen. Auf gewissen Strecken beim Zickzacken blies die Brise in einen leichten Winkel anstatt von achtern. Wenn man den Kopf dann über die

Reling hinausstreckte, konnte man ein oder zwei Atemzüge warmer, frischer, aber unglaublich weichlicher Luft schnappen.

Als die heiße Sonne am nächsten Morgen dem Meere entstieg, beleuchtete sie mit ihrem roten Licht ein Schiff, das wie von einer Seuche geschlagen schien. Überall an Deck lagen schmutzige, halbnackte Körper wie leblos herum. Der Bootsmann, der zum Wecken pfiff, stieß auf allgemeinen Widerwillen. Die Körper regten sich schließlich, erhoben sich und schlichen mit bleiernen Gliedern an ihr Tagewerk wie die tote Besatzung in der »Geschichte eines alten Seemanns«. Die »Caine« war jetzt fünfzig Meilen vom Äquator entfernt und steuerte fast genau nach Süden. Stunde um Stunde stieg die Sonne am Himmel, Stunde um Stunde wurde die Luft heißer und feuchter. Immer weiter schlingerte das Schiff über die glitzernde See, eingefangen im Gestank seiner eigenen Schornsteingase und der angefaulten Wirsingköpfe.

Gegen Mittag setzte sich die menschliche Natur zur Wehr. Die Heizer fingen an, im hinteren Maschinenraum, wo die Verdampfer standen, Wasser zu klauen, so daß Queeg keinen Druck in der Wasserleitung feststellen konnte. Die Kunde davon ging wie ein Lauffeuer auf dem ganzen Schiff herum. Auf den engen Stahlniedergängen in den kochenden, rasselnden Maschinenraum drängten sich die Matrosen. Paynter entdeckte die Sache sofort und meldete sie Maryk im Kartenhaus. Der Erste Offizier zuckte die Schultern. »Ich kann kein Wort verstehen«, sagte er, »mir klingen die Ohren von den Schornsteingasen.«

Diese gesegnete Erlösung war aber nur der Mannschaft zugänglich. Die Offiziere hörten zwar davon, trotz ihrer einmütigen Ablehnung des Kommandanten hielt sie aber ein instinktives, lebhaftes Empfinden für die symbolische Bedeutung der Offiziersmütze davon ab, auch in den Maschinenraum hinunterzusteigen.

Nur Ducely, wie nicht anders zu erwarten, legte um drei Uhr nachmittags den Kopf neben der Entschlüsselungsmaschine auf die Arme und jammerte Willie etwas vor, er könne es nicht mehr aushalten, er müsse unbedingt nach achtern in den Maschinenraum gehen, um ein Glas Wasser zu trinken. Willie sah ihn nur scharf an. In diesem Augenblick glich Fähnrich Keith dem pausbackigen Klavierspieler mit den fröhlichen Gesichtszügen, der vor vierzehn

Monaten ins Furnald-Haus geschritten war, kaum noch. Scharfe Linien zogen sich um Mund und Nase, Backenknochen und Kinn, brachen aus dem runden Knabengesicht von damals hervor. Die Augen lagen in rußigen Höhlen, die Haut war schmutzig und mit braunen Stoppeln bedeckt. Schweiß rieselte ihm in den offenen Kragen zum Nacken hinein, das Hemd war dunkel verschwitzt.

»Wenn Sie nach achtern gehen, Sie trauriger Lump«, sagte er zu Ducely, der einen Kopf größer war als er, »dann ziehen Sie sich lieber gleich Ihre Rettungsweste an. So wahr ich hier sitze, ich schmeiße Sie über Bord.«

Ducely wimmerte vor sich hin, dann richtete er sich wieder auf und drückte an den Tasten der Dechiffriermaschine herum.

In gewisser Hinsicht war Commander Queeg nicht ganz so von seinen Offizieren isoliert, wie er sich das wohl gewünscht hätte. Da er keine eigene Toilette besaß, mußte er jedesmal unter Deck und die Offizierstoilette im Messegang benutzen. Dieses periodische Auftauchen des Kommandanten zu unvorhergesehenen Zeiten führte zu manchem Verdruß. Bei den Offizieren hatte sich die instinktive Gewohnheit herausgebildet, auf des Kommandanten Tür zu horchen. Sobald sie ein Geräusch hörten, nahmen sie blitzschnell eine dienstbeflissene Haltung an. Der eine sprang aus der Koje und nahm einen Packen Dienstpost zur Hand, der nächste sauste an die Dechiffriermaschine, der dritte griff nach dem Federhalter und beugte sich über die Messeabrechnung, der vierte schlug irgendein Logbuch auf.

Da Willie und Ducely aber bereits untrüglich an der Arbeit saßen, berührte sie das Schlagen der Kajütentür in diesem Augenblick weiter nicht. Ein paar Sekunden später kam Queeg in seinen ausgetretenen Pantoffeln und wie üblich mißmutig ins Leere stierend durch die Messe gelatscht. Die beiden Offiziere blickten unverwandt auf ihre Arbeit. Es folgten zehn Sekunden Stille. Plötzlich ertönte markerschütterndes Gezeter im Gang. Willie sprang auf. Er dachte – halb hoffte er's –, der Kommandant habe vielleicht einen schadhaften Schalter berührt und sich einen tödlichen Schlag geholt.

Er sauste durch den Gang, Ducely hinter ihm her. Aber dem Kommandanten war gar nichts zugestoßen, er krähte lediglich unverständliche Laute in die Offiziersdusche hinein. Fähnrich Jorgensen stand splitternackt unter der Brause, sein dicker rosiger Allerwertester ragte wie ein Wandschrank am Ende seines gebogenen Rückens heraus, seine Schultern waren unmißverständlich naß, das eiserne Deck unter seinen Füßen mit Wasser vollgetropft. Die eine Hand hatte er am Brausenhebel, mit der anderen fingerte er mechanisch an seinem Ohr herum, als ob er eine Brille zurechtsetzen wolle, die gar nicht da war, auf seinem Gesicht strahlte ein idiotisches Grinsen. Aus dem Gebell des Kommandanten lösten sich einzelne Worte:

»... wagen, meine Befehle – wagen – mißachten – meine ausdrücklichen Befehle! Sie wagen ...«

»Die Wasserreste in den Röhren – nur in den Röhren«, stammelte Jorgensen. »Ich habe nur das Wasser in den Röhren gebraucht, ich schwöre es Ihnen.«

»Nur die Wasserreste in den Röhren, wie? Hervorragend! Damit werden sich die Herren Offiziere jetzt alle eine Zeitlang begnügen. Die Wassersperre für die Mannschaft wird um fünf Uhr aufgehoben. Für die Offiziere wird sie auf weitere achtundvierzig Stunden verlängert. Melden Sie das Mr. Maryk, Mr. Jorgensen, und dann reichen Sie mir eine schriftliche Meldung ein, mit den Gründen, warum ich Ihnen etwa kein ›Ungenügend‹ in die Konduite schreiben soll. Sofort!« Er kotzte das Wort »Konduite« heraus wie einen Fluch.

»Nur das Wasser, das in den Röhren stand, Sir«, stöhnte Jorgensen nochmals, aber Queeg war bereits zur Toilette gestürmt und hatte die Tür zugeknallt. Keith und Ducely starrten Jorgensen mit finsteren, haßerfüllten Gesichtern an.

»Kameraden, ich muß einfach meine Dusche haben, sonst bin ich kein Mensch mehr«, sagte Jorgensen in einem Ton, als habe man ihn in seiner Ehre gekränkt. »Es war aber wirklich nur das Wasser in den Röhren.«

»Jorgensen«, sagte Willie, »das Wasser, das neun Männern gehört, die vor Durst fast umkommen, haben Sie sich zwischen Ihren fetten Arschbacken durchlaufen lassen. Da gehört es hin. Ihre ganze Persönlichkeit konzentriert sich dort. Hoffentlich haben Sie's recht genossen!«

Zwei weitere Tage gab es für die Offiziere der »Caine« also kein Wasser. Erst beschimpften sie Jorgensen einer nach dem anderen, dann verziehen sie ihm. Endlich schlug der Wind um, der Schrecken der Schornsteingase und der Kohlgerüche ließ zwar nach, aber das

Wetter wurde beständig heißer und stickiger. Es blieb nichts weiter übrig, als geduldig zu leiden und über den Kommandanten zu lästern. Nach beiden Richtungen ließen es die Offiziere an nichts fehlen.

Das Funafuti-Atoll war eine Gruppe von niedrigen tiefgrünen Inseln, die wie ein Halsband über das einsame Meer hingestreut lagen. Die »Caine« erreichte sie kurz nach Sonnenaufgang und dampfte langsam durch einen Spalt blauen Wassers in der langen weißen Linie der Brecher über dem Riff. Eine halbe Stunde später lag der Minensucher außerhalb zweier anderer Schiffe an der Backbordseite des Zerstörer-Mutterschiffes »Pluto« festgemacht. Schläuche für Dampf und Wasser, Kabel für Strom wurden in aller Eile herübergebracht. Die »Caine« durfte Feuer ausmachen. Es dauerte nicht lange, da begann das Schiff sich an den Fleischtöpfen der »Pluto« gütlich zu tun. Das Mutterschiff mit seiner Brut hing, fünfzehnhundert Meter vom Strand der Insel Funafuti entfernt, an einer schweren Ankerkette.

Willie war einer der ersten auf der Gangplanke. Ein einziger Besuch im Nachrichtenbüro eines Zerstörer-Mutterschiffes ersparte ihm ganze Tage Entschlüsselungsarbeit. Es gehörte mit zum Dienst des Mutterschiffes, allgemeine Funksprüche zu entschlüsseln und zu vervielfältigen. Diese AlPacs, AlComs, AlFleets, GenPacs, PacFleets, AlNavs, NavGens, SoPaGens und CentPacGens waren es, die die armen überarbeiteten Nachrichtenoffiziere auf den Zerstörern sonst immer so fertigmachten.

In der Lagune herrschte kurzer, stuckriger Seegang. Fröhlich überschritt Willie die schwankende Planke über der schmatzenden, knirschenden, mörderischen engen Spalte zwischen den Schiffen. Erst von dem Zerstörer, der längsseits der »Pluto« lag, führte eine breite kräftige Stelling auf Rollrädern zu ihr hinauf. Willie befand sich plötzlich inmitten einer lärmenden Maschinenwerkstatt. Planlos irrte er auf dem geräumigen Schiff umher, zickzackartige Gänge und Niedergänge hinauf und herunter. Er kam durch eine Schmiede, einen Friseurladen, eine Tischlerwerkstatt, eine Wäscherei, eine Küche mit rostfreien Herden, auf denen Hunderte von Hähnchen brieten, eine Bäckerei und noch an die zwanzig ähnliche Einrichtungen der Zivilisation. Haufenweise schritten Matrosen gemessenen Ganges durch die sauberen, frischgestrichenen Räume, die meisten von ihnen mit Papierbechern voll Eis in der Hand. Sie unterschieden sich beträchtlich von seinen eigenen Schiffsgenossen. Älter an Jahren, wohlbeleibt und gesetzten Wesens, machten sie im Gegensatz zu der Horde reißender Kojoten, die die »Caine« bevölkerte, den Eindruck einer besonderen Rasse friedliebender Pflanzenfresser in der großen Familie der Matrosen.

Zum Schluß seiner Wanderung stolperte er in einen gewaltigen Messeraum hinein. An den Schotten entlang standen braune Ledersofas, auf denen etwa fünfzehn Offiziere in Khakiuniform hingestreckt lagen.

Willie trat an eine gewaltige Gest:alt heran und berührte ihre Schultern. Der Offizier grunzte, rollte herum, setzte sich hoch und blinzelte. Einen Augenblick starrte er Willie schweigend an, dann sagte er: »Der Schlag soll mich rühren – ist das nicht unser Meisterschaftssünder, der König der Strafpunkte, Seekadett Keith?« Das feiste Gesicht hatte vertraute, aber nur noch schwach erkennbare Züge. Willie sah den Offizier etwas verlegen an und streckte ihm die Hand hin. »Stimmt«, sagte er. Plötzlich dämmerte es ihm, und er setzte hinzu: »Sind Sie nicht der Fähnrich Acres?«

»Für Sie noch immer, sonst sagt man jetzt Leutnant zu mir.« Acres lachte leise schnaufend. »Nicht immer erkennen sie mich. Kaffee? –

Jawohl«, sagte er ein paar Minuten später und rührte in seiner Kaffeetasse, »ich habe inzwischen mindestens vierzig Pfund zugenommen, ich weiß. Auf diesen verdammten Mutterschiffen kann man nicht anders, man lebt hier zu gut. Sie sehen übrigens recht gut aus, hagerer, reifer sozusagen. Haben Sie es einigermaßen anständig erwischt?«

»Es geht so«, antwortete Willie. Er gab sich Mühe, Acres sein Erstaunen nicht zu sehr merken zu lassen. Aus dem früher so straffen und hübschen Rekrutenoffizier war ein fetter Klumpen geworden.

»Es geht nichts über dieses Kommando hier«, sagte Acres. »Sehen Sie sich mal diese Knaben hier an.« Dabei fuhr er verächtlich mit dem Daumen über die Reihe der Schläfer. »Fragen Sie sie mal selber! Die Hälfte wird schimpfen und ihnen versichern, wie sehr sie das öde, tatenlose Leben hassen, zu dem sie auf diesem gottverlassenen Atoll für ewig und alle Zeiten verdammt sind. Alle wollen sie an die Front. So sagen sie wenigstens. Sie wollen an dem großen Kampfgeschehen teilnehmen. Wann, ach, wann kommt endlich mal ein Befehl und holt sie auf ein richtiges Kriegsschiff? – Alles gelogen! Ich habe die Schiffspost unter mir. Ich weiß genau, wer Versetzung beantragt hat und wer nicht. Ich weiß schon, wer zetert und schreit, wenn mal die Möglichkeit auftaucht, er könnte auch nur vorübergehend bei einem Kommodore auf so einem Blecheimer Stabsdienst machen müssen. Allen gefällt es hier prächtig. Mir auch, ich gebe das ganz offen zu. Möchten Sie vielleicht ein Käsebrot? Wir haben hier ganz unerhörten Roquefort.«

»Klar.«

Der Roquefort und das frische Weißbrot schmeckten köstlich.

»Das Komische dabei ist nämlich, Keith, daß wir faulen Halunken in Wirklichkeit eine verdammt nützliche und notwendige Aufgabe erfüllen. Haben Sie mal die Möglichkeiten auf diesem Schiff ausprobiert? Die Zerstörer betteln richtig darum, ein paar Tage längsseits der ›Pluto‹ liegen zu dürfen. Wir sind das Schiff, das alles bietet. Alles hier ist wunderbar organisiert, es gibt bei uns fast gar keinen Leerlauf, kein planloses Hin- und Herkreuzen, kein Seeklarmachen für nichts und wieder nichts, kein Klarschiff und all diese dämliche Gefechtsroutine, die einem die kostbare Arbeitszeit stiehlt.« Er nahm noch eine Scheibe Brot und bestrich sie sich dick mit Roquefortkäse.

»Verheiratet, Keith?«

»Nein.«

»Ich aber. Ich habe geheiratet, ich glaube, während der Klasse nach Ihnen. Sie waren doch Dezember 42 bei dem Verein, nicht wahr? Mir geht das langsam durcheinander. Na, schön und gut, damals habe ich dieses blonde Kind kennengelernt, sie war die Sekretärin der englischen Fakultät an der Columbia. Kaum drei Wochen später waren wir verheiratet.«

Acres grinste. Er seufzte, trank schmatzend seine Tasse Kaffee aus und schenkte sich noch eine ein. »Na, Sie wissen's ja selber, wir Instrukteure hatten einen ganz netten Posten, Keith. Worum wir uns bewarben, das bekamen wir. Ich hatte immer im Sinn gehabt, nach dem Instruktorenjahr zur U-Boot-Waffe zu gehen. Die ganze Literatur kannte ich schon. Nun, das war, ehe ich heiratete. Hinterher habe ich statt dessen die gesamte Schiffsliste durchstudiert, Keith, und mich lieber auf ein Zerstörer-Mutterschiff gemeldet. Ich glaube, das war gar nicht so dumm, wie? Hier kriegen wir regelmäßig unsere Post, und für sie lebe ich, Keith. Ich habe ein Baby von zwei Monaten, das ich noch nicht zu sehen gekriegt habe. Ein Mädchen. – Ich bin der Nachrichtenoffizier auf diesem Eimer. Übrigens hätte ich Sie schon längst mal fragen dürfen, ob ich etwas für Sie tun kann. Wie ist es damit?«

Acres führte Willie ins Nachrichtenbüro, einen riesigen Raum auf dem Mitteldeck, in dem funkelnagelneue Stühle und Schreibtische aus grünemailliertem Metall und einige gluckernde Kaffeemaschinen standen. Peinlich saubere Schreibergasten in frischen blauen Arbeitsuniformen saßen herum. Auf ein Wort von Acres flitzten sie los und holten in wenigen Minuten aus sauberen Aktenschränken und makellos geführten Ordnern alle Entschlüsselungen herbei, die Willie wünschte, dazu außerdem eine Serie neuer Flottenbefehle. Die aufgespeicherte Arbeit von Wochen schmolz für den Nachrichtenoffizier der »Caine« zu nichts zusammen. Dann bewunderte Willie die alphabetisch geordneten Bücherregale, die leeren Eingangskästen, die eleganten Aktenständer aus Plexiglas mit ihren vielen Foxdurchschlägen und Entschlüsselungen – kurz, er kam aus dem Staunen über diese unheimliche, an einen Operationssaal gemahnende Ordnung und Organisation nicht heraus. Endlich blieb sein Auge auf Acres hängen, dessen Bauch über und unter seinem Koppel in zwei dicken Khakirollen heraushing.

Der Nachrichtenoffizier der »Pluto« ließ gerade einen Packen Beförderungslisten durch seine Finger gleiten und blickte dann auf Willies Kragennadel. »Was ist das, Gold oder Silber?«

»Gold.«

»Müßte Silber sein, Keith. Sie sind Leutnant geworden nach der letzten Liste. Patent vom Februar. Herzlichen Glückwunsch!«

»Besten Dank«, sagte Willie und schüttelte ihm die Hand, »aber unser Skipper wird das erst noch gutheißen müssen.«

»Quatsch, damit hat er gar nichts zu tun. Kaufen Sie sich ruhig ein paar Kragennadeln, wo Sie schon mal hier sind. Kommen Sie, ich zeige Ihnen, wo das ist. Haben Sie alles beisammen?«

Als Willie sich dann an der Stelling von Acres verabschiedete, sagte der Nachrichtenoffizier: »Kommen Sie doch noch mal rüber zum Essen, Lunch, Abendessen, wann Sie wollen, dann können wir uns noch ein bißchen mehr unterhalten. Bei uns gibt's ständig Erdbeeren mit Sahne.«

»Gern«, sagte Willie, »tausend Dank.«

Er überquerte das Zerstörerpaket und ging wieder zur »Caine« hinüber. Als er das rostige, schmutzige Achterdeck wieder betrat, nahm er Haltung an wie ein Deutscher und wichste Harding einen Gruß hin, der dem vergrämten Gesicht des Wachhabenden ein amüsiertes Lächeln abzwang.

»Ich melde mich an Bord zurück, Sir!«

»Was ist in dich gefahren, Willie? Paß auf, daß du dir nicht den Arm verrenkst.«

Willie ein nach vorn und mußte über die schmutzigen, zerlumpten Männer lächeln, die er dort bei ihren Arbeiten antraf. Mackenzie, Wackelbauch, Langenhorn mit dem vorstehenden knochigen Kinn, Schrecklich mit seinen vielen Pickeln im Gesicht, Urban, Stilwell, Chief Budge, die ganze Apachengarde paradierte an ihm vorüber. Aber weder seine Verwandten noch irgendeiner seiner Freunde hatten ihm jemals so nahe gestanden wie sie – das wußte er. Niemand kannte er so und konnte er entfernt so klar einschätzen wie die Matrosen der »Caine«.

»Wackelbauch«, rief er, »sechs dicke Postbeutel liegen für uns auf der ›Pluto‹ – vier davon mit Dienstpost, zwei privat!«

»Aye, aye, Sir. Ich gehe sie sofort holen.«

Hinter dem Brückenhaus stand eine Gruppe Matrosen. Sie verteilten unter sich einen riesenhaften gelben Käse, eine Beute von der »Pluto«, und verschlangen ihn. Dabei schnatterten und kreischten sie wie die Eichelhäher. Überall auf dem Deck lagen die Krümel herum. Willie mußte von einem rothaarigen Juden namens Kapilian ein mit Fingerabdrücken übersätes Stück annehmen und stopfte es sich in den Mund.

In seiner Kammer angekommen, steckte sich der frischgebackene Leutnant die Offiziersabzeichen an den Kragenaufschlag des neuen

Khakihemdes, das er auf der »Pluto« erstanden hatte. Er zog den grünen Vorhang vor, legte das Hemd an und besah sich im matten Licht der Deckenlampe im Spiegel. Sein Bauch war verschwunden, sein Gesicht mit den müden umränderten Augen, den herabgezogenen Mundwinkeln und den zusammengepreßten Lippen war tatsächlich hager geworden.

Nein, sagte er kopfschüttelnd zu sich selber – nein. Und damit gab er einen Plan auf, den er eine ganze Woche heimlich mit sich herumgetragen hatte. Auf der »Pluto« gab es einen Geistlichen. Willie hatte sein Büro liegen sehen. Aber er würde ihn nicht aufsuchen, er würde ihm nicht die Geschichte von der Wassersperre erzählen.

»Du taugst sicher nicht viel«, so fuhr er sein Spiegelbild an, »aber du hast deshalb noch lange nicht zur ›Pluto‹ hinüberzulaufen und dich dort auszuheulen. Du bist der Leutnant Keith von der ›Caine‹.«

Stilwell vor dem Standgericht

»Mistuh Keith, Suh, zu Eins O kommen, Suh.«

»Gut, Rasselas.«

Zögernd legte Willie die neun verschimmelten Briefe von May, die mit dem Postbeutel von der »Pluto« gekommen waren, auf seinen Schreibtisch und ging zum Eins O in die Kammer.

»Der Tanz geht los.« Maryk reichte ihm ein langes Schreiben mit dem Briefkopf des Roten Kreuzes. Willie hockte auf der Schwelle der Schottür nieder und las. Ihm wurde mulmig, als wäre er selber in eine Falle geraten.

»Hat's der Alte schon gesehen?«

Maryk nickte. »Standgericht gegen Stilwell übermorgen. Sie werden den ›Rekorder‹ machen.«

»Den was?«

»Rekorder.«

»Was ist denn das?«

Der Eins O schüttelte den Kopf und grinste. »Haben Sie denn überhaupt keine Ahnung von den Navy Regulations? Nehmen Sie sich mal die Gerichtsordnung vor und beschäftigen Sie sich schleunigst mit dem Kapitel ›Standgericht‹.«

»Was glauben Sie, was Stilwell zu erwarten hat?«

»Das hängt ganz von Keefer, Harding und Paynter ab. Sie bilden das Gericht.«

»Na, dann wird er ja wohl billig wegkommen.«

»Mag sein«, sagte Maryk trocken.

Nach ein paar Stunden ging Rasselas durch das Schiff und suchte den Nachrichtenoffizier. Er entdeckte ihn auf dem Peildeck in der Sonne, wo er auf dem Bauch lag und schlief. Wackelbauchs zerfleddertes Exemplar der Gerichtsordnung lag neben ihm an Deck, die Seiten flatterten in der Brise.

»Suh, Mistuh Keith, Suh. Zu Kommandant kommen, Suh.«

»Ach du lieber Gott! Danke, Rasselas.«

Als Willie in die Kajüte trat, schaute Queeg von seinem Puzzlespiel auf und lächelte bemerkenswert liebenswürdig und jugendfrisch. Willie mußte wieder daran denken, wie sympathisch ihm Queeg damals beim ersten Händedruck vor langer Zeit gewesen war.

»Kommen Sie mal her, Mr. Keith, ich habe was für Sie.« Queeg nahm ein paar zusammengeklammerte Blätter von seinem zum Überfließen vollen Eingangskorb und reichte sie dem Nachrichtenoffizier. Es war Willies Beförderung zum Leutnant zur See. Queeg stand auf und reichte ihm die Hand.

»Besten Glückwunsch, Herr Leutnant.«

Monatelang hatte Willie sich in gewissen finsteren Vorstellungen gefallen. Würde je der Fall eintreten, daß Queeg ihm einmal seine Hand bot, so würde er sie ausschlagen. Hiermit wollte er dem Kommandanten ein für allemal klarmachen, wie ein Gentleman vom Schlage Willie Keith über einen Mann wie Queeg dachte. Jetzt war die Gelegenheit, diesen Wachtraum Wirklichkeit werden zu lassen, plötzlich gekommen. Schade nur, daß Willie anstatt dessen die Hand des Kommandanten gehorsam ergriff und sagte: »Ich danke vielmals, Sir.«

»Nichts zu danken, Willie. Wir haben selbstverständlich unsere kleinen Meinungsverschiedenheiten, aber als Offizier machen Sie sich ausgezeichnet – ausgezeichnet, im ganzen genommen. Also dann: Sind Sie soweit, beim Standgericht als Rekorder fungieren zu können?«

»Sir, ich habe mich eingehend mit dieser Gerichtsordnung befaßt

– anscheinend habe ich eine Kombination von Ankläger und Rechtsbeistand darzustellen.«

»Jawohl. Lassen Sie sich aber nicht von all diesem juristischen Krimskrams bange machen. Ich war selber auch schon fünf- oder sechsmal Rekorder, und das letzte, wovon ich was verstehe oder irgend etwas verstehen möchte, sind die Paragraphen. Wichtig ist nur, daß man einen Schreibergast hat, der auf Draht ist und die ganze Geschichte richtig heruntertippt, wie das in dem Buch vorgeschrieben ist. Porteous versteht seine Sache, Sie werden daher keine Schwierigkeiten haben. Setzen Sie ihm nur ordentlich zu und sorgen Sie dafür, daß er keine i-Punkte vergißt und die t-Striche richtig macht. Stilwell wird wegen schlechter Führung aus der Marine entfernt, und ich wünsche unter allen Umständen, daß das hinhaut.«

Willie war völlig verdutzt und platzte heraus: »Woher wollen Sie denn wissen, was für eine Strafe er bekommt?«

»Verdammt noch mal, er ist doch schuldig, nicht? Ein derartiger Schwindel schreit ja nach der schärfsten Strafe, die das Standgericht verhängen kann, und das ist die Entlassung.«

»Sir, es handelt sich aber doch darum, daß man – natürlich, auf den ersten Blick sieht es bestimmt so aus, als wäre Stilwell schuldig –, aber – den juristischen Beweis dafür zu erbringen, dürfte doch wohl etwas schwieriger sein, als …«

»Beweis? Quatsch! Hier ist sein Geständnis.« Queeg riß ein mit Maschine beschriebenes Blatt von seinem Eingangskorb und warf es vor Willie auf den Schreibtisch. »Das kann man alles hinkriegen. Das Standgericht ist weiter nichts als eine Formalität. Wie könnten vier Leute, die so wenig Ahnung haben wie Sie, Keefer und die beiden anderen, einen Antrag auf ›nichtschuldig‹ überhaupt nur versuchen? Sie würden tausend Fehler dabei machen. Nehmen Sie dieses Geständnis hier an sich.«

»Aye, aye, Sir.«

Willie faltete das Schriftstück zusammen und steckte es sorgfältig ein.

»Wenn also irgendwelche Fragen auftreten, irgendwelche Punkte, die Sie und Porteous untereinander nicht klären können, dann denken Sie daran, mir das Protokoll sofort heraufzubringen. Ich wünsche nicht, daß die hohen Herren die Geschichte wegen irgendwelcher blöden Formfehler umstoßen. Ich wünsche, daß die Sache standhält. Haben Sie mich verstanden?«

Willie nahm das Geständnis mit in seine Kammer und las es. Zuerst hatte er keinen Zweifel, daß Stilwell verloren sei. Dann aber schlug er in der Gerichtsordnung das Kapitel über die Geständnisse auf und studierte es sorgfältig, wobei er mehrere Sätze darin unterstrich.

Er ließ Stilwell rufen. Nach ein paar Minuten erschien der Maat in der Tür. Er trug eine peinlich saubere Arbeitsuniform und knetete eine frische weiße Mütze in den Händen.

»Sie wollen mich sprechen, Mr. Keith?«

»Kommen Sie rein und ziehen Sie den Vorhang vor. Setzen Sie sich auf die Koje.« Der Matrose zog den Vorhang zu und stellte sich mit dem Rücken davor. »Sehr schlimme Geschichte, Stilwell.«

»Ich weiß es, Sir. Ich will mich nicht vor der Strafe drücken. Was jetzt auch kommen mag, die Sache hat sich gelohnt. Wenn Sie weiter nichts ...«

»Mensch, warum haben Sie denn gestanden?«

»Herrgott, der Kommandant hat mich doch mit dem Brief vom Roten Kreuz im Sack.«

»Ach, hat er Ihnen den gezeigt?«

»Er sagte: ›Wählen Sie: entweder Sie gestehen, dann werden Sie hier auf dem Schiff abgeurteilt, oder Sie versuchen sich 'rauszulügen, dann kommen Sie zu Hause vor ein Kriegsgericht und kriegen wahrscheinlich zehn Jahre.‹ Was hätten Sie denn da gemacht, Sir?«

»Stilwell, was hat der Kommandant eigentlich gegen Sie?«

»Allmächtiger Gott! Das frage ich Sie, Sir.«

Leutnant Keith zog die Gerichtsordnung, die aufgeschlagen auf dem Schreibtisch lag, zu sich heran. Er las dem Matrosen das Kapitel über Geständnisse laut vor. Im ersten Augenblick erhellte sich Stilwells Gesicht von einem letzten Hoffnungsstrahl, aber das Feuer erlosch alsbald wieder.

»Was nutzt das noch, Sir? Jetzt ist es ja doch zu spät; ich hab' von dem Buch nichts gewußt.«

Willie steckte sich eine Zigarette an. Dann lehnte er sich im Stuhl zurück, starrte gegen die Decke und rauchte eine Minute schweigend.

»Stilwell, wenn Sie dem Kommandanten verraten, daß ich Sie auf das alles aufmerksam gemacht habe, dann werde ich Sie glatt für einen Lügner erklären. Wenn Sie mich aber darum angehen, Sie nach diesem Buch hier zu beraten, dann will ich das gerne tun. Sehen Sie den Unterschied? Ich möchte Ihnen zwei Dinge sagen, über die Sie einmal schlafen sollen.«

»Nämlich, Sir?«

»Erstens, wenn Sie Ihr Geständnis widerrufen, dann kann es unter keinen Umständen vor Gericht gegen Sie verwendet werden. Das schwöre ich Ihnen. Zweitens – und daß Sie mir dem Kommandanten niemals erzählen, ich hätte Ihnen das gesagt! –, wenn Sie Antrag auf ›nichtschuldig‹ stellen, wird ein Standgericht bei uns auf dem Schiff kaum die Möglichkeit haben, Sie zu verurteilen.«

»Aber der Brief vom Roten Kreuz, Sir ...«

»Der beweist nicht das geringste. Ihr Bruder hat Ihnen das Telegramm geschickt. Das Gericht hat den Beweis zu erbringen, daß Sie ihn dazu veranlaßt haben. Ohne Ihr eigenes Zeugnis – und man kann Sie nicht zwingen, gegen sich selber auszusagen –, wie kann es das je beweisen? Wo steckt Ihr Bruder? Gibt es irgendeine Niederschrift über eine Unterhaltung zwischen Ihnen beiden?«

Stilwell sah ihn mißtrauisch an. »Warum möchten Sie, daß ich lieber ›nichtschuldig‹ beantragen soll?«

»Hören Sie zu. Es ist mir vollkommen gleichgültig, was Sie beantragen. Meine Pflicht als Rekorder ist nur, Ihnen auf meine dämliche Art auseinanderzusetzen, was mir für Sie als der beste juristische Weg erscheint. Verlassen Sie sich nicht auf mich. Gehen Sie lieber auf die ›Pluto‹ hinüber und fragen Sie den Geistlichen oder den Gerichtsoffizier. Fragen Sie die Herren selber über den Abschnitt 174 der Marinegerichtsordnung.«

Der Maat wiederholte mechanisch: »Marinegerichtsordnung, Artikel 174 – 174, 174. Schön, Sir. Besten Dank, Sir.« Dann ging er hinaus. Willie war ärgerlich, aber er kämpfte seinen Ärger nieder. Es war nur natürlich, sagte er sich, wenn alle Offiziere in den Nasen der Leute den Wohlgeruch des Herrn Queeg annahmen.

Am nächsten Morgen war Stilwell wieder da, er hatte ein funkelnagelneues Exemplar der Marinegerichtsordnung unter dem Arm. »Sie haben recht, Mr. Keith, ich werde ›nichtschuldig‹ beantragen.«

»So, so. Wer hat Sie denn überzeugt?«

»Engstrand, der hat nämlich einen Vetter auf der ›Bolger‹«, sagte der Maat lebhaft, »das ist das zweite Schiff von außen. Sein Vetter, der ist ein guter Freund von dem Schreiber auf dem Schiff. Dieser Schreiber, der ist ein fetter Ire mit Glatze, vielleicht vierzig Jahre alt, die sagen, er ist im Zivilberuf Politiker. Er ist nur deshalb nicht Offizier, weil er nie ein College besucht hat. Also, der hat mir dieses Buch verkauft. Er sagt, es ist gar nicht geheim, jeder kann es bei der Regierung für ein paar Eier haben. Stimmt das?«

Willie antwortete nicht gleich. Er schlug das Titelblatt auf. Am Fuß stand in kleiner Schrift: Zu haben bei der US-Bundesdruckerei, Dokumenten-Abteilung, Washington 25, D. C. Er hatte das vorher nicht bemerkt. »Stimmt, Stilwell.« Aus dem Ton seiner Stimme konnte man eine Spur von seiner eigenen Überraschung heraushören. Ohne jeden Grund hatte er angenommen, das Buch sei geheim.

»Mein Gott, ich verstehe nicht, warum nicht jeder Matrose in diesem verdammten Laden so ein Buch besitzt!« sagte der Geschützführer. »Ich habe die ganze Nacht aufgesessen und drin gelesen. Mir war ganz unbekannt, was ich alles für Rechte habe. Auf jeden Fall, dieser Callaghan, dieser Schreiber, der sagte, es käme überhaupt nichts anderes in Frage, als daß ich ›nichtschuldig‹ beantrage. Er sagt, ich würde ohne weiteres freigesprochen werden.«

»Er ist kein Offizier, also können Sie ihm ja wohl ruhig Glauben schenken.«

»Ja, das habe ich mir auch gedacht, Sir«, sagte der Maat völlig ernsthaft.

»Schön, Stilwell – jetzt treten aber eine ganze Menge Probleme auf. Sie müssen einen Verteidiger haben, ich muß die Beweisstücke vorbereiten, Zeugen ausfindig machen und überhaupt, aus der ganzen Geschichte wird ehe richtige Gerichtsverhandlung genau wie im Film …«

»Sie sind also der Ansicht, Sir, daß ich so richtig handeln würde?«

»Ich möchte Sie natürlich nicht gerne verurteilt sehen, solange es noch einen Ausweg gibt. Am besten spreche ich gleich mit dem Kommandanten. Bleiben Sie mal so lange hier.«

Stilwell umfaßte das braune Buch fest mit beiden Händen und fuhr sich mit der Zunge über die Lippen.

»Hm – aye, aye, Sir.«

Vor Queegs Tür wartete Willie ein paar Minuten. Dann klopfte er an.

»Herein!«

Es war dunkel in der Kajüte.

»Wer ist da, und was wollen Sie?« sprach eine Stimme gedämpft unter einem Kissen hervor.

»Sir, Keith ist hier. Es handelt sich um das Standgericht. Stilwell wünscht, ›nichtschuldig‹ zu beantragen.«

Eine gekrümmte Kralle kam unter dem Kissen hervor und drehte die Nachttischlampe an. Der Kommandant setzte sich hoch, blinzelte und kratzte sich auf der nackten Brust.

»Was ist da mal wieder los? Nichtschuldig, wie? Ein geborener Stänker, der Mann! Na, wir werden ihn schon kriegen. Wieviel Uhr ist es?«

»Elf, Sir.«

Queeg rollte aus der Koje, ging an den Waschtisch und spülte sein Gesicht ab. »Und was ist mit seinem Geständnis? Wie kann der Kerl ›nichtschuldig‹ beantragen, nachdem er ein Geständnis abgelegt hat! Haben Sie ihn das nicht gefragt?«

»Er will sein Geständnis widerrufen, Sir.«

»Ach was, wie? Das denkt er sich so – geben Sie mir mal eben die Tube mit Zahnpasta herüber, Willie.«

Der frischgebackene Leutnant wartete, bis der Kommandant den Mund voll Schaum hatte. Dann sagte er vorsichtig: »Er hat sich, scheint's, von einem schlauen Schreiber auf einem anderen Schiff in unserem Paket juristisch beraten lassen, Sir. Außerdem hat er sich ein Exemplar der Marinegerichtsordnung besorgt …«

»Ich werde ihm die Gerichtsordnung um die Ohren schlagen«, murmelte der Kommandant, mit der Zahnbürste im Mund.

»Er sagt, niemand könne beweisen, daß er ein betrügerisches Telegramm geschickt habe, und was das Geständnis betrifft, so sagt er, er habe es unter dem Einfluß von Nötigung diktiert, und es sei daher gegenstandslos.«

Der Kommandant spie explosionsartig das Wasser aus seinem Mund. »Nötigung! Was für Nötigung?«

»Er behauptet, Sie hätten mit dem Kriegsgericht gewinkt.«

»An nackter, verstockter, unverfälschter Stupidität ist so ein Unteroffizier, der mal ein Scheißgesetzbuch zu fassen gekriegt hat, doch nicht zu überbieten! Nötigung! Ich habe ihm lediglich einen Weg angeboten, dem Kriegsgericht zu entgehen. Ich könnte für solche versteckte Milde vermutlich sogar einen Verweis beziehen. Und dieser hinterhältige Patron nennt das Nötigung. – Reichen Sie mir das Handtuch.«

Queeg trocknete sich Gesicht und Hände ab. »Schön«, sagte er. Er warf das Handtuch beiseite und nahm ein Hemd von der Stuhllehne. »Wo steckt unsere arme mißhandelte Unschuld?«

»In meiner Kammer, Sir. Er sagte mir nur …«

»Schicken Sie ihn zu mir.«

Eine ganze Stunde blieb Stilwell in der Kajüte des Kommandanten. Willie wartete unter der Brücke. Endlich kam der Geschützführer wieder heraus. Willie rannte auf ihn zu.

»Was war los, Stilwell?«

»Hören Sie, Mr. Keith«, sagte der Maat heiser, »Sie meinen es sicher gut mit mir, aber ich weiß nicht, jedesmal, wenn ich mit Ihnen zu tun habe, sitze ich nachher noch schlimmer in der Tinte als vorher. Lassen Sie mich bitte in Ruh, ja? Der Kommandant hat mir befohlen, Ihnen das zu geben. Da!«

Willie las. Auf dem Blatt stand hingekritzelt: »Hierdurch erkläre ich, daß mein am 13. Februar 1944 abgegebenes Geständnis freiwillig und nicht unter dem Einfluß von Nötigung abgelegt worden ist. Ich war dankbar, daß mir Gelegenheit gegeben wurde, die volle Wahrheit zu sagen. Irgendwelche Hinweise oder Versprechungen auf bessere Behandlung im Falle eines Geständnisses wurden mir nicht erteilt. Ich bin bereit, diese wahren Tatsachen notfalls unter Eid zu wiederholen.« Die Erklärung war von Stilwells kindlicher Handschrift unterzeichnet.

Willie sagte: »Stilwell, damit ist die Sache noch nicht zu Ende. Auch diese Erklärung hat er nur durch Nötigung von Ihnen erpreßt. Wenn Sie noch irgendwelche Wünsche an mich haben …«

»Bitte, Mr. Keith!« Der Ausdruck des Maats wurde plötzlich verzweifelt. »Das ist jetzt endgültig, verstehen Sie? So will ich die Sache, und das ist die Wahrheit, und dabei bleibt es. Nichts mehr von Nötigung, hören Sie? – Nötigung!« Stilwell schleuderte die

Gerichtsordnung über Bord. »Ich habe nie was gehört von Nötigung! Stecken Sie Ihre Nase gefälligst nicht mehr in meine Angelegenheiten!«

Damit rannte er über das Backbordseitendeck davon. Willie sah mechanisch über die Reling. Die Gerichtsordnung schwamm unter Wasser zwischen den beiden Schiffsrümpfen inmitten von Splittern und Abfall. Die Schiffe legten sich langsam gegeneinander. Das Buch wurde zu einer unförmigen Masse zerquetscht.

Das Bier, das aus den dreieckigen Löchern der beschlagenen Büchsen sprudelte, war kühl, goldgelb und würzig. Es war ein seltener Genuß. Keefer, Maryk, Harding und Willie lagen im labenden, brisigen Schatten der Palmen und tranken jeder schnell ein paar Büchsen aus, um ihren schlimmsten Durst zu stillen. Dann erst begann der gemütliche Teil der Trinkerei.

Willie hatte sich vorgenommen, den anderen Offizieren nichts über die Stilwillgeschichte zu erzählen. Für den Ankläger und für die Mitglieder des Gerichtes schien es ihm gegen die Regeln der Ethik zu gehen, den Fall am Vortage der Gerichtsverhandlung durchzukauen. Aber ein paar Biere beseitigten alsbald seine Hemmungen. Er erzählte den Kameraden vom Scheitern seiner Intervention und von der Erklärung, die Queeg dem Geschützführer abgepreßt hatte.

Eine Zeitlang sagte keiner von den anderen etwas dazu. Harding stand auf und stieß Löcher in drei neue Büchsen mit Bier. Keefer saß mit dem Rücken an einen Palmenstamm gelehnt und rauchte seine Pfeife, während Maryk auf dem Bauch im Sande lag und den Kopf in seinen Armen vergrub. Diese Lage hatte er während Willies Erzählung bezogen, und in ihr war er verblieben.

Der Schriftsteller ließ sich von Harding eine Bierbüchse geben und trank ein paar tiefe Züge. »Steve«, begann er sanft. Maryk drehte den Kopf zur Seite. »Steve«, fuhr er ernst und ruhig fort, »ist dir jemals der Gedanke aufgestoßen, Commander Queeg könnte vielleicht wahnsinnig sein?«

Der Erste Offizier setzte sich brummend hoch und kreuzte seine rotbraunen dicken Beine, der Sand blieb ihm an der Haut kleben. »Jetzt versau uns nicht den schönen Nachmittag, Tom«, sagte er.

»Ich meine das sehr ernst, Steve.«

»Das ganze Gerede hat gar keinen Sinn«, antwortete der Eins O und schüttelte unwillig den Kopf.

»Hör mal zu, Steve. Ich bin gewiß kein Psychiater, aber ich habe eine ganze Menge gelesen. Ich kann dir von Queeg eine Diagnose stellen, die das eindeutigste Bild einer psychoathischen Persönlichkeit ergibt, das ich jemals erlebt habe. Der Alte ist ein paranoid veranlagter Mensch mit einem Komplex von Zwangsvorstellungen. Ich wette, jede fachärztliche Untersuchung würde mir hundert Prozent recht geben. Ich zeige dir mal eine Beschreibung dieses Typs in den Büchern …«

»Das interessiert mich nicht«, sagte der Eins O, »er ist nicht verrückter als du.«

»Du sitzt schwer in der Patsche, Steve.«

»Ich sitze durchaus nicht in der Patsche.«

»Ich habe das seit langem kommen sehen.« Der Schriftsteller stand auf, warf seine Büchse fort und stieß Löcher in eine neue. Der Schaum spritzte ihm über die Hände. »Paß mal auf, Steve: Ungefähr eine Woche, nachdem Queeg an Bord kam, habe ich schon gemerkt, daß er ein Psychopath ist. Die fixe Idee mit den Hemdenzipfeln, die kleinen Kugeln, die er immer rollt, seine Unfähigkeit, einem ins Auge zu sehen, seine Art, in abgedroschenen Phrasen und Schlagwörtern zu sprechen, seine Gier nach Eis, das dauernde Alleinsein – Mensch, der Kerl ist doch ein Festessen für jeden Freudianer, er strotzt nur so von Symptomen. Aber das macht ja nichts. Ein paar von meinen besten Freunden sind Psychopathen. Wenn man will, bin ich auch einer. Der Witz ist nur, Queeg ist ein extremer Fall, der schon an die Dämmerzone zwischen Überspanntheit und richtiger Psychose grenzt. Und nachdem er nun außerdem noch ein Feigling ist, glaube ich, daß ihn sein Aufenthalt im Kampfgebiet langsam über die kritische Linie treiben wird. Ich kann nicht sagen, ob es mal einen plötzlichen Knacks geben wird, oder …«

»Tom, jeder weiß, daß du tausendmal mehr liest als ich und besser reden kannst und so weiter. Aber gesunder Menschenverstand ist mehr wert als alle Redegabe und alle Bücher der ganzen Welt zusammengenommen.«

Maryk zündete sich mit blitzartiger Bewegung des Streichholzes eine Zigarette an und stieß eine Rauchwolke in die Luft. »Du bist ganz in großartigen Worten verfangen: paranoider Mensch, Psychopath und all das Zeug. Commander Queeg ist nichts weiter als ein strenger Kerl, der alles nach seinem Wunsch haben möchte, und es gibt Tausende von Kommandanten, die mehr oder weniger genauso sind wie er. Schön, er rollt mit seinen kleinen Kugeln. Du sitzt vor dem Wecken in deiner Kammer und füllst deine Schreibtischschublade mit einem Haufen vollgeschmierter Blätter. Jeder ist ein Kauz auf seine Art und Weise. Das macht einen noch längst nicht zum Verrückten.«

Keith und Harding sahen gespannt von einem Sprecher zum anderen, wie Kinder bei einem Familienzwist.

»Du hast nur Angst vor der Wahrheit«, sagte Keefer. »Hat man schon jemals gehört, daß ein Kommandant, der richtig im Kopfe ist, ein Standgericht in so plumper Weise zu vergewaltigen versucht, wie er das tut?«

»Das passiert jeden Tag. Was ist ein Standgericht schon anders als eine Farce? An Bord hat doch kein Schwanz eine Ahnung von den Gesetzen. Mensch, denk doch nur an de Vriess damals mit Bellison – und Crowe!«

»Das war ganz was anderes. De Vriess hat dem Gericht damals eine Spritze gegeben, damit die Leute freikamen. Er mußte den formalen Notwendigkeiten Rechnung tragen, weil die Polizei in Auckland wegen der Ausschreitungen so wütend war. Aber ein Gericht zu beeinflussen, um einen Mann verurteilt zu bekommen, das ist – wenn wir von moralischen Gesichtspunkten mal ganz absehen wollen – eine Verletzung der Grundsätze unserer Marine, und deshalb komme ich zu dem Schluß, daß der Alte nicht mehr ganz richtig im Kopf ist. Du weißt doch ganz genau, daß der Mannschaftsdienstgrad heute ein Gott ist in der Marine. Aus zwei Gründen. Erstens, weil er tatsächlich die Marine verkörpert, zweitens, weil die Verwandten zu Hause schließlich den Marineetat bewilligen. Klar, die Offiziere zu drangsalieren, ist der beliebteste Sport, mit dem sich die Skipper ihre Gefühle abreagieren, aber die Mannschaften? Das Gesetz redet von nichts weiter als von ihren Rechten. Queeg jongliert mit einer Dynamitbombe herum und jubelt noch dabei.«

»Wenn man's genau nimmt, ist Stilwell schuldig«, sagte Maryk.

»Wessen ist er schuldig? Herrgott noch mal, Steve! Daß er mal mit seiner Frau hat sprechen wollen, nachdem ihm Stänkerbriefe von zu Hause eingeredet haben, daß sie fremdgeht?«

»Hör zu, warte morgen das Gericht ab«, sagte Maryk. »Gib mal noch ein Bier her, Harding. Laß das Thema jetzt fallen, Tom, sonst gehe ich und winke der Gig.«

Der Rest des Nachmittags verstrich unter immer stumpferem Biertrinken.

Im Befehlsbuch stand: 14.00 Uhr Standgericht gegen Stilwell, John, Geschützführer, in der Messe.

Kurz nach dem Mittagessen ließ Queeg Harding zu sich kommen. Dann schickte er nach Paynter. Nach einer weiteren Viertelstunde überbrachte Paynter Keefer den gleichen Befehl.

Der Schriftsteller stand auf. »Das ist die Höhe«, sagte er, »Stimmenfang bei den Geschworenen für Verurteilung, ehe das Gericht überhaupt begonnen hat. Damit wird gleich von vornherein alle lästige Spannung bestens beseitigt.«

Willie befand sich im Schiffsbüro. Der Kopf wirbelte ihm in einem Nebel von Prozeßordnungsparagraphen und juristischen Ausdrücken. Der Schreiber, wabbelig wie ein Pudding in seiner geschrumpften weißen Extrauniform, half ihm dabei, die Schriftstücke für die Sitzung fertigzumachen. Dann trat Oberbootsmann Bellison, der Wachtmeister, in die Tür, blitzsauber und frisch rasiert. Seine schwarzen Schuhe glänzten. Er verkündete: »14 Uhr, Herr Leutnant. Alles klar für das Standgericht.« Jetzt überkam Willie plötzlich ein Anfall wahnsinniger Angst. Es kam ihm auf einmal so vor, als sei er für seine Aufgabe völlig unvorbereitet. Blindlings folgte er dem Schreiber und dem Deckoffizier in die Messe, wo die drei Seeoffiziere schon um den grünen Tisch herum saßen. Mit ihren schwarzen Schlipsen sahen sie fremdartig und aufgedonnert aus. Ihre Gesichter waren verlegen und ernst. Dann kam Stilwell hereingeschlichen; er drehte seine Mütze in der Hand und hatte ein blödes Grinsen auf dem Gesicht. Die Verhandlung begann. Willie saß mit der aufgeschlagenen Gerichtsordnung vor sich am Tisch. Sorgfältig wickelte er Schritt für Schritt die Formalitäten ab. Wackelbauch soufflierte ihm, und er soufflierte dem Angeklagten und den Richtern. Während Willie auf die Art die lahme Verhandlung vorwärtstrieb, mußte er fortgesetzt an seine Aufnahme in die Studentenverbindung denken, die damals in einem düsteren Raum um einen rauchenden Totenkopf herum, halb im Scherz, halb im Ernst von verwirrten Knaben verschämt und ebenfalls nach einem gedruckten Programm vollzogen worden war.

Die Prozeßlage war sehr einfach. Ein Antrag auf »schuldig« mit einem maschinegeschriebenen Geständnis befand sich bei den Akten. Trotzdem wurde unendlich viel Zeit mit Zeugenvernehmung, Räumung des Gerichtssaals, Streitereien über die Bedeutung bestimmter Ausdrücke in der Gerichtsordnung und endlosem Wälzen der Navy Regulations und des Handbuches für die Rechtspflege vergeudet. Nach anderthalbstündiger ermüdender Plackerei erklärte Keefer die Verhandlung für geschlossen. Darauf rappelte sich Stilwell aus seiner tierischen Apathie auf und bedeutete, er wünsche eine Erklärung abzugeben. Dies verursachte eine neue heftige Debatte. Schließlich erhielt er die Erlaubnis dazu.

»Der Kommandant hat mir sechs Monate Urlaubssperre für Lesen auf Wache verpaßt. Nur deshalb habe ich mir das fingierte Telegramm bestellt. Ich mußte meine Frau sprechen, sonst wäre meine Ehe geplatzt«, sagte Stilwell in einem verhaltenen, selbstbewußten Ton. »Ich konnte nicht glauben, ein Witzblatt an der Gangplanke zu lesen wäre Grund genug, mein ganzes Leben zu ruinieren. Ich bin schuldig. Ich glaube nur, das Gericht sollte berücksichtigen, warum ich das gemacht hab'.«

Willie schrieb in aller Eile so viel von dieser Äußerung mit, wie er konnte, und las Stilwell seine Notizen vor. »Ist das der wesentliche Inhalt Ihrer Erklärung?«

»Sehr fein, Mr. Keith, danke.«

»Schön«, sagte Keefer. »Ich bitte jetzt, den Saal zu räumen.«

Willie nahm den Schreiber, den Angeklagten und die Ordonnanz mit sich hinaus. Er wartete vierzig Minuten im Schiffsbüro, dann rief Bellison ihn und den Schreiber in die Messe zurück.

»Das Gericht hält mildernde Umstände, entsprechend dem Antrag des Angeklagten, für gegeben. Das Urteil lautet: sechs Tage Urlaubssperre.«

Willie starrte die drei Offiziere einen nach dem anderen an. Paynter saß da wie ein Ölgötze; Harding gab sich große Mühe, ein ernstes Gesicht zu machen, konnte sich ein Grinsen aber nicht ganz verkneifen; Keefer war offensichtlich halb verärgert, halb amüsiert.

»So«, sagte der Nachrichtenoffizier, »das wäre also erledigt. Sie haben unser Urteil gehört. Nehmen Sie es zu Protokoll.«

»Aye, aye, Sir.«

Willie war entgeistert. Das war eine glatte Ohrfeige in Queegs Gesicht. Stilwell hatte bereits früher ein halbes Jahr Urlaubssperre erhalten. Die neue Strafe war also gegenstandslos, sie kam einem Freispruch gleich. Er sah zu Wackelbauch hinüber, aber er stieß auf ein ausdrucksloses Fischgesicht.

»Haben Sie das, Porteous?«

»Jawohl, Sir.«

Die Offiziere beendeten gerade ihr Abendessen, als Wackelbauch, noch immer in weißer Bluse, verschwitzt und griesgrämig in die Messe kam, um das ausgeschriebene Protokoll unterzeichnen und beglaubigen zu lassen.

»Schön, Wackelbauch«, sagte Keefer, der als letzter unterschrieb. »Bringen Sie's zu ihm rauf.«

»Aye, aye, Sir«, antwortete der Schreiber und legte einen besonderen Schuß Salbung und Glockenklang in seine Worte. Dann ging er.

»Ich denke, wir haben grade noch Zeit für eine Tasse Kaffee«, sagte Keefer.

»Bis wozu?« fragte Maryk mißtrauisch.

»Warten Sie nur ab«, sagte Willie. »Halten Sie sich die Mütze fest.«

Bedrücktes Schweigen legte sich über die Messe, das Klappern der Teelöffel in den Kaffeetassen machte die Stimmung noch unheimlicher.

Unmittelbar darauf ertönte das Summen des Telefons. Maryk lehnte sich in seinem Stuhl zurück und nahm mit einer müden Bewegung den Hörer vom Apparat. »Hier Maryk … jawohl, Sir … Aye, aye, Sir. Um wieviel Uhr? … Jawohl, Sir. Wie ist das mit dem wachhabenden Offizier? … Aye, aye, Sir.«

Er legte den Hörer wieder auf. Seufzend verkündete er den

gespannt wartenden Offizieren: »Offiziersbesprechung in der Messe in fünf Minuten. Scheint mal wieder wer aufgefallen.«

Queeg kam herein, Kopf gesenkt, Schultern vorgeschoben, das Gesicht grau vor Wut. Zunächst eröffnete er, er habe nunmehr die Gewißheit erlangt, daß es unter den Offizieren Loyalität ihm gegenüber nicht gebe. Dann verkündete er einige neue Verordnungen. Für jeden Fehler in einem Logbuch gab es von jetzt an fünf Minuspunkte in der Konduite; weitere fünf Punkte für jede Stunde, um die eine Meldung oder ein Bericht zu spät eingereicht wurde; automatische Disqualifikation für jeden Offizier, der zwischen acht Uhr morgens und acht Uhr abends etwa schlafend angetroffen werden sollte.

»Sir«, fragte Keefer artig, »wie ist es denn mit den Offizieren, die von Mittelwache kommen? Diese Herren können doch gar nicht schlafen vor morgens früh!«

»Mr. Keefer, die Mittelwache ist Dienst wie jeder andere, niemand verdient eine Vergünstigung dafür, daß er Mittelwache geht. Wie gesagt, meine Herren, wenn Sie mit mir mitgespielt hätten, hätte ich vielleicht auch mit Ihnen mitgespielt, aber Sie haben Ihre Wahl selber getroffen, meine Herren. Wundern Sie sich jetzt nicht, wenn Sie so liegen werden, wie Sie sich gebettet haben – und – was den gottverfluchten, kindischen und gehässigen Stumpfsinn betrifft, den man sich heute nachmittag hier geleistet hat, und besonders die sogenannte Erklärung von Stilwell, die mit besonderer Hinterhältigkeit darauf ausgeht, mich in Verlegenheit zu bringen – ich weiß nicht, wer dafür verantwortlich ist, aber ich kann mir das schon ganz gut denken – und, also, wie ich schon sagte, von jetzt an wird in diesem Offizierskorps ein neues Regiment herrschen, und sorgen Sie lieber dafür, daß was dabei herauskommt, wenn Sie wissen, was gut für Sie ist.«

Mit lautem Krach fiel die Tür ins Schloß.

Keefer saß in Shorts auf seiner Koje und las in den Gedichten von T. S. Eliot.

»Hör mal, Tom!« Es war Maryks Stimme von jenseits des Ganges. »Könntest du vielleicht mal 'ne Sekunde zu mir rüberkommen, oder hast du gerade zu tun?«

»Natürlich.«

Maryk, ebenfalls in Shorts, saß vor seinem Schreibtisch und blätterte in einem Packen Dienstpost. »Zieh den Vorhang bitte vor, Tom. – Also, nur mal so aus Quatsch, sag mir mal folgendes: Kannst du dir vorstellen, was das wohl sein mag, was der Alte gegen Stilwell hat?«

»Klar, Steve. Ich weiß das ganz genau, aber du fährst mir ja nur gleich wieder über die Schnauze.« – »Raus damit.«

»Also dann: Er haßt Stilwell, weil er ein hübscher Bengel ist, gesund, jung, tüchtig, von Natur liebenswürdig und beliebt – alles Dinge, die Queeg versagt sind. Hast du mal ›Billy Budd‹ von Melville gelesen? Lies das. Da hast du die ganze Geschichte. Stilwell versinnbildlicht in sich alles das, was dem Alten vorbeigelungen ist. Und alles das möchte er jetzt am liebsten vernichten, weil er es selber nicht haben kann, genau wie ein Kind, das das Spielzeug der anderen Kinder zerbrechen möchte. Infantilismus spielt bei unserem Kommandanten eine wichtige Rolle. Ein anderes Kapitel will ich nur erwähnen, das ich an sich auch für wichtig halte, wenn nicht sogar für ausschlaggebend, nämlich das sexuelle.« – Maryk verzog angeekelt sein Gesicht. »Ich weiß, jetzt waten wir im Schlamm. Aber unbefriedigte und verdrängte Sehnsucht kann in Haß umschlagen, und die Gebrechen des Kommandanten könnten sämtlich auf einen Nenner gebracht werden, nach der Theorie einer ihm unbewußten, mit Gewalt verdrängten Inversion. Das deckt sich wunderbar mit …«

»Schön, Tom. Das genügt mir. Danke.«

Der Eins O stand auf und setzte sich mit einem Sprung auf seine Koje, seine kräftigen nackten Beine ließ er von der Kante herunterbaumeln.

»Soll ich dir jetzt mal den wirklichen Grund verraten, warum der Alte es auf Stilwell abgesehen hat?«

»Los«, sagte Keefer, »ohne Zweifel hast du eine sehr viel tiefgründigere Theorie, und ich …«

»Von Theorien verstehe ich nichts. Ich bin dumm, ich lese nur humoristische Schmöker und habe auf der Schule nie mehr als ›genügend‹ gehabt. Aber ich kenne eine oder zwei Tatsachen, von denen du nichts weißt. Der Kommandant ist darauf aus, Stilwell zu vernichten, weil er ihn dafür verantwortlich macht, daß wir damals unsere Schlepptrosse durchschnitten haben. Er glaubt, Stilwell habe ihn absichtlich nicht darauf aufmerksam gemacht, nur um ihn in Schwierigkeiten zu bringen.«

Keefer war verblüfft. »Wie kommst du darauf? Wir wissen ja nicht mal, ob er sich überhaupt darüber klar ist, daß wir die Schlepptrosse tatsächlich durchschnitten haben.«

»Doch. Er ist genau im Bilde. Er hat's mir in San Franzisko selber gesagt.«

»Jetzt schlag' ich aber lang hin.«

»Der Alte meint, all seine Schwierigkeiten mit dem Kommando der Hilfsdienste und übrigens auch mit den Offizieren und Mannschaften der ›Caine‹ hätten ihren Ursprung in diesem Vorfall. Er weiß genau, wie wahnsinnig er sich dabei blamiert hat. Unterschätze nur den Kommandanten nicht, Tom!«

Der Schriftsteller schüttelte vor Verwunderung den Kopf. »Hör mal, das ist der erste Blick hinter die Kulissen dieses merkwürdigen Gehirns, der mir gestattet wird. Kann man sich vorstellen, Stilwell die Schuld zu geben! Wo er doch selbst ...«

»Na, und was wird jetzt aus all deinen schönen Theorien, Tom, Enttäuschungen, Billy Budd, Infantilismus, Inversion und all dem Zeug?«

Keefer lächelte verlegen und sagte: »Jetzt meinst du natürlich, du hast mich erwischt, nicht wahr? Durchaus nicht unbedingt. Was er dir da erzählt hat, kann noch immer ein reines Oberflächensymptom meiner Diagnose ...«

»Geschenkt, Tom. Und jetzt noch etwas. Bist du bereit, morgen früh mit mir zum Sanitätsoffizier auf der ›Pluto‹ zu gehen und ihm vorzutragen, was du über den Kommandanten denkst?«

Keefer brauchte lange, ehe er antwortete.

»Ohne mich«, sagte er dann. »Aber geh du. Das ist sowieso deine Aufgabe, nicht meine.«

»Ich kann ihm all deinen psychologischen Kram nicht so klarmachen. Du verstehst das besser.«

»Hast du vielleicht schon mal von so was gehört wie von einer Verschwörung zur Untergrabung der Autorität eines Vorgesetzten?« erwiderte der Schriftsteller.

»Wenn er aber doch verrückt ist ...«

»Ich habe nie behauptet, er sei verrückt. Ich habe gesagt, er rutscht gerade auf der Grenze herum. Es würde eine Zivilklinik in den Staaten dazu gehören, um Queeg richtig auf die Schliche zu kommen. Mit deinem Vorschlag hängen wir uns nur selber auf.«

»Schön, Tom.« Der Erste Offizier sprang von seiner Koje, stellte sich vor den schlaksigen Schriftsteller hin und blickte ihm scharf in die Augen. »Das war jetzt eine Aufforderung, entweder mitzumachen oder die Schnauze zu halten. Mitmachen willst du nicht. Also halte die Schnauze mit deinem Gerede, der Kommandant sei verrückt. Du bist wie einer, der mit der Fackel im Pulvermagazin herumtobt. Hast du mich endlich verstanden? Ich schwöre bei Gott, ich werde dem Kommandanten jede weitere Äußerung melden, die du nach dieser Richtung von dir gibst. Freundschaft hat für mich in diesem Punkt von jetzt an keine Bedeutung mehr. Jetzt weißt du, woran du bist.«

»Aye, aye, Steve«, sagte Keefer nur ruhig und ging durch den zugezogenen Vorhang hinaus.

Maryk kroch in seine Koje. Er zog unter seinem Kopfkissen ein Buch hervor. Es hieß »Geisteskrankheiten«. An einer Stelle hatte er ein angebranntes Streichholz hineingelegt. Dort schlug er das Buch auf.

Maryks geheimes Tagebuch

Kurz nachdem das Schiff Funafuti in einem Geleitzug nach Noumea verlassen hatte, wurde unter den Offizieren bekannt, daß Steve Maryk die Gewohnheit angenommen hatte, bis spät in die Nacht hinein zu schreiben. Er hatte dabei immer seinen Vorhang zugezogen, aber wenn sich dieser bewegte, konnte man den Eins O durch die Öffnungen im kümmerlichen Licht der Schreibtischlampe, die Stirn über einen gelben Schreibblock gebeugt und an seinem Federhalter kauend, sitzen sehen. Wenn jemand hereinkam, drehte er seinen Block schleunigst um.

Bald hänselte man Maryk damit, er schreibe an einem Roman. Was er aber da schrieb, das verriet er niemandem, höchstens daß er gelegentlich einmal brummte: »Eine Arbeit, die ich fertigmachen muß.«

Selbstverständlich wurde diese Antwort nur mit Gebrüll und Gejohle beantwortet. Eines Abends beim Essen fingen Willie und Keefer an, über Titel und Inhalt von Maryks Roman Spekulationen anzustellen. Keefer war alsbald mit einem Vorschlag zur Stelle: »An der Yellowstain-Front nichts Neues.« Dazu improvisierte er komische Kapitelüberschriften, entwarf Charaktere und Geschehnisse. Die Hauptrollen in seiner wilden Humoreske spielten der Kommandant, das Warzenmädchen von Neuseeland und Maryk selbst. Dann griffen auch die anderen Offiziere die Geschichte auf und steuerten ihre schlüpfrigen Anregungen bei. Ihre Stimmung entflammte, sich zu einem hysterischen Gebrüll. Schließlich rief Queeg von oben an und erkundigte sich hämisch, was denn der Anlaß zu all dieser Heiterkeit in der Messe sei. Damit fand der Spaß für den betreffenden Abend dann jedesmal sein Ende. Aber noch viele Monate hindurch wurden die Improvisationen für den Roman immer von neuem wieder eine Quelle des Vergnügens während der Unterhaltung beim Essen. Die Neckerei wurde durch die Hartnäckigkeit lebendig gehalten, mit der Maryk seine Schreiberei fortsetzte und zugleich sein Geheimnis zu wahren verstand. In Wirklichkeit hatte Maryk mit laufenden Aufzeichnungen über die Verschrobenheit und die harten Maßnahmen des Kommandanten angefangen, die er »Das medizinische Tagebuch über Leutnant Commander Queeg« betitelte. Er verwahrte es sicher im Panzerschrank seiner Kammer. Da aber der Kommandant eine Abschrift der Kombination besaß, öffnete Maryk eines Nachts in aller Ruhe das Schloß und veränderte die Einstellung. Er gab einen versiegelten Umschlag mit der neuen Kombination an Willie Keith mit der Anweisung, ihn nur im Falle seines Todes oder Vermißtwerdens zu öffnen.

Mit den Monaten schwoll das Tagebuch zu einem umfangreichen Wälzer an. Dadurch, daß die »Caine« nach Funafuti geschickt wurde, war sie in die Klauen des Oberkommandos Südwest-Pazifik geraten, der Siebenten Flotte, und nun begann ein aufreibender, monotoner, nervenzerrüttender Geleitdienst. Die überalterten Minensuchzerstörer, diese Mißgeburten der See, unterstanden keinem ständigen Kommando und wurden daher mehr und mehr zu Hörigen eines jeden Marinepotentaten, in dessen Bereich sie sich verirrt hatten. Wie es sich gerade traf, benötigte der Chef der Siebenten Flotte damals Geleitzüge für die Transporte der Amphibien-Formationen, die in der ungeheuren blauen Weite des südlichen Pazifik hin und her pendelten. Als der Geleitzug von Funafuti in Noumea ankam, wurde die »Caine« herausgelöst und mit einer Gruppe von Landungsfahrzeugen, sogenannten LCIs, nach Guadalcanar geschickt. Die LCIs waren armselige kleine Landungsboote, die mit sieben Meilen über das Wasser krochen. Nachdem sie dann in Guadalcanar eine Woche vor Anker gelegen hatten, wurden sie wieder nach Noumea zurückgeschickt, dann westwärts nach Neuguinea, darauf wieder nach Noumea zurück, nach Guadalcanar hinauf, wieder nach Noumea und schließlich ostwärts nach Funafuti zu einem nochmaligen kurzen Besuch bei der geliebten »Pluto«. Dann ging's wieder westwärts nach Guadalcanar und endlich in südlicher Richtung nach Noumea.

Aus Tagen wurden Wochen, aus Wochen Monate. Die Zeit verrann, sie schmolz zur Formlosigkeit dahin wie die Schokoladetafeln in der Kantine und die Butter auf den Tellern.

Während dieser Zeit der Einkerkerung wurde Commander Queeg immer reizbarer, verschlossener und absonderlicher. Jedesmal, wenn er seine Kajüte verließ, beging er irgendeinen, wenn auch noch so geringfügigen Willkürakt, den Maryk sofort in sein Buch eintrug. Er sperrte Matrosen ein, über die Offiziere verhängte er Kammerarrest, er drehte das Wasser ab oder verbot den Kaffee, und als der Filmvorführer einmal vergessen hatte, ihn auf den Beginn der Aufführung aufmerksam zu machen, verbot er für die gesamte Besatzung auf sechs Monate die Kinovorstellungen. Er verlangte endlose schriftliche Meldungen und Bestandsaufnahmen. Einmal hielt er sämtliche Offiziere achtundvierzig Stunden hintereinander in einer Besprechung beisammen, um den Steward herauszufinden, der eine der Kaffeemaschinen hatte durchbrennen lassen. Da der Mann nicht festzustellen war, verhängte er über jede Offizierskonduite zwanzig Minuspunkte. Es wurde zu seiner ständigen Gewohnheit, Offiziere mitten in der Nacht in seine Kajüte zu befehlen. Ein Schwebezustand offener Feindschaft zwischen ihm und den Offizieren, so wie er ihn in seiner Ansprache nach der Gerichtsverhandlung über Stilwell unmißverständlich verkündet hatte, schien langsam zur Norm für das Dasein der Offiziere zu werden. Keinem von ihnen gelangen mehr als durchschnittlich vier oder fünf Stunden Schlaf in der Nacht, und auch diese wurden dauernd gestört. Ein grauer Nebel der Abspannung legte sich über ihre Gemüter. Mit jeder Woche wurden sie reizbarer, zänkischer, verstörter, erbitterter, denn das Summen des Telefons in der Messe und der Befehl »Der Kommandant wünscht Sie in seiner Kajüte zu sprechen« waren zu einer beständigen Plage geworden. Und während der ganzen Zeit füllte Maryk unverdrossen und verbissen Seite auf Seite in seinem Tagebuch.

Anfang Juni wurden sie endlich aus dem Delirium dieser Tretmühle im Dienste der Siebenten Flotte erlöst. Ein Operationsbefehl für die Landung auf Saipan traf ein, die »Caine« wurde zur Abschirmung eines gewaltigen Verbandes von Landungsmutterschiffen kommandiert. Echte Freude herrschte unter Offizieren und Mannschaften, als das alte Schiff selbständig und mit hoher Geschwindigkeit durch die gefährlichen Gewässer dampfte, um bei Eniwetok zur Angriffsflotte zu stoßen. Hätten sie zwischen Geschützfeuer und endlosem Einerlei zu wählen gehabt, sie hätten höchstwahrscheinlich zwanzig zu eins für das Geschützfeuer gestimmt. Sie zogen den Heldentod dem Verfaulen vor.

Am ersten Tage des Landungsunternehmens nahm Maryk eine der kürzesten und doch eine der wichtigsten Eintragungen in sein medizinisches Tagebuch vor. Der Vorfall betraf Willie Keith.

Eine Stunde vor Anbruch des Landungstages, als die schwarze Nacht langsam in Blau überging und Saipan sich am Horizont als bucklige schwarze Masse abzuheben begann, stellte Willie zu seiner Überraschung fest, daß er beträchtliche Angst bekommen hatte. Diese plötzliche Anwandlung vor seinem zweiten Schlachterlebnis demütigte ihn, nachdem er beim erstenmal so kühn und sorglos gewesen war. Seine Unbefangenheit war dahin. Die Feuersbrünste, der Krawall, die Zerstörung und die sterbenden Gestalten von Kwajalein lagen ihm in den Knochen, mochte er auch die lustigsten Schlager vor sich hin summen.

Als aber die Sonne hochkam und die bezaubernde Schönheit der Insel vor ihm enthüllte, war das Gespenst verflogen. Mit seinen Terrassengärten mutete Saipan wie ein japanisches Landschaftsbild auf einem Wandschirm oder einer Porzellanvase an. Mit langgestreckten grünen Hügeln, die reich bebaut und mit zahlreichen kleinen Landhäusern wie mit Pünktchen betupft waren, stieg die Insel aus der grauen Wasserwüste auf.

Eine duftgeschwängerte Brise kam von ihr über das Wasser herüber. Willie blickte auf die schmutzige Back hinab; dort stand die Bemannung des ersten Geschützes, eine zerlumpte Phalanx blauer Arbeitskittel, Rettungswesten und Helme. Dann ließ er seine Augen wieder über den Strand schweifen. Da fühlte er einen leisen Anflug von Sympathie für diese Japaner. Er konnte mitempfinden, wie ihnen zumute sein mußte, die so klein und gelbhäutig waren, die ihren Bilderbuchkaiser vergötterten und sich jetzt aus heiterem Himmel von Horden riesiger weißer Männer angefallen sahen, die aus allen Richtungen in ihren feuerspeienden Maschinen herbeischwärmten, um sie auszurotten. Wenn die Beschießung von den Schiffen und aus der Luft die liebliche Landschaft hier und da auch mit Flämmchen und kleinen Pilzen von Staub und Rauch belebte, so gab es hier doch nicht jene Vernichtung aller Vegetation, durch welche Kwajalein zermalmt worden war. Es sah aus, als ob die Reihen der Angriffsboote einem Vergnügungspark zustrebten, nicht aber einer mörderischen Inselfestung.

Sobald das Landungsunternehmen eingesetzt hatte, bekam die »Caine« einen Sektor in der U-Boot-Abwehr zugewiesen und dampfte dort endlos eine Acht von mehreren tausend Metern Länge aus. Zwölf weitere Schiffe bewegten sich mit ihr zusammen mit zehn Knoten Geschwindigkeit in parallelen Figuren hin und her. Das Ganze war wie ein fächelnder Schutzvorhang um die Mutterschiffe, die nahe dem Strande vor Anker gegangen waren. In dieser Oase der Sicherheit hob sich Willies Gemütszustand von Stunde zu Stunde. Seine Kampfmoral erfuhr eine weitere Stärkung, als er beobachtete, wie Queeg systematisch von einer Seite der Brücke zur anderen lief, um jeweils gegen die Küste hin in Deckung zu sein. Es konnte diesmal kein Mißverständnis geben, denn das Schiff ging alle paar Minuten auf Gegenkurs. Sooft sie bald die eine, bald die andere Seite gegen Saipan kehrten, jedesmal kam der Kommandant nach Feuerlee herumspaziert. Diese Beobachtung verschaffte Willie die langersehnte Gelegenheit, Queeg endlich einmal deutlich seine Verachtung zu bezeigen. Er amüsierte sich damit, stets das genaue Gegenteil zu tun. Auch die Matrosen mußten auf Queegs Benehmen aufmerksam geworden sein, verstohlenes Grinsen und Flüstern ließen darauf schließen. Bei jeder Wendung des Schiffes lief Willie ostentativ auf die dem Feuer zugewandte Seite. Queeg aber gab keine Anzeichen, daß er es gemerkt hätte.

In dem Patrouillensektor herrschte solche Ruhe, daß der Kommandant die Mannschaften gegen Mittag von den Gefechtsstationen wegtreten ließ und unter Deck in seine Kajüte ging. Willie wurde abgelöst. Er war unbeschreiblich müde, über dreißig Stunden hatte er nicht mehr geschlafen. Das Verbot des Kommandanten, sich am Tage hinzulegen, hätte ein Verschwinden in der Koje mit zuviel Risiko verbunden. Zwar wußte er, daß Queeg selber in seiner Kajüte lag und schlief. Aber es bestand immer die Möglichkeit, daß ein menschliches Bedürfnis den Kommandanten plötzlich in die Messe hinunterführen konnte. Willie stieg daher auf das Peildeck und legte sich auf die heißen eisernen Deckplatten. Dort schlief er wie eine Katze vier Stunden lang in der glühenden Sonne. Wesentlich erfrischt ging er darauf ins Ruderhaus und trat die Mittagswache an. Kurz nachdem er von Keefer das Glas übernommen hatte, kam eine amerikanische Corsair-Maschine von Norden her über die Hügel der Insel auf die »Caine« zugeflogen. Urplötzlich explodierte sie in einer Rosette von Flammen, ging im Bogen nieder und fiel unter lautem Klatschen halbwegs zwischen dem Minensucher und einem anderen Patrouillenfahrzeug, dem neuen Zerstörer »Stanfield«, ins Wasser. Willie rief den Kommandanten an.

»Schön. Halten Sie mit zwanzig Meilen darauf zu«, war seine schläfrige Antwort. Dann erschien Queeg gähnend in kurzer Khakihose und Pantoffeln auf der Brücke; die »Caine« und die »Stanfield« waren inzwischen bis auf tausend Meter an die Absturzstelle herangekommen. Von dem Flugzeug waren auf dem Wasser außer den Regenbogenfarben einer dünnen Ölschicht keine Spuren mehr zu sehen.

»Tjüs, Corsair!« sagte Queeg.

»Er kam herunter wie ein Stein«, murmelte Willie. Sein Auge fiel auf den kleinen Kommandanten mit seinem Spitzbauch, und er empfand eine stechende Scham. Wo war denn sein Gefühl für Maß und Haltung geblieben, wenn ein Operettenscheusal vom Schlage Queeg schon genügte, ihn zu ärgern und aus allem Gleichgewicht zu bringen? Eben hatte ein Mensch vor seinen Augen den Tod gefunden. Der Radioapparat berichtete mit unablässigem Summen von Tausenden weiterer Gefallener am Strand. Noch nie hatte er auf der »Caine« einen Tropfen Blut zu sehen bekommen, es sei denn, es hätte sich jemand in den Finger geschnitten. – Bin ich denn schon in Gefahr, so dachte er, ein Jammerlappen zu werden, der sich nur noch selbst bemitleiden kann? Gehöre ich zu diesem Abschaum unter den Soldaten?

Plötzlich stiegen zu beiden Seiten der »Stanfield« Türme weißen Wassers aus dem Meer. Zuerst war Willie nur verdutzt; er dachte, es könne sich wohl um eine seltsame tropische Wetterüberraschung handeln. Dann aber brach ein Schrei aus seiner Kehle:

»Sir, die ›Stanfield‹ wird eingedeckt!«

Queeg blickte auf die in sich zusammenfallenden Wassersäulen und brüllte in das Ruderhaus: »Beide Maschinen Äußerste Kraft voraus, hart Steuerbord!«

»Dort, dort, Sir!« Willie wies auf einen orangenen Blitz, dem eine schwarze Rauchwolke folgte, hoch oben auf einem Felsen in nördlicher Richtung. »Das ist die Batterie, Sir.« Er rannte auf die Nock hinaus und rief aufs Peildeck hinauf: »Artillerieoffizier!«

Jorgensen streckte den Kopf über die Reling: »Hier!«

»Küstenbatterie 45 Grad, Entfernung vierzighundert. Auf der Höhe des Felsens! Dort, dort! Sehen Sie nicht das Mündungsfeuer! Geschütze richten!«

»Aye, aye, Sir. – An alle Geschütze! Küstenbatterie 45 Grad, Zusatzerhöhung zehn Grad, Entfernung vierzighundert!«

Die »Stanfield« beschrieb einen engen Kreis in einem Regen von Einschlägen und feuerte noch im Drehen eine ohrenbetäubende Salve aus ihren 15-cm-Geschützen. Willie sah, wie die Geschützbedienung der »Caine« an ihre Plätze sprang. Die Reihe der 7-cm-Geschütze schwenkte parallel herum und zeigte mit der Drehung des Schiffes von Sekunde zu Sekunde weiter achteraus.

»Ruder mittschiffs! Recht so, wie's jetzt geht!« hörte Willie Queeg rufen. Der Minensucher hatte jetzt die Küstenbatterie rechts achteraus und jagte mit zwanzig Meilen durch das Wasser. Willie rannte in das Ruderhaus. »Sir, Batterie ist klar zum Feuern und am

Ziel!« Queeg schien ihn nicht zu hören. Er stand am offenen Fenster, ein verschmitztes Lächeln auf dem Gesicht. »Sir, ich bitte um Erlaubnis, das Ziel querab nehmen und das Feuer auf die Küstenbatterie eröffnen zu dürfen. Geschütze sind eingerichtet.« Aus den Geschützen der »Stanfield« donnerten inzwischen zwei weitere Salven achteraus. Queeg achtete nicht darauf. Er bewegte weder Kopf noch Augen. »Sir«, wiederholte Willie verzweifelt, »ich bitte um Erlaubnis, mit dem vierten Geschütz das Feuer eröffnen zu dürfen! Ein klarer Schuß über das Heck, Sir!« – Wieder wurde die »Stanfield« eingedeckt. Jetzt feuerte sie in rascher Folge vier weitere Salven. Sie wurden nicht mehr beantwortet, wenigstens schienen keine Geschosse mehr um den Zerstörer einzuschlagen. Aber die »Caine« war schon zu weit entfernt, als daß Willie es genau hätte feststellen können.

Nach dem Essen erzählte er Maryk flüsternd die Geschichte. Der Eins O brummte vor sich hin, sagte aber weiter nichts dazu. Spät in der Nacht jedoch schrieb er in sein Tagebuch:

19. Juni Saipan. Ich habe das Folgende nicht selber gesehen, es wurde mir vom Wachhabenden gemeldet. Er erklärte: Unser Fahrzeug suchte mit einem Zerstörer zusammen den Ort eines Flugzeugabsturzes ab. Der Zerstörer stand tausend Meter querab und wurde von einer Küstenbatterie unter Feuer genommen. Kommandant ging auf Gegenkurs und verließ den Schauplatz, ohne einen Schuß abzufeuern, obgleich die Batterie in bester Schußentfernung lag und unsere Geschütze besetzt und feuerbereit waren.

Das Saipan-Unternehmen war noch nicht vorüber, als die »Caine« aus der Angriffsflotte herausgenommen wurde und den Auftrag erhielt, ein beschädigtes Schlachtschiff nach Majuro zu begleiten. Hiermit war die Rolle des Minensuchers in der Schlacht um die Marianen abgeschlossen. Den »Turkey-Shoot« und die Landung auf Guam machte er nicht mehr mit. Während sich diese hervorragend durchgeführten Unternehmungen abspielten, sank die »Caine« in die Eintönigkeit des Geleitdienstes zurück. Von Majuro aus eskortierte sie einen Flugzeugträger nach Kwajalein. Kwajalein war inzwischen eine langweilige, zahme Insel geworden, über und über mit primitiven Quonset-Hütten besät. Die sandigen Streifen am Horizont zeigten wieder schüchternes Grün, am Strand krabbelten beständig Baggermaschinen und Jeeps herum. Willie kam es sonderbar vor, wie mit dem Eintreffen der Amerikaner die früher so charmanten tropischen Inseln das Aussehen unbebauter Grundstücke in Los Angeles angenommen hatten.

Mit dem Flugzeugträger zusammen machte sich der alte Minensucher auf den Weg nach Eniwetok; von dort dampfte er mit Transportern nach Kwajalein zurück und darauf mit einem Tankschiff wiederum nach Eniwetok. Es war bereits August, und noch immer trieb sich die »Caine« zwischen den Inselgruppen im mittleren Pazifik herum. Sie war erneut in den langweiligen Droschkendienst eingefangen worden, diesmal in den Klauen des Oberkommandos der Fünften Flotte.

Maryks Eintragungen in sein Tagebuch wurden seltener. Was heute passierte, war gestern genauso passiert und passierte auch morgen wieder. Ununterbrochen zickzackte man durch die glühende Hitze, man wurde nervös, führte seinen Papierkrieg, ging auf Wache. Die Maschinenschäden wiederholten sich wie die ewigen kratzbürstigen Nörgeleien des Kommandanten, es war, als ob alles so sein müßte.

Willie hatte ein Wahrzeichen für die Atmosphäre dieser elenden Zeit entdeckt, das ihm immer im Gedächtnis bleiben sollte: die Musik zu »Oklahoma«. Jorgensen hatte in Majuro ein Plattenalbum erwischt. Er spielte Tag und Nacht daraus in der Messe, und wenn er nicht spielte, borgten sich die Jungen in der Funkbude die Platten und sendeten die Melodien durch die Lautsprecher über das ganze Schiff. – Nie im Leben, so dachte Willie, würde er die Melodie von

»Wirf – nicht mit – Blumen nach mir«

mehr anhören können, ohne daß ihn schlagartig die Empfindung von Hitze, Langeweile und geradezu schmerzhafte Abspannung überkommen mußte.

Aber noch eine andere Last lag Willie schwer auf der Seele. Früher der ausgesprochene Liebling des Kommandanten, war er auf einmal der Sündenbock unter den Offizieren geworden. Diese Wendung hatte sich gleich nach dem Vorfall mit der »Stanfield« vollzogen. Bis dahin war Keefer immer die vornehmlichste Zielscheibe für

Commander Queegs Zorn gewesen. Von jetzt an konnte jeder bemerken, wie sich die Verfolgungen des Kommandanten dem Leutnant Keith zuwandten. Eines Abends beim Essen überreichte der Schriftsteller Willie unter feierlichen Formalitäten den großen Kopf eines Ziegenbocks auf Karton, den er aus einer Bierreklame ausgeschnitten hatte. Die Übergabe dieses Andenkens an die »Caine« war von schallendem Gelächter begleitet, in das Willie mit einer schiefen Grimasse einstimmte. Der Befehl »Mr. Keith zum Kommandanten!« ließ sich täglich mehrere Male aus den Lautsprechern vernehmen, und nur selten hatte der Leutnant die Möglichkeit, sich zwischen den Wachen ein paar Stunden hinzulegen, ohne vom Steward mit den Worten »Kommandant will Sie sprechen, Suh« wach gerüttelt zu werden.

Queegs hauptsächlichste Beanstandungen waren dann, daß ihm das Entschlüsseln zu lange dauerte oder die Post nicht schnell genug bearbeitet wurde, daß die Berichtigung der Geheimen Dienstsachen nicht vorwärtskam, daß es in der Funkbude nach Kaffee roch, daß einer der Signalgäste einen Winkspruch falsch abgeschrieben hatte – es spielte keine große Rolle, was es im einzelnen war. In Willie entsprang ein tiefer, dumpfer Haß gegen Queeg. Dieser Haß hatte nichts mit jenem jungenhaften Pick zu tun, den er damals auf Commander de Vriess gehabt hatte. Es war viel eher der Haß eines Mannes auf seine krankhaft hysterische Frau, ein reifer, tiefgegründeter Haß, hervorgerufen durch die Untrennbarkeit der Bande an eine widerwärtige Person. Er nährte sich nicht von dem Bedürfnis nach Selbstrechtfertigung, sondern von dem Phosphorglanz der Verwesung, mit dem er ihm den düsteren Alltag erhellte.

Aus diesem Haß entwickelte Willie eine kaum glaubliche Gründlichkeit und Genauigkeit in seiner Arbeit. Er machte sich einen Sport daraus, den Kommandanten zu enttäuschen, indem er seine Beschwerden im voraus erriet, ihren Anlaß vorbeugend beseitigte und Queeg auf diese Weise den Wind aus den Segeln nahm. Leider gab es nur immer wieder einen schwachen Punkt in dieser Abwehr: Ducely. Fast jedesmal, wenn der Kommandant Willie mit häßlichem Triumph in seiner näselnden Stimme auf einen Fehler oder einer Unterlassung in seinem Ressort festnagelte, führte die Spur auf ein Verschulden des Zweiten Nachrichtenoffiziers zurück. Willie hatte alle Mittel erschöpft, Wutausbrüche, Kälte, ausfallende Beschimpfung, Beschwörung, selbst eine bittere Unterredung in Gegenwart von Maryk. Die ersten Male wurde Ducely rot wie ein Knabe und versprach, sich zu bessern; aber dann blieb er doch genauso unzuverlässig und schlampig wie vorher. Schließlich verschanzte er sich hinter der eigensinnigen Versicherung, er tauge nun mal nichts, er wisse das selber, er werde nie etwas taugen. Es wäre Willie daher nichts weiter übriggeblieben, als ihn bei Queeg zur kriegsgerichtlichen Bestrafung oder zur Dienstentlassung zu melden. Aber er hatte zuviel Haß in sich aufgespeichert, und er war viel zu stolz, als daß er seinen Mitarbeiter jemals vor dem Kommandanten durch ein Wort oder auch nur eine Andeutung bloßgestellt hätte. Die Gewißheit, daß Ducely eine ausgezeichnete Konduite bekommen würde, bereitete ihm sogar ein perverses Vergnügen.

Träge ging der August in den September über, die »Caine« war noch immer mit zehn langsamen grünen Landungsschiffen nach Eniwetok unterwegs.

Während der ersten beiden Septemberwochen verbreitete sich unter den Offizieren eine unruhige Erwartung, die sich langsam zu intensiver Spannung steigerte. Es war jetzt zwölf Monate her, daß Queeg auf die »Caine« kommandiert worden war, und es war ihnen bekannt, daß Kommandanten nur selten länger als ein Jahr auf ihrem Posten belassen wurden. Willie gewöhnte sich an, in die Funkbude zu gehen und zuzusehen, wie die Funksprüche auf der Foxwelle aus den Schreibmaschinen der Funker herauskamen. Er hoffte, dabei endlich einmal auf den einen, vom ganzen Schiff ersehnten Befehl vom Personalbüro zu stoßen.

Es gibt eine alte Weisheit, daß nämlich der Topf, wenn man dauernd den Deckel hebt, überhaupt nie zum Kochen kommt. Dieses Kochbuch fand seine Bestätigung: Die ängstlich durchforschte Foxwelle brachte die Versetzung des Kommandanten nicht. Aber die ständige Erwartung hatte aller Nerven in einen Zustand höchster Erregung versetzt. Sie pflanzte sich von den Offizieren auf die Mannschaften fort. Überspanntheit, dieser gefährliche Schwamm, der auf dem dumpfen Boden grenzenloser Einsamkeit und Langeweile zu gedeihen pflegt, fing auch auf der »Caine« geil zu wuchern an. Die Männer ließen sich wunderlich geformte Bärte wachsen, sie schnitten sich die Haare in Form von Herzen, Kreuzen und Sternen. Paynter fing am Strand von Kwajalein eine Geigerkrabbe, ein etwa tellergroßes Tier mit einer riesigen Schere, die in tausend Farben schillerte. Er brachte sie an Bord und hielt sie sich in seiner Kammer. Jeden Abend führte er sie wie einen Hund an einer Leine auf der Back spazieren. Er hatte das groteske Tier »Heifetz« getauft. Paynter und Keefer hatten einen fürchterlichen Auftritt miteinander, als die Krabbe eines Tages entwischte. Sie machte dem Schriftsteller einen Besuch, als dieser nackt an seinem Schreibtisch saß und schrieb. Plötzlich kam Keefer kreischend in die Messe getanzt, er wollte Heifetz, der sich in eine seiner Zehen verbissen hatte, mit dem Küchenmesser abstechen. Paynter warf sich auf den rasenden Keefer und rettete sein Tier. Von da an bestand zwischen den beiden Offizieren bittere Feindschaft.

Auch Fähnrich Ducely schnappte über; er verliebte sich sinnlos in eine Korsettannonce im »New Yorker«. In Willies Augen unterschied sich diese namenlose Dame in nichts von Tausenden anderer, die man in allen Magazinen sah: geschwungene Brauen, riesige Augen, scharfe Kinnbacken, sinnlicher Mund, verführerische Figur, empörter Blick. Aber Ducely beteuerte, sie sei die Frau, nach der er sein ganzes Leben gesucht habe. Er schrieb an die Redaktion und die Textilfirma und bat um ihren Namen und die Adresse. Außerdem bestürmte er Freunde in drei verschiedenen New Yorker Annoncenexpeditionen, das Mädchen für ihn ausfindig zu machen. Wenn seine dienstlichen Leistungen bisher mit Mühe fünfundzwanzig Prozent des Normalen erreicht hatten, so fielen sie jetzt auf Null. Völlig siech lag er Tag und Nacht auf seiner Koje und schmachtete die Korsettanzeige an.

Willie beobachtete die allgemeine Verschrobenheit mit Besorgnis. Sie erinnerte ihn an Vorgänge bei langen Seefahrten, die er in Romanen gelesen hatte, und es bereitete ihm kein Vergnügen, diese klassischen Symptome jetzt auch bei seinen Schiffskameraden ausbrechen zu sehen. Dann aber befiel die Seuche auch ihn. Als er eines Tages während seiner Wache auf der Brücke Kaffee trank, dünkte es ihn plötzlich, es wäre doch sehr schick, wenn er eine eigene, mit seinem Monogramm versehene Kaffeetasse besäße. Der Gedanke an sich war gar nicht so wunderlich, wohl aber die Art, wie er darauf reagierte. Nach ein paar Minuten war er so weit, daß ihm eine monogrammgeschmückte Kaffeetasse als der erstrebenswerteste Besitz erschien, den es auf der Welt gab. Über der Kaffeetasse vergaß er alle Aufmerksamkeit auf der Wache, fortwährend sah er sie vor seinen Augen in der Luft herumschweben. Nachdem er abgelöst war, raste er in die Werkstatt, borgte sich eine kleine Feile und verwendete mehrere Stunden darauf, mit der Genauigkeit und Feinheit eines Juweliers die Buchstaben WK in eine irdene Tasse hineinzuritzen. Er vergaß darüber das Essen und arbeitete, bis die Nacht hereinbrach. In die vertieften Buchstaben legte er sodann eine satte blaue Farbe ein und verstaute die Tasse schließlich behutsam in seiner Schreibtischschublade zum Trocknen; dort stand sie weich auf seinen Socken und seiner Unterwäsche. Als er um vier Uhr nachts geweckt wurde, um auf Wache zu gehen, war die Tasse sein erster Gedanke. Er nahm sie aus der Schublade und berauschte sich an ihr wie ein junges Mädchen am Brief des Geliebten. Er kam sogar zehn Minuten zu spät zur Ablösung und erntete dafür knurrende Vorwürfe von seiten des völlig erschöpften Keefer. Am Nachmittag brachte er die Tasse mit auf die Brücke und gab sie ganz beiläufig dem Signalgast Urban mit der Bitte, sie aus der Kaffeemaschine in der Funkbude zu füllen. Die bewundernden und neidischen Blicke des Matrosen erfüllten ihn mit tiefer Befriedigung.

Als Willie am nächsten Morgen mit seiner wundervollen Tasse wieder auf die Brücke kam, geriet er in hellste Wut: Urban trank aus einer mit den Buchstaben LU gezierten Tasse, die genauso aussah wie seine. Darin sah er eine persönliche Beleidigung. Aber es kam noch schlimmer. Bald mußte er feststellen, daß auf dem ganzen Schiff eine Marotte für monogrammverzierte Tassen ausgebrochen war. Bootsmannsmaat Winston besaß eine, deren Initialen in feinster altenglischer Schrift und mit heraldischen Schnörkeln ausgeführt waren. Neben dieser Leistung und derjenigen von einem Dutzend weiterer Matrosen war Willies Kunst simple Kindergartenstümperei. In dieser Nacht warf er seine Tasse ärgerlich über Bord.

Während der langen Periode der Hirngespinste träumte Willie ungezählte Stunden von May Wynn. Sehnsüchtig betrachtete er ihre Bilder und las er ihre Briefe immer wieder durch. Sie war das einzige Bindeglied zwischen ihm und dem, was er früher einmal sein Leben genannt hatte. Seine bürgerliche Existenz erschien ihm jetzt als geschminkte und parfümierte Scheinwelt, wie ein Hollywood-Film aus der großen Gesellschaft. Die Wirklichkeit dagegen bestand aus dem rollenden Minensucher, dem Meer, den abgetragenen Khakiuniformen, seinem Dienstgrad und dem Summer des Kommandanten. Er schrieb dem Mädchen wilde und leidenschaftliche Briefe; nur unter Aufbietung größter Selbstüberwindung gelang es ihm, gelegentliche Anspielungen auf Heirat aus ihnen wieder herauszuredigieren. Er fühlte sich unbehaglich und schuldbewußt, wenn er diese Briefe zur Post gab, denn je mehr Zeit ins Land ging, um so bewußter hatte er sich im Verdacht, daß er May doch niemals heiraten würde. Sollte er je lebend zurückkommen, so wollte er Ruhe und Luxus, nicht aber eine zermürbende und abgeschmackte Ehe mit einer ungeschliffenen Coupletsängerin. Doch diese Traumwelt war ein viel zu kostbarer Balsam in seinen Qualen, als daß er sie je hätte zerstören können. Und so blieb er denn dabei, daß er weiter seine fieberhaften und im Grunde doch sinnlosen Liebesbriefe schrieb.

Ein Orden für Roland Keefer

Am 1. Oktober lief der alte Minensucher, noch immer unter Commander Queeg, in die Ulithi-Gruppe ein. Diese Inseln lagen halbwegs zwischen Guam und den kürzlich eroberten Palaus; sie waren ein Atoll wie jedes andere: ein Ring von gezackten Inseln, Riffen und grünem Wasser. Während der Kommandant die Nase des Schiffes in die Mitte der Reede hineinmanövrierte, fühlte Willie, der gähnend auf der Steuerbordnock stand, wie ihm jemand auf die Schulter klopfte. Er drehte sich um. Keefer wies mit dem Finger nach Steuerbord und sagte: »Willie, mein Guter, blicke nach jenseits hinüber und sage mir, ist das wohl Wirklichkeit oder nur Trug?« Tausend Meter entfernt lag ein mit der braungrünen Schutzfarbe der Tropen gestrichenes Landungsschiff vor Anker. Auf seiner offenen Rampe am Bug standen drei 60-Tonnen-Scheibenflöße.

»Um Gottes willen, nein!« sagte Willie.

»Was siehst du da?« fragte Keefer.

»Scheiben. Deshalb also hat man uns in dieses Loch geschickt.«

Der Marschbefehl, der die »Caine« für sich allein so eilig von

Eniwetok nach Ulithi beordert hatte, war in der Messe Gegenstand ausgiebiger Vermutungen gewesen.

»Ich gehe unter Deck und stürze mich in mein Schwert«, sagte der Schriftsteller.

Die müde alte »Caine« machte sich also wieder an die Arbeit und schleppte auf der offenen See in der Nähe von Ulithi für die Schießübungen der Flotte die Scheiben. Tag für Tag sah der dämmernde Morgen das Schiff mit einem der Flöße aus der Einfahrt dampfen, und die purpurne Abendröte stand schon über dem Atoll, ehe es wieder ankern durfte. Die Wirkung auf Commander Queeg war auffallend. Während der ersten Tage des Scheibendienstes war er reizbarer und rechthaberischer denn je. Das Ruderhaus hallte dauernd von seinem Gezeter und Gefluche wider. Dann aber verfiel er plötzlich in eine regelrechte Schlafsucht. Er überließ es Maryk vollkommen, das Schiff zu führen, einschließlich des Ankerlichtens am Morgen und des Einlaufens am Abend. Nur gelegentlich, wenn Nebel herrschte oder wenn es regnete, kam er auch wohl einmal auf die Brücke und übernahm die Führung selber. Sonst aber lag er bei Tag und Nacht in seiner Koje, las, beschäftigte sich mit dem Vexierbild oder starrte auch nur stumpf in die Luft.

»Persönlich an Leutnants Keefer und Keith. Mein Gruß den Minensuchern. Wollt ihr mich heute abend besuchen? Ich habe Dienst. Schluß. Roland.«

Die »Caine« erhielt diesen Scheinwerferspruch von einem Flugzeugträger tief in der Lagune, als sie bei Sonnenuntergang nach Ulithi zurückkehrte. Der Träger gehörte zu einer Gruppe, die während des Tages eingelaufen war, dicht zusammengedrängt am nördlichen Ende der Reede lag und sich als langgestreckter Schatten gegen den roten Himmel abhob. Willie, der auf der Brücke war, schickte den Bootsmaat der Wache nach Keefer. Der Schriftsteller kam in dem Augenblick herauf, als der Anker ins Wasser klatschte. »Was hat dieser glückliche Clown denn hier auf der ›Montauk‹ zu suchen?« meinte Keefer und blickte durch sein Glas zu den Trägern hinüber. »Das letzte Mal, als ich von ihm hörte, war er auf der ›Belleau Wood‹.«

»Wann war das?« fragte Willie.

»Ich weiß nicht, vor fünf oder sechs Monaten; der Lümmel schreibt ja nie.«

»Anscheinend wechselt er nur von einem Träger zum anderen.«

Keefer schnitt eine komische Grimasse. Die Abendbrise wirbelte sein dünnes schwarzes Haar durcheinander. »Jetzt sieht's mir aber bald so aus«, sagte er, »als ob das Personalbüro systematisch darauf ausgeht, mich zu beleidigen. Siebzehnmal ungefähr habe ich Versetzung auf einen Träger beantragt – na, meinetwegen. Meinst du, wir können eine Antwort riskieren, ohne Queeg erst damit zu belämmern? Deine Antwort lautet selbstverständlich ›nein‹, du brauchst gar nicht erst den Mund aufzumachen. Es kostet also einen Besuch in der Höhle des Ungeheuers. Mein Gott, jetzt ist es schon ein Jahr her, daß wir Rollo zum letztenmal in Pearl gesehen haben, nicht wahr?«

»Ich glaube ja. Es kommt einem noch viel länger vor.«

»Tatsächlich. Für mich hat diese Fahrt unter Queeg schon während der Renaissance angefangen. Na, hoffen wir, daß er nicht gerade zu blutdürstig gelaunt ist.«

Queeg lag gähnend in seiner Koje und schmökerte in einem zerfledderten alten Esquireheft. »Mal langsam, Tom«, sagte er, »ich glaube, am 1. Oktober war ein Verzeichnis der Geheimen Dienstsachen fällig: Haben Sie das abgegeben?«

»Nein, Sir. Sie wissen, wir waren den ganzen Tag auf See und ...«

»Nachts waren wir aber nicht auf See. Ich sollte meinen, Sie hätten in der letzten Zeit eine ganze Menge an Ihrem Roman gearbeitet. Jede Nacht fast habe ich Sie gesehen, wie Sie ...«

»Sir, ich verspreche Ihnen, ich mache das Verzeichnis heute abend noch fertig, wenn ich zurückkomme. Und wenn ich die ganze Nacht dazu aufbleiben muß.«

Der Kommandant schüttelte mit dem Kopf. »Ich habe meine Grundsätze. Sie sind das Ergebnis ausgiebiger Beobachtung der menschlichen Natur. Vor allem aber bin ich leider so verdammt gutmütig, so seltsam das klingen mag. Wenn ich jetzt dieses eine Mal eine Ausnahme mache, dann mache ich immer mehr Ausnahmen, und dann geht mein ganzes System in die Binsen, und was Sie auch immer über meine Art, wie ich dieses Schiff führe, denken mögen, wenigstens ist es bisher richtig geführt worden, und ich habe noch keine Fehler gemacht. Darum tut es mir leid – ich bitte das nicht persönlich zu nehmen –, aber die Erlaubnis wird hiermit verweigert, bis Sie das Verzeichnis eingereicht haben.«

Unter drastischen Schimpftiraden seitens des Artillerieoffiziers machten Willie und Keefer an diesem Abend das Verzeichnis. Das ganze Jahr hindurch hatte es Keefer schon gewurmt, daß Queeg ihm nie erlauben wollte, die Verwaltung der Geheimen Dienstsachen an einen anderen Offizier abzugeben. In Pearl Harbor hatte er ihm befohlen, die Bücher von Willie wieder zu übernehmen, und zwar nur für eine oder zwei Wochen, bis dieser die Geheimsachenvorschrift beherrsche. Dann aber hatte der Kommandant trotzdem Monat für Monat die Erlaubnis zur Rückübergabe hinausgezögert. »Schließlich habe ich meine Versuche, vom Angelhaken gelassen zu werden, bei diesem geisteskranken Verbrecher aufgegeben«, sagte Keefer, während er stöhnend Arme voll Bücher aus dem Panzerschrank holte, »weil ich merkte, daß es ihm nur auf das Vergnügen ankam, mich bettelnd zu seinen Füßen zu sehen, und das war mir dann doch zu dumm. Er würde mich noch als Admiral damit schurigeln, solange er nur eine Admiralsrangstufe höher wäre als ich. Dieser Mann ist das klassische Beispiel eines Psychopathen. Eine gründliche Analyse dieses Kerls würde sämtliche Forschungen über die ›Familie Kallikak‹ über den Haufen werfen.« In dieser Art ging es noch viele Stunden weiter. Willie warf einige mitfühlende Bemerkungen ein, um nicht merken zu lassen, daß er im stillen ganz gemeine Schadenfreude empfand.

Am nächsten Morgen brachte Keefer das Verzeichnis zum Kommandanten in die Kajüte. Er händigte es Queeg mit einem verschämten Lächeln aus: »Darf ich die Gig für meinen Besuch auf der ›Montauk‹ benutzen?«

»Aber gerne, Tom«, erwiderte der Kommandant und fuhr mit den Fingern durch den Bericht. »Viel Vergnügen!«

»Willie Keith würde auch gerne mitkommen, Sir.«

Queeg runzelte die Stirn. »Warum fragt er mich nicht selber um Erlaubnis? Na, es ist mir sowieso ganz lieb, wenn ich sein dämliches Gesicht nicht dauernd zu sehen brauche. Er soll sich dort gleich ein paar von diesen AlPacs und ALComs geben lassen, mit denen er immer im Rückstand ist, wenn er schon mitgeht.«

Als Keefer aus der Kajüte kam, wartete Willie bereits auf ihn. Trotz seiner frischgebügelten Uniform und seiner blankgewichsten Schuhe ließ er den Kopf hängen. »Tom, die Träger sind in See gegangen …

»Red keinen Unsinn!«

»Doch, wirklich! Ein paar sind schon im Fahrwasser. Die Ankerkette der ›Montauk‹ zeigt auch schon auf und nieder.«

»Ich werde mal nachsehen.« Der Schriftsteller rannte die Treppe zur Brücke hinauf. Er stellte sich an die Reling und starrte mit bösem Gesicht nach Norden. Vier Träger dampften auf die »Caine« zu.

»Vielleicht verholen sie nur zur südlichen Reede«, meinte Willie. Keefer gab keine Antwort.

Turmhoch über ihren Köpfen – etwa hundert Meter entfernt – kam das Spitzenschiff der Träger längsseits der »Caine« vorbei, ein gleitender grauer Berg aus Eisen; der Minensucher schlingerte in seinem Kielwasser.

»Komm mal mit aufs Peildeck!« rief Keefer.

Es war erst acht Uhr morgens, aber die Sonne brannte schon heiß auf das ungeschützte Peildeck. Keefer blinzelte zu den Trägern hinüber, deren es inzwischen sieben geworden waren. Langsam zogen sie durch das gleißende Wasser. Die »Montauk« war der sechste in der Linie. Weiter entfernt im Kanalwasser drehte das Führerschiff majestätisch nach Backbord und nahm Kurs nach See.

»Dieser Weg dürfte kaum zur Südreede führen«, sagte Keefer bitter.

»Die sind nicht lange geblieben«, meinte Willie. Er hatte ein etwas schlechtes Gewissen, als ob er an Keefers Enttäuschung nicht ganz unschuldig wäre. Schweigend beobachteten die beiden Offiziere eine Zeitlang die Prozession der Riesen.

»Jetzt geht's bestimmt auf die Philippinen los«, sagte Keefer und nagte an seiner Unterlippe. »Ein erster Hieb, oder vielleicht treffen sie sich auch mit den Truppentransportern. Willie, jetzt ist es soweit. Der Stoß!«

»Was mich betrifft, Tom, so bleibe ich ebensogern hier und schleppe Scheiben. Ich bin wie Roosevelt, ich hasse den Krieg.«

Zwei weitere Träger kamen langsam vorbei. Die »Caine« rollte, stampfte und riß an ihrer Ankerkette.

»Von Anfang des Krieges an habe ich nur den einen Wunsch, einmal auf einem Träger Dienst tun zu dürfen«, brummte der Schriftsteller, als er die Flugzeuge auf dem Heck der »Arnold Bay« kreuz und quer versammelt sah. Noch ein Träger glitt vorbei und dann noch einer.

»Ich glaube, jetzt sehe ich ihn«, sagte Willie. »Guck mal, dort, im Schwalbennest bei dem Doppelgeschütz auf dem Rolldeck, gleich hinter der Bunkerklüse, das ist er. Er winkt mit dem Megaphon.«

Keefer nickte. Er nahm ein grünes Megaphon von der Klampe an der Reling und schwang es über seinem Kopf. Mit dem Herannahen der »Montauk« konnte Willie Roland Keefer durch sein Glas klar erkennen. Sein alter Stubenkamerad hatte eine rote Sportmütze auf. Man sah das altbekannte vergnügte Grinsen, nur war sein Gesicht sehr viel hagerer geworden. Er sah jetzt seinem Bruder etwas ähnlicher. Es hätte beinahe der Schriftsteller sein können, der dort in dem Schwalbennest stand.

Roland bellte irgend etwas durch sein Megaphon, aber seine Worte wurden von dem Klatschen der Wellen zwischen den beiden Schiffen erstickt. »Wiederholen – wiederholen!« schrie Keefer. Dann legte er das Megaphon an sein Ohr. Jetzt war Roland, genau gegenüber und etwa sieben Meter über ihnen, ohne Glas zu erkennen. Während er vorbeiglitt, brüllte er wieder etwas. Ein paar Worte kamen herüber: »Pech – nächstes Mal bestimmt – Zinnober – Wiedersehn Tom!«

Der Schriftsteller schrie, so laut er konnte: »Hals- und Beinbruch, Roland. Wenn du wiederkommst, erzählst du mir vom Krieg.«

Sie konnten sehen, wie Roland lachte und nickte. Einen Augenblick später war er schon vorbei. Er rief noch etwas zurück, aber man konnte nichts mehr verstehen als nur das Wort »Bruder«.

Willie und Keefer blickten dem purpurnen Pünktchen der Sportmütze noch eine Zeitlang nach. Dann drehte die »Montauk« in den Mugai-Kanal ab, erhöhte die Fahrt und nahm Kurs nach See.

Die Menschen daheim in den Staaten wußten über die große Schlacht im Golf von Leyte, während sie noch im Gang war, schon besser Bescheid als die Matrosen, die diese Schlacht schlugen, und selbstverständlich beträchtlich mehr als die Leute auf der »Caine«, die vor Ulithi in Ruhe lag. Die Nachrichten über die Entwicklung der Kämpfe tröpfelten zu dem alten Minensucher nur langsam durch, wenn gelegentlich einmal verschlüsselte Berichte über Havarien durchkamen, die nebelhaft mit unvertrauten Namen, wie Surigao, San Bernardino, Samar, vermischt waren. Am 26. Oktober frühmorgens war Willie gerade dabei, eine dieser Nachrichten zu entschlüsseln, als er auf den Namen »Montauk« stieß. Eine Weile arbeitete er mit ernstem Gesicht weiter, dann brachte er die noch unfertige Entschlüsselung in Keefers Kammer. Der Schriftsteller saß an seinem unordentlichen Schreibtisch und strich gerade auf einem gelben Manuskriptbogen mit einem dicken Rotstift mehrere Zeilen aus einem Absatz heraus. »Tag, Willie, wie geht's uns denn?«

Willie reichte ihm die Nachricht. Keefer sagte sofort: »›Montauk‹?«

»Vierter Absatz.«

Der Artillerieoffizier las den Funkspruch und schüttelte den Kopf. Er sah beklommen zu Willie auf. Dann gab er ihm das Blatt zurück, zuckte die Schultern und lachte leise. »Mein Bruder mit seinem lächerlichen Dusel ist sicher durchgekommen, keine Sorge, Willie. Womöglich hat er sich die Kongreßmedaille verdient. Der Kerl ist nicht totzukriegen.« – »Hoffentlich ist ihm nichts passiert.«

»Hat er dir mal von seinem Autounfall erzählt, damals, als er noch zur Schule ging? Vier Jungen tot und er nur den Fuß verstaucht. Jeder Mensch hat seinen Stern. Er gehört zu den Glückskindern.«

»Auf jeden Fall sollten wir in ein paar Tagen genau Bescheid wissen. Sie kommen hierher zurück.«

»Ein Todesflieger! Mein Gott, diese Eimer fordern die Dinger ja auch geradezu heraus.«

»Wie kommst du mit deinem Roman vorwärts?« fragte Willie.

Der Artillerieoffizier legte seine Hand wie zum Schutz auf das Manuskript. »Na, man so. Old Yellowstain hat tatsächlich die Entwicklung der amerikanischen Literatur auf dem Gewissen. In diesem ganzen Jahr habe ich weniger gearbeitet als unter de Vriess in zwei Monaten.«

»Wann bekomme ich endlich davon etwas zu lesen?«

»Vielleicht schon bald«, antwortete Keefer ausweichend, wie er das schon ein dutzendmal getan hatte.

Zwei Tage später, gegen Abend, saß Keefer gerade in der Messe und trank Kaffee, als das Telefon summte. »Hier Willie, Tom, ich bin auf der Brücke, ›Montauk‹ kommt rein.«

»Bin gleich oben. Wie sieht sie aus?«

»Bös angeschlagen.«

Keefer kam auf die Brücke, in der Hand ein von Queeg abgezeichnetes Funkspruchformular. »Laß einen deiner Jungen das senden, Willie, es geht in Ordnung.«

Engstrand blinkte die »Montauk« an, als sie zur Reede einbog. Der Scheinwerfer auf der verbeulten, rauchgeschwärzten Brücke blinkte zurück: »Boot kommt nach dem Ankern zur Caine‹.« Keefer buchstabierte die Morsezeichen laut. Dann wandte er sich zu Willie und sagte gereizt: »Was ist denn das für eine blöde Antwort?«

»Tom, die sind doch noch alle benommen da drüben. Mach dir keine Sorgen.«

»Ich mach' mir gar keine Sorgen. Ich finde nur diese Antwort so dämlich.«

Dann sahen sie, wie eine Motorbarkasse vom Träger absetzte und auf ihren Ankerplatz zukam. Die Offiziere gingen aufs Mitteldeck hinunter und stellten sich ans Fallreep. »Da sitzt er, im Cockpit«, sagte Keefer und beobachtete das Boot durch sein Glas, »er hat nur seine Admiralsmütze verloren.« Er gab Willie das Glas. »Das ist er, nicht wahr?«

Willie antwortete: »Klar, sieht aus, als wär'er's, Tom.« Der Offizier in dem Boot sah Roland durchaus nicht ähnlich. Er war leicht gebaut, hatte abfallende Schultern, und Willie glaubte auch einen Schnurrbart zu erkennen. Nach einer Minute etwa sagte Keefer. »Das ist Roland nicht.« Harding, der Wachoffizier, trat zu ihnen. Die drei Offiziere sahen schweigend zu, wie das Boot der »Montauk« längsseits ging.

Ein junger, ängstlich dreinschauender Fähnrich mit einem blonden Schnurrbärtchen und dünnen, kindlichen Lippen kam das Seefallreep herauf. Seine linke Hand steckte in einem dicken Verband mit gelben Flecken. Er stellte sich als Fähnrich Whitely vor. »Was ist nun mit meinem Bruder?« fragte der Schriftsteller.

»Oh, Sie sind Leutnant Keefer?« antwortete der Fähnrich. »Herr Leutnant ...«, er sah auf die anderen, und dann wieder auf Keefer.

»Sir, es tut mir leid, daß gerade ich Ihnen die Nachricht überbringen muß. Ihr Bruder ist gestern seinen Verbrennungen erlegen. Wir haben ihn auf See beigesetzt.«

Keefer nickte. Ein starres Lächeln stand auf seinem Gesicht. »Kommen Sie mit unter Deck, Mr. Whitely, und erzählen Sie uns Näheres. Keith hier ist ein alter Freund von Rollo.«

In der Messe bestand er darauf, selber allen dreien Kaffee einzuschenken, obgleich Willie den Versuch machte, ihm die Kaffeekanne aus der Hand zu nehmen.

»Auf jeden Fall kann ich Ihnen das eine sagen, Mr. Keefer, ihr Bruder hat die ›Montauk‹ gerettet.« Nachdem Whitely nervös eine halbe Tasse Kaffee getrunken hatte, fing er an zu erzählen. »Er bekommt das Marineverdienstkreuz; er ist bereits eingereicht worden. Ich weiß, das wird Ihnen nicht viel bedeuten – ich meine Ihnen und Ihrer Familie, im Vergleich zu dem –, aber gleichwohl, er bekommt es bestimmt, und er hat es verdient.«

»Für meinen Vater wird das sehr viel bedeuten«, sagte Keefer müde. »Was war denn nun los?«

Darauf erzählte Fähnrich Whitely, wie Admiral Spragues Trägerflotte bei Samar in einem Gewirr von Regenböen und Rauchvorhängen unverhofft auf die Hauptmacht der japanischen Marine stieß. Seine Schilderung der Schlacht war unklar und abgehackt; sie wurde etwas zusammenhängender, als er beschrieb, was die »Montauk« abbekommen hatte.

»Die Granaten schossen das Heck in Brand, das war sehr übel, weil der hintere Kommandostand ausfiel und damit auch der Eins O. Der hatte sonst immer die Leitung, wenn es irgendwo brannte – bei Klarschiff-Übungen, wissen Sie. Verdammt ordentlicher Kerl, Commander Greves! Also auf jeden Fall, Roland war Lecksicherungsoffizier und sprang für ihn ein. Auf dem Rolldeck ging ein Haufen Fliegerbenzin hoch, und das machte die Sache noch schlimmer, aber Roland gelang es, die Torpedos und die Munition über Bord zu werfen. Er behielt einen wunderbar klaren Kopf und hatte die Feuerlöschgruppen schwer an der Arbeit, und es sah so aus, als ob wir die Sache schaffen würden. Es war ziemlich gut gelungen, das Feuer auf der Backbordseite mittschiffs zu lokalisieren, vor allem auf dem Rolldeck. Grade da kam dieser verfluchte Todesflieger durch den

Rauchvorhang und den Regen und haute in die Brücke. Er muß einen Torpedo bei sich gehabt haben, denn in dem Augenblick brach die Hölle erst richtig los. Die Explosion war fürchterlich, es brannte lichterloh. Wohin man guckte, riesige zischende rote Flammen schossen über das ganze Flugdeck, und das Schiff bekam Schlagseite nach Steuerbord. Niemand konnte die Brücke mehr ans Telefon kriegen, und es war keine Frage, den Alten hatte es erwischt, und überall nur Verwirrung, und die Kerls rannten durcheinander wie die Ameisen, und einige sprangen über Bord. Ich hatte eine Lecksicherungsgruppe an Backbord, deshalb lebe ich noch. Das meiste hat die Steuerbordseite abgekriegt. Dann hörte das Lautsprechersystem auch auf zu arbeiten; um die Brücke herum waren alle Leitungen zerrissen. Das Schiff dampfte mit höchster Fahrt wie verrückt im Kreise herum, die Zerstörer stoben uns aus dem Weg – und dann dies verfluchte Feuer und der Rauch, und die Gasalarmsirene fing von selbst an zu brüllen, obgleich überhaupt kein Grund dazu war, und kein Mensch konnte sie abstellen – mein Gott! – Schön. Roland übernahm also das Kommando. An Backbord auf dem Rolldeck stand ein Notaggregat für die Schiffsleitung. Das schaltete er sofort ein und fing an, die Löschmaßnahmen durch die Lautsprecher zu leiten. Er ließ die Munitionskammern fluten, die Berieselungsanlage und die Schaumlöscherleitungen und das alles anstellen. Dann erreichte ihn die Rudermaschine über die Aushilfstelefone und meldete, sie bekäme keine Ruderbefehle mehr, so daß Roland auch noch die Führung des Schiffes übernahm, durch die Lautsprecher, und dazu lief er auf das Seitendeck, um nachzusehen, was vorn los war.

Plötzlich fiel ein mächtiges brennendes Wrackstück vom Flugdeck herunter und auf ihn drauf – was es war, weiß ich nicht, niemand weiß es. Er wurde drunter eingeklemmt. Sie zogen ihn raus und warfen das Zeug vom Seitendeck herunter, und er war fürchterlich zugerichtet. Aber er machte trotzdem weiter mit dem Löschen und mit der Schiffsführung. Ein paar Matrosen hielten ihn aufrecht und schmierten Fett in seine Wunden und verbanden ihn und gaben ihm Morphium. – Ungefähr in dem Augenblick kam der Flugoffizier Commander Volk aus den Trümmern der Brücke hervorgekrochen. Er war fürchterlich benommen, aber noch immer in besserer Verfassung als Roland, und er war der älteste überlebende

Offizier, also übernahm er das Kommando, und Roland wurde ohnmächtig, und sie trugen ihn runter ins Revier. Aber bis dahin hatte er bereits alle Kerls wieder da, wo sie auch immer bei den Übungen standen, und das war natürlich die Hauptsache gewesen. Deshalb hat Commander Volk ihn, wie ich schon erzählte, für das Marineverdienstkreuz eingereicht, und selbstverständlich bekommt er es auch.«

»Haben Sie ihn danach noch gesehen?« fragte Keefer. Seine Augen waren rot angelaufen.

»Klar. Ich war stundenlang bei ihm im Lazarett. Ich habe sein Ressort übernommen, verstehen Sie, und er hat mir noch alles erklärt, was ich zu tun hatte, und mir aufgetragen, Sie zu besuchen, im Fall ...« Whitely schwieg.

»Ich danke Ihnen herzlich. Es war sehr freundlich von Ihnen, daß Sie gekommen sind.« Der Schriftsteller stand auf.

»Ich – habe sein Gepäck im Boot – so fürchterlich viel ist es nicht.« Whitely erhob sich ebenfalls. »Wenn Sie es mal durchsehen wollen ...«

»Es ist wohl besser«, sagte Keefer, »Sie schicken alles, so wie es ist, an seine Mutter. Sie ist vermutlich als seine nächste Verwandte angegeben, nicht wahr?«

Whitely nickte. Der Schriftsteller reichte ihm die Hand hin, und der junge Offizier von der »Montauk« schüttelte sie. Er strich sich seinen Schnurrbart mit dem Zeigefinger. »Es tut mir leid, Mr. Keefer, er war ein verdammt guter Kerl!«

»Ich danke Ihnen, Mr. Whitely, darf ich Sie ans Fallreep bringen?«

Willie saß mit den Ellbogen auf das grüne Tischtuch gestützt. Er starrte gegen die Wand und durchlebte noch einmal das Feuer auf der »Montauk«. Nach ein paar Minuten kam Keefer in die Messe zurück. »Tom«, sagte Willie und stand auf, als die Tür sich öffnete, »ich weiß, wie hart das für dich sein muß ...«

Der Schriftsteller verzog den Mund zu einem schiefen Lächeln und sagte: »Rollo hat seine Sache aber doch recht gut gemacht, wie?«

»Das kann man verdammt wohl sagen!«

»Gib mir mal eine Zigarette. Es macht einen doch nachdenklich.

Vielleicht hat die militärische Erziehung auch ihre guten Seiten. Hättest du dich so benommen wie er, was meinst du?«

»Nein. Ich wäre als einer der ersten über Bord gesprungen, als das Flugzeug einschlug. Roland war auf der Kadettenschule auch großartig – er legte sich gleich so ins Zeug.«

Keefer paffte hörbar an seiner Zigarette. »Ich weiß nicht, was ich getan hätte. Die Entscheidung liegt tief unterhalb der Schwelle der Überlegung, das ist mal sicher. Es ist Instinkt. Rollo hatte gute Instinkte. Man weiß das nie von sich, bis man einmal auf die Probe gestellt wird – na ja.« Er drehte sich um und wollte in seine Kammer gehen. »Ich wünschte eigentlich doch, daß ich ihn vorige Woche noch einmal hätte sehen können.«

Willie streckte die Hand aus und berührte seinen Arm. »Tom, ihr tut mir so leid, Roland sowohl wie du.«

Der Schriftsteller blieb stehen. Er legte beide Handflächen über die Augen und rieb damit hin und her, dann sagte er: »Wir haben uns nie besonders nahegestanden, verstehst du. Wir wohnten nicht in derselben Stadt. Aber ich mochte ihn gern. Auf dem College hätten wir die Möglichkeit gehabt, uns näher kennenzulernen, leider hielt ich ihn damals aber für dumm. Mein Vater hat mir Rollo immer vorgezogen. Vielleicht hat er gewußt, warum.« Dann ging Keefer in seine Kammer und zog den Vorhang zu.

Willie schlenderte über die Back; dort ging er eine Stunde lang auf und ab. Immer wieder blickte er über das Wasser zu dem verbeulten, rußigen Rumpf der »Montauk« hinüber. Ein gewaltiger roter Sonnenuntergang flammte auf und erstarb am Horizont; die Brise hauchte kühl über die gekräuselte Lagune. Die ganze Zeit über versuchte Willie, sich den geriebenen, unheiligen, faulen, dicken Roland Keefer in der Rolle des Helden vorzustellen, die er bei Leyte gespielt hatte. Es gelang ihm nur schwer. Dann bemerkte er den Abendstern, der über den Palmen von Ulithi neben der feinen messerscharfen Mondsichel am Himmel stand. Der Gedanke fuhr ihm durch den Sinn, daß Roland Keefer all diese Schönheit nie wieder sehen würde. Er hockte sich auf einen Munitionsbehälter nieder und weinte leise vor sich hin.

Als Willie an diesem Abend um Mitternacht von Wache kam, fiel er todmüde in seine Koje. Halb im Schlaf hatte er beschwingende

Visionen von May Wynn. Plötzlich fühlte er einen Stoß gegen seine Rippen. Er stöhnte und verbarg sein Gesicht im Kopfkissen. Dann sagte er: »Sie meinen Ducely. Andere Koje. Ich bin eben von Wache gekommen.«

»Nein, Sie meine ich.« Es war Queegs Stimme. »Wachen Sie auf!«

Willie sprang aus der Koje. Er war nackt, seine Nerven bebten.

»Jawohl, Sir ...«

Queeg, ein Schatten im roten Licht des Ganges, hielt einen Fox-Funkspruch in der Hand. »Da hab' ich einen Befehl für uns vom Personalbüro. Er ist vor zwei Minuten eingetroffen.«

Mechanisch griff Willie nach seiner Hose. »Sie brauchen sich nichts anzuziehen, es ist nicht kalt in der Messe, ich möchte das Ding sofort entschlüsselt haben.

Das Leder des Stuhls in der Messe fühlte sich unter Willies nackten Schenkeln klebrig an. Queeg beugte sich über ihn und las jeden einzelnen Buchstaben mit, wie er aus der Dechiffriermaschine kam. Es war ein kurzer Befehl: »Fähnrich Alfred Peter Ducely abgelöst. Ziel auf besterreichbarem Luftwege Personalbüro Washington für neues Kommando. Dringlichkeitsstufe IV.«

»Ist das alles?« fragte der Kommandant mit würgender Stimme.

»Das ist alles, Sir.«

»Wie lange ist Ducely jetzt an Bord?«

»Seit Januar, Sir – neun oder zehn Monate.«

»Schweinerei, jetzt haben wir nur noch sieben Offiziere – das Personalbüro ist wohl verrückt.«

»Die beiden Neuen, Farrington und Foles, sind ja schon unterwegs, Sir. Falls sie uns überhaupt jemals erreichen.«

»Mr. Ducely hat selbstverständlich so lange hierzubleiben, bis das der Fall ist. Ich muß sein Lob in der Konduite wohl zu laut gesungen haben; ich versteh' das nicht.«

Als der Kommandant in seinem abgerissenen Bademantel schlotternd zur Tür schlurfte, sagte Willie mit verschlafener Boshaftigkeit: »Seine Mutter ist Besitzerin einer Werft, Sir.«

»Werft, wie?« antwortete Queeg und knallte die Türe zu.

Hiernach bekam eine Woche lang außer dem Sanitätsmaat niemand den Kommandanten zu sehen. Er hatte fürchterliche Migräne, wie er Maryk durch das Telefon sagte. Der Erste Offizier übernahm die Führung des Schiffes ganz.

Ein Kübel Erdbeeren

»Ach, Yellowstain – mein Kopf!
Oh, Yellowstain, du Tropf!
Siehst du den Hemdenzipfel schweben,
Bekommt der stärkste Mann das Beben,
Oh, Yellowstain, du Tropf!
Ach, Yellowstain – mein Kopf!«

Willie saß im Offiziersheim auf der Insel Momog an dem alten zerhauenen Klavier und probierte aus, wieviel von seiner Improvisationsgabe noch übrig war. Er hatte einen Beträchtlichen sitzen, das gleiche war mit Keefer, Harding und Paynter auch der Fall. Der Artillerieoffizier rief: »Die nächste Strophe laß mich mal.«

»Ach, Yellowstain – mein Kopf!
Oh, Yellowstain, du Tropf!
Wo's schießt, ist nicht dein Aufenthalt,
Dann bist du stets verschwunden bald.
Oh, Yellowstain, du Tropf,
Ach, Yellowstain – mein Kopf!«

Willie mußte so lachen, daß er vom Klavierschemel fiel. Paynter bückte sich, um ihm aufzuhelfen.

Plötzlich kam Jorgensen auf sie zugewankt. Er hatte den Arm um einen langen dicken Fähnrich mit vorstehenden Zähnen, Sommersprossen und einem frechen Lausbubengesicht geschlungen. »Heda, ihr Brüder, ißt einer von euch gerne Eis mit Erdbeeren?« schrie Jorgensen mit einem vielsagenden Blick. Ein begeistertes Brüllen war die Antwort. »Das ist ja famos«, sagte er. »Hier ist nämlich mein alter Stubenkamerad Bobby Pinkney von Abbot-Hall, und was glaubt ihr wohl, wo er jetzt als Zweiter Wachoffizier fährt? Auf der lieben alten ›Bridge‹, wo all das gute Essen herkommt.«

Die Offiziere der »Caine« überschütteten Pinkney mit stürmischen Händedrücken. Der Fähnrich grinste, daß sein Gesicht nur noch aus Zähnen bestand, und sagte: »Wir haben nämlich gerade zufällig ein halbes Dutzend Kübel tiefgekühlter Erdbeeren von unten raufgeholt. Ich weiß, wie mies das Fressen bei euch armen Schweinen auf diesen alten Vierschornsteinern ist. Ich bin nämlich Messeoffizier bei uns. Wenn Jorgensen oder sonst einer von euch in den nächsten Tagen mal bei uns vorsprechen will ...«

Keefer sah auf die Uhr und sagte: »Willie, laß die Gig klarmachen. Wir holen uns die Erdbeeren sofort.«

»Aye, aye, Sir.« Willie paukte die letzten Takte von »Lichtet die Anker« herunter, knallte den Klavierdeckel zu und sauste los.

In der Messe der »Caine« schlangen die Offiziere in ungeduldiger Erwartung des Nachtisches ihr Essen herunter. Endlich brachten die Stewards mit feierlichem Grinsen das Eis. Über jeden Teller war ein riesiger Berg rosiger Erdbeeren gehäuft. Die erste Portion war verschwunden, da schrien sie schon nach der zweiten. Plötzlich kam Queeg im Bademantel zur Messe herein. Augenblicklich verstummte das Gespräch, und das Gelächter erstarb. Schweigend stand ein Offizier nach dem anderen auf. »Aber bleiben Sie doch sitzen, meine Herren, bleiben Sie doch sitzen«, sagte der Kommandant liebenswürdig. »Ich wollte nur fragen, bei wem ich mich für die schönen Erdbeeren zu bedanken habe. Whittaker hat mir gerade einen Teller davon heraufgebracht.«

»Jorgensen hat sie von der ›Bridge‹ bekommen, Sir«, antwortete Maryk.

»Das haben Sie großartig gemacht, Jorgensen. Wieviel haben wir davon?« – »Einen Vierliterkübel, Sir.«

»Einen Vierliterkübel! Famos! Solchen Unternehmungsgeist würde ich gern öfters bei Ihnen erleben. Sagen Sie Whittaker, ich möchte noch eine Portion Eis und einen Haufen Erdbeeren darüber.«

Immer wieder ließ sich der Kommandant neue Portionen kommen, das letztemal um elf Uhr abends. Die Offiziere saßen in seltener Einmütigkeit beieinander, sie erzählten sich Weibergeschichten, rauchten und tranken Kaffee. Noch nie war Willie so glücklich in die Koje gegangen wie an diesem Abend.

Rüttel, rüttel, rüttel... »Was ist denn nun schon wieder los?«

brummte er und schlug die Augen auf. Es war dunkel in der Kammer. Jorgensen stand an seiner Koje. »Ich hab' doch gar keine Wache.«

»Alle Offiziere sofort in die Messe!« Jorgensen hob die Hand und klopfte gegen die andere Koje. »Los, Ducy, wach auf!« Willie sah auf die Uhr und sagte: »Herrgott, es ist drei Uhr morgens, worum handelt es sich denn?«

»Die Erdbeeren«, sagte Jorgensen. »Schmeiß Ducy raus, bitte. Ich muß die anderen wecken.«

In der Messe saßen die Offiziere um den Tisch. Die meisten waren nur halb angezogen; ihr Haar hing durcheinander, ihre Gesichter waren müde und verschlafen. Queeg saß am Kopfende, in seinem purpurnen Bademantel zusammengekauert, und stierte in die Luft. Sein ganzer Körper wackelte im Rhythmus der Stahlkugeln, die in seiner Hand rollten. Als Willie auf den Zehenspitzen hereinkam, schien er ihn nicht zu erkennen. Willie knöpfte sich das Hemd zu und sank in einen Stuhl. Inmitten des allgemeinen Schweigens kam erst Ducely herein, dann Jorgensen und endlich Harding; er trug das Wachkoppel.

»Alles zur Stelle, Sir«, sagte Jorgensen im leiernden, salbungsvollen Ton eines Leichenbitters. Queeg reagierte nicht.

Kuller, kuller, kuller machten die Kugeln. Für Minuten herrschte Grabesstille. Dann ging die Tür auf, und Whittaker, der Stewardsmaat, kam herein; er hatte eine große Konservenbüchse in den Händen. Als er sie auf den Tisch setzte, sah Willie, daß sie bis oben mit Sand gefüllt war. Die Augen des Negers waren vor Angst ganz rund.

»Sind Sie auch gewiß, daß in diese Büchse genau vier Liter hineingehen?« ließ Queeg sich vernehmen.

»Yassuh, Schmalzbüchse, Suh, aus der Kombüse geholt, Suh.«

»Gut. Bleistift und Papier, bitte«, sagte der Kommandant ins Leere hinein.

Jorgensen sprang auf und reichte Quceg seinen Füllfederhalter und sein Notizbuch. »Mr. Maryk, wieviel Portionen Eis haben Sie heute abend gegessen?«

»Zwei, Sir.«

»Mr. Keefer?«

»Drei, Sir.«

Auf diese Weise fragte Queeg sämtliche Offiziere und schrieb ihre Antworten nieder. »Jetzt Sie, Whittaker. Haben Sie und Ihre Leute Erdbeeren gehabt?«

»Yassuh. Jeder ein Possjohn, Suh. Mr. Jorgensen, der sagt okay, Suh.«

»Das stimmt, Sir«, bestätigte Jorgensen.

»Nur eine Portion jeder, wißt ihr das auch ganz genau?« fragte Queeg und blinzelte den Neger an. »Das hier ist eine dienstliche Untersuchung, Whittaker. Die Strafe, wenn Sie lügen, ist ehrlose Entlassung und vielleicht Jahre im Gefängnis.«

»Will tot umfallen, Suh, ich habe selber zugeteilt, Cap'n, und den Rest weggeschlossen. Ein Possjohn, Suh, ich schwöre …«

»Also gut. Das sind drei weitere Portionen, und ich selber hatte vier.«

Der Kommandant murmelte vor sich hin, während er die Zahlen zusammenzählte.

»Whittaker, bringen Sie jetzt eine Suppenterrine her und außerdem den Schöpflöffel, mit dem Sie die Erdbeeren ausgeteilt haben.«

»Aye, aye, Suh.« Der Neger ging in die Pantry und kam mit den gewünschten Gegenständen wieder.

»So, und jetzt schütten Sie in diese Terrine die gleiche Menge Sand, wie die Erdbeeren ausmachten, die Sie auf einen jeden Teller mit Eis geschüttet haben.«

Whittaker stierte auf die Konservenbüchse voll Sand, dann auf den Schöpflöffel, dann auf die Terrine, als wären sie Bestandteile einer Bombe, die ihn in die Luft sprengen würde, sobald man sie zusammengesetzt hätte. »Suh, ich weiß nicht genau …«

»Schöpfen Sie so reichlich, wie Sie wollen. – So, jetzt reichen Sie die Terrine am Tisch herum. Bitte, meine Herren, überzeugen Sie sich – also dann sind Sie, meine Herren, auch der Ansicht, daß das ungefähr die Menge Erdbeeren ausmacht, die jeder von Ihnen mit jeder Portion Eis bekommen hat? Gut, Whittaker, jetzt wiederholen Sie dasselbe vierundzwanzigmal.« Der Sand in der Büchse wurde weniger und häufte sich dafür in der Terrine.

»Schön. Jetzt, damit wir alles reichlich bemessen, tun Sie dasselbe noch dreimal – schön. Mr. Maryk, nehmen Sie jetzt die Konservenbüchse und sagen Sie mir, wieviel Sand noch darin ist.«

Maryk warf einen Blick in die Büchse und sagte: »Ungefähr noch ein Liter, vielleicht auch etwas weniger, Sir.«

»Schön.« Der Kommandant zündete sich mit berechneter Umständlichkeit eine Zigarette an. »Meine Herren, zehn Minuten bevor ich Sie zu dieser Besprechung zusammengerufen habe, verlangte ich noch etwas Eis mit Erdbeeren. Whittaker brachte mir das Eis und sagte: ›Kein Erdbeeren nich mehr.‹ Kann einer von Ihnen, meine Herren, eine Erklärung darüber abgeben, was aus dem fehlenden Liter Erdbeeren geworden sein mag? Sie alle werden jetzt eine Untersuchungskommission bilden, und zwar sofort. Maryk wird den Vorsitz führen. Sie werden feststellen, was aus den Erdbeeren geworden ist.«

»Sie meinen natürlich frühmorgens, Sir?« fragte Maryk.

»Ich habe eben gesagt, sofort, Mr. Maryk. Nach meiner Uhr ist es jetzt noch nicht frühmorgens, sondern erst dreizehn Minuten vor vier. Sollten Sie bis acht Uhr früh kein Resultat erzielt haben, so werde ich das Rätsel selber lösen – dann werde ich aber die Unfähigkeit der Kommission, ihren Auftrag zu erfüllen, in den Konduiten zum Ausdruck bringen.«

Nachdem der Kommandant gegangen war, begann Maryk, Whittaker in ein Kreuzverhör zu nehmen, das ziemlich lahm ausfiel. Darauf ließ er die anderen Stewards kommen. Die drei Negerjungen standen nebeneinander und beantworteten ehrerbietig alle Fragen, mit denen ihnen die verschiedenen Offiziere auf den Leib rückten.

Gewissenhaft brachte man aus ihnen heraus, daß, als der Kübel um 11 Uhr 30 für die Nacht weggeschlossen wurde – sie konnten sich nicht erinnern, wer derjenige war, der ihn in die Kühlkammer gebracht hatte –, noch Erdbeeren in ihm vorhanden gewesen waren; wieviel, konnten sie nicht genau sagen. Whittaker war um 3 Uhr morgens vom Wachoffizier gerufen worden, um dem Kommandanten noch eine Portion zu bringen, und hatte festgestellt, daß der Kübel nur noch am Boden etwas Saft enthielt. Die Offiziere setzten den Negern bis zum Morgengrauen zu, ohne ihre Behauptung erschüttern zu können. Schließlich hatte Maryk genug und ließ die Stewards wegtreten.

»So kommen wir nicht weiter«, sagte der Eins O. »Wahrscheinlich haben sie das Zeug doch gefressen. Rauskriegen werden wir das nie.«

»Das würde ich ihnen nicht einmal übelnehmen; für eine ganze Mahlzeit war sowieso nicht mehr genug drin«, sagte Harding.

»Du sollst dem Steward, der da Erdbeeren drischt, das Maul nicht verbinden«, steuerte Willie gähnend bei.

»Steve und ich machen uns weiter keine Sorgen wegen unserer Konduiten«, sagte Keefer und legte den Kopf auf die Arme. »Anders ist es bei euch Kadetten. Jeder von uns beiden könnte eines Tages Queeg ablösen. Wir sind ausgezeichnete Offiziere, da gibt's nichts.«

Ducely hatte den Kopf auf der Brust hängen und schnarchte laut. Maryk warf ihm einen angeekelten Blick zu, dann sagte er: »Tom, wie wär's, wenn du noch eben einen Bericht runterhauen würdest, ehe du in die Koje gehst, dann könnten wir die Verhandlung jetzt vertagen.«

»In weniger als hundertzwanzig Sekunden wirst du ihn auf deinem Schreibtisch finden.« Er schwankte in seine Kammer, aus der man alsbald die Schreibmaschine klappern hörte.

Punkt acht Uhr erklang in der Messe der Summer. Es war Queeg, der den Ersten Offizier in seine Kajüte befahl. Maryk legte verdrossen die volle Gabel auf den Teller, trank seinen Kaffee aus und verließ den Frühstückstisch. Lose Bemerkungen der Kameraden begleiteten ihn:

»Unternehmen Erdbeere, zweite Phase.«

»Klar zum Windmachen.«

»Wie geht's dem Wolf an deinem Popo?«

»Wenn's gefährlich wird, wirf einen Farbbeutel!«

»Welche Hinterbliebenen sind zu benachrichtigen?«

Queeg saß am Schreibtisch. Er hatte sich eine frische Uniform angezogen; sein aufgedunsenes Gesicht war sauber rasiert und gepudert.

Das alles nahm Maryk als ein schlimmes Zeichen. Er überreichte dem Kommandanten den Untersuchungsbericht. Queeg rollte seine Kugeln und las die beiden Schreibmaschinenseiten aufmerksam durch. Dann schob er sie mit dem Rücken der Hand auf die Seite. »Ungenügend.«

»Es tut mit leid, Sir, die Stewards lügen vielleicht, aber wir sind in einer Sackgasse. Ihre Aussagen haben keine Lücken.«

»Hat die Kommission die Möglichkeit untersucht, daß die Kerls vielleicht überhaupt die Wahrheit sagen?«

Maryk kratzte sich am Kopf und trat von einem Bein aufs andere.

»Das würde dann bedeuten, Sir«, erwiderte er, »daß jemand in den Eisschrank der Messe eingebrochen ist. Whittaker hat aber nichts davon gesagt, daß an dem Vorhängeschloß herumgearbeitet worden sei.«

»Sind Sie gar nicht auf den Gedanken gekommen, jemand auf dem Schiff könnte einen Nachschlüssel haben?«

»Nein, Sir.«

»Nun, und warum nicht?«

»Ja – nämlich – die Sache ist nämlich die, Sir«, stammelte Maryk, »ich habe das Schloß selber besorgt. Es waren nur zwei Schlüssel dabei. Den einen habe ich, den anderen hat Whittaker.«

»Wie ist es mit der Möglichkeit, daß jemand Whittakers Schlüssel, während er schlief, genommen und sich ein Duplikat angefertigt hat? Haben Sie das mal untersucht?«

»Ich – Whittaker müßte einen außergewöhnlich festen Schlaf haben, Sir, wenn das passiert sein sollte, und ich glaube nicht ...«

»Sie glauben nicht, sagen Sie? Wissen Sie denn sicher, daß er keinen außergewöhnlich festen Schlaf hat? Haben Sie ihn mal gefragt?«

»Nein, Sir.«

»Nun, und warum nicht?«

»Sir, ich bin überzeugt, Möglichkeiten gibt es unbegrenzt. Wir hatten vorige Nacht aber nicht Zeit genug, sie alle auszuschöpfen.«

»Nicht genug Zeit, wie? Haben Sie ununterbrochen bis eben durchgesessen?«

»Ich glaube, im Bericht steht, daß ich die Sitzung um zehn Minuten nach fünf vertagt habe, Sir.«

»Nun, in den drei Stunden, die Sie in der Koje gelegen haben, hätten Sie noch eine Riesenmenge feststellen können. Nachdem anscheinend keiner von Ihnen im Traum eine befriedigende Lösung gefunden hat, werde ich die Untersuchung jetzt also selber übernehmen, wie ich das bereits angekündigt hatte. Wenn ich das Rätsel löse – und ich bin sicher, daß ich es lösen werde –, dann wird die Kommission dafür büßen, daß sie ihren Kommandanten in die Zwangslage versetzt hat, ihre Pflichten für sie versehen zu müssen. Schicken Sie Whittaker zu mir.«

Die Stewards mußten einer nach dem anderen in die Kajüte zum Kommandanten kommen. Diese Verhöre zogen sich in Abständen von etwa einer Stunde über den ganzen Morgen hin. Willie, der die Wache hatte, sorgte dafür, daß die traurige Prozession keine Unterbrechung erfuhr. Um zehn Uhr wurde seine Aufmerksamkeit von der Erdbeerkrise abgelenkt. Zwei neue Fähnriche kamen in einer Barkasse von Land, es waren Farrington und Voles. Er wußte sofort: Farrington gefiel ihm, Voles dagegen nicht. Dieser hatte abfallende Schultern, grünliche Gesichtsfarbe und eine Fistelstimme. Er schien um mehrere Jahre älter als Farrington. »Warten Sie hier, Gentlemen«, sagte er. Er ging nach vorn und klopfte an die Tür des Kommandanten.

»Was ist denn schon wieder los?« rief Queeg gereizt.

»Bitte gehorsamst um Entschuldigung, Sir, aber Voles und Farrington sind eingetroffen«, sagte Willie.

»Wer?«

»Die beiden neuen Fähnriche, Sir.«

»So? Wird auch langsam Zeit. Schön. Ich kann sie jetzt aber nicht gebrauchen. Schicken Sie sie zu Maryk, sagen Sie ihm, er soll sie unterbringen und so weiter.«

»Aye, aye, Sir.« Als Willie sich umdrehte, um hinauszugehen, gewahrte er Rasselas, der an der Wand lehnte und ihn flehentlich anblickte. Um zwölf Uhr mittags schickte der Kommandant nach Maryk.

»Schön, Steve«, sagte er, an seine Koje gelehnt, »alles geht soweit genau, wie ich es mir vorgestellt hatte. Die Stewards sagen die Wahrheit. Sie können sie aus der Liste der Verdächtigen streichen.«

»Das ist ja schön, Sir.«

»Ich habe ihnen erst mal gehörig die Hölle heiß gemacht, aber ihren Seelen bekommt das von Zeit zu Zeit mal ganz gut.« Der Kommandant lachte in sich hinein; den Stewards Angst einjagen zu können, hatte ihn in gute Laune versetzt. »Den Verdacht, jemand hätte Whittakers Schlüssel genommen, können wir auch fallenlassen.

Whittaker schläft in der Hose, und der Schlüssel hängt an einer Kette an seinem Gürtel. Außerdem hat er einen leichten Schlaf. Mir ist diese Feststellung natürlich ohne weiteres gelungen.« Verschmitzt und triumphierend sah Queeg auf den Eins O. »Also weiter. Damit haben wir den Fall jetzt so weit eingekreist, daß wir nun mit der eigentlichen Arbeit beginnen können, stimmt's?«

Maryk erwiderte ehrerbietig des Kommandanten Blick. Er stand in militärischer Haltung da, aber er war entschlossen, kein Wort von sich zu geben, wenn er nicht dazu gezwungen würde.

»Ich will Ihnen mal eine kleine Geschichte erzählen, Steve. Sie ist vor langer Zeit passiert, als wir noch Frieden hatten. Im Jahre 36, auf dem Zerstörer ›Barzun‹, hatte ich auch mal so einen kleinen mysteriösen Fall zu klären. Damals war ich ein bescheidener Fähnrich und hatte die Menage unter mir. Es handelte sich um fünf Pfund Käse, über die der Koch keine Rechenschaft ablegen konnte. Der Käse befand sich nicht im Kühlschrank, er war weder zum Kochen noch für Butterbrote oder sonstwie verwendet worden, soviel konnte ich beweisen. Er hatte sich sozusagen in blauen Dunst aufgelöst, genau wie jetzt unsere Erdbeeren. Der Eins O wollte kurzerhand darüber hinweggehen und sagte: ›Lassen Sie's doch gut sein, Queeg‹, aber Sie wissen ja, ich bin ein sehr sturer Hund. Vermittels einer ganz geriebenen Untersuchung, mit Schmiergeldern und allen möglichen Dingen, stellte ich fest, daß ein dicker, schlampiger Kombüsenhengst namens Wagner, ein ganz verschlagener Bursche, vom Schlüssel des Kochs eines Nachts, während dieser schlief, einen Wachsabdruck gemacht und sich danach einen Nachschlüssel hatte anfertigen lassen. Auf diese Weise hatte er in den frühen Morgenstunden, wenn keiner aufpaßte, das ganze Zeug aufgefressen. Ich habe ihm ein Geständnis abgezwungen, er kam vors Kriegsgericht und wurde wegen schlechter Führung entlassen. Ich selber bekam eine nette kleine Belobigung in meine Papiere – das hatte weiter nicht besonders viel zu bedeuten, aber für die Beförderung eines Fähnrichs war es damals doch eine ganze Menge wert. So, haben Sie jetzt begriffen, worauf ich hinauswill?«

Maryk lächelte verbindlich und nichtssagend.

»Wir brauchen jetzt auch hier auf der ›Caine‹ nur noch den Schlauberger herauszufinden«, sagte Queeg, »der sich so einen

Nachschlüssel zum Eisschrank gemacht hat, und das sollte weiter nicht schwerfallen.«

Nach einer langen Pause sagte Maryk: »Sie nehmen also wirklich an, Sir, daß das geschehen ist?«

»Annehmen tue ich überhaupt nichts, verdammt noch mal!« platzte der Kommandant in gereiztem Ton heraus. »Sie können in der Marine nichts annehmen. Ich weiß es einfach, daß jemand sich einen Nachschlüssel gemacht hat. Alle anderen Möglichkeiten haben wir doch eliminiert, stimmt das nicht? Was sagen Sie denn selber? Wollen Sie etwa behaupten, die Erdbeeren hätten sich in Dunst aufgelöst?«

»Ich weiß auch nicht, was ich denken soll, Sir.«

»Himmel, Hund und Hölle, Steve, von einem Seeoffizier sollte man doch verdammt verlangen können, daß er wenigstens zu einer ganz primitiven logischen Überlegung fähig sei. Ich habe Ihnen soeben mit großer Mühe bewiesen, daß es keine andere Erklärung gibt.« Darauf wiederholte der Kommandant die ganze langwierige Beweiskette von eben Wort für Wort noch einmal. »Nun, haben Sie mir diesmal endlich folgen können?«

»Jawohl, Sir.«

»Gott sei Lob und Dank! Schön. So, also jetzt kommt der nächste Schritt. Lassen Sie zur Musterung pfeifen. Sagen Sie den Leuten, jeder soll schriftlich angeben, was er zwischen 11 Uhr gestern abend und 3 Uhr heute früh getrieben und wo er sich aufgehalten hat. Dazu soll jeder zwei Leute benennen, die seine Angaben bestätigen können, und wenn sie Ihnen ihre Aufzeichnungen einreichen, sollen sie eine eidesstattliche Erklärung dazu abgeben. Sämtliche Aussagen wünsche ich heute bis 17 Uhr auf meinen Schreibtisch.«

Urban klopfte an und kam mit einem Blatt Papier zur Tür herein, auf dem mit Bleistift etwas geschrieben stand. »Winkspruch von Land, Sir«, sagte er und fühlte dabei nervös nach seinem Hemd, ob es auch richtig in der Hose stak. Der Kommandant las den Winkspruch und gab ihn Maryk. Er enthielt den Befehl für die »Caine«, Ulithi noch am Nachmittag zu verlassen, um die »Montauk«, die »Kalamazoo« und zwei beschädigte Zerstörer nach Guam zu geleiten.

»Schön«, sagte Queeg. »Schiff seeklar machen! Auf dieser Fahrt werden wir uns zur Abwechslung mal die Zeit mit etwas Detektivarbeit vertreiben.«

»Aye, aye, Sir«, erwiderte Maryk.

»Jetzt haben wir endlich einmal Verwendung für Ihre Silberzunge, Tom«, sagte der Kommandant. Er saß vor seinem Schreibtisch und hatte die Aussagen der Mannschaft in unordentlichen Haufen vor sich liegen. Keefer lehnte mit dem Rücken an der Tür. Das war am nächsten Tag um 9 Uhr früh; die »Caine« dampfte gemächlich durch die ölige Flaute im U-Boot-Schirm der beschädigten Schiffe. »Setzen Sie sich, Tom, setzen Sie sich doch. Machen Sie sich's auf meiner Koje bequem. Sehen Sie, jetzt kommt Licht in die Affäre, genau wie ich gesagt habe«, fuhr der Kommandant fort. »Ich sehe bereits, ich habe den Vogel in der Schlinge. Alles stimmt zusammen. Der Kerl ist gerade der Richtige für so einen Streich: Motiv, Gelegenheit, Methode – alles paßt zusammen.«

»Und wer war's, Sir?« Keefer lehnte sich vorsichtig auf die Kojenkante.

»Ha ha ha – nee, das bleibt vorläufig noch mein Geheimnis. Ich möchte, daß Sie jetzt eine kleine Ankündigung machen, Tom. Stellen Sie die Lautsprecher an, ja, und sa… nein, formulieren Sie das lieber selber, Sie können das sehr viel besser als ich – sagen Sie den Leuten, der Kommandant wüßte genau, wer einen Nachschlüssel zum Messeschrank besitzt. Der Schuldige hätte sich in seiner schriftlichen Meldung selber verraten, weil sie die einzige auf dem ganzen Schiff war, die nicht stimmte. – Gut, dann sagen Sie weiter, der Täter hätte bis 12 Uhr mittags Zeit, dem Kommandanten ein Geständnis zu machen. Wenn er das freiwillig täte, dann würde er besser wegkommen, als wenn ich ihn erst festnehmen müßte. – Glauben Sie, Tom, daß Sie alles das so durchsagen können?«

»Ich denke schon, Sir«, antwortete Keefer unsicher. »Ich werde also ungefähr folgendes ansagen.« Er wiederholte noch einmal die Hauptpunkte von Queegs Anordnungen. »Kommt das ungefähr hin, Sir?«

»Ausgezeichnet. Wenn möglich, gebrauchen Sie genau dieselben Worte wie eben. Machen Sie los!« Der Kommandant strahlte von glühender Erregung.

Derweil spazierte Willie Keith mit dem Dienstglas um den Hals auf der Steuerbordseite der Brücke auf und ab und blinzelte in den Himmel. Hier oben roch es stark nach Schornsteingasen. Der Schriftsteller trat an ihn heran und sagte: »Bitte um Erlaubnis, etwas durchsagen zu dürfen. Befehl vom Kommandanten.«

»Bitte!« antwortete Willie. »Kommen Sie aber doch vorher mal einen Augenblick hierher.« Er führte Keefer zu dem Aneroid-Barometer, das achtern am Brückenhaus angebracht war. Der Zeiger auf dem grauen Zifferblatt lang weit nach links auf 749 mm.

»Was sagen Sie dazu?« fragte Willie. »An einem strahlenden Sonnentag?«

Keefer schob die Unterlippe vor und überlegte. »Taifunwarnungen?«

»Steve hat sie im Kartenhaus alle eingezeichnet, kommen Sie mit und sehen Sie sich das an.«

Die beiden Offiziere falteten eine blau und gelb markierte Karte des mittleren Pazifik auseinander und studierten sie. Mit einer roten punktierten Linie waren drei Sturmbahnen eingetragen, sämtlich Hunderte von Meilen von ihrem Standort entfernt.

»Ich weiß nicht«, sagte Keefer, »vielleicht braut sich hier in der Gegend ein neuer zusammen. Jetzt ist gerade die Jahreszeit dazu. Haben Sie den Alten benachrichtigt?« Willie nickte. »Was hat er gesagt?«

»Nichts hat er gesagt. Er machte nur ›hm, hm, hm‹, wie er das neuerdings tut.«

Darauf ging Keefer ins Ruderhaus und drückte den Hebel der Lautsprecheranlage. Er hielt erst einen Augenblick inne, dann sagte er: »Alles herhören! Auf Befehl des Kommandanten gebe ich folgendes bekannt.« Langsam und deutlich wiederholte er Queegs Ankündigung. Die Matrosen im Ruderhaus wechselten vielsagende Blicke miteinander und starrten dann wieder teilnahmslos ins Leere.

Queeg saß den ganzen Vormittag in seiner Kajüte und wartete. Niemand meldete sich. Um Viertel nach zwölf fing er an, die verschiedenen Mitglieder der Besatzung zu sich kommen zu lassen, manchmal einzeln, manchmal zu zweien oder dreien. Alle fünfzehn bis zwanzig Minuten ertönte ein neuer Name aus den Lautsprechern. Diese Prozession zum Kreuzverhör dauerte bis vier Uhr nachmittags an. Darauf ließ Queeg Maryk und Keefer kommen. Als die beiden Offiziere in die Kajüte traten, wurde Wackelbauch gerade verhört. Das fette bleiche Gesicht des Schreibers war völlig ausdruckslos. »Ich würde es Ihnen doch sagen, wenn ich es wüßte, Sir«, beteuerte er. »Ich weiß es einfach nicht. Ich habe während der ganzen Zeit geschlafen.«

»Es ist doch eine alte Jacke«, sagte Queeg, der zusammengesunken in seinem Drehstuhl lag und in beiden Händen Kugeln rollte, »daß der Schreiber eines Schiffes alles herauskriegt, was es auf ihm überhaupt zu erfahren gibt. Ich will damit durchaus nicht behaupten, Sie wüßten bereits etwas; ich fordere Sie auch nicht etwa auf, irgend jemanden hier zu verpfeifen. Ich sage Ihnen nur, ich würde von Herzen gern Ihre Eingabe zur Schreiberschule in San Franzisko befürworten. Mehr sage ich nicht, Porteous.«

Ein Flimmern von Begreifen belebte den stumpfen Blick des Schreibers.

»Aye, aye, Sir«, sagte er und ging hinaus.

»Schön, meine Herren«, sagte der Kommandant in spritzigster Laune zu den beiden Offizieren. »Jetzt kommen wir der Sache schon näher.«

»Werden Sie nun zur Festnahme schreiten, Sir?« fragte Keefer.

»Worauf Sie sich verlassen können«, antwortete Oueeg, »ich muß nur noch schnell ein winziges Beweisglied prüfen, und dafür brauche ich jetzt Sie. Allerdings gehört ein klein wenig Organisationstalent dazu.«

»Die Mannschaft hat schon um zwölf Uhr eine Festnahme erwartet«, warf der Eins O dazwischen.

»Es schadet nie, wenn man die Leute im unklaren läßt. Das nächste, was jetzt zu tun ist – und das ist tatsächlich das letzte Glied in der Kette –, wir müssen den Nachschlüssel finden. Was können Sie mir da für Vorschläge machen, meine Herren?«

Queeg blickte grinsend von einem Offizier zum anderen.

»Ziemlich harte Nuß, denken Sie, was? Also hören Sie, was wir jetzt machen. Es handelt sich um drei ganz einfache Maßnahmen. Maßnahme eins: wir sammeln jeden einzelnen Schlüssel an Bord dieses Schiffes ein, an jeden kommt ein Schild mit dem Namen des Besitzers. Maßnahme zwei: wir durchsuchen das ganze Schiff auf das gründlichste und veranstalten außerdem bei jedem einzelnen Mann eine Leibesvisitation, um absolut sicherzugehen, daß wir auch sämtliche Schlüssel haben. Maßnahme drei: wir probieren sämtliche Schlüssel am Hängeschloß in der Messe aus. Wenn wir den Schlüssel gefunden haben, mit dem wir es öffnen können, dann, meine Herren, gibt uns das Schild, das daran hängt, den Namen des Schuldigen an.«

Keefer und Maryk waren wie vor den Kopf geschlagen. Der Kommandant sah sie an und sagte: »Nun, Fragen? Oder sind Sie auch der Ansicht, daß das der richtige Weg ist, wie wir vorgehen müssen?«

»Sir«, sagte Keefer vorsichtig, »ich meine, Sie hätten mir heute morgen gesagt, Sie wüßten bereits, wer die Erdbeeren gestohlen hat.«

»Natürlich weiß ich das; ich habe heute nachmittag sogar mit dem Mann gesprochen. Selbstverständlich hat er standhaft geleugnet, aber ich habe ihn trotzdem festgenagelt.«

»Und warum nehmen Sie ihn dann nicht in Haft?«

»Wenn man eine Verurteilung erzielen will, braucht man so eine Kleinigkeit wie einen Beweis«, antwortete Queeg sarkastisch.

»Aber Sie sagten doch, seine Aussage habe ihn verraten.«

»Natürlich doch, in logischer Hinsicht. Wir brauchen jetzt nur noch den Schlüssel selber.«

»Sind Sie sich darüber im klaren, Sir, daß es gut und gern zwei- bis dreitausend Schlüssel auf unserem Schiff gibt?« fragte Maryk.

»Und wenn es fünftausend wären. Sortieren Sie sie erst einmal im groben, dazu brauchen Sie vielleicht eine Stunde, und dann haben Sie nur noch ein paar hundert Schlüssel, die für das Schloß in Frage kommen. Für einen Schlüssel brauchen Sie eine Sekunde, für 60 eine Minute, das macht 1800 Schlüssel in einer halben Stunde. Haben Sie sonst noch Bedenken?«

Der Eins O fuhr sich mit der Hand über den Kopf, holte tief Atem und sagte: »Ich bitte gehorsamst um Entschuldigung, Sir, aber ich glaube nicht, daß dieser Plan viel Aussicht auf Erfolg hat. Ich glaube eher, Sie werden die Leute damit nur für nichts und wieder nichts beunruhigen und gegen sich einnehmen.«

»Und warum soll der Plan keinen Erfolg haben?« Queeg sah vor sich hin und rollte seine Kugeln.

Maryk wandte sich an den Artillerieoffizier. »Was denkst du, Tom? Glaubst du, daß er Erfolg haben wird?«

Keefer sah Queeg von der Seite an, dann zwinkerte er dem Eins O zu und schüttelte mit dem Kopf. »Es kann schließlich nichts schaden, wenn man mal einen Versuch macht, Steve.«

»Ich wüßte wirklich gern, was Sie dagegen einzuwenden haben, Mr. Maryk«, bemerkte Queeg näselnd.

»Sir, ich weiß nicht, wo ich anfangen soll. Ich habe den Eindruck, Sie haben die Sache nicht ganz durchdacht. Zunächst wissen wir ja überhaupt nicht, ob so ein Schlüssel tatsächlich existiert.«

»Darf ich Sie da gleich mal unterbrechen. Ich bin es, der sagt, es gibt einen. Für Ihre Überlegungen existiert er also.«

»Gut, Sir. Angenommen, er existiert. Angenommen, die Durchsuchung geht los, dann gibt es Millionen Löcher, Rohrleitungen, Ritzen, Kisten und versteckte Winkel auf diesem Schiff, wo man einen Schlüssel verstecken kann. Man kann ihn auch über Bord werfen. Unsere Chancen, ihn zu finden, sind gleich Null. Und daß ihn einer, auch noch mit seinem Namen daran, an Sie abliefern sollte …, glauben Sie wirklich, jemand könnte so hirnverbrannt sein?«

»Es laufen genug hirnverbrannte Leute herum, die ganze Welt ist voll davon«, erwiderte Queeg. »Da Sie schon so zu mir reden, als sei ich ein armer Irrer, so will ich Ihnen gestehen, ich glaube auch nicht daran, daß er ihn einreichen wird. Wohl aber glaube ich, daß er ihn verstecken wird und daß wir ihn dann finden werden, und das wird uns den Beweis liefern, daß ich recht habe. Und über Bord werfen? Keine Sorge, das tut er nicht nach all der Mühe, die ihn das Ding gekostet hat.«

»Sir, es kann einer im vorderen Heizraum einen Schlüssel verstecken; ich könnte einen ganzen Monat danach suchen, und ich würde ihn nicht finden, allein schon in diesem einen Raum!«

»Sie sagen mir mit alledem weiter nichts, als daß Sie persönlich nicht die Fähigkeit besitzen, eine gründliche Durchsuchung in die Wege zu leiten, und da haben Sie vielleicht sogar recht. Deshalb werde ich jetzt selber die Durchsuchung organisieren.«

»Sir, Sie sprachen auch von einer Leibesvisitation. Das heißt also, die Leute sollen sich alle nackt ausziehen?«

»Wir befinden uns hier in einem warmen Klima, es wird sich schon keiner erkälten«, antwortete Queeg und kicherte.

»Ich bitte gehorsamst, mir die Frage zu gestatten, Sir, lohnt sich denn das alles nur wegen eines Liters Erdbeeren?«

»Mr. Maryk, schließlich haben wir einen Dieb an Bord unseres Schiffes. Wollen Sie mir etwa nahelegen, daß ich ihn ruhig weiter bei seinem Handwerk belassen oder ihn womöglich noch belobigen soll?«

»Wer ist es denn nun, Sir?« platzte Keefer dazwischen.

Sofort setzte Queeg wieder seine geheimnisvolle Miene auf und schwieg. Schließlich sagte er: »Also, meine Herren, aber selbstverständlich ganz unter uns dreien, also – es ist Urban.«

»Urban?« platzten beide Offiziere wie aus einem Munde heraus.

»Jawohl, jawohl, unser unschuldiger kleiner Urban.«

»Das ist höchst erstaunlich«, sagte Keefer. »Urban ist nun wirklich der letzte, auf den ich Verdacht gehabt hätte.«

Maryk warf Keefer einen scharfen Blick zu.

Voller Selbstzufriedenheit fuhr der Kommandant fort: »Nun, es hat auch eine ganze Menge Überlegung gekostet, das kann ich Ihnen versichern, Tom, aber er ist es. Auf jeden Fall wollen wir jetzt mal an die Arbeit gehen. Steve, fangen Sie sofort damit an, die Schlüssel einzusammeln. Kündigen Sie die Durchsuchung für morgen vormittag um zehn Uhr an, und machen Sie jedermann klar, daß derjenige, bei dem oder in dessen Sachen dann noch ein Schlüssel gefunden wird, vor das Kriegsgericht kommt. Ich gedenke die Durchsuchung morgen persönlich zu leiten.«

Die beiden Offiziere verließen die Kajüte. Keefer begleitete Maryk in seine Kammer. »Was sagst du jetzt, Steve? Ist der Mann nicht total geisteskrank?«

Maryk sank in seinen Stuhl. »Hör auf damit, Tom!«

»Menschenskind, Steve, ich habe ja doch damit aufgehört. Dies ist jetzt ein neuer Fall. Und damit hat er die Grenzlinie überschritten.«

Maryk zündete sich eine Zigarre an und paffte blaue Wolken in die Luft.

»Ich höre. Warum?«

»Das hier ist ausgesprochener Wahnsinn, und zwar Wahnsinn mit

Methode. Ich kann dir genau sagen, was passiert ist. Ducelys Versetzung hat das Faß zum Überlaufen gebracht. Für den Alten war das ein fürchterlicher Schlag. Du hast ja selber gesehen, wie er abgetrudelt ist. Jetzt kommt der nächste Schritt: Er versucht sein erschüttertes Ego wiederaufzurichten. Deshalb läßt er noch einmal den größten Triumph seiner Marinelaufbahn in Szene gehen, nämlich die Käseuntersuchung auf der ›Barzum‹. Die Erdbeeren haben an sich nichts zu sagen. Aber die Begleitumstände bilden einen hervorragenden Startplatz für ein Detektivdrama, bei dem er sich selber beweisen kann, daß er noch immer der haarscharfe Queeg aus dem Jahre 1936 ist. Diesen Nachschlüssel zu unserem Kühlschrank hat er erfunden, weil einfach einer dasein muß, weil er ihn braucht, nicht weil es die Logik so verlangt. Es ist nämlich gar nicht logisch. Es ist verrückt.«

»Und was glaubst du, was mit den Erdbeeren geschehen ist?«

»Herrgott noch mal, die Stewards haben sie aufgefressen. Was denn sonst? Du weißt das doch selber ganz genau.«

»Er hat die drei gestern den ganzen Vormittag ins Kreuzverhör genommen und vor Angst verrückt gemacht. Er ist jetzt felsenfest davon überzeugt, daß sie's nicht gewesen sind.«

»Bei diesen Verhören hätte ich dabeisein mögen. Er hat die Kerls mit Gewalt dazu gebracht, ihre Lügen aufrechtzuerhalten. Er wollte es, daß sie unschuldig seien, denn sonst könnte er doch nie dieses riesige Theater mit dem Schlüssel durchführen. Verstehst du das denn nicht?«

»Das ist alles nicht stichhaltig, Tom, nur mal wieder eine von deinen wilden Theorien.«

»Unser Kommandant ist ein Paranoiker, oder es gibt keine Paranoia!« rief Keefer. Maryk nahm ungeduldig ein Logbuchblatt von seinem Schreibtisch und fing darin zu lesen an. Da sagte der Schriftsteller sehr ruhig: »Steve, kennst du die Artikel 184, 185 und 186 der Navy Regulations?«

Der Eins O sprang auf. »Um Gottes willen, Tom!« stammelte er. Er steckte seinen Kopf durch den Vorhang und spähte in den Messegang hinaus. »Sprich nicht so laut!« setzte er hinzu.

»Wie ist das, kennst du sie?«

»Ich weiß, worauf du hinauswillst.« Der Eins O atmete tief und blies die Luft aus seinen Backen. »Du bist nämlich derjenige, der der wahnsinnig ist. Nicht der Kommandant.«

»Wie du willst«, erwiderte Keefer. Er sah dem Eins O scharf in die Augen, drehte sich um und ging hinaus.

An diesem Abend machte der Erste Offizier eine ausführliche Eintragung in sein medizinisches Tagebuch. Als er fertig war, legte er es fort, schloß seinen Panzerschrank ab, nahm den dicken blau eingebundenen Band der Navy Regulations aus dem Regal und öffnete ihn. Plötzlich blickte er hinter sich nach dem Vorhang an seiner Tür, stand auf und schloß das eiserne Schott, das in den Tropen sonst fast nie benutzt wurde. Dann suchte er den Artikel 184 und las langsam mit monotoner Stimme vor sich hin: »Es ist denkbar, daß ganz ungewöhnliche und außerordentliche Umstände eintreten können, unter denen die Enthebung eines Kommandanten durch einen Untergebenen notwendig wird, indem er ihn festnimmt oder indem er ihn für krank erklärt. Diese Maßnahme darf aber nur mit ausdrücklicher Zustimmung der Marineleitung oder einer anderen sonst zuständigen höheren Befehlsstelle durchgeführt werden, ausgenommen, wenn die Befragung einer solchen vorgesetzten Dienststelle ohne Zweifel undurchführbar ist, sei es wegen der damit verbundenen Verzögerung, sei es aus anderen klar zutage liegenden Gründen ...«

Die Durchsuchung

Graue Wolken zogen sich am Himmel zusammen. Ein starker Westwind fegte die Brücke frei von Schornsteingasen und legte die »Caine«, sooft sie nach Steuerbord rollte, hart auf die Seite.

Auf der schwärzlichen rauhen See erschienen weiße Schaumkronen. Die Matrosen schwankten allenthalben auf dem Schiff herum, sie sammelten Schlüssel ein, verteilten kleine Schilder oder borgten sich Füllfederhalter und Bleistifte. Alles vollzog sich unter stetigem Gemurmel aufsässiger Flüche und Verwünschungen.

Gegen sieben Uhr war Willie so weit, daß er alle Leute aus seinem Ressort verhört hatte. Auf seiner Koje lag ein großer Pappkarton mit einem Gewirr von an die vierhundert etikettierten Schlüsseln. Er hob den schweren Karton in die Höhe, schwankte damit durch die Messe, balancierte rückwärts den rollenden Niedergang zum Oberdeck hinauf und tappte vorsichtig durch den Regen das schlüpfrige Seitendeck entlang bis zur Türe der oberen Kommandantenkajüte. Dort klopfte er mit dem Fuß, daß es hohl widerhallte: »Würden Sie bitte aufmachen, Sir, ich habe beide Arme voll.«

Die Tür öffnete sich, in der Kammer wurde es automatisch dunkel. Willie turnte über das Süll in die Finsternis hinein. Hinter ihm schlug die Türe zu, und die Lampen flammten hell wieder auf.

Im Raum befanden sich vier Personen: der Kommandant, Fähnrich Voles, Wackelbauch und Bellison. Queegs Koje hatte sich in ein Meer von Schlüsseln verwandelt; man hatte den Eindruck, es müßten mindestens hunderttausend sein, Messingschlüssel, Stahlschlüssel, eiserne Schlüssel, Schlüssel in allen nur möglichen Formen und wirr durcheinander. Sie waren miteinander zusammengeknotet, und die Bindfäden mit den weißen Schildern hatten sich ineinander verheddert. Überall auf dem Deck standen Kartons herum. Wackelbauch und Bellison sortierten die Schlüssel unter unablässigem Geklapper in zwei Haufen. Von einem kleineren Haufen nahm Fähnrich Voles die Schlüssel und reichte einen nach dem anderen dem Kommandanten. Queeg saß an seinem Schreibtisch, sein Gesicht war bleich, seine Augen waren rot unterlaufen, aber er war voller begeisterten Eifers.

Er steckte die Schlüssel in das Hängeschloß, versuchte sie herumzudrehen und warf sie dann in eine Kiste zu seinen Füßen. Als er Willie sah, fauchte er los: »Stehen Sie nicht so blöde da rum, kippen Sie alles aus und machen Sie, daß Sie wegkommen.« Darauf nahm er die Schlüsselprobe in regelmäßigem Rhythmus wieder auf, und das leise Geräusch von Schlüssel in Schloß, Schlüssel in Schloß, Schlüssel in Schloß ging weiter. In der Luft stand ein stinkiger Hecht. Willie kippte seine Last auf die Kommandantenkoje, verließ eilends den Raum und ging auf die Back.

Der Regen jagte in schrägen, wogenden Linien über den Bug. Willies Hosenbeine wurden vom Winde gepeitscht, Wasser spritzte ihm ins Gesicht. Er schob sich in Lee des Brückenhauses. Der Bug schoß in ein Wellental und zerschnitt, als er wieder hochkam, eine riesige See in zwei schäumende schwarze Wasserströme. Der Gischt fegte an Willie vorbei, flutete über Deck und Brücke und tropfte dann wieder auf ihn herunter.

Diese einsamen Augenblicke auf der Back liebte Willie bei jedem Wetter über alles. Das weite Meer war Balsam für ihn, und der frische Wind linderte die rädernde Nervosität, die das Dasein auf der »Caine« mit sich brachte. Im stürmischen und dämmrigen Zwielicht unterschied er die verschwommenen Umrisse der »Montauk«, der »Kalamazoo« und der nächsten Zerstörer im Geleitzug als kleine, hüpfende Schatten von tieferem Schwarz gegen die grauschwarze Weite des Ozeans. Im Inneren dieser dunklen Gebilde gab es Licht, Wärme und Leben; alle die zahllosen Verrichtungen des Marinelebens spielten sich ab. Auch dort – so stellte er es sich vor – mochten Krisen und Aufregungen toben, ebenso wild und unwahrscheinlich vielleicht wie die Erdbeertragikomödie auf der »Caine«. Wer von den Wachgängern auf den anderen Brücken, die den schmalen alten Minensucher durch die aufgeregte See stampfen sahen, ahnte wohl, daß dessen Mannschaft mit meuterischen Redensarten um sich warf, daß dessen Kommandant in seiner Kajüte eingeschlossen saß und mit brennenden Augen ungezählte Schlüssel an einem Hängeschloß ausprobierte?

Die See war das eine große Erlebnis in Willies Dasein, das noch immer gewaltiger war als Queeg. Der Kommandant hatte in seinem Bewußtsein eine alles durchdringende Gegenwart angenommen, er war ein Riese von Arglist und Bosheit für ihn geworden. Sobald Willie aber den Anblick des Meeres und des Himmels auf sich wirken ließ, vermochte er – wenigstens für Augenblicke – in der Person Queegs einen zwar kranken, aber nicht unbedingt übelwollenden Mann zu erblicken, der verzweifelt mit einer Aufgabe rang, die seine Kräfte überstieg. Die hitzigen kleinen Zwischenfälle auf der »Caine«, die Strafandrohungen, die ewige Inquisition, die verstiegenen Tagesbefehle, die unruhestiftenden Launenanfälle, alles das milderte sich zu einer beinahe harmlosen Donquichotterie herab, gemessen an dem machtvollen Erlebnis des Meeres. Diese Traumbilder dann aber auch mit unter Deck zu nehmen, das brachte Willie nicht fertig. Dort bedurfte es dann nur einer jener nervenzerrenden Bagatellen, wie des Summens des Messetelefons oder eines mit Bleistift bekritzelten Zettels, und sofort wurde er in den Fieberstrudel der Welt unter Deck wieder eingesogen. Aber die vorangegangene Entspannung war doch immer köstlich und erfrischend gewesen, solange sie angedauert hatte. Eine halbe Stunde lang hielt Willie sich auf der dunklen, triefenden Back auf, atmete die Luft und den feuchten Wind in tiefen Zügen ein, dann ging er wieder unter Deck.

Als die »Caine« am nächsten Morgen in Apra Harbor auf Guam einlief, regnete es noch immer, und die felsigen Hügel der Insel lagen in nebelhaftem Grau. Das Schiff machte längsseits eines neuen 2200-Tonnen-Zerstörers, der »Harte«, an einer Boje fest. Sobald die Leinen ausgebracht waren, befahl Queeg längs der Backbordseite alle sieben Meter einen bewaffneten Posten, um zu verhindern, daß die Leute ihre Schlüssel etwa einem Freunde auf dem Zerstörer zuspielten. Außerdem schickte er Jorgensen auf die »Harte« hinüber und ließ den Zensuroffizier bitten, dem Kommandanten der »Caine« Mitteilung zu machen, sollte sich in der Post auf der »Harte« ein Schlüssel vorfinden. Dieser Offizier, ein dürrer Leutnant mit tiefen schwarzen Ringen unter den Augen, warf Jorgensen einen Blick zu, als argwöhne er, einen Verrückten vor sich zu haben. Jorgensen mußte seine Bitte zweimal wiederholen, bis der Offizier endlich zögernd zustimmte.

Inzwischen half Willie dem frohlockenden Ducely beim Packen. Queeg hatte den Fähnrich endlich in Marsch gesetzt, und dieser war mit der »Harte« übereingekommen, um zehn Uhr auf ihrem Boot mit an Land gehen zu dürfen. »Warum bleibst du nicht lieber noch ein bißchen hier und guckst dir die Durchsuchung an?« fragte Willie.

Ducely lachte hell auf. Er war gerade dabei, die Messingschlösser an seinem schönen Schweinslederkoffer zuzusperren. Seine blaue Uniform roch noch nach Kampfer, auf der linken Brust prangten ein frisches gelbes Ordensband und zwei Kampfsterne. »Willie, ich mache mich auf diesem verfluchten Schiff dünne, ehe noch was dazwischenkommt. Was übrigens die Untersuchung betrifft, so werdet ihr nie einen Schlüssel finden. Es gibt nämlich gar keinen.«

»Ich glaube das auch nicht, aber das Theater an sich ist ja schon sehenswert.«

»Ich äußere hier gar keine Vermutung, ich weiß ganz bestimmt, daß es keinen Nachschlüssel gibt.«

Der Fähnrich beugte sich herab, um in den Spiegel sehen zu können, und fuhr mit dem Kamm durch sein langes blondes Haar.

»Also, was weißt du? Mal ganz genau!«

»Ich habe nichts gesagt. Ich denke gar nicht daran, mich noch einmal mit diesem rasenden Spitzbauch anzulegen, wo ich drauf und dran bin, abzuhauen.« Er schüttelte rosafarbenes Haaröl auf seine Bürste und strich sorgfältig mit ihr über seine Locken. Da packte ihn Willie an der Schulter und riß ihn herum.

»Ducy, du wabbelige Trauergestalt, sind dir etwa Tatsachen bekannt, die diesen närrischen Schwindel hier aufklären können? Dann raus damit, oder ich gehe wahrhaftig zu Queeg und sage ihm, daß du mit etwas hinteren Berge hältst, das schwöre ich dir!«

Der Fähnrich lachte. »Na, na, Willie, gar nichts wirst du Old Yellowstain sagen, dazu kenne ich dich viel zu gut, ich habe nicht umsonst zehn Monate lang auf deiner Gutmütigkeit herumgetrampelt. Tut mir leid, Willie, daß ich dich immer so im Stich lassen mußte, aber schon beim ersten Male, als wir zusammen sprachen, habe ich dir ja gesagt, daß ich zu nichts tauge.«

»Ich will wissen, Ducy, was du über diese verdammten Erdbeeren zu sagen hast!«

Der geschmeidige Fähnrich zögerte mit der Antwort und kaute an den Nägeln. »Es wär' ja eigentlich doch eine Schande«, sagte er dann, »wenn ich's dir nicht erzählen würde, aber dann bestehe ich wenigstens auf einer Gegenleistung: du wirst nichts darüber verlauten lassen, bis ich mindestens zwanzig Minuten von Bord bin.«

»Meinetwegen, meinetwegen! Jetzt los, was weißt du?«

»Die Stewards waren's. Ich habe gesehen, wie sie die Büchse ausgekratzt haben. Es war ein Uhr nachts, ich hatte Mittelwache und ging mal runter auf den Lokus. Es hat ihnen so geschmeckt und sie waren derartig bei der Sache, daß sie mich gar nicht an der Pantry vorbeigehen sahen.«

»Du Schwein, warum bist du denn nicht gleich bei der Besprechung damit herausgekommen?«

»Mensch, Willie, hast du denn kein Herz? Hast du Whittakers Gesicht damals nicht gesehen? Und hätte man mir die Nägel von den Fingern gerissen, man hätte kein Wort aus mit herausgebracht.« Er hob seinen Handkoffer von der Koje. »Mein Gott, zu denken, daß ich jetzt frei bin, frei von diesem Irrenhaus …«

»Du verdammter Glückspilz«, knurrte Willie, »hast du auch dein Korsettmädchen nicht vergessen?«

Ducely lachte verlegen und wurde rot. »Nach dem Krieg kannst du mich damit durch den Kakao ziehen, soviel du willst, Willie. Zehn Tage lang erschien sie mir tatsächlich wie eine Göttin. Ich glaube, wenn ich noch länger auf diesem Schiff bliebe, würde ich schließlich noch behaupten, ich sei Lord Nelson.« Er reichte Willie die Hand. »Mein Guter, selber tauge ich nicht viel, aber wenigstens bringe ich noch gebührende Achtung vor einem Helden auf. Komm, gib mir die Hand.«

»Leck mich am Arsch!« murmelte Willie und schlug ein.

Whittaker erschien in der Tür: »Offiziersbesprechung in der Messe, Mistuh Keith, Suh!«

Die Messe war rappelvoll, Offiziere, Deckoffiziere, Obermaaten, alles drängte sich um den Tisch; die meisten standen.

Queeg saß am Kopfende, rollte seine Kugeln, rauchte und stierte schweigend auf eine Anzahl roter Diagramme, die vor ihm auf dem Tisch lagen.

Ducely schlängelte sich unbemerkt durch die Menge und verschwand.

Queeg begann damit, daß er den Plan für die Durchsuchung entwickelte. Er hatte ein Schema ausgearbeitet, nach dem die Leute auf dem Deck zusammengetrieben wurden, dann sollten sie sich nackt ausziehen und in kleinen Gruppen visitiert werden. Hiernach mußten sie wieder unter Deck zurück, und zwar in bestimmte Räume, die man in der Zwischenzeit ebenfalls durchsucht hatte. Der Witz bei dem Arrangement war, zu verhindern, daß jemand den fehlenden Nachschlüssel von einer noch nicht durchsuchten zu einer bereits durchsuchten Stelle zu schmuggeln vermöchte. In dieser Beziehung, das mußte auch Willie einsehen, war der Plan wirklich genial und wirksam erdacht. Plötzlich empfand er Mitleid mit Queeg. Die freudige Erregung hatte den Mann völlig verwandelt. Seit Monaten zum erstenmal wieder schien er ihm vorbehaltlos glücklich zu sein, und es war eigentlich tragisch, daß dieser riesige Aufwand an brodelnder Energie jetzt nun ganz für die Katz sein sollte. Als die Besprechung zu Ende war, tupfte Willie Maryk auf die Schulter:

»Ich muß dir mal eben was sagen, Steve.« Sie gingen in die Kammer des Eins O, und Willie erzählte ihm, was er von Ducely gehört hatte.

»Barmherziger Gott!« rief Maryk und stützte den Kopf müde auf seine Faust. »Also doch – die Stewards!«

»Wirst du dem Alten das melden?«

»Natürlich! Sofort! Die Brüder hatten kein Recht, diese Scheißerdbeeren einfach aufzufressen!«

Maryk ging zum Kommandanten in die Kajüte. Noch immer lagen die Schlüssel zu Tausenden in den Schachteln auf dem Deck. Queeg saß in seinem Drehstuhl und spielte mit dem Hängeschloß. Er hatte eine frische Uniform angezogen und sich rasiert, seine Schuhe waren blitzblank geputzt. »Hallo, Steve, kann's nun losgehen? Selbstverständlich sollen Sie die Sache leiten, aber ich werde sehr genau dabei aufpassen.«

»Ein neuer Umstand ist aufgetreten, Sir.« Maryk berichtete von Ducelys Aussage. Als Queeg ihre entscheidende Bedeutung endlich begriffen hatte, sank ihm der Kopf zwischen die Schultern.

»So. – Gehn wir der Sache mal auf den Grund. Ducely hat Keith das erzählt, und Keith Ihnen. Ducely soll derjenige sein, der es mit eigenen Augen gesehen hat, und der ist nicht mehr hier. Stimmt's?«

»Jawohl, Sir.«

»Und woher wissen wir sowohl bei Ducely wie bei Keith, daß sie nicht gelogen haben?«

»Sir, beide sind Seeoffiziere!«

»Ach, kommen Sie mir doch nicht mit dem Quatsch!« Queeg nahm zwei Stahlkugeln aus einer Schale auf seinem Schreibtisch. »Ducely ist durchaus fähig, uns zum Abschied noch einen Streich zu spielen, er ist ein völlig verantwortungsloser Bursche. Außerdem wissen wir ja noch nicht mal, ob er es wirklich gesagt hat. Keith hat sich einen verdammt geschickten Zeitpunkt für seinen Bericht ausgesucht, indem er so lange wartete, bis Ducely von Bord war.«

»Sir, Ducely hat sich das von ihm versprechen lassen.«

»Das weiß ich, das haben Sie mir ja bereits gesagt. Na, diesen Ducely könnte ich mir schon noch kaufen, wenn ich nicht wichtigere

Dinge zu tun hätte. Er glaubt sich wohl in Nummer Sicher, wie? Wenn ich wollte, könnte ich ihn sogar noch von Land zurückholen lassen als Hauptzeugen, sein Flugzeug ist noch nicht weg, und ich könnte ihn bis zum Jüngsten Tag hierbehalten. Aber, wie ich schon sagte, es ist ja auch möglich, daß Keith sich die ganze Geschichte ausgedacht hat, also ...«

»Wie, um Himmels willen, sollte Willie dazu kommen, Sir?«

»Woher soll ich wissen, wen er vielleicht zu decken versucht?« antwortete Queeg. »Seine Loyalität nach oben ist gleich Null, so viel ist mal gewiß, vielleicht hat er dafür nach unten hin um so fragwürdigere Bindungen. Aber lassen wir das jetzt, ich habe wahrhaftig mehr zu tun, als Mr. Keith zu psychoanalysieren, wo so wichtige Aufgaben bevorstehen.« Nach kurzem Schweigen fragte Maryk: »Wollen Sie die Durchsuchung etwa trotzdem vornehmen?«

»Warum nicht? Weder Mr. Ducely noch Mr. Keith haben den Nachschlüssel herbeigeschafft, alles andere interessiert mich nicht.«

»Sir – Sir, es gibt doch keinen Nachschlüssel, wenn die Stewards die Erdbeeren aufgegessen haben. Wollen Sie denn wirklich annehmen, zwei Ihrer Offiziere hätten die Unwahrheit gesagt?«

»Ich nehme überhaupt nichts an«, näselte Queeg, »und gerade deshalb werden wir jetzt nach dem Schlüssel suchen. Also los, fangen Sie an!«

Eine schwere Dünung stand von dem Sturm auf See in den Hafen herein. Die »Caine« und die »Harte« stampften und rollten und rieben sich aneinander. Ihre Fender wurden in tausend Splitter zermantscht. Willie saß gemächlich auf dem Kommandantenstuhl im leeren Ruderhaus und sah zu, wie Bellison und drei Matrosen im schweren Regen auf der Back herumglitschten, Extraleinen ausbrachten und die Schamfilungsmatten in den Klüsen verdoppelten. Maryk kam ins Ruderhaus, der Regen strömte von seinem schwarzen Ölmantel. Er drückte den Hebel zur Lautsprecheranlage. Willie konnte zu gleicher Zeit die natürliche Stimme und das mechanische Gekrächze der Lautsprecher vernehmen. »Alle herhören. Durchsuchung beginnt, Durchsuchung beginnt. Alle Mann an Deck. Alle unteren Decks räumen. Die körperliche Durchsuchung der Leute wird hinter der Brücke unter der Persenning und achtern in der Mannschaftsdusche vorgenommen.«

Willie sprang von seinem Stuhl auf. »Steve, hast du ihm denn nicht gesagt, was Ducely erzählt hat?«

»Er besteht trotzdem auf Durchsuchung.«

»Aber das ist doch völlig sinnlos – warum denn, Mensch, das ist doch Wahnsinn!«

»Hilf mir lieber, Willie. Was hast du für einen Posten?«

»Ich soll achtern die Leute durchsuchen, Gott, und noch dazu bei dem Wetter. Na – meinen Segen hat er!«

»Farrington und Voles haben nichts zu tun. Wenn du willst, nimm dir einen von den beiden dazu.«

Willie ging nach achtern. Das schaukelnde und stampfende Oberdeck war völlig durcheinander. Matrosen in triefendem Regenzeug oder völlig durchnäßten Arbeitsanzügen drängten sich hinter dem Brückenhaus um Harding und Paynter. Zwei Leute standen splitternackt, seltsam rosa und weiß, in der khakibraunen Menge; aus ihren Mienen sprachen Verlegenheit, Empörung und grimmiger Hohn. Die Offiziere tasteten ihr Zeug ab. Die an der Backbordseite verteilten Posten lümmelten sich an der Reling, lehnten sich auf ihre Gewehre und rissen mit den anderen Matrosen dumme Witze. Fähnrich Farrington stand vor dem Messeniedergang, eine Hand lag auf dem Luk. Halb amüsiert, halb entsetzt, wie ein kleiner Junge in einem Raritätenkabinett, sah er der Durchsuchung zu.

»Farrington«, rief Willie, als er hinter dem Brückenhaus vorbeiging, »kommen Sie mit mir, Sie werden mir helfen!«

»Aye, aye, Sir«, antwortete der Fähnrich und fiel mit Willie in gleichen Schritt. Während sie das Backbordseitendeck entlanggingen, bemerkte der Leutnant über seine Schulter: »Das kommt Ihnen sicher alles höchst sonderbar vor, wie?«

»Ach Gott, Mr. Keith, ich hatte von vornherein das Gefühl, ich gehörte gar nicht mit dazu, und deshalb kam ich mir ziemlich überflüssig vor. Ich freue mich, ein bißchen mithelfen zu dürfen.«

Willie konnte sein Gesicht nicht sehen, aber die nüchterne Ehrerbietung im Ton seiner Stimme war unverkennbar. Das war der gleiche Ton, in dem auch Willie vor fünfzehn Monaten mit Offizieren wie Leutnant Maryk und Leutnant Gorton gesprochen hatte, als sie ihm noch als so unendlich überlegene und kriegserfahrene Männer der See erschienen. Zunächst fühlte er sich ein wenig geschmeichelt. Er überlegte: wahrscheinlich war die »Caine« für Farrington im ganzen schon ein so verwirrendes Phänomen und eine so ungewohnte Erscheinung, daß ihn die Durchsuchung im einzelnen kaum noch groß überraschen konnte. Es wurde langsam immer schwieriger für Willie, die Wirkung der »Caine« auf Neulinge nachzuempfinden und sich dementsprechend die Gefühle eines frischgebackenen Fähnrichs vorzustellen.

Vom Gang aus trafen sie auf eine andere Gruppe von Matrosen, die naß und verdrießlich im Regen umherstanden. Willie trieb sie an geschützten Stellen zusammen und organisierte die Leibesvisitation in alphabetischer Reihenfolge. Zu zweien kamen die Leute in den Duschraum und legten dort ihre Kleider ab. Systematisch und mit sachlich ernstem Gesicht ging Farrington ans Werk und half Willie, das durchnäßte Zeug zu durchsuchen. Dankbaren Herzens empfand Willie, daß endlich einmal wieder ein wirklicher Offizier auf die »Caine« gekommen war.

Einer der ersten, die sich ausziehen mußten, war Fleischkloß. Nackt, behaart und feist stand er da und sah grinsend zu, wie Willie sein Arbeitszeug und seine Schuhe abfühlte und dabei über den penetranten animalischen Geruch, der ihnen entstieg, die Nase verzog. So schnell wie möglich reichte Willie ihm die Sachen zurück.

»Gut, Fleischkloß, ziehen Sie sich wieder an.«

»Aber Mr. Keith«, sagte der Bootssteuerer mit unschuldigem Gesicht, »wollen Sie mir denn nicht in den Hintern gucken?«

Er sagte dies in einem so gutherzigen und unbefangenen Ton, daß Willie sich sofort entschied, keinen Anstoß daran zu nehmen. »Nein, danke vielmals. Ich begehre keinen Orden für besonderes Heldentum.«

»Der Alte ist doch ein richtiger Asiate, Sir. Meinen Sie nicht auch?« bemerkte Fleischkloß, während er sich wieder die Hose anzog.

»Halten Sie den Mund über den Kommandanten!« entgegnete Willie scharf. »Ich verbitte mir derartige respektlose Bemerkungen.«

»Mein Gott, Sir, ich wiederhole ja nur, was Mr. Keefer eben zu einer ganzen Menge von uns gesagt hat.«

»Das interessiert mich nicht. Ich wünsche keine unverschämten Äußerungen dieser Art zu hören!«

»Aye, aye, Sir«, wimmerte der Bootssteuerer und sah Willie dabei mit einem derartig geschlagenen Ausdruck an, daß dieser sich um ein Haar noch entschuldigt hätte. Diese Leibesvisitation ging ihm schwer an die Nieren; sie kam ihm fast wie eine nazihafte Unterdrückung der Menschenrechte vor. Daß sie von der Mannschaft so zahm hingenommen wurde, erschien ihm als ein Merkmal dafür, bis zu welchem Ausmaß das Queegsche Regiment den Geist der Leute bereits gebrochen hatte.

Queeg steckte den Kopf durch die Tür zum Duschraum. »So ist's recht, hier läuft ja alles schön, wie?«

»Jawohl, Sir«, antwortete Willie.

»Famos, famos. Farrington auch gleich angestellt, wie? Famos, famos.«

Der Kopf grinste, nickte und verschwand.

»Hat jemand 'ne Zigarette für mich?« fragte Willie leicht erschüttert.

»Aber bitte, Sir.« Fleischkloß reichte ihm sein Päckchen, strich schnell ein Streichholz an und hielt es Willie in der gekrümmten Handfläche hin. Während Willie den ersten Zug tat, bemerkte er aufmunternd: »Diese Geschichte bringt einen ja auch ganz durcheinander, nicht wahr, Sir?«

Mit schnellen Schritten ging Commander Queeg nach vorn; die feindlichen Blicke der Matrosen, die in den Eingängen und unter den Zeltplanen zusammengepfercht standen, beachtete er nicht. Von seinem gelben Umhang prallten die Tropfen ab. Er stieß auf Maryk, der aus dem engen Niedergang des vorderen Maschinenraumes herauskam. »Na, mein guter Steve, wie gehn die Dinge da unten?«

»Alles in Ordnung, Sir.« Der Eins O war rot und verschwitzt. »Wir haben allerdings eben erst angefangen – es wird ungefähr vier Stunden in Anspruch nehmen –, aber sie sind jetzt alle richtig bei der Sache.«

»Famos, famos. Budge ist ein Mann, auf den Sie sich verlassen können. Jawohl, mein Herr! Tatsache, Steve, ich glaube, alle unsere

Deckoffiziere und Unteroffiziere setzen ihre Ehre drein, und die Offiziere natürlich auch, was das betrifft. Ja, sogar Keith ...«

»Entschuldigen Sie bitte, Sir.« Wackelbauch, der Schreiber, war an den Kommandanten herangetreten. Keuchend machte er seine Ehrenbezeigung und sah Maryk dabei an.

»Worum handelt sich's, Porteous?«

»Sie – Sie wollten, daß ich eine Eingabe machen sollte, Sir. Hier habe ich sie.«

»Ach ja, aber natürlich doch. Entschuldigen Sie mich, Steve. Behalten Sie alles gut im Auge. Sehen Sie zu, daß forsch weitergemacht wird. Kommen Sie mit, Porteous.«

Queeg schloß die Kajütentür und sagte: »Na?«

»Das mit der Schreiberschule in San Franzisko war Ihnen doch Ernst, Sir?« Halb verschmitzt, halb ängstlich sah Wackelbauch auf den Kommandanten.

»Aber selbstverständlich doch, Porteous, in solchen Sachen gibt es bei mir keinen Scherz. Wenn Sie irgendwelche Angaben machen können, die zu beweisen sind ...«

»Die Stewards waren es, Sir«, flüsterte der fette Schreibermaat.

»Ach, quatschen Sie doch nicht, die waren's nicht. Verdammt noch mal, Porteous, warum stehlen Sie mir meine Zeit?«

»Bellison hat sie doch gesehen, Sir. Es war etwa 1 Uhr nachts. Er kam gerade aus dem vorderen Mannschaftsdeck, wo er ein Glücksspiel auseinandergejagt hatte, nach achtern. Dabei kam er an der Pantry vorbei. Er hat es auch schon einigen von den Deckoffizieren erzählt und ...«

»Wollen Sie mir etwa weismachen, mein Wachtmeister würde zusehen, wie jemand einen Einbruch verübt, ohne den Mann sofort festzunehmen oder mir wenigstens gleich darüber Meldung zu machen?«

Queeg zog die Stahlkugeln aus der Tasche und fing an damit zu rollen. Sein strahlender Gesichtsausdruck verschwand, die alten krankhaften Runzeln waren wieder da.

»Er hat sich doch gar nichts dabei gedacht, verstehen Sie, weil die Stewards, na ja, die kauen doch immer an dem herum, was in der Messe übrigbleibt, das ist doch nichts Neues. Und als dann dieser Riesenaufruhr wegen der Geschichte angerichtet wurde, da haben sie ihm leid getan; er dachte, sie würden alle ihre Entlassung beziehen, und deshalb hat er den Mund gehalten. Aber jetzt weiß es das ganze Schiff, Sir, heute morgen – das kann man mit Leichtigkeit beweisen!«

Queeg fiel in seinen Drehstuhl und sah stumpf auf die vielen tausend Schlüssel, die auf dem Deck aufgestapelt lagen. Der Unterkiefer hing ihm herunter, die untere Lippe hatte er eingezogen.

»Porteous«, sagte er, »diese Unterhaltung zwischen uns beiden ist von Ihnen streng vertraulich zu behandeln!«

Der Schreiber blickte bekümmert zur Seite und antwortete: »Aber gewiß doch, Sir, das kann ich Ihnen versichern.«

»Dann schreiben Sie jetzt Ihre Eingabe wegen der Schule und fügen Sie gleich meine Befürwortung mit dazu, ich werde sie unterzeichnen.«

»Ich danke vielmals, Sir.«

»Sie können gehen, Porteous.«

Nach einer halben Stunde begann Maryk endlich sich zu wundern, was wohl aus dem Kommandanten geworden sein mochte. Der Schlachtplan sah vor, daß Queeg die Aufsicht an Oberdeck führen sollte, während der Eins O sich auf die verschlungenen Maschinenräume konzentrieren sollte; aber die geschäftige, schmunzelnde Gestalt des Kommandanten war von der Szene der Durchsuchung verschwunden. Maryk ging an Queegs Kajütentür und klopfte an.

»So kommen Sie doch schon rein!« rief eine barsche Stimme. Der Kommandant lag im Unterzeug auf der Koje. Er stierte gegen die Decke und rollte in beiden Händen seine Kugeln. »Was wollen Sie denn schon wieder, Mr. Maryk?«

»Entschuldigen Sie bitte, Sir – ich dachte, Sie beabsichtigten, an Heck die Aufsicht zu führen.«

»Ich habe Kopfschmerzen. Übernehmen Sie das Deck mit.«

Nach einer Pause sagte der Eins O unsicher: »Aye, aye, Sir, ich weiß nur nicht, ob ich die unbedingte Gründlichkeit so garantieren kann, wie Sie das wünschen.«

»Dann bestimmen Sie jemand, der Ihnen hilft.«

»Aye, aye, Sir. Ich wollte Sie nur fragen, glauben Sie, daß wir auch den Bleiballast aus den Bilgen herausholen und unter sämtliche Blöcke schauen müssen? Das wäre eine fürchterliche Arbeit, Sir.«

»Es ist mir völlig gleichgültig, was Sie tun. Lassen Sie mich jetzt in Ruhe. Mir hängt die ganze dämliche Geschichte sowieso schon zum Halse heraus. Nichts geschieht auf diesem Schiff, wenn ich nicht jeden einzelnen persönlich trockenlege. Machen Sie, was Sie wollen. Sie werden natürlich nichts finden, und ich gebe auch einen Dreck darum, ob Sie was finden. Ich habe mich langsam daran gewöhnt, daß meine Befehle auf diesem Schiff doch niemals zuverlässig durchgeführt werden, und, selbstverständlich, eine schlampige Durchsuchung ist überhaupt keine Durchsuchung. Aber los, machen Sie es, wie Sie wollen. Nur lassen Sie mich jetzt dabei aus dem Spiel.«

»Sir«, sagte der Eins O verwirrt. »Wünschen Sie denn, daß mit der Durchsuchung weitergemacht werden soll?«

»Herrgott, Donnerwetter noch mal, selbstverständlich soll weitergemacht werden! Warum denn nicht?« brüllte der Kommandant. Er stützte sich auf einen Ellbogen und stierte Maryk mit rotunterlaufenen Augen an. »Ich wünsche nach wie vor, daß das Schiff vom Bug bis zum Heck durchsucht wird, jeder einzelne Zentimeter.«

Obgleich Maryk die Durchsuchung mürrisch fortsetzte, hatte die Mannschaft doch sehr bald heraus, daß sich etwas geändert hatte. Das Verschwinden des Kommandanten und die oberflächliche Art, mit der der Eins O von jetzt an vorging, spiegelten sich bald in einer zunehmenden Nachlässigkeit wider, mit der Offiziere wie Deckoffiziere bei ihrer Arbeit vorgingen; die Sticheleien der Matrosen wurden immer frecher und aufsässiger. Um die Mittagszeit war alles nur noch eine einzige unwürdige Farce, die den Offizieren Verlegenheit und den Mannschaften diebisches Vergnügen bereitete. Die Durchsuchenden beschränkten sich auf einige faule Gesten nach der Art bestochener Zollinspektoren. Um ein Uhr befahl Maryk aufzuhören. Er ließ sich von seinen Untergebenen höchst ironisch gehaltene Meldungen erstatten, daß die Durchsuchung in ihren Revieren durchgeführt worden sei.

Es hatte aufgehört zu regnen, aber die Luft war feucht und schwül. Der Eins O ging zum Kommandanten, bei dem die Vorhänge vorgezogen waren. Queeg lag nackt auf seiner Koje, er war hellwach. »Nun, haben Sie ihn gefunden?« fragte er.

»Nein, Sir.«

»Genau, wie ich vorausgesagt hatte. Na, wenigstens habe ich doch die Dienstauffassung und die Loyalität meiner Offiziere richtig eingeschätzt.« Der Kommandant rollte auf seiner Koje herum und drehte das Gesicht zur Wand. »Schön, schaffen Sie diese Schlüssel hier raus und geben Sie sie an die Leute zurück.«

»Jawohl, Sir.«

»Im übrigen können Sie bekanntmachen, daß, wenn etwa einer glauben sollte, ich gäbe mich geschlagen, der Betreffende sich noch wundern wird. Ich werde schon noch zu gegebener Zeit den Richtigen festnehmen lassen.«

»Aye, aye, Sir.«

Der Eins O befahl einigen Matrosen, die Kartons mit den Schlüsseln unter die Brücke zu bringen. Er beauftragte Willie Keith, Voles und Farrington damit, sie wieder zu verteilen. Die Mannschaften ordneten sich auf dem engen Raum zwischen Brücke und Kombüsenaufbau, sie lachten, schrien und balgten sich miteinander. Die Offiziere machten sich derweil an die ermüdende Aufgabe, Tausende von Schlüsseln zu entwirren, die Namen auf den Schildern aufzurufen und sie ihren Besitzern zurückzugeben. Eine ausgelassene Karnevalssitzung begann. Die Matrosen der »Harte« standen in ihren sauberen Uniformen an ihrer Reling und sahen starr vor Erstaunen zu, wie die Kameraden auf der »Caine« ihren Mummenschanz trieben, auf den Händen herumliefen, obszöne Lieder brüllten und die wildesten Tänze aufführten. Engstrand holte seine Gitarre und begleitete die lange Reihe der Schlager. Fleischkloß erschien nackt, nur mit einem riesigen rosafarbenen Schlüpfer bekleidet, aus dessen Bund ein gewaltiger schwarzer Schlüssel herausragte. Die Offiziere waren zu angespannt mit den verworrenen Knäueln der unzähligen Schlüssel beschäftigt, als daß sie der überkochenden Volksseele hätten Einhalt gebieten können. Dieser ganze Fastnachtzauber spielte sich nur wenige Meter vor des Kommandanten Kajüte ab. Das Gegröle und Gebrülle drang ohne Zweifel auch in die Dunkelheit seines hitzeglühenden Raumes hinein, aber irgendwelche Proteste von seiten Queegs erfolgten nicht.

Inzwischen war Maryk unter Deck in seine Kammer gegangen. Er zog sich vollständig aus, zündete sich eine lange Zigarre an und holte sein medizinisches Tagebuch aus dem Panzerfach seines Schreibtisches. Dann setzte er sich auf seine Koje, legte den Band auf seine Knie und fing auf der ersten Seite zu lesen an. Seine Zigarre war halb aufgeraucht, als er auf der letzten Seite angekommen war. Er drückte auf den Summerknopf neben seiner Koje. Alsbald erschien Whittaker in der Tür.

»Suh?«

Maryk konnte sich ein Lächeln nicht verkneifen, als er des Negers verängstigten Blick gewahrte. »Beruhige dich, Whittaker, du sollst nur Mr. Keefer suchen und ihn bitten, doch mal zu mir in die Kammer zu kommen, wenn er nicht gerade zu beschäftigt ist.«

»Yassuh! Mr. Maryk, Suh.« Whittaker griente und sauste los.

»Mach die Tür zu, Tom«, sagte Maryk, als der Schriftsteller eintrat. »Nicht nur den Vorhang, auch die Tür.«

»Aye, aye, Steve.« Keefer schob die quietschende Eisentür zu.

»Danke. Paß mal auf, hier habe ich was für dich zu lesen.« Maryk reichte ihm das Tagebuch hinüber. »Mach dir's bequem, denn die Sache ist ziemlich lang.«

Keefer ließ sich auf dem Stuhl nieder. Nachdem er die ersten Absätze überflogen hatte, warf er dem Eins O einen kurzen spöttischen Blick zu. Dann las er eine Anzahl Seiten weiter. »Menschenskind«, murmelte er, »davon hatte ja sogar ich schon die Hälfte wieder vergessen.«

»Jetzt sage mal nichts, bis du ganz damit durch bist.«

»Das ist also der mysteriöse Roman, an dem du alle diese Monate geschrieben hast, wie, Steve?«

»Der Romandichter bist du, nicht ich. Nun mach mal los und lies.«

Der Artillerieoffizier las das Tagebuch von vorn bis hinten durch. Maryk saß derweil auf seiner Koje und beobachtete des anderen Mienenspiel.

»Nun, was sagst du dazu?« fragte er.

»Damit hast du ihn im Sack, Steve.«

»Glaubst du das wirklich?«

»Herzlichen Glückwunsch! Das ist das Krankheitsbild eines

Paranoikers, eine lückenlose Krankengeschichte, daran gibt's überhaupt gar keinen Zweifel. Du hast ihn festgenagelt, Steve.«

»Schön, Tom.« Maryk schwang seine Beine über die Kojenkante und beugte sich vor. »Ich habe mich entschlossen, hier an Land zum Kommando der Fünften Flotte zu gehen und die Ablösung des Alten unter Artikel 184 zu beantragen. Willst du mich begleiten?«

»Bist du sicher, daß du mich mithaben willst?«

»Ja.«

»Warum?«

»Warum? Das habe ich dir ja vor einiger Zeit schon auseinandergesetzt, Tom, als wir damals längsseits der ›Pluto‹ lagen. Du bist hier derjenige, der von Psychiatrie was versteht. Wenn ich davon zu reden anfange, dann mache ich mich nur fürchterlich lächerlich und versaue die ganze Geschichte.«

»Du brauchst überhaupt nicht zu reden; dein Tagebuch besorgt das zur Genüge.«

»Ich werde zu Admiralen hineingeführt, die lassen dann die Ärzte rufen, und ich kann das alles selber nicht richtig darlegen. Auf jeden Fall bin ich kein Schriftsteller. Du denkst, das Tagebuch genügt schon. Es kommt gewaltig darauf an, ich meine für einen Außenseiter, wie so eine Sache geschrieben ist. Du selber weißt natürlich, daß sich alle die Vorfälle tatsächlich so zugetragen haben. Wenn aber ein Dritter das ganz nüchtern liest – Tom, ich muß dich auf jeden Fall mithaben.«

Ein langes Schweigen folgte. »Das Schwein hat mich daran gehindert, meinen Bruder noch mal zu sehen«, sagte Keefer unentschlossen. Seine Augen glühten.

»Das hat nichts damit zu tun, Tom. Wenn der Alte nicht richtig im Kopf ist, dann gibt's hier gar nichts übelzunehmen.«

»Das stimmt schon – ich werde – Steve, ich mache mit.«

»Fein, Tom.« Der Eins O sprang auf das Deck, reichte Keefer die Hand und sah ihm scharf in die Augen. Der untersetzte, vierschrötige Fischer und der schlanke Schriftsteller drückten sich die Hand. »Zieh dir lieber eine frische Uniform an, wenn du noch eine hast«, sagte Maryk.

Keefer schaute auf sein ölverschmiertes Zeug herab und lächelte.

»Das kommt davon, wenn man durch die Munitionskammern kriecht und nach einem imaginären Schlüssel sucht.«

Maryk seifte sich gerade sein Gesicht ein, als der Signalgast ihm einen Funkspruch brachte. »Über Hafenwelle, Sir. Ich habe an der Tür des Kommandanten geklopft und hineingeschaut, aber er schien fest zu schlafen.«

»Geben Sie her.« Der Funkspruch lautete: »Alle Schiffe Apra Harbor auslaufen spätestens siebzehn Uhr. Einsatzgruppe steuert südliche Kurse, um Taifun Caesar zu vermeiden, der sich Guam nähert.«

Der Eins O wischte sich verdrießlich das Gesicht mit seinem feuchten Handtuch ab, nahm den Telefonhörer von der Klampe an der Wand und drückte mehrere Male auf den Summer des Kommandanten. Endlich meldete sich Queeg; er befahl ihm mit schläfriger Stimme, das Schiff seeklar zu machen.

Keefer putzte sich gerade in der Unterhose die Schuhe, als der Eins O in seine Kammer trat und ihm den Funkspruch zeigte. Der Schriftsteller lachte und warf die Schuhbürste zur Seite.

»Aufschub.«

»Nicht für lange. Unser erstes, wenn wir zurückkommen.«

»Klar, Steve, ich mache mit. Freuen tu ich mich allerdings nicht gerade drauf.«

»Meinst du etwa ich?«

Besuch bei Halsey

Zwei Tage lang dampfte die »Caine« durch Regenböen, heftige Winde und widerwärtige Kreuzsee in einer bunten Gesellschaft von Schiffen, die Apra Harbor Hals über Kopf verlassen hatten. Der Taifun jagte ungefähr 150 Meilen nördlich vorüber. Am dritten Morgen legte sich der Seegang, und ein mäßiger Wind blies feinen Regen über das Wasser. Die Schiffe teilten sich in zwei Gruppen, die eine kehrte nach Guam zurück, die andere hielt auf Ulithi zu. Die »Caine« fuhr im Geleitschutz der Ulithi-Gruppe.

Lediglich die Ausläufer des Sturmes hatten genügt, den alten Minensucher und seine Besatzung schwer in Mitleidenschaft zu ziehen. Bei dem heftigen Rollen und Stampfen war ihr Geschirr in Scherben gegangen, Stühle, Flaschen, Vorräte und allerhand kleines Gerät waren übereinander von den Regalen gestürzt und lagen in schmutzigen Haufen an Deck. Das Schiff hatte eine Menge Wasser übergenommen, das in einer schmutzigbraunen Sauce über die Decks und durch die Gänge flutete; sein rostiger Rumpf war an vielen Stellen leckgesprungen. Die Antennen waren von oben gekommen; ein Bootsdavit und beide Racks der Wasserbomben waren verbogen. Seit achtundvierzig Stunden hatte es kein warmes Essen gegeben; ungewaschen und unrasiert, hatten die Leute in ihren tanzenden Kojen immer nur für Minuten Schlaf gefunden. Das sonnige grüne Ulithi mit dem azurblauen Spiegel seiner Lagune erschien den Männern der »Caine« diesmal wie ein Paradies. Früher hatten sie diese Insel immer als Dreckloch bezeichnet und ihre mannigfachen schmutzigen Vokabeln hinzugefügt.

»Dort liegt die ›New Jersey‹, und an Bord befindet sich Halsey«, sagte Maryk auf der Backbordnock leise zu Keefer, während die »Caine« in den Mugai-Kanal einlief. »Sie hat Flagge Sophie gesetzt, im Topp weht die Admiralsflagge mit vier Sternen.«

Keefer besah sich das neue graue Schlachtschiff, das ganz in der Nähe der Einfahrt an loser Ankerkette lag, durch sein Glas. »Wir unterstehen aber der Fünften Flotte, nicht wahr?« flüsterte er. »In Guam haben wir die Gelegenheit verpaßt. Wenn wir dorthin zurückkommen, dann ...«

Queeg stand auf der anderen Nock und rief dem Rudergänger zu: »Recht so, wie's jetzt geht! Ich habe gesagt: recht so, verflucht noch mal. Rennen Sie die Flachwasserboje nicht über den Haufen!«

»Halsey genügt mir vollkommen«, sagte der Eins O. »Wir befinden uns in einer Notlage. Sobald unser Haken im Grund sitzt, fahren wir hinüber und ...«

»Mr. Maryk«, brüllte Queeg, »wollen Sie vielleicht die Güte haben und mir die Ankerpeilung geben?«

Die beiden Offiziere saßen im Cockpit der Gig und betrachteten die Myriaden grauer Quallen, die unter der glänzenden Oberfläche der Lagune umhertrieben. Keefer rauchte eine Zigarette nach der anderen. Maryk trommelte nervös auf der braunen Ledertasche, in der sich sein medizinisches Logbuch befand, ein Signal. Die Gig puffte gemächlich das Fahrwasser entlang auf die gewaltige »New Jersey« zu, die noch zwei Meilen entfernt war. »Verdammt zu heiß, die Sonne. Komm, wir gehen lieber unter das Sonnensegel«, sagte der Schriftsteller und schnippste seine Zigarette ins Wasser. Immer wieder unser verdammtes Pech«, fuhr er leise fort, nachdem sie sich auf die gesprungenen Lederkissen gesetzt hatten; der puffende Motor schützte sie vor den lauschenden Ohren der Besatzung. »So geht's uns immer. Jetzt ist er die ganze letzte Woche gerade mal wieder verdammt normal gewesen.«

»So war das überhaupt immer«, sagte der Eins O. »Irgendeine verrückte Geschichte, dann ist er eine Zeitlang vernünftig, und dann kommt wieder 'ne andere Sache, die noch viel verrückter ist.«

»Ich weiß. Sag mal, Steve, glaubst du wohl, besteht eine Möglichkeit, daß wir an Halsey selbst herankommen?«

»Das könnte ich mir schon vorstellen. Ich glaube nicht, daß ein Fall von Artikel 184 jeden Tag vorkommt.«

»Ich weiß nicht, ob es schön ist, Halsey ins Auge zu sehen und ihm zu erzählen, daß man einen verrückten Kommandanten hat.«

»Mir gefällt das auch nicht besonders.«

»Tatsache ist nämlich, Steve, Old Yellowstain hat das Schiff im Sturm ziemlich anständig geführt, das mußt du doch auch zugeben. Ferne sei es von mir, ihn etwa verteidigen zu wollen, aber schließlich muß man doch der Wahrheit die Ehre geben.«

»Das stimmt. Dafür, daß er ein kranker Mann ist, hat er seine Sache sehr gut gemacht«, sagte der Eins O. »Das einzige ist nur, ich kann überhaupt nicht mehr richtig schlafen, da ich immer nur darauf warte, daß er plötzlich wieder von neuem anfängt, verrückt zu spielen.«

»Eigentlich ist es ja erstaunlich«, sagte Keefer, indem er sich eine frische Zigarette anzündete, »wie geschickt diese Paranoiden immer auf der Grenzlinie zwischen regelrechter Geisteskrankheit und logisch durchaus vertretbaren Handlungen herumturnen. Das ist ihr charakteristisches Symptom. Tatsache ist, wenn man ihnen ihre Ausgangspunkte zubilligt, die vielleicht um 30 Grad herum von der Vernunft abweichen mögen – gar nicht unbedingt um 180 Grad –, dann erscheint alles, was sie tun, auf einmal gerechtfertigt. Zum Beispiel

Old Yellowstain. Wovon geht er aus? Daß er es auf der ›Caine‹ nur mit Lügnern, Verrätern und Drückebergern zu tun hat, so daß das Schiff nur dann ordentlich funktionieren kann, wenn er dauernd nörgelt, spitzelt, droht, kreischt und drakonische Strafen verhängt. Jetzt sag mir mal, wie willst du beweisen, daß diese Voraussetzung nicht stimmt?«

»Ihm selber kann man das natürlich niemals beweisen«, sagte Maryk. »Darin besteht ja gerade seine Krankheit, oder nicht? Aber jeder Außenstehende weiß einfach, daß es ein Schiff mit einer derartig nichtsnutzigen Besatzung nicht gibt.«

»Na, wir wollen nur hoffen, daß ein gewisser Außenstehender namens Halsey auch zu diesem Ergebnis kommt.«

Nach einer Pause fuhr Keefer fort: »Nimm zum Beispiel mal dein Tagebuch da. Über jeden einzelnen Vorfall für sich wäre Queeg imstande, eine Rechtfertigung beizubringen. Das Kino auf sechs Monate verbieten? Warum nicht? Mangelnde Achtung vor dem Kommandanten ist eines der schlimmsten Vergehen nach dem Marinegesetz. Krachmachen wegen der Hemdenzipfel? Lobenswerte Strenge in bezug auf den Anzug, wie es bei einem Minensuchkommandanten nicht oft vorkommt. Die Wassersperre? Weise Vorsicht, vielleicht ein klein wenig zu engherzig, aber doch in voller Übereinstimmung mit dem Grundsatz, jeder Knappheit rechtzeitig vorzubeugen. Wie willst du beweisen, daß er sich in Wirklichkeit nur dafür an der Besatzung rächen wollte, daß ihm Rabbitt durch die Finger geschlüpft ist? Gott sei Dank, wenn man alles zusammennimmt, wird die Sache kristallklar, aber trotzdem ...«

Kling, klang! Die Gig verminderte ihre Fahrt, und Fleischkloß rief: »Wir kommen längsseits der ›New Jersey‹, Mr. Maryk!«

Die beiden Offiziere kletterten auf das Schandeck. Die riesige flache Stahlwand des Schlachtschiffes befand sich unmittelbar vor ihnen. Turmhoch wie ein Wolkenkratzer erstreckte sie sich nach beiden Seiten so weit wie ganze Straßenblocks, so daß vom Atoll nichts mehr zu sehen war.

Maryk sprang auf die Plattform des Fallreeps, eine kleine viereckige hölzerne Gräting am Fuß der steilen Fallreeptreppe, die vom Scheuern mit Salzwasser schneeweiß gebleicht war. Keefer folgte. »Ablegen und warten!« rief der Eins O Fleischkloß zu. Dann stiegen sie die Treppe hoch, daß die Hangerketten klirrten. Der wachhabende Offizier war ein kleiner pausbäckiger Kapitänleutnant, seine Schläfen waren schon grau, und er trug eine sehr saubere, besonders steif gestärkte Khakiuniform. Maryk fragte nach dem Geschwaderbüro. Bereitwillig zeigte ihm der Wachhabende den Weg. Die Offiziere der »Caine« verließen das Achterdeck und schlenderten langsam nach vorn. Unterwegs sahen sie sich auf dem majestätischen Oberdeck um.

Hier auf der »New Jersey« waren sie in einer anderen Welt, und doch, in irgendeiner Weise war es wieder dieselbe Welt wie die »Caine«, nur wunderbar verwandelt. Sie befanden sich auf der Back mit ihren Ankerketten, Stoppern, Schlipphaken, Betings, Ventilatoren und Relingsketten, aber die Schlipphaken der »New Jersey« waren so groß wie die größten Geschütze der »Caine«. Ein einziges Glied der Ankerkette des Schlachtschiffes hätte den gesamten Bug des Minensuchers ausgefüllt, und die schwere Artillerie, diese langen, langen Rohre in ihren Türmen, erschien ihnen länger als die ganze »Caine«. Überall liefen die Mannschaften und Offiziere herum, die gleichen Scharen in Blau, mit Khaki durchsetzt; aber diese Leute hier waren fleckenlos wie Sonntagsschuljungen, und ihre Offiziere sahen aus wie ihre Lehrer – würdig und peinlich sauber. Der riesige Mittelaufbau mit der Brücke und den Schornsteinen ragte vom Deck aus himmelwärts wie eine metallene Pyramide, gespickt mit Flakbatterien und Radarantennen. Nach achtern verlor sich das Deck auf eine Länge von Hunderten von Metern. Die »New Jersey« schüchterte sie ein.

»Ich glaube, hier müssen wir hin«, sagte Maryk.

Auf einem geprägten schwarzen Schild an der grünen Tür stand das Wort »Flaggleutnant«. Er legte die Hand auf den Türknopf.

»Steve«, sagte Keefer, »vielleicht ist das hier doch nicht die richtige Stelle, um anzufangen.«

»Auf jeden Fall können sie uns sagen, welchen Kurs wir steuern sollen.« Er öffnete die Tür. Am anderen Ende des schmalen, langen, mit Schreibtischen vollgepfropften Raumes saß nur ein Matrose in Weiß an einem Schreibtisch und las beim Licht einer Tageslichtlampe in einem Witzblatt.

»Wo ist der Flaggleutnant, Mann?« rief Maryk.

»Essen«, antwortete der Matrose, ohne aufzusehen.

»Wann ist er wieder zurück?«

»Weeß ich nich'.«

»Welche Nummer hat seine Kammer?« Jetzt blickte der Schreibersgast mit fauler Neugierde auf. Er war bleich wie die meisten Schreibersgasten, und er konnte gähnen wie ein Tiger, gleich den meisten Schreibersgasten. Er gab diese Kunst vor den »Caine«-Offizieren zum besten und fragte dann brummig: »Worum handelt es sich denn?«

»Dienstliche Angelegenheit.«

»Egal, was es ist, Sie können es mir übergeben. Ich erledige das.«

»Nein, danke. Welche Nummer hat seine Kammer?«

»Dreihundertvierundachtzig«, antwortete der Schreiber und gähnte nochmals so gewaltig, daß man seinen roten Rachen sehen konnte. Dann wandte er sich wieder seinem Witzblatt zu und meinte nur noch: »Er hat aber gar nicht gerne, wenn ihn jemand in seiner Kammer stört. Sie werden auf diese Weise nicht weit kommen.«

»Besten Dank für den Tip«, erwiderte Maryk und schloß die Tür. Er sah nach beiden Richtungen den Gang entlang und ging nach achtern. »Was meinst du, in welcher Richtung 384 liegen mag?«

»Steve ...« – »Ja?«

»Wollen wir die Sache nicht erst noch mal durchsprechen?«

Maryk blieb stehen und sah sich nach Keefer um. Der Schriftsteller war nicht mitgekommen. Er lehnte mit dem Rücken gegen die Bürotür des Flaggleutnants.

»Was gibt's da noch zu besprechen?«

»Komm noch mal mit an Deck.«

»Wir haben nicht so fürchterlich viel Zeit.«

»Komm, los! Dahinten am anderen Ende fällt Licht ein.« Keefer eilte den Gang entlang, und Maryk trottete hinter ihm her. Als der Schriftsteller um die Ecke ins helle Sonnenlicht trat, rannte er um ein Haar einen Seesoldaten um, der in voller Uniform eine Tür mit einem grünen Vorhang davor bewachte. Der Posten präsentierte und stierte gläsern geradeaus. Über der Tür befand sich ein Schild, das mit vier silbernen Sternen geschmückt war und auf dem zu lesen stand: »Admiral William F. Halsey, USN.«

Maryk packte Keefer beim Ellbogen. »Die Admiralskajüte! Wollen wir nicht rein und unser Heil versuchen? Zum Teufel mit dem Dienstweg! Wenn er drin ist, wird er uns schon anhören.«

Keefer machte seinen Arm los. »Komm noch eine Minute mit raus.« Er ging mit dem Eins O zur Reling. »Steve«, sagte der Schriftsteller, »ich bekomme kalte Füße.«

Maryk starrte ihn verständnislos an.

»Hättest du nur eine Spur von Phantasie, dann würde dasselbe bei dir auch der Fall sein. Fühlst du nicht den Unterschied zwischen der ›New Jersey‹ und der ›Caine‹? Das hier ist die Marine, die richtiggehende Marine. Unser Schiff ist ein schwimmender Zigeunerwagen. Auf der ›Caine‹ sind wir alle verwildert. Du und ich müßten schon alle in den Schatten stellen, wenn wir im Ernst glaubten, die Leute würden sich gefallen lassen, daß wir Queeg den Artikel 184 anhängen. Steve, die machen uns fertig. Wir haben überhaupt keine Chance. Wir wollen machen, daß wir hier wieder runterkommen.«

»Herrgott noch mal, Tom, jetzt verstehe ich dich aber einfach nicht mehr! Ist unser Kommandant verrückt oder ist er nicht verrückt?«

»Natürlich ist er verrückt, aber ...«

»Dann, zum Donnerwetter, wovor sollen wir denn dann Angst haben?«

»Haut nicht hin, Steve. Wir können ihm nicht genug nachweisen. Wenn dieser verdammte Krieg vorbei ist, bin ich wieder ein jämmerlicher Zeilenschinder, genau wie vorher, du aber, du willst doch in der Marine bleiben. Du richtest dich selber zugrunde, Steve. Du bist ein für allemal in der Marine erledigt. Und Queeg macht lustig weiter und führt seine ›Caine‹.«

»Tom, du hast doch selber gesagt, mein Tagebuch würde ihn fertigmachen.«

»Natürlich, davon war ich auch überzeugt – solange wir noch auf der ›Caine‹ waren. Es stimmt auch alles, für einen kompetenten Psychiater wenigstens. Aber wir müssen das alles der Marine erzählen, nicht einem Psychiater. Das wird mir in diesem Augenblick gerade erst klar. Kennst du noch immer nicht den Geisteszustand dieser umnachteten Armleuchter? Selbstverständlich, Schiffe führen können sie und kämpfen auch, aber mit ihren Begriffen stecken sie noch tief im finstersten Feudalsystem! Halsey wird sich einen Teufel um Paranoia scheren. In seinen Augen sind wir nichts weiter als ein paar verfluchte meuterische Reserveoffiziere. Hast du die Artikel sorgfältig gelesen? ›Ein Vorgehen nach ihnen schließt die ernstesten Möglichkeiten in sich.‹ – Meuterei, das ist nämlich, was der Artikel in sich schließt.«

Maryk sah zur Seite, kratzte sich am Kopf und sagte: »Also, ich für meine Person bin bereit, es drauf ankommen zu lassen. Ich kann nicht immer weiter mit einem Kommandanten in der Gegend umherdampfen, den ich für wahnsinnig halte.«

»Wahnsinnig nach deinen Begriffen. Paß nur auf: Nach den Begriffen der Marine ist er noch immer ein lobenswert strammer Vorgesetzter.«

»Ich bitte dich, Tom, ein Mann, der das ganze Schiff auf den Kopf stellt, um einen Schlüssel zu finden, der nie existiert hat, der am Äquator tagelang das Wasser abstellt, der vor Küstenbatterien auskneift …«

»All diese Dinge kann man von zwei Seiten betrachten. Steve, um Himmels willen, nun hör doch mal auf mich und warte noch etwas. In ein oder zwei Wochen schnappt er vielleicht ganz über. Wenn er erst anfängt, splitternackt auf den Decks umherzugaloppieren oder Geister zu sehen oder etwas Derartiges, dann haben wir ihn richtig – und das kann jeden Augenblick passieren.«

»Ich glaube, wir haben ihn schon jetzt …«

»Ich nicht. Ich habe meine Meinung geändert, Steve. Soll mir leid tun, wenn du meinst, ich kneife. In Wirklichkeit habe ich dir noch nie einen größeren Gefallen getan.«

»Tom, komm, wir wollen versuchen, mit Halsey zu sprechen.«

»Ich gehe nicht mit, Steve. Dann mußt du allein gehen.«

Maryk netzte sich die Lippen und sah Keefer lange mit verzerrtem Gesicht an. Der Schriftsteller hielt seinem Blick stand, die Muskeln seines Unterkiefers zitterten leicht. »Tom«, sagte Maryk, »du hast Angst, nicht wahr?«

»Jawohl«, antwortete Keefer, »Ich habe Angst.«

Der Eins O zuckte mit den Schultern und blies die Backen auf. »Du hättest mir das eher sagen sollen. Ich habe Verständnis für Angst – na, dann rufen wir also die Gig.« Er ging langsam achteraus.

Der Schriftsteller eilte an seine Seite und sagte: »Ich möchte gern, daß du mir zugibst, daß in diesem Stadium die einzig weise und logische Reaktion, ist, sich durch klares Denken in Angst versetzen zu lassen. Angst zu haben und Fersengeld zu geben, ist manchmal der einzig richtige Ausweg aus einer ...«

»Schon gut, Tom. Lassen wir's jetzt dabei.«

»Wir haben uns auf ein voreiliges und katastrophales Unternehmen eingelassen. Aber wir haben gerade noch rechtzeitig Rückdampf gegeben. Dann kann niemand etwas dagegen sagen. Im Gegenteil, wir sollten froh sein, daß ...«

»Sag bitte nicht ›wir‹. Ich bin noch immer bereit, die Geschichte durchzuboxen.«

»Herrgott, zum Donnerwetter noch mal«, rief Keefer ärgerlich, »dann geh hin und unterschreibe dein eigenes Todesurteil!«

»Allein kann ich's nicht schaffen.«

»Das ist eine faule Ausrede. Die ganze Zeit hast du die Sache ja alleine vorbereitet. Ich bin nur so ehrlich und gebe zu, daß ich Angst habe, das ist der Unterschied zwischen uns beiden.«

Maryk blieb stehen. Er sagte freundlich: »Tom, hör mal zu. Alles ist von Anfang an deine Idee gewesen. Ich habe das Wort Paranoia überhaupt nicht gekannt, ehe du damit vor mir herumgefuchtelt hast. Genau weiß ich tatsächlich noch immer nicht, was es bedeutet. Nur glaube ich jetzt auch, daß du wahrscheinlich recht damit hast: Der Alte ist wirklich langsam nicht mehr richtig im Kopf. Ich halte es für ein Unrecht, wenn wir darüber schweigen. Das Schlimmste ist nur, in dem Augenblick, wo die Sache anfängt, mulmig zu werden, läßt du mich im Stich, und obendrein willst du noch, daß ich dir dafür um den Hals fallen soll. Du kannst nicht beides haben, Tom. Du bist genau wie Queeg.«

Keefer biß sich auf die Unterlippe und sagte mit verzerrtem Lächeln: »Das sind harte Worte.«

»Da sehe ich die Gig«, sagte Maryk. Er ging an die Reling und winkte mit beiden Armen. »Los, zurück auf die ›Caine‹!«

Riese um Riese um Riese lagen in der Lagune von Ulithi die neuen Schlachtschiffe und Flugzeugträger, eine schwimmende Stadt gewaltiger Wolkenkratzer aus Stahl, die inmitten dieses Kranzes zartgefiederter Palmen doppelt fremd und unwirklich erschien. Die Marine hatte in diesem Atoll ihre stärksten Streitkräfte zum Angriff auf die Insel Luzon versammelt, hier lag die mächtigste Flotte vor Anker, die die Ozeane je getragen hatten. Stunde um Stunde saß Willie Keith auf der Back der alten rostigen »Caine«, um sich das gewaltige Bild dieser Streitmacht für sein ganzes Leben einzuprägen.

Er erinnerte sich an einen Spaziergang am Riverside Drive, es war noch im Frieden, und die Flotte lag grade auf dem Hudson. Wie er als älteres Semester gewohnt war, hatte er damals zu philosophieren begonnen und war zu dem Ergebnis gelangt, daß Kriegsschiffe eine Art Spielzeug der Nationen sein müßten. Seither jedoch hatte er diese »Spielzeugschiffe« im Gefecht gesehen, hatte er erlebt, wie sie für ihn und seine Zeitgenossen über Leben und Tod, über Freiheit oder Sklaverei entschieden, und das hatte seine überlegene Studentenweisheit von damals so gründlich erschüttert, daß er die großen Schiffe der Marine nur noch mit ehrfürchtiger Scheu betrachten konnte.

Aber auch bei dieser Betrachtung blieb er eben doch nur ein, wenn auch etwas gereifter Student. Denn was war schließlich dieses ganze Ulithi? Ein winziger Korallenkranz im leeren Ozean! Ein Schiff, das in zehn Seemeilen Abstand vorüberfuhr, hätte keine Spur davon entdeckt, und wenn die ganze gewaltige Dritte Flotte auf einmal in die Tiefe gesunken wäre, hätte sich der Wasserspiegel des Ozeans nicht um ein Tausendstel einer Haaresbreite gehoben.

Maryk war im Kartenhaus mit den Taifunwarnungen beschäftigt. Er zeichnete die gemeldeten Längen und Breiten der Sturmzentren sorgfältig in die große Übersichtskarte des Pazifischen Ozeans ein. Willie kam zu ihm herein und blickte ihm über die Schulter.

»Steve, könnte ich mich nicht einmal eine Zeitlang als Hilfskraft in der Navigation betätigen?«

»Mit dem größten Vergnügen.« Maryk drückte ihm gleich Zirkel und Parallellineal in die Hand. »Sie können sofort damit anfangen und diese Sturmmeldungen übertragen.«

»Danke.« Willie stach die gemeldeten Orte säuberlich in die Karte und umgab die Punkte mit kleinen roten Quadraten.

»Wenn wir morgen in See gehen, können Sie die Sonnenstandlinien schießen«, sagte der Erste Offizier. »Engstrand drückt Ihnen dazu die Stoppuhr. Sind wir abends noch nicht im Hafen, dann können Sie auch Sternstandlinien beobachten und Ihren Schiffsort mit dem meinigen vergleichen.«

»Gern. In den letzten Wochen habe ich schon ein paar Sonnenstandlinien gerechnet, ich habe Spaß daran.«

»Willie, Sie werden's noch bereuen«, grinste der Erste Offizier. »Haben Sie denn noch nicht genug auf dem Hals?«

»Natürlich. Der Alte läßt mich dechiffrieren, bis ich schwarz werde. Wäscherei und Fürsorge und Kantine sind ja auch ganz nett, aber ... Was ist denn das, die ganze Gegend hier wimmelt ja förmlich von Taifunen!«

»Na ja, um diese Jahreszeit ...«

Maryk steckte sich eine Zigarre an und trat auf die Brücke hinaus. Er stützte die Ellbogen auf die Reling und genoß die unerwartete Entlastung von lästigem Kleinkram. Willie Keith trug die Warnungen zuverlässig ein, das wußte er. Wenn sich ein junger Leutnant ganz von sich heraus nach zusätzlicher Verantwortung drängte, dann konnte der Erste Offizier daraus die angenehme Erkenntnis gewinnen, daß die Zeit ihre Früchte trug. Er erinnerte sich deutlich, wie sich Willie in den ersten Tagen an Bord der »Caine« benommen hatte. Ein richtiges Baby war er damals noch gewesen, unreif und unzuverlässig, und dem Kommandanten hatte er Gesichter geschnitten wie ein gezüchtigter Schuljunge. – Aber de Vriess hatte ihn doch erkannt, dachte Maryk, er sagte mir geradeheraus, der Junge würde noch richtig, wenn er erst genügend Tritte in den Hintern bezogen hätte.

Willie trat neben ihn: »Alles eingetragen.«

»Ausgezeichnet.« Maryk zog an seiner Zigarre.

Der Nachrichtenoffizier lehnte sich an die Reling und blickte auf die Reede hinaus: »Ein herrliches Bild, nicht wahr?« sagte er. »Ich kann mich nicht daran satt sehen. Das ist *Macht*.«

Am nächsten Morgen gingen die großen Schiffe in See. Die »Caine« lief mit ihrer Scheibe im Schlepp nebenher, und während der nächsten fröhlichen vierundzwanzig Stunden erledigte die Dritte Flotte, Division nach Division, ihre Tag- und Nachtschießübungen, während sie auf Westkurs weiterdampfte. Dann kehrte der Minensucher mit seinem zerschossenen Anhängsel in den Hafen zurück, während die Einsatzflotte zum Schlag gegen die Flugplätze der Philippinen ausholte. Ulithi wirkte öde und verlassen, als die »Caine« wieder einlief: ein Paradefeld nach der Parade, ein Ballsaal nach dem Ball. Nur die Hilfsschiffe lagen noch da. Tanker, Minensucher, ein paar Nachschubfahrzeuge aus Beton und die allgegenwärtigen, häßlichen Landungsfahrzeuge. Quallen wimmelten um den treibenden Abfall der verschwundenen Riesen. Klatschend fiel der Anker, dann folgten langweilige Liegetage, während deren Willie die Taten der Flotte Halseys an Hand der eingehenden Funkmeldungen aufmerksam verfolgte. Sein einziger weiterer Zeitvertreib bestand darin, die Taifunkarte auf dem laufenden zu halten.

Willie hatte schon einiges von dem schlechten Wetter gekostet, das man an den Rändern solcher Sturmfelder antrifft, im richtigen, engeren Gebiet eines Taifuns war er jedoch noch nie gewesen. Das Bild, das er sich von diesen Wirbelstürmen machte, formte sich daher nur aus halbvergessenen Schilderungen Joseph Conrads und einigen Abschnitten aus dem »American Practical Navigator«, die er neuerdings aufmerksam studiert hatte. Einerseits hatte er die unsterbliche Erzählung von den chinesischen Passagieren vor Augen, die in einem stockfinsteren Laderaum als scheußlicher Klumpen Menschenfleisch jammernd von einer Ecke in die andere rutschten, während ihre verstreuten Silberdollars klingelnd und klappernd über die Decksplanken rollten, andererseits hatte er gelernt, daß ein Taifun durch den Zusammenprall kalter und warmer Luft entsteht, wobei die warme Luft wie eine Blase in der Badewanne in die Höhe strebt, während die kalte mit Gewalt in das entstandene Vakuum nachstürzt. Die Erddrehung versetzt den Strom der kalten Luft in rotierende Bewegung, und das Ergebnis ist ein rasender Sturmwirbel. Er war sich nicht ganz im klaren, warum sich diese Wirbel nördlich und südlich des Äquators in entgegengesetzten Richtungen drehten, warum sie vorzugsweise im Herbst auftraten und warum sie sich immer auf einer parabolisch gekrümmten Bahn nach Nordwest bewegten. Aber der »American Practical Navigator« schloß ja seine gelehrte Abhandlung selbst mit einer Art Entschuldigung, indem er feststellte, man habe noch keineswegs für alle charakteristischen Erscheinungen bei den Taifunen eine befriedigende Erklärung gefunden. Willie zog daraus die Folgerung, daß es keinen Sinn hatte, sich über die wissenschaftliche Theorie allzulange den Kopf zu zerbrechen. Er prägte sich vor allem die Faustregeln ein, nach denen man die Bahn und den Abstand des Zentrums bestimmen konnte, und brütete so lange über den Leitsätzen für das seemännische Verhalten im rechten, beziehungsweise linken Halbkreis des Sturmfeldes, bis er ihren logischen Sinn begriffen hatte. Als er damit zu Ende war, hielt er sich, was Taifune betraf, für einen wohlbeschlagenen Seemann.

Die Langeweile wurde plötzlich von Land her durch einen an die »Caine« gerichteten Scheinwerferspruch unterbrochen. Diesmal war es kein Befehl zum Scheibenschleppen. Der Zerstörer war zum Geleitschutz für Tanker eingeteilt, die der Dritten Flotte zur Brennstoffübernahme auf See entgegendampfen sollten. Die Aussicht auf diese Aufgabe, die man sozusagen als Kampfeinsatz betrachten konnte, brachte mit einem Schlag Leben in die schläfrige Mannschaft. Auch die Offiziere lebten wieder auf und machten ihrer Freude nach dem Essen in der Messe in einem abscheulichen Wettsingen Luft. Es schloß mit der alten Seemannshymne: »Gott Vater, Retter in der Not …«, deren letzte Verse:

Erhöre unser Flehn, o Gott,
Für alle, die auf See in Not

in ein besonders wüstes und mißtönendes Gebrüll ausarteten.

Der Ozean lag ruhig, und die Sonne strahlte vom wolkenlosen Himmel, als die Tankergruppe durch den Mugai-Kanal auslief. Die »Caine« hatte ihren Platz am äußersten rechten Flügel des U-Boot-Schirms, fünftausend Meter vom Führerschiff. Das Zickzackschema war allen wohlvertraut, die dicken schwerfälligen Tankschiffe pflügten friedlich ihre Bahn, die Zerstörer bildeten schlingernd die Vorhut und streckten unter Wasser die langen tastenden Fühler ihrer

Schallwellen aus. Alle Regeln und Vorsichtsmaßnahmen des Seekrieges waren den Männern dieser Einsatzgruppe so vertraut wie alte häusliche Gewohnheiten. Es war ein stumpfsinniges, verschlafenes Unternehmen.

Willie Keiths Taifunkarte zeigte in dem blauen Raum zwischen Ulithi und den Philippinen kein einziges rotes Quadrat. Er nahm daher an, daß es in diesen Gewässern zur Zeit keine Taifune gebe, und ging seinen Pflichten mit Ruhe und Gleichmut nach. Bei der Marine darf man aber nichts annehmen, das hatte Commander Queeg oft genug betont, und was Taifune betraf, hatte er damit sicherlich recht. In der Nacht des 16. Dezember begann die »Caine« ziemlich stark zu rollen. Das war an sich nichts Ungewöhnliches. Willie hatte sich oft genug an die nächstbeste Deckstütze geklammert, wenn der Krängungsmesser auf der Brücke bis zu 45 Grad ausschlug und durch die Seitenfenster nichts mehr zu erkennen war als grüne schaumbedeckte Seen. Jetzt saß er in seiner Kammer und las in Dickens' »Raritätenladen«. Nach einer Weile fühlte er den leichten Kopfschmerz, der ihm das Herannahen der Seekrankheit zu melden pflegte, wenn er bei allzu rauhem Wetter las. Er klemmte das Buch an seinen Platz im Regal, ging zur Koje und keilte sich mit Knien und Fußsohlen so darin fest, daß ihn die Bewegungen kaum noch störten.

Ein Bootsmannsmaat rüttelte ihn wach. Wie immer galt sein erster Blick der Uhr. »Was soll das heißen? – Es ist doch erst zwei Uhr dreißig.«

»Sie sollen zum Kommandanten auf die Brücke kommen, Sir.«

Das nahm ihn etwas wunder. Nicht daß er geholt wurde, nein, Queeg ließ Willie oft zwei- bis dreimal die Woche nachts aus dem Schlaf holen, um irgendeine Abrechnung oder ein Dechiffrierproblem mit ihm zu besprechen, aber in der Regel befahl er ihn dann in seine Kajüte und nicht auf die Brücke. Willie hing mit einer Hand an der oberen Koje, während er in seine Hose fuhr, und besann sich schlaftrunken auf die verschiedenen Abrechnungen, die er in letzter Zeit überprüft hatte. Wahrscheinlich ging es diesmal um die Wäscherei. Er taumelte mühsam nach oben und fragte sich, ob das Schiff denn wirklich so hart überholte, wie es ihm vorkam. Der Wind war feucht und warm, er kam von Steuerbord achtern und wehte immerhin so steif, daß er heulend durch Stagen und Strecktaue fuhr. Schwarze wildgezackte Seen türmten sich bei jedem Überholen in den Himmel. Die Sterne waren ausgelöscht.

Harding sagte: »Er ist im Kartenhaus.«

»Zustand Captain Bligh?«

»Nicht ganz, Krampf zweiter Ordnung.«

»Na schön – der Eimer rollt übrigens ganz nett.«

»Ein bißchen lebendig, ja.«

Das gedämpfte Licht im Kartenhaus flammte auf, als Willie die Tür hinter sich schloß, und zeigte ihm Queeg und Maryk, die sich, beide nur mit Unterhosen bekleidet, über die Karte beugten.

Der Kommandant sah ihn von der Seite an, kniff ein Auge zu und fragte: »Willie, Sie haben doch diese Taifunkarte hier geführt, ja?«

»Jawohl, Sir.«

»Da mir Mr. Maryk keine Erklärung geben konnte, wie er dazu kam, eine so verantwortungsvolle Aufgabe ohne meine Genehmigung einem anderen zu übertragen, nehme ich an, daß auch Sie nicht imstande sind, mir eine befriedigende Auskunft darüber zu geben.«

»Sir, ich dachte, es würde Ihnen willkommen sein, wenn ich zur Ergänzung meiner dienstlichen Kenntnisse derartige Aufgaben übernähme.«

»Darin haben Sie vollkommen recht, Ihre dienstlichen Kenntnisse könnten allerdings eine Ergänzung ausgezeichnet vertragen – was fällt Ihnen aber ein, mir eine solche Pfuscharbeit zu liefern?«

»Sir??«

»Ach was, Sir – wo sind die Taifunwarnungen zwischen den Philippinen und Ulithi? Oder wollen Sie etwa behaupten, daß es um diese Jahreszeit hier keine Taifune gibt?«

»Nein, Sir. Ich weiß, es ist ungewöhnlich, aber das Gebiet ist wirklich frei.«

»Es sei denn, Ihre Funkerbande hat einen Anruf nicht gehört oder das Ausschreiben einer Sturmwarnung verbummelt. Vielleicht hat sie sich auch einfach irgendwo in Ihren vortrefflichen Akten verkrochen, so daß sie nicht dechiffriert und in die Karte eingetragen wurde.«

»Ich halte derartiges für ausgeschlossen, Sir.«

Die Karte raschelte unter Queegs trommelndem Zeigefinger.

»Das Barometer ist heute nacht um volle 14 Millimeter gefallen, der Wind dreht alle paar Stunden weiter nach rechts und hat jetzt schon Stärke sieben. Ich befehle Ihnen, die Funksprüche der letzten 48 Stunden noch einmal genauestens nachzusehen, ich möchte ferner, daß in Zukunft alle Sturmwarnungen auf dem schnellsten Wege entschlüsselt mir vorgelegt werden, danach erhält sie Mr. Maryk, der fortan die Taifunkarte wieder selber führt.«

»Aye, aye, Sir.«

Als das Schiff plötzlich besonders stark überholte, verlor Willie das Gleichgewicht und taumelte gegen Queeg. Die Berührung mit der schweißfeuchten nackten Haut des Kommandanten war ihm ekelhaft. Er machte sofort einen Satz von ihm weg: »Ich bitte um Entschuldigung, Sir.«

»Schön. Gehen Sie an die Arbeit.« Willie ging. Aber kaum war er in seiner Koje ein bißchen eingedöst, da rüttelte ihn derselbe Funker wieder wach, der vorhin den Kaffee geholt hatte.

»Sturmwarnung, Sir. An alle Schiffe. Soeben eingegangen.«

Willie dechiffrierte die Meldung und brachte sie ins Kartenhaus. Queeg lag auf der Koje und rauchte, Maryk saß zusammengesunken am Kartentisch, sein Kopf ruhte auf den verschränkten Armen.

»Sie haben also doch etwas gefunden, ja? Das dachte ich mir.« Der Kommandant nahm ihm den Funkspruch aus der Hand und las ihn.

»Nein, Sir, ich fand unter den früheren Funksprüchen keine Sturmwarnung. Diese hier ist erst vor zehn Minuten eingegangen.«

»Sehen Sie, da haben wir schon wieder einen dieser komischen Zufälle, mit denen Ihre Laufbahn hier an Bord so reich gesegnet ist, nicht wahr, Willie? Dieser hier ist natürlich gerade eben eingegangen, dennoch bin ich froh, daß ich Sie den früheren Verkehr noch einmal durchsehen ließ. Tragen Sie ein, Steve.«

»Aye, aye, Sir.« Der Erste Offizier studierte den mit Blei geschriebenen Zettel und griff dann nach seinem Zirkel.

»Das könnte er sein, Sir. Südöstlich von uns, 300 – genau gemessen 317 Seemeilen entfernt – sie bezeichnen das Ding als leichte kreisförmige Störung, ich möchte aber meinen ...«

»Ausgezeichnet, je harmloser, desto besser.«

»Sir«, sagte Willie, »wenn Sie meinen, ich hätte Sie mit diesem

Funkspruch angelogen, dann bitte ich Sie, selbst im Funkraum Nachschau zu halten …«

»Um Gottes willen, wer hat denn ein Wort von Lüge gesprochen?«

Der Kommandant lächelte verschmitzt, in der rötlichen Beleuchtung wirkten seine Runzeln wie schwarze Striche. Er paffte seine Zigarette, deren Glut in dem dämmerigen Licht seltsam weißlich erschien.

»Wenn Sie von einem merkwürdigen Zufall sprechen, Sir …«

»Ach, Willie«, näselte der Kommandant, »versteigen Sie sich bitte nicht dazu, aus meinen Worten etwas herauslesen zu wollen. Das spricht nur von schlechtem Gewissen.«

Willie fühlte die so wohlbekannte würgende Übelkeit im Magen, sein Herz klopfte rasch und hart. »Aye, aye, Sir.« Er trat auf die Nock und ließ sich den frischen Wind richtig um die Nase wehen. Sooft das Schiff nach Backbord überholte, preßte sich seine Brust immer fester gegen die Reling, bis er auf einer Art metallenem Sprungbrett zu liegen und in die See hinunterzuschauen glaubte. Im nächsten Augenblick mußte er sich mit aller Kraft an derselben Reling festklammern, um nicht nach rückwärts zu Fall zu kommen. Wenn er nach der nassen, glatten Relingkante griff, fühlte er, wie seine Hände zitterten. Er blieb auf der Brücke, ließ sich ordentlich durchblasen und starrte über die wildzerklüftete See hinaus, bis Paynter die Wache übernahm. Dann ging er mit Harding unter Deck, die beiden tranken in der dunklen Messe noch rasch im Stehen eine Tasse Kaffee.

»Das Rollen wird immer ärger«, sagte Harding.

»Voriges Jahr vor Frisko war's schlimmer.«

»Ja, das stimmt. Sind Taifune in der Nähe?«

»Nein, nur eine leichte Störung im Südosten. Wahrscheinlich rührt die Dünung von dort her.«

»Meine Frau hat immer schreckliche Angst wegen der Taifune. Sie träumt so oft, schreibt sie, daß wir in einen hineingeraten.«

»Na, und wenn schon, was wäre denn dabei? Je nachdem, wo wir stehen, legen wir uns vor oder gegen den Wind und lassen den Segen über uns ergehen. Wenn uns bei diesem Unternehmen nichts Schlimmeres passiert, dann können wir zufrieden sein.«

Sie klemmten ihre Tassen und Untertassen in die Racks auf dem Büfett und gingen in ihre Kammern. Willie entschloß sich, kein Phenobarbital zu nehmen. Er schaltete die Kojenlampe ein und blätterte in seinem Dickens, aber schon nach einer Minute war er fest eingeschlafen, obwohl ihm der Schein der Lampe ins Gesicht fiel. –

»Wie die Brüder bei diesem Wetter Brennstoff übernehmen wollen, ist mir schleierhaft.«

Willie und Maryk standen in der auf und nieder tanzenden Backbordbrückennock. Es war zehn Uhr vormittags. In dem unheimlichen gelbbraunen Dämmerlicht wirkte die tobende, brodelnde See wie schwarzer Schmutz. Streifen weißen Gischts krönten die riesigen Kämme. Der Sturm zerrte an Willies Augenlidern. Ringsum sah man nichts als wandernde Berge und Täler, nur wenn der alte Minensucher auf dem Kamm einer See anlangte, erhaschten sie jedesmal einen kurzen Blick auf die anderen. In allen Richtungen waren sie zu sehen, die großen Schlachtschiffe und Flugzeugträger, die Tanker, die Zerstörer. Sie alle bohrten sich ein ums andere Mal in die anrollenden Seen, die ihnen in grünen Massen über die Vorschiffe brachen und dann zu weißen gischtenden Fahnen zerstoben. Die Back der »Caine« stand die ganze Zeit über fußtief unter Wasser. Ihre Anker verschwanden alle paar Minuten vollständig unter schwarzen Wassermassen, dann brodelte kochender Schaum achteraus, staute sich am Brückenaufbau und rauschte nach der Seite über Bord. Es regnete nicht, aber die Luft war so feucht wie in einem Dampfbad. Tiefhängende dunkelgraue Wolkenmassen jagten über die See. Das Schiff rollte jetzt nicht mehr so stark wie während der Nacht, dafür waren die Stampfbewegungen wesentlich heftiger geworden. Das Deck fuhr auf und nieder wie ein Fahrstuhl.

»Die Kerls, ich meine die Tanker, haben alle Flagge Berta gesetzt«, sagte der Eins O. »Sie wollen es weiß Gott versuchen.«

»Herr Wachhabender Offizier«, rief der Kommandant aus dem Ruderhaus, »Barometerstand, bitte!« Willie schüttelte müde den Kopf, ging nach achtern, um das Instrument abzulesen, und meldete dann durch den Eingang ins Ruderhaus: »Noch immer 747 Millimeter, Sir.«

»Warum muß ich mich immerzu danach erkundigen? Von nun an

bekomme ich alle zehn Minuten Meldung über den Barometerstand.«

»Ach du lieber Gott«, murmelte Willie, zum Ersten Offizier gewandt, »es rührt sich seit sieben Stunden nicht vom Fleck!«

Maryk richtete sein Glas nach vorn.

»Tatsächlich, da vorne versucht einer von unseren Eimern von der ›New Jersey‹ Brennstoff zu übernehmen, ich glaube aber, der Tankschlauch ist schon gebrochen.«

Willie nahm sein Glas an die Augen und wartete, bis die »Caine« wieder einen Wellenkamm erkletterte. Er sah den Zerstörer, der sich heftig gierend in der Nähe des Flaggschiffs hielt und den schwarzen Schlauch wie eine Schlange hinter sich herschleppte. Das andere Ende des Tankgeschirrs hing wild baumelnd vom Oberdeck des Schlachtschiffs ins Wasser.

»Aus der Tankerei scheint nicht mehr viel zu werden.«

»Es sieht so aus.«

Willie meldete Queeg, was sie beobachtet hatten. Der Kommandant kuschelte sich in seinen Stuhl, rieb sich das stoppelige Kinn und meinte: »Pech für sie. Gott sei Dank nicht für uns. Ich möchte sehr gern etwas Kaffee.«

Bis zum Frühnachmittag setzte die Flotte ihre Betankungsversuche fort, das kostete sie eine Menge Tankschläuche, Beiholerleinen und ausgelaufenen Brennstoff.

Auf allen Schiffen ergingen sich die jüngeren Offiziere in witzigen Bemerkungen über das Begriffsvermögen ihres Flottenchefs. Sie wußten natürlich nicht, daß der Admiral Mindoro zum festgesetzten Termin aus der Luft angreifen mußte, um McArthurs Landung zu unterstützen. Konnte er seine Schiffe nicht betanken, dann blieb McArthur ohne Hilfe aus der Luft. Um halb zwei Uhr stellte die Flotte das Tanken ein und ging auf Südkurs, um aus dem Sturmfeld zu gelangen.

Willie hatte die Abendwache von acht bis zwölf. Während er auf der Brücke stand, kam ihm allmählich zum Bewußtsein, daß wirklich grauenhaftes Wetter herrschte, Wetter, das einem Sorge machen konnte, und als das Schiff ein paarmal besonders heftig rollte, hatte er sogar eine Anwandlung von Angst. Aber die gleichmütige Haltung des Rudergängers und des Maschinentelegrafenpostens richteten ihn bald wieder auf. Die beiden klammerten sich eisern, der eine an sein Rad, der andere an seinen Telegrafen, und traktierten einander in müdem Ton, aber ohne jede Aufregung mit schmutzigen Schimpfworten, während das finstere Ruderhaus rollte und fiel und stieg und zitterte, während der Gischt gegen die Scheiben trommelte und an der Innenseite der Fenster in breiten Rinnsalen an Deck troff. Die anderen Schiffe waren nicht mehr zu sehen. Willie hielt sich durch Radarabstände und Peilungen des nächsten Tankers auf seiner Station.

Um halb zwölf Uhr kam ein durchnäßter Funker mit einer Sturmmeldung ins Ruderhaus getaumelt. Willie las sie durch und weckte Maryk, der im Sessel des Kommandanten eingenickt war und dabei doch die Armlehnen umklammert hielt, um nicht herauszufallen. Sie gingen zusammen ins Kartenhaus. Queeg lag schnarchend mit offenem Mund in der Klappkoje über dem Kartentisch und rührte sich nicht.

»Das Zentrum ist jetzt genau östlich von uns und 150 Meilen entfernt«, flüsterte Maryk und pickte mit dem Zirkel ein Loch in die Karte.

»Dann sind wir also im schiffbaren Halbkreis des Sturmfeldes«, sagte Willie. »Bis morgen früh können wir das Schlimmste hinter uns haben.«

»Ja, das ist möglich.«

»Ich bin froh, wenn ich die Sonne endlich wieder zu sehen bekomme.«

»Ich auch.«

Als Willie nach der Ablösung seine Kammer betrat, durchdrang ihn beim Anblick der gewohnten Umgebung ein eigentümliches Gefühl der Geborgenheit. Nichts war über Stag gegangen, der Raum war aufgeräumt, die Schreibtischlampe brannte hell, und aus dem Regal grüßten ihn seine Lieblingsbücher wie gute Freunde. Der grüne Vorhang und eine schmutzige Khakihose an einem Haken schwankten mit jeder Rollenbewegung des ächzenden Schiffes hin und her. Willie wollte nichts als schlafen und erst auf Wache gehen, wenn die Sonne wieder lachte und das Unwetter sich ausgetobt hatte. Er schluckte eine Kapsel Phenobarbital und war bald hinübergeschlummert.

Lautes Krachen und Klirren aus der Messe weckten ihn auf. Er fuhr hoch, sprang aus der Koje und bemerkte, daß das Deck steil, sehr steil nach Steuerbord geneigt war – so steil, daß er nicht einmal darauf Fuß fassen konnte. Noch halb im Banne des Schlafs, stellte er schaudernd fest, daß diese Neigung aber nicht nur vom Schlingern kam: das Schiff behielt seine Schlagseite bei.

Nackt, wie er war, rannte er in die von einer rötlichen Birne dämmrig beleuchtete Messe und mußte sich dabei mit beiden Händen an der Steuerbordwand des Ganges abstützen. Langsam, langsam schien sich das Schiff wieder aufzurichten. Alle Messestühle waren gegen das Steuerbord-Schott gepoltert und bildeten ein wüstes, schattenhaftes Durcheinander von Beinen, Lehnen und Sitzen. Als Willie die Messe betrat, waren sie eben im Begriff, unter neuem infernalischem Radau zurückzurutschen. Die Pantrytür stand offen, der Geschirrschrank war aufgegangen, sein Inhalt hatte sich an Deck ergossen, das Messegeschirr war ein klirrender, rutschender Haufen Scherben. Das Schiff kam ganz hoch und krängte dann nach Backbord. Die Stühle hörten auf zu rutschen. Im ersten Schreck wäre Willie beinahe, nackt wie er war, nach oben gerannt. Dann aber besann er sich eines Besseren, taumelte in seine Kammer und fuhr in seine Hose.

Ein zweites Mal legte sich das Schiff hart nach Steuerbord über, und ehe Willie sich's versah, war er durch die Luft in seine Koje geflogen und lag nun an der feuchten Bordwand selbst. Seine bezogene Matratze ragte wie eine weiße Wand neben ihm auf und legte sich immer mehr über ihn. Im ersten Augenblick glaubte er, das sei das Ende – Tod im gekenterten Schiff. Aber langsam, langsam kam der alte Minensucher auch diesmal wieder hoch. Das war kein gewöhnliches Rollen, wie es Willie kannte, das war überhaupt kein Rollen mehr, der Tod selbst schien hier seine Kräfte anzusetzen. Er griff nach Hemd und Schuhen, torkelte durch das Halbdeck und wollte den Niedergang hinauf.

Da krachte er mit dem Schädel gegen das geschlossene Luk, der heiße Schmerz machte ihn schwindlig, vor seinen Augen zuckten Blitze. Er hatte die Dunkelheit oben im Luk für Nacht gehalten.

Jetzt warf er einen Blick auf seine Uhr. Es war sieben Uhr früh. Ein paar Augenblicke kratzte er aufgeregt mit den Nägeln an dem eisernen Deckel, dann kam er endlich zur Besinnung und erinnerte sich, daß jeder Lukendeckel in der Mitte ein kleines rundes Mannloch hatte. Er drehte mit unsicheren Händen an dem Rad, das den Verschluß betätigte. Das Mannloch öffnete sich, Willie warf erst Schuhe und Hemd durch die Öffnung und zwängte sich dann selbst mühsam an Deck. Das graue Tageslicht blendete ihn, er zwinkerte mit den Augen, der fliegende Gischt stach auf der Haut wie Nadeln. Ein paar Matrosen standen gedrängt in Lee des Kombüsenaufbaus und starrten ihn mit großen runden Augen an. Er dachte nicht mehr an seine Sachen und lief barfuß, wie er war, die Brückentreppe hoch. Aber halbwegs mußte er haltmachen, es galt, sich auf Leben und Tod festzuhalten, denn die »Caine« legte sich wieder einmal hart nach Steuerbord über. Hätte er sich nicht mit Händen und Füßen an das Geländer geklammert, wäre er geradeswegs in die graugrüne kochende See gestürzt. Während er noch so hing, hörte er Queegs schrille, verängstigte Stimme im Lautsprecher:

»Ihr da unten im vorderen Maschinenraum, ich will Leistung, *Leistung* von eurer verfluchten Steuerbordmaschine, habt ihr verstanden? Ich brauche Umdrehungen für Äußerste Kraft, wenn ihr nicht wollt, daß der verfluchte Kasten absäuft!«

Willie holte sich Hand über Hand auf die Brücke, während das Schiff noch immer hart überliegend über riesige Seen ritt. Die Brücke war gedrängt voll von Mannschaften und Offizieren, sie klammerten sich alle an Flaggenracks, Reling und Klampen, und ihre aufgerissenen Augen hatten den gleichen starren Blick, der ihm schon bei den Leuten an Deck aufgefallen war. Er packte Keefer am Arm. Das lange Gesicht des Schriftstellers war ganz grau.

»Was geht hier vor?«

»Wo haben Sie denn gesteckt? Ziehen Sie lieber Ihre Schwimmweste an.«

Willie hörte den Rudergänger schreien: »Schiff kommt, Sir, 87 Grad liegt an!«

»Schön. Ruder bleibt Hart Backbord!« Queegs Stimme klang fast wie Falsett.

»86 Grad, Sir! Sir, 85 Grad! Schiff kommt schnell!«

»Gott sei Dank«, sagte Keefer und biß sich auf die Lippen.

Das Schiff gierte nach Backbord zurück, jäh fiel jetzt auch der

Sturm von Backbordseite ein, fuhr Willie in's Gesicht und zerrte ihn an den Haaren. »Tom, was geschieht hier, was ist eigentlich los?«

»Unser verehrter Herr Admiral will im Zentrum eines Taifuns tanken, das ist los!«

»Tanken, bei diesem Wetter?«

Außer den grauen weißgestreiften Seen war nichts in Sicht. Aber solche Wogen hatte Willie noch nie zu sehen bekommen, sie waren so hoch wie große Mietshäuser und zogen in majestätischem Rhythmus vorbei. Die »Caine« nahm sich zwischen diesen Giganten aus wie eine winzige Autodroschke, sie stampfte und rollte nicht mehr wie ein Schiff, das durch die Seen pflügt, nein, sie stieg und fiel in der wildbewegten See wie über Bord geworfener Abfall. Die Luft war voll Wasserstaub.

»Ein paar von unseren Blechpötten sind auf zehn Prozent Brennstoff herunter«, sagte Keefer. »Sie müssen ihre Tanks füllen, sonst kommen sie hier nicht durch.«

»Ach du großer Gott! Und wieviel haben wir selbst noch?«

»Vierzig Prozent«, fiel Paynter ein. Der kleine Ingenieur stand mit dem Rücken an das Brückenhaus gelehnt und hielt sich am Rack eines Feuerlöschers fest.

»Schiff kommt jetzt rasch, Sir«, meldete der Rudergänger. »62 Grad liegt an, 61 Grad liegt an!«

»Komm auf auf 20! Steuerbordmaschine Große Fahrt voraus, Backbordmaschine Langsame Fahrt voraus!«

Das Schiff rollte nach Steuerbord und wieder zurück, das geschah zwar mit unheimlicher Gewalt, aber doch wieder im gewohnten Rhythmus. Die Beklemmung in Willies Brust begann zu weichen. Jetzt erst wurde er auf den Ton aufmerksam, in dem alle anderen Geräusche auf der Brücke fast untergingen. Er klang wie ein tiefes jämmerliches Heulen, das von überall und nirgends herzukommen schien. Er übertönte sogar das Donnern der Brecher, das Ächzen des gequälten Schiffskörpers und das Brausen der Luft in den dunkel qualmenden Schornsteinen. Uuuu-iiiiiii-uuuu-iiiiiii, eine Klage aus dem All, als wären Himmel und Meer von wilden Schmerzen gepeinigt. Willie taumelte zum Barometer. Die Nadel zitterte um 742 mm. Er trat wieder zu Keefer. »Tom – das Barometer – wann hat das denn angefangen?«

»Es fing an zu fallen, während ich auf Mittelwache war, ich blieb dann gleich auf der Brücke. Der Kommandant und Steve sind schon seit ein Uhr hier oben. Aber dieser wahnsinnige Orkan ist eben erst ausgebrochen – vielleicht vor 15 bis 20 Minuten –, der Wind hat mindestens 100 Meilen Geschwindigkeit.«

»10 Grad liegt an, Sir.«

»Stütz, stütz Kurs 0 Grad! Beide Maschinen Große Fahrt voraus!«

»Mein Gott, warum steuern wir Nord?«

»Flottenkurs gegen den Wind zur Brennstoffübernahme.«

»Bei dem Wetter bekommen sie im Leben keinen Brennstoff über.«

»Sie lassen nicht locker, und wenn sie darüber absaufen.«

»Wie kam es zu diesem furchtbaren Überholen? Hatten wir Maschinenstörung?«

»Nein, wir sind quer geschlagen, und das Schiff wollte nicht mehr in den Wind. Unsere Maschinen sind in Ordnung – einstweilen.«

Das Heulen des Orkans nahm an Stärke zu. Uuuuu-iiiiii, der Kommandant kam taumelnd aus dem Ruderhaus, sein Gesicht war ebenso grau wie eine Schwimmweste und von einem Wald dunkler Bartstoppeln bedeckt. Seine blutunterlaufenen Augen waren so verschwollen, daß er sie kaum noch offenhalten konnte.

»Mr. Paynter, ich möchte wissen, warum Ihre Maschinen meinem Befehl nicht nachkamen, als ich mehr Leistung von ihnen verlangte.«

»Sie sind dem Befehl nachgekommen, Sir.«

»Zum Donnerwetter, Herr, wollen Sie behaupten, daß ich lüge? Ich sage Ihnen, daß die Steuerbordmaschine volle anderthalb Minuten nicht mit den Umdrehungen hochkam, ich mußte sie erst durch den Lautsprecher anbrüllen, ehe sie sich dazu bequemte.«

»Sir, der Wind ...«

Uuuuu-iiiii! – Uuu-iii!

»Widersprechen Sie mir nicht, Herr! Begeben Sie sich sofort auf Ihre Station in der Maschine! Dort haben Sie gefälligst zu bleiben! Kümmern Sie sich darum, daß meine Maschinenbefehle ausgeführt werden, und zwar etwas plötzlich!«

»Ich muß in wenigen Minuten die Brückenwache übernehmen, Sir!«

»Nein, das werden Sie nicht tun, Mr. Paynter! Sie sind hiermit von der Liste der Wachoffiziere gestrichen. Gehen Sie in Ihre Maschine und bleiben Sie dort, bis ich Ihnen erlaube, wieder an Deck zu kommen, und wenn es drei Tage dauert! Wenn mir noch ein einziges Mal ein Maschinenkommando bummelig ausgeführt wird, dann können Sie sich auf ein Kriegsgericht gefaßt machen!«

Paynter nickte mit gelassener Miene und kletterte vorsichtig die Treppe hinunter.

Mit dem Bug gegen den Wind lag die »Caine« wesentlich besser. Die Angst, die Offiziere und Mannschaften befallen hatte, begann zu schwinden. Kannen mit frischem Kaffee wurden auf die Brücke gebracht, und bald waren die Lebensgeister wieder so weit aufgefrischt, daß die Männer fröhlich miteinander scherzten. Die Stampfbewegungen waren noch immer rasch und steil genug, um ein eigentümliches Gefühl in der Magengegend hervorzurufen, aber die »Caine« hatte schon früher oft genug heftig gestampft, und diese Bewegung war vor allem nicht so beängstigend wie jenes endlos lange Überholen, bei dem die Brücke jedesmal seitwärts über dem Wasser hing. Allmählich lichtete sich auch das ungewöhnliche Gedränge auf der Brücke, und die Zurückbleibenden sprachen beruhigt und erleichtert über den ausgestandenen Schreck. Über diesem Ausbruch allgemeiner Zuversicht vergaß man fast, daß der Wind noch in alter Stärke weiterheulte und klagte, daß die Sturmwolken nach wie vor über den Himmel jagten und daß das Barometer auf 740 mm gefallen war. Die Besatzung des alten Minensuchers hatte sich mit der Tatsache abgefunden, daß sich ihr Schiff mitten in einem Taifun befand. Die Leute wollten glauben, daß sie heil durchkommen würden, und weil ihnen keine unmittelbare Gefahr drohte und weil sie es gerne glauben wollten, darum glaubten sie es auch. Sie wurden nicht müde, einander Redensarten zu wiederholen wie: »Die ›Caine‹ ist ein Glücksschiff«, oder »Der alte rostige Kasten kann ja gar nicht absaufen.«

»Ich höre, du wirst mich statt Payne heute ablösen.« Harding war unbeobachtet an Willie herangetreten, während dieser den Wind studierte und seine Berechnungen anstellte.

»Richtig. Soll ich gleich übernehmen?«

»So, wie du bist?«

Willie sah an sich hinunter und grinste. Abgesehen von der triefenden Hose, war er nackt. »Nicht ganz im richtigen Anzug, was?«

»Großer Dienstanzug mit Säbel ist ja wohl nicht verlangt«, sagte Harding, »aber du fühlst dich auf die Dauer wohler, wenn du etwas anhast.«

»Bin gleich wieder zurück.« Willie stieg an Deck hinunter und schlüpfte durch das Mannloch im Lukendeckel. Er stellte fest, daß die Leute vom Seitendeck jetzt verschwunden waren. Whittaker und die Stewards arbeiteten, mit Schwimmwesten bekleidet, in der Messe. Sie legten ein weißes Tischtuch auf, ordneten die Stühle und sammelten hinuntergefallene Magazine von Deck auf. Whittaker sagte mit traurigem Kopfschütteln: »Suh, ich weiß nicht, wie ich mit dem Frühstück fertig werden soll, wenn ich mir nicht ein paar Blechmucken aus der Mannschaftsmenage besorgen darf. Unser Geschirr reicht höchstens noch für zwei Offiziere, Suh!«

»Ach was, Whittaker, aus dem Frühstück hier unten wird ja doch nichts. Sprich einmal mit Mr. Maryk. Ich glaube, kein Mensch will heute mehr als eine Tasse Kaffee und ein Butterbrot an Deck.«

»Danke, Suh!«

Die Mienen der schwarzen Boys hellten sich auf. Whittaker fuhr fort: »Hör auf mit Tischdecken, Rasselas! Geh und frag jeden, wie Mr. Keith gesagt hat.«

Während Willie in seiner auf und nieder tanzenden Kammer in die Kleider fuhr, erheiterte ihn der Gedanke, wie rasch sich die Tragödie von heute morgen aus einem Spiel um Leben und Tod in das bescheidene Problem verwandelt hatte, ob man in der Messe zum Frühstück decken konnte oder nicht. Die Haltung der Stewards, die auch unter diesen ungewöhnlichen Umständen noch immer ihre Routine heilig hielten, richtete ihn ebenso auf wie die warme Helle seiner unberührten Kammer. Hier unten war er wieder Willie Keith, der alte unsterbliche, unverwüstliche Willie, der seiner May Wynn lange Briefe schrieb, der Funksprüche entzifferte und Wäschelisten prüfte. Der Taifun dort oben wurde ihm zu einem Filmabenteuer voll Aufregung und eingebildeter Gefahr, er war über die Maßen interessant und lehrreich, wenn man nur darauf bedacht blieb, den Kopf nicht zu verlieren. Eines Tages wollte er eine Kurzgeschichte über einen Taifun schreiben, und darin sollten als besondere Note auch die Stewards vorkommen, die sich so besorgt um das Frühstück zeigten. Trocken und in bester Stimmung ging er wieder auf die Brücke, um die Wache zu übernehmen. Dort stand er vor dem sprühenden Gischt geschützt im Ruderhaus, klammerte sich an den Kommandantenstuhl und grinste dem Taifun in die Zähne. Der aber pfiff und heulte lauter als je zuvor: »Uuuuuiiiii! – Uuuuuiiiii!!!«

Das Barometer stand auf 737 mm.

Die Meuterei

Ein Dampfer ist nicht wie ein Segelschiff Sklave des Windes und daher in der Regel auch allen Schwierigkeiten gewachsen, die Stürme mit sich zu bringen pflegen. Ein Kriegsschiff ist obendrein eine ganz besondere Art von Dampfer, seine Erbauer hatten es nicht auf Geräumigkeit und Wirtschaftlichkeit abgesehen, sondern ausschließlich auf Leistung. Selbst der alte Minensucher »Caine« hatte dem Sturm noch eine Maschinenkraft von einigen dreißigtausend Pferdestärken entgegenzusetzen, genug um ein Gewicht von einer halben Million Tonnen einen Fuß in der Minute zu heben. Dabei wog dieses Schiff selbst nur wenig mehr als tausend Tonnen – es war ein graues altes Leichtgewicht, das für den Notfall noch immer von Kräften strotzte. Wenn aber die Natur einmal außer Rand und Band gerät wie bei einem Taifun, wenn es aufbrist, bis der Wind ein Stundenmittel von hundertfünfzig Meilen und mehr erreicht, dann geschehen zuweilen die überraschendsten Dinge. So kann zum Beispiel das Ruder seinen Dienst versagen. Normalerweise wirkt es durch den Druck, den es auf das vorbeiströmende Wasser ausübt; wenn aber der Wind von achtern kommt und eine entsprechende Stärke hat, dann bewegt sich das Wasser unter Umständen genauso schnell in der Fahrtrichtung wie das Ruder, so daß überhaupt kein Druck mehr entstehen kann. Dann giert das Schiff aus dem Kurs, oder es schlägt sogar vollends quer. Oder die See drückt in einer Richtung auf den Rumpf, der Wind in einer anderen und das Ruder in einer dritten, das ergibt eine höchst unsichere Resultante, die Ruderwirkung wird fraglich und wechselt von Minute zu Minute oder gar von Sekunde zu

Sekunde. Es ist theoretisch durchaus möglich, daß der Kommandant zwar sein Schiff nach einer Richtung drehen will, der Wind aber so hart nach der entgegengesetzten Seite drückt, daß alle Maschinenkraft nicht ausreicht, den Bug des Schiffes herumzuzwingen. In diesem Falle bleibt das Schiff rollend quer zu den Seen liegen und ist in der allerschlimmsten Lage. Aber ein solcher Fall ist eben doch recht unwahrscheinlich.

Wenn es der Sturm auf das Leben eines Schiffes abgesehen hat, dann führt er sich auf wie ein Kinderschreck aus der Großväterzeit. Das ist seine größte Stärke. Er vollführt einen wüsten Lärm, schneidet schreckliche Grimassen und bringt dadurch den Kapitän so aus der Fassung, daß er in gefährlichen Augenblicken nicht mehr mit Ruhe und Überlegung handeln kann. Gelingt es ihm, so ein armes Schiff lange genug von der Seite her zu fassen, dann leiden wahrscheinlich die Maschinen Schaden oder sie kommen gar zum Stillstand – in diesem Fall hat er gewonnenes Spiel. Denn ein modernes Schiff in solcher Lage muß unter allen Umständen weiterdampfen und in der Gewalt seiner Führung bleiben. Treibt es nämlich erst ohne Maschinenkraft in der See, dann hat es gegenüber dem alten hölzernen Segelschiff den einen gewaltigen Nachteil, daß Eisen nicht schwimmt. Ein Zerstörer mit ausgefallenen Maschinen wird im Taifun fast sicher kentern oder untergehen. Wenn es ganz schlimm kommt, ist es, den Büchern zufolge, noch das beste, das Schiff mit dem Bug in den Wind zu legen und den Sturm in dieser Lage abzureiten. Aber selbst darüber sind sich die Sachverständigen nicht alle einig. Keiner von ihnen hat ja genug wirklich schwere Taifune erlebt, um für alle Fälle gültige Regeln aufstellen zu können. Außerdem ist keiner von diesen Sachverständigen darauf erpicht, solche Erfahrungen zu sammeln.

Die Meldung aus dem Funkraum ging im Krachen und Rauschen der Telefonanlage und im Geheul des Sturms fast unter, so daß Willie das Ohr an den Lautsprecher legen mußte, um sie zu verstehen:

»Sonnenschein an alle Troßknechte: Brennstoffübernahme einstellen. Versucht zu folgen. Neuer Flottenkurs 180 Grad. Alle kleinen Brüder U-Boot-Sicherung neu formieren.«

»Wie? Was ist das?« schrie Queeg, der neben Willie stand.

»Brennstoffübernahme einstellen, Sir. Kurs Süd. Versucht zu folgen.«

»Haben sie endlich genug von dieser Schweinerei? Wird auch bald mal Zeit!«

Maryk, der in seiner Rettungsweste wie ein vierkantiger, massiger Riese wirkte, sagte zum Kommandanten: »Ich weiß nicht, wie wir vor dem Wind liegen werden. See von achtern gibt uns jedesmal den Rest.«

»Ach was. Jeder Kurs, der uns aus diesem Saustall herausführt, soll mir recht sein«, erwiderte ihm Queeg. Er starrte in die tobenden Seen hinaus, die sich höher türmten als der Mast seines Schiffes. Der jagende Wasserstaub glich einem Wolkenbruch.

»Schön, Willie. Geben Sie Paynter durch, er soll sich für schnellste Ausführung von Maschinenkommandos klarhalten. Steve, ich führe das Schiff von der Radarkammer aus, Sie bleiben hier.«

Der Lautsprecher kratzte und heulte, dann hörte man eine gurgelnde Stimme, als ob der ganze Apparat unter Wasser stünde: »Sonnenschein an alle kleinen Brüder: Auf Stationen für U-Boot-Sicherung. Ausführung beeilen.«

»Schön. Beide Maschinen Äußerste Kraft voraus! Steuerbord 20! Neuer Kurs 180 Grad!« befahl Queeg und rannte aus dem Ruderhaus.

Die »Caine« sank mit dem Bug in ein schäumendes Wellental. Stilwell wirbelte das Ruder herum und sagte: »Mein Gott, ich fühle keinen Druck mehr auf dem Ruder.«

»Wahrscheinlich ist das ganze Ruderblatt aus dem Wasser«, sagte Maryk. Der Bug des Schiffes bohrte sich in die See und kam dann langsam, langsam wieder hoch.

»Ruder liegt Steuerbord 20«, sagte Stilwell, »Schiff kommt sehr schnell! 10 Grad geht durch, Sir, 20 Grad ...« Wie ein vom Winde gefaßter Papierdrachen holte der Minensucher über und fiel dabei rasch nach Steuerbord ab. Willie fühlte in Armen und Beinen kribbelnde Angst, als er beim Überholen gegen die nassen Fenster flog.

»35 Grad geht durch, Sir – 40 Grad ...« Die »Caine« legte sich immer mehr nach Steuerbord über und ritt in dieser Lage über die himmelhohen Seen. Wie sie der Sturm so von der Seite faßte und abtrieb, glich sie mehr einem treibenden Wrack als einem Schiff, das noch dem Ruder gehorchte. Der Gischt sprühte in ganzen Wolken über die Back hinweg. Unwillkürlich blickte Willie auf Maryk und fühlte sich in tiefster Seele erleichtert, als er sah, wie der Erste Offizier, mit beiden Armen an einem Decksbalken hängend und den Rücken fest gegen das Schott gestützt, ruhigen Auges das rasche Auswandern des Bugs verfolgte.

»Hallo, Willie!« Die Stimme des Kommandanten tönte ärgerlich und schrill durch das Sprachrohr. »Schicken Sie mir sofort Ihren verdammten Funkmechaniker herauf, ich kann auf den verfluchten Radarscheiben überhaupt nichts sehen.«

Willie schrie sein »Aye, aye, Sir« ins Sprachrohr und gab den Ruf nach dem Mechaniker durch den Lautsprecher weiter. Das schwindelerregende Seitwärtsgleiten der »Caine« und das Auf und Nieder des geneigten Decks begannen ihn seekrank zu machen.

»Mr. Maryk«, meldete der Rudergänger in verändertem Ton, »Schiff dreht nicht mehr.«

»Was liegt an?«

»93 Grad.«

»Wir liegen quer, der Wind hält das Schiff fest. Es wird nur langsam weiterdrehen.«

»Noch immer 93 Grad, Sir«, meldete Stilwell nach einer langen Minute fürchterlichen Rollens, wobei das Schiff immer nur langsam und schwerfällig hochkam, um alsbald mit einer jähen Bewegung nach Steuerbord zurückzufallen. Es war schwer zu erkennen, ob die »Caine« überhaupt Fahrt durchs Wasser machte oder nur von Wind und Seegang seitwärts und vorwärts geschleudert wurde. Obwohl die Maschinen Umdrehungen für 20 Meilen liefen, hatte man den Eindruck, daß nur See und Wind in Bewegung waren.

»Ruder hart Steuerbord!« befahl Maryk.

»Hart Steuerbord, Sir – mein Gott, *ich glaube, die Ruderkette ist gebrochen,* das Rad dreht sich ganz leicht – ohne Widerstand.« Willie fühlte ein Prickeln über den ganzen Kopf, als er in den Mienen der Seeleute die nackte Angst entdeckte. Wahrscheinlich war sein eigenes Gesicht schon genauso verzerrt.

»Halt die Klappe, Stilwell, die Ruderketten sind in Ordnung«, sagte Maryk. »Führen Sie sich nicht auf wie ein kleines Kind! Haben Sie denn noch nie bei Seegang am Ruder gestanden?«

»Was ist denn nur los, verflucht noch mal, Steve?« hörte man Queegs quäkende Stimme. »Was geht denn da draußen vor? Warum kommen wir nicht herum?«

Maryk brüllte durch das Sprachrohr zurück: »Wind und See halten uns fest, Sir. Das Ruder liegt hart Steuerbord!«

»Dann gebrauchen Sie gefälligst die Maschinen. Aber sehen Sie endlich zu, daß Sie das Schiff herumbekommen. – Verflucht noch mal, muß ich denn alles selber machen? Wo bleibt denn der Mechaniker? Das Radar zeigt nur grüne Striche!«

Maryk begann mit den Maschinen zu arbeiten. »Backbord Große Fahrt voraus« und »Steuerbord Langsame Fahrt zurück« hatte die Wirkung, daß das Schiff langsam auf Süd drehte. »180 Grad liegt an«, konnte Stilwell endlich melden, er warf einen Blick auf Maryk, und seine Augen verrieten, daß ihm ein Stein vom Herzen gefallen war.

Die »Caine« stampfte und schlingerte wie wild, dennoch wirkte auch das stärkste Überholen nicht mehr beängstigend, weil sich das Schiff gleichmäßig nach beiden Seiten warf. Willie gewöhnte sich an den Anblick der drei Schornsteine, die tatsächlich parallel zur See zu liegen schienen, so daß man durch ihre Zwischenräume nichts mehr sah als kochendes Wasser. Sie zirkelten hin und her wie riesige Scheibenwischer, aber ihr Anblick wirkte plötzlich nicht mehr so gefährlich, sondern nur noch wie ein hübsches Schauspiel. Was ihn schreckte, war nur dieses entsetzliche langsame Überholen nach einer Seite, das nie ein Ende nehmen wollte.

Queeg erschien wieder im Ruderhaus, er wischte sich mit einem Taschentuch das Wasser aus den Augen. »Die Spritzer stechen verdammt auf der Haut. Na, Sie haben den Kasten ja doch noch herumbekommen, wie? Jetzt dürften wir uns einigermaßen halten können.«

»Sind wir auf Position, Sir?«

»Viel wird nicht daran fehlen. Ich kann es nicht sagen. Der Mechaniker meint, das Spritzwasser gebe Wasserreflexe, die das Bild auf der Radarscheibe verdecken. Aber Sonnenschein wird sich schon melden, wenn wir zu weit aus der Richtung kommen.«

»Sir, ich glaube, wir täten gut daran, einige Doppelbodenzellen zu fluten«, sagte der Erste Offizier. »Wir sind ziemlich leicht, haben nur noch 35 Prozent Brennstoff. Wir liegen sehr hoch aus dem Wasser, das hat uns auch das Drehen so erschwert.«

»Keine Angst, wir kentern noch lange nicht.«

»Das Schiff wäre jedenfalls besser zu manövrieren, wenn ...«

»Ja, und unsere Tanks werden durch das Salzwasser so verunreinigt, daß die Pumpen alle Augenblicke aussetzen, wenn wir wieder Brennstoff darin fahren. Sonnenschein hat doch unsere Brennstoffmeldung. Wenn er eine Gefahr sähe, hätte er längst befohlen zu fluten.«

»Außerdem hielte ich es für richtig, die Wasserbomben zu entschärfen.«

»Was ist eigentlich mit Ihnen los, Steve? Verlieren Sie bei dem bißchen Schlechtwetter etwa schon die Nerven?«

»Ich habe meine Nerven nicht verloren, Sir.«

»Einstweilen ist unser Schiff noch zur U-Boot-Abwehr bestimmt, das wissen Sie doch. Was wollen Sie aber mit entschärften Wasserbomben anfangen, wenn wir in den nächsten fünf Minuten auf ein feindliches U-Boot stoßen?«

Maryk starrte durch die nasse Scheibe auf die riesigen kochenden Seen hinaus.

»Sir, in diesem Wetter können wir keinen Angriff auf ein U-Boot fahren.«

»Das kann man vorher nicht wissen.«

»Sir, die ›Dietch‹ von unserer eigenen Flottille kam seinerzeit bei den Aleuten in einen Sturm und wurde durch ihre eigenen scharfen Wasserbomben versenkt, als diese durch den Seegang ins Rutschen kamen. Die Detonation riß ihr das ganze Heck ab. Der Kommandant kam vor ein Kriegsgericht.«

»Wenn Sie so darauf versessen sind, die Wasserbomben zu entschärfen, dann tun Sie's in drei Teufels Namen. Mir ist es einerlei. Aber dann sorgen Sie gefälligst auch dafür, daß Leute klarstehen, die sie sofort wieder scharf machen, wenn wir ein U-Boot zu fassen bekommen.«

»Mr. Maryk«, meldete sich Stilwell, »die Wasserbomben sind entschärft, Sir.«

»Was? Sie sind entschärft?« schrie Queeg. »Wer sagt das?«

»Ich – ich habe sie selbst entschärft, Sir.« Stilwells Stimme zitterte. Er stand breitbeinig hinter seinem Ruder und klammerte sich an die Speichen des Rades. Sein Blick hing unverwandt an der Scheibe des Kreiselkompasses.

»Und wer hat Ihnen das befohlen?«

»Dauernder Befehl von Mr. Keefer, Sir. Sobald das Schiff in Gefahr ist, habe ich die Bomben zu entschärfen.«

»Und wer hat behauptet, daß das Schiff in Gefahr sei, he?« Queeg schwankte nach vorn und hinten. Er hielt sich an einem der Fenstergriffe und starrte böse auf den Rücken des Rudergängers.

»Um sieben Uhr, als das Schiff so stark überholte, da habe ich sie entschärft. Das ganze Heck war überspült. Ich mußte eigens ein Strecktau ausbringen.«

»Warum erfahre ich solche Dinge nicht, zum Donnerwetter, Mr. Maryk? Da fährt man ahnungslos in der Gegend herum und weiß nicht, daß man einen Haufen wirkungsloser Wasserbomben an Deck hat.«

Stilwell kam Maryk mit der Antwort zuvor: »Ich habe es Mr. Keefer gemeldet, Sir.«

»Sie haben nur zu reden, wenn Sie gefragt sind, und sonst nicht, Sie gottverfluchter Schafskopf, Sie!« brüllte Queeg. »Mr. Keith, stellen Sie den Mann wegen Ungebühr und grober Pflichtverletzung zum Rapport. Mr. *Keefer* hat er Meldung gemacht! Ich werde es diesem Mr. Keefer zeigen! Und jetzt, Steve, lassen Sie einen andern Rudergänger aufziehen und sorgen Sie dafür, daß mir die Fratze dieses Idioten da nicht mehr unter die Augen kommt.«

»Verzeihen Sie, Sir«, gab der Erste Offizier rasch zur Antwort, »die anderen Rudergänger sind von ihren Nachtwachen her noch ganz erschöpft. Stilwell ist unser bester Mann, er ist hier nicht zu entbehren.«

»Ich verbitte mir jede weitere Widerrede!« schrie der Kommandant. »Himmeldonnerwetter, gibt es auf diesem Schiff keinen Offizier, der Order parieren kann? Ich habe gesagt, ich will einen anderen.«

Engstrand taumelte in das auf und nieder tanzende Ruderhaus und klammerte sich an Willie, um nicht zu fallen.

Sein Arbeitszeug war durch und durch naß. »Entschuldigung, Mr. Keith! Sir, das Barometer ...«

»Was ist mit dem Barometer?«

»Es steht auf 735, Sir – siebenhundertfünfund*dreißig*!«

»Ja, zum Donnerwetter, wer hat eigentlich auf das Barometer aufgepaßt? Warum habe ich seit einer halben Stunde keine Meldung mehr bekommen?« So schnell es ging, eilte Queeg auf die Brücke hinaus und hielt sich dabei Hand über Hand an dem Fenstergriff, am Maschinentelegrafen und am Rahmen des Eingangs fest.

»Mr. Maryk«, meldete Stilwell mit heiserer Stimme, »ich kann das Schiff nicht mehr auf Kurs halten, es dreht mir nach Backbord weg.«

»Geben Sie doch mehr Ruder.«

»Ruder liegt hart Steuerbord, Sir – 172 Grad liegt an –, Schiff dreht schnell weiter nach Backbord.«

»Warum liegt das Ruder hart Steuerbord?« brüllte Queeg, der gerade wieder hereingetaumelt kam. »Wer gibt hier die Ruderbefehle? Ist denn auf dieser Brücke alles verrückt geworden?«

»Schiff läuft nach Backbord aus dem Ruder, Sir«, meldete Maryk. »Der Rudergänger kann nicht mehr Kurs halten.«

»160 Grad«, meldete Stilwell mit einem entsetzten Blick auf Maryk. Die »Caine« unterlag dem berüchtigten »Windfahneneffekt«. Das Ruder hatte keine Wirkung mehr, sie schor ganz einfach nach der Seite aus und wurde zum Spielball von Wind und See. Ihr Bug drehte rasch von Süd nach Ost.

Queeg hielt sich am Rudergänger fest, um einigermaßen Stand zu gewinnen, und starrte auf den Kompaß. Dann war er mit einem Satz am Maschinentelegrafen und legte den einen Handgriff auf Äußerste Kraft voraus, den anderen auf Stopp. Die Quittungsanzeiger aus dem Maschinenraum rückten unverzüglich nach. Das Deck begann von der einseitigen Kraftentwicklung der Maschine zu zittern. »Damit bringen wir den Kasten herum«, sagte der Kommandant. »Was liegt jetzt an?«

»Schiff dreht weiter, Sir, 152 – 148.«

»Es dauert eben ein paar Sekunden, bis die Wirkung eintritt!« stammelte Queeg. Noch einmal legte sich die »Caine« mit schauderhafter Wucht nach Steuerbord über und blieb auf der Seite liegen. Die von Backbord kommenden Seen brachen über das Schiff hinweg, als wäre es ein treibendes Stück Holz. Es wälzte sich müde unter der gewaltigen Last der Wassermassen, aber es richtete sich nicht auf. Kam es einmal halbwegs auf ebenen Kiel, dann sackte es gleich darauf nur um so weiter nach Steuerbord. Willie stieß mit dem Gesicht heftig gegen ein Fenster und sah wenige Zoll vor sich grünes Wasser. Er hätte die Schaumbläschen darin zählen können. Stilwell hing nur noch am Ruder, seine Füße rutschten unter ihm weg. Er stammelte: »Schiff dreht weiter, Sir – 125 Grad liegt an!«

»Sir, wir schlagen quer«, sagte Maryk. Seine Stimme hatte zum erstenmal einen unsicheren Klang. »Versuchen Sie, mit der Steuerbordmaschine zurückzugehen, Sir.«

Der Kommandant gab keine Antwort.

»Sir, Sir, Steuerbordmaschine zurück!«

Queeg klammerte sich mit Knien und Armen an den Maschinentelegrafen und warf ihm einen verstörten Blick zu. Er war grün im Gesicht und legte den Handgriff folgsam auf Zurück. Das arme Schiff zitterte schauderhaft in allen Nähten, aber es trieb weiter quer zu See und Wind. Über jede anrollende See hinweg hob und senkte es sich um ein Maß, das der Höhe eines vierstöckigen Hauses entsprach.

»Was liegt an?« Die Stimme des Kommandanten klang wie ein heiseres Krächzen.

»117 Grad, Sir, Drehung steht.«

»Glauben Sie, daß es was nützt, Steve?« murmelte Willie.

»Ich hoffe.«

»Heilige Mutter Gottes, hilf, daß das Schiff herumkommt!« betete jemand mit seltsam klagender Stimme. Ihr Ton ging Willie durch Mark und Bein. Urban, der kleine Signalgast, war auf die Knie gesunken.

»Halten Sie den Mund, Urban!« sagte Maryk scharf. »Stehen Sie sofort auf!«

Stilwell rief: »120 Grad, Sir, Schiff kommt nach Steuerbord.«

»Gut«, sagte Maryk, »komm auf auf 20!«

Stilwell gehorchte, ohne auch nur einen Blick auf den Kommandanten zu werfen. Obwohl Willie vor Angst und Schrecken ganz benommen war, drang dieser Verstoß in sein Bewußtsein, aber er stellte zugleich fest, daß Queeg überhaupt nicht davon Notiz zu nehmen schien.

»Ruder liegt Steuerbord 20, Sir – 124 Grad liegt an.«

Die »Caine« richtete sich langsam auf, ehe sie von neuem weit nach Steuerbord überholte.

»Geschafft«, sagte Maryk.

»128 – 129 – 130 geht durch.«

»Willie«, sagte der Erste Offizier, »sehen Sie doch einmal nach der Radarbude. Vielleicht können Sie doch erkennen, wo wir in der Formation stehen.«

»Aye, aye, Sir.« Willie taumelte am Kommandanten vorbei auf die freie Brücke hinaus. Sogleich faßte ihn der Sturm und schleuderte ihn gegen den Brückenaufbau, Spritzwasser peitschte ihm ins Gesicht wie ein Hagel nasser Steinchen. Mit einer Mischung von Schreck und Galgenhumor stellte er fest, daß der Wind in den letzten 15 Minuten noch erheblich zugelegt hatte und ihn todsicher einfach über Bord wehen würde, wenn er ihm genügend Angriffsfläche bot. Zoll um Zoll kämpfte er sich durch, bis er an der Tür der Radarkammer anlangte, er löste die Vorreiber und versuchte die Tür zu öffnen, aber der Winddruck hielt sie eisern dicht. Mit beiden Fäusten bearbeitete er den nassen Stahl, trat mit dem Fuß dagegen und schrie: »Aufmachen! Aufmachen für den Wachhabenden!« Endlich klaffte ein Spalt und wurde langsam breiter. Er quetschte sich rasch hindurch und rannte dabei einen der Radarleute um, die innen aus Leibeskräften dagegendrückten. Wie unter Federdruck schnappte die Öffnung wieder zu. »Zum Donnerwetter, was ist hier los? rief Willie.

Mindestens 20 Mann drängten sich in dem engen Raum, alle trugen Rettungswesten, an denen wasserdichte Handlampen befestigt waren, alle hatten ihre Trillerpfeifen um den Hals, alle hatten sie die gleichen runden, angsterfüllten Augen und die gleichen blassen, stoppelbärtigen Gesichter. »Wie steht es, Mr. Keith?« meldete sich Fleischkloß aus dem Hintergrund des Menschenknäuels.

»Prima!«

»Müssen wir das Schiff nicht aufgeben, Sir?« fragte ein Heizer mit ölverschmiertem Gesicht.

Plötzlich wußte Willie, was ihm, abgesehen von den vielen Menschen hier in der Radarkammer, so ungewohnt vorkam. Sie war strahlend erleuchtet. Niemand achtete auf die matten grünschimmernden, schrägen Scheiben des Radarempfängers. Er brach in einen Strom von lästerlichen Schimpfworten aus.

»Wer hat hier Licht gemacht? Wer hat überhaupt hier Wache?«

»Sir, auf den Scheiben ist nichts zu erkennen, sie zeigen nur Wasserreflexe«, wimmerte einer der Radarmänner. Willie fluchte noch eine Weile weiter, dann befahl er: »Aus mit dem Licht! Schaut gefälligst auf eure Scheiben und laßt euch nicht wieder einfallen, sie aus den Augen zu lassen!«

»Jawohl, Mr. Keith«, sagte der Radarmann in ruhigem, achtungsvollem Ton, »aber es hat wohl keinen Zweck.« In der Düsternis, die jetzt herrschte, sah Willie bald, daß der Mann recht hatte. Man sah nichts von den scharfgezeichneten Punkten, die die anderen Schiffe anzeigten, die ganzen Scheiben waren nur von unklaren grünen Strichen und Tupfen bedeckt. »Das kommt daher, Sir«, ließ sich die geduldige Stimme des Mechanikers vernehmen, »daß unser Topp meist nicht über die Seen hinausreicht. Außerdem ist die ganze Luft voll Spritzwasser, Sir, das wird reflektiert wie ein fester Gegenstand, und darum funktionieren auch die Scheiben nicht.«

»Ganz egal«, erwiderte ihm Willie, »die Radarwache wird trotzdem unverändert weitergegangen, und Sie bleiben gefälligst dahinterher, bis Sie vielleicht doch ein Objekt zu fassen bekommen! Und wer hier nichts zu suchen hat, der soll … nein, ihr könnt meinetwegen hierbleiben, aber haltet mir eisern die Klappe, verstanden, damit ihr mir die Wachmänner nicht stört.«

»Sir, ist wirklich alles in Ordnung?«

»Wir brauchen also nicht zu schwimmen?a

»Beim letzten Überholen war ich schon klar zum Überbordspringen.«

»Kommt die ›Caine‹ durch, Mr. Keith?«

»Was wollt ihr denn«, rief Willie, »es ist ja alles in bester Ordnung! Verliert nur nicht den Kopf, in ein paar Stunden kratzt ihr schon wieder munter Farbe.«

Darauf meinte einer: »Ich will den rostigen Dreckkasten bis zum Jüngsten Tag abkratzen, wenn er aus diesem Hexenkessel heil herauskommt.«

Hier und dort lachte einer kurz auf.

»Ich bleibe hier oben, und wenn man mich vor ein Kriegsgericht stellt.«

»Ich auch.«

»In Lee der Brücke drängen sich schon an die 40 Mann.«

»Mr. Keith« – das war wieder Fleischkloß mit seinem hohlen Baß –, »sagen Sie uns ehrlich, kommt der Alte denn zurecht? Mehr wollen wir nicht wissen.«

»Der Alte macht seine Sache großartig. So, und jetzt haltet die Klappe, ihr Halunken, und macht euch keine dummen Gedanken. Ein paar von euch können mir helfen, die Tür aufzudrücken.«

Wind und Spritzwasser drangen durch den Spalt. Willie drückte sich hinaus, die Tür knallte hinter ihm zu. Der Winddruck wehte ihn nach vorn ins Ruderhaus, er wurde in diesem kurzen Augenblick so naß, als habe man ihn kübelweise mit Wasser begossen.

»Radar ist ausgefallen, Steve. Ehe der Wasserstaub nicht nachläßt, ist nichts zu sehen.«

»Gut, besten Dank.«

Trotz des Heulens und Tobens der Elemente hatte Willie im Ruderhaus den Eindruck von Stille. Queeg hing noch immer am Maschinentelegrafen, Stilwell stand schwankend hinter dem Ruder. Urban hatte sich zwischen Kompaß und Fensterwand eingeklemmt und preßte die Logkladde an sich, als sei sie eine Bibel. Sonst war hier noch immer eine Anzahl Signalgasten und Befehlsübermittler zu finden, heute schienen sie jedoch diesen Raum zu meiden wie das Krankenzimmer eines vom Krebs Gezeichneten. Maryk hatte sich mit beiden Händen am Kommandantenstuhl verankert. Willie taumelte nach Steuerbord und warf einen Blick auf die offene Brücke hinaus. Eine Gruppe von Mannschaften und Offizieren drückte sich dort gegen die Wand des Aufbaus, einer hielt sich am anderen fest. Ihr Zeug knatterte im Wind. Unter anderen sah er Keefer, Jorgensen und in nächster Nähe Harding.

»Willie, was meinst du, kommen wir durch?« fragte Harding.

Willie nickte, dann warf es ihn wieder ins Ruderhaus zurück. Es machte ihn etwas nervös, daß er nicht wie alle anderen mit Schwimmweste, Laterne und Batteriepfeife ausgerüstet war. Er dachte daran, das Rettungsgerät durch einen Unteroffizier holen zu lassen, aber dann schämte er sich, den Befehl dazu zu geben.

Unsicher gierend hielt die »Caine« ein paar Minuten Kurs 180 Grad. Als aber Wind und Wogen wieder einmal mit vereinten Kräften zupackten, wurde sie plötzlich von einer einzigen gewaltigen See so weit nach Backbord auf die Seite geworfen, daß sie fast zum Kentern kam.

Willie verlor den Stand, flog gegen Stilwell und griff haltsuchend nach den Speichen des Rades.

»Sir«, sagte Maryk, »ich bin noch immer der Ansicht, daß wir achtern fluten sollten, wenn wir vor dem Wind weiterlaufen wollen, zum mindesten die Hecktanks.«

Queeg gab kein Zeichen, daß er verstanden hatte.

»Ich bitte um Erlaubnis, die Hecktanks fluten zu dürfen«, sagte der Erste Offizier. Queeg bewegte seine Lippen.

»Abgelehnt«, sagte er so leise, daß er kaum zu verstehen war.

Stilwell drehte hastig an seinem Rad und riß dabei Willie die Speichen aus der Hand. Der Wachhabende angelte nach einem Decksbalken.

»Schiff dreht jetzt nach *Steuerbord,* 189 geht durch – 190 – 191 ...«

»Hart Backbord, Sir?« fragte Maryk.

»In Ordnung«, murmelte Queeg.

»Ruder liegt hart Backbord«, meldete Stilwell, »200 Grad liegt an.«

Der Erste Offizier starrte sekundenlang nach dem Kommandanten, während der Minensucher schwer nach Backbord überholte und wieder mit ebenso widerwärtigen Bewegungen nach der Seite gefegt wurde wie vorhin. Nur daß ihn Wind und See diesmal nach der anderen Seite aus dem Ruder warfen.

»Sir, wir müssen wieder die Maschine gebrauchen, das Ruder versagt die Wirkung. Ich glaube, wir sollten das Schiff in den Wind legen. Vor dem Wind läuft es uns immer wieder aus dem Ruder.«

Queeg riß an den Griffen des Maschinentelegrafen. »Flottenkurs ist 180 Grad«, sagte er.

»Sir, jetzt geht es nur noch um die Sicherheit des Schiffes.«

»Sonnenschein kennt die Wetterverhältnisse auch. Bis jetzt ist kein Befehl eingegangen, der uns erlauben würde, nach eigenem Ermessen zu handeln.«

Queeg hielt den Blick starr voraus gerichtet und krampfte sich inmitten des tanzenden Ruderhauses noch immer an seinen Telegrafen.

»225 Grad geht durch, Schiff dreht schnell weiter, Sir!«

Eine unwahrscheinlich hohe, gewaltige See hing an Steuerbordseite über der Brücke und krachte gleich darauf auf das Schiff nieder. Wasser brauste von der offenen Brücke in Strömen ins Ruderhaus, es reichte Willie bis an die Knie. Das Wasser war überraschend warm und fühlte sich seltsam klebrig an – wie Blut.

»Höchste Zeit, Sir, wir schöpfen bereits grünes Wasser mit der Brücke!« rief Maryk mit überschnappender Stimme. »Wir *müssen* das Schiff gegen den Wind legen!«

»245 Grad liegt an, Sir«, Stilwells Stimme klang wie ein Schluchzen. »Die Maschinen haben überhaupt keine Wirkung mehr, Sir!«

Die »Caine« legte sich fast ganz nach Backbord über, im Ruderhaus rauschte das Wasser über Deck, alle, mit Ausnahme von Stilwell, schlitterten nach Lee gegen die Fensterwand. Hier war die See unmittelbar unter ihnen und brodelte zu den Scheiben empor.

»Mr. Maryk! Die Beleuchtung im Kreiselkompaß ist ausgegangen!« schrie Stilwell, der sich verzweifelt an seinem Rad festhielt. Der Wind pfiff und kreischte Willie in den Ohren. Er rutschte auf dem Bauch im Salzwasser herum und angelte mit den Armen nach einem festen Halt.

»Jesus, Jesus, Jesus, rette uns!« wimmerte Urban.

»Gegenruder, Stilwell! Hart Steuerbord! Hart Steuerbord!« schrie der Erste Offizier mit schneidender Stimme.

»Hart Steuerbord, Sir!«

Maryk hangelte sich durch das Ruderhaus, warf sich über den Maschinentelegrafen und riß Queegs verkrampfte Hände gewaltsam von den Griffen los. Dann klingelte er die entgegengesetzten Kommandos durch. »Entschuldigung, Sir ...« Aus den Schornsteinen drang ein schauderhaftes Keuchen und Rumoren.

»Was liegt an?« brüllte Maryk.

»275 Grad, Sir!«

»Ruder bleibt hart Steuerbord!«

»Aye, aye, Sir.«

Der alte Minensucher schien sich ein klein wenig aufzurichten.

Willie Keith hatte keine Ahnung, was der Erste Offizier machte, obwohl sein Manöver einfach genug war. Der Wind hatte das Schiff von Süd- auf Westkurs geworfen, Queeg hatte mit aller Gewalt versucht, es wieder auf Süd zurückzudrehen, Maryk tat jetzt das genaue Gegenteil. Er machte sich das Drehmoment des Schiffes nach Steuerbord zunutze und unterstützte es mit der ganzen Kraft von Maschinen und Ruder, um den Bug vollends nach Norden und damit gegen Wind und See zu richten. In einem ruhigeren Augenblick hätte Willie die Logik dieser Handlungsweise sofort begriffen, hier in dieser tobenden Hölle fand er sich jedoch überhaupt nicht zurecht. Er saß an Deck und klammerte sich stumpfsinnig an einen Sicherungskasten, das Wasser spülte ihm um die Beine, sein Blick hing wie gebannt am Ersten Offizier, als stünde dort ein Hexenmeister oder Engel Gottes, der ihm mit magischen Formeln Rettung brachte. Das Verlangen, dieser Hille zu entrinnen, füllte ihn so aus, daß er überhaupt nichts anderes denken konnte. Taifun, »Caine«, Queeg, See, Marine, Dienst, Leutnantsstreifen, das alles war vergessen.

»Kommt das Schiff noch? Was liegt an? Laufend melden, was anliegt!« brüllte Maryk.

»Schiff kommt schnell, Sir!« schrie der Rudergänger wie am Spieß. »310 geht durch, 315 geht durch, 320!«

»Komm auf auf 20!«

»Aufkommen, Sir?«

»Ja, komm auf! Komm auf!«

»Ru...Ruder liegt Steuerbord 20.«

»Gut.«

Komm auf, komm auf, komm auf – dieses Wort drang endlich in Willies umnebeltes Bewußtsein. Er raffte sich mühsam hoch und sah sich um. Die »Caine« ritt endlich auf ebenem Kiel und holte wieder abwechselnd nach beiden Seiten über. Vor den Fenstern sah man nichts als eine Wand von weißem Gischt. Die See war unsichtbar, die Back war unsichtbar.

»Leben Sie noch, Willie? Dachte schon, Sie wären hinüber.«

Maryk streifte ihn mit einem kurzen Seitenblick, er saß auf dem Kommandantenstuhl und stemmte sich mit Armen und Beinen an ihm fest.

»Mir fehlt nichts. Wa...was ist eigentlich los, Steve?«

»Nichts Besonderes. Wir haben mal für eine halbe Stunde in den Wind gedreht, jetzt kann uns nichts mehr passieren.«

Dann rief er zu Stilwell hinüber: »Was liegt an?«

»352, Sir – Drehung wird langsamer, Sir.«

»Gut. Natürlich, das macht der Wind – aber wir kommen schon herum –, wir gehen auf Kurs 0 Grad.«

»Aye, aye, Sir.«

»Nein, das werden wir nicht tun!« schrie Queeg.

Willie hatte die Anwesenheit des Kommandanten ganz vergessen. Maryk erfüllte sein ganzes Bewußtsein, er war ihm Vater, Führer, Retter aus der Not. Jetzt erst richtete er den Blick auf den kleinen blassen Mann, der mit Armen und Beinen die Säule des Maschinentelegrafen umklammert hielt. Dieser Queeg kam ihm plötzlich vor wie ein Fremder, der nicht hierhergehörte. Der Kommandant blinzelte und schüttelte den Kopf, als sei er soeben aus dem Schlaf erwacht, dann befahl er:

»Ruder Backbord, Kurs 180 Grad.«

»Sir, wir bringen das Schiff nicht durch, wenn wir vor dem Wind laufen«, wandte der Erste Offizier ein.

»Rudergänger! Backbordruder, Kurs 180 Grad!«

»Stütz auf 0 Grad, Stilwell!« rief Maryk.

»Mr. Maryk, der Flottenkurs ist 180 Grad.« Die Stimme des Kommandanten klang dünn, fast wie ein Flüstern, er starrte mit glasigen Augen nach vorn.

»Sir, wir haben längst den Anschluß an den Verband verloren – die Radargeräte sind ausgefallen.«

»Wir werden ihn schon wiederfinden – ich habe nicht die Absicht, mich über einen Befehl hinwegzusetzen, nur weil ein bißchen schlechtes Wetter herrscht.«

Der Rudergänger meldete: »0 Grad liegt an!«

»Sir«, erwiderte Maryk, »vielleicht ist der Befehl längst überholt. Wie können wir das wissen? Die Antennen des Flaggschiffs können von oben gekommen sein – oder auch die unseren. Rufen Sie Sonnenschein an und melden Sie einfach, daß wir in Seenot sind und nicht mehr Kurs halten können.«

Die »Caine« stieß und stampfte wie wild, aber sie ritt wieder sicher über die gewaltigen Seen. Willie fühlte das gewohnte Zittern ihrer Maschinen, und der Rhythmus ihrer Stampfbewegungen, die sich vom Deck her auf seinen Körper übertrugen, verriet ihm, daß er ein seetüchtiges Schiff unter den Füßen hatte. Draußen war nichts als weißgraue Finsternis, erfüllt von jagendem Gischt, und dazu das schrille Geheul des Sturms, das in schaurigem Glissando auf und nieder schwankte.

»Wir sind nicht in Seenot!« brüllte Queeg. »Nach Backbord auf 180 Grad gehen!«

»Recht so, wie's jetzt geht!« befahl Maryk im gleichen Augenblick.

Der Rudergänger wandte den Kopf und glotzte fassungslos vom einen zum anderen.

»Tun Sie, was ich Ihnen sage!« rief ihm der Erste Offizier zu. Er wandte sich an den Wachhabenden: »Willie, notieren Sie die Uhrzeit!«

Dann trat er grüßend zum Kommandanten: »Sir, es tut mir leid, Ihnen sagen zu müssen, daß Sie offenbar krank sind. Ich enthebe Sie daher unter Berufung auf Artikel 184 der Navy Regulations zeitweilig von Ihrem Kommando über dieses Schiff.«

»Ich verstehe überhaupt nicht, wovon Sie reden, Mr. Maryk«, antwortete Queeg. »Rudergänger, legen Sie hart Backbord, Kurs 180 Grad.«

»Mr. Keith, Sie sind hier Wachhabender Offizier, sagen *Sie* mir, um Gottes willen, was ich tun soll!« schrie Stilwell verzweifelt.

Willie sah nach der Uhr. Sie zeigte 15 Minuten vor zehn. War er wirklich noch keine zwei Stunden auf Wache? Allmählich erst kam ihm zum Bewußtsein, welche Tragweite dieser Auseinandersetzung zwischen Maryk und Queeg beizumessen war. Er konnte zunächst überhaupt nicht fassen, daß sie sich wirklich vor seinen Augen abspielte.

»Kümmern Sie sich nicht um Mr. Keith!« rief Queeg Stilwell in einem quengelnden Ton zu, der bei den gegebenen Umständen unglaublich abgeschmackt wirkte. So redete man allenfalls, wenn man sich über ein an Deck liegendes Kaugummipapier beschweren wollte. »Ich habe Ihnen gesagt, Sie sollen Backbord Ruder legen. Das ist ein Befehl. Legen Sie also jetzt gefälligst Ihr Ruder, und zwar auf der Stelle!«

»Commander Queeg. Sie haben auf dieser Brücke keine Befehle mehr zu erteilen!« fiel Maryk ihm ins Wort. »Ich habe Sie von Ihrem Dienst enthoben, Sir. Sie sind krank. Ich übernehme die Verantwortung für meine Handlungsweise. Es ist mir bekannt, daß ich vor ein Kriegsgericht kommen werde. Aber jetzt hört das Schiff auf mein Kommando!«

»Ich nehme Sie hiermit fest, Mr. Maryk, gehen Sie sofort in Ihre Kammer!« schrie Queeg. »Hart Backbord habe ich befohlen, Kurs 180 Grad, wird's jetzt bald?«

»Um Gottes willen, was soll ich tun, Mr. Keith?« rief der Rudergänger und warf Willie einen flehenden Blick zu.

Urban hatte sich in den hintersten Winkel des Ruderhauses zurückgezogen. Sein Mund stand offen, seine Augen wanderten zwischen dem Ersten Offizier und Willie hin und her. Willie warf einen raschen Blick auf Queeg, der nach wie vor am Telegrafen zu kleben schien, und einen zweiten auf Maryk. Plötzlich durchströmte ihn eine heiße Welle trunkenen Glücksgefühls.

»Recht so, auf 0 Grad, Stilwell!« rief er. »Mr. Maryk hat das Kommando. Commander Queeg ist krank.«

»Rufen Sie Ihre Ablösung, Mr. Keith!« schrie Queeg in demselben Augenblick. »Sie sind gleichfalls festgenommen!«

»Sie haben keine Vollmacht, mich festzunehmen, Mr. Queeg!« rief Willie. Als Stilwell den verletzenden Wechsel in der Anrede hörte, malte sich freudige Überraschung in seinen Zügen. Er grinste Queeg verächtlich ins Gesicht. »Recht so, Kurs 0 Grad, Mr. Maryk«, sagte er und kehrte den Offizieren den Rücken.

Plötzlich ließ Queeg den Maschinentelegrafen fahren, taumelte durch das auf und nieder tanzende Ruderhaus nach Steuerbord und brüllte auf die Brücke hinaus: »Mr. Keefer, Mr. Harding! Ist denn kein einziger Offizier da draußen?«

»Willie«, schrie Maryk, »rufen Sie Paynter an und sagen Sie ihm, er soll sofort alle leeren Brennstoffzellen fluten!«

»Aye, aye, Sir!« Willie griff nach dem Telefon und rief den Heizraum an: »Hallo, Paynt! Hör zu, wir wollen fluten – alle leeren Brennstoffzellen, und zwar schnellstens – ja, du hast verdammt recht, es ist höchste Zeit.«

»Mr. Keith, ich habe *keinen* Befehl zum Fluten gegeben!«

brüllte Queeg. »Rufen Sie sofort an und belegen Sie diese Anordnung.«

Maryk trat an die Lautsprecheranlage: »Alle Offiziere auf die Brücke, sofort alle Offiziere auf die Brücke!« Dann sagte er zu Willie: »Rufen Sie Paynter an, das gelte für ihn nicht.«

»Aye, aye, Sir.« Willie riß den Hörer von der Klampe.

»Ich habe es schon einmal gesagt und wiederhole es jetzt«, rief Queeg in nörgelndem Ton dazwischen, »Sie sind beide festgenommen! Verlassen Sie sofort die Brücke!«

Queegs Aufbegehren hatte nur die Wirkung, daß sich Willies Stimmung weiter hob und daß ihn ein herrliches Gefühl persönlicher Macht durchströmte. In diesem dunklen, nassen, wild stampfenden und schlingernden Ruderhaus, im dämmerigen Zwielicht dieses heillosen Tages, im mörderischen Wüten des Sturms, der sich heulend gegen die Fenster warf, glaubte er wirklich die glücklichste Stunde seines Daseins zu erleben. Alle seine Furcht war vergangen.

»Willie«, rief Maryk, »glauben Sie, daß Sie einen Blick auf das Barometer werfen können, ohne daß Sie der Wind über Bord weht?«

»Gewiß, Steve.« Er trat auf die Backbordbrücke hinaus und hielt sich dabei sorgfältig an den Aufbauten fest. Als er glücklich die Kartenhaustür erreichte, ging sie eben auf, und Harding, Keefer und Jorgensen traten heraus. Sie hielten einander vorsichtig an den Händen fest.

»Was ist los, Willie?« rief Keefer. »Was geht dort vorne vor?

»Steve hat den Kommandanten vom Dienst enthoben.«

»Was?«

»Ja, Steve hat den Kommandanten abgesetzt. Er hat die Schiffsführung übernommen und den Kommandanten für krank erklärt.« Die drei Offiziere sahen einander wortlos an, dann erkämpften sie sich gemeinsam den Weg zum Ruderhaus. Willie schob sich weiter bis an das achtere Querschott und sah dort nach dem beschlagenen Barometer. Dann ließ er sich auf Hände und Knie fallen und kroch ins Ruderhaus zurück. »Es steigt, Steve!« schrie er schon von weitem und sprang auf seine Füße, als er den Eingang erreichte. »Es steigt, 736,5 – fast 737!«

»Gut, vielleicht haben wir das Schlimmste bald hinter uns.«

Maryk stand neben dem Ruder und hatte sich nach achtern umgewandt.

Außer Paynter waren alle Offiziere versammelt und standen triefend vor Nässe an der achteren Schottwand. Queeg hing wieder am Maschinentelegrafen und starrte den Ersten Offizier unverwandt an.

»Ich habe Ihnen mitgeteilt, was geschehen ist, meine Herren, ich trage für alles die Verantwortung. Commander Queeg wird auch weiterhin mit aller schuldigen Ehrerbietung behandelt, aber die Befehle für die Schiffsführung kommen fortan ausschließlich von mir!«

»Bilden Sie sich nur nichts darauf ein, daß Sie angeblich allein die Verantwortung trügen«, unterbrach ihn Queeg in gehässigem Ton. »Der junge Mr. Keith hier hat Ihr meuterisches Unterfangen von Anfang an unterstützt und wird genauso dafür büßen müssen wie Sie selbst. Und Sie, meine Herren Offiziere« – er wandte sich vollends um und drohte mit dem Finger –, »wenn Sie gut beraten sind, dann weisen Sie Maryk und Keith jetzt an, sich sofort in Arrest zu begeben, und unterstellen sich wieder meinem Kommando, solange Sie noch Gelegenheit dazu haben. In Anbetracht der besonderen Umstände könnte ich mich vielleicht bewogen fühlen, das Vorgefallene zu übersehen, aber ...«

»Das kommt überhaupt nicht in Frage, Sir«, warf Maryk ein, »Sie sind krank.«

»Ich bin nicht kränker als Sie selbst!« rief Queeg in seinem alten gereizten Ton. »Ich werde dafür sorgen, daß Sie wegen gemeinsamer Meuterei alle an den Galgen kommen! Das ist mein bitterer Ernst, meine Herren.«

»Wenn jemand gehängt wird, dann bin ich es ganz allein!« schrie Maryk den Offizieren zu. »Meine Handlungsweise entsprang meinem eigenen, freien Entschluß! Niemand hat mir einen Rat oder eine Anweisung gegeben. Ich habe mich dabei auf den Artikel 184 gestützt. Sollte ich mich eines Mißbrauchs dieser Dienstvorschrift schuldig gemacht haben, dann werde ich dafür gehängt. Vorläufig aber haben Sie meine Befehle zu befolgen. Es bleibt Ihnen keine andere Wahl. Ich habe das Kommando übernommen, die Tanks sind auf meine Veranlassung geflutet worden, das Schiff steuert den von mir befohlenen Kurs ...«

»Mr. Maryk!« unterbrach Stillwell. »Voraus treibender Gegenstand, scheint ein Schiff oder etwas Ähnliches zu sein, ganz dicht vor uns, Sir!«

Maryk wirbelte herum, spähte kurz durch die Scheiben und faßte sofort nach den Griffen des Maschinentelegrafen. Dabei stieß er Queeg so heftig beiseite, daß dieser taumelnd an einem Fenstergriff Halt suchen mußte. »Hart Steuerbord!« schrie der Erste Offizier und gab gleichzeitig an beide Maschinen: »Äußerste Kraft zurück!«

Die Sicht war etwas besser geworden, man konnte durch den jagenden Gischt hindurch schon etwa fünfzig Meter vor dem Bug Wasser erkennen. Ein riesiges rotes Etwas glitt ein weniges an Backbord schattenhaft über die mächtigen Wogen. Die »Caine« schor rasch aus dem Kurs, da sie vom Wind sofort seitlich weggedrückt wurde, als sie mit der Drehung begonnen hatte. Das Ding trieb näher, es war von riesenhafter Größe, lang und schmal, länger als die »Caine« und leuchtend rot. Die Seen brachen gischtend darüber weg.

»Heilige Mutter Gottes«, rief Keefer, »der Boden eines Schiffes!«

Alle starrten entsetzt auf das schaurige Bild. Langsam glitt jetzt der tote Rumpf an Backbord vorüber, rot und schier endlos, träge rollend unter den brechenden Seen.

»Ein Zerstörer«, sagte Harding mit erstickter Stimme.

Die »Caine« dampfte gut frei von dem treibenden Wrack. Es war in dem trüben Dunst bald kaum noch auszumachen. »Wir wollen einen Kreis schlagen!« rief Maryk. »Willie, beide Maschinen Äußerste Kraft voraus!«

»Aye, aye, Sir!« Der wachhabende Offizier legte den Maschinentelegrafen – er fühlte eine häßliche Übelkeit in der Magengrube.

Maryk trat an die Lautsprecheranlage und drückte auf den Hebel: »Alle Mann an Deck, scharfen Ausguck nach Überlebenden halten! Wir schlagen zwei Kreise um das gekenterte Schiff. Melden Sie alles auf die Brücke, was Sie sehen! Keine Aufregung! Paßt nur alle gut auf, daß ihr nicht über Bord geweht werdet, wir haben ohnehin genug zu schaffen.«

Queeg hatte sich vorn am letzten Fenster in die Ecke geklemmt. »Vorhin waren Sie doch noch so mächtig um die Sicherheit des Schiffes besorgt«, meinte er. »Wieso kommen Sie jetzt plötzlich dazu, wie ein Wilder in der Gegend herumzutoben und nach Überlebenden zu suchen?«

»Sir, wir können doch hier nicht einfach vorbeifahren, als ob nichts gewesen wäre«, erwiderte der Erste Offizier.

»Oh, verstehen Sie mich nicht falsch! Auch ich bin durchaus der Meinung, daß wir uns um die Überlebenden zu kümmern haben, ich befehle Ihnen sogar, es zu tun. Es schien mir nur am Platze, Sie auf die mangelnde Logik in Ihrem Verhalten hinzuweisen.«

»Backbord 20!« rief Maryk dazwischen.

»Ich möchte Sie ferner daran erinnern«, fuhr Queeg in seiner Rede fort, »daß ich Ihnen zwanzig Minuten, ehe Sie das Kommando in verbrecherischer Weise an sich rissen, befohlen hatte, den Rudergänger abzulösen, und daß Sie diesem Befehl vorsätzlich nicht Folge leisteten. Dieser Mann ist einer der übelsten Unruhestifter an Bord. Als er sich erfrechte, Ihnen statt mir zu gehorchen, machte er sich zu Ihrem Komplicen bei dieser Meuterei und wird darum ebenso wie Sie selbst zum Tode verurteilt, wenn es ...«

Donnernd brach eine See über die Brücke der »Caine« und warf das Schiff mit einem harten Ruck nach Backbord. Queeg fiel auf Hände und Knie an Deck, die anderen Offiziere rutschten und taumelten durch das Ruderhaus und suchten aneinander Halt. Wieder einmal hatte der Minensucher schwer zu kämpfen, als ihn der Wind von der Seite packte und mit unwiderstehlicher Gewalt nach Lee drückte. Maryk stellte sich selbst an den Maschinentelegrafen und gab dem Schiff durch eine ganze Reihe von Maschinenkommandos wirksame Hilfen, zugleich gab er dauernd wechselnde Ruderbefehle. Als es ihm so gelungen war, das Schiff auf Südkurs herumzuholen, dampfte er so lange in dieser Richtung, bis die verschwommenen Umrisse des treibenden Rumpfes wieder in Sicht kamen. Dann setzte er mit großer seemännischer Vorsicht dazu an, das sinkende Wrack zu umkreisen, und war vor allem darauf bedacht, daß die »Caine« immer in sicherem Abstand davon blieb. Der Schiffskörper des gekenterten Zerstörers lag jetzt schon völlig unter Wasser, nur wenn ein tiefes Wellental unter ihm hindurchlief, kam der runde rote Boden noch kurz zum Vorschein. Die Offiziere tauschten untereinander in gedämpftem Ton Bemerkungen aus, Queeg hatte einen Arm um das Kompaßhaus geschlungen und starrte unverwandt zum Fenster hinaus.

Es dauerte volle vierzig Minuten, bis die »Caine« ihren Kreis um das Unglücksschiff gegen Wind und See ausgedampft hatte. – Sie stampfte und schlingerte während dieser ganzen Zeit genausoschlimm wie seit den Morgenstunden und rollte wieder ein paarmal unheimlich weit nach Lee. Bei diesem Überholen bekam es Willie noch immer mit der Angst zu tun, aber diesmal war die Angst ehrlich und beherrscht, und er begriff den Unterschied zwischen ihr und dem tierischen Entsetzen von vorhin. Die eine war erträglich und menschlich, sie raubte einem nicht die Fähigkeit zum Handeln; das andere war moralische Entmannung. Für ihn gab es von nun an bestimmt keine sinnlose Panik mehr, damit war es ein für allemal vorbei, auch wenn das Schiff wirklich unterging – vorausgesetzt, daß Maryk in seiner Nähe im Wasser trieb. Als die »Caine« wieder auf Nordkurs eingesteuert war, trat der Erste Offizier auf die Brückennock hinaus, schützte seine Augen mit beiden Händen vor den stechenden Spritzern und spähte suchend über die Berge aus schwarzem wogendem Wasser. Als er wieder ins Ruderhaus kam, triefte sein Zeug vor Nässe.

»Wir schlagen noch einen zweiten Kreis, dann geben wir es auf«, sagte er. »Das Wrack wird untergegangen sein, ich kann es nicht mehr finden – Backbord 20!«

Willie kroch noch einmal zum Barometer und stellte fest, daß es auf 739 gestiegen war. Er kämpfte sich zu Maryk zurück und schrie ihm die abgelesene Zahl ins Ohr. Der Erste Offizier bestätigte seine Meldung mit einem Nicken.

»Warum läßt der Sturm nicht endlich nach, Steve, wo doch das Barometer steigt?«

»Mein Gott, Willie, wir sind nur dreißig Meilen vom Zentrum eines Taifuns. Da ist man vor nichts sicher.« Der Erste Offizier grinste in den Wind und fletschte dabei die Zähne. »Mittschiffs das Ruder!« rief er vom Eingang her ins Ruderhaus.

»Ruder mittschiffs, Sir!«

»Müde, Stilwell?«

»Nein, Sir, wenn Sie wollen, raufe ich mich den ganzen Tag mit dem verfluchten Miststück herum!«

»Ausgezeichnet!«

Die Tür der Radarbude wurde aufgestoßen, und der Befehlsübermittler Grubenecker steckte sein ziegenbärtiges Gesicht heraus:

»4 Strich Steuerbord achteraus treibender Gegenstand, sieht aus wie ein Floß, Meldung von Bellison.«

Gefolgt von Willie, stapfte Maryk durch das Ruderhaus nach der anderen Seite der Brücke und rief Stilwell im Vorübergehen zu: »Hart Steuerbord!«

Zuerst sahen sie nichts als Berge und Täler von Wasser, über die der Gischt seinen Schleier zog. Als die »Caine« aber dann einmal hoch auf dem Kamm einer Woge ritt, erspähten beide zugleich querab Steuerbord einen winzigen schwarzen Fleck, der dort an der Rückseite einer See zu Tale glitt.

»Ich glaube, es sind drei Mann darauf!« schrie Willie. Um besser zu sehen, tanzte er nach achtern zum Flaggenstand, aber in diesem Augenblick packte ihn eine besonders steife Bö, und schon lag er zappelnd auf dem Bauch über den Flaggentaschen. Während er luftschnappend aus einer Pfütze auf dem Flaggenbezug Salzwasser schluckte und verzweifelt nach den Flaggleinen griff, um nicht über Bord zu rollen, riß ihm der Sturm kurzerhand die Hose vom Leib und wehte sie über das Schanzkleid in die See. Ohne sich um den Verlust zu kümmern, raffte er sich wieder auf.

Queeg stand im Eingang zum Ruderhaus, ihm gegenüber der Erste Offizier. »Nun, Mr. Maryk, worauf warten Sie noch? Wie wäre es, wenn Sie Ihre Netzbrook an Steuerbord ausbrächten und die Deckmannschaften mit Rettungsbojen über das Schiff verteilten?«

»Danke, Sir, ich bin eben im Begriff, diese Befehle zu geben, wenn Sie mich nur vorbeilassen wollen.«

Queeg trat beiseite, der Erste Offizier ging ins Ruderhaus und traf über den Lautsprecher die nötigen Anordnungen. Dann manövrierte er das schwer arbeitende Schiff näher und näher an den treibenden Gegenstand, der bald deutlich zu erkennen war. Es handelte sich um ein graues Balsafloß, in dem drei Leute saßen, daneben unterschied man noch zwei Köpfe im Wasser.

»Meine Herren«, rief Queeg den Offizieren zu, während Maryk mit Maschinen und Ruder manövrierte, »es wird Sie interessieren zu hören, daß ich gerade im Begriff war, die leeren Zellen fluten zu lassen und das Schiff in den Wind zu legen, als Mr. Maryk völlig den Kopf verlor und das Kommando in verbrecherischer Weise an sich riß. Ich hatte schon längst den Entschluß gefaßt, nach eigenem

Ermessen zu handeln, wenn bis zehn Uhr von der Flottenführung kein Befehl einginge.«

Maryk unterbrach ihn: »Gut, Stilwell, nur noch etwas mehr Steuerbord, noch mehr – hart Steuerbord!«

Queeg fuhr fort: »Ich sah natürlich keinen Grund, meine Absichten Mr. Maryk bekanntzugeben, der mich wie einen schwachsinnigen Idioten behandelte, und ich werde damit am grünen Tisch nicht hinter dem Berge halten, und es gibt schließlich eine Menge Zeugen, die ...«

»Renn sie nicht über den Haufen, Stilwell! Mittschiffs das Ruder!« Maryk stoppte die Maschinen und trat an den Lautsprecher: »Bojen über Bord!«

Die Überlebenden wurden an Bord geholt, Bellison brachte einen der Geretteten auf die Brücke. Er war kreidebleich und warf verstörte Blicke um sich. Außer einer kurzen weißen Hose hatte er nichts am Leib. Sein Körper war über und über mit Öl verschmiert, in seiner Wange klaffte ein blutender Riß. »Es war die ›George Black‹, Sir«, meldete der Oberbootsmann. »Der Mann heißt Morton, Bootsmannsmaat Morton. Die anderen sind im Schiffslazarett.«

Morton gab stockend einen kurzen, grauenvollen Bericht: Die »George Black« wurde quergeschlagen, alle Bemühungen, sie mit Ruder und Maschinenkraft in eine bessere Lage zu bringen, scheiterten. Ventilatoren, Bereitschaftsmunition, Davits wurden von den Seen über Bord gefegt. In die Maschinenräume brach immer mehr Wasser ein, die Maschinen fielen aus, das Licht erlosch. So trieb das Schiff hilflos noch zehn Minuten, weiter und immer weiter holte es nach Steuerbord über, die Männer beteten und schrien durcheinander. Wieder kam eine gewaltige See, wieder rollte der Zerstörer grauenhaft nach Steuerbord – und hörte nicht mehr damit auf. Als nächstes wußte der Gerettete nur zu sagen, daß er sich in schwarzer Nacht unter Wasser wiederfand, dann war er plötzlich an der Oberfläche und wurde von den Seen gegen den roten Boden seines Schiffes geschleudert.

»Wir wollen noch ein paar weitere Kreise schlagen«, sagte Maryk und spähte über die weißgestreiften Seen, die jetzt schon auf einige hundert Meter Entfernung zu erkennen waren. »Mir scheint, es läßt etwas nach. Bringen Sie den Mann unter Deck, Bellison.«

»Ich übernehme jetzt wieder das Kommando, Mr.Maryk!« rief Queeg. »Wir wollen nicht mehr an die Sache rühren, bis der Sturm vorüber ist.«

Maryk wandte sich mit einer müden Geste nach ihm um: »Nein, Sir. *Ich* habe das Kommando und bitte Sie jetzt ganz gehorsamst, sich in Ihre Kajüte zu verfügen. Irgendwelche Widersprüche in der Befehlserteilung könnten das Schiff jetzt schwer gefährden!«

»Herr! Sie wagen es, mich von meiner eigenen Brücke zu schicken?«

»Jawohl, Sir.«

Queeg warf einen Blick nach den Offizieren, er sah in lauter ernste, verängstigte Gesichter. »Und Sie, meine Herren, wie stellen Sie sich dazu? Sind Sie mit dieser Handlungsweise einverstanden? Was meinen zum Beispiel Sie, Mr. Keefer?«

Der Schriftsteller nagte verlegen an seinen Lippen und starrte Maryk wortlos an.

»Hier gibt es kein Einverständnis«, schrie der Erste Offizier rasch, »ich verbitte mir jegliche Stellungnahme Dritter! Bitte, verlassen Sie jetzt die Brücke, Sir, oder nehmen Sie wenigstens davon Abstand, hier noch irgendwelche Befehle zu erteilen!«

»Ich bleibe auf der Brücke«, brüllte Queeg, »weil ich nach wie vor die Verantwortung für das Schiff trage! Eine Meuterei kann mich nicht davon entbinden. Ich werde kein Wort sprechen, außer wenn ich zu der Überzeugung gelange, daß Ihr Verhalten mein Schiff gefährdet. In diesem Falle werde ich sprechen, auch wenn Sie mich mit der Waffe bedrohen sollten.«

»Niemand wird Sie mit der Waffe bedrohen, Sir. Ihre Zusicherung genügt mir.« Maryk nickte den Offizieren zu und fuhr fort: »Ich danke Ihnen, meine Herren, Sie werden jetzt nicht länger mehr hier benötigt. Sobald es das Wetter erlaubt, werde ich Sie in die Messe bitten.«

Die Offiziere verließen nacheinander das Ruderhaus. Keefer trat an Willie heran, grüßte und sprach mit einem nichtssagenden Grinsen: »Klar zur Ablösung, Sir.«

»Schön«, gab er zur Antwort. Dann leierte er die geheiligten Formeln der Wachübergabe mechanisch herunter: »Dampfen mit wechselnden Kursen und Geschwindigkeiten, um nach Überlebenden der

›George Black‹ Ausschau zu halten. Dampf auf die Kessel 1, 2 und 3. Wasserbomben sind entschärft. Schotten sind dicht. Letzter von mir abgelesener Barometerstand 739 mm. Flottenkurs 180 Grad, wir haben jedoch infolge Ausfalls der Radargeräte den Anschluß an die Formation verloren, und ich weiß zur Zeit nicht, wo wir stehen. Schiffsort schätzungsweise 150 Seemeilen westlich von Ulithi. Sie können das gegißte Besteck von acht Uhr morgens nachsehen. Wahrscheinlich stehen wir noch ungefähr an der gleichen Stelle. Der Kommandant wurde auf Grund des Artikels 184 vom Dienst enthoben, hält sich aber noch auf der Brücke auf. Der Erste Offizier hat das Kommando übernommen und führt zur Zeit das Schiff. Mehr ist, glaube ich, nicht zu übergeben.«

»Also eine Wache wie jede andere«, meinte Keefer. Willie lächelte etwas kläglich. Keefer grüßte: »Gut, ich habe übernommen.« Er griff nach Willies Hand, drückte sie herzlich und flüsterte: »Gute Arbeit!«

»Der Himmel mag's wissen«, murmelte Willie.

6

Das Kriegsgericht

Der Verteidiger

Das wässerige Sonnenlicht eines dunstigen San Franziskoer Morgens fiel auf Kapitän Theodor Breakstones Schreibtisch und beleuchtete ein dickes Aktenbündel, das auf einem unordentlichen Haufen von Papieren lag und in dicken roten Buchstaben mit der Aufschrift »CAINE« gekennzeichnet war. Breakstone, Reserveoffizier in der amerikanischen Marine, war der Kriegsgerichtsrat des 12. Marinebezirks. Er hatte ein volles Gesicht, struppiges Haar und eine dicke Kartoffelnase.

Mit dem Rücken zum Schreibtisch auf seinem Drehstuhl sitzend, starrte er auf den Hafen hinunter. Sehnsucht und Ärger hatten ihn einmal wieder überfallen, weil er tief unten ein Landungsschiff gewahrte, das im Gezeitenstrom träge an seiner Ankerkette gierte. Kapitän Breakstone verlangte mit Leib und Seele danach, auf hoher See zu sein; sein Traum war, solch ein Mutterschiff führen zu dürfen. Er war von Haus aus immer ein leidenschaftlicher Segler gewesen, und im Ersten Weltkrieg hatte er für kurze Zeit als Navigationsoffizier auf einem Zerstörer Dienst getan. Jedoch der ausgezeichnete Ruf, den er in Friedenszeiten als Rechtsanwalt genossen hatte, schmiedete ihn an seinen Schreibtisch, denn das Personalbüro in Washington legte seine vielen Versetzungsgesuche immer wieder zu den Akten. In seiner bitteren Enttäuschung hierüber hielt er sich zum Trost durch eine sehr zünftige Sprechweise schadlos, indem er mit Ausdrücken wie »Teufel« und »Verflucht« in seiner polternden Redeweise nur so um sich warf.

Auf seinem Schoß lag ein Packen weißer Blätter, an deren Kanten blaue Linien entlangliefen. Es handelte sich um den Bericht des Untersuchungsausschusses über die unbefugte Dienstenthebung von Leutnant Commander P.F. Queeg, des Kommandanten USS »Caine«. Während der letzten drei Jahre hatte sich Kapitän Breakstone Tausende ähnlicher Vorgänge durch seine behaarten Hände gehen lassen. Die Ausdrucksweise, die urteilsmäßige Einstellung, die Gefühlswerte, die jedesmal durch den gestelzten Wirrwarr der Worte hindurchschimmerten, waren ihm so geläufig wie der

Scheuerfrau die Löcher und Ritzen in einer altvertrauten Haustreppe. Trotzdem konnte er sich keines Falles erinnern, der ihn mehr aufgeregt, mehr deprimiert hatte als der, den er hier vor sich liegen hatte.

Die ganze Voruntersuchung war bereits eine verfahrene Angelegenheit gewesen. Die Rechtsgutachten waren stumpfsinnig, die Tatbestände des Falles, soweit man sie überhaupt hatte einwandfrei aufdecken können, waren ein abscheulich verwickelter Rattenkönig. Mitten in einer erneuten Überprüfung des Berichts hatte Breakstone sich von seinem Schreibtisch abgewandt, um die Kopfschmerzen loszuwerden, die ihn bis zur Übelkeit befallen hatten.

Da vernahm er ein Klopfen an der Glaswand, die seinen Raum von dem klappernden Büro mit seinen Schreibtischen, Aktenschränken und blaublusigen Marinehelferinnen abteilte. Er fuhr herum und warf die Papiere vor sich hin. »Guten Tag, Challee. Kommen Sie herein.«

Ein Kapitänleutnant trat durch die offene Tür. »Mir ist ein Kerl eingefallen, Sir, der …«

»Glänzend. Wer ist es?«

»Sie kennen ihn nicht, Sir. Er heißt Barney Greenwald.«

»Aktiv?«

»Reserve, Sir. Aber ein recht schneidiger Offizier. Jagdflieger. Leutnant …«

»Mein Gott, was versteht ein Flieger von dem Gesetz!«

»Er ist Rechtsanwalt im Zivilberuf, Sir.«

»Rechtsanwalt und dann Jagdflieger?«

»Er ist ein toller Bursche, Sir.«

»Greenwald heißt er, sagen Sie? Etwa deutsch oder …

»Nein, Sir, er ist Jude.« Kapitän Breakstone rümpfte seine dicke Nase. Challee richtete sich auf. Aus seiner Haltung sprach eine angenehme Mischung von Vertraulichkeit und Achtung vor dem älteren Vorgesetzten. »Aber, wie ich schon sagte, Sir, ein außergewöhnlicher Bursche.«

»Warum betonen Sie das, ich habe nichts gegen die Juden, das wissen Sie doch ganz genau. Dies ist nur ein besonders heikler Fall, darum allein handelt es sich.«

»Ich bin überzeugt, er ist der richtige Mann für uns, Sir.«

»Warum sind Sie davon so überzeugt?«

»Ich kenne ihn sehr gut, Sir. Ich war mit ihm zusammen auf dem Georgetown College; er war zwar eine Klasse über mir, aber wir haben uns damals trotzdem angefreundet.«

»Aha! – Übrigens, setzen Sie sich doch, bitte, setzen Sie sich! Was macht er denn hier im Bereich der 13. Flotte?«

Challee setzte sich auf einen Stuhl neben dem Schreibtisch, dabei behielt er seine gerade Haltung bei. »Er ist erst wieder gesund geschrieben worden, nachdem er wegen Verbrennungen dritten Grades im Lazarett gelegen hatte. Augenblicklich ist er sogar noch garnisondienstfähig und gehört zur Offizierssammelstelle der Marineluftwaffe. Er wartet darauf, wieder kv geschrieben zu werden, um zu seiner Truppe zurückkehren zu können.«

»Woher hat er seine Brandwunden? Ist er abgeschossen worden?«

»Nein, Sir. Er ist in eine Barriere gekracht. Sein Flugzeug ist verbrannt, aber sie haben ihn noch rechtzeitig herausgezogen.«

»Na, das ist gerade kein Heldenstück.«

»Richtig, soweit die Fliegerei in Betracht kommt. Ich wüßte auch sonst nicht, daß Barney gerade eine Kanone wäre, zwei Japaner hat er, glaube ich, abgeschossen.«

»Und warum meinen Sie, daß er für den Fall ›CAINE‹ besonders in Frage käme?«

»Maryk, soweit ich sehen kann, ist erledigt, und Barney übernimmt derartige hoffnungslose Fälle besonders gerne.« Challee schwieg eine Weile, dann fuhr er fort: »Ich glaube, man kann ihn in gewisser Hinsicht einen Sonderling nennen. Er stammt aus Albuquerque. Als er in die Armee eintrat, war er gerade dabei, in Washington eine ausgezeichnete Anwaltspraxis aufzubauen.«

»Ist er aus einem Offizierskursus hervorgegangen?«

»Nein. Er war auf der Seekadettenschule und hat sich von dort zur Luftwaffe versetzen lassen.«

Breakstone fingerte ein paar Sekunden an seiner Nase herum. »Es klingt mir beinahe, als ob er etwas rot angehaucht sein könnte.«

»Das glaube ich nicht, Sir.«

»Haben Sie schon mit ihm gesprochen?«

»Noch nicht, Sir. Ich dachte, ich wollte Sie lieber erst mal fragen.«

Kapitän Breakstone legte seine Finger ineinander und knackte mit den Knöcheln; er rückte unbehaglich auf seinem Stuhl hin und her.

»Verflucht noch mal, können wir denn keinen Aktiven finden? Wenn wir eines bei diesem Fall unter allen Umständen vermeiden müssen, dann ist es, die Gegensätze zwischen Aktiven und Reserveoffizieren zu verschärfen – die Geschichte riecht schon ohnehin übel genug.«

»Ich habe mit acht Leuten gesprochen, Sir, von der Liste, die Sie mir gegeben haben. Die Geschichte ist ein heißes Eisen, sie haben alle Angst davor. Zwei andere Herren sind außerdem versetzt worden und schon wieder auf See.«

»Haben Sie mit Hogan gesprochen?«

»Jawohl, Sir. Er hat mich beinahe unter Tränen angefleht, ihn aus dem Spiel zu lassen. Er behauptete, es sei ein hoffnungsloser Fall, und das einzige, was ein Verteidiger dabei davontragen könne, sei, daß er bei der Marine gründlich in Verschiß geraten würde.«

»Das stimmt aber durchaus nicht.«

»Ich zitiere ihn nur.«

»Na, vielleicht stimmt es doch, ein bißchen wenigstens.« Breakstone zog wieder an seiner Nase, »Verflucht noch mal, irgend jemand muß ja doch die Verteidigung schließlich übernehmen. Wann können Sie diesen Greenwald einmal herbringen?«

»Wahrscheinlich schon heute nachmittag, Sir.«

»Also schleifen Sie ihn her. Sagen Sie ihm aber nicht, worum es sich handelt, ich will erst einmal mit ihm sprechen.«

Am späten Nachmittag des gleichen Tages meldete sich Leutnant Greenwald bei Kapitän Breakstone in dessen Büro. Nach einigen kurzen und brummigen Fragen gab ihm der Gerichtsoffizier das Aktenstück »CAINE« in die Hand. Als der Kapitän am nächsten Morgen seinen Raum betrat, traf er auf den schmächtigen Jagdflieger, der vor der Tür, auf einen Stuhl gefläzt, auf ihn wartete.

»Aha, kommen Sie rein, Greenwald. Glauben Sie, Sie werden mit dem Fall fertig?«

»Ich möchte lieber ablehnen, Sir.«

Überrascht sah der Gerichtsoffizier auf, er war ärgerlich. Breakstone blickte auf das bleiche Gesicht mit dem gekräuselten braunen Haar und auf die langen, schlaksigen Hände. »Und warum?« fragte er.

»Aus verschiedenen Gründen, Sir.« Noch immer hatte Greenwald scheu die Augen niedergeschlagen. »Wenn Sie irgendeinen anderen Fall haben, wo Sie Hilfe brauchen – ich will damit sagen, ich möchte nicht ungefällig erscheinen, wenn ich …«

»Was ist denn los? Ist Ihnen der Fall zu knifflig?«

»Das nicht, aber ich möchte Ihre Zeit hier nicht mit meinen Ansichten über den Fall in Anspruch nehmen, Sir, wo ich doch sehe, daß …«

»Im Gegenteil, ich bitte Sie direkt darum, meine Zeit in Anspruch zu nehmen. Setzen Sie sich doch.« Jetzt erst sah Breakstone die fürchterlichen Brandstellen an den Händen des Fliegers, die zwischen seinen Knien herunterhingen, die tote blauweiße, künstlich aufgesetzte Haut, die nackten roten Strähnen und das faltige, faserige Narbengewebe. Mit Gewalt zog er seinen Blick wieder fort. »Challee sagte mir, Sie seien besonders tüchtig in der Verteidigung der Unterdrückten und Benachteiligten.«

»Die Leute, um die es sich hier handelt, Sir, sind weder unterdrückt noch benachteiligt. Sie verdienen eher, daß man ihnen den Schädel einschlüge.«

»Ach was, das glauben Sie wirklich? Offen gestanden, ich denke genauso, aber trotzdem steht diesen Männern eine anständige Verteidigung zu, und wenn sie selber keinen Anwalt finden können, dann …«

»Ich glaube, sie werden freigesprochen werden, das heißt, wenn sie einen halbwegs intelligenten Verteidiger finden.«

Breakstone hob die Augenbrauen. »Ist das wahrhaftig Ihre Ansicht?«

»Keith und Stilwell schon mal bestimmt. Aber auch Maryk, wenn sein Fall mit etwas Verstand vertreten wird. Ich glaube bestimmt, ich könnte ihn freikriegen.«

Der Gerichtsoffizier war von der Arroganz verblüfft, die dieser schlottrige junge Offizier zur Schau trug. »Ich würde doch gerne mal wissen, wie Sie das machen wollen.«

»Also, zunächst einmal ist schon die Anklage gar nicht haltbar.

Die Leute sollen gemeutert haben. Von irgendeiner Gewaltanwendung oder Mißachtung eines Vorgesetzten kann jedoch überhaupt nicht die Rede sein. Maryk war verdammt vorsichtig und hat sich keinen Augenblick vom Buchstaben des Gesetzes entfernt. Zwar hat er den Artikel 184 in einer fehlerhaften Weise herangezogen, um eine meutereiähnliche Handlung zu begehen, der Artikel selber steht aber immerhin im Gesetzbuch. Der schärfste Anklagetenor, der ebenfalls Stich halten könnte, wäre höchstens ›Verstoß gegen die Ordnung und Manneszucht‹. So möchte ich wenigstens sagen, obgleich mir solch ein Urteil an sich ja nicht zusteht.«

Des Kapitäns Meinung über Leutnant Greenwald nahm eine scharfe Wendung zum Besseren, denn die Kritik, die er an der Anklageschrift übte, war ein Gesichtspunkt, der ihm persönlich auch schon aufgefallen war. »Vergessen Sie bitte nicht, daß Sie hier lediglich das Rechtsgutachten der Untersuchungskommission vor sich haben, Greenwald, nicht aber die offizielle Anklageschrift. Diese entwerfe nämlich ich, und ich vertrete auch die Ansicht, daß es sich hier lediglich um einen Fall von ›Verstoß gegen Ordnung und Manneszucht‹ handeln kann. Diese sogenannte Untersuchungskommission bestand überhaupt nur aus einem einzigen Mitglied, einem Kapitän vom Minenkommando hier, der, glaube ich, noch nicht einen einzigen Blick in die Marinegerichtsordnung geworfen hatte, als man ihn auf die ›Caine‹ hinüberschickte. Das ist nämlich der Jammer hier bei uns, wir haben zuwenig Leute, und die wenigen, die zur Verfügung stehen, haben keine Ahnung vom Gesetz. Wenn nun so ein Kerl wie Sie daherkommt und wenn Sie gerade nichts Besonderes zu tun haben, nun, dann, glaube ich, ist es geradezu Ihre verdammte Pflicht und Schuldigkeit, sich zur Verfügung zu stellen.« Breakstone drückte auf den Summer.

Leutnant Commander Challee erschien in der Tür. »Bitte schön, Sir? Guten Tag, Barney.«

»Challee, Ihr Freund hier scheint der Ansicht zu sein, der Fall sei für ihn zu einfach oder was Derartiges. Er glaubt, daß er ihn mit dem kleinen Finger erledigen könne, nur hat er keine Lust dazu, oder so ähnlich sagt er wenigstens.«

»Captain Breakstone, ich bedaure, daß ich überhaupt in die Sache hineingezogen worden bin«, sagte Greenwald. »Jack hat mich gefragt, ob ich wohl bereit wäre, in einer Gerichtssache auszuhelfen – Einzelheiten hat er mir überhaupt nicht erzählt –, und darauf habe ich ihm erklärt: Gern. Die Dringlichkeitsstufen auszurechnen ist nämlich eine äußerst stumpfsinnige Arbeit. Grade diese Brüder von der ›Caine‹ zu verteidigen, dazu habe ich aber einfach keine Lust. Commander Queeg ist offensichtlich nicht geisteskrank. Das Gutachten des Psychiaters beweist es. Diese Idioten stoßen da auf einen Paragraphen in den Navy Regulations, und schon lassen sie sich von ihm einen Floh ins Ohr setzen. Dann tun sie sich zusammen gegen einen Kommandanten, der stur ist und gemein – wie eine Menge anderer Kommandanten auch –, und benehmen sich wie die Hampelmänner, indem sie das Schiff außer Gefecht setzen. Ich bin ein verdammt guter Anwalt und außerdem sehr teuer, und ich sehe nicht den geringsten Anlaß, warum ich mit meinem Können dazu beitragen soll, solchen Leuten einen Freispruch zu verschaffen. Wenn Sie …«

»Hören Sie mal, mein Lieber, Sie sind aber verflucht selbstsicher, was den Freispruch betrifft«, sagte Breakstone und kaute an seiner Zigarre herum. »Sie haben überhaupt gar keine schlechte Meinung von sich.«

»Man kann sie tatsächlich freikriegen.«

»Ich möchte wissen, wie«, warf Challee dazwischen. »Wenn mir je ein eindeutiger Fall von …«

»Leutnant Greenwald, kein Mensch kann Sie zwingen, diese Brüder zu verteidigen«, sagte der Gerichtsoffizier. »Aber Sie scheinen verflucht hohe Grundsätze zu besitzen, wenn man Sie so reden hört. Sie haben sich damit in die Verteidigung von Maryk eigentlich bereits hineindeklamiert. Acht Offiziere, darunter vier Juristen, haben sich vor dem Fall gedrückt. Bisher habe ich außer Ihnen noch keinen gehört, der für den Angeklagten eine Aussicht sah, ihn freizukriegen. Die vornehmlichste Anforderung, die an einen guten Verteidiger gestellt wird, ist Vertrauen in seine Sache. Ich bin sicher, auch Sie erhalten den Grundsatz aufrecht, daß selbst der schlimmste Verbrecher auf die bestmögliche Verteidigung Anspruch hat. Wie stellen Sie sich dazu?«

Greenwald blickte auf seine Fingernägel, sein jugendlich wirkender Mund hing halb offen, und er blickte traurig drein. »Wenn ich diesen Fall übernehme, sitze ich bis an mein Lebensende hier fest. Was passiert, wenn ich nun plötzlich kv geschrieben werde?«

»Zum Teufel, der Krieg wird noch lange genug dauern, damit Sie Ihre Ordensgelüste befriedigen können!« sagte der Gerichtsoffizier.

»Beabsichtigen Sie, alle drei vor Gericht zu stellen?«

»Erst einmal Maryk. Die Fälle Keith und Stilwell lassen wir noch warten, bis wir gesehen haben, was los ist. Auf jeden Fall will ich dem Admiral diesen Vorschlag machen; meistens tut er, was ich ihm sage.«

»Wann soll das Kriegsgericht denn steigen?«

Breakstone sah seinen Adjutanten an, und dieser gab die Antwort: »Ich glaube, wir können in zwei Wochen damit loslegen, Sir, falls Kapitän Blakely für den Vorsitz zur Verfügung stehen wird. Er will mich, wie er mir sagte, heute nachmittag Näheres wissen lassen.«

»Wo liegt die ›Caine‹ jetzt?« fragte Greenwald.

»Im Trockendock Hunters Point«, erwiderte Challee.

»Darf ich erst mit Maryk sprechen, ehe ich mich festlege?«

Breakstone nickte zustimmend. »Challee, wollen Sie bitte für Leutnant Greenwald ein Fahrzeug bereitstellen lassen.«

»Aye, aye, Sir.«

Greenwald erhob sich. »Ich darf dann wohl gehen?«

»Der Jeep steht in zehn Minuten am Haupteingang, Barney«, sagte Challee.

»Schön.« Der Flieger setzte sich seine weiße Mütze auf. Die Goldstickerei auf dem Schirm war schmutzig und voller Grünspan. Der Offizier sah aus wie einer jener unbemittelten Studenten, die sich ihr Geld mit Nebenarbeit verdienen und es dann für Grammophonplatten anstatt für Nahrungsmittel ausgeben. Seine vernarbten Hände schwingend, ging er hinaus.

»Der wird den Fall schon übernehmen, Sir«, meinte Challee.

»Komischer Vogel«, erwiderte der Gerichtsoffizier. »Er sieht zwar aus, als ob er nicht bis drei zählen könnte, aber er hat eine verflucht hohe Meinung von sich.«

»Er ist bestimmt ein guter Anwalt«, meinte der Adjutant, »aber Maryk bekommt er doch nicht frei.«

Leutnant Greenwald war an Flugzeugträger gewöhnt. Auf ihn machte die rostige und verwahrloste »Caine«, die im Trockendock auf Kielstützen lag, den Eindruck eines kleinen Flußdampfers. Er ging die lange, steile hölzerne Stelling hinab, die über den Abgrund vom Dock zum Minensucher führte. Mitten zwischen dem Schrott auf dem Mitteldeck, nahe dem achteren Davit des Motorkutters, bemerkte er ein gezacktes Loch von etwa einundeinhalb Meter Durchmesser, das mit Leinen abgesperrt war. Vertörnte rostige Drähte und Röhren quollen wie Eingeweide aus ihm hervor. »Ich möchte gern Leutnant Maryk sprechen«, sagte er zu dem kleinen gedrungenen Matrosen in Weiß, der am Stellingpult stand.

»Ist nicht hier, Sir.«

»Wo ist er denn?«

»Ich nehme an, auf der ›Chrysanthemum‹, Sir, das ist das Ausflugsboot, das man zum Offiziersquartier hergerichtet hat. Sie liegt an Pier 6.«

»Wo ist Ihr Kommandant?«

»Commander White kommt erst um sechs Uhr zurück, Sir.«

»Commander – wie heißt er? White?«

»Jawohl, Sir.«

»Wie heißen Sie?«

»Urban, Sir.«

»Ach, natürlich, Urban.« Greenwald besah sich den Matrosen, den Challee sich zum Hauptzeugen auserwählt hatte. »Wo ist Commander Queeg, Urban?«

»Commander White führt das Schiff jetzt, Sir.« Ein zurückhaltender, fast mürrischer Ausdruck beschattete das Gesicht des Matrosen.

»Wissen Sie nicht, wo Queeg ist?«

»Ich weiß überhaupt nichts von Commander Queeg, Sir.«

»Was ist denn das da für ein Loch im Deck?«

»Todesflieger in Lingayen.«

»Ist jemand dabei umgekommen?«

»Nein. Er prallte ab und fiel über Bord.«

»Wer führte das Schiff damals? Commander White?«

»Nein, Sir.« Urban runzelte die Stirn und machte ein sehr mißtrauisches Gesicht; dann wandte er sich ab und trat wieder an das Pult.

»Antworten Sie doch! Wer war's? Hatte Mr. Maryk das Kommando noch?« Urban brummte etwas Unverständliches vor sich hin, schlug die Kladde auf und kritzelte ostentativ darin herum. Darauf drehte Greenwald sich um, ging die Stelling hoch und machte sich auf den Weg zur »Chrysanthemum«.

Gleich beim ersten Blick auf Maryk geriet der Anwalt zunächst ins Staunen. Nach dem Gutachten der Untersuchungskommission hatte er sich von dem Eins O ein klares Bild geformt. Er hatte sich ihn als einen schmächtigen, hageren, nervösen, dunkelhaarigen Menschen vorgestellt mit der typischen selbstgerechten Physiognomie des Halbgebildeten. So ungefähr hatte einer seiner Studiengenossen an der Universität ausgesehen, ein vorlauter Marxist mit Namen Pelham. Solch einen Menschen, nur in Marineuniform, hatte er erwartet. Dieser untersetzte Offizier aber mit dem runden Kopf und den groben Gesichtszügen, der statt dessen dort auf der Kante seiner ungemachten Koje saß, in das helle Licht der Türe blinzelte und sich dabei seine breite nackte Brust rieb, warf Greenwalds gesamte Beurteilung der »Caine«-Affäre vollständig über den Haufen. »Jeder Anwalt, den man für mich bestimmt, soll mir recht sein«, sagte Maryk stumpf und niedergeschlagen. »Ich kenne ja sowieso niemanden hier. Vermutlich spielt es auch weiter keine große Rolle, wer mich verteidigt. Sie lassen sich da sowieso auf eine höchst unangenehme Aufgabe ein.«

»Was dachten Sie, das Sie beantragen werden, ›schuldig‹ oder ›nichtschuldig‹?«

»Das weiß ich nicht.«

»Warum haben Sie ihn damals kaltgestellt?«

»Weil ich ihn für überkandidelt hielt.«

»Glauben Sie das denn heute nicht mehr?«

»Ich weiß überhaupt nicht mehr, was ich glauben soll.«

»Wo haben Sie sich denn all diese Weisheit über Paranoia angelacht, die Sie dem Untersuchungsoffizier da vorerzählt haben?«

»Gelesen«, brummte Maryk.

»Wenn Sie's mir nicht übelnehmen, Maryk, so furchtbar viel Ahnung scheinen Sie mir nicht davon zu haben.«

»Das habe ich auch nicht behauptet. Herrgott noch mal! Anstatt mich über das Schiff oder den Taifun oder über den Kommandanten zu befragen, hat er mich 'ne ganze Stunde lang über Paranoia verhört. Von diesem Kram verstehe ich nicht viel, das braucht man mir nicht erst zu sagen. Ich habe mich damit nur blamiert, und ich wußte schon im voraus, daß es so kommen würde. Und bei der Verhandlung werde ich mich wieder ganz genauso blamieren.« Er sah Greenwald halb verstört, halb gekränkt aus seinen hohlen Augen an. »Das eine kann ich Ihnen aber sagen, wenn solche Dinge mitten in einem Taifun passieren, dann machen sie sich verdammt viel anders als hinterher sechstausend Meilen entfernt im Marinestationsgebäude und während einer Gerichtsverhandlung.«

Die Tür ging auf, und Keefer kam hereinspaziert. Er hatte eine schicke und neue blaue Uniform an, ihre Brusttaschen waren mit Ordensbändern übersät. Die unteren der goldenen Streifen an seinen Ärmeln waren verblichen, die oberen glänzten von blankem Gold. Er hielt eine kleine Ledertasche in der Hand. »Ich haue jetzt ab, Steve. Wie ist das, hast du Zeit, eben noch mit essen zu gehen?«

»Ich glaube nicht, Tom. – Darf ich vorstellen, Leutnant Greenwald – Leutnant Keefer, unser Artillerieoffizier. Hast du deinen Flugplatz richtig bekommen?«

»Das walte Gott! Allerdings habe ich erst meinen altbewährten Charme über eine ausgetrocknete alte Ziege im Transportbüro ergießen müssen. Ich dachte schon, ich hätte sie womöglich vorher noch zu heiraten.«

Maryk lächelte sauer. »Also, amüsier dich gut!«

Keefer klopfte auf seine Ledertasche. »Kennst du die noch?«

»Der Roman?«

»Die erste Hälfte. Ich will versuchen, das Zeug drüben im Osten einem Verleger anzudrehen.«

»Hoffentlich verdienst du deine Million damit, alter Knabe!«

Keefer warf einen Blick auf Greenwald, stutzte und sah dann wieder Maryk an. »Nee«, sagte er grinsend, »ich geh' jetzt lieber los. Ihr seid hier ja doch gerade am Ausmisten.« Dann fiel die Tür ins Schloß.

»Jetzt passen Sie auf, Maryk«, sagte Greenwald, indem er den Kopf senkte und eingehend die Spitzen seiner Schuhe betrachtete. »Wie es sich trifft, bin ich ein ziemlich guter Anwalt.«

»Das ist auch verdammt notwendig, wenn Sie mich aus dieser Geschichte rausholen wollen.«

»Warum sagen Sie das?«

»Weil ich, soweit diese Leute im Gerichtsgebäude jemals sehen können, immer der Sündenbock sein werde. Nach allem, was ich weiß, bin ich schuldig, wie man die Sache auch drehen mag. Lassen Sie einem Schwachkopf wie mir nur genug Zeit, und er wird sich schon selber in die Tinte setzen.«

»Ich habe Hunger«, sagte der Anwalt, »wo können wir was zu essen kriegen und dabei in Ruhe reden?«

»Drüben auf Pier 8 ist ein Restaurant.«

»Kommen Sie mit.« Maryk sah den Anwalt an und zuckte die Schultern. »Mir soll's recht sein«, sagte er und langte nach seiner blauen Hose, die verkrumpelt am Fußende seines Bettes lag.

»Wenn Sie ›schuldig‹ beantragen«, rief Greenwald, der sich Mühe gab, das Geklapper der Bestecke und Blechteller und das Geschwätz von Hunderten von Werftarbeitern zu übertönen, die inmitten dampfender Gerüche von Tomatensuppe, Wirsing und Masse Mensch ihr Essen herunterschlangen, »dann ist die ganze Geschichte nur noch eine Formalität! Aber selbst in dem Fall handelt es sich nicht nur darum, daß Sie einfach aufstehen und ›schuldig‹ zu dem Gerichtshof sagen; Sie müssen sich dann mit Challee irgendwie einigen. Ihr Vergehen fällt ganz aus dem üblichen Rahmen, und der Fall ist ziemlich heikel. Um also eine absolut sichere Verurteilung zu erzielen, ist es nicht ausgeschlossen, daß Challee mit sich reden läßt.«

Der Eins O beförderte die Rühreier ohne viel Appetit in seinen Mund und trank einen Schluck Kaffee. »Auf diese Art Verhandlungen verstehe ich mich nicht.«

»Das macht natürlich Ihr Anwalt für Sie.«

»Passen Sie auf, Greenwald, nach dem Buchstaben des Gesetzes bin ich vielleicht schuldig, aber ich verspüre nicht die geringste Lust, ›schuldig‹ zu beantragen. Herrgott noch mal, ich ging ja gar nicht etwa darauf aus, die Führung des Schiffes zu übernehmen, ich wollte das Schiff nur retten. Wenn ich mich geirrt habe, als ich Queeg für verrückt hielt, schön, das ist eine Sache für sich, aber ich habe doch nur versucht, zu tun, was ich im entscheidenden Augenblick für richtig hielt.«

Greenwald nickte zustimmend und fuhr sich mit der Zunge über die Unterlippe. »Demnach keine verbrecherische Absicht.«

»Das ist es, keine verbrecherische Absicht.«

»Also schön, dann stellen Sie eben nicht Antrag auf ›schuldig‹. Lassen Sie sich die Leute ruhig anstrengen und Ihnen erst einmal etwas nachweisen. Wie stand übrigens Ihr Freund Keefer zu Commander Queeg?«

Maryk blickte verdrießlich zur Seite. »Hören Sie, die gesamte Verantwortung trage ich. In diesem Sinne muß die Sache gehandhabt werden.«

»Hat Keefer Queeg auch für einen Paranoiker gehalten?«

»Ich weiß nicht, was er gedacht hat. Lassen Sie ihn bitte aus dem Spiel.«

Greenwald beschäftigte sich mit seinen Fingernägeln. »Er sieht aus wie ein Mann, mit dem ich früher einmal zusammen auf der Universität war. Pelham hieß der Kerl.«

Der Eins O blickte düster, verbissen und geistesabwesend ins Leere.

Dann trank er seinen Kaffee aus. »Eine grauenhafte Jauche, die sie einem hier vorsetzen.«

»Hören Sie zu, Maryk. Ich bin bereit, Ihre Verteidigung zu übernehmen, wenn Sie mich haben wollen.«

Maryk nickte. Er blickte dem Anwalt ins Auge, und sein finsteres Stirnrunzeln wich dem Ausdruck schüchterner Dankbarkeit. »Oh, das ist fein, ich danke Ihnen vielmals! Ich brauche jemanden, der …«

»Wollen Sie denn gar nichts über meine Qualifikation wissen?«

»Die dürfte doch wohl in Ordnung sein, sonst hätte Sie der Gerichtsoffizier sicher nicht zu mir geschickt.«

»Passen Sie trotzdem mal auf. Ich bin im Zivilberuf ein ganz gewichster Rechtsanwalt. Ich war noch keine vier Jahre von der Universität weg, da habe ich schon 20 000 Dollar im Jahr verdient.« Greenwalds Jungengesicht leuchtete von innen merkwürdig auf, es war nur ein leichter Glanz um seine Augen; er sah scheu nach der Seite und betrachtete einen Teelöffel, mit dem er auf dem Tisch in einer kleinen Kaffeepfütze Ringe zog. »Aber nicht nur das; im dritten Jahr nach der Universität habe ich der Regierung hunderttausend

Dollar für eine Anzahl Cherokees aus der Nase gezogen, die man vierzig Jahre vorher um ihr Land begaunert hatte.«

»Das ist ja allerhand! Vielleicht kriegen Sie mich tatsächlich frei«, sagte der Eins O. Er starrte Greenwald prüfend ins Gesicht.

»Außerdem sage ich Ihnen am besten gleich noch etwas. Eigentlich würde ich viel lieber die Anklage gegen Sie vertreten, als Sie verteidigen. Ich bin mir noch nicht klar darüber, wie weit Ihre Schuld im einzelnen reicht. Eines steht für mich aber bereits fest: Sie sind entweder ein Meuterer oder einer der größten Dummköpfe, die die Marine je gesehen hat. Eine dritte Möglichkeit gibt es nicht.« Maryk blinzelte den Anwalt voller Erstaunen an. »Wenn Sie bereit sind, mir offen und ehrlich jede Aufklärung zu geben, die Sie mir irgend zur Verfügung stellen können, dann sagen Sie's, und wir werden Ihre Verteidigung gründlich vorbereiten. Wenn Sie aber weiter so zugeknöpft bleiben wollen wie bisher, weil Sie so stolz und edel sind, wenn Sie hier nur die gekränkte Leberwurst spielen wollen, dann lassen Sie mich das wissen, dann fahre ich nämlich gleich wieder zur Stadt zurück.«

»Was wollen Sie hören?« fragte der Eins O nach einer Pause, während deren man das Geklapper der Bestecke hörte.

»Alles Erdenkliche über Sie selber, über Keith, über Keefer und alles, was mir sonst einen Einblick in die Beweggründe verschaffen kann, warum Sie damals Ihr Idiotenstück vollführt ...«

»Natürlich, Idiotenstück sagen Sie!« rief Maryk. »Heute sagen das alle, nachdem wir noch am Leben sind und darüber sprechen können. Wenn aber Queeg und ich und das ganze Schiff auf dem Meeresboden lägen – ich glaube, um nachträglich gerechtfertigt zu werden, hätte ich Queeg damals weitermachen und das Schiff kentern lassen müssen, was es schon sowieso beinahe tat. Drei Eimer sind in dem Taifun damals untergegangen: Sie müssen sich ...«

»Klar. Aber vierzig andere sind ruhig weitergeschwommen, ohne daß der Eins O den Kommandanten abgesetzt hätte.« Maryk schien außerordentlich überrascht. Er nahm eine Zigarre aus der Tasche und sah sie nachdenklich an, während er das knisternde Cellophan abstreifte.

Er war ganz ehrlich überrascht. Greenwald hatte ihn einfach überrumpelt und dazu gebracht, seinen innersten Rechtfertigungsgedanken preiszugeben, die Beruhigung, die er bei all seinem Stolz während der schweren Drangsale, denen er gegenwärtig von oben her ausgesetzt war, seinen Gefühlen innerlich immer hatte angedeihen lassen. Die sarkastische Umkehrung dieses Gesichtspunktes, den der Anwalt jetzt kurzerhand auf den Kopf stellte, war ihm selber niemals aufgefallen, so ausschließlich war er mit seinem verkannten Heldentum, mit Keefers Verräterei und mit dem bösen Schicksal beschäftigt, das sich jetzt über ihm zusammenzog. »Woher stammen Sie eigentlich?« fragte er.

Greenwald zeigte keinerlei Überraschung wegen dieses Gedankensprunges. »Aus Albuquerque.«

»Ach was! Ich dachte, Sie wären vielleicht aus New York, obgleich Sie nicht mit New Yorker Akzent sprechen, soweit ich das feststellen kann.«

»Ich bin Jude, wenn Sie darauf hinauswollen«, erwiderte der Flieger und blickte mit einem Anflug von Grinsen auf seine Schuhe.

Maryk mußte lachen. »Ich werde Ihnen alles erzählen, was Sie wissen wollen«, sagte er dann. »Kommen Sie, wir gehen wieder rüber auf die ›Chrysanthernum‹.«

Im Salon des Vergnügungsdampfers machten sie es sich auf einem der Ledersofas bequem. Eine ganze Stunde lang erzählte Maryk seine Geschichte, wie er zu der Überzeugung gekommen war, daß Queeg wahnsinnig sei. Schließlich hatte er sich verausgabt. Er schwieg und starrte durch das Fenster auf das Hafengelände hinaus mit seinem Geklirre, seinen Winschen, Schornsteinen und Masten. Der Anwalt zündete sich eine Zigarre an, die der Eins O ihm gegeben hatte, und zog linkisch daran. Er blinzelte eine Weile vor sich hin, dann sagte er: »Haben Sie schon in dem Roman Ihres Freundes Keefer gelesen?« Maryk warf ihm einen leeren, fragenden Blick zu, wie ein Mann, der eben aus dem Schlaf erwacht ist.

»Er zeigt ihn keinem Menschen. Das Ding muß fürchterlich lang sein. Er hatte ihn dauernd in der schwarzen Ledertasche verschlossen.«

»Vermutlich wohl ein Meisterstück.«

»Nun, Tom ist ein sehr intelligenter Bursche, dagegen kann kein Mensch etwas sagen.«

»Ich würde diesen Roman gerne einmal lesen. Ich bin überzeugt, er zeigt den Krieg in all seiner grimmigen Nichtigkeit und Vergeudung, die aktiven Offiziere als die stumpfsinnigen, faschistischen Sadisten, die sie sind; wie sie alle Schlachten versauen und das Leben wagemutiger, fröhlicher, liebenswerter Mitbürger verschleudern. Und dann natürlich ein Haufen erotischer Szenen, wo die Sprache plötzlich rhythmisch und dichterisch wird, während das Mädchen den Schlüpfer heruntergezogen bekommt.« Greenwald sah das verdutzte, argwöhnische Lächeln auf Maryks Gesicht und zuckte die Schultern. »Doch, ich kenne das. Die Kriegsromane erscheinen nämlich bereits, obgleich der Krieg noch mitten im Gange ist. Ich habe sie allesamt gelesen. Mit gefallen Romane, in denen der Verfasser beweist, was das aktive Militär für eine fürchterliche Gesellschaft ist und wieviel überlegener und feinfühliger dagegen die Zivilisten sind. Und ich weiß, daß sie die Wahrheit sagen, denn ich bin selber solch ein feinfühliger Zivilist.« Er zog wieder an seiner Zigarre, machte ein angewidertes Gesicht und warf sie in einen Spucknapf aus Messing, der halb mit Sand gefüllt war. »Wie können Sie nur solches Zeug rauchen? – Ich will Ihnen mal was sagen, Maryk. Ihr feinfühliger Schriftstellerfreund ist nämlich der Schurke in dieser ganzen Tragödie, verlassen Sie sich darauf, aber das nützt uns natürlich alles nichts, wenn ...«

»Ich will, daß er draußen bleibt aus allem«, sagte Maryk eigensinnig.

»Muß er sogar. Wenn ich irgend etwas dazu tun kann, wird er überhaupt nicht als Zeuge auftreten. Was Sie getan haben, das haben Sie getan. Es ist tatsächlich viel besser, daß Sie es allein getan haben aus ihrem zwar irrigen, aber sauberen Urteil heraus, als daß Sie die psychiatrischen Ansichten eines überempfindlichen Romanschriftstellers für bare Münze genommen hätten. Die Tatsache, daß er sich jetzt in Sicherheit bringt – na, er hat Sie ja schon auf der ›New Jersey‹ darauf vorbereitet, nicht wahr? Er besitzt die tiefe Einsicht eines feinnervigen Schriftstellers. Über Old Yellowstain – ein herrlicher Name übrigens – hinter dessen Rücken lange Reden halten, war eine Sache für sich, aber dieser Bursche wußte genau, was passieren würde, wenn die Abrechnung kam.«

»Nach allem, was ich Ihnen erzählt habe«, fragte Maryk schüchtern wie ein Kind, »glauben Sie also nicht, daß Queeg wahnsinnig war?«

»Nein.«

»Dann werde ich gehängt«, sagte Maryk zitternd.

»Nicht unbedingt. Sagen Sie mir noch etwas: Wie konnte es geschehen, daß Sie das Schiff weiter zum Golf von Lingayen führen durften?«

Maryk benetzte die Lippen und blickte zur Seite. »Ist das wichtig?«

»Das kann ich erst beurteilen, wenn ich Sie gehört habe.«

»Das war nämlich eine ganz sonderbare Geschichte.« Der Eins O nahm eine frische Zigarre aus der Brusttasche. »Passen Sie auf. Nach dem Taifun, als wir nach Ulithi zurückfuhren, waren wir in einer tollen Verfassung. Das Deck war eingeschlagen, ein paar Scherdrachen waren über Bord gegangen, ein Teil der Aufbauten war verbeult und zerhauen. Aber wir waren noch immer seeklar, wir konnten sogar noch Minen suchen. Nach dem Einlaufen habe ich mich sofort an Land zum dortigen Kommodore begeben, ich glaube, es war der Kommandeur des Kommandos der Hilfsdienste Fünf, und habe ihm gemeldet, was geschehen war. Der Mann regte sich natürlich furchtbar auf, er holte Queeg an demselben Morgen noch an Land und überantwortete ihn dem obersten Sanitätsoffizier. Dieser war ein feister alter Fettsack mit vier Streifen und einer Schnapsnase. Er sagte, seiner Ansicht nach sei Queeg nicht die Spur verrückt, er halte ihn für einen normal intelligenten Offizier und höchstens für reichlich abgespannt. Auf der anderen Seite wollte er Queeg aber auch nicht gleich wieder für dienstfähig erklären. Er betonte, er sei kein Psychiater und Queeg sei immerhin vier Jahre auf See gewesen; das beste würde sein, ihn mit dem Flugzeug zu einer gründlichen psychiatrischen Untersuchung nach den Staaten zurückzuschicken. Der Kommodore tobte furchtbar gegen mich. Er sagte, der Admiral habe ihm eben erst eingeheizt wegen weiterer Minensucher für Lingayen, weil so viele im Taifun ausgefallen waren, und er dächte nicht daran, auch noch die ›Caine‹ aus dem Dienst zu ziehen. Nach langem Hin- und Herreden ließ er also auch Queeg ins Büro kommen und machte ihm die Hölle heiß, wie dringend der Admiral Minensucher brauche. Dann fragte er ihn, ob er mich für fähig hielte, die ›Caine‹ nach Lingayen zu führen. Er schärfte ihm ein, an die Marine zu denken und nicht an seine persönlichen Gefühle, und er sagte ihm, ich würde schon meine gerechte Strafe bekommen, nachdem Lingayen vorüber sei. Und da – muß ich sagen – habe ich mich über Queeg gewundert. Er war völlig ruhig und besonnen. Elf Monate lang, so sagte er, sei ich sein Eins O gewesen, und nach all der guten Schule, die ich bei ihm durchgemacht hätte, halte er mich durchaus für fähig, das Schiff zu führen, trotz meines unloyalen und meuterischen Charakters.«

Greenwald zwirbelte mit einer Büroklammer. »Wo befindet sich Queeg jetzt?«

»In seiner Heimat, in Phoenix. Die Ärzte haben ihn entlassen und für diensttauglich erklärt. Gegenwärtig sitzt er bis zur Kriegsgerichtsverhandlung bei sich zu Hause herum.«

»Der Mann hat einen Fehler gemacht, indem er Sie für Lingayen empfahl – jedenfalls unter dem Gesichtspunkt Ihrer Verurteilung.«

»Der Ansicht bin ich eben auch. Aber warum hat er das wohl gemacht?«

Der Flieger stand auf und reckte sich, wobei die Narben an seinen Händen und Handgelenken frei wurden. Die glatten Brandstellen liefen bis in seine Ärmel hinauf. »Weiß ich nicht, vielleicht hat er getan, was der Kommodore ihm sagte, und an die Interessen der Marine gedacht. So, jetzt gehe ich zum Flottenkommando Zwölf zurück und haue Jack Challee über den Schädel.«

»Was für einen Antrag wollen Sie nun stellen?« Erwartungsvoll blickte der Eins O auf.

»›Nichtschuldig‹, selbstverständlich. Sie sind wirklich ein großer Seeheld. Auf Wiedersehen!«

Willies Urlaub

Willie Keith saß im Flugzeug nach New York. Kapitän Breakstone hatte dem neuen Kommandanten der »Caine« geraten, ihn ruhig auf Urlaub zu schicken. »Auf jeden Fall kann er zehn Tage haben, bevor die Verhandlung beginnt«, hatte der Gerichtsoffizier zu Commander White am Telefon gesagt: »Schicken Sie das arme Schwein los, solange das noch geht. Gott weiß, wann er wieder mal soweit sein wird.« Für Willie hatte es nur einen einzigen Grund gegeben, um Urlaub zu bitten: Er wollte nach Hause fahren, um mit May zu brechen.

Seine Einstellung ihr gegenüber war in den letzten turbulenten Monaten so weit gereift, daß er sich endgültig klargemacht hatte, wie verabscheuungswürdig sein Benehmen ihr gegenüber, selbst auch nur in ihrer Korrespondenz, gewesen war. Das alte Verlangen nach ihr war noch immer wach. Wenn das Wort Liebe überhaupt eine Bedeutung hatte und wenn die Schilderung dieser Empfindung in Romanen und in Gedichten einigermaßen stimmte, dann mußte er annehmen, daß es tatsächlich Liebe war, was er für sie fühlte. Auf der anderen Seite aber hatte er im tiefsten Grunde seiner Seele ein unbeirrbares Gefühl, daß er sich niemals im Leben von den Grundsätzen seiner Erziehung würde freimachen können, um sie zu heiraten. Es handelte sich um den alten, sich immer von neuem wiederholenden Konflikt; das Traurige und Bedrückende daran war nur, daß er sich diesem Konflikt jetzt auch in seinem eigenen wirklichen Leben überantwortet sah. Die eigentliche Leidtragende bei dieser Sachlage, so war ihm inzwischen bewußt geworden, war ja doch nur May, und er hatte sich daher fest entschlossen, sie freizugeben, ehe die Kriegsgerichtsverhandlung vielleicht eine ungeahnte neue Wendung in sein Leben brachte. Diese Trennung aber nur durch einen Brief oder etwa durch bloßes Schweigen zu vollziehen, schien ihm nicht länger möglich. Er hatte sich May persönlich zu stellen und alle Qualen, jede Art von Züchtigung hinzunehmen, die sie ihm auferlegen mochte. Wahrlich, es war ein trauriges Unterfangen!

Willie versuchte sich von all diesen Grübeleien abzulenken, indem er sich mit dem fetten, glatzköpfigen literarischen Agenten unterhielt, der neben ihm im Flugzeug saß. Aber sein Nachbar hielt es bei Luftreisen mit den Schlafmitteln. Erst unterwarf er Willie einem eingehenden Kreuzverhör. Er wollte durchaus wissen, ob der Leutnant auch persönlich Japaner umgebracht, ob er Orden bekommen habe und schon einmal verwundet worden sei. Aber er hatte bereits wieder alles Interesse verloren und sich in den Inhalt seiner Aktenmappe vertieft, als das Flugzeug über den Rocky Mountains zu stoßen und in Luftlöcher zu sacken begann. Daraufhin holte er ein

Fläschchen mit gelben Kapseln aus der Tasche, schluckte drei davon hinunter und verfiel in Bewußtlosigkeit. Willie bedauerte lebhaft, nicht ebenfalls sein Phenobarbital mitgenommen zu haben. Schließlich zog auch er die Vorhänge vor, schob seinen Sitz zurück und überließ sich mit geschlossenen Augen den Gedanken an die »Caine«, die mit krankhafter Zudringlichkeit auf ihn einhämmerten.

Ein paar Kindheitsträume gab es, die Willie nie aus dem Gedächtnis geschwunden waren. Einer von ihnen kam ihm jetzt besonders lebhaft in Erinnerung. Der liebe Gott war darin in Gestalt eines riesenhaften Schachtelteufels auf dem Rasen seines elterlichen Gartens über die Bäume hochgesprungen und hatte sich über ihn gebeugt, um ihn mit grimmigem Blick anzustieren. Die Szene im Vorzimmer der Rechtsabteilung des Kommandos der Zwölften Flotte spielte in seinem Gehirn jetzt die gleiche Rolle einer nur noch schattenhaften und trotzdem gellend auf ihn eintrommelnden Erinnerung. Vor seine geschlossenen Augen traten plötzlich die engen grünen Wände, die Regale voller dicker, gleichförmiger Gesetzbücher in ihren braunen und roten Einbänden; die langgestreckte Neonlampe an der Decke mit ihrem bläulichen Schein; der mit Stummeln überfüllte Aschenbecher auf dem Schreibtisch neben ihm, aus dem der Gestank abgestandenen Tabaks aufstieg. Und dann die »Untersuchungskommission«, bestehend aus einem einzigen säuerlichen, mageren, kleinen Kapitän mit einer trockenen, hämischen Stimme und dem subalternen Gesicht eines gehässigen Schalterbeamten, der sich weigert, ein mangelhaft verschnürtes Paket anzunehmen.

Wie so ganz anders das alles gewesen war, verglichen mit dem, was Willie sich vorgestellt hatte, wie unfair und wie oberflächlich, vor allem aber, wie popelig und öde! Hatte er sich doch schon als den Helden eines gewaltigen Schauspiels gesehen. Allein bei sich in seiner Kammer, in seiner dunklen Koje, hatte er immer wieder die Worte »Meuterei auf der ›Caine‹, Meuterei auf der ›Caine‹« vor sich hin geflüstert, sich allein schon am Klang dieser Worte berauscht, die die Überschrift eines langen Artikels in der »Time« bildeten, in dem der heldenhafte Maryk und der heldenhafte Keith ein so freundliches Verständnis fanden. Maryks Kopf sah er in seiner Einbildung den Umschlag eines der großen Magazine zieren. Vor einer Schar von Admiralen würde er stehen, die am grünen Sitzungstisch mit ruhiger Würde die unwiderlegliche Zwangslage anerkannten und die Tat für rechtens erklärten. Am allerempfindlichsten aber wand er sich jetzt in der Erinnerung daran, wie er in einem der kühnsten seiner Wachträume als der eigentliche Held der Meuterei von Roosevelt zu einer Unterhaltung unter vier Augen ins Weiße Haus befohlen worden wäre, in der er den Präsidenten über den außergewöhnlichen Charakter der Vorgänge an Bord der »Caine« aufklärte und ihn darüber beruhigte, daß aus ihnen keine besorgten Schlußfolgerungen auf die Moral in der Marine überhaupt gezogen werden dürften. Hatte er doch sogar vorgehabt, Roosevelt auf sein großzügiges Angebot, ihm jede Bestallung zu gewähren, die er sich wünschen mochte, schlicht und bescheiden zu antworten: »Mr. Präsident, ich möchte gern auf mein Schiff zurückkehren.«

Solche narrenhaften Farbfilmideen hatten ihn während des ganzen Lingayen-Unternehmens und während der Rückfahrt nach Pearl Harbor beherrscht. Der Angriff des Todesfliegers war so schnell gekommen und hatte so wenig Schaden angerichtet – hatte man den japanischen Flieger doch nicht einmal bemerkt, ehe er das Schiff traf –, daß er ihm nur dazu diente, in sich selber, in Maryk und in den anderen Offizieren der »Caine« nur noch um so kaltblütigere Helden zu erblicken.

Erst nach der Ankunft in Pearl Harbor und mit der Übernahme des Kommandos durch Commander White war der Zauber langsam verblaßt. White war ein gutaussehender, kluger Offizier der aktiven Marine, der ausgesprochene Typ des Ordnungsstifters. Im Handumdrehen war Maryk wieder zum gehorsamen, stumpfen Eins O herabgesunken. Die abenteuerlich erregte Stimmung in der Messe hatte sich gelegt. Die Offiziere waren auf einmal alle wieder klein geworden und befleißigten sich einer ehrerbietigen Ausdrucksweise. White war nüchtern, kühl und zuverlässig. Er tat so, als habe es eine Affäre Queeg überhaupt niemals gegeben. Er verstand, das Schiff gleich von vornherein genausogut zu führen wie Maryk, und die Herzen der Mannschaft waren ihm von vornherein zugeflogen. Willies Auffassung, als stelle die Meuterei den Triumph des Heldentums der Reserveoffiziere über den neurotischen Stumpfsinn der Marineakademie dar, welkte dahin. Die Marineakademie hatte wieder das Heft in der Hand und war Herrin der Lage.

Auf das, was ihm in San Franzisko bevorstand, war Willie trotzdem aber noch gar nicht vorbereitet. Niemals hätte er sich träumen lassen, daß die große Meuterei auf der »Caine« von den höheren Dienststellen einmal lediglich als eine lästige, im übrigen höchst unwichtige Paragraphenfrage behandelt werden, daß sie für den Gerichtsoffizier der Zwölften Flotte kaum interessanter sein würde als eine geklaute Ladung Schmalz. Während das Schiff im Trockendock lag, verging ein Tag nach dem anderen, ohne daß auf Commander Whites Einlaufmeldung irgendeine Reaktion erfolgt wäre. Und als dann die Untersuchung endlich begann, war weder von Admiralen etwas zu bemerken noch auch von einem grünen Tisch, geschweige denn von einer Einladung zum Präsidenten. Nichts blieb von allem übrig als das Kreuzverhör durch den kleinen Mann in dem winzigen Büro.

War wohl diese Verzerrung der Maßstäbe – so fragte sich Willie – dafür verantwortlich, daß die unwiderleglichen Tatsachen, die er vorbrachte, auf einmal die Gestalt höchst verfänglicher, noch dazu mangelhaft berichteter Histörchen annahmen, die, anstatt Queeg zu richten, nur ihn selber diskreditierten, und zwar um so klarer, je mehr er davon zum besten gab? Oder war es die feindselige Haltung des die Untersuchung führenden Offiziers? Alle die vielen Begebenheiten jedenfalls, bei deren Darstellung er bestimmt damit gerechnet hatte, Queeg eindeutig ins Unrecht zu setzen, schienen sich während seines Berichts plötzlich in eine Chronik seiner eigenen mangelhaften Dienstauffassung und Unzulänglichkeit zu verwandeln. Selbst die Wassersperre, eines der größten Verbrechen, die Queeg sich geleistet hatte, klang auch in seinen eigenen Ohren plötzlich wie eine kluge Maßnahme, während der Wasserdiebstahl der Mannschaft im Maschinenraum dagegen wie eine meuterische Handlung erschien, der ein unzulängliches Offizierskorps obendrein auch noch zugestimmt hatte. Was er dem die Untersuchung führenden Offizier aber schon gar nicht begreiflich machen konnte, das war die abgrundtiefe Verzweiflung, in der sie sich alle befunden hatten. Als er von der Hitze und den Schornsteingasen erzählte, blickte der Kapitän ihn kalt aus seinen Fischaugen an und bemerkte schließlich: »Ich bin überzeugt, Mr. Keith, daß Sie unendliche Strapazen zu ertragen hatten, aber viel wichtiger ist: Warum haben Sie Ihrem

Kommandanten den Wasserdiebstahl nicht gemeldet?« Er wußte genau, er hätte antworten müssen: »Weil ich ihn für feige und geistesgestört hielt.« Was er aber wirklich herausbrachte, lautete: »Weil – hm – weil, weil niemand von den anderen es tat, deshalb sah ich nicht ein, warum gerade ich derjenige sein mußte.«

Er erinnerte sich noch, wie er mit dem furchtbaren Vorgefühl aus dem Verhör gekommen war, daß er sich selber die unheilvolle Schlinge um den Hals gelegt habe. Und diese Ahnung erwies sich als durchaus begründet. Denn nach fünf sehr unbehaglichen Tagen wurde er zu Kapitän Breakstone ins Büro befohlen, wo man ihm das Untersuchungsprotokoll aushändigte. Schon bei der Berührung dieser kalten blaugeränderten Bogen lief es ihm eiskalt über den Rücken. Als er sie dann zu lesen anfing, quälte er sich bis zu dem Absatz, der über ihn selber handelte, mit dem Gefühl hindurch, als kämpfe er gegen einen Alptraum an; es war ihm zumute, als läse er den Bericht seines Arztes, aus dem hervorging, daß er nicht mehr lange zu leben habe. Punkt 3 des Rechtsgutachtens lautete:

»... daß Leutnant Willie Seward Keith von der US Marinereserve vor ein Kriegsgericht gestellt werde unter der Anklage, eine Meuterei veranstaltet zu haben.«

Rein verstandesmäßig diese unerbittliche Aussicht auf das Kriegsgericht zu erfassen, damit war's nicht getan. Sein Herz bebte wie das eines verängstigten Hasen, der mit aufgerissenen flackernden Augen nach einem Ausweg sucht, auf dem er entfliehen kann. Er war noch immer – das wußte er genau – der alte unschuldige, gutmütige Willie Keith, der bei jedermann beliebt war, dieser Willie, der sich ans Klavier setzen und die Leute mit seinem Couplet vom Gnu entzücken konnte. Nachdem er jetzt durch einen unglücklichen Zufall in das Räderwerk der Militärjustiz hineingerissen worden war, entwich aus ihm all sein Mut wie aus einem verletzten Fahrradreifen die Luft. Er fühlte, wie er langsam, aber sicher wieder auf das bedeutungslose Niveau des Princeton-Studenten und des Coupletsängers in der Tahiti-Bar zurücksank, und ein Gedanke, der ihm seit Jahr und Tag nicht mehr in den Sinn gekommen war, tauchte in seiner Not plötzlich wieder dumpf aus dem Unterbewußtsein auf: Mutter wird alles wiedergutmachen.

In seinem zurückgekippten Stuhle liegend, fühlte er, wie sich sein

Magen jedesmal, wenn das Flugzeug hin und her geschleudert wurde, gegen den strammen Sicherheitsgürtel verkrampfte. Er spann im Geiste ein langwieriges, morbides Phantasiegebilde, wie seine Mutter die bedeutendsten Anwälte des Landes für ihn verpflichtete und sich die fassungslosen Offiziere des Kriegsgerichtes mit langen Gesichtern gefallen lassen mußten, von den hervorragenden Juristen, die zu seiner Verteidigung aufmarschiert waren, völlig durcheinandergeschüttelt zu werden. Er legte sich weitschweifige Tiraden für seine Zeugenaussage zurecht und malte sich aus, wie Queeg sich unter dem peitschenden Kreuzverhör seines Verteidigers winden würde, der aussah wie Thomas E. Dewey. Diese düstere Träumerei wurde immer absonderlicher und zusammenhangloser. Schließlich tauchte auch May Wynn plötzlich von irgendwoher auf, sie sah gealtert und verhärmt aus und hatte Pickel im Gesicht.

Dann schlief er ein.

Aber da schwebte das Flugzeug plötzlich über den ragenden Gebäuderiesen Manhattans, die aus dem dämmerigen, violett und perlgrau schimmernden Morgen zu ihm heraufschauten. Willie erwachte, und seine Stimmung hob sich wieder, als er durch das kleine runde Fenster hinunterschaute. New York war für ihn wieder einmal die schönste Stadt der Erde. Mehr noch, es war der Garten Eden, es war die verzauberte Insel im Lande des süßen und goldenen Frühlings – New York war der Schauplatz seiner Liebe zu May. Das Flugzeug setzte zum Gleitflug an, die goldenweiß scheinende Sonne erhob sich im Osten über die Wolken und erleuchtete die Welt mit ihren emporstrebenden Strahlen. Während das Flugzeug ausrollte, sah Willie Manhattan aus größerer Nähe, das Empire State Building, das Chrysler Building, Radio City; ihre schlanken Schäfte erglänzten plötzlich hellrosa über dem purpurnen Dunst, der die Stadt noch wie mit einem Schleier einhüllte. Aber zugleich traten ihm der Strand von Kwajalein vor Augen, die weite blaue Wüste des südlichen Pazifik, die roten Mündungsblitze der Küstenbatterien auf den grünen Hügeln von Saipan und das durchnäßte Ruderhaus der »Caine«, das im kreischenden Taifun stampfte. In diesem Augenblick ging Willie der Sinn des Krieges auf.

»Eine halbe Stunde Verspätung«, brummte der literarische Agent an seiner Seite und zog den Reißverschluß seiner Aktenmappe zu.

Als Willie aus dem Flugzeug auf die Fahrtreppe trat, befremdete ihn der eiskalte Wind, der ihm bei jedem Atemzug plötzlich in Gesicht und Lungen schnitt. Hatte er doch ganz vergessen, daß es überhaupt einen Winter gab, und vom Flugzeug aus hatte New York so trügerisch frühlingshaft ausgesehen. Er fröstelte trotz seines schweren Mantels und zog seinen weißen Seidenschal enger um den Hals. Als er, dampfende Wolken vor sich her blasend, die Stufen hinunterstieg, erblickte er seine Mutter, die hinter dem geschlossenen Fenster des Wartesaals stand und ihm lebhaft zuwinkte. Er durchquerte den blasenden Wind des Flugplatzstreifens, und im nächsten Augenblick wurde er im warmen Warteraum stürmisch geküßt und umarmt.

»Willie, Willie, Willie! O mein lieber Junge, wie herrlich, dich wieder in meine Arme schließen dürfen!«

Willies erster Gedanke war: Wie grau ist sie doch geworden! Er wußte nicht recht, war diese Verwandlung in seiner Abwesenheit vor sich gegangen, oder hatte er sie nur vor dem Kriege noch nicht bemerkt und war erst jetzt auf sie aufmerksam geworden.

Ihr rotes Haar hatte sich in ein unbestimmtes Graubraun verwandelt.

»Du siehst aber hervorragend aus, Mutter.«

»Tausend Dank, Liebling! Nun laß mich dich doch erst einmal richtig anschauen!« Sie ergriff seine Arme, beugte sich zurück und betrachtete ihn eingehend mit den hellen und beglückten Augen. Was sie da sah, erfüllte sie zugleich mit Sorge und mit Freude. Die See hatte den Ausdruck ihres Sohnes verändert. Sein sonnenverbranntes Gesicht mit den eingefallenen Wangen, der vorstehenden Nase und den kräftigen Kinnbacken kam ihr ein wenig fremdartig vor. Natürlich war es noch immer Willie, ihr Willie, und der jungenhafte Zug um den Mund, so dachte sie, war derselbe geblieben. Aber sie konnte sich trotzdem nicht enthalten auszurufen: »Willie, du bist ein Mann geworden!«

»Das ist nicht so weit her, Mutter«, antwortete ihr Sohn mit müdem Lächeln.

»Schneidig siehst du aus! Wie lange kannst du denn bleiben?«

»Ich fliege am Sonntag morgen zurück.«

Immer wieder umarmte sie ihn.

»Nur fünf Tage? Aber das schadet nichts. Für mich werden sie sein wie die fünf schönsten Jahre meines Lebens!«

Während der Fahrt nach Manhasset erzählte Willie nur wenig. Er beobachtete sich selber, wie er nach der Art der verschlossenen Amerikaner im Film die Gefahren des Krieges bagatellisierte und dessen langweilige Seiten dafür übertrieb. Je mehr Einzelheiten seine Mutter aus ihm herauszuholen versuchte, desto ausweichender wurden seine Antworten. Er wußte genau, was sie so gerne hören wollte, daß er nämlich unzählige Male aus dem Rachen des Todes gerissen worden sei, aber um so perverseres Vergnügen machte ihm die Behauptung, daß er in Wirklichkeit mit den eigentlichen Kampfhandlungen kaum in Berührung gekommen sei. Natürlich war er nur selber viel zu enttäuscht darüber, daß es dieses knappe Entrinnen bei ihm nie gegeben hatte, daß er nie verwundet worden war oder auch nur einen einzigen Feind selber umgebracht hatte – jetzt, wo er wieder in die Zivilisation zurückgekehrt war. Um so mehr irritierte es ihn, jetzt ins Kreuzverhör genommen zu werden. Im Grunde juckte es ihn natürlich, die wenigen wirklichen Gefahren, die er durchgemacht hatte, zu übertreiben, aber eine tiefinnere Scham machte ihm das unmöglich. Verschwiegenheit war ja eine viel feinsinnigere und zugleich sogar sehr noble Form der Prahlerei, und so bediente er sich ihrer nach Kräften und mit gutem Gelingen. Eigentlich hatte er erwartet, beim Anblick des elterlichen Hauses in einen Taumel der Heimkehrerlust zu verfallen. Als aber der Wagen in die Auffahrt einbog und knirschend auf dem Kies vor dem Portal haltmachte, starrte er nur wie betäubt auf den winterlichen Rasen und die kahlen Bäume. Innen hatte sich nichts am Hause verändert, nur erschien es ihm jetzt leer und still, und auch der vielversprechende Duft von gebratenem Speck konnte die allgegenwärtigen Spuren von Kampfer nicht ganz verscheuchen. Etwas war anders geworden mit dem altgewohnten Geruch dieses Hauses, und was daran schuld war, das wurde ihm fast augenblicklich klar: der Zigarrenrauch fehlte. Seit langem schon war er aus den Vorhängen, Teppichen und Polstermöbeln verschwunden.

»Ich möchte möglichst vor dem Essen noch baden, Mutter.«

»Recht so, Willie, ich habe auch noch einen Haufen zu tun.«

Während er die Treppe hinaufging, ergriff er in der Halle eine

Zeitung und las flüchtig die Schlagzeilen: »McArthur greift Manila an.«

Als er sein Zimmer betrat, warf er das Blatt beiseite. Irgend etwas in seinem Gehirn schien plötzlich zu schalten, sein früheres Selbst begann wieder reibungslos zu arbeiten; er fühlte sich nicht länger mehr fremd. Der Gegensatz zu dem, was eben erst hinter ihm lag, war verschwunden; die Wiedersehensfreude beim Anblick seiner alten Bücher und Schallplatten blieb aus. Er entkleidete sich und hängte die Uniform mitten zwischen seine Anzüge. Nur eine einzige Überraschung gab es für ihn: Dieses sprudelnde Wasser der Brause war er nicht mehr gewohnt. Hatte er doch zu lange mit der kümmerlich tröpfelnden Offiziersdusche der »Caine« vorliebnehmen müssen. Der quellende Reichtum dieser Brause, die mühelose Einfachheit, mit der er heißes und kaltes Wasser nach Belieben miteinander mischen konnte, das erschien ihm luxuriöser als jede andere Annehmlichkeit, die diese Wohnung bieten mochte. Auf der »Caine« erzeugte man heißes Wasser, indem man Dampf durch halbgefüllte Kaltwasserrohre leitete. Nur ein kleines Versehen in der Abstimmung konnte bewirken, daß man in Zeit von wenigen Sekunden gesotten wurde wie ein Krebs. Mehr als einmal war Willie brüllend unter einer wogenden Dampfwolke hervorgestürzt.

Er bekam plötzlich Lust, seine beste Flanellhose und dazu eine herrlich weiche hellbraune Jacke aus dem Schrank zu holen, die bei einem der ersten Schneider zusammen zweihundert Dollar gekostet hatten. Mit umständlicher Sorgfalt wählte er eine blaßblaue Wollkrawatte, schottische Socken und ein weißes Hemd mit Umlegekragen aus. Aber die Hose war ihm inzwischen viel zu weit geworden, und von der Jacke hatte er das Gefühl, als sei sie unverhältnismäßig stark wattiert und auch dann noch immer viel zu weit. Die Krawatte kam ihm zuerst, als er sie sich band, noch fremdartiger vor, zu laut, zu weichlich, wo er doch zwei Jahre lang nur schwarze Schlipse getragen hatte. Dann besah er sich in dem großen Spiegel an der Innentür seines Kleiderschrankes. Im ersten Augenblick erschrak er über sein eigenes Gesicht. Jetzt sah auch er die Veränderungen, die seine Mutter vorher entdeckt hatte, wenigstens zum Teil. Was ihn am meisten bekümmerte, war sein Haaransatz, der sich an der Stirn bereits zu lichten begann. Doch während er noch in sein eigenes

Spiegelbild versunken war, milderte sich bereits dessen beklemmende Wirkung. Der vor ihm stand, das war wieder Willie Keith, nur ein müder und in seinem lauten Anzug vielleicht nicht sehr glücklicher Willie. Als er herunterkam, fühlte er sich gehemmt und befangen. Und die schwere Wattierung seiner Schultern tat noch das Ihre dazu.

Willie hatte großen Hunger. Während sich seine Mutter selig über seine hübsche Erscheinung verbreitete, vertilgte er eine Riesenportion Eier mit Speck und einen Haufen Brötchen dazu.

»So viel Kaffee hast du früher aber nicht getrunken«, bemerkte Mrs. Keith, während sie seine Tasse zum viertenmal vollschenkte. Mit einer Mischung von Sorge und Bewunderung sah sie ihm zu.

»Ich bin ein richtiges Scheusal geworden«, sagte er.

»Ja, ihr Seeleute seid fürchterliche Menschen.«

»Wollen wir nicht in die Bibliothek hinübergehen, Mutter?« schlug Willie vor, als er seine letzte Tasse austrank.

In dem braungetäfelten Raum mit seinen vielen Bücherreihen wehte noch der alte Geist, aber Willie ließ die Gefühle von Demut und Traurigkeit nicht hochkommen, die ihn beschlichen. Er setzte sich in seines Vaters roten Ledersessel; diese geheiligte Stätte hatte er sich absichtlich ausgewählt, ohne auf den traurigen, sorgenvoll liebenden Blick seiner Mutter zu achten. Dann begann er mit der Geschichte von der Meuterei. Nach einigen erschreckten Ausrufen verfiel sie in Schweigen und ließ ihn eine lange Zeit erzählen. Im Zimmer wurde es düster, schwere graue Wolken zogen über den Morgenhimmel, und die Sonnenstreifen auf den kahlen Blumenbeeten im Garten verlöschten. Als Willie fertig war, versuchte er in ihrem Gesicht zu lesen. Rauchend betrachtete die Mutter ihn lange und sinnend.

»Nun, Mutter, was hältst du davon?«

Mrs. Keith zögerte mit der Antwort. Schließlich sagte sie: »Was macht eigentlich – hast du May das schon alles erzählt?«

»May weiß noch nicht einmal, daß ich in New York bin«, antwortete er gereizt.

»Willst du dich denn nicht mit ihr treffen?«

»Ich werde sie wohl mal aufsuchen.«

Die Mutter seufzte. »Das einzige, was ich dazu sagen kann, Willie, ist, daß mir dieser Old Yellowstain wie ein grauenhaftes Ungeheuer vorkommt. Du und der Erste Offizier seid völlig unschuldig. Ihr habt richtig gehandelt.«

»Die Ärzte urteilen anders.«

»Warte du nur ab. Das Gericht wird deinen Ersten Offizier schon freisprechen. Und du kommst überhaupt gar nicht erst vor Gericht.«

Dieser blinde Optimismus seiner Mutter war für Willie kein Trost. Im Gegenteil, er störte ihn gewaltig. »Ich will dir deshalb ja keine Vorwürfe machen, Mutter, aber eines ist mir doch klar, von der Marine verstehst du nicht viel.«

»Vielleicht hast du recht. Hast du wegen May schon irgendwelche Entschlüsse gefaßt, Willie?«

Willie wollte gar nicht antworten, aber er war abgespannt und nervös; der Bericht über die Meuterei hatte seine Selbstbeherrschung erschüttert. »Mutter«, antwortete er, »das wird dir wahrscheinlich sehr gefallen: ich habe es mir überlegt, es geht einfach nicht. Ich habe sie aufgegeben.«

Die Mutter nickte vor sich hin und senkte die Augen auf ihren Schoß. Sie schien ein Lächeln niederzukämpfen. »In dem Fall, Willie, verstehe ich nicht, daß du sie überhaupt sehen willst. Wäre es nicht barmherziger von dir, sie lieber ganz in Ruhe zu lassen?«

»Ich kann sie ja nicht einfach schneiden, Mutter, wie eine Hure, bei der ich einmal eine Nacht geschlafen habe.«

»Du hast dir ein wenig Marinejargon zugelegt, Willie.«

»Ach, Mutter, du hast ja gar keine Ahnung, was Marinejargon ist.«

»Ich meine nur, du beschwörst eine sinnlose, quälende Szene herauf.«

»May hat ein Recht auf ihre Szene.«

»Wann hast du denn vor, sie zu sehen?«

»Heute abend noch, wenn's geht. Ich dachte, vielleicht rufe ich sie gleich einmal an.«

Mrs. Keith kämpfte zwischen Lächeln und Tränen. »Ich bin doch nicht ganz so dumm, wie du denkst, Willie. Ich habe die Verwandten nämlich erst auf morgen abend eingeladen, ich dachte mir schon, heute würdest du keine Zeit haben.«

»Das ist dann aber heute auch der einzige Abend. Für die nächsten vier kannst du über mich verfügen, wie du nur willst.«

»Wenn du jetzt etwa glaubst, mein Junge, ich mache Freudensprünge wegen dieser Entwicklung, dann irrst du dich sehr. Ich teile alle deine Qualen …«

»Schon gut, Mutter.«

»Eines Tages werde ich dir einmal ausführlich von einem Manne erzählen, Willie, den ich beinahe geheiratet hätte, einem sehr gut aussehenden, sehr anziehenden, aber ganz wertlosen Menschen. Er lebt noch.«

Ein flüchtiges Rot huschte über Mrs. Keiths Gesicht. Sie blickte aus dem Fenster.

Willie stand auf. »Ich denke, ich rufe am besten gleich an.«

Die Mutter trat zu ihm hin; sie umarmte ihn und lehnte ihren Kopf an seine Schulter. Willie ließ es geschehen. Draußen konnte man einige dicke Schneeflocken durch die kahlen Zweige der Bäume hindurch zur Erde schaukeln sehen.

»Beunruhige dich nicht wegen des Kriegsgerichtes, mein Junge. Ich werde mit Onkel Lloyd sprechen. Er wird schon wissen, was du tun mußt. Verlaß dich darauf, niemand denkt daran, dich wegen solch einer sauberen und mutigen Tat zu bestrafen.«

Willie ging in das Schlafzimmer seiner Mutter, nahm den Apparat aus der Box neben ihrem Nachttisch und schaltete ihn in seinem eigenen Zimmer ein. Dann rief er den Bonbonladen in der Bronx an. Während er noch auf Antwort wartete, schob er mit dem Fuß die Türe zu. »May Wynn ist nicht zu Hause«, sagte eine dünne, gewöhnliche Stimme; die Frau sprach mit einem ausländischen Akzent. »Versuchen Sie mal Circle 6-3475.« Er rief die Nummer an. »Guten Morgen, hier Hotel Woodley«, sagte die Telefonistin. Willie kannte dieses Haus gut, ein schäbiges kleines Theaterhotel in der 47. Straße. »Miß May Wynn, bitte.«

»Miß Wynn? Einen Augenblick, bitte.« Es folgten mehrere Summertöne, dann rief eine Stimme: »Hallo?« Aber es war nicht May, es war eine Männerstimme. »Ich versuche, mit Miß May Wynns Zimmer verbunden zu werden«, sagte Willie. Er wurde plötzlich weich in den Knien.

»Hier ist Mays Zimmer. Wer ist am Apparat?«

»Mein Name ist Willie Keith.«

»Willie! Das ist ja toll! Hier spricht Marty Rubin. Willie, verdammt noch mal, wie geht's Ihnen denn? Wo stecken Sie denn?«

»Zu Hause.«

»Zu Hause, wo? In San Franzisko?«

»Auf Long Island. Wo ist May?«

»Sie ist hier. Hören Sie mal, Willie, das ist ja kolossal. Weiß sie denn, daß Sie kommen? Sie hat mir kein Wort davon gesagt – eine Sekunde, ich rufe sie gleich mal rauf.« Es dauerte einige Zeit, dann kam es aus dem Telefon: »Hal – lo, – Wil – lie!«

»Tag, May. Tut mir leid, daß ich dich geweckt habe.«

»Aber, Süßer, das macht doch nichts. Ich – ich kann das einfach nicht glauben! Seit wann bist du denn hier?«

Willie hatte das fade Wort« Süßer«, das unter den Theaterleuten gang und gäbe war, nie leiden können, und besonders dann, wenn May es gebrauchte, hatte es ihn immer geärgert. In diesem Augenblick war das ganz besonders der Fall. Ihre Stimme klang belegt und schnappte über, wie meistens, wenn sie gerade aufgewacht war.

»Ich bin ungefähr vor einer Stunde mit dem Flugzeug angekommen.«

»Warum hast du dich denn nur nicht angemeldet, Süßer? Mein Gott ...«

»Ich wollte dich doch überraschen.«

»Überraschen? Ich hin restlos erschlagen.« Dann folgte ein Schweigen, das für Willie furchtbar war. »Sag mal, Süßer, wann werde ich dich denn sehen?« fragte sie.

»Wann du willst.«

»O mein Gott! Liebling, einen schlimmeren Tag hättest du dir gar nicht aussuchen können. Ich hab' die Grippe, oder sonst irgend etwas ist mit mir los, und wir könnten zusammen essen – nein, warte mal, da war ja doch noch was Marty, wann müssen wir zu der verdammten Schallplattenaufnahme? Wann bin ich frei ... Nicht früher ... O Willie, das ist ja eine fürchterliche Geschichte! Wir haben eine Rundfunkübertragung, und für die muß ich eine Plattenaufnahme machen – das muß unbedingt heute gemacht werden – ich fresse schon den ganzen Tag Tabletten, um mich einigermaßen in Form zu kriegen – Marty, Süßer, können wir die Geschichte nicht absagen … O liebster Willie, hättest du mich doch nur wissen lassen …«

»Das ist doch alles nicht so wichtig. Reg dich doch nicht so auf«, sagte Willie. Er glotzte auf sein Spiegelbild in der Schranktür. »Vielleicht kann ich dich morgen sehen.«

»Nein, kommt nicht in Frage, Süßer! Um drei Uhr ungefähr bin ich fertig – wann, Marty, – halb vier, Willie – hol mich bitte im Brill-Haus ab, kannst du das?«

»Was ist und wo befindet sich das Brill-Haus?«

»Aber Willie, das Brill-Haus! Verflucht, ich vergesse ja ganz und gar, daß du nicht mehr zur Zunft gehörst. Also, paß mal auf, gerade gegenüber vom Rivoli-Theater – das große graue Gebäude – hör zu, da ist das Sono-phono-Atelier, wirst du das behalten – Sono-phono?«

»Gut, halb vier. Ich werde da sein. Gehst du nicht mehr ins College?«

»Ach.« Mays Stimme klang auf einmal, als wolle sie sich entschuldigen. »Ach, das! Ja, leider habe ich in letzter Zeit ziemlich geschludert. Ich werde dir alles erzählen.«

»Also, dann bis nachher.«

»Gut, Süßer.«

Willie knallte den Hörer mit solcher Wucht nieder, daß der Apparat polternd auf den Fußboden flog. Dann zog er sich seinen Zivilanzug wieder aus, schleuderte ihn als einen verkrumpelten Haufen auf einen Stuhl und zog die Uniform wieder an. Er besaß zwei Mützen, eine ziemlich neue und dann die alte, die er immer an Bord getragen hatte. Die Goldstickerei auf ihrem Schirm war bereits matt und grün geworden. Er entschloß sich zu der alten Mütze, stülpte aber einen frischen Überzug darüber, was die verdreckte Stickerei auffälliger zur Geltung brachte.

Als Willie an der Ecke des Broadway und der 50. Straße aus der U-Bahn an das Tageslicht trat, war von dem Glanz Manhattans, den er vom Flugzeug aus bewundert hatte, nichts mehr zu bemerken. Er stand an seiner altbekannten dreckigen und verkehrsreichen Ecke: hier war der Zigarrenladen, dort die Selterswasserbude, drüben die flatternde Markise vor dem Kino, überall rasten Menschen mit häßlichen, abgetriebenen Gesichtern im schneidenden Winde umher, der die Zeitungen des Standes hochfegte und überall am Straßenrand kleine Spiralen von trocknem Schnee emporwirbelte. Willie war das alles so vertraut wie seine Westentasche.

Der Empfangsraum des Sono-phono-Ateliers war nicht größer als vielleicht drei Quadratmeter; seine Wände waren getüncht, getüncht war auch die Tür hinter ihm, und in der Mitte stand ein grüner Metallschreibtisch. An ihm saß ein äußerst häßliches Mädchen mit einem Teint, der ebenfalls angetüncht zu sein schien; es kaute an einem großen Stück rosafarbenen Kaugummi: »Jaaa??? Sie wünschen, bitte?«

»Ich soll May Wynn hier treffen.«

»Die ist noch nicht fertig. Sie können nicht reingehen. Wir nehmen grade auf.«

Willie setzte sich auf den gelben Stuhl, den einzigen im Zimmer, öffnete seinen Schal und schlug den Mantel auf. Die Empfangsdame blickte auf seine Ordensbänder, zählte seine Gefechtssterne und warf ihm einen aufregend einladenden Blick zu. Hinter der Gipswand hörte man eine Männerstimme sagen: »Schön, davon können wir jetzt eine Aufnahme machen.« Eine kleine Kapelle setzte ein, und dann hörte Willie ihre Stimme:

»Wirf nicht mit – Blumen nach mir ...«

Schlagartig tauchten in Willie die alten Erinnerungen auf: der schäbige Messeraum der »Caine« und sein hoffnungsloser Haß gegen Queeg. Die Eindrücke paßten nur höchst unvollkommen zu den süßen Empfindungen seiner ersten Liebe zu May. Während der Schlager andauerte, überkam ihn eine tiefe, tiefe Traurigkeit. Dann war er zu Ende, und Marty Rubin öffnete die Tür. »Tag, Willie!« rief er. »Das ist ja großartig! Kommen Sie rein!« Er war eher noch dicker geworden. Sein grünlicher Anzug paßte schlecht zu seiner gelblichen Gesichtsfarbe. Seine fettigen Brillengläser waren so dick, daß die Augen hinter ihnen wie große schwarze Flecken hervorglotzten. Er schüttelte dem Leutnant die Hand. »Sie sehen aber fabelhaft aus, junger Mann!«

May stand am Mikrophon und unterhielt sich mit zwei Männern in Hemdsärmeln. Die Musiker packten ihre Instrumente ein. Der

Aufnahmeraum hatte nackte Wände, überall hingen Kabel und standen unbenutzte Mikrophone herum. Willie blieb unentschlossen im Türrahmen stehen. »Da ist er, May!« rief der Agent. Sie sah sich um, dann raste sie auf Willie zu, schlang beide Arme um seinen Hals und küßte ihn auf die Backe. »In ein paar Sekunden verschwinden wir hier, Liebling!« flüsterte sie. Willie blieb mit dem Rücken gegen die Türe stehen; in seinem schweren Mantel wurde ihm heiß. May sprach indessen noch zehn Minuten lang mit dem Agenten und den Männern in Hemdsärmeln.

»Ich habe Appetit auf einen Schnaps«, sagte May, als sie endlich allein im leeren oberen Raum von Lindys Restaurant saßen, »und dann möchte ich etwas frühstücken.«

»Du frühstückst zu den sonderbarsten Zeiten. – Was ist denn das da?« fragte er, als May sich eine Tablette in den Mund steckte.

»Aspirin. Fühl mal meine Stirn.« Ihre Haut war heiß. Willie sah sie besorgt an. Sie sah abgehärmt aus, ihr Haar hatte sie nur ganz unordentlich hochgesteckt, und sie hatte tiefe blaue Ringe unter den Augen. Halb wehmütig, halb herausfordernd grinste sie. »Ich sehe fürchterlich aus, weiß ich. Du hast dir gerade den richtigen Augenblick ausgesucht, um aus dem Himmel herunterzufallen, Liebling.«

»May, du gehörst ins Bett!«

»Das Bett ist für die, die es sich leisten können – also jetzt erzähl mir erst mal vom Krieg.«

Statt dessen stellte Willie tausend Fragen an sie und erkundigte sich nach ihrem Ergehen. Sie trat gegenwärtig in einem Lokal in der 52. Straße auf, seit mehreren Wochen war das wieder ihr erstes Engagement. Ihr Vater war schon seit einem halben Jahre krank, und der Obstladen, den ihre Mutter jetzt allein versorgte, warf nun überhaupt nichts mehr ab. Also mußte May die Familie erhalten. Weil sie fürchtete, sie könnte sich bei den langen nächtlichen U-Bahn-Fahrten eine Lungenentzündung holen, hatte sie sich in der Stadt ein Hotelzimmer genommen. »Ich bin ziemlich abstrapaziert, Willie, Universität und Singen in Nachtlokalen vertragen sich nicht sehr gut miteinander, das habe ich inzwischen festgestellt. Bei diesem Hin und Her muß der Schlaf meistens dran glauben. In der U-Bahn, im Hörsaal, überall schlafe ich dauernd ein – es ist fürchterlich.«

»Gibst du das Studium dann also auf?«

»Nein, durchaus nicht. Ich habe nur eine Menge Kollegs fallenlassen, das ist alles. Ich gebe im übrigen nicht viel drum, ich habe keinen wissenschaftlichen Ehrgeiz mehr, ich will weiter nichts als mich ein bißchen bilden. Wollen wir nicht französisch sprechen? Ich kann Französisch. Avez-vous le crayon de ma tante?« Sie lachte. Willie dachte, was sie doch für wilde Augen bekommen hätte, und ihr Gesichtsausdruck war so undurchsichtig geworden. May trank ihren Kaffee aus. »Zweierlei, was mein Singen betrifft, habe ich jetzt festgestellt. Zuerst mal und vor allem: Sehr viel Talent habe ich nicht – das weiß ich jetzt ganz bestimmt – und zweitens, die meisten anderen Mädels, die singen, haben noch weniger. Meinen Lebensunterhalt kann ich jederzeit damit verdienen – das heißt, bis ich eine alte Schraube geworden bin, was übrigens bei dem Tempo, in dem ich jetzt lebe, in ein paar Wochen der Fall sein wird. Jetzt mache ich dir einen Vorschlag: Wir gehen ins Hotel auf mein Zimmer, dort kann ich mich ein bißchen hinlegen, während wir zusammen reden. Immerhin muß ich heute abend ja doch singen. Habe ich dir überhaupt schon gesagt, daß du dreimal so gut aussiehst wie früher? Du siehst jetzt mehr wie ein Wolf aus denn wie ein Kaninchen.«

»Ich denke, du mochtest das Kaninchen immer ganz gerne.«

»Sagen wir ein Wolfskaninchen, das kommt schon eher hin. ich glaube, mein Bester, ich habe einen kleinen Schwips. Ein Martini, und ganz auf den nüchternen Magen, ist nicht gerade das richtige. Ich darf das nicht vergessen. Komm, wir wollen gehen.«

Im Taxi küßte sie ihn plötzlich auf den Mund. Sie hatte eine leichte Fahne. »Ekelst du dich gräßlich vor mir?« fragte sie. »Ehrlich!«

»Was du auch für komische Fragen stellst!«

»Krank, schlampig – guck dir nur mal dieses Kleid an, ausgerechnet diesen Fetzen mußte ich auch heute grade anziehen – und dann mit schmuddeligen Musikern in einem schmuddeligen Studio zusammen – die Sterne wollen unsere Liebe nicht, Willie. Habe ich dir nicht gesagt, ich würde doch noch lesen und schreiben lernen? Die Sterne wollen unsere Liebe nicht, Willie! Komm, milde, liebevolle Nacht! Komm, gib mir meinen Willie! Und stirbt er einst, nimm dann zerteilt in kleine Sterne ihn: Er wird des Himmels Antlitz so verschönen, daß alle Welt sich in die Nacht verliebt. Hast du etwa gedacht, ich lebe mit Marty Rubin zusammen, wie, Süßer?«

Willie wurde puterrot.

»Kommt das alles von einem Martini?«

»Und ungefähr neununddreißig Grad Fieber, soviel ist es wohl. Wir werden mal messen, wenn wir zu Hause sind, nur um das mal festzustellen. Aber wirklich, ich muß sagen, von besonderem Glück kann ich heute nicht grade sprechen. Du rufst mich an, nachdem du um die halbe Welt gereist bist, und wer antwortet dir? Ein Mann. Das Telefon ist verhext. Wenn Shakespeare an der Strippe ist, mußt du einfach anhängen.«

Das Taxi ging scharf in die Kurve, und May wurde gegen ihn geschleudert. Der Duft ihres Haares war noch der gleiche wie ehedem: süß und aufregend. Willie umfaßte sie enger. Ihren Körper hatte er so schmal nicht in Erinnerung. »Liebling«, sagte sie, »warne all die netten kleinen Leutnants auf der ›Caine‹, sie sollten nie ihre Mädels überraschen. Sag ihnen, sie sollen sich immer lange, lange vorher anmelden, damit ihre Freundinnen die Männer aus dem Zimmer werfen und erst mal eine Woche schlafen können, damit sie dann einen Schönheitssalon aufsuchen und alle ihre lächerlichen kleinen Tricks in Bewegung setzen. Willie, deine Gefechtssterne machen mir einen tollen Eindruck. Verwundet bist du doch niemals worden, wie, Süßer?«

»Noch nicht mal angeritzt.«

»Darf ich dir mal etwas erzählen? Ich habe einen Sklaven, einen richtiggehenden Sklaven. Er heißt Marty Rubin. Dieser Mann hat noch nie etwas von der Sklavenbefreiung gehört. Hier siehst du die Vorteile der Universitätsbildung! Versprich mir, ihm nie zu erzählen, daß Lincoln die Sklaven befreit hat, hörst du! Onkel Tom Rubin. Ich glaube, wenn er nicht wäre, läge ich längst unter der Erde, oder meine Eltern wären jedenfalls längst im Armenhaus. Hoppla! Schon zu Hause?«

Ihre Wohnung war ein armseliges Zimmer, das Fenster ging nach einem düsteren Luftschacht hinaus. Bettdecke, Teppich und Stühle waren bis zum äußersten verschlissen, die Farbe blätterte von Decke und Wänden. Sie schloß die Tür, dann küßte sie ihn leidenschaftlich. »In diesem Mantel bist – du wie ein riesiger Bär. Für drei Dollar ist dieses Zimmer nicht schlecht, wie? Ich habe es nur Martys guten Beziehungen zu verdanken, daß man es mir überhaupt gegeben hat. – Nee, Badezimmer gibt's leider nicht. Hinten am Ende des Ganges. Aber zuerst wollen wir doch mal sehen, was das böse Fieber macht. Vielleicht brauche ich gar nicht ins Bett. Hier, lies mal in meinem Ehrenbuch.«

Mit dem Thermometer zwischen den Lippen sah sie ihm vergnügt zu, wie er in ihren Zeitungsausschnitten blätterte. Seite für Seite lauter kleine kurze Ausschnitte. Auf einem Blatt für sich und mit einem Bogen goldener Sternchen darüber klebte eine ausführliche Kritik mit einem Bild von May aus den »New York Daily News«. »May Wynn, Dinah Shores große Nebenbuhlerin«, lautete die Überschrift.

»Ich möchte dir lieber nicht erzählen, was ich alles habe anstellen müssen, um das hinzukriegen«, sagte May durch ihre Zähne hindurch, die das Thermometer festhielten. »Nicht das, was du natürlich denkst«, setzte sie hinzu, »jedenfalls deinem Gesichtsausdruck nach.« Mit einem Ruck veränderte Willie gewaltsam den Ausdruck seines Gesichtes. »So, und jetzt wollen wir mal nachsehen.« May hielt das Thermometer gegen das Fenster. »Na, hör mal, das ist ja überhaupt gar nicht schlimm, 38,2. Komm, Willie, wir gehen in den Central Park, reiten.«

»Marsch mit dir ins Bett! Ich hole einen Arzt.«

»Jetzt fang nur noch an und setze heißes Wasser auf und wasch dir die Hände bis zum Ellbogen. Ich habe schon längst mit dem Arzt gesprochen. Ich soll Ruhe haben und Aspirin einnehmen. Es fragt sich jetzt nur, wie teilen wir den Tag ein? Wann mußt du nach Hause zu deiner Mutter?«

»Die Nacht gehört uns.« Willies Stimme klang gekränkt.

»So! Das ist ja herrlich.« Sie kam zu ihm und legte ihre Arme um seinen Hals. »Ich darf mich dann also hinlegen? Wir können prima zusammen schwatzen – und abends habe ich dann wieder meine alte strahlende Schönheit.«

»Aber natürlich.«

»Also, dann dreh dich bitte mal um und guck nur 'ne Minute aus dem Fenster. Die Aussicht ist großartig.« Willie tat, was sie gesagt hatte. Auf dem Fenstersims gegenüber im Luftschacht, etwa einen Meter entfernt, standen, umgeben von kleinen Häufchen Schnee, zwei Milchflaschen, eine Tomate, ein viertel Pfund Butter. Die Backsteinmauer war schwarz von Ruß. Hinter sich hörte er, wie sie sich behende auszog und ins Bett schlüpfte. »So, fertig, mein Guter. Jetzt komm und setz dich zu mir.« Mays Kleid und Strümpfe hingen über dem Stuhl, sie selber lag in ihrem groben grauen Bademantel bis an den Hals unter der Decke.

Sie lächelte trübselig. »Hedy Lamarr fix und fertig für die Verführungsszene.«

»Liebling«, begann Willie, er setzte sich und nahm ihre kalte Hand in die seine, »es tut mir ja wirklich furchtbar leid, daß ich zu einem so ungünstigen Zeitpunkt gekommen bin – ich mache mir auch Vorwürfe, daß ich dich nicht vorher benachrichtigt habe.«

»Willie, dir kann das nicht halb so leid tun wie mir. Aber jetzt ist es nun mal geschehen, und wir können nichts mehr daran ändern.«

Sie nahm seine Hand und drückte sie. »Geliebter, ich weiß, du hast mich dir ganz anders vorgestellt. In einem schönen und warmen rosa Morgenmantel am Schreibtisch sitzend und Briefe an dich schreibend; deine Briefe las ich gerade zum tausendsten Male wieder, und auch sonst sprudelte ich von Frische und Lebendigkeit. So ungefähr. Aber auf einmal ist alles ganz anders. Väter kriegen Lungenentzündung, und Strümpfe kriegen Löcher, ich muß sehen, wo ich ein paar Cent verdienen kann, und die Kerls werden zudringlich – worüber ich noch nicht mal allzu böse werden darf, weil es mir immerhin zeigt, daß ich doch noch in Zirkulation bin –, aber von all dem abgesehen, war ich wirklich ein recht braves Mädchen.« Sie sah ihn mit einem scheuen müden Blick an. »Ich habe im Durchschnitt sogar überall 2–3 gehabt beim letzten Semesterexamen. In Literaturgeschichte hatte ich eine Eins.«

»Hör mal, jetzt schlaf doch lieber erst ein bißchen. Du hast dich bei der Plattenaufnahme völlig verausgabt.«

»Dabei ist sie bestimmt danebengegangen – ich konnte überhaupt nicht mehr aus den Augen schauen vor lauter Erwartung, daß du endlich kamst.«

»Mußt du heute abend arbeiten?«

»Jawohl, mein Lieber, jeden Abend außer montags, steht im Kontrakt. Und wenn Mama und Papa May mal ausgehen wollen, dann stehen gleich Dutzende von Mädels Schlange, die nur darauf brennen, für sie einzuspringen.«

»Warum hast du mich eigentlich nicht wissen lassen, daß du in Not warst? Ich hatte doch genug Geld!«

Ein Anflug von Angst huschte über Mays Gesicht. Sie drückte seine Hand. »Noch falle ich nicht der öffentlichen Fürsorge zur Last. Vielleicht übertreibe ich auch nur aus dem Bedürfnis, mein bejammernswertes Aussehen etwas zu rechtfertigen. Finanziell und in jeder anderen Beziehung bin ich bestens in Ordnung. Ich bin nur so lausig erkältet, verstehst du. Warst du etwa noch nie erkältet?« Sie fing an zu weinen und drückte seine Hand gegen ihre Augen, so daß die warmen Tropfen an seinen Fingern herunterrieselten. Er nahm sie in seine Arme und küßte ihr Haar. »Vielleicht schlafe ich tatsächlich lieber ein wenig. Ich bin wirklich völlig erledigt«, sagte sie mit leiser und trockener Stimme. Sie verbarg ihre Augen unter seiner Hand. »Wenn ich mich schon so gehenlasse und dir hier etwas vorheule.« Dann sah sie wieder zu ihm auf und lächelte. »Was möchtest du gerne lesen solange? ›Troilus und Cressida‹ oder ›Das Verbrechen des Sylvester Bonnard‹ auf französisch oder Trevegans englische Geschichte? Alles liegt da drüben in dem Stoß Bücher auf dem Tisch.«

»Ich werde mich schon zurechtfinden. Jetzt schlaf du erst mal.«

»Oder warum gehst du nicht lieber und guckst dir einen Film an? Das ist doch immer noch besser, als in dieser Mausefalle hier herumzusitzen und dir von mir was vorschnarchen zu lassen.«

»Ich bleibe hier.« Er gab ihr einen Kuß.

»Das solltest du nicht tun«, sagte sie. »Du kannst dir hier Gott weiß was für Seuchen holen.«

»Du sollst schlafen.«

»Das ist vielleicht eine Heimkehr! Eine weinerliche, betrunkene, schwatzhafte Freundin, und dann baut sie noch vor deinen Augen ab in ihrer Flohkiste.« May legte sich tiefer ins Bett, schloß die Augen und murmelte vor sich hin: »Aber ich habe eine erstaunliche Fähigkeit, mich schnell wieder zu erholen. Weck mich bitte um halb acht. Du kannst mich schütteln, so heftig du willst, nur sieh zu, daß du mich wach kriegst. Du wirst dann was erleben, du mußt dann einfach so tun, als sähen wir uns um halb acht zum erstenmal!« Nach einer Minute schlief sie. Ihr dunkelrotes Haar floß in losen Strähnen über das weiße Kopfkissen.

Willie blickte lange auf das blasse, mit Lippenstift verschmierte Gesicht. Dann nahm er »Troilus und Cressida« zur Hand, schlug das Buch auf, wie es gerade traf, und fing an zu lesen. Als er dann aber mitten auf der Seite an ein Gespräch kam, das von Liebe handelte, wanderten seine Gedanken ab, und er fing an zu grübeln.

In seinem Entschluß, mit May zu brechen, hatte er nun endgültige Klarheit und Festigkeit gewonnen. Dieses Wiedersehen hatte ihn darin bestärkt. Er wußte auch, daß er richtig handelte. Er schätzte sich selber, so aufrichtig er nur konnte und ohne daß ihn das Ergebnis gerade mit besonderem Stolz erfüllt hätte, als eine ziemlich mäßige Durchschnittsbegabung ein. Sein Ehrgeiz verstieg sich nicht weiter als zu dem Wunsch, das Leben eines kultivierten Gelehrten an einer kultivierten Universität zu führen. Er strebte nach einem Dasein, das mit all den guten Dingen erfüllt sein sollte, die man für Geld kaufen kann, und dies bedeutete, daß er das Geld seiner Mutter oder seiner Frau benötigen und sich nicht nur mit dem Gehalt an der Universität würde begnügen können. Die Frau, die er für seine zukünftigen Zwecke brauchte, soweit er wenigstens sehen konnte, mußte aus seinen eigenen Kreisen hervorgegangen sein; sie mußte Gewandtheit besitzen, charmant, hübsch und gebildet sein – in einem Wort, sie mußte alle jene kleinen Reize ihr eigen nennen, die nur eine gute, eine begüterte Familie mit sich brachte. Ohne Zweifel war May Wynn hochbegabt, ja, sie besaß eine geradezu peinigende Anziehungskraft – wenn auch nicht gerade jetzt in diesem Augenblick. Aber zu gleicher Zeit hatte sie auch etwas Vulgäres an sich; sie war manchmal beinahe ein wenig unverschämt, und sie hatte von ihrem Kabarettleben her eine reichlich überparfümierte Art angenommen. Vor allem aber – das durfte er nicht vergessen – hatte sie ihm von Anfang an reichlich viele Freiheiten erlaubt, und sie war mit ihm ins Bett gegangen. So erschien sie ihm denn ein klein wenig besudelt, in einem Wort: ein wenig gemein. Auf jeden Fall war sie bereits nach jeder Hinsicht schon sehr angeknackst und daher nicht ganz die richtige Frau für seine Zukunft, wie er sie für sich plante. Und dann war sie zum Überfluß ja auch noch Katholikin. Mays Verzicht auf jede Anhänglichkeit an ihren Glauben hatte Willie auch nicht völlig überzeugt. Viel eher war er geneigt, sich der allgemeinen Auffassung anzuschließen, nach der die Katholiken ihre Religion doch niemals ganz abstreifen können, vielmehr dazu fähig sind, jederzeit mit einem plötzlichen Satz in den Schoß der Kirche zurückzuspringen. Und er hatte sehr wenig Lust, sein Leben und das seiner Kinder durch eine so beunruhigende Aussicht noch zu komplizieren.

Nie wird man feststellen können, ob alle diese Erwägungen von ihm vielleicht beiseite geschoben worden wären, hätte er bei seiner Rückkehr eine strahlende und triumphierende May Wynn vorgefunden, den Star, womöglich, einer erfolgreichen Broadway-Operette. So aber, wie sie jetzt hier vor ihm in dem schäbigen und schmutzigen Hotelbett lag, war sie für ihn nur krank, abgerissen und pleite. Die vielen Lehrbücher um sie herum mochten ihr ein beinahe rührendes Pathos verleihen, sie machten das Mädchen deshalb aber doch nicht viel begehrenswerter. Zwar hatte sie einen Anlauf genommen, sich etwas mehr in der Richtung seines Geschmackes umzumodeln, das aber war dann doch ein trauriger Mißerfolg gewesen. Und zudem hatte sie das alles ja auch bereits wieder aufgegeben. Da lag sie nun und schlief, mit offenem Mund, mit schnellem, unregelmäßigem und pfeifendem Atem, der graue Bademantel war aufgegangen und hatte ihre Brust entblößt. Und dieser Anblick war Willie unbehaglich; er zog ihr die Decke bis ans Kinn, dann fiel er in seinen Armstuhl zurück und schlummerte bald selber ein.

»Seh' ich nicht richtig, oder was ist los?« rief Willie, als das Taxi vor der »Grotte« hielt. »Wo ist denn die ›Tahiti‹? Wo ist die ›Gelbe Tür‹? Sind wir hier nicht ...«

»Dieses Lokal war früher mal die ›Gelbe Tür‹«, antwortete May. »Die ›Tahiti-Bar‹ existiert schon längst nicht mehr. Dieses chinesische Restaurant hier war einmal die ›Tahiti‹. In dieser gottverlassenen Straße hat noch niemals was Bestand gehabt.«

»Und was ist aus Mr. Dennis geworden?«

»Gestorben«, antwortete May und trat hinaus in den scharfen staubigen Nachtwind.

Während des Abendessens war sie niedergeschlagen und teilnahmslos gewesen, und ebenso teilnahmslos hatte sie Willie zugewinkt, als sie hinter dem Vorhang zu ihrer Garderobe verschwand. Als sie dann aber eine halbe Stunde später auf das Podium trat, um zu singen, da mußte er doch staunen. Ihr Gesicht strahlte in jugendlicher Frische. Die Gäste, die dichtgedrängt in dem rauchigen Keller mit seinen engen Wänden und Papiermachéfelsen zwischen Aquarien voller blasser grauer Fische saßen, hörten ihr schweigend zu und klatschten nach jeder Nummer lebhaft Beifall. Mit glänzenden Augen und einem echt mädchenhaften Lächeln bedankte sie sich für den Applaus, dann sang sie weiter. Mit ebenmäßig frischer Verve trug sie fünf Nummern nacheinander vor, dann nahm sie ihren weiten grünen Rock zusammen und entschwebte von der kleinen Bühne mit den hüpfenden Bewegungen einer Sportlerin.

»Ich möchte nur wissen, wie sie das schafft«, sagte er zu Rubin, der mitten in einer Nummer angekommen war und sich zu ihm auf einen Wandstuhl an das winzige Tischchen gequetscht hatte.

»Ihnen sollte ich das eigentlich nicht erst zu sagen brauchen, Willie: die Vorstellung muß eben weitergehen. Es ist ihr Beruf. Nur weil May erkältet ist, zahlen die Gäste nicht einen Cent weniger für ihr Bier.«

May kam zu ihnen an den Tisch; sie hatte einen Schal von gelber Gaze um den Hals und einen schwarzsamtenen Umhang um die Schultern, Rubin stand auf und küßte sie auf die Wange. »Du solltest dich vielleicht öfters erkälten, Süße. Du übertriffst dich heute abend selber.«

»Ich fühle mich auch hervorragend. Was sagst du denn, Willie? Gefall' ich dir jetzt besser?«

»May, du bist wundervoll.«

»Jetzt übertreibe mal nicht, ich merke doch, daß du lügst. Wo schleichst du denn auf einmal hin, Marty?«

»Ich habe auch noch andere Klienten. Willie, bitte schaffen Sie sie nach der Zweiuhrvorstellung gleich ins Bett.«

Fünf Stunden lang saß Willie auf dem harten kleinen Stuhl, entweder unterhielt er sich mit May oder er hörte ihr zu. Gäste kamen und Gäste gingen, man hatte aber den Eindruck, als hätten die scheidenden Gäste den neu hinzukommenden ihre Gesichter an der Tür zur Benutzung überlassen, so sehr glichen sie sich alle. Die Luft im Lokal wurde immer unerträglicher, die Menge immer lärmender; die Fische in den Aquarien sanken auf den Boden, japsend lagen sie bewegungslos im Schlamm und verdrehten die Augen. Für Willie hatte das Nachtlokalmilieu jeglichen Charme verloren. Inmitten solch einer muffigen und verlogenen Atmosphäre sein Brot verdienen zu müssen, das erschien ihm jetzt auf einmal schlimmer, als selbst bis zum Jüngsten Tag auf der »Caine« herumdampfen zu müssen.

Er erzählte May kein Wort über die Meuterei, wenn er sie auch fortgesetzt und mit größtem Vergnügen durch seine Geschichten über Queeg zum Lachen brachte und in Staunen versetzte. Sie hatte sich in überraschender Weise erholt. Ihr Gehabe war frisch und lebendig, in diesem dumpfen Keller erschien sie mit ihrem Make-up von einer rosigen Gesundheit. Doch auf Willie lastete der Eindruck, den er am Nachmittag von ihr empfangen hatte, noch viel zu schwer, als daß er sich in ihrer Gegenwart hätte unbefangen fühlen können. So verging der Abend unter ruhigem, fröhlichem Geplauder, wobei sie alle kitzligen Themen wohlweislich vermieden. May akzeptierte seine Tonart und stellte sich auf sie ein.

Es war Viertel nach drei, als sie endlich in das ärmliche Hotelzimmer zurückkehrten. Willie mußte das Gähnen unterdrücken, und die Augen fielen ihm fast zu. Ohne ein Wort zu verlieren, zogen sie ihre Mäntel aus, legten sich aufs Bett und küßten sich einige Minuten lang wild und hungrig. Mit seinen Lippen fühlte er, wie ihre Stirn und ihre Hände glühten, aber es hielt ihn nicht davon ab, sie immer wieder mit Küssen zu bedecken. Endlich, wie aus einem plötzlichen inneren Einverständnis heraus, wurden sie ruhiger und hielten schließlich ganz ein. Da sah sie ihm klar ins Gesicht, ihre Augen glänzten seltsam durchdringend im dumpfen Schein der Deckenlampe.

»Willie«, sagte sie, »zwischen uns beiden ist alles vorbei, nicht wahr?«

Diese Frage ist wohl die erschütterndste, die es im Leben der Menschen gibt: Willie brauchte sie nicht zu beantworten, die Antwort stand auf seinem tief unglücklichen Gesicht geschrieben. May fuhr fort: »Dann möchte ich nur wissen, was hat das für einen Sinn, was wir da eben tun?«

»Du hast mal wieder recht. Ich bin ein Schwein. Schluß!«

»Nein. Unglücklicherweise küsse ich dich noch immer so gerne.«

Und wieder küßte sie ihn, mehrere Male hintereinander. Aber die dürren Worte hatten den Zauber verscheucht. Sie setzten sich hoch, und Willie ging zu seinem Lehnstuhl hinüber. »Ach, wäre ich doch nur nicht so erkältet gewesen!« sagte May traurig.

»May! Liebe May! Heute nachmittag hat auch nichts daran geändert – es liegt nur an mir und an meinem nichtswürdigen Charakter.«

»Liebling, man weiß das nicht. Alles hätte vielleicht ganz anders auslaufen können. Aber niemand liebt nun mal eine kranke Katze. Sei's drum, es gehört ja nun alles bereits der Vergangenheit an. Das Ganze war für mich ein aussichtsloser Kampf. Deine Briefe waren schlimme ...«

»Was soll ich sagen, May? Du bist das herrlichste Geschöpf, das ich jemals ...«

»Seltsamerweise ist das die Wahrheit, was du da sagst, für dich bin ich das nämlich. Nur bist du zu jung, oder vielleicht liebst du deine Mutter zu sehr – ich weiß nicht, woran es liegt.« Wie träumend stand sie auf und öffnete den Reißverschluß ihres Kleides. Sie ging an ihren Schrank, zog sich aus und tat ihren Bademantel um, sie machte keine Anstalten, sich etwa zu verbergen. Der flüchtige Anblick ihres jungen Körpers in dem enganliegenden Slip tat Willie über alle Maßen weh. Es trieb ihn mit naturhafter Gewalt, sie in seine Arme zu schließen, wie er nach Luft verlangte, aber er wußte, das war jetzt vollständig ausgeschlossen. Die Hände tief in den Taschen ihres Bademantels, sah sie ihn an. Ihre Augen und ihr Mund zitterten im Schmerz der Ungewißheit. »Ich muß dann also annehmen, das ist jetzt endgültig?«

»Ja, May.«

»Liebst du mich nicht?«

»Es ist alles so verworren und häßlich. Reden hilft da nichts.«

»Vielleicht. Aber ich möchte doch das Päckchen fein und sauber verschnüren, ehe ich es in den Keller schaffe. Wenn du mich nicht mehr liebst, dann hat natürlich alles keinen Zweck mehr. Aber so, wie du mich küßt, das kann nur einer, der mich liebt. Erkläre mir diesen Widerspruch!«

Willie konnte dem Mädchen nicht sagen, daß er ihren Mund liebte, daß er ihn aber nicht heiß genug liebte, um sie selber mit sich durch sein ganzes Leben zu schleppen – obgleich das die einfachste Erklärung gewesen wäre. »Ich weiß nicht, was Liebe ist, May. Liebe ist nur ein Wort. Du wirst für mich immer der Inbegriff aller Sehnsucht bleiben. Das ist die lauterste Wahrheit. Aber zum Leben gehört noch mehr als das. Ich glaube nicht, daß wir glücklich werden würden. Nicht weil du es an irgend etwas fehlen ließest. Nenne mich meinetwegen einen snobistischen Egoisten, und laß es dabei bewenden. Alles das, was zwischen uns beiden nicht stimmt, liegt ganz und gar nur an mir.«

»Ist der Grund vielleicht, daß ich arm bin oder zu dumm oder katholisch oder etwas von der Sorte? Kannst du es nicht irgendwie in Worte fassen, damit ich wenigstens Bescheid weiß?«

Es gibt überhaupt nur einen einzigen Weg, sich aus einer derartigen Verstrickung zu lösen: Willie blickte zu Boden und schwieg. Quälend schlichen endlose Sekunden dahin, jedes Ticken war für Willie ein neuer Stich tiefer Verlegenheit und brennender Scham, und aus den Wunden strömte seine Selbstverachtung ins Nichts. Endlich war es May, die die Sprache wiederfand. Zitternd, aber ohne Bitterkeit in der Stimme sagte sie: »Gut dann, Willie. Wenigstens muß dir ein Stein von der Seele gefallen sein.« Sie zog eine Schublade der abgegriffenen schmutzigen Kommode auf und nahm ein Fläschchen sowie ein Röhrchen mit Tabletten heraus. »Ich gehe mal schnell hinaus und verarzte mich. Ich bleibe nicht lange. Willst du warten?«

»May!«

»Mach kein so tragisches Gesicht, mein Junge, die Welt geht deswegen nicht unter. Wir werden es beide überleben.«

Ohne eigentlich zu wissen, was er tat, griff Willie wieder nach »Troilus und Cressida« und las ein paar Seiten. Als May wieder in das Zimmer trat, fuhr er wie schuldbewußt zusammen und legte das Buch beiseite. Ihre Augen waren stark gerötet, ohne ihre Schminke war sie fahl und bleich. Sie lächelte unmerklich. »Lies ruhig weiter, mein Guter«, sagte sie, »aber gib mir doch bitte eine Zigarette; ich habe den ganzen Tag nicht zu rauchen gewagt aus Angst, ich brächte keinen Ton heraus.« Sie nahm einen Aschbecher mit zum Bett und legte sich seufzend gegen ihre Kissen. »Oh, wie herrlich das schmeckt! Übrigens hat mein Fieber nachgelassen. Nur noch etwa siebenunddreißig Grad. Es geht nichts über die heilsame Luft im Nachtlokal, wenn man krank ist. – Was hast du dir eigentlich für nach dem Kriege vorgenommen, Willie? Willst du wieder Klavier spielen?«

»Ich glaube nicht.«

»Das solltest du auch nicht. Ich bin der Ansicht, du solltest Universitätslehrer werden.«

»Du meinst, weil ich selber nicht viel tauge, darf ich dafür auf andere losgelassen werden?«

»Wo käme die Welt ohne Lehrer hin? Für dich scheint das nun mal der richtige Beruf zu sein. Ich kann dich mir gut vorstellen in so einer Universitätsstadt, wie du ein schönes gemächliches Leben führst und dich treu und brav in Dickens vergräbst, während die Jahre dahinfliehen.«

»Wie heroisch das klingt!«

»Willie, mein Guter, jeder sollte tun, was ihm am meisten liegt. Daß du mich sogar dazu gebracht hast, anständige Bücher zu lesen, das war wirklich eine Leistung.«

»Ja, May, ich habe auch schon daran gedacht. Es würde für mich allerdings bedeuten, daß ich noch einmal ein ganzes Jahr zur Universität zurückgehen müßte.«

»Deine Mama wird dir das doch sicher bewilligen, meinst du nicht? Vor allem jetzt!« May gähnte, daß ein Heuwagen hätte hindurchfahren können. »Entschuldige, bitte!«

Willie stand auf. »Ich nehme dir nicht übel, daß ich dir langweilig werde, du mußt ja auch wirklich todmüde sein.«

»Ach was, setz dich doch. Du langweilst mich weder, noch bin ich dir böse.« Sie gähnte nochmals, aber diesmal bedeckte sie ihren Mund dabei. Dann lachte sie. »Ist das nicht überhaupt verrückt? Ich sollte von Rechts wegen doch wehklagen und mir die Haare raufen. Eigentlich sollte ich jetzt in den letzten Zügen liegen. Aber wirklich, Willie, ich habe mich tatsächlich schon fast an den Gedanken gewöhnt. In San Franzisko – ich wollte sagen, in Yosemite – hatte ich wieder etwas Hoffnung geschöpft, aber damit war's schnell vorbei, nachdem du dann mit deiner Mutter gesprochen und mich nach Hause geschickt hattest. Immerhin hat es mir nicht geschadet, jemanden zu haben, dem ich treu sein konnte.«

»May, ich weiß genau, was Yosemite dir bedeutet hat, und auch für mich ...«

»Ich bitte dich, lieber Willie, ich habe davon jetzt wirklich nicht angefangen, um dein Gewissen zu quälen. Wir haben beide damals geglaubt, das Richtige zu tun. Ich hab' höchstens wohl versucht, glaube ich, dich in eine Falle zu locken – ich weiß nicht recht; ich muß wohl erst noch Psychologie studieren, ehe ich selber weiß, wie ich mit dir dran bin.«

»Meine Mutter ist übrigens durchaus nicht gegen dich eingestellt, May – sie hat überhaupt nichts mit der Sache zu tun.«

»Mein süßer Willie«, sagte May mit einem letzten müden Anflug von Bitterkeit, »ich weiß genau, aber haarscharf genau, wie deine Mutter über mich denkt und empfindet. Mit diesem Thema fange lieber nicht an.« So schwatzten sie noch eine Weile, aber sie sagten sich nicht mehr viel. Dann begleitete May ihn an die Tür und küßte ihn leidenschaftlich.

»Trotz allem, das muß ich dir lassen – du siehst sehr, sehr gut aus«, flüsterte sie.

»Also, ich rufe dich morgen wieder an, May. Gehab dich wohl.« Er klingelte nach dem Aufzug.

Sie stand in ihrer Tür und blickte ihm nach. Als der Liftboy in Hemdsärmeln mit dem Aufzug erschien, rief sie plötzlich: »Werde ich dich noch einmal wiedersehen?«

»Klar. Wir telefonieren morgen zusammen. Gute Nacht!«

»Adieu, Willie.«

Aber er rief sie nicht an, weder am nächsten noch am übernächsten Tag, noch am Tage danach. Nachmittags ging er mit seiner Mutter ins Theater, abends ging er mit ihr in Restaurants und wieder ins Theater. Er besuchte die Verwandten mit seiner Mutter. Jedesmal, wenn Mrs. Keith ihm nahelegte, doch auch einmal allein auszugehen, lehnte er dies mürrisch ab. Eines Nachmittags stattete er der Columbia-Universität einen Besuch ab und wanderte einsam durch das Furnald-Haus. Die fortwährenden Ehrenbezeigungen der Kadetten mit ihren Kindergesichtern und Khakiuniformen schmeichelten ihm erst, dann deprimierten sie ihn. In der Halle war noch alles beim alten. Das Ledersofa stand noch da, auf dem er seinem Vater von seinen achtundvierzig Strafpunkten erzählt hatte; da war die Telefonzelle, von der aus er Hunderte Male mit May gesprochen hatte, auch die Schlange der Seekadetten fehlte nicht; genau wie damals warteten sie geduldig darauf, daß der junge Bengel mit dem militärischen Haarschnitt da drin endlich zu girren und zu kichern aufhören möchte. Die Erinnerung an viele nutzlos vergeudete Monate hing in der Luft. Willie verließ fluchtartig das Gebäude. Es war jetzt mitten am Nachmittag, der Himmel war grau, und ein scharfer Wind blies; es waren noch viele Stunden, bis seine Mutter im verabredeten Restaurant erscheinen würde. Also ging er in irgendeine düstere, schäbige und leere Bar am Broadway. Dort trank er hintereinander weg vier Scotch und Soda, aber auch sie schienen weiter keine große Wirkung auf seine Stimmung auszuüben.

Abends trafen sie sich mit Onkel Lloyd zum Essen. Von Beruf war er Bankier, aber er stand jetzt als Oberst in der Armee, wo er in der Propagandaabteilung des Ministeriums Dienst tat. Er sprach jedoch noch immer sehr gerne über seine Zeit als Artillerist im Ersten Weltkrieg. Die Sache mit der Meuterei beurteilte er außerordentlich ernst. Er erzählte Willie endlose Geschichten, um ihm zu beweisen, daß er damals bei der Artillerie viel schlimmere Vorgesetzte gehabt hatte als Queeg und daß er trotzdem niemals von seiner strikten Dienstauffassung und soldatischen Ehrerbietung abgewichen war. Es gab keinen Zweifel daran, daß er Willies Haltung entschieden mißbilligte und seine Lage dementsprechend für höchst gefährdet hielt. Mrs. Keith setzte ihm heftig zu, er sollte versprechen, ihrem Söhne zu helfen. Aber das einzige, was Onkel Lloyd in Aussicht stellte, war, daß er mit einigen seiner Freunde aus der Marine sprechen werde, um von ihnen zu erfahren, wie man jetzt am besten vorginge.

»Vielleicht werden sie dich schließlich doch nicht vor ein Kriegsgericht stellen, Willie«, meinte er. »Wenn dieser andere Knabe, dieser Maryk, freigesprochen wird, dann dürfte die Geschichte damit auch für dich erledigt sein. Hoffentlich bist du bis dahin vernünftig geworden. Der Krieg ist kein Kaffeeklatsch. Wenn du nicht lernst, auch einmal Hartholz zu bohren, mein Lieber, dann bist du für dein Vaterland im Notfall keinen Schuß Pulver wert.« Mit diesen Worten verabschiedete er sich und fuhr nach Washington zurück, wo er im Shoreham-Hotel ein Appartement bewohnte.

Am Sonnabend nachmittag zog sich Willie in seinem Zimmer um, weil er in die Oper gehen wollte; da fiel sein Auge auf seine

Armbanduhr, und er vergegenwärtigte sich, daß er in zwölf Stunden schon wieder im Flugzeug sitzen würde, um auf die »Caine« und zu der Kriegsgerichtsverhandlung zurückzukehren. Steif und mechanisch wie der Tonabnehmer einer automatischen Schallplattenkupplung langte sein Arm herum und nahm den Telefonhörer auf.

Er rief das Hotel Woodley an.

»May? Tag, wie geht's dir? Hier Willie.«

»Nee, bist du's wirklich? Ich hatte dich schon aufgegeben.«

»Was macht die Erkältung?«

»Alles wieder gut. Ich bin wieder glänzend in Form.«

»Morgen früh muß ich wieder zurück. Ich würde dich vorher gerne noch einmal sprechen.«

»Ich arbeite heute abend, Willie.«

»Darf ich ins Lokal kommen?«

»Klar.«

»Ich bin dann gegen Mitternacht da.«

»In Ordnung.«

Willie hätte es nicht für möglich gehalten, daß »Don Giovanni« ihn jemals so langweilen könnte. Diese Oper war für ihn immer ein Märchenland der Töne gewesen, in dem die Zeit stillstand und die Welt sich in reine Schönheit auflöste. Aber heute abend kam es ihm so vor, als sei Leporello ein grober Clown, der Baß ein kratzkehliger Greis, Zerline eine schrille Stümperin und die ganze Handlung überhaupt nichts als ein fader Schmarren. Mit großer Anstrengung versuchte er sogar mitten in seinen Lieblingsarien immer wieder auf die Uhr zu sehen. Endlich war die Sache ausgestanden. »Mutter«, sagte er, als sie aus dem Foyer auf die matschige Straße traten, »bist du mir böse, wenn ich noch eine Weile für mich alleine weiterbummle? Ich sehe dich ja später noch zu Hause.«

Er konnte in ihrem Gesicht lesen, wie gut sie ihn verstand, aber auch, wie besorgt sie war. »Willie – an unserem letzten Abend?«

»Ich bleibe nicht lange, Mutter.« Er wäre imstande gewesen, sie mit Gewalt in ein Taxi zu verladen, hätte sie ihm Schwierigkeiten machen wollen. Und das mußte sie wohl gefühlt haben, denn sie winkte sich selber einen Wagen heran.

»Dann wünsche ich dir also viel Vergnügen, mein Junge!«

Als Willie in der überfüllten »Grotte« eintraf, stand May gerade auf dem Podium. Er ging daher in die Bar und betrachtete sich die Gesichter der Männer, deren Blicke bewundernd auf der Sängerin ruhten. Das erfüllte seine Seele mit tiefer Bitterkeit. Als die Vorstellung dann zu Ende war, gab es keinen Sitzplatz mehr. Aber May nahm ihn bei der Hand und führte ihn in ihre Garderobe. Bei dem grellen Licht in dem heißen, schrankengen Raum mußte er blinzeln. Er lehnte sich gegen ihren Toilettentisch. May setzte sich auf ihren Stuhl und sah ihn an. Ihre Augen glühten von einer unergründlichen tiefinneren Erregung. Das paßte so gar nicht zu ihrem geschminkten Gesicht, ihren gepuderten Schultern und ihrem Busen, dessen Rundung aus ihrem engen Abendkleid hervortrat.

»Da ist noch etwas, das ich dir neulich nicht erzählt habe«, begann Willie. »Ich möchte gern deine Ansicht darüber hören.« Dann berichtete er ausführlich und mit vielen Einzelheiten von der Meuterei und der Voruntersuchung. Es war wie eine Beichte; noch während er sprach, erholten sich seine Lebensgeister.

May hörte ruhig zu. »Und – was willst du nun von mir hören, Willie?« fragte sie, als er geendet hatte.

»Ich weiß es nicht, May. Was denkst du darüber? Was soll ich tun? Was glaubst du, das geschehen wird?«

Sie seufzte tief und schwer. »Bist du nur deshalb heute abend zu mit gekommen, um mit das zu erzählen?«

»Ich wollte gerne, daß du darüber Bescheid wissen solltest.«

»Willie, ich weiß nicht viel von der Marine. Mir scheint aber, du brauchst überhaupt nichts zu tun. So dämlich sind die Leute nämlich nicht. Man wird keinen von euch deswegen verdammen, weil ihr versucht habt, euer Schiff zu retten. Im schlimmsten Fall hast du dich höchstens in deinem Urteil vertan. Und da das aus bester Absicht geschah, kann von einem Verbrechen gar keine Rede sein.«

»Immerhin war es eine Meuterei, May.«

»Mein Gott noch mal, für wen hältst du dich denn eigentlich, für Fletcher Christian? Hast du Queeg vielleicht in Ketten gelegt und ihn in einem Boot ausgesetzt? Hast du das Messer gegen ihn gezogen oder ihn mit der Pistole bedroht? Ich für meine Person glaube, daß er geisteskrank war, was immer die Ärzte sagen mögen, er war völlig überkandidelt. Willie, mein Guter, du bist doch der letzte, der meutern könnte – nicht einmal gegen deine Mutter bringst du das fertig, geschweige denn gegen einen Schiffskapitän.«

Jetzt mußten beide lachen. Obgleich May keine Spur anders urteilte als seine Mutter, fühlte Willie diesmal doch, wie seine Hoffnungen stiegen und ein Strom neuen Lebensgefühls ihn durchpulste. Mrs. Keiths Urteil kam ihm dagegen jetzt nur noch als ein Produkt ihrer mütterlichen Einstellung und – vielleicht sogar einer gewissen Sturheit vor.

»Gut, May, ich weiß eigentlich gar nicht, warum ich auch dich mit meinen Mühseligkeiten belemmern mußte – jedenfalls danke ich dir von Herzen.«

»Wann geht's denn nun los?«

»Um sieben Uhr morgen früh.«

May stand auf und schob den Riegel an der Türe vor. »Die Musiker hier machen einen fürchterlichen Krach.« Sie trat zu Willie und legte die Arme um seinen Hals. Sie küßten sich lange und wild, wie von Sinnen. »So«, sagte May schließlich und riß sich aus seinen Armen, »das war's. Denke dein ganzes Leben daran. Und jetzt mußt du gehen. Ich stelle auf einmal fest, es tut mir nur weh, mit dir zusammenzusein.« Sie öffnete die Tür. Willie ging hinaus und stapfte durch die wirbelnden Tänzer hindurch auf die Straße.

Noch immer hatte er nicht die geringste Ahnung, weswegen er eigentlich hergekommen war. Es war ihm nicht sehr wohl im Gedanken an dieses nachträgliche Aufflackern seines Begehrens, das er nur zu kümmerlich als ein Bedürfnis nach Rat maskiert hatte. Er war noch nicht so weit, daß er das sehr begreifliche Verlangen eines Mannes darin hätte erkennen können, sich mit einer Frau zu besprechen.

Am nächsten Morgen startete das Flugzeug im hellen Sonnenschein genau zur fahrplanmäßigen Zeit. Als es vom Boden abhob, winkte seine Mutter tapfer von der Besuchertribüne her. Willie starrte auf die Gebäude Manhattans hinunter und versuchte das Hotel Woodley ausfindig zu machen. Aber es lag noch tief in den dunstverschleierten Straßenschluchten der Stadt verborgen.

Das Kriegsgericht

Erster Tag

Die Marinegerichtsordnung beginnt gleich mit einem traurigen Kapitel. »Militärische Straftaten« lautet sein Titel, es umfaßt nur 123 Seiten, nicht halb so viele wie ein Schauerroman für 25 Cent, aber dieser enge Rahmen genügt der Marine, um uns die schlimmsten Irrungen, Laster, Torheiten und Verbrechen vorzuführen, in die sich ein Soldat verstricken kann. Es beginnt mit Meuterei und endet mit unerlaubter Benutzung von Destillationsapparaten. Dazwischen hören wir von Untaten, wie Ehebruch, Mord, Raub und Verstümmelung, aber auch häßliche kleinere Sünden, wie etwa das Vorzeigen unzüchtiger Bilder, sind nicht vergessen. Diese qualvollen Seiten wirken wegen ihres sachlichen Tones nur um so grausiger und bedrückender.

Das Ganze war eine Art Katalog der Verbrechen, dennoch fand sich, wie Breakstone bald herausfand, in all den Paragraphen kein Tatbestand, der einigermaßen auf Maryks Handlungsweise passen wollte, obwohl sein Vorgehen einer Meuterei verzweifelt ähnlich sah. Aber seine Berufung auf Artikel 184 und sein späteres rechtlich einwandfreies Verhalten machten eine Verurteilung wegen Meuterei immerhin unwahrscheinlich. Der ganze Fall hatte etwas seltsam Zwielichtiges an sich und fiel am Ende doch nur unter jenen Sammelparagraphen, der eigens für seltene oder schwer zu definierende Vergehen vorgesehen war: »Verstöße gegen die militärische Ordnung und Disziplin«. Nach gründlicher Überlegung formulierte Breakstone die folgenden Sätze der Klageschrift:

»... indem Leutnant Maryk USNR am oder um den 18. 12. 44 an Bord USS ›Caine‹ den Leutnant Commander Philip Francis Queeg USN, der als Kommandant dieses Schiffes eingesetzt war und zur angegebenen Zeit auf diesem Schiff rechtmäßig seinen Dienst versah, vorsätzlich ohne Vollmacht und ohne zureichenden Grund seines Postens als Kommandant enthob, während sich die Vereinigten Staaten von Nordamerika im Kriege mit auswärtigen Mächten befanden ...«

Der Vertreter der Anklage, Leutnant Commander Challee, hielt es nicht für schwierig, diese Anschuldigung unter Beweis zu stellen. Er war ein ernster, sehr tüchtiger jüngerer Offizier und verdankte seinen verhältnismäßig hohen Rang einer bevorzugten Beförderung im Kriege. Während seines Landkommandos in San Franzisko drückte ihn immerzu ein leises, kaum bewußtes Schuldgefühl. Nach mehreren Jahren Borddienstzeit hatte er sich um seine jetzige Stellung als Gerichtsoffizier beworben, weil er einmal mit seiner schönen jungen Frau, einem früheren Fotomodell, zusammenleben wollte, und er schämte sich nicht wenig, als sein Gesuch wider Erwarten Erfolg hatte. Darum versah er jetzt seinen Landdienst mit doppeltem Eifer und betrachtete auch die Verurteilung Maryks aus innerster Überzeugung als eine Art von persönlichem Kriegsziel.

Challee war der Überzeugung, daß der von Breakstone formulierte Tatbestand ohne weiteres als gegeben betrachtet werden könne. Meuterei nachzuweisen wäre nicht so leicht gewesen, so aber enthielt die mildgefaßte Klageschrift seiner Ansicht nach nicht mehr als eine Feststellung längst erwiesener und unwiderlegbarer Tatsachen. Die Verteidigung konnte nicht leugnen, was nun einmal geschehen war, Maryk selbst hatte die Logbücher unterschrieben, in denen der Vorfall geschildert wurde. Ausschlaggebend waren die Worte »ohne Vollmacht und ohne zureichenden Grund«. Um ihre Stichhaltigkeit zu bestätigen, brauchte Challee nur nachzuweisen, daß Queeg nie unter geistigen Störungen gelitten hatte. Dazu verfügte er über das Zeugnis des Oberstabsarztes Weyland in Ulithi, der den Kommandanten der »Caine« unmittelbar nach der Meuterei untersucht hatte. Drei Psychiater der Marine hatten Queeg weiterhin im Garnisonlazarett von San Franzisko wochenlang beobachtet und waren bereit, vor Gericht auszusagen, daß er ein durchaus normaler, geistig gesunder und intelligenter Mann sei. Im Verlauf des Ermittlungsverfahrens hatten 20 Deckoffiziere, Unteroffiziere und Mannschaften der »Caine« bekundet, daß Queeg, soweit sie wüßten, nie ein unverständliches oder auffallendes Benehmen gezeigt habe. Niemand, weder Offizier noch Mann, mit Ausnahme der an der Meuterei Beteiligten, nämlich Keith und Stilwell, hatte je ein abfälliges Wort über den Kommandanten geäußert. Challee hatte mehrere Deckoffiziere und Mannschaftsdienstgrade vorgeladen, damit sie vor Gericht ihre Aussagen wiederholen konnten.

Diesem Aufwand gegenüber hatte die Gegenseite nur ein einziges Beweismittel zur Verfügung: Maryks sogenanntes medizinisches Tagebuch. Schon im Ermittlungsverfahren war dieses Werk als »das wehleidige Gewäsch eines Querulanten« abgetan worden, das nichts beweise als Maryks Mangel an soldatischem Pflichtgefühl. Challee zweifelte keinen Augenblick, daß das Gericht genauso darüber urteilen würde. Es gab mit Ausnahme der ganz jungen Leutnants wohl kaum einen Offizier, der nicht schon einmal unter einem unangenehmen, schrulligen Vorgesetzten gedient hatte. Es gehörte zum Glücksspiel des militärischen Lebens, daß man gelegentlich eine Niete zog. Challee selbst erzählte mit Vorliebe Anekdoten dieser Art, die Maryks Tagebuch in den Schatten stellten.

Der Vertreter der Anklage wußte, daß Greenwald nur eine wirksame Waffe gegen ihn besaß: die Frage nach dem verbrecherischen Vorsatz. Er sah kommen, daß der Verteidiger dieses Argument vor allen anderen herausstellen würde.

»Maryk«, hörte er ihn sagen, »mag Queeg noch so falsch beurteilt haben, aber seine Handlungsweise entsprang eben doch nur der Sorge um Schiff und Besatzung.«

Er, Challee, wär aber auch darauf vorbereitet, er traute sich zu, mit all den blendenden Trugschlüssen fertig zu werden, die der andere an diese Behauptung knüpfen würde, um aus Maryk ein Unschuldslamm zu machen, dem man keine strafbare Handlung vorwerfen könne.

Maryk, so lautete seine Gegenthese, hatte sich unter vorsätzlicher Außerachtlassung aller militärischen Prinzipien und auf Grund eines unverantwortlichen Mangels an Urteilsvermögen zu der meuterischen Frechheit verstiegen, seinen Kommandanten abzusetzen, und damit ipso facto einen schweren Verstoß gegen Ordnung und Disziplin begangen. Wenn dieser Satz nicht stimmte, wenn der von Maryk geschaffene Vorgang keine Strafe nach sich zog, dann stand das ganze Befehlssystem in der Marine ernstlich auf dem Spiel, dann war jeder Kommandant, der seinem Ersten Offizier einmal ein bißchen wunderlich erschien, in Gefahr, Knall und Fall vom Dienst enthoben zu werden. Challee war sicher, daß ein aus Offizieren zusammengesetztes Gericht, ein Gericht vor allem, dem der eisern strenge Kapitän Blakely vorsaß, diese Gefahr deutlich genug erkennen würde. Daher rechnete er auch mit einem raschen, alle derartigen Befürchtungen beseitigenden Sieg über Barney Greenwald.

Den Fall selbst beurteilte er durchaus richtig, nur in einem Punkt irrte er gewaltig: Greenwald wählte eine ganz andere Taktik, als Challee vermutet hatte.

Willie Keith erschien gegen elf Uhr vormittags wieder auf der »Chrysanthemum«. Er stellte die Koffer in seiner Kammer ab und suchte in allen anderen Räumen nach Offizieren von der »Caine«. Aber er fand überall nur leere Kojen. Endlich hörte er von fern aus der Dusche eine grölende Männerstimme:

»Parlez-moi d'amour,
Rrrrrrrtedites-moi des choses tendres ...«

Keefer war also wieder da. Der Schriftsteller stand in hölzernen Pantoffeln vor dem Spiegel und trocknete sich ab. »Je vous aime. – Ah, sieh da, Willie, alter Dickensfreund! Wie geht's denn, mein Junge?« Sie tauschten einen herzlichen Händedruck. Keefers braungebrannter Körper zeigte jede Rippe, und sein Gesicht war hager und eingefallen, als hätte er eine Woche lang gefastet. Aber er war guter Dinge, nur seine Augen hatten einen seltsam unruhigen Glanz.

»Wo sind die anderen, Tom?«

»In alle Winde. Das Schiff geht heute aus dem Dock, da werden die meisten an Bord sein. Steve ist mit seinem Verteidiger unterwegs.«

»Wen hat er denn bekommen?«

»Irgendeinen Leutnant von einem Flugzeugträger. War im Frieden Rechtsanwalt.«

»Taugt er was?«

»Keine Ahnung. Steve scheint ihn zu schätzen. Schlaksiger Kerl, bringt die Zähne nicht auseinander. – Hier ist der Teufel los, Willie. Hast du schon von deinem armen Freund Stilwell gehört? Er ist total übergeschnappt.« Keefer schlug sich das Handtuch über die Schultern und begann sich zu frottieren.

»Was!«

»Akute Schwermut, heißt es. Man hat ihn ins Marinelazarett

geschickt. Er war ja schon an Bord ein bißchen komisch, nicht wahr?«

Willie erinnerte sich noch gut an Stilwells blasses, gequältes Gesicht mit dem brütenden Ausdruck. Auf der Heimreise hatte er am Ruder zweimal um Ablösung gebeten, weil er vor Kopfschmerzen nicht mehr aus noch ein wußte.

»Wie ist denn das gekommen, Tom?«

»Weiß ich nicht. Ich war ja selbst nicht da. Nach dem, was man mir erzählte, packte er sich eines Tages in seine Hängematte und stand einfach drei Tage lang nicht mehr auf, erschien zu keinem Appell und kam auch nicht zu den Mahlzeiten. Sagte nur immer, er hätte Kopfschmerzen. Schließlich mußten sie ihn ins Lazarett schaffen – ein elendes Wrack, meint Bellison.« Willie verzerrte sein Gesicht vor Entsetzen. »Na«, fuhr Keefer fort, »es hat wohl so sein sollen. Man brauchte ihn ja nur anzusehen, ein Nervenbündel, das sich innerlich verzehrte. Dazu nimm seinen Mangel an geistiger Zucht, das Jahr unter Queeg mit dessen ewigen Schikanen, den Wirrwarr zu Hause in der Familie und nun obendrein die Zentnerlast einer Anklage wegen Meuterei, apropos, die Meuterei hat man inzwischen fallengelassen, aber das ist ein anderes Thema. Hast du eine Zigarette? – Danke.«

Keefer schlang das Handtuch um die Hüften, stieß graue Rauchwolken aus Mund und Nase und stelzte klappernd in den Salon. Willie kam hinter ihm her und fragte neugierig:

»Was soll das heißen, keine Meuterei?«

»Steve wird wegen eines Verstoßes gegen die Ordnung und Manneszucht belangt. Ich sagte dir ja gleich, daß dieser alte, ausgetrocknete Kapitän damals nicht ganz bei Trost war, als er in seinem Gutachten ein Verfahren wegen Meuterei empfahl. Meine Ansicht ist nach wie vor, daß ihr Brüder euch keine Sorgen zu machen braucht. Die Herren Juristen wissen ganz genau, daß ihr Fall auf verdammt wackeligen Füßen steht.«

»Wie ist das mit Stilwell? Wird er erscheinen, oder was hat man da vor?«

»Willie, der arme Kerl ist ja gar nicht verhandlungsfähig. Sie wollen es mit der Elektroschock-Therapie bei ihm versuchen, so sagte man wenigstens. – Was hast du in deinem Urlaub getrieben? Hast du das Mädchen geheiratet?«

»Nein.«

»Ich habe eine ganz nette Zeit verlebt«, sagte der Schriftsteller und fuhr in seine weiße Unterhose. »Du, ich glaube, mein Roman ist so gut wie angenommen.«

»Großartig, Tom, gratuliere! Wie heißt dein Verleger?«

»Chapman House. Einstweilen ist der Vertrag noch nicht unterschrieben, aber es sieht so aus, als ginge die Sache in Ordnung.«

»Allerhand! Dabei war er noch nicht einmal fertig, nicht wahr?«

»Sie haben die ersten zwanzig Kapitel und mein Exposé gelesen. Das war übrigens gleich der erste Verlag, dem ich das Ding zeigte.« Der Artillerieoffizier sprach in gewollt gleichgültigem Ton, dabei strahlte er doch vor Stolz über das ganze Gesicht. Willie starrte ihn mit großen Augen an. Der wachsende Stapel gelber Manuskriptseiten in Keefers Schreibtisch war nie so recht ernst genommen worden. Schriftsteller waren für Willie eine Art Fabelwesen – tote Riesen wie Thackery oder in unzugänglichen Höhen wandelnde, märchenhaft reiche Zeitgenossen wie Sinclair Lewis und Thomas Mann.

»Wie ist das, wird man dir einen größeren Vorschuß zahlen, Tom?«

»Ich sagte ja schon, noch habe ich nichts Endgültiges in der Hand. Wenn alles klappt, dürften 500 bis 1000 Dollar dabei herausspringen.« Willie pfiff durch die Zähne. »Viel ist das ja nicht«, fuhr Keefer fort, »aber für ein halbfertiges Erstlingsbuch – immerhin ...«

»Das ist ja wunderbar, Tom, wirklich! Hoffentlich wird es ein toller Bestseller! Ich weiß jetzt schon, daß es einer werden wird. Erinnerst du dich noch, daß ich dich damals schon um das millionste Exemplar gebeten habe – mit eigenhändiger Widmung natürlich? Das gilt noch immer.«

Der Stolz in Keefers Miene wich einem törichten, glücklichen Lächeln: »Nichts überstürzen, mein lieber Willie – noch ist kein Vertrag unterschrieben.« –

Um Steve Maryks Fassung war es schon geschehen, als die erste Sitzung des Kriegsgerichts kaum eröffnet war und die Richter vereidigt wurden. Sieben Offiziere standen im Halbkreis auf der Estrade hinter dem rotbraun polierten Richtertisch, sie hielten den rechten Arm erhoben und starrten ernst und feierlich auf Challee, der aus einem zerlesenen Band der Gerichtsordnung die Eidesformel verlas.

An der Wand hinter ihnen hing zwischen zwei breiten Fenstern eine große amerikanische Flagge. Draußen spielten die graugrünen Kronen hoher Eukalyptusbäume in der Brise des sonnigen Morgens, und dahinter tanzten Millionen Lichter über den blauen Gewässern der Bucht. Es mußte ein unbewußt grausamer Kopf gewesen sein, der auf den Gedanken verfiel, den Gerichtssaal des Zwölften Marinebezirks ausgerechnet auf die Insel Yerba Buena zu verlegen, mitten in eine paradiesische Landschaft, die von allen Seiten lockte und leuchtete. Der rechteckige graue Raum wirkte dadurch doppelt beklemmend. Zwischen dem Blick des Angeklagten und der freien, sonneglitzernden Wasserfläche hing die Flagge, ihre roten und weißen Balken wurden vor diesem Hintergrund zu Gitterstäben einer Gefängniszelle.

Maryks Augen hingen wie gebannt am Vorsitzenden des Gerichts, Kapitän Blakely, der in der Mitte der Richter und gerade vor der Flagge stand. Sein Ausdruck war alles andere als beruhigend, die Nase war scharf, die Lippen waren schmal wie dunkle Striche, ein Paar kleine, scharfe Augen spähten streng und mißtrauisch unter buschigen Brauen hervor. Blakely hatte graue Haare, unter dem Kinn hing ein loser, vertrockneter Hautsack, seine Lippen waren blutlos, und nach den Augen zu liefen unzählige Falten und Fältchen. Maryk kannte seinen Ruf, er war alter U-Boot-Fahrer, kam aus dem Mannschaftsstand und saß jetzt wegen eines Herzleidens an Land. Es hieß, er sei der schärfste Vorgesetzte des ganzen Zwölften Marinebezirks. Maryk flog an allen Gliedern, als er sich nach der Vereidigung der Richter wieder setzen durfte. Allein der Anblick Blakelys hatte genügt, ihn in diesen Zustand zu versetzen.

Ein aktiver Kapitänleutnant und fünf Leutnants waren die Beisitzer. Von ihnen war nichts Besonderes zu sagen, es waren Offiziere, wie man sie zu Dutzenden in jeder Halle eines Offiziersheims antreffen konnte. Zwei der Leutnants waren Assistenzärzte, zwei waren aktiv, einer war Reserveoffizier. Die Zeiger der großen Uhr über Challees Platz wanderten von zehn bis ein Viertel vor elf, ehe die verschiedenen feierlichen Amtshandlungen beendet waren, von denen Maryk kein Wort begriff. Endlich rief Challee seinen ersten Zeugen auf: Leutnant Commander Philip Francis Queeg.

Die Ordonnanz verschwand, aller Augen ruhten auf der Tür. Der

Exkommandant der »Caine« betrat den Saal, braungebrannt, mit klaren Augen, in einer neuen blauen Uniform, deren Ärmelstreifen hell in der Sonne glänzten.

Maryk hatte ihn fast zwei Monate nicht zu Gesicht bekommen, der Wandel war kaum zu fassen. Er erinnerte sich noch genau, wie Queeg zuletzt vor ihm gestanden hatte: ein kleines, gebeugtes, spitzbäuchiges Männchen, angetan mit grauer Rettungsweste und nasser Khakiuniform, das sich krampfhaft am Maschinentelegrafen festhielt und in dessen grünem verzerrtem Gesicht die nackte Angst geschrieben stand. Der Mann hier im Saal dagegen hielt sich straff und aufrecht, er blickte zuversichtlich in die Welt, man mußte zugeben, er sah gut aus und wirkte – trotz der spärlichen blonden Strähnen über der rosa Glatze – sogar jugendlich frisch. Sein Anblick zerrte förmlich an Maryks Nerven.

Queeg nahm auf einer erhöhten Plattform in der Mitte des Saales Platz, seine Antworten auf die einleitenden Fragen waren höflich und bestimmt. Nicht ein einziges Mal wandte er den Kopf zu Maryk hin, obwohl dieser nur wenige Fuß zu seiner Rechten an dem Tisch des Verteidigers saß. Challee kam gleich auf den Morgen des Taifuns zu sprechen und bat den Exkommandanten, die Vorgänge von damals mit seinen eigenen Worten zu schildern. Queeg gab daraufhin in gewählter Sprache eine flüssige, straff zusammengefaßte Darstellung der Meuterei. Maryk mußte sich gestehen, daß er die Ereignisse – oder besser gesagt, das äußerliche Geschehen – richtig wiedergab. Aber alle Worte und Handlungen waren doch irgendwie leicht umgefärbt, vor allem fehlte natürlich jede Andeutung über das Aussehen und Verhalten des Kommandanten selbst. Alles zusammen genügte, das Bild der Ereignisse geradezu auf den Kopf zu stellen. Queeg hatte sich nach seiner eigenen Darstellung ganz einfach von dem Bestreben leiten lassen, unter allen Umständen Kurs und Fahrt der Flotte beizubehalten. Das sei ihm trotz des immer schlechter werdenden Wetters auch gelungen, bis der Erste Offizier völlig unerwartet Amok zu laufen begann und das Kommando an sich riß. Er sei dann trotzdem weiter auf der Brücke geblieben und habe dem völlig von Sinnen geratenen Eins O vorsichtig die notwendigen Manöver nahegelegt; so sei es ihm gelungen, das Schiff trotz allem doch noch sicher durch den Taifun zu bringen. Das Gericht folgte seinen Darstellungen mit Interesse und Wohlwollen. Einmal richtete Blakely einen langen, unheilschwangeren Blick auf Greenwald. Noch ehe Queeg zu Ende war, hatte Maryk die Hoffnung verloren un sah ängstlich und hilfesuchend auf seinen Verteidiger. Greenwald schmierte mit einem Rotstift auf seinem Schreibblock herum, das Ergebnis war eine ganze Herde fetter rosiger Schweinchen.

»Commander«, fragte Challee, »haben Sie irgendeine Erklärung für das Verhalten Ihres Ersten Offiziers?«

»Nun«, erklärte Queeg in ruhigem Ton, »die Lage war ja ziemlich ernst. Es herrschte Windstärke 10 bis 12, die Seen gingen hoch wie Berge, und das Schiff arbeitete natürlich schwer. Mr. Maryk hatte den ganzen Vormittag eine steigende Nervosität und Unruhe an den Tag gelegt. Ich glaube, daß er beim letzten Überholen einfach die Herrschaft über sich selbst verlor und ohne Überlegung handelte. Offenbar lebte er in der irrigen Vorstellung, daß er allein in der Lage sei, das Schiff zu retten. Einbildung auf sein seemännisches Können war ja schon von jeher seine größte Schwäche gewesen.«

»War denn die ›Caine‹ in diesem Augenblick in ernster Gefahr?«

»Das möchte ich eigentlich nicht sagen, Sir. Ein Taifun ist natürlich immer eine äußerst unübersehbare Angelegenheit, aber das Schiff hatte ihn bis zu diesem Augenblick gut abgeritten, und dabei blieb es auch nachher.«

»Waren Sie je geisteskrank?«

»Nein, Sir.«

»War Ihnen in irgendeiner Hinsicht unwohl, als Mr. Maryk Sie ablöste?«

»Keine Spur.«

»Haben Sie gegen Ihre Dienstenthebung Einspruch erhoben?«

»Jawohl, mit aller Entschiedenheit.«

»Haben Sie den Versuch gemacht, das Kommando wieder zu übernehmen?«

»Jawohl, wiederholt.«

»Haben Sie dem Ersten Offizier die Folgen seiner Handlungsweise vorgestellt?«

»Jawohl, ich sagte ihm, sein Verhalten sei offene Meuterei.«

»Und was gab er Ihnen darauf zur Antwort?«

»Daß er damit rechne, vor ein Kriegsgericht gestellt zu werden, aber das Kommando dennoch behalten wolle.«

»Wie verhielt sich der Wachhabende Offizier, Leutnant Keith?«

»Er war ebenso aus dem Gleichgewicht wie Maryk, wenn nicht schlimmer, und hielt hartnäckig zu Maryk.«

»Und wie war die Haltung der übrigen Offiziere?«

»Sie waren äußerst bestürzt und fügten sich in das Unvermeidliche. Unter den gegebenen Umständen blieb ihnen wohl auch nichts anderes übrig.«

»Wie benahm sich der Rudergänger?«

»Stilwell war meiner Meinung nach der übelste Unruhestifter an Bord. Er war ein unausgeglichener, unzuverlässiger Mensch und zeigte aus irgendeinem Grund eine besondere Ergebenheit für Leutnant Keith. Natürlich war er sofort mit Freuden bei der Sache, als es galt, meinen Befehlen offenen Widerstand zu leisten.«

»Wo ist Stilwell gegenwärtig?«

»Ich glaube, in der Psychiatrischen Abteilung des Marinelazaretts. Nach der Diagnose leidet er an akuter Schwermut.«

Challee warf einen Blick auf den Richter.

»Commander, wünschen Sie zu den Ereignissen, die sich am 18. Dezember an Bord der ›Caine‹ abspielten, noch irgendwelche Aussagen zu machen?«

»Ich habe natürlich viel über alle diese Dinge nachgedacht. Der Vorfall war der schlimmste während meiner ganzen Laufbahn als Offizier und meines Wissens der einzige, der einen zweifelhaften Eindruck hinterlassen könnte. Das Ganze läuft im Grunde auf ein Zusammenspiel dummer Zufälle, eine Laune des Schicksals hinaus. Wäre der Wachoffizier irgendein anderer gewesen als ausgerechnet Keith, der Rudergänger ein anderer als Stilwell, dann wäre nicht das mindeste geschehen. Keefer, Harding oder Paynter wären Maryk von Anfang an entgegengetreten und hätten ihn wohl im Handumdrehen zur Räson gebracht. Irgendein anderer, geistig normaler Rudergänger hätte die Befehle der beiden Offiziere einfach unbeachtet gelassen und ausschließlich mir gehorcht. Aber das Unglück wollte es eben, daß sich ausgerechnet diese drei – Maryk, Keith und Stilwell – in jenem kritischen Augenblick gegen mich zusammentun konnten. Das ist schlimm für mich und leider noch schlimmer für sie.«

Während Queeg sprach, nahm Maryk Greenwald den Bleistift aus der Hand und schrieb auf das Löschblatt: »Ich kann *beweisen*, daß ich nicht durchgedreht war!«

Der Anwalt schrieb darunter: »Gut, wird wahrscheinlich nicht nötig sein« und zeichnete um beide Sätze ein besonders großes, dickes Schwein.

»Das Gericht möchte einige Fragen an den Zeugen stellen«, sagte Blakely. »Commander Queeg, seit wann dienen Sie in der Marine?«

»Ich stehe im vierzehnten Dienstjahr, Sir.«

»Haben Sie sich während dieser Zeit allen vorgeschriebenen Untersuchungen und Tests unterzogen, die beim Eintritt in die Akademie, bei der Abschlußprüfung, bei Ernennung zum Offizier, bei Beförderung usw. fällig waren?«

»Jawohl, Sir.«

»Enthält Ihr Gesundheitspaß irgendeine Eintragungen, die in irgendeiner Form auf einen körperlichen oder geistigen Defekt schließen läßt?«

»Das ist nicht der Fall, Sir. Im Herbst 1938 wurden mir die Mandeln entfernt. Das ist die einzige Eintragung, die vom üblichen Schema abweicht.«

»Sind Ihre dienstlichen Leistungen je ungünstig beurteilt worden, haben Sie je einen schriftlichen Verweis oder eine Verwarnung bekommen?«

»Ich kann auch diese Frage mit Nein beantworten, Sir. Mein Akt enthält im Gegenteil ein Belobigungsschreiben.«

»Können Sie uns vielleicht erklären, Commander, wie Leutnant Maryk auf den Gedanken kommen konnte, einen Offizier von Ihrer Vorbildung und Ihren Leistungen für geistesgestört zu halten?«

Challee warf einen raschen Blick auf Greenwald, er erwartete seinen Einspruch auf diese Frage. Aber der Verteidiger saß noch immer über den Tisch gebeugt und zeichnete auf seinem Schreibblock. Er war ein Linkshänder, seine narbenbedeckte Hand umschloß den hin und her gehenden Stift.

»Dazu habe ich folgendes zu erklären: Ich übernahm das Schiff in einem unglaublich verschmutzten, in jeder Hinsicht heruntergekommenen Zustand und erkannte sofort, daß mir lange und zähe Arbeit bevorstand. Dennoch war ich entschlossen, das Schiff unter allen Umständen wieder richtig in Schuß zu bringen, so unerfreulich diese Aufgabe auch sein mochte. Hier und dort griff ich daher unverzüglich mit eiserner Strenge durch. Leider muß ich sagen, daß Leutnant Maryk meinen Bestrebungen auf diesem Gebiet von Anfang an entgegenarbeitete, er hatte nicht das geringste Verständnis für meinen Wunsch, das Schiff wieder in normalen Zustand zu bringen, und hielt mich vielleicht ernstlich für verrückt, weil ich durchaus nicht davon ablassen wollte. Gerade seine Laschheit und sein mangelnder Diensteifer zwangen mich natürlich, nun erst recht streng vorzugehen, und wie ich schon sagte, spricht der Gefechtseinsatz der ›Caine‹ unter meiner Führung für sich selbst, trotz aller Schwierigkeiten, die Maryk mir bereitete.«

Der Vorsitzende, Challee und Greenwald tauschten Blicke. Der Verteidiger erhob sich zum Kreuzverhör.

»Commander Queeg«, sagte er in achtungsvollem Ton und blickte dabei auf den Bleistift in seiner Hand nieder. »Ich möchte Sie gern fragen, ob Sie je den Ausdruck ›Old Yellowstain‹ gehört haben?«

»In welchem Zusammenhang?« Queegs Überraschung schien echt.

»In irgendeinem Zusammenhang!«

»Old Yellowstone?«

»Nein, Old Yellowstain, Sir.«

»Das habe ich noch nie gehört.«

»Es ist Ihnen also unbekannt, daß alle Offiziere der ›Caine‹ Sie Old Yellowstain zu nennen pflegten?«

Der Vertreter der Anklage sprang auf: »Ich erhebe Einspruch gegen diese Frage! Sie ist eine unverschämte Beleidigung des Zeugen.«

Blakely bemerkte in frostigem Ton: »Kann der Herr Verteidiger die von ihm beabsichtigte Form der Fragestellung begründen?«

»Hohes Gericht, es ist das verbriefte Recht des Verteidigers, die Worte der Anklage – ich zitiere: ›Ohne Vollmacht und ohne zureichenden Grund‹ – zu entkräften. Die Verteidigung beabsichtigt nachzuweisen, daß erstens die Vollmacht des Leutnants Maryk zu seiner Handlungsweise in den Artikeln 184, 185 und 186 der Navy Regulations deutlich zum Ausdruck kommt und daß zweitens auch der zureichende Grund für diese Handlungsweise durch den

Zustand, das Verhalten und die Maßnahmen des Commanders Queeg während seines Kommandos auf der ›Caine‹ ohne weiteres gegeben war. Der Spitzname Old Yellowstain, den die Offiziere der ›Caine‹ gebrauchten, und der Vorfall, dem dieser Spitzname seine Entstehung verdankt, sind für die Ermittlung des wahren Sachverhalts von entscheidender Bedeutung. Ich zitiere aus Artikel 185: ›... daß der Entschluß, seinen Kommandanten vom Dienst zu entheben, eine notwendige Folgerung aus den festgestellten Tatsachen bedeutet, die ein vernünftiger, klardenkender Offizier zu ziehen sich verpflichtet fühlen muß‹.«

Während Greenwald sprach, zuckte der Vorsitzende immer wieder mit den Brauen. »Der Saal ist zu räumen«, verkündete er.

Draußen auf dem Gang lehnte sich Greenwald an die Wand und bemerkte zu Maryk: »Blakely mag die Juden nicht. Achten Sie nur auf die Betonung des Namens Greenwald. Für diese Töne habe ich das absolute Gehör.«

»O Gott!« sagte Maryk niedergeschlagen.

»Das macht nichts aus. Man braucht die Juden ja nicht gerade zu lieben, genug, wenn man sie wenigstens gelten läßt. In der Marine war das bei mir bis jetzt immer der Fall, und Blakely wird folglich auch keine Ausnahme machen – trotz seiner grimmigen Augenbrauen.«

»Nach dem, was bis jetzt ausgesagt wurde, kann ich meine Hoffnungen begraben«, sagte der Eins O bedrückt.

»Queeg macht sich gar nicht so schlecht, das muß man ihm lassen«, sagte Greenwald.

Die Ordonnanz holte sie wieder in den Saal.

»Ehe das Gericht eine Entscheidung fällt, möchte es den Herrn Verteidiger noch einmal ausdrücklich zur Zurückhaltung ermahnen«, sagte Blakely mit einem durchdringenden Blick auf Greenwald. »Der vorliegende Fall ist ganz ungewöhnlich und erfordert ausnehmenden Takt. Bedenken Sie, daß hier Ehre und Laufbahn eines Offiziers auf dem Spiele stehen, der sich in vierzehnjähriger Dienstzeit bewährt und auch vor dem Feind seinen Mann gestanden hat. Das Gericht muß andererseits einräumen, daß sich die Verteidigung vor die Notwendigkeit gestellt sieht, die Eignung dieses Offiziers für seinen Dienst in Frage zu stellen. Das darf aber nicht dazu führen, daß die Regeln der Berufsethik und das Gesetz der militärischen Unterordnung und Disziplin vor Gericht einfach über Bord geworfen werden. Der Herr Verteidiger trägt die volle Verantwortung für seine Beweisführung mit Einschluß aller unbedachtsamen Äußerungen und jedes Mißbrauchs seiner Rechte im Kreuzverhör.« Der Vorsitzende hielt darauf inne und starrte noch strenger als zuvor zu Greenwald hinüber, der in lässiger Haltung hinter seinem Tisch stand und auf seine Schweinchenparade hinuntersah. »Das Gericht sieht sich aus dem erwähnten Grund veranlaßt, den Einspruch des Herrn Vertreters der Anklage zu verwerfen. Der Protokollführer möge die Frage wiederholen.«

Der kleine Schreiber in Weiß wiederholte tonlos die letzte Frage: »Es ist Ihnen also nicht bekannt, daß die Offiziere der ›Caine‹ Sie selbst Old Yellowstain zu nennen pflegten?«

Queeg hatte den Kopf zwischen die Schultern gezogen und schielte von unten her in die Luft. So kam er Maryk plötzlich viel bekannter vor.

»Nein, das ist mir nicht bekannt.«

»Commander«, fragte Greenwald, »wie viele Beurteilungen haben Sie eigentlich über Leutnant Maryk geschrieben, abgesehen von der, die Sie nach Ihrer Dienstenthebung einlieferten?«

»Ich glaube zwei.«

»Eine im Januar und eine im Juli, nicht wahr?«

»Das stimmt.«

»Können Sie sich an ihren Inhalt erinnern?«

»Soviel ich noch weiß, waren sie nicht schlecht.«

»Haben Sie ihm in beiden Beurteilungen die höchste Qualifikation ›Hervorragend‹ gegeben?«

»Das war noch im Anfang, es ist also wohl möglich.«

»Wir können zur Unterstützung Ihres Gedächtnisses unschwer Fotokopien dieser Dokumente beschaffen, Commander.«

»Ich kann Ihre Frage mit Bestimmtheit bejahen. Jetzt erinnere ich mich, daß ich ihm damals, im Anfang, noch die Qualifikation ›Hervorragend‹ gegeben habe.«

»Steht das nicht im Widerspruch zu Ihrer vorigen Aussage, daß er an Bord der ›Caine‹ vom ersten Tage an Ihren dienstlichen Wünschen entgegengearbeitet habe?«

»Nein, ich finde da keinen Widerspruch, es kommt ja immer darauf an, wie man die Dinge auslegt. Beurteilungen sind in meinen Augen nicht dazu da, an Offizieren Vergeltung zu üben, die meine dienstlichen Ansichten nicht teilen. Maryk war zweifellos ein tüchtiger und erfahrener Mann … vielleicht war es auch etwas übertrieben von mir, zu sagen, er habe mir schon vom ersten Tage an opponiert. In Wirklichkeit brannte er anfangs geradezu vor Diensteifer, allerdings war es bald damit vorbei. Solche Strohfeuer sind ja keine seltene Erscheinung, und ich bin wohl nicht der einzige Kommandant, der sich im ersten Augenblick davon blenden ließ.«

»Haben Sie ihm nicht in Ihrer Beurteilung vom 1. Juli die Eignung zum Kommandanten bescheinigt?«

»Wie gesagt, er brannte damals vor Diensteifer. Warum ziehen Sie nicht seine letzte Beurteilung heran, wenn Sie wissen wollen, wie es am Schluß mit ihm stand?«

»Diese Beurteilung haben Sie geschrieben, nachdem er Sie wegen angeblicher Geistesgestörtheit vom Dienst enthoben hatte, nicht wahr?«

»Gewiß, aber das spielt doch nicht die geringste Rolle!« rief Queeg, und seine Stimme hatte wieder etwas von dem alten näselnden Ton. »Die Beurteilung ist kein Instrument der Rache oder Vergeltung, jedenfalls nicht für mich!«

»Zunächst keine weiteren Fragen«, sagte Greenwald mit einer Wendung zum Gericht. »Commander Queeg wird auch von der Verteidigung noch als Zeuge geladen werden.«

Die Brauen des Vorsitzenden verrieten durch ein kurzes Zucken sein Erstaunen und gaben dann kund, daß er sich mit dem Unvermeidlichen abfand. Queeg wurde entlassen und eilte raschen Schrittes aus dem Saal.

»Ich rufe Leutnant Keefer«, sagte Challee.

Mit festen Schritten, die Schultern zurückgenommen, den Kopf ein wenig zur Seite geneigt, so kam der Schriftsteller hereinmarschiert, sein Blick ging geradeaus ins Leere. Nachdem er den Eid gesprochen hatte, setzte er sich auf den Zeugenstuhl und kreuzte seine schlaksigen Beine. Seine Ellbogen ruhten auf den Armlehnen, die Hände hielt er vor dem Leib verschränkt. Während seiner ganzen Aussage wippte er ununterbrochen mit der Fußspitze auf und ab.

Challee erledigte leiernd die einleitenden Fragen und fuhr dann fort: »Leutnant Keefer, es geht um die Ereignisse des 18. Dezember, vormittags. Wo befanden Sie sich, als Commander Queeg vom Dienst enthoben wurde?«

»Im Kartenhaus auf der Brücke.«

»Was taten Sie dort?«

»Der Sturm war entsetzlich. Wir waren zu mehreren im Kartenhaus, Offiziere und Mannschaften, damit wir im Notfall sofort zur Hand wären. Natürlich mieden wir das Ruderhaus, um dort niemandem im Wege zu sein.«

»Beschreiben Sie uns, auf welche Weise Sie davon Kenntnis erhielten, daß der Kommandant vom Dienst enthoben worden war.«

»Mr. Maryk gab Befehl an alle Offiziere, sich im Ruderhaus einzufinden. Als wir uns dort versammelt hatten, gab er bekannt, daß der Kommandant krank sei und er selbst das Kommando übernommen hätte.«

»Wo befand sich in diesem Augenblick Commander Queeg?«

»Gleichfalls im Ruderhaus.«

»Gab er zu erkennen, daß er mit Mr. Maryks Bekanntgabe einverstanden war?«

»Im Gegenteil. Er erhob nachdrücklich Einspruch und bedeutete uns, daß wir uns der Teilnahme an einer Meuterei schuldig machten, wenn wir Maryks Befehlen gehorchten.«

»War Commander Queeg äußerlich irgendwie anzumerken, daß er krank war?«

»Nun«, Keefer rutschte unruhig auf seinem Platz und begegnete für den Bruchteil einer Sekunde Maryks leidvoll gespanntem Blick. Dann sah Maryk in aufsteigendem Zorn zur Seite. »Ich möchte dazu sagen, daß auf einem kleinen Zerstörer während eines Taifuns kein Mensch blühend auszusehen pflegt. Commander Queeg war naß und müde, die Anstrengung war ihm deutlich anzumerken.«

»Hat er getobt oder geschäumt? Haben Sie sonst Anzeichen an ihm wahrgenommen, die nach landläufigen Begriffen auf eine geistige Störung hindeuteten?«

»Nichts dergleichen.«

»Sprach er unzusammenhängend, schwatzte er ungereimtes Zeug, als er gegen seine Dienstenthebung Einspruch erhob?«

»Nein, er sprach vollkommen klar.«

»Sah er mitgenommener aus als, sagen wir, Leutnant Keith?«

»Nein, Sir.«

»Oder als Maryk selbst?

»Ich glaube nicht. Wir waren alle müde und naß bis auf die Haut. Jeder klammerte sich an, um nicht in irgendeine Ecke zu fliegen.«

»Was haben Sie auf Maryks Bekanntgabe erwidert?«

»Der ganze Vorgang spielte sich sehr schnell ab, außerdem herrschte ziemliche Aufregung. Während Commander Queeg noch sprach, kam die gekenterte ›George Black‹ in Sicht. Maryk leitete sofort die nötigen Manöver ein, um die Überlebenden aufzufischen, das nahm uns die ganze folgende Stunde ausschließlich in Anspruch.«

»Haben Sie keinen Versuch gemacht, Maryk zur Rückgabe des Kommandos an Queeg zu bestimmen?«

»Nein.«

»Waren Sie nicht nach Maryk der dienstälteste Offizier an Bord?«

»Jawohl.«

»Waren Sie sich auch über den Ernst der Lage im klaren?«

»Gewiß, Sir.«

»Hatten Sie nicht den Eindruck, daß Commander Queegs Warnung vor der Teilnahme an einer Meuterei wohlbegründet war?«

»Jawohl.«

»Warum haben Sie dennoch nichts unternommen, um das Geschehene wiedergutzumachen?«

»Ich war nicht dabei, als der Kommandant abgesetzt wurde, und konnte daher nicht wissen, ob er sich nicht etwa doch in einem kritischen Augenblick so verhalten hatte, daß der Erste Offizier zur Überzeugung kommen konnte, er sei krank. Überdies nahm uns erst die Bergung der Überlebenden von der ›Black‹ und dann die Erhaltung des eigenen Schiffes voll in Anspruch. Für lange Auseinandersetzungen war da keine Zeit. Als der Sturm später abflaute, war an dem neuen Zustand der Dinge nicht mehr zu rütteln. Maryk hatte die Führung fest in der Hand, das ganze Schiff gehorchte seinen Befehlen. Ihm jetzt noch entgegenzutreten, wäre vielleicht sogar ein meuterischer Akt von meiner Seite gewesen. Ich kam zu dem Schluß, daß es mit Rücksicht auf die Sicherheit des Schiffes das beste war, ihm so lange Gehorsam zu leisten, bis eine höhere vorgesetzte Stelle seine Handlungsweise entweder guthieß oder verurteilte. Diese Überlegung bestimmte dann auch mein weiteres Verhalten.«

»Leutnant Keefer, waren Sie nicht an Bord der ›Caine‹, seit Commander Queeg das Schiff übernahm?«

»Jawohl.«

»Haben Sie je Anzeichen geistiger Störung an ihm wahrgenommen?«

Keefer zögerte, netzte sich die Lippen mit der Zunge und warf einen Blick auf Maryk, der an einem Fingerknöchel nagte und durchs Fenster in das sonnige Grün der Bäume starrte. »Ich möchte – ich kann diese Frage nicht befriedigend beantworten, es fehlt mir dazu an der nötigen psychiatrischen Vorbildung.«

Challee sagte in verweisendem Ton: »Mr. Keefer, gesetzt, Sie beobachteten einen Mann, der sich mit Schaum vor dem Mund an Deck herumwälzt oder um die Aufbauten rast und schreit, ein Tiger sei hinter ihm her, würden Sie sich da nicht erlauben zu behaupten, dieser Mann sei mindestens vorübergehend geistesgestört?«

»Jawohl, das würde ich sagen.«

»Hat Commander Queeg je ein derartiges Benehmen gezeigt?«

»Nein, nichts dergleichen.«

»Haben Sie etwa insgeheim die Möglichkeit erwogen, daß Commander Queeg an geistigen Störungen leiden könnte?«

»Einspruch!« rief Greenwald, während er sich erhob. »Der Zeuge ist kein Sachverständiger, persönliche Ansichten sind als Aussage nicht zugelassen.«

»Ich ziehe die Frage zurück«, sagte Challee mit einem flüchtigen Lächeln, und Blakely ließ sie aus dem Protokoll streichen.

Als Greenwald wieder saß, schob ihm Maryk den Schreibblock unter die Augen. Über alle Schweinchen hinweg stand darauf mit Rotstift geschrieben: »Warum? Warum? Warum denn nur?« Greenwald kritzelte rasch seine Antwort auf ein frisches Blatt: »Keefer mit hineinzuziehen schadet Ihnen. Zwei rebellische Schweinehunde anstatt eines heroischen Eins O. Jetzt beruhigen Sie sich mal.«

»Mr. Keefer«, fuhr der Vertreter der Anklage fort, »erhielten Sie irgendwann vor dem 18. Dezember Kenntnis davon, daß Maryk den Kommandanten für geisteskrank hielt?«

»Jawohl.«

»Berichten Sie, wie Ihnen dies zur Kenntnis kam.«

»Etwa vierzehn Tage vor dem Taifun zeigte mir Maryk in Ulithi sein sogenanntes medizinisches Tagebuch, in dem er seine Beobachtungen über Queegs Verhalten aufzeichnete. Er bat mich, mit ihm auf die ›New Jersey‹ zu fahren und Admiral Halsey den Fall zu unterbreiten.«

»Und wie haben Sie sich zu diesem medizinischen Tagebuch gestellt?«

»Ich war sprachlos, als ich erfuhr, daß Maryk dieses Tagebuch geführt hatte.«

»Waren Sie bereit, ihn zu begleiten?«

»Ja.«

»Warum?«

»Ich war wie vor den Kopf geschlagen. Außerdem – er war mein Vorgesetzter und zugleich ein guter Freund. Es kam mir gar nicht in den Sinn, ihm die Bitte abzuschlagen.«

»Waren Sie der Überzeugung, daß der Inhalt dieses Tagebuches ausgereicht hätte, eine Ablösung Queegs herbeizuführen?«

»Nein. Als wir an Bord der ›New Jersey‹ anlangten, erklärte ich ihm mit allem Nachdruck, dessen ich fähig war, daß seine Aufzeichnungen nicht dazu ausreichten, seine Handlungsweise zu rechtfertigen, und daß man uns schließlich noch der gemeinsamen Vorbereitung einer Meuterei beschuldigen würde.«

»Was sagte er darauf?«

»Er folgte meinem Rat. Wir kehrten auf die ›Caine‹ zurück, und dann war von seinem Tagebuch und Queegs Geisteszustand nie mehr die Rede zwischen uns.«

»Haben Sie den Kommandanten von der Existenz dieses Tagebuchs unterrichtet?«

»Nein.«

»Warum nicht?«

»Das wäre unanständig von mir gewesen, außerdem scheute ich im wohlverstandenen Interesse des Dienstes davor zurück, bei meinem Kommandanten Mißstimmung gegen den Ersten Offizier zu erregen. Maryk hatte offenbar seine Absicht aufgegeben, die Sache weiter zu verfolgen. Ich sah daher den ganzen Fall als erledigt an.«

»Dann waren Sie also sehr überrascht, als er den Kommandanten vierzehn Tage später vom Dienst enthob?«

»Jawohl, ich fiel aus allen Wolken.«

»Haben Sie sich nicht darüber gefreut, Mr. Keefer?«

Keefer wand sich auf seinem Stuhl, forschte in Blakelys unerbittlicher Miene und sagte dann: »Ich war, wie gesagt, mit Maryk sehr befreundet, darum nahm ich mir die Sache sehr zu Herzen. Es war doch vorauszusehen, daß er bestenfalls recht unangenehme Folgen zu gewärtigen hatte, außerdem stand uns anderen wahrscheinlich das gleiche bevor. Unsere Lage war alles andere als rosig, wie hätte ich mich da freuen können?«

»Keine weiteren Fragen.« Challee nickte Greenwald zu.

Der Verteidiger erhob sich: »Keine Fragen.«

Die Köpfe der sieben Richter fuhren herum, alle starrten Greenwald an. Blakely fragte mit unwahrscheinlich hochgezogenen Augenbrauen: »Hat die Verteidigung die Absicht, den Zeugen später zu vernehmen?«

»Nein, Sir.«

»Auch kein Kreuzverhör?«

»Nein, Sir.«

»Der Protokollführer wird also aufnehmen«, fuhr Blakely fort, »daß die Verteidigung kein Kreuzverhör des Zeugen Leutnant Keefer gewünscht hat. Das Gericht wird den Zeugen selbst befragen. Leutnant Keefer, können Sie dem Gericht über irgendwelche Vorfälle tatsächlicher Natur berichten, die einer klardenkenden und erfahrenen Offizier die Folgerung nahelegen konnten, daß Commander Queeg geistig nicht normal war?«

»Sir, ich sagte schon, daß ich kein Psychiater bin.« Keefer war sehr blaß geworden.

»Schön, nun zu diesem sogenannten medizinischen Tagebuch. Haben Sie es gelesen, Mr. Keefer? Kannten Sie die Vorfälle, die es enthielt?«

»Zum größten Teil, Sir.«

»Die gleichen Fälle, die Leutnant Maryk zu der Überzeugung brachten, daß er dem Admiral Halsey über seinen Kommandanten

Meldung machen müsse, haben Sie also nicht im gleichen Sinne zu überzeugen vermocht. Ist das richtig?«

»Jawohl, Sir, sie konnten mich nicht überzeugen.«

»Warum nicht?«

Keefer blickte zur Uhr hinauf, dann wieder zurück zu Blakely: »Sir, ein Laie kann nur sehr schwer zu diesen Dingen Stellung nehmen.«

»Sie haben doch betont, Sie seien ein guter Freund Mr. Maryks. Nun, das Gericht sucht unter anderem alle Umstände herauszufinden, die seinen Entschluß, den Kommandanten abzusetzen, in milderem Licht erscheinen lassen. Haben Ihnen die in dem Tagebuch niedergelegten Vorfälle als Laien wirklich nur die Bestätigung geliefert, daß Commander Queeg ein durchaus normaler und ausnehmend tüchtiger Offizier sei?«

Die Frage hatte einen deutlich ironischen Unterton. Keefer war sofort mit der Antwort bereit: »Meine laienhafte Ansicht geht dahin, daß man den Geisteszustand eines Menschen nur relativ begreifen kann. Commander Queeg war ein scharfer Disziplinarvorgesetzter, er pflegte den kleinsten Angelegenheiten mit peinlicher Sorgfalt nachzugehen und bestand unnachsichtlich darauf, seinen Willen immer und überall durchzusetzen. Mit ihm zu rechten, war alles andere als leicht. Es stand mir natürlich nicht zu, über seine Entscheidungen zu urteilen, aber manchmal hatte ich doch den Eindruck, als ob er die Leute zu hart anfaßte und allzuviel Zeit an Kleinigkeiten verschwendete. Solche Fälle waren in dem medizinischen Tagebuch aufgezeichnet. Gewiß, sie waren unerfreulich, aber daraus ohne weiteres zu schließen, der Kommandant sei nicht bei Verstand, das ging denn doch zu weit, und ich sah mich als ehrlicher Freund gezwungen, Maryk davor zu warnen.«

Blakely beugte sich zum Vertreter der Anklage hinüber und flüsterte ihm etwas zu. Dann sagte er: »Keine weiteren Fragen; der Zeuge ist entlassen.«

Keefer verließ den Zeugenstand, wandte sich ab und schritt rasch hinaus. Maryk blickte ihm nach, um seine Lippen spielte ein Lächeln der Verzweiflung.

In der Nachmittagsverhandlung rief Challee zunächst Harding und Paynter auf. Sie machten den Eindruck, als sagten sie nur widerstrebend aus; Paynter wurde vom Gericht sogar einmal wegen seiner ausweichenden Antworten verwarnt. Dennoch gelang es Challee, von ihm eine Bestätigung der Aussagen Keefers zu erlangen: Der Kommandant habe nach seiner Dienstenthebung keinen verstörten Eindruck gemacht, sie hätten keine Ahnung, was den Ersten Offizier zu seinem Vorgehen bestimmt habe. Die Vernehmung brachte immerhin zutage, daß Queeg beiden herzlich zuwider war, aber sie mußten doch einer nach dem anderen zugeben, daß sie während der ganzen Zeit seines Kommandos nie ein Zeichen von Geisteskrankheit an ihm bemerkt hatten.

Im Kreuzverhör holte Greenwald aus Harding heraus, daß Stilwell wegen Lesens auf Wache ein halbes Jahr Landgangsverbot bekommen hatte und daß der ganzen Besatzung in den Staaten der Landurlaub für fünf Tage gestrichen worden war, weil ein paar Leute bei Klarschiff ohne Schwimmwesten angetreten waren. Paynter mußte sich zu einer Schilderung des Standgerichts gegen Stilwell bequemen. In einem alles andere als freundlichen Nachverhör wurde ihm darauf von Challee böse mitgespielt: »Mr. Paynter, wurden Sie denn vom Kommandanten angewiesen, Stilwell zu verurteilen?«

»Nein, das nicht. Aber die Art, in der er uns über die einschlägigen Paragraphen belehrte, ließ keinen Zweifel darüber, welches Urteil er wünschte.«

»Welches Urteil hat er denn nach Ihrer Meinung gewünscht?«

»Entlassung wegen schlechter Führung.«

»Und zu welchem Urteil kam das Gericht?«

»Er erhielt sechs Tage Urlaubssperre.«

»Hat der Kommandant den Versuch gemacht, dieses Urteil aufzuheben?«

»Nein.«

»Hat er dem Gericht sein Mißfallen ausgesprochen?«

»Nein.«

»Hat er Sie seine Unzufriedenheit in irgendeiner Weise fühlen lassen?«

»Ja, doch. Er verbot uns ausdrücklich, nach acht Uhr noch zu schlafen. Außerdem begann er über alle Irrtümer Buch zu führen, die uns bei der Führung der Logbücher unterliefen.«

»Mit anderen Worten: Seine grausame Vergeltung bestand darin, daß er Sie anhielt, die Logbücher genau zu führen und während der Dienststunden nicht zu schlafen. Stimmt das?«

»Wir gingen damals nur zu dreien Wache, und wenn einem bei dieser Wachordnung nicht erlaubt ist, zu schlafen ...«

»Antworten Sie bitte auf meine Frage. War das seine ganze sogenannte Vergeltung?«

»Jawohl.«

»Keine weiteren Fragen.«

Greenwald erhob sich: »Mr. Paynter, welche Aufgaben hatte die ›Caine‹ während dieses Zeitraums?«

»Geleitdienst im Front-Seegebiet.«

»Waren Sie viel in See?«

»So gut wie ständig.«

»Wer waren die Wachoffiziere?«

»Keefer, Keith und Harding. Ich selbst war wegen der ständigen Maschinenhavarien die meiste Zeit vom Wachdienst entbunden.«

»Waren diese drei Offiziere zugleich Ressortchefs?«

»Jawohl, alle drei.«

»Und außerdem gingen sie ihre Wachen, nicht wahr? Vier Stunden Wache, acht Stunden frei, Tag für Tag, Woche um Woche. Wie viele Stunden konnten sie am Tage durchschnittlich schlafen?«

»Lassen Sie mich das überschlagen. In zwei von drei Nächten verliert man je vier Stunden, die Mittelwache und die Morgenwache. Dazu kommt der tägliche Alarm bei Sonnenaufgang – bleiben also in der Regel vier, höchstens fünf Stunden Schlaf, vorausgesetzt, daß kein Nachtalarm dazwischenkommt.«

»Gab es oft Nachtalarm?«

»Etwa zwei-, dreimal die Woche.«

»Hat Commander de Vriess je beanstandet, daß die Wachoffiziere sich bei Tage hinlegten?«

»Nein, er forderte uns sogar immer wieder auf, jede freie Minute zum Schlafen auszunutzen. Dösende Schlafwandler, pflegte er zu sagen, könne er auf der Brücke seines Schiffes nicht gebrauchen.«

Der Vertreter der Anklage stellte aufs neue einige Fragen:

»Mr. Paynter, ist einer der Wachoffiziere an den Folgen der Überanstrengung gestorben?«

»Nein.«

»Sind Sie mit den Nerven zusammengebrochen?«

»Nein.«

»Hat etwa das Schiff irgendwelchen Schaden genommen, weil der Kommandant so grausam war, die Herren während der Dienststunden nicht schlafen zu lassen?«

»Nein.«

Der nächste Zeuge war Urban. Die Rechte des kleinen Signalgasten zitterte, und seine Stimme bebte, als ihm der Eid abgenommen wurde.

Der Vertreter der Anklage ließ ihn bestätigen, daß er bei der Dienstenthebung des Kommandanten neben Queeg, Maryk, Keith und Stilwell als einziger Zeuge im Ruderhaus zugegen war.

»Welche Aufgabe hatten Sie dort?«

»Ich hatte die Logkladde zu führen.«

»Beschreiben Sie mit Ihren eigenen Worten, wie es zu der Dienstenthebung des Kommandanten durch Leutnant Maryk kam.«

»Es war fünf Minuten vor zehn, als er ihn ablöste. Ich habe das sofort in mein Buch eingetragen.«

»Schön, und wie ging die Ablösung vor sich?«

»Er sagte: ›Ich übernehme das Kommando, Sir.‹«

»Sonst hat er nichts getan?«

»Ich kann mich nicht mehr so genau erinnern.«

»Wissen Sie, warum er ihn abgelöst hat? Ereignete sich um diese Zeit etwas Besonderes?«

»Das Schiff rollte sehr stark.«

Challee warf einen verzweifelten Blick auf den Richtertisch. »Urban, Sie sollen uns alles beschreiben, was während der letzten zehn Minuten vor der Ablösung des Kommandanten vor sich ging.«

»Wie ich schon sagte, das Schiff rollte sehr stark.«

Challee wartete eine Zeitlang, ohne den Mann aus den Augen zu lassen. Nach langem Schweigen brach er los: »Ist das wirklich alles, was Sie wissen? Hat der Erste Offizier kein Wort gesprochen? Hat der Kommandant kein Wort gesprochen? Hat der Wachhabende kein Wort gesprochen? Hat das Schiff einfach zehn Minuten lang gerollt, während alles schwieg?«

»Es herrschte ein Taifun, Sir. Ich kann mich nicht so genau an alles erinnern.«

Blakely beugte sich vor und musterte den Signalgast über seine verschränkten Hände hinweg mit einem finsteren Blick. »Urban, Sie stehen unter Eid. Wer vor einem Kriegsgericht ausweichende Antworten gibt, macht sich der Mißachtung des Gerichts schuldig. Das ist eine böse Sache. Also denken Sie jetzt gefälligst nach und geben Sie eine vernünftige Antwort.«

Urban äußerte verzweifelt: »Ich glaube, der Kommandant wollte nach Backbord und der Erste Offizier nach Steuerbord, so ähnlich war es.«

»Warum wollte der Kommandant nach Backbord?«

»Das weiß ich nicht, Sir.«

»Und warum wollte der Erste Offizier nach Steuerbord?«

»Sir, ich bin Signalgast und führte meine Kladde. Ich habe sie genau geführt, obwohl wir so heftig rollten. Aber ich hatte keine Ahnung, was eigentlich los war, und weiß es heute noch nicht.«

»Hat der Kommandant etwas Unsinniges unternommen?«

»Nein, Sir.«

»Etwa der Erste Offizier?«

»Nein, Sir.«

»Schien Ihnen der Erste Offizier Angst zu haben?«

»Nein, Sir.«

»Und der Kommandant?«

»Auch nicht.«

»Etwa einer von den anderen auf der Brücke?«

»Jawohl, ich, Sir, und wie! Verzeihung, Sir.«

Einer der Beisitzer, ein Reserveleutnant vom irischen Typ mit krausen roten Haaren, mußte laut auflachen. Als sich Blakely ungehalten nach ihm umsah, begann er sofort eifrig auf einem gelben Blatt Papier Notizen zu machen.

»Urban«, sagte Challee, »hören Sie, Sie sind der einzige Zeuge des ganzen Vorfalls, der nicht unmittelbar in die Sache verwickelt ist. Ihre Aussage ist darum von größter Bedeutung.«

»Ich habe alles genau, so, wie es geschehen ist, in meine Kladde eingetragen, Sir.«

»Gespräche pflegt man ja nicht in Logbüchern festzuhalten. Mir aber kommt es gerade darauf an, was gesprochen wurde.«

»Wie ich schon sagte, Sir, der eine wollte nach Steuerbord drehen, der andere nach Backbord, dann löste Mr. Maryk den Kommandanten ab.«

»Der Kommandant hat sich also mit aller Bestimmtheit an jenem Vormittag weder seltsam noch irgendwie geistesgestört benommen. Stimmt das?«

»Der Kommandant war genauso wie immer, Sir.«

»Wie war er denn?« schrie Challee. »Normal oder verrückt?«

Urban fuhr erschrocken auf seinem Stuhl zurück und starrte Challee fassungslos an: »Soweit ich das überhaupt beurteilen kann, war er natürlich normal.«

»Können Sie sich denn überhaupt nicht mehr erinnern, was diesen ganzen Vormittag auf der Brücke gesprochen wurde?«

»Ich hatte damit zu tun, meine Kladde zu führen, Sir. Ich weiß nur noch, daß vom Drehen nach Backbord oder Steuerbord die Rede war, wie schlimm der Sturm sei und alles das.«

»War nicht auch vom Fluten die Rede?«

»Jawohl, eine Zeitlang sprachen sie auch vom Fluten.«

»Und was erfolgte darauf?«

»Nichts, Sir. Es ging nur darum, ob man fluten sollte oder nicht.«

»Wer wollte denn fluten?«

»Der Kommandant oder Mr. Maryk, welcher von den beiden es war, weiß ich nicht.«

»Es ist aber von größter Wichtigkeit für uns, daß Sie sich erinnern, welcher von den beiden dafür war, zu fluten, Urban.«

»Ich verstehe nichts vom Fluten, Sir, ich weiß nur, daß sie darüber sprachen.«

»Wurde denn an jenem Vormittag überhaupt geflutet?«

»Jawohl, Sir. Ich kann mich erinnern, daß ich es in meine Kladde eintrug.«

»Wer gab den Befehl zum Fluten?«

»Das weiß ich nicht mehr, Sir.«

»Sie scheinen ein sehr schlechtes Gedächtnis zu haben.«

»Ich habe meine Kladde genau geführt, Sir, dafür war ich da.«

Challee wandte sich an Blakely und rief: »Der Zeuge scheint die Ermahnungen des Gerichts in den Wind zu schlagen!«

»Urban«, fragte Blakely, »wie alt sind Sie eigentlich?«

»Zwanzig Jahre, Sir.«

»Welche Schulbildung haben Sie genossen?«

»Ein Jahr Mittelschule.«

»Haben Sie uns nun die ganze Wahrheit gesagt oder nicht?«

»Der Signalgast hat den Auseinandersetzungen zwischen dem Kommandanten und dem Ersten Offizier nicht zuzuhören. Er soll sein Logbuch führen. Ich weiß nicht, warum Mr. Maryk den Kommandanten vom Dienst enthoben hat.«

»Haben Sie je beobachtet, daß der Kommandant geisteskrank gehandelt hat?«

»Nein, Sir.«

»Haben Sie den Kommandanten geschätzt?«

Urban schnitt ein jammervolles Gesicht: »Aber klar doch habe ich ihn geschätzt«, stammelte er.

»Sie können fortfahren«, sagte der Vorsitzende zu Challee.

»Keine weiteren Fragen.«

Greenwald schlug mit seinem Rotstift gegen die Handfläche, während er zum Zeugenstand trat.

»Urban, waren Sie schon an Bord, als die ›Caine‹ vor Pearl Harbor ihre eigene Schlepptrosse durchschnitt?«

»Jawohl, Sir.«

»Was taten Sie, als sich dieser Vorfall zutrug?«

»Ich war – das heißt, der Kommandant hatte mich gerade auf der Brücke vor und schimpfte mich mächtig aus …«

»Warum?«

»Mein Hemd hing aus der Hose.«

»Während sich also der Kommandant über Ihr Hemd ausließ, dampfte das Schiff über seine eigene Schlepptrosse, nicht wahr?«

Challee war dem Verteidiger mit gerunzelter Stirn gefolgt. Jetzt sprang er auf: »Ich erhebe Einspruch gegen die Vernehmung des Zeugen über diesen Vorfall und beantrage, daß dieses Kreuzverhör bis hierher aus dem Protokoll gestrichen wird. Der Herr Verteidiger hat dem Zeugen durch Suggestivfragen die Behauptung entlockt, die

›Caine‹ habe ihre Schlepptrosse durchschnitten. Es handelt sich hier um einen wesentlichen Punkt, den ich in meinem eigenen Verhör nicht berührt habe.«

Greenwald erwiderte: »Der Zeuge hat ausgesagt, er habe den Kommandanten nie verschroben oder ungereimt handeln sehen. Ich versuche diese Behauptung zu widerlegen. Nach Paragraph 282 der Gerichtsordnung ist es im Kreuzverhör ausdrücklich gestattet, von Suggestivfragen uneingeschränkten Gebrauch zu machen.«

Der Saal wurde geräumt. Als die Parteien zurückkamen, verkündete Blakely: »Der Herr Verteidiger wird später Gelegenheit haben, den Vorfall zur Sprache zu bringen, und mag den Zeugen zu diesem Zweck selber noch einmal aufrufen. Dem Einspruch wird stattgegeben. Das Kreuzverhör wird bis zu diesem Punkt aus dem Protokoll gestrichen.«

Während der übrigen Nachmittagssitzung rief Challee noch zwölf Deckoffiziere und Mannschaftsdienstgrade der »Caine« auf den Zeugenstand.

Einer wie der andere dieser Leute sagte in kurzen unlustigen Worten aus, Queeg hätte sich nicht wesentlich von anderen Kommandanten unterschieden und hätte nach Kenntnis des Betreffenden weder während des Taifuns noch vor oder nach demselben irgendwelche Anzeichen von Unzurechnungsfähigkeit erkennen lassen. Bellison war als erster an der Reihe. Greenwalds Kreuzverhör bestand nur aus drei Fragen und drei Antworten:

»Maschinist Bellison, was ist eine paranoide Persönlichkeit?«

»Das weiß ich nicht, Sir.«

»Was ist der Unterschied zwischen einer Psychoneurose und einer Psychose?«

»Das weiß ich nicht, Sir.« Bellison zog sein Gesicht in ärgerliche Falten.

»Könnten Sie einen Neurotiker als solchen erkennen, wenn er Ihnen entgegenträte?«

»Nein, Sir.«

An jedes der zwölf Besatzungsmitglieder richtete Greenwald die gleichen drei Fragen und bekam immer wieder die gleichen Antworten. Diese zwölfmal wiederholte Litanei machte Challee und das Gericht in zunehmendem Maße nervös. Sooft Greenwald wieder seine Formel herunterbetete, wurden sie sichtlich unruhig und starrten den Verteidiger immer erneut fassungslos an. Nach der Vernehmung des letzten Seemanns – es war Fleischkloß – wurde die Sitzung vertagt. Maryk und sein Anwalt traten schweigend aus dem Gerichtsgebäude. Die sinkende Sonne warf ihre letzten orangeroten Strahlen weit über die glitzernde Bucht, und nach dem stickigen Linoleumgeruch drinnen im Saal wirkte die würzige Kühle des Abends doppelt erfrischend. Die beiden gingen auf Greenwalds grauen Marinejeep zu, der Kies knirschte laut unter ihren Schritten.

»Haben sie uns schon ausgepunktet?« fragte Maryk mit belegter Stimme.

»Das kann man nicht wissen«, sagte Greenwald, »wir sind ja noch gar nicht zum Schlagen gekommen. Sagen Sie, Sie kennen sich doch hier aus, wo können wir gut essen?«

»Lassen Sie mich mal fahren.«

Während des Essens trank Greenwald einen Whisky-Soda nach dem anderen. Wenn die Sprache auf die Verhandlung kommen wollte, lenkte er jedesmal ab und bestritt die Unterhaltung mit weitschweifigen, recht langweiligen Ausführungen über die Indianerfrage. Eigentlich, erzählte er Maryk, hätte er Anthropologe werden wollen, dann aber habe er sich mit dem Feuereifer eines Kreuzfahrers auf das Studium der Rechte geworfen, weil ihm klargeworden sei, daß es wichtiger war, den Indianern beizustehen, als sie zu studieren. Er habe diese Wahl nachträglich oft bedauert, fügte er hinzu. Greenwald benahm sich so seltsam, daß Maryk immer weniger aus ihm klug wurde. Der Verstand sagte ihm, daß er alle Hoffnungen aufgeben mußte; er war überzeugt, daß ihn Queeg, Keefer und Urban schon am ersten Tag ans Messer geliefert hätten. Aber wider alle Vernunft glomm doch noch immer ein Fünkchen Vertrauen auf das Können seines absonderlichen Verteidigers in ihm weiter. Die Aussicht, verurteilt zu werden, war so grauenhaft, daß er an irgend etwas glauben, auf irgend etwas hoffen mußte. Die Höchststrafe, die ihm drohte, war fristlose Entlassung und fünfzehn Jahre Gefängnis.

Das Kriegsgericht

Zweiter Tag – Vormittagssitzung

»Herr Leutnant Keith, bitte!« rief eine Ordonnanz um 10 Uhr 2 Minuten und riß die Tür zum Vorderzimmer auf.

Willie folgte ihm, ohne nach rechts oder links zu schauen. Sie gingen durch verschiedene Türen, dann standen sie plötzlich im Verhandlungssaal, und Willie fühlte wieder das seltsame Prickeln in Armen und Beinen, das ihn auch auf der »Caine« befallen hatte, wenn das Schiff bei einem Landungsunternehmen die feindliche Küste ansteuerte. Im Saal wimmelte es von Menschen mit ernsten, feierlichen Mienen, die amerikanische Flagge hing riesengroß an der Wand, ihr Rot, Weiß und Blau schienen ihm so aufdringlich zu leuchten wie in einem Farbfilm. Ehe er wußte, wie ihm geschah, befand er sich auf dem Zeugenstand und schwor seinen Eid. Challee war ganz grau im Gesicht, er blickte kalt und ablehnend drein.

»Mr. Keith, Sie hatten am 18. Dezember vormittags die Brückenwache auf der ›Caine‹?«

»Jawohl.«

»Wurde der Kommandant dieses Schiffes auf Ihrer Wache durch den Ersten Offizier seines Dienstes enthoben?«

»Jawohl.«

»Wissen Sie für diese Maßnahmen des Eins O Gründe anzugeben?«

»Jawohl. Der Kommandant hatte die Gewalt über sich selbst und über das Schiff verloren, es bestand unmittelbare Gefahr, daß das Schiff kenterte und unterging.«

»Wie lange haben Sie Borddienst geleistet, Herr Leutnant?«

»Ein Jahr und drei Monate.«

»Sind Sie schon einmal mit einem Schiff gekentert?«

»Nein.«

»Wissen Sie, wieviel Borddienst Commander Queeg nachweisen kann?«

»Nein.«

»Dann will ich es Ihnen sagen: über acht Jahre. Wer von Ihnen beiden dürfte also wohl besser beurteilen können, ob ein Schiff in Gefahr ist zu kentern, er oder Sie?«

»Ich, Sir, wenn ich nämlich Herr meiner Nerven bin, während Commander Queeg die seinen verloren hat.«

»Wie kommen Sie darauf, daß Commander Queeg seine Nerven verloren haben könnte?«

»Am Vormittag des 18. Dezember war er zusammengebrochen und nicht mehr zurechnungsfähig.«

»Haben Sie Medizin oder Psychiatrie studiert?«

»Nein.«

»Wie können Sie dann beurteilen, ob Ihr Kommandant am 18. Dezember zurechnungsfähig war oder nicht?«

»Ich habe aus seinem Verhalten meine Schlüsse gezogen.«

»Schön, Herr Leutnant. Beschreiben Sie dem Gericht alle Wahrnehmungen, die Sie zu dem Schluß führten, daß Ihr Kommandant nicht mehr in der Lage war, vernünftig zu urteilen und zu handeln.«

»Er klammerte sich nur noch krampfhaft an den Maschinentelegrafen, sein Gesicht war grün und verriet sinnlose Angst. Er gab nur noch unklare, unsichere und vor allem falsche Befehle.«

»Sagen Sie, Mr. Keith, halten Sie es für die Aufgabe des wachhabenden Offiziers, eines jüngeren Herrn mit einjähriger Borddienstzeit, zu beurteilen, ob die Befehle seines Kommandanten richtig oder falsch sind?«

»In der Regel nicht. Aber wenn das Schiff schon in höchster Gefahr schwebt, zu kentern und unterzugehen, und wenn die Maßnahmen des Kommandanten nur geeignet sind, diese Gefahr zu erhöhen, statt ihr mit allen Mitteln zu begegnen, dann muß der wachhabende Offizier von solchem offenkundigen Widersinn Notiz nehmen.«

»Hatte Commander Queeg etwa Schaum vor dem Mund, hat er gewütet? Hat er unsinnige Dinge geredet oder irre Gesten gemacht?«

»Nein, er schien nur vor Angst und Schrecken wie gelähmt.«

»Gelähmt? Und doch hat er Befehle gegeben?«

»Ich habe schon ausgeführt, daß seine Befehle nicht halfen, sondern unsere Lage nur noch verschlimmerten.«

»Konkrete Tatsachen, bitte, Herr Leutnant! Inwiefern haben seine Befehle die Lage verschlechtert?«

»Er bestand zum Beispiel hartnäckig darauf, vor den Wind zu gehen, obwohl das Schiff dabei so stark gierte, daß es immer wieder querschlug. Außerdem weigerte er sich, die leeren Doppelbodenzellen fluten zu lassen.«

»Er weigerte sich? Wer hat ihm denn vorgeschlagen zu fluten?«

»Mr. Maryk,»

»Und warum hat er sich geweigert?«

»Er sagte, er wolle die Tanks nicht durch Seewasser verunreinigen.«

»Hat Commander Queeg in krankhafter Weise getobt, nachdem er seines Kommandos enthoben worden war?«

»Nein.«

»Beschreiben Sie sein Verhalten nach der Dienstenthebung.«

»Er schien nachher sogar in besserer Verfassung zu sein als vorher. Ich glaube, daß er sich erleichtert fühlte, als die Verantwortung von seinen Schultern genommen war.«

»Ihre persönliche Meinung ist uninteressant Mr. Keith, erzählen Sie dem Gericht bitte nicht, was Sie glauben, sondern was Sie damals beobachteten. Was tat also der Kommandant?«

»Er blieb im Ruderhaus und versuchte verschiedentlich, das Kommando wieder zu übernehmen.«

»Verhielt er sich ruhig und vernünftig, oder fing er etwa an zu rasen und zu schimpfen?«

»Der Kommandant hat nie gerast oder geschimpft, weder vor noch nach seiner Dienstenthebung. Es gibt auch andere Formen des Irreseins.«

»Nennen Sie uns doch bitte einige, Mr. Keith.« Challees grober Sarkasmus war nicht zu überhören.

»Ich verstehe nicht viel von Psychiatrie, aber es gibt doch Symptome, von denen ich weiß, zum Beispiel tiefe Depressionen, Gedankenflucht, mangelnden Tatsachensinn, Unzugänglichkeit für Vernunftgründe – und anderes dieser Art.« Willie merkte, daß er im Begriff war, sich böse zu vergaloppieren. »Commander Queeg hat an jenem Morgen keinen einzigen vernünftigen Befehl gegeben. Seine Befehle waren nur insoweit vernünftig, als sie in richtigem Englisch gegeben wurden, mit der wirklichen Lage hatten sie nichts mehr zu tun.«

»Nach Ihrem Urteil als erfahrener Seemann und Psychiater, nicht wahr? Ausgezeichnet. Ist Ihnen denn bekannt, daß Commander Queeg von mehreren psychiatrischen Kapazitäten vollkommen normal befunden wurde?«

»Jawohl.«

»Sind Sie etwa der Ansicht, Herr Leutnant, daß diese Psychiater selbst geisteskrank sind, wenn sie zu einem solchen Ergebnis kommen?«

»Sie waren während des Taifuns nicht auf der Brücke der ›Caine‹.«

»Würden Sie selbst sich als einen guten, pflichtbewußten Untergebenen bezeichnen?«

»Ich glaube, daß ich das könnte.«

»Haben Sie immer vorbehaltlos hinter Ihrem Kommandanten gestanden, oder haben Sie sich in irgendeiner Form gegen ihn aufgelehnt? Ich habe bei dieser Frage die ganze Zeit vor dem 18. Dezember im Auge.«

Willie wußte, daß Queeg am ersten Tag der Verhandlung vernommen worden war, aber er hatte keine Ahnung vom Inhalt seiner Aussage, darum erwog er jetzt seine Antwort doppelt genau.

»In bestimmten einzelnen Fällen habe ich Einwendungen erhoben, sonst habe ich es nie an Achtung und Diensteifer gegenüber dem Kommandanten fehlen lassen.«

»Nennen Sie mir solche bestimmte einzelne Fälle, in denen Sie sich zu Einwendungen veranlaßt fühlten.«

»Es handelte sich gewöhnlich um das gleiche Grundübel. Ich fühlte mich zum Einspruch verpflichtet, wenn der Kommandant einen übermäßigen Druck auf die Mannschaft ausübte oder einzelne Leute schlechter behandelte. Viel habe ich damit nicht erreicht.«

»Wann hat der Kommandant Leute schlecht behandelt?«

»Ich weiß nicht, womit ich beginnen soll. Da ist zum Beispiel der Fall des Geschützführers Stilwell, der von Anfang an unter seiner systematischen Verfolgung zu leiden hatte.«

»Verfolgung? Wie meinen Sie das?«

»Zunächst wurde diesem Mann auf volle sechs Monate der Landurlaub gesperrt, weil er auf Wache gelesen hatte. Als wir zur Überholung hier in den Staaten waren, verweigerte ihm der Kommandant einen Heimaturlaub, obwohl Stilwells Ehe darüber in die Brüche zu gehen drohte. Da gab ihm Maryk einen zweiundsiebzigstündigen Sonderurlaub, den er leider um einige Stunden überschritt. Für den Kommandanten genügte das, Stilwell vor ein Standgericht zu stellen.«

»Wurde dieser Stilwell nicht deshalb zur Verantwortung gezogen, weil er versucht hatte, das Kommando durch eine unwahre telegrafische Nachricht zu hintergehen?«

»Ja, er wurde jedoch freigesprochen.«

»Das Standgericht wurde also nicht nur wegen der Urlaubsüberschreitung verhängt, sondern wegen Vorspiegelung falscher Tatsachen.«

»Jawohl. Entschuldigen Sie, ich habe unüberlegt ausgesagt.«

»Lassen Sie sich Zeit und überlegen Sie genau, was Sie sagen. Halten Sie Lesen auf Wache im Kriege wirklich für ein entschuldbares Vergehen?«

»Sechs Monate Urlaubssperre scheinen mir jedenfalls eine unangemessen hohe Strafe dafür.«

»Halten Sie sich Ihrem Rang und Dienstalter nach ernstlich für befugt, in Fragen der Borddisziplin eine eigene, von der Ihres Kommandanten abweichende Meinung zu haben?«

»Ich bin ein Mensch. Im Fall Stilwell war die Vorenthaltung des Urlaubs unmenschlich.«

Challee hielt einen Augenblick inne. »Sie sagten eben, Maryk habe Stilwell einen Urlaubsschein gegeben. Wußte Maryk denn, daß der Kommandant Stillwell den Urlaub verweigert hatte?«

»Jawohl.«

»Wollen Sie damit zum Ausdruck bringen«, fragte der Vertreter der Anklage mit einer Miene, als hätte er eine unerwartet erfreuliche Entdeckung gemacht, »daß Maryk schon im Dezember 1943 vorsätzlich den Befehlen seines Kommandanten zuwiderhandelte?«

Willie durchfuhr ein eisiger Schreck, er hatte nicht bedacht, daß er diesen Verstoß gegen die Disziplin hier als erster preisgab.

»In Wirklichkeit trifft mich die Hauptschuld in dieser Sache. Ich hatte Maryk darum gebeten. Als Fürsorgeoffizier mußte ich an die moralischen Folgen der Urlaubsverweigerung denken. Ich bin ehrlich davon überzeugt, daß der Nervenzusammenbruch, den der

Mann unlängst erlitten hat, auf die unablässigen Schikanen des Kommandanten zurückzuführen ist.«

Challee wandte sich an Blakely: »Ich bitte das Gericht, den Zeugen zu verwarnen, daß seine Antworten keine unbewiesenen persönlichen Ansichten enthalten dürfen.«

»Halten Sie sich an die Tatsachen, Mr. Keith«, knurrte Blakely.

Willie rückte sich auf seinem Stuhl zurecht und fühlte, daß ihm die Wäsche feucht an der Haut klebte.

Challee sagte: »Wir haben also Ihre Aussage, Mr. Keith, daß Sie und Maryk und Stillwell schon ein volles Jahr vor dem Taifun vom 18. Dezember miteinander konspiriert haben, um gemeinsam gegen einen ausdrücklichen Befehl Ihres Kommandanten zu verstoßen.«

»Unter den gleichen Umständen würde ich heute wieder genauso handeln.«

»Verlangt echtes Pflichtbewußtsein Ihrer Auffassung nach von einem Untergebenen die Ausführung aller Befehle oder etwa nur solcher, die einer eigenen Auffassung entsprechen?«

»Der Untergebene hat alle Befehle auszuführen, es sei denn, daß sie auf eine durch nichts gerechtfertigte Schikane hinauslaufen.«

»Gibt es denn in der Marine kein anderes Mittel, um ungerechtfertigte Schikanen zu verhindern, als Ungehorsam gegen ausdrückliche Befehle?«

»Ich weiß, daß man sich bei der nächsthöheren Dienststelle schriftlich beschweren kann – auf dem Dienstweg über den Kommandanten.«

»Und warum haben Sie damals von dieser Möglichkeit keinen Gebrauch gemacht?«

»Ich hatte noch ein Jahr unter Commander Queeg zu fahren. Damals war mir vor allem darum zu tun, daß Stilwell nach Hause kam.«

»Ist es nicht ein seltsames Zusammentreffen, daß sich das gleiche Dreigestirn: Maryk, Stilwell und Sie, wieder zusammengefunden hatte, als der Kommandant vom Dienst enthoben wurde?«

»Es war ein reiner Zufall, daß Stilwell und ich Wache hatten, als der Kommandant zusammenbrach. Jeder andere Wachhabende und Rudergänger hätte sich genauso verhalten wie wir.«

»Lassen wir das dahingestellt. Nun erzählen Sie bitte dem Gericht noch über weitere Fälle von übermäßiger Strenge und schlechter Behandlung der Mannschaft.«

Willie zögerte sekundenlang, ehe er zu sprechen begann, er fühlte die unfreundlichen Blicke der Richter wie einen körperlichen Druck gegen seine Stirn. »Was ich zu sagen habe, mag jetzt dumm und lächerlich erscheinen, aber damals, das kann ich Ihnen versichern, waren diese Dinge bitterer Ernst. Er sperrte uns sechs Monate lang das Bordkino, nur weil er durch ein Versehen einmal nicht eingeladen worden war. Er sperrte ausgerechnet am Äquator das Wasser, weil er sich über die Abkommandierung eines Offiziers geärgert hatte. Er holte die Ressortoffiziere alle Augenblicke aus den nichtigsten Anlässen zu mitternächtlichen Besprechungen zusammen, ohne Rücksicht darauf, daß sie im Dreimannstrupp Wache gehen mußten. Dazu verbot er uns, bei Tage zu schlafen, so daß niemand mehr genügend Ruhe fand.«

»Über Ihr Schlafbedürfnis haben wir nachgerade genug gehört. Offenbar legten die Offiziere der ›Caine‹ den größten Wert darauf, daß sie zu ihrer Bettruhe kamen, ob nun Krieg war oder nicht. Ist es nicht so?«

»Ich sagte schon, daß es leicht ist, sich hier über diese Dinge lustig zu machen. Aber es ist wirklich nicht so einfach, mit einem Schiff während einer Regenbö im Verband Position zu halten, wenn man während der letzten zweiundsiebzig Stunden höchstens vier Stunden hintereinander schlafen durfte.«

»Hat sich der Kommandant je körperliche Quälereien gegen Offiziere oder Mannschaften zuschulden kommen lassen?«

»Nein.«

»Hat er sie hungern lassen oder geschlagen, hat er körperliche Schäden verursacht, die in den Behandlungslisten des Schiffslazaretts erscheinen?«

»Nein.«

»Hat er je Strafen verhängt, die der Disziplinarstrafordnung zuwiderliefen?«

»Er hat nie etwas getan, das den Bestimmungen zuwiderlief, und wenn es doch einmal geschehen war, folgte jedesmal sofort ein Rückzieher. Um so deutlicher zeigte er uns, wie weit man in der schlechten Behandlung seiner Untergebenen gehen kann, ohne die Grenzen des durch die Paragraphen Erlaubten zu überschreiten.«

»Sie haben Commander Queeg wohl nicht besonders geschätzt, Herr Leutnant?«

»Im Anfang schätzte ich ihn sogar sehr. Allmählich aber mußte ich entdecken, was er wirklich war: ein kleiner Tyrann, der im Dienst vollkommen versagte.«

»Sind Sie etwa auch auf die Idee gekommen, daß er geistesgestört sei?«

»Erst am Tage des Taifuns.«

»Hat Maryk Ihnen sein medizinisches Tagebuch über Commander Queeg gezeigt?«

»Nein.«

»Hat er je mit Ihnen über den Gesundheitszustand des Kommandanten gesprochen?«

»Nein, Mr. Maryk hat nie zugelassen, daß wir in seiner Gegenwart am Kommandanten Kritik übten.«

»Wie? Trotz des Ungehorsams, den er sich im Dezember 1943 zuschulden kommen ließ?«

»Er ging aus der Messe, wenn sich jemand abfällig über den Kommandanten äußerte.«

»Man sprach also in der Messe abfällig über ihn? Wer hat denn solche Bemerkungen gemacht?«

»Alle Offiziere außer Maryk.«

»Kann man sagen, daß Commander Queeg ein zuverlässiges Offizierskorps besaß?«

»Alle seine Befehle wurden ausgeführt.«

»Außer denen, die Ihrer Meinung nach nicht ausgeführt zu werden brauchten – Mr. Keith. Sie haben doch zugegeben, daß Sie den Kommandanten nicht mochten.«

»Das ist richtig.«

»Nun wieder zum Vormittag des 18. Dezember. Wie kamen Sie zu dem Entschluß, den Befehlen Maryks zu gehorchen? Waren Sie ebenfalls überzeugt, daß Ihr Kommandant geistesgestört war, oder ist Ihre Handlungsweise darauf zurückzuführen, daß Sie ihn nicht leiden konnten?«

Willie forschte sekundenlang in Challees gespannter Miene. Die

Frage war gefährlich wie Sprengstoff, und er wußte die richtige Antwort darauf. Er wußte auch, daß diese Antwort ihn und Maryk ruinieren mußte. Aber er fühlte sich außerstande, zu lügen.

»Darauf kann ich nicht antworten«, stieß er endlich mit leiser Stimme hervor.

»Warum können Sie nicht antworten, Leutnant Keith?«

»Muß ich Gründe dafür angeben?«

»Eine Antwort ohne genügende Begründung zu verweigern, gilt als Mißachtung der Würde des Gerichts, Leutnant Keith.«

Willie sagte mit belegter Stimme: »Ich weiß es nicht mehr genau, ich kann mich nach so langer Zeit nicht mehr daran erinnern, was in diesem Augenblick in mir vorging.«

»Ich habe keine weiteren Fragen an den Zeugen«, sagte Challee, kehrte Willie den Rücken und begab sich an seinen Platz.

Willie starrte in die unbeteiligten Mienen der Richter, die ihn mit der kalten Teilnahmslosigkeit von Chirurgen musterten. Er war fest davon überzeugt, daß er Maryk und sich selbst durch seine eigenen Worte ans Messer geliefert hatte. In ohnmächtiger Wut tobte er innerlich gegen die starren Fesseln der Gerichtsordnung, die ihn daran hinderten, loszubrechen und den Leuten ins Gesicht zu schreien, was er zu seiner Rechtfertigung zu sagen hatte. Und doch mußte er sich zugleich gestehen, daß ihm eine solche Rechtfertigung in den Augen der Marine nie ganz gelingen konnte. Wenn er sich ehrlich Rechenschaft gab, hatte er Maryk aus zwei Gründen gehorcht, erstens, weil er dem Ersten Offizier eher zutraute, daß er das Schiff retten konnte, und zweitens, weil er Queeg haßte. Bis Maryk das Kommando übernahm, war ihm nie der Gedanke gekommen, daß Queeg geisteskrank sein könnte, und wenn er ganz aufrichtig war, mußte er zugeben, daß er auch nachher nie recht daran glauben konnte.

Queeg war dumm, er war gemein und falsch, er war feige und unfähig, gewiß, aber irre? – Nein. Und doch war dieses angebliche Irresein des Kommandanten der einzige Punkt, den Maryk zu seiner Verteidigung vorbringen konnte, und Willie selbst nicht minder.

Es war die Voraussetzung für alles, was geschehen war. Aber

diese Voraussetzung war falsch. Das wußte Challee, das wußte das Gericht, das wurde jetzt auch Willie klar.

Greenwald erhob sich zum Kreuzverhör: »Mr. Keith, Sie haben uns gesagt, daß Sie Commander Queeg nicht leiden konnten?«

»Das ist richtig, ich mochte ihn nicht.«

»Haben Sie bei Ihrem Verhör eben alle Gründe für Ihre Abneigung angegeben?«

»Nicht im geringsten, ich hatte nicht einmal Gelegenheit, auch nur die Hälfte dieser Gründe vorzubringen.«

»Dann informieren Sie uns doch bitte jetzt über die restlichen Gründe Ihrer Mißstimmung gegen den Kommandanten.«

Willie war sich darüber klar, daß die Worte, die zu formulieren er im Begriff stand, das Leben mehrerer Menschen in andere Bahnen lenken mußten und ihn selbst in Ungelegenheiten bringen konnten, aus denen er vielleicht nie wieder herausfand. Jetzt sprach er, und ihm war dabei zumute, als stieße er mit der Faust durch die Scheibe einer Glastür:

»Die Hauptursache meiner Abneigung gegen Commander Queeg war seine Feigheit vor dem Feind.«

Challee sprang auf, aber Greenwald hatte schon die nächste Frage bereit: »Worin bestand diese Feigheit?«

»Er lief mehrmals aus dem Feuerbereich von Küstenbatterien, obwohl ...«

»Einspruch!« rief der Vertreter der Anklage. »Die Verteidigung dehnt ihre Beweisführung auf Vorgänge aus, die nicht mit dem Tatbestand des direkten Verhörs in Zusammenhang stehen. Sie verleitet den Zeugen zu beleidigenden Äußerungen über einen Seeoffizier, die nicht verantwortet werden können. Ich beantrage, den Verteidiger zu verwarnen und das bisherige Kreuzverhör zu diesem Punkt aus dem Protokoll zu streichen.«

»Hohes Gericht«, sagte Greenwald und begegnete furchtlos Blakelys zornigem Blick, »die Abneigung des Zeugen gegen Queeg war nicht nur Gegenstand des Verhörs der Anklage, sondern ist, wie ich wohl behaupten darf, geradezu der Schlüsselpunkt, auf den sich die Anklage weiterhin stützen wird. Es scheint mir daher von größter Bedeutung zu sein, die Hintergründe dieser Abneigung gründlich aufzuhellen. Der Zeuge hat zugegeben, daß er von Medizin und Psychiatrie nichts versteht. Queegs Verhalten, auf das der Zeuge in seiner medizinischen Unbildung mit persönlicher Abneigung reagierte, war vielleicht wirklich nichts anderes als das hilflose Gebaren eines kranken Mannes. Die Verteidigung macht sich anheischig, alle Angaben des Zeugen zu diesem Komplex durch stichhaltige Unterlagen zu beweisen und aufzuzeigen, daß Queegs Verhalten auf einen krankhaften Geisteszustand zurückgeführt werden muß!«

Challee blitzte Greenwald an: »Es ist jetzt noch nicht an der Zeit, für den Angeklagten zu plädieren oder aus den Zeugenaussagen bündige Schlußfolgerungen zu ziehen.«

»Der Vertreter der Anklage hat die eingestandene Abneigung des Leutnants Keith gegen Commander Queeg zum Gegenstand seiner Untersuchung gemacht«, gab Greenwald zurück. »Jede einmal gemachte Aussage unterliegt der Nachprüfung im Kreuzverhör!«

Blakely schlug an seine Glocke: »Der Verteidiger und der Vertreter der Anklage werden wegen ihres ungebührlichen Wortwechsels zur Ordnung gerufen. Der Saal ist zu räumen.«

Als die Parteien den Saal wieder betraten, hatte Blakely ein Exemplar der Navy Regulations geöffnet vor sich auf dem Richtertisch liegen. Er trug jetzt eine dicke schwarzgeränderte Brille, die ihm einen überraschend friedlichen, professoralen Ausdruck verlieh.

»Zum Nutzen beider Parteien wird das Gericht die Absätze 13 und 14 aus Artikel 4 der Kriegsartikel für die Marine verlesen, ehe es seine Entscheidung bekanntgibt: ›Die Todesstrafe oder eine andere von einem Kriegsgericht zu verhängende Strafe hat ein Angehöriger der Marine verwirkt, der sich im Gefecht der Feigheit, einer fahrlässigen Pflichtverletzung oder mangelnden Diensteifers schuldig macht, der eine gefährliche Lage meidet oder sich ihr entzieht, obwohl ihm seine Aufgabe das verbietet … der im Gefecht seine Dienstobliegenheiten nicht erfüllt, seinen Posten verläßt oder andere zu solchem Verhalten anstiftet.‹«

Blakely nahm die Brille ab, schloß das Buch und fuhr in ernstem müdem Tone fort: »Das Gericht hat bereits festgestellt, daß der vorliegende Fall besonders heikel und schwierig ist. Verteidiger und Zeuge werden nachdrücklich darauf hingewiesen, daß sie sich auf ein Gebiet begeben haben, dessen Gefährlichkeit nicht übertrieben werden kann. Indem sie einen Seeoffizier der Vereinigten Staaten eines Verbrechens bezichtigen, das mit dem Tode bestraft werden kann, indem sie den schlimmsten Vorwurf gegen ihn erheben, der einen Soldaten treffen kann und für ihn dem des Mordes gleichkommt, laden sie die denkbar größte Verantwortung auf ihre Schultern und haben unter Umständen Folgen zu gewärtigen, deren Schwere gar nicht abzuschätzen ist. Im Hinblick auf diese Feststellung ersucht das Gericht den Verteidiger, sich zu entscheiden, ob er seine Fragen zurückzuziehen wünscht.«

Greenwald sagte: »Ich wünsche sie nicht zurückzuziehen.«

»Dann ersucht das Gericht den Zeugen, sich über die Auswirkungen seiner Aussagen volle Rechenschaft zu geben und zu erklären, ob er diese Aussagen zurückzuziehen wünscht.«

Willie fühlte, wie seine Zähne zu klappern begannen, als er seine Antwort gab: »Ich wünsche sie nicht zurückzuziehen, Sir.«

»Im Hinblick auf das vorangegangene Verhör wird der Einspruch der Anklage abgelehnt«, sagte Blakely mit einem hörbaren Seufzer und schob das Buch beiseite. »Der Herr Verteidiger setzt das Kreuzverhör mit dem Zeugen fort.«

Willie berichtete, wie Queeg aus dem Feuerbereich der Batterie auf Saipan weggedampft war, während diese die »Stanfield« beschoß. Er schilderte alle Einzelheiten des Vorfalls vor Kwajalein, der Queeg den Spitznamen »Old Yellowstain« eingetragen hatte, und während er noch sprach, glaubte er bei den Richtern zum ersten Male einen Wandel in der Stimmung zu entdecken. Die feierliche Kälte, mit der sie ihn bisher gemustert hatten, schien allmählich zu weichen, die sieben Götter verwandelten sich in Männer von Fleisch und Blut, und alle lauschten jetzt mit gespanntem Interesse auf die erstaunlichen Dinge, die er zu berichten hatte. Challee saß mit unwillig gerunzelter Stirn auf seinem Platz und füllte Seite um Seite mit Notizen.

»Mr. Keith, wer hat eigentlich den Namen ›Old Yellowstain‹ aufgebracht?« fragte Greenwald.

»Das weiß ich nicht, Sir. Er war auf einmal da.«

»Und was hatte er wohl zu bedeuten?«

»Er bezeichnete zweifellos einen Feigling. Außerdem bezog er sich auf den gelben Farbbeutel, den er beim Abdrehen werfen ließ. Der Name war einfach ein Genieblitz, er saß.«

»Haben Sie jetzt alle Fälle von Feigheit berichtet, deren Sie sich entsinnen können?«

»Bei Feindeinwirkung war der Kommandant auf der Brücke immer nur in Feuerlee zu finden. Wenn wir in der einer feindlichen Küste unseren Vorpostentörn fuhren, wechselte er jedesmal die Seite, wenn wir auf Gegenkurs gingen. Das war so auffällig, daß es jedermann merken mußte, man machte sich allgemein darüber lustig. Das ganze Brückenpersonal wird diese Beobachtung bestätigen, sofern die Leute nur den Mut finden, sich frei auszusprechen.«

Greenwald fragte weiter: »Bestanden außer diesen Fällen von Feigheit noch andere Gründe für Ihre Abneigung gegen Queeg?«

»Ich glaube die hauptsächlichsten angeführt zu haben – richtig, eines möchte ich noch erwähnen: er hat mir einmal hundert Dollar abgepreßt.«

Challee erhob sich mit müden Bewegungen: »Einspruch! Wie lange will sich das Gericht diese unbewiesenen und nebensächlichen Abschweifungen noch anhören? Es geht bei der vorliegenden Verhandlung nicht darum, ob Commander Queeg ein vorbildlicher Offizier war oder nicht, sondern um die Frage, ob er am 18. Dezember geisteskrank war. Der Verteidiger hat diese Frage überhaupt noch nicht angeschnitten. Es drängt sich unwillkürlich die Vermutung auf – und ich möchte sie hier in aller Deutlichkeit zum Ausdruck bringen –, daß Verteidiger und Zeuge sich miteinander ins Benehmen gesetzt haben mit dem Ziel, den Ruf des Commanders Queeg nach Kräften zu beschmutzen und dadurch das Bild des Tatbestandes zu verwischen.«

Greenwald antwortete: »Dieser Einspruch deckt sich mit dem letzten, den das Gericht verworfen hat. Ich weise den Vorwurf des Einvernehmens mit dem Zeugen nachdrücklich zurück. Tatsachen sind Tatsachen und bedürfen keines Einvernehmens, um ans Licht gebracht zu werden. Und alle diese Tatsachen stehen in unmittelbarer Beziehung zu der Hauptfrage: War Commander Queeg in einer geistigen Verfassung, die ihn befähigte, ein Kriegsschiff zu führen? Als Aussagen aber dienen sie lediglich zur Erklärung und Begründung der Abneigung des Leutnants Keith gegen seinen Kommandanten, einer Tatsache also, die der Herr Vertreter der Anklage in seiner eigenen Vernehmung des Zeugen festgestellt hat und auf die er offenbar größten Wert legt.«

»Der Einspruch deckt sich mit dem vorigen«, sagte Blakely, »und wird daher abgelehnt. Fahren Sie mit dem Kreuzverhör des Zeugen fort.«

»Beschreiben Sie uns diese sogenannte Erpressung, Mr. Keith.«

Willie berichtete über den Verlust der Schnapskiste in der Bucht von San Franzisko. Captain Blakely schnitt dazu entsetzliche Grimassen.

Greenwald fragte: »Hat Ihnen der Kommandant befohlen, den Schnaps zu bezahlen?«

»Nein, davon war keine Rede. Er schob mir nur die Verantwortung für die Dummheiten des Arbeitskommandos zu, weil ich der Bootsoffizier gewesen war – obwohl in Wirklichkeit er den Leuten alle Befehle gegeben hatte –, und fragte mich dann, wie ich mich zu der Sache stellen wolle. Das war alles. Aber ich sollte am nächsten Tag in Urlaub gehen. Meine Braut war eigens mit dem Flugzeug von New York gekommen, um ein paar Tage mit mir zusammenzusein. Ich meldete mich also beim Kommandanten, entschuldigte mich wegen meiner Ungeschicklichkeit und bot ihm an, den Verlust zu ersetzen. Er nahm das Geld mit Vergnügen an und unterschrieb mir meinen Urlaubsschein.«

»Ich habe keine weiteren Fragen«, sagte Greenwald und begab sich an seinen Platz. Unter dem Tisch griff eine kräftige Hand nach seinem Knie. Mit ein paar Strichen skizzierte er sofort ein zappelndes, schielendes Schwein in einem dampfenden Kessel. Darunter schrieb er »Queeg« und zeigte den Zettel Maryk. Dann zerriß er ihn und warf ihn in den Papierkorb.

Challee verhörte Willie noch weitere zwanzig Minuten, um Widersprüche und Ungenauigkeiten in seinen Aussagen zu entdecken. Willie mußte eine Menge beißender Bemerkungen von ihm einstecken, aber der Anklagevertreter vermochte es trotz aller Bemühungen nicht, seine Aussage zu erschüttern.

Als Willie den Zeugenstand endlich verlassen durfte, warf er einen Blick nach der Uhr. Es war zehn Minuten vor elf. Genau wie am Morgen des Taifuns war er auch jetzt wieder überrascht, wie langsam die Zeit verging. Es war ihm zumute, als hätte er mindestens vier Stunden auf dem Zeugenstuhl gesessen.

Challee rief den nächsten Zeugen auf, Captain Randolph P. Southard, einen schlanken, schneidigen Offizier mit verwitterten Zügen und kurzgeschnittenen Haaren, der über der linken Brusttasche drei bunte Reihen von Ordensbändern trug. Southard war, so gab der Vertreter der Anklage bekannt, Chef der 8. Zerstörerflottille, er hatte zehn Jahre lang alle Arten von Zerstörern geführt, unter anderem auch solche des alten Vier-Schornstein-Typs aus dem Ersten Weltkrieg. Er war Challees Sachverständiger für Schiffsführungsfragen.

Southard legte dar, daß ein Zerstörer im Taifun vor dem Wind ebenso gut liege wie gegen den Wind. Infolge seines hohen Vorschiffs, meinte er, neige der Zerstörer sogar dazu, abzufallen und das Heck in den Wind zu drehen, daher sei er auch vor dem Wind leichter zu hantieren. Queegs Versuch, den südlichen Kurs der Flotte mitzusteuern, sei zweifellos das beste Mittel gewesen, um möglichst rasch aus dem Bereich des Taifuns zu gelangen, dagegen müsse Maryks Entschluß, nach Norden zu drehen, insofern als fragwürdig und gefährlich bezeichnet werden, als das Schiff dadurch in die unmittelbare Nähe des Zentrums geraten mußte.

»Captain Southard«, begann Greenwald sein Kreuzverhör, »haben Sie schon einmal ein Schiff durch das Zentrum eines Taifuns geführt?«

»Nein. Ich war zwar oft am Rande des Sturmfeldes, aber es gelang mir immer, das Zentrum zu meiden.«

»Haben Sie schon einen Minensuchzerstörer geführt?«

»Nein.«

»In unserem Falle handelt es sich aber um einen Minensuchzerstörer, der sich dicht am Zentrum eines Taifuns befand ...«

»Darüber bin ich mir klar«, sagte Southard frostig. »Ich habe Minensuchzerstörer als U-Boot-Sicherung unter mir gehabt und habe auch das Buch über diese Fahrzeuge studiert. Abgesehen von ihren etwas schlechten Stabilitätsverhältnissen, unterscheiden sie sich kaum von den anderen Zerstörern.«

»Verstehen Sie mich recht, ich stelle diese Fragen, weil Sie als einziger Sachverständiger für Fragen der Schiffsführung geladen sind und weil ich es für wichtig halte, daß sich das Gericht von Art und Umfang Ihrer fachmännischen Erfahrung ein genaues Bild machen kann.«

»Schön, dazu habe ich zu sagen, daß ich zehn Jahre lang Zerstörer der verschiedensten Typen in allen nur denkbaren Lagen geführt habe. Ein Minensuchzerstörer im Zentrum eines Taifuns war allerdings nicht dabei, aber wer, außer dem Kommandanten der ›Caine‹, hätte so etwas schon erlebt? Höchstens einer unter Tausenden.«

»Wollen Sie ohne Vorbehalt erklären, daß die allgemein gültigen Regeln für die seemännische Handhabung von Zerstörern auch für einen Minensuchzerstörer im Zentrum eines Taifuns Geltung haben?«

»Für das Verhalten im Zentrum eines Taifuns gibt es überhaupt keine festen Regeln. Da entscheidet allein das Können des Kommandanten, jeder Augenblick bringt neue Überraschungen und fordert neue Entschlüsse. Aber Seemannschaft bleibt auch hier Seemannschaft.«

»Gestatten Sie eine hypothetische Frage, Herr Kapitän. Gesetzt, Sie führten einen Zerstörer unter Wind- und Seeverhältnissen, die schlimmer sind, als Sie sie je zuvor erlebt haben. Sie schlügen quer und müßten fürchten, daß Ihr Schiff im nächsten Augenblick kentert. Es besteht also höchste Gefahr für Schiff und Mannschaft. Würden Sie in einer solchen Lage vor den Wind oder in den Wind drehen?«

»Das ist allerdings eine sehr hypothetische Frage.«

»Gewiß, das ist sie, Sir. Wollen Sie sie etwa nicht beantworten?«

»Doch, ich will sie beantworten. Im Augenblick höchster Gefahr würde ich in den Wind drehen, vorausgesetzt, daß ich es kann. Aber wie gesagt, nur im Augenblick höchster Gefahr.«

»Und warum, wenn ich fragen darf?«

»Warum? Ganz einfach deshalb, weil Maschine und Ruder beim Gegendampfen die beste Wirkung haben. Man hat auf diese Weise doch am ehesten Aussicht, das Schiff wieder in die Hand zu bekommen.«

»Gesetzt aber den Fall, das Gegendampfen brächte Sie erst recht in die Sturmbahn, statt Sie herauszuführen?«

»Was der Augenblick verlangt, geht allem anderen vor. Wenn Sie schon am Kentern sind, kann es für Sie nicht schlimmer kommen.

Erinnern Sie sich bitte, wir sprachen vom Augenblick höchster Gefahr.«

»Gewiß, Sir. Ich habe keine weiteren Fragen.«

Challee war schon auf den Beinen: »Herr Kapitän, wer kann Ihrer Meinung nach an Bord eines Schiffes am besten beurteilen, ob dieser Augenblick höchster Gefahr wirklich gekommen ist oder nicht?«

»Es gibt nur einen, der das beurteilen kann, das ist der Kommandant.«

»Und warum?«

»Die Marine hat ihn als Kommandanten eingesetzt, weil er größere nautische und seemännische Erfahrungen besitzt als alle anderen Leute an Bord. Unerfahrene Subalternoffiziere bilden sich allzuleicht ein, ihr Schiff sei verloren, wenn es einmal ein klein bißchen härter weht als gewöhnlich.«

»Glauben Sie nicht, daß ein Kommandant auf seine Subalternoffiziere hören sollte, wenn sie einstimmig der Meinung sind, das Schiff sei in Gefahr zu kentern?«

»Um Gottes willen, nein! Solche Panikstimmungen flackern auf See nicht selten auf. Es ist die vornehmste Pflicht des Kommandanten, ihrer Herr zu werden und auf nichts anderes zu hören als auf die Stimme seines eigenen gesunden Urteils.«

»Ich danke Ihnen, Herr Kapitän.«

Das Kriegsgericht

Zweiter Tag – Nachmittagssitzung

Dr. Forrest Lundeen war ein dicker Oberstabsarzt mit rosigem Teint, randloser Brille und strähnigem blondem Haar, das schon ins Graue hinüberspielte. Er war Leiter der Psychiatrischen Abteilung des Marinelazaretts und Haupt des Ärzteausschusses, der Queeg untersucht hatte. Nun saß er bequem im Zeugenstuhl und antwortete lebhaft und mit gütiger Bereitschaft auf Challees Fragen.

»Wie lange hat Ihre Untersuchung gedauert, Herr Doktor?«

»Wir hatten Commander Queeg drei Wochen lang unter ständiger

Beobachtung und unterwarfen ihn laufend den verschiedensten Tests.«

»Wie setzte sich der Ärzteausschuß zusammen?«

»Aus mir selbst, Dr. Bird und Dr. Manella.«

»Sind Sie alle drei praktische Psychiater?«

»Dr. Bird und Dr. Manella haben im Zivil als Psychiater praktiziert, sie sind Reserveoffiziere, ich selbst habe mich im Marinedienst seit 15 Jahren in diesem Fach spezialisiert.«

»Zu welchem Ergebnis ist der Ärzteausschuß gekommen?«

»Commander Queeg wurde als einwandfrei gesund entlassen.«

»Es fand sich also keine Spur einer geistigen Störung?«

»Nicht die geringste.«

»Soll das heißen, daß Commander Queeg vollkommen normal ist?«

»Hm, der absolut normale Mensch ist schließlich eine wissenschaftliche Fiktion. Im praktischen Leben kann dieser Begriff nur relativ gewertet werden. Kein erwachsener Mensch, mit Ausnahme höchstens des glücklich dahindämmernden Trottels, ist frei von seelischen Problemen und Konfliktstoffen. Er muß es nur verstehen, mit diesem Material fertig zu werden und es innerlich zu verarbeiten. Commander Queeg ist das gut gelungen.«

»Halten Sie es für denkbar, daß derselbe Commander Queeg 14 Tage vor dem Beginn Ihrer Untersuchung geisteskrank war?«

»Das ist völlig ausgeschlossen. Der Commander ist jetzt gesund und war von jeher gesund. Jeder akute psychotische Kollaps hinterläßt ein Trauma, das uns bei der Untersuchung nicht entgangen wäre.«

»Sie haben also kein solches Trauma an ihm gefunden?«

»Keine Spur davon.«

»Commander Queeg wurde am 18. Dezember 1944 durch seinen eigenen Ersten Offizier vom Dienst als Kommandant des Zerstörers ›Caine‹ enthoben. Der Erste Offizier gab als Begründung für seine Handlungsweise an, der Kommandant sei geistig gestört gewesen. Halten Sie es für möglich, daß Commander Queeg zu dem angegebenen Zeitpunkt Symptome eines psychotischen Kollapses zeigte, die die Maßnahme des Ersten Offiziers gerechtfertigt erscheinen lassen?«

»Das ist vollkommen ausgeschlossen.«

»Kann auch ein normaler Mensch verletzende, unerfreuliche oder törichte Handlungen begehen?«

»Das beweist die tägliche Erfahrung.«

»Nehmen wir einmal an – meine Frage ist ausdrücklich hypothetischer Natur –, Commander Queeg hätte sich während der ganzen Zeit seines Kommandos auf der ›Caine‹ als übermäßig strenger, ja bösartig harter Vorgesetzter erwiesen und obendrein oft falsche Entscheidungen getroffen. Würde das mit den Ergebnissen ihrer Untersuchung in Einklang zu bringen sein?«

»Durchaus. Wir hatten nicht festzustellen, ob er ein vorbildlicher Offizier war, wir stellten lediglich fest, daß er nicht an geistigen Störungen litt.«

»Halten Sie es nach Ihrer Kenntnis seines Charakters für möglich, daß er seine Untergebenen mit verletzender Härte behandelte?«

»Gewiß, dieser Zug gehört sogar zu dem Bild seiner Gesamtpersönlichkeit, das die Untersuchung ergeben hat.«

»Und dennoch, obwohl Sie solche Eigenschaften an ihm entdeckt haben, halten Sie den Entschluß des Ersten Offiziers, ihn vom Dienst zu entheben, für ungerechtfertigt?«

»Vom psychiatrischen Standpunkt aus gesehen gibt es jedenfalls keine Begründung dafür. Das ist das einstimmige Urteil des Ärzteausschusses.«

»Schildern Sie uns bitte den Werdegang Ihrer beiden Herrn Kollegen.«

»Bird hat eine Spezialausbildung in der analytischen Technik Freuds genossen, er ist Ehrendoktor der Medizinischen Fakultät Harvard. Manella ist einer der bekanntesten Psychosomatiker hier an der Westküste.«

»Wo halten sich die Herren gegenwärtig auf?«

»Bird gehört noch zu meinem Stabe, Manella wurde vergangene Woche abkommandiert und ist unterwegs nach den Philippinen.«

»Wir nehmen Ihr Gutachten zum Beweismaterial und werden im Anschluß auch Dr. Bird vernehmen. Ich danke Ihnen, Herr Oberstabsarzt.«

Der Anklagevertreter konnte sich nicht enthalten, Greenwald einen kurzen Blick hinüberzusenden, der von einem dünnen, frostigen Lächeln begleitet war.

Greenwald trat mit langsamen, schlurfenden Schritten an den Zeugenstand, er rieb sich mit dem Handrücken die Nase und senkte den Blick auf seine Fußspitzen. Sein ganzes Gehabe erweckte den Eindruck schüchterner Verlegenheit.

»Herr Dr. Lundeen, ich bin leider Jurist und kein Arzt. Sie werden mir also hoffentlich verständnisvoll helfen, wenn ich mich um die Abgrenzung des Begriffsinhalts medizinischer Fachausdrücke bemühe. Wahrscheinlich muß ich Ihnen dazu einige recht primitive Fragen vorlegen.«

»Aber selbstverständlich doch.«

»Sie führten vorhin aus, Commander Queeg trage wie alle erwachsenen Menschen Probleme und Konfliktstoffe mit sich herum, die er innerlich verarbeiten müsse. Können Sie mir sagen, welcher Art diese Probleme und Konfliktstoffe bei ihm sind?«

»Das ist einigermaßen schwierig, da der größte Teil des anvertrauten Tatsachenmaterials der ärztlichen Schweigepflicht unterliegt.«

»Ich verstehe, Sir. Aber können Sie uns die Problematik im Leben Queegs nicht wenigstens in allgemeinen Umrissen aufzeichnen, ohne etwas von dem durch die Schweigepflicht geschützten vertraulichen Material preiszugeben?«

»Einspruch!« rief Challee dazwischen. »Commander Queeg steht hier nicht unter Anklage, der Angeklagte heißt Leutnant Maryk. Die Frage zwingt den Zeugen zu einer unzulässigen Verletzung seiner ärztlichen Schweigepflicht.«

Blakely warf einen Blick auf Greenwald. Der Fliegeroffizier zuckte die Schulter: »Ich verlasse mich auf den Spruch des Gerichtes. Eine Aussage, die störende Einflüsse auf den Geisteszustand des Commanders Queeg zum Gegenstand hat, ist doch offenkundig für die Urteilsfindung in diesem Prozeß von größter Bedeutung.«

Mit einem ärgerlichen Blick auf den Anklagevertreter ordnete Blakely die Räumung des Saales an. Als die Parteien nach weniger als einer Minute wieder hereingerufen wurden, verkündete er: »Die Frage ist von wesentlicher Bedeutung, der Einspruch wird abgelehnt. Dem Sachverständigen wird anheimgegeben, seine Antwort so zu formulieren, daß die ärztliche Schweigepflicht gewahrt bleibt.«

Challee bekam einen roten Kopf und lümmelte sich ärgerlich in seinen Stuhl. Der Protokollführer wiederholte die Frage.

»Das zentrale Problem im Leben Queegs«, erklärte Lundeen, »sind Minderwertigkeitsgefühle, die durch traurige Kindheitserlebnisse geweckt wurden und deren Intensität sich infolge einiger später liegender persönlicher Niederlagen noch steigerte.«

»Was meinen Sie mit den unglücklichen Kindheitserlebnissen?«

»Eine disharmonische Umwelt, geschiedene Eltern, Geldsorgen und Schulnöte.«

»Und worin bestanden die späteren Niederlagen?«

»Darüber kann ich mich nicht im einzelnen auslassen. Allgemein gesprochen, leidet Commander Queeg vor allem unter seinem kleinen Wuchs, seinem schlechten Platz in der Rangliste und anderen Lebensumständen ähnlicher Art. Offensichtlich haben auch wohl Sticheleien seitens der Kameraden auf der Akademie Spuren bei ihm hinterlassen.« Lundeen überlegte einen Augenblick: »Das ist so ziemlich alles, was ich darüber aussagen kann.«

»Und wie ist es um sein gegenwärtiges Familienleben bestellt?«

Der Sachverständige kam zögernd mit der Antwort heraus: »Damit geraten wir allerdings auf ein Gebiet, wo mir meine Pflicht als Arzt weitere Auskünfte verbietet.«

»Besteht etwa ein gespanntes Verhältnis? Bitte, Sie brauchen sich nicht zu präzisieren.«

»Ich darf weitere Fragen in dieser Richtung nicht beantworten. Wie gesagt: Commander Queeg hat alle seine Probleme gut verarbeitet.«

»Was verstehen Sie unter ›verarbeiten‹? Können Sie mir diesen Vorgang beschreiben?«

»Ja, das kann ich. Seine Stellung als Seeoffizier bot ihm das nötige Gegengewicht gegen alle seelischen Belastungen und wurde dadurch zum wesentlichen ausgleichenden Faktor. Sie gibt ihm Sicherheit gegen alle feindlichen Mächte, darum ist er auch mit überbetontem Eifer bemüht, die Belange seiner Stellung gegen jede vermeintliche Minderung in Schutz zu nehmen. Damit erklärt sich auch seine übertriebene dienstliche Strenge, von der vorhin die Rede war.«

»Fällt es einem solchen Menschen schwer, eigene Fehler zuzugeben?«

»Zum mindesten muß man eine Tendenz in dieser Richtung

annehmen. Commander Queeg ist unablässig darauf bedacht, seine Stellung nach allen Seiten zu sichern und abzuschirmen. Aber es wäre abwegig, darin etwas Krankhaftes erblicken zu wollen.«

»Hat er das Zeug zu einem ehrgeizigen Streber?«

»Bei seinem Charakterbild ist das mehr als wahrscheinlich.«

»Wäre er imstande, seinen Untergebenen wegen jeder Kleinigkeit die größten Ungelegenheiten zu bereiten?«

»Er rühmt sich sogar seiner kleinlichen Genauigkeit. Jeder Fehler eines Untergebenen muß ihm unerträglich sein, weil durch ihn seine Stellung gefährdet werden könnte.«

»Kann man erwarten, daß es einem so strebsamen, auf vollkommene Leistung bedachten Menschen gelingt, alle Fehler zu vermeiden?«

»Wir wissen doch alle, daß wir nie ganz Herr über das wirkliche Leben sind. Fehlleistungen unterlaufen auch dem Besten.«

»Wenn sie Queeg unterlaufen, dann gibt er sie selber jedoch nicht zu. Sagen Sie, greift er in solchen Fällen wohl zur Lüge?«

»Unter keinen Umständen! Der Vorgang ist ein anderer. Ich möchte sagen, der wirkliche Ablauf der Dinge wandelt sich in seinem Bewußtsein automatisch in einer Weise um, die es ihm ermöglicht, sich mit gutem Gewissen von jeder Schuld freizusprechen. Aus naheliegenden Gründen verbindet sich damit die Neigung, andere zu bezichtigen.«

»Muß man diese automatische Entstellung der Wahrheit nicht als geistige Störung bezeichnen, Herr Doktor?«

»An sich keineswegs. Es geht hier wesentlich darum, welches Ausmaß dieser Selbstbetrug annimmt. Wer von uns ist in der Lage, auch nur die einfachste Realität ganz unentstellt zu erfassen?«

»Aber wird sie von Commander Queeg nicht wesentlich stärker entstellt als, sagen wir, von Ihnen oder von irgendeinem anderen Menschen, der nicht unter solchen inneren Spannungen zu leiden hat wie er?«

»Das ist nun einmal seine Schwäche. Andere Leute haben andere Schwächen. Jedenfalls kann man nicht behaupten, daß ihn eine solche Neigung unfähig macht, seinen Dienst zu versehen.«

»Wird ein Mensch wie Queeg nicht dazu neigen, in allen anderen Menschen Gegner und Widersacher zu sehen?«

»Das gehört dazu. Ein solcher Mensch ist seiner ganzen Natur nach dauernd auf dem Sprung, sich jedem entgegenzustellen, der ihm vermeintlich zu nahe tritt.«

»Wird er mißtrauisch gegen seine Untergebenen sein und dazu neigen, ihre Pflichttreue und ihre Fähigkeiten in Zweifel zu ziehen?«

»Vielleicht auch das. Es wäre eine natürliche Folge seines betonten Strebens nach besonderen Leistungen.«

»Und wie verhält er sich bei Kritik von oben? Fühlt er sich da nicht gern ungerecht behandelt?«

»Wie ich schon sagte, es paßt alles in das gleiche Schema. Alle diese Erscheinungen gehen von einer einzigen grundlegenden Voraussetzung aus, der fixierten Vorstellung, sich um jeden Preis auszeichnen zu müssen.«

»Nimmt ein solcher Mensch nicht leicht ein verbissenes, hartnäckiges Wesen an?«

»Natürlich kommt es bei solchen Charakteren oft zu einer gewissen Unzulänglichkeit der persönlichen Haltung, ihre innere Unsicherheit hindert sie daran, zuzugeben, daß andere etwa recht haben könnten.«

Mit einem Schlag hörte Greenwald mit seinen unsicher tastenden Fragen auf und sprach von jetzt an mit klirrender Präzision: »Herr Oberstabsarzt, Sie haben uns eben bezeugt, daß das Verhalten des Commanders Queeg durch folgende Merkmale gekennzeichnet ist: unzugängliche Haltung, Verfolgungskomplexe, unbegründetes Mißtrauen gegen die Umwelt, Flucht aus der Wirklichkeit, besessenes Strebertum, eine fixe Idee als Lebensgrundlage und ein quälendes Bedürfnis nach Selbstbestätigung.«

Dr. Lundeen blickte ihn mit überraschtem Ausdruck an: »Alles in leichtem Grad, Sir, alles bestens kompensiert.«

»Gut, Herr Oberstabsarzt. Gibt es einen psychiatrischen Fachausdruck, ich meine einen Sammelbegriff, der diesen ganzen Symptomenkomplex in sich begreift?«

»Symptomenkomplex? Davon kann keine Rede sein. Sie mißbrauchen diesen Ausdruck. Wo keine Krankheit ist, gibt es auch keine Symptome.«

»Besten Dank für die Richtigstellung, Herr Doktor. Ich will mich anders ausdrücken: Gehören alle die eben aufgezeichneten Charaktermerkmale zu einer bestimmten neurotischen Grundform, fallen sie unter einen psychiatrischen Sammelnamen?«

»Jetzt weiß ich, worauf Sie hinauswollen. Die Merkmale in ihrer Gesamtheit kennzeichnen eine paranoide Persönlichkeit, ein solcher Mensch ist aber darum keineswegs dienstunfähig.«

»Noch einmal bitte, was für eine Persönlichkeit kennzeichnen diese Merkmale?«

»Eine paranoide.«

»Wie sagten Sie, Herr Oberstabsarzt? Eine paranoide?«

»Ja, eine paranoide.«

Greenwald warf einen Blick auf Challee, dann wandte er sich ab, und sein Blick wanderte langsam weiter über die Reihe der Richter, einen nach dem anderen. Jetzt begab er sich an seinen Platz.

Challee wollte sich erheben, aber der Flieger wandte sich sofort dagegen: »Verzeihung, ich bin mit dem Kreuzverhör noch nicht zu Ende, ich möchte nur einen Blick in meine Akten werfen.«

Eine Minute lang herrschte Schweigen, Greenwald suchte in seinen Papieren. Das Wort »paranoid« hing in der Luft.

»Herr Oberstabsarzt, wann sprechen Sie bei einer paranoiden Persönlichkeit vom Typ des Commanders Queeg von Krankheit und wann von Kompensation oder Anpassung an die Umwelt?«

Lundeen machte einen müden und etwas gereizten Eindruck: »Wie ich schon wiederholt erklärte: Entscheidend ist immer das Ausmaß der vorhandenen Störung. Es gibt keinen Menschen, der vollkommen normal wäre. Sie selbst sind vielleicht in milder Form manisch-depressiv, ich leicht schizoid. Millionen Menschen leben mit solchen Anlagen ein normales Leben, sie haben sie eben kompensiert und damit ihr inneres Gleichgewicht wiederhergestellt. Körperliche Gegenbeispiele dazu wären etwa ein Hohlrücken oder ein leichtes Herzgeräusch, kleine Schwächen, die aber das Individuum weder lebensuntüchtig noch dienstuntauglich machen. Entscheidend ist also nur die Grenze der Tauglichkeit. Wird sie nicht überschritten, dann ist alles in Ordnung.«

»Ist diese Tauglichkeitsgrenze ein absoluter oder ein relativer Maßstab, Herr Oberstabsarzt?«

»Wie meinen Sie das?«

»Kann man sich nicht vorstellen, daß ein paranoid veranlagter

Mensch zwar imstande wäre, in untergeordneter Stellung seinen Dienst zur Zufriedenheit zu versehen, nicht aber als Kommandant eines Schiffes?«

»Ein solcher Fall läßt sich denken.«

»Dann könnte man also sagen, daß ein Mann als normal und gesund angesehen werden kann, solange er, sagen wir, als Nachrichtenoffizier Dienst tut, daß er aber als geistesgestört zu gelten hätte, wenn er Kommandant wird.«

»Ich muß leider feststellen«, erwiderte Lundeen bissig, »daß Sie die Begriffe der medizinischen Fachsprache nicht scharf genug auseinanderhalten und recht leichtfertig damit umgehen.«

»Ich bitte Sie um Entschuldigung, Herr Doktor.«

»Im Falle des Commanders Queeg hat mein Ausschuß jedenfalls festgestellt, daß dieser Herr voll tauglich ist, seinen Kommandantenposten auszufüllen.«

»Ich kenne Ihr Gutachten, Sir. Können Sie die Grenze definieren, jenseits derer ein paranoid veranlagter Mensch als dienstuntauglich bezeichnet werden muß?«

»Sie wird überschritten, wenn ein solcher Mensch die Herrschaft über sich selbst und den Maßstab für seine Umwelt verliert, so daß er nicht mehr imstande ist, sinnvoll zu handeln.«

»Welche Symptome zeigt ein paranoid veranlagter Mensch, wenn ihm die Umwelt in dieser Art über den Kopf wächst?«

»Da gibt es die verschiedensten Reaktionen: Flucht in stumpfe Teilnahmslosigkeit, Tobsuchtsanfälle, Nervenzusammenbruch, je nachdem – das hängt ganz von den Gegebenheiten des betreffenden Falles ab.«

»Kann man denn annehmen, daß sich eine solche, die Tauglichkeit ausschließende Störung beim bloßen Gespräch mit dem Arzt offenbart?«

»Wenn der Arzt ein erfahrener Psychiater ist, ja.«

»Heißt das, daß der Patient vor seinen Augen einen Tobsuchtsanfall erleidet oder stumpf und teilnahmslos wird?«

»Nein, aber der Psychiater wird rasch die ganze seelische Apparatur aufdecken, die ein normales Reaktionsvermögen ausschließt: starre Unzugänglichkeit des Wesens, Verfolgungskomplexe, fixe Ideen und so weiter.«

»Warum braucht man dazu einen Psychiater, Herr Oberstabsarzt? Wäre nicht auch ein gebildeter, intelligenter Mensch wie ich oder der Herr Anklagevertreter oder die Herren Richter in der Lage, die paranoide Veranlagung eines Menschen zu erkennen?«

Lundeens Antwort klang unverkennbar sarkastisch: »Dazu sind Sie doch wohl mit den typischen Merkmalen dieses Zustandes zu wenig vertraut. Das Charakteristische bei dieser Neurose liegt ja gerade darin, daß man dem Patienten nichts anmerkt und daß er sich äußerlich überzeugend normal verhält, was sicher zum Teil auf sein starkes Bedürfnis nach Selbstbehauptung zurückzuführen ist.«

Greenwald blickte eine Minute lang zu Boden. Am Richtertisch wurde es laut, als sich die Richter wie unter einem gemeinsamen Impuls in ihren Sesseln zurechtsetzten.

»Gestatten Sie eine hypothetische Frage, Herr Oberstabsarzt: Gesetzt, ein Kommandant eines Kriegsschiffes, der von Hause aus paranoid veranlagt ist, verhält sich wie folgt: Er wird im feindlichen Feuer von Verwirrung und Angst gepackt, er führt sein Schiff vorzeitig aus dem feindlichen Schußbereich, er beschädigt öffentliches Eigentum und leugnet es hinterher ab, er macht dienstlich falsche Aussagen, er preßt einem Untergebenen Geld ab, er verhängt für kleine Vergehen unverhältnismäßig hohe Strafen. Ist ein solcher Mann dienstfähig oder nicht?«

Lange Pause. Die Richter starrten gespannt auf Lundeen. Endlich sagte er: »Die Frage ist unvollständig. Kommt er seinen dienstlichen Verpflichtungen sonst in zufriedenstellender Weise nach?«

»Nehmen wir an, es sei so.«

»Gut, dann – nein, dann braucht er nicht notwendig dienstunfähig zu sein, keineswegs. Offenbar ist ein solcher Mann kein Muster eines Vorgesetzten. Es geht hier um die Frage des verfügbaren Niveaus für den Kommandantenersatz. Stünden andere Leute mit entsprechender Vorbildung für solche Posten zur Verfügung, dann wären sie natürlich vorzuziehen, aber jetzt, in diesem Krieg, da die Besetzung der Kommandantenposten zu einem Engpaß geworden ist, muß man eben mit dem vorliebnehmen, was man hat. Es ist ein Kriegsrisiko wie vieles andere auch.«

»Herr Oberstabsarzt, würden Sie als Sachverständiger befürworten, daß Commander Queeg nach dem Vorgefallenen erneut als

Kommandant eines Kriegsschiffes der Vereinigten Staaten eingesetzt wird?«

»Hm, ich – ich muß sagen, ich sehe keinen Sinn in dieser Frage. Das zu entscheiden ist Sache des Marinepersonalbüros. Ich kann nur wiederholen: Der Mann ist nicht geisteskrank. Wie ich mehrfach darlegte, ist eine paranoide Störung des Seelenlebens, mag sie in noch so milder Form auftreten, immer unangenehm und lästig für die Umgebung des Betreffenden. Aber im Krieg muß man sich eben mit solchen Dingen abfinden. Noch einmal: Krank ist der Mann nicht.«

»Wären Sie damit einverstanden, daß Ihr eigener Sohn unter Commander Queeg ins Gefecht ginge?«

Lundeen warf einen verzweifelten Blick nach dem Vertreter der Anklage, der sofort in die Höhe sprang: »Einspruch! Der Sachverständige ist hier, um ein Gutachten abzugeben, es geht nicht an, ihn nach seinen persönlichen Gefühlsreaktionen zu fragen.«

»Ich ziehe die Frage zurück«, sagte Greenwald. »Herr Oberstabsarzt, ich danke Ihnen, die Verteidigung hat keine weiteren Fragen an Sie.«

Jetzt nahm Captain Blakely das Wort: »Das Gericht möchte einen Punkt geklärt wissen.« Die Blicke der Beisitzer hingen gespannt an ihrem Vorsitzenden. »Herr Doktor, ist es denkbar, daß ein Mensch von der beschriebenen Veranlagung unter besonders schwierigen Verhältnissen zeitweilig die Fähigkeit verliert, seinen Dienst zu versehen, ohne daß es dabei zu einem vollen Zusammenbruch kommt? Ich will mich noch deutlicher ausdrücken: Nehmen wir an, ein Mann mit verhältnismäßig leichter paranoider Belastung wäre unter normalen Bedingungen durchaus fähig, seine Dienstpflichten als Kommandant eines Kriegsschiffes zu erfüllen, nehmen wir weiter an, dieser Mann geriete mit seinem Schiff in eine außerordentliche Notlage, die ihn geistig und seelisch um ein Vielfaches stärker in Anspruch nimmt als der übliche Dienst. Wäre er auch einer solchen Lage unbedingt gewachsen, oder könnte es da zu einem Leistungsabfall kommen, könnten die äußeren Umstände sein Gleichgewicht so erschüttern, daß er fehlerhaft zu urteilen und zu handeln beginnt?«

»Das ist durchaus denkbar. Aber schließlich geht das doch wohl bei außergewöhnlicher Belastung allen Menschen so, Sir.«

»Ein Kriegsschiffkommandant sollte nicht so reagieren.«

»Allerdings nicht, aber auch Kriegsschiffkommandanten sind schließlich Menschen.«

»Ich danke Ihnen, Herr Doktor, das genügt.«

Jetzt nahm Challee das Verhör wieder auf und veranlaßte Lundeen wiederholt und in immer neuem Zusammenhang zu der Feststellung, daß Queeg zu keinem Zeitpunkt dienstuntauglich gewesen sei. Der Arzt machte seine Aussagen mit gekränkter Betonung und bedachte den Verteidiger ab und zu mit einem kurzen Seitenblick.

»Dr. Bird ist mein letzter Zeuge«, verkündete Challee dem Gericht, während die Ordonnanz unterwegs war, um den zweiten Psychiater aufzurufen.

»Schön«, sagte Blakely mit einem Blick auf die Uhr. Es war fünf Minuten nach zwei. Der Assistenzarzt, der nun den Saal betrat, war ein ausnehmend schlanker, jugendlich aussehender Mann mit dunklem Haar, bleichem Teint und scharfen Zügen, deren Ausdruck ein hohes Maß an Empfindlichkeit verriet. Er hatte große, tiefliegende dunkelbraune Augen mit einem eigentümlich durchdringenden Blick, dem etwas Fanatisches anhaftete. Man konnte sagen, er war ein auffallend hübscher Mensch. Während Challees Vernehmung bestätigte er alles, was Dr. Lundeen über Queeg ausgesagt hatte. In frischer, klarer und kultivierter Sprache legte er dar, daß Queeg durchaus tauglich sei, eine Kommandantenstelle auszufüllen und auch vordem nie unfähig dazu gewesen sein könne.

Challee fragte: »War Dr. Manella mit Ihnen und Dr. Lundeen über diesen Punkt gleicher Ansicht?«

»Jawohl.«

Challee überlegte einen Augenblick und fuhr dann fort: »Haben Sie aus irgendwelchen Anzeichen entnehmen können, daß Commander Queeg einem Typ angehört, der unter dem Namen paranoid bekannt ist?«

»Ich möchte ihn eher als zwangsbetonten Typus mit paranoiden Zügen ansprechen.«

»Aber Sie schlossen daraus nicht auf eine geistige Störung?«

»Nein, dazu bestand kein Anlaß.«

»Sind die Bezeichnungen ›paranoider Typus‹ und ›zwangsbetonter Typus‹ auch in den Gutachten Ihres Ausschusses zur Anwendung gekommen?«

»Nein.«

»Und warum nicht, Herr Doktor?«

»Die psychiatrische Terminologie ist alles andere als exakt. Die gleichen Ausdrücke haben mitunter sogar für Angehörige der gleichen Schule eine verschiedene Bedeutung. Das Wort paranoid könnte bei Außenstehenden die schlimmsten Vorstellungen von Krankheit und Irrsinn wachrufen, während es für mich ebenso wie für Dr. Lundeen und Dr. Manella etwas recht Harmloses bedeutet.«

»So können Sie also erklären, daß Commander Queeg von den Vertretern dreier verschiedener psychiatrischer Schulen für diensttauglich befunden wurde?«

»Jawohl.«

»Sie waren einstimmig der Ansicht, Herr Doktor, daß Commander Queeg sowohl gegenwärtig geistig gesund ist als auch an jenem 18. Dezember im vollen Besitz seiner Geisteskräfte war, dem Tage, an dem er kurzerhand wegen angeblicher geistiger Erkrankung von seinem Dienst als Kommandant enthoben wurde?«

»Jawohl, die Untersuchung führte zu diesem einstimmigen Ergebnis.«

»Ich habe keine weiteren Fragen an den Sachverständigen.«

Jetzt trat Greenwald an den Zeugenstand.

»Herr Doktor, gibt es eigentlich in der Freudschen Psychoanalyse den herkömmlichen Begriff der ›Geisteskrankheit‹?«

»Wir unterscheiden Menschen, deren Verhältnis zur Umwelt gestört ist, und solche, die mit ihr in Einklang stehen.«

»Decken sich diese beiden Gruppen nicht, grob gesprochen, mit den laienhaften Begriffen krank und gesund?«

»Grob gesprochen, ja.«

»Kann man sagen, daß Commander Queeg unter Minderwertigkeitsgefühlen leidet?«

»Ja.«

»Worauf gründen sich diese?«

»Auf ein sehr schweres Trauma in der Kindheit. Aber er hat es gut kompensiert.«

»Besteht denn ein Unterschied zwischen dem Kompensieren und dem Verarbeiten solcher Dinge?«

»Ja, es handelt sich sogar um zwei grundlegend verschiedene Vorgänge.«

»Können Sie diesen Unterschied erklären?«

Bird lehnte sich lächelnd auf seinem Stuhl zurück: »Nun, gesetzt, ein Mann leidet an einer seelischen Störung, die tief in seinem Unterbewußtsein vergraben liegt. Dennoch zwingt sie ihn, ausgefallene Dinge zu tun, und hält ihn in einer ununterbrochenen Spannung, ohne daß er je in die Lage käme, die Ursache dieses unerfreulichen Zustandes zu ergründen. Schließlich verfällt er auf den Ausweg, ihn zu kompensieren, das heißt, er verschafft sich Ventile für die seltsamen Antriebe, die ihn beherrschen, sei es, indem er seine Willenskraft mobilisiert, sei es durch Tagträume oder durch irgendeinen anderen von den unzähligen Kunstgriffen, die ihm das Bewußtsein dazu an die Hand gibt. Eines aber kann er niemals, er kann den störenden Komplex nicht *verarbeiten,* denn dazu müßte er sich einer psychoanalytischen Behandlung unterziehen, die diesen Komplex aus seinem Versteck im Unterbewußtsein ans Licht bringt.«

»Hat sich Commander Queeg je einer solchen Behandlung unterzogen?«

»Nein.«

»Er leidet also unter einem nicht verarbeiteten Komplex?«

»Richtig, einem Komplex, der aber seine Dienstfähigkeit nicht in Frage stellt.«

»Dr. Lundeen erklärte allerdings vorhin, er hätte seine Probleme ›verarbeitet ...«

Bird lächelte: »Hier sind wir ja schon wieder bei der Terminologie. Der Ausdruck ›verarbeiten‹ hat in der Freudschen Technik eine genau umrissene Bedeutung. Dr. Lundeen hat damit nichts anderes ausdrücken wollen, als daß der Patient seinen Komplex kompensiert hat.«

»Können Sie diesen Komplex von Commander Queeg näher definieren?«

»Ohne eine gründliche Analyse kann ich ihn unmöglich genau beschreiben.«

»Haben Sie überhaupt eine Ahnung, worin er bestehen könnte?«

»Doch, die Umrisse sind nicht schwer zu erkennen: Commander Queeg fühlt unbewußt, daß man ihn nicht liebt, weil er ein schlechter, dummer Mensch sei und keinen persönlichen Charme besitze. Dieses heimliche Schuldgefühl und die daraus folgende feindselige Einstellung gegen die Umwelt gehen auf Erlebnisse in der frühen Kindheit zurück.«

»Und wie hat er diesen Komplex kompensiert?«

»Vorzüglich auf zwei Arten: erstens durch das ganze Schema paranoider Reaktionen, die ihm nichts nützen und daher in jeder Hinsicht unerwünscht sind, zweitens durch seine Seeoffizierslaufbahn – ein Mittel, das sich als äußerst wertvoll und darum hochwillkommen erweist.«

»Sie sagen also, seine militärische Laufbahn sei das Ergebnis seines Komplexes?«

»Das ist bei den meisten militärischen Laufbahnen der Fall.«

Greenwald warf einen verstohlenen Blick auf Blakely: »Können Sie mir das näher erklären, Herr Doktor?«

»Das ist ganz einfach. Der Weg in den Soldatenberuf ist eine Flucht aus dem feindlichen Leben. Das Ich kehrt in den Mutterleib zurück und wird als makelloses synthetisches Wesen wiedergeboren.«

Challee erhob sich: »Wie lange soll dieses überhaupt nicht zur Sache gehörige Kolleg über Psychiatrie fortgesetzt werden?«

»Erheben Sie Einspruch gegen die Frage?« erkundigte sich Blakely mit einem ungnädigen Blick.

»Ich beantrage, daß der Zeitverschwendung des Herrn Verteidigers durch irritierende Abschweifungen völlig belangloser Natur eine Grenze gesetzt wird.«

»Der Antrag wird zu Protokoll genommen. Fahren Sie bitte mit dem Kreuzverhör fort.«

Greenwald wandte sich wieder an den jungen Arzt: »Haben Sie nicht eine merkwürdige Gewohnheit an Commander Queeg bemerkt? Etwas, das er mit seinen Händen machte?«

»Meinen Sie das Kugelrollen?«

»Ja. Hat er auch in Ihrer Gegenwart damit gerollt?«

»Die erste Woche nicht. Dann erzählte er mir davon, und ich empfahl ihm, diese Gewohnheit doch ruhig wiederaufzunehmen, wenn er sich dadurch behaglicher fühle. Er ging sofort darauf ein.«

»Bitte, beschreiben Sie diese Gewohnheit.«

»Er läßt in einer seiner Hände unausgesetzt zwei kleine Kugeln rollen oder klicken und gelegentlich auch in beiden.«

»Hat er Ihnen gesagt, warum er das tut?«

»Ja, seine Hände zittern, er spielt mit den Kugeln, um die Hand zu beruhigen und das Zittern zu verbergen.«

»Und warum zittern seine Hände?«

»Das ist eine Folge seiner inneren Spannung, eines der Oberflächensymptome seines Zustandes.«

»Hat dieses Spiel mit Kugeln in der Psychoanalyse Freuds eine besondere Symbolbedeutung?«

»Ich weiß nicht«, meinte Bird mit einem unsicheren Blick nach dem Richtertisch, »ob wir uns damit nicht allzuweit in das heikle Gebiet der analytischen Technik vorwagen.«

»Bitte, drücken Sie sich so untechnisch wie möglich aus.«

»Ich möchte vorausschicken, daß ich ohne eine Analyse des betreffenden Menschen die Symbolik seiner Handlungen nur erraten kann. Das Spiel mit den Kugeln könnte zum Beispiel auf unterdrückte Selbstbefriedigung hinweisen, vielleicht aber bedeutet es auch das sorgsame Aufbewahren giftiger Faeces. Es hängt eben alles davon ab.«

»Wie sagten Sie, Faeces?«

»Ja, in der Welt des Kindes ist das Exkrement ein tödliches Gift und darum auch ein Werkzeug der Rache. Die Gewohnheit würde also in diesem Falle eine feindselige, rachsüchtige Einstellung gegenüber der Umwelt zum Ausdruck bringen.«

Die Richter tauschten halb belustigte, halb entsetzte Blicke aus. Challee erhob von neuem Einspruch wegen unnötiger Zeitverschwendung. Aber Blakely lehnte ein zweites Mal ab. Der Vorsitzende starrte den Freudianer an, als wäre er ein seltsames Wundertier.

»Herr Doktor«, fuhr Greenwald fort, »Sie haben uns mit Ihren Darlegungen gezeigt, daß der Commander in einem gestörten Verhältnis zu seiner Umwelt lebt und keineswegs im Einklang mit ihr ist.«

»Gewiß.«

»Laienhaft ausgedrückt, wäre er also krank.«

Bird lächelte: »Ich weiß, daß ich Ihnen recht gab, als Sie vorhin das gestörte Verhältnis eines Menschen zu seiner Umwelt ganz grob gesprochen mit Krankheit in Parallele setzten. So gesehen, wäre aber eine Anzahl von Menschen krank.«

»Bei dieser Verhandlung geht es einzig und allein um die Frage, ob Commander Queeg krank war oder nicht. War er krank, dann muß ich in allem Ernst die Frage stellen, wie es möglich war, daß ihm der Ärzteausschuß bescheinigt hat, er sei gesund.«

»Ich glaube, Sie spielen mit Worten. Nach dem Befund mußten wir ihn für diensttauglich erklären.«

»Könnte das Grundübel, unter dem er leidet, seine Diensttauglichkeit in Frage stellen, wenn es schwerere Formen annähme?«

»Bei erheblich schwereren Erscheinungen, ja.«

In Greenwalds Ton lag plötzlich eine gewisse Schärfe: »Wäre da nicht doch eine andere Möglichkeit ins Auge zu fassen?«

»Was meinen Sie damit?«

»Die Möglichkeit, daß die Anforderungen an den Kommandanten eines Kriegsschiffs um ein Vielfaches höher sind, als Sie annehmen. – Wäre in diesem Fall Queegs Dienstfähigkeit nicht schon bei seinem gegenwärtigen Zustand in Frage gestellt?«

»Eine solche Annahme ist gänzlich abwegig, weil …«

»So? Haben Sie schon mal ein Bordkommmando gehabt, Herr Doktor?«

»Nein.«

»Sind Sie überhaupt je zur See gefahren?«

»Nein.« Birds Sicherheit begann augenscheinlich zu wanken.

»Wie lange dienen Sie schon in der Marine?«

»Fünf Monate, nein, ich glaube, es sind sechs.«

»Haben Sie vor diesem Fall schon einmal mit Kriegsschiffkommandanten zu tun gehabt?«

»Nein.«

»Aus welchen Quellen stammt also Ihr Urteil über die Anforderungen, die an einen Kommandanten herantreten können?«

»Meine Kenntnis der Verhältnisse reicht immerhin so weit …«

»Sind Sie der Ansicht, daß die Führung eines Kriegsschiffes eine hochbegabte, überragende Persönlichkeit erfordert?«

»Nn – nein.«

»Wieso nicht?«

»Hochbegabt braucht ein Kommandant nicht zu sein. Ausreichendes Reaktionsvermögen, ausreichende Intelligenz, entsprechende Ausbildung und Erfahrung sind natürlich unerläßlich, aber ...«

»Würden die Voraussetzungen, die Sie meinen, sagen wir, zum Beispiel auch für einen guten Psychiater ausreichen?«

»Doch wohl nicht ganz – wie kann man das überhaupt vergleichen!«

»Mit anderen Worten, ein Psychiater braucht höhere Fähigkeiten als der Kommandant eines Kriegsschiffes?« Der Anwalt warf einen Blick auf Blakely.

»Er braucht – das heißt, seine Fähigkeiten müssen in anderer Richtung liegen. Der gehässige Vergleich stammt von Ihnen, nicht von mir.«

»Herr Doktor, Sie haben zugegeben, daß Commander Queeg krank ist, Herr Oberstabsarzt Dr. Lundeen ist nicht soweit gegangen. Bleibt also nur die Frage nach der Schwere seiner Krankheit. Sie können sich nicht dazu verstehen, anzunehmen, daß ihn sein Zustand dienstunfähig machte. Ich unterstelle die Möglichkeit, daß diese Entscheidung falsch ist, weil Sie offenbar über die Anforderungen an den Kommandanten eines Kriegsschiffes nicht genügend im Bilde sind.«

»Ich weise diese Unterstellung mit aller Entschiedenheit zurück.« Bird sah aus wie ein beleidigter Schuljunge, seine Stimme zitterte vor zorniger Erregung. »Sie haben mit Absicht an Stelle der korrekten Terminologie das Wort ›krank‹ untergeschoben, diesen ganz unbestimmten, polarisierten Ausdruck ...«

»Verzeihung, was für ein Ausdruck?«

»Er ist polarisiert – mit einseitigen Vorstellungen geladen, gehässig. Ich habe nie von Krankheit gesprochen. Und was die Anforderungen betrifft, die an einen Kommandanten gestellt werden müssen, so sind mir diese bestens bekannt, sonst hätte ich mich im vorliegenden Fall unter allen Umständen für unzuständig erklärt.«

»Das wäre vielleicht das richtige gewesen.«

Challee schrie: »Ich protestiere gegen diese unerhörte Behandlung eines Sachverständigen!«

»Ich ziehe meine letzte Feststellung zurück. Keine weiteren Fragen.« Greenwald begab sich wieder an seinen Platz.

Zehn Minuten lang gab sich Challee alle Mühe, zu erreichen, daß Bird das Wort »krank« zurücknahm. Aber der junge Arzt hatte offenbar ganz die Fassung verloren; er schlug einen rechthaberischen, lehrhaften Ton an und warf mit Fachausdrücken um sich, daß ihm niemand mehr folgen konnte. Kein Mensch hätte ihn dazu gebracht, das ominöse Wort aufzugeben. Endlich verzichtete Challee auf die weitere Vernehmung des widerspenstigen Psychiaters. Er verlas noch den Bericht der Ärztekommission, das Gutachten des Arztes auf Ulithi, einige Tauglichkeitszeugnisse Queegs sowie verschiedene Logbuchauszüge und andere Dokumente von der »Caine«. Damit war seine Beweisführung abgeschlossen.

»Es ist jetzt drei Uhr«, sagte Blakely. »Ist die Verteidigung bereit, ihre Zeugen vorzustellen?«

»Ich habe nur zwei, Sir«, sagte Greenwald, »der erste ist der Angeklagte selbst.«

»Der Angeklagte beantragt also die Genehmigung des Gerichts, in eigener Sache aussagen zu dürfen?«

Auf einen Wink seines Anwalts stand Maryk auf: »Ich bitte darum, Sir.«

»Protokollführer, halten Sie bitte fest, daß der Antrag bestimmungsgemäß gestellt und genehmigt wurde. Der Herr Verteidiger mag mit der Vernehmung beginnen.«

Maryk berichtete über den Hergang der Dinge am Vormittag des 18. Dezember, seine Aussage war mehr oder weniger eine Wiederholung der Darstellung Willie Keiths. Greenwald fragte ihn: »War das Schiff wirklich in höchster Gefahr, als Sie den Kommandanten vom Dienst enthoben?«

»Jawohl.«

»Womit können Sie diese Annahme begründen?«

Maryk befeuchtete die Lippen mit der Zunge: »Nun, das war … Es gab – es gab da mehrere Anzeichen dafür! – Vor allem ließ sich das Schiff nicht mehr auf Kurs halten. Wir schlugen in einer Stunde nicht weniger als dreimal quer und rollten so stark, daß der Krängungsmesser nicht mehr anzeigte. Brücke und Ruderhaus schöpften beträchtlich Wasser, die Lichtmaschinen setzten aus, so daß Beleuchtung und Kreiselkompaß nur noch zeitweise funktionierten. Alle Ruder- und Maschinenmanöver blieben wirkungslos, das Schiff sprach auf Radar nicht mehr an, weil der hohe Seegang die Strahlung reflektierte. Wir wußten also nichts mehr über unseren Standort im Verbande und hatten keine Gewalt mehr über das Schiff.«

»Haben Sie den Kommandanten auf diese Gefahrenmomente aufmerksam gemacht?«

»Zu wiederholten Malen während einer ganzen Stunde. Ich flehte ihn an, die Doppelbodenzellen zu fluten und in den Wind zu drehen.«

»Wie verhielt er sich dazu?«

»Meistens starrte er mich nur wortlos und mit riesigen Augen an, höchstens daß er einmal seine eigenen Ansichten wiederholte.«

»Welches waren diese Absichten?«

»Ich glaube, er wollte auf Flottenkurs bleiben, bis das Schiff unterging.«

»Wann haben Sie eigentlich mit Ihren medizinischen Aufzeichnungen über den Kommandanten begonnen?«

»Kurz nach der Landung auf Kwajalein.«

»Und warum taten Sie das?«

»Damals kam mir der Gedanke, daß der Kommandant geisteskrank sein könnte.«

»Welche Umstände brachten Sie auf diesen Gedanken?«

»Das Manöver mit dem gelben Farbbeutel vor Kwajalein, dann die Wassersperre und das standrechtliche Verfahren gegen Stilwell.«

»Beschreiben Sie uns diese drei Vorfälle im einzelnen.«

Blakely unterbrach den Bericht des Ersten Offiziers über das Verhalten Queegs vor Kwajalein durch ein paar präzise Fragen über Peilungen und Distanzen sowie über den Abstand zwischen der »Caine« und den Landungsfahrzeugen. Zu jeder Antwort machte er sich eine Notiz.

»Warum haben Sie sich nach diesen drei Vorfällen nicht an Ihre höheren Vorgesetzten gewandt?« fragte Greenwald weiter.

»Ich fühlte mich meiner Sache nicht sicher, darum begann ich auch das Tagebuch zu führen. Erwies sich mein Verdacht als irrig, dann wollte ich es verbrennen, behielt ich aber recht, dann brauchte ich es als zuverlässige Unterlage.«

»Wann haben Sie es Leutnant Keefer gezeigt?«

»Nach der Geschichte mit den Erdbeeren, also Monate später.«

»Beschreiben Sie uns auch diesen Vorfall.«

Maryk berichtete mit klaren, sachlichen Worten.

»Nun, Leutnant Maryk, wie war es nach dem Taifun? Hat Commander Queeg den Versuch gemacht, das Kommando wieder zu übernehmen?«

»Jawohl, am Morgen des Neunzehnten. Wir hatten gerade die Flotte in Sicht bekommen und schlossen auf, um nach Ulithi zurückzulaufen.«

»Erzählen Sie, wie sich diese Sache abspielte.«

»Ich war gerade im Kartenhaus und schrieb einen Funkspruch aus, um die Dienstenthebung des Kommandanten an das Flottenkommando zu melden. Der Commander kam herein und blickte mir dabei über die Schulter. Er sagte: ›Würden Sie bitte mit in meine Kajüte kommen, so daß wir noch mal sprechen können, ehe – ehe Sie das da aufgeben.‹ Ich erklärte mich einverstanden, wir gingen unter Deck und hatten eine Unterredung. Zuerst hielt er mir erneut vor Augen, daß ich wegen Meuterei vor Gericht gestellt würde. Er sagte: ›Sie haben doch ein Gesuch um Übernahme in den aktiven Dienst laufen. Ist Ihnen klar, daß Sie nach dieser Geschichte hier einen derartigen Wunsch ein für allemal begraben müssen?‹ Dann erzählte er mir des langen und breiten, er sei mit Leib und Seele Seeoffizier und kenne kein anderes Interesse im Leben als eben die Marine. Nun könne er sich leider nicht verhehlen, daß ihm der Vorfall von gestern während seiner ganzen weiteren Laufbahn nachhängen werde, auch dann, wenn man ihm nichts vorwerfen könne. Ich sagte ihm, daß ich das sehr bedauerte, und er tat mir in diesem Augenblick auch ehrlich leid. Dann setzte er mir auseinander, daß er in wenigen Wochen ohnehin abgelöst würde, so daß ich mit meinem Vorgehen praktisch eigentlich nichts erreicht hätte. Endlich kam er dann mit seinem Vorschlag heraus. Er sagte, er wolle die ganze Sache vergessen, es werde ihm nicht einfallen, mich zu melden. Ich solle ihm das Kommando einfach wieder überlassen, damit solle die Geschichte begraben und abgeschrieben sein – so wichtig brauche man eine kleine Nervenkrise während eines Taifuns schließlich nicht zu nehmen.«

»Und was sagten Sie zu diesem Vorschlag?«

»Ich war völlig konsterniert. ›Sir‹, sagte ich, ›das ganze Schiff ist über den Vorfall im Bilde. Er ist in der Kladde des Deckwachhabenden und im Schiffslogbuch eingetragen. Ich habe im Schiffslogbuch schon in meiner Eigenschaft als Kommandant gezeichnet.‹ Nach einigem Zögern meinte er, beides seien doch nur bleistiftgeschriebene Kladden, das Ganze umfasse höchstens ein paar Zeilen, und es sei sicher nicht das erste Mal, daß solche Kladden nachträglich abgeändert und richtiggestellt würden.«

»Haben Sie ihn an die Bestimmung erinnert, die alles Radieren in solchen Büchern verbietet?«

»Jawohl. Darauf meinte er schmunzelnd, es gebe ja eine Menge Vorschriften und Gesetze, dazu gehöre schließlich auch das Gesetz der Selbsterhaltung. Da gelte es eben, das kleinere Übel zu wählen, sonst komme nichts heraus als ein Kriegsgericht für mich und ein unverdienter häßlicher Fleck in der Konduite für ihn. Er könne nicht einsehen, daß man wegen der paar mit Bleistift gekritzelten Worte das alles in Kauf nehmen solle.«

»Sind Sie bei Ihrer Weigerung geblieben?«

»Jawohl.«

»Wie ging es dann weiter?«

»Er verlegte sich aufs Bitten. Das dauerte geraume Zeit und war mir äußerst peinlich.«

»Hat er sich dabei abnorm oder sonst auffallend benommen?«

»Nein, das kann man eigentlich nicht sagen. Einmal begann er allerdings zu weinen, aber was er sagte, hatte, von seinem Standpunkt aus gesehen, Hand und Fuß. Zuletzt bekam er einen richtigen Wutanfall und schrie mich an, wenn es mir lieber sei, den Kopf in die Schlinge zu stecken, dann solle ich eben tun, was ich nicht lassen könne. Damit schickte er mich aus seiner Kajüte, und ich gab meinen Funkspruch auf.«

»Warum haben Sie denn das Angebot des Kommandanten nicht angenommen?«

»Ich sah keine Möglichkeit, darauf einzugehen.«

»Aber der Taifun war doch vorüber und die Gefahr überstanden.

Hätte er denn Ihrer Ansicht nach das Schiff nicht nach Ulithi zurückbringen können?«

»Das ist es nicht. Ich hatte ihn in aller Form vom Dienst enthoben und konnte mir nicht vorstellen, daß eine so einschneidende Maßnahme einfach durch Radieren in den Logbüchern rückgängig zu machen war. Außerdem war ich wirklich der Überzeugung, daß der Kommandant geisteskrank sei.«

»Aber Sie sagten doch eben, er sei wieder ganz normal gewesen?«

»Commander Queeg verhielt sich unter gewöhnlichen Verhältnissen in der Regel ganz normal, seine Unzurechnungsfähigkeit trat nur in kritischen Lagen zutage.«

»Ich wiederhole: Sie hatten also die Möglichkeit, den ganzen Vorfall vierundzwanzig Stunden später mit Wissen und Einverständnis des Kommandanten ungeschehen zu machen und die Meldung darüber aus den dienstlichen Unterlagen zu entfernen?«

»Jawohl.«

»Leutnant Maryk, hatten Sie zu irgendeinem Zeitpunkt während des Taifuns panikartige Anwandlungen?«

»Nein.«

»Womit können Sie diese Behauptung belegen?«

»Am besten mit den Ereignissen selbst. Nachdem ich den Kommandanten abgelöst hatte, barg ich während der schlimmsten Periode des Taifuns fünf Überlebende der ›George Black‹. Ich glaube nicht, daß mir unter den gegebenen Umständen diese Bergung gelungen wäre, wenn ich mich in einem Zustand der Panik befunden hätte.«

»Sie haben also Commander Queeg mit voller Überlegung vom Dienst enthoben?«

»Jawohl, ich wußte genau, was ich tat.«

»Waren Sie sich über die Rechtsgrundlagen Ihrer Handlungsweise im klaren?«

»Jawohl, ich stützte mich dabei auf die Artikel 184, 185 und 186 der Navy Regulations.«

»Sie hielten sich also für rechtlich befugt, so zu handeln, wie Sie es taten?«

»Jawohl. Ich leitete meine Befugnisse aus der Tatsache ab, daß der Kommandant offenbar seine Zurechnungsfähigkeit verloren hatte, während sich das Schiff in größter Gefahr befand.«

»Ich habe keine weiteren Fragen.«

Challee trat auf Maryk zu und fragte in unverhohlen feindseligem Tone: »Um eins gleich vorwegzunehmen, Mr. Maryk: War der Kommandant nicht auf der Brücke, während angeblich Sie diese Bergung durchführten?«

»Jawohl.«

»Hat er Ihnen nicht befohlen, kehrtzumachen und nach Überlebenden Ausschau zu halten?«

»Erst als es schon geschehen war, sagte er, er befehle es mir.«

»Hat er ihnen nicht während des ganzen Manövers Anweisungen gegeben?«

»Er erging sich in Bemerkungen zu meinen Befehlen.«

»Hätten Sie das Manöver auch ohne seine Anweisungen oder Bemerkungen, wie Sie sie zu nennen belieben, mit Erfolg zu Ende führen können?«

»Ich versuchte, höflich gegen Commander Queeg zu bleiben, weil er immerhin der dienstälteste Offizier auf der Brücke war, aber ich war viel zu stark in Anspruch genommen, um auf seine Bemerkungen zu achten, und kann mich auch nicht mehr erinnern, was er sagte.«

»So? Mußte er Sie nicht sogar an die elementare Maßnahme erinnern, eine Netzbrook über die Seite zu hängen?«

»Ich wollte die Netzbrook erst im letzten Augenblick aushängen lassen, damit sie nicht vom Seegang weggerissen wurde. Er erinnerte mich daran, gewiß, aber das war ganz überflüssig.«

»Mr. Maryk, seien Sie ganz ehrlich, wie stand es um Ihre Pflichttreue gegen den Kommandanten? Gesetzt, Sie müßten sich hierüber ein Zeugnis ausstellen, welche Note würden Sie sich geben?«

»Das ist schwer zu beantworten.«

»Das kann ich mir vorstellen. Eine Neun, eine Fünf oder etwa eine Null?«

»Ich glaube, ich habe meine Pflicht gegen den Kommandanten immer erfüllt.«

»Haben Sie dem Bootsmaat Stilwell nicht im Dezember 1943 gegen den ausdrücklichen Befehl des Kommandanten einen dreitägigen Urlaub gegeben?«

»Jawohl.«

»Halten Sie eine solche Handlungsweise für pflichttreu?«

»Nein, damit habe ich meine Pflicht allerdings verletzt.«

Challee war sichtlich erschüttert. Er starrte Maryk sekundenlang ganz sprachlos an. »Sie geben also zu, gleich nach Übernahme Ihres Dienstes als Erster Offizier Ihre klare Pflicht verletzt zu haben?«

»Jawohl.«

»Sehr interessant. Und welche Gründe können Sie für Ihr disziplinwidriges Verhalten anführen?«

»Ich habe keine Entschuldigung. Es war das erste und letzte Mal, daß ich so etwas tat.«

»Jedenfalls geben Sie zu, daß Sie Ihren Dienst genauso begonnen haben, wie Sie ihn beendeten, nämlich mit einer Pflichtverletzung.«

»Ich habe nie zugegeben, daß ich am Ende meines Dienstes unter Commander Queeg eine Pflichtverletzung begangen hätte.«

»Haben Sie von den anderen Offizieren hämische oder beleidigende Äußerungen über den Kommandanten gehört?«

»Jawohl.«

»Wie haben Sie die betreffenden Herren bestraft?«

»Ich habe sie nicht bestraft, aber ich habe sie wiederholt wegen dieses Geredes verwarnt und habe es in meiner Gegenwart nicht geduldet.«

»Jedenfalls haben Sie es nicht für nötig gehalten, diese offenkundigen Achtungsverletzungen zu ahnden. Warum unterließen Sie das?«

»Es gibt Lagen, in denen man nicht nach dem Buchstaben handeln kann.«

Challee befaßte sich jetzt eingehend mit Maryks Bericht über den Taifun und glaubte zuletzt wirklich, ein paar nebensächliche Widersprüche oder Gedächtnisfehler entdeckt zu haben. Aber der Erste Offizier blieb unerschütterlich bei seiner Darstellung und gab keine Ungenauigkeit und keinen Irrtum zu. Als nächstes kam Maryks Herkunft zur Sprache, dabei wurde festgestellt, daß seine Schulbildung unter dem Durchschnitt lag und daß er weder psychiatrische noch andere wissenschaftliche Kenntnisse erworben hatte. »Woher haben Sie dann diese hochgestochenen Ideen über Paranoia und ähnliche schöne Begriffe?«

»Aus Büchern.«

»Was sind das für Bücher? Nennen Sie mir die Titel!«

»Medizinische Fachbücher über Geisteskrankheiten.«

»War das etwa Ihr Steckenpferd – psychiatrische Literatur?«

»Nein, erst als ich auf den Gedanken kam, daß der Kommandant geistesgestört sein könnte, lieh ich mir die Bücher hier und dort von Schiffsärzten aus.«

»Bildeten Sie sich wirklich ein, daß Sie bei Ihrer lückenhaften Vorbildung diese abseitigen und schwer lesbaren wissenschaftlicher Werke verstehen konnten?«

»Ich habe ihnen immerhin einiges entnommen.«

»Haben Sie je davon gehört, daß Halbwissen etwas sehr Gefährliches ist?«

»Jawohl.«

»Sie stopften Ihren Kopf mit unverstandenen Fachausdrücken voll und hatten die Stirn, mit Hilfe dieses fragwürdigen Rüstzeugs Ihren eigenen Kommandanten kurzerhand wegen angeblicher Geisteskrankheit abzusetzen. Ist das nicht so?«

»Nein, ich habe ihn nicht abgesetzt, weil dieses oder jenes in den Büchern stand. Es ging mir um das Schiff, das in Gefahr war.«

»Lassen wir das Schiff aus dem Spiel, wir sprechen jetzt über Ihre Begriffe von Psychiatrie, Herr Leutnant.«

Challee behämmerte ihn mit Dutzenden von psychiatrischen Fachausdrücken; die er gedeutet und erklärt wissen wollte. Maryk wurde immer einsilbiger und verdrossener und antwortete ein ums andere Mal: »Das weiß ich nicht.«

»Da reden Sie also von Geisteskrankheiten und wissen überhaupt nicht, was Sie sagen! Ist es nicht so?«

»Ich habe nie behauptet, daß ich viel von diesen Dingen verstünde.«

»Und doch bilden Sie sich ein, so viel davon zu verstehen, daß Sie jetzt Ihre Kenntnisse der psychiatrischen Diagnose ins Feld führen, um sich wegen einer Handlungsweise zu rechtfertigen, die Ihnen leicht als offene Meuterei ausgelegt werden kann.«

»Ich wollte nur das Schiff retten.«

»Welches Recht hatten Sie denn – abgesehen von dem, das Sie aus Ihrem erleuchteten psychiatrischen Wissen schöpften –, dem

Kommandanten ganz einfach die Verantwortung für sein Schiff abzunehmen?«

»Ich – ich …«, Maryk starrte benommen drein.

»Bitte, antworten Sie auf meine Frage. Es gibt nur zwei Möglichkeiten. Entweder Ihre psychiatrische Diagnose von Queeg hätte sich als richtig erwiesen, oder aber Sie haben sich des schwersten Bruchs der Borddisziplin schuldig gemacht, der einem Offizier vorgeworfen werden kann. Stimmt das nicht?«

»Wenn er nicht krank gewesen wäre, könnte man von Meuterei sprechen. Aber er war krank.«

»Haben Sie die Diagnose der beiden Psychiater mit angehört, die heute vormittag hier aussagten?«

»Jawohl.«

»Welches war das Ergebnis ihrer Untersuchung – war Ihr Kommandant am 18. Dezember krank oder war er es nicht?«

»Sie sagen, er sei es nicht gewesen.«

»Leutnant Maryk, sind Sie der Meinung, daß Sie sich besser auf die Führung des Schiffes verstanden als der Kommandant?«

»Unter gewöhnlichen Umständen konnte er das Schiff führen, in schwierigen Lagen versagte er.«

»Konnte es nicht auch umgekehrt sein, daß nämlich Sie in schwierigen Lagen versagten und die richtigen Maßnahmen des Kommandanten nicht mehr verstanden? Wäre das nicht denkbar?«

»Das wäre zwar möglich, aber …«

»Wer versteht nach allgemeiner Ansicht in der Marine mehr von der Führung eines Schiffes, der Kommandant oder sein Erster Offizier?«

»Der Kommandant.«

»Hören Sie gut zu, Herr Leutnant. Ihre sogenannte Rechtfertigung setzt sich aus zwei Behauptungen zusammen: erstens, der Kommandant war geisteskrank, und zweitens, das Schiff war in einer gefährlichen Lage. Ist das richtig?«

»Jawohl.«

»Die Ärzte haben festgestellt, daß der Kommandant nicht geisteskrank war. So haben wir doch gehört, nicht wahr?«

»Sie sind dieser Ansicht, ja.«

»Folglich muß das Gericht auch annehmen, daß seine Einschätzung der Lage richtig, die Ihre dagegen falsch war. Habe ich recht oder nicht?«

Maryk sagte: »Ja – nur dürfen Sie nicht vergessen, daß sich die Ärzte irren können. Sie waren nicht dabei.«

»Ihre ganze Verteidigung, Herr Leutnant Maryk, läuft also auf die eine fragwürdige Behauptung hinaus, Ihre leichtfertige, aus dem Ärmel geschüttelte psychiatrische Diagnose sei – trotz Ihrer zugegebenen Unkenntnis der Materie – mehr wert als das einstimmige Urteil dreier Fachkapazitäten nach dreiwöchiger gründlicher Untersuchung. Wollen Sie sich damit im Ernst verteidigen?«

Maryk fand lange keine Antwort, endlich stammelte er: »Ich kann nur sagen, daß ihn die Ärzte nicht gesehen haben, als das Schiff in Gefahr war.«

Challee wandte sich unverhohlen grinsend nach den Richtern um, dann fuhr er fort:

»Wer war der drittälteste Offizier an Bord Ihres Schiffes?«

»Leutnant Keefer.«

»War das ein guter Offizier?«

»Jawohl.«

»Was ist er in Zivil?«

»Schriftsteller.«

»Was meinen Sie, ist er ebenso klug wie Sie? Oder vielleicht sogar noch klüger?«

»Es kann sein, daß er klüger ist.«

»Haben Sie ihm Ihr medizinisches Tagebuch gezeigt?«

»Jawohl.«

»Haben Sie ihn damit überzeugen können, daß der Kommandant geisteskrank war?«

»Nein.«

»Hat er Ihnen nicht vierzehn Tage vor dem Taifun abgeraten, den Kommandanten vom Dienst zu entheben?«

»Jawohl.«

»Und doch haben Sie vierzehn Tage später, allen Grundsätzen militärischer Unterordnung zum Trotz und gegen die Einwände Ihres nächsten Untergebenen, der Ihnen nach Ihrer eigenen Feststellung an Einsicht überlegen war – Einwände, die Sie schon einmal von der Fragwürdigkeit Ihrer Diagnose überzeugt hatten –, Ihre ursprüngliche Absicht unbelehrbar weiterverfolgt und die Führung des Schiffes an sich gerissen.«

»Ich habe den Kommandanten nur deshalb abgelöst, weil ich während des Taifuns endgültig zu der Überzeugung kam, er sei krank.«

»Halten Sie es nicht für unlogisch oder für eine geradezu unfaßbare Einbildung, wenn Sie jetzt, dem Urteil dreier erfahrener Psychiater zum Trotz, auf Ihrer eigenen laienhaften Ansicht beharren?«

Maryk sah sich hilflos nach Greenwald um, aber der schien nur die Maserung seines Tisches zu studieren. Die Stirn des armen Ersten Offiziers war voller Falten, er schob den Kopf nach vorn wie ein gereizter Stier: »Vielleicht sieht es so aus, ich weiß es nicht.«

»Schön, fahren wir fort. Befassen wir uns einmal mit der merkwürdigen Unterredung, in deren Verlauf Ihnen der Kommandant angeblich nahelegte, dienstliche Unterlagen zu fälschen. Waren dabei Zeugen zugegen?«

»Nein, wir waren in der Kajüte allein.«

»Wurde hinterher wirklich in den Kladden radiert? Haben Sie den Schatten eines Beweises für Ihre seltsame Geschichte?«

»Der Commander weiß genau, daß sie wahr ist.«

»Glauben Sie wirklich, daß uns der Betroffene selbst den Wahrheitsbeweis für diese unerhörte Anschuldigung liefern wird?«

»Ich weiß nicht, was er dazu sagen wird.«

»Wollen Sie damit zum Ausdruck bringen, daß Sie Commander Queeg einen Meineid zutrauen?«

»Ich will überhaupt nichts zum Ausdruck bringen.«

»Ihre Darstellung kann nur durch den anderen Beteiligten bestätigt oder als falsch zurückgewiesen werden. Ist es nicht denkbar, daß Sie sich nur einbilden, der Vorgang hätte sich so abgespielt, wie Sie sagen, um damit Ihre reizende Behauptung zu stützen, Sie verstünden mehr von Psychiatrie als die berufenen Psychiater?«

»Ich bilde mir nichts ein.«

»Aber Sie bilden sich noch immer ein, Sie hätten Queeg richtig beurteilt und die Ärzte seien im Irrtum.«

»Nun – nur am Tage des Taifuns!«

Maryk verschlug es die Sprache, auf seiner Stirn perlte der Schweiß.

»Ich habe keine weiteren Fragen«, sagte Challee sarkastisch.

Maryk warf einen Blick auf seinen Verteidiger, aber der schüttelte nur leise den Kopf und verkündete: »Kein Nachverhör.«

Der Erste Offizier ging mit benommenem Ausdruck vom Zeugenstand an seinen Platz, und Blakely vertagte die Sitzung, als Greenwald ihm mitteilte, der letzte Zeuge der Verteidigung, Commander Queeg, werde am folgenden Morgen vor Gericht erscheinen.

Queeg contra Greenwald

Der Verteidiger legte Fotokopien von Maryks Konduiten als Beweismaterial auf den Richtertisch und rief dann Queeg zum Verhör.

Der frühere Kommandant der »Caine« betrat den Zeugenstand ebenso selbstsicher und guter Dinge wie am ersten Tag. Maryk mußte wiederum staunen, welches Wunder Sonne, Ruhe und eine neue blaue Uniform an ihm gewirkt hatten. Dieser Queeg sah weiß Gott aus wie das Zigarettenbild eines Kriegsschiffkommandanten. Greenwald ging sofort zum Angriff über:

»Commander, hatten Sie am 18. Dezember vormittags in Ihrer Kajüte eine Unterredung mit Leutnant Maryk?«

»Einen Augenblick. Das war doch der Tag nach dem Taifun, nicht wahr? Ja, es stimmt.«

»Hatten Sie die Aussprache veranlaßt?«

»Ja.«

»Worüber wurde gesprochen?«

»Wie ich schon sagte, er tat mir aufrichtig leid. Ich konnte nicht mit ansehen, daß er durch eine einzige, in der Aufregung des Augenblicks unternommene Handlung sein ganzes Leben ruinieren sollte, zumal ich ja wußte, daß er als Offizier der aktiven Marine weiterkommen wollte. Darum versuchte ich, ihm die Folgen seiner falschen Handlungsweise so eindringlich wie möglich klarzumachen, und empfahl ihm, mir das Kommando wieder zu übergeben. Dabei versprach ich ihm noch, daß ich in meiner Meldung über den Vorfall größte Nachsicht gegen ihn üben wollte.«

»Und was gab er Ihnen darauf zur Antwort?«

»Wie Sie wissen, bestand er darauf, den Dingen ihren Lauf zu lassen, so daß es schließlich zu dieser kriegsgerichtlichen Verhandlung gekommen ist.«

»Sie sagen, er hätte Ihnen leid getan. Machten Sie sich nicht auch Sorgen um die Auswirkungen des Vorfalls auf Ihre eigene Laufbahn?«

»Ich wußte ja schließlich, wie das Gutachten der Ärzte ausfallen würde. Nein, um mich hatte ich wenig Angst.«

»Haben Sie Leutnant Maryk in Aussicht gestellt, daß Sie die Meldung ganz unterlassen würden?«

»Das war doch ausgeschlossen. Ich erklärte mich nur bereit, ihn, soweit irgend angängig, zu entlasten.«

»Wie hätten Sie ihn denn entlasten können?«

»Meiner Meinung nach waren sehr wohl mildernde Umstände gegeben, die man geltend machen konnte. In einer so schwierigen Lage kann es leicht einmal vorkommen, daß ein junger Offizier den Kopf verliert. Dann wäre noch das Bergungsmanöver zu erwähnen gewesen, das er unter meiner Anleitung wirklich sauber und umsichtig durchführte. Wenn er mir das Kommando zurückgegeben hätte, hätte er damit kundgegeben, daß er seinen Irrtum einsah, und darauf kam es mir vor allem an. Nachdem die Dinge einmal soweit gediehen waren, konnte ich schließlich nur noch einen offenkundigen Wandel in der Gesinnung ihm zugute rechnen.«

»Haben Sie ihm nie in Aussicht gestellt, die Meldung über den Vorfall zu unterdrücken?«

»Wie hätte ich das tun können, er war doch schon in den Logbüchern beurkundet.«

»Wie wurden diese Logbücher geführt, mit Bleistift, mit der Schreibmaschine oder wie sonst?«

»Das tut doch nichts zur Sache.«

»Wurden sie mit Bleistift geführt, Commander?«

»Lassen Sie mich nachdenken. Ich glaube, ja. Die Kladden der Deckwache und des Wachhabenden Offiziers waren wohl immer mit Bleistift geschrieben. Ich glaube nicht, daß sie der Schreibersgast bei all der Aufregung damals schon hätte ins reine schreiben können.«

»Haben Sie ihm nicht gesagt, sie wollten die ganze Sache aus den Kladden herausradieren und überhaupt keine Meldung machen?«

»Davon kann keine Rede sein. Es ist doch ausdrücklich verboten, in den Kladden zu radieren.«

»Leutnant Maryk hat aber unter Eid ausgesagt, Sie hätten ihm das angeboten, nein, mehr noch, Sie hätten ihn sogar flehentlich und unter Tränen gebeten, er solle sich damit einverstanden erklären, daß die bewußten paar Zeilen aus den Logkladden verschwänden. Als Gegenleistung hätten Sie ihm versprochen, die ganze Geschichte zu vertuschen und überhaupt nichts davon zu melden.«

»Das ist nicht wahr.« Queeg machte bei diesen Worten einen ruhigen, fast heiteren Eindruck.

»Wollen Sie damit sagen, daß diese ganze Darstellung falsch ist?«

»Sie ist eine Verdrehung dessen, was ich Ihnen sagte. Meine Aussage entspricht genau der Wahrheit.«

»Sie stellen also in Abrede, daß Sie in den Logkladden radieren und den Vorfall vertuschen wollten?«

»Ja, und zwar mit allem Nachdruck. Er hat mir diesen Unsinn einfach angedichtet. Wie, ich soll ihn angefleht, ich soll geweint haben? Es ist absurd!«

»Sie bezichtigen also Mr. Maryk des Meineids?«

»Nein, ich will ihn nicht bezichtigen. Es wird ihm schon genug zur Last gelegt. Ich wollte nur zum Ausdruck bringen, daß er Ihnen wahrscheinlich noch mehr ungereimtes Zeug über mich erzählen wird.«

»Einer von Ihnen beiden sagt doch offenbar die Unwahrheit über jene Unterredung?«

»Das scheint allerdings der Fall zu sein.«

»Können Sie beweisen, daß nicht Sie es sind?«

»Nur, indem ich meine achtjährige Bewährung als Seeoffizier gegen das Wort eines Mannes in die Waagschale werfe, der hier als Meuterer vor Gericht steht.«

»Sein Wort steht in dieser Sache also klar gegen das Ihre.«

»Leider war damals kein Zeuge mit in meiner Kajüte.«

»War es nicht Ihrer Empfehlung zuzuschreiben, Commander, daß Maryk in Ulithi vom Kommodore den Auftrag erhielt, die ›Caine‹ nach der Bucht von Lingayen zu führen?«

»Ich dachte, daß das kommen würde. Ja, ich habe ihn empfohlen.«

»Wie konnten Sie das tun, da Sie doch nach Ihrer eigenen Aussage festgestellt hatten, daß er in einer kritischen Lage den Kopf verlor und mit seinen Maßnahmen in schlimmster Weise danebengriff?«

»Ich habe Mr. Maryk keineswegs als Kommandanten empfohlen. Der Kommodore setzte mir damals auseinander, wie dringend die Flotte Minensucher brauche, und bat mich, bei meiner Stellungnahme alle persönlichen Empfindungen beiseite zu lassen. Konnte ich etwas anderes tun, als seinem Wunsche nachzukommen? Die Ausbildung, die Maryk bei mir genossen hatte, war immerhin nicht ohne Früchte geblieben. Und wenn mein damaliges Verhalten die Folge haben sollte, daß er jetzt freigesprochen wird und ich für den Rest meiner Marinelaufbahn einen Fleck in den Papieren mit mir herumschleppen muß, dann würde ich dennoch nicht davon abgehen zu behaupten, daß ich mich damals richtig verhielt.«

»Woher konnten Sie im voraus wissen, daß er in einem kopflosen Augenblick nicht einen neuen verhängnisvollen Fehler machen würde, der vielleicht für die ›Caine‹ und ihre Besatzung das Ende bedeutete?«

»Hat er denn einen Fehler gemacht? Nein. Ich nahm wohl ein gewisses Wagnis auf mich, aber der Erfolg gab mir schließlich recht.«

»Ja, die ›Caine‹ wurde in der Bucht von Lingayen von einem Kamikazeflieger getroffen, dennoch brachte Maryk das Schiff gut zurück. Kann man das wohl von einem Mann erwarten, der dazu neigt, in schwierigen Lagen den Kopf zu verlieren?«

»Ich hörte davon, aber das war ja kein richtiger Volltreffer, sondern nur eine Art Streifschuß. Praktisch ging das Ding überhaupt daneben. Soviel ich weiß, hat damals überhaupt Keefer die Sache in die Hand genommen. Keefer ist ein ausgezeichneter Offizier, er war der beste, den ich an Bord hatte. Ich verließ mich jedenfalls mehr auf ihn als auf Maryk.«

»Commander Queeg, haben Sie nicht von Leutnant Keith einmal 110 Dollar bekommen?«

»Das mag schon sein, so auf Anhieb kann ich mich allerdings nicht mehr darauf besinnen.«

»Er hat ausgesagt, Sie hätten diese Summe von ihm bekommen.«

»So, wirklich? Bei welcher Gelegenheit denn?«

»Es handelte sich um eine Kiste, die Ihnen gehörte und die in der Bucht von San Franzisko verlorenging. Er nahm die Schuld an dem Verlust auf sich und leistete Ihnen Schadenersatz.«

»Ach ja, jetzt weiß ich es wieder. Das ist schon über ein Jahr her, es passierte so um den Dezember herum. Er war auch wirklich schuld, daß das Ding absackte, und wollte durchaus für den Schaden aufkommen und hat bezahlt.«

»Was enthielt denn diese Kiste, daß sie 110 Dollar kostete?«

»Ach, irgendwelches persönliches Eigentum, ich weiß das nicht mehr so genau. Wahrscheinlich Uniformen, Bücher, nautische Instrumente – eben den üblichen Kram.«

»Können Sie sich an die Summe von 110 Dollar erinnern?«

»Ja, soviel machte es ungefähr aus, genau weiß ich es nicht mehr.«

»Wieso war Keith an dem Verlust schuld?«

»Er war Bootsleutnant und hatte das Anlandbringen der Kiste zu beaufsichtigen. Dabei gab er törichte und ungereimte Befehle, so daß die Männer nicht mehr wußten, was sie sollten. Dadurch kam es, daß die Kiste ins Wasser fiel und unterging.«

»Wie, eine hölzerne Kiste, die Bekleidungsstücke enthielt, ging unter?«

»Es waren wohl auch noch andere Dinge darin, ich hatte unter anderem ein paar schwere Korallenbrocken als Andenken mitgebracht.«

»Commander, bitte, erinnern Sie sich! War diese Kiste nicht ausschließlich mit Spirituosen gefüllt?«

Nach einer kaum bemerkbaren Pause – sie währte nur den Bruchteil eines Herzschlages – antwortete Queeg: »Das ist ausgeschlossen!«

»Keith hat ausgesagt, Sie hätten sich 31 Flaschen Schnaps von ihm bezahlen lassen.«

»Sie werden von Keith und Maryk mehr Entstellungen der Wahrheit hören, wenn meine Person im Spiele ist. Die beiden sind hier die Hauptschuldigen, und ihre Lage bringt es mit sich, daß sie allerlei Unsinn behaupten.«

»Wer hat die Kiste angefertigt, Sie selber, Commander?«

»Nein, mein Zimmermannsmaat.«

»Wie hieß der Mann?«

»Das kann ich nicht mehr sagen. Aber er ist wohl aus der Besatzungsliste leicht zu ermitteln, übrigens ist er schon längst von Bord.«

»Wissen Sie, wo er gegenwärtig zu finden ist?«

»Nein. Da der Kommodore einen Zimmermann brauchte, setzte ich ihn in Funafuti an Land. Das war vergangenen Mai.«

»Sie können sich also nicht mehr an seinen Namen erinnern?«

»Nein.«

»War es nicht Zimmermannsmaat Otis F. Langhorn?«

»Lang – Langhorn? Ja, mir ist, als hätte er so geheißen.«

»Ein Oberzimmermannsmaat Otis F. Langhorn ist zur Zeit gerade hier auf Treasure Island auf der Lecksicherungsschule. Ich habe veranlaßt, daß er erforderlichenfalls sofort vorgeladen werden kann.«

Der Schlag saß. Queeg ließ plötzlich seinen Kopf zwischen die Schultern sinken und warf einen kurzen Blick auf Challee.

»Wissen Sie denn sicher, daß es sich um denselben Mann handelt?«

»In der Liste seiner Kommandos stehen 21 Monate auf der ›Caine‹, die Eintragung ist von Ihnen abgezeichnet. Legen Sie Wert darauf, daß er hier vernommen wird, Sir?«

Challee erhob sich: »Einspruch! Soll diese vollkommen belanglose Kistenaffäre endlos breitgetreten werden? Ich beantrage, daß das Verhör darüber aus dem Protokoll gestrichen wird.«

Greenwald erwiderte: »Zur Debatte steht die Glaubwürdigkeit des Zeugen. Ich stelle fest, daß diese Frage für den Ausgang des Verfahrens von entscheidender Bedeutung ist.«

Challee zog wieder den kürzeren, die Frage wurde wiederholt.

Queeg antwortete: »Bleibt noch immer die Frage offen, welche Kiste dieser Langhorn damals für mich zusammengenagelt hat. Jetzt fällt mir nämlich ein, daß ich zwei Kisten machen ließ.«

»Ach!« Greenwald machte eine lange Pause. »Das wäre natürlich ein neuer Gesichtspunkt. Keith hat allerdings davon nichts erzählt. Hat Langhorn eigentlich beide Kisten angefertigt, Sir?«

»Ich kann mich nicht mehr erinnern, ob ich die beiden Kisten gleichzeitig oder zu verschiedenen Zeitpunkten machen ließ. Es geht hier doch um ganz nebensächliche Dinge, die schon sehr lange zurückliegen. Seither bin ich ein volles Jahr an der vordersten Front zur See gefahren, habe den Taifun mitgemacht und diese ganze Quälerei im Lazarett überstanden. Ist es da ein Wunder, daß mir der Kopf von all den Fragen wirbelt? Aber ich glaube doch zu wissen, daß ich die beiden Kisten zu verschiedenen Zeiten machen ließ.«

»Welches war der Zweck der anderen Kiste, von der noch nicht die Rede war, und wann wurde diese angefertigt?«

»Das weiß ich nicht mehr. Wenn mir jemand sagen würde, daß es noch im Frieden war, müßte ich es ihm glauben.«

»Haben Sie denn beide Kisten hier in der Bucht von San Franzisko eingebüßt?«

»Wie ich schon sagte, ich weiß das nicht mehr so genau.«

»Commander, in diesem Verfahren stehen Ihre Aussagen in mehreren Fällen gegen die Ihrer Offiziere. Damit hat die Frage der Glaubwürdigkeit für beide Seiten größte Bedeutung gewonnen. Wenn Sie wünschen, werde ich eine Pause von fünf Minuten beantragen, damit Sie in der Lage sind, sich in Ruhe auf die mit den Kisten zusammenhängenden Fragen zu besinnen.«

»Das ist nicht nötig. Bitte, geben Sie mir nur einen Augenblick Zeit zum Nachdenken.«

Während der gespannten Stille hörte man nur das Rattern des Bleistifts, den Blakely mit seiner flachen Hand über den Richtertisch rollen ließ. Queeg starrte unter gerunzelten Brauen hervor in den Saal.

»Schön. Jetzt bin ich wieder im Bilde, vorhin hatte ich mich leider geirrt. Ich habe eine Kiste im Hafen von San Diego unter ganz ähnlichen Umständen verloren. Das war aber schon länger her, ich glaube 38 oder 39. Das war die Kiste, die die Kleidungsstücke enthielt. Die Kiste, die Keith über Bord fallen ließ, enthielt tatsächlich Spirituosen.«

»31 Flaschen?«

»So viele werden es ungefähr gewesen sein.«

»Wie kamen Sie an 31 Flaschen mit ...«

Challee unterbrach die Frage. »Darf ich dem Gericht die Vorschriften der Marinegerichtsordnung zur Erwägung stellen, nach denen die Beweisaufnahme in kurzer, sachlicher Form durchzuführen ist und sich auf wesentliche Punkte der Schuldfrage zu beschränken hat. Es wäre niemandem gedient, wenn ich den Fortgang dieses Verfahrens durch immer neue Einsprüche bis ins unendliche aufhalten müßte. Ich wende mich daher generell gegen die fragwürdige Taktik der Verteidigung, sich in breitester Form mit belanglosen Nebendingen zu befassen und durch dieses Verfahren den eigentlichen Tatbestand zu vernebeln.«

Blakely gab zur Antwort: »Das Gericht dankt dem Herrn Vertreter der Anklage für den nachdrücklichen Hinweis auf die geltenden Bestimmungen und kann ihm versichern, daß ihm die Vorschriften über die Beweisaufnahme genau bekannt sind. Die Verteidigung setzt ihre Zeugenvernehmung fort.«

»Wie sind Sie jetzt im Kriege zu 31 Flaschen Whisky gekommen, Commander?« fragte Greenwald.

»Ich habe meinen Offizieren ihre Rationen aus dem Kasino in Pearl Harbor abgekauft.«

»Und Sie haben diese Getränke von dort an Bord Ihres Schiffes in die Staaten gebracht? Wissen Sie, daß das nach den Bestimmungen ...«

Queeg unterbrach ihn: »Ja, ich weiß Bescheid. Aber ich ließ die Kiste versiegeln, ehe wir in See gingen, und hielt sie genauso unter Verschluß wie den Branntwein für Kranke. In den Staaten war Schnaps nicht zu bekommen, wohl aber in Pearl Harbor. Bedenken Sie, daß ich immerhin drei Jahre Frontdienst hinter mir hatte. Als Kommandant der ›Caine‹ nahm ich mir diese kleine Freiheit heraus, die anderen machten es schließlich genauso. Ich glaube, eine solche Stellung hat nun einmal ihre Vorrechte. Das gilt doch allgemein als selbstverständlich. Sie können mir glauben, daß ich nie die Absicht hatte, dem Gericht zu verheimlichen, was ich tat. Ich schäme mich nicht im geringsten, offen darüber zu sprechen. Leider hat mir vorhin mein Gedächtnis einen Streich gespielt, so daß ich die Kisten verwechselte.«

»Keith hat ausgesagt, daß Sie der Bootsbesatzung die Befehle gaben, die zum Verlust der Kiste führten.«

»Das ist eine Lüge.«

»Außerdem sollen Sie sich geweigert haben, seinen Urlaubsschein zu unterschreiben, ehe er nicht den Verlust bezahlt hätte.« – »Eine zweite Lüge!«

»Schon wieder taucht die Frage der Glaubwürdigkeit der Zeugen auf. Diesmal steht ihre Aussage gegen die des Leutnants Keith. Wie steht es nun damit?«

»Von Keith hören Sie über mich bestimmt kein wahres Wort. Er hegt gegen mich einen krankhaften Haß.«

»Können Sie sich vorstellen, warum er Sie so haßt?«

»Ich habe keine Ahnung. Höchstens bildet er sich ein, ich hätte seinem Liebling Stilwell weh getan. Die beiden waren sich gegenseitig gewaltig zugetan.«

»Gegenseitig zugetan? Wie meinen Sie das, Sir?«

»Nun ja, wenn Keith nur einmal glaubte, ich hätte seinen Freund Stilwell schief angesehen, dann gab es jedesmal ein Geschrei, als wäre ich seiner Frau zu nahe getreten. Ich muß schon annehmen, daß ihre Freundschaft ziemlich intim gewesen ist, sonst könnte ich mir auch das auffallende Einvernehmen nicht vorstellen, mit dem sie Maryk unterstützten, als dieser mich vom Dienst enthob.«

»Commander, wollen Sie damit etwa andeuten, daß zwischen Leutnant Keith und dem Bootsmannsmaat Stilwell unnatürliche Beziehungen bestanden?«

»Ich deute hier überhaupt nichts an«, sagte Queeg und verzog den Mund zu einem verschlagenen Lächeln. »Ich stelle lediglich einfache Tatsachen fest, von denen jeder wußte, der Augen im Kopf hatte.«

Greenwald wandte sich an Blakely: »Wünscht das Gericht den Zeugen angesichts der Schwere der angedeuteten Beschuldigung zu verwarnen?«

»Es ist mir nicht eingefallen, irgendwelche Andeutungen zu machen«, ließ sich Queeg in näselndem Tone vernehmen. »Es ist mir nicht bekannt, daß zwischen diesen beiden Männern etwas Unerlaubtes vorgekommen wäre, und ich stelle ausdrücklich in Abrede, irgendwelche Andeutungen in dieser Richtung gemacht zu haben. Was ich ausführte, war lediglich, daß Keith immer für Stilwell Partei nahm, und es ist die einfachste Sache von der Welt, das zu beweisen. Mehr habe ich nicht gesagt und auch nicht sagen wollen. Ich weise jede böswillige Verdrehung meiner Worte durch den Herrn Verteidiger mit allem Nachdruck zurück.«

Mit gerunzelten Brauen sagte Blakely zu Greenwald: »Haben Sie die Absicht, die Erörterung zu diesem Punkt noch weiter fortzusetzen?«

»Nein, Sir.«

»Gut, fahren Sie fort.«

»Commander Queeg, Sie haben doch in Pearl Harbor mit der ›Caine‹ Scheibendienst gemacht. Sind Sie dabei einmal über Ihre eigene Schlepptrosse gedampft, so daß diese brach?«

»Einspruch!« Challee war aufgesprungen, Blakely maß ihn mit unverhohlener Gereiztheit im Blick, er ließ den Saal räumen, forderte jedoch den Anklagevertreter und Verteidiger zum Bleiben auf.

Challees Gesicht war von einem bleiernen Grau: »Ich bitte das Gericht, mein Vorgehen zu entschuldigen, aber ich sehe mich leider gezwungen, die ernstesten Vorstellungen zu erheben. Daß nunmehr auch noch die alte Geschichte mit der Schlepptrosse zur Sprache kommen soll, schlägt dem Faß den Boden aus. Die Taktik des Herrn Verteidigers ist ein Hohn auf jede geordnete Prozeßführung. Er geht systematisch darauf aus, Commander Queeg hier zum Angeklagten zu stempeln, dagegen hat er zur Klärung der eigentlichen Schuldfrage bislang noch nicht das mindeste beigetragen. Es kommt ihm augenscheinlich nur darauf an, Commander Queeg mit Schmutz zu bewerten und zu diffamieren.«

Greenwald erwiderte: »Sir, der Herr Vertreter der Anklage hat uns deutlich genug zu erkennen gegeben, daß er in dem Gutachten der drei Psychiater einen Prima-facie-Beweis für die Schuld des Angeklagten erblickt, der zu einer Verurteilung führen muß. Vielleicht erwartet er daraufhin sogar, daß die Verteidigung noch selbst einen Schuldspruch beantragt. Demgegenüber behaupte ich, daß es trotz aller Gutachten Sache des Gerichts ist und bleibt, darüber zu befinden, ob der Kommandant der ›Caine‹ angesichts seines geistigen Gesamtzustandes in der Lage war, in einem Taifun die Haltung zu bewahren und seine Pflicht als Kommandant zu erfüllen. Diese Entscheidung darf meiner Meinung nach auf keinen Fall nur Ärzten überlassen bleiben, die nie auf See gewesen sind, auch wenn sie in ihrem Fach einen noch so glänzenden Ruf genießen. Damit glaube ich die Art meiner Beweisführung genügend erklärt und begründet zu haben. Sie werden begreifen, daß ich meine Erhebungen darauf abstimmen muß, das dienstliche Verhalten des Zeugen in anderen, vor dem Taifun eingetretenen schwierigen Lagen einer Nachprüfung zu unterziehen, damit das Gericht ein Bild von seiner Persönlichkeit gewinnen kann.«

»Ich bitte den Herrn Verteidiger, den Saal zu verlassen«, sagte Blakely.

»Ich erlaube mir, darauf hinzuweisen«, sagte der Vertreter der Anklage, »daß die Prüfungsinstanz eine Verwerfung meines Einspruchs durch das Gericht meiner festen Überzeugung nach beanstanden wird. Ein solcher Rechtsirrtum kann das ganze Verfahren entwerten und schließlich zu einem bedauerlichen Fehlurteil führen.«

»Schön! Bitte, verlassen Sie jetzt ebenfalls den Saal.«

Die Wartezeit dauerte fünfzehn Minuten. Als die Parteien wieder eintreten durften, trugen Blakely und seine Beisitzer einen grimmigen Ernst zur Schau.

»Der Einspruch wird verworfen, der Zeuge hat die Frage zu beantworten.«

Challee setzte sich langsam und wie vor den Kopf geschlagen auf seinen Platz, der Protokollführer las die Frage über die Schlepptrosse noch einmal vor.

Rasch und sicher kam Queegs Antwort: »Ach, die kleine Panne von damals ist rasch berichtet. Ich sah plötzlich an Steuerbord dicht beim Schiff ein paar Granateinschläge und erschrak natürlich heftig, weil ich mir sagen mußte, daß ich vielleicht in den Schußbereich eines anderen Schiffes geraten war – wir befanden uns ja mitten im Artillerieschießgebiet. Natürlich drehte ich sofort ab, am Ruder stand derselbe Stilwell, von dem vorhin die Rede war, er war geistesabwesend und unzuverlässig wie immer. Während ich weiter nach den Aufschlägen Ausschau hielt, unterließ er es, mir zu melden, daß das Schiff schon weiter als auf Gegenkurs gedreht hatte. Als ich selbst darauf aufmerksam wurde, gab ich natürlich sofort Gegenruder und glaube mit Bestimmtheit behaupten zu können, daß ich die Schlepptrosse meiner Scheiben nicht überlief. Aus irgendeiner Ursache war jedoch die Trosse während des Manövers gebrochen.

Nachträglich wurde über diesen Vorfall eine Menge bösartigen Geschwätzes in Umlauf gesetzt, vor allem von Stilwell und Keith. Das Gerede lief darauf hinaus, daß ich die Trosse überlaufen und mit dem Steven durchschnitten hätte. In meiner schriftlichen Meldung an das Kommando der Hilfsdienste im Pazifik, dem ich unterstellt war, führte ich den Bruch auf eine schadhafte Stelle in der Trosse zurück. Dort wußte man bereits um die umlaufenden gehässigen Gerüchte und kannte alle Einzelheiten des Falles, dennoch fiel es niemandem ein, meine Meldung in Zweifel zu ziehen. Sie befindet sich im übrigen bei den Akten. Man könnte natürlich meinen, daß an dem Geschwätz der Leute trotz allem etwas Wahres sei, aber ich glaube doch, daß der Entscheidung meiner vorgesetzten Dienststelle über den Fall größeres Gewicht beizumessen ist.«

Greenwald nickte: »Sie sagen, Sie seien durch die Granateinschläge abgelenkt worden. Waren Sie nicht noch anderweitig abgelenkt?«

»Ich wüßte nicht, wodurch.«

»Waren Sie nicht damit beschäftigt, einen Signalgast namens Urban ausführlich zurechtzuweisen, weil er sein Hemd nicht in der Hose stecken hatte, so daß Sie nicht bemerkten, wie Ihr Schiff einen vollen Kreis beschrieb?«

»Wer hat das wieder behauptet – Keith, nicht wahr?«

»Wollen Sie meine Frage nicht beantworten, Commander?«

»Das ist schon wieder eine seiner boshaften Lügen!«

»War Urban zur fraglichen Zeit auf der Brücke?«

»Ja.«

»Trug er das Hemd über der Hose?«

»Ja, ich habe ihn deswegen auch zurechtgewiesen, aber dazu brauchte ich nicht mehr als zwei Sekunden – ich pflege solche Dinge kurz abzumachen. Dann erst kamen die Einschläge, und die haben mich abgelenkt.«

»Haben Sie den Wachhabenden oder den Ersten Offizier auf die Einschläge aufmerksam gemacht?«

»Vielleicht, das weiß ich nicht mehr. Ich lief nicht wegen jeder Kleinigkeit hilfesuchend zu meinem wachhabenden Offizier. Höchstwahrscheinlich habe ich gehandelt, ohne viel zu reden. Aber da diese Hemdangelegenheit nun einmal zur Sprache gekommen ist – und zwar so bösartig entstellt, wie das für Keith typisch ist –, möchte ich sagen, daß der damalige Fähnrich Keith als Fürsorgeoffizier Befehl von mir hatte, bei der Mannschaft die Innehaltung der Bekleidungsvorschriften durchzusetzen. Ich hatte ihm diese Aufgabe sogar zur besonderen Pflicht gemacht, denn als ich das Schiff übernahm, ging es dort zu wie in der chinesischen Marine. Besonders nachdrücklich wies ich ihn an, das Heraushängenlassen der Hemden zu unterbinden, aber er drückte sich hartnäckig um diese Aufgabe. Wahrscheinlich konnte er mich auch aus diesem Grund nicht leiden und verbreitete darum das Gerücht, ich hätte die Schlepptrosse überfahren.«

»Leutnant Keith hat über diesen Punkt nicht ausgesagt, Commander. Können Sie mir einen anderen Offizier namhaft machen, der die Einschläge gesehen hat?«

»Wie soll ich heute noch wissen, wer das beobachtet hat? Vielleicht alle, vielleicht auch keiner. Der Vorfall liegt immerhin fünfzehn Monate zurück, inzwischen waren wir an der vordersten Front und hatten ganz andere Dinge im Kopf als ein paar Granateinschläge vor Pearl.«

»Haben Sie am ersten Tag der Landung auf Kwajalein vor Jacob Island einen gelben Farbbeutel werfen lassen?«

»Das kann sein, ich kann mich nicht mehr daran erinnern.«

»Hatten Sie Befehl, den Farbbeutel zu werfen?«

»Das weiß ich nicht mehr. Seither haben noch mehrere andere Landungsunternehmen stattgefunden.«

»Welche Aufgabe hatten Sie bei dem ersten Landungsunternehmen, an dem Sie teilnahmen? Können Sie uns das noch sagen?«

»Ja. Ich hatte eine Gruppe von Landungsbooten an ihren Abgangspunkt vor Jacob Island zu führen.«

»Und? Haben Sie diese Aufgabe gelöst?«

»Ja.«

»Warum haben Sie den Farbbeutel geworfen?«

»Ich kann mich nicht einmal sicher erinnern, daß ich ihn geworfen habe.«

»Commander, der Befehl für die ›Caine‹ zu diesem Unternehmen liegt bei den Akten. Es ist darin keine Rede davon, daß Sie einen Farbbeutel werfen sollten. Andererseits haben mehrere Zeugen hier ausgesagt, daß ein Beutel geworfen wurde. Wollen Sie diese Angaben als falsch bezeichnen?«

»Danach scheint es, als hätte ich wirklich einen Beutel werfen lassen. Wenn es so gewesen ist, dann sollte er dazu dienen, den Abgangspunkt für die Landungsfahrzeuge möglichst deutlich zu bezeichnen, aber, wie gesagt, ich kann mich auf den Vorgang nicht mehr genau besinnen.«

»Wie weit war dieser Abgangspunkt von der Küste entfernt?«

»Tausend Meter, wenn ich mich recht erinnere.«

»Hielten Sie sich dicht bei den Landungsbooten, während Sie sie heranführten?«

»Da ich sie nicht mit einer Hecksee ersäufen wollte, lief ich in einigem Abstand vor ihnen her.«

»Wie weit waren Sie vor ihnen?«

»Bedenken Sie, das ist nun ein Jahr her.«

»Fünfzig Meter? Zweitausend Meter?«

»Das weiß ich wirklich nicht mehr. Es mögen ein paar hundert Meter gewesen sein.«

»Commander, Sie sollen eine volle Meile vor den Landungsbooten hergelaufen sein und beim Abdrehen die gelbe Markierung geworfen haben. Dann seien Sie mit höchster Fahrt zurückgedampft und hätten es den Landungsfahrzeugen überlassen, sich ihren Abgangspunkt selbst zu suchen. Wie stellen Sie sich zu *dieser* Version?«

Challee sprang auf: »Die Frage ist beleidigend und in flagranter Weise dazu bestimmt, das Gericht zu beeinflussen.«

»In Anbetracht des lückenhaften Erinnerungsvermögens meines Zeugen«, erklärte Greenwald in müdem Ton, »bin ich bereit, die Frage zurückzuziehen, und möchte mich dafür mit Vorfällen jüngeren Datums beschäftigen.«

»Das Gericht wünscht dem Zeugen jetzt zuerst selbst einige Fragen vorzulegen«, verkündete Blakely. Greenwald begab sich auf seinen Platz und beobachtete das Gesicht des Vorsitzenden mit größter Spannung.

»Commander Queeg«, fuhr Blakely fort, »im Hinblick auf die Folgerungen, die sich aus Ihrer Aussage ergeben können, ersuche ich Sie nunmehr dringend, Ihr Gedächtnis anzustrengen und meine Fragen genau zu beantworten.«

»Das ist mein selbstverständliches Bestreben, Sir, aber wie ich schon sagte, handelt es sich doch um kleinste Einzelheiten, und ich habe seit Kwajalein noch verschiedene andere Unternehmungen, den Taifun und all die Aufregung hier in San Franzisko mitgemacht ...«

»Dafür habe ich volles Verständnis. Wenn es nötig sein sollte, kann sich das Gericht inzwischen vertagen, um Aussagen der Offiziere und Mannschaften der beteiligten Landungsabteilung einzuholen. Es würde nur das Verfahren wesentlich vereinfachen, wenn Sie uns selbst einige klare Auskünfte über die Vorgänge von damals geben könnten. Vor allem eins: Können Sie sich erinnern, ob Ihr Operationsbefehl das Werfen einer Markierung vorsah?«

»Soviel ich mich entsinnen kann, nein. Das müßte sich an Hand der Seekriegsakten leicht feststellen lassen. Bei näherem Nachdenken glaube ich jetzt sogar mit Bestimmtheit sagen zu können, daß der Befehl nichts dergleichen enthielt.«

»Gut, dann erklären Sie doch bitte noch einmal, warum Sie die Markierung trotzdem werfen ließen.«

»Wahrscheinlich, um den Abgangspunkt deutlich zu bezeichnen.«

»Waren die Landungsfahrzeuge schon auf dem Abgangspunkt angelangt, als Sie von der Küste abdrehten?«

»Soweit ich damals berechnen konnte, ja. Die Operation wurde natürlich sachgemäß mit Hilfe von Kreuzpeilungen und Radarmessungen durchgeführt. Ich glaube jedenfalls, daß ich die Boote so nahe an den befohlenen Abgangspunkt gebracht habe, wie das nur möglich war.«

»Wenn Sie sie schon an den richtigen Punkt gebracht hatten, warum hielten Sie es dann noch für nötig, einen Farbbeutel zu werfen?«

Queeg zögerte: »Nun, das war eben ein Sicherheitsfaktor, eine zusätzliche Bezeichnung der richtigen Stelle. Man mag das überbesorgt nennen, aber ich wollte eben auf jeden Fall sicherstellen, daß die Landungsfahrzeuge wußten, wo sie sich befanden. Schließlich hat mich die Erfahrung gelehrt, daß übertriebene Vorsicht nie ein Fehler ist.«

»Welches war der weiteste Abstand zwischen Ihnen und den Fahrzeugen vom Zeitpunkt Ihres Zusammentreffens an gerechnet bis zum Abwurf des Farbbeutels?«

»Auf See sind solche Entfernungsschätzungen immer schwierig und unsicher, besonders wenn es sich um so tiefliegende Fahrzeuge handelt wie diese Landungsboote.«

»Hielten Sie sich etwa in Rufweite von ihnen?« In Blakelys Stimme schwangen unverkennbar Ärger und Ungeduld.

»In Rufweite? Nein. Wir verkehrten durch Winkspruch. Hätte ich mich in Rufweite gehalten, dann wären sie wahrscheinlich vollgeschlagen.«

Blakely wies auf einen rothaarigen Offizier am linken Ende des Richtertisches.

»Leutnant Murphy hat das Gericht davon in Kenntnis gesetzt, daß er bei drei Landungsunternehmen ähnlicher Art ein Landungsfahrzeug führte. Er sagte aus, daß sich die Zerstörer dabei immer ohne Ausnahme in Rufweite der Landungsfahrzeuge hielten und nie weiter vorausliefen als höchstens hundert bis hundertfünfzig Meter.«

Queeg war auf seinem Sitz zusammengesunken und starrte unter gerunzelten Brauen hervor auf den Leutnant: »Unter normalen Verhältnissen mag das so gewesen sein, aber damals herrschte ziemlich frischer Wild, und die Hecksee wühlte das Wasser um so stärker auf. Außerdem war es einfacher, zu winken, als dauernd durch Megaphone hin und her zu brüllen.«

»Führten Sie bei dem Manöver das Schiff selbst?«

Queeg schwieg eine Weile: »Nein, ich entsinne mich, daß Leutnant Maryk das Kommando hatte und daß ich ihn sogar ermahnen mußte, dafür zu sorgen, daß der Abstand nicht zu groß wurde.«

»Was nennen Sie ›zu groß‹?«

»Das kann ich zahlenmäßig nicht sagen, aber einmal waren wir bestimmt zu weit vorausgekommen, da nahm ich ihn beiseite und stellte ihm vor, daß wir den Fahrzeugen nicht weglaufen dürften.«

»Warum führten Sie das Schiff nicht selbst?«

»Nun, er war Navigationsoffizier, da schien es mir für die exakte Lösung dieser rein nautischen Aufgabe vorteilhaft, wenn er gleich selbst die nötigen Kommandos gab, statt seine Meldungen erst lange an mich zu übermitteln – ja, jetzt steht mir alles wieder genau vor Augen, wie es war. Ich ließ die gelbe Markierung werfen, weil

Maryk die Lücke zu weit geöffnet hatte, und weil ich erreichen wollte, daß die Boote trotzdem genau feststellen konnten, wo ihr richtiger Abgangspunkt war.«

»Haben Sie ihn denn nicht angewiesen, die Fahrt zu vermindern, als Sie sahen, daß der Abstand immer größer wurde?«

»Jawohl, aber es ging eben alles sehr schnell. Vielleicht hatte ich gerade ein paar Sekunden lang die Küste beobachtet und sah erst dann, daß wir der Landungsabteilung wegliefen. Zuletzt entschloß ich mich, den Farbbeutel über Bord zu werfen, um alle Unklarheiten und Irrtümer zu verhüten, die sich aus Maryks Fehler ergeben konnten.«

»Sind das nun alles Tatsachen, deren Sie sich genau entsinnen, Commander?« Blakely war jetzt todernst.

»Jawohl, das sind Tatsachen, Sir.«

Blakely wandte sich an Greenwald: »Sie können Ihre Vernehmung fortsetzen.«

Der Anwalt stand bis dahin lässig an seinen Tisch gelehnt. Er schoß sofort wieder los.

»Commander Queeg, war es bei Landungsunternehmen Ihre Gewohnheit, sich auf der Seite Ihrer Brücke aufzuhalten, die der Küste abgewandt war?«

Queeg erwiderte zornig: »Diese Frage ist eine Beleidigung, und meine Antwort lautet: nein! Ich mußte ja überall zugleich sein und auf der Brücke fortgesetzt von Steuerbord nach Backbord rennen, weil bei Klarschiff Maryk Navigationsoffizier und Keith Wachhabender war und gerade diese beiden immer gern dort Aufstellung nahmen, wo es am sichersten war. So war ich Kommandant, Navigationsoffizier und Wachhabender in einer Person und mußte daher unausgesetzt von einer Seite auf die andere eilen. Das ist die reine Wahrheit, ich halte sie allen Verleumdungen entgegen, die man in diesem Verfahren schon über mich verbreitet hat.«

Greenwald hielt den Blick mit schlaffer, ausdrucksloser Miene auf die Richter geheftet, solange Queeg redete. Kaum hatte jener geendet, fuhr er fort: »Erinnern Sie sich, daß der US-Zerstörer ›Stanfield‹ während der Landung auf Saipan in Ihrer Nähe von einer Küstenbatterie beschossen wurde?«

»Selbstverständlich erinnere ich mich genau daran.« Der

Exkommandant rang nach Atem und bedachte Greenwald mit einem finsteren Blick. »Ich weiß zwar nicht, wie viele Meineide hier über diesen bedeutungslosen Vorfall schon geschworen wurden, aber ich begrüße jedenfalls die gebotene Möglichkeit, auch diese Angelegenheit einwandfrei klarstellen zu können. Derselbe Mr. Keith, von dem hier schon öfters die Rede war, rannte damals wie ein Verrückter auf der Brücke herum und brachte mit viel Geschrei und Theater die Ansicht zum Ausdruck, daß wir die Küstenbatterie unter Feuer nehmen sollten. Dabei befand sich die ›Stanfield‹ genau in meinem Schußfeld, so daß es völlig ausgeschlossen war, das Feuer zu eröffnen. Ich habe die Beschießung nicht verboten, aber es schien mir an der Zeit, in den mir zugewiesenen Raum zurückzukehren und den befohlenen Vorpostendienst wiederaufzunehmen. Das abgeschossene Flugzeug war spurlos verschwunden, und die ›Stanfield‹ wurde offenbar auch ohne Unterstützung mit dem Gegner spielend fertig.«

»Wie groß ist der Drehkreis der ›Caine‹, Sir?«

»Tausend Meter – aber ...«

»Wenn Sie tausend Meter zum Drehen brauchen, dann mußte die ›Stanfield‹ doch rasch aus Ihrem Schußfeld kommen, so daß Sie die Küstenbatterie unter Feuer nehmen konnten?«

»Soviel ich noch weiß, lag die ›Stanfield‹ auf Parallelkurs, ich hatte das Schußfeld bestimmt die ganze Zeit nicht frei.«

»Das Gericht wünscht einige Fragen an den Zeugen zu richten«, verkündete Blakely.

Challee erhob sich: »Offensichtlich und sehr verständlicherweise befindet sich der Zeuge nach der Tortur dieses Verhörs in einem Zustand hochgradiger Erregung. Ich beantrage daher, die Verhandlung zu unterbrechen und ihm eine Atempause einzuräumen.«

»Ich bin keineswegs erregt«, rief Queeg in den Saal, »sondern nach wie vor bereit, alle Fragen zu beantworten, die hier an mich gerichtet werden! Ich muß sogar verlangen, daß mir die Gelegenheit geboten wird, alle böswilligen Verleumdungen richtigzustellen, die von den anderen Zeugen gegen mich vorgebracht wurden. Während der fünfzehn Monate meines Kommandos an Bord der ›Caine‹ ist mir kein einziger Fehler unterlaufen, das kann ich beweisen. Meine Papiere sind bis jetzt sauber und ohne Tadel, und ich habe weiß Gott keine Lust, sie durch Lügen und Verdrehungen einer Bande pflichtvergessener Offiziere besudeln zu lassen.«

»Commander, wünschen Sie eine kurze Ruhepause?« fragte Blakely.

»Nein, Sir. Wenn es auf mich ankommt, möchte ich beantragen, daß die Verhandlung fortgesetzt wird.«

»Schön, kommen wir wieder zur Sache. Wurde die ›Stanfield‹ während des Gefechts getroffen?«

»Nein, Sir, das war nicht der Fall.«

»War sie von den Salven der Batterie eingedeckt?«

»Ja, ich habe deckende Salven beobachtet.«

»Und es gab wirklich keine Möglichkeit, so zu manövrieren, daß Sie ihr Feuer unterstützen konnten?«

»Sie lag, wie schon gesagt, genau in meiner Schußlinie. Nach meiner Beurteilung der Lage war es meine Pflicht, auf meinen Posten in der U-Boot-Abwehr zurückzukehren, statt wie ein Wilder in der Gegend umherzudampfen und Schießübungen auf die Küste zu veranstalten. Dementsprechend fiel meine Entscheidung als Kommandant, und ich werde zu dieser Entscheidung stehen, Sir, was auch immer dagegen vorgebracht wird, weil sie mit allen gültigen Seekriegsregeln im Einklang steht. Das Wesentliche ist und bleibt die gestellte Aufgabe. Meine Aufgabe war der Vorpostendienst in der U-Boot-Abwehr.«

»Wenn aber Ihr eigenes Schiff oder eine in der Nähe befindliche Einheit Feuer bekommt? Muß es Ihnen dann nicht wichtiger als alle anderen Aufgaben sein, dieses Feuer zu erwidern?«

»Gewiß, Sir, vorausgesetzt, daß ich Schußfeld habe. In diesem Fall lag die ›Stanfield‹ zwischen mir und dem Ziel.«

Blakely runzelte die Brauen und warf einen flüchtigen Blick nach den Beisitzern, dann forderte er Greenwald mit einem stummen Kopfnicken auf, fortzufahren.

»Commander«, begann der Anwalt sofort, »Sie wurden am Vormittag des 18. Dezember vom Dienst enthoben. War die ›Caine‹ zu diesem Zeitpunkt in höchster Gefahr oder nicht?«

»Nein, unter keinen Umständen.«

»War sie überhaupt in nennenswerter Gefahr?«

»Keineswegs. Ich hatte das Schiff vollkommen in der Gewalt.«

»Haben Sie den anderen Offizieren nicht um zehn Uhr, das heißt ungefähr fünfzehn Minuten nach Ihrer Dienstenthebung, eröffnet, daß Sie selbst die Absicht gehabt hatten, auf Nordkurs zu gehen, also genauso zu handeln, wie Maryk es nach der Übernahme des Kommandos tat?«

Queeg fuhr mit der Hand in die Rocktasche und brachte zwei blitzende Stahlkugeln zum Vorschein.

»Ja, das habe ich gesagt, weil es wirklich meine Absicht war.«

»Warum aber wollten Sie den Flottenkurs nicht weitersteuern, wenn, wie Sie sagen, keine Gefahr für das Schiff bestand?«

Lange war alles totenstill. Endlich sagte Queeg: »Ich kann darin keine Ungereimtheit erblicken. Ich habe heute schon wiederholt zum Ausdruck gebracht, daß ich es mir zur Regel gemacht habe, vor allen Dingen sicherzugehen. Wie ich schon sagte, war das Schiff keineswegs in Gefahr, aber ein Taifun ist immerhin ein Taifun, und da kam mir der natürliche Gedanke, daß ich allen unvorhergesehenen Möglichkeiten besser gewachsen wäre, wenn ich das Schiff mit dem Kopf gegen die See legte. Vielleicht hätte ich mich um zehn Uhr dazu entschlossen, vielleicht auch nicht. Einstweilen wog ich die Gründe und Gegengründe noch gegeneinander ab; wie ich schon sagte, ich hatte das Schiff vollkommen in der Gewalt und kümmerte mich sogar nach meiner Enthebung durch Maryk darum, daß es bei diesem Zustand blieb. Ich habe meinen Posten auch dann nicht verlassen.«

»Dann war also Maryks Entschluß, auf Nordkurs zu gehen, doch gar nicht so kopflos und unsinnig?«

»Seine Kopflosigkeit bestand darin, daß er mich vom Kommando enthob. Ich habe hinterher noch verhindert, daß er verhängnisvolle Fehler beging, weil ich mich nicht auf Kosten der ganzen Mannschaft der ›Caine‹ an ihm rächen wollte.«

»Commander Queeg, haben Sie eigentlich Leutnant Maryks medizinisches Tagebuch gelesen?«

»Ja, ich habe dieses interessante Dokument gelesen, Sir. Es ist wohl die unverschämteste Sammlung von Lügen, Entstellungen und Halbwahrheiten, die mir je vorgekommen ist, und ich bin Ihnen außerordentlich dankbar, daß Sie mich nach diesem Machwerk fragen, weil ich größten Wert darauf lege, auch meinen

Standpunkt zu den darin enthaltenen Anwürfen zu Protokoll zu geben.«

»Bitte! Geben Sie uns jetzt Ihre eigene Schilderung der in dem Tagebuch berichteten Vorfälle, und stellen Sie dabei richtig, was Sie für nötig halten.«

»Also, um mal gleich mit dieser Erdbeerengeschichte anzufangen, so ist die Sache in Wirklichkeit die, daß ich von meinem Ersten Offizier und diesem sauberen Gentleman Mr. Keith hinters Licht geführt und in allem durchkreuzt und regelrecht betrogen wurde. Die beiden taten ihr möglichstes, meine Offiziere gegen mich aufzuhetzen, so daß ich immer allein gegen das ganze Schiff stand ohne irgendeine Unterstützung von seiten meiner Offiziere. – Also nehmen Sie jetzt zum Beispiel die Erdbeerengeschichte – na, wenn das nicht ein Fall regelrechter Verschwörung gewesen ist, um einen Verbrecher der gerechten Strafe zu entziehen ... Maryk unterschlägt natürlich wohlweislich die Kleinigkeit, daß ich durch ein sorgfältiges Ausleseverfahren unwiderleglich bewiesen hatte, daß irgend jemand einen Nachschlüssel zum Kühlschrank besitzen mußte. Er behauptet, es seien die Stewards gewesen, die die Erdbeeren aufgegessen haben. Aber wenn ich mir die Mühe machen wollte, könnte ich dem Gericht mathematisch beweisen, daß sie das gar nicht getan haben konnten. Es war wieder genau der gleiche Fall wie der mit der Wassergeschichte, als sich die Leute siebenmal am Tage duschten und unsere Verdampfer sowieso die Hälfte der Zeit völlig in Bruch waren und ich nur versuchte, die einfachsten Grundsätze des sparsamen Wasserverbrauches der Mannschaft einzuschärfen, aber nein, Mr. Maryk, der gefeierte Liebling der Mannschaft, hatte nichts im Sinn, als die Leute nur immer weiter zu verhätscheln und ... Oder nehmen Sie mal die Geschichte mit dem Kaffee – nein, doch lieber diese Erdbeerensache mal zuerst. – Es hing alles an einer genauen Durchsuchung nach dem Schlüssel, und auch da, wie gewöhnlich, mußte Mr. Maryk im Bunde mit Mr. Keith wieder alles verpfuschen. Sie veranstalteten nur einen Haufen schwindelhaften Hokuspokus, mit dem nichts bewiesen wurde – und wie er ja auch so tat, als wäre das fortgesetzte Durchbrennen der Kaffeemaschinen, die doch Eigentum des Staates waren, nur ein Jux, was die Auffassung aller war, von Maryk angefangen, keinerlei Sinn für Verantwortungsbewußtsein, obgleich ich immer wieder predigte, daß der Krieg nicht ewig dauern würde und daß über alle diese Dinge eines Tages Rechenschaft abgelegt werden müsse. Es war ein fortwährender Kampf, immer wieder die gleiche Geschichte, Maryk und Keith untergruben meine Autorität, dauernd hatten sie Widerreden, obgleich ich persönlich Keith ganz gut leiden mochte und mir ständig ehrliche Mühe gab, einen tüchtigen Offizier aus ihm zu machen, um mir immer wieder einen Dolchstoß in den Rücken zu erhalten, wenn ich … Ich glaube, damit habe ich die Erdbeerengeschichte erschöpfend dargestellt und … Richtig, ja, das Standgericht über Stilwell. Das war auch so eine schmachvolle Angelegenheit, so richtig typisch …«

Commander Queeg ging zu einer Schilderung dieses Gerichtsverfahrens über und behauptete, Keith und Maryk hätten dabei gemeinsam die Absicht verfolgt, ihn gründlich bloßzustellen. Dann verbreitete er sich über die Mißstände in der Wäscherei, die Nachlässigkeit in der Menageführung und in der Verwaltung des Schiffsinventars und weiter Punkt für Punkt über alle möglichen und unmöglichen Dinge, immer unter bitteren Klagen und Beschwerden über seine Offiziere, vornehmlich Maryk und Keith. Er gönnte sich kaum Zeit zum Atmen und schien tatsächlich außerstande, seinen Redefluß zu unterbrechen. Sein Bericht verlor immer mehr an Klarheit, er sprang immer plötzlicher von einem Ort und einem Zeitpunkt zum anderen, so daß man ihm bald kaum noch zu folgen vermochte. So redete er und redete er in einem fort, in seiner Hand rollten die beiden Kugeln, in seiner Miene stand die Befriedigung darüber geschrieben, daß es ihm vergönnt war, sich in allem, was man ihm vorwarf, gründlich und anscheinend erfolgreich zu rechtfertigen. Greenwald schlenderte an seinen Tisch zurück, lehnte sich in lässiger Haltung dagegen und hörte andächtig zu. Die Richter starrten den Zeugen verwundert an. Challee saß zusammengesunken auf seinem Platz und kaute an seinen Nägeln. Queegs Sätze wurden immer länger und verschlungener. Blakely fing schon an, auf die Uhr zu sehen.

Es dauerte noch acht bis neun Minuten, bis Queeg endete: »Frei aus dem Gedächtnis kann ich diese Dinge natürlich nur in groben Umrissen schildern. Sollte ich hier oder dort eine Lücke gelassen haben, so bitte ich, mich über alles zu befragen, was Sie im einzelnen noch wissen wollen. Ich werde alle Ihre Fragen Stück für Stück nach bestem Wissen beantworten, die hauptsächlichsten Punkte glaube ich allerdings sämtlich zur Sprache gebracht zu haben.«

»Ich danke Ihnen für Ihre gründlichen und erschöpfenden Auskünfte«, sagte Greenwald. Er zog zwei glänzende schwarze Fotokopien aus einem Aktendeckel auf seinem Tisch.

»Commander, ich zeige Ihnen hier die beglaubigten Abschriften von zwei Konduiten des Leutnants Maryk. Erkennen Sie an, daß diese Dokumente von Ihnen ausgefertigt worden sind?«

Queeg nahm die Papiere entgegen, warf einen flüchtigen Blick darauf und erwiderte mürrisch: »Ja, die sind von mir.«

»Bitte, lesen Sie dem Gericht vor, was Sie im Januar 1944 über Maryk geschrieben haben.«

»Ich habe schon ausgeführt«, sagte Queeg, »daß er zunächst mit Feuereifer an seine Aufgabe heranging. Leider sollte sich das bald ändern ...«

»Wir haben Ihre Aussage hierüber bereits, Commander. Bitte, lesen Sie jetzt die Beurteilung vor.«

Queeg las mit belegter Stimme – das Ganze war eine einzige Lobeshymne auf Maryk.

»Danke, Commander. Das war also im Januar. Jetzt kommen wir zum Juli, sechs Monate später also. Hatte damals die ›Caine‹ schon die Landungen auf Kwajalein und Saipan hinter sich?«

»Ja.«

»Lagen nicht unter anderem auch die folgenden Vorfälle schon hinter Ihnen: die Wassersperre, die Untersuchung wegen der Kaffeemaschine, das Standgericht über Stilwell, das Kinoverbot und anderes?«

Queeg zögerte mit der Antwort: »Wie war das doch? Ja, ich glaube schon.«

»Bitte, lesen Sie jetzt Ihr Urteil über Leutnant Maryk vom 1. Juli 1944 vor.«

Queeg fiel in sich zusammen, starrte lange auf die Fotokopie in seiner Hand und begann kaum verständlich zu lesen:

»Ein hervorragender Offizier, dessen Leistungen sich seit dem letzten Beurteilungstermin eher noch verbessert haben. Er hat sich stets in gleicher Weise durch Pflichttreue, Diensteifer, Sorgfalt in allen Dienstobliegenheiten, Mut und berufliches Können ausgezeichnet. Leutnant Maryk besitzt zur Zeit die volle und uneingeschränkte Eignung zum Kommandanten eines Minensuchzerstörers von 1200 t. Sein dienstlicher Eifer und seine tadellose Führung machen ihn zum Vorbild für andere Offiziere, sowohl des aktiven wie des Reserveverhältnisses. Er kann nicht lebhaft genug empfohlen werden. In Anbetracht seiner hervorragenden Leistungen wird er für die Übernahme in das aktive Dienstverhältnis vorgeschlagen.«

»Ich danke Ihnen, Commander. Ich habe keine weiteren Fragen.«

Greenwald ging an seinen Tisch und setzte sich. Der Zeuge warf einen flehenden Blick nach dem Vertreter der Anklage. Challee erhob sich müde und langsam, wie ein alter, von Rheuma gequälter Mann. Er trat an den Zeugenstand, als ob er das Wort nehmen wolle, aber plötzlich wandte er sich an Blakely: »Kein Kreuzverhör.«

»Sie sind entlassen, Commander«, sagte Blakely.

Queeg verließ den Gerichtssaal in der gleichen Haltung, wie sie Maryk wohl tausendmal beobachtet hatte, wenn er durch das Ruderhaus ging: den Rücken krumm, den Kopf gesenkt, die Schritte kurz und trippelnd und in der Hand die unvermeidlichen Kugeln.

Greenwald sagte: »Die Beweisaufnahme der Verteidigung ist beendet.«

»Das Gericht vertagt sich bis ein Uhr nachmittags«, verkündete Blakely.

Das Urteil

Als Challee sich zu seinem Plädoyer erhob, sah er aus wie ein Mann, der in eine Prügelei hineingeraten ist.

»Hohes Gericht, ich weiß kaum, wie ich dem sogenannten Entlastungsmaterial entgegentreten soll, das die Verteidigung vor Ihnen ausgebreitet hat. Im Grunde brauche ich nichts davon zu widerlegen, weil ja der Angeklagte durch all das Vorgebrachte nicht entlastet wird. Allen diesen Argumenten fehlt jeglicher Zusammenhang mit der Anklage und ihrer Begründung, sie haben weder mit der Person des Angeklagten zu tun, noch stehen sie in irgendwelcher Beziehung zu den Handlungen, derentwegen er vor diesem Kriegsgericht steht. Die allererste Frage des Verteidigers lautete: ›Commander, haben Sie je den Spitznamen »Old Yellowstain« gehört?‹ Ich habe gegen diese Frage Einspruch erhoben und erhebe jetzt nochmals in aller Form Einspruch gegen die ganze Strategie und Taktik des Herrn Verteidigers vor diesem Gericht. Sein Verfahren bezweckte einzig, die Vorgänge auf der ›Caine‹ so zu verdrehen, daß zuletzt der eigentliche Angeklagte nicht mehr Maryk hieß, sondern Commander Queeg. Leider hat er damit einen gewissen Erfolg erzielt. Jedes nur mögliche boshafte und gehässige Wort über den Kommandanten wurde aus den Zeugen herausgeholt, so daß Queeg gezwungen war, sich aus dem Stegreif gegen die gemeinsten Anwürfe zur Wehr zu setzen, ohne Vorbereitung, ohne Rechtsbeistand, ohne all die rechtlichen Hilfen und Sicherungen, die jeder Angeklagte nach den Grundsätzen unserer Marine für sich in Anspruch nehmen kann.

Gut. Was hat nun der Herr Verteidiger mit dieser ganzen Orgie von Schmutz, Beleidigungen, hinterhältigen Fragen und Ehrverletzungen erreicht? Nehmen wir einmal an, alles, was gegen Commander Queeg vorgebracht wurde, sei wahr – was ich im übrigen auch nicht andeutungsweise zugestehe –, was, frage ich, hätte er damit bewiesen, außer, daß Queeg kein guter Offizier war? Was hat er denn überhaupt anderes nachzuweisen versucht als nur, daß Queegs Kommando an Bord der ›Caine‹ ein unseliges Konglomerat von falschen Entscheidungen und beklagenswerter Befehlsführung gewesen ist? Konnte denn Leutnant Maryk daraus allein ein Recht ableiten, den Kommandanten kurzerhand vom Dienst zu entheben? Ist es denn überhaupt vorstellbar, daß dieses Gericht durch sein Urteil einen Vorgang schaffen könnte, der es späterhin jedem Untergebenen erlauben würde, seinen Kommandanten einfach abzusetzen, wenn ihm seine Handlungsweise nicht einleuchtet? Einen Vorgang, der diesen Kommandanten hinterher obendrein der unwürdigen Lage aussetzte, sich auf dem Zeugenstand des Kriegsgerichts gegen einen gehässigen Anwalt wehren zu müssen, der seine meuterischen Untergebenen vertritt und ihn offenbar dazu zwingen kann, die lächerlichsten Fragen zu beantworten und sich wegen jeder seiner Entscheidungen hochnotpeinlich zu verantworten? Ein solcher Vorgang wäre eine Blankovollmacht zur Meuterei. Seine notwendige

Folge wäre die endgültige Zerstörung aller Grundsätze der militärischen Disziplin.

Dieser ganze Prozeß drehte sich einzig und allein um den Geisteszustand des Commanders Queeg und nicht um seine Fehler, seine Missetaten oder um die Qualität seiner Führereigenschaften. Der klare Wortlaut der Artikel 184, 185 und 186 schließt jede Dienstenthebung aus, sofern der Kommandant nicht ganz unzweideutig und offensichtlich irrsinnig geworden ist. Die Verteidigung hat nicht einmal den Versuch gemacht, uns den Beweis zu erbringen, daß ein solcher Zustand vorlag. Der Grund dafür war einfach der, daß dieser Beweis nicht zu führen war. Mag Commander Queeg noch so viele Fehler begangen haben, er war und ist geistig so normal und gesund wie wir alle hier – und der Herr Verteidiger ist sich dessen genau bewußt.

Ich frage, ob auch nur einer der hier versammelten Herren von sich behaupten kann, er habe einmal unter einem Kommandanten gedient, der sich in seinem Urteil nie geirrt hätte. Hat nicht jeder, der schon etwas länger in der Marine dient, am eigenen Leib erfahren, daß Kommandanten recht häufig mit ausgesprochen menschlicher und stimmungsmäßiger Überspanntheit behaftet sind? Die Führung eines Kriegsschiffes ist mit die aufreibendste Tätigkeit, die einem Menschen zugemutet werden kann. Der Kommandant ist – wenigstens in der Theorie – ein Gott. Die einen kommen dem Idealbild näher, andere lassen zu wünschen übrig. Immerhin sind die Bestimmungen der Marine für die Auswahl des Nachwuchses von jeher äußerst streng gewesen, und aus diesem Grunde fällt auch das Wort es Kommandanten bei jeder Auseinandersetzung weitaus schwerer ins Gewicht als das jedes anderen Offiziers. Er ist ja im Feuer erprobt. Mag er seine Fehler haben, schwere Fehler sogar, er ist immerhin ein Mann, dem die Fähigkeit zugesprochen wurde, ein Kriegsschiff zu führen.

Als Beweis für meine Worte brauche ich nur an die aktenkundige Tatsache zu erinnern, daß im vorliegenden Fall zum erstenmal seit dreißig Jahren einem Kommandanten unter Berufung auf die erwähnten Artikel sein Schiff streitig gemacht wurde. Und sogar in diesem einzig dastehenden Falle geben die wissenschaftlichen Feststellungen der Psychiater zwingend und einmütig jenen Männern recht, die für die Besetzung der Kommandantenposten verantwortlich sind. Die Ärzte haben uns bestätigt, daß die Marine wußte, was sie tat, als sie Commander Queeg die Führung der ›Caine‹ übertrug.

Dank dem Entgegenkommen, das ihm das Gericht gewährte, sah sich der Herr Verteidiger in der Lage, jeden einzelnen Fehler, jede kleine Urteilstrübung ans Licht zu zerren, die dem Kommandanten wirklich oder nur nach Ansicht irgendeines Untergebenen unterlief. Es wird dem Gericht nicht entgangen sein, daß hinter all dem Schmutz nichts anderes steckt als winselndes Aufbegehren gegen Zucht und Ordnung. Nur eine von den aufgestellten Behauptungen verdient noch ein sehr ernstes Wort: Man hat sich sogar dazu verstiegen, einen Seeoffizier offen der Feigheit vor dem Feinde zu beschuldigen. Ich will nicht näher auf diese Dinge eingehen, aber ich stelle dem Gericht anheim, selber zu entscheiden, ob es ein notorischer Feigling je zum Kommandanten eines Kriegsschiffes bringen könnte und ob er obendrein in der Lage wäre, mit seinem Schiff fünfzehn Monate Frontdienst zu machen, ohne seinen Vorgesetzten auch nur ein einziges Mal aufzufallen. Ich zähle darauf, daß dieses Gericht zwischen Feigheit und bloßer Ungeschicklichkeit sehr wohl zu unterscheiden weiß, und ich gebe ihm anheim, diese schmutzige Beleidigung der ganzen Marine gebührend zurückzuweisen.

Sehen wir uns einmal die Tatsachen an. Commander Queeg hatte ein veraltetes, schadhaftes, überholungsbedürftiges Schiff übernommen, führte es ohne die geringste Havarie während fünfzehn Monaten schwerer Kämpfe und erledigte dabei eine ganze Reihe von Aufträgen zur vollen Zufriedenheit seiner Vorgesetzten. Uns ist kein Vorwurf gegen ihn bekannt, der von höherer Stelle gekommen wäre – alles, was hier vorgebracht wurde, stammt von seinen Untergebenen. Er aber erreichte seinen Fronterfolg ganz auf sich selbst gestellt, trotz schärfster Gegnerschaft seiner pflichtvergessenen Offiziere, er erreichte ihn trotz seiner quälenden seelischen Spannungszustände, die uns die Ärzte hier beschrieben und auf denen dann der Herr Verteidiger in unerhörter Weise herumritt, um den Mann womöglich zu einem Geisteskranken zu stempeln. Wenn Commander Queeg sein Schiff trotz dieser seelischen Belastung und trotz der Pflichtvergessenheit seines Offizierskorps mit solchem Erfolg geführt hat, dann kann das meiner Auffassung nach unmöglich gegen ihn sprechen. Wir erhalten vielmehr gerade angesichts dieser widrigen Umstände im Gegenteil ein besonders günstiges, ein wirklich eindrucksvolles Bild von diesem Offizier. Aus der gesamten an ihm geübten Kritik geht er als pflichttreuer, unermüdlicher und peinlich gewissenhafter Mann hervor, dem mit diesem qualvollen Verhör bitteres Unrecht zugefügt wurde.

Der Angeklagte dagegen konnte sein Verhalten in keiner Weise rechtfertigen. Der Herr Verteidiger brachte keinen Psychiater bei, der es unternommen hätte, das Gutachten des Ärzteausschusses zu widerlegen. Warum brachte er keinen bei? Weil er keinen finden konnte, der dazu bereit gewesen wäre. Hat sich der aufgewirbelte Schmutz erst wieder gelegt, dann werden auch die Tatsachen wieder sichtbar, so wie sie von Anfang an bestanden haben: Der Kommandant eines Kriegsschiffes der USA wurde vorsätzlich und ohne zureichenden Grund seines Dienstes enthoben. Nach dem ärztlichen Gutachten bestand die Begründung mit den Artikeln 184, 185 und 186 nicht zu Recht. Die Verteidigung hat weder die Unzurechnungsfähigkeit des Kommandanten nachweisen noch irgendwelche anderen Gründe vorbringen können, die das Verhalten des Angeklagten gerechtfertigt hätten. Nach dem Zeugnis der geladenen Sachverständigen waren die seemännischen Maßnahmen des Kommandanten der ›Caine‹ im Taifun bis zum Zeitpunkt seiner Ablösung nicht nur vernünftig und gesund, sondern die besten, die unter den gegebenen Umständen getroffen werden konnten.

Die Verurteilung des Angeklagten bleibt also durch die Tatsachen gerechtfertigt. Die Verteidigung hat nicht ein einziges Faktum vorgebracht, das als mildernder Umstand in Betracht kommen könnte. Offenbar hat es der Herr Verteidiger darauf abgesehen, in erster Linie an das Gefühl der Richter zu appellieren. Ich bin überzeugt, daß das Gericht ein solches Unterfangen als zynisch und beleidigend von sich weisen wird. Das Urteil wird vom Tatbestand diktiert, das Gericht wird es zu finden wissen.«

Der Kontrast zwischen Challees und Greenwalds Methode hätte nicht auffälliger sein können. Nach dem leidenschaftlichen, mit großem Stimmaufwand vorgetragenen Plädoyer der Anklage sprach der Verteidiger auf eine ruhige, zaghafte, mitunter fast unsichere Art und Weise. Sein Blick wanderte andauernd zwischen Blakely und

Challee hin und her. Eingangs erwähnte er, er habe Maryks Verteidigung nur zögernd und erst auf Drängen Challees übernommen. »Ich wollte nicht recht an diese Sache heran«, sagte er, »weil ich sofort sah, daß die einzig mögliche Verteidigung des Angeklagten nur darin bestehen konnte, dem Gericht die Unzurechnungsfähigkeit eines Seeoffiziers nachzuweisen. Es war die unerfreulichste Aufgabe, die ich je zu erfüllen hatte. Aber lassen Sie mich vor allem eines hervorheben. Es hat nie in der Absicht der Verteidigung gelegen, zu behaupten, daß Commander Queeg ein Feigling sei. Das ganze Vorgehen der Verteidigung beruhte vielmehr genau auf der entgegengesetzten Annahme: daß nämlich ein Mann, dem die Marine der Vereinigten Staaten ein Kriegsschiff anvertraut, unter gar keinen Umständen ein Feigling sein kann, daß also eine andere Erklärung gefunden werden muß, wenn er im feindlichen Feuer ein fragwürdiges Verhalten zeigt.«

In der gleichen ruhigen, distanzierten Tonart ging die Rede weiter. Greenwald brachte noch einmal alles vor, was zu Queegs Nachteil ausgesagt worden war, und verweilte ganz besonders bei jenen Punkten, die auf Blakely einigen Eindruck gemacht zu haben schienen. Er betonte, daß beide Psychiater in einer oder der anderen Form zugegeben hätten, Queeg sei in Wirklichkeit ein kranker Mann, und er hob immer und immer wieder hervor, daß nur die Richter, die ja auf See zu Hause seien, entscheiden könnten, ob Queeg nicht doch zu krank gewesen sei, um seinen Aufgaben als Kommandant noch gerecht werden zu können. Zuletzt kam er kurz und mit dem Ausdruck des Bedauerns auf Queegs Verhalten vor Gericht zu sprechen – seine ausweichenden Antworten, seine an Gedankenflucht grenzende, unzusammenhängende, sprunghafte Redeweise, seine Unfähigkeit, ein Ende zu finden – das alles sei doch ein beklagenswerter Beweis für eine weit vom Normalen abweichende Geistesverfassung. Von Maryk war sehr wenig die Rede. Es ging immer nur um Queeg, Queeg und immer wieder Queeg.

Das Gericht zog sich zurück und beriet genau eine Stunde und zehn Minuten. Dann wurde Maryk freigesprochen.

Als Maryk und Greenwald aus dem Gerichtsgebäude traten, waren sie sofort von einer kleinen jubelnden Schar umringt. Unter Lachen und Weinen hielt Maryks Mutter ihren Sohn umfangen; sie war eine kleine dicke Frau mit einem grünen Hut auf dem Kopf, und ihr altes Gesicht sah aus wie eine verhutzelte Fotografie ihres Sohnes. Neben ihr stand schwer, ruhig und in verschlissener Kleidung der Vater und klopfte ihr immer wieder liebevoll auf die Schulter. Willie brüllte vor Begeisterung. Greenwald war ganz taumelig vom ewigen Händeschütteln.

»Alles herhören! Herrschaften, jetzt hört doch zu!« brüllte Keefer. »Los, jetzt wollen wir feiern!«

»Klar, los, jetzt wird die Geschichte erst mal gehörig begossen, bis wir unterm Tisch liegen!« – »Nein, nein, hört doch zu, zum Donnerwetter!« brüllte Keefer. »Es ist ja schon alles vorbereitet! Große Fresserei im Fairmont, das Extrazimmer ist schon bestellt! Ich zahle alles, ich bin reich! Es gibt noch etwas zu feiern, mein Roman ist angenommen, eben ist der Vertrag gekommen und dazu ein Scheck über tausend Eier.«

Einen Block weiter drehten sich ein paar Matrosen verwundert um und starrten auf die ausgelassene Schar von Offizieren, die im heißen Sonnenschein wie die Verrückten johlten und tanzten. »Heute werde ich mich sinnlos besaufen!« schrie Harding. »Und wenn ich nachher auf der Wache lande, das soll mir egal sein!« Jorgensen umarmte vor unsinniger Freude einen Eukalyptusbaum und küßte ihn ab; dabei fiel ihm seine Brille von der Nase und zersprang am Boden. Er blickte sich mit zusammengekniffenen Augen in der Runde um und kreischte vor Lachen.

»Heute gibt's nur Sekt!« schrie der Schriftsteller. »Wir stoßen auf die fünfte Freiheit an – die Erlösung von Old Yellowstain.«

Maryk blinkerte verwirrt mit den Augen: »Wie ist es mit Greenwald? Der ist doch hoffentlich auch eingeladen, nicht wahr?«

»Was heißt eingeladen, Mensch, er ist doch unser Ehrengast!« brüllte Keefer. »Ein Daniel, ein Daniel vor den Richtern! Mammi und Pappi auch! Schick deinen Brüdern ein Telegramm, sie sollen sich ins Flugzeug setzen und herkommen. Bring so viel Freunde mit, wie du willst!«

»Feiert man ordentlich, ihr Brüder«, sagte Greenwald, »aber laßt mich bitte aus dem Spiel.«

Maryks Mutter stammelte unter Tränen: »Ich weiß ja, du warst immer ein guter Junge, Steve, du hast sicher nichts Unrechtes getan.«

»Verflucht noch mal, kommt gar nicht in Frage«, sagte Maryk zu Greenwald und wand sich aus den Armen seiner Mutter. »Wenn Sie nicht mitkommen, gehe ich auch nicht. Dann feiern wir überhaupt nicht.«

»Mensch, seien Sie doch kein Spielverderber«, sagte Keefer und umarmte Greenwald. »Was wird aus unserem Abend wenn der Held des Tages fehlt?«

»Der Held des Tages sind ja Sie – tausend Dollar!«

Keefer schrie: »Ich schicke Ihnen eine Limousine mit Chauffeur!«

»Also schön, ich werde kommen.«

Greenwald wandte sich ab und wollte die Stufen des Gerichtsgebäudes wieder hinaufsteigen.

»Wo laufen Sie denn hin, Barney?« fragte Maryk.

»Ich muß mich erst mit Challee wieder vertragen. Gehen Sie nur schon los, Steve, wir sehen uns ja heute abend noch.«

»Vergessen Sie nicht, ihm ein Handtuch mitzubringen für seine Tränen, mit einer schönen Empfehlung von der ›Caine‹!« rief Keefer ihm nach.

Die Offiziere quittierten diesen Witz mit neuen Salven übermütigen Gelächters.

Die Hauptzierde der Tafel war ein riesiger grünglasierter Kuchen in Form eines Buches. *Haufen Volks! Haufen Volks! Ein Roman von Thomas Keefer* stand darauf in schwungvollen Lettern aus gelbem Zucker zu lesen, und das Ganze umschlang ein Kranz aus Farn und Rosen. Der Tisch verschwand fast unter der Überfülle von Blumen und Leuchtern und Silber und Sektflaschen. Überall auf dem weißen Tischtuch lagen Schnipsel der Gold- und Silberfolien von den Flaschenhälsen verstreut. Es war inzwischen sieben Uhr geworden, der Stuhl zu Häupten des Tisches war noch immer leer, das Essen noch nicht serviert. Die Offiziere waren bereits handfest betrunken und vollführten einen entsprechenden Lärm. Herr und Frau Maryk saßen mit einem unbehaglichen Lächeln mitten im Kreuzfeuer der ungehobelten Witze und stimmten jedesmal mit ein, wenn ihr Sohn in lautes Gelächter ausbrach. Der Erste Offizier saß rechts von Greenwalds leerem Stuhl, seine Eltern hatten ihren Platz neben ihm. Gegenüber saßen Keefer und Keith nebeneinander und belebten die Stimmung durch ein wahres Trommelfeuer von Witzen über Old Yellowstain; das Thema schien unerschöpflich zu sein. Jorgensen am Fußende des Tisches war vollkommen fertig, er wimmerte nur noch vor Lachen, aus seinen kleinen entzündeten Augen ergoß sich ein Strom von Tränen. Ein paar Neue, die sich erst nach dem Einlaufen an Bord gemeldet hatten und denen Queeg nie zu Gesicht gekommen war, hörten verwundert zu und sperrten Mund und Nase auf. Sie trauten sich nicht recht, in das Gelächter einzustimmen, dafür vertilgten sie um so größere Mengen von Keefers Sekt.

Willie genoß das Fest in vollen Zügen. Zwar argwöhnte er, daß Keefer vor Gericht wahrscheinlich keine gerade sehr mannhafte Rolle gespielt hatte, was dort aber wirklich geschehen war, das konnte er natürlich nicht einmal ahnen. Einem Zeugen war ja nicht gestattet, sich die Aussagen seiner Mitzeugen anzuhören, und Maryk hatte während des ganzen Verfahrens kein abfälliges Wort über Keefer geäußert. Warum sollte man jetzt noch an diese leidige Geschichte denken? Das große Wunder war geschehen: Maryk war freigesprochen, und damit war auch Willie endlich seine Ängste los. So trank er denn mindestens ebensoviel von Keefers Sekt wie alle anderen, ausgenommen vielleicht Harding. Sein alter Genosse aus dem Deckshäuschen schwebte schon in einem alkoholischen Nirwana. Von Zeit zu Zeit verließ Harding seinen Platz und taumelte um den Tisch, um wahllos irgend jemandem, ganz gleich ob Keith oder Maryk oder Paynter, gerührt um den Hals zu fallen. Willie gab er einen Kuß und lallte: »Der da h-hat mir seine M-Mütze gegeben, daß ich hineinkotzen konnte. Ein ge-ge-geborener Edelmann – Willie – Keith!«

»Das wird er heute abend wohl wieder tun müssen!« rief Keefer. »Bald ist es bei dir ja wieder soweit.« Worauf Willie eine silberne Schale mit Sellerie vom Tisch nahm und sie Harding vor den Mund hielt. Harding tat, als müsse er sich übergeben, und außer den beiden alten Leutchen lachte alles brüllend über diesen Scherz. So toll und ausgelassen feierten sie noch eine Zeit weiter, bis Keefer plötzlich aufstand und schreiend verkündete: »Da kommt er! Einschenken! Ein Hoch auf unseren siegreichen Helden, es lebe Greenwald, Greenwald, der Unvergleichliche!«

Die Uniform des Anwalts war völlig zerknautscht, und auch sein Gang war nicht mehr ganz sicher, aber niemand an der Tafel war noch imstande, das zu bemerken. Am Kopf des Tisches angelangt, blieb er ganz geistesabwesend stehen, stützte sich mit der Hand auf die Lehne seines Stuhles und stierte mit hängender Unterlippe von einem zum anderen.

»Ihr seid ja schon hübsch weit gediehen«, sagte er, während der Champagner in ein Dutzend Gläser sprudelte und alle Offiziere ihn brüllend begrüßten. Keefer nahm ein Messer und klopfte damit an sein Glas.

»Herhören, Ruhe – so haltet doch endlich das Maul, ihr besoffenen Meuterer! Ich will eine Rede halten!« Er erhob sein Glas und schwenkte es: »Ich trinke auf Leutnant Barney Greenwald – den Cicero mit zwei Ärmelstreifen – den beflügelten Strafverteidiger – den Schrecken aller Staatsanwälte – den Retter der Bedrückten und Getretenen – den St. Georg des Gerichtssaals, der mit dem Schwert seiner Beredsamkeit den scheußlichsten aller Drachen erlegte – Old Yellowstain!«

Alle ließen ihn leben, alle tranken die Gläser aus und brüllten in mißtönendem Chor: »For he is a jolly good fellow!«

Der Anwalt stand bleich und hager an seinem Platz, sein Mund verzog sich zu einem blöden Grinsen.

»Rede halten! Rede halten!« schrie Keefer, er klatschte in die Hände und ließ sich auf seinen Stuhl fallen. Die anderen nahmen den Beifall auf und wiederholten Keefers Aufforderung im Chor.

»Nein, nein«, murmelte Greenwald, aber schon stand er nur noch alleine da, und alle Gesichter hatten sich ihm zugewandt.

»Ich bin ja besoffener als ihr alle«, sagte er, »Ich war bis jetzt mit dem Anklagevertreter zusammen – ich wollte ihn dazu bringen, ein paar von den Schimpfwörtern zurückzunehmen, die er mir an den Kopf geworfen hat. – Endlich hat er mir wieder die Hand gegeben, beim neunten Whisky, kann auch der zehnte gewesen sein.«

»Das freut mich«, sagte Maryk. »Challee ist ein anständiger Kerl.«

»Ich mußte ihm aber gewaltig zusetzen, Steve – ich habe ja vor

Gericht auch mit ziemlich schmierigen Mitteln gearbeitet – der arme Jack – sein Plädoyer war wirklich ausgezeichnet – Haufen Volks, Haufen Volks! Was?« Er blinzelte mit schwimmenden Augen nach dem Kuchen: »Eigentlich sollte ich den Toast des gefeierten Autors ja tatsächlich erwidern.«

Mit unsicherer Hand langte er nach einer Flasche und goß sich Sekt ins Glas und über seine Hand. »Biblischer Titel, natürlich, paßt ausgezeichnet für ein Kriegsbuch. Wahrscheinlich der Marine ordentlich eins ausgewischt, was?«

»Ich glaube auch nicht, daß unsere Propagandaleute sehr entzückt sein werden«, antwortete Keefer.

»Bravo, wird auch höchste Zeit, daß mal einer diese dummen, dickfelligen Kommißköpfe zurechtstößt.«

Greenwald wankte ein bißchen und griff nach seinem Stuhl. »Wie gesagt, ich bin ja schon ziemlich hinüber – aber nur Geduld, meine Rede steigt noch, keine Sorge – erst mal raus mit der Sprache über das Buch. Wer ist denn der Held? Etwa Sie?«

»Vielleicht hat er ein paar ähnliche Züge, das ist aber reiner Zufall.«

»Ich bin ein bißchen verdreht«, sagte Greenwald, »denn ich bin besoffen, aber es kommt mir nur gerade so der Gedanke, wenn ich einen Kriegsroman schriebe, dann würde ich versuchen, aus Old Yellowstain einen großen Helden zu machen.«

Jorgensen prustete los, aber da sonst niemand lachte, hörte auch er sofort wieder auf und warf einen erstaunten Blick in die Runde.

»Nein, ganz im Ernst, das würde ich. Ich will euch auch sagen, warum. Da könnt ihr nämlich sehn, wie verdreht ich bin. Ich bin nämlich Jude. – Wißt ihr wahrscheinlich alle sowieso. Name ist Greenwald, ich seh' auch ein bißchen aus wie einer, tatsächlich, ich bin einer, schon von alters her bin ich Jude. Jack Challee behauptet, ich hätte richtige gerissene jüdische Praktiken angewandt – natürlich hat er das zurückgenommen, er hat sich sogar entschuldigt, nachdem ich ihm ein paar Dinge erzählt habe, die er nicht wußte – is' ja auch einerlei … Warum ich Old Yellowstain zu meinem Helden machen würde, is' wegen meiner Mutter, einer kleinen grauhaarigen, fetten Jüdin – sieht Mrs. Maryk hier sehr ähnlich, ohne Sie kränken zu wollen, Mrs. Maryk!«

In Wirklichkeit sagte er »ßu wolln«. Seine Aussprache war stockend und verschwommen, es fiel ihm schwer, deutlich und fließend zu sprechen. Seine Hand umklammerte das Glas, aus dem der Sekt auf das Tischtuch spritzte. Die Narben an seiner Hand bildeten rote Ränder um die aufgesetzte bläuliche Haut. »Natürlich, ihr Brüder habt ja alle Mütter. Aber denen ginge es nicht so schlecht wie meiner, wenn wir den Krieg verlieren würden, was wir aber selbstverständlich nicht tun, im Gegenteil, wir haben das verdammte Ding jetzt schon gewonnen. Die Deutschen genieren sich nämlich gar nicht mit den Juden, drüben kochen sie Seife aus uns, sie halten uns für Ungeziefer, das man ausrotten muß, und wollen aus unseren Leichen etwas Nützliches machen. Gesetzt, es wäre so – wenn ich auch verdreht bin, ich gebe das aber natürlich niemals zu –, also mal gesetzt, es wäre so, wir wären wirklich Ungeziefer, dann kann man das mit der Seife natürlich machen – warum nicht. Ich kann mich nur nicht mit dem Gedanken befreunden, daß meine Mammi zu einem Stück Seife verkocht werden soll. Ich hatte einen Onkel und eine Tante in Krakau, die sind schon Seife, aber das ist was anderes, meinen Onkel und meine Tante habe ich nie gesehen, nur Briefe von ihnen habe ich gesehen. Aber sie waren in jiddischer Sprache, deshalb konnte ich sie nicht lesen. Ich bin Jude, aber ich kann nicht mal Jiddisch lesen.«

Die Anwesenden wurden auf einmal nüchtern. Mit fragenden Gesichtern sahen sie ihn an.

»So, und jetzt komme ich wieder zu Old Yellowstain. Seht mal: als ich Jura studierte und unser Freund Keefer hier sein Stück für die Theatergilde schrieb und Willie in Prinschton auf den Sportplätzen herumtobte, was machten da diese komischen Brüder, die sogenannten Aktiven – diese blöden, verknöcherten Preußen in der Marine und in der Armee –, sie standen an den Geschützen! Natürlich taten sie das nicht, um meine Mammi vor Hitler zu retten, nein, weil sie leben wollten, so wie jeder von uns leben will. Aber zu guter Letzt kommt es ja darauf an, wovon der Mensch lebt, womit er sein Geld verdient. Old Yellowstain verdiente seinen Lebensunterhalt damit, daß er Wache stand für unser fettes, törichtes, glückliches Amerika. Auch ich suchte es derweil in meinem bescheidenen, freien, unpreußischen Dasein zu etwas zu bringen. Damals hieß es natürlich, nur Schwachköpfe drängen sich zum Militär. Miserable Bezahlung, nicht die geringste Aussicht, Millionär zu werden, und man ist noch nicht einmal Herr über seinen Körper und seinen Geist. Nichts für empfindsame Geistesarbeiter. Deshalb, als dann die Hölle losbrach und den Deutschen anfing, die Seife auszugehen, und sie meinten, es sei jetzt an der Zeit, hier herüberzukommen und die alte Mrs. Greenwald zu verkochen – wer sollte sie da bremsen? Nicht ihr Sohn Barney, der kann mit seinem Gesetzbuch keine Nazis aufhalten. Also warf ich die Gesetzbücher in die Ecke, sauste los und lernte fliegen. Aber es dauerte anderthalb Jahre, bis ich etwas wert war. Und wer paßte so lange auf, daß meine Mammi nicht im Seifennapf landete? Commander Queeg!

Ja, auch Queeg, diese arme traurige Gestalt, jawohl. Aber die meisten von ihnen sind alles andere als traurige Gestalten, ihr Leute; viele von ihnen sind uns allen bei weitem über, bildet euch nur ja nichts ein. Prima Männer, die besten, die mir je vorgekommen sind. Wer in der Armee oder in der Marine etwas darstellen will, der muß schon verdammt auf der Höhe sein. Wenn er auch zehnmal nichts über Marcel Proust und ›Finnegans Wake‹ und so 'n Zeug weiß.«

Greenwald machte eine Pause und sah sich nach allen Seiten um.

»Es scheint, als habe ich jetzt den Faden verloren. Ach so, ja, ich sollte ja den Lieblingsautor der ›Caine‹ leben lassen. Also, dann man los. Ich will versuchen, nicht zuviel zu quatschen. Schmeißt mir ruhig eine Serviette an den Kopf, wenn ich anfange, kariert zu reden. Kann nämlich nicht zum Essen bleiben, deshalb bin ich ganz froh, daß ihr mich gleich zum Reden aufgefordert habt, dann habe ich die Geschichte nämlich hinter mir. Nein, wirklich, ich kann nicht zum Essen bleiben, denn ich habe keinen Appetit – es würde mir auch zweifellos sehr schlecht bekommen.« Er wandte sich an Maryk.

»Mein lieber Steve, Tatsache ist, dieses Festessen hier ist ein ganz fauler Zauber. Du bist nämlich schuldig, mein lieber Steve, das habe ich dir schon von Anfang an gesagt. Natürlich bist du nur zur Hälfte schuldig – drum hat man dich auch nur zur Hälfte freigesprochen. Sonst hast du aber ausgespielt. Glaubst du, daß sie dich nach dieser Geschichte noch als aktiven Offizier in die Marine übernehmen? Ebensogut könntest du hoffen, Präsident der Vereinigten Staaten zu werden. Die Revisionsinstanz wird deinen Freispruch als Fehlurteil bezeichnen, und damit hat sie verdammt recht. Die Folge ist ein dicker Verweis in deiner Qualifikation – vielleicht auch in der meinen –, und aus Steve Maryk wird wohl wieder ein Fischersmann werden müssen. Heute habe ich dich zwar freibekommen, aber ich mußte die faulsten Anwaltstricks zu Hilfe nehmen, um das zu erreichen. Erst mußte ich Queeg zu einem Hanswurst machen und den Doktor, den Freudianer, durch'n Kakao ziehen – sie zappelten wie ein paar Fische an der Angel –, und dann habe ich noch in sehr unanständiger und unsachlicher Weise an den Stolz und das Selbstbewußtsein der Marine 'pelliert. Es fehlte nur noch, daß ich mich hinstellte und ›Lichtet die Anker‹ sang. Nur einmal sah die Geschichte faul für dich aus, als nämlich unser lieber Schriftsteller von der ›Caine‹ seine Aussage machte. Der hat dich nämlich um ein Haar in den Grund gebohrt, mein Lieber. Ich begreife den Kerl überhaupt nicht, denn es ist doch klar, daß er der Autor dieser Meuterei auf der ›Caine‹ gewesen ist – neben seinen anderen Werken. Ich meine, er hätte aufstehen müssen und sich mit dir und Willie in eine Reihe stellen und klipp und klar mit der Sprache herauskommen müssen, daß nämlich er es war, der immer wieder darauf bestanden hatte, Queeg sei ein gefährlicher Paranoiker. Aber davon abgesehen, es hätte die Sache ja nur noch schlimmer gemacht, wenn wir Keefer mit hereingezogen hätten – das weißt du ja auch selber alles ganz genau. Nachdem er sich nun mal entschlossen hatte, sich aus dem Staube zu machen, konnte ich nichts weiter tun, als ihn rennen lassen ...«

»Einen Augenblick mal ...« Keefer machte Miene, sich zu erheben.

»'zeihung, Mr. Keefer, ich bin sowieso gleich fertig. Ich bin schon beim Trinkspruch angelangt. Man kann Ihnen nur gratulieren. Prost, Mr. Keefer! Sie haben prima geschoben, alle neune! Sie hatten es auf Queeg abgesehen, und den haben Sie zur Strecke gebracht. Ihre eigene Weste haben Sie dabei fein saubergehalten. Steve ist endgültig erledigt. Dafür werden Sie der neue Kommandant der ›Caine‹ werden. Eines Tages ziehen Sie sich mit vielen Ärmelstreifen und einer fetten Qualifikation ins Privatleben zurück. Sie werden Ihren Roman herausbringen und darin beweisen, daß es in der Marine ganz gewaltig stinkt. Sie werden eine Million Dollar daran verdienen und Hedy Lamarr heiraten. Sie kriegen bestimmt keinen Verweis, dafür um so dickere Honorare für Ihren Roman. Deswegen gestatten Sie mir bitte, daß wenigstens ich Ihnen hier mündlich einen kleinen Verweis erteile. Und was will ich damit sagen? Wissen Sie, warum ich Steve überhaupt nur verteidigt habe? Ich habe nämlich herausgefunden, daß der verkehrte Mann vor dem Richter gestanden hat, und den konnte ich nur herausreißen, indem ich Queeg statt Ihrer über die Klinge springen ließ. Ich nehme das sehr übel, daß ich in diese Lage getrieben worden bin. Ich schäme mich deswegen. Und 'shalb bin ich auch besoffen. Queeg hätte etwas Besseres von mir verdient. Er hat verhindert, daß Hermann Göring sich mit meiner Mutter seinen fetten Korpus waschen konnte.

Deswegen werde ich jetzt Ihre Fresserei hier nicht mitmachen, Mr. Keefer, und Ihren Sekt nicht trinken. Ich gehe. Sie sollen leben, Mr. Lieblingsschriftsteller der ›Caine‹, Ihr Buch dazu!«

Der gelbe Sekt spritzte klatschend in Keefers Gesicht.

Willie bekam auch ein paar Tropfen davon ab. Es ging alles so schnell, daß die Offiziere am anderen Ende des Tisches gar nicht wußten, was er getan hatte. Maryk wollte aufspringen. »Um Gottes willen, Barney ...« Aber der Anwalt drückte ihn mit zitternder Hand wieder auf seinen Stuhl zurück. Keefer zog mechanisch sein Taschentuch heraus und betupfte damit sein Gesicht, er starrte Greenwald sprachlos an. Greenwald sagte: »Wenn Sie etwas von mir wollen, Keefer – ich warte draußen in der Halle. Wir sind beide besoffen, was das betrifft. Wahrscheinlich werden Sie mich zusammenhauen, ich bin kein großer Schläger.«

Die anderen Offiziere fingen an, aufgeregt miteinander zu flüstern, und warfen dabei verstohlene Blicke auf Keefer. Greenwald ging in langen Schritten aus dem Zimmer; kurz ehe er die Tür erreichte, wäre er beinahe noch gestolpert. Der Schriftsteller erhob sich. Es herrschte ein dumpfes, peinliches Schweigen, als hätte jemand gerade einen Haufen dreckiger Beleidigungen ausgestoßen. Keefer sah sich im Kreise um und lachte gezwungen. Keiner sah ihn an. Dann ließ er sich auf den Stuhl zurückfallen und sagte: »Ach was, der arme Kerl ist ja sinnlos besoffen! Ich habe Hunger, ich will endlich was zu essen haben, morgen früh kommt er sowieso von selber und entschuldigt sich. Willie, sag denen draußen, sie sollen das Essen bringen.«

»Schön, Tom.«

Während der rasch heruntergeschlungenen Mahlzeit herrschte eisiges Schweigen, es wurde nur durch das Klappern der Bestecke unterbrochen. Hier und da fiel eine leise Bemerkung. Als Keefer den Kuchen anschnitt, hörte man nur ein kurzes unlustiges Händeklatschen. Sofort nach dem Kaffee standen alle auf. Fünf ungeöffnete Flaschen Sekt blieben auf der verwüsteten Tafel stehen.

Willie verließ den Raum, ging in die Halle und suchte sie neugierig ab. Aber der Flieger war nicht mehr da.

7

Der letzte Kommandant der »Caine«

Der Kamikazeflieger

Von allen Menschen, denen Willie während des Krieges begegnete, blieb die Gestalt des Commanders Queeg am lebendigsten in seinem Gedächtnis. Aber ein ganz anderer Mann sollte einen noch größeren Einfluß auf sein Leben und seinen Charakter gewinnen, ein Mann, dessen Gesicht er nie zu sehen bekam und dessen Namen er nie erfuhr. Am Tag, nachdem dieser Mann in sein Leben getreten war – es war gegen Ende Juni 1945 –, schrieb er einen acht Seiten langen Brief an May Wynn. In diesem bat er sie um ihre Hand.

Wir sprechen von dem Kamikazeflieger, der damals sein Leben opferte, um die rostige alte »Caine« vor Okinawa in Flammen zu setzen. Keefer war damals Kommandant und Willie sein Erster Offizier. Der tüchtige Kapitän White war als Ordnungsstifter fünf Monate lang an Bord gewesen, um auf dem aus den Fugen geratenen Minensucher die Manneszucht wiederherzustellen, und hatte nach dieser Unterbrechung seinen Dienst auf den großen Schiffen wiederaufgenommen. Die letzten Vier-Schornstein-Kähne wurden samt und sonders jungen Reserveoffizieren anvertraut. Willie hatte seit dem 1. Juni sein Seniorenpatent, auf einigen der anderen alten Minensucher waren die Ersten Offiziere sogar noch jüngere Leutnants.

Drei Viertel der Mannschaften waren neu an Bord, und Farrington war der einzige Offizier, der aus der Zeit der Meuterei noch übriggeblieben war.

Maryk war schon eine Woche nach seinem Freispruch von Bord gekommen. Man schickte ihn als Kommandanten auf ein Landungsfahrzeug, eine Zurücksetzung, die ihm deutlicher als alles andere verriet, daß er seine Hoffnung auf eine Zukunft in der Marine begraben konnte. Was aus Queeg geworden war, wußte vorläufig kein Mensch.

Willie führte praktisch das Schiff. Keefer schloß sich ebenso ab wie Früher Queeg, er erwies sich als ein mürrischer, verschlossener Vorgesetzter, der sich nur selten außerhalb seiner Kammer zeigte. Es war ihm nie ganz gelungen, sich von dem Makel reinzuwaschen, den ihm Barney Greenwald angehängt hatte. Auch die neuen Offiziere und Mannschaften wußten bald darüber Bescheid. Die Meuterei und das Kriegsgericht boten ihnen endlosen Gesprächsstoff, sobald Keefer und Willie den Rücken kehrten, und die allgemeine Auffassung auf der »Caine« ging dahin, daß der Schriftsteller ein unzuverlässiger, höchst merkwürdiger Mensch sei. Willie war beliebter, aber auch er wurde wegen seiner Rolle bei der Meuterei noch immer ein bißchen scheel angesehen. Wenn Keefer das Schiff persönlich führte, was selten genug vorkam, war er immer nervös, ungeduldig und grob, knallte gern mit der Faust auf die Reling und schrie nach schnellerer Ausführung seiner Befehle. Er war kein guter Fahrer und hatte schon manche Beule in den Bordwänden von Öltankern oder Mutterschiffen auf dem Gewissen. Man unterhielt sich offen darüber, daß er Keith aus diesem Grunde gern die Führung überließ.

Dennoch hatte er gerade selbst das Kommando, als der Kamikaze einschlug.

»Da kommt er!«

Urbans Meldung von der Steuerbordbrückennock klang fast wie ein Freudenschrei. Aber das Entsetzen in Keefers Stimme war nicht zu überhören: »Feuer frei! Feuer aus allen Rohren!« Im gleichen Augenblick, nicht erst auf den Befehl des Kommandanten, begann die 2-cm-Flak zu knattern.

Willie stand im Kartenhaus und trug gerade eine Peilung ein. Die »Caine« umrundete die Südspitze von Okinawa, sie war unterwegs nach Nakagusuku Wan, um Post für die Minensuchverbände abzuholen. Luftwarnung war nicht gegeben worden, die Uhr war zehn, graue Wolken bedeckten den Himmel, die See lag still und verlassen. Willie ließ Bleistift und Parallellineal fallen und rannte durch das Ruderhaus nach der Steuerbordnock. Die geschwungenen roten Bahnen der Leuchtspurgeschosse wiesen auf das Kamikazeflugzeug, das sich rechts voraus in etwa dreihundert Meter Höhe als brauner Fleck gegen die Wolken abhob. Schwerfällig taumelnd, hielt es im Gleitflug genau die Richtung auf die »Caine«. Die Maschine war klein und machte einen gebrechlichen, veralteten Eindruck. Während sie näher und näher schwebte, schienen ihre Tragflächen nach den Seiten herauszuwachsen, die beiden aufgemalten roten

Bälle waren schon deutlich zu erkennen. Vier Ströme von Geschossen mündeten in ihrem Rumpf, sie schien sie förmlich in sich aufzusaugen und ließ sich dennoch nicht in ihrem gelassenen Gleitflug stören. Jetzt war sie schon ganz nah, eine flatternde, klapprige, uralte Kiste.

»Gleich schlägt's ein!« Keefer und Urban warfen sich an Deck, das Flugzeug, nur noch einige Meter entfernt, neigte sich etwas zur Seite. Willie erkannte den bebrillten Flieger hinter den gelblichen Scheiben der Kanzel. – Verrückter Kerl! schoß es ihm durch den Kopf. Im nächsten Augenblick lag er auf den Knien und drückte sein Gesicht auf die Decksplatten. Er glaubte, die Maschine käme geradeswegs auf ihn zu.

Dann aber schien es noch endlos zu dauern, bis sie wirklich einschlug. Eine ganze Reihe überaus klarer, lebhafter Vorstellungen blitzten hintereinander in Willies Bewußtsein auf, während er noch immer seinen Kopf gegen das kalte meerblau gestrichene Deck preßte. Die wichtigste dieser Regungen, jene, die sein ganzes Leben umwandeln sollte, war eine herzzerreißende Reue, May nicht geheiratet zu haben. Seit er sie damals sitzenließ, war es ihm leidlich gelungen, sie auch aus seinen Gedanken zu verdrängen. Indessen war die gewaltige Sehnsucht nach dem verlorenen Glück, die ihn jetzt packte, eben doch etwas anderes. Sie war echt. Er glaubte, daß sein Ende gekommen sei, und über die lähmende Todesangst erhob sich noch der Schmerz um May, die ihm nun für immer verloren war.

Als die Maschine aufschlug, gab es einen Krach, als ob zwei Autos mit höchster Geschwindigkeit ineinandergerast wären, und eine Sekunde später folgte die Detonation. Willies Zähne klappten zusammen, als hätte er einen Faustschlag ins Gesicht erhalten, in seinen Ohren sang und rauschte es. Taumelnd richtete er sich auf. Hinter der Kombüse, auf deren Dach die Geschützbedienung noch verstreuten grauen Bündeln gleich in Deckung lag, stieg eine blaugraue Rauchwolke auf.

Er wandte sich an den Kommandanten: »Ich lasse Feueralarm anschlagen, dann gehe ich nach achtern und sehe nach, was los ist!«

»Gut, Willie.« Keefer richtete sich auf und klopfte sich mit zitternden Händen ab. Sein Stahlhelm war weg, die Haare hingen ihm ins Gesicht, er machte einen benommenen, verstörten Eindruck.

Willie rannte ins Kartenhaus und drückte auf den Hebel der Lautsprecheranlage. Rudergänger und Posten Maschinentelegraf folgten ihm mit ängstlichen Blicken. »Achtung!« sagte er laut und schnell. »Kamikazetreffer mittschiffs. Schotten dicht! Vordere und achtere Feuerlöschtrupps und Lecksicherungsgruppen auf Stationen!«

Blaue stickige Rauchschwaden drangen in das Ruderhaus, sie stachen in der Lunge wie eine vertrocknete Zigarette. Hustend fuhr er fort: »Schadensmeldungen auf die Brücke! Schaumlöscher, Sprühanlage und Kohlendioxyd nach Bedarf verwenden! Klar bei den Munitionskammer-Flutventilen! – Geflutet wird nur auf besonderen Befehl!« fügte er hustend hinzu. Dann warf er den roten Alarmhebel herum und trat auf die Brückennock, als er das Schrillen der Klingeln hörte. Der Qualm und die Hitze, die ihm dort entgegenschlugen, jagten ihm einen mächtigen Schrecken ein. Masthohe rote Flammen schossen hinter dem Aufbau empor und züngelten nach vorn gegen die Brücke. Dicke Qualmwolken wälzten sich aus der Glut und hüllten die Nock vollständig ein. »Ich dachte, Sie wollten nach achtern gehen!« rief Keefer in ungnädigem Ton, er war durch all den Qualm hindurch kaum mehr auszumachen. Er und das ganze Brückenpersonal hatten Schwimmwesten angelegt.

»Aye, aye, Sir, bin eben im Begriff.«

Willie mußte Ellbogen und Schultern gebrauchen, um sich über Mittel- und Seitendeck seinen Weg durch das Gewühl wimmelnder, schreiender Leute zu bahnen, die überall Schläuche mannten, Schwimmwesten an sich rissen oder auch nur ziellos umherliefen. Schließlich gelang es ihm, bis zur Einschlagstelle vorzudringen. Hier war weniger Rauch als auf der Brücke, da sich das meiste nach oben und nach vorne verzog. Prasselnde rote Flammen, dick wie Eichenbäume, schlugen aus einem riesigen zackigen Krater im Deck über dem achteren Heizraum. Ein paar Matrosen taumelten schwarz wie Neger aus dem engen Mannloch der Luftschleuse. Stücke der Tragflächen lagen an Deck verstreut. Die Gig brannte in ihren Klampen. Allenthalben wand sich ein Gewirr von Feuerlöschschläuchen. Blasse behelmte und in Schwimmwesten steckende Löschmannschaften fingerten aufgeregt an den Wasseranschlüssen oder schleppten die roten Handlöscher herbei, die vor dem Riesenbrand wie lächerliches Spielzeug wirkten. Ihre kurzen, dünnen Rufe gingen im Schrillen der Alarmglocken und im Brausen des Feuers unter, das aus dem Unglücksheizraum emporschlug. Es roch nach Brand – brennendem Öl, brennendem Holz, brennendem Gummi.

»Wie sieht's unten aus?« schrie der Erste Offizier, als wieder ein Heizer aus der Luftschleuse kroch.

»Das ganze Flugzeug ist da unten drin, Sir! Der Raum brennt von vorn bis hinten. Budge hat uns herausgeschickt, er versucht das Absperrventil der Hauptbrennstoffleitung zuzudrehen – ob er noch herauskommt, weiß ich nicht, ich habe die Schaumlöschleitungen angestellt, ehe ich nach oben kam.«

»Was macht der Kessel?«

»Weiß ich nicht, Sir, unten ist alles voll Dampf und Feuer ...«

»Kannst du die Sicherheitsventile aufkriegen?«

»Jawohl, Sir.«

»Gut, laß sie abblasen!«

»Aye, aye, Sir.«

Ein Knall, dann zuckte eine weiße Stichflamme aus dem brennenden Heizraum hoch. Willie taumelte zurück. Das Feuer fraß sich schon an der Wand des Kombüsenaufbaus weiter hinauf. Willie drängte sich durch die umherrennenden Matrosen zu Bellison durch, der mit einem Schlüssel an einem Hauptventil der Feuerlöschleitung drehte.

»Haben Sie Druck?«

»Jawohl, Sir – ein tolles Feuer ist das, Sir! – Ob wir das Schiff aufgeben müssen?«

»Kommt nicht in Frage! – Löschen Sie lieber das Feuer!« brüllte Willie ihn an.

»Jawohl, Sir, ich werde mein Bestes tun!«

Willie erkämpfte sich den Rückweg über das Seitendeck. Als er an den Niedergang zur Brücke kam, sah er zu seinem größten Erstaunen, wie Keefer mit einem anscheinend schweren Segeltuchsack aus der Kajüte trat.

»Was meinen Sie, Willie?« fragte er, als dieser beiseite trat, um ihm den Vortritt zu lassen. »haben wir Aussicht, davonzukommen?«

»Ich glaube bestimmt, Sir. – Was ist in dem Sack?«

»Ach, mein Roman – für alle Fälle.« Keefer warf den Sack neben die Flaggentasche, spähte mit zusammengekniffenen Augen nach achtern und hielt sich hustend ein Taschentuch vor die Nase. Die Geschützbedienungen auf dem Kombüsenaufbau stolperten in einem Nebel von Rauch und Feuer umher, suchten immerzu Schläuche zu entwirren und stießen heisere Flüche aus. Das Brückenpersonal – Radarleute, Signalgasten, Unterwasserhorchpersonal – und drei der neuen Offiziere drängten sich mit angstvoll aufgerissenen Augen um Willie. Dieser begann über den angerichteten Schaden zu berichten.

»Es sieht nicht allzu schlimm aus, Sir – im großen und ganzen handelt es sich nur um den einen Heizraum.« Beim Sprechen hatte er das Gefühl, daß Keefer ihm gar nicht zuhörte. Seine Augen hatten eine ungewohnte gelbliche Farbe und zeigten einen geröteten Rand.

Über dem Aufbau zischte plötzlich ein ohrenbetäubender Dampfstrahl los. Keefer fuhr herum und starrte Willie an.

»Mein Gott, was ist denn da wieder hochgegangen?«

»Ich habe Befehl gegeben, die Sicherheitsventile von Kessel 3 zu öffnen, Sir.«

Vom Dach der Kombüse her tönten plötzlich ratternde Explosionen herüber, ein wahres Feuerwerk in Weiß, Gelb und Rot zischte nach allen Seiten; Matrosen rutschten schreiend die steilen Leitern herab, Geschosse schlugen hell klingend gegen die Brückenaufbauten.

»Großer Gott, die Flakmunition!« schrie Keefer und sprang in Deckung. »Willie, das Schiff geht todsicher in die Luft, in einer Minute fangen die Munitionskammern an zu brennen!«

Aus allen drei Schornsteinen quoll dicker schmutziggelber Rauch, der aussah wie Kotze. Das Zittern der Maschinen hörte auf, das Schiff glitt, langsamer werdend, durchs Wasser und holte dabei sachte über. Das Feuer im Mittelschiff spiegelte sich orangerot in der grauen See.

»Aha, wir haben Wasser in den Brennstoffleitungen!« stammelte Keefer. »Keinen Dampf mehr! Geben Sie Befehl, alle Mann ...«

In der Kiste mit Bereitschaftsmunition auf dem Aufbau begannen mit betäubendem Krachen und weiß blendenden Stichflammen die 7,5-cm-Granaten hochzugehen. Keefer schrie auf, taumelte und brach zusammen. Wolken stinkenden Pulverqualms zogen über die Brücke. Willie kniete neben dem Kommandanten und beobachtete von dort aus, wie mehrere Paar blaubehoster Beine auf die Reling stiegen und über Bord sprangen. Keefer jammerte: »Mein Arm, mein Arm!« Er faßte sich an die Schulter und strampelte mit den Beinen. Blut sickerte zwischen seinen Fingern hindurch und tropfte an Deck.

»Ist es sehr schlimm, Sir? Die Leute beginnen über Bord zu springen.«

Keefer setzte sich auf, sein Gesicht war blaß und verzerrt.

»Befehlen Sie: Alle Mann aus dem Schiff! Herrgott, mein Arm tut weh, als ob er ab wäre – es wird ein Granatsplitter gewesen sein!«

»Ich schwöre Ihnen, Sir, daß wir das Schiff einstweilen noch nicht aufzugeben brauchen.«

Keefer kam mühsam hoch, taumelte ins Ruderhaus und griff mit blutiger Hand nach dem Hebel der Lautsprecheranlage:

»Befehl vom Kommandanten: Alle Mann aus dem Schiff!«

Willie stand im Eingang und hörte nur die schwache Stimme des Kommandanten drinnen im Ruderhaus, nicht aber den Widerhall von den Lautsprechern an Deck.

»Sir«, rief er, »der Apparat funktioniert nicht mehr!«

Das Brückenpersonal drängte sich an der Reling zusammen.

»Was ist nun, Mr. Keith?« rief Urban. »Dürfen wir über Bord jumpen?«

»Bleiben Sie gefälligst, wo Sie sind!«

Keefer kam schlurfenden Schrittes aus dem Ruderhaus. Mitten in dem Qualm auf dem Kombüsendeck gab es plötzlich eine neue Detonation. Sie sandte eine Welle heißer Luft und einen prasselnden Hagel von Metallstücken über die Brücke.

»Das Schiff hält keine fünf Minuten mehr stand!« Keefer lehnte an der Reling und spähte nach achtern. »Dort springen sie schon alle! Das Mitteldeck kann jeden Augenblick in die Luft fliegen.« Er drängte sich durch die Ansammlung von Leuten und griff nach seinem Sack. »Also los! Alle Mann aus dem Schiff!«

Mannschaften wie Offiziere begannen einander unter erheblichem Lärm an der Reling zu drängen, weil jeder als erster darüberklettern wollte. Dabei stießen und drückten sie auch Willie, der sich hinausbeugte, um durch den stechenden Qualm hindurch zu erkennen, was achtern vorging.

»Achtern springt niemand über Bord, Sir – die Leute im Wasser sind alle hier von der Brücke!« Noch immer sprang einer nach dem anderen, bald Mann, bald Offizier, von der Brückennock hinunter ins Wasser. Keefer hatte ein Bein über die Reling gehoben und drückte den Leinensack mit dem gesunden Arm an sich. Er kletterte vorsichtig hinaus, unwillkürlich darauf bedacht, seinen blutenden Arm zu schonen. »Kein Mensch springt achtern über Bord!« rief Willie noch einmal, aber Keefer hörte nicht auf ihn.

Willie packte ihn an der Schulter, als er sich schon vorbeugte, um abzuspringen: »Ich bitte, mit Freiwilligen an Bord bleiben zu dürfen, um weitere Löschversuche zu machen.«

In den glasigen Augen des Schriftstellers flackerte etwas wie Verständnis auf, aber zugleich bekam er einen so ungehaltenen Ausdruck, als ob Willie etwas besonders Dummes gesagt hätte. »Tun Sie in Gottes Namen, was Sie nicht lassen können, Willie! Wenn Sie durchaus Selbstmord begehen wollen – ich kann Sie nicht davon abhalten.« Damit sprang er weit hinaus, seine dünnen Beine angelten durch die Luft. Er landete auf dem Bauch und begann alsbald vom Schiff wegzuschwimmen. Rings um ihn her waren überall Köpfe zu sehen. Nur Fähnrich Farrington war noch immer auf der Brücke, er lehnte sich gegen die Flaggentasche und wischte sich mit dem Jackenärmel die tränenden Augen aus. Willie fuhr ihn an: »Warum springen Sie nicht?«

»Nach Ihnen, Sir.« Das hübsche Jungengesicht des Fähnrichs war über und über von Ruß verschmiert, er grinste halb aus Angst, halb aus knabenhafter Lust am Abenteuer.

Da niemand mehr am Ruder stand, hatte sich das Schiff allmählich von selbst quer zum Wind gelegt, so daß die Brücke bald frei vom Rauch war. Das Feuer am Kombüsenaufbau war durch die Detonation der Bereitschaftsmunition auseinandergeblasen worden und flackerte nur noch an einzelnen Stellen müde weiter. Von den Munitionsbüchsen war nichts übriggeblieben als zerrissene Blechfetzen.

Ganz plötzlich weitete sich die Sicht, er erkannte wieder den Ozean und die Insel Okinawa, den Horizont, die friedlichen grünen

Hügel. Das Schiff hatte einen Halbkreis beschrieben, so daß er sich einen Augenblick orientieren mußte, ehe er seine Peilobjekte wiederfand. Mit ihrer Hilfe stellte er alsbald fest, daß sie sich seit dem Treffer kaum von der Stelle bewegt hatten. Der Gipfel des Yuza Dake peilte noch 320 Grad, das Schiff schlingerte nur leise in der ruhigen Dünung. Aus dem ersten Schornstein stieg dünner gelber Rauch auf. Ein paar Matrosen trieben in der nähe des Hecks im Wasser, sie riefen und winkten denen, die sich noch an Bord befanden – viele waren es anscheinend nicht. Willie ging von Nock zu Nock und zählte die Schwimmer, er brachte höchstens 15 bis 20 Mann zusammen.

Ein Gefühl unendlichen Friedens und persönlicher Machtvollkommenheit ergriff ganz von ihm Besitz.

»Ich weiß nur eins: Wir können und werden dieses Schiff retten«, sagte er zu Farrington.

»Aye, aye, Sir. Was kann ich tun?«

»Können Sie das Notaggregat in Gang bringen, das Knatterdings dort unter der Brücke?«

»Jawohl, die Funker haben's mir einmal gezeigt.«

»Gut, dann ran an den Speck! Schalten Sie gleich die Lautsprecher ein, die Schalter sind leicht zu finden.«

Farrington sauste die Treppe hinunter, Willie hielt mit dem Doppelglas weiter Ausschau nach den verschiedenen Schwimmern. Der Kommandant trieb etwa vierzig Meter hinter dem Heck, er lag auf dem Rücken und hielt seinen grauen Sack fest umklammert. Das Aggregat begann zu husten, gab ein paar Fehlzündungen von sich und ratterte dann los wie ein guter alter Ford. Willie trat ins Ruderhaus, der Anblick des Unbesetzten, frei hin und her schlagenden Rades ging ihm gegen den Strich. Er drückte auf den Hebel der Lautsprecheranlage, ein Brummton zeigte ihm, daß sie unter Strom stand. Dann hallte seine Stimme laut über die Decks: »Alle Mann herhören! Hier der Erste Offizier. Ich fordere euch auf, an Bord zu bleiben! Außer dem hinteren Heizraum hat keine Abteilung Schaden genommen. Die Explosionen, die ihr gehört habt, stammten von der Bereitschaftsmunition auf dem Kombüsendeck. Eine Minute lang sah es dort schön aus. Der Kommandant hat Erlaubnis gegeben, das Schiff zu verlassen, Freiwillige dürfen aber an Bord bleiben und mit mir versuchen, das Schiff zu retten. Wir müssen vor allem das Feuer löschen, als zweites brauchen wir Dampf für die Hauptmaschinen. Die Geschützführer bleiben noch klar bei den Munitionskammer-Flutventilen, es wird aber auf keinen Fall geflutet, ehe ich es befehle. Vorderer Heizraum! Wenn Ihre Brennstoffpumpen nicht saugen, versuchen Sie, auf vordere Tanks umzuschalten. Wahrscheinlich sind die achteren Leitungen beschädigt. Schließen Sie aber die Zwischenventile, damit Sie kein Wasser in die vorderen Leitungen bekommen. Die Lenzpumpen sollen das Löschwasser aus dem hinteren Heizraum saugen. Vor allem Ruhe behalten! Keine Aufregung! Denkt an das, was ihr gelernt habt, dann wißt ihr, was ihr tun müßt. Wir können noch heute vormittag mit eigener Kraft in den Hafen einlaufen. Wenn wir das Schiff verlassen, landen wir alle bei der Personalreserve in Okinawa, halten wir aber aus, dann springt eine Werftliegezeit in den Staaten heraus. Es gibt also nur eins: Zum Schiff halten.«

Farrington erschien wieder auf der Brücke. Willie schickte ihn ans Ruder und eilte nach achtern. Das Seitendeck war leer, auf dem Mitteldeck zuckten hie und da noch rote Flammen aus dem offenen Krater, sie schienen schon halb erstickt unter zischenden Wolken grauen Qualms. Bäche von seifigem Schaum und Seewasser bahnten sich ihren Weg durch das Gewirr von Schläuchen. Mannschaften und Offiziere drängten sich schwatzend an die Strecktaue, die das Loch in einigem Abstand umgaben. Ein paar Matrosen mannten einen Schlauch durch die Luftschleuse hinunter, man hörte, wie sie unten miteinander redeten und fluchten. Die Gig war angekohlt, aber sie brannte nicht mehr; Fleischkloß, schweißgebadet in seiner Schwimmweste, schöpfte das ölige Löschwasser mit Schwung aus dem Boot. Niemand rannte mehr ziellos umher.

Seitlich vom Deckshäuschen kniete der Sanitätsmaat mit zweien seiner Gehilfen und verband die auf den Matratzen oder Bahren liegenden Verwundeten. Willie trat zu den Männern und sprach mit ihnen. Einige waren auf Wache in dem getroffenen Heizraum gewesen, ihre Brandwunden waren in dicke gelbfleckige Verbände gehüllt. Auch Maschinist Budge war unter den Verbrannten.

»Wie geht's uns denn, Chief?«

»Prima, Sir. Ich glaube, wir haben's geschafft. Ein Glück, daß ich die Hauptbrennstoffleitung noch dicht bekam.«

»Haben Sie Ihre Männer gemustert? Sind alle herausgekommen?«

»Nur Schrecklich konnte ich bis jetzt noch nicht finden – er ist aber der einzige ... Na, vielleicht steckt er noch irgendwo.«

Der Maschinist versuchte sich aufzusetzen, aber Willie drückte ihn wieder zurück.

»Lassen Sie nur, ich werde mich selbst nach ihm umschauen.«

Mit lautem Gedröhn stießen Schornstein eins und zwei schwarze Qualmwolken aus, und zugleich begann das Schiff zu vibrieren. Eins O und Maschinist sahen einander mit frohem Grinsen an. »Aha, Heizraum eins und zwei machen Wind«, sagte Budge, »dann ist ja alles klar.«

»Ich werde mich einmal daranmachen, unsere Schwimmer aufzupicken. Gönnen Sie sich erst mal Ruhe, Chief!«

»Das Bad hat dem Kommandanten hoffentlich Spaß gemacht«, sagte der Maschinist leise, »der ist ja noch fixer als Queeg!«

»Halt's Maul, Budge!« schnauzte Willie, dann ging er nach vorne. Als die Brennstoffpumpen wieder zu saugen begannen, waren seit dem Einschlag des Kamikazefliegers genau siebzehn Minuten verstrichen. –

Nachdem Keefer über Bord gesprungen war, hatte Willie einen seltsam klaren Blick, erhöhtes Lebensgefühl und eine deutlich verlangsamte Zeitempfindung an sich gespürt, und diese Eigenschaften blieben ihm auch treu, während er sich in der folgenden Stunde um die Bergung der Schwimmer bemühte. Nichts fiel ihm schwer, spielend traf er Dutzende rascher Entscheidungen, während die Schadensmeldungen im Ruderhaus zusammenliefen und allerlei kleine Notstände im Gefolge der überwundenen großen Gefahr in Erscheinung traten. Zugleich manövrierte er mit dem Schiff vorsichtig zwischen den Schwimmern und nahm sich vor allem in acht, daß er die Schrauben nicht bewegte, wenn einer von ihnen in ihrer Nähe trieb.

Als der Kommandant an Bord geholt wurde, übergab er Farrington das Kommando und begab sich an das ausgehängte Seefallreep. Keefer konnte nicht heraufklettern, deshalb stieg ein Matrose neben ihm ins Wasser und legte ihm einen Pahlstek um den Leib. So wurde der Schriftsteller, zusammengeknickt wie ein lebloses Bündel, an Bord gehievt, seine Hände umklammerten krampfhaft den triefenden grauen Sack. Als er aber der Bordwand auftauchte, griff Willie persönlich zu und half ihm auf die Beine. Keefer hatte ganz graue Lippen, das Haar hing ihm in Strähnen über die glasigen rotentzündeten Augen.

»Mensch, Willie, wie hast du das zustande gebracht?« stieß er hervor. »Ein wahres Wunder! Ich werde dich für das Marineverdienstkreuz vorschlagen.«

»Wollen Sie das Kommando wieder übernehmen, Sir? Fühlen Sie sich dazu wohl genug?«

»Sie machen ja alles ganz großartig. Bleiben Sie nur dabei und holen Sie die Männer alle heraus. Ich ziehe mich erst einmal um. Schicken Sie mir vor allem den Sanitätsmaaten, daß er meinen Arm versorgt, der macht mich auf die Dauer ganz verrückt. – Haben Sie schon eine Vollzähligkeitsmusterung gemacht?«

»Soll jetzt geschehen, Sir.«

»Schön, machen Sie nur so weiter – ach, Winston, seien Sie mir bitte etwas behilflich.« Auf die Schulter des Maats gestützt, humpelte Keefer in seine Kajüte, eine nasse Spur gezeichnete seinen Weg. »In einer halben Stunde bin ich auf der Brücke, Willie. Vergessen Sie nicht: Vollzähligkeitsmusterung.«

Während das Schiff einen Schwimmer nach dem anderen wieder an Bord nahm, wurde auch die Liste der Fehlenden immer kleiner. Zuletzt blieb auf Willies Verzeichnis nur noch ein Name übrig, der nicht mit Bleistift ausgestrichen war: Heizer Everett Harold Black – der gute Schrecklich. Eine Suchgruppe watete in hohen Gummistiefeln durch den verwüsteten, unter Wasser gesetzten Heizraum – sie fand ihn.

Keefer war schon auf der Brücke, als die Meldung kam, er trug den Arm in einer leuchtendweißen Schlinge. Die »Caine« lag noch immer gestoppt in der Nähe der Stelle, wo sie getroffen worden war. Es war Mittag, die Sonne stach heiß und blendend vom Himmel, ein säuerlich schaler Brandgeruch lag über dem verschmutzten Schiff.

»Gut, Willie, nun wissen wir über jeden Bescheid – der arme Schrecklich. Wie ist der Kurs auf die Einfahrt?«

»81 Grad, Sir.«

»Schön, Rudergänger, auf 81 Grad gehen. Beide Maschinen Halbe Fahrt voraus!«

Willie sagte: »Ich bitte unter Deck gehen zu dürfen, um die Bergung der Leiche zu beaufsichtigen.«

»Aber bitte, Willie, selbstverständlich.«

Die Deckmannschaften rollten die Feuerschläuche zusammen, fegten Schmutz und klirrende Splitter von Oberdeck und Aufbauten und erzählten sich vergnügt ihre eigenen kleinen Heldentaten. Willie begrüßten sie mit scherzenden Andeutungen über einen Urlaubsausflug nach den Staaten. Um die Kombüsentür standen kauende Gestalten mit dicken Butterbroten und andere, die von den fluchenden Köchen noch immer etwas zu ergattern suchten, während diese sich abmühten, Feuer unter die Suppenkessel zu bekommen und ein Mittagessen zustande zu bringen. Zwei von den neuen Fähnrichen, die vorhin mit über Bord gesprungen waren, standen jetzt in frischem, makellosem Khaki auch mit am Strecktau und machten dumme Witze.

Willie musterte sie mit einem kurzen, frostigen Blick. Sie stammten beide von irgendeiner Fähnrichschule aus dem Westen, es war nicht viel mit ihnen los. Zu allem Überfluß glaubten sie sich ständig gegenseitig bedauern zu müssen, weil ein ungnädiges Schicksal sie auf die »Caine« verschlagen hatte. Willie war drauf und dran, ihnen nahezulegen, sie sollten sich nicht wie Badegäste benehmen, sondern lieber eine ihrer Prüfungsaufgaben machen, wenn sie nichts anderes zu tun hätten, aber dann wandte er sich wortlos ab und kletterte durch die Luftschleuse unter Deck. Er hörte, wie sie hinter seinem Rücken kicherten.

Der Gestank nach Verbranntem und allerlei übleren Dingen verursachte ihm Brechreiz, während er rücklings den engen Schacht hinunterstieg. Er hielt sich ein Taschentuch vor die Nase und betrat den Heizraum. Ums Haar wäre er auf den nassen, öligen Decksplatten ausgeglitten. Das Wasser spülte durch die Feuertüren des Kessels ein und aus, von oben drang helles Sonnenlicht in den Raum, alles das war so seltsam und ausgefallen wie ein verrückter Alptraum. Die Suchgruppe war ganz drüben an Backbord. Willie stieg die letzten Stufen hinunter, das Wasser drang ihm kalt und schleimig von unten in die Hosenbeine. Während er quer durch den Heizraum watete, reichte es ihm je nach den Rollbewegungen des Schiffes bald bis zu den Hüften, bald wieder nur bis zu den Knöcheln. Die Männer der Suchgruppe machten ihm Platz, einer von ihnen richtete eine starke elektrische Handlampe auf das Wasser.

»Warten Sie, bis das Schiff nach der anderen Seite rollt, Mr. Keith, dann können Sie ihn deutlich sehen.«

Willie war nicht an den Anblick von Toten gewöhnt. Bis jetzt hatte er nur ein paar verstorbene Verwandte gesehen, sie lagen im Dämmerlicht von Friedhofskapellen in plüschverzierten Särgen, aus einem Lautsprecher tönten feierliche Orgelklänge, und der schwere Duft unzähliger Blumen erfüllte den Raum. Aus Schrecklich aber hatte kein Bestattungsinstitut eine »schöne Leiche« gemacht. Als das Wasser für ein paar Sekunden zurücktrat, lag der Heizer deutlich im Strahl der Laterne, der Motor der japanischen Maschine hatte ihn zerschmettert und festgeklemmt, sein Gesicht und sein Arbeitsanzug waren schwarz von Öl und Fett. Sein Anblick erinnerte Willie an die zu Brei gefahrenen kleinen Eichhörnchen, die er an herbstlichen Morgen so oft auf den Landstraßen um Manhasset gefunden hatte. Es war aufwühlend, sich in Sekundenschnelle darüber klarwerden zu müssen, daß der Mensch um kein Haar härter und widerstandsfähiger ist als solch ein armes Eichhörnchen. Die schwarzen Wassermassen rauschten wieder über den Toten hinweg.

Willie kämpfte tapfer gegen Tränen und Übelkeit und sagte: »Das ist ein Geschäft für Freiwillige. Wer es nicht aushalten kann, darf wegtreten.«

Die Suchgruppe bestand ausschließlich aus Heizern. Er sah sie der Reihe nach an. In ihren Mienen drückte sich jene aus Schrecken, Bitterkeit, Trauer und Verlegenheit zusammengesetzte Stimmung aus, die angesichts eines Verunglückten, wenn auch nur für kurze Augenblicke, ein Band echter Männerkameradschaft zu knüpfen pflegt. »Wenn ihr alle mitmacht, um so besser. Es handelt sich darum, eine schwere Talje oben am Decksbalken festzumachen und damit die Flugzeugtrümmer anzulüften. Winston soll gleich eine Persenning herschaffen. Darin könnt ihr ihn mit ein paar Leinen holen und braucht ihn nicht den Niedergang hochzuschleppen.«

»Aye, aye, Sir«, gaben sie zur Antwort.

Der Mann mit der Laterne sagte: »Wollen Sie auch den Japs sehen Sir? Er hockt auf dem Backbordlaufsteg.«

»Ist denn überhaupt was von ihm übriggeblieben?«

»Kann man nicht behaupten. Er wirkt nicht gerade sehr appetitlich.«

»Schön, leuchten Sie mir hin.«

Die zerfetzten Überbleibsel des Kamikazefliegers boten einen schrecklichen Anblick. Willie mußte sich rasch abwenden, nachdem er einen kurzen Blick darauf geworfen hatte. Ein formloses Gebilde aus Knochen und rotem Fleisch hockte verwegen in dem gestauchten Rumpf der Maschine, als flöge dies grauenhafte Gespenst wirklich noch durch die Luft. Aus dem verkohlten Gesicht grinsten zwei Reihen blanker Zähne, und darüber saß, als entsetzlichster Anblick von allem, die unbeschädigte Fliegerbrille in dem eingesunkenen Gesicht und verlieh ihm etwas unheimlich Lebendiges, Spähendes. Dazu roch es wie in einem Fleischerladen.

»Sie wissen ja, Sir«, meinte der Heizer, »bei unseren Seesoldaten heißt es: Ein toter Japs ist ein guter Japs.«

»Hm, ja, ich – ich gehe jetzt und schicke gleich Winston herunter.« Damit eilte Willie so schnell wie möglich über das Gewirr von Flugzeugtrümmern, Flurplatten und Kesselarmaturen dem Notausgang zu, um auf dem kürzesten Weg in die köstliche frische Salzluft hinaufzugelangen.

Keefer rekelte sich bleich und angegriffen im Kommandantensessel auf der Brücke und überließ es Willie, das Schiff in den Hafen zu bringen. Erst zum Ankern übernahm er wieder das Kommando und gab seine Befehle mit leiser, müder Stimme. Die Mannschaften der Nachbarschiffe ließen ihre Arbeit liegen und stierten auf das zerrissene, versengte Deckshaus der »Caine« und auf das riesige schwarze Loch in ihrem Mitteldeck.

Willie ging gleich unter Deck, riß sich in seiner Kammer die nassen, schmutzigen Sachen vom Leib und nahm ein dampfendheißes Brausebad. Er fuhr in sein frischestes Khakizeug und streckte sich gähnend auf seiner Koje aus. Jetzt überkam ihn ein seltsames Zittern. Erst waren es nur die Hände, alsbald aber flog er am ganzen Körper. Erstaunlicherweise empfand er diesen Zustand keineswegs als unangenehm, im Gegenteil, er fühlte eine wohltuende Wärme in den Gliedern und dazu ein köstliches Prickeln unter der Haut. Mit fliegender Hand klingelte er nach dem Steward.

»Bring mir ein Butterbrot mit Fleisch, Rasselas – irgend etwas, wenn es nur Fleisch ist – und heißen Kaffee, aber kochend heiß muß er sein.«

»Yassuh.«

»Ich stecke meinen Daumen rein, und wenn er keine Blasen zieht, dann kommst du zum Rapport.«

»Heißen Kaffee, Yassuh.«

Das Zittern ließ rasch nach, als das Essen kam, zwei dicke Butterbrote mit kaltem Lammfleisch und eine Tasse Kaffee, die vor Dampf nicht mehr zu sehen war. Willie schlang die Brote gierig in sich hinein, dann steckte er sich eine Zigarre an, die er zwei Tage zuvor von Schrecklich geschenkt bekommen hatte. Dieser hatte eine ganze Kiste davon in der Messe herumgereicht, als er zur Nummer eins im vorderen Heizraum ernannt worden war. Im ersten Augenblick zögerte Willie, weil es ihn fremdartig berührte, die Zigarre eines Toten zu rauchen, dann aber steckte er sie dennoch an, lehnte sich in seinen Drehstuhl zurück und legte die Beine auf seinen Schreibtisch. Dabei erlebte er die sattsam bekannten Vorstellungen von dem, was hätte geschehen können. Wie, wenn der Kamikaze nicht auf dem Mitteldeck, sondern auf der Brücke eingeschlagen wäre und ihn zu Brei zerquetscht hätte? Wenn ihm einer der herumwirbelnden Splitter den Leib aufgerissen, ein Flakgeschoß den Kopf zerschmettert hätte? Oder gesetzt den Fall, es wäre eine Munitionskammer in die Luft gegangen – dann wäre er jetzt auch so ein grinsendes Halbskelett wie der japanische Flieger dort unten. Alle diese Vorstellungen waren grausig und doch zugleich angenehm, sie wirkten wie ein guter Schauerroman und würzten das köstliche Gefühl, daß man noch lebte und der Gefahr glücklich entronnen war. Dann fiel ihm ein, daß gerade Schrecklichs Beförderung sein Todesurteil gewesen war. Erst vor zwei Tagen war er aus dem völlig heil gebliebenen hinteren Maschinenraum zur Wache in den Unglücksheizraum versetzt worden, wo er sein Ende finden sollte.

Willie saß und sann, der Rauch der Zigarre des Toten flutete um seine Stirn, und seine Gedanken begannen zu wandern. Sie befaßten sich mit Leben und Tod, mit dem Problem des Glücks und mit Gott. Philosophen sind vielleicht in diesen Gefilden zu Hause, aber für jeden anderen bedeutet es eine wahre Qual, wenn solche Vorstellungen – nicht die bloßen Worte, sondern ihr Inhalt – einmal die Kruste der Alltagsinteressen durchbrechen und vom Bewußtsein Besitz ergreifen. Eine halbe Stunde einer derart aufrüttelnden Meditation mag genügen, um ein ganzes Leben von Grund aus umzuwandeln. Der Willie Keith, der den Stummel seiner Zigarre im Aschenbecher ausdrückte, war ein anderer Mensch als jener, der sie angezündet hatte. Mit dem unreifen Jungen in ihm war es endgültig aus.

Er machte sich gerade daran, einen persönlichen Brief an Schrecklichs Eltern zu entwerfen, als der Summer des Telefons ertönte. Keefer sprach zu ihm mit ruhiger, ausgesprochen herzlicher Stimme: »Willie, wenn Sie sich etwas erholt haben, kommen Sie bitte einen Augenblick zu mir in die Kajüte.«

»Ave, aye, Sir, ich komme sofort.«

Oben an Deck hockten viele Matrosen und Heizer lebhaft schwatzend auf der Reling und genossen die kühle Nachmittagsbrise. Willie hörte verschiedentlich seinen Namen, aber die Unterhaltung stockte sofort, als er aus dem Niedergang trat. Einige der Leute sprangen von der Reling, alle aber blickten ihn mit einem Ausdruck an, den er heute zum ersten Male auf sich beziehen durfte. Früher – es war schon lange her – hatten sie wohl Commander de Vriess so ähnlich angesehen, wenn ihm wieder einmal ein elegantes Manöver gelungen war. Jedenfalls taten ihm ihre Blicke unendlich wohl. Ein paar überraschten ihn sogar mit einem »Hallo, Mr. Keith!«, während er sonst wohl an die zwanzigmal am Tage den Niedergang auf und ab ging, ohne daß es einem der Leute eingefallen wäre, ihn zu grüßen.

»Wie geht's denn?« grinste Willie sie im Vorübergehen an und betrat dann Keefers Kajüte. In einem roten Bademantel, einen Berg Kissen hinter dem Rücken, lag der Schriftsteller auf seiner Koje. Die Schlinge hing ihm leer um den Hals, der verbundene Arm lag ausgestreckt auf dem Kojenrand. Er trank etwas Dunkelbraunes aus einem Wasserglas. Als Willie eintrat, schwenkte er ihm das Glas entgegen, so daß sein Inhalt über den Rand schwappte. »Medizinalschnaps! Indiziert bei Blutverlust, Verordnung des Sanitätsmaats –

ist aber auch sicher gut für die Nerven, wenn man einen Tag lang Held gespielt hat. Wollen Sie auch ein Glas?«

»Danke ja, Sir. Wo steht er?«

»Im Schränkchen unter der Koje. Nehmen Sie einfach das Glas vom Waschtisch, ja? Das Zeug ist wirklich nicht übel. Schenken Sie sich ein und nehmen Sie Platz.«

Der Kognak rann Willie durch die Kehle wie warmes Wasser, er spürte nicht das leiseste Brennen. Er warf sich schaukelnd in den Drehstuhl zurück und genoß die wohlige Glut, die ihn durchströmte. Plötzlich fragte Keefer: »Haben Sie jemals ›Lord Jim‹ gelesen?«

»Jawohl, Sir, ich kenne das Buch.«

»Gute Erzählung, nicht?«

»Ich möchte sagen, seine beste.«

»Paßt eigentümlich zu den heutigen Ereignissen, finden Sie nicht?«

Keefer wandte mit einer schwerfälligen Bewegung den Kopf und starrte Willie an, der eine höflich nichtssagende Miene aufgesetzt hatte.

»Inwiefern, Sir?«

»Sehen Sie das nicht? Der Kerl sprang über Bord in einem Augenblick, wo er gerade dies nicht tun durfte; er läßt sich ein einziges Mal von Feigheit übermannen, und dieser eine Fall verfolgt ihn bis an sein Lebensende.«

Keefer nahm einen Schluck aus seinem Glas: »Geben Sie mir mal die Flasche her. Übrigens, dieser Winkspruch ist eben gekommen. Lesen Sie ihn mal.«

Er nahm Willie die Flasche aus der Hand und reichte ihm den Zettel: »Kommandant ›Caine‹ 17 Uhr Meldung bei Commodore Wharton auf ›Pluto‹.«

»Schaffen Sie das, Sir? Ist Ihr Arm soweit in Ordnung?«

»Klar, er ist nur steif, Willie. Ein paar Muskeln sind gerissen, sonst nichts. Reicht in keiner Weise, mich zu entschuldigen. Ich werde also wohl gehen müssen. Sagen Sie, wollen Sie mich begleiten?«

»Jawohl, Sir, wenn Sie meinen, daß ich gebraucht werde.«

»Doch, Sie wissen immerhin ein bißchen mehr über das, was an

Bord vorging, als ich. Sie haben ja mein Schiff gerettet, während ich wohlbehalten im Bach lag.«

»Sir, ich kann in Ihrem Entschluß, über Bord zu springen, bei schärfster Beurteilung keine Feigheit erblicken. Als der Aufbau in die Luft flog, als Rauch und Flammen alles einhüllten, da hätte wohl jeder vernünftige Offizier zu dem gleichen Entschluß kommen können wie Sie.«

»Ach, Willie, das ist doch nicht Ihre ehrliche Meinung«, sagte Keefer und blickte ihm gerade in die Augen. Willie trank einen Schluck Kognak und ersparte sich so die Antwort.

»Nichtsdestoweniger«, fuhr der Kommandant fort, »werde ich Ihnen ewig Dank wissen, wenn Sie sich Commodore Wharton gegenüber im gleichen Sinne äußern wollten.«

»Ich werde dem Commodore genau dasselbe sagen.«

Nach kurzem Schweigen sagte Keefer: »Warum sind Sie eigentlich an Bord geblieben, Willie?«

»Vergessen Sie nicht, Sir, daß ich den Schaden auf dem Mittelschiff selbst gesehen hatte und Sie nicht. Außerdem waren Sie verwundet und hatten wohl auch einen schweren Schock davongetragen, ich dagegen war heil geblieben. Wäre es umgekehrt gewesen ...«

»Nein, ich wäre dennoch gesprungen.« Keefer ließ den Kopf auf die Kissen zurückfallen und blickte starr zur Decke hinauf. »Sehen Sie, Willie, Grütze im Kopf zu haben, ist eine sehr zweischneidige Sache. Dieser lausige Umstand ist schuld, daß ich viel schlimmer dran bin als Queeg. Dieser Mann war ein Dummkopf, darum glaubte er auch selber an all die kümmerlichen Lügen, hinter denen sich sein Selbsterhaltungstrieb verschanzte. Ich aber schaue da tiefer. Ich bin über Bord gesprungen, und diese Tatsache wird mir ewig anhängen. Sie hat mir einen Stempel aufgedrückt, ich werde sie nie überwinden können – es sei denn, ich würde mich in paranoide Zustände flüchten wie Queeg. Dazu habe ich aber einen viel zu klaren Kopf. Nicht viel Schneid, aber dafür einen Haufen Verstand. Beides geht ausgezeichnet zusammen, wer weiß, vielleicht besteht da sogar eine richtige Wechselbeziehung. Ich kann es selber nicht sagen.«

»Verzeihung, Sir, aber Sie haben doch auch Schreckliches durchgemacht, haben vor allem eine Menge Blut verloren. Was Sie da über sich selbst sagen, ist doch alles Unsinn. Jedenfalls haben Sie allen Schneid, den man braucht, um …«

»Willie, haben Sie mir nicht damals die beiden Stahlkugeln aufs Kopfkissen gelegt?«

Willie senkte den Blick auf sein Glas. Er hatte das eines Morgens getan, als Keefer beim Längsseitsgehen einen Tanker gerammt und dann den Rudergänger angeschrien und dafür zum Rapport gestellt hatte. »Ich – jawohl, das war ich. Ich bitte um Entschuldigung, Sir, das war damals sehr dämlich von mir.«

»Ich will Ihnen mal etwas sagen, Willie. Ich habe für unseren Queeg mehr Verständnis, als Sie je besitzen werden, es sei denn, man gäbe auch Ihnen mal ein Schiff zu führen. Sie werden nie verstehen, was es heißt, Kommandant zu sein, ehe Sie nicht selber ein Schiff gehabt haben. Es ist die einsamste, bedrückendste Aufgabe, die man einem Menschen aufbürden kann. Es ist ein wahrer Alptraum, wenn man nicht gerade Nerven hat wie ein Bulle. Tag und Nacht taumelt man unsicher den entsetzlich schmalen Pfad richtiger Entschlüsse und glücklicher Zufälle entlang, der sich mitten durch eine Wirrnis von Fehlern und Irrtümern windet. Jeden Augenblick kann man zum Mörder an Hunderten von Menschen werden. Ein Bulle wie dieser de Vriess hat für so etwas natürlich kein Empfinden oder zuwenig Einbildungskraft, um sich dadurch beunruhigen zu lassen – und mehr noch, vielleicht hat er überhaupt irgendeinen dumpfen Instinkt, der ihm immer das Richtige eingibt. Queeg hatte kein Hirn im Kopf, aber er hatte Ehrgeiz und empfindliche Nerven. Kein Wunder, daß er überschnappte. Ich glaube, ich habe meine Sache soweit ganz gut hingekriegt – bis heute – meinen Sie nicht?«

Willie wurde es ganz heiß vor Verlegenheit. »Aber ja, natürlich.«

»Schwer genug ist es mir allerdings gefallen. Erster Offizier sein, ist gar nichts – nur Kommandant sein, Kommandant sein! Ich weiß nicht, vielleicht hätte ich mich auch noch weiter glücklich durchgeboxt, wenn uns nicht auf einmal dieser hergelaufene Schweinehund von einem Kamikaze getroffen hätte!«

Keefers Stimme brach, aus seinen Augen quollen Tränen.

Willie sprang auf und wandte sich ab. »Ich komme später, Sir, mir scheint, Sie sind doch noch recht mitgenommen.«

»Ach, bleiben Sie doch ruhig hier, Willie, mir fehlt ja weiter nichts. Es macht mich nur wahnsinnig, daß ich jetzt mein ganzes Leben lang als Tom herumlaufen soll.«

Willie lehnte sich widerstrebend an den Schreibtisch, er konnte den Kommandanten noch immer nicht ansehen. Gleich darauf sagte Keefer trocken: »Es ist vorüber, ich bin schon wieder in Ordnung. Kommen Sie, trinken Sie noch einen Kognak.«

Die Tränen aus seinem Gesicht waren verschwunden, er reichte Willie die Flasche: »Die ganze Sache hat auch noch eine andere Seite, und die ist vielleicht die beschämendste – nach all meinem vielen Meckern in diesen letzten Jahren frage ich mich jetzt auf einmal, ob nicht doch eine tiefere Weisheit hinter den geheimnisvollen Wegen der Marine steckt. Roland schickten sie auf die Flugzeugträger, und mich verurteilten sie zur ›Caine‹, und dann fügte es ein teuflischer Zufall, daß wir beide auf die gleiche Probe gestellt wurden – ein Kamikaze setzte unsere Schiffe in Brand. Roland opferte sein Leben und rettete sein Schiff – ich bin über Bord gesprungen.«

»Sie legen diesem dummen Zufall viel zuviel Bedeutung bei, Sir. Jetzt nehmen Sie sich mal zusammen! Wenn Sie um 17 Uhr beim Commodore sein wollen, wird es ohnehin Zeit. – Macht Ihnen der Arm sehr zu schaffen?«

Keefer schnitt eine Grimasse, als er sich aufsetzte. »Tut nur verdammt weh – das kommt noch dazu. Ich möchte am liebsten auf die ›Relief‹ zum Arzt – ach was, los, Willie!«

Der Kommandant schwang seine Beine aus der Koje und nahm sich dabei mit seinem Arm sehr in acht. »Noch einen Kognak, ehe wir losziehen?«

»Nein, danke, Sir.«

Keefer sah ihn mit einem prüfenden Blick an. »Ich weiß nicht, ob Sie ahnen, wie gründlich Sie sich in den zwei Jahren auf der ›Caine‹ verändert haben.«

»Das ist wohl bei uns allen der Fall, Sir.«

»Aber nicht in dem Ausmaß wie bei Ihnen. Wissen Sie noch, wie Sie damals den Funkspruch drei Tage in Ihrer nassen Hose haben steckenlassen?« Willie grinste. »Ich habe Ihnen nie davon erzählt, aber an jenem Abend gab es zwischen de Vriess und mir noch eine ziemlich heftige Debatte über Sie. Komisch ist es, daß damals ich derjenige war, der Sie für einen hoffnungslosen Fall erklärte. De

Vriess dagegen war der Meinung, Sie würden eines Tages noch ein hervorragender Offizier werden. Es wird mir immer ein Rätsel bleiben, wie er das damals schon merken konnte. Nee, Willie, wenn mein Wort überhaupt noch etwas gilt, dann kriegen Sie jetzt sogar einen Orden – na ja!« – Er langte nach seiner Hose.

»Kann ich Ihnen beim Anziehen ein bißchen behilflich sein?«

»Nein, danke, Willie – so hilflos bin ich nicht, ich meine körperlich. Wie nennen mich unsere Offiziere in der Messe jetzt? Old Swandive, vermutlich, wie?« Seine Augen glitzerten, und Willie konnte sich ein kurzes Auflachen nicht verbeißen.

»Was denn, Sir, in acht Tagen denkt kein Mensch mehr an diese Geschichte, nicht einmal Sie selbst.«

»Ich werde noch auf meinem Sterbebett dran denken, falls ich überhaupt im Bette sterbe oder wo das sonst sein mag. In jedem Menschenleben gibt es einen oder vielleicht auch mehrere entscheidende Augenblicke. Einen solchen habe ich heute früh erlebt. Nun – meine Mutter hat ihren Sohn nicht dazu aufgezogen, Soldat zu werden. Immerhin bleibe ich nach wie vor ein verdammt anständiger Schriftsteller, und das ist auch was wert – was immer Barney Greenwald von mir denken mag. Der hätte es mir wahrscheinlich vorausgesagt, daß ich springen würde, ich glaube, damals beim Kriegsgericht bin ich genauso über Bord gesprungen, obschon ich noch immer der Meinung bin, daß es Steve wenig geholfen hätte, wenn ich … Ach was, lassen wir das! Es ist für mich ein merkwürdiges Gefühl, mich in einer Lage zu befinden, an der auch die schönsten Worte nichts mehr ändern können. Wenn ich mich nicht sehr irre, passiert mir das in meinem Leben heut zum ersten Male. Sie sollten sich aber noch schnell rasieren, Willie.«

»Aye, aye, Sir.«

»Zum Teufel mit dem ›Sir‹. Ich glaube, du hast dir das Recht erworben, Willie, wieder Tom zu mir zu sagen. Sogar, wenn du willst, Long Tom – ich meine natürlich Lord Tom –, ich glaube wirklich, ich habe einen kleinen sitzen, im Augenblick wenigstens. Aber es gibt nichts, was ein bißchen frische Luft in der Gig nicht wieder in Ordnung brächte. Haben wir denn überhaupt noch eine Gig? Ich weiß gar nichts mehr.«

»Sie sieht zwar fürchterlich aus, Sir, aber der Motor dreht sich noch.«

»Famos.«

Während Willie schon die Hand auf den Türknopf legte, fuhr Keefer fort: »Was ich noch sagen wollte ...« Er griff in das Bücherregal über dem Schreibtisch und holte einen dicken schwarzen Hefter heraus, »das hier sind die ersten zwanzig Kapitel von ›Haufen Volks‹; das übrige ist etwas feucht geworden. Willst du heute abend vielleicht mal ein bißchen darin blättern, wenn du nichts Besseres zu tun hast?«

Willie war sichtlich überrascht. »Donnerwetter noch mal, danke vielmals, Sir, recht gerne. Ich dachte schon, ich würde es kaufen müssen, um einmal einen Blick hineinwerfen zu dürfen.«

»Ich komme dir gleich auf den Kopf, Willie. Ich erwarte trotzdem von dir, daß du das Buch kaufst. Laß dir ja nicht einfallen, mich etwa um mein Honorar zu begaunern. Aber ich möchte doch gern wissen, was du davon hältst.«

»Ich bin überzeugt, daß es mir sehr gefallen wird, Sir.«

»Gut, dann strenge deinen berühmten literarischen Verstand mal ein bißchen an. Schone meine Gefühle nicht etwa, weil ich dein Vorgesetzter bin.«

»Aye, aye, Sir.« Willie klemmte sich den Hefter unter den Arm und ging hinaus. Es war ihm zumute, als hätte man ihm eine geheime Kommandosache anvertraut.

Spät in dieser Nacht noch schrieb er an May.

Ein Liebesbrief

Lange nach Mitternacht schloß Willie Keefers Manuskript, legte es beiseite und ging in das Schiffsbüro. Er schaltete die Schreibtischlampe ein, verriegelte die Tür und nahm den Deckel von der Schreibmaschine. In dem stickigen Raum herrschte Totenstille, von draußen drang nur das gedämpfte Quietschen der Fender am Rumpf der »Pluto« herein, an der die »Caine« zur Reparatur längsseits lag. Er zog ein Blatt in die Maschine und klapperte seinen Brief ohne Pause herunter.

Liebste May,
ein Erlebnis ist für mein Dasein auf diesem Schiff so bezeichnend geworden, daß ich es wohl nie vergessen werde: wach gerüttelt zu werden. In den letzten beiden Jahren hat man mich wohl an die tausend Male aus dem Schlaf gerissen. Auch was Dich anbelangt, bin ich nun in jäher Weise endlich wach geworden und hoffe nur zu Gott, daß es nicht schon zu spät ist. Dieser Brief wird bei Dir einschlagen wie eine Bombe, darüber bin ich mir klar. Lies ihn, mein Liebling, und dann entscheide, ob er eine Antwort verdient.

Es wäre sinnlos, mich nach fünf Monaten noch entschuldigen zu wollen, daß ich so lange nichts von mir hören ließ. Du weißt ja, warum ich Dir nicht schrieb. Damals kam ich zu dem, wie ich glaubte, sehr honorigen Entschluß, daß es für mich nur ein Entweder-Oder geben könne, wenn ich schon mit Dir brechen wolle, und daß ich Dich dann auf keinen Fall weiter mit unaufrichtigen Briefen quälen dürfe. Da ich fest entschlossen war, ein für allemal aus Deinem Leben zu verschwinden, weil Du mir – Gott steh mir bei – nicht gut genug warst, habe ich Dir nicht mehr geschrieben.

Du mußt meine Frau werden. Darum schreibe ich Dir jetzt wieder. Ich liebe Dich, daran gibt es keinen Zweifel, dessen bin ich für alle Zukunft gewiß. So wie Dich habe ich nie einen anderen Menschen geliebt, nicht einmal meine Eltern. Weißt Du noch, wie Du bei Luigi Deinen Mantel auszogst? Damals fing es schon an, von diesem Moment an warst Du für mich – und das ist ja das Entscheidende – die schönste und begehrenswerteste Frau auf Gottes Erdboden. Später entdeckte ich noch, daß Du gescheiter warst und mehr Charakter hattest als ich, aber das waren für mich nicht mehr als ein paar glückliche Begleitumstände. Du hättest Dich als dumme Gans entpuppen können, ich bin überzeugt, ich hätte Dich deshalb nicht weniger geliebt. Darum bin ich der Meinung, daß uns unser Blut zueinander treibt und wir für immer zusammengehören. Vielleicht wird Dir das gar nicht so recht gefallen, weil Dir so viele Schwachköpfe aus dem gleichen Grunde nachlaufen, aber es ist nun mal so. Ums Haar, Liebling, hätte uns die physische Anziehungskraft, die Du auf mich ausübtest, für immer unglücklich gemacht, weil ich in meinem unreifen, törichten Snobismus darin eine Falle sah. Nach den Tagen im Yosemite-Park ist es meiner Mutter nahezu gelungen, mir die Ehe mit Dir ganz auszureden; sie machte mir so lange klar, das Ganze sei nur ein jugendlicher Sinnenrausch, bis ich selber daran glaubte. Wenn Du mich jetzt fragst, was sich denn seither daran geändert habe, dann könnte ich Dir nicht einmal eine klare Antwort geben. Ich habe nur in den letzten fünf Monaten ungeheuer viel erlebt, so viel, daß ich, alles zusammengenommen, in dieser Zeit mindestens um fünf Jahre an Alter und Weisheit zugenommen habe. Zwar bin ich noch lange kein gereifter Mann, aber aus dem Nebel jünglinghafter Unklarheit hat mir das wenigstens herausgeholfen. Eines sehe ich auf alle Fälle klar: Unsere Liebe ist ein Wunder, wie es einem nur einmal im Leben widerfährt. Ich verstehe beim besten Willen nicht, was Du an mir findest – Du bist ja soviel stärker, kühner, schöner, lebenstüchtiger und in jeder Hinsicht wertvoller als ich. Vielleicht hat mein Princetongeschwätz ein bißchen geholfen, wenn ja, dann danke ich Gott von Herzen, daß er mich nach Princeton schickte. Daß die Aussicht, in eine sogenannte »gute Familie« – wie sehr ich dieses Vorurteil heute verachte! – zu heiraten, keinen Einfluß auf Dich haben kann, dessen bin ich sicher. Was immer der Grund Deiner Liebe sein mag – für mich bedeutet sie ein unvorstellbares Glück.

May, Allerliebste, in mir scheinen alle Dämme zu brechen, ich weiß nicht, womit ich beginnen soll. Vor allem die Hauptsache: Willst Du mich nun heiraten, wenn ich das nächste Mal nach Hause komme? Ganz gleich, ob noch Krieg ist oder nicht? Ich habe so eine Ahnung, als ob wir in ein paar Monaten Frieden haben könnten. Wenn das zutrifft, dann möchte ich wieder auf die Hochschule zurück, um meinen Master of Arts und dann vielleicht noch den Dr. phil. zu machen, sofern das Geld dazu langt. Dann will ich zunächst Dozent an einem College werden, wo, ist mir ganz gleich, am liebsten in einer kleineren Stadt. Was das Geld betrifft, so brauche ich meine Mutter nicht in Anspruch zu nehmen, mein Vater hat mir eine Versicherungspolice hinterlassen, die für zwei, drei weitere Studienjahre ausreicht, außerdem kann ich ja nebenbei verdienen, durch Privatunterricht und dergleichen, vielleicht greift auch die Regierung den Kriegsteilnehmern wieder unter die Arme wie nach dem Ersten Weltkrieg. Irgendwie wird die Geschichte schon klappen. Mein guter Vater hat mir übrigens verschiedentlich auf seine andeutende Art nahegelegt, Dich zu heiraten. Er muß gefühlt haben, welchen Schatz ich gefunden hatte.

Eines weiß ich, daß ich Hochschullehrer werden will. So wie in allen anderen Dingen wirst Du mich auch hierin gut verstehen können. Seit mehreren Monaten bin ich nun schon Erster Offizier auf der »Caine« (ja, Du wirst noch viele Neuigkeiten von mir hören – hab nur ein bißchen Geduld), und da machte ich mich gleich daran, mit Hilfe der »Armee-Fortbildungskurse« systematisch für die Weiterbildung der Leute zu sorgen. Ich kann Dir nicht beschreiben, wieviel Freude es mir macht, die Männer an die Unterrichtsfächer heranzuführen, die sie interessieren, sie bei ihrer Arbeit zu beraten und ihre Fortschritte zu überwachen. Ich kann dabei deutlich spüren, daß dies der Beruf ist, für den ich geschaffen bin. Das Klavierspiel? Was könnte ich auf die Dauer damit erreichen? Ich habe ganz einfach nicht genug Begabung. Mit dem bißchen Geklimper und den paar zweifelhaften Versen, die mir zuweilen einfallen, kann man höchstens zu Hause einmal ein paar Gäste unterhalten. Außerdem hängt mir das ganze Leben in den Nachtlokalen schon zum Halse heraus. Alle diese widerlichen Gestalten dort mit ihren starren, käsigen Gesichtern, das stinkige Lokal und dazu Nacht für Nacht immer das gleiche abgestandene klebrige Zeug – nichts als Pseudoliebe, Pseudomusik, Pseudowitze –, nein, damit kann man mich jagen.

Nun zur Frage der Religion. (Immer eins nach dem anderen – es gibt ja so ungeheuer viel zu sagen.) Ich war früher nie ein religiöser Mensch, aber jetzt bin ich so weit, daß ich an Gott nicht mehr einfach vorbeigehen kann, dazu habe ich hier draußen auf See zuviel von Sonne und Sternen gesehen und zu tief in die Schicksale der Menschen hineingeschaut. Wenn ich kann, nehme ich an den Gottesdiensten teil, aber mein Christentum ist doch noch recht blaß und farblos. Der Katholizismus war mir immer unheimlich, und ich kann ihn nicht verstehen. Aber wir können ja darüber reden, und wenn du unsere Kinder katholisch erziehen willst, dann bin ich es auch zufrieden – Christen sind wir ja schließlich alle. Es wäre mir nicht gerade ein Vergnügen, nach einem Ritus getraut zu werden, den ich nicht verstehe – Du siehst, ich bin so offen zu Dir, wie es nötig ist, wenn man Ernst machen will –, aber wenn Du es willst, bin ich auch dazu bereit. Über all das können wir noch sprechen und kommen dann bestimmt zu einer guten Lösung, sofern Du mich nur noch so lieb hast wie früher.

Du wirst schon gemerkt haben, daß ich nicht wegen Meuterei im Gefängnis sitze. Maryk wurde freigesprochen – er hatte es vor allem den Künsten seines Anwalts zu verdanken. Dadurch fiel die Anklage gegen mich unter den Tisch. Der arme Stilwell wurde verrückt, schuld daran ist Queeg, der mir heute ebenso leid tut wie Stilwell. Sie sind im Grunde beide Opfer des Krieges. Queegs Ablösung war ein prima Mann, er brachte das Schiff wieder in Schuß und übergab es dann Keefer. Jetzt haben wir also einen Romanschriftsteller als Kommandanten.

Inzwischen bin ich mir ziemlich klar darüber geworden, daß unsere »Meuterei« in der Hauptsache Keefers Werk war – obwohl auch mich und Maryk ein gut Teil Schuld daran trifft –, und ich sehe jetzt auch ein, daß wir im Unrecht waren. Wir übertrugen auf den armen Queeg den ganzen Haß, den wir gegen Hitler und die Japse hätten empfinden sollen, denn sie waren es doch, die uns für Jahre dem Leben an Land entrissen und auf einen schlingernden alten Kasten verbannten. Unsere mangelnde Loyalität machte Queeg und uns das Leben schwer, sie war eigentlich schuld, daß er sich zu den schlimmsten Maßlosigkeiten hinreißen ließ und seelisch völlig durcheinanderkam. Dann gab Keefer dem armen Steve die Idee mit dem Artikel 184 ein und beschwor dadurch erst das unheilvolle Ende herauf. Queeg hatte die »Caine« immerhin fünfzehn Monate lang geführt, einer mußte das schließlich tun, und von uns hätte es bestimmt keiner zustande gebracht. Was den Taifun betrifft, so wüßte ich heute noch nicht zu sagen, ob der Nord- oder Südkurs vorzuziehen war, und werde mir wohl auch nie mehr darüber klarwerden. Nur eines weiß ich, es war auf keinen Fall nötig, daß Maryk den Kommandanten absetzte. Entweder hätte Queeg von selbst auf Nord gedreht, wenn unsere Lage noch ein bißchen schlimmer geworden wäre, oder Maryk hätte es auf eigene Faust getan und Queeg hätte nach einigem Belfern klein beigegeben. Auf jeden Fall wäre uns so dieses verfluchte Kriegsgericht erspart geblieben, und die »Caine« hätte weiter an der Front ihren Dienst gemacht, statt ausgerechnet während der größten Unternehmungen des ganzen Krieges in San Franzisko aufzuliegen. Und die Lehre aus dieser traurigen Geschichte? Hat man einmal das Pech, einen unfähigen Esel als Kommandanten zu bekommen – das muß man im Krieg mit in Kauf nehmen –, dann gibt es nur eins: seinen Dienst unter ihm so gewissenhaft zu tun, als wäre er der klügste und beste Mann der Welt, seine Fehler zu vertuschen, das Menschenmögliche zu unternehmen, daß das Schiff in Schuß bleibt, und um jeden Preis den Nacken steif zu halten. Wie Du siehst, mußte ich einen langen Weg gehen, um endlich wieder bei den alten Binsenwahrheiten zu landen, aber darin besteht wohl das ganze Heranwachsen und Reifwerden überhaupt. Ich glaube nicht, daß Keefer heute so denkt wie ich, und zweifle sehr, ob er es später einmal tun wird. Er kommt vor lauter Klugheit nicht dazu, weise zu werden – verstehst Du, was ich damit meine? Das meiste von dem, was ich Dir hier schreibe, stammt ja nicht von mir, ich habe es von Maryks Verteidiger, einem Juden namens Greenwald. Er ist Jagdflieger und einer der tollsten Burschen, die mir je über den Weg gelaufen sind.

Keefer brach mit den Nerven zusammen und zeigte mir endlich einen Teil seines Romans. Wahrscheinlich weißt Du noch nicht, daß er das unvollendete Manuskript an Chapman verkaufte und dafür tausend Dollar Vorschuß erhielt. Zur Feier des Ereignisses veranstaltete er ein Essen, bei dem es zu einem wüsten Eklat kam. Jedenfalls habe ich heute abend ein paar Kapitel des Buches gelesen und muß zu meiner Schande gestehen, daß ich es ausgezeichnet finde. Es ist zwar weder in der Auffassung noch im Stil besonders originell, eher ein Mischmasch aus Dos Passos, Joyce, Hemingway und Faulkner, aber es liest sich gut, und einige Szenen sind wirklich glänzend. Schauplatz ist ein Flugzeugträger, aber die Handlung spielt häufig an Land hinüber, und dort kommt es zu den haarsträubendsten Schilderungen erotischer Exzesse, die mir je vorgekommen sind. So etwas verkauft sich natürlich wie warme Semmeln. Der Titel ist »Haufen Volks, Haufen Volks«.

Ich habe keine Ahnung, ob Dich all dieses Zeug für einen Pfifferling interessiert. Eben überflog ich noch einmal, was ich Dir bis jetzt geschrieben habe, und muß mir selbst gestehen, daß wohl der blödeste und zusammenhangloseste Heiratsantrag daraus geworden ist, den je ein Mann verbrochen hat. Vielleicht schreibe ich eben ein bißchen rascher, als ich denken kann, aber was macht das schließlich aus? Ich möchte, daß Du meine Frau wirst, insoweit ist es mit dem Denken ohnehin vorbei. Da bleibt mir nur noch eins, zu warten, bis ich wieder von Dir höre, und ich glaube, dieses Warten wird mir allerlei zu schaffen machen. Glaube ja nicht, Liebling, daß ich betrunken bin oder daß ich mich nur in einer verrückten Laune hingesetzt habe, um Dir diesen Brief zu schreiben. Nein, es ist mir bitter Ernst. Und wenn ich 107 Jahre alt werde, Du bist und bleibst mein einzig geliebtes Wesen, ganz gleich, ob Du zu mir zurückfindest oder nicht. Du bist die Frau, die Gott mir gesandt hat, und ich war nur drei Jahre lang zu kindisch und eingebildet, um Dich richtig einzuschätzen. Aber hoffentlich habe ich noch fünfzig Jahre vor mir, um diese Sünde an Dir wiedergutzumachen. Glaub mir dies eine, May: ich liebe Dich, ich liebe Dich, ich liebe Dich! Das einzige, was ich mir für den Rest meines Lebens wünsche, bist Du.

Natürlich habe ich mir überlegt, daß Dir das Leben als Frau eines geplagten Hochschullehrers vielleicht nicht zusagen wird. Dazu kann ich nur eines sagen: Wenn Du mich so liebhast, wie ich es mir erhoffe, dann wirst Du mir auch dorthin folgen oder wenigstens einen Versuch wagen. Ich glaube ernstlich, daß es Dir ganz gut gefallen wird. Du Ärmste kennst ja bis jetzt nichts als New York und den Broadway. Dabei gibt es doch noch eine ganz andere Welt, die ist voll frischen Grüns, voll Ruhe und Sonnenschein, und in ihr leben viele nette, gebildete Menschen.

Aber diese Dinge liegen ja noch in weiter Ferne. Einstweilen hängt alles davon ab, ob Du noch ebenso lebhaft fühlst, daß wir zusammengehören, wie ich.

Schreib mir, um Gottes willen, sobald Du kannst! Vergib mir bitte meine Dummheit und laß Dir nicht einfallen, Dich dadurch an mir zu rächen, daß Du Dir mit der Antwort Zeit läßt. Bist Du wohlauf? Wie ist es, rast Dein Publikum noch immer so? Machen Dir die Jungens an der Bar noch immer solche Stielaugen? Als ich letztemal in der »Grotte« war, wollte ich gleich mit zehn von den Burschen anbinden, weil sie Dich so unverschämt anstarrten. Daß ich damals nicht merkte, was ich für Dich empfand! Es wird mir immer ein Rätsel bleiben. An meine Mutter brauchst Du nicht zu denken, May, denn niemals wird sie etwas an meinem Entschluß ändern. Im Grunde hat die Arme wenig vom Leben gehabt, trotz ihres Geldes. Insofern tut sie mir aufrichtig leid, aber mein Mitleid ist nicht so stark, daß ich darum meine Frau aufgeben könnte.

Jetzt ist es halb zwei Uhr nachts, ich könnte leicht weiterschreiben, bis der Tag dämmert, ohne müde zu werden. Wie schön wäre es doch, mein Schatz, könnte ich am schönsten Fleck der Welt um Deine Hand anhalten, bei den Klängen betörender Musik und inmitten einer betäubenden Blütenpracht! So ist es leider nur ein dummer, zerfahrener Brief geworden, heruntergetippt in einem düsteren, stickigen Schiffsbüro, und wenn Du ihn glücklich in Händen hast, ist er bestimmt zerknittert und schmutzig. Aber wenn er Dich nur halb so glücklich macht, wie ich mich fühlen werde, wenn Du mir ein Ja als Antwort schenkst, dann könnte ihn keine noch so schöne Ausschmückung in seinem Wert erhöhen.

Ich liebe Dich, May! Schreib mir bald – bald! Willie

Er las den Brief an die zwanzig Mal durch, strich hier etwas weg, fügte dort einen Satz hinzu, bis er zuletzt alles Gefühl für das Geschriebene verlor. Dann tippte er das Ganze noch einmal auf der Schreibmaschine ab, brachte die Blätter in seine Kammer und kochte sich eine Tasse Kaffee. Es war schon vier Uhr morgens, als er noch einmal nach der sauberen Reinschrift griff und sie ein letztes Mal überflog. Er hatte eine sehr klare Vorstellung von dem Eindruck, den das Ganze auf May machen würde, sie war sicher verblüfft über dieses wirre, ein bißchen unwürdige Geschwätz. Aber es gab immerhin die Wahrheit wieder. Bald hatte er mindestens ein Dutzend Stellen entdeckt, die er am liebsten noch abgeändert hätte, aber zuletzt entschloß er sich doch, alles so stehenzulassen, wie es stand. Konnte man denn überhaupt einen guten, in würdigem Ton gehaltenen Brief schreiben, wenn man sich in einer so üblen, unwürdigen Lage befand? Kroch er nicht winselnd zu einem Mädchen zurück, dem er vorher eiskalt den Laufpaß gegeben hatte? Keine noch so schönen Worte konnten daran etwas ändern. Wenn sie ihn noch liebte – und nach ihrem letzten Kuß zu urteilen, war er dessen ziemlich sicher –, dann sah sie über seine Torheit hinweg, dann überwand sie auch ihren Stolz und nahm ihn wieder in Gnaden auf. Mehr wollte er nicht, und wenn ihm Briefe überhaupt noch zu einer Erfüllung seines Wunsches verhelfen konnten, dann tat es gewiß auch dieser hier.

Sorgfältig schloß er ihn in einen Umschlag und warf ihn in den Schiffsbriefkasten, dann legte er sich schlafen. Dabei malte er sich aus, wie sich sein Leben von nun an in ödem Warten erschöpfen würde, während der Brief um die halbe Erde reiste und die Antwort den gleichen Weg zurück nahm – es sei denn, es käme ein zweiter Kamikaze.

Aber nicht nur Willie war plötzlich in eine Stille geraten, der »Caine« ging es ebenso. Die tüchtigen Schiffbauer der »Pluto« hatten den Schaden im Decksaufbau des Schiffes rasch geflickt, sie wühlten auch vierzehn Tage in dem zerstörten Heizraum herum, dann aber machten sie eines Tages Schluß. Den Kessel zu reparieren, ging für sie zu weit. Die Ausführung dieser Arbeit hätte unverhältnismäßig viel Zeit, Menschen und andere Hilfsmittel des Werkstattschiffes in Anspruch genommen, und dabei gab es doch so viele wertvollere Kamikazeopfer – Zerstörer und Geleitfahrzeuge –, die dringend der Hilfe bedurften. Schließlich wurde das Deck mit neuen Platten zugenietet, dann mußte die »Caine« von dem Hilfsschiff ablegen und bekam einen Ankerplatz im innersten Winkel des Hafens zugewiesen. Dort lag sie, während die Okinawa-Unternehmung zu Ende ging, und nur der Leiter der Operationsabteilung beim Kommando der Minensuchverbände im Pazifik schenkte ihr im Drang seiner tausend Geschäfte noch hie und da einen flüchtigen Gedanken und fragte sich, was er mit ihr anfangen sollte.

Das Schiff hatte in dem unbeschädigten Heizraum noch immer zwei intakte Kessel, die ihm eine Geschwindigkeit von etwa zwanzig Meilen gaben. Anfang Juli kam der Leiter der Operationsabteilung, Captain Ramsbeck, sogar selbst an Bord, sie gingen zu einer kurzen Fahrt in See und störten zum erstenmal seit Wochen die Muscheln unter dem Kiel aus ihrer friedlichen Ruhe auf. Ramsbeck eröffnete Keefer und Willie, das Kommando der Minensuchverbände könne sich nicht entschließen, das alte Schiff zur Überholung in die Heimat zu schicken, solange es überhaupt noch fahren könne. Sei es nämlich erst einmal aus der Front gezogen, dann käme es höchstwahrscheinlich zu spät zurück, um bei der bevorstehenden großen Minensuchaktion noch nützliche Dienste leisten zu können. Die Probefahrt ging glatt und ohne Störung vonstatten, und Keefer betonte immer wieder, er lege größten Wert darauf, an den kommenden Operationen teilzunehmen. Willie wußte zu berichten, daß einige zu Flugzeugtendern umgebaute Vier-Schornstein-Zerstörer auch nur zwei Kessel hätten und einwandfrei damit führen. Sowohl die Haltung des Kommandanten und des Ersten Offiziers als auch Zustand und Leistungen des Schiffes schienen ihren Eindruck auf Ramsbeck nicht zu verfehlen. Jedenfalls schickte er ihnen am nächsten Morgen den Operationsbefehl für eine Räumunternehmung in der Chinasee an Bord. Der Name der »Caine« war in dem Schriftstück mit Bleistift nachgetragen. Ein paar Tage vor dem Auslaufen zu dieser Unternehmung saß Willie vormittags in seiner Kammer und schrieb am Kriegstagebuch für den Monat Juni. Da klopfte der Läufer der Deckwache an die offene Tür und meldete: »Entschuldigen Sie, Sir, die ›Moulton‹ kommt längsseits.«

Willie rannte an Oberdeck. Eben schor das Schwesterschiff heran, sein alter Freund Keggs stand auf der Brücke und gab seine Befehle. Sobald die Leinen fest waren, sprang Willie auf das andere Schiff und kam Keggs entgegen, als dieser gerade von der Brücke herunterstieg.

»Spreche ich mit dem Kommandanten der ›Moulton‹?«

»Stimmt auffallend.« Keggs schlang ihm seinen langen Arm um den Nacken: »Habe ich etwa den Kommandanten der ›Caine‹ vor mir?«

»Keith, Erster Offizier. Herzlichen Glückwunsch, Ed!«

Als sie in der Kommandantenkajüte der »Moulton« saßen und gemütlich Kaffee tranken, sagte Keggs: »Die Rechnung stimmt, Willie, ich war sechs Monate länger an Bord als du. Im Dezember hast du die ›Caine‹.« Sein Pferdegesicht hatte einen gewichtigen, achtunggebietenden Ausdruck angenommen, es erinnerte jetzt schon eher an ein edles Schlachtroß. Willie fand, daß er jünger aussah als vor drei Jahren auf der Fähnrichschule, wenn er verzweifelt am Tisch saß und über seinen Dienstvorschriften brütete. Eine Weile sprachen sie mit ehrlicher Trauer von Roland Keefer. Plötzlich sah Keggs seinen Freund von der Seite an und sagte: »Du sprichst gar nicht von der Meuterei auf der ›Caine‹?«

»Hast du denn davon gehört?«

»Mein Gott, Willie, alle Minensuchzerstörer waren doch voll davon, aber was wir hörten, war schließlich alles nur Kombüsenbesteck. Kein Mensch konnte uns sagen, was wirklich geschehen war. Wie kommt das eigentlich, wird denn die Geschichte etwa noch geheimgehalten?«

»Ach, woher denn!« Willie erzählte sie ihm von Anfang bis zu Ende. Der Kommandant der »Moulton« schüttelte immer wieder ungläubig den Kopf und pfiff ein paarmal durch die Zähne.

»Dieser Maryk hat unglaubliches Schwein gehabt, Willie. Kaum zu glauben, daß er so davongekommen ist.«

»Ich sage dir ja, sein Anwalt war eine Kanone.«

»Das glaube ich dir aufs Wort – soll ich dir mal was erzählen? Als wir in Noumea lagen, ließ ich mich eine Abends mit meinem Ersten Offizier richtig vollaufen – Iron Duke Sammis war damals noch unser Kommandant. Da betete mir der Mann den Artikel 184 auswendig herunter. Er wartete nur darauf, meinte er, daß sich der Duke einmal ein ganz unmögliches Stück leiste, dann wolle er ihn eisern festnageln. Später hat er nie mehr etwas von dieser Absicht verlauten lassen. Im Gegenteil, du hättest ihn sehen sollen, wie er vor Sammis zu Kreuze kroch.«

»Jaja, sie lassen es eben immer am Letzten fehlen. Das ist nämlich der springende Punkt.«

Siebzehn Tage vor Kriegsende kam das Minensuchboot »Caine« endlich dazu, ein paar Minen zu räumen.

Sie fuhren in einer fünf Meilen breiten doppelten Dwarslinie durch die Chinasee. Die Sonne stand als blendendweißer Feuerball noch tief im Osten. Der Suchdienst hatte bei Sonnenaufgang begonnen, und jetzt näherte sich der lockere Schiffsverband in flachem grünem Wasser gerade mit größter Vorsicht dem Minenfeld. Plötzlich kam im Kielwasser der »Caine« die erste Mine hoch und wälzte sich rollend tief im Wasser – eine dicke rostige Kugel, über und über gespickt mit kleinen Hörnern. Keefer befahl, einen Farbbeutel zu werfen, seine Stimme schnappte vor Erregung über. Die Signalgasten hißten das Minensignal. Hinter ihnen nahm ein Räumboot Kurs auf die Mine und begann sie mit Maschinengewehren unter Feuer zu nehmen. Mit einem donnernden Krach ging das Ding darauf hoch, eine rosa und weiße Wassersäule stieg an die hundert Fuß in die Luft. Jetzt tauchte auf der ganzen Breite der Suchformation eine Mine nach der anderen auf, die See war allenthalben mit gelbgrünen Farbflecken bedeckt. Die »Caine« fuhr in der zweiten Linie, und daher suchte jedermann mit größter Sorgfalt das Wasser vor dem Schiff ab.

Kaum war eine Minute vergangen, sahen sie rechts voraus eine Mine inmitten einer gelben Stelle. Keefer rannte buchstäblich dreimal um die ganze Brücke und stieß dabei fortwährend einander widersprechende Befehle aus, während die »Caine« genau auf die Mine lossteuerte und ihre Schnellfeuerwaffen bereits draufloshämmerten. Sie waren höchstens noch dreißig Meter von der Mine entfernt, als sie mit einem Höllenlärm und einer himmelhohen Wasserkaskade detonierte. Gleich darauf sichteten die Ausguckposten schon wieder eine, diesmal Backbord voraus, und fast im selben Augenblick riß die »Caine« selbst gleich zwei auf einmal von ihren Ankern. Für fünf Minuten wurde die Brücke zum reinen Irrenhaus.

Wie es mit allem Neuen geht, so ist es sogar mit einem so gefährlichen Geschäft wie dem Minensuchen: Es verliert alsbald den Reiz der Neuheit und wird zur Routine. Als die »Caine« erst einmal selbst sieben Minen losgerissen und ein halbes Dutzend anderer in die Luft gejagt hatte, da wurde es sogar ihrem aufgeregtem Kommandanten klar, daß die Sache ganz schön funktionierte und bei einigem Glück nicht einmal übertrieben gefährlich war. Damit schlug er aber gleich ins entgegengesetzte Extrem um, seine Schiffsführung wurde ausgesprochen frech, und einmal wagte er sich zum Abschießen so nahe an ein paar Minen heran, daß Willie einen heiligen Schrecken bekam.

Dieser ganze Morgen hatte für Willie überhaupt etwas seltsam Unwirkliches. Er hatte sich schon lange an den Gedanken gewöhnt, daß es der »Caine« ein für allemal versagt sei, jemals eine Mine zu räumen. Eine solche Ironie des Schicksals war ihm immer als passende Krönung der ganzen ausgefallenen Laufbahn dieses Schiffes vorgekommen. Trotz solcher Vorstellungen hatte er seine »Minensuchvorschrift« gewissenhaft studiert, aber im Grunde war ihm dieses Handbuch im Panzerschrank genauso nutzlos vorgekommen wie der holländische und der französische Geheimcode. Manchmal hatte er gegen alle Vernunft schon zu zweifeln begonnen, ob es denn überhaupt Minen gäbe. Aber nun war es klar, das wüste Geschirr hinten am Heck hatte wirklich seinen Sinn. Die Scherkörper waren dazu da, unter den Stand der verankerten Minen zu tauchen und dort wie Drachen auf ebenem Kiel mitzulaufen, die Schneidekabel kappten wirklich die Minenankertaue, und die Minen waren wirklich eiserne Kugeln, die ein Schiff in die Luft jagen konnten.

Willie gewöhnte sich allmählich daran, dennoch fühlte er sich jedesmal ein bißchen beschämt, wenn wieder eine hochkam – die Marine schien doch mehr im Bilde zu sein.

Der Laufbahn der »Caine« als Minensucher war keine lange Dauer bestimmt – insofern hatte das Gefühl Willie nicht getrogen. Eben hatte er begonnen, an dem gefährlichen Spiel Geschmack zu finden, da brachen die Brennstoffpumpen des Kessels I zusammen, und damit sank die Höchstgeschwindigkeit des Schiffes auf zwölf Meilen. Bei dem langgestreckten Fahrzeug ergab sich daraus eine Beeinträchtigung der Manövrierfähigkeit, die in einem mit Treibminen verseuchten Gebiet nicht zu verantworten war. Der Flottillenchef gab der »Caine« daher Signal, auszuscheren und nach Okinawa zurückzukehren. Das war kurz vor zwölf Uhr mittags. Ein Hilfsminensucher – eines der zum Abschießen der Minen eingeteilten Nachhutfahrzeuge – dampfte nach vorn, um die Lücke zu schließen, die »Caine« aber drehte schlingernd ab.

Auf der Brücke der benachbarten »Moulton« stand Keggs, er winkte Willie zum Abschied und ließ herübermorsen: »Schwein gehabt, ich schmeiße auch mal einen Schraubenschlüssel in meine Pumpen. – Wiedersehen!«

Auf dem Rückweg hatten sie die wehmütige Genugtuung, Meilen hinter den Suchbooten noch eine vergessene Treibmine abzuschießen. Willie machte die unheimliche braune Kugel als erster aus und beobachtete sie mit einer Art Besitzerfreude, solange sie dem Geschoßhagel der Maschinengewehre widerstand. Dann war sie plötzlich weg, an ihrer Stelle stand eine kochende Wassersäule.

Mit diesem Ereignis war der Zweite Weltkrieg für USS »Caine« vorüber. Damals konnte das natürlich niemand ahnen. Das Schiff dampfte wie eine lahme Ente in die Buckner Bay (das alte Nakagusuki Wan), und Keefer beantragte durch Funkspruch eine längere Liegezeit längsseits der »Pluto«. Am nächsten Tag erhielt er als Antwort ein recht unfreundliches dienstliches Schreiben. Wegen Überlastung mit dringenden Arbeiten sei es ausgeschlossen, die »Caine« vor Ende August längsseits zu nehmen, der Kommandant solle die erforderlichen Arbeiten gefälligst mit eigenen Kräften ausführen, das Werkstattschiff wolle gern das nötige Material und Gerät zur Verfügung stellen.

So schwojte der alte Minensucher weiter in der Bucht um seinen Anker und setzte immer mehr Rost und Muscheln an. Willie hatte eine Menge Zeit, über May nachzudenken, und seine Unruhe wurde immer größer. Sechs Wochen waren es jetzt her, daß er den Brief mit seinem Heiratsantrag abgeschickt hatte. Seither hatte er verschiedentlich an seine Mutter geschrieben und auf jeden seiner Briefe auch sofort Antwort von ihr erhalten. Er suchte sich mit Vorstellungen zu beruhigen, wie sie dem Soldaten in Übersee naheliegen müssen: Vielleicht ging sein Brief oder die Antwort Mays bei irgendeinem Schlamassel verloren, vielleicht hatte das Postschiff in einem Taifun Havarie, vielleicht war May überhaupt nicht in New York, auf die Feldpost konnte man sich nicht verlassen, und so weiter. Keiner dieser Gedanken brachte ihm wirklich Trost, weil er ja doch wußte, wie schnell und sicher die Armeepost arbeitete. Nach vierzehn, längstens zwanzig Tagen konnte man in Okinawa Antwort auf einen Brief haben.

Die Männer schrieben täglich Hunderte von Briefen, weil sie nichts Besseres zu tun wußten, und Willie war mit allen technischen Einzelheiten des Postdienstes völlig vertraut. Mit jedem Tag, der verging, wurde seine Stimmung trüber. Drei leidenschaftlich flehende Briefe schrieb er ihr, aber er riß sie sofort wieder in Fetzen, weil er sich wie ein Verrückter vorkam, wenn er sie hinterher überflog.

Als er eines Nachmittags seine Kammer betrat, lag ein dicker Umschlag auf seinem Schreibtisch. Die Schrift ließ eine Frau vermuten, aber seiner Mutter runde, schräge Züge waren es nicht. Erst glaubte er wirklich, in den spitzen vertikalen Buchstaben Mays Hand zu erkennen, er riß den Brief mit zitternden Fingern auf. Aber er war von Leutnant Ducely. Ein zusammengefaltetes Zeitungsblatt rutschte heraus und fiel an Deck.

Lieber Willie,
ich denke, Ihr werdet alle vom Stühlchen fallen, Du und wer sonst noch von damals auf dem alten Teufelsschiff übriggeblieben ist, wenn Ihr den beiliegenden Artikel lest. Ich bin wieder in meiner alten Propagandaabteilung, Church 90, gottlob nur einen Steinwurf von meinen Lieblingsbars entfernt – und dieses Ding hier flog mir gestern auf den Schreibtisch. Ich sollte es zu den Akten nehmen, aber ich schrieb um einen weiteren Abdruck und sende Euch diesen hier postwendend zu. Sieht so aus, als hätten sie Old Yellowstain endgültig auf die grüne Weide geschickt, was Dir nicht unangenehm sein wird. Stuber Forks (Iowa)! Ich lache mich kaputt, wenn ich mir das wieder und wieder vorsage. Immerhin, ein Nachschubmagazin kann er wenigstens nicht aufs Riff jagen.

Hier gehen über die berühmte »Meuterei auf der Caine« die tollsten Gerüchte um. Allmählich ist schon eine Art Legende daraus geworden, obwohl im Grunde niemand weiß, was wirklich geschehen ist, außer daß Maryk freigesprochen wurde. Mit meinen beiden Gefechtssternen und als Offizier der sagenhaften »Caine« muß ich hier wohl oder übel den bärtigen Seehelden spielen. Die Rolle bringt mich um, aber ich lasse mich natürlich nicht lumpen. Wenn mir um dicke Hintern und haarige Beine zu tun wäre, könnte ich mir einen ganzen Harem zulegen, aber ich bin eben ein bißchen wählerisch – um so mehr, als ich so gut wie verlobt bin. Jetzt bist Du wahrscheinlich platt, nicht wahr? Kannst Du Dich an alle die Briefe erinnern, die ich wegen der Annonce im »New Yorker« nach Hause schrieb? Nun, ein Freund von mir suchte in Batten, Barton, Durstine und Osborne wirklich so lange nach dem Mädchen, bis er es gefunden hatte. Vielleicht ist es das hübscheste Kind von ganz New York, heißt Crystal Gayes (ihr richtiger Name ist ein polnisches Monstrum). Sie ist ein sehr bekanntes Fotomodell und wirklich ein lieber Kerl. In den letzten sechs Monaten mußte ich häufig im Storch-Club antreten – ob Du es glaubst, mein Junge, oder nicht, das ist noch schlimmer als auf der guten alten »Caine«. Richtig, Deine Herzallerliebste, May Wynn, hörte ich auch einmal in irgendeinem Nachtklub singen. Sie sah entzückend aus, leider hatte ich keine Möglichkeit, ihr guten Tag zu sagen. Lieber Willie, wie oft habe ich Dich damals durch meine Schlamperei hereingelegt – hoffentlich hast Du mir das inzwischen verziehen! Ich bin eben leider nicht aus dem gleichen Holz geschnitzt wie Du. Nie habe ich Dir verraten, wie glühend ich Dich bewunderte, weil Du Old Yellowstains Schikanen so tapfer ertragen hast, obwohl doch ich meist daran schuld war. Ich bin eben nichts als ein dummer Windbeutel. Du, mein Junge, kommst mir dagegen wie eine Kreuzung zwischen John Paul Jones und einem christlichen Märtyrer vor.

Wenn Du wieder einmal nach Hause kommst, dann such doch mal im Telefonbuch nach meinem Namen. Meine Mutter ist Agnes D. Ducely. Grüße mir alle Kameraden und nimm Dich vor allem vor den verdammten Kamikazes in acht! HerzlichstDein Alfred

PS: Hast Du bemerkt, daß O. Y. noch immer Kapitänleutnant ist? Seine Crew wurde schon im März befördert, ich schließe daraus, daß man ihn übergangen hat. Damit fällt der Vorhang. Hurra!

Willie griff nach dem Zeitungsblatt, es war die Titelseite des »Stuber Forks (Iowa) Journal« mit einem rot angestrichenen Artikel. Ein zwei Spalten breites Foto zeigte Queeg sitzend und mit dem Bleistift in der Hand, als ob er eben geschrieben hätte. Er blickte mit einem listigen Schmunzeln in die Kamera. Als Willie sein Gesicht sah, fühlte er eine Anwandlung von Ekel und Abscheu.

Schlachterprobter Pazifikkämpfer als neuer Erster Offizier unseres Marinenachschublagers

Im steifen, wortreichen Stil einer akademischen Abhandlung hob der Verfasser Queegs Heldentaten auf der »Caine« besonders hervor. Kein Wort von der Meuterei und dem Kriegsgericht. Willie starrte lange auf Queegs Gesicht, dann knüllte er das Papier zusammen, ging in die Messe und warf es durch ein Bullauge ins Wasser. Sogleich tat ihm das wieder leid – Keefer hätte das Blatt doch sehen müssen. Aber die Erinnerung an jene schrecklichen Zeiten, die kurze Erwähnung Mays und, mehr als alles andere, ein bitterer Neid auf diesen Ducely hatten ihn völlig aus dem Gleichgewicht gebracht. Dabei wußte er genau, daß dieser Neid ganz töricht war. Er hätte mit Ducely auf keinen Fall getauscht, aber die häßliche Regung war dennoch so stark, daß sie sich nicht unterdrücken ließ.

Als die Nachricht von der Atombombe durchkam und gleich darauf die Meldung einging, daß Rußland an Japan den Krieg erklärt hatte, vollzog sich auch bei den Offizieren und Mannschaften der »Caine« ein gründlicher Wandel in der Stimmung. An Deck und in allen Räumen sah man nur noch strahlende Sonntagsmienen, man sprach von Plänen für die Friedenszeit, von Heiraten, vom Schulbesuch, von künftigen Geschäften. Natürlich gab es auch ein paar Schwarzseher, die hartnäckig behaupteten, das alles sei doch nur Propaganda, aber sie wurden niedergeschrien. Tagtäglich wiesen die Admirale nachdrücklich darauf hin, daß dir Krieg noch keineswegs zu Ende sei, aber sie machten mit ihren Unkenrufen wenig Eindruck. Wie die anderen überschlug auch Willie seine Aussichten auf eine baldige Entlassung aus der Marine, an Deck aber blieb er der grimmige Soldat und sorgte unnachsichtig dafür, daß der Dienstbetrieb nicht unter dem allgemeinen fröhlichen Sichgehenlassen litt. Es ärgerte ihn und amüsierte ihn in einem, wenn er sah, wie sich die neuen Offiziere wie benommen um das Messeradio scharten und ungeduldig darüber schimpften, daß Japan noch immer nicht kapitulieren wollte. Je kürzer sie an Bord waren, desto heftiger schienen sie sich aufzuregen. Einer der lautesten in diesem Chor war der Schiffsarzt, den die »Caine« nun endlich bekommen hatte und der im Juni eingetroffen war. Er verstieg sich zu der Behauptung, Japan hätte mindestens schon vor einer Woche die Waffen gestreckt, und gab seiner Entrüstung Ausdruck, daß die Regierung dieses Ereignis so sorgfältig geheimhielt. Sie bereite in aller Hast Gesetze vor, die ihr erlauben würde, die Reservisten noch ein paar Jahre länger unter den Waffen zu halten.

Am zehnten August abends wurde auf der Back ein ungewöhnlich blöder Film vorgeführt. Willie sah sich einen Akt davon an und verschwand dann unter Deck. Er lag in seiner Kammer auf der Koje und las »Bleak House«, als er hörte, wie die Jazzmusik im Radio plötzlich abbrach.

»Wir unterbrechen unser Programm, um Ihnen eine Nachricht von größter Tragweite durchzusagen ...«

Sogleich sprang er auf die Beine und eilte in die Messe. Es war die Nachricht von der Kapitulation, nur ein paar kurze Sätze, dann setzte die Musik wieder ein.

»Gott sei gelobt!« sagte Willie in der überschwenglichen Freude des Augenblicks. »Ich habe es überstanden, ich bin heil davongekommen.«

An Deck hörte man keinen Laut. Hatte außer ihm niemand die Nachricht gehört? Er trat ans Bullauge, sein Blick wanderte über das im Mondlicht schimmernde Gewässer des Hafens hinüber zu dem blauschwarzen Bergmassiv von Okinawa. – Keefer, dachte er, wird nun das alte Schiff auf den Friedhof bringen. Nie mehr werde ich Kommandant eines Kriegsschiffs der Vereinigten Staaten sein. Das ist mir nun endgültig entgangen. – Aus dem Radio ertönte schmetternde Militärmusik: »Wenn Johnny nach Haus marschiert.« Über Okinawa barst eine einzelne grüne Leuchtgranate und schwebte am Mond vorüber langsam wieder zur Erde. Dann setzte überall auf der Insel urplötzlich ein toller Wirbel von Licht und Feuer ein, rötliche Leuchtspurgeschosse zogen millionenfach ihre Bahnen, zahllose blaue und weiße Scheinwerfer jagten ihre Strahlen übermütig hin und her, rote, grüne, weiße Leuchtkugeln stiegen hoch, über eine Strecke von sieben Meilen hin sprühte Munition aller Art wie zu Hause am Unabhängigkeitstag in den sternbesäten Himmel – ein einziges gewaltiges Dankgebet für den Frieden.

Aus dem Lautsprecher erklang es dröhnend:

»Wenn Johnny nach Haus marschiert –
Hurra, hurra –
Wird er zum Tanz geführt –
Hurra, hurra!«

Nun begann das Deck unter den Tänzen und Freudensprüngen der Matrosen zu erzittern. Noch immer stiegen von Okinawa die farbigen Fontänen auf, Millionen Dollarwerte wurden in einer großartigen Geste des Triumphes hinausgejagt, und das Rattern und Donnern der Geschütze hallte über das Wasser. Jetzt fielen die Schiffe im Hafen in das Feuer ein, und im nächsten Augenblick hörte Willie auch das Tack-Tack der 2-cm-Flak der »Caine«, daß alle ihre Schotten zitterten – genauso wie damals, als sie den Kamikazeflieger beschossen.

»Wenn Johnny nach Haus marschiert,
Dann woll'n wir lustig sein,
Ja, wenn Johnny nach Haus marschiert –
Hurra, hurra!«

Für einen kurzen Augenblick sah sich Willie in einer Riesenparade der Marine die sonnenbeschienene Fifth Avenue entlangmarschieren, die Menschen auf den Bürgersteigen schrien hurra, und Papierschnitzel rieselten ihm über Gesicht und Uniform. Er sah im Geist die Türme von Radio City und den spitzen Helm von St. Patrick. Ein wohliges Prickeln lief ihm über Kopf und Rücken, und er dankte seinem Schöpfer, daß er ihn auf die »Caine« und in den Kampf geschickt hatte.

»Ja, wenn Johnny nach Haus marschiert,
Dann woll'n wir lustig sein.«

Das Traumbild schwand, und Willie starrte noch eine Weile auf das zerkratzte Radiogerät an der grünen Schottwand. Dann sagte er laut: »Wer hat diesen Halunken überhaupt erlaubt, mit den Zweizentimetern in der Gegend herumzuknallen?« Und schon rannte er an Deck.

Eine Woche später war der erste Funkspruch »An alle!« da, der die Entlassungen nach einem Punktsystem regelte. Er verursachte in allen Räumen des Minensuchers ein Heulen und Schreien und Wehklagen, als ob ein Torpedo das Schiff getroffen hätte. Auch Willie rechnete rasch seine Punkte zusammen und kam zu dem Ergebnis, daß er nach dem Wortlaut des Funkspruchs bestenfalls im Februar 49 zur Entlassung heranstand. Das System war eben so ausgeklügelt, daß man zuerst die Verheirateten und die älteren Jahrgänge loswurde. Auslandsdienst oder Gefechte zählten nicht.

Willie ließ sich dadurch nicht aus der Ruhe bringen. Dieser Funkspruch war gewiß ein tolles Stück, aber es war nicht daran zu zweifeln, daß er in wenigen Wochen durch einen neuen Befehl außer Kraft gesetzt würde, man brauchte nur zu warten, bis sich die Woge zornigen Geschreis zu den oberen Kommandostellen fortpflanzte und in die Spalten der Presse überschäumte. Er konnte sich ja so deutlich ausmalen, wie dieser Unsinn zustande gekommen war. Die Punktberechnung war irgendwann während des Krieges ausgetüftelt worden, dann hatte man sie erst einmal abgelegt, da ihre Anwendung noch in unbestimmter Ferne lag. Jetzt aber war sie in aller Eile aus den Akten hervorgesucht und als Befehl in die Welt gesetzt worden, ohne lange Überlegung, welche Folgerungen sich daraus ergaben. Seither war die Welt aus der Nacht in den Tag, aus dem Krieg in den Frieden geschritten, und alles Kriegsdenken war im gleichen Augenblick überholt. Die Marine brauchte nur ein bißchen länger, bis sie das begriff.

Inzwischen galt es, sich um die alte, hinfällige »Caine« zu kümmern. Die Überholung in Okinawa war in einem Chaos steckengeblieben. Millionenreparaturen, Tag- und Nachtschichten ohne Rücksicht auf die Kosten gehörten der Vergangenheit an, und diese Vergangenheit lag schon so fern wie die Schlacht bei Gettysburg, obwohl sie dem Kalender nach erst eine Woche zurücklag. Der Werftoffizier der »Pluto«, ein überarbeiteter kleiner Commander, der hinter einem fußhoch mit Akten und Papier bedeckten Schreibtisch saß und dessen faltiges Gesicht so grau war wie Hektographenpapier, knurrte Willie an: »Was wollen Sie von mir, Keith? Ich weiß nicht, was aus Ihnen wird.« Das war bei Willies viertem Besuch in dieser Woche, die ersten drei Male hatte ihn der Schreiber abgewimmelt. »Von hier aus bis Washington und zurück ist alles aus dem Häuschen, *ich* habe keine Ahnung, ob die Zentralabteilung für Ihren alten Eimer unter den gegebenen Umständen auch nur noch vierzig Cent auswirft. Vielleicht entscheidet die Prüfungskommission, daß es das gescheiteste ist, den Kasten hier verrotten zu lassen.« Er deutete auf einen Drahtkorb, über dessen Rand ein Haufen gelber Zettel quoll. »Da, schauen Sie! Jeder Zettel bedeutet ein Schiff mit Kümmernissen. Wollen Sie auch auf diese Liste? Vielleicht bekommen Sie Nummer 107.«

»Es tut mir leid, daß ich Ihnen lästig gefallen bin«, sagte Willie. »Ich sehe jetzt ein, daß Sie völlig überlastet sind.«

Seine verständnisvollen Worte veranlaßten den erhitzten Commander sogleich zum Einlenken: »Sie wissen ja noch nicht die Hälfte. Ich möchte Ihnen wirklich gern helfen, Keith, wir wollen ja alle nach Hause, nicht wahr? Wissen Sie was, ich schicke Ihnen für zweiundsiebzig Stunden ein paar tüchtige Maschinenbauer an Bord. Wenn Sie es zuwege bringen, mit denen und Ihren eigenen Leuten die dummen Brennstoffpumpen wieder hinzukriegen, dann haben Sie ein Schiff, mit dem Sie nach Hause gondeln können. Mehr wollen Sie doch nicht, wie?«

Als Willie wieder an Bord war, holte er gleich die Heizer auf der Back zusammen. »An euch liegt es jetzt«, sagte er. »Wenn unser Kasten erst untersucht wird, dann sitzt ihr noch ein Jahr und länger unter den Halbaffen hier auf der Insel, bis es jemand gefällt, euch nach Hause zu schleppen. Bringt die Pumpen in Ordnung, und ihr fahrt vielleicht schon in einer Woche eure Privatlimousine. Wie wär's also, wenn wir uns noch einmal mit den Dingern befaßten?«

Die Pumpen waren nach zwei Tagen in Ordnung.

An alle Minensuchzerstörer im Hafen erging Befehl, seeklar zu machen, um nach Tokio auszulaufen und dort den Hafen vor Ankunft der siegreichen Flotte von Minen zu säubern. Die »Caine« war nicht dabei. Keefer fuhr mit Willie zum Chef der Minensuchverbände im Pazifik auf die »Terror«. Sie versuchten Captain Ramsbeck von der Seetüchtigkeit ihres Schiffes zu überzeugen, aber der Chef der Operationsabteilung schüttelte ungläubig den Kopf.

»Ihr Tatendrang in Ehren«, sagte er, »aber die ›Caine‹ taugt wirklich nichts mehr. Gesetzt, Sie haben unterwegs von neuem Havarie? Bekanntlich ist jetzt Taifunzeit. Könnten Sie denn riskieren, mit Dampf für zwölf Meilen einen Taifun abzureiten?«

Keefer und Willie sahen einander mit traurigem Grinsen an und gaben sich geschlagen. Am Nachmittag standen sie nebeneinander oben auf dem Peildeck und folgten den aus der Buckner Bay auslaufenden Minensuchern mit den Blicken, bis sie verschwanden.

»Ich hätte Tokio gern noch gesehen«, meinte Keefer. »Eines Tages wird man wohl noch auf meinen Grabstein meißeln: ›Er scheiterte immer einen Schritt vorm Ziel.‹ Was wird übrigens heute abend im Kino gegeben?«

»Roy Rogers, Sir.«

»Warum gibt sich der liebe Gott nur solche Mühe, mich vor mir selber klein zu machen? Ich könnte einen Monat fasten, damit er mir in einer Vision darauf Antwort gibt.«

In dem fast verödeten Hafen schwang die »Caine« einsam weiter um ihren rostigen, moosbedeckten Anker, Offiziere und Mannschaften konnten nur durch das Radio an den Feierlichkeiten bei der Kapitulation teilnehmen. Und dann, Anfang September, fast genau zu dem von Willie errechneten Termin, kam auch das neue Punktsystem heraus. Das war nun wirklich ein anständiger, brauchbarer Plan, der den Tatsachen endlich gebührend Rechnung trug. Die halbe Besatzung der »Caine«, einschließlich ihres Kommandanten, kam sofort zur Entlassung, Willie sollte am 1. November freikommen. Als Keefer den Funkspruch las, packte ihn helle Aufregung. Er schickte nach dem Ersten Offizier.

»Sind Sie bereit, das Schiff zu übernehmen, Willie?«

»Ich – wieso? – Natürlich, Sir. Aber wer wird es mir anvertrauen? Ich tat doch kaum zwei Jahre Borddienst.«

»Ach was, als de Vriess damals die ›Caine‹ bekam, hatte er zehnmal weniger Ahnung als Sie. Zwei Jahre Seedienst im Kriege sind mehr wert als fünfzehn Jahre Friedensdienst. Ich habe das in den Junibeurteilungen entsprechend zum Ausdruck gebracht. Es würde großartig passen. Sind Sie einverstanden? Dann fahren wir gleich hinüber zum Kommando der Minensuchverbände und veranlassen die Leute, einen Funkspruch an das Personalbüro loszulassen. Wenn ich warten will, bis das Büro meine Ablösung von sich aus zuwege bringt, dann sitze ich noch hier, wenn es mit Rußland losgeht.«

»Ich – ich möchte das Kommando übernehmen, Sir.«

Bei der Personalabteilung auf der »Terror« herrschte ein riesiges Gedränge von Kommandanten mit ihren Eins Os. Sie hatten alle den gleichen Wunsch wie Keefer. Der Funkspruch »An alle!« ließ ja keinen Zweifel mehr, sein Inhalt war nichts anderes als die spontane Reaktion der Marine auf den Sturm der öffentlichen Meinung. Die Entlassung war für die vorgesetzten Dienststellen Zwang, abgesehen nur von den Fällen, in denen die Sicherheit der Vereinigten Staaten bedroht erschien. Jede Ausnahme mußte dem Staatssekretär der Marine schriftlich gemeldet werden, und diese Meldungen mußten die Unterschrift des betreffenden Flotten- oder Verbandschefs tragen. Als Keefer und Willie an die Reihe kamen, blätterte der Personalreferent hastig in den Papieren und fuhr Willie plötzlich an:

»Sie haben gerade zwei Jahre Borddienst. Glauben Sie im Ernst, einen Minensuchzerstörer fahren zu können?«

»Es war aber ein ganz besonders schwieriger und lehrreicher Dienst, Sir«, warf Keefer ein.

»Zugegeben, aber darauf kommt es hier nicht an. *Ich* bin in einer verdammten Zwickmühle, *das* ist der springende Punkt. *Ich* muß die ablösenden Offiziere vorschlagen, ich habe es auszubaden, wenn so ein junger Springinsfeld nachher sein Schiff irgendwo auf Strand setzt. Vom Admiral bekomme ich oft genug zu hören: ›Schlagen Sie mir ja keine Kommandanten vor, die nicht das Zeug zu einem solchen Posten haben, sonst bekommen Sie es mit mir zu tun.‹« Er trocknete sich mit seinem Taschentuch die Stirn und warf einen Blick auf die ungeduldigen Offiziere, die sich hinter Keefer aufreihten. »Tagaus, tagein sage ich jetzt dieses Sprüchlein auf. Sie erzählen mir natürlich, es könne gar keinen Besseren geben, denn Sie brennen ja darauf, nach Hause zu kommen. Ich aber muß diesen Laden hier weiter in Schuß halten und habe es schließlich zu verantworten, wenn ...«

Keefer warf ein: »Er ist zum Marineverdienstkreuz eingereicht – falls Ihnen das die Entscheidung erleichtern sollte.« Dann berichtete er, wie Willie das Schiff nach dem Treffer durch den Kamikazeflieger gerettet hatte.

»Das klingt nicht übel, macht den Eindruck, als ob er sich tatsächlich ganz brauchbar zeigen könnte. Gut, ich werde telegrafieren, alles Weitere wird dann vom Personalbüro veranlaßt.«

Drei Tage später kam endlich morgens ein an die »Caine« adressierter Funkspruch durch. Willie hatte die Funkbude die ganze Zeit schon förmlich belagert. Jetzt trug er das Blatt in die Messe und machte sich eiligst ans Dechiffrieren.

Es war geschafft, er war Kommandant.

Keefer war schon auf dem Sprung, von Bord zu gehen, er hatte sofort mit dem Packen begonnen, als der Funkspruch »An alle!« eingetroffen war. Zehn Minuten nach Willies Ernennung stand die Besatzung bereits zur feierlichen Kommandoübergabe angetreten, wieder zehn Minuten später stand Willie mit Keefer zwischen dessen Koffern am Fallreep. Die Gig war gerade unterwegs, um den Film auszutauschen, Keefer starrte über den Hafen und trommelte ungeduldig auf die Reling.

»Tom«, sagte Willie, »ich hatte immer geglaubt, daß Sie die alte

›Caine‹ gern noch selbst auf den Schiffsfriedhof gebracht hätten. Die Fahrt durch den Panamakanal und so weiter ... Sie hätten ja leicht bleiben können – schließlich hätte es nur noch ein paar Monate gedauert ...«

»Das sagen Sie nur, weil Sie ohnehin erst am 1. November entlassen werden. Haben Sie nicht ein bißchen vergessen, wie Freiheit schmeckt? Freiheit, Willie, ist wie der Duft der schönsten Frauen, wie das Aroma der feinsten Liköre der Welt zusammengefaßt in einer einzigen kostbaren Schale. Ich lechze danach wie ein Verdurstender. Diese paar Minuten Wartens auf die Gig kommen mir, weiß Gott, länger vor als ein ganzer Monat unter Queeg – und der hatte uns doch damals so endlos geschienen wie zehn Jahre normalen Daseins unter Menschen. Warten Sie ab, am letzten Oktoberabend werden Sie mich verstehen.«

»Hängen Sie denn nicht ein bißchen an der alten ›Caine‹?«

Der Schriftsteller zog sein Gesicht in Falten. Er warf einen Blick auf das rostige Deck und die abgeblätterten Schornsteine. Es roch erstickend nach Rauchgas. Zwei halbnackte Matrosen saßen neben dem Deckshaus, sie schälten Kartoffeln und bedachten einander ohne Unterlaß mit untätigen Schimpfereien.

»Ich habe dieses Schiff fünfunddreißig Monate lang gehaßt und habe jetzt das Gefühl, als ob ich es eben erst wirklich hassen lernte. Wenn ich an Bord bleiben müßte, dann wäre es nur, um zu erfahren, wie weit der Haß des Menschen gegen ein lebloses Ding sich überhaupt zu steigern vermag. Nicht daß ich die ›Caine‹ etwa wirklich für leblos hielte, nein, dieser Kasten kommt mir allen Ernstes vor wie ein eiserner Klabautermann, den Gott eigens in die Welt gesetzt hat, um mich zugrunde zu richten. Weiß der Himmel, er hat seine Sache nicht schlecht gemacht. Bringen Sie mein Gespenst endlich zur Ruhe! Willie, ich habe es so satt! – Gott sei Dank, da kommt die Gig!«

»Nun, Tom, der große Augenblick ist da.« Sie gaben sich die Hände und sahen schweigend zu, wie das Boot anlegte. Der neue Erste Offizier, ein junger Leutnant, der ein Hafenminenräumboot geführt hatte, stand in achtungsvoller Entfernung von den beiden Kommandanten.

»Es sieht mir ganz so aus, Tom, als trennten sich hier unsere Wege für alle Zukunft«, sagte Willie. »Sie haben bestimmt eine glänzende Laufbahn vor sich, das habe ich im Gefühl. Sie sind ein ausgezeichneter Schriftsteller, Tom. Ich dagegen werde mein Leben lang in irgendeinem muffigen College begraben sein, Sie werden sehen, so kommt es. Für etwas Besseres tauge ich nämlich nicht.«

Keefer bückte sich, um seine Handtasche aufzunehmen, dann blickte er Willie scharf in die Augen. Sein Gesicht war verzerrt, als litte er unter einem plötzlichen Schmerz.

»Nur keinen Neid auf mein sogenanntes Glück!« sagte er. »Vergessen Sie eins nicht: Ich bin damals über Bord gesprungen!«

Im Boot klingelte der Maschinentelegraf. Keefer grüßte und stieg das Fallreep hinunter.

Der letzte Kommandant der »Caine«

Willie zog mit seinen Sachen in Queegs Kajüte – er gab ihr in Gedanken noch immer diesen Namen – und warf sich dort auf die Koje. Das war ein höchst merkwürdiges Gefühl. Einmal, er war damals erst sechzehn gewesen, hatte ihn seine Mutter mit nach Europa genommen. Auf einer Führung durch das Schloß von Versailles war er im kaiserlichen Schlafzimmer hinter der Schar der Besucher zurückgeblieben, kurz entschlossen über die trennende Samtschnur gesprungen und hatte sich rasch auf das Bett Napoleons gelegt. An diesen Streich mußte er wieder denken, als er jetzt in Queegs Koje die Glieder reckte. Er lächelte über diese Gedankenverbindung, aber sie schien ihm durchaus verständlich. Queeg war ein für allemal die größte historische Figur in seinem Leben, nicht Hitler, nicht Tojo, nein – Queeg.

Freudige Erregung über sein erstes Kommando und Sorge um Mays immer längeres Schweigen versetzten ihn in einen schmerzvollen Zwiespalt. Wie gern hätte er seine Freude mit ihr geteilt! Gewiß, die »Caine« war eine schmierige, aus den Fugen gegangene alte Hulk – vielleicht hatte man sie ihm nur deshalb anvertraut, weil sie nur noch so ein jammervolles Zerrbild eines Kriegsschiffes war –, dennoch trieb ihm jetzt der Stolz das Blut rascher durch die Adern. Der blutige Anfänger Seekadett Keith hatte sich erstaunlich schnell zum Kommandanten eines Schiffes der US-Marine entwickelt. Das war und blieb eine unwiderlegliche Tatsache. Bei aller Tüchtigkeit war natürlich auch Glück mit im Spiel gewesen, aber auf alle Fälle war das Ziel jetzt erreicht. Solange es eine Marine gab, blieb Willie unter ihren Kommandanten verzeichnet. Nach einer Weile trat er an den Schreibtisch und schrieb folgenden Brief:

Mein Liebling!
Vor drei Monaten schrieb ich Dir einen sehr langen, ausführlichen Brief, aber ich bekam bis heute keine Antwort von Dir. Ich käme mir vor wie ein Narr, wenn ich heute im einzelnen wiederholen würde, was ich Dir damals schrieb, weil ich einfach nicht glauben kann, daß Du den Brief nicht erhalten hast. Sollte er durch irgendeinen unglücklichen Zufall doch nicht in Deine Hände gelangt sein, so laß es mich bitte schnellstens wissen – ich glaube, Du kannst jetzt sogar telegrafieren. Ich will Dir dann umgehend wiederholen, was ich Dir damals schrieb, und zum Trost noch einiges besonders Nettes hinzufügen. Hast Du ihn dagegen bekommen – was doch wohl das wahrscheinlichste ist –, dann verrät mir Dein Schweigen mehr, als alle Worte vermöchten. Dennoch will ich mich sofort nach Dir umsehen, wenn ich nach Hause komme. Ich *muß* Dir noch einmal Auge in Auge gegenübertreten.

Zur Zeit bin ich in Okinawa und habe heute als Keefers Nachfolger das Kommando auf der »Caine« übernommen. Der Krieg ist nun vorbei, er hat mir kein Haar gekrümmt und sicher einen besseren Menschen aus mir gemacht, weil ich zum ersten Male in meinem Leben etwas Nützliches leisten konnte. Ich liebe Dich! Willie

Dann schrieb er an seine Mutter.

Sogar vor Anker, auf seinem alten, vergessenen, untätigen Schiff, erlebte Willie die gleichen unvergeßlichen Eindrücke wie jeder andere neue Kommandant in den ersten Tagen seines Dienstes. Sein Ich mit allen Wünschen trat ganz in den Hintergrund, dafür reichten seine feinsten Nervenspitzen plötzlich in alle Winkel des Schiffes, zu allen seinen Maschinen und Apparaten. Mit seiner früheren Freiheit war es aus. Er entwickelte das scharfe Ohr einer jungen Mutter, unbewußt lauschte er sogar im Schlaf noch weiter, darum schlief er auch nie mehr ganz fest, jedenfalls nicht mehr so fest wie früher. Er hatte das Gefühl, als ob er sich aus einem Einzelwesen in das Gehirn eines Zellenstaates verwandelt hätte, der Schiff und Mannschaft umfaßte.

Die Belohnung für diese ewige unruhige Wachheit wurde ihm zuteil, sobald er durch die Decks ging. Macht schien aus den eisernen Platten in seinen Körper überzuströmen. Die achtungsvolle Distanz der Offiziere und Mannschaften drängte ihn in eine Einsamkeit, die ihm bis dahin fremd gewesen war. Aber das war keine Einsamkeit, in der ihn fror – über die unsichtbaren Schranken der militärischen Form hinweg wurde ihm nämlich unausgesprochen die herzerwärmende Gewißheit, daß ihn seine Männer liebten und daß sie ihm Vertrauen schenkten.

Schon in der ersten Woche als Kommandant gab er ihnen neuen Anlaß dazu. Eines Nachts raste ein Taifun an Okinawa vorüber, Willie stand volle dreißig Stunden auf der Brücke und manövrierte in geschicktester Weise mit Maschine und Ruder, um zu verhindern, daß die »Caine« ihre Anker durch den Grund zog. Es war eine grauenvolle Nacht. Die Neulinge zitterten und beteten, wer schon den 18. Dezember an Bord mitgemacht hatte, benahm sich etwas beherrschter. Als über dem aufgewühlten, gischtbedeckten Hafen ein grauer Tag zu dämmern begann, zeigte es sich, daß ein gutes Dutzend Schiffe an den Küsten und auf den Riffen der Bucht gestrandet war. Einige saßen hoch und trocken, andere lagen in flachem Wasser auf der Seite. Eines der Wracks war ein Minensuchzerstörer. Natürlich überkam jedermann an Bord der »Caine« beim Anblick aller dieser Unglücksschiffe erst recht ein Gefühl wohliger Geborgenheit, und ihr Kommandant erhielt alsbald den Nimbus eines Helden.

Den ganzen Tag gingen neue Sturmwarnungen ein. Mehrere Taifune rasten zugleich durch den südlichen Pazifik, zwei davon ließen sogar befürchten, daß ihre Bahnen wieder Okinawa berührten. Als der Seegang im Hafen endlich handiger wurde, ließ sich Willie von seiner Gig auf die »Moulton« übersetzen. Der Minensuchzerstörerverband war von seiner Räumfahrt nach Tokio zurückgekehrt und lag auf der Reede vor Anker. Er überfiel Keggs in seiner Kajüte: »Eddy, bist du seeklar?«

»Tag, Willie! Natürlich – Brennstoff und Proviant brauche ich allerdings, aber sonst …«

»Ich möchte endlich aus diesem verdammten Loch heraus. Der Chef weiß nicht, was er mit mir anfangen soll. Er traut sich nicht, mich über See zu schicken, weil er fürchtet, daß ich wieder Havarie bekomme. Fahr mit auf die ›Terror‹! Vielleicht bringen wir ihn so weit, daß er uns zusammen losschickt, wenn du mein Geleit übernimmst.«

Keggs machte ein bedenkliches Gesicht: »Du bist ja nicht bei Trost. Glaubst du im Ernst, daß wir bei diesem Verein hier den Befehl zur Heimreise durchsetzen können?«

»Glaub mir, mein Junge, zur Zeit ist kein Ding unmöglich. Keiner von unseren Fetthälsen weiß heute schon, was morgen werden soll. Der Krieg ist aus, mit einem Schlag ist alles anders geworden!«

»Natürlich, das stimmt, aber einstweilen sind wir doch …«

»Eddy, was kann uns schon passieren? Möchtest du nicht auch gern morgen früh zur Heimreise Anker lichten?«

»Na, und ob! Mein Gott, wäre das schön!«

»Na also, dann komm jetzt mit, los!«

Nach einigem Suchen spürten sie den Chef der Operationsabteilung in der Messe der »Terror« auf, wo er allein am Kopf eines langen Tisches saß und eben seinen Kaffee trank. Er begrüßte Willie mit einem wohlwollenden Lächeln. »Sieh da, Keith! Ich staune, daß Sie Ihren Kasten heil durch den Sturm gebracht haben. Meine Anerkennung! Möchten Sie eine Tasse Kaffee? Sie auch, Keggs?«

Die beiden jungen Kommandanten saßen zur Rechten und zur Linken ihres Chefs. Da sagte Willie ohne jede Überleitung: »Sir, ich möchte die ›Caine‹ in die Staaten zurückbringen, jetzt gleich, heute noch! Mit meiner fragwürdigen Maschinenanlage möchte ich hier nicht einen weiteren Taifun abreiten müssen.«

»Einen Augenblick, Herr Leutnant! Kein Mensch hat Sie zu den Operationsplänen um Ihre Meinung gefragt …«

»Ich denke an die Sicherheit meines Schiffes.«

»Ihr Schiff ist nicht seetüchtig!«

»Im Augenblick wohl. Meine Besatzung hat die Pumpen in Ordnung gebracht. Wenn ich hier die nächsten beiden Taifune abreiten muß, wird das Schiff dadurch auf keinen Fall seetüchtiger!«

»Die ›Caine‹ kann jederzeit hier an Ort und Stelle ausgemustert werden. Eine Kommission ist unterwegs.«

»Ich kann sie aber noch gut nach Hause bringen. Das Schiff hat immerhin noch Schrottwert, der ginge verloren, wenn es hier versenkt würde.«

»Ich mache Ihnen keinen Vorwurf, daß Sie so schnell wie möglich nach Hause möchten, das wollen wir ja alle. Aber ich fürchte doch sehr …«

»Sir, der Admiral ist gewiß nicht entzückt über das Schicksal der ›Giles‹, die drüben in Tsuken Shima hoch und trocken auf der Seite liegt. Der Chef der Minensuchverbände im Pazifik legt sicher keine Ehre ein, wenn er hier noch ein zweites größeres Fahrzeug verliert. Die ›Caine‹ ist dem Aufenthalt in diesen gefährlichen Gewässern auf die Dauer nicht gewachsen. Das sicherste wäre es, uns so bald wie möglich aus dem Taifungebiet fortzuschicken. Ich muß auch an meine Besatzung denken.«

»Und wenn Sie mitten auf dem Ozean eine Maschinenhavarie haben?«

»Schicken Sie Keggs mit, Sir. Wir stellen doch ohnehin alle außer Dienst, nachdem die Räumunternehmungen mit hoher Fahrt ein Ende gefunden haben. Außerdem gibt es keine Havarie! Solange nur der Bug nach den Staaten zeigt, halten meine Leute das Schiff zusammen, wenn es sein muß, mit Kaugummi und Packdraht.«

Ramsbeck rührte in seiner Kaffeetasse und musterte Willie von der Seite mit einem anerkennenden Blick: »Hm, ich möchte fast wetten, daß Sie Ihren Kopf durchsetzen. Wir stecken hier bis über die Ohren in der Arbeit und können beim besten Willen nicht selbst an alles denken. Gut, ich spreche mit dem Admiral.«

Zwei Tage später bekamen die »Caine« und die »Moulton« zur grenzenlosen Freude ihrer glücklichen Besatzungen den Befehl, sofort über Pearl Harbor und den Panamakanal nach der Marinewerft in Bayonne, New Jersey, in See zu gehen und das Schiff dort außer Dienst zu stellen.

Willie Keith wurde von ganz unerwarteten Empfindungen heimgesucht, als er Okinawa zum letztenmal das Heck zukehrte. Er stand auf der Brücke und blickte achteraus auf die massigen Inselberge, bis die letzte grüne Kuppe hinter dem Horizont versank. In diesem Augenblick fühlte er erst so recht, daß der Krieg wirklich zu Ende war. Drei Jahre zuvor hatte er sein Elternhaus verlassen, den halben Erdball hatte er umfahren müssen, bis er in diesem seltsamen, unbekannten Winkel der Welt gelandet war. Jetzt aber war er endlich wieder auf dem Weg nach Hause.

Er konnte sich lange nicht daran gewöhnen, daß sie mit aufgeblendeten Lichtern fuhren. Sooft er nachts einen Blick zur »Moulton« hinüberwarf, durchfuhr ihn beim Anblick der erleuchteten Bullaugen, der roten und grünen Seitenlaternen und der strahlenden weißen Dampferlaterne am Mast ein merkwürdiges Erschrecken. Unwillkürlich befolgte er auch noch immer die gewohnten Regeln für die Verdunkelung, drückte seine Zigarette aus, ehe er aus seiner Kammer an Deck trat, schlüpfte vorsichtig durch den Vorhang der Kartenhaustür, daß möglichst kein Lichtstrahl nach außen drang, und hielt die Finger sorgsam über die Linse seiner Taschenlampe. Es war ihm geradezu unheimlich, wenn er nachts auf der Brücke stand, ohne in regelmäßigen Abständen das gewohnte gurgelnde Ping der Unterwassersuchgeräte zu hören. Und daß die Visiereinrichtungen seiner Geschütze alle friedlich unter ihren Segeltuchbezügen schlummerten, flößte ihm immer wieder ein bißchen Unruhe ein. Für ihn waren die See und die Japaner ein und derselbe Feind gewesen, jetzt mußte er sich immer wieder ins Gedächtnis rufen, daß es dem weiten Ozean nicht einfiel, U-Boote auszubrüten wie etwa fliegende Fische. Er brachte lange nächtliche Stunden auf der Brücke zu, auch wenn seine Anwesenheit nicht nötig gewesen wäre. Die Sterne und die See und das Schiff entschwanden nun aus seinem Leben. Ein paar Jahre noch, und er war nicht mehr imstande, nach dem Winkel des Großen Bären die Zeit auf eine Viertelstunde genau anzugeben. Bald würde er auch den Winkelwert der Abdrift vergessen haben, den man bei Seegang von querein anwenden mußte, um die »Caine« auf dem richtigen Kurs zu halten. Alle die gewohnten Muskelreaktionen, wie, sagen wir, die Fähigkeit, im Stockfinstern den Knopf des Elektrologs zu finden, begannen nun bald zu schwinden. Das ganze Ruderhaus, das ihm heute noch so vertraut war wie der eigene Leib, war schon in aller Kürze nicht mehr vorhanden. Mitten im Leben dampfte er einem kleinen Tod entgegen.

Als sie in Pearl Harbor festgemacht hatten, eilte Willie sofort zur Telefonzentrale der Werft und meldete ein Ferngespräch mit dem Bonbonladen in der Bronx an. Zwei Stunden wartete er auf einer zusammengesessenen Couch und vertrieb sich die Zeit mit din paar zerfetzten Magazinen. In einem fand er eine bis ins einzelne gehende Voraussage über die Landung in Japan, in der es hieß, daß der Krieg im Frühling 1948 enden werde. Endlich rief ihn das Telefonmädchen wieder an ihren Schalter und sagte ihm, May sei über diese Nummer nicht mehr zu erreichen, man wisse auch nicht, wo sie zu finden sei.

»Ich möchte selbst mit ihm sprechen.«

Der Besitzer des Bonbonladens sprudelte heraus: »Was, Sie sprechen wirklich von Pearl Harbor? Pearl Harbor? Ist das Ihr Ernst?«

»Hören Sie mich an, Mr. Fine, ich bin Mays alter Freund Willie Keith, wissen Sie, der immer nach ihr fragte. Wo ist sie jetzt? Wo ist ihre Familie?«

»Verzogen, verzogen, Mr. Keith! Wohin – weiß ich nicht. Ja, vor fünf oder sechs Monaten. Schon lange. Haltet den Schnabel, Kinder, ich spreche mit Pearl Harbor ....«

»Haben sie denn keine Telefonnummer hinterlassen?«

»Nein, keine Nummer, nichts, Mr. Keith.«

»Danke, leben Sie wohl.« Willie hängte den Hörer ein und bezahlte seine elf Dollar Gebühr. Als er wieder an Bord kam, fand er auf seinem Schreibtisch einen getürmten Stapel Post, die sich in Pearl Harbor angesammelt hatte. Der größte Teil davon war dienstlich. Gespannt drehte er einen Umschlag nach dem anderen in den Händen – wieder nichts von May. Ein ungewöhnlich großer, dicker Brief vom Personalbüro fiel ihm dabei besonders ins Auge, darum riß er ihn als ersten auf. Er enthielt ein Schreiben und ein kleines flaches karmesinrotes Etui, aus dem ein Stückchen Band und ein Orden zum Vorschein kamen. Das war also das Kreuz in Bronze. Das Schreiben war eine vom Staatssekretär der Marine unterzeichnete Verleihungsurkunde, in der seine Maßnahmen zur Bewältigung des Feuers nach dem Kamikazeangriff lobend hervorgehoben waren und die mit den üblichen Worten schloß: »Leutnant Keith hat über den Rahmen gewöhnlicher Pflichterfüllung hinaus ein Beispiel von Mut und Umsicht gegeben, das der Überlieferung der Marine in bestem Sinne gerecht wird.«

Lange Minuten starrte er ganz benommen auf die Auszeichnung, dann begann er die übrige Dienstpost zu öffnen. Zunächst waren es nur die üblichen gedruckten oder hektographierten Blätter, dann aber fiel ihm ein Schreiben in Maschinenschrift in die Hand:

Absender: Chef der Personalabteilung der Marine.
Empfänger: Leutnant Willie Seward Keith, USNR.
Betreff: Verletzung der Dienstpflichten – Verweis wegen Bezug (a): Kriegsgerichtliche Verfügung B. Nr. 7/1945.
Anlage:. (A) Abschrift der Verfügung zu a)

1. In Übereinstimmung mit den beigefügten Bezugsschreiben ist die Personalabteilung der Marine zu der Feststellung gelangt, daß in Ihrem Verhalten bei der regelwidrigen Enthebung des Commanders Philip F. Queeg vom Dienst als Kommandant des USS »Caine« am 18. Dezember 1944 ein Verstoß gegen Ihre Dienstpflicht als wachhabender Offizier zu erblicken war.
2. Sie werden in diesem Zusammenhang auf die Stellungnahmen der Personalabteilung des Generalstaatsanwalts und des Herrn Staatssekretärs der Marine hingewiesen. Auf Grund der darin festgestellten Tatsachen wird Ihnen hiermit ein einfacher Verweis erteilt.
3. Eine Abschrift dieser Verfügung wird Ihren Personalpapieren beigefügt.

Allerhand, schoß es Willie durch den Kopf, ein Orden und ein Verweis auf einen Sitz – ganz netter Fischzug. – Er überflog die enge kleine Schritt der kriegsgerichtlichen Verfügung. Die Stellungnahme war eineinhalb Seiten lang, sie stammte von dem zuständigen 12. Marinebezirk, er konnte sich denken, daß sie aus der Feder Breakstones kam und vom Admiral nur unterzeichnet war. Der Freispruch wurde aufs schärfste mißbilligt. Wie Willie bekannt war, bedeutete das insofern keine Gefahr für Maryk, als er ein zweites Mal nicht vor Gericht gestellt werden konnte. Dagegen mußte er jetzt wohl die Hoffnung auf eine Laufbahn in der aktiven Marine begraben. Der Text lautete:

»... Der Ärzteausschuß empfahl die Wiederverwendung Commander Queegs. Ein Nachweis für das Bestehen einer Geisteskrankheit konnte nicht erbracht werden. Es muß daraus geschlossen werden, daß die Handlungsweise des Angeklagten auf grobe Unkenntnis der medizinischen Voraussetzungen zurückzuführen ist und daß ihn nur ein höchst bedauerlicher Mangel an Urteilsvermögen dazu veranlaßt haben kann, im Vertrauen auf seine laienhaften Ansichten Entscheidungen von größtem Ernst und unabsehbarer Tragweite zu treffen … Die vorstehende Stellungnahme gilt im gleichen Sinne, wenn auch mit verminderter Schärfe, für die Handlungsweise des Leutnants Keith, der als wachhabender Offizier Dienst tat. Die Aussage des Leutnants Keith läßt keinen Zweifel daran aufkommen, daß er nicht nur kein Bedenken trug, mit dem Angeklagten gemeinsame Sache zu machen, sondern dessen Absichten vom ersten Augenblick an nach Kräften unterstützte.

Die unterzeichnete Dienststelle ist der Überzeugung, daß der Tatbestand der Anklage in einer jeden vernünftigen Zweifel ausschließenden Weise bewiesen ist. Das ergangene Urteil des Kriegsgerichts beruht also auf einem groben Rechtsirrtum, der zur Folge hatte, daß ein Offizier der verdienten Strafe für ein schweres Vergehen entging, und überdies einen gefährlichen Präzedenzfall schafft. Der Umstand, daß sich das Schiff in Gefahr befand, ist keineswegs geeignet, den Angeklagten zu entlasten, er läßt im Gegenteil seine Handlungsweise nur um so unverantwortlicher erscheinen. Grade in kritischen Lagen kommt alles darauf an, starr an den Gesetzen der militärischen Unterordnung festzuhalten, und die älteren Offiziere eines Schiffes sollten darin mit gutem Beispiel vorangehen … Nur *ein* Mann kann Kommandant eines Schiffes sein, er ist von der Staatsregierung auf seinen Posten gestellt. Ihn auf regelwidrige Art und ohne Hinzuziehung der höchsten erreichbaren Vorgesetzten aus seiner dienstlichen Stellung zu entfernen, überschreitet unter allen Umständen die Vollmacht seines gesetzlichen Stellvertreters. Diese Auffassung wird auch nicht erschüttert, sondern nur gestützt, wenn man den Artikeln 184, 185 und 186 der Navy Regulations die Darlegung der äußerst seltenen Fälle entnimmt, die gegebenenfalls eine Ausnahme von der gesetzten Regel zulassen. Jedenfalls bringen gerade diese Artikel den Willen des Gesetzgebers mit aller Kraft und Deutlichkeit zum Ausdruck.«

In mehreren zusätzlichen Schriftstücken betonten die höheren Dienststellen einmütig, daß sie den Ausführungen des 12. Marinebezirks in jeder Hinsicht zustimmten.

Na ja, dachte Willie, ich stimme ihnen zu. Was den Leutnant Keith betrifft, wären wir also einig ... Armer Steve. –

Aus einer Schublade holte er den roten Schnellhefter, in dem er alle wichtigen Dokumente aus seiner Marinedienstzeit aufbewahrte. Eins auf dem anderen lagen da alle seine Papiere, die Einberufung nach Furnald-Haus, die Kommandierung auf die »Caine«, die Ernennung zum Offizier, die Beförderungen, seine Gesuche um Versetzung zur U-Boot-Waffe, auf ein Munitionsschiff, zu einem Unterwasserzerstörungskommando, auf einen Minenleger, zu irgendwelchen geheimen Himmelfahrtskommandos, zu einem russischen Sprachkursus. – Er hatte sie alle in Augenblicken der Verzweiflung während des Jahres unter Queeg eingereicht, und Queeg hatte kein einziges davon befürwortet. Jetzt fügte er die Verleihungsurkunde und den Verweis sorgfältig hintereinander ein und heftete sie zu den übrigen Papieren. Seine Urenkel, dachte er dabei, mochten sich eines Tages nur tüchtig den Kopf zerbrechen, wie sie beides unter einen Hut bekämen. –

Drei Wochen später, am Morgen des 27. Oktober, saß Willie, in seinen warmen Wachmantel gehüllt, in der Kajüte und las in Pascals Pensées. Er hatte das Buch aufs Geratewohl aus einem der Koffer genommen, die zu seinen Füßen herumstanden. Sein Atem dampfte, die Luft, die durch das offene Bullauge hereinströmte, war rauh und feucht. Draußen sah man nichts als häßliche Werftschuppen und dahinter die grauen schmutzigen Mietblocks von Bayonne, hier und dort überragt von den Kuppeln der Öltanks. Die »Caine« lag seit drei Tagen an einem Kai, die Geschütze waren von Bord, die Munitionskammern und die Bunker leer, aller Papierkram war bereits erledigt – eine lange Reise ging zu Ende. Nur noch eine halbe Stunde, dann stellte er das Schiff feierlich außer Dienst.

Er suchte in seiner Rocktasche, zog einen Füllhalter heraus und unterstrich mit Tinte die Worte, die er soeben gelesen hatte: »Das Leben ist ein Traum, man findet in ihm höchstens etwas mehr Zusammenhang als in den meisten anderen Träumen.« Ja, in den letzten Wochen, seit sie Pearl Harbor verlassen hatten, verfolgte ihn wirklich immer stärker das Gefühl, ständig in einem Traum dahinzuleben. Hatte er, Willie Keith, wirklich ein Schiff durch die grüne Fahrrinne des Panamakanals geführt? War er wirklich die Küste Floridas entlanggedampft, so nah, daß er in Palm Beach mit dem Glas die rote Stuckfassade der Villa ausmachen konnte, die ihn als Kind sieben Winter lang beherbergt hatte? Und das Unvorstellbare: Er hatte ein richtiges Kriegsschiff der USA durch die Narrows in den Hafen von New York geführt, hatte die berühmte Skyline Manhattans und die Freiheitsstatue von der Brücke seines eigenen Schiffes aus begrüßt – er, Leutnant Keith, Kommandant der »Caine«.

Schon in Okinawa war er sich als neuernannter Kommandant seltsam und wie verzaubert vorgekommen, aber da war er noch mit allen Fasern seines Wesens Seeoffizier gewesen. Jetzt, an der Ostküste, da er sich wieder der Heimat näherte, da er überall die handgreiflichen, unveränderten Spuren seines früheren Daseins entdeckte, hatte er erleben müssen, wie sich sein Marine-Ich allmählich auflöste, wie es sich über der weiten See als bloßer Dunst verflatterte und nichts hinterließ als einfach Willie Keith. Es war dieser merkwürdige Übergang, der ihm die Tage und Nächte zu einem einzigen langen Traum werden ließ. Er war nicht mehr Seeoffizier, aber er war auch nicht mehr ganz der alte Willie Keith. Sein altes Ich paßte ihm nicht mehr recht auf den Leib, er fühlte sich darin so fremd und so fehl am Platz wie in einem altmodischen Anzug.

Es klopfte an der Tür. »Herein!« Der Erste Offizier stand auf der Schwelle: »Melde Besatzung angetreten, Sir.«

Er legte sein Buch aus der Hand und trat auf die Back hinaus. Gemessen erwiderte er die gemeinsame Ehrenbezeigung und betrat dann zu seiner Abschiedsansprache die runde rostige Plattform, die dreißig Jahre lang das Buggeschütz der »Caine« getragen hatte. Ein steifer Wind blies fauligen Öldunst über das Deck und zerrte an den Mänteln und Peajacketts der Männer. Die Sonne schien fahl und gelb durch den grauen Rauch und Dunst, der über dem Hafen lag. Willie hatte eine lange, gefühlvolle Rede vorbereitet, als er aber jetzt den Leuten Auge in Auge gegenüberstand, wurde sein Herz auf einmal kühl. Was hatte er diesen fremden Fähnrichen und Leutnants denn zu sagen? Wo waren Keefer, Maryk, Harding, Jorgensen, Rabbitt?

Wo war Ducely? Und wo war Queeg? Der knappe Rest der Mannschaften war ihm ebenso fremd wie die Offiziere. Alle, die nach ihren Punkten zur Entlassung kamen, waren längst über alle Berge. Nur ein paar vertraute Gesichter waren noch übrig. Budge, dick und massig wie immer, hatte die Reise bis zum Ende mitgemacht, auch Urban und Winston waren noch immer da. Der Rest war ein muffiger Haufen frisch gezogener Rekruten, die meisten waren Familienväter mit Kindern, die man erst in den letzten Kriegsmonaten von Hause weggeholt hatte.

Willie zog den Außerdienststellungsbefehl aus der Tasche und las ihn mit heller, den Wind übertönender Stimme vor. Dann faltete er das Papier wieder zusammen und ließ seinen Blick über die dünnen, lückenhaften Reihen der Männer wandern. – Ein sang- und klangloses Ende, dachte er. Ein Lastwagen ratterte auf dem Kai vorüber, ein Kran fauchte an der Pier. Der kalte Wind stach ihm in die Augen. Er fühlte, daß er noch einige Worte sprechen mußte.

»Die meisten von euch«, begann er, »sind ja noch nicht lange auf unserer ›Caine‹ an Bord. Sie ist alt, sie hatte nicht mehr viel herzugeben, aber sie hat tapfer durch vier Jahre Krieg ihre Pflicht getan. Man hat sie nie ruhmvoll erwähnt, sie hat auch nichts Besonderes geleistet. Ursprünglich war sie zum Minensuchen bestimmt, aber sie fand während der ganzen langen Kriegsjahre nur sechs Minen. Dafür tat sie unermüdlich ihren Knechtsdienst für unsere Flotte und legte dabei allein ein paar hunderttausend Meilen auf endlos langen Geleitfahrten zurück. Jetzt ist sie eine alte, schadhafte Hulk, wahrscheinlich wird man sie alsbald abwracken. Und doch war jede Stunde, die wir auf der ›Caine‹ verbrachten, ein großes Erlebnis für uns – heute will euch das vielleicht noch nicht einleuchten, aber ihr werdet es später immer deutlicher erkennen. Wir alle haben unser bescheidenes Teil dazu beigetragen, daß unsere Heimat weiter blühen und gedeihen kann. Nicht reicher und größer wollen wir werden, nur unser geliebtes altes Vaterland uns erhalten. Von Hause aus sind wir ja alle Landratten, dennoch warfen wir guten Mutes Körper und Geist in die Waagschale, um gegen die See und gegen unsere Feinde zu bestehen, und taten gehorsam, was man uns befahl. Ja, unsere Dienstzeit auf der ›Caine‹ war, weiß Gott, ehrenvoll. Jetzt ist sie für uns alle zu Ende, wir gehen gleich auseinander, Züge und Omnibusse zerstreuen uns nach allen Himmelsrichtungen, und die meisten von uns kehren wohl nach Hause zurück. Aber keiner von uns wird je die ›Caine‹ vergessen, das alte brave Schiff, mit dem wir den Krieg gewinnen halfen. ›Caine‹-Dienst hat über den Enderfolg entschieden. Die mächtigen modernen Waffen haben nur Schlußstrich und Datum unter einen Sieg gesetzt, der von der ›Caine‹ und ihresgleichen gewonnen wurde. Hol nieder Flagge!«

Der Erste Offizier brachte ihm die zerfetzten Überreste des Kommandowimpels. Willie rollte das Flaggentuch zusammen und steckte es in die Tasche. Dann sagte er: »Ich möchte auch die Gösch haben, lassen Sie ein Postpaket machen und schicken Sie es mir in die Kajüte.«

»Aye, aye, Sir.«

»Bitte, lassen Sie die Besatzung wegtreten.«

Ein Werftbeamter erwartete ihn bereits vor der Tür seiner Kajüte. Während Willie ihm Schlüssel und Inventarlisten übergab, brachte der Schreiber die Logbücher zur letzten Unterschrift. Stewards gingen aus und ein und holten seine Sachen an Land, ein Matrose übergab ihm das eingewickelte Sternenbanner. Willie adressierte das Päckchen an die Eltern von Schrecklich und befahl dem Matrosen, es gleich zur Post zu bringen. Endlich war auch das letzte getan. Ohne Gruß ging er über die unbewachte Stelling an Land, es gab nichts mehr zu grüßen, keine Flagge, keinen wachhabenden Offizier. Die »Caine« war altes Eisen.

Ein Werftjeep brachte ihn ans Tor, wo ihn die Mutter in einem nagelneuen braunen Cadillac erwartete. Mrs. Keith war seit der Ankunft der »Caine« jeden Tag nach Bayonne gefahren, um ihren Sohn zu sehen. So war es nur natürlich und selbstverständlich, daß sie ihn jetzt nach Hause brachte. Willie hatte etwas dagegen. – Sie hat mich damals bis vor die Tore der Marine gebracht, dachte er, jetzt holt sie mich wieder. Der Kleine hat ein Seemannsspiel beendet. –

Willies Versuche, May aufzufinden, waren völlig fehlgeschlagen. Sie war fort, wie vom Erdboden verschluckt. Mindestens ein dutzendmal hatte er Marty Rubins Büro angerufen, aber der Agent war nicht in New York. Seine Mutter hatte über May kein Wort verloren, das ärgerte ihn ebenfalls, weil er daraus den Eindruck gewann, als ob sie sich in diesem Kampf bereits als endgültige Siegerin fühlte.

Hierin irrte er sich gründlich. Mrs. Keith vermied das Thema einzig und allein aus Angst. Willie machte sie befangen, er war selbst in den wenigen Monaten seit seinem Urlaub im Februar weiter gereift. Seine Augen, seine Gesten, seine Haltung, ja sogar der Klang seiner Stimme verrieten den Wandel, der sich mit ihm vollzogen hatte. Aus dem frischen, sorglosen Jungen von vor drei Jahren war ein seltsam undurchsichtiger, verschlossener Mann geworden.

Sie hatte nur einen Wunsch: Er möchte wieder zu ihr kommen und das große leere Haus mit ihr zusammen bewohnen. War er erst einmal zu Hause, dachte sie, dann taute er sicher bald ein bißchen auf und wurde wieder ihr alter Junge. So kam es, daß sie sich jetzt ängstlich hütete, etwas zu sagen, das ihm als Vorwand hätte dienen können, dem Elternhaus den Rücken zu kehren.

»Bist du nicht traurig«, begrüßte sie ihn, »daß du dein altes Schiff nach all den Jahren verlassen mußtest?«

»Pah, glücklichster Augenblick meines Lebens«, knurrte er und dachte im gleichen Augenblick daran, daß de Vriess vor zwei Jahren genau die gleichen Worte gesprochen hatte. Er ließ sich verdrossen neben ihr in die Polster fallen, dann fuhren sie schweigend fast eine Stunde. Erst als sie über die Tiboroughbrücke kamen, sagte Willie plötzlich: »Ich habe versucht May ausfindig zu machen, aber sie scheint verschwunden zu sein. Du hast wohl nicht von ihr gehört?«

»Nein, Willie, ich habe keine Ahnung.«

»Ich habe ihr im Juni geschrieben und sie um ihre Hand gebeten, aber sie hat nicht geantwortet.«

»So?« Mrs. Keith hielt den Blick unverwandt auf die Straße gerichtet.

»Überrascht dich das etwa?«

»Nein, eigentlich nicht. Im Februar warst du den ganzen letzten Abend bei ihr, weißt du das noch?«

»Es kam mir selbst überraschend. Ich hatte tatsächlich mit ihr gebrochen und schrieb ihr fünf Monate lang überhaupt nicht. Dann, eines Tages, habe ich ihr wieder geschrieben.« Er suchte in den Mienen seiner Mutter zu lesen. »Bist du sehr entsetzt?«

»Nach dem, was du mir eben erzählst, habe ich keinen Grund, entsetzt zu sein.«

»Wärest du entsetzt, wenn ich sie heiraten würde? Wenn sie mich will, nehme ich sie, daran ändert sich nichts mehr.«

Mrs. Keith warf einen kurzen Blick zu ihm hinüber. Ihr Ausdruck enthüllte ihm in Sekundenschnelle die ganze Lebensangst der grauhaarigen alten Frau, und Willie fühlte, wie plötzlich warmes Mitleid in ihm aufstieg. Dann wandte sie sich wieder der Straße zu, und ihr entschlossenes, willensstarkes Profil sah wieder aus wie immer. Es dauerte lange, ehe sie ihm antwortete: »Du bist jetzt erwachsen. Du weißt schon alles, was ich dir sagen könnte. Wenn du dir May noch immer wünschst, dann muß sie Eigenschaften besitzen, die mir bis jetzt entgangen sind. Ich hoffe, sie trägt mir nichts nach.«

»Darüber kannst du beruhigt sein, Mutter.«

»Was immer ihr auch treibt, ich möchte nicht ganz aus eurem Leben ausgeschlossen sein. Leider bin ich ziemlich knapp an Söhnen.«

Er beugte sich zu ihr hinüber und küßte sie auf die Wange. Sie sagte mit bewegter Stimme: »Warum jetzt? Seit du wieder hier bist, hast du mir noch keinen Kuß gegeben.«

»Ich bin herumgelaufen wie im Nebel, Mutter. Wenn ich May auffinde, bin ich wieder ein normaler Mensch, vielleicht.«

»Bring sie zu mir, laß mich sie kennenlernen. Hast du dich denn schön gegen mich benommen? Hast du sie nicht versteckt wie irgendein billiges Verhältnis? Für mich hatte sie einfach den Wert, den du ihr gabst, Willie.«

Dieser Schuß saß! – Aber es stimmt doch nur halb, dachte er, denn die Eifersucht spielt ihr immer so heftig mit – aber im ganzen fühlte er sich doch richtig erkannt. Zugleich stellte er erleichtert fest, daß sie sich augenscheinlich in das Unvermeidliche fügte.

»Ich bringe sie mit nach Hause, Mutter, sobald ich sie finde.«

Kaum hatte er die Koffer aus dem Wagen gebracht, rief er schon wieder Rubin an. Der Agent meldete sich endlich.

»Willie! Das ist aber höchste Zeit, daß Sie kommen. Seit ein paar Monaten warte ich darauf, daß Sie hier auftauchen.«

»Wo ist May, Marty?«

»Was machen Sie jetzt gerade, wo sind Sie jetzt?«

»Zu Hause in Manhasset. Warum?«

»Können Sie in die Stadt kommen? Ich möchte mit Ihnen sprechen.«

»Wo ist May? Geht's ihr gut? Warum sind Sie so geheimnisvoll? Ist sie verheiratet, oder was ist los?«

»Nein, sie ist nicht verheiratet. Hören Sie zu, können Sie nicht reinkommen? Es ist ziemlich wichtig.«

»Natürlich kann ich, in einer Stunde bin ich da. Aber was ist denn los?«

»Fahren Sie sofort los. Kommen Sie in mein Büro – Brill-Haus. Ich warte hier auf Sie.« –

Rubins »Büro« war ein Schreibtisch in einem unordentlichen Zimmer mit vier weiteren Schreibtischen, an denen vier andere Agenten saßen. Rubin sprang auf, als Willie in der Tür erschien, und griff nach seinem auffallend karierten Mantel, der über der Lehne seines Stuhles hing.

»Tag, Herr Leutnant! Gehen wir irgendwohin, wo wir uns in Ruhe unterhalten können.«

Er verlor kein Wort über May, während er Willie die 47. Straße entlangführte und in die 7. Avenue einbog. Dagegen erkundigte er sich eifrig nach den Kamikazefliegern und nach dem Minensuchdienst. Endlich unterbrach ihn Willie: »Nun mal los, Marty, ich möchte endlich wissen ...«

»Ich weiß genau, was Sie wissen möchten. Da sind wir bereits.« Sie gingen durch eine Drehtür und betraten die dichtbesetzte, prunkvolle Halle eines beliebten Touristenhotels. Willie erkannte es genau, er erinnerte sich sogar nach den drei Jahren sogleich wieder an das rauchverzehrende Parfüm, das für dies Haus charakteristisch war – jedes Hotel in New York hat ja seinen eigenen, immer gleichbleibenden Geruch. Marty führte ihn an ein großes, glasbedecktes Plakat in der Mitte des Foyers und zeigte darauf.

»Da haben Sie Ihr Mädchen! Sie wohnt hier.«

Allabendlich in der prächtigen Aztekenhalle
die mitreißende Musik von
WALTER FEATHER
mit seinem Saxophon und seinen »Engelstrompeten«
Dazu Songs von
MARIA MINOTTI
dem Sprühteufel vom Broadway

Darüber sah man das Bild eines Saxophonisten mit May Wynn vor einem Mikrophon.

»Jetzt wissen Sie, was los ist.«

»*Was* soll ich wissen? Warum hat sie den Namen geändert?«

»Sie meinte, der andere bringe ihr kein Glück. Vierzehn Tage nach Ihrer Abreise fing sie mit Feather an, Willie. Sie hat – sie hat ein Verhältnis mit ihm.«

Diese Worte und der Ton, in dem sie gesprochen wurden, machten Willie ganz krank. Er starrte auf das Bild des Saxophonisten. Dieser hatte ein dünnes, ausdrucksloses Bühnenlächeln aufgesteckt und trug eine randlose Brille auf seiner langen Nase.

»So toll sieht er ja nun auch wieder nicht aus.«

»Er ist ein ganz großer Taugenichts. Zweimal geschieden – ich habe mich bemüht, dagegen anzugehen, aber sie springt mir jedesmal ins Gesicht.«

»Mein Gott, man sollte meinen, May wäre viel zu vernünftig.«

»Er kam gerade im richtigen Augenblick, Willie. Sie hatten ihr ja nun wirklich ziemlich übel mitgespielt. Auf jeden Fall ist er ein ausgezeichneter Musiker, hat eine Menge Schmiß und versteht sich auf Frauen wie Einstein auf Mathematik. In seinem Kreis ist er ein kleiner Gott. Und May – na ja, sie ist ja im Grunde eigentlich doch noch sehr unschuldig, Willie, obwohl sie sich gerne so schnodderig gibt.«

»Erzählen Sie mir alles! Sind die beiden verlobt?«

»Was soll ich Ihnen erzählen? Hören Sie erst, was er ihr erzählt – seine letzte Scheidung sei noch nicht durch. Kann sein, daß er sie wirklich heiraten will – was weiß ich –, wir reden kaum noch miteinander.«

»Warum? Steht es so schlimm zwischen euch?«

»Oh, sie zahlt mir noch immer ihre zehn Prozent. Dabei hätte sie es nicht einmal nötig, wir haben nie etwas Schriftliches abgemacht. Ich weiß sogar als Tatsache, daß Feather sie veranlassen wollte, ihre Zahlungen einzustellen. Aber sie zahlt trotzdem weiter. Nicht daß ich sie darum angehen würde, gar nicht. Als damals Ihr Brief kam, haben wir uns gewaltig gestritten – entschuldigen Sie bitte, daß ich meine Nase in Ihre Angelegenheiten gesteckt habe, Willie –, dabei rutschte mir eine Bemerkung über Feather heraus. Ich sagte, er drücke sich vorm Militär, aber sie konnte damals schon kein abfälliges Wort mehr über ihn vertragen …«

»Ich muß sie unbedingt sprechen, Marty!«

»Gut, wir sehen mal nach, sind wohl grade bei der Probe.«

Sie gingen in die Aztekenhalle. Hinter den geschlossenen, mit grüngelb gefiederten Schlangen bemalten Türen ertönte Musik. Die Kapelle spielte »Lichtet die Anker«.

»Was sagen Sie nun, ein Willkommensgruß eigens für Sie«, bemerkte Rubin.

»Kommen Sie mit.«

Sie schlüpften leise durch die Tür. Der weite, prächtig ausgestattete Saal hatte eine große blankgebohnerte Tanzfläche, um die eine Menge leerer Tische stand. Grüne Papierpalmen verdeckten den Eingang. Durch ihre Wedel hindurch sah Willie May auf dem Podium stehen. Sie sang. Ihr Anblick ließ ihn erstarren – ihr Haar war von grellem Blond.

»Wir wollen hier warten«, sagte Rubin. Die Hände in den Rocktaschen, lehnte er an der Wand und spähte durch seine grünlichen Gläser nach der Bühne. »Wie gefällt sie Ihnen?«

»Grauenhaft.«

»Feather liebt seine Sängerinnen blond.«

Die Musik wurde langsamer und erstarb dann mitten im Stück. Der Kapellmeister hatte abgeklopft.

»Was ist denn an dieser Stelle so schwierig, Liebling?« rief er ihr zu. »Also noch einmal, von C ab.«

May warf den Kopf ungeduldig in den Nacken und sagte: »Walter, ich kann dieses verdammte Stück in den Tod nicht ausstehen. Warum müssen wir das machen? So ein Kitsch!«

»Hör zu, Baby, wenn die Parade über uns hereinbricht, wimmelt das Lokal von Marine. Dann spielen wir das Ding die ganze Nacht.«

»Dann sing du's selbst, ich halte es einfach nicht aus …«

»Was für eine Parade?« flüsterte Willie.

Der Agent grinste ihn an: »Leben Sie denn auf dem Mond? Heute ist doch Marinetag!«

Die Kapelle begann von neuem. May sang ein paar Takte, hielt wieder inne und sah Feather mit trotzigem Ausdruck an. Der zuckte die Schultern und klopfte ab. »Wollen wir eine Tasse Kaffee trinken, Maria?«

»Meinetwegen.«

»Eine halbe Stunde Pause«, sagte Feather zu den Musikern. May warf sich einen Kamelhaarmantel um die Schultern und ging mit Feather dem Ausgang zu.

Die unbewußt vertraute Art, wie die beiden nebeneinander herschritten, ging Willie auf die Nerven.

Er trat hinter den Palmen hervor und mußte plötzlich daran denken, daß er noch seinen Uniformmantel mit den goldenen Knöpfen, den weißen Schal und die verwitterte Bordmütze trug.

»Tag, May!«

Das Mädchen taumelte erschrocken einen Schritt zurück und griff nach Feathers Arm. Mit offenem Munde blieb sie stehen, dann stammelte sie: »Großer Gott, Willie! Du erschrickst mich ja zu Tode! – Wie lange bist du denn schon hier?«

»Eben gekommen. Ich wollte nicht stören ...«

»Ich – Walter, das ist Willie Keith – Kapitän Keith oder Leutnant Keith, was ist richtig? – Bist du noch Kommandant dieses Minensuchers?«

»Ich habe ihn heute morgen außer Dienst gestellt.«

Feather streckte ihm die Hand entgegen: »Freut mich, Sie kennenzulernen. Maria hat mir viel von Ihnen erzählt.« Sie gaben sich die Hand. Feather sah nicht übel aus, das Bild in der Halle war unvorteilhaft. Er hatte ein angenehmes, ausdrucksfähiges Gesicht, die Augen waren verschattet und von Fältchen umgeben, das volle braune Haar war mit grauen Strähnen vermischt. Sein Händedruck war energisch, seine Stimme hatte einen kräftigen, gutmütigen und angenehmen Klang.

»Hallo, Marty!« sagte May gleichgültig.

»Setzt euch doch zu uns«, sagte der Kapellmeister, »wir wollen grade ein bißchen essen.«

»Ich möchte dich gern sprechen, May«, warf Willie ein.

»Ausgezeichnet, setzen wir uns alle in den Grillroom«, schlug Feather vor.

»Ich möchte dich gern mal sprechen, May«, wiederholte Willie verbissen.

Das Mädchen warf einen ängstlichen Blick auf Feather, sie sah aus wie ein Vogel in der Schlinge.

»Wie du willst, Maria«, sagte der Musiker gleichgültig. »Wir haben nur nicht allzuviel Zeit.«

Sie streichelte seine Hand. »Ich bleibe nicht lange, Walter. Geh du schon vor.«

Feather zog eine Braue hoch. Er nickte und lächelte Willie zu: »Schon fertig für die Parade, Herr Leutnant?«

»Ich mache nicht mit.«

»Ach, wie schade! Aber kommen Sie heute abend, bringen Sie einen Freund mit. Sie sind alle meine Gäste.«

»Vielen Dank.«

»Kommen Sie, Marty«, sagte der Kapellmeister, »wir wollen eine Tasse Kaffee trinken.«

May und Willie standen allein in dem riesigen, mit aztekischen Ornamenten verzierten Tanzsaal. Die leeren Tisch- und Stuhlreihen gaben dem Raum etwas Kahles und Düsteres. Willie begann: »Nun sag erst mal, wie bist du eigentlich auf die Idee gekommen, dir das Haar zu färben?« Seine Stimme hallte dünn und hohl von den Wänden wider.

»Warum? Gefällt es dir nicht?«

Sie standen einander gegenüber wie zwei Boxer im Ring, Auge in Auge, keine zwei Fuß voneinander entfernt.

»Nein, ich finde es kitschig und geschmacklos.«

»Danke für das Kompliment, Liebling. Die Nachtklubreporter haben mich sämtlich zu der neuen Errungenschaft beglückwünscht.«

»Die Nachtklubreporter sind verrückt.«

»Du hast ja eine süße Laune mitgebracht.«

»Möchtest du etwas essen?«

»Das ist jetzt Nebensache. Du sagtest, du wolltest mit mir reden. Wenn wir unter uns sein wollen, sind wir hier ebensogut aufgehoben wie anderswo.«

Sie setzten sich an den nächstbesten Tisch.

»Du hast dich ja wahnsinnig verändert«, sagte sie.

»Warum hast du meinen Brief nicht beantwortet?«

»Hat dir Marty nicht erzählt?«

»Ach, laß mich mit Marty in Ruhe!«

»Du hast ihn ja nie leiden können, du hast nie geglaubt, daß er ein echter Freund wäre. Gott allein weiß, warum er dich so gern hat.«

»Bist du denn gar nicht auf den Gedanken gekommen, daß mir eine Antwort zustand? Wenigstens eine einzige lumpige Zeile: Nein, danke, ich habe mir einen Kapellmeister angelacht und bin jetzt eine Blondine geworden!«

»Ich habe durchaus nicht nötig, mich von dir beschimpfen zu lassen. Denk einmal ein bißchen nach, mein Freund, wer hat mich denn in die Gosse gestoßen? Du! Wenn mich ein anderer herausgeholt hat, geht dich das dann was an?«

»May, alles, was ich dir in dem Brief gesagt habe, gilt noch.« Er wollte hinzufügen: »Ich liebe dich«, aber er konnte nicht, die vielen grinsenden Aztekenrnasken störten ihn.

Der Ausdruck des Mädchens wurde weicher: »Dein Brief war wunderbar, Willie. Ich mußte weinen, als ich ihn las. Ich habe ihn noch heute. Aber du hast ihn leider vier Monate zu spät geschrieben.«

»Warum? Bist du verlobt, verheiratet?«

May wandte den Kopf zur Seite.

Ein schmerzlicher Ausdruck huschte über Willies Gesicht. Er hielt sich nicht mehr zurück: »Bist du seine Mätresse?«

»Das ist ein sehr unfeines Wort, mein Lieber.«

»Los, bist du's?«

Sie sah ihm in die Augen. Ihr Gesicht war so bleich, daß ihre Schminke grell davon abstach. »Sag mal, wie stellst du dir das eigentlich vor? Was tun erwachsene Leute wohl, wenn sie Tag und Nacht zusammen sind wie Walter und ich? Murmeln spielen? Jedermann weiß über uns Bescheid. Du und deine verdammten altmodischen, verstaubten und blöden Fragen!« Die Tränen traten ihr in die Augen.

Willie konnte kaum sprechen, seine Kehle war wie zugeschnürt. »Ist – schon gut, schon gut, May.«

»Damit dürfte also wohl alles geklärt und entschieden sein, nicht wahr?«

»Nicht unbedingt – es ist nur ...«, er stützte den Kopf auf seine Faust. »Gib mir zehn Sekunden Zeit, daß ich mich damit abfinden kann.«

»Sieh mal an, länger brauchst du nicht dazu?« fragte sie bitter. »Du bist ja großzügig.«

Willie blickte auf und nickte: »Das wäre ausgestanden. Willst du mich heiraten?«

»Oh, auf einmal so edel! Edel sein ist ja deine starke Seite. Aber morgen besinnst du dich dann wieder eines Besseren und ziehst dich mit Grazie aus der Affäre.«

»Aber hör doch, May! Ich liebe dich und werde dich immer lieben! Ich weiß, ich habe jeden Vorwurf verdient, den du mir machst. Alles, was geschehen ist, ist meine Schuld. Es hätte eine so herrliche Liebe sein können, ein Liebesfrühling mit allem Drum und Dran, wie bei den Dichtern. All das habe ich zerstört. Und doch gehören wir beiden zusammen, May, ich weiß das einfach.« Er nahm ihre Hand. »Wenn du mich überhaupt noch liebst, May, dann heirate mich jetzt.«

May zog ihre Hand nicht fort, er glaubte sogar einen schwachen Druck zu spüren. Ihr blondes Haar störte ihn gewaltig, er versuchte, es nicht zu sehen.

»Was hat dich nur so verändert? Du bist wahrhaftig ein ganz anderer Mensch geworden, wirklich, Willie.«

»Ich bin um Haaresbreite dem Tode entgangen, und da erkannte ich, daß du das einzige Wesen bist, das mir den Abschied schwer gemacht hätte.« Das hatte er gut herausgebracht, stellte er fest. Zugleich begann er sich jedoch insgeheim zu fragen, ob er dieses Geschöpf da vor ihm wirklich so stürmisch begehrte. Aber den Schwung seiner Gefühle war nicht so leicht Einhalt zu gebieten. Irgendwo in diesem Geschöpf war ja die echte May verborgen, und die wollte er, mußte er besitzen.

Sie sagte mit müder Stimme: »Was willst du denn eigentlich von mir, soll ich etwa auf GI-Versorgung mit dir zur Universität gehen und auf dem elektrischen Grill Koteletts für dich braten, Windeln waschen, gescheit über Bücher reden? Ich verdiene jetzt regelmäßig 250 Dollar die Woche.«

Er beugte sich zu ihr hinüber und küßte sie. Ihre Lippen lächelten unter seinem Kuß. Da sprang er auf, riß sie in die Höhe und küßte sie ein zweites Mal leidenschaftlich. Diesmal ließ sie sich mit fortreißen wie in früheren Tagen.

Sie sank in seine Arme zurück und sagte heiser: »Es ist toll, das wirkt noch immer.«

»Dann sind wir also ...«

»Nein, noch lange nicht. Setz dich erst mal hin, mein hübscher Seemann.« Sie drückte ihn auf einen Stuhl, setzte sich selbst und bedeckte ihre Augen mit den Händen. »Ich gebe zu, es bringt einen etwas durcheinander. Ich bin eigentlich überrascht ...«

»Liebst du denn diesen Feather?«

»Wenn du das Liebe nennst, was du und ich zusammen erlebt haben – so etwas kommt wohl nur einmal im Leben vor, und dafür möchte ich dem lieben Gott sogar danken.«

»So einen alten Kerl!«

»Und du bist jung. Das ist in vieler Hinsicht schlimmer.«

»Du kannst keinen zweiten Mann genauso küssen wie mich eben. Das gibt es nicht. Du liebst ihn nicht.«

»Die geschlechtlichen Dinge nehmen doch nur einen winzigen Bruchteil des Tages in Anspruch.«

»Aber sie machen den Rest des Tages erst lebenswert.«

»Jaja, mit einer treffenden Antwort warst du immer sehr schnell bei der Hand. Jetzt sei einmal ehrlich, Willie, was hätte es überhaupt noch für einen Sinn, plötzlich aus dem Nichts hier aufzutauchen? Zwischen uns ist doch alles beschmutzt, zerbrochen und erledigt. Es war einmal herrlich, aber du hast es ja selber zerstört.«

»Es ist doch nicht allein das Geschlechtliche, wir sind auch geistig verwandt. Auch in diesem Augenblick reden wir miteinander wie früher immer. Sogar diese schmerzlichen Dinge, die wir uns gegenseitig an den Kopf werfen, leben doch und sind wert, angehört zu werden, und sie rühren uns auf. Warum? Weil wir es sind, die sie zueinander sagen.«

»Außerdem bin ich neuerdings sehr auf Geld aus.«

»Dann gebe ich dir Geld.«

»Das deiner Mutter gehört.«

»Nein, wenn es dir wirklich um Geld zu tun ist, dann werde ich welches verdienen. Glaube mir, was ich anfasse, das gelingt mir, einerlei, was es ist!«

»Und ich dachte, du wolltest ins Lehrfach.«

»Das will ich auch nach wie vor, und deine Geldgier glaube ich dir sowieso nicht. Das sind alles nur Einwände.«

May machte einen verwirrten und verzweifelten Eindruck.

»Weißt du denn nicht, wie furchtbar du auf mir herumgetrampelt bist? Ich dachte, unsere Liebe sei tot und begraben – ich war sogar froh darüber.«

»Nein, sie ist nicht tot. Sie ist noch immer der Inhalt unseres Lebens.«

Sie studierte eiskalt sein Gesicht: »Schön. Da du hier so edel bist, sollte ich dir, glaube ich, jetzt etwas sagen. Ob du es mir glaubst, ist mir völlig gleichgültig, und in dieser Beziehung habe ich auch nicht die geringste Absicht, auf dich einzuwirken. Nur damit du weißt, daß du nicht der einzige bist, der hier edel sein kann: Ich habe nie mit Walter geschlafen. Deshalb kann überhaupt keine Rede davon sein, daß du hier etwa ein gefallenes Mädchen aufliest.« Sie lächelte sarkastisch über seinen verblüfften Ausdruck. »Aha, das hast du wohl nicht für möglich gehalten, wie? Aber ich habe dir ja gesagt, ob du's mir glaubst, ist mir gleichgültig.«

»Aber May, um Gottes willen! Natürlich glaube ich dir!«

»Nicht, daß er mir nicht zugesetzt hätte, Gott bewahre! Auf seine nette Art versucht er es noch immer, ans Ziel zu kommen. Aber die Sache hat einen Haken. Er will mich heiraten, und zwar im Ernst, und er ist auch kein Collegejüngling mehr, der jedes Mädchen haben muß. Anscheinend ist er aber noch nicht geschieden – und ich habe nun einmal dieses lächerliche katholische Vorurteil, daß ich mit einem verheirateten Mann nicht ins Bett gehen kann. Das glaubt mir natürlich niemand, und warum solltest du …«

»Hör mal, May, kann ich dich heute nach deinem Auftreten noch einmal sprechen?«

»Tut mir leid, aber Walter hat Gäste.«

»Und morgen früh?« – »Großer Gott, früh!«

»Am Nachmittag?«

»Du hast noch immer Marinevorstellungen. Was können vernünftige Menschen am Nachmittag schon anfangen?«

»Lieben!«

Sie ließ ein klingendes Lachen hören: »Du Idiot, ich spreche von vernünftigen Menschen, nicht von Franzosen.«

In ihren Augen blitzte etwas von der alten lustigen Stimmung auf, die sie von früher her gewohnt waren. »Du bist also doch noch der alte Willie. Eine Zeitlang hatte ich richtig Angst vor dir.«

»Dein Haar war daran schuld, May. Früher hattest du doch das schönste Haar der Welt.«

»Ich weiß, wie gern du mein Haar hattest. Aber bei diesen dämlichen Gästen ziehen die blonden Sängerinnen nun mal am meisten, das ist nun mal so. Ist es denn wirklich so schlimm? Sehe ich denn aus wie eine Hure oder so?«

»May, mein geliebtes Mädchen, bleibe meinetwegen dein ganzes Leben lang blond, ich will gar nicht wissen, wie du aussiehst! Ich liebe dich!«

»Willie, wieso bist du beinahe umgekommen?«

Er berichtete ihr über den Kamikazeflieger und beobachtete dabei ihre Augen. Diesen Blick kannte er. – Durch die Augenfenster dieser Sängerin schaut meine alte May heraus, dachte er, sie ist noch immer da.

»Und dann – dann hast du mir diesen Brief geschrieben?«

»An demselben Abend noch.«

»Hättest du am nächsten Morgen nicht alles gern wieder zurückgenommen?«

»Säße ich dann hier, May? Ich habe sogar versucht, dich von Pearl Harbor aus anzurufen.«

»Es kommt mir schon komisch vor, wenn du May zu mir sagst. Ich habe mich so an Maria Minotti gewöhnt.«

»Sieh mal hier, was ich für meinen kolossalen Heldenmut bekommen habe.« Er zog das Etui aus der Tasche, öffnete es und zeigte ihr das Kreuz in Bronze. Mays Augen strahlten vor Bewunderung.

»Da, kannst du haben.«

»Was, ich? Du bist wohl verrückt.«

»Ich möchte, daß es dir gehört, das ist der einzige Nutzen, den ich davon haben werde.«

»Nein, Willie, kommt nicht in Frage.«

»Wenn ich dich aber darum bitte?«

»Nicht jetzt, tu es wieder weg. Ich weiß nicht recht, vielleicht später mal – es ist – also danke vielmals, aber nimm es jetzt erst noch mal wieder an dich.«

Er steckte es in die Tasche, und sie sahen sich an. Nach einer Weile sagte sie: »Du hast bestimmt keine Ahnung, woran ich jetzt denke.«

»Ich hoffe das Beste.«

»Wir könnten uns eigentlich noch mal küssen, ja? Solange du noch ein Held bist.« Sie erhob sich, schob seinen Mantel beiseite und klammerte sich unter brennenden Küssen an ihn fest. Dann legte sie ihren Kopf an seine Schulter und flüsterte: »Ich habe wirklich immer gedacht, daß ich Kinder von dir haben möchte – früher dachte ich das. Bei Walter habe ich dieses Gefühl nie gehabt, bei ihm ist das ganz anders – Willie, um mit diesem Thema fertig zu werden, brauchen wir aber eine eiserne Lunge – und außerdem glaube ich nicht – über Walter würdest du nie hinwegkommen – und ich auch nicht – ehrlich gesagt. O Willie, du machst mir, weiß Gott, das Leben schwer! Bis vor einer Stunde noch war ich wieder ganz mit mir versöhnt, aber jetzt ...«

»Warst du denn glücklich?«

»Glücklich ist man, wenn man kein gebrochenes Bein hat, meines Wissens.« Sie fing an zu weinen.

»Das stimmt nicht, May, verlaß dich drauf.«

Sie riß sich plötzlich von ihm los und zog ihren Handspiegel aus der Manteltasche. »Mein Gott, wenn Walter mich so sieht, dann gibt's erst einen richtigen Tanz!« In aller Hast begann sie ihr Make-up aufzufrischen. »Willie, du kleiner Teufel, du hast mir noch nie etwas anderes als Kummer gebracht. Du verfolgst mich wie ein Verhängnis.« Der Puder stäubte in kleinen Wolken von der Quaste. »Sich vorzustellen, daß du meine Kinder sogar katholisch erziehen wolltest! Als ich an diese Stelle des Briefes gekommen war, kamen mir die Tränen. – Es war doch unsinnig, überhaupt davon zu sprechen. Welche Kinder? – Da, schau dir diese Augen an – ausgebrannte Höhlen!«

Einige von den Musikern kamen auf die Bühne geschlendert. May blickte über ihre Schulter zu ihnen hin, ihr Lächeln verschwand, und ihr Gesicht nahm einen geschäftlichen Ausdruck an. Sie packte Puder und Schminke ein.

Willie fragte rasch: »Sehe ich dich morgen?«

»Natürlich, warum nicht? Wir könnten zusammen essen. Aber um halb vier habe ich Schallplattenaufnahme.«

»Und morgen abend?«

»Willie, tu mir den Gefallen und dringe nicht so in mich! Vor allem aber: Bau keine Luftschlösser! Unser Gespräch hat einen ganz falschen Verlauf genommen, ich fühle mich noch fast schwindlig davon – jedenfalls darfst du nichts daraus ableiten – hör mal, tu mir doch den Gefallen und wisch dir den Lippenstift von der Backe, ja?« Wieder warf sie einen unruhigen Blick nach den Musikern.

Er trat neben sie und sagte leise: »Ich liebe dich. Wir werden glücklich werden. Kein bequemes Leben. Keine 250 Dollar die Woche. Glücklich mit unserer Liebe.«

»Das sagst du – also auf morgen.«

Willie fuhr fort: »Ich liebe auch deine Augen und dein Gesicht und deine Stimme und deinen Mund. Ich möchte mich am liebsten überhaupt nicht von dir trennen. Sagen wir lieber Frühstück statt Mittagessen, Frühstück um sieben Uhr. Ich nehme mir hier im Hotel ein Zimmer, dann bin ich wenigstens nur ein paar Stockwerke von dir entfernt.«

»Nein, nein, nicht zum Frühstück, und nimm dir kein Zimmer, sei nicht verrückt! Der Krieg ist vorbei, wir haben jetzt Zeit, Zeit, soviel wir wollen. Willie, hör auf, mich so anzustarren, und haue jetzt, um Gottes willen, ab! Ich muß noch arbeiten!«

Zitternd drehte sie ihm den Rücken. Sie zog den Mantel enger um die Schultern und ging zur Bühne zurück.

Die Tür ging auf. Walter Feather kam herein. »Hallo, Leutnant. Wenn Sie die Marineparade sehen wollen – sie kommt gerade die Fifth Avenue herunter.«

Eine Sekunde lang blickten sie einander in die Augen, irgend etwas im Ausdruck des Kapellmeisters erinnerte Willie an Tom Keefer; war es seine etwas mokante Herablassung? Oder Unsicherheit verbarg sich hinter seiner strahlenden Männlichkeit? Der Eindruck gab ihm Mut. Hatte er es nicht auch mit Keefer aufgenommen?

»Danke, Feather, ich glaube, ich sehe sie mir wirklich mal an.«

Er warf noch einen Blick auf die Bühne. May sah zu ihnen her, sie hielt ein Notenblatt in der Hand. Er winkte ihr ein Lebewohl zu, sie antwortete nur mit leichtem Kopfnicken.

Dann trat er ins Freie hinaus.

Aus den Querstraßen hörte man schon die Klänge der Blechmusik. Willie eilte in die Fifth Avenue, drängte sich durch die Menge, bis er in der ersten Reihe stand, und sah dem Vorbeimarsch der blauen Marinekolonnen zu. Unter dem Eindruck der Marschmusik richtete er sich in seinem schwarzen Wintermantel straffer auf, aber es tat ihm doch nicht leid, daß er nur Zuschauer war. Er war jetzt ganz erfüllt von dem bevorstehenden Kampf. Er würde May zu seiner Frau machen. Noch hatte er keine Ahnung, wie ihr gemeinsames Leben wohl einmal aussehen würde, er wußte noch nicht einmal, ob sie wirklich zusammen glücklich werden würden, und im Augenblick kam es ihm auch gar nicht darauf an. Aber er würde May zu seiner Frau machen.

Ein Regen von zerfetztem Papier ergoß sich über die siegreichen Kolonnen, hie und da streifte eines der segelnden weißen Schnitzel auch die Wange des letzten Kommandanten der »Caine«.

Nachwort des Verfassers

Dieser Roman ist eine Erzählung, deren historische Kulisse der Zweite Weltkrieg abgibt. Er enthält Irrtümer hinsichtlich der darin berichteten Geschehnisse. Zeit, Ort und besondere Umstände bei den militärischen Operationen, Namen und Kampfaufgaben der Schiffe ebenso wie die Methoden der Nachrichtenübermittlung sind entstellt worden. Das geschah entweder, um der Erzählung zu dienen, oder auch, um zu vermeiden, daß Vorgänge berichtet wurden, die noch der Geheimhaltung unterliegen. Alle Personen und Ereignisse an Bord der »Caine« sind Erfindung. Jede Übereinstimmung mit Personen und Ereignissen, die festgestellt werden könnte, ist Zufall. Ein Schiff mit dem Namen USS »Caine« gibt es nicht und hat es niemals gegeben. In den Marineakten der letzten dreißig Jahre findet sich kein einziges Beispiel einer Kriegsgerichtsverhandlung, die sich mit der Ablösung eines Kommandanten auf hoher See nach Artikel 184, 185 und 186 der Navy Regulations befaßt hätte. Die Figur des abgesetzten Kommandanten ist frei erfunden und aus dem Studium psychoneurotischer Krankengeschichten hervorgegangen. Mit ihr sollte die Fabel des Romans motiviert werden, sie ist aber nicht etwa das Porträt einer Militärperson, die tatsächlich gelebt hätte, oder der Typus einer solchen. Diese Feststellung wird hier gemacht in Anbetracht vielfacher Bestrebungen, Romandichtungen als Schmähschriften auf lebende Persönlichkeiten zu betrachten. Der Autor hat drei Jahre in der aktiven Marine an Bord von Minensuchzerstörern Dienst getan, und zwar unter zwei Kommandanten, die beide wegen Tapferkeit vor dem Feind ausgezeichnet worden sind.

Noch eine Bemerkung über den Stil des Buches. Auf das obszöne und lästernde Beiwerk der Seemannssprache ist nahezu völlig verzichtet worden. Diese gutherzige Flucherei bietet im großen und ganzen wenig Abwechslung und ist vor allem ohne bezeichnende Bedeutung. Es handelt sich bei ihr lediglich um eine gewisse Betonung innerhalb der soldatischen Redeweise, und sie erregt, wenn im Druck wiedergegeben, bei vielen Lesern nur Ärgernis.

Die wenigen Spuren, die von ihr übriggeblieben sind, sind dort, wo sie vorkommen, notwendig.

Inhalt

Band 12585

Ken Follett

Die Spur der Füchse

Das mitreißende Frühwerk des Bestsellerautors

Binnen weniger Stunden in London: Ein tolldreister Millionenraub wird verübt, ein hoher Politiker begeht einen rätselhaften Selbstmordversuch, ein Großkonzern wird in letzter Minute vor dem Konkurs gerettet, und ein Unterweltboß erlebt ein blutiges Fiasko.
Als ein junger Reporter dieses Netzwerk aus Korruption und Gewalt entwirrt, wird er zum Schweigen gebracht. Denn selbst die Presse ist nur eine Figur im teuflisch-genialen Plan eines Finanzhais - der Operation Obadja.

Band 12618

Gabrielle Lord

Salz

Eine meisterhaft inszenierte düster-bedrohliche Zukunftsvision

Australien im Jahr 2074: Zerstörte Ozonschicht, versalzener Boden, höllisches Klima. Die Städte sind zu Festungen ausgebaut, das Land unbewohnbar geworden. Weit draußen im Gebirge liegt als letzter Außenposten von Sydney ein gigantischer Zuchthauskomplex. Von den Greueln, die sich dort abspielen, erfährt der junge Pilot David Sanderson erst beim mysteriösen Absturz seines Kameraden. Um ihn zu retten, verläßt er seine Wüstenpatrouille – und bricht in ein Abenteuer auf, das sein Leben radikal verändert…